Staread
星文文化

山头斜照却相迎

# 养辅养成手册

上

闻檀 著

江苏凤凰文艺出版社

**图书在版编目（CIP）数据**

首辅养成手册：全3册 / 闻檀著. -- 南京：江苏凤凰文艺出版社，2024. 10. -- ISBN 978-7-5594-8880-0

Ⅰ. I247.5

中国国家版本馆CIP数据核字第20248H8842号

## 首辅养成手册：全3册

闻檀　著

| | |
|---|---|
| 选题策划 | 澜　亭 |
| 责任编辑 | 王昕宁 |
| 特约编辑 | 澜　亭 |
| 出版发行 | 江苏凤凰文艺出版社 |
| | 南京市中央路165号，邮编：210009 |
| 网　　址 | http://www.jswenyi.com |
| 印　　刷 | 三河市嘉科万达彩色印刷有限公司 |
| 开　　本 | 787mm×1092mm　1/16 |
| 印　　张 | 57.5 |
| 字　　数 | 1196千字 |
| 版　　次 | 2024年10月第1版 |
| 印　　次 | 2024年10月第1次印刷 |
| 书　　号 | ISBN 978-7-5594-8880-0 |
| 定　　价 | 108.00元（全三册） |

江苏凤凰文艺版图书凡印刷、装订错误，可向出版社调换，联系电话 025-83280257

# 目录

## 第一卷 流年醉

第一章 保定罗家 002

第二章 进学风波 018

第三章 程二公子 035

第四章 栽赃嫁祸 051

第五章 暗藏玄机 066

第六章 宜宁受罚 086

第七章 少年解元 105

第八章 身世之谜 122

第九章 祖母离世 138

第十章 罗府分家 154

第十一章 有女初成 171

第十二章 继母有孕 193

第十三章 又见故人 212

第十四章 罗三亲事 231

第十五章 前尘旧事 248

第十六章 明珠蒙尘 266

## 第二卷 红尘辗

第十七章 教导幼弟 300
第十八章 露出破绽 320
第十九章 状元及第 339
第二十章 霸王卸甲 352
第二十一章 宜宁受辱 364
第二十二章 魏凌出征 380
第二十三章 情难自己 403
第二十四章 青山忠骨 422
第二十五章 迫人的吻 440
第二十六章 宫宴惊魂 459
第二十七章 筹谋婚事 482
第二十八章 程琅心意 500
第二十九章 十里红妆 520
第三十章 同床共枕 543
第三十一章 宜室宜家 561
第三十二章 露出端倪 574

## 第三卷　风波定

|  |  |  |
|---|---|---|
| 第三十三章 | 身份暴露 | 598 |
| 第三十四章 | 半路劫持 | 621 |
| 第三十五章 | 正面交锋 | 642 |
| 第三十六章 | 琴瑟和鸣 | 663 |
| 第三十七章 | 云雨之欢 | 686 |
| 第三十八章 | 移花接木 | 702 |
| 第三十九章 | 芳踪难觅 | 720 |
| 第四十章 | 旧梦难回 | 735 |
| 第四十一章 | 艰难产子 | 753 |
| 第四十二章 | 离人归来 | 773 |
| 第四十三章 | 岁月静好 | 790 |
| 第四十四章 | 山雨欲来 | 803 |
| 第四十五章 | 一世纠缠 | 820 |
| 第四十六章 | 宫变惊情 | 836 |
| 第四十七章 | 终成首辅 | 855 |
| 番外一 | 首辅养儿攻略 | 864 |
| 番外二 | 程琅与她 | 868 |
| 番外三 | 此生如梦 | 874 |
| 番外四 | 前世日常 | 901 |
| 番外五 | 首辅生辰记事 | 906 |

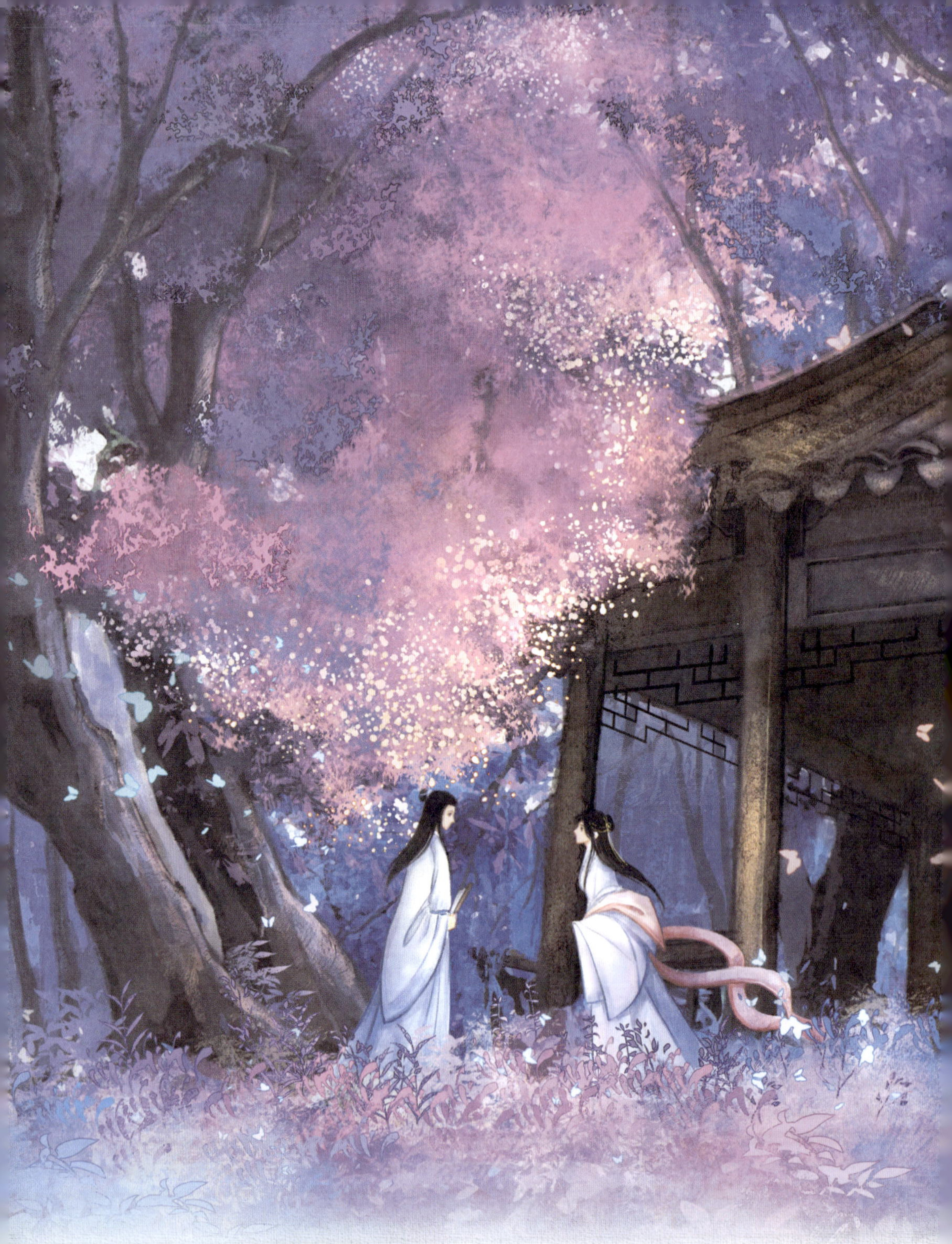

在两人之中其实他才是卑微的那个，恐惧她的离开，她因此而心酸心疼，庆幸是自己先来找的他。

有个人牵挂着你，在乎着你，
你因此而存在，
不再是孤独至极的一个人，
于他而言更是如此。

第一卷

流年醉

## 第一章 保定罗家

罗宜宁被人害死了。

三月韶光时节，长嫂请她去寺庙上香踏青。她在山半腰看杜鹃花的时候被人推了下去，还没来得及看清推她下去的是谁，魂儿已经归西了。

身为一个普通的嫡出小姐，母亲早亡，嫡出和庶出的姐妹众多，她能嫁给宁远侯的庶子陆嘉学为妻实属不易。陆嘉学虽是庶出，又懦弱不堪，但也是正经的簪缨世家出身。虽说不能与她高嫁的二姐比，但好歹她也算嫁得不错了，没想到竟然这么白白地死了。

宜宁死后魂散不去，附在了长嫂的一支玉簪子上。

这般沉浮红尘几十余载，竟教她看到了好生不得了的事。原来自己那个懦弱不堪的丈夫陆嘉学是个扮猪吃老虎的狠角色，五年之后他竟害死了自己的兄长，又除去了几个威胁，继承了宁远侯位。这还不算，他竟然又用了两年成了左军都督府都督，手段了得，一时权倾天下，人人忌惮。

宜宁附在她大嫂的簪子上，常见有人对着她的牌位叹道："这个倒是可怜，要是没死这么早，如今也是侯夫人、都督夫人，走到哪里不是众星捧月呢？"

宜宁每每听到这话，就想跳起来戳这人的脊梁骨。

到了如今，她怎么还会不明白自己是怎么死的——那是因为自己挡了陆嘉学的路，才被他下狠手给除去，还把她的死栽到了长嫂头上，叫长嫂愧疚了一辈子。

这才叫强中自有强中手，一浪拍死前一浪。

便是有人说他为了悼念前妻，竟不曾再娶时，宜宁心里也满是嘲笑，她可不信。

又这般过了十五年，他依然权势在握，除了一个内阁首辅罗慎远能与之抗衡。两大权臣把持朝纲，彼此对峙，一时间也是朝纲震动。但是长嫂已经不行了，宜宁这般陪了长嫂一辈子，日后这些时光都陪长嫂在内宅度过，再也没见过陆嘉学。

长嫂弥留之际，他来见了长嫂一面。

陆大都督好大的派头，穿着银狐皮的鹤氅，玄色直裰，腰间挂了墨玉。虽然年岁渐长，他的容貌竟然还越发俊朗，开口就缓缓道："长嫂放心去吧，长兄在下面等你呢……"

长嫂瞪大眼，随即又慢慢合上，手垂在了地上，手里握着的玉簪也滚落，"啪"的一声碎成了数截。

宜宁做了二十多年玉簪上的一缕冤魂，现在终于玉碎人亡了。

四月春末，乍暖还寒。

保定府罗家今日忙作一团。

罗家嫡出的七小姐得了伤寒，病得极重，甚至一度没了气息。

罗家上上下下都焦心不已，罗老太太坐在她那床前，捏着手帕擦眼泪。姐姐们都围在她床前看着，贵重的汤药流水一样送进来，花尽了银子也要把七小姐给救回来。

罗老太太看着七小姐那胖嘟嘟的小脸消瘦许多，真是心肝肺都疼："我眉眉儿要是不好了，你们也让我去了算了。我就这么个娇娇的孙女，可不能出事啊！"

一众孙女表情都微微僵了，老夫人就宠七小姐，在她眼里只有这个孙女得她的疼，别人都是草芥。

就这个眼珠子得她的疼，别人都不是她的娇娇孙女了？

众人虽心里是这么想，还得上前去安慰："祖母啊，您可得保重身子。"

"您年纪大了，可不该这么操劳了。"

罗老太太擦了擦眼泪，牙一咬，冷冷道："那个孽畜可在祠堂跪着了？"

嬷嬷点头道："已经让人看着他了，正跪着认错呢。"

罗老太太面色更冷，扶着嬷嬷的手道："你随我去看看他。"

嬷嬷应声，扶着老太太出门去了，到门口又回头四下一看，这屋子里塞得满满当当的人，哪还是病人休养的地方。她把小姐们都遣回去了，吩咐照看七小姐的婆子丫鬟们："好生照顾七小姐。"

罗宜宁混沌刚醒的时候，就听到这句话。可这时候她还神志不清，眼一闭又昏了过去。

这一昏又是一天，中途她也有清醒的时候，丫头们偶尔会在她身边哭。罗宜宁脑子里多了个女娃娃的记忆，杂七杂八的，并不全面，大多数是各种各样的吃食，什么清炖乳鸽、糖浇雪梨、酱烤鹌鹑、红烧狮子头。这是饿的，小女娃已经两天没吃东西了。

她也清楚了，自己重生在了死后的第七年，陆嘉学已经成了左都督府都督的时候。这孩子是保定罗家的七小姐，与她同名，也叫罗宜宁，小名眉眉，也是母亲早亡的孩子。

她今年七岁，刚因落水得了风寒，病情过重而去了。

她身份尊贵，父亲是朝中四品大员，嫡亲的姐姐罗宜慧嫁了侯门，家里又有祖母疼爱，简直能上了天去。就因为这份娇宠，虽然她才七岁，但要什么有什么，想欺负谁就欺负谁，惹了不少祸事，遭了不少妒恨。

要不是年纪还小，尚能用顽皮可爱做个说辞，简直就是活脱脱的骄纵跋扈了。

就说这落水一事，就是她自己威胁三哥罗慎远带她出去玩，因顽皮不听话而落水的。落水之后她被罗慎远救回，回来就一病不起了。

罗老太太得了这个消息大怒，罚罗慎远跪祠堂半个月。罗宜宁看到这里很惊讶。

哪能不惊讶呢？这小姑娘可是罗慎远的妹妹。

十五年后大名鼎鼎的文渊阁大学士、吏部尚书、内阁首辅罗慎远，唯一能与陆嘉学抗衡的人。

这小姑娘果然身份尊贵，可惜早早就没了。

罗宜宁记得这位首辅当年是庶出，少年时吃了不少苦，幸亏惊才绝艳才出人头地，却是个生性冷酷阴沉的人，这心性与陆嘉学也是有的一比。

从这小女娃的记忆来看，她是嫡出，罗慎远是庶出，他平日里又惯是沉默不语的类型。宜宁看不起这个庶出的哥哥，没少暗中给他使绊子，她与罗慎远的关系的确是相当差，身边的嬷嬷也不把罗慎远放在眼里。

罗宜宁看着就心里一颤，未来的内阁首辅竟被罗家这么折腾。

不知道现在挽救来不来得及……人家十五年后可是内阁首辅啊。

想着想着罗宜宁有些困了，她现在精神不太好，慢慢睡着了。半日后，她听到耳边似乎有人说话，才渐渐醒了过来。

几个刚留头的丫头看到了，扑在她床前"呜呜"地哭，非常高兴。

要是再不醒，她们这群小丫头就要被卖给人牙子去给人家当童养媳了，哪能不激动呢？

罗宜宁迷茫地看了一下这些小丫头，张了张嘴。她想喝水，但是喉咙肿痛，话还说不得，几个丫头就抱着她的手："小姐想说什么？奴婢们都在呢。"

她想喝水啊，能不能来个有眼力见儿的。

隔扇被打开，又有个丫头进来了，一看衣着打扮，穿的是蓝绿色比甲、白色挑线裙，耳朵上戴着银丁香，手腕上套了个成色极好的玉手镯——这一看便是大丫头的打扮。

这丫头见罗宜宁醒了十分高兴，忙端了水来喂她喝，又斥责那些小丫头："姐儿醒了也不知道倒水，怎么做事的？"

几个小丫头忙跪地认错。

罗宜宁终于不渴了，她从没觉得水如此甘甜，就是嗓子还不太行。

她看了那大丫头一眼，鹅蛋脸，细眉弯弯，面若芙蓉，这丫头的长相倒是出挑极了。

这丫头叫雪枝，是罗宜宁已经出嫁的大姐罗宜慧留给她的。

雪枝把她身后的枕头垫高了些，跟她道："奴婢这就去告诉老夫人您醒了，您好生歇息着。"雪枝又侧头对那些小丫头冷冷道，"如今是你们将功赎罪的时候，好好伺候姐儿，若是有怠慢的，立刻就要卖去山沟子里，一辈子都吃不上一顿好的，明白吗？"

她威严的目光一扫，小丫头们皆低头哆哆嗦嗦地应声。

雪枝一出去后，屋子里的小丫头们都围拥过来，七嘴八舌地问罗宜宁要不要吃什么。不一会儿，小几上就摆了琳琅满目的菜色，都是小宜宁日常爱吃的——烤得金黄、外皮酥脆的鹌鹑；浓油赤酱的红烧狮子头，撒了一层糖霜；裹着红豆馅儿的糯米糕；还有切得细细的、拿芝麻炒香的牛肉丝。

罗宜宁一见这满桌的菜，就不奇怪这小女孩为啥小胳膊小腿都圆滚滚、肥嘟嘟的。再这么养下去，养出一个胖子指日可待。

这时候门帘被挑开了，守在门口的丫头恭恭敬敬地喊了一声"徐妈妈"。徐妈妈是罗老太太身边伺候的，在府中很有威望。

徐妈妈走过来看到罗宜宁正在吃的东西，又立刻把丫头们都训了一顿。一顿忙碌之后，罗宜宁面前小几上的东西就换成了鸡肉糜粥，配上爽口的嫩黄瓜和两碟酱菜。

徐妈妈坐在罗宜宁身边柔声细语地哄她："姐儿的病刚好，那些油腻的东西消化不了。来，多喝些稀饭。"徐妈妈喂她喝完小半碗鸡肉糜粥，又喂了半碗炖的梨子糖水。

罗宜宁吃得打饱嗝了，才哑着嗓子说："徐妈妈，我饱了。"

徐妈妈听她说话这沙哑的声音就忍不住心疼："七小姐，您是金贵的身子，下次可莫要这样顽皮了。别说老太太伤心，就是远在京城的大小姐也焦急得不得了啊，要不是怀着您的小外甥，肯定是要回来看您的。"

她随即话锋一转，又道："三少爷带您出去玩，才闯下这样大的祸事，老太太已经罚他跪半个月的祠堂了。若不是大爷拦着，老太太还要赏三少爷一顿板子才够！"

小宜宁在罗家受到上至罗老太太下至丫头婆子的宠爱，别人如果与她有冲突，那老太太的心眼是偏了十万八千里。她嫡亲乖乖的孙女是肯定不会有错的，就算有错也是别人带的，总之，乖孙女没错。

罗慎远日后虽然是官居一品的当朝首辅，杀伐果决手段狠辣，但现在还只是个卑微的庶子，又没有人庇护，对他嫡出的娇贵妹妹没有丝毫辩驳的余地。

说来罗宜宁觉得罗慎远也是可怜。看到她落水了，罗慎远二话不说就跳下来救她。刚把她带回去，两人都是浑身湿透发着高烧，小宜宁被抱去医治，罗慎远却当即就被罚去跪祠堂，罗老太太根本不听他的解释。

徐妈妈说罢不再提罗慎远，柔声哄她休息。

罗宜宁躺下之后却在想这落水一事。

十次落水里七八次都有内幕。

罗宜宁甚至忍不住猜，凭小宜宁这四处树敌的个性，搞不好这次落水也是有内幕的。

罗宜宁这一躺下竟又睡了过去。醒来时，她看到罗老太太正坐在她床边守着她。老太太这些天愁孙女的事，精神不大好。她穿了一件檀色绛丝百吉纹对襟长褙子，翡翠眉勒，头发梳成整齐的发髻，眉目间有丝疲惫。

看到孙女醒了，罗老太太忙让丫头拿绞好的热帕子来，亲自给她擦脸，又问她嗓子还疼不疼，口渴不渴。

宜宁都摇摇头，罗老太太看着她就眼眶一红："眉眉儿，自打你长姐出嫁，你便来跟着我同住。我惯常是宠着你的，要什么给什么。我年纪大了，精力也是不济的，时常看不住你，没想到你竟然闹出这样的乱子……"

宜宁看着这头发花白的老妇人一脸疲倦，心里有些动容，低声道："祖母，是我不好。"她也是没有母亲自己磕磕绊绊长大的，小宜宁还是好命的，至少有祖母和长姐护着。

"你知道自己怎么错了？"

宜宁给小姑娘评价："顽劣调皮，惹祖母和姐姐伤心了。"

罗老太太伸手把小孙女抱进怀里，看她听进去了自己的话，含笑道："祖母是护着你的，也宠我的眉眉儿。好了，眉眉儿可别难受了，快来喝药。"

小姑娘自幼丧母，长姐出嫁后就跟着罗老太太同住，罗老太太疼得跟眼珠子似的，别的孙子、孙女都比不上。这番老太太觉得孙女受了教诲，神色轻松许多。

刚喝两口药，就有人上门来看宜宁。罗老太太却一看此人就沉下脸。

来人是小宜宁的继母林海如，进门也快有五年了。她穿了件水红色缂丝褙子，头上簪金钗，相当富贵华丽，一进门就让丫头们搬补品进来，把桌上堆得满满当当的。

罗老太太沉声训她道："你这是做什么呢？"

林海如给老太太行礼："老夫人，我给姐儿拿了些补品，叫她好生调养。"

罗老太太顿了顿，似乎想说什么又说不出来，指了凳子让她坐下。

林海如却又从怀里掏出个手镯，拿起宜宁的手套在上头："眉姐儿，我听人家说，金银之物富贵，能强身健体。你戴着这金镯子，说不定能好得快些。"

宜宁看着指节宽的大金镯子，只觉得自己手腕越发沉重。

这位继母林海如着实是个妙人，她家中十分富庶，但无奈样貌不出众，熬到二十岁还没出嫁，这才给罗宜宁的爹做了继室。进门五年，她也没生下个一儿半女，求医吃药都不好使。罗宜宁的爹也不怎么喜欢她，她日子越发无聊，干脆经常朝罗老太太这里跑，把宜宁当成自己的亲生女儿疼爱。

罗老太太总觉得她行事太直接，不太喜欢她。但看她对罗宜宁一片真心，倒是又没有讨厌到哪里去。

宜宁晃了晃镯子，有点哭笑不得地道："谢谢母亲了。"

林海如挥了挥手："这些都是身外之物，算不得什么，姐儿病中要是有想吃的东西，尽管来跟我……"

刚说到这里，有丫头通传，说乔姨娘带着六小姐过来看宜宁。这下子罗老太太和林海如脸色都不好看了。

宜宁抬头看，只见一个穿着淡青色缠枝纹褙子、雪白挑线裙子的袅娜身影走进来。此人长得清秀无比，身后跟着个模样与她七八分像的小姑娘，看上去柔弱婉约，也是个美人坯子。

这位小宜宁的六姐姐人如其名，唤作罗宜怜。而乔姨娘就是罗宜宁父亲的贵妾，平时很是得宠。

乔姨娘对着罗老太太屈身行礼，看向林海如道："太太倒是先了一步来看七小姐，我还在屋外等了太太许久，却不想您先走了。"

宜宁还没说话，林海如性子直接，就冷冷道："我可叫你等我了？"

乔姨娘顿时淡淡一叹，面露忧愁："太太说得对，等不等的都是妾身的本分，妾身知错。"

罗老太太不赞成的目光又看向林海如。

虽然她不喜欢林海如，但更不喜欢乔姨娘。可惜林海如是个心直口快的，乔姨娘又是七窍玲珑的心思，这些年林海如被乔姨娘压得死死的。

林海如却觉得自己占了上风，立刻就要拍案开说："本就是你做妾的……"

罗老太太立刻按住林海如的手，免得她往人家的陷阱里跳。林海如才讪讪地没有说下去。

乔姨娘继续道："老夫人，妾身这番来，除了想看看七小姐，也是想说三少爷的事。"她语气一顿，"听说三少爷在祠堂跪着，如今高烧不退。妾身斗胆一求，请三少爷出祠堂治了病再继续跪。要是再这么高烧下去，怕是有性命之虞……"

罗老太太淡淡地道："就是要他跪着，才能给我跪清醒些。"

乔姨娘听后无奈一笑，行礼道："那是妾身说多了。"

林海如等乔姨娘带着罗宜怜退下去了，才压着怒气说："整日就装得一副风吹就倒的样子，不晓得是要给谁看，偏偏老爷疼她疼得不得了。"

罗老太太瞪了林海如一眼："你给我少说些话。"

林海如又拉了宜宁的手："宜宁，你说是不是？"

宜宁还有点迷茫——任谁没搞清楚人物关系就要开始被迫加入掐架战场，都会有点迷茫，她定了定才说："母亲，您这么对乔姨娘……要是叫父亲知道了，恐怕会更心疼她了。"

罗老太太觉得自己孙女平日也愚笨，和林海如有的一比，没想今天还有几分明白。

她对着林海如叹气道："宜宁一个小姑娘都看明白了，你还不知道？"

林海如委委屈屈地继续道："我就是看不惯她那个样子……"

罗老太太也不指望林海如有乔姨娘那等心思，眼看门外天黑了，叫丫头们点了灯，留林海如吃个晚饭。

宜宁上辈子虽然只活了十七年，但是她附身在玉簪子上二十几年，后宅女人的掐架看太多了。东风压倒西风，或是西风压倒东风都是常有的事，反正她们日子过得无聊，斗嘴也算是一种慰藉。

只不过从小宜宁的记忆来看，这位乔姨娘有儿有女，心机颇深，就连正房林海如都压不过她，反倒让她制得死死的。那位庶姐罗宜怜娇弱可怜，更是深得小宜宁父亲的疼爱。小宜宁本来就性格骄纵，看不惯她们母女。这样一来，她与乔姨娘母女的关系就更不好了。

如今倒是好了，小宜宁连同身边的人，估计都是厌恶罗慎远的，人家乔姨娘却要来拯救未来首辅了。

宜宁心里倒也想为罗慎远求情，只是小宜宁原来十分厌恶罗慎远，她贸然说出口反倒惹人怀疑，但她也总得说才是。且不说罗慎远日后的身份如何，在小宜宁落水这件事上，他确实没做错。

初夏的时候天气还不热，小宜宁由雪枝服侍着洗脚，罗老太太在一旁念经。有丫头端着帕子进来，宜宁认出这是她的另一个大丫头松枝。

丫头们给宜宁擦脚，她就看着罗老太太这屋子。

地上铺着五张献寿的绒毯，金丝楠木高几上摆着青白釉梅瓶，斜插了几枝海棠花。正堂用一架白玉翡翠百鸟朝凤的檀木屏风隔开，长几上供奉了一尊菩萨。

老太太房里的东西都很贵重，单说那一尊菩萨，由整块色泽温润、无丝毫瑕疵的白玉雕成，高有一尺，价值不菲。

她转过头喊了一声祖母。罗老太太抬头问她："怎么了？"

宜宁抬起自己玉白的两只小脚丫说："洗好了，要睡了。"她又加了一句，"我想和祖母睡，可以吗？"

罗老太太觉得她可爱，笑着来抱她："当然可以，徐妈妈，在我床上加一床被褥。"

宜宁自然想给罗慎远求情，但这和小宜宁往日的作风比差太多了，肯定要被怀疑的。想了想，她婉转地问罗老太太："祖母，三哥被罚跪，晚上也要跪吗？"

罗老太太说："晚上不跪，每日早晨才去。"敢情这罚跪还有上工时间的。

宜宁便接着说："乔姨娘说他高烧不退……要不咱还是找个大夫去看看他吧。"

雪枝在旁扑哧一笑："姐儿平日里对三少爷颇不待见，怎的如今帮他说话了？"

宜宁知道小宜宁对罗慎远不太好，她找好了借口，冠冕堂皇地说："要是他病倒了，就不能继续罚跪了。"

罗老太太听了失笑，刮了一下她的鼻子："你这小东西，心思倒还多。你放心吧，你三哥的下人自会为他请大夫的，我看到下午就有人去请了，我也没有叫人拦着，权当默许了。"

罚归罚，罗老太太也不会真的让罗慎远有性命之忧。

宜宁这才松了口气，知道老太太倒也不至于狠心到底。

雪枝又接着说："您瞧平日，三少爷攒许久钱买的孤本，您给要来折纸鹤玩，还让奴婢送三少爷几只。奴婢那时候送到三少爷手上，瞧他脸都青了。再说上次，您非说要吃枣儿，让三少爷给您摘。那树这般高如何能爬，三少爷好不容易摘下来，您又当场给扔了，说不想吃了……"

宜宁听得冷汗涔涔，这位小姑娘的日常实在是太作死，她要是真能成功长大，绝对是祖坟冒青烟了。

罗老太太听着又揪她的小脸："听听，平日你就是这么被娇惯的。"

罗老太太的语气完全就是宠溺纵容，根本没半点怪孙女的意思。可这不是被娇惯，这是作死啊。

宜宁只能点点头，抓着被褥往床上爬去。老太太叫丫头吹了灯睡了。

林海如从罗老太太那里回来，却一点都睡不着，手拧着汗巾几乎咬牙切齿："老爷一回来就去了那小蹄子那儿？"

贴身丫头瑞香道："乔姨娘下午便去书房守着了，巴巴地等，听说回来的时候老爷摸着她身子冷，还给她披了自己的披风。"

林海如冷笑："那书房就没有个避风的地儿，偏要在风口上等着？"

瑞香小声说:"可不就是个小贱人作风?明明就是从扬州买回来的瘦马,老爷偏说是落魄官家之后,还做了贵妾——哪个官家教得出这么不要脸的小姐。"

林海如赞赏地看了自己的贴身丫头一眼,觉得她说得很有道理。

她顿了顿,慢悠悠道:"我可不学那等没脸皮的做派,你明日下午炖只乳鸽,用人参细细炖,我给老爷送过去。"瑞香正要去吩咐,林海如突然又叫她,"等等,还是炖两份,一份给宜宁送过去,她在养病。"

瑞香想了想,回头问主子:"奴婢听说三少爷也病了,要不做三份?"

林海如不在意地道:"不过一个庶子,老太太都不管,我管他干什么。"

瑞香应声,去吩咐厨房了。

一大早,宜宁就被雪枝从热被窝里叫起来,然后被灌了整碗药,连吃几个芝麻糖才把苦味压过去。却见早起的罗老太太已经穿戴整齐,在旁边念佛经等她。

罗家有晨昏定省的规矩,一会儿儿女孙辈要来拜见罗老太太。

宜宁迷迷糊糊地坐在圆凳上,等雪枝给她梳头。外面天还没亮,依稀听到几声鸡叫。

"一会儿大家要来给老夫人请安,您是跟着老夫人住的,但是礼数可不能少。"雪枝边梳头边跟她说。

现在毕竟年纪小,犯瞌睡难免的。闻言强打起精神,努力看着镜子中的自己。

小宜宁的生母当年是有名的才貌双全,因此她的五官很出众,小小年纪,皮肤粉嫩雪白,包子一样的脸颊,五官极其清秀,眉梢长了一颗红红的小痣,更显得玉雪可爱,如福娃娃般。

雪枝给她梳了个双丫髻,戴了个金项圈。

罗老太太瞧小姑娘坐在太师椅上,拿粉团似的小手揉眼睛,不由得好笑:"你昨晚睡得那么早,还困吗?"

宜宁说:"祖母,瞌睡哪有嫌少的。"

罗老太太接着笑她:"贪吃好睡的,跟个小猪崽子一样。"

变成小孩之后,贪吃好睡她也不能控制啊。宜宁心里也有些无奈,再者她也二十多年未曾睡过了,自然贪睡了些。徐妈妈叫雪枝把宜宁抱起来,跟着罗老太太去了正堂。

请安的人已经次第来了。

罗家有两房,宜宁的父亲和大伯。宜宁的大伯官位比她父亲还高一阶,从三品的官。大伯母陈氏更是书香门第之后,宜宁看到一个衣着华贵得体的妇人带着两个女孩儿进来,就知这是自己的大伯母陈兰。

两个女孩儿是宜宁的姐姐,都是陈兰的亲生女,四姐姐罗宜玉、五姐姐罗宜秀。两个姑娘与母亲一般衣着得体,给罗老太太行了礼坐下。

宜宁朝两位姑娘看去,罗宜玉把眼睛瞥到一边,根本不想看她的样子,罗宜秀却对她挤眉弄眼。这两位长房的姐姐性格差别很大,罗宜玉自持尊贵,又饱读诗书;罗宜秀性格活泼,和宜宁是臭味相投，倒是跟自己的亲姐姐罗宜玉横眉冷对的。

很快林海如又领着庶出的罗宜怜以及乔姨娘的儿子罗轩远进来了。罗轩远才三岁大，被罗宜怜牵在手里，奶声奶气地喊"祖母好"。

罗老太太再不待见乔姨娘，也不会不喜欢孙儿，把罗轩远抱到怀里好生亲热。

宜宁的大伯和她爹罗成章一起过来的。

宜宁还是第一次看到小宜宁的爹，罗成章年近四十，脸庞清秀儒雅，身形瘦削，看上去非常斯文。大伯父却要威严一些。

罗老太太问罗成章："怎的今日和你大哥一起过来？"

罗成章回道："我跟大哥正商量陆都督到保定府的事。"

罗老太太有些好奇地问道："是那宁远侯侯爷陆嘉学？"

宜宁突然听到这个名字，心里猛地一跳。

对这个曾经的丈夫、如今陌生的宁远侯爷陆都督，宜宁的感情很复杂。她当然恨他心狠手辣杀了自己，但如今她不过是一个七岁的小女孩，他是正二品手握兵权的都督，他们云泥之别，不会再有交集了。

罗成章点头道："正是他，皇上派陆都督到保定巡按，我等官员都要去迎接。"

"那陆嘉学是侯门权贵，如今又是都督的身份，轻易怠慢不得。"罗老太太养大两个当官的儿子，自然也不是吃闲饭的，"不过你等又不是保定府头等大官，也不能近侯爷的身跟从，无须多操心。"

"母亲说的是。"罗成章对罗老太太尊敬有加。

随即罗成章看向宜宁，见她毫无动作，便眉头微皱："眉眉，我与你大伯前来，你怎不行礼？"

罗宜宁这才回过神。

她坐在老太太身边，一时看得入神了，毕竟对他们还没有那么熟悉。

罗老太太心疼孙女："成章，宜宁的病还没好，还是不要行礼了。"

罗成章很不赞成，他一向觉得就是罗老太太过分宠溺才把宜宁养得越来越骄纵："您别这么宠着她，她是越来越不像话了。看看她的姐姐宜玉、宜怜，哪个不是知书达礼、秀外慧中的。只有她整日胡闹，没有个闺秀的样子。"

被漏了名的罗宜秀扭了扭屁股，好生坐端正了些。

宜宁知道这位父亲一向对小宜宁严苛，平日也更喜欢庶姐宜怜一些。

还是算了吧。

宜宁正要下座行礼，却见又有个人跨进门来，也是下跪行礼，淡淡道："祖母安好，孙儿来晚了。"

他抬起头来，宜宁突然就怔了一下。

今日太阳好，正堂的隔扇都打开着，金光透过木棂斜洒下来，落在他的肩膀上。他穿了件淡青色暗纹的直裰，脊背挺直瘦削，个子很高，侧脸俊秀，有几分苍白。

多年前，她曾在簪子里隔着人海看到过他一眼，不过那时候罗慎远已经是内阁阁老，被众人簇拥着。而她听到那些官家小姐私底下都在讨论这位年轻的阁老如何阴沉，性子又如何狠厉。

不想这位阁老年少的时候竟然如此俊秀，只是眉眼还有些青涩，不过是个普通的少年。

那股权倾天下的霸气，却不知何时才能显露。

宜宁还没回过神，罗老太太已经慢慢道："你既然病着，又何必来请安。"罗慎远默默道："这是孙儿的本分，不敢怠慢了。"

罗老太太表情一松，轻轻点头："你起来吧。"

罗慎远站起身，又给众人请安，半晌目光才落在宜宁的脸上，向她淡淡点头："七妹妹。"

宜宁笑着道："三哥。"

见人都来齐了，徐妈妈才叫传菜。这顿早餐非常丰盛，碟子里放着各式各样的点心，酥饼、蜜糕、红豆枣泥卷，也有豆包和炸得金黄的薄饼，又有酱鹅肉、酱鸭肉拼成的酱菜，每个人又都有一盅燕窝、一碗稀饭、两只切开的鸽蛋。

大家都是极有规矩的，吃饭之时只有碗筷的动静。宜宁便抬起头观察，罗宜怜与罗轩远是庶出，坐在林海如身侧，罗宜怜时不时给弟弟夹菜。罗宜玉则盯着罗宜秀，她要是有不规矩的地方，就用眼睛狠狠瞪。罗宜秀没有丝毫察觉，叫身边的丫头给她盛一个红豆枣泥卷来，这道菜离她有点远夹不到。

罗慎远却一直沉默地吃饭，只吃面前的两盘菜。宜宁注意到他是用左手握筷子，右手拿碗。

宜宁突然有点食不下咽。

这位未来能与陆都督比肩的权臣，现在也太落魄了。

等人都纷纷告退了，宜宁才松了口气，叫雪枝把脖子上的金项圈取下来。罗老太太靠着引枕，看她朝自己凑了过来，抬起了眼皮。

宜宁有些好奇："祖母，我怎么以前没注意到三哥是左撇子呢？"

罗老太太颇为怪异地看了孙女一眼，说："他不是天生的左撇子，是右手受了伤，不如左手灵活，他才苦学用左手写字吃饭。一开始的时候也练得不好，吃了些苦头，现在左手用着已经和右手无异了。"

宜宁更加好奇："他受了什么伤？"

罗老太太说："你真不记得了？你五岁那年，顽皮爬房梁上去玩，掉下来的时候正好是你三哥接住你，你手里拿着的小剪刀戳伤了他的手……

"有你三哥给你垫着，你倒是没有受什么伤，只是你三哥的右手总是没有那么灵活了。那时候你哭得厉害，谁都不敢说你一句。"

小宜宁根本不记得这件事。

宜宁简直服了这位小姑娘了，就这样她还对罗慎远不好，也难怪人家对她冷漠了。可以想象，如果小宜宁真的成功长大了，恐怕与阁老交恶也够她受的。

丫头上了一盏茶让罗老太太润喉。

宜宁更想劝老太太不要再罚罗慎远了，但是这事该怎么说呢？

她总不可能直接跟老太太说，被您罚跪的庶子其实以后是个大权臣，权倾朝野翻手为云覆手为雨，所以为了咱们俩日后不被他寻仇，还是别再惩罚他了。

宜宁想了很久，还是咳嗽一声真诚地说："祖母，那这样看来，三哥对我还是挺好的，要不别罚他了……"

罗老太太听到她的话却愣住了，随即淡淡地叹了口气，问："你真的这么想？"罗老太太直看着自己的孙女，有一瞬间，宜宁甚至觉得她已经看出自己在想什么了。

宜宁坚定地点了点头："是的，祖母您也看见了，要不是他救我，我估计是活不成了。"

丫头端了盘洗得干干净净的樱桃上来。罗老太太让小孙女吃樱桃，然后才说："你三哥这个人我向来不喜欢。别说祖母偏心你，实在是你三哥心机颇深，以后必然不是个良善的人。"

这倒是让罗老太太说中了，日后罗首辅做的那些事的确算不上良善。

老太太并不是个不明事理的人。她是想到罗慎远的心机，再联想宜宁的不慎落水，大家都是从内宅里掐架掐出来的，这点手段实在是很明白的。

所以她才这么生气。

罗宜宁却知道并不是这样的，那日发生的事倒真和罗慎远没什么关系。日后能掌控朝野的人，怎么会对一个小姑娘下手，总不会连这点智慧都没有。

这时候她顿时感觉到了一股寒气。如果小宜宁真的死了，这个杀害嫡妹的嫌疑罗慎远真是一辈子都摆脱不了了。

宜宁又道："三哥心机深不深我不知道，但我知道，我只是高烧您都要罚他跪半个月，要是我真的没命了，您还不知道要如何惩罚他呢！"

罗老太太便也笑了笑："罢了，罚他跪祠堂也只是警醒他而已。这事总归他还是有责任，毕竟是你的长兄。既然眉眉儿觉得不用罚跪，那便不跪了。"

说罢罗老太太吩咐徐妈妈派人去祠堂说一声。徐妈妈片刻之后回来禀报："奴婢传话，说念在三少爷往日待七小姐也算真诚的分儿上，老太太便不罚他了。三少爷听了也没有说什么，站起来便走了。守祠堂的仆人说，三少爷每日都定时来，从没有说过什么抱怨的话。"

罗老太太听了颔首，叫徐妈妈退下了。

罗老太太不想多提罗慎远的事，就问宜宁："我看你早上也没吃多少饭，现在可饿了？"

宜宁自然是饿了，不过她看到镜子里这小姑娘圆嘟嘟的脸蛋，觉得自己还是要尽量控制些比较好。

罗老太太却觉得女孩儿胖嘟嘟的才可爱，叫人摆了午膳。吃完之后又上了一盅冰糖银耳汤，甜点则是搁在一个五格的盒子里，金黄的蟹粉酥、糍糯团子、雪白的桃片，样式精巧别致，一层层垒着，颜色和样子都不一样，一看就让人食欲大开。

看来罗老太太是真的觉得她瘦了，想把孙女这几天失去的双下巴补回来。宜宁吃得肚子圆圆，又灌了杯瓜片茶下去，更是动都不想动。

吃过饭，陈氏带着两位姐姐来看她，林海如与罗宜怜紧随其后。

乔姨娘是贵妾，但是身份再高，也不能时时往罗老太太这里跑，因此，罗宜怜都是与林海如一起来罗老太太这里。

坐下之后，罗宜怜拿出个香囊送给宜宁，柔婉地说："七妹妹，里头塞的是百合，我特意做来送你的。"

小宜宁对这个姐姐和罗慎远是一样的态度，娇蛮跋扈。

罗宜怜却从不嫌弃她，平日还各种关心照顾。有时候宜宁找她碴儿，罗宜怜也总是柔和委婉地忍了。但这些事总能七拐八拐地传到罗成章的耳朵里，于是罗成章对罗宜怜更加疼爱，对这个嫡出的女儿又更加严厉。

罗成章甚至对小宜宁说："宜怜虽然是你姐姐，但她性子柔弱，身子也不太好。你虽然是妹妹，平日也让着她一些。"

小宜宁听了父亲这种话哪能不委屈。

宜宁仔细地看罗宜怜，心想的确是我见犹怜，尖尖的下巴，雪白的肤色，可见日后又是个美人坯子。

"谢谢六姐姐了。"宜宁笑着说，雪枝代宜宁把香囊收下了。

林如海与陈兰请了安就告辞了。几个姐儿却留下来学女红，这是几个女孩儿的功课，老太太专门请了嬷嬷来教她们。

罗宜玉今年已经十三了，快到说亲的时候了，她倒是学得很认真。不过罗宜秀是个坐不住的，学了一会儿就累。教习的嬷嬷看她像屁股下长虫一样扭来扭去，就笑着说："四姑娘学了这么久也累了，歇息一会儿吧。"

罗宜秀听了很高兴，拉着宜宁要出去喂鱼玩。

罗老太太立刻叮嘱道："只能在小池子那边玩，不可走远了。"

宜宁还躺在床上消食呢，就这么被拉了出来。

两人带着丫头走到了假山那里，那小池子里养了许多锦鲤。罗宜秀把自己的丫头打发去拿鱼食了，皱了皱鼻子说："上次出门都不叫我。我听说你那个三哥带你去了大慈寺，好玩吗？"

宜宁颇为没好气地道："差点没回得来，你说好不好玩？"

罗宜秀却凑过来神秘兮兮地说："对了，说到你三哥，我上次还偷听我母亲和妈妈谈话来着。"

宜宁对着位不着调的四姐也没啥话说了，偷听陈氏说话竟然说给她听。

罗宜秀继续道："说的是你三哥生母的事，你真的不感兴趣？"

宜宁终于抬起头看着罗宜秀，罗宜秀更得意了："你想听了吧？"

她是个急性子，立刻凑过来和宜宁咬耳朵："听说原来你父亲房里有两个通房丫头，后来其中一个有孕了，另一个嫉妒她，就在人家吃的补汤里下药。被咱们祖母发现了，生气极了，立刻就要把那个下毒的丫头打死。谁知道却查出下毒的丫头也有身孕了，那孩子就是你三哥。

"这下子打是不能打了，你母亲又生性仁慈，还好吃好喝养着这个丫头，说要是真的生下儿子，也饶她不死。谁晓得这个丫头生孩子的时候难产，没命了。就因为这个事，大家都不喜欢你三哥，就连二叔都不喜欢他，说这生母都这般狠毒，生下的孩子又能如何？"

宜宁听后怔了怔。罗慎远竟然是这样的出身，难怪了。她就觉得奇怪，便是一般的通房所出，也不至于地位这么低微，罗老太太也不会这么不喜欢。

那日与罗宜秀喂鱼回去迟了些，罗老太太便不高兴，又拘着宜宁不让她出来了。她老人家亲自带着小宜宁读书写字。

罗家书香门第，就是女孩也要会读书写字，为此宜宁的父亲还特地请了女先生来教导家中的姑娘们。宜宁病着不能去进学，但闲着也是无事，干脆练练她那手狗爬字。

宜宁艰难地趴在小几上。

前世她还在闺中的时候也总是强逼自己练字，但是练了这么些年也只是勉强算工整，她想自己也许真是没什么读书的天分，干脆把精力投入学女红中。现在这小嫡女的身份太高，家世太好，不读书恐怕还不行。

罗老太太让丫头把她的描本拿来，又叫开了隔扇，自己在旁边看着她练，跟她说："你父亲是我的老来子，虽说大家都宠他，我却不敢懈怠，所以他才写得出一手好文章。你母亲当年从顾家嫁来，也是知书达礼的大家闺秀。你可不能丢了他们的脸。"

宜宁巴巴地点头，垂下头练字。

罗老太太一会儿之后再看她，她竟趴在长案上睡着了。小女孩软软的脸颊靠在纸上，沾了墨迹，白生生的跟包子一样，眉梢那颗殷红小痣却十分可爱。

罗老太太看得笑出来，轻声吩咐徐妈妈："抱她进去睡吧。"

宜宁练字练得打瞌睡，醒来发现自己睡在碧纱橱里，颇不好意思。她成了孩子之后，的确有了小孩的性子，居然练字都能睡着。罗老太太见她终于醒了，便叫丫头摆晚膳。

宜宁觉得练字真是消耗体力，吃完了一碗饭，还加整碗的糯米红枣粥。罗老太太就道：

"按说你父亲、母亲都是出名的有才学，怎的你就不行了？"

宜宁也很无奈，这辈子成为才女是无望了。她叹道："祖母，我也想好好练字，但是一看到书就打瞌睡，我也不想啊。"

罗老太太笑着摸了摸孙女的头，说："你大哥、二哥要回来了，前些日子你不是总说，字练好也给你的两个哥哥看吗？如今怎么越发懒了？"

罗老太太说的大哥、二哥是长房陈氏的两个亲生子。说来陈氏真是个有福的，宜宁的大伯虽然有妾室，但只生了两个庶出的女儿，陈氏却生了两个嫡子。

相反，林海如便没有这么好的福气了，进门之后一直没有孩子，就这点上她便没有地位，才一直让乔姨娘踩在她头上。生了儿子之后，乔姨娘的腰板就更直了。

两位哥哥让陈氏教得温文尔雅，平日对几个妹妹都一般好。小宜宁非常喜欢隔房的两个哥哥，前几日他们一起去拜访什么老师了，小宜宁巴巴地想了他们好几日。

现在的宜宁却对这两个哥哥没什么兴趣，隔房的兄长，再亲也是隔房的，总不会比过自己的嫡亲妹妹。

没过几日，果然两位哥哥就回来了。

罗宜玉与罗宜秀也很高兴，西次间里说说笑笑的很热闹。罗怀远与罗山远又拿了许多礼物分给几位弟弟、妹妹，罗宜玉与罗宜秀得到的是一对嵌碧玉葫芦的簪子，宜宁的是一对玉色非常漂亮的双股和田玉手镯，两股玉交缠，戴起来叮叮咚咚，精致漂亮。宜怜的是福禄寿的玉佩，三岁大的罗轩远得了一个长命锁。

罗宜秀一向不在意细节问题，欢喜地把玩着到手的玉簪子。罗宜玉却撇了嘴，幽幽道："怎的七妹妹的礼物就好看些？"

罗宜玉今日穿了件淡粉白底的褙子，雪白的挑线裙，墨绿腰带，显得非常漂亮出众。

陈氏知道长女向来心气儿高，放下茶盏淡淡道："你妹妹年纪小些，比你们的礼物好也是自然的。"

宜宁晃了晃两只镯子，确实很漂亮。她让雪枝给她收了起来。这时候丫头进来屈身说："老夫人，三少爷来给您请安了。"

宜宁听到这句话就下意识地往门口看。那高大清瘦的身影出现之后，别人也都不禁看向他。罗慎远不卑不亢地给老太太行了礼，罗老太太让他坐下了。

宜宁看他穿着一件淡青竹叶纹直裰，心想他还挺喜欢竹叶纹的。丫头上了茶之后，他用右手捧着茶杯，衣袖滑下的时候，宜宁分明看到他手背上有一道狰狞的疤痕。想到这是因为救小宜宁伤的，她总觉得这伤疤格外狰狞刺目。

茶杯的热气氤氲着，春末的阳光又好，罗慎远少年俊秀的侧脸更显平静，似乎对热闹的一切视若无睹。

罗老太太却笑着说："怀远心疼咱们眉眉儿，这小丫头也念着你们呢。前几日老说要练好字给两位哥哥看，巴巴地盼着你们回来。你们瞧瞧，她的字是不是比原来好看些了？"

罗老太太让雪枝把宜宁写的字拿出来给大家看，罗怀远看了笑着说："是进步了许多。眉眉，大哥送你的银狼毫笔用着还习惯吗？"

宜宁只得道："习惯习惯。"

眼看要到晌午了，陈氏等也不好留在罗老太太这里吃饭，便带着儿女告退了。罗慎远却留了下来，他沉默了一下，从怀里掏出一个纸包。

"祖母，这是孙儿房里做的桃片糕，我尝着香软可口，就给您带了一些过来。"他把纸包放在了小几上。

罗老太太瞥了一眼，淡淡地道："小小点心，我房里也有做的，不用你费这个心，还是拿回去吧。"

罗慎远坐着没有动。

宜宁正在喝水，差点被水给呛到，抬头看着罗慎远沉默平静的神情，心里就跟被小猫抓一样，真想代替罗老太太把东西收了。

罗慎远却自嘲地笑了笑："那是孙儿多想了。"他又把纸包放回了怀里，起身告辞。

宜宁终于忍不住了，咳嗽一声道："那个，祖母啊，我突然想吃桃片糕了，还是让三哥把东西留下来吧。"

罗老太太刮了刮小孙女的鼻尖，宠溺道："你刚才吃了小半只酱肘子，喝了粳米粥，还吃得下糕点吗？小心不消食。"

宜宁眨了眨眼说："我就是想吃啊。"

罗老太太静默了一下，直叹气道："罢了罢了，你七妹要吃，便把东西留下来吧。"罗慎远又把糕点放在了小几上，行礼退下。

罗老太太把纸包拆开，掰了一小块雪白的糕点喂给宜宁："吃吧，你不是要吃吗？好个没出息的东西，这点糕点咱们做不出来？非要让你三哥留下来。"

宜宁不好意思地笑了笑，把罗老太太手上的糕点咬来吃了。紧接着罗老太太第二块、第三块、若干块又送过来，她才抱着罗老太太的胳膊说："祖母啊，我吃了小半只酱肘子了，吃不下糕点了。"

"早看出你古灵精怪得有鬼。"罗老太太点孙女的眉心，"不消食了吧？雪枝，去给眉姐儿煮酸梅汤来。"

西次间外，罗慎远站在一棵初放的海棠花树下，听着里头罗老太太和宜宁说话的声音。

跟着他的小厮小声问："三少爷，小的就弄不明白了。既然您知道老太太与您不和，不会收您的东西，为何还要送呢？"

罗慎远抬头看着开放得簇簇拥拥的海棠花，缓缓地说："你懂什么。"屋子里女孩儿的笑声非常明快，好像真的没有丝毫忧愁一样，半晌后他收回目光道，"走吧。"

陈氏的次间里点着烛火。

从罗老太太那里回去之后，她就和自己的两个儿子讨论读书的事。罗宜秀困了，躺在母亲的怀里睡觉。一会儿丫头却过来说，三小姐在自己房里委屈，不肯吃晚饭。

不说还好，一说起来陈氏就不高兴了。叫人把罗宜玉叫来，看到她就沉下脸开始训话："你都是要及笄的姑娘了，怎的比秀姐儿还不着调。可是长脾气了？和一个小孩儿计较，说出去可不叫人笑？你七妹妹年纪小些，又得你祖母的宠爱，让着她一些怎么了？"

罗宜玉被劈头盖脸地训了一顿，委委屈屈地说："我就是气不过大哥，他凭什么对七妹比对我好。"

陈氏简直恨铁不成钢，冷冷道："她罗宜宁没有娘教，骄纵便骄纵些了。你可是我好生教养的，如今也惯出脾气了。你怎么不想想，你模样才学比她出挑，你父亲的官职比她父亲的高，你两个哥哥读书又好，以后若是能中举中进士，她罗宜宁如何能跟你比？你看宜秀怎么从没说过。"

突然被点名的罗宜秀迷茫地从陈氏怀里抬起头。

罗宜玉就是气不过这点。明明都是她的亲兄弟姐妹，怎么宜秀更喜欢宜宁，就连两个兄长都对宜宁更好。她性子又高傲，总觉得宜宁样样不如自己，让她占了上风如何能忍。

"他们三个都是喜欢宜宁，当宜宁是他们的手足了。"罗宜玉气得眼泪在眶里打转。

罗怀远柔声安慰她："妹妹，你这是什么话。我与宜宁毕竟是隔房的，与你却是同胞兄妹，自然是和你亲些。别说是和罗宜宁了，就是咱们大房里，我们兄妹俩也是最亲近的关系，我肯定是最护着你的。送些东西算什么，妹妹你好好想我为什么送她好东西。"

罗宜玉只管睁着泪汪汪的眼睛看着他。

罗怀远重重叹气："你可知道，宜宁的姐姐慧姐儿嫁的是哪个侯门？"

罗宜玉说："我自然知道，是定北侯傅家。"

"那好，你可知傅家与谁交好？"罗怀远又问，当然他没想自己这个妹妹明白，直接道，"定北侯傅家与宁远侯陆家是世交，侯爷傅绍与陆嘉学更是有私交。那陆嘉学何等权倾天下，就是因为这个，定北侯爷在朝堂上的地位才水涨船高。不然你以为为什么大家都纵着七妹妹，还不是因为慧姐儿嫁了定北侯世子……"

罗宜玉觉得这关系七拐八拐的真是复杂，但她聪明，也算是勉强搞懂了。总之，其中的关系牵扯很复杂，关系到她的哥哥们的仕途，她不要随便插嘴就是了。

罗宜玉这才含泪点点头，小声说她知道了。

陈氏叹了口气："我最近也是放纵你了，罢了，以后你不跟着宜秀她们去进学了。眼看着你也要说亲事了，我好好地教你。"

那天晚上宜宁消食不成功，吐得一床都是。罗老太太又气又笑地叫丫头给她换被褥，递水给她漱口说："吃不下就不要吃了，我又不会真的逼你。"

宜宁缓过气，赖在罗老太太怀里问："祖母，您为什么这么不喜欢三哥呢？都不收他给您的东西。"

罗老太太摸着她的发，缓缓地叹了口气道："我说你三哥不是良善之人，你以为我说着玩儿的？你年纪小不懂，我原来也不是这般对他的，只是后来我实在厌恶他的做派，才越来越不喜欢他。"

宜宁问道："那三哥原来究竟做过什么？"

罗老太太才讲了一件事。

"三年前，你大哥见他身边少人伺候，便送了一个丫头给罗慎远。听说那丫头知道是去伺候他，不情不愿，做事也不尽心，后来还对你三哥说了些不敬的话。我知道之后把他叫过来，责罚了那个丫头，那丫头也是愧疚，说以后肯定会好好伺候他。我还劝他得过且过，他当时应承得好好的，也并没有表现出不情愿的意思。回头却从外面买了一只恶犬，那恶犬不小心钻出笼，活活将这丫头给咬死了……

"我看着那丫头鲜血淋淋的身体，觉得浑身发寒，把他叫来跪在我面前，问他为何非要下狠手。你猜你三哥怎么说？"

宜宁看着罗老太太，罗老太太顿了顿道："他说，'祖母，您觉得大哥把这丫头放在我身边是想干什么？'我气得打了他一个巴掌，叫他滚出去。他那个时候还小，才十二岁，行事不懂得收敛，这些年却越发内敛，谁又知道他究竟在思量什么，脑子里转着什么念头……"

宜宁心里也惊异，果然不愧是日后的内阁首辅，这等手段……实在是太残忍了。

她那夜睡着了，也总梦到罗慎远满手的血。

## 第二章 进学风波

第二日罗宜秀早早地来找宜宁，要一起去进学了。

教她们读书的这个女先生，来头很大。她的父亲是一位进士，以才华闻名保定。不过家道中落，她又是个清高的，不肯下嫁不如她的人家，因此生生熬到中年，在世家给小姐授课为生。还是罗成章听了她的名气，将她请到府上来的，说是要好好调教自己的女儿一番。

小宜宁很不喜欢这位女先生，人家实在是不慕名利，对谁都一视同仁。而且女先生曾经亲眼看见小宜宁如何惩罚犯错的小丫头，故而非常看不惯她的骄横做派，平日里没少罚她，上课的时候眼睛只盯着她。

小宜宁还不能对这位女先生发脾气，她对谁都可以不尊重，唯独这位女老师，就是宠溺她的罗老太太都不站在小宜宁这边。这是罗家的门风——尊师重道，绝对不能坏的。

上课的第一天，宜宁就感觉到了丫头们的紧张——一路上松枝给她整理了三次衣襟。

上课的地方在前院的听风阁，前一进是罗家的族学，不仅是罗家的，罗家所在胡同里好些世家也把公子送到罗家的族学里来。后一进才是宜宁她们上课的地方，从角门进，与前一进隔开，离得很远。

一道屏风把次间和堂屋隔开，长几上摆着笔墨砚台。宜宁和宜秀来了之后，宜怜也姗姗来迟。宜玉要被陈氏拘着学规矩，来不了了。三人落座，女先生才从角门里进来，四十来岁的模样，梳了个小纂，穿了件蓝色的褙子，脸颊清瘦，嘴唇紧抿。

她们都要站起来喊"顾女先生"。

顾女先生开始讲《幼学琼林》，宜宁自然是滚瓜烂熟的。

当然她也不敢在这位女先生面前放松，坐直了身体，紧盯着顾女先生上课。

罗宜秀坐在她身后，用手指戳了她一下，小声喊："宜宁，宜宁，你把书借我，我忘带了，反正你也能背。我的丫头带了蟹黄壳饼，中午分你吃行不行？"

罗宜宁刚侧过头，顾女先生就发现了，紧盯着她们俩，语气一沉："七小姐，您在做什么？"

宜宁老实道:"五姐姐找我借书。"

顾女先生却瞥了她一眼,淡淡道:"七小姐,我知道您父亲是朝中大员,您姐姐又是世子夫人。您身份高,在我的课上不守规矩便罢了,可不要打扰了别人,也莫要找些借口来推脱。"

宜宁有点茫然,这真的是罗宜秀找她借书啊!罗宜秀也怕顾女先生得紧,早把头缩回去了。

宜宁深吸了口气,总算明白小宜宁为什么不喜欢这位女先生了。她尽量摆正姿势,好好听女先生上课,罗宜秀也没敢再叫她。

顾女先生便不再管宜宁,实际上宜宁和罗宜秀她都不喜欢,她主要的上课对象其实是罗宜怜。

宜怜尊师重道,小脸跟着顾女先生转。她虽然是庶出的姑娘,但是知书达礼、气度温恭和顺,看着比宜宁这个嫡女还像嫡女。

一晌午过去了,顾女先生讲完课去休息了。

宜宁和罗宜秀去了听风阁的东梢间,在这里进午膳。

丫头们次第地端菜进来,罗宜秀的丫头把食盒打开,从里面拿了不少点心出来。宜宁吃了罗宜秀请她的蟹黄壳饼,无奈道:"五姐姐,你上课可不要与我说话了,女先生会训我的。"

罗宜秀撇了撇嘴说:"她哪日不训你了?"

雪枝端了碗茶过来给宜宁喝,笑道:"姐儿您可要担待着,顾女先生可是二爷请来的。咱们罗家又是最重师道的。"

罗宜秀又凑过来跟宜宁说:"你是不知道,我听人说。顾女先生家道中落,是有个世家子弟靠祖荫做官,把她父亲的官职挤没了,后来才渐渐衰败了。所以她对咱们这种人才不喜欢,瞧她那一脸样,真是……"

罗宜秀正要长篇大论地评价,立刻被她的丫头扯了一下袖子,坐回去了。

宜宁只能宽慰自己,大不了课上守规矩些,不被女先生罚就是了。这样到下半日,顾女先生的确没说过她一句话,就是临走的时候单单叫住了她。

"七小姐,您上次抄的书我看了。"顾女先生淡淡道,"字迹太潦草,一定要好好练。"

宜宁没说什么,应下了。

顾女先生却又道:"您的字实在太不好看,还是找字帖练着吧,平日读书人写的馆阁体没必要描,倒是可以找些梅花小楷练着。"

"谢女先生指点。"宜宁给她行了礼,才让雪枝和松枝拿着她的东西往回走。

从角门出去,却见不远处走过来的正是大哥罗怀远,正和一个老先生说话。那老先生穿着一身布衣,又长了把花白胡须,样子慈眉善目的。

宜宁停了下来,想等罗怀远走远了再走。雪枝有些疑惑地看向宜宁,平日看到罗怀远,宜宁早迫不及待地扑上去喊他了。

宜宁看雪枝瞧着自己,就笑了笑说:"大哥和别人说话,我们还是别打扰他才是。"看罗怀远已经走远了,宜宁才走出去,余光一瞥似乎看到了什么人。

宜宁走出几步才猛地回过神，回头一看，罗慎远就站在漏窗旁边，正静静地等她走远。

她在等别人走过去，没想到人家也在等她过去，想必也是不想和她照面吧。见她回头看自己，罗慎远的表情也没变，低声对小厮道："罢了，走吧。"

天气明明已经转暖，他可能还没有完全好，穿着个披风。罗慎远走到她身边的时候，还握着拳咳了几声。

宜宁关切地道："三哥，你的病还没有好？"

罗慎远看了她好一会儿，目光复杂难辨，宜宁都被他看得有点心虚。不过是想套个近乎而已……

罗慎远半晌才淡淡道："无事。"

宜宁与他同行，但是罗慎远人高，她不过到他的腰而已。就是一样的步子，他也比她走得快，宜宁只得迈着小短腿跟着他，真的有点痛苦。

宜宁说："刚才我看到大哥和一个老伯伯走在一起，却不知道是谁，三哥知道吗？"

罗慎远又顿了很久，才说："是族学里的老师。"

宜宁"哦"了一声，心想自己真是没话找话，这下又不知道该说什么了。

宜宁想起刚才顾女先生要自己练字，这倒是个由头，她又努力了几步跟上他："三哥……顾女先生叫我练字，但是我没有梅花小楷的字帖。你有吗？能不能借我用用啊？我练完就还给你。"

罗慎远却沉默了很久，转身用更复杂的目光看着她："七妹，你又想做什么？若是借字帖，你大可找大哥、二哥借去，何必来问我呢？我可没有什么好东西。"

宜宁一时不知道该说什么。

小宜宁从不曾对罗慎远好过，她甚至对隔房的哥哥更亲近。这位沉默寡言的三哥，不过是她闲暇的时候逗逗乐子、随便捉弄的对象而已。她何曾真心对待过他？

宜宁在他的目光下有点心虚，只能小声说："真的只是借字帖而已……"

罗慎远欲言又止，闭了闭眼才平静道："既然你要，那我明日给你吧。"

宜宁看到罗慎远渐渐走远，背影非常清瘦孤拔，又想到罗老太太说他阴沉，却更觉得他可怜。

她突然觉得吹来的风还是春寒的，有点刺骨。回到老太太那里，宜宁打了好几个喷嚏。

罗老太太眉头一皱，忙叫孙女坐在自己旁边来："怎的又不舒服了？病不是好了吗？"

宜宁揉了揉鼻子，觉得有点头晕："可能是吹着风了吧。"

罗老太太瞧她小鼻子发红，眼睛水雾氤氲，喊徐妈妈说："叫小厨房再煎碗药来。"宜宁上次落水真是伤了身子骨，还没好透竟然又染风寒了。

雪枝拿了床被褥出来，给宜宁周身裹上，宜宁今晚就裹在被窝里，叫罗老太太喂了晚饭和汤药。

老太太探了她的额头，眉头皱得更紧："明日还是不要去进学了吧。"

宜宁却想到罗慎远明日要给她字帖，怎么好叫他多等。何况才上了一日学，又要休息，顾女先生保不准还要怎么说她。左不过就是有些不舒服,睡一觉应该就没事了。她就顽强地摇头:"我三天两日总是不去,反倒让女先生怪罪。还是要去的。"

罗老太太没办法,只得把孙女裹得更紧些。宜宁像只蚕蛹似的坐在罗汉床上,又从里面艰难地伸出一只手,捡盘子里糕饼上嵌的葡萄干吃。

宜宁边吃葡萄干边和罗老太太闲谈:"祖母,您总说我母亲知书达礼,和我说说吧。"

罗老太太也没有管孙女怎么吃糕点的,想了想,笑道:"你的母亲是个非常好的人。她十岁的时候,你的外祖母刘氏亡故,是你舅母把她带大的。别人家的嫂嫂和姑子总是有矛盾的,你母亲和舅母却相处得非常好。你母亲出嫁的时候,你舅母哭了好几天,拉着我的手嘱托我,说她这小姑子最是心地善良,要我一定多加照拂……"

罗老太太声音一低:"你母亲嫁过来之后与你父亲琴瑟和鸣,与家中众人的关系都很好。那时候你父亲还没有中进士。后来……你父亲在扬州为官,那年回来的时候,带了乔姨娘。"

宜宁捡葡萄干吃的小手停了下来,问:"就是现在的乔姨娘?"

罗老太太点点头:"就是她。她是你父亲从扬州带回来的,说是官家之后,却没有个正经出身。咱们又不是一般的人家,我与你母亲怎么能同意她进门呢。还是乔姨娘跪在你母亲门前,哭了整整两天你母亲才松口准她进门了。乔姨娘进门后半年就有孕了,生下的就是你六姐宜怜,比你大两岁。你长姐非常不喜欢她。"罗老太太突然一顿。

宜宁不知道她停下来做什么,依旧看着她。

罗老太太却摸着她的头说:"你母亲同情乔姨娘,又看她娇弱可怜,却没想到她是个扮猪吃老虎的狠角色,竟将你父亲迷得神魂颠倒的,那时候你父亲还有两房妾室,竟然都不如她受宠。"

"不说你那个乔姨娘了。"罗老太太刮了刮宜宁的小鼻子,看她抬起一张稚气的小脸,那五官样貌的确是像母亲的。罗老太太的语气沉了些。

"后来,你母亲生下你之后身子就渐渐不好了,半年内就去了……那时候她抓着我的手,哭着跟我说——'我倒是什么都能舍下,就是这在襁褓中的孩子谁能照顾她?'你母亲舐犊情深,非常舍不得你。我就跟她允诺说,只要有我在一天,便不会让任何人欺负了你。"

宜宁静静地听着,突然觉得鼻头发酸。

她原来的母亲死的时候,应该也非常舍不得她吧。母亲死了,襁褓里的孩子孤零零地留在世上,没有人照看,磕磕绊绊地自己长大,却没有想到后来的一生如此坎坷。

罗老太太又笑道:"祖母跟你说这些,可不是要你难受的。"

宜宁朝罗老太太的怀里拱去,笑着说:"我现在有祖母宠我,还有长姐。母亲九泉之下看到,想必也是欣慰的。"

这是她的真心话,和罗老太太一起住这些日子,她真把罗老太太当亲祖母了。

从前她孤苦无依,并没有对自己如此好的亲人,所以她极喜欢罗老太太。

她一定得好好活着,谁都不能轻易来害了她。

宜宁抱着罗老太太的手臂,闭上了眼睛。

乔姨娘却正站在门口望眼欲穿。

不过一会儿她的丫头小跑着过来跟她说:"姨娘,老爷过来了。"

乔姨娘的嘴角露出一丝笑容,赶紧让丫头扶着她回去。等罗成章到的时候,看到桌上仅摆着三盘小菜,宜怜在给弟弟的小碗里夹菜,三岁大的轩哥儿被乔姨娘抱在怀里喂饭。

看到罗成章来了,乔姨娘立刻上前接了他解下来的斗篷。罗成章见她的菜色简单,便问道:"怎的吃得如此简朴?"

乔姨娘柔柔地叹了口气:"老爷没来,妾身如何舍得吃好的。妾身总觉得自己身份低,还是原来那个孤女,不敢忘了老爷的恩情。"

不错,乔姨娘这般奉承讨好是因为,罗成章前两夜歇在了林如海那里。

罗成章看着她温柔如水的眼眸,更被她的深情打动,不禁揽住了乔姨娘的肩,轻轻道:"月蝉,别人皆爱我的权势,我却知你待我最真心,你不用说,我自然不会亏待了你……"

乔姨娘眉开眼笑,伺候罗成章坐下。罗成章见女儿乖乖地吃饭,轩哥儿坐在她怀里叫姐姐,就做出慈父的样子问罗宜怜:"今日你们姐妹一起进学,可学得还好?"

罗宜怜给幼弟喂饭,柔婉地说:"都挺好的,七妹妹今日也来了。顾女先生教书仔细,为人也有原则,女儿实在是喜欢得很。就是七妹妹今日与五妹妹说话,惹得女先生有些不高兴,当然也没有什么大不了的,七妹妹是小孩儿心性,坐不住也是应该的……"

提到罗宜宁,罗成章就皱起眉——这个小女儿实在是太散漫了。

罗宜怜有些不安地道:"父亲可不要怪七妹妹,她毕竟还年幼。"

"便年幼也是七岁了,该懂事了!"罗成章觉得不能姑息,"你七岁的时候可比她懂事多了,她简直不知所云。"罗成章搁下筷子,觉得有点吃不进去了。

次日起来,宜宁觉得头重脚轻,自己试了试额头,知道是发烧了。

雪枝担心她,到了听风阁之后立刻叫小丫头煮了热茶给宜宁喝。宜宁端着杯子喝了好些热水。雪枝看她难受,实在是放心不下,俯下身柔声道:"姐儿,不如我就留在里头照看你吧。"

进学的时候,一般丫头婆子都是不能留在里面的。

宜宁原本是要拒绝的,但雪枝搬了老太太出来,说她若不好会让老太太伤心。宜宁听罢这才点了点头应了,叫松枝等人退了出去。

顾女先生上课的时候便总盯着雪枝。

雪枝是什么人物,早年在罗宜慧身边伺候的时候,什么大风大浪没见过,又是罗宜慧亲自调教出来,特意留在妹妹身边最得意的丫头,对顾女先生的目光视若无睹,表情更是云淡风轻。

顾女先生终于还是忍不下去了,放下书册道:"七小姐,您可否让您的丫头退出去?这进学又不是来享乐的,是受圣人教诲,明理通达。您这番做派日后大家都学了去,这屋子里端茶的端茶,捶腿的捶腿,大家可还怎么学?"

宜宁抬起头看着顾女先生。平心而论,她还是很佩服顾女先生的,毕竟谁都不敢惹这小祖宗，顾女先生却一派正气。别人不敢惹，她偏看不惯小宜宁的作风，就要犯这小祖宗的不痛快。

她强打精神，端正地答："女先生，我昨日染了风寒，雪枝在我身旁看着，是免得我突然身子不适，扰了大家进学。您放心，雪枝是个守规矩的，决不会扰了您上课。况且我听说有些族学是能带书童上课的，也不会扰了授课。"

顾女先生却不领情，坚决道："七小姐从何处听来我不知道，但是在我这里是不许的。规矩便是规矩，无规矩不成方圆，若是以后五小姐也要带丫头上课——"

神游天外的罗宜秀再次被点名，茫然地回过神。而旁边的宜怜又向来是个隔岸观火的，不到万不得已不轻易说话，只看着她们，把手里的毛笔抓得紧紧的。

顾女先生接着说："我纵容一次，下一次别人也是这般找借口，难不成也要纵容？"

雪枝屈身道："女先生误会。是老夫人叮嘱奴婢，要在课上好生照看着姐儿，并非姐儿自己的意思。奴婢保证就这一次，且只是与七小姐端些热茶。您也知道，姐儿风寒刚好，本就体弱，若是突然再病，恐怕会更加严重……"

顾女先生见她说了这么多，两人还是不听，语气有些不好了："七小姐身子不适，不来进学都罢了，我权当自己的身份配不上教七小姐。何必找这许多的借口来与我说？"

宜宁憋了口气，她也不想来，只是若真的不来，这女先生恐怕更不会放过她了。这顾女先生极重规矩，又是个油盐不进的主。罗成章就是看中这点，才请她来授课。不然寻常的女老师如何制得住小宜宁的脾性？

只是在宜宁看来，顾女先生却是有些偏颇了。记得昨日，顾怜在午后来迟了些，这女先生温声原谅，叫她下回注意便是，而在对自己时，便如此不近人情。可见规矩在她眼里，也是分人而言的。

宜宁有点怒了。

"雪枝，不用说了。"宜宁淡淡道，"女先生说得对，你下去吧。"

雪枝看了宜宁一眼，却见小主子目光平静地看着自己，突然像是有了几分大小姐的影子。她又放心了几分，才应声退下去。

"女先生请讲课吧，这下无人打扰您了。"宜宁虚手一请。

顾女先生见过这小霸王骄纵耍横，还见过她欺凌庶女，却没见过她一脸平静，眼神淡漠。这般坚决的模样竟然有几分威慑力——顾女先生随即觉得荒谬，一个七岁大的孩子，哪里来的威慑力。她又仔细看宜宁，粉团一样的小脸，分明就是个孩子。

"七小姐要是觉得我讲的话没有理，你不服，我也无话说。"顾女先生还生出几分针锋相对之感，拿出了威严来训话，"带丫头上课是不合规矩，一会儿请七小姐留下罚抄五遍《劝学》，抄完才准吃饭。"

"谨遵女先生教诲。"宜宁淡淡应允。

罗宜秀托着下巴打瞌睡去了，罗宜怜柔声地道："七妹妹，便是身子稍有不适，也不该坏了规矩啊。"

宜宁冷冷地看着罗宜怜，见娇花一样的庶姐对自己露出了一个柔弱的笑容。

"六姐说的也是。"宜宁平稳地道。

到了下学的时候，女先生走到宜宁面前道："我也不监督七小姐，若是七小姐找丫头代抄，我也无话可说，但看七小姐是否信守承诺了。"

宜宁沉默不语，挽袖子研墨。

顾女先生带着小婢离开了，临行前让人把角门打开，给屋内透气。

罗宜秀过来扯她的衣角："宜宁，你还真抄啊。还是去吃饭吧，我让我的小丫头帮你抄。"

宜宁摇了摇头，她倒真生出几分倔强。

这府里看不惯她的又何止顾女先生一个，不过都是看在她祖母、长姐的面子上佯装和气，顾女先生只是表现出来了而已。小宜宁脾性极大，日后以这样的名声长大了，有她吃苦的。不过就是抄书而已，那就抄吧。

宜宁扶着昏沉的头，低声道："你去跟雪枝她们说一声，我抄完就过去，用不了多久。"

罗宜秀走后，宜宁伏在案上，一笔一画地抄书。角门开着缝隙，冷风直朝她身上扑，宜宁非常不舒服，眼前的字看着都不清楚，意识也渐渐模糊了，直想睡觉。

她暗暗掐了自己一把清醒些，若不抄完这些，顾女先生指不定还要怎么说她。毛笔尖洇出一大团墨，纸都浸透了，宜宁的笔还是没动。

她坐都坐不稳，勉强站起来想去找雪枝她们，却觉得天旋地转，一下子倒了下去。但好像又被谁给接住了，她落到一个温热的怀抱里。

宜宁尚有些清醒，闻到一股极淡的皂香，脸蛋贴到人家的衣襟上，非常陌生的气息。一双有力的手臂抱住她，然后就想放开她。她立刻抓紧这人的衣袖，喃喃道："不走，我好难受……"

罗慎远一阵沉默，把要给她的字帖放在了书案上。

平日骄纵的小姑娘罗宜宁，居然会有这么可怜的样子，倒真是显得孱弱无依。

但是这关他什么事，她生病而已，自然会有人过来寻她。他再救她便是惹祸上身，何故要白费心思。罗慎远正欲推开她，宜宁却不许，她又难受得很，只顾抓着他，滚烫的小脸贴到一块凉凉的东西，很舒服，她就蹭了蹭，努力伸出手把眼前的东西抱住，更觉得凉快些。

罗慎远看这小丫头贴住自己的玉佩磨蹭，一阵无言。

"你快起来。"他缓缓说，"我替你去找你的丫头来。"

宜宁听到这个声音，才模糊想起好像是她三哥，他说过今天给她送字帖来的。那她抱着的这个又是什么？宜宁现在脑子都烧成糨糊了，既然是罗慎远，总不会放下她不管的。

"三哥，我病了……"宜宁小声说，"我头疼、口渴，不舒服，你不要吵……"

罗慎远眉头轻皱，觉得不太对，这才伸手试了试她的额头。这丫头竟然烧得这么厉害！

他没有多想，当机立断把小丫头打横抱起朝外走，迎面看到雪枝等一众丫头正走过来。看到罗慎远竟然抱着宜宁，雪枝有些惊讶："三少爷，您这是……"

罗慎远冷冷道："自己主子高烧，你们却一个个都找不到人，倒是伺候得很好啊！"他没跟她们多说，快步朝罗老太太的住处去。

雪枝一愣，以前竟没发现这个沉默寡言的三少爷还有如此凌厉慑人的时候。她顿了顿才立刻明白过来，连忙跟上去。小主子出事了！

人抱回去之后，罗老太太真是生了大气。

怎么能不生气，出去的时候还好好的，抱回来竟然奄奄一息的，神志不清只知道说难受。罗老太太看着自己娇养大的小孙女孱弱得跟猫儿一样，眼泪都含在眶里，强忍着不落。

"你们贴身伺候，就是这么伺候的！"她坐在太师椅上，徐妈妈立在身侧。跟着宜宁去进学的丫头婆子大大小小跪了一地，雪枝和松枝带头跪在前面，不敢起身。

罗老太太先指着雪枝说："你是大姑娘留下来的，平日贴身伺候姐儿，怎的也如此糊涂？姐儿不舒服便抱回来，等人烧成这样了你还不知道吗？"

雪枝是大丫头，在宜宁身边伺候没有人不给脸面的，如今她也只能忍着眼泪说："奴婢愧疚，的确是奴婢疏忽了，请老夫人责罚奴婢。"

松枝哭道："奴婢却不得不为雪枝姐姐分辩一句，事情若要说起来，雪枝姐姐只得担三分的责任。实在是授课的顾女先生不通人情，姐儿病着，不要我们伺候，还要罚姐儿抄书……"松枝边哭边把过程断断续续地说了一遍。

罗老太太也知道家中规矩，上课时不许丫头在旁伺候，可这规矩也不是全然不变的。小主子身体不适，丫头在旁伺候分明是再正常不过的事，毕竟进学是其次的，最要紧的还是小主子的身子，况且还有她的叮嘱在先——可这个顾女先生，却如此油盐不进！

罗老太太平日礼佛静心的人，听得也是怒火中烧："她好大个胆子！"免不得周围的丫头婆子又要劝老太太一番。

罗老太太深吸了口气。一个落魄人家的女儿，不过在罗家授课，竟敢对眉姐儿拿腔作调，平日里还不知是怎么对她眉姐儿的，往日只知道姐儿对这女老师不尊敬，总是顶撞。她平日还帮着训姐儿，劝姐儿尊师重道。原来这顾女先生就是这么教书的，难怪平日姐儿不喜欢她！

徐妈妈知道罗老太太生了大气，低声劝道："这人毕竟是二老爷请来的，又在咱们府里教书，您不方便亲自训斥……"

罗老太太冷冷道："那明日去跟她说。再有下次，我叫她在这保定府待不下去。"

徐妈妈躬身退下了，罗老太太叫人扶着手往次间去，又回头看了众丫头一眼："雪枝、松枝起来照顾姐儿，其余去外头跪着。"

雪枝最是愧疚，是她劝姐儿留她在旁，还惹了一顿罚抄。且最后她还是没能看好姐儿，若她坚持留下，或者早些闯进去就好了。

可现在想这些都是没用的。

雪枝和松枝擦了眼泪，忙端了热水、帕子等物跟着进西次间。

伺候罗老太太的几个大丫头正在给宜宁擦脸擦擦手，罗慎远还站在罗汉床边，小丫头抓着他的袖口不放。那日她溺水之时，就是这么抓着他不放的。罗慎远看那只粉团一样的小手紧紧抓着他的袖口，用力得指骨都发白，总有种她非常依赖自己的错觉。

但只有这样危难的时候，她才把他当宝一样攥着，平日从来不搭理。

小丫头很不安稳地喃喃着，像在做什么噩梦一样，不安地发抖，非常害怕无依。罗慎远定定地看着她的小脸，还是缓缓地伸出一只手摸了摸她的额头，她便蹭着他冰凉的大手，朝他凑近了一些，似乎是好过了。

罗慎远看她跟小动物一样，嘴角不觉露出一丝笑意。

罗老太太看着孙女抓着罗慎远的衣袖不放，恻隐之心颇动，淡淡地道："宜宁也许真是命中与你有劫，遇着你总是出事，却又都是为你所救。"

罗慎远是她在几个孙儿里最不喜欢的，总让她想起那个毒死同屋姐妹的丫头。她也一直觉得，龙生龙、凤生凤，老鼠的儿子会打洞——那样的娘能生下什么好儿子？

果然不出她所料，罗慎远有时候做的事情，真真是心思阴狠。

但有的时候罗老太太也觉得他可怜，平日他对自己也算是孝顺，如现在这般，穿了件半旧的淡蓝色直裰，洗了多次，应该是前年做的了，刻苦勤俭，对宜宁也从来没有不好过。

"宜宁还要养病，你走吧。"罗老太太终究是不想看到他，侧过身。

罗慎远倒也没有说什么，低头看了看宜宁苍白的小脸，伸出手扳开了宜宁的小手。

宜宁迷迷糊糊有所察觉，还要去抓什么，罗慎远却已经后退了一步，她什么都抓不到。

罗慎远转身离开了，走到门口，似乎又听到宜宁在喃喃什么，他脚步一顿，但还是往外走了。

徐妈妈看着这般，也是于心不忍。

"老太太，三少爷虽然性子果决些，但对七小姐一直都是好的。您为何……"

她自然是担心罗慎远会害了眉眉儿！毕竟他是那样睚眦必报的性子。

可事情当真如她所想吗？

罗老太太缓缓地叹了口气："罢了，居然连你都这么说。"罗老太太这一番心神动荡，更觉得疲惫，让徐妈妈扶着坐下来，神色就露出了老态，"我是管不了眉眉儿多久的，我要是去了，谁还能护着她……"

徐妈妈轻轻地笑道："眼下不就有一个吗？以三少爷的那个性子，您还担心他护不住咱们姐儿？他若是疼爱姐儿，以后只有姐儿欺负别人的，没有别人欺负她的。"

罗老太太听到这里，若有所思。

罗成章今日公事处理得爽利，便早回来了。小厮问他去哪里，罗成章总还想着乔姨娘那张清秀如出水净莲的脸，语气都不由得柔软了几分："去乔姨娘那里。另外给太太传个话，叫她不等我吃晚饭。"

小厮应声去了，罗成章看到乔姨娘门口竟然连一个丫头都没有站着，便亲自挑了帘子进去。谁知道里头乔姨娘正在和罗宜怜说私话，看到罗成章进来，倒是吓了一跳。

罗成章笑道："你们母女俩说什么呢？竟把下人都撤下了。"

乔姨娘却面露难色："也……也没有说什么，要是多说了不该说的话。怕老爷说我们搬弄是非，因此才悄悄说。"

罗成章坐下来，把轩哥儿抱到怀里来："你这么说，我可更感兴趣了。"罗成章看向罗宜怜，"既然你母亲不说，那你就说给父亲听听。"

罗宜怜为难了一下，才站起来说："还是七妹妹的事，今天早上七妹妹以生病为借口，非要带丫头在书房里伺候。女先生就说带丫头上课不合规矩，不叫七妹妹带，七妹妹却坚持要丫头伺候她，女先生因此就生了气，罚七妹妹抄书。结果七妹妹下午就赌气没来进学了……"

罗宜怜的声音越来越小，罗成章却听得越来越愤怒。罗宜怜每多说一句话，他的脸就更阴沉一分。

到最后罗成章忍不住拍了一下桌子："我看就是平时纵的她！"

罗成章的好心情完全被破坏了，脸色阴沉，站起身就往罗老太太那里去。

乔姨娘连忙在后面撕心裂肺地喊："老爷，七小姐毕竟是个孩子！又受老太太宠爱，还是不要去了。"

罗成章听得额角青筋突突地跳，只觉得自己恨不得好好教训罗宜宁，脚步顿都没有顿，就直往罗老太太那里去了。

罗老太太与林海如正在照看宜宁。

林海如平日一个直爽的人，看着宜宁如此孱弱，也是忍不住哭："我嫁过来时姐儿才两岁，我是把她当亲闺女看的，平日里好吃的、好用的只怕少了她的，怎么就这样了……"

罗老太太被她的哭声吵得心浮气躁的，看她的确是伤心，又不好训斥。

正在这时候，门外急匆匆地进来一个丫头，附在老太太耳边低声道："老夫人，二爷朝咱们这儿过来了，样子好像非常生气。"

罗老太太让丫头扶她起来，缓步朝正堂走去，果然看到罗成章一脸怒气的样子："母亲，宜宁那孽障在何处？"

罗老太太听他口口声声称自己的心头肉为"孽障"，眉头早已经皱起来："你瞧瞧你什么样子！无端跑到我这里来发什么脾气？宜宁她再不好也是你的女儿，哪有你这么喊的。"

罗成章气得咬着牙说："我宁愿没有这么个女儿。孽障东西，在顾女先生的课上不守规矩，还学会了扯谎说生病，不过是叫女先生训斥了几句，下午还敢不去了？她在哪儿，叫她给我出来！"

罗老太太听到这里，还有什么不明白的。她老人家年轻的时候怎么说也是斗倒几个姨娘的狠角色，冷冷一笑，"你如此急匆匆地到这里来，可是别人跟你说了什么？"

罗成章却道："您甭管我是从哪里听来的，告诉我那孽障在哪儿。我非得好好惩戒她不可！"

罗老太太冷冷道："你要惩戒她，那来吧。"

她转身朝屋内走，罗成章立刻跟在她身后进去，但看到躺在罗汉床上的宜宁之后，却整个人都愣住了。

那床上躺着的，他的小女儿的确病得很重，小小的一团蜷缩着，脸色通红，不安地呓语着。旁边林海如还坐在床边，边用湿帕子给她擦脸，边伤心地哭着。

"宜宁这是……"罗成章转过头看罗老太太。

罗老太太却挑眉冷笑:"你不是要罚她吗?你现在罚啊,把她从床上揪起来,打她一顿解解你的怒气,要么骂她一顿,看看她能不能给你认个错。"

"我……"罗成章顿时有些词穷,"我是听说,她违逆了顾女先生上课的规矩,还不知悔改,才想过来说她几句,没想到她是真的病了……但就算是病了,也不能不尊师重道啊!"

罗老太太继续道:"姐儿还不够尊师重道?她昨晚有些不舒服,我劝她不要去进学,她说自己总不去进学怕老师责怪,一定要去。她身子骨本就没好全,我让雪枝在进学时盯着她好生照顾,雪枝不过在旁边给宜宁端些茶水,偏偏顾女先生不依不饶地要雪枝出去。宜宁也没有说什么,叫雪枝出去了,顾女先生却还要罚姐儿抄书。姐儿身子骨本来就没有好透,中午昏倒在听风阁,抱回来的时候浑身滚烫。如此这般,还不叫尊师重道?那你跟我说说,什么才叫尊师重道?"

罗老太太声音越来越冷厉,到最后听得罗成章浑身一震,说不出话来。

这和他在罗宜怜那里听来的可不太一样,按了宜怜的说法,是宜宁无理取闹在先,又不听老师的惩罚在后,真是骄纵的小姐脾气。但是现在看到宜宁躺在床上,病得无比孱弱,罗老太太跟他说话语气又满是怨怼,他怎么会还不明白。

想到自己刚才怒气冲冲地骂宜宁"孽障",罗成章的声音就不由得低下来:"是我冲动了些,宜宁平日闯祸的时候多,我难免以为是她的错……没想到她是真的病了。"

听到他说话,林海如却回头看了他一眼,目光也有埋怨:"老爷,我没有那个身份指责您。但是现在姐儿要是醒着,肯定也不想看到您,您还是先出去吧。"

罗成章有些尴尬,望着小女儿惨白的小脸,想到自己刚才说话的语气这么重,不好再说什么。

罗老太太叫他去了正堂,继续说:"宜宁的事,可是乔姨娘说给你听的?"

罗成章摇了摇头:"母亲,实在不干乔姨娘的事。她与宜怜在屋里说私话,是我突然闯进去听到的……她们两个都不是那等搬弄是非的人,乔姨娘还一直求我要宽恕眉姐儿。"

罗老太太"哼"了一声,心想儿子平日在朝堂上倒也精明,怎的一沾到那个女人就耳根子软了?她冷冷地道:"她乔姨娘是什么人,真要是存心不让你听到,你能闯进去?她们母女俩说私话的时候,门口难不成连个守门的丫头都没有?"

罗成章听到母亲这般不留情面的犀利指责,仿佛冷风一吹,也稍微清醒了些。

如果母女俩说话真的不想让他听见,那门口就应该有丫头守着,但偏偏一个丫头都没,这不是就想等他随便闯进去?但他总想起乔姨娘对自己一片情深,这些年不争不抢,与林海如对比鲜明,又觉得不该怀疑她。

罗老太太看自己儿子脸色不定,就低声道:"当年……明澜是怎么对你的。你把乔姨娘带回来,非要纳她为妾,明澜阻止你了吗?明明也是顾家娇养大的小姐,却性子恭顺温和,从来不曾与你计较。如今她不在了,你就纵着那两个来欺负她可怜的孩子吗?"罗老太太说得自己都气起来,语气哽咽,"你狠得下那个心,我可狠不下来。这次你若不教训那乱嚼舌根的,也别认我这个母亲了！"

罗成章听到罗老太太提起宜宁的生母明澜，不由得就想起那个温和柔婉的女子，死的时候惨白着脸，骨瘦如柴的手紧紧抓着罗老太太的手，叫她照顾自己襁褓中的孩子。生怕自己去了之后，孩子就孤独无依。

罗成章扶老太太坐下，缓了语气道："是儿子不好，母亲不要生气，担心气坏了身子。我回去便惩罚她们两个，叫她们来给宜宁赔礼道歉。"

他在朝为官，孝道是最重要的，要是因为这种事被言官参一本，这官儿他也别想当了。

罗老太太这才缓过气来，又冷冷道："若还有下次，我可不会再饶了她。"

宜宁睡得昏昏沉沉的，只觉得有个暖和的身体抱着她，后来便要离开。等她醒来时，觉得自己舒服了不少，睁开眼才看到林海如双眼肿得跟桃似的。雪枝扶她坐起来，给她垫了个软和的引枕。

宜宁想起自己昏过去之前，似乎看到了罗慎远，但四下看去，又没有看到他的人。"雪枝……我是怎么回来的？"宜宁问道。

雪枝擦了眼泪说："姐儿，是三少爷抱您回来的。"

竟然真的是罗慎远救的她。宜宁心里有些复杂，罗慎远虽然心思狠毒，但对自己这位嫡亲的妹妹，当真是处处容忍、百般纵容，而且总是在危急的时候救下她。

雪枝又从旁边的小几上拿起一本册子："三少爷给您送了这个过来，奴婢从听风阁拿回来的。"

宜宁接过来看，这本字帖的墨迹很新。虽然写的是梅花小楷，但笔画遒劲有力，一看便是男子所写。

宜宁暗自思忖着，把册子搁到旁边，就想从床上起来。

林海如却赶紧按住她："你可别动了，好好养着，厨房刚给你炖了药，一会儿就要喝了。"

宜宁苦笑道："母亲，我没有事。已经不烧了。"

林海如瞪她一眼："那也不准起来。"

一会儿罗老太太也进来了，监督宜宁把整碗的药喝下。宜宁无奈，谁让她竟然在进学的时候昏过去了。她喝完药之后，两个女人还要监督她躺着休息。

宜宁却摇头说："女先生罚我抄五遍《劝学》，我还没有抄完呢，还是抄完了给她送过去吧。"

罗老太太气得直按她的小脑袋："平时看你顽皮骄纵的，别人都不敢欺负你，我还劝你温和些。现在却温和过头了，叫人欺负到头上都不反抗！抄什么抄，我看谁敢叫你抄！"

宜宁看老太太一副怒气冲冲的样子，就笑了笑。

她心里为原来的小宜宁感到心疼。小宜宁活得那样骄纵跋扈，是不是也是因为别人总是这么对她，她却没有个讲理的地方，只能用自己的方式来反抗？这个世界总是更同情弱者的。

但是说到底，她也不过是个可怜的小孩而已。

她抱住了罗老太太说："祖母，我哪里是叫她欺负了。只不过我不听她的，又要叫别人说我骄纵了！"

罗老太太想起刚才怒气冲冲地进来的罗成章，再听自己的孙女温言细语，说的都是真话，眼眶忍不住发红。小姑娘哪里是不懂，她分明就是知道的，但是一直默默地忍受。

乔姨娘正在房里抱着轩哥儿哄，罗宜怜在旁帮母亲缠丝线。看弟弟总是哭个不停，罗宜怜轻声说："母亲，您怎么就笃定父亲会罚七妹呢……"

乔姨娘把孩子哄睡着了，交给乳母抱去睡，跟女儿说："你父亲早忍耐她许久了，再说你父亲最不能忍受的便是不尊师重道。他能有今天全靠老师提携，才在朝堂一帆风顺。"

乔姨娘说着有些出神地看着罗宜怜。

罗宜怜被乔姨娘看得发虚，忍不住问："母亲，怎么了？"

乔姨娘这才叹气说："我孩儿啊，你是庶出的姑娘，若是不讨着你父亲的欢心，便什么都没有。幸好咱们太太的肚子没用，不然还有你受的。"

罗宜怜听到母亲这么说，有些委屈，不甘心地道："虽然我样样做得比宜宁强，那又能如何，祖母偏心宜宁简直偏心得不像话。我有时候真是不喜欢宜宁极了，她原来那般羞辱我，父亲也只是训她几句事，我心里却是恨不得掌她的嘴……"

乔姨娘缓缓笑了："你得忍，越是让宜宁欺负你，你越表现得可怜，你父亲就更疼惜你。你被她欺负的时候不高兴，娘可是为你高兴的。你父亲一次次不喜欢宜宁，才更疼爱你。"

罗宜怜细想来的确是如此，眼看着受欺负的是她，实则除了受点欺负，好处都是在她这儿。母女俩正要继续缠丝线，却听到门外传来丫头的声音。罗宜怜正想抬头看发生什么了，就看到罗成章阴沉着脸走了进来。

乔姨娘看他脸色不对，心里猛地一沉，上前温柔地笑道："爷这是怎么了……可是七小姐……"

罗成章一把拂开她的手，冷冷地道："你跪下！"

乔姨娘叫他推得后退了一步，不敢忤逆他，连忙跪在地上，脸色苍白道："老爷，您有话好好说便是了，何必这般动气。却不知是妾身哪里犯了您的不痛快……"

"你给我闭嘴！"罗成章阴冷地说，又指向罗宜怜，"今日谁说眉姐儿忤逆老师，又赌气不去进学的！眉姐儿明明就是病了，坚持不住晕倒的。你是非曲直不分，反倒在背后排揎眉姐儿的不是，差点让我冤枉了她！若是今天不惩罚你，怎么对得起你七妹！"

罗宜怜听到这里，哪里还不明白是出事了。她本以为罗宜宁不过是耍脾气，谁知道她竟然真是病倒了。

她立刻跟着跪下来，眼眶湿润道："父亲要是想罚我便罚吧。只是真要罚的话，我却还有几句话想说。父亲来的时候我本不想说，您偏偏让我说。女儿看到妹妹不来，便以为是妹妹缺席，况且七妹的丫头的确有顶撞女先生的言语。爹爹您说说，女儿究竟错在哪儿……"

乔姨娘也哭道："老爷说我们搬弄是非，但怜姐儿说的都是她目之所见，哪里来的搬弄。七小姐没去进学是事实，怜姐儿实在也没有说谎啊。我的怜姐儿一向乖巧懂事，又何必要去说七小姐的不是呢？"

罗成章哼了一声道："你真当我不知道了？门口没有人守着，就等着我来听。乔月蝉，如今你也是长进了，竟然算计到我头上来！"

乔姨娘心里有些惶恐，以前罗成章可没对她生过这么大的气，气宜怜误说妹妹估计是一方面，他更不喜欢的应该是有人算计他。乔姨娘立刻转变语气，幽咽道："爷这么说，实在是冤枉了人啊。我如何会算计您，门口没有人，不过是丫头们去太太那儿领月钱了，太太一向不让妾身过问这些。爷您真要觉得是妾身故意设计，就该在爷一开始问的时候就说，妾身又何必遮掩……"

罗成章听乔姨娘苦苦哭求，心里的怒气稍微消散了几分。

罗宜怜在旁是越来越泣不成声："我却是没受过这个委屈，请父亲责罚，也好证女儿的清白。我一向不与七妹计较，又何必在这种事上说七妹的不是呢。父亲不信就算了，我、我……"

罗宜怜越说越急促，竟然一口气提不上来，昏了过去。乔姨娘连忙要过去抱女儿，又急又伤心，屋里乱成一团。

罗成章把女儿都气得昏过去了，哪里还记得惩罚她，连忙叫人去请大夫都来不及。

晚上罗老太太跪在佛像前念经，就听到禀报的人来说六小姐哭晕过去了，现在乔姨娘的院子里忙成一团。

罗老太太只是冷冷一笑："随她哭去吧。"复又低头念佛经，为宜宁祈福。

宜宁第二日醒来，林海如就喜滋滋地来看她，跟她说罗成章回去就发落了那两母女，狠狠地训斥了一顿，晚上也去睡书房了，没有歇在乔姨娘那里。

"你父亲训斥你六姐姐的时候，你那六姐身子弱，都哭得昏过去了。"宜宁也听雪枝说了昨天发生的事。

林海如话锋一转，幽幽道："你六姐身子好得很，每顿能吃两碗饭，比我吃得还多。能哭得昏过去？我才不信呢！"

宜宁笑了笑道："她昏过去之后，父亲是不是就没说什么了？"

"你父亲叫人扶她还来不及呢，心疼得跟什么似的。"林海如剥了粒葡萄给宜宁吃，凑过来又笑着说，"宜宁，别怪我说话不中听，你这一病倒是病得挺好，我看到那狐媚子吃瘪就高兴。一会儿，你父亲还要带着她们来给你请罪呢。"

宜宁看林海如眉飞色舞的样子，不由得暗自发笑。她这继母林海如这样藏不住心思直来直去，难怪被乔姨娘吃得死死的。

过了一会儿，罗成章果然带着乔姨娘和宜怜来给宜宁请罪。

宜怜一脸病弱样，看起来脸色比宜宁这个生病的还差，哭得梨花带雨，说："姐姐也是误会了，还不小心让爹爹听了去，反倒让你受了委屈，你可要原谅姐姐啊。"

罗成章在旁看着娇弱的六女儿哭成这样，想到昨晚因为自己的训斥，她都哭得晕过去了，就忍不住说："宜宁，你六姐身子不好，昨天还昏倒了……她认错态度倒也诚恳，你还是原谅她吧。"

宜怜好歹是罗成章亲手养大，这孩子的柔弱秉性，他是熟悉的。她一向温和怯弱，又多多谦让妹妹，应该也不会蓄意害她。

宜宁还没说话，林海如就冷冷地道："老爷这话说的。怜姐儿生了什么病就身子不好了？宜宁可是发烧才好的。究竟该疼惜哪个，老爷没数吗？"

自己这位继母倒是难得上道了一次。宜宁心想明明自己才是病的那个，怎么就是罗宜怜更娇弱了？不过就是装个柔弱可怜而已。

宜宁心里酝酿了一下，眼眶通红，声音微弱地接话："母亲可不要这么说。六姐姐虽然是姐姐，但是身子向来娇弱，何况爹爹常说，我做妹妹的要让着姐姐。"说着她有些茫然无措地看着罗成章说，"我原谅了姐姐，爹爹就不会怪我了吧……没有遵守女先生的规矩是我不好。我本来是想把书抄完的，只是我实在是难受极了才昏过去的，下次就不会了……"

那小模样又惊惶又可怜，明明不是她的错，却如此惶恐，生怕别人因此责怪她。

罗成章看到平日骄纵的宜宁一脸孱弱，巴掌大的小脸沾着莹莹泪光，眉梢的小痣又是如此可爱，隐隐有几分像她母亲。说话的语气又无措又委屈，不由得就想到她还是个不懂事的孩童，甚至比宜怜还要小两岁。

自己对她这么严苛，还让她做妹妹的让着姐姐，实在是有点过了。

罗成章坐到女儿的床边，摸了摸宜宁的头发，声音柔和了一些："眉眉儿别哭，爹没有怪你。你是病了的，不怪你。"

乔姨娘和罗宜怜站在后面一脸僵硬。

罗老太太在一旁看着，却暗自觉得好笑，宜宁如今是越来越聪明了。

不过这样才好！会哭的孩子有奶吃。不吵不闹的，别人怎么知道你有什么委屈。

宜宁想好歹自己当年在众姐妹中，哭戏也是一等一的好，从原来祖母那里哭来了侯府的亲事，又哭出了整整八十担的嫁妆。现在罗宜怜跟她比哭？真要是被比过去了，她也算是丢脸了。

宜宁的手抓住被褥，紧紧地揪着说："母亲去得早，宜宁连母亲的样子都不记得……宜宁有时候也想，是不是就是我太调皮，所以母亲才不要我了？我也怎么都等不到她回来……以后宜宁会好好改的，母亲要是在的话，看到我乖乖的不调皮，她也一定会喜欢我……"

真是闻者伤心，听者落泪。罗成章看着女儿说得如此可怜，也不禁起了怜惜之心。她才多大，小小的一个孩子，又没有亲生母亲照顾着，没有母亲的孩子总归是可怜的。

想到这里，罗成章回头对罗宜怜说："宜怜，你是姐姐，以后可不要再做那等以讹传讹的事情了，就算是无意提起也不行。你妹妹没有母亲，你平日要多关照她才是。"

罗宜怜毕竟也是个半大的孩子，表情控制不到位，只能勉勉强强地应是。罗成章又宽慰了哭泣的小女儿好些话，才带着乔姨娘等人回去。

等二儿子走后，罗老太太拿了手帕给宜宁擦眼泪。

"这下可是学聪明了。"罗老太太笑着说，"知道以退为进。"

罗老太太知道她的心思，却一点都不怪她，宜宁心里软和得不行。老太太一生看尽人事，到了古稀之年，唯一宠溺纵容着的，也就是这个孙女了。

宜宁笑了笑，抓住罗老太太的胳膊说："祖母，这次可多亏了三哥，不然我病在那里也没有人理会。"

罗老太太绷着脸道："就是他不来，雪枝也要去寻你了。"

宜宁只管可怜兮兮地看着罗老太太，老太太终于"扑哧"一笑，摆了摆手："罢了罢了，你想怎么样？"

"以后我们还是对三哥好些吧。"宜宁想了想说。

罗老太太把小小的孙女抱在怀里，叹了口气："都随你。"

正如徐妈妈所说，她若是真想保着宜宁，就应该对罗慎远好些。日后的罗慎远，必定不会不管宜宁的。

第二天顾女先生再去上课，发现自己的学生从四个变三个，又在一夜之间变成了一个。她觉得奇怪，就算是罗宜宁不来，一向恪守规矩的罗宜怜又怎么会没有来？

她和罗宜秀大眼看小眼，罗宜秀才说："宜宁病了，罗宜怜被罚了，都来不了。"

顾女先生皱了皱眉，正要说什么，角门被打开了，徐妈妈扶着罗老太太走了进来。罗老太太的两个儿子都是进士，为人又最是和善，每年都给保定的寺庙捐上千两的善款，在保定很受人崇敬。

顾女先生不敢怠慢，连忙走上前迎罗老太太坐下，问道："老夫人怎么有空过来？便是有事吩咐我一声，我去见您就是了。"

罗老太太含笑喝了一口茶，慢悠悠地说："这怎么合规矩呢？我是为我那不成器的孙女来的。"

孙女？罗老太太这么多孙女，究竟指的是哪个？

没等顾女先生问，罗老太太就继续说："我那孙女昨日病重，我劝她不要来进学，她偏要来，说是女先生不见她去进学会怪罪她。宜宁平日脾性暴躁，却对女先生格外忍让，那是我教她要尊师重道。我跟她说，女先生最是明理，罚你总归是有道理的，你听着就是了。宜宁后来就从来都不抱怨你了。"

顾女先生笑容一僵。

罗老太太继续说："昨天她实在不舒服，叫丫头在旁倒个热茶。听说女先生不依不饶，非要让丫头出去，宜宁也没有说什么，便让那丫头出去了。但是女先生还要罚她抄书，以致昏倒，被抱回我那里……我看到实在是心疼极了。我平日教她尊师重道，说女先生说的话总是有道理的，现实却让我老婆子无话可说。我都羞愧自己劝她那些话。恪守规矩，这就叫有道理了？那我倒是想问问女先生，若是你路过一户人家，看到里面起火却无人救火，孩子在里面都要被烧死了。这时候该不该恪守规矩？你是任由孩子被烧死在里面，还是撬门进去救人呢？"

顾女先生有些愣住了，随即脸色发红："自然……自然是救人，那毕竟是人命啊。"

罗老太太听到这里，声音陡然凌厉："那女先生是想说，宜宁的命就不是人命了？"

顾女先生有些忐忑不安，罗老太太平日里看着温和，但说起人来可是半点不留情面的，目光带着威严，看得人冷汗都要下来了。她被这么一吓，立刻道："七小姐自然是人命。"

罗老太太的语气又和缓了些："我这孙女自幼丧母，我人老了，怕是护不住她的，别人就寻着机会欺负她。就是上次，女先生看到宜宁罚那个小丫头，也是因为那小丫头对她出言不逊，宜宁气急了才罚的。宜宁若是不强硬些，别人只会如女先生般欺负她。

"但女先生若是有判断，就知道宜宁从未犯过大错。她虽然性子不好，却是个善良的。女先生自己也可以说说，宜宁可对你做过什么过分的事？你平日对宜宁过分苛责，宜宁可从不曾向我这老太婆告状的。"

顾女先生被这一通诘问，怎么对得上话来？她的确对这位七小姐有偏见，才对她如此严苛。却没想到这位七小姐昨日是真的病了，而且这一桩桩、一件件的，分明就是说她是非曲直不分，又分明是在说她冷漠无情。

她平日的确有些苛待罗宜宁，觉得她性子骄纵、让家里人宠坏了，所以想着对她更严格些，免得这女孩儿日后更无法无天，也是一颗严师之心，绝无想害罗宜宁的意思。却不想许多事是所见非所闻，断不可因为自己所思，便对一个稚童过于苛责，今日之事，是她偏见在先，是她之过。

顾女先生哑声半晌，才道："老夫人说的有道理，我受教。"

罗老太太这才让她坐下，叹了一声："你知晓就好，这孩子不易，她幼年失怙，性子难免有些不好，但女先生若认真教养，宜宁也是明白的。"

顾女先生听了罗老太太的话，缓缓点头。

罗老太太又喝了口茶，她并未提出换女先生，一则此人是罗成章所请，二则若变动传了出去，被非议的终究是罗家和宜宁，得不偿失。

抬头看着顾女先生，罗老太太笑道："此后，希望女先生好生教导宜宁，倘若今日之事再演……"

罗老太太的话停顿了，但顾女先生已经明白了她要说什么，立刻道："老太太放心，若再有类似今日之事，我便自请离开罗家。"

## 第三章 程二公子

宜宁其实病得不重，高烧退了，病就好得差不多了。她想给罗慎远道个谢，好歹也是救了她的，但总没有找到机会。倒是罗成章给小女儿送了好些补品过来。为了表示对小女儿的关心，他还每天坚持亲自上门探望女儿，坚持了四五天之久，每天都带补品。

宜宁病好后穿着衣裳，坐在小几旁边看雪枝给她描的花样，又时不时地往窗外看一眼。眼看着初夏就来了，外头那株海棠的花开得正好。

罗宜秀来找她去前院玩，说前院的西府海棠也开花了，如粉如雪层层叠叠，十分好看。

雪枝和松枝等丫头拿了团扇、小杌子等物件，跟着两个小祖宗去看花。罗宜秀边走边说："四姐好可怜，现在整日被母亲拘在家里不能出去，要学女红、学管家。母亲还和祖母商量说先把她的亲事定下来。"罗宜秀小丫头很喜欢说这些从大人那里听来的事，都当成秘密叽叽喳喳地说给宜宁听。

罗宜玉如今十三岁，已经可以说亲了。

"四姐已经说亲了吗？"宜宁问。

罗宜秀摇摇头说："母亲很中意程家的二公子，就是那个曾经出过阁老的程家，但人家二公子是名门之后，外公还是英国公，又是个少年举人，以后还要中进士的。祖母说他恐怕看不上咱们四姐。祖母就比较中意刘府同知的公子，说他人沉稳可靠，又没有别的兄弟姐妹，罗宜玉嫁过去就是享福的。"

"她们俩的意见僵持不下，四姐整天在房里哭，烦都烦死了。"罗宜秀眼珠一转，小声地说，"她是喜欢程二公子的。"

两个小姑娘一路说着，海棠花的林子已经不知不觉走到了尽头。宜宁已经看到前头有个院子，院子里长了株枇杷树，这个季节结了好些果子，枝丫都压到墙外来了。

罗宜秀看到就高兴："宜宁，这里竟然还长着枇杷，我们去摘一些吧！"

宜宁见那果子黄澄澄的，累累缀在枝头，看上去的确挺诱人，可以摘些回去做枇杷膏。

丫头们见那枝丫也不高，就没有阻止这两个小祖宗。

宜宁和罗宜秀玩得挺高兴。她摘了许多，想给罗老太太也捎一些回去，兜了一个小布包，满满都是。她拿给雪枝看："有这么好些呢，回去以后都分给你们吃！"却见到雪枝的表情有点古怪，然后就听她小声地说："七小姐，您回头看。"

宜宁抱着满满的枇杷果回过身，就看到罗慎远带着小厮站在不远处，正淡淡地看着她们几个。

宜宁微微一愣，罗慎远怎么会在这儿？她心想正好跟他道谢，就抱着枇杷小跑过去，笑着说："三哥，我正要去找你呢。"

罗慎远嘴角微微一扯："找我干什么？"

宜宁说："你救了我，我怎么也要道谢吧！"她像是想起了什么，从布兜里抓了一把果子，说，"三哥，你接着。这些果子送给你吃，就当我答谢你的救命之恩了。"

罗慎远定了片刻，还是缓缓伸出手。宜宁小小的手努力抓了一大把果子，放在了罗慎远的手心里。他轻轻握住，宜宁却又看到那道伤疤，因此怔了怔。

她听到头顶传来他平静的声音："拿别人的东西来向别人表达谢意，七妹，你也是长进了。"

宜宁有点没明白过来。什么叫拿别人的东西？他是什么意思啊？

罗慎远却没有再说什么，收了她的果子，带着小厮径直走进了那个院子。然后，院子的门关上了。

雪枝亲眼看着宜宁犯蠢却不能阻止，直到人家主人消失了，才匆匆跑到宜宁身边说："七小姐，那个院子住的是三少爷。那株枇杷树，大约也是三少爷种的。好不容易得了这么些果子，您偷偷摘了也就罢了，竟然还要送给他……奴婢有心想提醒，但您也跑得太快了。"

宜宁听了之后也是愣了很久。

原来，刚才三哥在远处看着她们不说话，是因为她们在偷他的果子。

看到罗宜秀还站在枇杷树下一脸兴致勃勃地摘果子，宜宁走过去，揪了揪罗宜秀的腰带说："五姐，我们该回去了。"

罗宜秀小脸蛋红扑扑的，她正玩得高兴呢："宜宁，你急什么啊，你看上头还有这么多大的，我得全部摘下来。"

宜宁简直恨铁不成钢，"五姐姐，我们刚才都被主人抓了你知道吗？"

罗宜秀一脸茫然："啊？什么被抓了？"

宜宁觉得自己陪小女孩儿这么玩，也是越活越回去了，估计自己在罗慎远心中的印象再次一落千丈。

这时候院门"吱呀"一声开了，刚才跟着罗慎远的小厮从里面走出来，到她们面前恭敬地说："五小姐、七小姐，三少爷请两位进去，喝杯茶再走。"

罗宜秀想了想，从小杌子上跳下来："我正好口渴了，走，宜宁，去找你三哥讨杯水喝。"

说罢罗宜秀拉着宜宁就朝院子里去了。院子里面倒是拾掇得干干净净的，虽然布局狭小，但是青石砖路旁种着万年青，几株海棠树也开得正好。宜宁一眼就看到她三哥坐在正堂里，面前摆了两杯茶，他自己在看书。

"你们也该渴了，喝吧。"罗慎远指了指茶杯。

罗宜秀端起茶杯，忽然想起宜宁和她这个兄长常年不和，遂小心翼翼地看了宜宁一眼。

宜宁端起茶杯一饮而尽，表情尽量维持平静："谢三哥的茶。"

"不谢。"他说了这两个字，又低头看自己的书卷，简直就是惜字如金。

宜宁看到他低头的时候，垂下的眼睫毛很长，直直的，宛如黑尾翎般，俊秀的侧脸实在好看，气质有种内敛的淡然。

宜宁看了看他的屋子，和她的住处比，的确是简陋了一些。黄花梨的博古架上，只摆着一些盆栽，屋子里只有两个婆子和两个小厮伺候他。但伺候宜宁小姑娘的，光是大丫头都有四个啊，林林总总加起来总得有二十人。他过得很清贫，但他自己好像并不在意。

宜宁又看到墙上挂了一幅书法，落款是怀之，题于丙子年。

怀之是罗慎远的字，宜宁还记得。那幅字的笔画运笔看着也眼熟得很，宜宁突然想起罗慎远给自己的字帖，也是一样的运笔。

原来送给她的那个字帖，是他自己亲手写的吗？

宜宁正在沉思，突然又听到他问："病好些了吗？"

宜宁抬起头，发现她惜字如金的三哥正看向她，顿时有点受宠若惊。

"嗯……好得差不多了。"宜宁含糊着说。然后她发现罗慎远似乎笑了笑，但很快就收敛了。宜宁却觉得他笑起来很好看，阴郁的眉眼像化开了的水墨，有种醇厚的温和。

"你喜欢吃枇杷？"他又淡淡地问。

喜不喜欢的其实说不上，你要是做簪子做了二十多年，你也会什么都喜欢吃。宜宁想了想说："好吃的我都喜欢啊。"

罗慎远就没有再问她什么了，又垂下头继续看书。

罗宜秀喝了几杯茶，在这里待不住了，过来拉她回去："宜宁，我们快回去了！一会儿过了时辰我要挨骂的。"

宜宁收回思绪，向罗慎远笑了笑："三哥，那我们先走了。"

两个小女孩又手拉手出了他的院子。罗慎远看着她们走远，吩咐小厮："那些枇杷，你多摘些送到祖母那里去吧。"

小厮应声，又想了想小声说："三少爷，您送了老太太也不会收啊。"

罗慎远嘴角微抿，低声说："小丫头喜欢，你且送去就是了。"

第二天，宜宁在和老太太学围棋的时候，徐妈妈过来说："三少爷送了好多枇杷过来，还说以后七小姐要是想吃，尽管向他要，不用自己去摘。"

罗老太太看了自己的孙女一眼："昨天那些枇杷，是从你三哥那里摘来的？"

宜宁淡定地点头，指着棋盘说："祖母，您这个子被我吃了。"

罗慎远送来的一小筐枇杷，罗老太太最终没有退回去。宜宁吃了两天才吃完，嘴巴泛酸，觉得自己会很长一段时间不想吃枇杷了。

自从那次送枇杷之后,宜宁发现祖母的确对罗慎远和原来不一样了。
　　那天中午她从听风阁进学回来,就到罗慎远正坐着等祖母。宜宁吓了一跳,这两位的关系什么时候这么好了?
　　罗老太太招手让她过去,跟她说:"我叫你三哥来辅导你练字,他的字写得极好。"
　　罗慎远正在喝茶,对她点了点头:"七妹。"
　　罗老太太吩咐完就要去午睡了,指了指宜宁说:"你好好教她,今天非得把那整篇的《赤壁赋》写好了不可,不然不准午睡。"
　　宜宁只能收拾笔墨,愁眉苦脸地进了书房。罗慎远片刻之后也跟着进来了,但没有管她,只是在旁边继续看他的书。
　　宜宁铺了纸,自己磨了墨,咬着笔头想了想,拿着毛笔写下了第一画。书房里很安静,宜宁抄完之后终于松了口气,跑着拿去给罗慎远看:"三哥,我写好了。"
　　罗慎远一看她那手字,眉头一皱,歪歪扭扭、散乱无形,如同才能握笔的孩童写的。
　　他慢慢道:"宜宁,虽说你年幼,但这字的确是有点……"
　　他突然意识到,教习之路比他想得麻烦数倍。
　　宜宁轻叹,小宜宁本身底子就差,而她附身簪子多年,早就手生得不行了,再者写字向来是最令她头疼的事,她原本字写得就没多好。她拉了拉罗慎远的衣袖,真诚地说:"三哥,要不你帮我抄吧。你用右手写丑点,祖母应该不会知道的。"
　　罗慎远瞥了她一眼,看来是不怎么赞同她的想法。
　　宜宁垂头丧气,正要回去自己抄。他却站起来向前一步,牵着她走到书案前:"你过来,握着笔。"
　　宜宁小小的一个,只过他的腰身,抬头就看到罗慎远高大的身影笼罩着她。他握住她的小手,引导着她写,淡淡道:"这样运笔,横撇都要拉直,知道吗?"
　　宜宁看着他平静的侧脸,虽然还是少年的清俊模样,但眉峰之间可能因为经常蹙眉,竟然有了淡淡的痕迹。她不由得有点出神,这个指导自己写字的可是未来内阁首辅啊……
　　"你走什么神呢?"看着小丫头盯着自己看,目光茫茫不知道在想什么,罗慎远皱眉问她。宜宁连忙低头,老老实实地趴着写字。
　　小丫头果然很认真,努力地一笔一画,虽然还是丑得出奇,但她倒是真的认真起来了。原来与他稍微有所接触,她都不喜,如今靠在他怀里,却也没觉得有什么不对,好像十分习惯他的样子。
　　其实她刚出生的时候,母亲总让他抱她,小小的女婴孩,在他怀里咬小拳头,口水流得到处都是。她长大之后虽然性子顽劣,但他总还记得那个软软的婴孩,就是他接住她,剪刀刺破他的手掌,剧痛难忍时,他都没有怪她,只是默默按紧流血的右手,看着别人把压在他身上大哭的宜宁抱开。
　　后来他非常失望,而且越来越失望,渐渐变成了冷漠。
　　宜宁写完一遍,抬起头希冀地看他:"三哥……又写好了。"

罗慎远抿了抿嘴唇说："再重写，不能贪快。"

他再查阅她的字时，宜宁便显得有些紧张，加之看他一直冷着脸，心下不定。待他拿笔准备勾出自己写得不好的字，宜宁便不时将旁边小几上放着的她常吃的糕点搬到他面前来，什么栗子酥、花生脆、云片核桃糕，眼神带着些忐忑，嘴角却洋溢着笑容，往他面前推了推："三哥，你吃！"

他垂头看字，淡淡道："不饿。"

宜宁心想，这般大的少年，胃口正如海一般，一天不吃五顿也吃四顿的，怎么会不饿，想必还是与她生疏。顾不得他的拒绝，她拿了自己认为最香甜可口的云片糕，便直往罗慎远的唇边递："三哥，你拿着笔不便，我喂你！"

幸好罗慎远是坐着的，她还能够得着他。

罗慎远从未与人如此亲近，他抬头看罗宜宁，并没有要张开嘴的意思。

罗宜宁却一笑，接着道："不是为了让三哥网开一面，是为了报三哥那日救我之恩情。三哥若不吃，宜宁只当你还是不想承认我这个妹妹。"

她说的是承认，却未曾说原谅。

罗慎远眉心微动，不知是什么突然让他触动，他终于还是微张开嘴，任小丫头把一整片云片糕塞进了他的嘴里。

他垂下眸，缓缓地嚼了嚼。

太甜了，甜得发腻。

她为什么会喜欢这样的东西？

宜宁不知道他的喜恶，只能小心地问："三哥，好吃吗？"

他无论做什么都那般面无表情，似乎后来做了首辅也是如此，旁人私下给他起了个外号唤作"罗铁面"，并非说他铁面无私，而是说他那张脸跟铁打的一样，常年挂着同一个表情。

宜宁不着边际地想着，只听到罗慎远淡淡道："尚可。"

宜宁是个容易满足的人，听到他说"尚可"就感觉很好，能讨得他一丝高兴也是好事啊，她的笑容便要挂上嘴角。

"不过……"罗慎远顿了顿，在纸上圈了一半的字出来，"这些仍要再写。"

还没有挂上的笑容就这么垂了下去，宜宁这次老实地"哦"了一声，从书案另一侧拿了她专用的、略小一号的毛笔，再垂下头继续写。罗慎远看她的小眉头都皱了起来，似乎非常苦恼，发出了哀戚的叹气，状若小大人。

他不由得笑了笑，只是这笑极淡，宜宁还没察觉到，便已经消失了。

晚上，罗宜宁已在碧纱橱里沉沉睡着。堂屋里，罗老太太靠在迎枕上饮参汤，徐妈妈则在旁轻轻给她捶腿，一个青衣的小丫头立在二人面前，将今日罗慎远教导宜宁之事，从头到尾道来。

别的倒还好，包括听到罗慎远亲自带着宜宁写字，老太太表情也没丝毫变化，唯独听到罗宜宁喂罗慎远吃了片云片糕的事，罗老太太突然地挑了挑眉，问："他便吃了？"

丫头答道："奴婢们站在门角伺候，隐约是看到三少爷吃了的，小姐还问了少爷好不好吃一类的话。"

罗老太太沉思许久，才"嗯"了声，挥手让丫头先下去了。

她还没说话，徐妈妈先道："奴婢看，三少爷能护咱们小姐。"

罗老太太的眉头也不过略舒展了些，长叹了一声道："也罢，如今也只是一试了。你遣人去，把罗慎远叫过来，我有事要吩咐他。"

徐妈妈含笑应声，立刻起身去了。

第二天早上，宜宁早早地被叫醒，被雪枝抱在怀里，还用小手掩着嘴打着瞌睡，就看到罗慎远站在门外，天都还没有亮。

罗老太太指着罗慎远的背影跟她说："以后就是你三哥送你去进学。"

他今天穿了一件玄色直裰，走进来给罗老太太请安，才向她伸出手，"七妹，走吧。"宜宁愣愣地看着他的手。

罗老太太定定地看了孙女一眼说："你还不快去！"

宜宁被罗慎远牵在手里，还有点迷茫，心想她祖母果然是个行动派。她梳了两个团团的发，缠了珊瑚石链子，又是粉团一样圆圆的小脸，那粒小痣，像是点在包子上的红豆沙似的，怎么看怎么像豆沙包。

宜宁过于专心地想事情，脚下又是石子路，她被一块大石头绊了一下，差点撞上罗慎远的背。

罗慎远的手稳住她的身体，淡淡地道："你走路不看路的？"

宜宁才回过神，"哦"了一声乖乖看路。罗慎远比她高好多，步子也迈得更大，宜宁走得跟小跑一样，才能跟上他。罗慎远似乎察觉了，步子稍微放缓了一些，让她能跟上。

宜宁这才缓了口气儿，心想终于有机会跟他搭话了："三哥，你吃早饭了吗？"

"吃了。"

"吃了什么？"

"早点。"

"哦，我还没有吃呢……"

罗慎远停下来看她，宜宁才小声地继续道："三哥，你上学比我早半个时辰，所以起得早。但是我这个时候应该吃早点的。"她肚子里没食，人就没有精神啊。

罗慎远看着她的包子脸，眉头微皱："那刚才怎么不说？"

"祖母催促我出门，不好说……"

跟在宜宁身后的雪枝提着小篮子上前一步，笑道："奴婢给小姐带了早点，是蜂蜜蒸糕，找个地方吃便是了。"

罗慎远只能陪她到听风阁的凉亭里，宜宁边吃早点，松枝边给她倒热茶。宜宁掰下一块递给罗慎远："三哥，你吃吗？味道很不错的。"

罗慎远看向她，顿了顿说："我不吃甜食。"宜宁见他不吃，自己又咬了好几口，一块蒸糕下肚，再灌两杯热茶，感觉已经是周身通泰。

宜宁在这儿吃着早点，门外却隐隐传来男子说话的声音："二公子能来罗家一次，实在令罗府蓬荜生辉。"

又听到另一个少年的声音说："大爷客气，原来我就想来保定一次的，久仰罗家族学。"

宜宁仔细一听，其中一个似乎是罗怀远的声音，但还有一个陌生少年的声音听不出是谁。她看了一眼罗慎远，却见罗慎远也看着竹林外。

亭子被掩映在翠竹之中，里头的人却可以透过嫌隙看到外面。宜宁看到有一群人一同走进来，其中两个人就是罗怀远和罗山远，旁边还有罗家大爷作陪。还有一个是十分俊秀的少年，身后浩浩荡荡跟着好些仆从和护卫，十分气派。

他身着右衽淡蓝圆领长袍，身材修长，腰间佩戴着一块纯白无瑕的玉佩，面若冠玉，风姿出众，隽雅俊秀，嘴角处还带着微微的笑意。

宜宁看着他腰身上佩戴的那块熟悉的玉佩，却是愣了愣。她压低了声音，问罗慎远："那位跟着大哥的公子……究竟是什么人？"

罗慎远只是看了那少年一眼："程家的二公子。"

宜宁沉默了片刻，突然想起前些日子罗宜秀跟她说过，陈氏想罗宜玉和程家二公子结亲，又说这位程家二公子"中了少年举人，且是英国公的外孙，怕看不上罗宜玉"。

但她可没有想到，这个程二公子就是程琅。

程琅还小的时候，总是受嫡兄的欺负，到陆家来找她时眼泪汪汪，宜宁就把他抱在怀里哄，喂他吃蜜糕。程琅那个时候很依赖她，若是不见了她，就要小跑着到处寻她。

当时的宜宁可没有想到，这个孩子日后居然如此厉害，会入阁成为陆嘉学手下的一把利刃。

宜宁看了罗慎远一眼，心想他未来的宿敌之一出现了。他和罗慎远在朝堂上针锋相对，明枪暗箭的，两人都是高手。只不过后来程琅终究敌不过罗慎远，而能和罗慎远比的只有陆嘉学。

宜宁正思考着，罗慎远却轻轻握住宜宁的小肩膀，带着她往旁边侧身，藏进了竹林茂盛处。

宜宁抬头想问什么，罗慎远却做了个噤声的手势。

宜宁抬头看去，原来那一行人已经走到了亭外。罗怀远邀请程琅去罗老太太那里小坐，一行人说说笑笑地走远了。看到他们走远之后罗慎远才侧过头说："你知道为什么要躲吗？"

宜宁看他俊朗的脸离自己很近，气息都能闻到，一时局促，没有反应过来："为什么？"

罗慎远看她呆愣愣的，才嘴角一弯："偷听人家说话便罢了，要是被人发现了，有你的苦吃。"

宜宁很少看到他笑，其实他笑起来很好看。眉眼间的阴郁化如水墨山水，温润明朗。她心道，这一幕多么难得，若让后世的人看到了，定恨不得写进史册子里——罗铁面今日居然笑了。由于他的笑容太少见，她凝神了片刻，但是回过神她就有点不以为然，说得好像他没偷听一样。

罗慎远没管她在想什么，提起自己的箱笼道："宜宁，我要去进学了。"他顿了顿，"下午来接你回去。"敢情祖母托付的还是个接送任务。宜宁想了想，看到他已经要走了，连忙拉住他的手。

罗慎远就回头看她，似乎在询问她还有什么事。

宜宁却是第一次摸到他手上的那个伤疤，粗糙而凹凸不平，这是被小宜宁所伤的……宜宁说："三哥，其实你不必听祖母说的。你要是忙不过来的话，可以不用来接我的。"

罗慎远看着她，幽幽地说："我没有说我忙不过来。"

哦……宜宁只能放开他，笑了笑："那我就不打扰三哥进学了。"

宜宁这还是那次病之后头一次来进学，顾女先生对她的要求虽然也严格，至少不再针锋相对了。

下学之后，宜宁果然看到罗慎远在外面等她。他背手站在树下，高大而瘦削，表情沉默，见到她出来之后微微侧过身，依旧伸出手来，眉尖微微一挑，似乎问她怎么还不过去。

宜宁又被他牵着回去了，刚到罗老太太屋外，就听到里面笑语不断。宜宁进去之后才看到陈氏、林海如和两位哥哥都在。而程琅坐在罗怀远身侧，听到声音之后侧过头看向她。他五官俊秀极了，唇红齿白的，但浓眉星目，看上是非常风流的长相。那双惊心动魄的深眸，似乎看着谁都深情一般。

程琅随即笑了笑："不知道这位是……"

宜宁正想着虽然她年纪不大，但平白地问人家小姐是谁也不好吧。不是俗话说七岁不同席吗？如今她都要八岁了。罗老太太却含笑道："我还未给你介绍，这是我们府上的三公子，也是慧姐儿的长弟，罗慎远。"

程琅看罗慎远的目光带着探寻，站起身抱手道："原来是定北侯世子爷的妻弟。"宜宁这才明白过来，人家看的问的都是罗慎远，不是她。

她心想这一刻也是足以载入史册的，毕竟日后陆派的腥风血雨都不是直接由陆嘉学出手的，而是程琅。但她抬头看去，发现自己大哥和二哥的表情很微妙。

自然是要微妙的，罗老太太这眼看只是介绍罗慎远，却是明摆着告诉别人，罗慎远和以前的地位不一样了，现在也是正经的罗家子孙，她老人家开始看重了。这代表着以后长房的男丁不再完全占有仕途的资源。

罗怀远和罗山远以前也不太在意这个总是沉默寡言的三弟，但他在罗老太太介绍程琅说这是"英国公的外孙，少年举人"的时候不卑不亢地回礼，一贯沉稳："程二公子，久仰。"

相比现在还籍籍无名的罗慎远，程琅的确已经在保定府很出名了。

罗老太太也有些感慨。罗慎远身上的确有种远超年龄的沉稳和平静，这可能和他年幼时受到的苦难和磨砺有关，几乎是一种忍辱负重的平和。

程琅笑了笑，没有再说什么。他看罗慎远的目光却停顿了几秒，随后看向罗慎远手里牵着的……宜宁。

宜宁觉得有点诡异——以前他是无知稚童，追着自己到处跑。现在她是那个小小的包子，人家却已经是挺拔俊秀的少年了。

"那不知这位小妹妹是谁？"

罗老太太笑着说："她是我养着的，平日性子惯是调皮玩闹的，名唤宜宁，是慧姐儿嫡亲的妹妹。"

"宜宁？"程琅突然反问了一声。

罗老太太说："我们家的女孩儿都是从'宜'字的。她总是这么活泼，我便希望她安静些，所以叫她'宜宁'。可有什么不妥？"

宜宁看着程琅，却见程琅敛了笑容，似乎叹了声："倒是没有什么。只是我的一个故人也唤此名，一时有些感慨罢了。"

"二公子的故人，不知是哪位？"外祖母问道。

程琅仔细地看着宜宁，摇了摇头说："名字是一样的，不过长相完全不相似，那位故人……她更羸弱些。"

宜宁心想当初为了保持身段，肉都不敢多吃，看上去自然羸弱了。

程琅招手让宜宁到他那儿去。宜宁走到他面前，觉得他其实长变了不少，但要是再胖几分，再稚嫩几分，似乎还是原来那个小程琅。程琅从手上摘下一串佛珠，送给了宜宁："我与宜宁小妹妹有缘，这个东西送你，这是我从寺庙里求来的小叶紫檀，老僧开过光的，可保平安康健。"

宜宁接过来说了声"谢谢"，又回到了罗老太太身边。宜宁毕竟年纪还小，其他人也没怎么注意，况且佛珠不算什么贵重的东西。宜宁握着这串略带体温的佛珠，心里却想着程琅果然是长大了，她几乎都认不出这个是她溺爱过的那个爱跟她哭闹的孩子了。

紧接着罗家真正的代表人物，大伯和宜宁的爹回来了。自然就是男人去谈论科考之类的事，宜宁等人就回到了西次间。她刚到西次间的时候吓了一跳，因为罗宜怜、罗宜玉和罗宜秀都趴在屏风后面偷看程琅，看到她进来之后一致做了个嘘声的手势。罗宜秀还招招手，让她一起过去偷听。

宜宁有点头疼，但看坐在旁边的几位女性长辈都不打算管，便也跟着过去，想听听程琅他们到底在谈论什么事。

程琅这次到保定来，当然不是真的久仰"罗家族学"。罗家族学虽然好，但跟他程家怎么能比。程琅来是想探访保定的一位先生，这位先生刚从翰林院退休，闻名朝野。

宜宁听了一会儿就没有什么兴趣了，几个女孩儿也听不懂，打着哈欠回来了。

罗老太太在喝参汤。陈兰和林海如因为学识程度不一样，彼此相对无言，一句话都说不上。不过大家都没有管女孩们偷看，这是有默契的。毕竟她们接触男眷的机会实在是太少了，能看就看看吧。

宜宁看到一贯高傲的罗宜玉红着脸，一副小女儿的姿态回到了母亲身边。陈兰用目光询问罗老太太。

罗老太太却摇头说:"程琅这孩子,看着一团和气,实则心机内敛。名门贵胄之后,不适合宜玉。"

陈兰没有说话,宜玉就着急地辩解道:"祖母怎么就知道了——"

罗老太太似笑非笑地说:"你祖母我活了多少年了,能不清楚吗?行了,你们都回去歇着吧。看看宜宁都打哈欠了。"宜宁正在罗老太太身边打哈欠犯困,闻言发现大家都看着她。

她把手放下,心想她最小,自然瞌睡也多啊。

等人都陆续退下了,罗老太太点了点宜宁的小鼻子:"宜宁,你觉得程琅如何?"

宜宁眨了眨眼睛,只能慢慢说:"祖母,他十五,我才七岁。我能觉得他如何?"罗老太太难不成还给她打算着程琅?那还是算了吧。

罗老太太笑了,连徐妈妈都"扑哧"笑了。

罗老太太又说:"虽然祖母疼你,但你跟你四姐比,又不如人家知书达礼,更加配不上程琅了,人家恐怕是不答应的。祖母只是问你,他今天送了一串佛珠给你,你觉得他与你四姐如何?"

宜宁沉默片刻,然后摇了摇头。程琅对他日后的妻子实在不算好,他这个人的确和罗老太太说的一样,面上看着笑眯眯的一团和气,实则心里算计颇多,能别嫁还是别嫁吧。

罗老太太沉思了一会儿:"就算是我们有心,也怕人家无意。罢了罢了,还是如我之前所说,给宜玉相府同知的公子比较好。"之后罗老太太就不提这件事了,让下人伺候宜宁休息。

宜宁睡下之后,却做了一个梦。

梦里小程琅长得白白胖胖,摇晃着小胳膊跟在她身后,笑嘻嘻地说:"舅母抱、舅母抱。"

宜宁把他抱起来,他胖胖的手里小心翼翼地捧着什么东西,跟宜宁说:"这是我在后花园里抓到的,送给舅母。"小手慢慢打开,一只蜻蜓停在他的掌心上。

宜宁看着那只淡绿的蜻蜓,它动了动翅膀,趁着小程琅把手打开的时候突然就飞走了。小程琅想抓却没有抓住,小脸上满是惋惜,回头说:"舅母,它飞走了。"

宜宁拧了拧他的小鼻尖说:"飞走了就不要了。"

年幼稚嫩的小程琅看着那只蜻蜓飞走,趴在宜宁的肩头上久久地看着。宜宁醒了之后,发现窗外下着淅淅沥沥的大雨。

雪枝走过来把隔扇合上,然后笑着来抱宜宁起来:"今日大雨,老夫人说了,不用去进学。"

宜宁起床之后喝了碗粥,就躲在屋子里,拥着被褥看屋檐外的雨,整个院落都被淅淅沥沥的雨淹没。大树在风中摇晃,她似乎都能闻到潮湿的草木味。松枝打着伞从回廊上过来,裙裾全部湿透了,在屋檐下拧着水,回来给宜宁带了一包热乎乎的糖炒栗子。

"三少爷给您的。"松枝说。

罗慎远给的,她自然十分珍重。以前他送桃片、糕枇杷什么的,她觉得主要还是看在罗老太太的面子上，现在她觉得这糖炒栗子就是送给自己的，虽然也不知道是不是想多了。

罗宜宁一边把纸包打开，剥着一粒粒地吃，一边问松枝："三哥出府去了？不是下着大雨吗？"

松枝说："听说明日一早他们要一起去拜访那位老师，今日去外面买些礼品一同去。"

"明日就要走？"宜宁突然有了点不舍，"那要等多久才回来？"

松枝笑了笑："这怎么会有定数呢？快则三五天，慢则十天半个月的吧。"

宜宁在罗汉床上翻来覆去了一会儿，看外面的雨差不多停了，叫雪枝拿伞来，决定去送一送罗慎远。

下过雨之后，天气倒是很快晴了，太阳都晒得有点发热。宜宁到罗慎远的院子外时，发现已经收拾好了的箱子被放在院子里，罗慎远的小厮还在帮忙搬东西。

罗慎远看到她过来了，表情倒是一点都不意外，翻着书问她："糖炒栗子好吃吗？"

宜宁嘴角弯弯，果然是特意送她的。她答道："好吃，就是难剥。"

罗慎远眉头轻皱，她不光馋，还懒。

宜宁坐在他的箱笼上，跟他说话："三哥，我听说你们要去拜访那位老师。今年秋天就是乡试了，你要准备去考吗？"如果她没记错的话，罗慎远应该就是今年中的举。

罗慎远手里还拿着几本书，放好了书之后说："我还没有打算好。"

宜宁看着她三哥的背影，心想他可不能错过这次乡试，便有些着急地说："你不能不去啊——"

罗慎远以为她要说出个什么大道理，却见小丫头眉心微皱，一脸义正词严地说："这不考科举，如何升官发财呢？"

罗慎远定定地看着她，摇头说："你这话可别让其他人听去了。罗家书香传世，祖训有云，读书是为了明理齐身，被父亲听到了会处罚你的。"

宜宁心想她当然知道，她也就是说给罗慎远听听。世上以清洁廉明为己任的官员当然也有，只是大部分还是冲着升官发财去的。而眼前的这位很罕见，他是为了权势去的。读书不过是手段，最后要达成的才是目的。宜宁想了想说："其实三哥总能考上的，什么时候都一样，所以还是早些好。"

宜宁说完之后就去翻罗慎远的书看，脖上戴着的长命锁垂下来，上头细小的铃铛"叮叮"作响。

罗慎远低头整理东西，听到悦耳的铃铛声，轻声道："你就知道我能考上了？你可知道天下的读书人，有多少能中举？"

宜宁笑了笑说："我就是知道！"

过了一会儿罗老太太派人来找宜宁回去，说晌午一起在花厅吃饭。

眼看着天气热了起来，宜宁还出了汗，回去洗了澡，换了小褂子，穿了件缂丝的淡绿色衫子，雪枝给她重新梳洗了，才领到花厅去。

程家与陆家是亲戚关系，罗家与定北侯傅家又结了亲。总之，七拐八拐地算起来，罗家和程家也算是沾亲带故。宜宁被领到花厅的时候，罗家的两位大哥在花厅外商议事情，而自家的几个姐姐也没有避讳，和程琅坐在花厅里一起说话。

程琅的性子惯是温柔风流，从来不会驳女孩儿的面子，几个姐姐跟他说话说得正投机。

宜宁走到近处，刚好听到罗宜玉说："听说程琅哥哥昨天送了一串佛珠给七妹，还是请高僧开了光的。不知道我有没有机会，也得一份你送的见面礼？"

程琅笑着说："宜玉妹妹想要什么，直接和我说就是了。但凡能拿出来，必定送给妹妹。"

宜宁听到这里，突然拉住雪枝的手，让她远远地站着不要过去。

雪枝有点疑惑地看着她们小小的七小姐。宜宁摇了摇头，轻声说："伤及池鱼，不能过去。"

罗宜玉看来真的是非常喜欢程琅，不然今天的事要是让陈兰知道了，罗宜玉可没有好果子吃。况且他们的话与自己颇有关联，远远地看着就好了。

这时候宜怜柔和含蓄地开口道："我倒是看程琅哥哥腰间这块白玉玉佩不错，做工精细，不知是什么玉质的？竟好似以前都没怎么见过似的。"

程琅听罗宜怜提起玉佩，笑容淡了一些："这东西其实并不贵重，配不上送人。"

宜怜又轻轻地说："程琅哥哥此话差矣，送人东西最要紧的是心意。不管它真正的价值如何，但在人心中的价值高，那便是无价之宝。此物程琅哥哥若是送了人，不管它价值几许，别人也会当珍宝一样看待。"

程琅听了罗宜怜的话笑容不变，看着她的目光却有种逼人的寒意："别的东西还好，只是这玉佩我贴身戴了许多年，也算是养出了灵性，舍不得轻易送出去。"

罗宜怜没想到他真的开口拒绝，正常情况下，就算是出于礼节，也是会答应的，更何况程琅待人又一向温和。她这才知道惹了人家不痛快，连忙说："是妹妹夺人所好了。"

程琅低头喝了一口茶，突然看到墨竹丛边站着一个小小的身影，是府上那个七小姐宜宁。她看自己的目光非常平和宁静，根本不像一个孩子的目光。微风吹过墨竹丛，她身上的衣衫也在阳光和微风中轻轻鼓动，居然有一种说不出来的柔和无奈感。

宜宁看到程琅的时候，就忍不住想起陆家，想起困了她二十多年的长嫂的房间，想起他站在长嫂的床前，眼眶发红咬着牙厉声说："是你害死了舅母，你放心，我一辈子都不会放过你，也不会让你好过的。"

在一旁百无聊赖地听着她们俩唱双簧的罗宜秀终于站了起来，去拉宜宁过来一起坐："宜宁，我都闷死了，你快来和我下棋玩吧。"她暗中用眼神示意宜宁，说罗宜玉和罗宜怜必定有鬼。

宜宁却看着程琅腰间佩戴的那块玉佩，突然说："程琅哥哥，这块玉做工廉价，着实配不上你的身份，何不换一块更好的呢？"

程琅的笑容微微一寒，他就是不喜欢别人说这块玉佩半分。但宜宁不过是个小孩子，他又怎么会和小孩子计较，于是只说："宜宁妹妹尚小，还不懂事。"罗怀远正在外面叫程琅，程琅就站起身走出了花厅，通身的华服更衬出身姿挺拔，气度优雅出尘。

罗宜秀拉着宜宁玩下棋，玩了一会儿之后看程琅等人离开了，就问宜宁："你如何知道程琅那块玉佩做工廉价的？"

宜宁托着脸，轻轻地说："五姐姐，你已经悔棋五次了。你要是真那么想赢，就跟我说一声，我直接让你赢算了，不要找别的话说行吗？"

罗宜秀只得悻悻地把悔棋的棋子捡回去，摆回原处："好吧好吧，我不悔棋了还不行吗……"

宜宁微微一笑，她当然知道那块玉做工廉价了。当初她买给小程琅的时候，只花了五两银子啊。

没想到他竟然一直戴着。

宜宁和宜秀玩了一会儿，被林海如的小丫头给叫了过去。林海如说做了栗子糕给她吃。宜宁不常到林海如这里来，她屋子里很气派，地上铺着漳绒毯，博古架上摆着玉石盆景，金箔贴的百鸟朝凤屏风把西次间和内室隔开，格外金光闪闪。蒸热的栗子糕搁在青瓷盘上端上来，林海如给宜宁倒了一杯茶问："刚才，我听小丫头们说，你四姐和六姐跟程二公子说话？"

宜宁咬着栗子糕点了点头。林海如就压低了声音问："你六姐说了什么？"

宜宁把她们说的话给林海如复述了一遍，林海如听得皱眉："你四姐说话，她在旁边帮什么腔，莫不是也看上了人家程二公子？"

林海如本想说果然是小贱人生下的孩子，同样是狐媚性子。又想到宜宁在旁边不好说，只能笑着给宜宁打扇，问她："眉眉儿，栗子糕好不好吃？"

宜宁点了点头，然后拍了拍手上的糕饼渣子，心想：林海如实在是找不到重点。罗宜怜是个多么精明的人，她会去妄想程琅吗？再说她现在年纪尚小，怎么可能去想这些事？原因无他，不过是想讨好罗宜玉而已。但只要罗宜怜不给她添堵，宜宁还是不想管她的。

宜宁就跟林海如说："您管六姐姐做什么，只要让父亲常往您这儿来就行了。您是正室，父亲不会不管您的。"罗宜怜品德方面的事让乔姨娘来教，宜宁就不信了，乔姨娘还真能养出个端正大气的世家女来。

林海如听得笑眯眯的，看着宜宁更觉她可爱，说话跟小大人似的："就你鬼精灵，正好你父亲今天在，咱们去找他。"说完伸手来抱她，宜宁不要林海如抱，下了罗汉床就往外跑。

过了夏，小宜宁就八岁了，哪能总给抱着呢。

到了罗成章那里，他正在书房里跟罗慎远说话。林海如牵着宜宁走到近处，听到罗成章说："你是庶长子，轩哥儿年纪太小，二房日后还要靠你支应门庭，读书不可懈怠。上次乡试你就因为手受伤没参加，这次好好跟着去历练，虽说未必能中，但也不亏。"

说到这里罗成章声音一低："如今右手可能写字？"

"不甚灵活，不过左手足矣。"罗慎远的声音平稳和缓。

罗成章似乎松了口气，嘱咐罗慎远说："手伤虽重，但只要你勤勉练习，倒也无碍。虽然程二公子与宋学士是旧识，但你们是去求学，一定要恭敬……"说了一通严厉的话，才让罗慎远出来。

罗成章喝了口茶，抬头看到林海如居然带着宜宁过来了。林海如笑吟吟地把栗子糕放到桌上，跟罗成章说话，宜宁却仰头看着罗慎远。

他总是这样平稳的样子，俊朗的侧脸在隔扇投进来的夕阳光辉中有层淡淡的绒光。眉毛很浓，若是微微蹙起，就会给人认真严厉的感觉。

明明知道他的手受伤不是因为自己，但宜宁也不知道从哪里来的一种愧疚感，一种让她鼻子微酸的感觉。罗慎远明明……明明就该是一个完美的人，但是为了救她，右手落下的伤却永远不能好了。

罗慎远看到宜宁站在门口，她就那么高一点，小小的人，眼眶微红，一副要哭出来的样子。

罗慎远走过去蹲下身与她平视，皱了皱眉问："宜宁，你怎么了？"林海如也回头看到，有些惊讶，"刚才还好好的呢。"

宜宁吸了吸鼻子，心想：自己好歹这么大个人了，怎么能被小宜宁的情绪影响呢？她用袖子抹了抹眼泪说："我就是舍不得三哥走，没事的。"

罗慎远看着她被泪水浸湿的袖子，摇了摇头道："你是姑娘家，可不能这样。"他从袖中拿出自己的手帕把她湿漉漉的小脸擦干净。

宜宁有点始料未及，林海如就笑着说："正好，我来不及送宜宁回去，眼看天快黑了，你送她回老太太那里，不然一会儿老太太又要派人出来寻她了。"

罗慎远就牵着宜宁跟罗成章行礼退下，宜宁跟着身边这个人一路走，紧紧地握着他的右手，突然低声问了一句："三哥，你怪我吗？"

他的手似乎僵硬了一下，但没有说话。宜宁低下头，轻轻地说："对不起……"她久久没有听到罗慎远回话。

眼看前面就是罗老太太的住处了，罗慎远放开了她的手："你快回去吧，一会儿祖母该着急了。"

宜宁抬头看着他的脸，罗慎远顿了顿才说："我已经让人给你送了几篇字帖来，你都要练完，回来我检查，没有练完我会处罚你。"说完之后他就转身走了。

宜宁知道罗慎远的意思，她笑了笑，向着他离开的背影说"好"，终于跟着雪枝进屋子里去了。

只要三哥还肯管她，那就比什么都好。

罗老太太正要派人去寻她，看到宜宁走进来，老太太眼皮一撩："这么高兴，你三哥送你回来的？"

宜宁点点头，走到罗老太太身边坐下，看到她正在看佛经，一时怔了怔。长嫂就喜欢念佛经，自从丈夫陆嘉然死了之后，整日整日地念。她常年听着佛音，自己竟然也能背了，罗老太太看的是一卷《金刚经》。

她一开始知道是陆嘉学杀了她的时候，非常怨恨，也不甘心。看到他轻描淡写地祭拜自己，看到他的地位越来越高，看到再也没有人害得了他时，她恨不得能自己冲出去报仇。但是这样念了十几年的佛经下来，她平静了不少，因为无论如何她都杀不了陆嘉学，就算现在也没有丝毫办法。

罗老太太看到她趴在桌边看着自己手下的佛经，笑着摸她的发丝说："怎么了？刚才不是还高高兴兴的。你大哥还给你送了几个琉璃的套娃，你看看好不好玩？"

宜宁一抬头，果然看到窗棂边挨个摆着一排由大到小的福娃娃，寻常的娃娃都是泥塑的。这些娃娃却是琉璃烧成的，在阳光下晶莹剔透，必然价值不菲。旁边小桌上摆着几本字帖，看字迹还是罗慎远亲手写的，工整细致，装订得整整齐齐，足足做了一个册子。

罗老太太这才说："那是你三哥刚给你送来的字帖，放着也无妨，你若是想先玩——"

"祖母，我不玩娃娃，先去练字了，不然三哥回来会罚我的。"宜宁突然站起来，拿了字帖往书房去了。

罗老太太看着宜宁的背影笑着摇头，又看了徐妈妈一眼。徐妈妈含笑低下头说："咱们眉姐儿如今知道好坏了。"

罗老太太点点头："她是越来越懂事了，那原来懂事的却越来越不懂事了。下午在花厅里的事，你派人去跟陈氏说了吗？"

徐妈妈道："奴婢一五一十都说清楚了。"

"宜玉一向性子高傲，恐怕看不上刘府同知的公子，程琅那样的她实在喜欢极了。"罗老太太神色淡淡的，"你拿我的对牌请刘夫人初八来看戏，不把这件事定下来，宜玉是收不了心的。"

徐妈妈应声退下了。

陈兰也得知了下午发生在花厅的事，气急了。屋里的丫头婆子全部让退了出去，罗宜玉跪在她面前，眼泪不停地掉。陈兰气得手发抖，好一会儿才沉声说："你现在能耐了，拘着你学规矩，都学到狗肚子里去了！程二公子虽然跟我们家颇有交往，但你这般做派实在让人看笑话！谁叫你和那小妾生的来往的，她们把自己当贵妾当嫡女，也不看看自己有没有那个脸，她没规矩帮衬你，你就听进去她的浑话了？"

宜玉抿着嘴，边流泪边说："宜怜的确不是嫡出，但她性子温婉谦和，与我关系颇好。这事也不是她撺掇女儿的，是女儿自己想试探一番。您不是说过吗？凡事不试怎么知道……"

陈兰气得说不出话来，听到宜玉顶嘴，拿起手边一本书卷就要打宜玉。贴身的大丫头连忙拉住她："太太，打不得啊，姑娘都这么大了！"

"她败坏我罗家门风，我不打死她都算我心疼她！"陈氏指着宜玉说，"还敢顶嘴？我问你，刘府同知的公子如何不好了，叫你做出这样的事来！"

宜玉从没被母亲说过这么重的话，边流泪边说："他如何好了？区区一个府同知的儿子。我上次看到他……人品样貌才学，他又如何能与程琅哥哥比！"

陈兰听到这里更要打宜玉，把旁边的罗宜秀都吓到了。她虽然不怎么喜欢姐姐，但还是"扑通"一声跪在地上给罗宜玉求情。屋子里正乱着，丫头来通禀说大少爷和二少爷过来给陈氏请安了。

罗山远刚走进来就说："母亲，您也别急着打宜玉。其实我倒是和宜玉想得差不多，刘府同知毕竟只是五品官,他那独子举业虽然勤勉,毕竟是没有中举。倒是程琅天纵之姿,前途不可限量。"

罗怀远知道自己弟弟头脑简单,看了他一眼让他闭嘴。

"母亲劝妹妹,你跟着捣什么乱。"罗怀远扶宜玉起来,宜玉瘫在哥哥身上哭得说不出话来,罗怀远就说,"宜玉,你可知道程琅的身世?"

罗宜玉摇了摇头,罗怀远低声说:"程琅……他原来是庶出的。"

陈兰都没有听过这个,坐正了身子皱眉问:"既然是庶出,那如何变成嫡出了?"

罗怀远继续说:"亏他有个好舅舅陆嘉学,陆嘉学刚被封了都督之后,就让英国公世子认他胞姐为妹子,让程家把他胞姐扶正了。程琅幼时常被他嫡出的兄长欺负,说那时候过得十分可怜。但那原来两个嫡出的兄长如今见了他,就跟老鼠见了猫似的……"

"你可知道程琅是如何对付他那两个嫡兄的?"罗怀远声音更低了些,"他那两个兄长,一个娶了通州石家的女儿,却是个病秧子,没一年就去了。另一个娶了山西通政使的庶女,这位庶女有脚疾,但是谁都不敢说什么……"

罗宜玉眼泪汪汪地道:"那……那又如何?便是他身世不正,我、我又没什么可说的。"

罗怀远看自己妹妹半点不觉得害怕,只得叹了口气:"算了,咱们家家世不差,父亲是三品大员,又有外公家为你撑腰,未必配不上程琅。你若是真的那么喜欢他,那还是让母亲再试试吧。"

陈氏看儿子瞧着她,就摆手:"你祖母已经说不行了。再说程家复杂,玉姐儿虽然聪慧,但是性子一向强硬高傲,又怎么适应得了呢?"她也算是消了气,叫丫头把宜玉扶回房去休息,"你回去好好想想,我明日再跟你说。秀姐儿,你陪你姐姐回去。"

罗宜玉擦了擦眼泪,心冷如灰,也不再说话了,行礼退出了陈氏的房间。

陈氏这才拉着两个儿子坐下,关心他们的学业。罗怀远读书一向不要她担忧,罗山远性子却有些散漫,她多问了几句,又压低声音说起了罗慎远:"虽然你们三个都是兄弟,但是罗慎远是二房的庶长子,与你们是隔房。如今也不知道怎的,老太太待他亲热了许多,似乎是不在意当年之事了。不怪为娘说一句冷漠的话,以后罗家能在朝中任大职的只有一人,其他的都要避嫌远调。怀远,你父亲看重你,就连老太太都对你称赞有加,可要好生努力才行。"

罗山远站起来说:"我虽然读书一般,但是大哥十分聪慧,时常得到先生的夸奖,在保定府也是有名的,母亲不用担心。况且三弟虽然进学,却从没有什么出彩之处,母亲不用担忧。"

陈氏听到这里才松了口气,点了点头让两人赶紧回去休息。

## 第四章 栽赃嫁祸

宜宁一早把抄得工工整整的字给了顾女先生。

顾女先生看了把她叫过去，指着其中一处说："这里抄错了，几篇都是错的。"

宜宁昨晚睡得太迟，抄得头晕眼花的，都没有发现这处。想到顾女先生一贯严谨的作风，她头疼般皱起小脸，"那女先生要我……重抄？"

"字迹比往日工整。"顾女先生淡淡地说，"便不罚你了。"

宜宁这才松了口气，朝她道谢。顾女先生还是板着脸："下次再错便要罚了。"

"下次肯定不会错了！"宜宁笑眯眯地打断顾女先生的话，让雪枝给她收拾了笔墨，赶紧往回走。看到她的身影很快不见了，顾女先生摇了摇头。

罗宜秀在门外等宜宁，拿手扇风一副等了很久的样子。宜宁连忙说："我可是够快出来了。"

眼看着已经入夏了，外面的太阳毒得很，虽然有小丫头撑着纸伞，罗宜秀还是觉得热，过来拉了宜宁的手说："行了，快走吧。晚了可就看不了了。"

罗宜玉现在规矩学得越发多，罗宜秀无聊就来找宜宁玩，带着她去钓鱼，看后山池子里养的乌龟。罗宜秀小姑娘整天活力四射，宜宁却是个怕热又怕麻烦的，只能叫罗宜秀拖着出去玩。罗宜秀还跟罗老太太说："七妹妹身子不好，就是要多动。"

老太太听了也欣然准许，宜宁只能无奈地整天跟着这个比她大三岁的姐姐到处玩。

"明日祖母要请刘夫人过来看戏，听说刘公子也要过来。"罗宜秀边拨着池子里的乌龟翻身边说，"我听我娘说，人家公子十分倾心四姐。你也知道，咱们四姐在保定还挺有名的，娘带我和四姐出门去别人家里玩，大家都喜欢夸四姐，什么长得美啊、有才学啊。刘公子早就有意了，一听咱们祖母也有这个意思，他们家里人都非常高兴。"

府同知是五品官，但好在是保定的父母官，在保定也是大户。其子是出了名的谦谦公子，勤勉好学，又因为是独子，提亲的人一向不少。

邀请亲家来一起看戏，是个定亲前交流的好方式。听说当初要给罗怀远相看姑娘的时候，陈氏陪着各路世家夫人看了十几场戏，千挑万选地选了个未来儿媳妇，等罗怀远秋闱过后就会嫁进来了。

罗老太太请刘夫人看戏，也就是跟刘夫人商量两家结亲的事。

其实罗宜玉倒是和刘公子很般配。虽然刘家比不上罗家显赫，但罗宜玉嫁过去就是被婆家人捧着宠的。可惜罗宜玉明显对没什么难度的事不太感兴趣，对刘公子也不太感兴趣。

罗宜秀年纪还小，爱新鲜热闹，对这些事很感兴趣。

"我娘为此还送了一串碧玺手串给四姐，那是她的陪嫁，听说价值连城，就只准给我看看，我想拿来玩都不准。"罗宜秀抱怨道，"那珠子在日光下，竟透出淡淡绿色，漂亮极了。"

宜宁捧着脸看她用竹签拨着那只乌龟，就说："五姐，你还是别玩那乌龟了，人家翻了半天翻不过来，怪可怜的。"

雪枝看宜宁盯着那些乌龟直看，以为宜宁十分喜欢，叫小丫头用帕子包了两只小的拿回去养。宜宁前世没养过这些小动物，倒是她嫡妹养过猫，搞得屋子里臭烘烘的，最后让继母拎着猫脖子给扔了。

她从小就过得谨慎小心，所以更不可能养这样的东西。

罗老太太看到却很赞成她养，立刻让徐妈妈找了个青瓷缸，给宜宁养乌龟用。宜宁看到那官窑烧出来的青瓷漂亮细腻，知道必定价值不菲。

不过价值不菲又怎么样，拿来养乌龟了。

"谢谢祖母赐缸。"宜宁摸了摸两只乌龟的背，认真地说，"它们要是知道自己住得这么豪奢，肯定也很高兴。"

屋子里的人都笑，罗老太太摆摆手，笑得说不出话来。

晚上睡觉的时候，罗老太太让丫头把她睡的褥子换成了凉席，一边给她打扇一边守着她入睡，跟她说："明天看戏，你可得早起。"

宜宁应了声好，看到罗老太太鬓角的白发，心里微微感慨，祖母也老了。

她握了握罗老太太干瘦的手说："祖母，我不热的，您不用给我扇扇子了。我听宜秀说，明日刘府同知的夫人也要来？"

罗老太太说："来和你四姐姐相看的，以后就是咱们的亲家了。"说着她点了点宜宁的眉心，"你病了两次，性子倒是好了不少。这样倒是挺好，明日可不许调皮，叫人家刘夫人看笑话。"

宜宁拿了扇子给罗老太太扇风："祖母放心，我明日一定乖巧。"

罗老太太给宜宁盖了被褥，看着她沉睡的小脸怔怔出神。小小的孩子靠在大红的枕头上，莹白的小脸，眉尖的小痣殷红。徐妈妈过来扶她休息，罗老太太站起来的时候竟然身子一晃差点没站稳。

徐妈妈心里一惊，低声道："老夫人——"

"无碍。"罗老太太摆摆手说，"人老了，精神不太好了。"

徐妈妈心里稍微放宽了些，柔声说："您还得看着眉姐儿出嫁，抱曾孙不是？可得把身子养好些。"

罗老太太微微失神，叹道："也不知道我还能不能等到那个时候……眉眉儿以后能嫁个什么样的人，人家会不会对她好，我想想都不放心。"说罢她摆了摆手，徐妈妈忙扶着老太太去休息了。

宜宁第二天果然一大早就被雪枝叫起来，梳了丫髻，打扮得干净整洁，给她穿了一件刚做的小褂。

陈氏和林海如很早就领着各房的姑娘们来了，罗宜怜还牵着小小的轩哥儿。而今日的主角罗宜玉穿了件藕荷色的织花褙子，配白色绉纱裙子，墨绿腰带，手腕上就戴着那串莹莹翠绿的碧玺石，的确非常漂亮。她抿着唇，低着头一副不太想说话的样子，细白的脸冷清而妩媚。

众人吃了早饭后，日头再略升高一些，徐妈妈就领着刘夫人来了。罗老太太与陈氏起身迎接，而宜宁和宜玉等人依旧留在屏风这头看着。只见一位身材高大、五官端正的男子跟在妇人身后走进来，谦逊地笑着，恭敬地给罗老太太行礼。

宜宁看到有人来了，终于从瞌睡中醒来。这位应该就是刘公子了，他看上去有点局促，想必也知道人家姑娘在屏风后看着他，有点紧张。

宜宁暗暗想刘公子倒也还不错，只不过有程琅珠玉在前，宜玉估计要曾经沧海难为水了。

罗老太太叫几个姑娘出来见过刘夫人，罗家的姑娘们长得都清秀白皙，美人坯子。刘夫人称赞了她们一番，还特地赏了年纪最小的宜宁一袋金豆子。

刘公子瞧了罗宜玉一眼，见她出落得果然美丽，有点不好意思。罗宜玉则目不斜视地看着陈氏说话，脊背挺得直直的。

刘夫人自然对宜玉很满意，交谈了一番之后两家就定下了亲事。戏台子搭在前院，大家挪去前院看戏。

姑娘们跟在后面落座，宜怜就柔声细语地劝宜玉，说了许多刘公子的好话，还跟宜玉说："保定的知府怕是没几年就要离任了，日后刘大人有的是机会升迁。姐姐又是个有福气的，肯定不会差的。"

罗宜玉的脸色稍微好看了些，低声同宜怜说了好一会儿话。

罗宜秀转头跟宜宁说："你这姐姐才厉害，四姐都没有这么和颜悦色地跟我说过话。"

宜宁心想：你们俩像什么姐妹，活像是有世仇，见面就脸红脖子粗的，罗宜玉又怎么会好好跟你说话。她幽幽地说："六姐姐性子温婉可人，与谁合得来。"

罗宜秀听后若有所思。

下午日头渐渐毒了，罗老太太便请刘夫人去花厅歇息。

罗宜玉被陈氏叫过去说话，罗宜秀看到她要走，就央着宜玉把她的碧玺手串摘下来玩。宜玉瞪了她一眼，才缓缓从手上摘下。罗宜秀拿到宜宁面前献宝："你看，是不是漂亮极了？"

那深绿如玉的珠子在素白的手指间滚来滚去，的确好看。

轩哥儿坐在宜怜的怀抱里，看到这珠子新鲜，张着胖胖的小手说："五姐姐，轩哥儿也要玩，也要玩！"

罗宜秀手一收，可不敢把这么贵重的东西给小孩玩，胡乱哄他："轩哥儿乖，这个玩不得。"

轩哥儿是最小的男孩，平时受到的待遇跟宜宁差不多，大家都宠着他。乔姨娘更是对这唯一的男孩儿宠得不像话，要什么给什么，听到不准玩，当即就哭着要。

宜怜听到弟弟哭，忙蹲下身拿了个拨浪鼓哄他。轩哥儿却不要这玩腻的东西，推开就朝罗宜秀伸手。宜怜看弟弟非要，蹙眉柔和地对罗宜秀说："要不……五姐还是给轩哥儿玩吧，免得他哭闹。"

罗宜秀"哼"了一声说："他要是摔坏了如何是好？"

宜怜粗略一看以为是寻常的宝石，心想：轩哥儿自个儿都不知道摔了多少件珍贵玉器，不过是个手串而已，哪就这么容易碎了。她耐心劝道："五姐，若是个寻常物件，给轩哥儿玩玩也无妨的……"

宜秀正要说话，下人端了甜品上来，是夏日常吃的红豆蜜雪，玉盘一样的小碗，盛着绞碎如雪的冰，上头浇了煮烂的红豆和甜甜的甘蔗汁，看着就让人食欲大开。这时候，外头有婆子来通传，说是有事请六小姐出去，罗宜怜便叮嘱大丫头好生照顾轩哥儿，自己先出去了。

宜宁从盘上端了甜品下来，笑着对轩哥儿说："轩哥儿，要不要吃这个？"轩哥儿被甜品吸引了注意力，就不闹着要手串玩了。

罗宜秀有些不高兴："什么叫寻常物件？摔坏了我让她赔都赔不起！果然是小妾生的东西……"

宜宁对她做了个噤声的手势，低声道："轩哥儿不要玩就行了，说这些做什么。"

罗宜秀还是不满，嘟囔道："你帮她说什么话。我跟你说，我身边那些小丫头私底下都讨论，说要不是因为乔姨娘进门，你母亲也不会忧郁成疾，早早就没了……"

宜宁劝她还不是怕她说话被别人抓住了把柄，偏偏这个没脑子的说话不清楚，叹道："狗咬吕洞宾，不识好人心，我懒得劝你了！"

罗宜秀见宜宁这样，笑眯眯地要来挽宜宁的胳膊："不要生气嘛。你说，宜玉她们在外面说什么呢？咱们要不也去听听？"

宜宁一向又懒又怕热，自然推说不去。罗宜秀却很好奇，下了罗汉床一溜烟去偷听陈氏说话了，她的丫头忙在后面追她，让她慢点跑。

宜宁昨日睡得晚，正想趁着午后打个盹，巴不得罗宜秀不吵她。

她这边刚抱了个引枕想打盹，却突然听到传来"啪"的一声脆响，似乎是无数颗珠子崩裂开的声音。

宜宁心里突然一紧，又立刻听到孩子"哇哇"大哭的声音。她睁开眼，看到轩哥儿手里的碧玺珠子撒了一地，伺候他的大丫头赶紧哄他。宜宁指了指那珠子，问道："不是不让他玩吗，轩哥儿从哪里拿的？"

大丫头连忙跪下："奴婢把七小姐吵醒了，这珠子……珠子是六小姐给小少爷玩的，奴婢也不清楚。"

宜宁连忙下了罗汉床，跟雪枝说："你快去帮她哄哄轩哥儿。"又喊松枝，"赶紧去找五小姐过来！"

雪枝觉得她们家小姐认真起来，还是颇有大小姐的作风，心里感慨果然是嫡亲的姐妹，连忙跑出去找人了。

宜宁走近了一看，发现有好几粒碧玺珠子都摔碎了。碧玺这东西本来就易碎，罗宜怜竟然拿给轩哥儿玩！这串碧玺又是陈氏的陪嫁，极其珍贵，陈氏要是知道了，罗宜秀恐怕也逃脱不了惩罚。

宜宁立刻让小丫头们拿了盘子，把没摔碎的碧玺珠子捡起来。

雪枝已经差不多把轩哥儿哄住了，她细声跟轩哥儿的大丫头说了这串碧玺的价值，大丫头吓得嘴唇苍白，让雪枝帮忙看着轩哥儿，她立刻小跑着去找罗宜怜了。

宜宁有点头疼，她这个午觉怕是睡不成了，轩哥儿还抽抽噎噎的，她还要去哄他。

陈氏却已经带着罗宜玉进来了，看到地上的碧玺碎粒，再看宜宁端着剩下的碧玺珠子，脸沉如水，她怎么会没认出自己送给宜玉的东西。宜宁向来调皮，摔坏东西也不是一次两次了，但是她又不可能因为一串珠子与宜宁计较，只能忍了忍问："宜宁，这珠子可是摔坏了？"

宜宁怕她误会，轻声道："刚才轩哥儿拿来玩，摔坏了几颗，其他的还好。"这时候林海如也过来了，身后是刚下衙门回来，准备见见刘公子的罗成章。

罗成章一看地上的碧玺碎粒，又看宜宁站在碎粒旁边，而陈氏脸色不太好看，皱了皱眉问道："大嫂，却不知是怎么回事儿？可是宜宁调皮惹你生气了？"

陈氏摇了摇头道："小孩子摔碎个把东西而已，无事。"

罗成章听了陈氏的话却误会了，看着宜宁的目光一冷，想起宜宁以前在他的书房摔过不少东西，就严厉道："赶紧跟你大伯母赔礼，越来越不像话了。这碧玺珍贵，如何能拿来玩？还摔成这样。"

宜宁心头一哽，很好很好，这位便宜爹当真好。

话都不问清楚就敢对女儿开说，果然是认定了她骄纵调皮，不容分辩了。

"二爷这是误会了。"陈氏说，"是轩哥儿拿来玩摔坏的，不是宜宁。"其实陈氏内心也有些疑惑，毕竟轩哥儿还小，如何能拿到这碧玺串？因此说了这句话就没有再说了。

罗成章皱了皱眉，"当真？宜宁，你可莫要做错事还推卸责任……轩哥儿还小，他不懂事。"

宜宁心里冷笑，有这么个爹在，难怪小宜宁被逼成这样。

她别过小脸，只觉得心里还是一阵阵不舒服，也许总是有小宜宁的感觉在，一股想哭的冲动弥漫不去。宜宁低声道："既然父亲不信我说的，那您就问别人吧，女儿什么都不说了。"

雪枝连忙抱着轩哥儿走过去，她也为自家小姐觉得委屈，屈身道："二爷莫要怪七小姐，此事的确不关七小姐的事，是小少爷把碧玺串摔了。小少爷的丫头因此去请六小姐过来了。咱们七小姐不过是在这里午睡，看到小少爷哭了，还叫奴婢去哄，真的与小姐无干！那碧玺串碎得到处都是，还是小姐捡起来的。"

轩哥儿听到这里,却"哇哇"大哭起来:"轩哥儿没摔过东西,轩哥儿没摔过!是七姐姐摔的!"

罗成章听到幼子这么说,脸色又不太好看,语气也沉了些:"那轩哥儿怎么如此说!"

陈氏看到这里,自知是谁摔坏了东西并不重要,罗成章追究孩子的责任,到时候可别搞得两家都生疏起来,连忙劝道:"二爷,还是算了,不过是一串碧玺而已,看都把轩哥儿问哭了。"

宜宁小手轻握,听到孩子那尖利的哭声,心里非常不舒服。

林海如一把把宜宁搂过来抱在怀里,盯着罗成章说:"老爷,宜宁惯常调皮了些,但是你什么时候见她说过谎?宜宁从来不屑说谎。您不信她我信,我知道眉眉儿不会说谎。"

宜宁明明是两世为人,听到林海如的话却鼻尖发酸。小宜宁的这个继母啊,虽然没那么聪明,却是真心对她好。她拉着林海如的衣袖,紧抿着嘴唇。如今无论她说什么,总有欺负弟弟的嫌疑,她不能随便说话。

松枝这时候请着罗宜秀过来了,接着轩哥儿的大丫头也带着罗宜怜过来了。

罗宜秀刚走过来就听到这些话,立刻冷笑着说:"刚才轩哥儿就哭闹着非要碧玺串来玩,我没给他,没想到出去之后才发现自己把东西放在高几上了。想来是谁给了轩哥儿玩,让他给摔坏了。谁敢冤枉宜宁!轩哥儿平日叫乔姨娘养着,要什么有什么,他摔的东西还少吗?"

罗宜怜一看这架势就脸色苍白,刚才她看那串珠子就搁在小几上,轩哥儿又要,她随手就给了。

哪里想得到这东西竟然这么贵重!但是听到罗宜秀这么说自己的弟弟,她又怎么能看着不管,当即柔和道:"五姐姐,轩哥儿毕竟还小,他不懂事,你可不要太苛责他了。"

罗宜秀更是不屑:"不懂事?他才三岁就敢撒谎冤枉宜宁!刚才他的大丫头来请你的时候,跟你说的什么?是不是说他把手串给摔了?我还想问你呢,我都说了这东西贵重,你还敢给他玩?"

陈兰一把把罗宜秀拽回去,斥她:"你怎么能这么说话!"

罗宜秀看到宜宁因为她受委屈,自己眼眶都红了,倔强地说:"我就要说,他年纪小怎么了?年纪小就要纵着他吗?年纪小就要由着他撒谎了?"

罗成章听到这里,连忙对陈兰说:"大嫂,别拦着宜秀,她说得对。"他立刻叫了刚才服侍轩哥儿的大丫头到面前,问道,"你老实说,是轩哥儿把东西摔了?"

大丫头吓得语气干涩,颤抖道:"是……是小少爷摔的,小少爷被吓哭了。七小姐……七小姐叫雪枝姐姐来哄小少爷不哭,奴婢就去请六小姐过来了。"

罗成章深吸口气,脸色更不好看了。摔东西事小,一串碧玺,再贵又不是没有。最让他不能接受的是轩哥儿撒谎!他才三岁大,居然脱口就是谎话!

他拉起哭个不停的轩哥儿,让他好好站着,沉声问:"是不是你摔的?你若是再撒谎,我就要罚你了。"

轩哥儿委屈地哭个不停:"爹爹,轩哥儿怕!轩哥儿害怕,轩哥儿没摔过……"

罗宜怜看到弟弟哭成这样，心疼得跪下来求道："爹爹，轩哥儿年纪小，他不懂事啊！"

罗成章这次不为所动，撒谎是大事。三岁看大，也该分得清好坏了，而且轩哥儿还是男孩。他坐下来冷冷地道："你没有照顾好弟弟，自己也有责任。起来！不要动不动就跪。"

宜怜哭得很伤心，羸弱的身子一抽一抽的。

罗成章不忍地别过头，却看到旁边站着的小女儿也看着自己，倔强地睁着眼睛，眼睛发红，泪水却一点都没有掉下来。他瞬间就觉得心里被刺了一下。

这个受尽了他的委屈的，哭都没有哭一声。

他心肠更冷了些，指了旁边的丫头说："把六小姐扶起来，还有轩哥儿，先给我带回乔姨娘那里，不要再在这里丢人现眼。等我回去再罚！"

罗老太太这个时候刚到，方才有机灵的小丫头一早就去叫她了。她进来后脸色阴沉，众人纷纷给她行礼。罗老太太走到罗成章面前，冷冷地看了他一眼。想到刘夫人还在等着，又不好发作，深吸了一口气说："如今你倒是糊涂了，行了，什么事我也不过问了。雪枝，你送眉姐儿回去。我送了刘夫人出去就回来。"

雪枝眼含着泪光，却走到罗成章面前，行礼又说："奴婢服侍姐儿五年了，一直知道姐儿其实是好的。而且姐儿自从病了之后，越发懂事听话，奴婢看着都高兴，却不想二爷还要这么怀疑姐儿……奴婢真是难受，姐儿明明都这么听话了。"

罗成章沉默，然后越发愧疚，那种愧疚几乎快把他淹没了。他伸手想要去抱宜宁，哄着她说："宜宁，父亲送你回去吧。来，爹爹抱你。"

宜宁别过头，心里属于小宜宁的委屈再也压制不住，眼泪决堤般涌出。她扭过身子紧紧抱着林海如，哭得喘不过气来："爹爹不好，我不要他抱，我不要他。"

她断断续续地抽噎着。

小女儿抵触的动作让罗成章彻底一怔，心中钝痛。她看着自己的目光，分明就充满了悲伤和不信任，如此抵触，甚至都不要他抱了。

"眉眉……"罗成章声音一沉，几近低落，"你、你……"

"老爷，我要带眉眉儿回去了。"林海如强忍着心疼说道，把宜宁抱得更紧了些，头也不回地走出了花厅。雪枝等人随即跟上去，一个都没有看罗成章。

宜宁抑制不住自己的眼泪。她都记不得自己有多久没有这么哭过了。

自从她二十多年前死了之后，便再怎么悲伤愤怒都哭不出来了。也许小宜宁委屈，也许她也委屈，现在居然怎么都止不住眼泪。

宜宁总是想起前世，那个时候大雪纷飞，陆嘉学来向她提亲。她隔着帘子看他，那么高大文雅的少年，澄澈的双眸柔和而带着笑意。就算他没有回答上祖母的问题，宜宁也不觉得有什么。

这是她将要托付终身的人。

所以她才悲伤、愤怒，对陆嘉学的冷漠充满了恨意。她又怎么会不伤心呢？但是日复一日的困境消磨了她的恨，也消磨了这些人对她的记忆和愧疚。

林海如不停地拍着她的背，屋子里静悄悄的，雪枝轻手轻脚地端了一碗梨子甜水来。

宜宁泪眼蒙眬地看着她面前的这些人，林海如、雪枝，还有罗老太太，她们都关怀地看着她。宜宁心里想，那些她再也不会提了，也不会想了，如今她们才是她的亲人。

罗老太太心疼地来抱她，低声说："眉眉儿，祖母知道你委屈。可不要再哭了。"

雪枝把缸里的一只小乌龟捧出来，凑到她面前："姐儿，你看这乌龟可不可爱？你要不要玩？"

乌龟在她的掌心里缩成一只壳，只有一只尾巴尖露在外面，被雪枝戳了戳屁股，才不情不愿地探出一个尖尖的小脑袋。

宜宁看到之后勉强笑了笑，难为她们费心逗自己开心。林海如和罗老太太看她不哭了，才松了口气。

罗成章走到门外，听到孩子稚嫩的笑声，屋子里笑语连连，似乎很热闹。他叹了口气，低声让丫头进去通传。

罗老太太听说他来了却冷下一张脸，让罗成章在正堂等着她。她扶着徐妈妈的手慢慢走出去，坐在太师椅上问道："这事，你打算如何处置？"

罗成章低声说："我已经训斥了乔姨娘。只是轩哥儿还太小，着实不好说什么。"

罗老太太脸色稍稍好看了些，指了指椅子，让罗成章坐到她对面："轩哥儿年幼，我也不是真的要你跟小孩计较。只是轩哥儿由乔姨娘养着，我还是觉得不妥。倒不如让轩哥儿寄到海如名下，海如是正室，也没有孩子，正好可以养育轩哥儿。"

罗成章听到这里，却有点急："若不是林氏大字不识，行事市侩，我又怎么会让乔姨娘养着轩哥儿。母亲，轩哥儿可万万不能跟着林氏，他以后还要读书的。"

罗老太太一想，林海如这个脾性倒还真是不好改。当初她选了林海如进门，也是看中她为人善良，没有什么心机，但转念一想，这些何尝不是林海如的缺点呢？

罗老太太沉吟片刻："乔姨娘养着轩哥儿倒也可以，但等他满了五岁就不能跟着了。还是要寄养在海如名下才行，最多我派个仔细的婆子照顾他。"

罗成章心想：也只能如此，想到乔姨娘临走时拉着他的衣袖苦苦哀求，轩哥儿又哭得可怜，要让他们母子分离，的确是太强人所难了。只不过轩哥儿可不能再让乔姨娘一味纵容地养着了。

罗成章看了看内室，有些犹豫地道："母亲，那宜宁还好吗？……"

罗老太太冷冷地说："宜宁才七岁，昨晚她还跟我说过，以后再也不会淘气了，你却这般冤枉她。你说呢？"

罗成章沉默片刻，从袖中拿出了一个布老虎，说："宜宁估计也不想看到我，这是我给她带的，您给她吧。"

罗老太太看了看身旁的丫头，丫头把东西接过去走进了内室。

过了一会儿丫头走出来屈身说："七小姐不要，说让二爷拿回去。"

罗成章嘴角泛起一丝苦笑，这个丫头竟然还记仇。他心里愧疚，除了对宜宁的愧疚，还有对宜宁的母亲顾氏的愧疚，恨不得自己能做点什么来弥补宜宁，可惜小丫头这次真的被他伤了心，根本不想看到他。

罗老太太让徐妈妈送罗成章离开，她看着自己的二儿子走远的背影，心里却默默下了一个决定。

她总有一天会死的，不能让宜宁孤零零地留着，不能让宜宁受欺负。

罗老太太闭上眼，似乎还能看见那个有着少年雏形的孩子跪在自己面前，嘴边带血，一脸阴沉冰冷。

不知道她这么做是不是对的……罗老太太捏紧了手里的帕子。

夜晚冷风乍起，胡同尽头的宅子，屋檐下挂了两个红纸灯笼，照出一片红色暖光。门"吱呀"一声打开，一辆马车从门中驶出来。

马车驶出宅子，正要越过胡同口，车里却传来低沉的声音："左转，走近道去安井胡同。"

马车"嘚嘚"跑进小巷，在狭窄的小巷里跑了不到半刻钟，便进入一条更宽的胡同，恰好拦住两个人影。

那两个人影一高一矮，被突然出现的马车吓了一跳，矮些的那人张口便道："你们这是干什么？半夜三更的，驾车如此蛮横，你也不怕吓着人吗！"

车内一阵寂静，随后有人伸手挑开车帘。

月光下，程琅长身玉立，夜风吹得他衣袂飘飘，脸上的笑意似有若无，眼神中带着微微的冷意。他低声道："我还想问罗三公子，半夜三更出门，究竟是做什么打算？"

高些的那人抬起头，摘下帷帽，果然是罗慎远。他的面容一如既往平和，拱了拱手："原来是程公子，我不过是出门买些笔墨，怎的，程公子竟也同路吗？"

程琅轻轻一笑："这方向，罗三公子去的应当是安井胡同吧，那周围竟然有笔墨铺子？"

听到这里，罗慎远罕见地露出一丝微笑："程二公子实在无事做，可以半夜起来读书，何必管罗某的事？"

程琅第一次见罗慎远，就觉得这个人并不像表面上看去那般平和沉稳，恍惚间他似乎看到对方脸上微带着嘲讽的冷漠，与平日里的罗慎远判若两人。

"怀远要是知道他弟弟是这么个人，肯定是要大惊失色的。"程琅微笑着说，"你知不知道他平时怎么说你的？"

"程公子这话，我实在是不明白从何说起。"罗慎远垂下眼，好像刚才那一瞬只是程琅的错觉，"我一个不受宠的庶子，能知道什么呢，不过是有些琐事要去做而已。"他看了看天色，继续说，"起这么大的风，想必一会儿该下雨了，我还有事，就不奉陪了。"

他有礼地拱手告辞，绕过马车，继续往前。

程琅也不过是对这个罗三公子好奇而已，发现他经常半夜不见之后，程琅才摸到了线索，想截住罗慎远。只不过对于罗慎远究竟是去干什么了，他是不知道的。

看到罗慎远的背影不见了之后，程琅笑着叹了口气，这又不关他的事，还是不要浪费力气了。

有水滴打在脸上，程琅抬头看天，果然下雨了。

他放下帘子，吩咐驾车的小厮："去高大人那里。"

雨越下越大，瓢泼般的大雨，淹没了纵横交错的街檐巷间。夜晚十分寂静，只剩下雨淅淅沥沥的声音。

罗慎远离开府学胡同后也上了一辆马车，此时马车进了胡同里，又有一扇门悄然开了。跪坐在正堂中念佛的僧人听到开门的声音，放下了手中的佛经，抽了三根香，供奉给了堂上金身的释迦牟尼佛像，随后起身让下人布置茶水。

"说是二更到，你倒是准时。"僧人淡淡地说，"外面下这般大雨，看来是入夏了。"

屋檐的灯笼照得周围暖黄一片，一个高大的人影背着手走出阴影，罗慎远沉默地看着他小几上布置的棋盘，烛火映照下的阴影让他的侧脸更加深邃。他低声问："今日还是解棋局？"

僧人摇了摇头说："师父临走的时候说过，棋局上你的造诣已经太深，我不能应对了。这盘残棋是我陪一位姓程的施主下的，你看看他的走法该作何解。"

罗慎远坐下来，拿了僧人所执的黑子，指尖摩挲着棋子思索片刻，略一看全局就放了子。

僧人看到他的落子之后笑了笑，合手道了一声阿弥陀佛："这位程施主倒是能与你一较高下。"

罗慎远淡淡道："程二公子少年中举，也是心智超凡。"

"若不是你三年前为意外所伤，也该如他名扬天下了。"僧人说。罗慎远只是一笑，并不说话。

僧人声音一低，表情变得有些落寞："师父留了一个问题给我，让我每次见到你都要问。但是我觉得没有必要了，你的回答应该是不会变的。如此的话，师父的遗愿你不必再遵守，以后可以不来了。"

罗慎远沉默了一下，说道："道衍师兄，你不必自责，我知道自己的性子……是如何都改变不了的。"他眼中的谦和不知何时散去，此刻骤然变得冷冰冰的，顿了顿才说，"我的确是冷酷暴戾，你教我念再多的佛经都没有用。"

僧人叹道："这些年来，也只看到你对家里那位嫡出的妹妹不同些，就是她重伤于你，你竟也没有做什么。"

听到僧人提起宜宁，罗慎远就想到那个小小的身影，趴在长案上委委屈屈地练字。他走的时候还给她留了一本字帖，让她好好练字，也不知道现在练得怎么样了。

他出门在外几日，倒是真的有些想念那个小小的孩子了。她时常跟在他身后，迈着小短腿努力跟着，小心翼翼努力地讨好他，又生怕自己做得明显了，叫他看出来。其实这些小把戏，罗慎远一开始就知道，只是他一直没有说过。

"她……还太小了。"罗慎远说，语气也轻柔了一些，"虽然顽皮，倒也可爱。"

回廊外还是大雨滂沱，屋檐下一道雨帘隔开漆黑的雨夜，让屋子里显得格外寂静。下人端了姜汤过来，道衍接过姜汤递给罗慎远，说："喝了便走吧，日后也不要再来了。我也不会在这里了。"

罗慎远接过姜汤,看着碗底淡黄的姜丝,一饮而尽。

道衍见他喝了,从袖中拿出块玉牌,那玉牌不过寸许大,是一块极罕见的通透黄玉,玉上刻了几个篆字。

"师父当年说过,若最终我还是没能劝你皈依,便将这个给你,你知道这代表了什么。"

玉牌入手,握之生温,他看了许久,将之收回怀中。

"我明白,会谨遵老师的教诲。"罗慎远低声道。

道衍不知道他的话有几分真心,但也只能如此了。

"师兄,那便再见了。"罗慎远披上了斗篷,最后喊了道衍一声。他极少称呼自己为师兄,道衍并不知他是否还有些留念,但他已经坚决地走进了雨夜中,大雨很快淹没了他高大模糊的身影。

道衍闭上眼叹息了一声:"师父,也不知道你这般是对是错。"屋子里还响着木鱼的声音,一声、两声……

罗家里,外头是泼天的大雨,乔姨娘披着衣裳靠在引枕上,却睡都睡不着。倒是轩哥儿,吓得哭了一整天,早早地让婆子服侍着睡了。

罗成章刚才在她这里,指责她说:"你教养孩子不善,竟叫这么小的孩子学会撒谎。我以前实在是看错了你!还差点叫他冤枉了他嫡姐,今日倒是让宜宁受了委屈。"

乔姨娘鲜少有这么被毫不留情地指责的时候,浑身颤抖,轻弱地道:"老爷,孩子还小,妾身如何管得了他说什么。再说丁点大的孩子,又如何能分辨对错。我可从来没教过他说谎啊!"

罗成章想到宜宁躲避他抱的动作,心里还是一阵难受,继而又道:"无论如何,母亲已经说了,等轩哥儿再大些,便不能让你养着了,日后自然会选了合适的人来教导他。"

乔姨娘却拿着帕子擦了眼泪,哭得更加可怜:"老爷莫不是想让太太养着轩哥儿!我十月怀胎产下轩哥儿,他从不曾与我分离啊!他两岁的时候发高烧,是我整夜守着他,一勺勺地喂药,才把他从阎王那里拉回来。您把他夺去了,叫我怎么活!妾身当年跟您从扬州回来,也不过是想着能为您生儿育女,守着您过日子罢了。如今这般,叫妾身怎么办……"

"轩哥儿年纪是小,但是宜怜已经大了。"罗成章沉声说,"那串碧玺是大嫂早年的陪嫁,十分珍贵,幸好大嫂也没有追究,只是宜怜怎能轻易给轩哥儿玩?"

乔姨娘听到这里十分委屈,继续道:"若是四小姐、七小姐一看,自然知道是碧玺,但是怜姐儿哪里见过这种好东西,不过是当成寻常的玉件罢了。怜姐儿是庶出,配不上嫡出的待遇,妾身也是知道的。只是一样是罗家的小姐,怜姐儿却要比别的姐儿眼界低些。往日府里的小姐们想要什么东西,都是先照顾着七小姐那里,怜姐儿也从不曾抱怨过……"

罗成章想起往日罗老太太也的确是如此,好东西先将着宜宁,别的孙女都要差一些。又想起罗宜怜自幼就身体孱弱,在罗老太太和他面前也是乖巧守礼的,就先缓了一口气。

"姐儿们怎么样我都是知道的，我也不是不心疼怜姐儿，要是真的说出来，毕竟怜姐儿才是我看大的，更疼爱一些。不过宜宁是嫡出，自小没有母亲，老太太自然疼爱她些……"

罗成章的语气一转，又坚决道："但是轩哥儿的事着实让我惊讶。日后若是再有这种事，我是不会轻饶的。"

乔姨娘只管垂首低泣，红唇轻咬，哭了好一会儿。罗成章见此也放软了语气，安慰了她几句，随后叫了小厮，去了林海如那里。

罗成章走后，罗宜怜被丫头叫到乔姨娘这里，看到母亲望着大雨发怔，有些忧心道："母亲，您也不要难受了，都是女儿不好。"

乔姨娘看着隔扇外的大雨，叹道："怜姐儿，你知不知道娘担心什么？"

宜怜声音稍低："您不是担心……父亲吗？其实父亲便是这个性子，想起来的时候冷落您两天，不日还是觉得您更好，也会回来的。"

乔姨娘摇头，冷笑道："你以为我心头没数，他能跟林氏相处几天？没几日他就会受不了林氏了。娘怕的是老太太要让林氏养着轩哥儿。你弟弟年纪还小，要是让林氏养着，以后必定不和我们亲热了。咱们没有你弟弟这个依靠，迟早是不稳定的。"

"但您不是说，太太大字不识，父亲不会让她养着弟弟吗？"

乔姨娘缓缓地叹气，摸着女儿瘦弱的肩膀说："你哪里能猜透老太太的心思呢。我只盼着她早日……"乔姨娘咳嗽了一声，没有继续说，"娘也不说明白了。老太太心里警醒得很，一心一意为她那嫡亲的小孙女打算呢。你这般庶出的，她又如何会放在眼里。"

罗宜怜有些委屈："祖母从来都偏心，若是论别的，她罗宜宁哪点如我？"

"娘也是心疼你。"乔姨娘语气变得冷冰冰的，"那串珠子宜玉、宜秀一拿，便知道是上好的碧玺，你又何尝有这么好的东西，难怪你分不出来！我一说这个，你父亲便也不能再说什么了。你且等着吧，日后娘能让你有好千倍、万倍的东西。你只管在你父亲面前比宜宁好，你父亲自然偏心你。"

罗宜怜点点头，坐下来为乔姨娘揉肩膀。

乔姨娘闭着眼睛说："庶出的孩子，你不去争，没有人会给你找来这些。姐儿啊，你可要记住。你弟弟年纪还小，但若是日后长大了，咱们这靠山就是谁也夺不走的了。罗宜宁就算有老太太撑腰，又能撑几年？她那嫁出去的长姐毕竟是外家的人了，管不了罗家的事。她又没有胞弟，迟早是不行的。"

罗宜怜听后乖巧应道："孩儿知道。孩儿一定好好照顾弟弟。"

乔姨娘这才放松了一些。

幸好她有个儿子，这是谁都夺不走的。林海如也只能看着干瞪眼，谁让她的肚子不争气呢。

宜宁则是被雨声吵醒了。她今天实在是有点累了，因此睡得也早。外头电闪雷鸣的阵势吓人，她挑开帘帐一看，看到守夜的小丫头睡在脚踏边，裹了一床被褥正是酣睡，倒是没有被吵醒。

雨声中夹杂阵阵似有若无的咳嗽声，宜宁仔细一听，似乎是隔壁房中祖母在咳。

罗老太太是有咳疾的，只是发作没有个定数，说来就来。咳疾一犯的时候晚上就睡不好，白天整个人都没有精神。罗成章与罗大爷找过许多偏方来治，却都不见好。

宜宁复躺进被褥里，听到咳嗽声未见停歇，反倒压抑得越来越重，连外头守夜的丫头都被吵醒了，一阵烛光透进来，传来丫头们窸窣说话的声音。

还有徐妈妈轻声道："小声些，姐儿在睡。莫要把她吵醒了……"

宜宁叹了口气，翻了个身子。祖母的身体的确是越来越不好了，她原来见长嫂用川贝枇杷汤治过咳疾，也不知道是不是有用，明日吩咐厨房给祖母熬一碗试试好了。

第二日起来，宜宁就找了小厨房的管事婆子来。

管事婆子见七小姐半跪在罗汉床上画花样，笑着屈身："奴婢在，七小姐有什么事吩咐？"

"我要一些枇杷叶。"宜宁边描花样边说，"还要川贝，但是川贝要越小越好，只要'怀中抱月'的。嬷嬷能寻来吗？"

管事婆子见她一团孩子气，以为她只是要来玩耍的，和煦地说："倒是没有问题，只是不知道'怀中抱月'是什么？七小姐要这些来做什么？"

宜宁用笔头抵唇，正想该如何跟这管事婆子解释什么是"怀中抱月"，就听到门外传来一个淡淡的声音："怀中抱月是最佳的川贝，唯有蜀地才能出产。"

宜宁听到这声音却十分惊喜，忙要下罗汉床。雪枝扶了她一下，宜宁才跳下来，朝他跑过去，笑着喊他："三哥，你怎么回来了！"

罗慎远扶住这小丫头的身体，让她稳住势头，皱了皱眉："跑跑跳跳地做什么，绊到门槛了怎么办？"

宜宁是看到他惊喜的，他身上有熟悉的淡淡的味道，便是他救自己的时候，那种最温热安全的味道。顾不上被他训斥，宜宁拉开他的手臂将他看了又看，又瞧到他手上还拿着一个小包，立刻自己取了过来。

她打开一看，原来是一包粽子糖。一个个小小的尖角，亮的棕色，里头嵌着松仁，散发着糖的香甜。

她立刻拿起来问："给我带的？"

罗慎远嘴角微扯："不，我是给自己的小厮带的。"

"才怪！"她才不信，三哥这个人惯是嘴硬。

宜宁附身簪子多年没的吃喝，加上小宜宁本就爱吃，见到好吃的就欢喜。粽子糖她的确也是很久没有吃过了，宜宁吃了一颗，剩下的让雪枝给她收起来存在攒盒里，笑眯眯地向罗慎远道谢。

宜宁的攒盒打开，足足有个五六层，每层都有不同花样的吃食，干果蜜饯、糕点糖饼、甚至还有肉脯。

罗慎远见她含着糖，包子一样的小脸鼓起一团，脸上仍是没有什么表情，心里却觉得有些好笑。

他坐下来问她:"你拿那些来做什么?"

宜宁随便胡诌说:"我从书里看来的方子,说是能止咳,炖了给祖母喝的。"

"七小姐一片孝心,老太太知道了一定高兴。"管事婆子含笑说,"奴婢这就让人准备去,一定按照七小姐的盼咐来做。"

罗老太太这时候刚从小佛堂回来,罗慎远起身给她请安。他是最先回到家里的,因此最早来给罗老太太请安,随后罗怀远、罗山远也来请安了。罗老太太细细地问他们的学业如何,那位宋先生教得怎么样。

"再过两个月就是秋闱了。我们罗家书香传世,子弟读书向来是好的。你们三人这次一同去考,都不要懈怠了。"罗老太太叮嘱道,"从今日开始,每日读书不能少于七个时辰。怀远,你三年前便考过一次,这次能中的希望极大,得给弟弟们做个榜样。"

罗怀远起身恭敬应是。

罗老太太又捂着嘴咳嗽了几声,让罗怀远和罗山远先回去了。舟车劳顿,他们也要休整一番才是。

她独独留下了罗慎远说话。

宜宁就坐在西次间里描花样,他们说话她都听得一清二楚。她听到罗老太太低声问他:"这次你可有把握?"

罗慎远却沉默了一下,才说:"祖母说什么,孙儿听不明白。"

"三年前你的文章,叫那位曹大人看到了,便说必能中举无疑。"罗老太太声音冷凝,"我现在问你,你这次能不能中?你可知今时不同往日了,你也大了,我不会再那般对你。"

罗慎远道:"祖母对我从来都是淡淡的,没想到暗中是在留意的。"他似乎自嘲了一声,"我却也知道您并非真心,不过是……"

后面声音就低了下来,宜宁恨不得把自己化到屏风上,好听清楚他们在说什么。但是雪枝在旁边守着她,她又不能明确做出偷听的模样。宜宁只能收敛心神继续描花样,渐渐隔壁就没有声音了,罗老太太却被徐妈妈扶进来,叮嘱她要好好描花样,明日就照着这些花样做女红。

宜宁应是,看到罗老太太进了内室休息,心想:难不成罗慎远就这么走了?

她下了罗汉床穿好鞋,探头往屏风后一看,发现罗慎远还坐在圈椅上喝茶。瞧她探出了一个脑袋,他头也不抬地继续喝茶说:"宜宁,我临走的时候让你练字,你练的字帖呢?"

原来是留下来检查她的功课。她不知道罗慎远会这么早回来,那本字帖只练了一半不到。

宜宁想了想,笑着问他:"三哥,你要不要吃糯米鸡?今日中午有糯米鸡,你可以留下来吃午膳。"

罗慎远抬头看着她,语气不变:"去把字帖拿来。"

宜宁腹诽,她内里怎么着也是个大人,竟然叫罗慎远这么管着。她爬上了罗汉床,从床头的柜上拿下那本字帖,递到了罗慎远面前。他接过之后一页页地翻开看着,渐渐地蹙起眉。

宜宁站在他面前，能清晰地看到他眉心一道皱痕，浓眉下就是低垂的睫毛，鼻梁到下巴的弧线都非常好看，坚毅俊秀。其实若要论起外貌来，程琅应该才是最俊秀好看的，但是宜宁看罗慎远久了，觉得他真的有种独特的好看，而且是越看越好看。

她的这位三哥，日后也不知道会找个什么样的娘子。宜宁暗自想着，她似乎不怎么记得罗慎远的妻子是谁，那时她毕竟身在内宅，见识有限。配得上三哥的人，也不知道要如何优秀出众才行……

"我听说，父亲冤枉你摔了一串碧玺，你哭了许久。"她突然听到罗慎远的声音。宜宁抬起头看着他。他不是出门在外吗，如何会知道这事的？

罗慎远顿了顿，继续说："宜宁，这些都是无妨的。关心你的人自然关心，若是不关心的人，再怎么也不会改变。字帖写得不好，明日我重新写一本给你。"他站起身，摸了摸她的头，然后提步离开了。

宜宁被他这么突然摸一摸头，整个人有点怔住。等她回过神来，罗慎远已经不见了身影。

其实宜宁倒也不是真的因为被人冤枉而伤心。真正伤心的是小宜宁吧，而她也实在是压抑很久了。倒是三哥，似乎真的对她比原来亲密些了，居然还摸了摸她的头。

除了罗老太太，宜宁已经很多年没有被人摸过头了。大概也就是原来养大她的乳娘，才如此慈爱地对待她吧！宜宁想到这里又有些感叹，她死之后，这位养大她的乳娘不久也就去世了。

她正想着这些事，小厨房的管事来告诉她川贝枇杷汤已经熬好了。

## 第五章 暗藏玄机

罗老太太昨晚咳了半宿，一早起来就去小佛堂念经，精神不太好。宜宁端着汤进去的时候，还看到老太太靠着引枕，咳得似乎心肺都要出来。徐妈妈在给罗老太太拍背。

她把汤端过去一勺勺喂罗老太太喝下，轻声说："这是我从书上看来的方子。祖母，这川贝您也吃一些。"她半跪在床边给老太太喂汤，小脸上的神情十分认真。

罗老太太摸了摸她的头，叹道："我们眉眉儿越来越懂事了。"

雪枝也在一旁看着，宠溺地笑道："可不是吗？眉姐儿一早起来就给您张罗着了。"

宜宁笑了笑没有说话。徐妈妈、罗老太太与雪枝三人都是看着小宜宁长大的，对她就像是对个孩子，实在是宠溺她。就连雪枝亲密的时候也会唤她的小名，她前世从来没有过小名，只在小时候听过继母喊妹妹"茵儿"时，有些羡慕。

徐妈妈看罗老太太面色发紫，说："这般咳下去不是办法，我记得老夫人去年还没有咳这么厉害的，得请了好的郎中来医治才行，不然会越拖越重的。"

旁边有个婆子道："徐妈妈这么一说，我倒是想起服侍原先二太太的郑妈妈。她精通医术，当年老太爷还在的时候，就是郑妈妈治好了他的腰痛。不如咱们请郑妈妈回来给老太太看看……"

这位婆子话一说完，屋子里却静了静，一时间竟没有人接话。

宜宁把小碗放在黑漆方托盘上，拿手帕给罗老太太擦嘴，心里有些狐疑。原先服侍二太太……那不就是服侍宜宁的生母顾明澜的婆子，怎么大家都一副讳莫如深的样子？

罗老太太喝完了汤，顿了顿道："当年放她出府荣养的时候我就说过，不会请她回来了，她必定也是不想回来的。我这病是陈年旧疾，这么多年都熬过来了，难不成还就熬不下去了？"

徐妈妈温言劝道："说起来郑妈妈的年纪与我差不多，有多大的心结解不开呢，恐怕咱们以后都见不了几面了。原来郑妈妈虽是怨了咱们，但走的时候也是哭着给您磕了头的，请她回来必定不难，再者眉眉儿还在府上呢，郑妈妈总会想回来看看她的。"

这位郑妈妈有什么事怨过罗家？宜宁心里暗暗地想，倒也好猜，小宜宁虽然对郑妈妈这个人没有什么印象，但是从徐妈妈的话里能听出此人品行不错，能与罗家起冲突，估计是为了小宜宁的生母。

宜宁就问罗老太太："祖母，郑妈妈是谁，我怎么没有听您说过？她要回来看我吗？"

罗老太太叹了口气说："这位郑妈妈原先是服侍你母亲的。你母亲死之后她太执拗，也不肯继续在罗家待下去，所以回乡荣养了。"

宜宁接着问："那郑妈妈会给祖母治病吗？"

徐妈妈看着宜宁的目光更是温和，知道七小姐这是想劝罗老太太。她扶罗老太太躺下后说："郑妈妈虽然是内宅婆子，但是医术不凡。当年也为老夫人调养过，想必没有什么问题。"

宜宁笑了笑道："祖母，既然郑妈妈能给您治病，我们就请她回来吧，什么也没有您的身子重要啊！"

看她稚嫩的小脸一片赤诚，罗老太太又如何能拒绝，缓缓地叹了口气，有些无奈地说："罢了罢了，那就派人去真定请她吧。"

徐妈妈这才笑了，吩咐下人套马去真定。

这时候宜秀来找宜宁去后山看荷花，说初夏的荷苞已经绽开不少。

宜宁答应了她去玩，却在走到内室外面的时候悄悄止住了脚步，听到里面罗老太太说话的声音："虽说老二确实有对不住明澜的地方，但是明澜去的时候，宜宁才半岁大，慧姐儿那个时候也不过十二，她能抛下宜宁与慧姐儿就走，我心里也对她是不痛快的。原以为她忠厚老实，没想到却是个人走茶凉的性子。"

随后又是徐妈妈说话的声音："我总觉得以郑氏的秉性，不会这般行事的。"

"这又如何能知道。"罗老太太的声音淡淡的，"你跟了我一辈子，什么样的人没有见过。"

宜宁刚听到这里，就被罗宜秀发现她没有跟出去，转过头回来寻她："宜宁，你怎么还不走啊？站在那里做什么？"

宜宁对她做了个嘘的动作，罗宜秀嗓门又大，喊一声也不知道里头听见没有，但里头说话的声音的确是停了停。宜宁只得跟上罗宜秀的脚步，拉着她走出了罗老太太的院子。

罗宜秀一脸懵懂："哎呀，你刚才干什么呢，是不是偷听祖母说话来着？"

她想到这里，似乎觉得自己道破了什么秘密，很理解地拍了拍宜宁的肩说："你别不好意思，我也常偷听我母亲说话呢。我母亲以为我睡着了，其实我就是趴在她怀里装，她跟嬷嬷说什么我听得一清二楚。你快告诉我，你偷听祖母说什么呢？"

宜宁看了她一眼，拿出教养孩子的派头来说："打听这些干什么？"

罗宜秀看到她比自己还要矮半个脑袋，揪了揪她的丫髻说："瞧你这小大人的样！你还不告诉我？我每次偷听我母亲说话可都跟你说了的。"她略微压低了声音说，"前几天你那个弟弟摔了四姐的碧玺，我娘偷偷跟嬷嬷抱怨说宜怜是'小娘养的'，这种东西竟然敢随便给孩子玩。"

宜宁还不知道这位端庄严谨的大伯母也有说别人闲话的时候。当然，那串碧玺的确昂贵，陈氏又不能跟孩子计较，只能自己肉痛忍了。

罗宜秀边走边跟她说:"我娘还时常说二婶母呢,什么行事市侩粗俗,什么喝汤的时候有声音,闹得她吃不下去饭……还有一次二婶母戴了个硕大的红宝石金戒指,我娘忍了半天没说什么。"

宜宁就说:"母亲她也就是性子率真了些。"

两人说着话已经到了后山,后山的确已经有淡粉的花苞开了,十分漂亮。荷池边还有几个小丫头在摘莲叶,看到她们忙屈身行礼。

宜宁看她手里抱了一大捧的荷叶和粉白的花苞,就让她们起身了。罗宜秀随口问她们:"你们是哪房的丫头,摘这些来做什么?"

丫头们面面相觑,其中一个长得清秀如梨花的丫头才说:"五小姐,我们是被大太太拨去伺候程二公子的。太太说寻常的花俗气,叫我们摘些荷花放在程二公子的书房里。"

罗宜秀"哦"了一声,她对什么程二公子并不是很感兴趣,让丫头们赶紧给程二公子送去了。

宜宁却拦住她们问:"要是插荷花,只摘荷花就是了,你们摘这么多荷叶又是做什么?"

那个丫头又道:"这些荷叶是四小姐要的,我们也不知道要来干什么。四小姐像是说,用荷花叶晒干了泡水喝,是能清热的。所以我们还要把这些荷叶给四小姐送去。"

宜宁总觉得有种说不出来的奇怪感觉,丫头们退下了。她与罗宜秀坐在回廊的栏杆上,罗宜秀看到荷花开得好,也想摘些回去放在书房里。宜宁让她去了,自己则懒懒地靠在栏杆上晒太阳。

雪枝笑道:"您病后总没有原来爱动弹了,要不我去帮您摘些荷花放在书房里?"

宜宁摆了摆手,她又不是小姑娘了,哪有这么爱花……想到这里,宜宁像是明白了什么,坐直身子。

雪枝看到宜宁突然坐直身子,似乎在想什么的样子,有些疑惑:"姐儿,你是不是渴了?松枝还带了一壶绿豆汤出来……"

宜宁摇了摇头,定定地看着满池的荷花苞。罗宜玉一个小姑娘,拿荷叶来泡什么水!她突然说:"雪枝,我也要荷花苞,但是不要你给我摘。我看那些丫头刚才送的那些荷花苞就很好,等她们走出四姐姐的院子之后,你去问她们要一朵吧。"

雪枝不太理解宜宁想做什么,宜宁却不好跟她解释,她不过是有点怀疑而已。说完她起身拍了拍身上的灰,对还在抓枝蔓的罗宜秀说:"五姐,我累了,想先回去。我们快走吧。"

罗宜秀根本没有玩尽兴,手里抱着几朵荷花走过来,还在抱怨宜宁:"你现在弱得跟小猫似的。"她捏了捏宜宁的小圆脸,"脸上的肉白长啦?这么不禁得累。"

宜宁从来不觉得这两者有什么关系,拉着罗宜秀的手往回走,边走边说:"我那里中午做的糯米鸡还没有吃完,剩了半份,让小厨房给你蒸热了咱们一起吃吧。"

罗宜秀觉得宜宁小气,但想到罗老太太的小厨房里糯米鸡是做得最好吃的,又巴巴地跟着宜宁回去了。在宜宁这里吃了小半份糯米鸡,灌了两碗甜甜的绿豆汤才离开。

傍晚的时候,宜宁拿到了雪枝给她带回来的一朵荷苞。

罗成章与林海如、陈氏来给罗老太太请安，听说罗老太太旧疾犯了，都在外面关心她的病情，还说要把京城里的大伯请回来。几个人在商量事情，宜宁就先回了自己的碧纱橱。

雪枝给她摇着团扇纳凉，看到宜宁拿着一朵荷苞看来看去，又不说要干什么，有些好笑地问："您这是瞧什么呢？"

宜宁看着花苞随口说："明日学女红，我就绣这个，这不是在好好地观察吗？"

松枝给宜宁端了盏烛台进来，发现宜宁开始掰荷花苞，她惊疑地道："小姐，这荷花苞好好的，您把它掰开做什么？"

宜宁默然不语，掰下的花瓣扔进脚下的铜盆里，她最后看到花心里夹着一张字条，当真是心里"咯噔"了一声。雪枝好奇道："奴婢拿回来之后就没有动过，这花苞里如何会有一张字条呢？"

宜宁把字条轻轻展开，看到上面只写了两句诗：玲珑骰子安红豆，入骨相思知不知。

宜宁心里冷笑了一声。她本来还只是这么猜测而已，没想到她这位四姐居然真的如此不知所谓，学着戏文里的小姐和别人传诗？她就不怕真的被陈氏打死了。这事真要是捅出去了，别说是她罗宜玉，整个罗家还未嫁的姑娘都要被她连累！她胆子倒是大。

松枝看到她表情都有点变了，凑过来小声问："姐儿，可有什么不妥的？"

宜宁把字条递给松枝看了，松枝也是个机灵的，很快就反应过来是怎么回事儿了，脸色有些发白："这……这如何使得！四小姐也太糊涂了，咱们府都和刘家定亲了！这事若是传出去，您都会被她连累了去。七小姐，这事咱们得告诉老夫人，您不能这么担着。"

宜宁握着字条若有所思，现在难就难在要是她把这事告诉了罗老太太，罗宜玉以后必然会埋怨她。但要是不告诉老太太，凭着罗宜玉这胆大妄为的个性，日后要是闯出什么祸事来怎么办？

她摇了摇头，轻声道："屋子里只有你们两人贴身伺候我，这字条就当咱们没有见过，你们也不要往外说……"她看向雪枝，"你把烛台取过来。"

雪枝见宜宁年纪虽小，神情却镇定自若，深吸了口气，转身取了烛台过来。

火苗随风颤抖了一下，宜宁把纸伸上去点燃烧了，松枝在旁看着，雪枝又取了香炉过来，让宜宁把烧尽的字条放进香炉里，盖上了香炉的盖子。

雪枝也有些犹豫："姐儿，这事咱们真的不管？若是日后东窗事发了……"

罗家的声誉被连累，宜宁自己估计也逃不了被牵连。

宜宁也怕她们觉得自己智多近妖，一个孩子哪里来的这么多考虑，就只是说："宜玉姐姐本来就与我不和了，我若是再向祖母说这事，恐怕宜玉姐姐与大伯母都会不满于我。"

雪枝还是有些担忧，但东西都烧了，她也没有再说什么。

这时候外面的小丫头进来通传，说罗老太太让宜宁出去。雪枝服侍宜宁穿了鞋，牵着她走到了西次间，陈氏已经离去了，林海如和罗成章还陪罗老太太坐着。罗成章看到她出来，露出一个微笑招手让她过去："眉眉儿，我给你带了点东西过来，你看喜不喜欢。"

自从碧玺那事之后，罗成章对她十分愧疚，近日时常给她送一些小玩意儿过来，宜宁都没有收。她是心疼原来受这些委屈的小宜宁，就连她对这些都是防不胜防，何况是那个真正七岁的孩子，对这位便宜爹的印象就更不好了。

雪枝牵着她走过去，宜宁看到罗成章是提了个小篮子来，那里头装着一只奶狗，巴掌大的一点，雪白微卷的毛，尾巴只有宜宁的一截小指长，趴在篮子里不知所措的，可爱极了。

"这是我托人买来的，听说京中许多人喜欢养，你要不要养？"罗成章哄着她说。

宜宁面无表情地道："我已经养了乌龟了，照顾不过来。"

罗老太太笑了笑，让宜宁到她身边来，把宜宁搂进了怀里："姐儿不要就算了，你不要勉强她。"

罗成章笑容讪讪的，只能让下人把那只奶狗收起来。

宜宁知道罗成章是对自己愧疚，难不成随便送点东西就好了吗？才没有这么简单。宜宁靠在罗老太太怀里，看到林海如在烛火下望着自己的笑容，又轻轻说："爹爹，我也想要个弟弟。"

罗成章这段时间对女儿的态度都是极好的，闻言道："轩哥儿就是你的弟弟啊。"

"轩哥儿不是我的弟弟，他是六姐姐的弟弟。"宜宁知道自己童言无忌，不会有人跟她计较，就直接说了，她抿了抿嘴唇，捏紧小手说，"我要是有个弟弟，肯定不会像轩哥儿一样诬陷我……"

罗成章咳了一声，知道宜宁的意思。

他抬头看去，罗老太太和林海如都沉默地不说话，他就只能说："宜宁，这弟弟的事……"

"爹爹，您和母亲给我生个弟弟吧。"宜宁突然笑了笑说，"那我就能带着弟弟玩了。"

林海如这才知道宜宁的意思，饶是她坦荡，难免也有些脸红不好意思。

"宜宁说得对。"罗老太太顺着孙女的话说，"二房没有嫡出的男孩，是该给宜宁添一个弟弟。"

林海如更是脸红，嘟囔了一句："以后再说也不迟。"不一会儿就告辞要回去。

等他们夫妻二人走了，罗老太太才笑着拍拍孙女的头："好你个鬼精灵，以后你母亲要是真给你生了个弟弟，你可要带他的。"

宜宁笑眯眯地应是。

徐妈妈扶着罗老太太进内室准备休息了。

宜宁心里一紧，刚烧过那张字条，也不知道会不会有味道？走进内室时她松了口气，雪枝点了一炉百合香，整屋子弥漫着百合香的味道，已经完全闻不出异样了。

她与雪枝对视了一眼，雪枝的笑容看不出什么不同。

宜宁开始对她远嫁京城的长姐罗宜慧产生了好奇，能培养出这么出色的丫头，这位长姐必然不凡。

陈氏从罗老太太那里回来，看到罗宜秀趴在桌上，半碗饭都没有吃下，就让婆子把她的碗筷收了，问她："你在你七妹那里吃了什么，就吃不下饭了？"

"半份糯米鸡——"罗宜秀趴在小桌上，让陈氏给打了一下手，"瞧你这坐没坐相的样子，给我坐正了！"

罗宜秀看到对面的宜玉还在慢条斯理地吃饭，她是几个姐妹中年长的，长得也好看极了，尖尖的下巴，肤白如雪，柳眉细细，眉宇间却有种高傲矜持的气质。罗宜秀坐直了身子，笑着问罗宜玉："我听说上次轩哥儿摔了碧玺之后，宜怜被二叔罚抄女训，都不能出门了。四姐，你心疼吗？"

罗宜玉淡淡地看了她一眼，说："你整天这么多话干什么？"

"谁让你跟那小蹄子玩得好呢！"罗宜秀颇为幸灾乐祸，"这下你也被她牵连了。"

"宜怜向来老实懂事，总比你和宜宁来得好！"罗宜玉反唇相讥，"是你不看好碧玺让轩哥儿捡到了，你却反倒怪了宜怜去？要我说，当时宜宁也在场，怎的就不知道阻止轩哥儿，非要让轩哥儿把东西摔坏！我看她也是存心的。"

陈氏看自己的两个女儿又吵，闹得她脑瓜仁疼，拍了桌子说："行了，吵个没完。哪家的亲姐妹像你们似的。那碧玺的事以后不准再提了，免得我们跟你二叔生了嫌隙。再说你们哥哥还在读书准备秋闱，要是扰了他们读书，看我不打脱你们一层皮。宜秀你也是，什么小蹄子不小蹄子的，你这话跟谁学的？哪个大家闺秀如你这般说话的！"

陈氏的威严不容置疑，罗宜秀不敢再跟宜玉吵，但她也不想看到罗宜玉，哼了声趴到床上去了。

陈氏抬头看了看罗宜玉，这两年她这女儿的确是越长越好看，难怪那刘府同知的公子一见了宜玉的真容，就痴迷不已。再者她最近新制的几件衣衫无不好看，脸上抹的是上好的香粉，那是陈氏托人从京城买回来的，珍珠粉里加一点淡黄，要二十两银子一盒，衬得她的脸十分莹白。

"宜玉，你如今也大了，可要学着端庄矜持，莫要跟你妹妹计较这些。"陈氏淡淡地叮嘱。

宜玉起身应是。

陈氏让婆子进来给罗怀远和罗山远送补汤过去。他们晚上读书费精神。

罗宜玉推说自己吃不下了，回了房中。她身边的丫头正等着她，悄悄递给她一样东西："四小姐，这是程二公子的回信。"

罗宜玉秉了烛火过来，心里像揣了只小兔似的乱跳，接了字条打开一读，嘴角不由得扬起微笑："他说我这件衣裳好看……你给我拿笔来。"

丫头有些忐忑地道："四小姐，咱们……咱们还是不要写了吧，要是让太太知道了。奴婢被打死都是轻的啊。再说程二公子也不会真的跟您一起啊！您毕竟是和刘公子定亲了的。"

罗宜玉瞥了她一眼，压着怒气说："刘静如何配得上我，偏偏母亲她们非要定这门亲事。"她不像罗宜秀或者宜宁，她是自小被人捧大的。保定世家大族的小姐里，她的才学、样貌、气度哪个不是最好的，凭什么就非要嫁给一个府同知的儿子呢！再说程琅……罗宜玉是第一次见了就喜欢他的。

程琅是她见过最俊秀俊朗的男子，就连府中的三哥都无法与他比。他看人的目光又非常幽深，似乎是一种十分深情的感觉，为人温柔和煦。她每次被那双眼眸扫过，只觉得自己轻飘飘的,有种说不出的快乐。

何况……他并非完全对她无意啊。

罗宜玉深吸一口气:"你莫要管,此事便只有我们三人知道,不会再有旁的人知道,谁又能发现?"

丫头还想说什么,却被罗宜玉冷冷地瞪着。她只能应声,乖乖去为小姐取纸笔来。

次日夏风和煦,是个凉爽的天气,下午从女先生那里下学回来,姐儿们都到罗老太太这里学女红。

宜宁是初学女红,嬷嬷就给了她一方手帕让她随意绣着玩。罗老太太也吩咐过,教授对象主要是罗宜玉和罗宜怜,罗宜秀更是没指望,她能在凳子上坐满一个时辰都算她过关。

"我看着这些针线就头疼。"罗宜秀很无奈地说,"母亲总是讲我不用心,但就像你一样,你一练字就犯困,我一拿起针线也想睡觉啊。"

宜宁回头瞪了她一眼:"我什么时候一练字就犯困了?"

"上次你跟我说的啊,你三哥给你的那本字帖,又难描摹,看着就晕……"后面突然有人咳嗽了一声。

两个小丫头回头一看,才发现罗慎远、程琅等人正站在后面,罗怀远正微笑着看她们,罗慎远表情淡淡的。几个姑娘纷纷站起身向哥哥们问好。

罗怀远侧头打趣罗慎远说:"三弟,七妹嫌你的字帖不够好啊。"

宜宁看罗慎远清俊的脸上没有表情,看不出喜怒,连忙辩解说:"其实三哥的字帖很好,是我没有睡好才犯困的。"

她不辩解还好,辩解了之后几人笑得更厉害,罗慎远都忍不住露出一丝笑容。

宜宁觉得莫名其妙,这有什么好笑的。她只能回头瞪了更茫然无措的罗宜秀一眼,叫她乱说话。

程琅看出这就是上次他送了佛珠的小丫头,抿了抿嘴唇笑道:"这丫头倒是有趣,罗家书香传世,怎出了你这么个丫头。"

他说完之后也没有多留,抬步跨进了正堂,几人估计都是来给罗老太太请安的,罗怀远与罗山远随后也进去了。罗慎远却走到宜宁身前,宜宁做出相当真诚的样子:"三哥,那些字帖我挺喜欢的,真的,都是你亲手写的,我一定好好把它们写完。"

"你知道是我亲手写的?"罗慎远问她。

宜宁点了点头,说:"我认得你的字迹。"

宜宁这么一说的时候,她觉得罗慎远似乎……似乎是淡淡微笑了一下,他轻轻地道:"从来没有人认得出我的字迹。"他拍了拍宜宁的头,"我要去给祖母请安,你明日到我那里去,我送几本书给你。"

他跨入正堂不见了踪影,罗宜秀戳了戳宜宁的手肘道:"你原来不是跟我说,你这三哥是庶出,卑微低贱,你不屑跟他一起玩吗?怎么如今我觉得你好像……"罗宜秀想了好久才找出一个字,古怪地看着宜宁,欲言又止地说,"我怎么……怎么觉得你现在有点怕他?"

宜宁在心中叹了一声，罗宜秀都能看出来吗？应该没有这么明显吧，其实她对罗慎远真的是又敬又怕，只不过她平日都不表现出来而已，毕竟他现在只是个十五岁的少年，而不是那个冷酷的首辅。

宜宁总是想起前世听到过的事情，扶持罗慎远的恩师徐阁老，因为触犯当时的首辅汪由被乱棍打死，尸体血淋淋地摆在午门，罗慎远的轿子路过的时候，甚至没有停下来看一眼。或者是他当上首辅的时候，如何冷酷地发动了政改，逼得皇帝不得不逮捕杀了一千多人，其家人要么充入了奴籍，要么流放去了海南。

她的确是想讨好他，谁知道日后的罗慎远会怎么样呢？而且罗慎远对她也挺好，只不过他沉默寡言，不喜欢表达情感而已。

"三哥对我好，我自然也要好好对他。"宜宁跟她说，"你以后也尊敬他一些，他也是你三哥。"

罗宜秀不以为然，打了个哈欠，又拿起了自己的绣绷继续绣百花图。她绣了半天，也就绣出蝴蝶的半边翅膀。她自己偷懒，抬头看别的两个学生，也都是心不在焉的。罗宜怜才犯过错，谨慎内敛，话都少了许多。但是姐姐罗宜玉，怎么也学得没精打采的……

宜宁也抬头看着罗宜玉。罗宜玉注视着程琅离去的方向，甚至看都没看手里的针，几乎就往她手指尖上戳去了。

宜宁什么都没说。

罗宜玉"啊"了一声回过神，连忙把绣绷丢开。

嬷嬷看到她秀气的指尖上冒出一滴小小血珠，赶紧让丫头拿纱布等物来："四小姐，这怎么会突然伤到手呢。您要是累了就歇一会儿，可不要勉强。"

处理了伤口，罗宜玉才镇定下来，用帕子擦干血珠之后看到已经不流血了，摇摇头说："嬷嬷没事，不用包扎。"

喜欢着别人的时候，那真是百转的心肠。就连他路过的时候不看自己，也会忍不住多想。

罗宜玉在心里不停地想，他昨日不是还夸了她的衣裳好看吗，怎么今日就不看她了呢？难道今天穿的衣裳就不好看了？

她今天穿的是一件樱粉色的长褶子，外罩纱衣，浅绿的挑线裙子，怎么着也比昨天好看啊。

或者他根本没有注意到自己也在这里。

宜宁在旁静静看着罗宜玉，越看越觉得失望。罗宜玉毕竟年纪小，做出这种事她能理解，但是看她那个痴迷的样子，却是根本没有对程琅死心。那就是说，程琅并没有果断拒绝她。

程琅对这些从来都是游刃有余的。

他对别的女子好，也从不见他能好多久，似乎对谁都有点情意，但又绝情到了极点。这样的人，罗宜玉为什么非要去招惹呢？

宜宁坐到了罗宜玉身边，小声问她："四姐，你的伤无事了吧？"

小宜宁很少跟这位四姐说话，想想也知道，两人都是高傲倔强的性格，凑在一起没吵起来就算不错了。宜宁特地去关怀罗宜玉，就连埋头做针线的罗宜怜都抬起了头。

罗宜玉淡淡地吮了吮手指道："无事。"她不喜欢宜宁，也并不想和宜宁说话。

宜宁却看着她微笑，把手里的绣绷递给她看："四姐姐，我绣了朵荷花在上面，还想再绣一首诗。只是我不会绣字，你帮我绣上去吧。我想要绣'玲珑骰子安红豆，入骨相思知不知'。四姐姐会这两句诗吗？"

罗宜玉听到这里浑身一震，仿佛被冷水浸透，整个人都清醒过来。她难以置信地看着宜宁，半天说不出话来——罗宜宁怎么会知道，她怎么会知道！

宜宁转向嬷嬷说："嬷嬷，我陪四姐下去休息一会儿，可以吗？"嬷嬷见罗宜玉脸色不好看，也就挥手让她们下去了。

两人到了后罩房，宜宁关上了房门，罗宜玉才动了动嘴唇，轻声问："七妹妹为何非要绣这两句诗？"

宜宁感叹她实在是不够聪明，难不成还非要不见棺材不掉泪吗？

"四姐姐不喜欢这两句吗？"宜宁看着她，笑着一派童真地说，"我还挺喜欢这诗的，念起来就觉得舒服。只不过相思入骨又如何，今天只是我瞧着了，若是明日被别人瞧去了可怎么办，四姐姐可有想过？"

罗宜玉的脸阵红阵白，看着宜宁的目光几乎带着不可思议。宜宁顿了顿又说："我是为了四姐姐好。"

罗宜玉捏紧了手中的绣帕，强忍着心中的颤动，好久之后才说："你……你不要说出去。"

"只要四姐姐不再犯糊涂。"宜宁的声音很轻柔，透出一股淡淡的力量，"我怎么会说出去呢？四姐姐也得想想咱们别的姐妹啊，此事若是透露出去了，祖母与伯母该怎么办？"

丫头们只看到两人轻声耳语，却听不清她们在说什么。罗宜玉却觉得宜宁的话犹如重钟，一声声砸得她面红耳赤。

这些她也不是不知道，只是总怀着侥幸，觉得别人不可能发现了去，却没想到让罗宜宁给发现了。

如果罗宜宁跟祖母说了，或者跟陈氏说了……她的下场可想而知。

"我、我是糊涂了。"罗宜玉咬紧嘴唇，"妹妹不要说出去就成。"

罗宜玉一向高傲，难得会有主动服软的时候，她看着宜宁的目光甚至有几分哀求。宜宁也不是那种抓住别人的错处就不放的人，虽然罗宜玉平日与她有嫌隙，但是能卖她一个人情，宜宁还是愿意的。

"程二公子……就这么得四姐喜欢吗？"宜宁轻声问道。

罗宜玉看着自己小小的七妹，目光有些放远了："我是喜欢他……我觉得他也是喜欢我的。可是我跟母亲说了，母亲却不同意。"

她也不知道自己为什么和一个半大的孩子说这些，也许真的是身边没有一个说话的人吧。

宜宁无法同情她，因为她实在是胆大包天。此事真要是被别人发现，她们罗家的女孩都要被牵连。但宜宁也不会怪她，她不过还是个孩子而已。

"我知道了，我会为四姐保守秘密的。"宜宁笑了笑说，"四姐不要担心，只要你以后不犯糊涂就成。"

罗宜玉点了点头，只要宜宁不把这件事说出去，那么什么都好说。她看宜宁的目光因此也少了一些敌意。

宜宁已经达到了目的，便不再和罗宜玉多说。太阳渐渐热起来，罗老太太叫她们回去吃早晨用井水镇好的西瓜，切成小块盛在琉璃盘子里，浇了蔗汁，吃起来香甜冰凉。

几位哥哥却已经请安之后离开了。罗老太太让宜宁坐在她旁侧吃西瓜，她一句句地教宜宁背《诗经》。宜宁看着罗老太太苍老的侧容，偎依进她怀里。

罗老太太宠溺地笑道："天气这么热，你还要赖着我吗？"

"我喜欢祖母，所以喜欢赖着祖母。"宜宁眨了眨眼睛说，"也不会让祖母因别的事烦心的，祖母不喜欢我吗？"

罗老太太笑着拍了拍她的背，抱着这个孩子，觉得自己心里软和得不行。

宜宁是有些依赖罗老太太，毕竟她重生后一直与罗老太太生活在一起，她为自己遮风挡雨，又关怀自己。自己怎么会不喜欢她呢？

她闻着老太太身上淡淡的檀香味，十分安心。所以罗宜玉的事便这么算了吧，她能劝就劝劝她，不要让这种事烦扰了祖母。

宜宁闭上了眼睛。

次日一早宜宁就起了，她还记得罗慎远说过，让她到他那里去拿书。

顾女先生家中有事，这几日都不用去。宜宁去了罗慎远那里，他还在写字。

他的书房很朴素，长案上摆着砚台和笔山，一旁有口大的青瓷缸，里面插了好些陈旧的卷轴。高几上摆了一盆四季兰，这个季节正是开花的时候，淡绿如蝴蝶的花栖息在花枝上，一股极淡雅的香气在空中隐隐可闻。罗慎远正撑着长案在写字，手下游龙走凤。

宜宁站在门口没有打扰他，他认真的时候垂着睫毛，侧脸平静。

过了会儿他却收了笔，淡淡道："怎么不进来。"

宜宁笑着走过去："三哥，你怎么知道我过来了？"

她低头一看，发现罗慎远写的是一篇八股文，刚写到破题的地方。因为她过来，罗慎远停下了笔。

罗慎远看了看她，把毛笔搁下说："我耳目聪明，能听到你的脚步声。"

没想到三哥还有这种冷不丁幽默的时候。

罗慎远看到只到他腰高的宜宁，正认真地看着他写的文章，就拍了拍她的头："这个你看不懂，跟我过来。"

他就知道她看不懂吗？

宜宁揉了揉脑袋，心想她看不懂就不能看看他写字了？

当然她们女子虽然也读些书，但仅仅处于了解内容阶段。他们要参加科举的人，却要把这些东西默记于心,融会贯通,层次跟她们完全不一样。说她看不懂很正常,能看懂才有问题。

宜宁只能跟在他身后走到后面的暖阁,仰头看到他从书架上找了好几本书下来。他低头翻了翻内容,就递给了她:"这些都很好,你拿回去看吧。"

宜宁有点蒙,她又不参加科举,看这么多书干什么。

"三哥,你读书就好了……"宜宁小声说,"我看了又没有用。"

罗慎远回头看她,语气略低,定定地喊她的名字:"宜宁……"

宜宁觉得他的语气有淡淡的压迫感,他又看着自己,被他震慑住,便只能勉强点了点头,抱着书妥协地说:"好吧,我都拿回去看。"

他摸了摸她的头,虽然并没有说话,眼中却有赞许之意。

宜宁觉得太矮了真的不好,例如罗慎远和祖母都喜欢摸她的头。

宜宁从暖阁里出来,看他要回去继续写文章了,就问:"三哥,我听说大哥和二哥读书很晚,每天大伯母都会给他们送补汤。你有补汤喝吗?"

罗慎远一时没有回答,过了片刻才淡淡地说:"无人给我送。"

宜宁知道林海如是不管他的,但听到他的语气没有丝毫起伏,似乎已经习惯了,并不觉得有什么一样,她心里还是一阵难受。

"我让小厨房给你送吧!"宜宁笑着问,"你喜欢猪蹄汤吗?"

罗慎远瞥了她一眼,摇了摇头道:"不必了,我不爱喝猪蹄汤。"

他并不爱油腻之物,饮食偏清淡,鱼肉、素菜更得他喜欢,牛肉、鸡肉也还行,猪肉是极不喜食的。宜宁不是不知道他的饮食习惯,但是她觉得太过清淡了,哪里有猪蹄汤滋补。可是他说得如此直白,她难免讪讪。

宜宁倒是挺爱喝猪蹄汤的……猪蹄汤哪里不好喝了?

她心里暗自想着,拿了书跟罗慎远告别。罗慎远看了看外面的太阳,放下笔说:"我送你回去。"

"三哥不是要写字吗,不必送我了。"宜宁说,让雪枝拿了青桐油伞准备走。

罗慎远却率先走了出去:"我正好去给祖母请安,便送你回去吧。"他走到回廊外,阳光落到他的身上,衬得他身姿如松。宜宁一阵恍惚,却看到罗慎远回头淡淡地说:"还不快过来。"

宜宁心中一喜,小跑几步走上前,他牵住了她。宜宁能感觉到他的手温暖干燥,指腹上有茧。她心里顿时安稳许多。雪枝给她撑了把青桐油纸伞遮太阳,走在石子路上。

小路旁的玉簪花开了,香气浓郁,热腾腾的夏季。雪枝摘了一朵玉簪花别在宜宁的袖口上。宜宁举着袖子闻了闻,心想终于知道古人所说的满袖盈香是什么样的了。

罗慎远看她低头闻花,抬头时鼻尖沾了些淡黄的花粉,唤道:"宜宁。"

宜宁不知道他叫自己干什么,仰头看向他,罗慎远道:"沾上花粉了。"

宜宁伸手擦了好几下都没有擦干净,罗慎远实在无奈,只能从袖中拿出一方白色手帕,替她擦干净鼻尖，虽仍是面无表情，动作却很轻柔。

宜宁心想，这就是有哥哥的感觉吗？她从前是长女，母亲生下她就逝世了，孤独地长大。如今虽然有姐姐，但不害她已是万幸，哪里有这样的待遇。她心中顿觉温暖，紧紧地抓着罗慎远的手，对他灿烂地笑了笑："谢谢三哥。"

宜宁抬起头，却看到不远处似乎有人，正站在树荫底下看湖水，身边跟着两个护卫，应该不是罗家的人。那人穿着一件月白的杭绸直裰，身形修长高大，似乎是程琅。

罗慎远看到程琅身边站着的人时，脸色微沉。想到手上还牵着一个小宜宁，他后退了一步，轻声跟她道："不要说话。"

宜宁虽然不认得那两人究竟是谁，但是看罗慎远的表情，她估计他是知道的。她跟在罗慎远身后，透过竹叶间的缝隙就能看到程琅。

宜宁听到程琅轻柔和缓、意味深长的声音："四舅说过，必须得把那个人带回去。你们却告诉我，他不见了？"

那护卫低声道："二公子，是属下办事不力。您说陪了那和尚下棋，就在胡同里，但我们去那里找的时候的确是已经人去楼空了……"

他还没有说完，就突然被程琅抬手打了一巴掌。

巴掌声十分响亮，打得护卫都偏过了头去，脸迅速红肿起来。

程琅冷冰冰地说："谁教你找借口的！人不见了不会去找吗？"宜宁也被这一巴掌吓到了。

她看着那个长身玉立、风姿出众的程琅，又想起罗宜玉眼中的哀求，几乎有种窒息的感觉。其中一个护卫认错下去了。程琅才回过头，脸上一片森冷。

宜宁看到他的表情，不知怎的就想到了荷苞字条上的那些字，想到了程琅对罗宜玉的若即若离。

她突然觉得有种莫名的钝痛在心里渐渐弥漫开。当年那个孩子……为什么会变成现在这个样子？这个陌生的程琅，和那个趴在她的肩头，抓蜻蜓给她看的孩子是同一个人吗？

怎么她一点都不认识了呢？

一阵微风拂过，地上竹影婆娑，宜宁腰间系的绦带也随之拂动。

那边另一个护卫却立刻警觉地抬起头，看向了竹林丛："是谁在那里？"

宜宁听到之后下意识地一看自己，这才看到地上有绦带的影子在动。一眼就能看出这里藏着人，她小声说："三哥，对不起，我不知道……"

罗慎远低头看了宜宁的绦带一眼，心里叹了口气，面上依旧平静："无事，这里是罗府，他们不敢造次。你站在这里不要出去。"他说完之后自己走了出去，对程琅微笑着道，"程二公子不是一向温文尔雅、知书达礼，竟然也有掌掴下人的时候。"

程琅先看了一眼竹林。

那里还有一个人，罗慎远却藏着她。

程琅对罗慎远有些好奇，知道这个人身上有很多秘密。但奇怪的是，罗府竟然没有一个人知道他的奇特之处。甚至他的父亲、祖母也对他并不重视。他那两个嫡兄提起他的时候，语气也是毫无掩饰的不在意。

他收回目光，淡淡一笑："原来罗三公子还有听人墙角的习惯，罗三公子真要是想听，大可跟我说，我一五一十地讲给你听就是了。"

"罗某是没有这个习惯的。不过是看到程二公子在处置下人，所以没有打扰罢了。"罗慎远语气和缓，嘴角带着淡淡微笑，对答如流，"再者程二公子不也有跟踪别人的嗜好，彼此而已。"

程琅看着他，没有说话。

"打扰程二公子了，还请继续。"罗慎远微一颔首，退了回去。

程琅示意身边的护卫悄悄跟上去："不必靠近，看他带着的是谁就行了。"

他站在树荫下背手等着，一会儿之后护卫回来了，跟他说："罗慎远带着的是他的妹妹，罗府的七小姐。二公子，您是不是想……"

程琅还记得这个七小姐，与她一样唤名"宜宁"。

他看着湖面长的几朵荷花，似乎是在想什么，顿了顿道："既然是个孩子，那便算了。你收拾一下东西，我们明日回程。"

他摩挲着掌心的玉佩，突然想起幼时在宁远侯府时的夏天。隔扇开着，凉快的风从外面吹进来，屋子里点了一炉鹅梨香，味道甜丝丝的。他坐在她的膝上，努力抬高小脑袋，看着宜宁细白的手指指着书上的字，一句句地教他念："余独爱莲之出淤泥而不染，濯清涟而不妖。中通外直，不蔓不枝，香远益清，亭亭净植。琅哥儿，这几句你记住了吗？你日后要做一个如莲的君子。"

幼时的他乖巧地说："琅哥儿知道，舅母说的话我都记得。"她笑着摸了摸他的头。

当年他是答应过她的，也许她死前就已经料到了陆家和程家日后的荒谬吧……但是他身在权势中，如何能出淤泥而不染呢？

程琅握紧了玉佩，半晌闭了闭眼睛。

罗慎远送宜宁回罗老太太那里，路上宜宁仍然在想程琅的事。

宜宁知道自己不该和他再有接触，就算她心痛自己养大的孩子，为他已经变成了这个样子而惊心，但是这又有什么办法呢？他已经这么大了，她也不再是那个宁远侯府的罗宜宁了。

他就算再怎么荒谬，那都是他的事了。

罗老太太见罗慎远送她回来，留罗慎远吃了午饭。

老太太似乎对罗慎远的学业并不着急，反倒说："离秋闱只有月余了，你大哥、二哥整日读书，如临大敌，我都怕他们憋坏了。今日你就留在这里陪宜宁看书吧，清闲一些也好。"

罗慎远并没有什么意见，应了罗老太太的话，当真拿了本书在旁侧陪她看。

他看一会儿，还要抽查宜宁，叫她把书合起来，把刚才看过的内容大致说说。宜宁偷懒不成，在三哥严格的监督下，逐字逐句认真看。也不知道罗慎远是不是连她手里这本书也会背，他只需略看一眼，就知道是什么内容，她胡诌两句他立刻就会发现，皱起眉来。宜宁怕极了三哥的严格，苦哈哈地看了一下午书，罗老太太却在旁边看得乐呵呵——宜宁这种泼皮懒货就是需要"酷吏"来治，找她三哥来监督她看书当真是好主意。

直到看她面露苦色，盯着书页简直是苦大仇深，罗慎远这才收了书问她："看够了？"

宜宁点头，罗慎远才放过她，起身去向罗老太太告辞。

宜宁躺在书房的贵妃椅上，看到她三哥走出庑廊了，轻吐了口气。

雪枝拿着一套斗彩的茶具走进来，笑吟吟地说："您歇会儿吧，我让翠枝做了玫瑰糕给您。"

松枝果然端着糕点上来，白玉盘子里搁着几块半透明的玫瑰糕。这是小宜宁的点心丫头翠枝特有的手艺，玫瑰花片捣烂，用糯米粉、熟红豆揉了，再用模子扣成小小的叶片形。蒸好之后再用井水镇，搁在玉盘上，还要撒一层糖霜，十分精致。

宜宁吃了两块，想起猪蹄汤的事，跟雪枝说："以后让小厨房给三哥送补汤当夜宵。他读书辛苦，汤宜清淡适口。"

雪枝笑着给她倒了杯茶："您放心，奴婢省得。"宜宁喝了口茶润了润嗓子。

她望着高几上养着的一盆石斛，突然问道："雪枝，我上次听祖母说起伺候母亲的郑妈妈，听说母亲死之后她就离开了罗家。"雪枝在给她打扇，宜宁趴在贵妃椅上，望着她继续说，"她为什么走呢？"

雪枝一愣，摇扇子的手僵了僵。她看着年幼的宜宁，叹了口气说："那时候奴婢也还小，在大小姐那里不过是个小丫头，只听说是郑妈妈提出要走的。

"老太太挽留过她，郑妈妈却执意离开。您那个时候半岁多，在老太太怀里直哭。老太太又伤心又怒，便对郑妈妈说'既然走了，以后就不要回来'。"

宜宁皱了皱眉。她记得当时祖母说过，郑妈妈是对罗家有怨所以才走的。

她又继续问："雪枝，母亲究竟是怎么死的，真的是因为生产伤了身子吗？"

雪枝也不知道，望着乖乖靠在贵妃椅上的小宜宁，她稚嫩的脸，和当年的太太的确是有五分相似的，便柔和了声音说："奴婢也不知道，但太太是非常舍不得姐儿的。她走的时候，嘱托老太太一定要照顾好您，大小姐跪在床边，哭得都喘不过气来……"

宜宁心里有种微妙的感觉。她点了点头，又呷了一口茶水。

雪枝哄她午睡，宜宁看书也实在是看累了，便躺到了罗汉床上去。但还睁着眼，一会儿想着程琅的小脸，一会儿想着那位素未谋面的长姐，才渐渐闭上了眼睛。

雪枝放下了帐子，嘱咐刚来的小丫头走路要轻轻的，不要吵着宜宁午睡。

宜宁其实并没有睡着，半梦半醒的，她还能听到外面婆子轻声呵斥做错了事情的小丫头，甚至还有乌龟在陶瓷缸里翻动的声音——一个翻身，又一个翻身，还有风吹动外头树枝的沙沙声。

突然有个人急促地跑进屋子里，声音压得很低地道："小姐可睡了？"宜宁听出是松枝的声音。

雪枝答道："正睡着呢，你也轻声些，她陪三少爷看了许久的书，难得睡一会儿。"

松枝的声音有种压制不住的紧张："快叫姐儿起来吧，出事了。"

雪枝片刻没有说话，再听到时声音也是一紧："究竟是什么事？你这么着急忙慌的。左不过还有老太太在，叫姐儿有什么用？"

"是四小姐……"松枝继续说，"四小姐的事情败露了！不知道是谁说到了老太太这里，老太太已经把四小姐和大太太都叫过来了。姐儿也是知道这件事的，咱们得赶紧把姐儿叫起来！"

宜宁听到这里，心里一个激灵。她睁开了眼睛。

宜宁不等雪枝来叫她，就已经坐了起来。

雪枝不知道该说什么好，半蹲下身子跟宜宁说话："姐儿，四小姐那事……"

宜宁摇了摇头："我刚才已经听到你和松枝说话了，不用多说。给我换件衣服，我们去正堂。"

雪枝握住她的手，轻声道："姐儿，这事咱们虽然也发现了，但既不是咱们败露出去的，也与咱们无干……您不用担心。"

宜宁却不是这么想的。发现字条的时候，她知道这是个很棘手的事。若是告发了，以罗老太太的性子必然不会放过罗宜玉，罗宜玉与她关系本来就不好，撕破脸也不是没有可能的。若是不告发，让别人发现了，她们都要被牵连。所以宜宁想了个折中的法子，告诫了罗宜玉一番，希望她能收敛。

本以为这事就这么过去了。想必罗宜玉也不会蠢到再让别人发现，但她没料到这事居然被发现了。

那么究竟是被谁发现的？而且还直接捅到了罗老太太这里。

雪枝牵着宜宁起来，给她梳了丫髻，换了一件短褙子，陪着她一起去了正堂。

院子里静得可怕，简直是连根针掉在地上都听得见，因为太过安静，反而显得越发压抑。

宜宁的脚步放得更轻，她想起了前世的时候，有个官家小姐因为喜欢上了家仆，与之私相授受，还叫那仆给宣扬了出去。那家人的女儿们不是避嫌远嫁，就是拖到很久都没有人说亲。最后那小姐实在忍受不住，自尽了事。那家人也恨极了这个家仆，乱棍打死之后埋都不让埋……

她越想着这些事就越心惊。

正堂的隔扇紧紧关着，半点声音都听不见。外面的庑廊下守着罗宜秀、罗宜怜两人。一大群丫头婆子也被清退了出来。

"宜宁，你快过来！"罗宜秀抬头看到是宜宁，拉过她的手和自己同坐下。宜宁感觉到她的手心濡湿，似乎正在出汗。

罗宜秀神色不安地道："宜玉刚才被祖母叫了过来，我从来没见过祖母脸色难看成这个样子。屋子里只有我母亲和四姐，就连我想进去……徐妈妈都请我出来了！"

此事事关重大，当然是越少人知道越好。宜宁听到这里反而松了口气，连罗宜秀都还不知道，证明这事知道的人并不多。她看向罗宜怜，发现她脸色虽然平静，但是手中的纱巾紧紧攥着。

"四姐被母亲叫去的时候……她正和四姐一起做针线，所以一起过来了。"罗宜秀压低声音说。

罗宜怜看着宜宁，就自内而外地觉得不舒服。她柔和地笑了笑，轻轻道："七妹怎么也过来了？这个时候七妹不是该在午睡吗，难道七妹是听到了什么？"

罗宜怜不愧是乔姨娘的女儿，反应得很快。

宜宁笑道："六姐想多了，我也是被屋子里的小丫头吵醒了而已。"

宜宁刚坐下，就听到院子外头传来嘈杂的脚步声，走近之后看到那人穿着茜红的褙子，是林海如带着丫头婆子过来了。她向宜宁招招手让宜宁到她身旁去，问道："我才被喊过来，你可知道里头发生了什么？"

宜宁也不知道。

林海如有些紧张，想到刚才来通传的婆子脸色不好，她紧紧地蹙眉。

正堂的隔扇"吱呀"一声开了，徐妈妈从里头走出来，屈身说道："老太太请二太太和七小姐进去。"

宜宁暗自皱了皱眉。这倒是奇怪了，叫林海如进去是有原因的，但叫她进去干什么？林海如却牵着她的小手，整了整鬓角走进正堂。

罗宜玉跪在正堂的地面上，哭得双眼通红，委屈地不停幽咽，她抬起头时冰冷的目光却看向宜宁，藏着掩饰不住的怨怼。

宜宁心里叹了一声，果然和她猜的一样，罗宜玉怀疑是她告密。

罗老太太坐在太师椅上，脸色肃穆。陈氏根本不敢坐下，侧立在她老人家身边。

"罗宜宁，你不是说过不会说出去的吗！"罗宜玉身子颤抖，语气低哑得带出了一丝尖利，"你答应过我的！现在让别人知道了，你就好过了是吧？你平时就看我不顺眼，我却不知道你小小年纪，心肠竟然如此歹毒！让别人知道了之后，我身败名裂，你就能得偿所愿了？"

陈氏听到这里，目光也看向了站在林海如旁边的小小的罗宜宁。

罗宜玉这话说得的确不好听，也的确是她犯了错，但这事宜宁怎么会知道……要当真是她往外传，教别人知道了去，陈氏自然不会轻易饶了宜宁。虽然她也想一巴掌把罗宜玉打死在这里，但毕竟是自己的女儿，在这种情况下，她必须得护着自己的孩子。

只是这话叫罗老太太听去了，难免会更加厌恶罗宜玉。

陈氏冷下脸，低声斥责女儿道："罗宜玉，如今该是你认错的时候，怎么能去指责旁人！宜宁年幼，她又能知道什么，你可莫要糊涂！"

"宜宁就是知道。"罗宜玉倔强地说，"不是她还能有谁！总不可能是我那丫头说出去的。"

"宜玉姐姐，凡事未下定论的时候，可不要随意说话。"宜宁轻轻地道。

她提点罗宜玉，虽然也是为了自己考虑，但未尝不是想救她。原来罗宜玉是半点不领情的，知道事情泄露之后毫不犹豫地反咬她，那她那点好心还不如拿去喂狗吃了。

罗宜玉现在表现得越激动，一会儿她吃的亏就越大，自己又没有犯错，宜宁自认是身正不怕影子斜。

罗宜玉脸颊边带泪，冷笑道："还不承认吗！这事不是你告诉那两个丫头的，那还能是谁！"

林海如又怎么听得宜宁被这么说，当即上前一步站在宜宁面前道："我与宜宁刚过来，连发生了什么事都不知道，就让四小姐劈头盖脸地说了一通。不知道的还以为是我们宜宁犯了什么错呢，跪着的明明就是你罗宜玉，怎么句句都指着宜宁来了！"

宜宁看到了林海如头上明晃晃嵌宝石的金簪子。她知道林海如是想护着自己，她只是怕林海如说话没有轻重，反而跟陈氏有了冲突。

陈氏听到林海如的话之后，果然脸色也不太好看。

陈氏的祖父是原来翰林院的掌院学士，嫁到罗家的时候，是下嫁来的，幸好后来罗大爷官运亨通，也算是有了些安慰。

但和出身商贾之家的林氏做了妯娌，她心里是一万个不愿意的，平日惯不和林氏来往。陈氏一向觉得她是识书的女子，自然"谈笑有鸿儒，往来无白丁"。看到林海如居然出来为宜宁说话，还言语之中对罗宜玉不客气，她不禁冷笑道："二弟妹这话说的，你来还不了解事情的经过，上来就说是宜玉犯了错。我还不知道有这样的长辈，竟然对小辈说如此苛刻的话。"

陈氏看不惯林海如，林海如又何尝看得起陈氏了！

林海如一向觉得，难不成能念几句酸诗就能吃饭了？没有金银元宝，她看那陈氏能嚣张到哪里去！视金钱如粪土？那没有这粪土谁过得下去？陈氏能有多少矜持气派？

林海如根本就不认输，反唇相讥："要不是她犯了错，能罚她跪吗？我是没听说什么，难不成我还没有眼睛看了！"

陈氏也不服气，张嘴就要继续说。

罗老太太看自己还没说上正事，这两个人已经吵起来了，一拍金丝楠木的小几，冷冷道："都给我住嘴，究竟是嘴皮子重要还是事情重要，能不能分清楚了！"

两人这才没有说话了，虽然心里还有怨气，但也不敢再吵。

陈氏知道这事真正做错的毕竟是罗宜玉，要是表现得太咄咄逼人，反倒遭了老太太的厌恶，那真是得不偿失的事。而林海如也明白，周围的丫头都屏退了，还把一贯高傲的罗宜玉逼到这个份上，恐罗宜玉真的是犯了天大的错事。

所以当罗老太太让两人坐下来的时候，林海如心里还隐隐有些好奇。

罗老太太扫了两人一眼，才长叹了口气，直视着罗宜玉问："你可知道自己究竟犯了多大的错？"

罗宜玉有些说不出话来，低喊："祖母，我……"

从宜宁一进来开始，罗宜玉就指责宜宁，似乎丝毫不觉得自己的错大了去。罗老太太看着本来就生气，现在看到她吞吞吐吐，更是怒极攻心，厉声道："难道你有脸做，还没脸说吗！"

陈氏面色不动，心里却是一惊。罗宜玉毕竟是姑娘家，罗老太太能用这话说她，看来是生了大气。

林海如却更加好奇了，罗宜玉究竟做了什么不得了的事，竟然让罗老太太气成这个样子！

罗宜玉吓得眼泪不停地流，不服气地哽咽道："祖母，是我错了。可是……可是您就没有错吗？我自幼长在保定，谁不说我是一等一的好，为什么您非要把我嫁给刘静！他哪里比得上程二公子，又如何配得上我！我与程二公子两情相悦，您为何不成全我们！"

宜宁听到这里心中暗叹。罗宜玉果然还是没有对程琅死心，竟然敢当面顶撞罗老太太！陈氏也被罗宜玉这话给吓到了，立刻站起来："罗宜玉，你怎么跟祖母说话的！"

"难道不是吗？"罗宜玉冷笑着说，"祖母心里只有罗宜宁，不过是想随便把我找个人嫁了了事。母亲您别说没有，长姐在的时候，祖母疼爱长姐，也严格训导长姐。长姐嫁出去了，最得祖母宠爱的除了罗宜宁还有其他人吗？祖母就是偏心二房，心疼二婶的孩子，我跟罗宜秀何尝得她喜欢！我就是不想嫁给刘静，我想嫁给程二公子，又如何了！"

宜宁哪里还不明白，罗宜玉是不满她多年了。今天她索性全部把话说清楚，那些黑的白的、有的没的，都别想逃过去。她不好过，那别人也休想好过！

她担忧地看向罗老太太："祖母，我……"

罗老太太气极，指着罗宜玉道："好好，我是偏心宜慧和宜宁，那又如何了？宜慧是丧妇长女，宜宁更是连她亲生母亲的样子都不记得。你们一个个有母亲疼爱，宜慧和宜宁怎么跟你们比？宜玉，你若是没有丧了心智，再想想明澜在世的时候是怎么对你们的？你父亲那时候调任去了云南，还是明澜求到顾家去，让顾家出人帮忙将你父亲调回，不然罗成文如今能在朝中任三品大员？你母亲生宜秀的时候身子不好，明澜每日亲自煎药，送到你母亲床前。她死之后，你们就都不记得了？"

罗宜玉愣愣地看着罗老太太，被她说得回不过神来。罗老太太捂着嘴咳嗽了两声。

陈氏听到罗老太太提起顾明澜，就站了起来："母亲，是宜玉不知道轻重胡乱说话。您只管怪她，莫气伤了身子……"

老太太咳疾尚未痊愈，实在是动不得大气。

宜宁连忙上前，为罗老太太倒了一杯茶。徐妈妈也为罗老太太拍着后背，想让她顺口气。

罗老太太喝了口茶，把茶杯放回宜宁手里，继续冷声说道："你口口声声说你与程琅两情相悦，那你再说，他如何与你两情相悦了？"

罗宜玉脸颊上泪水未干，也被吓到了。她第一次听到罗老太太说这么严厉的话，她似乎这才想起来，罗老太太不仅是那个慈祥温和的祖母，还是把两个儿子都养成进士的保定徐氏！

"他……他称赞我……我的……"罗宜玉说话磕磕绊绊，自己都有些说不下去。

罗老太太冷笑了一声："他称赞你什么？你是什么身份，他是什么身份？你真以为罗家嫡出小姐的身份，配得上他陆都督外甥、程家嫡出的少年举人？人家高高在上，随口称赞你一句，你也要当真？日后若是被人说起，你是那个不要脸的小姐，难道他程琅的名声还能有半点损害吗？我现在就老实告诉你，别说我们一个小小的罗家配不上他，就算是一般的县主、二品大员的女儿，都要随他程琅挑拣！"

罗宜玉瘫软在地上，眼泪如珠子般"吧嗒吧嗒"地掉。

"祖母，我是真的喜欢他，我不喜欢刘静啊……"

罗老太太别过头去，似乎看也不想看她。徐妈妈上前一步，叹道："今日下午，程二公子已经离开罗家。奴婢敢问四小姐，若是程二公子真如您所说对您有情，那他会不会就这么不告而别？"

"他……他已经走了吗？"罗宜玉的神情有些茫然无措，她看向罗老太太，再看向自己的母亲。

陈氏深吸了一口气，闭上嘴不说话。罗老太太是打定主意要给罗宜玉颜色看看，她不能在这时候帮她说话。更何况罗宜玉实在是太糊涂了！这一句句说下来，罗宜玉的确是荒唐。

林海如则已经完全被震撼了，她可想不到罗宜玉能干出这种事来！

外头天已经黑了下来，几颗星子在夜空中若隐若现。罗宜秀与罗宜怜已经在外面等了足足两个时辰，未见到有人出来，只听到里头隐约争执的声音传出来。一开始还听得出宜玉在指责宜宁，说她歹毒，后来又听到罗宜玉说什么偏心二房的话。

罗宜怜正襟危坐，手帕依旧攥在手心。上次她犯了错之后，便听了乔姨娘的话，以后只做乖巧就是了，不能再让罗老太太或是宜宁抓着她的错处，她心里也谨记着这句话。罗宜玉与她一起做刺绣的时候被叫走，然后出了这么大的事，不搞清楚究竟是怎么了，她是不会回去的。

罗宜秀心里也焦急，她很喜欢宜宁，但是罗宜玉毕竟是她嫡亲的姐姐，里头要是冲突起来，她还不知道该怎么办。她来回走了几趟，直到伺候她的嬷嬷道："五小姐，您还是坐下吧，您着急也没有办法。"

嬷嬷又看一眼旁边的罗宜怜，心想：果然是性子不同，瞧这个六小姐，年纪虽然小些，但是多么沉得住气，坐了半天的杌子竟然连姿势都没有换过。她不由得感叹，这要是个嫡女，恐怕日后还有的瞧。

罗宜秀却有些烦心，走了几步似乎想起什么，跟壁虎似的扒在隔扇上听里面讲话。嬷嬷看到了，忙去拉她下来："五小姐，您可不能这样！"

罗宜秀说："嬷嬷，您别管我，我得知道我姐和宜宁究竟怎么了！"

外院却亮起一片烛火的光，是有人打着灯笼过来了，等人走近了一看，居然是罗成章和乔姨娘。两个小厮撑着纸灯笼，还跟了好些丫头婆子。

罗成章回来之后听说林海如被罗老太太叫去了，又到了天黑都不见回来，想必应该是出了什么大事。如今大哥在京城中为官，家中便只有他一个顶梁柱，要真是出了什么大事，肯定是要来看看的。

乔姨娘也想知道究竟怎么了，怜姐儿竟然也这么晚没有回来，派婆子来打听，说是什么都不知道，她就陪着罗成章一起过来了。

嬷嬷看到二爷都过来了，拉罗宜秀都来不及："五小姐，二爷来了！您快别听了！"罗宜秀这才回过头，看到二叔和那个乔姨娘果然正看着她。她才大大方方地站端正了，若无其事地喊了声"二叔"，罗宜怜则站起来喊了父亲和乔姨娘。

罗成章微微颔首，看了看四周，伺候罗宜秀的嬷嬷资历最老，最说得上话，便问她："你可知道究竟是怎么回事？"

嬷嬷左右为难，不知道该怎么说才好。罗宜怜就站起来，微一屈身道："我也没听得太周全，似乎……七妹妹与四姐姐微有争执，祖母在训斥四姐姐，别的就不清楚了。"

罗成章下意识地皱眉，若是以前他听说宜宁与别人有争执，想都不想就认为肯定是宜宁闯祸在先。但上次才冤枉了她，花了好些力气才让宜宁勉强愿意与他说话，还是要先弄明白再说。

乔姨娘柔和地道："二爷，既然商议了这么久，想必也是要紧的事，您还是去瞧瞧为好。"

守在门口的婆子却屈了身，回绝了："老太太有令，若不是她老人家请，决计是不能进去的。"

罗成章心里更是狐疑，找了把椅子坐下来，也在外头等着。

屋子里点了烛火，罗老太太的脸在烛火下显得模糊了许多。她低声道："你可知道此事若是真的传出去，会有什么后果？"

罗宜玉低垂着头，咬唇说："宁为玉碎不为瓦全，真是败露了，宜玉便一死了之，绝不拖累了罗家。"

罗老太太的语气轻轻的："你以为死了就算完了？死了就不会拖累罗家了？你还有这么好几个妹妹，你可想过你的几个妹妹怎么办？是要远嫁外地去，还是留在家里一辈子被人指点！"她的声音变得突然凌厉，"这就是你想的结果？一死了之，置你的姐妹、母亲于不顾！"

罗宜玉肩膀颤抖着，泣不成声，终于哭倒在陈氏怀中。

宜宁不得不佩服罗老太太，果然姜还是老的辣，对罗宜玉这样的性格，单单劝是没有用的，必须得要吓一吓她，才能真的把她吓住。

徐妈妈又给罗老太太递了茶水，罗老太太才接着说："你知道这事是谁告诉我的吗？一进来不分青红皂白便指责你妹妹。是程二公子走之后，伺候他的两个丫头说的。那两个丫头早就发现你这点端倪了，你以为你天衣无缝，没有人知道了？"

陈氏听到这里，急急地抬起头要问话，罗老太太一摆手："那几个丫头已经卖出府去了，终身是不会进到北直隶了，不用再说了。"

陈氏忙道："谢谢老太太。"抱着罗宜玉给罗老太太磕了个头。

罗老太太这才深吸口气，指了指门外，"去把二爷，还有两个姐儿叫进来。"徐妈妈应声前去，不一会儿罗成章与罗宜秀、罗宜怜就走了进来。

罗老太太又指了指地面，淡淡地道："宜宁，去跪着。"

## 第六章 宜宁受罚

宜宁抬起头，看到罗老太太的神色非常平静。她虽然不知道是为什么，但还是走到了罗宜玉身边跪下来。

罗成章一进来就看到宜宁跪下，也觉得有些古怪，平日罗老太太最是护着罗宜宁的，今天却不知道为什么要罚她跪，难不成真是犯错了？他立刻问道："母亲，宜宁可又犯了什么错？"

看到旁边罗宜玉和大嫂哭得可怜，想到大哥在京中任职，府中只有他在，罗成章就继续说："若要是宜宁真的有错，您大可不必偏袒她，公正处理就是了。"

罗老太太很疲惫，继续说："我今天就是要公正处理，才要宜宁一起罚跪。宜宁，我现在问你，你早发现了你四姐的事，为什么不告诉我？"

宜宁心里苦笑，其实这事说起来她处理得并没有什么错，虽然她思虑的确不如罗老太太周全，但真要是追究她的责任，也是无妄之灾。

宜宁稚嫩的声音说："我一则想着，若是告诉了祖母，四姐姐必然会怪罪我。"

刚才明明不是宜宁说出去的，都能让罗宜玉这么恨她，真要是她说出去的，罗宜玉还不活生生吃了她？陈氏想必也不会对她有好脸色。

听到这里，罗宜玉看向跪着的宜宁。

宜宁又继续说："再者，祖母的身子不好，宜宁想着不让祖母烦心……"

听到宜宁一字一顿的稚嫩声音，四周又这么寂静。罗老太太紧紧地闭上眼，几乎是热泪盈眶，捏紧了手中的念珠。

罗老太太过了半响才说："所以你告诉了你四姐，想阻止她是不是？"

宜宁点了点头，有些犹豫地说："那日……我怕别人听去了，特地叫四姐姐到旁处去告诉她的。我跟四姐说我不会说出去的，叫她不要继续下去了，四姐当时也答应我了……"

陈氏听着宜宁的话，心里却一阵后怕。

罗宜宁的确没有做错，她是为了罗宜玉好，而且她还这么小，做的事是有道理的。刚才她刚进门的时候，罗宜玉却劈头盖脸地指责罗宜宁，甚至她都以为，罗宜宁是那个说出去的人，其实罗宜宁也是无辜委屈。

罗老太太在心里叹息了一声。她就知道这个孩子心肠好，自己没有看错她，也没有疼爱错她。但是正是因为疼爱，今天她偏要罚宜宁。

今天的事看起来只是因为罗宜玉写给程琅的字条，但要是深究起来，何尝不是罗宜玉对她独宠宜宁的不满。这样的不满，难道别的人就不会有吗？她今日非要做点事让那些人好好看看！

罗老太太打定了主意，镇定了情绪继续对宜宁说："那你可知道你错在哪里了？"

宜宁看着罗老太太微红的眼眶，依旧有些茫然："我，我真的不知道啊！"

林海如再也听不下去了，看着那小小的孩子孤独地跪在那里，旁边罗宜玉却被陈氏搂着，便也跟着跪下来："老太太，咱们凡事得讲道理啊，宜宁她究竟做错什么了您要让她认错！我就不信了，宜宁已经为罗宜玉做了这么多打算，还是她错了吗？"

罗宜秀刚进来，虽然不明白究竟发生了什么，但是听刚才宜宁说的话也是有道理的，她也连忙点头："是啊，宜宁有什么错？"

"她错在知情不讲，以为自己就能解决问题，为了不伤宜玉的面子，非要私下跟宜玉说，反倒让宜玉冤枉了她，惹出这么多事端来！"罗老太太看着宜宁脸上的茫然无措，强忍着眼眶中的眼泪，语气坚决，"罚宜宁去祠堂跪两个时辰，现在就给我送她过去！"

听到这里，陈氏怎么会不明白，罗老太太虽然罚的是宜宁，但明明就是针对罗宜玉说的那番话。这怨的哪里是罗宜宁，明明就是罗宜玉！

老太太这是在发泄自己的怒气！真要是让宜宁被罚了，以后他们大房还不知道如何亏欠宜宁。

陈氏吓得赶紧跟着求情："老太太，这事再怪谁也不能怪宜宁！她实在是不该罚的，我感激宜宁还来不及！这都是宜玉的错啊，您罚宜玉便是了！"

罗成章听宜宁那些话也是句句有道理的，便有些不忍："母亲，这次宜宁明明没错，为何要罚她……"

罗老太太紧紧闭上眼睛，突然道："徐妈妈，还不快带她去！"

徐妈妈叹了口气，上前去扶宜宁去祠堂。宜宁回过头，分明看到罗老太太脸上已经全是泪痕，她鼻尖一酸，眼泪也止不住地掉。

那个小小的身影消失在了正堂的门口。

罗老太太看着她不见了，几乎是老泪纵横，泣不成声。

她平息了一下情绪，才道："罗宜玉以后不许再随意走动，身边必须有人看着。每日练两个时辰的女红，其余的时候跟着教习嬷嬷学规矩。"

罗宜玉已经哭不出来了，双眼肿得宛如桃核，她看着宜宁远远地不见了，站起身应是。

罗老太太一扫正堂里站着的这些人，冷冷地说："宜宁没有母亲，我多宠她些，你们也有意见，我以后便对她严厉些，你们可满意了！"不等这些人说话，罗老太太就站起身，让徐妈妈扶她下去。

宛如经历了一场浩劫，她整个人显得疲惫而苍老了许多。

几人连忙为宜宁求情，说孩子实在是没错，不要再惩罚，但罗老太太已经走远了。

林海如却狠了狠心，倔强地出了正堂朝祠堂的方向去。身边的丫头瑞香连忙追上去拉住她："太太，太太，您去不得啊！"

罗老太太看似罚了宜宁，实则是在为她考虑，跪便跪了，跪两个时辰有什么打紧的。

好在林海如最后还是被丫头劝回去了，正好罗成章要找她问今天的事，两人一并回去了。罗宜玉被陈氏带回去好生反省，一路上话都不说一句。

罗宜怜与乔姨娘并肩走在最后面，乔姨娘突然回头看了正堂的方向一眼，长叹了口气："老太太的身子……是越来越不好了。"

罗宜怜看着她母亲柔和的侧颜，有些疑惑。

乔姨娘却没有再说下去，而是走到女儿身边问她："今日究竟出了什么事，怎么闹出这么大的阵仗？"

罗宜怜其实能把事情猜出个七七八八，她非常了解罗宜玉，也知道一些罗宜玉和程琅的事。只是她没有想到的是，罗宜宁居然也会牵涉其中。她说道："许是为了四姐和程二公子的事……被祖母发现了，宜宁知情不报，也被祖母罚跪，但是我总觉得有什么不对的……"

乔姨娘摸了摸女儿的发心，淡淡道："老太太杀鸡儆猴，还不是想说，再冤枉罗宜宁也得悠着点。宜宁的确是受罚了，但你看场上诸人，哪个不是恨不得代宜宁去受这个罚。"她笑了一声，"你那四姐是真的蠢，老太太给她找的亲事挺好，刘家这样的家族她才能驾驭。就算是你四姐走了大运，那位程二公子真的看上了她的貌美，把她娶回去，也是没几天就被别人生吞活剥了。"

罗宜怜跟在母亲身后，细细地想着今日的事，听到母亲的话之后轻轻地点了点头。

傍晚下起了大雨。

罗慎远在书房里读书，宜宁的丫头给他送了一盅清炖乳鸽汤来。

隔扇外是渐渐沥沥的雨，罗慎远看了片刻，揭开了盖子，氤氲的雾气冒出来，乳白的浓汤上搁着几根葱，看得出倒还真的不是猪脚汤。罗慎远想到宜宁的话，不由得一笑，跟那丫头说："回头替我谢你们七小姐吧。"

那丫头却屈了身，眼眶微红地道："回禀三少爷，小姐在祠堂里罚跪，奴婢替您谢不了。"

罗慎远蹙起眉："她在罚跪？"

丫头被雪枝派出来送汤时已是万分不情愿，虽说不知道事情的缘由，但七小姐明明什么都没有做错。她们这些伺候七小姐的丫头婆子也是疼爱她的，小姐自出生之后便是娇生惯养，何曾受过这样的委屈。她都还算好的，松枝、翠枝等人难受得饭都吃不下。她们是有些埋怨罗老太太的，明明平日里那么宠溺七小姐，为何这次就非要罚她不可了。

罗慎远看着外面的大雨，轻声说："祠堂有一处屋脊漏雨。"

祠堂本就阴冷,到了晚上更是寒风阵阵,再加上大雨,她一个孩子跪在森冷的祠堂里,周围都是祖宗的牌位,必是惶惑无依。

老太太平日把宜宁娇惯得跟什么似的,究竟出了什么事要罚她?

丫头愣愣地抬起头,本想问罗慎远如何知道祠堂是有一处漏水的,但又想起上次因带七小姐出门,三少爷足足被罚跪半个月的祠堂,祠堂里头是什么样的,他应该再清楚不过了。

罗慎远微一出神,想到宜宁灿烂地笑着问他要不要喝猪脚汤,又想起上次她高烧时,浑浑噩噩地抓着他的衣袖,一直不肯放手,好像十分依赖他一样,心里就像被什么揪了一下。

"祠堂里可有人伺候她?"他继续问。

丫头摇了摇头,"老太太说需得跪足两个时辰,因里头是祠堂,奴婢们怕冲撞了,也只能在外面守着。大太太也很急,送了四小姐回去之后便去跪着求老太太开恩,但老太太一直没有说话……"

丫头话还没有说完,罗慎远已经拿起一把伞,走出书房进入雨夜中。桌上放着的炖汤还飘着氤氲的白气,却没有人喝了。

宜宁很清楚罗老太太为什么罚她跪,想到走时祖母脸上的泪痕,她心里也很难受。这次回去之后,想必大伯母与罗宜玉就是对她再有不满,也绝不敢有微词了。

宜宁定定地看着罗家祖宗的牌位,上头挂了一块"祖德流芳"的匾额。

祠堂到了晚上极冷,白天的时候日头大,宜宁只穿了一件杭绸衫子。正好夜晚下起雨,更加冷得不得了。她看着燃烧的香烛,心想也不知道过了多久了。

她跪在冰冷的地板上,膝盖都有些麻木了,有些锥刺般疼痛。闹了这么一通下来,她晚饭都还没有吃,也不知道祖母那里怎么样了,她还生着病,今天却动了这么大的气……

宜宁转移自己的思绪,身子却似乎有自个儿的想法,不停地打战。四周寂静得一点声音都没有,祠堂里隐隐有股淡淡的檀香味。宜宁觉得自己意识都有些恍惚了。

"宜宁。"她突然听到有人喊她。

宜宁回过头就看见罗慎远站在门口,他肩头微湿,收了伞大步走进来,一撩衣摆也在她旁边跪下来。

"三哥……你怎么来了……"宜宁听到自己的声音有些虚弱。

"还有半个时辰就到了。"罗慎远的语气平淡却让人安定,"你不要怕。"

宜宁小脸苍白,眉梢的小痣越发殷红,她却努力扬起一个微笑:"我……不怕。"

宜宁看着他高大的身影,心想:他原来也是这么跪祠堂的吗?一个人沉默地看着祖宗的牌位,心里想什么都没有人知道。

时间一点点地过去,要到时辰了,罗慎远的小厮跑着进来传话:"三少爷,可以了。"罗慎远回过头,分明看到宜宁闭着眼,几乎已经没有精神了。

他站起来走到宜宁身边:"宜宁,你有没有事?"

宜宁勉强睁开眼,语气几乎是气若游丝:"我……没事,就是膝盖疼……"

她话还没说完,就突然被罗慎远打横抱起。看到她羸弱地躺在自己怀里,罗慎远话都没说抱着她走出祠堂。到门口时守着的丫头们都很惊讶，罗慎远淡淡道："打伞跟着。"

他走在前面，步子又稳又快。好像是三哥抱着她，宜宁闻到了他身上的味道，温热熟悉。

她突然就放松了精神，抓住了罗慎远的衣襟。只要有三哥在，她就不用担心了。她放心地闭上了眼睛。

徐妈妈打开灯罩子，取下发髻上的簪子挑了灯花，"噼啪"一声轻响，火苗一颤，屋子里顿时亮堂了许多。徐妈妈把灯罩再盖上，回头看到罗老太太还是紧闭着眼，握着佛珠不说话。

"您别担心，奴婢让人暗中看着姐儿的，不会有事。"徐妈妈温言安慰她，"倒是您要注意身子，前几天明明才休养好了，今天这一动气恐怕又要不好了。"

罗老太太摇头，叹息着说："一把老骨头了，能有什么好不好的。"

她疲惫地靠着引枕，听到外面的雨还没有停，继续说："慎远去了祠堂？"

徐妈妈应道："三少爷进了祠堂之后，陪眉姐儿一起跪着。"罗老太太点头示意她知道了，闭眼继续数佛珠。

她心里思绪万千：外头的雨还没有停，祠堂又这么冷，不知道宜宁怎么样了，在祠堂里跪着怕不怕？自己一向是宠爱她的，突然责罚她，也不知道她会不会埋怨自己……

宜宁走的时候回头看她，她狠着心不看宜宁的脸，怕看到宜宁脸上一点的哀求，她就会硬不下这个心肠。毕竟是她捧在手里怕风吹了、含在嘴里怕化了的孩子。

外面突然又嘈杂起来。

罗老太太坐直了身子，扶着徐妈妈的手站起来："快去看看，是不是宜宁回来了！"

庑廊外面丫头收了伞。罗慎远抱着宜宁走进来，他身上的衣服几乎全湿了，自己却也没有在意，率先走在前面把宜宁放在罗汉床上，摸了摸宜宁的额头，回头吩咐说："去熬姜汤来。"

丫头立刻应声跑出去了。

罗老太太走上来，看到宜宁昏昏沉沉的，忍不住揪心："可要紧？"

宜宁勉强睁开眼，看着罗老太太担忧的神情，一阵莫名其妙的委屈就涌了上来。她低声喊："祖母……我没事的。"

宜宁宛如雏鸟眷恋着她，没有丝毫埋怨。

罗老太太深吸一口气，眼泪就涌了出来，但语气坚决："以后你可不能再这般了，发现了什么事要跟祖母说，切莫自己拿了主意。若是让人趁机害了你去，你该怎么办！"

宜宁其实都是知道的，但是面对罗老太太的眼泪，她一个字都说不出来，只能乖巧地说："祖母，我知道了……"

"还是奴婢给姐儿换衣裳吧。"雪枝看到宜宁的衣裳也湿了，忙让小丫头去拿宜宁的衣物来。其实宜宁身上只有裙角湿了，反倒是抱着她回来的罗慎远，为宜宁挡了雨，一件直裰后背和肩头大片濡湿。

罗慎远却道："衣裳先不要换，点个炉子过来再说。"

他又站了起来，自己继续待下去不方便，便说："既然送你回来了，宜宁，我就先回去了。"

宜宁看到罗慎远湿透的肩膀,想到刚才回来的时候她被拢在罗慎远怀中,半点没有被淋湿。

罗慎远就要参加秋闱了,可不能生病。

"三哥,你也快回去换衣裳吧。"宜宁也十分关怀他,"你要读书,可不能伤寒了。"

"无事。"罗慎远淡淡地道,拿着伞和披风准备出门,又似乎想起什么,回头对宜宁说,"姜汤要趁热喝下,你可莫要嫌弃它不肯喝。"说完才出了门。

宜宁是不喜欢姜的,觉得姜的味道古怪,日常的饮食里也是半点不碰的。罗慎远又是什么时候注意到的……

宜宁不知道,但看着他的背影消失在雨夜中,渐渐不见了,心中却有种说不出的感觉。

罗老太太让丫头把宜宁的裤子脱下来,膝盖果然红肿不已。徐妈妈早已经寻了一个钱币大小的瓷盒子过来递给罗老太太,她从里面蘸了些琥珀色的药膏,用掌心的温热化开,涂在了宜宁的膝盖上。

这药膏涂上去一开始清凉,后面竟有种火辣辣地痛!

宜宁不由得躲闪了一下,徐妈妈却笑着按住宜宁的肩膀:"七小姐,这东西是老太爷还在的时候,托人从贵州弄回来的。消肿化瘀有奇效,便是关节有损都能治好,就是药效霸道了些,您忍着点。"

这东西只有小小的一盒,存了这么多年都没有用,想必十分珍贵,怎么就用来给她治这样的小伤了。

宜宁连忙阻止道:"祖母,我伤得不重,休养些日子便能好了。"

"我亲手罚你,自然亲手给你上药。"罗老太太却看着她说,"今天祖母罚你,你可知道为什么,能明白吗?"

看到罗老太太的目光,宜宁点了点头:"我知道的,祖母是为了我好的……"

她话没有说完,罗老太太估计怕自己死之后,宜宁幼无所依,那罗老太太之前对她的宠溺,反倒成了伤她的利器。陈氏看到宜玉说那些话却纵容她,难道不是也有不满吗?罗宜怜看上去乖巧温顺,难道心里又真的毫无怨怼?

罗老太太叹道:"你四姐实在是太过糊涂,自己做错了事,反倒把这事埋怨于你。我惩戒了你,明日你大伯母就会上门来探望你了。以后,她们再不敢说我太过宠溺你之类的话了。"

宜宁是都明白的。

罗老太太给宜宁上了药,丫头端了姜汤上来。宜宁把整碗姜汤喝下,吃了些点心才睡了。

罗老太太抚着孩子稚嫩的脸,对徐妈妈说:"原来该她懂事的时候,她却半点不懂事;现在明明是她受了委屈,该哭该闹了,她反而懂事起来不哭闹了。我看得真是难受。"

"姐儿是个好心肠的孩子。"徐妈妈只是说。

"眉眉儿是明澜的孩子,像明澜的性子。"罗老太太笑了笑,神色有些黯然,"要是明澜丫头没有死,看到宜宁这么乖巧懂事,肯定也是欣慰的。"

罗老太太又似想起了什么，抬头道："再过半个月便是明澜的忌日了，郑氏可答应过来？"

徐妈妈道："奴婢接到信，说郑氏本不愿意过来的，但听说您身子大不如前之后，哭了一场，收拾东西正朝保定赶来。"

罗老太太这才点头，让徐妈妈扶她去休息了。闹了一天，这才能休息片刻。

宜宁第二日起来的时候，发现那药果然极好，膝盖一点事都没有了。屋子里的丫头们都宠着她，早上的早点也全是她爱吃的东西，温言细语，呵护极了她。

陈氏一大早就带着罗宜玉过来给她赔罪，送了两支十年的人参、一盒鸽蛋、一攒盒的各式糕点，嘘寒问暖，关怀至极。

罗宜玉受了打击，整个人都清减了不少，穿了一件浅紫素缎褙子，显得腰身纤细而修长。她看了宜宁一眼，目光里并没有什么情绪，反倒有种说不出的冷淡。

宜宁知道这是为什么，昨日罗宜玉因她受了这么大的打击和羞辱，就算不是她告发的，凭着罗宜玉高傲至极的性子，心里也会不舒服。别说因此而感激她了，没恨她都算是好的。

至于陈氏，一向对宜宁谈不上什么喜欢不喜欢的。但这件事着实是罗宜玉做得太过分，她一点为自己女儿说话的立场都没有。老太太处置罗宜宁，分明也让她们于道理上更处于下风。她要是再不对宜宁好点，让老太太看在眼里了，肯定更加不舒服。

到了最后，陈氏亲自从手腕上拨下一只和田玉镯，不由分说套在了宜宁小小的手腕上，笑着道："这对玉镯还是我母亲当年送我的，温润细腻。大伯母今儿送给你戴，玉是能养性的。"

宜宁拨了拨手上的玉镯子，跟陈氏道谢，心里却暗想和田玉手镯易碎，轻易不能磕着碰着，平日都不见陈氏戴出来，今天想必是特意拿来送给她的。

陈氏还没有走，林海如就带着丫头过来了，丫头手里又抱着许多大大小小的盒子。

林海如在宜宁床边坐下来，看到她面色红润似乎没有大碍了，笑容才灿烂了起来，招手让丫头上来："宜宁，你看我给你带了什么来。"

那些盒子一个个打开，第一个盒子里是一对五十年的人参；第二个盒子打开，是满满的带骨鲍螺；第三个盒子再打开，竟然是一株色泽极好的紫芝；再一个盒子打开，竟然是一整套的宝石头面！

陈氏的脸色当即就不太好看了。她刚才带来的东西还放在旁边的小桌上，那两株瘦巴巴可怜分分的人参和摊开的一盒鸽蛋，顿时就显得寒碜了不少。她再看到那整套的宝石头面的时候，坐都坐不住了。

上次不过是被轩哥儿打碎了一串碧玺手串，她都心疼得跟什么似的。林海如随便出手就是一套头面，看那宝石的成色都很罕见，换十串碧玺手串都有余，更别说那两只可怜的玉镯子，相比之下就该拿出去扔了。

要说林海如不是专程来打她脸的，她信都不信！

别说陈氏了，就连宜宁看到都吃惊，早知道继母林海如财大气粗，却没有想到她居然财大气粗到这个份上。看到旁边陈氏脸色难看，宜宁心里啼笑皆非。难怪林海如今天来得迟，恐怕就是等这边送了什么东西传过去，她知道后再找好十倍的送过来。

林海如拿着宜宁的手一看，笑道："眉姐儿，这玉镯你戴着也好看，就是成色差了些，你要是想要，我那里还有些不常戴的冰种翡翠手镯，回头再送给你。"

陈氏的脸色更是不好看了。

宜宁立刻顺杆而上，小声道："母亲，这是大伯母送给我的……"

林海如似乎才明白过来，打了打嘴说："原来是大嫂送的……您可别往心里去，我不知道那是您送来的。是我说错了！我这人笨嘴拙舌的，也不如大嫂能言善辩，大嫂可要原谅我。"

陈氏几乎是咬着牙说了声没事，不一会儿就带着罗宜玉告辞。

罗老太太看着陈氏走后，笑作一团的母女俩，也翘起嘴角道："就你敢这么明晃晃地来打你大嫂的脸，你也收敛一些才是！"

林海如却说："我就是见不得她们欺负宜宁。"又宠溺地看着宜宁问她，"宜宁，你说刚才好不好玩？"

宜宁笑着点点头。她这位继母林海如，也是个十分护短的人啊。

雪枝端着盘切好的西瓜给宜宁吃。宜宁边咬着西瓜，边看着罗老太太和林海如说话。

罗老太太却拉着林海如的手走到一旁坐下，问她最近与罗成章如何。提起罗成章，林海如的脸色就不太好看。虽说她是正室，但罗成章与乔姨娘有旧情，他总是怜惜乔姨娘多一些。

罗老太太看到林海如的神色，也明白究竟是个什么光景。别说现在的林海如斗不过乔姨娘，当年顾明澜也是整日被乔姨娘气得说不出话来。

罗老太太劝林海如要忍住，跟她说起顾明澜，也就是宜宁生母的事。宜宁也对这位生母很好奇，支着耳朵仔细听罗老太太说当年的事。

乔姨娘是落魄官家之后，这是罗成章认定的官方说法，反正是不是也只有罗成章才知道，就当乔姨娘的确是落魄官家之后吧。她十四岁的时候，被卖到扬州一个大户人家里教养，罗成章见女孩被主人责骂，哭得十分可怜，便把她买了下来。那个时候只是把乔姨娘当侍女的，但乔姨娘长相清丽柔婉，豆蔻少女，罗成章养在身边一日日就生了异样的感情，等罗成章把乔姨娘带回来的时候，她已经有了三月余的身孕。

罗老太太还记得那天，顾明澜听到这件事的时候，整个人几乎回不过神来。

她和罗成章是从小定下的亲事，她一直孝顺老太太，伺候丈夫，怎么会不喜欢罗成章呢？但看到罗成章牵着乔月蝉的手，乔月蝉那个时候才十六岁，如晨时荷花上的露珠，又美又怯弱。顾明澜只觉得刺目，那天顾明澜来找她，哭得像个孩子一样。

后来乔月蝉的身孕有异样，说是胎象不稳。

乔月蝉身边的侍女明里暗里提起，是吃了二太太送的汤之后，乔姨娘才开始不舒服的。罗成章便生了一些疑心，虽然没有明说，但言语上也提及了。

顾明澜又如何忍受得了这样的怀疑。她自小长大，都被人说是温和谦恭的性子，就是乔姨娘怀着丈夫的孩子，她也是能照顾就照顾着。她觉得自己实在是仁至义尽，竟然还有这样污秽的话传出来。

她就主动提出要避去寺庙住，免得扰了乔月蝉的胎。

罗老太太那时候还很生气，哪个正妻有被妾室逼出去的道理？她坚决不同意。

直到乔姨娘有一次上台阶的时候踩滑，差点又出了事。顾明澜面对着罗成章的目光，实在是忍不下去了，还是搬去了寺庙，说是等乔姨娘生产之后再回来。

顾明澜的主动避让，反倒让乔姨娘占尽了先机。乔姨娘生下罗宜怜之后更得罗成章喜欢，顾明澜看着更是不舒服，人也没有原来爱笑了。再后来勉强生了宜宁，却也郁郁成疾，撒手人寰了。

林海如听了之后想了很久。

连一旁的宜宁也啧啧称奇，乔姨娘的上位史还是很传奇的，没点手腕心机是不可能的。

罗老太太叹了口气道："幸好你不是个多心的性子。明澜就是太多心，别人无心的一句话，她也要琢磨许久，反倒让自己落了心病。"

罗老太太又接着说："如今你受制于乔姨娘，多半还是因为没有个孩子。都好几年了你那肚子还是没有动静，那只有想别的办法了。"她声音一低，"我原本是想让轩哥儿养到你那里，他还小，总会跟你亲近的，也能让乔姨娘乖巧些。"

林海如想到轩哥儿就觉得不舒服，有些不愿意地道："乔姨娘毕竟是轩哥儿的生母，我再如何养他，只要有他的生母在，他又怎么和我亲近得起来。"

罗老太太早知道林海如不愿意，她没有那个胸襟忍得下教养乔姨娘的孩子。罗老太太看了看宜宁，继续说："那便只剩下一个法子，把慎远养到你名下去，让他做这个嫡出。"

林海如吓了一跳。

别说林海如了，宜宁都被老太太给惊住了。常见有庶出的孩子养到嫡母名下，但一般是年幼的孩子才能这般，可是三哥已经快十六了。

林海如也觉得不妥，再说她平时都没怎么注意过罗慎远。罗慎远虽然是庶长子，却是被嬷嬷养大的，最多逢年过节的时候给她请安，而且他都这么大了。

罗老太太继续道："这是我深思熟虑后的决定，还没有跟老二说过。但这主意是可以的，慎远如今就要参加乡试了，他若是过了乡试，你就是举人的娘了。以后有慎远在，你和宜宁也算是有个依靠。"

林海如出身商贾之家，家里有人中了秀才都要烧高香的那种。她被罗老太太这句突如其来的话砸得晕头转向，有点难以置信："老太太，这……这举人是说中便能中的吗？慎远那孩子，平日看着倒也……倒也不出众啊！"

罗老太太睁开眼，本该有些浑浊的眼里却是一片清明。

"宜宁年幼，没有胞弟扶持，你如今又无子，我不放心。"罗老太太说，"此事你先考虑着，我倒也不是要你立刻答应，但我思来想去觉得是最好的。"

林海如还是有些不安，宜宁心里却安定下来，罗老太太这么安排肯定是做好了万全的打算，而且想来的确也没有什么不可以的。

罗慎远如果养到了林海如名下，当作嫡出教养，在罗府的地位就能和大哥、二哥平起平坐了，罗老太太也是在为她和林海如考虑。

以罗慎远的能力,想护着她和林海如是轻而易举的事。

宜宁心里有些激动,恨不得林海如能立刻答应下来。林海如却面露犹豫,罗慎远这么大个人了,又不是阿猫阿狗,说归她就归她了,再说她平日跟罗慎远也不怎么熟啊。

宜宁下了罗汉床,趿拉着鞋走到林海如旁边,拉着她的手说:"母亲,这样很好的,您答应下来吧。日后三哥还能孝顺您,给您养老呢!"

罗老太太说这些话没有刻意避着宜宁,本是想让她也听听,看到她迫不及待地从床上跑下来,无奈地摇了摇头。

林海如回头看着宜宁有些期待的表情,想了想才坚决地说:"说起那些弯弯绕绕的心思,十个我都顶不过一个乔姨娘的。您怎么也比我多活了几十年,我听您的!什么举人的娘我不敢想,能有个寄养的孩子也好。"

宜宁听了差点想笑。不只是举人的娘,以后林海如还能是进士的娘、首辅的娘。只愿以后林海如别被自己的身份给吓到就是了。

林海如做这个决定完全是因为罗老太太和宜宁都希望她这么做,同意了之后她就一脸思索的表情。罗老太太看她还没有回过神,干脆让她先回去了。

第二天,罗老太太找了罗成章和罗慎远过来,跟他们商量这件事。罗成章听了之后也很惊讶,随即皱眉思索。

见过收养庶子的,但是罗慎远都这么大了,怎么突然就要养到林海如名下去了?老太太的心思他猜不透,这个举动完全是想抬举罗慎远,但她不是一向不喜欢罗慎远吗?

罗慎远听到之后,却看向了坐在堂上的罗老太太。

宜宁被雪枝牵着站在旁边,分明看到一个老谋深算、一个天生心机深沉的两人在相互质询。看了片刻之后,罗慎远收回了目光,平静地站着不说话。

他们俩究竟交流出什么了?宜宁很想知道,但是她又不可能去问,便又看向罗成章。

这位多可能是在场人中除林海如之外最糊涂的,他坐了下来,喝了口茶说:"母亲,您可是突发奇想?这事说大不大,说小不小,却也不是能随意决定的。"

罗老太太平缓地道:"我活了大半辈子,有什么突发奇想的。海如没有子嗣,便让慎远养到她名下。再者慎远也要去参加乡试了,若是中了举,说起来算是咱们罗家嫡出的,身份也不会差。"

罗成章听到罗老太太的话就皱起眉来。他的庶长子平静地站在堂中,一句话没有说。

罗成章从来没想过罗慎远会中举,有几个能在十五六岁就中举的?程琅是神童,很早之前就已经名满北直隶,再说他还是陆嘉学的外甥,谁都毫不怀疑他会中举。但是家中三个人,罗怀远是天资最高的,也是到现在都没有中举。罗慎远毫不出众,他一次就能中了?

罗成章觉得老太太这是在找借口。

"母亲,您要是真的这么打算,我也没有话说。"罗成章看了罗慎远一眼,并不在意,淡淡道,"但您总得把理由说明白。"

罗老太太冷笑道:"你要是不愿意让慎远养到海如名下,那就养轩哥儿,二房的嫡出总归不能再空着了。"

罗成章咳嗽了一声,要说养轩哥儿,他就更加不愿意了。他还打算好好培养教导轩哥儿读书,跟着林海如岂不是毁了他吗?

罗成章看旁边的林海如也一直没有说过话,就问:"你也同意了?"

林海如看到罗慎远,还是有点坐立不安,总觉得这个庶子身上有种淡淡的压迫感。她点了点头,说:"嗯,母亲找我商量过了,我还是同意的。"

林海如既然也同意了,那罗成章更没有什么好说的了。何况这是二房的事,还用不着跟大房商量,他让管事去找族谱来,当即就要改了。

宜宁看到那支笔落在族谱上,心里一阵激动,下意识地看向罗慎远,发现他也看着那支笔。

他的目光那一瞬间竟然有些凌厉。

那日晚上记了族谱之后,罗老太太叫罗慎远去了书房。

宜宁被雪枝伺候着洗漱干净,换了一件清凉的绸布衫,坐在罗汉床上,松枝教她打络子玩。宜宁抬起头,开着的隔扇能听到夏夜的虫鸣传来,阵阵凉快的风吹进来。

但是她听不到书房里的声音。宜宁想到罗慎远刚才凌厉的眼神,总还有些心悸。

她似乎第一次意识到,罗慎远不仅是那个温和平稳的三哥,还是未来首辅罗慎远。而他心里究竟在想什么,恐怕只有他自己知道。

她放下了手中的络子,跟雪枝说她要喝酸梅汤。

罗老太太的书房里一片寂静,却连虫鸣都听不到。烛火下罗慎远的身影显得十分高大,他的侧脸甚至是冷峻的,眼神中有种毫不掩饰的冰冷。

事实上他并不喜欢罗老太太,这么多年他沉默隐忍,就算是块石头都该焐热了,但罗老太太对他的忌惮从来没有改变过。要不是因为宜宁,恐怕她对他还是会多番打压。

他站在罗老太太面前,问她:"祖母,您究竟想做什么?"

罗老太太抚着手里冰凉的珠子,她很久没有看到过罗慎远以这个冷漠的样子面对她了。若是记起来,还是上次他救了宜宁之后,她罚他跪祠堂的时候。

那个时候他跪在地上,听到她的话之后抬起头,看自己的眼神就是这般冷漠。

"你和宜宁一样,自小没有母亲。"罗老太太慢慢地说,"不过却是截然不同的待遇。你无人照料,她却有我疼爱。其实我知道,你小的时候是很喜欢宜宁的,觉得你和这个妹妹都没有母亲,应该会亲近一些才是。但宜宁一点都不喜欢你,甚至是憎恶你。"

罗慎远藏在袖中的手慢慢捏紧。

"你百般忍耐宜宁,直到那日宜宁落水——"罗老太太的声音微微一顿,"我当然也知道,你怎么会害她落水呢?好歹是你想疼爱的妹妹。就连她伤了你的手,耽误你第一次乡试的时候你都没有怪她。但那次你看到她掉进池子里,你犹豫了,想要不要救她。如果不救的话,这个妹妹就再也不存在了。"

罗慎远看向罗老太太,手捏得更紧了,指甲几乎刺进肉里。

"你看到宜宁在水里挣扎，还是把她救了起来。但你没有想到，宜宁落水之后再醒来，对你却不一样了。你虽然不说，但我看得出来你是高兴的。你越发宠爱宜宁，毕竟这世上也只有宜宁一个人对你这么好……别人又有哪个是真心对你的呢。"

"可宜宁不知道，她的三哥在她落水的时候，是曾想过见死不救的。"罗老太太微微一笑，"罗慎远，我说得对不对？"

罗慎远沉默了片刻，还是缓缓地笑了："祖母明察秋毫，的确是如此。这罗府里的所有人都让我厌恶。"他声音略低了一些，"除了宜宁，你们哪个是真的喜欢我的？我是庶出，生母又是那样歹毒之人。祖母您可知道，我从小是听着怎样恶毒的话长大？"

罗老太太长叹了一口气，望着罗慎远平静的面容。他忍辱负重这么多年，从不崭露锋芒，也是明哲保身之举。但现在不一样了，不论罗慎远究竟是个什么样的人，她都希望罗慎远能够立刻强大起来。

"别人都说你天资平平，就连你父亲也是这般认为。"罗老太太说，"你应该不会想一辈子这么下去吧？"

罗慎远眼睛微眯，淡淡道："父亲才干平庸，若是没有您和大伯的扶持，恐怕在朝堂上根本坐不稳。他看我如何，我并不在意。"

"那宜宁呢，你在不在意？"

罗慎远没有说话，只是看着罗老太太。

"你能忍受这么些年，说你没有野心，就连我自己都不信。"罗老太太微笑着说，"慎远，我迟早是要去的。你觉得以你继母林海如的性子，她护得住宜宁吗？"

罗慎远背手走到罗老太太面前，沉思了片刻，手拂过正堂上摆的香炉下飘落的一点香灰。

"祖母的香炉太小了，可以换个略大的。"罗慎远说，"我心中早已有决定，您且看着吧。"说完之后他向她告退，就要离开书房。

罗老太太松了一口气，又不禁想苦笑。她可想不到自己居然有一天，会这么跟一个少年说话。

罗慎远走出书房，脚步却又顿住，低声说："落水那事，祖母不要告诉宜宁。"罗老太太点了点头答应下来，再看罗慎远已经走远了。

等罗老太太从书房里出来的时候，宜宁已经在碧纱橱里睡着了，雪枝在旁边守着她给她打扇。罗老太太看她睡得正熟，才放心回了内室休息。

罗慎远被收为嫡出，不出两天罗家上下都知道了。

陈氏听到之后有些疑惑，罗慎远她平日不怎么注意，这事居然来得这么突然。

二房一直没有嫡出，她还以为罗老太太会把轩哥儿给林海如养，罗老太太却选了罗慎远。

陈氏思量了一番，觉得选罗慎远肯定比选轩哥儿好，罗慎远没有生母，而且已经长大了，难道还能和林氏亲近起来吗？

想到最近每日去罗老太太那里请安，罗老太太面对她的脸色都不太好看，她偏偏还不能说什么，只能赔着笑哄老太太高兴。陈氏心里也是有些不舒服。

她把伺候自己的妈妈叫进来，跟她说："把罗慎远记成嫡出不可能是二爷的主意，应该是老太太的意思。既然是老太太的意思，为了哄她高兴，咱们也不可不表示。"

陈氏决定送两个丫头给罗慎远。她听说罗慎远房里是没有丫头伺候的，而且放两个人在罗慎远身边，也免得以后发生什么她都不知道。老太太突然抬举罗慎远，谁知道她是怎么想的。

陈氏思来想去觉得送丫头真是个极佳的主意，立刻让伺候的妈妈去挑了两个长得好看的准备送过去。

罗慎远搬离了那个偏小的院子，住进了风谢塘里。林海如又从自己手下挑了几个婆子过去伺候他，同时她也有些犹豫该不该送丫头过去。

伺候罗慎远的人都是小厮和婆子，但哪会有丫头伺候得好。只是罗慎远已快成年了，派丫头去伺候多有不便。罗怀远倒是有两个长得花般娇美的丫头伺候，已经是他的通房丫头了。

她去请教罗老太太，结果却看到罗慎远正在教宜宁读书，罗慎远喊了她一声"母亲"，她还是有点不好意思，咳嗽了一声才答应。

再过几天罗慎远就要去保定府的贡院参加乡试了，其余两位哥哥都在苦读，他反而不急了，来监督宜宁背书。罗宜秀来找宜宁去玩，宜宁都不敢去，罗慎远让她背《诗经》，她背得磕磕巴巴的。

罗慎远手里拿着一本讲金石评鉴的书看，听到宜宁背错了就重复一遍正确的，让宜宁跟着重背。

宜宁背了小半个下午，看到林海如的时候挺高兴的，笑眯眯地让林海如坐，她去小佛堂找祖母过来。

罗慎远却抬头对宜宁说："你过来坐下继续背，让雪枝去找。"

不管是前世的宜宁，还是这世的小宜宁，都不太喜欢读书。也许真是没有天赋的缘故，宜宁从不强求自己没有天赋的事，她以长补短，把精力放在女红这类事上，尽量做出柔顺谦和的样子，倒还能博得原先那位祖母的几分喜欢。

现在的确应该趁机会多读些书。宜宁坐下继续背书，心想人家有头悬梁锥刺股，她有三哥监督她读书，倒也差不多。

雪枝出门去找罗老太太。

宜宁念到"乘彼垝垣，以望复关。不见复关，泣涕涟涟"的时候罗老太太回来了。罗老太太看她捧着书，乖乖地盘坐在罗汉床上，包子一样软软的白生生的脸，像个瓷娃娃般。罗慎远在一旁看自己的书，只有林海如坐在那里，什么都听不明白，坐得又不舒服，有点百无聊赖的样子。

罗老太太扶着徐妈妈的手走过去，问林海如来找她做什么。罗慎远本人在场，林海如又怎么好说。

她示意罗老太太去内室说话，罗老太太却喝了口茶道："两个都是你的孩子，有什么不好说的，你说就是了。"

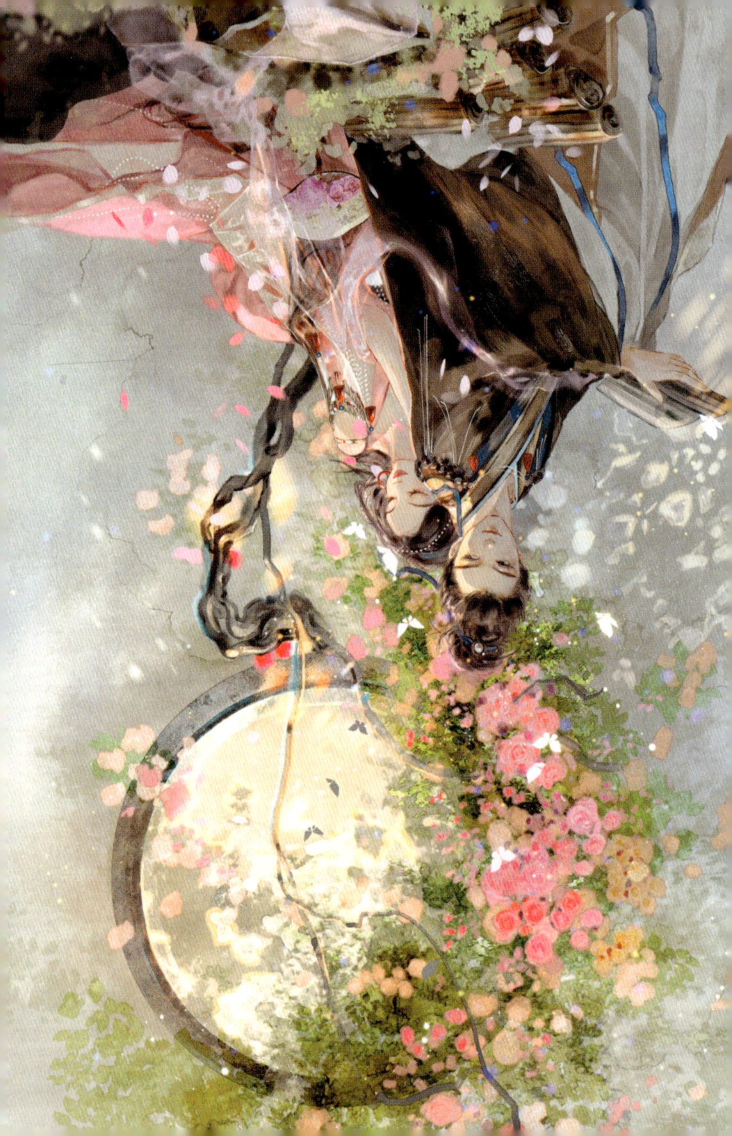

宜宁

林海如看了罗慎远一眼，心想按照罗老太太的说法，以后是要考举人的。她才说："慎远迁居风谢塘，我是想拨一些人过去伺候他。今时不同往日，他既然已经是嫡出了，排场也不一样。"

罗老太太点头道："这是好事，你去做就是了，不用来问我。"

"话虽是这么说，只不过派什么样的人过去，我还拿不定主意。"林海如犹豫了一下说，"慎远今年虚岁十六，我听嬷嬷说府里大少爷在这个年纪的时候，房里是有丫头伺候的……"

宜宁听到这里就明白林海如究竟是为什么而来了。罗老太太嘴唇微抿，没想到林海如是找她来说这事的，她原来还没有考虑过这事。

罗老太太还没有说话，罗慎远就看着书说："母亲，这倒是不用了，大伯母已经给我送了两个丫头。"

林海如一愣："你说你大伯母送了两个丫头给你？"这是什么时候的事，怎么没人跟她说过！而她也丝毫不知情。

罗慎远抬起头看着林海如，慢悠悠地问："母亲竟然不知道吗？"

林海如不由得有点紧张。她看了罗老太太一眼，发现罗老太太也看着她。陈氏一个隔房的大伯母，居然送了两个丫头给罗慎远，她以前何曾注意过罗慎远半分，陈氏是什么意思？

"昨晚大伯母差人送过来的，我就收下了。"罗慎远淡淡地说，"所以您便不用送了。"他早知道这位继母没什么心机，今天的确有个新估计。这事发生在她眼皮底下，她居然都不知道。想来别处发生了什么，她就更不知道了。难怪罗老太太不放心她来庇护宜宁。

宜宁看到罗慎远平静的神色，却想起罗老太太讲过的被恶犬咬死的丫头。当时除了罗老太太，没有人知道那并不是一场意外。

她看到她三哥右手握着书，卷曲得有些不自然，突然想起原来听过一个故事，说是战场上有个瘸腿的将军，作战十分勇猛，手段也比常人凶狠，听说有些缺陷的人，会格外狠心一些……

可惜大伯母并不知道那件事。

罗老太太这才回过神，点点头对林海如说："既然你大嫂已经送了，你就不要再管了。"她又对罗慎远说，"明日你父亲会带你大哥、二哥去见宋督学，你也一起去吧。宋督学虽不主持乡试，却和派下来监考的张翰林是好友，你到时候多请教请教他。"

罗慎远站起来应是。

罗老太太似乎并不想管罗慎远会如何对那两个丫头。宜宁心中暗想，这算不算是祖母的默许呢……

宜宁去她三哥的新院子逛了逛，他的新住处的确气派了不少。两进的院子，院中还有一口小池子，里头养着睡莲，这个时候正开着碗口大小的淡黄色睡莲花，旁边堆砌着假山，养着藤萝。

可惜那棵枇杷树没有移过来。

屋子里垂手站着几个婆子，穿着蓝绿比甲，看到她之后恭敬地屈身喊七小姐。宜宁才从婆子那里知道罗慎远不在院子里，他跟着罗成章去拜访宋督学了。

宜宁就让他们别管自己，她自己随便在院子里看看。她本来还给罗慎远带了几盒蜂蜜糕来庆祝他乔迁之喜的，既然主人都不在，她便把东西放在了罗慎远的书房里，出来的时候正好看到两个丫头走过来。

这两个丫头一个穿着湖绿褙子，白色月华裙，模样楚楚可怜，另一个穿着白底红缨的褙子，人比海棠花娇。

两人看到是府中老太太娇宠的七小姐来了，连忙屈身请安。

宜宁看着她们漂亮的脸蛋，心想这就是陈氏送给罗慎远的丫头了，就问道："你们现在伺候三哥的起居？"

穿湖绿褙子的柔声答道："禀七小姐的话，奴婢们是在书房伺候的，三少爷的起居还是嬷嬷在伺候。"

虽然不是伺候日常起居，不过三哥读书的时候有红袖添香，也挺享受的嘛。

宜宁暗想着，注意到这个丫头居然有模仿乔姨娘的痕迹，衣着打扮都挺像的，想来说不定现在这款受欢迎。宜宁也没有多管，放下东西去了林海如那里。

林海如让她过去拿上次说要给她的冰种翡翠手镯。宜宁知道以林海如的性子，那些东西不用也就是扔在库房里积灰。对于林海如来说，玉镯子什么的又容易碎又不好看，再名贵的她都不能鉴赏，干脆一股脑送给宜宁算了。

宜宁听了之后很心动，林海如那里好东西可不少！

她现在年纪小，虽然老太太和林海如经常送她东西，但是很值钱的东西并不多。上次让雪枝帮她清点了一下，光长命锁项圈之类的就有十几个，算下来四五千两银子也是有的。宜宁前世出嫁的时候，祖母给她添了八十担嫁妆，她自己却是捉襟见肘，只凑了一千多两银子的首饰。

反正林海如又不要，她拿来自己收着，以后当小金库用。

宜宁心里打着小算盘，去见林海如的时候还顺带拎了一盒蜂蜜糕给她做礼，虽然林海如可能也不爱吃。

林海如看到宜宁过来了却十分高兴，让丫头端她早准备好的冰镇西瓜给宜宁吃。她指挥着婆子在库房里翻，搞得灰头土脸的，给宜宁翻出了数十只玉镯，也不管成色好坏，手一挥让宜宁全部带回去。

林海如喝着茶休息的时候，宜宁就一个个打开来看。里面有一对冰种翡翠手镯，水色极好，绝对是上品。还有一块羊脂白玉的玉原石，玉质触手生温，毫无瑕疵，比翡翠手镯还要价值连城。以这两个最为名贵，别的却也不是一般的货色。

宜宁啧啧称奇，不由得对林海如的家世有些好奇："母亲，你们家原来究竟是做什么的啊？"

林海如毫不在意地道："也没有什么，不过我祖父做过盐引生意，后来就在苏州经营丝绸……现在你大舅已经韬光养晦了，毕竟家里没有大官，还是不要太张扬比较好。咱们家繁盛的时候，苏州小半个城的铺子都姓林，苏州城外的田庄，三成都是我们的。"

宜宁听了之后差点被林海如给吓到了——她知道继母有钱，却没想到还是有来头的！她是苏州林家的小姐。

苏州林家世代商贾，富得流油。士农工商地位森严，林家却出了一个因为经商太好，最后做了官的人，后来官至户部侍郎，也算是个异类了。她还记得这个人叫……林茂！

她握着林海如的手，问她："母亲，你家可有个叫林茂的人？"

林海如点了点头，有些疑惑："你也知道茂哥儿？他是你大舅的幼子，宠得不像样子，整天走马打鸟的，叫你大舅母好生头疼。骂他骂不听，打他，他又笑嘻嘻的不当一回事。你大舅母几乎都不想管他了。"

宜宁听到后有点傻眼了，这是那个逼得文武百官不得不捐出几十万银子赈灾款，刚正不阿、足智多谋的林茂林大人吗？

她还记得林茂和罗慎远关系很好，几乎算是罗慎远唯一的挚友了，原来还有这层渊源在里面。

林海如继续说自己的侄子："让他读书又不好好读，让他跟着学做生意又不愿意。上次你大舅母被他惹怒极了，说扔到保定来给我养着。"

宜宁觉得有点不可思议，怎么大人物小时候都有点不同寻常呢？她仔细想是不是自己记错了。

罗慎远十六岁，这位林大人应该和罗慎远年纪相仿。

宜宁问起林茂的年龄，林海如只说是十四五岁，具体多大也说不清楚。

对于以后会发生的事，宜宁虽然知道，却并没有什么能力去插足。这位林茂林大人也许还在年少轻狂的时期吧，她没有多问，把那些玉镯子玉佩拢进怀里，告别了林海如抱回去了。

罗老太太看到她抱了这么多玉镯回来，啼笑皆非。让丫头赶紧给宜宁登在册子上，免得她以后随便拿着玩弄丢了，这些可都是价值不菲的。

宜宁觉得自己捡了个大便宜，睡着都笑着，第二天早上起来还特地拉开小抽屉看。

林海如早上来请安的时候，罗老太太就说她："那些贵重的东西你也敢随意给她，她年纪小，弄丢了可怎么好！"

林海如不以为然地道："放在我那儿也是没用，我还嫌占地方。宜宁丢就丢了，再给她买就行了。"

罗老太太又好气又好笑，看那小丫头财迷一样搂着自己的玉镯子，又不好让她再交出来。

宜宁拿着那块羊脂白玉原石，却想为罗慎远做一个玉佩。他常年用的是一块青玉的玉佩，成色一般。她上次留意看过，玉佩可能摔过一次，上面有道裂纹。

羊脂白玉，还挺配三哥的气质的嘛！

做好之后正好能在三哥乡试回来之后送给他。宜宁想到这里，下午就让雪枝给她找了个玉匠过来。年老的玉匠长了一把白胡子，把料子握在手里打量，有点激动，半天都舍不得放手，这绝对是极品的玉质！

他问宜宁想做个什么花样，宜宁想了半天都拿不定主意。

福禄寿喜的花样太过寻常，那不如做一个瑞兽的。龙凤之类的也太常见了，宜宁拿定主意说："那就雕一个貔貅的吧！"

又能辟邪又能招财，挺好的。

玉匠是罗家的老伙计了，宜宁倒也放心地把玉石交给他，他恭敬地捧了装玉石的盒子退了出去。

丫头进来跟罗老太太说大少爷等人回来了。

他们跟着罗成章去拜访宋督学，宋督学对罗怀远赞不绝口，说他这次中举是肯定没有问题的。陈氏听说之后非常高兴，让人给宋督学包了几幅字画送去。

罗怀远等三人回来之后，陈氏和林海如也过来了。

明日一早，他们就要启程去贡院参加乡试了，大家是最后来给罗老太太告辞的。

陈氏看着儿子长身玉立，已然是个成人了，忍不住动容地道："你是长子，要给你的二弟、三弟做榜样。这次一定要中举回来，日后你二弟、三弟也能受你指点，罗家还指望你光耀门楣呢。"

陈氏根本没想过罗慎远会中举，连可能性都没有想过。虽然罗慎远被林海如收入嫡房了，但毕竟是个丫头所生的庶出，能有多大的出息。

罗山远这次已经打定主意自己是去给大哥当陪练的，所以母亲拉着大哥的手叮嘱，却没有跟他说什么的时候，他也不在意。

林海如看着罗慎远，心想：现在他也算是自己儿子了，陈氏都拉着儿子在叮嘱，要不她也叮嘱罗慎远几句，但是说什么比较好呢？

林海如看了罗慎远好一会儿，才定定地说："慎远，这次不中没关系，多考几次就中了。"

宜宁在旁喝桂枝汤，差点被林海如的话呛到。她咳嗽了几声，雪枝连忙给她拍背："姐儿怎么喝得这么急！可要当心被呛着了。"

罗慎远看了看林海如，又看着不停咳嗽的宜宁，回头淡笑着说："我知道了，谢母亲叮嘱。"

宜宁这才缓过气来，心想：下次可别在林海如说话的时候喝汤了。

林海如觉得莫名其妙，自己这话说得很对啊。一次考不中多考几次就是了，运气好总能撞上一个；运气不好，回来继续读就是了。她按了按宜宁的手，压低声音问："我又说错话了？"

宜宁心有余悸，放下茶盏说："母亲说得极是，没事，三哥不会在意的。"

陈氏含笑盖上茶盖，虽然觉得林海如说话直接，倒也没有什么。她现在全副的心思都放在儿子的乡试上，别的都不在意。只要罗怀远能中举，不怕老太太不给她好脸看。

晚上在暖阁里摆了筵席，罗成章依次给三个要乡试的说话，最后他还特地跟罗怀远去了书房深聊。

罗慎远坐在暖阁的栏杆旁休息，身边寂寥无人。

宜宁远远地看到了，坐到他身边去。罗慎远侧头看了她一眼，没有说话。

宜宁想给他说几句话打打气，但思来想去也不知道该说什么好，就道："三哥，这次你得考好些。"

罗慎远回头问她："你想有多好？"

这能有什么想不想的，宜宁立刻说："自然是能有多好就有多好。"

罗慎远笑了笑说："好。"

宜宁看到他搭在栏杆上的手上那些狰狞的伤疤，总是想起罗老太太说的场景："他为了接住你被压在地上，剪刀戳穿了他的手背，血流得整个手掌都是，他疼得脸色都变了……"

宜宁心里还是不舒服，她拉过三哥的手，轻轻地摩挲着他掌心的伤疤，却感觉到他似乎微微一僵。宜宁道："三哥，手真的不能治好了吗？"

"只是不能控制力度。"罗慎远看到小丫头捧着自己的手仔细看，才淡淡解释说，"若不是写字之类的事，其实没有大碍。"

如果小宜宁也还在的话，她肯定也会愧疚自责的。罗慎远因为她落下了轻微残疾，虽说不严重，却会跟着罗慎远一辈子。

宜宁那晚回去，睡着做梦都梦到这个场景，等雪枝把她叫醒之后，她才知道罗慎远他们已经离开了。

宜宁又重振了精神，她一点都不担心罗慎远，既然三哥向她保证了，那他就肯定会做到的。

林海如也不担心，因为她从来没觉得罗慎远会考中。

府中最发愁的就是陈氏，听说她愁得昨晚觉都没有睡好，一大早起来，嘴角就起了燎泡。得失只在一瞬间，难怪陈氏会紧张。

宜宁根本不记得罗怀远最后有没有中举，她生活在后宅，能听到的也都是大人物，像罗怀远这样的读书人实在是太多了，她甚至从未听说过罗怀远的名字。

那个时候这些人对她来说，不过是别人嘴中随便的一句闲谈，现在却真实地存在于她的身边。

罗宜玉也为自己的兄长发愁，闷在房间里给罗怀远绣诸如"大展宏图""马到功成"的鞋面或者汗巾。罗宜秀一贯是个没心没肺的，整天往宜宁这里混，连吃带住的。罗老太太问她担不担心罗怀远的乡试，她有点茫然地说："啊？考不中就再考呗，担心什么啊！"

宜宁笑得肚子疼，觉得应该把罗宜秀捉去给林海如当闺女。

顾女先生听说是老家的父亲去世了，料理完后事之后才回来的，袖子上还戴着孝。整个人比往常还要沉重，老太太见她精神不太好，又听说她家里还有好几个弟妹，赏了她几百两银子，让她孝期过了再来。

那总得守一年的热孝！也就是一年都见不到顾女先生。

罗宜秀知道之后非常高兴，忙让丫头又给顾女先生添四十两银子的束脩。回去吧，回去得越久越好，她就不用每日早起进学了。宜宁知道这事时正在写字帖，想了想跟雪枝说："你也拿四十两银子添了一并给女先生吧。"又想到顾女先生的老家在高阳县，路途遥远，接着说，"拿这么多银子不安全，再派辆马车送她一程。"

顾女先生手里捧着几百两银子，沉默片刻眼眶通红，什么都没说上了马车。这样一来，日子就更加清闲了。

## 第七章　少年解元

八月中，乡试结束了。放榜却还要等到九月丹桂飘香的时候，所以称为"桂榜"。

宜宁正和罗宜秀在描花样，罗慎远他们回来了，罗老太太、陈氏和林海如亲自去影壁迎接他们。罗怀远看起来是考得很有信心，一点疲惫都没有。罗山远的神情却很委顿，罗慎远跟在两人后面，既不说好也不说坏。

陈氏和罗宜玉看着罗怀远两眼通红，罗怀远看母亲的样子比自己还要憔悴几分，也忍不住动容，母子俩相拥好一番话说。

林海如没有什么负担，整天吃得好、睡得香。她看了看罗慎远，又用眼神示意宜宁，似乎是在询问她：你三哥怎么跟个榆木疙瘩似的，这也看不出是该安慰他还是恭喜他啊？

好在罗老太太立刻让大家一起回正堂了，先让三人休息。乡试不同府试，考生们坐在狭小的号房里，连个转身的空余都没有。号房里就两块木板，写文章的时候当桌椅，睡觉的时候拼起来当床板。吃喝拉撒睡都在里面，只要你不是作弊，上头派下来巡视的人也不会管你究竟在里面干什么。

陈氏第二天特地吩咐厨房一定做好菜，大菜就有清蒸四鳃鲈、烹火腿、糟鹅掌、烧鹿肉、腌螃蟹，想着好好给两个儿子补补，又不厚此薄彼，给罗慎远也捎带了一份过去。

宜宁正好来看她三哥，遇到婆子提菜过来。她把食盒一个个揭开看。四鳃鲈上撒着姜丝葱丝，淋了点酱油和麻油，奇香无比，那烧鹿肉颜色晶亮，浓油赤酱看起来就很好吃。

罗慎远换了直裰出来的时候，正好看到宜宁嘴里咬着一只螃蟹腿。宜宁没有一点被逮到的直觉，招手笑道："三哥快过来吃，大伯母给你送了些好吃的。"

罗慎远却皱了皱眉道："螃蟹性寒，何况又是腌制，你如何能吃？"说着就伸手把她嘴里的螃蟹腿夺走了。

他坐下来，亲自给宜宁夹了一筷子鱼肉："吃这个。"

宜宁拿着自己的小碟子，心想：这有什么不能吃的，她原先的厨子就是扬州人，腌螃蟹她都吃过许多了。罗家的厨子做菜更偏北直隶的口味，腌螃蟹她是许久没有吃过了。宜宁想吃鹿肉，罗慎远却按住了她的筷子："这个也不准吃。"

宜宁发现自从和她三哥关系亲密之后，他开始管她了。原先不是很纵容她的吗？宜宁想了半天，才怀疑地问："三哥，你是自己想吃才不给我吧？"

罗慎远笑了笑，淡淡问："你是这么想的？"

宜宁发现她三哥正定定地看着自己，她也笑了笑不敢再说话，乖乖地把碟子里的鱼肉吃了。

一大盘的鱼肉进了宜宁的肚子，罗慎远给她夹菜剔鱼骨，自己的盘子里反倒没怎么动。

宜宁看着那一大盘没怎么动的螃蟹，心里叹息了一声，吃饱喝足，她躺在檐下晒太阳。罗慎远觉得她跟小猫似的，把自己团成一个圈圈，长长的睫毛合下来，在白生生的脸上投下一道影子。小脸就靠着引枕，软趴趴的不想动弹。

他正看着宜宁打瞌睡，微有些出神，屋子里却传来一声响。

宜宁也被惊醒了，抬头看去，发现她三哥已经走进了次间里，从隔扇里可以看见，是那个湖绿褙子的丫头打翻了盘子，她又伸手去捡碎瓷片，指尖被扎破了。那尖莹莹的指尖挂着一滴血珠，和她脸颊上的泪珠一样摇摇欲坠。

宜宁顿时没有了睡意。

她已经知道这个丫头叫画绿，另一个叫画棠。一看就是饱读诗书的陈氏给赐的名儿，本名指不定就叫什么大丫二丫的。她这些手段，怎么看上去这么眼熟……

宜宁又想到了乔姨娘。

乔姨娘应该是个很成功的姨娘，丫头们都会模仿她。

宜宁觉得好笑，复又躺下去。一会儿罗慎远就出来了，问她："可吵到你睡了？"

宜宁摇摇头，反正她也没有睡着，便问罗慎远："我看她好像手破了啊？"

罗慎远淡淡道："她摔坏了盘子，我罚了她两个月的银子，让她下去包扎不用伺候了。"

宜宁不太满意，三哥什么都好，就是有点不解风情。人家小姑娘辛辛苦苦把自己弄伤是为了什么啊，还不就是指望你能好好哄一哄，要是能帮着包扎就更好不过了。她三哥居然罚了人家的月钱还把人家赶下去了。

宜宁越发好奇，她三哥日后究竟配的是哪家小姐，怎么她就不记得呢？

宜宁一路想着，却还是没有丝毫印象。她那时候毕竟是支簪子，知道的东西都是别人说出来的，罗慎远的妻子是谁，长嫂并不会关心，下人们更不会关心。

她回到罗老太太那里，却看到许久未见的罗大爷回来了，想必也是为了罗怀远乡试特地从京城回来的。罗成章坐在罗成文旁边，三人笑语晏晏的。罗成章问这次乡试考了什么内容，又问罗怀远的对答如何。

罗怀远把自己写的细说了，罗成章听得连连点头，说这次中举是肯定没有问题的。

陈氏在旁听得与有荣焉，罗怀远才十八岁，要真是能中举，那比罗成文还早一年呢！以后她在罗家说话就更加有分量了。

罗成文看着罗怀远的眼神也充满了欣慰："我已经听张翰林说了，你的确是用功读书了的。

我这次回来，就等到你放榜之后再走，免得到时候往回赶也来不及。"

罗怀远谦逊地笑着，心情十分舒畅。他侧过头看到宜宁从外面进来了，笑着让宜宁过来，"眉眉儿，怎么最近都不和大哥好了？大哥上次送你的琉璃娃娃，你喜欢吗？"

宜宁心想：我又不是小狗，你心情好了就逗逗。她笑了笑说："喜欢。"

陈氏心情实在好，就连看宜宁都顺眼了许多，拉过宜宁的小手，微笑着说："等到放榜那天，只要你大哥中举，你想要什么就去问他要。他若是不给买，我就骂他。"

宜宁点头称好，心想她也在等放榜那天呢。

夏季的闷热一点点平歇下来，蝉鸣也少了。

天气还是热，却比前几日凉爽许多。宜宁穿着一件缂丝褂子坐在铺着凉席的床上，拿着雪枝交给她的羊脂玉貔貅看。玉匠还配了一条深蓝流苏，玉佩雕工的确精湛，迎着光祥云的纹路流转生辉，玉色纯粹，格外好看。

宜宁把这块玉佩收进妆盒里，暂时不打算拿出来，等到放榜之后再送给三哥吧。

饶是对儿子有信心，陈氏也越来越焦躁。每天起床的第一件事就问放榜没有，就连去罗老太太那里请安都要提起。

林海如听得烦了，不耐烦地道："大嫂，这事急也是急不来的。你可别着急上火，你看我跟老太太就不急。"

陈氏心想：你又没有亲生子，怎么懂得这种心情。倒是有个罗慎远，但那罗慎远难不成还能中举？

罗老太太看了两人一眼，淡淡地说："我看怀远是胸有成竹的，海如说得对，你不用急。"

既然罗老太太都说了，陈氏也只能起身应是。她们聊起了罗成文新纳的一个姨娘，是原先伺候姨娘的丫头扶正的。说到这个年方二八的姨娘，陈氏就不舒服，在这件事上她和林海如的立场是一样的，对那个小姨娘憎恶得不得了。

林海如私下跟宜宁说："别看你大伯母端着，一派端庄严肃的样子，私底下指不定怎么骂那姨娘是小蹄子呢。"

林海如跟她说那小姨娘的事，就说罗成文从京城里回来，接连几夜都歇在了这个小姨娘那里。最后陈氏搬出了长子罗怀远，又是为了罗家的前程考虑，又是为了罗家栋梁考虑的，才把罗大爷留在自己房中。

第二天陈氏就罚那小姨娘跪着伺候她梳洗，小姨娘眼泪巴巴的，又不敢去告状。

林海如听得很舒服，很想让乔姨娘也跪着伺候她梳洗，但她又没有个罗家栋梁支撑着。

宜宁心想这有什么难的，笑着给她出主意："您是太太，她是姨娘。您的盼咐她能不听吗？下次就让她站着伺候您吃饭。她要是委屈了，您就说是一时忘了让她坐下。她当着我爹的面，肯定不会说什么的！"

林海如听了宜宁的话之后回去试，发现乔姨娘果然不敢说什么，站着伺候她吃完了早饭。那天一整天她的心情都很好，而乔姨娘脸色铁青地回去后，第二天就称病没有来。

林海如让丫头给乔姨娘送补汤过去，她亲自带了一对金钗来送给宜宁。

宜宁拿着金钗把玩，又想着抽屉里的玉佩。明日就要放榜了。

三哥肯定能中举，却不知道他究竟会考得如何？

陈氏第二天一大早就起来，打探的人早上就出去了，陈氏一个人在屋子里走来走去的，一旁的罗宜秀看到都慌。陈氏却捏紧帕子，凝视着门廊的方向。不就是去个巡抚衙门，怎么会半天都没有回来呢？

她最后还是坐下来，喝了一口茶水平息心情。

前院得讯归来的人却骑着马跑得飞快，直冲进院子之后赶紧下马，把缰绳扔给旁边的小厮，激动得浑身颤抖，连忙就往陈氏那里冲。

陈氏房里伺候的丫头们看到这人连忙都给放行。

她们也很激动，大少爷一旦中举了，陈氏少不了心情要好上一年，到时候打赏拿到手软都不是不可能的。但要是没有中的话，这一年大家都别想有好日子过，眼看就要入冬了，日子会更难熬。

陈氏听到动静连忙放下茶杯，还喝个什么茶，让丫头扶着立刻就去了前厅。罗宜玉和罗宜秀也立刻跟了上去。

打探的人还没有缓过来，扶着膝盖大口大口直喘气，想说什么又说不出来。

陈氏连忙吩咐下人倒茶水给他，看他喝水，焦急地道："中没有中就是一个字的事，你倒是快说啊！"

打探的人才边喝水边吐出一句"中了"。

陈氏的整颗心都放了下来，屋子里的丫头婆子俱是喜悦，连罗宜玉都露出了几分笑容。为首的丫头立刻就行礼给陈氏道喜。

陈氏就算再矜持，脸上的笑容也藏不住了，松了口气，吩咐身后的嬷嬷赶紧去给罗老太太和大爷传话。

那打探的人才摆摆手说："大太太，先别先别！我话还没有说完。"

陈氏急得想弄死他，心里又是一悬："什么没有说完，难道没中不成？""咱们大少爷是中了。"打探的人说，"中的是第三十八名。"

陈氏眉一拧，这中多少名有什么要紧的，中了就行了嘛，以罗怀远的年纪已经很了不得了。

"可是咱们三少爷也中了。"打探的人说，"小的按照您的吩咐，从尾开始看……"他吞了吞唾沫，似乎有点紧张，"他也中了……第一名：解元。"

陈氏听完之后几乎没有反应过来，愣了许久。

书房里，罗慎远正在写字，游龙走凤跃然纸上的是一篇《滕王阁序》。

今天是秋闱放榜的日子，他一早起来便开始写字。屋子里静得很，唯有点的一炉香升腾起丝丝缕缕的蓝烟，渐渐弥散开来。他背着手，凝视着自己手下的字。

直到寂静的门外传来嘈杂的声音，前所未有地嘈杂。

他搁下了手中的笔，闭上眼。再睁开时气势已然不同。

志不立，则如无舵之舟、无勒之马，漂荡奔逸，终亦何所底乎？该来的总会来的。

宜宁坐在罗老太太身边，按罗老太太的吩咐在学做荷包。她看了看罗老太太，又看向雪枝，再看向对面还没有回过神来的林海如。怎么这三个人状态都不太对？

她终于放下了手中的荷包半成品说："母亲，三哥中举您应该高兴才是啊。"

林海如从听到消息开始就处于恍恍惚惚、难以置信的状态，闻言终于站起来，走来走去，又在宜宁身前站定，"我、我这就成举人的娘了？"

她接着又问："宜宁，没错吧？还是解元！"

宜宁刚听到消息的时候也惊讶了一下，她让三哥能考多好就考多好，但没想到人家直接中了个解元回来。不过想到罗慎远日后的身份，她又平静下来，解元而已，还是不要太惊讶了。

但除了她，屋子里所有听到的人都被吓到了。就连罗老太太都是一阵恍惚，又问了那报信的人一次："真的是解元，你没有看错？"

"老太太，这么要紧的事我如何会看错。我还特地查对了好几遍。"来报信的笑着说，"还得恭喜老太太，家中两个孙子都中了举，三公子还是解元！咱们保定的知府大人听说了此事，都说要上门来拜访呢。"

榜单先是贴在巡抚衙门，知府也是最先知道的，所以立刻派了人过来给罗老太太送信。罗老太太心神不宁地让丫头打赏了报信的人一袋银子，不过还是很快镇定了下来，立刻着人去请罗成章、罗慎远等人过来。

林海如还是有些局促，"你说我是不是该送他点什么？还是该说点什么？"

宜宁摇摇头道："没事，您一会儿就要少说话，话由祖母来说便是了。"

罗老太太闻言看了一眼林海如："宜宁说得极是，一会儿你还是少说些话。而且今日过后，肯定有许多世家夫人要与你结交，你也一定要端着身份。你现在是解元的娘了，今时不同往日了，知道吗？"

林海如点点头，表示自己一定会少说话。

最先来的居然是陈氏，她跨进门时已经是满脸笑容，握了罗老太太的手说话，对林海如更是和颜悦色如沐春风，一阵恭贺。她坐下来的时候宜宁看到，她掌心的汗把帕子都打湿了，目光直看着门口。

随后丫头通传一声"三少爷来了"，罗慎远才走进来。

陈氏的目光第一次真正落在罗慎远身上。他不卑不亢地给罗老太太行礼，再依次给林海如、陈氏行礼。

罗老太太含笑地看着他，让他站起来说："你可知道了？"罗慎远有礼地道："孙儿已经知道了。"

不知道是不是因为罗慎远中举，陈氏总觉得他比以往更高大了些，逆光站在罗老太太面前，冷峻的脸上有种说不出的气度，让人无法忽视。

陈氏觉得自己肯定是被鹰啄了眼睛，她以前怎么就没有看出罗慎远是个扮猪吃老虎的人！解元那是运气一时好了就能中的吗？这位庶子平日从不显山露水，是不是就等着这个时候呢！

陈氏看到他平静而冷淡的目光，总觉得心里隐隐发寒，再看到周围状若平静的罗老太太、雪枝，甚至是那才七岁的罗宜宁，都不见得有多震惊。

她们是不是也早就清楚了？

罗怀远则是和罗宜玉、罗宜秀一起过来的，三人也得知了消息。

本来他中举了应该是一件非常值得高兴的事，但听说这位他向来不放在眼里的三弟竟然中了解元之后，罗怀远有一阵难以置信的错愕感，随即他就没有那么高兴了。他再三确认的确是事实之后，才来了祖母这里。

他走进来之后就打量着罗慎远。原来他以为罗慎远是略矮他一些的，今天才发现他其实比自己还要高一分。

罗慎远对他温和地笑道："大哥，你也来了。"要是平日里，他肯定觉得这是罗慎远谦和敬重的笑容。但今天他怎么看都觉得，这笑容里有种说不出来的意味。究竟是什么意味？自己平日里作为嫡长子，受老师褒奖夸赞，受到罗家上下的重视，吃穿用度都是最好的。而这些他什么都没有，甚至是这次秋闱，所有人都认定罗慎远不过是去给他当陪练的。

但现在他是第一名，乡试解元。自己虽然上了榜，名次跟他比简直是云泥之别。

罗怀远强按下诸多心思，微笑着意味深长地说："平日里竟然半点看不出来三弟的厉害，这次还要恭喜三弟。"

罗慎远却没有再谦逊，只是淡淡一笑："我也恭喜大哥中举。"

这时候外面的丫头进来传话，满脸带笑地说传捷报的人已经来了，二报、三报也马上就到："同住在胡同口的高家、杨家，还有保定知府大人、同知刘大人、通判大人、织造府徐大人等都上门来道贺了，都说要见一见三少爷，大爷让三少爷赶紧去迎客！"

罗老太太皱了皱眉，高家曾经出过一位阁老，平日里总觉得罗家身份不够，不常与他们往来，如今也上门来了。罗慎远现在的地位和以前不一样了，况且他又是少年解元，罗家以后势必会因他而变动。

罗老太太看了看还站定原地的罗怀远——人家知府、通判可没有说要见他。罗慎远听后向罗老太太行礼，恭敬地道："那孙儿就先过去了。"

罗老太太深吸一口气，抚了抚鬓角道："我同你一起过去。"来的可都是有头有脸的人，她不出面怎么行，罗老太太又回头叮嘱心不在焉的陈氏："好好看着姐儿们，不准她们去前厅。府中要是有什么事，你先决定着。另外再吩咐厨房备酒菜筵席，一定要丰盛。"

宜宁这样的闺阁小姐可不能去这么大的场面，就连刚中举的罗怀远都没有资格。

宜宁侧头看了看罗怀远，他脸上的笑容十分僵硬，温文尔雅也不见了踪影。本来中举的是他，今天最应该被众人簇拥、接受道贺的也是他。但一个罗慎远的存在，让他完全黯然失色了。

宜宁回过头，看到罗慎远被人群簇拥着消失，她的嘴角露出一丝淡淡的笑容。

大鹏一日同风起，扶摇直上九万里。假令风歇时下来，犹能簸却沧溟水。三哥这样的人，不会被束缚在小小的罗家，她为他高兴的同时，心里也有一丝怅然。

人一旦有了地位和权势之后，就会和以前不一样了。谁都不会有不同，陆嘉学是这样，罗慎远也会是。

宜宁想到这里微微一怔。

院门外十分吵嚷，好像有什么大喜的事。寒暄的声音、丫头们迎来送往的声音，各房的婆子们忙着布置宴席的声音，吵得乔姨娘头疼。

前天林海如和罗成章吃早膳，林海如让她在旁边伺候，站了老半天也没让她坐下，乔姨娘多少年没受过这种气了，脸都黑了。但当着罗成章她又是一贯柔弱可怜，怎么能在主母未吩咐的情况下坐下来。她扶着丫头的手表示自己体力不支，但偏偏罗成章担心着几个侄子的举业，心神不宁得根本没注意到她。

乔姨娘回来之后就满面阴沉，第二天称病没去，下午反倒真的得了头风。她现在靠在贵妃榻上，枕着玉枕才勉强舒服些。旁的小丫头跪在她身侧，手指蘸了点清凉油抹在她的太阳穴上慢慢揉按，这外面的声音吵起来，她只觉得头风更加厉害了："外头做什么呢，怎么这么吵？"她问刚进门的一个小丫头。

小丫头回答道："姨娘，咱们少爷中举了呢。府里正忙着庆贺，听说好多大官都来了。"

乔姨娘听到这里，又倦怠地闭上眼，只觉得自己浑身都没有力气："中举就中举，罗怀远中举不是铁板钉钉的事吗？怎么反倒吵到我们这边来了，又不是多大的喜事……"

那小丫头笑嘻嘻地说："姨娘，外头是庆祝咱们三少爷中举，不是大少爷。奴婢听说三少爷乡试得了第一，刚才二太太还让下人到门口去散铜板和糖，听说好多小丫头都跑去领钱了！"

乔姨娘听到这里，霍地睁开眼，浑身的懒散都不见了踪影。她冷冷地看着小丫头："你刚才说什么？谁中举了？"

那小丫头从未见到过乔姨娘如此严厉的眼神，吓得顿时就不敢笑了，支支吾吾地说："就是咱们三少爷……中了解元，奴婢也是听二太太房里的红儿说的……"

"这么大个事，就没有人来跟我说一声！"乔姨娘一点都不觉得倦态了，额头突突直跳，她站起来，脸色阴沉地对给她按摩的丫头说，"去叫碧衣给我过来！"

碧衣是服侍她的大丫头。

那丫头跑出去之后，乔姨娘在屋子里走来走去，心里扑通直跳。

她知道罗慎远过继给林海如的消息时，并没有什么感觉。不过是一个庶子而已，能有什么了不得，何况罗成章也未曾把这个庶子放在眼里。

总是因着罗慎远那个歹毒生母，大家平日看他都有几分古怪。

乔姨娘闭了闭眼睛。

怎么罗慎远就突然中举了，还成了解元！

中举也就罢了，要是以前他中举了，那说不定她还会送点贺礼去，请他日后仕途坦荡了，也提携提携她的轩哥儿，然而偏偏是在他过继给林海如之后中举。

乔姨娘心里十分焦躁。

碧衣很快就过来了，她听了消息之后也被吓到了。这么大的事没及时跟乔姨娘说，她肯定不会轻易饶了自己。她进来之后立刻跪下，乔姨娘却冷着脸好久没有说话，半晌才轻轻问道："二爷回来没有？"

"已经有人去传信了，估摸着快到了。"碧衣很快回答道。

乔姨娘深吸了口气，吩咐道："去把姐儿叫来，让她好生打扮一番，与我一同去老太太那里，再把轩哥儿也抱上。"

碧衣连忙应声去了。

外头宾客喧天，热闹非凡。宜宁她们也没有闲着，同住胡同的高夫人领着她女儿高娴上门来拜访，陈氏带着她们几个见高夫人，女眷也在花厅里摆了一桌宴席。高夫人平日不常与罗府的人往来，更不常与林海如往来，如今却拉着林海如笑着说话。

高夫人和陈氏一个出身，是江南人，父亲曾任当年天子的侍读学士。她问林海如罗慎远平日读什么书，可定了亲家……

林海如整个人都不在状态："他读什么书的，我也不管，亲家好像也未曾有。"宜宁听到这里却回过神来——高夫人这话……像是有所图的样子。

她不由得看向旁边端坐的高娴。这位也是保定出名的世家女，长相与她四姐一样的水平，年方十四，身材高挑，清丽婉约，一副黄莺出谷的好嗓子，说起话来含羞带怯却端庄持重，比罗宜玉更有世家贵女的修养和派头。

少年解元，难怪高夫人迫不及待。俗话说，近水楼台先得月，这"月"要是被别人给得去了怎么好？

罗老太太刚从前院回来，高夫人便起身给老太太见礼。

罗老太太有些疲惫，含笑让她坐下。高夫人正想着林海如那榆木疙瘩一问三不知的，如今正好问罗老太太，却都叫罗老太太打着太极地推回去了，既不答应也未拒绝。

这时候丫头来通传，说乔姨娘牵着轩哥儿来给她请安了。罗老太太的脸色淡了下来。

乔姨娘牵着轩哥儿进来，轩哥儿直往老太太怀里扑，甜甜地喊着祖母。

一旁的高夫人就笑着夸道："这就是轩哥儿吧，果然长得虎头虎脑，十分可爱！"轩哥儿搂着罗老太太的手臂，"祖母，我听说三哥中了举人，要来恭喜三哥的！"

自从上次轩哥儿撒谎之后，罗老太太看这小孩总觉得心里硌得慌，因此，只是敷衍地摸了摸他的头说："你三哥在待客，一会儿才能过来。你先去姐姐那里玩，莫要扰到了高夫人。"

乔姨娘听到罗老太太这话，笑容僵了僵。

罗老太太嫌弃她，她知道，哪个正室出身的看得起她这种小妾，她就没指望过罗老太太给她好脸看。但她没有料到，罗老太太连轩哥儿都嫌弃上了。

眼看着天就黑了，这一天都忙碌得很，府里吵吵嚷嚷的没个清净。宜宁却闲得跟罗宜秀一起看缸里养的乌龟吃鱼，高娴跟她们两个小孩子玩不到一起，含蓄优雅地同罗宜玉说话，聊得很投机。

吃过了晚宴，高氏还不曾回去，罗老太太让婆子拿了牌九出来玩，她们四人正好能凑一桌。林海如根本不会玩牌，求救般的眼神看向罗宜宁。她现在对宜宁有种盲目的信任，好像宜宁就该什么都会似的。

宜宁前世端正得很，半点不敢逾越那位祖母不喜欢的东西，又怎么会玩牌？她也是两眼一抹黑，幸好罗老太太早就知道，叫徐妈妈过来指导林海如，四人才勉勉强强打下去。

高娴、罗宜玉二人就坐到了母亲身边看牌。世家女子生活闲暇无聊，也就靠这些打发时间了。

牌局刚转过两圈，外头又来通传说三少爷过来了。

高氏精神一振，手里摸起来的骨牌久久没有打出去，抬头就看到一个高大瘦削的身影走进来，他长得十分隽秀清俊，脚步沉稳从容，气质偏又有几分震慑力。

宜宁分明注意到，高娴在看到罗慎远的一瞬间就脸颊薄红，微微低下了头。高娴可没想到这位少年解元如此俊朗。

罗老太太依次说："这位就是同住胡同的高家高夫人，这位是高家小姐。"罗慎远便向高夫人点头，又看向高娴，似乎顿了顿。

高娴轻柔地道："罗家哥哥好。"她水般的漂亮双眸柔婉动人。

宜宁一边看着乌龟，一边心想她三哥的桃花到得太快了。前有大伯母的两个丫头，后有一个高家嫡女。瞧高夫人满意的样子，恨不得立刻就能把罗慎远定下来当自己的女婿。

高家母女刚坐回去，那边轩哥儿就非要拉着罗宜怜的手走到罗慎远面前，向他伸出小手："三哥，轩哥儿要抱！轩哥儿要抱！"

宜宁嘴角微微一扯，轩哥儿叫乔姨娘娇宠着，平日根本看都不会看罗慎远。现在还会主动要他抱吗？怕是乔姨娘授意的，毕竟是个孩子，罗慎远也不可能当面拒绝。

罗宜怜也柔柔一笑："三哥，这次还要恭喜你了。"

罗慎远摸了摸轩哥儿的头，笑了笑说："三哥手不舒服，便不抱你了。"他抬头一看，发现自己真正要找的人却是跟罗宜秀半跪在罗汉床上，正看那高几上放着的一口青瓷缸。

他想听到的一点没听到，没想听到的却来了一箩筐。

罗慎远朝罗宜宁走过去，在她背后低声道："这对乌龟便这么好看吗？连我你都不看了？"

宜宁抬起头，她刚才自然是注意着罗慎远的。不过这么多人在恭喜他，她暂时没有凑热闹而已。

"乌龟当然好看了。"宜宁笑着说，"前有王阳明格竹子，今有宜宁格乌龟。你说好不好看？"

罗慎远见她连"格竹子"的典故都搬了出来，便敲了敲她的脑袋，"不要格你的乌龟了，你随我出来。"

宜宁不知道他找自己做什么，一抬头才发现满屋子的人都看着她。罗慎远却牵着她的手带她出去了。

那高娴这才注意到宜宁，早就听母亲说过这是罗二爷上个夫人留下来的女孩，既不是现在的二太太亲生的，也未闻名保定府。她根本就没有在意过。

上个太太留下来的女儿居然跟新任的解元如此亲近？高娴不由得看向旁边坐着的罗宜玉。

罗宜玉只是淡淡地解释道："她便是我最小的妹妹，祖母最宠爱的罗宜宁。"此外半句不肯再说。

他要带自己去干什么？宜宁还是有点好奇的。

他现在应该是众人瞩目的中心，应该在前院接受所有人的赞誉，他却牵着自己走在回廊上。

两旁挂着红绉纱灯笼，夜风习习，已经是很凉爽的夜晚了。

罗慎远终于停了下来，放开宜宁的手，从袖中拿出一封红纸递给宜宁。

宜宁接过后展开，上面写的是"捷报贵府罗讳慎远高中北直隶解元，京报连登黄甲。"他给自己的是解元的捷报信！

宜宁看着他平静的面容，突然不知道该说什么，似乎说什么都对不起他的用心。罗慎远却摸了摸她的头，含笑问道："这算不算有多好考多好了？"

宜宁前后加起来也算是活了四十多年，很多事都无法让她轻易动容。但她看着罗慎远的脸，心里却默默地想，其实无论这个人日后是不是首辅，都不重要。这是她的三哥，她一定会对他好的。

她突然想起了那块羊脂玉佩。说是要送给他，但是他今天一天没有空闲下来。

"三哥，你在这里等我，我去去就回来。"宜宁说完转身就小跑起来，她把那块玉佩放在妆匣子里了。

罗慎远没能拉住她，看着她小小的身影在回廊上不见了。

宜宁怕他等急了，跑得很快。过门槛的时候一时没有注意，被绊了一下摔倒在地，膝盖一阵疼。正端着笸箩走出来的松枝看到她摔了，连忙过来扶她："小姐，您跑这么急做什么，可摔着了？"

膝盖火辣辣地疼，应该是摔伤了。宜宁不由得感叹自己也是越活越回去了，跑着竟然还能摔了。幸好没让三哥看见，实在是太丢脸了。

"没事。"宜宁站起来拍了拍身上的灰，让松枝把她那块做好的玉佩拿过来。松枝还是很担心："您还是坐下来奴婢给您看看吧，可不要伤了筋骨。"

对于让罗慎远等自己这种事，宜宁觉得还是不要做比较好。

"我一会儿便回来。"宜宁叮嘱她说，"不要跟祖母说我摔着了。"

松枝点头应了，看她们家小姐一瘸一拐地走远了，心想这下摔着了，总算跑得不快了。

宜宁远远地看着罗慎远还站在那里等她，夜风吹起他直裰的衣袂，长身玉立，表情淡漠。

她三哥果然好看，以后更不知道有多少桃花要来惹他。宜宁不由得想起隔壁的高小姐，其实以高小姐的人品样貌，还是勉强配得上他的。

罗慎远回头看宜宁，她的小脸红扑扑的，走路的姿势却似乎有点问题，好像有点瘸了。

他不由得皱了皱眉，弯下身扶着她的肩膀看着她的小腿："你这是怎么了？腿伤着了？"

宜宁把手里拽着的玉佩递给他，笑着跟他说："这是我从母亲那里搜罗来的一块玉原石，给你雕了一个玉佩，是貔貅的样式。三哥你快看看，这可是上等的羊脂玉！"

罗慎远又皱眉："宜宁，我在问你的腿怎么了。"

宜宁见隐瞒不过去，才无奈地说："刚才跑得太急，被门槛绊了一下摔了。三哥你别问了……"

罗慎远才拿过她手上的玉佩看，的确是一块上等的好玉，玉质温润细腻，那貔貅也是活灵活现。他把那块玉在掌心摩挲片刻，收了起来，看着宜宁淡淡地说："便是明天送给我也无妨，你跑这么快，这下摔着了怎么办？"

宜宁有点不高兴了，这人真是，她还不是想今天送才有彩头的意义。他那是什么样子，要是不喜欢就还给她，她自己留着戴也没有什么不好的。

"既然三哥嫌弃，那便把玉佩还给我吧。"宜宁伸手要去他的袖中抢，却被他一躲闪过去了，他手一拿高，宜宁年纪小人矮，蹦啊蹦都够不到他的衣袖。

"送都送出去了，哪还有收回去的道理。"罗慎远看她那么小，怎么都够不着自己，反倒有几分睥睨她的感觉，"下次着急还跑不跑了？"

宜宁深吸了口气，心想她何必跟罗慎远计较，忍了忍说："不跑了。"他似乎才满意了些，又看着她的脚叹了口气，向她伸出手说："来。"

宜宁有些茫然："怎么了？"

"你摔伤了腿，抱你回去。"罗慎远也没有多说，把她抱起来，抱小孩子的那种抱法，反正宜宁还小，他抱着她直接便朝正堂走。

宜宁第一次被兄长抱着，下意识搂住他的脖颈，三哥身上有种淡淡温热的味道，挺好闻的。她原先的母亲生了她和两个姐姐便撒手人寰，两位姐姐与她年龄相差不大，并不疼爱她。东西只有这么多，大家都要抢，谁还有空管她年纪是不是最小的。

罗老太太看到罗慎远抱着宜宁回来，眼皮微微一抬："刚才不是说手不舒服吗？"高家母女已经回去了，乔姨娘和陈氏等人也告退了，热闹过后反倒是一屋子的冷清。罗慎远把宜宁放在罗汉床上，跟罗老太太说："她摔着腿了。"

罗老太太才看向宜宁，宜宁觉得祖母看自己的眼神有些好笑的意味："平日活蹦乱跳都没摔着，今天怎么了？"

宜宁已经不想再解释了，一失足成千古恨，这句话是真的，她已经充分领会了。

罗老太太叫丫头过来看宜宁摔得严不严重。外头却来了个小厮，说是二爷找罗慎远回去，在书房里等他。

"宜宁，我明日要去巡抚衙门。"罗慎远跟她说，"这几日不要动弹，好好养伤。"罗慎远向罗老太太告退，离开了正堂。

罗慎远走后，罗老太太瞧着宜宁的伤口，倒也不严重，就是破皮了，血丝丝的，看着有些狰狞。罗老太太刮了刮她的小鼻子："如今有个解元当哥哥了，高不高兴？"

宜宁心想她自然高兴，只是以后罗家的格局恐怕要变了。

罗老太太从徐妈妈手里接过纱布给她包扎，宜宁看着罗老太太的手，像是年老而不失光泽的绸缎，这么柔和。她乖乖地静静靠在罗老太太身上，只要有祖母在身边就好，却不知道，她能依赖祖母的日子还有多久。

罗成章的书房里点着烛火。他在等罗慎远。

今天在衙门里接到捷报的时候，他无比震惊。怎么会是罗慎远？为什么是罗慎远！这个他从来没有注意过的庶长子，反倒是大哥很快平静下来，看罗慎远的目光却有平常没有的慎重。

罗成章房里原是有两个通房丫头，他更喜欢柔顺的那个，却不想被另一个给害死，孩子和母亲都没有活下来，一尸两命。那个通房丫头，天生的心思就比别人多，总是阴沉沉的，却是个无比聪慧的。

罗慎远生下来之后，他就不太喜欢罗慎远，也不怎么管他。不过好歹是自己的庶长子，也未曾苛待。罗慎远一贯沉默，也没有什么出挑的地方，这就更不得他看重了。

罗成章的心思放在培养轩哥儿上了，想等轩哥儿以后支应二房的门庭。

刚才席间，巡抚大人笑着给他敬酒，问他日常如何教养罗慎远的时候，他一句话都答不上来。反倒是罗慎远接过话去，淡淡地说："父亲公事繁忙，家中诸事也不忍让他操心。"

他有些尴尬，巡抚大人却夸罗慎远后生可畏。

丫头通传说罗慎远过来了，罗成章才转过身面对他。这个庶长子站在他面前，可能是他的确站得笔挺，可能是自己的心理作用，他总觉得罗慎远从容不迫的态度有些压迫感。以往觉得那是沉默寡言，现在才知道是不动声色的隐忍。

那么他心里究竟在想什么呢？算计什么呢？

他看着周围的人对他的轻视，什么都不说，也什么都不表现，或者他在心里默默记着，冷酷地算计着每一个人的心思，包括他的。罗成章想到这里，总觉得罗慎远的身影和他的生母重叠了。

让他有些胆寒和恐惧。

"罗慎远。"罗成章看着他，眉头皱起，"你以前……可都是瞒着我？"

罗慎远微微一笑，淡淡地说："父亲，不是我瞒着您，而是您从未在意过我。"

罗成章一愣，随即有些生气了，指着他说："你这般做派，如何算是光明磊落！君子坦荡荡，小人常戚戚，你可懂？为人做事便要正直，你这般让我如何在你大伯面前抬头！"

罗慎远听到罗成章的话，非常平静："父亲，您觉得大伯是君子，还是大哥是君子？"

罗成章一时说不出话来，随即语气低沉地道："你这是什么意思！"

"您自己想想便是了。"罗慎远背着手，把罗成章放在书案上的一本书拿起，看了看书目随后说，"您最爱读这本外史，其中有个故事说王府的兄弟相争，为了家中一件神秘的传世玉器。这段您总是反复看，那您觉得这个故事如何？"

罗成章一时没有说话。

"虽是同根生的，利益与共，但毕竟各有各的所求。"罗慎远说，"我这般，父亲难道不该高兴吗？"

罗成章微眯了眼睛，最后才说："以后你有什么问题都可以来请教为父，若是有什么缺的便和你母亲说一声。你如今的资质，家中的先生恐怕是教导不了你的。几个月后你随你大伯去京城，我写一封信给张翰林，让他为你引荐一位房师。"

罗慎远应声告退。

他走之后，罗成章叫了丫头进来说："今日去太太那里歇息，你去通传一声。"

宜宁第二日起来时，罗慎远和罗怀远已经去了巡抚衙门。他们是新进的举人，要去参加鹿鸣宴。

罗老太太让厨房给她炖了薏仁红豆米粥，宜宁正喝着粥，看到松枝提着一个食盒进来了，笑眯眯地打开给她看："小姐，这是隔壁高家小姐托人来送给您的点心。听说是广东那边才有的，叫榴梿酥。"

隔壁的高家小姐，托人给她送点心？

宜宁喝粥的小勺子停了下来，招手让松枝走到她身边，她打开来看。里头放着六块金灿灿的点心，外皮层层叠叠的，还撒着芝麻，有股奇特的香味，看上去非常诱人。

高娴跟她从未说过话，怎么会特意给她送点心呢？

宜宁把食盒盖上，让松枝放到一旁的桌上去。高娴只是想讨好她而已，居然还特意打听了她的喜好，送了一盒子点心过来。

宜宁又想了想，跟松枝说："算了，还是别收起来了，正好捡出来我配稀饭吃。"

罗老太太从小佛堂回来的时候，就闻到屋子里一股子的味儿，说不出的奇怪。她四下一看，发现是她的小孙女正在吃的点心。

"这是小厨房给你做的？"罗老太太皱眉问。

宜宁笑了笑："这是高小姐送给我的，说叫榴梿酥。祖母也尝尝？"

罗老太太觉得这小丫头真是一点都不忌口，她可避开都来不及："这味道我可受不了，你赶紧吃了收拾收拾，一会儿带你去高府拜见高老太太。"

啊？怎么突然要去高府？

罗老太太接着解释："高老太太请我们过去做客，还请了你母亲。"

宜宁笑着说："做客是假，我看她们看上了三哥才是真的！"

徐妈妈和雪枝听到后忍俊不禁，罗老太太看她鬼精灵的样子，没好气地说："你也是姑娘家，怎么就不忌讳着。哪家姑娘如你这般，你看人家高小姐……"

"我要是真的那般了，祖母您还得说'你看人家罗七小姐，整日爱笑爱闹的'。祖母您说是不是？"

罗老太太被她堵得没话说，揉了揉她的头哭笑不得地道："好了，我还是最喜欢我们眉眉儿。那你快把这点心吃了，我这屋子里全是这味儿。"

宜宁便几口吃完了剩下的点心，雪枝带她进去换衣服。

罗府的大门口却"嗒嗒"驶来了一辆马车，随后一个膀大腰圆的女子揭开了青布帘子，朝守门的说："这位兄弟，烦请通传一声，真定的郑妈妈来拜见老太太。"

那守门的年轻，见女子衣着土气，不觉就轻蔑地道："哪家乡野村妇，我们老太太是你说见就能见的？快快回去，莫要挡着了胡同口叫人出不去。"

女子一憋，立刻开口骂道："你这狗仗人势的东西，我们妈妈在真定哪个不是抱着千金万金来求她看病的。你倒好了，竟说我们是乡野村妇！"

里头传来了老妪温柔的声音："青渠，莫要动怒。"

"郑妈妈，这种狗仗人势的东西就是该骂。忍他做什么！"女子回头对着帘子里的人道。

"你把这东西给他。"里头又递出来一个名帖。

那守门的懒洋洋地接了名帖，仔细读了却吓得说不出话来，连忙告罪都来不及："老太太早吩咐过郑妈妈要回来，小的只以为是个年老的……对不住了！您快请进来！"

说着给她打开了门，然后立刻有人去正堂给罗老太太通传。

宜宁听到雪枝说郑妈妈回来了时，她正换下那件夹衫。

"真的是郑妈妈回来了？"宜宁还向雪枝确认。雪枝点了点头道："老太太说暂不去高家，让您赶紧出去见郑妈妈，说起来您半岁以前可都是郑妈妈带着的。"

宜宁早就对郑妈妈好奇，她对小宜宁生母的一切都很好奇，只不过前两个月就派人去请郑妈妈，如今三哥中举了才到，也的确是有点迟了。

雪枝牵着她去了正堂，一路上细细地说这位郑妈妈以前如何。宜宁静静地听着，转过回廊，看到一位满头银发的老妇坐在罗老太太下方，小攥梳得整整齐齐，檀香色素缎褙子十分朴素，举手投足都有种温和感，人倒是精神。她身后还站着一个长相朴实的丫头。

罗老太太神情有些平淡，指着刚来的宜宁道："这便是宜宁了。"

老妇回头看她，仔仔细细地打量着，竟然红了眼眶，给她屈身道："奴婢见过姐儿。奴婢离开的时候，您才丁点小，想不到现在您都这么大了。"她似乎很想抱一抱宜宁，可伸出来的手又缩了回去。

宜宁只是向她点头："郑妈妈原来是伺候母亲的，不用行礼。"

宜宁总还记得罗老太太曾经说过，郑妈妈在小宜宁的母亲死后便离开了，是个人走茶凉的性子。她虽然并不完全了解郑妈妈，却也没有太和她亲近。

听到她稚嫩而清朗的声音，郑妈妈的神色却又有些动容："姐儿是老太太教得好。"

罗老太太让宜宁到她旁边来，宜宁乖乖地过去了，看到小小的宜宁和她并不亲近，郑妈妈似乎有些黯然。罗老太太淡淡地开口道："当年我劝你莫走，你却是头也不回地离开了。如今我病了、老了，也折腾不动了。这世上没有化解不去的仇，找你回来为我看病是一方面，另一方面，我却总还想问问你，愿不愿意继续留在宜宁身边。她如今身边没有一个能管事的人在。"

郑妈妈似乎镇定了几分。她早就猜到了罗老太太找她回来的真正原因，本是不能回来的，

118

但听说罗老太太病重，却怎么也忍不下心。虽然这次回来可能是个错，但她总要回来看看的。

"老太太，奴婢先为您看病吧。"郑妈妈轻轻地说，"奴婢这些年在真定的田庄里住，虽是个农妇，医术却没有放下，倒是还拿得出手。"

罗老太太看着郑妈妈，缓缓地叹了口气："罢了，你随我到内室来。"徐妈妈扶着罗老太太去了内室。郑妈妈那丫头提了个木箱也跟在她身后。

宜宁一个人静静地站在正堂里，似乎怔了怔。她立刻也要跟着去内室，守在门口的丫头却拦住她，柔和地说："七小姐，您先去坐着。老太太不让人进去。"

"我要进去。"宜宁看着她说，"你让开。"那丫头只是笑了笑，却没有让开。

宜宁在外面绕来绕去，却根本听不到里面说话——她这才意识到，如果老太太不想让她听到里头说话，那么她是肯定听不到的。

她坐在正堂外面的椅子上，不知道过了多久，也不知道里头罗老太太在跟郑妈妈说什么。昨天府里才热闹过，今天却这么静，静得她一点都听不到声音。这种平静让她有点心慌。内室的隔扇终于开了，郑妈妈先走出来，罗老太太却没有出来。

郑妈妈看到小小的宜宁坐在高高的椅子上，总是想到宜宁的母亲明澜。宜宁真是跟明澜小时候像极了，明澜是她一手带大的，她看到宜宁又怎么会不亲切，总想着能抱着她哄一哄才好。

她走到宜宁身前，半蹲下身子柔和地说："眉姐儿可读书了？"宜宁只是说"有"，目光还是看着内室。

郑妈妈就笑了笑："你母亲小的时候便喜欢读书，屋子里的多宝槅上存的全是书。"

她看到宜宁直望着内室，更是黯然。谁带大的就跟谁亲，这是没有错的话。宜宁对罗老太太便亲近极了，她明明记得宜宁小的时候，还不要罗老太太抱的。

宜宁看了片刻，转过头问郑妈妈："祖母的病还好吗？"

郑妈妈却叹了口气，半晌摸了摸她的头，柔和地道："姐儿不要担心。"

方才在内室里，她已经查看过罗老太太的病情了，熬了这么些年，的确已经油尽灯枯，能再有两年活都是不容易的。但这事如何能告诉宜宁，她明明还这么小，知道常伴自己的人将不久于人世，还是最亲近最依赖的人，如何承受得来。

罗老太太听到她这么说的时候都是一怔，其实她早就料到了，只是亲耳听别人确定地说出来，那感觉还是不一样的。她随即嗓子就低哑了："你不要告诉宜宁。"

郑妈妈很艰难地点头。

罗老太太却缓缓一笑说："总归还有两年，宜宁那时候虚岁就十岁了。只是可惜，我看不到她出嫁的样子了，不知道她会嫁一个什么样的人……"

郑妈妈听得十分难受："老太太，这是不定的事，奴婢未必就说准了。"

"你说的一向没有错。"罗老太太摇摇头打断她的话，"不用安慰我。"罗老太太随即便躺在床上休息，让她先出来。

宜宁听到郑妈妈的话心里却"咯噔"一声，她不是真的小孩，怎么可能不知道这句话意味着什么。

她小跑进内室里,这次丫头没有拦她。宜宁爬上了祖母的床,趴在她身边看着她,"祖母,郑妈妈说您的病要紧吗?要不要吃什么药?"

罗老太太却缓缓地握住她的手,"宜宁,我交代你做一件事,你能做好吗?"宜宁说:"祖母尽管说就是了,宜宁肯定去做好。"

"你一定要把郑妈妈留下来。"罗老太太说,"郑妈妈待你极好,你只要求了她,她必定会舍不得你的。"

宜宁才不想要郑妈妈,她根本就不认识她,她只想要祖母。

罗老太太说这句话时语气十分严肃,坚决地要逼她答应:"你听到没有?"宜宁最后勉强点了点头,罗老太太才松了口气。

郑妈妈随着丫头去写药方,给罗老太太调养身子用,郑妈妈的丫头就暂且留在了正堂。这位丫头名唤青渠,她家接连生了四五个丫头,青渠爹嫌丫头片子是赔钱货,便以一两银子的价把她卖了出去。本来是要去穷山沟沟里给人家当童养媳的,被郑妈妈救下来一直养着。

她抱着箱子站在正堂上,既不胆怯也不害怕,好奇地打量着宜宁:"你便是那个郑妈妈一直念叨的七小姐吗?"

宜宁许久未听到有人这么跟她说话了,抬起头,发现这丫头一张国字脸,不怒生威。要是投身成了男儿还好,却偏偏是个女子。她又长得高大,比雪枝高了足足一个头。

松枝一旁说道:"你这丫头好不懂礼,这是我们七小姐!"

青渠接着就说:"我说的不就是七小姐吗?你们家里一个个的都好生气派,这有什么可凶的!守门的都那么凶,我跟郑妈妈在真定的时候,哪个乡绅老爷对我们不是恭恭敬敬的!"

松枝还欲再说什么,宜宁拉住她说:"松枝,不要紧。"这女子自幼长在乡间,想来是随性惯了,何必跟她计较。

青渠听到宜宁说话娇娇软软的,还是特别好奇:"小姐都如你一般细皮嫩肉吗?你要是在我们农庄上玩,肯定会被那些野丫头打哭的。你怎么长得软趴趴的……"她走过来捏了捏宜宁的手,似乎想感受一下。

宜宁却被她捏得一咬牙,这女子的手劲儿怎么这么大!

雪枝和松枝却惊呼,连忙把她拉开:"你做什么,莫要乱动!"

"我又没有怎么样。"青渠有些莫名其妙,怎么这些人都一惊一乍的。

郑妈妈来之前就叮嘱过她,要她好生待这位七小姐,跟这位七小姐亲近。她在农庄上的时候还经常跟那些长工的孩子玩,把他们举起来,他们一个个不都高兴得不得了吗?

她从来没见过这么娇贵的、软软的小姑娘,生得白嫩娇小,圆圆脸蛋,五官也都小巧秀气,穿着一件缂丝的小褂,脖子上戴着精致的长命锁,收拾得整整齐齐,矜贵极了,跟农庄上的小孩完全不一样。

她也不过是好奇而已。

宜宁深吸一口气,揉着手腕说:"青渠姑娘,你要不先坐下来吧。"

青渠看到她白嫩的小手浮起了一个红印子，有点难以置信。她的皮肤也好娇气！

郑妈妈说过要对这个七小姐好的，她把人家捏伤了，好像真的不太好……青渠抱着木箱坐下来。

宜宁在想祖母的事。祖母突然让她把郑妈妈留下来，肯定是因为她的身子不太好了，她在为自己的日后打算，却不知道她的身子究竟坏到什么地步了。

郑妈妈写好药方之后，徐妈妈便亲自带着两人下去安顿，随后才吃了午饭。

因郑妈妈来了，宜宁她们也没有去高家。罗老太太在内室受郑妈妈的针灸调养，宜宁就在西次间，趴在小几上写字。

刚写过两篇，外面就响起鞭炮声，锣鼓喧天的。是新晋的解元回府了。

宜宁看到院子里好些丫头都跑出去张望。听说解元回府的时候，九街十巷都会很热闹，人们竟相来看解元的风采，堵得走都走不动，何况少年的解元——本朝也只有三人而已！

她搁下笔跑进内室，跟罗老太太说三哥他们回来了。

郑妈妈听到的时候似乎微微一愣："中了解元，可是当年那个含蕴留下来的孩子？"

罗老太太闭着眼握着宜宁的手，她也听到外面喧嚣热闹的声音，慢慢地说："你还记得那个丫头。"

郑妈妈道："那丫头太过聪慧，实在是让人印象深刻。当年若不是我发现了，恐怕谁都还不知道是她下的毒。"

郑妈妈的语气很平常。

当年那些事一次次画面模糊地呈现在宜宁面前，但再惊心动魄都已经过去了，现在只余一个老妇平淡不过地叙述此人。宜宁看着两人说话，心里却在暗想。

郑妈妈施针的动作不疾不徐，罗老太太虽然累，但是精神尚好。那么如此看来，祖母的身子虽然不好，但一时半会儿不会有什么问题。她现在担心又有什么用，唯有好好地孝敬祖母而已。

罗老太太侧过头问郑妈妈："你可想出去看看？如今罗家是越发热闹了。"

郑妈妈慈祥的笑容后有一丝深意："奴婢自然愿意去看看的。"

罗老太太又把手伸向宜宁："宜宁，你也过来。"宜宁牵着祖母的手，三人站在正堂外。远远地看到一群人浩浩荡荡地走进来。

## 第八章 身世之谜

宜宁第一次看到父亲走在罗慎远身旁，身边簇拥着好些人，他看着三哥的眼神有种与有荣焉的赞赏。罗成章带着罗慎远走上前，对罗老太太一拜："母亲安好。"

罗慎远则一撩衣摆，跪下去说道："祖母安好，孙儿归来给祖母请安，万望祖母安心。"

那些原来看不起他的人，现在都只能站在他的身后，滋味复杂地看着他。

罗慎远的表情一如既往地平静，跪得极稳。宜宁却真的感觉到了不同，他身上那种隐隐的锋利越来越明显了。她突然想起自己曾经隔着人海看到过青年的罗慎远，他那时已是吏部侍郎，冷厉而阴沉，而她不过是长嫂头上的一支簪子。

他已经有了那个样子的雏形了，而以后将一步步成为权倾天下的首辅。

宜宁微微一笑。

罗老太太看着罗慎远也满是赞赏，把他扶起来。罗怀远等人才上来请安。两人参加了鹿鸣宴回来，这才算是真正扬名了。昨日虽然高兴，但是都忙着应酬来道贺的客人，反倒是没有空闲。今日家里人才聚一聚，罗老太太就吩咐晚上在她这里吃饭，叫丫头去请陈氏和林海如。

正好今日罗慎远要给林海如和罗成章奉茶，以示教养之恩。林海如这是第一次做举人的娘，第一次接受别人给她敬茶，心里还有些忐忑，穿得比平日还要华丽几分。罗慎远给她奉茶的时候，她接过茶杯，从袖中拿出一个封红送给了罗慎远。

"我思来想去也不知道送你些什么好，银子你拿着方便。我也懒得想一些文绉绉的酸话。"林海如自己说得都有点不好意思，"无外乎就是前程仕途什么的，你知道就好！"

准备了一肚子文绉绉的酸话想跟儿子说的罗成章咳嗽了一声，不禁在心里暗自责怪林海如，这话让他怎么接下去，难不成也掏出个红包递给罗慎远？这太俗气了！

罗慎远轻轻一捻，就知道里面塞了不下十张银票。

他也没有表示任何不情愿，笑了笑说："谢谢母亲了。"随后把封红收入袖中。

既然罗慎远都不在意收了，罗成章也不好意思再说林海如了。他严肃端正地说了很多鼓励罗慎远的话。

宜宁在一旁看得差点喷出茶水，继母啊继母，您这未必也太直接了吧！哪有人直接送银子的。而罗怀远给陈氏和罗大爷奉茶的时候，众人也没有这么注意了。陈氏接过儿子的茶，看到罗怀远望着自己略带愧疚和不甘的眼神，她又想到了这两天来，所有人对林海如都似有若无的奉承。

她咬着牙微笑着夸赞自己的儿子，半点不露出异样，而罗大爷朝堂磨砺多年，早已经是个成精的人物，喜怒已习惯了不形于色，一时间倒也和睦。

随后罗家的男子们要聊制艺的事。罗老太太把郑妈妈介绍给林海如认识，郑妈妈当年离开罗家的时候，林海如还没有嫁进来。

郑妈妈当年在罗家很有地位，治好过罗老太爷的腰病，所以就连罗大爷和罗成章都要恭敬地喊她一声"郑妈妈"。陈氏生产罗宜秀落下病根，也是郑妈妈调养好的。她对郑妈妈也很恭敬。

宜宁这一番看下来，发现郑妈妈的确是个八面玲珑、说话滴水不漏的人。这家里不管是什么关系的人，都跟她相处甚好，给她几分面子。

罗老太太看着林海如片刻，突然有了主意。她侧头跟郑妈妈低声说："我这儿媳体寒，肚子多年不见有动静，不知道你有没有法子调养？"

郑妈妈含笑道："有没有把握的，总得看过了再说。"说罢便让林海如跟她进内室看看。

林海如听了有点不好意思，拉住一旁喝着茶百无聊赖的宜宁说："我看反正你也无事，跟我一起来！"

宜宁被林海如拉着进了内室，看到郑妈妈从怀中拿出一个小枕头垫在林海如腕下，她搭脉的方式有点特别，指尖下按，小指扣住林海如的手腕。听了半晌之后她睁开眼，笑了笑说："这倒是有的调理，半年就可好了。"

林海如非常惊喜，连问郑妈妈是不是真的，她这五年看的郎中可都是跟她说没有办法的。雪枝听她不信，才在一旁说："二太太莫疑心，郑妈妈的圣手之名不是白来的。她说半年能好，那就肯定能好。"

林海如这才高兴起来，宜宁看她高兴也开心，连看郑妈妈都觉得果然是圣手。

林海如转头笑眯眯地跟她说："宜宁，你不是想要个弟弟吗？我给你生个弟弟好不好。以后等他长大了还可以护着你。谁要是敢欺负你，就叫你弟弟去给你报仇——"

宜宁听了，哭笑不得地应了声"好"。等那弟弟长大了，恐怕她早就出嫁了。

罗老太太本只是抱着姑且一试的态度，让郑妈妈给林海如看看，没想到还能调养，这倒是有心栽花花不开，无意插柳柳成荫了。她让郑妈妈赶紧写了方子，决定从明天开始就给林海如调养。能怎么调养就怎么调养，赶紧生下个孩子才是正经。

这时候丫头来通传，说乔姨娘带着轩哥儿和罗宜怜过来给老太太请安了。宜宁分明就看到，郑妈妈听到乔姨娘的名字时，神色微微一冷。

乔姨娘牵着蹒跚走路的轩哥儿进来，轩哥儿乖巧软糯地叫了祖母。罗宜怜先看到了站在宜宁身后的郑妈妈，正疑惑怎么内室里多了个不认识的婆子，身旁的乔姨娘已经有些惊讶道："这位……这位可是郑妈妈？"

宜宁发现乔姨娘的语气中有些隐隐的惧怕。郑妈妈微微一笑，旋即缓缓道："这么多年了，乔姨娘还认得我这个老婆子。我是老了的，我看乔姨娘这些年倒是过得挺好，哥儿都生下来了，也算是为罗家延续香火了。"

乔姨娘咬了咬唇，目光闪烁。

郑妈妈说话其实不太客气，但她怎么敢跟郑妈妈计较。当时她不过是小小算计了郑妈妈，都三番五次被郑妈妈不动声色地报复了。所以郑妈妈最后离开罗家的时候，乔姨娘真的是松了口气的——她本以为这个人再也不会回来了！

但她怎么又突然回来了！

乔姨娘看到了她旁边年幼的罗宜宁，心里有些发凉。

林海如不了解这其中的恩怨，她刚知道郑妈妈是个医术很好为人和善的婆子，却没想到一向要风得风要雨得雨的乔姨娘会惧怕郑妈妈，林海如对郑妈妈的好感立刻又增强了许多。

乔姨娘很快定下了心神。她已经不是那个孤苦无依的乔月蝉了，现在她有儿有女，还有罗成章的宠爱。郑妈妈再怎么厉害，也已经老了，她怕什么！于是她微笑着对郑妈妈说："当年郑妈妈求着离开，我以为再也见不到您了，没想到您还有回来的时候。"

郑妈妈微笑着没有说话。

陈氏进来说晚饭已经摆好了，请老太太先入座。宜宁想着乔姨娘和郑妈妈的对话，只吃了几口就放下了碗筷，下了椅子，没有让雪枝等人跟着她，而是小跑着进了东次间，郑妈妈正在给林海如写药方。

郑妈妈刚写了一味白术，看到宜宁远远地站在门边，正静静地看着她。她只有门的一半高，外头的灯笼光照进来，烛光把她小小的影子拖得长长的。

郑妈妈心里又酸又软，明澜就这么走了，留下这么个孩子孤零零地在世上。就算有这么多人照顾她，那毕竟都不是她的生母啊！母亲是谁都不能替代的。

她放下笔，笑着对宜宁说："眉姐儿，到我这里来。"像在诱哄小动物一样。

宜宁慢慢地走过来，她想来问郑妈妈一些事，便仰头看着郑妈妈说："祖母告诉我，你原来是伺候母亲的。"

郑妈妈见她终于肯稍微亲近自己，心里一阵动容，点了点头，又问："眉姐儿，你怎么一个人跑过来了？跟着照顾你的丫头呢？"

宜宁摇了摇头，问："郑妈妈，你会留下来照顾我吗？"

郑妈妈被问得微微一怔，宜宁问得这么直接，没有一点成人的婉转，就是这样的话，反倒让郑妈妈不好回答。本来她已经打定主意无论老太太怎么劝她，她都会不动声色地推诿的。

但是看着宜宁和明澜相似的、干净的小脸。那些话她怎么说得出来。

郑妈妈蹲下身，揽住她的小肩膀，语气一低："眉姐儿，如果我说不能留下来，你，你会不会怪我？"

宜宁又摇了摇头。郑妈妈当年非要离开罗家，一定有她的原因。虽然她还不能确定郑妈妈究竟是什么样一个人，但是从她所见来看，郑妈妈不该是那种凉薄的人。何况她也不在意。

"我不怪郑妈妈。"宜宁开口，抬起头静静地说，"宜宁没有母亲，身边也没有母亲留下来的人，宜宁已习惯了。"

郑妈妈苦笑了一声，摸着宜宁的头发，神情有些悲伤，"眉姐儿，你还小不明白。有的时候有人不留在你身边，是为了保护你。"

宜宁不懂郑妈妈的意思，这话说得实在是奇怪，为什么她不肯留下来是为了保护自己？非要离开罗家，不管小宜宁会如何，是为了保护她吗？

郑妈妈深深吸了口气，说："眉姐儿，虽然我不能留下来，但是我给你带了一个人过来。你要是喜欢她，就让她留下来照顾你好不好？"

外头还是很热闹，罗老太太却被徐妈妈扶着，站在隔扇外静静地听着里头说话的声音。徐妈妈听完之后已经脸色发白，半天说不出话来。

罗老太太示意扶着她去坐坐，徐妈妈把她扶到屋子里坐下，语气有些担忧："老太太，您看郑妈妈说的那些话……恐怕是无论如何她都不会留下来的。奴婢却不明白，郑妈妈那些话究竟是什么意思……"

罗老太太淡淡地道："我已经想了这么多年还不明白，你岂能听几句就懂了。她郑氏那般心思的人世上少有，她在想什么别人怎么知道。"

徐妈妈缓缓叹了口气，也觉得心里凉丝丝的。她居然还是不肯留下来。

京城宁远侯府，正是夜烛高照的时候。

程琅坐在前厅里喝茶，看着外面一株盛放的女贞。枝丫上夏夜里米粒大的花开得簇簇拥拥，掩藏在绿叶之下，却奇香无比。

他还小的时候，宜宁带着他在前厅摘女贞花，让他用洗净的细纱布捧着，晒干之后可以做成香囊，放在枕边安神。她穿着一件素青的长褙子，手腕上戴着一个普通的白玉镯子，玉镯在她手上晃晃悠悠的，显得她的手腕十分纤细。在幼时的他看来，那是世上最好看的手。

女贞的香味也是最好闻的。

如今她已经死了七年，这株女贞也已经长得粗壮了。

程琅有些出神。直到前厅外来了一个护卫，跪下喊道："公子。"程琅才回过神，站起身走过去问："何事？"

护卫从袖中拿出一封信递给他，程琅打开看了，随即冷笑。

"抓住了。"他合上信纸说，"道衍是四舅的贵客，你们待他要客气，给他布置一个小佛堂吧，让他整日诵经念佛，只要不逃跑就行了。"

护卫应声，随即犹豫了一下又说："公子，北直隶今年的解元已经登了黄甲，是保定罗家三公子罗慎远。"

程琅从保定回来之后人事往来太繁忙，早已没有注意这个罗慎远了。

"他非池中物。"程琅笑了笑，淡淡地说，"说不定日后还要同朝为官，且先等着吧。"他收了信纸就往程家的后院去了。

早年大舅陆嘉然还在的时候，宁远侯府也整日笑语喧阗、十分热闹。后来四舅成了侯爷，成了陆都督，大舅被他杀了，整个侯府就都变了。二舅和三舅虽然没有被殃及，但每次看到四舅都吓得腿打战，后来主动避去了前院住，后院住着的人就寥寥无几了。

程琅走到书房外，外面的丫头都站着，走动的时候轻若无声，都是训练有素的，半个字不敢多说。

丫头通传之后，他才走了进去，看到陆嘉学正站在长案后和下属说话。他喊了一声"舅舅"，然后坐在一旁等陆嘉学说完。

陆嘉学今年二十七，长相俊朗，有种柔和的气质，身材高大，披着一件黑色的鹤氅。若是不了解他的人必定觉得他性子极好。但他其实相当冷厉无情，他杀陆嘉然的时候和在战场上带兵的时候，从来没有手软过。

程琅一直记得他提着滴血的剑走进来，神色漠然，他一辈子都忘不了那个场景。陆嘉学讲完之后，才喝了口茶问："找我何事？"

程琅恭敬地把那封信呈给了他。陆嘉学打开看了，也没有说什么，提笔开始写字，他写得很稳，写完之后叠了信纸，跟他说："把这封信给道衍，他看了就知道了，别的也不要管他。"

程琅应是，陆嘉学又喝了口茶，看着他缓缓说："听说你最近在和窦家嫡女议亲？"

程琅低下头，微微一笑说："讹传而已，舅舅不必在意。"

陆嘉学神色不变地看了程琅一眼，他毕竟比程琅多活十多年，程琅那点心思就和摊开摆在他面前差不多。他虽然是个武将，但那些文人的弯弯肠子，他可能比他们自己还要清楚。

陆嘉学也没有点破，移开目光淡淡地说："窦阁老一向疼爱他这个嫡孙女，你不要太过了。"

风流一点没有什么，他并不在意。

程琅又应是，随后陆嘉学才挥了挥手："行了，你退下吧。"

程琅不甚在意地笑了笑，从陆嘉学的书房退出来。虽然他名满北直隶，虽然他喊陆嘉学一声"舅舅"，但在陆嘉学眼里，他不过就是他手上的一枚棋子而已。

程琅走在回廊上，迎面有几个丫头提着食盒走来，看到他之后屈膝喊他表少爷。程琅点了点头问道："你们可是给侯爷送东西过去的，怎么以前没有见过？"其中一个丫头说："奴婢们是西苑的，不常出来走动！难怪表少爷不认识。"

西苑……程琅脸色一沉，他怎么忘了这宁远侯府还有个西苑！西苑里住着的人可是谢敏。

当年名动京师才貌双全的世子夫人谢敏，如今不过是抛在荒院里没人理会的中年妇人。陆嘉学杀了她丈夫陆嘉然之后，为了以示自己也非赶尽杀绝之人，放过了谢敏，让她搬进了西苑里。虽然没有死，但这么多年活得也跟死了没什么两样。

有的时候程琅都不知道究竟是她更惨，还是罗宜宁更惨。

罗宜宁年纪轻轻，没享过福就被人害死了，死后丈夫却飞黄腾达，成了手握重兵的陆都督。而谢敏被说是害死了罗宜宁，在西苑关了这么多年。

程琅看着丫头手里的食盒，笑着低声道："你可得告诉她一声，让她……一定活下去。"他看了陆嘉学的书房一眼，才离开了后院。

九月末已经是秋高气爽、丹桂飘香的时候。

雪枝正指挥着丫头把湘妃竹帘换成杭绸帘子。宜宁靠着窗棂，一边吃拌了桂花糖蜜的梨块，一边背《诗经》。

罗慎远中了解元之后，家中闻名来访的人就络绎不绝。罗成章带着庶长子见客，本以为他多少会有几分胆怯，没想到他淡定从容，应答如流。他就更放心了，跟家里的管事说，以后大小事宜请问三公子就行，不用来问他。

罗慎远毕竟是庶长子，要肩负二房的责任。

罗慎远因此就更加忙碌起来，有时候好几天都见不到人，上次宜宁看到他还是被几个管事簇拥着，隔得远远就不见了，连住处风谢塘都少有回去。

宜宁就更加无聊了，多半是陪着罗老太太，看郑妈妈的针灸，或者罗宜秀找她去后山摘桂花，回来做桂花糖蜜。

罗慎远的地位一高，林海如在家里的地位也水涨船高。罗成章尊敬她不说，陈氏都要跟她说话了，更有各家的太太轮番来请她看戏。你方请罢我方请，光是高夫人，就已经请了林海如三四次。

林海如终于融入了保定世家太太的圈子里。她嫁过来五年都没成功融入进去，罗慎远中了个解元，她就受到了热烈追捧。宜宁很是为她欣慰。人家以前都只请陈氏的，现在林海如也总算是有点交际了。

林海如偶尔也带她去看戏。一听说她是罗慎远的亲妹妹，那些太太小姐的瓜子、点心不要钱般只管往她手里塞，还要夸一堆诸如聪明、可爱、懂事之类的好话。

巡抚夫人有一次就扯着林海如说："我在徐州有个侄女，长得清秀可人不说，针黹女红也极好，她祖父就是徐州知府。你若是也有意，咱们就找个道士合八字。"

被塞了一堆点心的宜宁正神游天外地啃着栗子糕，闻言又差点呛了。巡抚夫人好歹是有封诰的夫人，这事要不要这么急！

林海如被巡抚夫人热情招待，有点不好意思。大家都以为罗慎远的事她能拿主意，其实她半点都管不了，只能说："这还要看慎远的意思，我是不懂的。"

巡抚夫人听了更是高兴地说："说得极是！这事还得他们年轻人拿主意。那我立刻就写信跟我妹妹说一声，让她问问我侄女的意思……"

宜宁见林海如又被人家的话给绕进去了，连忙笑眯眯地说："祖母说了，三哥还要读几年书的！"她现在是个孩子，说了人家又不会怪她。

但这么几次下来宜宁也烦了，不想再去了。林海如随即也不想去了，保定府时兴的戏她每个都至少看了三遍，没有任何意思了。何况人家根本不是看戏的，都是看她的。

宜宁还问过罗老太太的看法，"三哥最近总是被人说亲，您觉得哪个好？"老太太眼皮一抬，懒洋洋地问她："那你觉得哪个好？"

宜宁自然觉得哪个女子都配不上罗慎远，随便拣了一个说："我觉得咱们隔壁的高家小姐就不错。"

罗老太太听了就笑，反问她："人家几块榴梿酥就把你收买了，你连你三哥都要卖了？"宜宁哭笑不得，她哪有这个意思！

罗老太太又接着说："他的事我不着急，我也不会管他。日后他再中了进士，上门提亲的更是要络绎不绝了。"

宜宁见老太太没有这个打算，终于松了口气，她不用再到处去看戏了。林海如隐隐把这个消息透露出去，请她聚会的就少了大半。

这一来二去的就到了秋天。宜宁其实有点怕热，天气凉快下来她也舒心，翻过了一页《诗经》继续读，又往嘴里塞了一块梨。

这时候外面守着的丫头走进来，跟她说三少爷过来看她了。宜宁坐直了身子，不是说他去通州的铺子了吗，怎么这个时候回来了？

罗慎远走进来的时候，看到那小丫头已经给自己备了一盘切好的梨。他只看了一眼，把手里的东西递给她，"从通州给你带回来的。"

是今年新制的桂花茯苓糕。

宜宁最近已经被宴会上的各种糕点吃到伤胃，短时间内恐怕不会很快喜欢上了。当然她也不敢说什么，收进了匣子里，拉着他正要喝茶的胳膊，笑着问："三哥，通州好玩吗？"

她两世都没有去过这个地方，听说紧邻京畿，又是运河的枢纽，非常繁华。

罗慎远抬起头，慢慢盖上茶杯说："倒是不错。不过我听说，你为了几块糕点就要把我卖了，便特地给你带了一些回来。"

宜宁咳嗽了几声，这都是谁传出去的啊？

反正她是决定要装傻的，便笑眯眯地说："我每日陪着母亲出去看戏，大家都想把自家的什么女儿啊、侄女啊、外甥女啊嫁给你，问母亲你有没有定亲。三哥，那你有没有心仪的女子啊？你要是有个主意，就不用母亲操心了。"

罗慎远淡淡地看了她一眼，说："我没有想过。"

没有想过？他十五六岁，也正是少年情窦初开的时候，真的没有想过？

"下次不要随便点鸳鸯谱。"罗慎远拍了拍她的头，"我没有那个意思，叫人家听去了反而会误会，知道了吗？"

宜宁点点头。

罗慎远带她去给罗老太太请安，老太太正在喝苦得发涩的中药。"回来了？通州那边可还好。"罗老太太问他。

罗慎远答道："尚好，不过有一家茶叶庄经营不善，我换了里面的管事。"罗老太太抬起眼皮,"是永安巷的那家茶叶庄?"

"正是。"罗慎远的表情没有什么异样。

"你大伯母手下的管事经营这家茶叶庄多年,几乎连年亏损,我一直没有管。"罗老太太顿了顿,又叹了口气淡淡地说,"既然你要管,那便随你吧。"

罗慎远换了大伯母的管事……

宜宁微微一怔,其实这些年来,虽然罗府上的财产说是中公的,但罗老太爷死的时候也说过,罗家的东西都是祖产,将来就算分家也是均分。

但是大房因大伯父在京中做官,而罗怀远和罗山远的日常用度也不菲,花销更大些。大伯母手底下的管事,有些账目就直接给了大伯母,根本没有给罗老太太和罗成章过目。罗老太太觉得家族和睦最为要紧,也从没有向大伯母追究过。

罗成章不在意这些,林海如自己又携带丰厚嫁妆,有时候二房的银钱不够使,她还会拿些来补贴。

不过罗慎远并不喜欢放任不管。罗老太太不想让家族不睦,却更不想管罗慎远。家中的章法他来重定一下也好,免得以后乱了套。

这件事陈氏很快就知道了,她本来正在给罗怀远安排年前娶亲的事。罗怀远中了举就该成亲了,两件喜事连在一块儿,这叫双喜临门。陈氏准备要大办宴席。

管事有点为难:"大太太,全燕窝席办起来花销实在太大,府中恐怕拿不出这么多闲钱。"

"府上拿不出这么多银子无所谓。"陈氏放下茶杯说,"我补贴一些就是了。"管事听了这才答应下来,刚退下去,丫头就给陈氏说了管事被换的事。

陈氏的脸色立即就不太好看了。她刚准备给儿子大办一场,罗慎远就给她来了这出!她冷冷地说:"如今不过是个举人,就拿个鸡毛当令箭了,有本事他去考个进士!竟然管到了我的头上。"

丫头小声问:"大太太,那现在如何是好?您要不也硬气一些,免得二房觉得咱们好欺负。"

陈氏冷笑着说:"我能说什么?他后面给他撑腰的可是老太太。那茶庄里全是我的陪嫁家仆,能听他的话吗?就让他管,我看他能管出个什么名堂。"陈氏手拂过金丝楠木的桌面,深吸了一口气,"去把家里的管事再给我找回来,重新商量婚宴的事。"

无论怎么说,罗怀远的婚事是不能耽误的。丫头应声出了门。

罗慎远回了风谢塘之后,屋子里两个丫头立刻迎上来,笑着喊他三公子,帮他解开外穿的斗篷。

罗慎远张开手,等她们帮自己换了外衣,去了书房让小厮把二房的账务给他看看,这些一般是林海如管。他越看眉头皱得越深,果然是乱七八糟的。

丫头给他端了碗茶进来放在他旁边,就静静地站着等他看完,也没有退出去。罗慎远的烛光被她挡住了,光影一阵模糊。他抬起头看着这个丫头,是那个叫画绿的。

看到三少爷看向自己,画绿不由得一阵脸红心跳。原来倒也罢了,罗慎远虽是个少爷,却也只是个庶出记为嫡出的，但现在他中了解元，长得又俊秀，这保定府上待嫁的小姐谁不想嫁给她。

当然以她们的身份，想嫁给罗慎远那肯定是异想天开。但若是能做通房丫头，以后生了儿子抬了姨娘，还怕没有好日子过吗？那到时候就是飞黄腾达了。

画绿发现三少爷的目光在打量自己，不禁低下了头。罗慎远静静地看着她，她今天穿了一件豆绿罩纱的褙子，雪白的八幅湘裙，雪肤如玉，应该是刻意装扮过。

画绿似乎能感受到他目光中的赞赏，她心跳如击鼓，觉得自己整个人都轻飘飘、晕乎乎的。她应该说一些话才是，她看到了罗慎远挂在腰间的玉佩，那是一块上好的羊脂玉雕的貔貅。

"三公子这块玉佩雕工精致，实在是难得。不知奴婢有没有这个机会能看看？"画绿轻声说。

"你想看看？"罗慎远淡淡地问了一声。

画绿一时没有反应过来，三公子却突然伸手把她拉到怀中，画绿惊叫一声，已经坐在罗慎远的大腿上，不禁搂住了他的脖颈，感觉到三少爷有力的手臂正环着她的腰。画绿心跳快得说不出话来。

"你是想这样吧？"罗慎远在她耳边低声说，"现在看清楚没有？"

画绿整个身子都酥软了，靠着罗慎远的胸膛，声音娇柔动人，"三公子，奴婢、奴婢只是……"

她的话还没有说出来，随后她又听到了罗慎远温柔的声音："你知道勾引我是什么下场吗？"

画绿脸色微微一白，这话听着怎么有点不对劲。

"身为奴婢勾引主子，你会被乱棍打死，若是打一顿还活着，就在外面随便找个人卖了。"罗慎远非常耐心而又淡漠地在她耳边说，"原来有个丫头也是伺候我的，你知道她是怎么死的吗？来，我一句句说给你听，她也是不听话，然后被狼犬活活咬死了。死之前一直在求我放了她……"

画绿的脸色顿时变得惨白，她突然觉得身上一阵阵发冷，原来已经出了一身的汗！

她像是被蛇盯住的青蛙一样，明明想跑，却一动都动不了，直到罗慎远说完最后一句话，她才突然能动弹，退出罗慎远的怀抱，跪在地上瑟瑟发抖："三公子，三公子饶命！奴婢并非存心的，奴婢以后一定好好服侍您，绝不敢有二心。"

罗慎远站起身，慢慢走到她面前，居高临下地看着她。到他手上的机会，他不会随便放过。

罗慎远叫了婆子进来平静地说："许嬷嬷，这丫头行事出格，不可再留在我身边。你去找母亲过来，让她来处理。"

婆子看了画绿一眼，她状若凄惶，香肩微露，立刻明白了这件事的严重性，连忙领命去了林海如那里。

林海如听到下人的传信后也惊到了，随即亲自带了婆子去罗慎远那里，把画绿抓起来，带到了罗老太太面前发落。

　　一般少爷在罗慎远这个年纪，的确该有通房了，但人选都是主母千挑万选的，确定不会把少爷往坏处带。主动勾引是大忌，这种丫头一般会被卖出去，更严重的还有直接打死的！在少爷身边伺候的丫头，哪里会不想着能做个通房。但这些都是有规矩的，好好老实本分地伺候，得了主母的青眼，自然有机会出头，而自作聪明的只有死路一条。

　　宜宁正和罗老太太、郑妈妈吃晚饭，林海如带着画绿过来了。

　　宜宁一眼就认出了这个伺候三哥的丫头。

　　林海如脸色不太好看，附在罗老太太的耳边，把事情的经过说了一遍。

　　罗老太太听了随即语气一沉，"没有规矩的东西，把她带去正堂！我随后过来。"罗老太太又对徐妈妈说，"去请陈氏也过来。"

　　宜宁正拿着小勺乖巧地喝粥，罗老太太看了她一眼，想到这事污秽，吩咐雪枝好好看着她吃完晚饭，吃完便伺候她睡觉。宜宁却立刻明白了这是怎么回事。

　　她很想跟过去看看，但是罗老太太只带了郑妈妈去正堂。

　　宜宁吃了两勺就不再吃了，下了凳跟雪枝说要去院子里看花。

　　她站在正堂的窗棂外，旁边就是一株丹桂盛开，如今正是月色皎洁的时候，下弦月挂在半空，月光均匀柔和地透过雕花洒在地上。雪枝听到里头隐隐传来说话的声音，正要说什么，宜宁却做了个噤声的手势。

　　她仔细听着里头传出来的声音。

　　"丫头是大嫂送到慎远那里的，慎远迫于情谊才接受了，却想不到她是个不规矩的。"林海如这次说话很有条理，一句句不紧不慢地说着，"这等不守规矩的丫头是一定要赶出去的，免得败坏了府中的风气，以后个个学着她去勾引少爷，如何了得？"

　　陈氏这次是理亏了，半天才说："二弟妹这是在怪我了？"

　　林海如继续道："大嫂怎么就听出指责了，我这不是在说实话吗！大嫂可不要想太多了。只不过是想跟大嫂说，以后选人可要看着点，咱们慎远是坐怀不乱的。换了个坐怀乱的指不定要出什么事呢！大嫂主中馈，府中的事原大部分是你管的，这用人更得谨慎啊。"

　　宜宁听得很赞同，想为林海如叫好，她原是担心林海如不能应付，难得她有这么清醒的时候！

　　屋子里又沉默了一下，还是陈氏主动转移问题。

　　"这贱婢不可留在府中，既然从我那里出去的，我也觉得丢人。"陈氏的声音很冷漠，"今晚就把她卖出去吧。"

　　林海如又阻止道："慢着，不声不响地卖可不行，得打她一顿，让府里伺候少爷的丫头们都去看看，胡乱行事是什么下场，以后就再也不敢这么做了！大嫂，你说是不是？"

　　屋子里，陈氏看着林海如微微的笑脸，心里一阵不痛快。这话没人教她说，她就不信了，凭林海如说得出这些话？

府中的事本来就是她做主，大房才是罗家的根本，罗大爷、她的两个儿子，那都是支应罗家门庭的。吃穿用度比二房多怎么就不应该了！如今不过出了个罗慎远，便想把天翻过来了？

　　当着众人打她房中送出去的丫头，那不就是打她的脸吗？以后谁还会尽心帮她做事？但是林海如说得句句在理，她也没有理由拒绝。

　　陈氏咬着牙说："那二弟妹怎么说就怎么办吧。"

　　罗老太太看着陈氏，其实她心里是有些失望的。自从罗慎远中了解元之后，陈氏似乎心理失衡了些，对二房的态度也比原来尖利了。其实两个都是她选的媳妇。陈氏性子要强，总归没有什么坏心肠，处理家中的庶务也是得心应手，她其实也是喜欢的，现在送给罗慎远的丫头却出了这样的事……

　　"老大媳妇。"罗老太太突然觉得有点累了，抬了抬手，"你是不服气吗？"

　　陈氏突然被罗老太太问到，低下头说："儿媳没有不服气，全听您和二弟妹的。"

　　"丫头教养不善，还是你的问题。"罗老太太淡淡地说。

　　陈氏这么聪明的人，会不知道自己选的是什么人？或者早就有这个主意了，只不过她没有料到的是，罗慎远竟然真的无情到半点都不怜香惜玉。

　　陈氏站起身应声："儿媳一定回去严加管教下人。"

　　罗老太太看到堂下跪着的画绿，还低垂着头瑟瑟发抖，话都说不出一句，这才说："把她带下去打一顿，就按海如说的做。给别的丫头也警醒着。"

　　林海如立刻吩咐婆子押着画绿出了正堂。

　　陈氏要去扶罗老太太起身，却被罗老太太推开了手。她淡淡地说："郑妈妈，你扶我回去。"

　　陈氏有些尴尬地收回手，表情难测，看着罗老太太走远了。

　　偷听的宜宁这才跳下栏杆。她很肯定这些话不是林海如想出来的！这下三哥身边的丫头解决了，大房的人也要警醒着，简直是一箭双雕。

　　"赏完花了，我们回去吧。"宜宁对雪枝说，雪枝也只是笑着点了点她的额头，"要让老太太知道了，肯定说您！"

　　宜宁只不过是放心不下林海如而已，怕她又被大伯母给拿捏住了，但有三哥在，这个问题明显不需要她操心，刚才那些话定是三哥的意思。

　　她和雪枝走了小路，怕被祖母发现，赶在罗老太太回去之前回去了。郑妈妈扶着罗老太太的手走到回廊下。

　　罗老太太抬头看着头顶的明月。让郑妈妈先停下来。

　　罗老太太突然问："当初你走的时候，是不是怪我？"她顿了顿又说，"明澜的死，你我都心知肚明是心病，那心病也只能是因乔姨娘……"

　　郑妈妈说："奴婢没有怪过老太太。奴婢虽然恨乔姨娘，却还没有恨到想她死的地步，她那时候毕竟已经是六小姐的生母了。现在都过去这么多年了，奴婢也早想忘了。"

　　罗老太太只是苦笑，叹了口气说："如今你也看到了，总是我不想管的缘故。陈氏性子又要强，家中乱糟糟的。若是你肯为宜宁留下来……"

"老太太！"郑妈妈打断了她的话，"若是您问奴婢当年那些话，奴婢的回答还是不会变的。"

罗老太太长长地出了一口气，不再说话了，郑妈妈扶着罗老太太回去。罗老太太到时看到宜宁早已睡下，站着看了她的睡颜好一会儿，才让徐妈妈扶去歇下了。

当晚画绿就被打了一顿，根本没起得来，天没亮就被一副门板抬出了罗家，罗慎远问都没有再问一句。

这件事仿佛没有发生过一般静悄悄的，只是罗慎远房中的下人个个小心谨慎起来，剩下的那位画棠姑娘连书房的门都不肯进了。

宜宁知道画绿的下场之后什么都没有说，罗慎远本来就是冷漠无情的性子。她想这次大伯母肯定也深刻体会到了，不会轻易往三哥那里送人了。

这事没过两天，顾明澜的忌日就到了。

宜宁由林海如带着，给母亲的牌位上了香，又拜了三拜。罗宜怜和轩哥儿也依次拜了。郑妈妈也拜过牌位，去见了罗老太太。如今她要做的事情已经做完了，也该离开了，不过随着她一起来的青渠可以留下来照顾罗宜宁。青渠是她养大的，虽然尚年轻，但心肠极好，也会一些浅显的医术。

罗老太太见郑妈妈执意要走，什么也没有说，她也不想要青渠，这样的丫头府上有许多，而且个个训练有素，比青渠好使唤多了。

青渠听说罗老太太并不想让她留下来，涨红了脸说："正好，反正我也不想留下来！"

郑妈妈暗叹了一声，并没有再坚持。宜宁在一旁静静地看着郑妈妈，她已经收拾好了随身的木箱，真的要离开了。

其实这位郑妈妈对她也很好，时常让青渠给她送东西过来，小首饰、小糕点的，每次看到她时神情也很复杂，眼眶微红目光闪烁。宜宁每次都扭过头，只当自己没有看到。

虽然知道郑妈妈心里失望，但她也没有再对郑妈妈表示亲昵。

倒是那个叫青渠的丫头，可能是刻意想跟她亲近，时常到她这里来遛弯，指着她养的乌龟说："你养这个做什么，河里到处都是，也没有人吃，它的肉又不好吃！"

宜宁边练字边忍耐。

青渠看到她练字，又笑她："就你们这些官家小姐才学写字，写来做什么，能当饭吃？"

宜宁有点忍不住了，但她涵养好，性子温和，不被逼到极致不会发火。她只是吩咐守门的丫头："下次看到青渠，不必再放她进来了。"

结果她从林海如那里回来，就看到青渠蹲在门口等她，不知道等了多久。看到她回来之后，青渠走过来拉开她的手，在她的手心里放了一大把红红的小果子。

"这个是山果子，酸酸甜甜的。我看你家里种着许多，却没有人摘来吃，就摘来给你尝尝。"青渠说，"我等你好久了，你的丫头不让我进去。"

宜宁握着那把红果子又差点忍不住。这是一种景观树的果子，谁会去摘景观树的果子来吃！只是种着它好看而已。

她把果子还给了青渠，说："这个我不吃，你拿回去。"

青渠见她不吃，很是奇怪地说："怎么了，你可是嫌弃它？灾荒年间它可以用来当粮食的！不知道救了多少人的命呢。"

宜宁知道她也是好意，但现在又不是灾荒年间，她一个罗家嫡出的小姐，也不能用这个东西果腹啊。

她继续让门口的丫头别放青渠进来。青渠来了几次都碰了壁，就来得越来越少了。

宜宁想着她好歹是郑妈妈的丫头，也没有真的驳她的面子，每日都叫丫头送一些点心过去给她。所以罗老太太推拒了郑妈妈的建议，她也没什么感觉。这位青渠实在是太难应付了。

罗老太太让宜宁带着郑妈妈在府里逛一逛，临走的时候留个念想，日后说不定再也见不到了。

宜宁应下来，带着郑妈妈四处看了看，最后几人走到了顾明澜的旧居。

顾明澜的旧居一直没有人住，但罗老太太时常派人打理，草木葳蕤，清幽雅静。

宜宁也是第一次到这里来。她静静地看着这个院落，院子里种着许多花草，庑廊下还放着一张贵妃椅，窗棂半开着，能看到放在小几上的一个箩筐，里面放着一个布老虎，还有好几个拨浪鼓。可惜，都非常陈旧了。屋子毕竟没有人住，年久失修，腐败却是在所难免的。

郑妈妈看到很是动容，眼眶微红地说："那些还是您小时候玩的，您喜欢玩拨浪鼓，总是摇得'叮叮咚咚'响。"

她走到罗汉床边，又说："您小时候很早就会爬了，又顽皮。爬着从罗汉床上面摔下来，疼得哇哇大哭。太太哄您都来不及……"

宜宁似乎真的看到一个温柔的妇人，抱着小小的孩子在哄，一时有些出神。

郑妈妈半蹲下来，轻柔地跟宜宁说："姐儿，这世上有很多人护着您的。老太太会护着您，您远在京城的长姐也是疼爱您的……我也是护着您的，姐儿，我就要走了。"

宜宁心里默然，是啊，有这么多人护着小宜宁。但老太太能护她多久？长姐已经为人妇，更管不了她，而郑妈妈立刻就要走了。

宜宁点了点头，淡淡问道："郑妈妈，要我送您到门口吗？"

郑妈妈苦笑着摇了摇头，让青渠拿上东西，跟宜宁道了别，看着宜宁小小的身影消失了，她才出了垂花门。

她本已经松一口气，但是刚过垂花门门口，却看到早等在一旁的徐妈妈。徐妈妈微微一笑说："郑妈妈请留步，咱们老太太请您过去。"

郑妈妈捏紧了衣袖。

罗老太太又要找她做什么？难不成还是不肯让她走？罗老太太端坐在小佛堂里念经。

这个小佛堂修得极为清静，院子里一株两人合抱的黄葛树，树荫盖住了小半个院子。沿着台阶上去，可从漏窗看到外面的小荷塘，正是荷叶凋萎的季节，微弱的阳光透过黄葛树的枝丫投在青石板上。

小佛堂里香雾弥漫，释迦牟尼佛祖的金身像供奉在堂上，罗老太太跪坐在蒲团上，双手合十闭着眼。

郑妈妈走了过去。

罗老太太睁开眼，淡淡地说："徐妈妈，去把门关了。"

罗老太太让郑妈妈扶她起来，坐到了旁边的太师椅上，让郑妈妈也坐下。她手里的佛珠不停地转着，语气却有些疏淡："我是希望你改变主意的，没想到你却坚决至此。"

郑妈妈默默地没有说话。

罗老太太轻轻地说："我一直有个疑惑，你为何对宜宁说，你离开是为了保护她？"

郑妈妈听到这里猛地抬起头，罗老太太是如何知道的？她立刻要说话："老太太，我……"

罗老太太摇了摇头，示意她先别说话，她自己继续说："我疑惑的事情太多了，明澜身子一向康健，怎么会因为心病没了？明澜死之后，你们这些伺候她的人又一个个都走了，两个大丫头嫁去了山东，你回了真定，只剩下慧姐儿和宜宁，慧姐儿那个时候也才十一岁，真是好狠的心肠……"

"但现在我不这么看了。"罗老太太继续说，"青渠是你养大的，性子却和你完全不同。你十分疼爱她，就连自己的医术都手把手地交给她。要是你真的对宜宁狠下心了，怎么可能把她留下来呢？"

郑妈妈袖中的手紧紧地握着。

她淡淡地道："老太太，这些事又何必追根问底……"

"我如何不追根问底！"罗老太太语气一厉，眼中隐隐有了泪光，"今天是明澜的忌日。当年是我替成章求娶了明澜，那时候顾老太太跟我说，她只有这么一个女儿，家中都是当成眼珠子一样疼爱的，叫我不要委屈了她。我满口应下了，结果她嫁过来之后，成章却那般行事。我心里已经愧疚了这么多年，如今我还有几年可活？你若是一味地隐瞒我，是要让我死了也不甘心吗？"

她说得太急，随后重重地咳嗽起来。

自从宜宁出事之后起，这几个月她消耗了太多的精力。他们每个人都叫她失望，罗成章、陈氏、郑妈妈，罗老太太觉得自己的身体迅速地枯竭下去，她都不知道自己还能撑多久！

"你想护着宜宁？我就不想护着她了？"罗老太太说，"明澜死的时候她才半岁，是我一手把她带大的。她前几个月落水差点死了，我真是想跟着她也去了。宜宁不过是个稚童，这些年若不是我护着，她与林海如何斗得过乔姨娘？你口口声声说，你是护着她，宜宁快死的时候，你又在哪里？她高烧喊难受的时候，你又在哪里？"

她直看着郑妈妈："我猜来猜去，也只能猜到宜宁身上。明澜已经死了，你要走只能是因为宜宁。你便回答我是不是吧！"

郑妈妈听得鼻尖酸楚，眼泪不觉就流了出来。她走到罗老太太身边握住她的手，语气也急促起来："老太太！奴婢心里难受，可是奴婢没有办法啊！您疼爱姐儿这么多年，奴婢如何能说出来。"

罗老太太不由得一怔。

"您有多疼爱姐儿？"郑妈妈继续说，"若是一个别的孩子，您会这般疼爱她吗？"罗老太太看着郑妈妈，深深地吸了一口气，她似乎已经意识到了郑妈妈要说什么。

这实在是太过荒谬，以至于她从不敢这么猜测。

"既然您非要听，那我便说给您听吧。"郑妈妈擦干了眼泪，继续说道，"您若是想知道，我便说给您听。哪怕您立刻就不要姐儿了，那又有什么打紧的！"

郑妈妈好似突然下定了决心。

"您若是不要姐儿了，奴婢就带着她回真定去。纵使没有罗家的锦衣玉食，但好歹是个平实的人家，以后嫁个乡绅员外的儿子，这一生也过得平平安安，她是二太太的孩子，奴婢不会不管她……"

"郑容！"罗老太太打断她的话，她从未直呼过郑妈妈的名字。她掐住了郑妈妈的手，嘴唇微动，"你，你这是什么意思？我为何会不要眉姐儿？"

郑妈妈深吸一口气，站直了身体。

"奴婢是要把这件事带进棺材里的，今儿跟老太太说了，奴婢心里就坦荡了。"郑妈妈说，"不知道老太太还记不记得，那年六小姐满周岁的时候，二太太赏了六小姐两个小丫头伺候她。"

罗老太太握着她的手半点没有松开，郑妈妈却继续说："后来发现六小姐身上有瘀青，乔姨娘抱着六小姐到您这里来哭，说是这两个小丫头伤了六小姐。那时候二老爷听了很生气，您听着乔姨娘的话，竟也对二太太起了疑心。二太太见您都有几分疑心，便亲手把那两个小丫头卖了，伤心欲绝，再次避去了寺庙里……"

罗老太太浑身都有些僵硬。

"寺庙里一向清静，那一晚却闯入了贼人。奴婢们并不知道那人是谁，只是他会些功夫，长得也颇为俊秀，他掳走了二太太。"郑妈妈讲起原来的这些事，语气反而平静了下来，"那时候罗家的护卫都紧着给大房和乔姨娘，我们带去寺庙的护卫不过三人，皆不是这个男子的对手。他只说是借二太太人一用，不会伤了二太太。"

"小半个月之后，他的确把二太太放了回来，我们不敢再多留，匆匆回来了。二太太那时候看起来也没有什么异样……"郑妈妈苦笑了一声，"但是几个月之后，二太太就有了身孕。奴婢们只是欢喜二太太又有了身孕，哪里知道其中的端倪。"

"二太太却越来越郁郁寡欢，吃不下睡不好，落了心病。"郑妈妈看着罗老太太越来越苍白的脸色，慢慢地说，"奴婢一再追问二太太才说了真相。二太太说自己本无意再活下去了……只是她怀了孩子。稚儿何其无辜！要随母去太过残忍。"

罗老太太闭上了眼睛。

"孩子生下来之后，二太太的心病越来越重，又是愧疚又是对二爷绝望，便这么去了。我等几个知道真相的就请命离开了罗家。只要我们不说，世上就无人知道了。那眉姐儿还是罗家的小姐，活得好好的。没有人会看不起她，也没有人会再伤害明澜了……"

郑妈妈直直地看着罗老太太，终于把话都说完了。

罗老太太却不由得身子颤抖，眼泪顺着脸上的沟壑流了下来，"是我害的她……你该怪我的！你该怪我。"

她一直觉得最对不起明澜的是罗成章，其实她又何尝不是。她明明跟顾老太太说过，会好好地护着明澜，但明澜在罗家分明就过得不好！

"老太太，如果您现在不想要宜宁了，奴婢立刻带着她走。"郑妈妈最后说。

罗老太太抬起头，一字一顿道："宜宁是我养大的孩子，是我的孙女。你不许带她走，你自己走吧，走得越远越好，不要再回来了。"

罗家欠明澜的，宜宁就是罗家的小姐，谁敢说她不是！宜宁就是她的孙女，若不是因为她和罗成章，怎么会有这出冤孽！

郑妈妈深吸一口气，她不过也是在赌而已。罗老太太本不必知道这事的，但看到罗老太太对宜宁的好，她突然就改变了看法，想把这些话都说给罗老太太听。

她从未想过让宜宁跟着她走，罗家对不起明澜，宜宁为什么要走，跟着她到农庄里岂不是害了她。明澜留下的嫁妆都还在二房里，她的长姐也还在，她不应该走。

郑妈妈低声说："我把青渠留下来，她是性子再实在不过的。谁对她好，她就会加倍对别人好，况且，她什么都不知道……老太太，奴婢这次真的告辞了，您莫要再阻拦了。"

她行了礼便退下。

罗老太太站起来，看着郑妈妈退出了小佛堂。

罗老太太看着小佛堂上的佛祖，佛祖面带慈悲而怜悯的微笑，她突然有种喘不过气的感觉。她本以为、本以为没有她的错。罗老太太忍不住在蒲团上跪下，恸哭起来，嗓子嘶哑地说："明澜，你该怪我的啊！该怪我啊……"

她一向觉得自己是厉害的，养出了两个进士儿子。谁知道老都老了，人却犯起了糊涂。看如今的罗家是她想要的样子，而如今她又对得起谁了……

罗老太太跪坐在蒲团上，突然觉得脑中一阵剧痛，头晕目眩。她扶着梁柱想站起来，但是根本控制不住自己，刚走出两步就跌倒了。

门外的丫头听到动静，连忙推门进来。看到罗老太太倒在地上，吓得立刻过来扶。

"老太太！您可要紧！"她见罗老太太扶都扶不动，眼睛直愣愣地看着前方，话也不说，吓得手脚发寒，声音都变了，冲门外大喊，"徐妈妈，您快进来，老太太跌倒了！"

## 第九章 祖母离世

宜宁其实对郑妈妈并没有什么感情,她只是不理解郑妈妈的方式。这个口口声声说为了保护小宜宁才走的人,把小宜宁留在罗家,她小小年纪受了多少苦,吃了多少暗算,恐怕小宜宁自己都算不清楚。

那个孩子永远留在了湖底,谁都救不回来了。

宜宁靠着窗在纸上描花样,她想给罗老太太做一双护膝,到了雨天的时候,祖母的风湿发作,也不会疼痛难忍了。阳光透过隔扇静静地洒在她身上,小小的宜宁跪在高大的茶几旁,显得弱小而稚嫩。

刚踏进门的雪枝看到宜宁认真地描着花样,眼眶不禁红了。

宜宁放下笔,拿起纸来一边吹干墨迹,一边问道:"雪枝,我要给祖母做一对护膝,你说用漳绒面好还是绸缎面好……我觉得漳绒面的穿着舒服一些。"

雪枝却说:"姐儿,您快跟奴婢出去……"她顿了顿,看到宜宁正望向自己,似乎不明白她在说什么,泪水不禁涌了出来,"您、您快些……老太太出事了!"

最后一句声音压得低哑极了,却让宜宁整个人都怔住了。

府里前所未有地混乱,通知各房太太的,去府衙找二老爷的,丫头们急促地奔走着。

宜宁被雪枝牵着走到西次间外,看到许多丫头在罗老太太的房里进出,手里端着热水,端着参汤。大丫头跟徐妈妈说:"参汤一点都喂不进去,您说该怎么办才好……"

徐妈妈又不是郎中,懂什么!她急得满头大汗:"还是先不要喂了,等郎中来了再说。"正说着,郎中就已经被几个丫头簇拥着走了过来,徐妈妈把郎中迎进了内室。

她出来的时候看到了宜宁,立刻向她走过来,蹲下身跟她说话,声音柔和了一点:"姐儿,您不要怕。现在里面忙成一团,您先待在外面,好吗?"

宜宁还是觉得有些不真实,前几天祖母不是很精神吗?为什么突然就病倒了?

虽然知道早晚会有这么一天,但当这天真的到来的时候,她心里却有种说不出的窒息感。

从没有人像罗老太太一样对她好,护着她、宠着她,宜宁前世被害死的时候,心已经如寒冰一般，好不容易有了罗老太太对她好，她心里早就把她当成自己的亲祖母了。

陈氏和林海如过来了。林海如看了她一眼，正想过来，徐妈妈却让两位太太先进去看看罗老太太。宜宁也想跟着进去，徐妈妈却拦住了她，目光非常柔和："姐儿，您在外面等着。"

宜宁只是说："我要看祖母。"

徐妈妈说："您不要进去，有两位太太在里面拿主意，郎中正在帮老太太诊治，有什么事奴婢会叫您的⋯⋯"

宜宁深深地吸了口气，退到了旁边。徐妈妈说得很对，她一个孩子在里面也不能帮上忙，进去反而添乱。但她望着忙乱的正堂，突然有种深深的凉意，好像她还是孤独的一个人一样。

就像她在玉簪子里的这么多年，无论她对周围发生的事情有多么愤怒、多么委屈、多么难受，她始终什么都不能做，也不能说。她只是一个局外人，被迫看着一切发生，无力干涉任何事。

不远处一行人渐渐走近，是罗慎远接到消息，带着人过来了。

他一眼就看到宜宁孤零零地站在旁边，神情有些茫然。她这么小，往来的人没有人看她，她一个人站在高大的柱子旁边，非常孤独无依。他心里似乎被揪了一下，走到她身前，半蹲下来看着她："眉眉，你怎么了？可是害怕？"

宜宁看着他俊朗的侧脸，他的语气从未如此耐心而温和。罗慎远已经伸手把她抱了起来，他长得高大，把小小的宜宁抱进怀里。

他的语气很平稳："有我在，你不要怕。"

宜宁抓住他的衣襟，他把自己从那种什么都不能做、什么都不能说的恐惧之中唤醒过来了。她似乎才回过神来，现在她已经不是簪子了，也不会再如此了，她靠着罗慎远温热的胸膛，点点头勉强笑了笑："宜宁不怕。"

宜宁已经振作起来，罗老太太如果真的出事了，谁还能那么护着她呢？所以她必须要镇定。

宜宁靠着罗慎远静静地思考，成了小宜宁之后，她似乎真的过了一段孩子童真的生活，有人护着有人宠着。好像连她自己都忘了，这一切其实都是危机四伏的。

但是现在不行了，她不仅是小宜宁，还是那个在后宅被困了二十多年的罗宜宁。这段童真的日子只能过去了，日后必定也不能再有了。

罗慎远摸了摸她的头安慰她，抱着宜宁走向徐妈妈，问她："郑妈妈走了多久了，可还能追上？"

徐妈妈说："上了渡船走了，怕是追不上了。"

如今罗家全是老弱妇孺，只能靠他撑场。罗慎远的侧脸很坚毅，眉毛浓郁，宜宁离得近，更能看清他微抿的嘴唇。这样的神情让人觉得非常安定。罗慎远略微一想就接着说："水路赶不上，就从陆路骑马追上去。清苑县有个拱桥，从那里把人截下来。"

徐妈妈听了立刻点头，三少爷果然不愧得罗老太太看重，这份临危不乱的心思几个人能有。

这时候罗老太太屋子里的郎中出来了，徐妈妈迎了上去，那郎中叹了口气说："老太太突发中风，身子甚至不能动弹，话语也有些困难。病症来得急，我只能开一些调养的药。只是老太太年纪大了，这次旧疾也随之复发……就算药灌进去了，怕是救回来也不太可能了。"

宜宁多听一个字，心里就难受一分，紧紧地捏着罗慎远的衣襟，几乎说不出话来。

徐妈妈知道老太太的身子是早就垮了的，本来郑妈妈就说过，能多活两年都是好的。她红了眼眶，也是一句话不说。

罗慎远就道："那请先生立刻去写药方吧。"说罢让身后的管事带郎中下去。

看到郎中走了，他才低头对宜宁说："眉眉，你要不要随我一起进去看祖母？"宜宁对他点了点头，罗慎远缓缓地摸了摸她的头说："你不怕就好。"

宜宁这才注意到三哥叫了她的小名。其实这和罗老太太是一样的，他们对她亲昵宠爱的时候，或者她生病的时候，便是哄一般叫她"眉眉"，似乎孩子的小名能够安慰到她一样。

她抱住了三哥的脖颈，又有些说不出的情绪堵得难受。三哥也是想安慰她吧。罗慎远抱着她进了内室。

林海如和陈氏坐在罗老太太的床边，几人明显都听了郎中的话，几个大丫头都在抹眼泪了。

宜宁立刻从罗慎远怀里下来，跑到罗老太太床边。

罗老太太的面容从未如此苍老，好像一时不见就衰老了下去。她还睁着眼，看到宜宁来了之后，目光似乎有些闪烁，嘴里喃喃地说："眉眉、眉眉……"

宜宁握住了罗老太太的手，看到平日康健的罗老太太突然这般，可能真的熬不过去了，自个儿就忍不住哭起来，眼泪直往下掉，哽咽着说："我在这里，祖母，我在。"

罗老太太环看了坐在她身边的几人，林海如也很难受，拉着旁边丫头的衣服手都揪白了。陈氏眼眶发红拿着帕子擦眼泪，默默地不说话。

半跪在她面前的宜宁，哭得可怜，她还这么小，抽噎着喘不过气来。而罗慎远隔着几人远远地看着她，那目光却太过深沉，似乎什么都有，又似乎什么都没有。

罗老太太放开了宜宁的手，把自己的手抽出来，艰难地说："我……和慎远说话，你们、你们出去……"

宜宁有些茫然地看着她，似乎还想去拉她的手。罗老太太却闭上眼，不忍再看她。她从现在就要习惯了，以后恐怕没有祖母疼爱了，她不能再这么依赖她了。

旁边大丫头说："老太太要和三少爷说话，诸位都先出去吧。"

宜宁不知道祖母要和三哥说什么，但她不想离开祖母，怕自己一走开祖母就没了。还是林海如把她半抱起来，带着她退到了门外。

罗慎远走上前站在罗老太太床前，屋子里的人都走了，隔扇被"吱呀"一声关上了。

他静静地看着罗老太太，这个曾经风云的罗老太太真的不太好了。罗老太太伸手抓住了他的手，看着他慢慢地说："我只有一件事嘱托你，你……一定要做！"

罗慎远默默地听着。

"眉眉……你以后要护着她!"罗老太太想到宜宁身份的秘密就害怕,怕别人会发现,伤害宜宁。所以她抓着罗慎远的手,一字一句地道,"你一定要,保护她……不能让别人知道、知道了去。"

罗慎远微一皱眉,罗老太太这话是什么意思,不能让别人知道?究竟是什么秘密不能让人知道?

"你可……答应我?"罗老太太目光闪烁,罗慎远从来没有在她脸上看到过如此哀求的神色,"我没有……没有几天活的,你可……可答应我?"

以前,罗慎远在罗老太太脸上看到的都是淡漠。但是,现在她在求他,哀求他表态。她已经没有路子可以选了,只能求这个一贯冷漠心肠却手段厉害的三孙,希望他看在自己将死的面子上,不要拒绝她。

罗慎远也半跪下来,终于缓缓地叹了口气,说:"您不是知道答案吗?又何必再求。宜宁是我妹妹,我自然会庇护她的。"

罗老太太苦笑着摇头:"不是……"罗慎远闻言抬起头,眉头微皱。

"不是,所以你不要……让别人知道……"罗老太太喘了口气,似乎有点呼吸不过来了。她了解罗慎远,他对宜宁好,绝不只是因为宜宁是他妹妹,所以她才能放心地说。以罗慎远的能力,他会掩藏好这个秘密的。她紧紧地捏着他的手,目光紧紧地看着他,语气急促地再问了一遍:"你可答应?"

屋子里许久没有动静。

罗成章也赶回来了,得知母亲突然发病,他也白了一张脸,立刻就要往房中冲去。

丫头们连忙拦住他。直到罗慎远从房中出来,罗成章才进去,随后罗怀远、罗山远也进去了。

罗慎远看着宜宁,她站在林海如旁边,林海如牵着她的小手,脸上的泪痕还没有干。"三哥。"宜宁问他,"祖母可还好?"

罗慎远点了点头,向她伸出手:"眉眉,到三哥这里来。"

宜宁放开林海如的手,向他走过去,罗慎远要说什么?

罗慎远半跪下来,揽着她的小肩膀对她说:"接下来,无论发生什么都不要怕,以后有我护着你。你知道吗?"他似乎在说某个誓言,语气平静而坚决。

宜宁不知道他为什么突然这么严肃,点了点头。罗慎远才牵着她的手站起来,宜宁侧头看了他一眼,发现他看着祖母的方向……她心里一紧,是不是……是不是祖母真的不好了?

那晚一直到半夜,大家都守在罗老太太门外。罗老太太的病越来越重,到最后话都讲不出来了,看着承尘喘着粗气。

追郑妈妈的人已经去了很久,还是没有回来。

罗成章已经吩咐罗慎远去准备后事了。罗大爷前几天才回了京城,还在路上。信还捎给了宜宁的长姐罗宜慧,应该也是在路上了。

到了天明还没有什么动静,罗老太太昏昏沉沉,虽然没有醒,气却还在喉中没有断。

大家熬了一夜，双眼通红。轩哥儿早被抱回乔姨娘的房里睡觉了，罗宜秀也先回去了，罗宜玉与罗宜怜倒是还跪着。

雪枝劝宜宁先回去歇息。宜宁不愿意走，祖母现在如此状态，随时可能会有意外发生。陈氏看她这般，皱了皱眉说："宜宁，你为祖母担心是好。但若是你病了，可不是还给我们添麻烦？你看你五姐，也是先回去了。"宜宁默默地没有说话，站起来看着陈氏。陈氏的语气很平淡，也根本没有看她。如今没有罗老太太撑腰，宜宁能算什么？她只会更不把宜宁放在眼里。

宜宁淡淡地道："大伯母说的是。"她没有再多说什么，退出了罗老太太的屋子。院子里太阳初升，今天的晨光特别明亮。入秋之后难得有这么晴朗的天气。

宜宁看着太阳斜斜地挂在天边，那日头一阵刺目。她想起自己躺在罗汉床上，太阳也是照得身上暖暖的，罗老太太在旁给她做鞋，手如古老而不失光泽的绸缎。或者她抚摸着自己的头，笑着说："以后咱们宜宁，还不知道要嫁个什么样的人呢……"

身后突然传来慌乱的声音，有人在喊"老太太"，有人说叫"郎中"。

宜宁像是明白了什么，突然就拔腿往回跑去。她没有管雪枝，也没有管大伯母的叮嘱。她只怕自己再也赶不上了！

"祖母——"宜宁跑到了门口，冲进了房里，茫然地看到罗老太太睁着眼睛，而她一点气息也没有了，手也没有动了。

"祖母……"宜宁又喊了一声，突然大哭起来，抓住罗老太太的衣袖，孩子一样大哭着，"我才走……您不要、求您了……"她跪在床边，别人扶都没有扶得起来。

陈氏也愣住了，僵在原地，半天说不出话来。

乔姨娘捏着帕子坐在屋里等着。她也不知道自己在等什么。

罗老太太突然病发，以她的身份是不配在罗老太太那里伺候的。她听说了此事之后，立刻让婆子抱着轩哥儿过去候着。天明之后轩哥儿刚被抱回来，打着哈欠稚嫩地跟她说："祖母起不来了，姐姐还跪着。"

看他困得靠着嬷嬷抬不起眼睛，乔姨娘便让嬷嬷抱轩哥儿进去睡。

屋外实在是太静了，这样的静让她有种隐隐的紧张。罗老太太这么些年一直辖制着她，若不是因为罗老太太的庇护，宜宁一个没了生母的幼嫡女，能在罗家过得如此娇贵吗？林海如一个没有所出的正室，压得住场吗？

老太太身子骨硬朗，一撑就是这么多年。到了她真的要死的时候，乔姨娘心里居然有种复杂的感觉。

她记得自己刚到罗家的时候，罗家到处都那么奢华。罗老太太高高地坐在堂上，不怒自威。顾明澜即便温和柔婉，那股世家小姐的气质也让她自卑。顾明澜甚至没有正眼看她，她那个时候卑弱极了，看着罗家的人对自己的轻视，只觉得自己一定要荣华富贵，迟早有一天她也要坐在那个位置上。

乔姨娘深深地吸了口气。

外头不时地传来哭声，有马车急促地驶进来，如一锅水瞬间就沸腾了。乔姨娘终于缓缓地、缓缓地松开了捏着的帕子，掌心一片濡湿。看外头这动静，罗老太太终究还是没了。她跟她较真了小半辈子，还不是没了？

乔姨娘淡淡地说："碧衣，去取件素净的褙子来，我们换了衣服去正堂。"她望着正堂的方向，准备好好地最后去拜罗老太太。

正堂那边已经是缟素一片。

罗老太太去得太突然，死之前还睁着眼，似乎是想要找谁，但似乎不甘心没有找到，瞪着眼睛，还是罗成章最后给罗老太太合上了眼。然后带头跪在罗老太太床前，一直没哭过的他眼泪终于也忍不住了，给罗老太太跪下磕了三个头。他抬起头时眼眶红肿，说道："海如，你把眉姐儿抱开。"

宜宁几乎瘫软在罗老太太床前，揪着罗老太太的衣袖一直哭，别人根本不能把她拉开。

林海如上前抱起了宜宁，轻拍她的后背安慰着她。她看向旁边站着的陈氏，忍不住道："眉姐儿说要等着，你偏让她走。最后老太太临走了，都没有看到眉姐儿一眼……"她说着眼眶又一红，哽咽道，"姐儿如何会不伤心！"

陈氏怎么会料到宜宁一走，罗老太太就没了气息。

老太太死之前没有儿孙绕膝，还没有见到最疼爱的孙女最后一面，自然不圆满。

她恭恭敬敬地跪下来，也对罗老太太磕了头，红着眼哭道："老太太，是儿媳对不住您啊……"

宜宁闭上眼，已经不想再听下去了。

灵堂已经布置起来，府中的灯笼全换了。宜宁也被林海如带下去换了丧服。林海如一边给她换衣裳，一边流眼泪。

这屋子里都是罗老太太的痕迹。她看到一半搁在小几上的经书、那串老山檀的温润佛珠、她最喜欢的那个天青色麻姑献寿的梅瓶，给宜宁做的鞋子，还放在脚踏上。

林海如蹲下身给她系扣子，柔声地问她："宜宁，以后你便不住这里了，母亲来照顾你，好不好？"

宜宁看着林海如，对她笑了笑说："母亲，没有事的。"

林海如听到她这么说，眼泪更是不停地掉，摸着她的头难受得说不出话来。她总觉得，宜宁好像突然长大了一点。

这个被外界逼迫着，急促地成长着的孩子，实在是太让她心疼了。她紧紧地握着宜宁的手。

郑妈妈最后还是回来了，只是没能赶上见老太太最后一面，她恸哭着倒在灵前，老泪纵横。她怎么会想到，昨天见的竟然就是最后一面了，以后就再也见不到罗老太太了。

宜宁则跪在祖母的灵前，随着声音给祖母磕头。正堂跪着许多人，三岁的轩哥儿尚且不懂事，刚跪下就想抬起头，被嬷嬷急急地按住脑袋。

罗慎远虽然不是长孙，但他的功名最高，跪在孙辈的最前面，身姿如松。

保定中许多人受过罗老太太的恩泽，听闻噩耗都来吊唁了。罗成章虽然悲痛欲绝，但还是要起身招待来客，家中的大小事先交给陈氏和罗慎远管着。

　　罗慎远请道士来做法事，备筵席，井然有序。

　　那晚一切都安顿好了，陈氏捧着茶杯，坐在罗老太太日常坐的位置上，叹了口气说："老太太去得匆忙，后事却没有交代。"

　　堂中坐着的罗家女眷都默默的，如今罗老太太一死，罗家自然是长媳陈氏先说话。

　　"我们虽是两房，但也万不可在老太太死后就分了家，让老太太寒心。"陈氏温言说着，看向宜宁，"宜宁年纪小，原是跟着老太太的，如今老太太去了，宜宁再住在正堂却也不好。我是宜宁的大伯母，也勉强帮宜宁做一回主。宜宁，你可愿意搬回鹿鸣院住？伯母再派好多丫头伺候你，好不好？"

　　鹿鸣院就是顾明澜生前所住之处。

　　罗宜怜坐在宜宁的下方，柔声应和道："七妹从小便住在鹿鸣院，应该是一草一木都熟悉的，鹿鸣院又宽敞。若真要选一个住处，鹿鸣院便是最合适的。"

　　宜宁听到这里才抬起头。祖母刚刚没了，这些人便忍不住了吗？她是不该继续住在正堂，陈氏估计也不想让她继续住下去，但就这么搬去鹿鸣院也不可能。她虽然心眼是个大人，但外表还是个孩子，自己住在偌大一个院子里倒是宽敞了，但如何管得住手底下这么多丫头婆子？她毕竟年纪还小。

　　陈氏只不过是不想管她了，随意给她个住处而已。祖母已经没有了，现在，她也该真正振作起来了。

　　"宜宁不可回鹿鸣院去！"林海如立刻说，"我自然是要养着宜宁的，我是她的母亲，以后便由我带着她。"她走过来拉着宜宁的手，让她到自己身边去。

　　陈氏看向沉默的宜宁，微笑着问她："宜宁，你愿意自个儿住一个大房子吗？你可以在里面装秋千，还可以跟小丫头们玩捉迷藏。"陈氏循循善诱，"夏天的时候，鹿鸣堂的树会结出甜甜的橘子。"

　　林海如听了，有些怒道："大嫂，你这是劝宜宁不跟着我吗？"

　　陈氏只是微微一笑，宜宁这孩子生性不喜欢束缚，必定是喜欢一个人住的。她说："这还要看宜宁自己的意思。"

　　宜宁握着林海如的手，对陈氏说："大伯母，宜宁不喜欢吃橘子，宜宁要跟着母亲住。"她的声音软软的，用力握了林海如的手一下暗示她，"大伯母虽然是宜宁的伯母，但是宜宁的事是二房的事，还是要母亲来做主的。"

　　林海如被她一握才回过神来，立刻笑了笑说："大嫂，宜宁说的极是啊！二房的事毕竟还是二房做主的。大嫂却这么急着让宜宁从正堂搬走，还不知道大嫂打的是什么主意……"

　　陈氏被林海如的话气得眉心一跳——她这是什么意思！

　　"二弟妹，如今老太太尸骨未寒，你可莫要说一些诛心的话。"陈氏盖上茶杯，声音发寒。

　　林海如向她福身："大嫂见谅，我这人快人快语的，得罪了你，你可别往心里去。"

陈氏还是生气，但是林海如把话都说到这个份上了，她要是再干涉倒是显得她真的想图什么一样。干脆也别管了，反正老太太一死，大房与二房貌合神离，迟早是要拆开单过的。

罗宜宁跟着谁与她何干！

这时候，门外来了个丫头通禀，说是三少爷带着徐妈妈过来了。

罗慎远带着徐妈妈进来，他给林海如、陈氏行过礼，才坐下来看了大家一眼说："祖母早有遗言交代徐妈妈，希望各位能听一听。"

徐妈妈上前一步，屈身道："请诸位一听，老太太临终之前半月，曾私下对奴婢说过，她的东西全部留给七小姐，正堂里的东西也都留给七小姐。老太太说了，里头的物件本来许多也是原二太太的，留给七小姐理所应当。奴婢已经把田产、房契整理好，正堂里的东西搬出来却还要一些时日。"

她的语气不疾不徐，似乎陈述的不过是把一件小玉器送人的事而已。要说刚才，陈氏还对罗宜宁的去留无所谓，听完徐妈妈的这些话，她越来越诧异，心里一阵愤怒，就差点没把扶手捏碎了！

罗老太太竟然偏心至此！

她有这么多孙儿孙女，自己这房是长房，理应有更多东西，她偏偏把东西都留给了罗宜宁！

罗宜玉听到这里已经忍不住冷笑了："我倒是真有个好祖母啊！"

死都已经死了，心竟然还向着罗宜宁，看她可怜，便把自己所有的东西都给了她吗？

罗宜怜则低下了头，表情淡淡的，不说话。罗老太太的东西，不到罗宜宁头上也到不了她头上，她当然没有罗宜玉激动了。

陈氏压着内心的怒意，冷冷地问："老太太当真这么说，你有何凭证？"

罗慎远这个时候开口说话了，淡淡地道："大伯母不必激动，孙儿自然是有老太太的亲笔信的，只是这封信暂时在父亲那里，大伯母想看的话可以随我去取。信是确凿无疑的，管事们也都看过了，没有问题。"

陈氏迎着罗慎远的目光看着他，发现他居然非常镇定。她心里突然一阵冷，在罗老太太身亡之前，她一直以为罗慎远是去为罗老太太准备后事了。但用得了这么长时间吗！什么管事都看过信了，分明就是把她蒙在鼓里。等到她知道的时候，就是想不同意都迟了。

罗慎远肯定那个时候就已经知道了，知道罗老太太把自己的东西留给了罗宜宁，所以他连夜出门，暗中就已经为罗宜宁打点好了一切。恐怕罗老太太手里的那些私产，交接都已经做好了！而她完全不知情。

好个罗慎远，她原来还真是小瞧他了。他给自己的妹妹保驾，手段一点不显露出来。到现在已经无力回天了，才带着徐妈妈过来说老太太的遗言。但是现在说了有什么用！罗老太太的私房能少吗？林林总总加起来小一万两总归有的！

陈氏藏在袖中的手紧紧握着。

宜宁却是一怔，祖母……把她的东西都留给了自己？

林海如却有些激动，蹲下身在宜宁的耳边小声说："眉眉，我说刚才你三哥去哪里了，原来是去忙这事⋯⋯他肯定都帮你打点好了！你以后就有私房了，你知道那是多少银子吗？"

一个七岁的孩子，祖母死之后突然有了这么多东西，实在是突如其来。宜宁怔了怔就回过神来。

罗老太太辛苦了大半辈子，除了给两个儿子置办的家业，自己也有不少东西。别的不说，在保定她就有四五个田庄子，每年种蜀黍和小麦，收成不少。清苑县上还有一处米行、一处香料铺子，远些的定州有一家当铺，私库这些年也积攒了不少。罗老太太看那些账本的时候宜宁也看过。

罗老太太就这么留给她了。

大房与二房的人不欢而散，陈氏带着罗宜玉、罗宜秀走出正堂，罗宜秀回头看了宜宁一眼，欲言又止，最后还是撒开母亲的手跑到宜宁前面，跟她说："宜宁，你不要伤心了⋯⋯"

罗宜玉回头看了妹妹一眼，冷淡地道："罗宜秀，你在那里说什么？赶紧过来。"

宜宁站在林海如身边，看到罗宜秀跟着陈氏和罗宜玉渐渐走远了。以后，宜秀恐怕跟她也不会有这么亲热了吧⋯⋯宜宁心里有些感叹，突然脑袋被拍了拍。

罗慎远走了上来。

"宜宁，走，我陪你去收拾东西。"他带头走在前面，像一座高高的壁垒，能为她阻隔风雨。

宜宁又微微笑了笑。

人有悲欢离合，月有阴晴圆缺。这些事她已经见了很多。今日要不是有三哥为她谋划，帮她处理好祖母的遗嘱，陈氏怎么可能这么轻易放手？她跟了上去，主动牵住罗慎远的手。他一顿，也反握住她的手，带她走在前面。

林海如看着那一大一小的背影，才叹道："他们两兄妹倒是感情更好了。"

"都是没有生母的孩子。"身边的瑞香突然接了一句，随即又说，"三少爷长这么大，也就是原先的二太太和七小姐对他好，他投桃报李，自然对七小姐也好。您看今天三少爷这等手腕⋯⋯您以后也得对三少爷好才是！"

林海如心想这是自然的，随即吩咐身后的丫头也过去，帮宜宁收拾东西。

第二天，宜宁的东西收拾了七八个箱子，最后一个个地搬去了林海如那里。

宜宁站在屋子里看了最后一眼，这里已经空落落的了，只有檀色的帘帐还垂着。日暮苍山，浅金色的光投进屋子里，细细的尘土飞扬，然而物是人非。

她最后抱起了养乌龟的瓷缸，跟罗慎远说："三哥，走吧。"

罗慎远看到她瓷缸里的乌龟翻了个身，四个爪子在空中乱划，她却抱着瓷缸一点没察觉。他微微地笑了笑，牵着宜宁走出了正堂。牵着这个小小的人，他心里默默地想着，这是他的妹妹，他会爱护她、管教她，将她纳入自己的羽翼下保护。

罗老太太不在了，宜宁也不会被别人欺负半点。

宜宁不知道罗慎远在想什么，但他的表情这么淡定，应该没有什么事能难倒他吧？

虽然还在罗老太太的丧事期间,但林海如院子里的丫头、婆子都高兴起来。林海如嫁进罗家五年无所出,虽然收了罗慎远做嫡子,但人家毕竟长大了,住在外院。这屋子里还是第一次有孩子住。

林海如陪嫁的婆子甚至拿出了好些布老虎、十二生肖的玩偶,给宜宁布置新屋子。宜宁问她们怎么会有这些东西,那婆子笑着说:"总是盼着太太有孩子,早早地备下了。"

宜宁看她们高高兴兴的样子,也不好说什么,她早就过了喜欢布娃娃的时候。婆子知道家中在守丧,也并没有装点得过分,但丫头们还是把林海如压箱底的一张金丝楠搬出来给她用了。

宜宁看到居然是一整块的金丝楠,连忙站起来:"这给我用?"

婆子笑着点头:"您放心,这是太太早就选好的了,还有东西一会儿就搬进来。"

林海如还在外头忙,宜宁想跟她说不用都找不到人。她惆怅地看着丫头们搬了金镶玉的屏风进来,整盆的翡翠玉枝盆景、紫檀木的多宝槅,还有铺在罗汉床上的靠垫,虽然是蓝绸布,却是掺了银丝织成的。

雪枝抱着个包裹都帮不上忙,林海如房里的丫头婆子都做得热火朝天,根本不要她插手。她看着都不妥:"这哪能行!姐儿,您得跟二太太说说。"

宜宁也有点头疼,指挥丫头把她的东西先放好,她赶紧去外面找了林海如。

林海如看到她过来了,把手头的东西先放下,让管事婆子在一旁等着,问她:"宜宁,新屋子你喜欢吗?"

宜宁无奈,跟她说:"母亲。祖母刚没了,我在服丧,不可住得太奢华……"

林海如才一拍脑袋,那些东西是她早就选好的。这些天忙着丧事,倒是忙得昏头了,还忘了这茬。她有点惋惜地说:"这倒也是,那我还是帮你收起来吧,等守孝期过了再用。"

刚搬进来的家具又搬了出去,雪枝亲自去挑了一些样式简单大方的回来给宜宁用。但那些布老虎和十二生肖的娃娃,林海如的丫头们却坚持要挂在她的帘上。宜宁把养乌龟的瓷缸放在多宝槅上,望着崭新的屋子,心想她也终于搬家了。

林海如的院子很大,厢房这边都归了她,与林海如的内室就隔了一个夹道。宜宁很少来这里,出门看了看。虽然比原来的住处小些,但院子里的花草更精致,种了海棠,堆了假山,假山下面就是小池子。

倒是可以把她的乌龟养在这里……

宜宁决定一直养着那对乌龟,她从祖母那里带出来的东西不多,这也算是个念想了。让雪枝把瓷缸抱出来,她亲自把乌龟倒进了池子里。那两只乌龟一时间有了广阔的天地,倒是拨着小短腿游了好几圈,才歇在了假山上。

宜宁站起来,把瓷缸递给雪枝,一抬头就看到她三哥刚走进院子,身后跟着好些小厮。

"来给你做个书房。"罗慎远跟她说,叫了身后的小厮进旁边的次间,他看看给她做一个书房出来。

宜宁有点蒙:"三哥,我要书房做什么?"

罗慎远淡淡地说："你总得读书写字，我有空便来教你。我没空的时候，你就自己多看书。"

小厮们很快就忙碌起来，搬了书案、多宝槅进来，还有一架琴，给她放在了窗边。宜宁前世没有学过琴乐，她们家祖母总觉得乐是下品，只有教坊里头的姑娘才学这些，一点都不让她们碰，就连琴也一并不喜欢。宜宁随手拨了几下，听这音质古沉就知道肯定不是凡品，再看琴尾竟然刻着"道衍"二字，她就是再没有见识，也知道这是后世有名的道衍大师做的琴。

他从哪儿弄来的？名家的琴，那可是千金不可求的。宜宁回头看着罗慎远："三哥，这个我也要学？"罗慎远却说："这个是给你玩的。"

宜宁看他的神色没有什么特别的，忍不住道："这把琴应该挺值钱的吧……"

值钱吗？罗慎远想了想，当初道衍送给他的时候，也不过说是自己闲来无事做的，送给他玩玩。他不喜欢这些，放在库房里一直没有管过，想到宜宁说不定喜欢，才顺便给她搬了过来。

"你如何知道它值钱的？"罗慎远看着她。

宜宁心想，她能怎么知道的。因为陆嘉学，道衍后来名满浙江、福建，他的琴可遇不可求。长嫂就心心念念着想有一架，但一直没有遇到过。

算算时间，距离福建倭寇猖獗还有好些年，恐怕道衍现在还没有出名吧？

说起来，请道衍出山也算是陆嘉学做的为数不多的几件好事了。倭寇猖獗，他居然派了一个和尚去福建，当时朝中众人反对，他却坚持重用此人。后来道衍果然治倭寇有功，饱受倭寇侵扰的百姓，还给道衍竖了一块长生碑。后来道衍似乎一直在帮陆嘉学做事……

宜宁收下了这架琴，打算着就算她不学，也要摆在屋子里好生放着。

这东西有蓬荜生辉的效果，至于如何告诉她三哥，宜宁只是随口说："你会送我便宜的东西吗？"

罗慎远被这小丫头反将了一军，倒是笑了笑。宜宁这几天心情一直不太好，罗老太太去了，她看着无依无靠，可怜兮兮的，现在好不容易恢复了点生气，他也不会跟她计较。

把宜宁的书房布置完了，他带着宜宁出来，去了林海如那里。

天色已经黑了下来。府里的道士还在做法事，要做满七七四十九天的水陆法事。还不时有做法的声音传来。这几天变得太快，宜宁几乎有一种做梦的恍惚感。好像祖母根本没死，还在正堂里等着她回去吃晚饭一样，但这分明就是不可能的。

徐妈妈已经带着丫头婆子在林海如那里等她了，手里捧了一个匣子，让宜宁坐在她对面，打开给宜宁看。

"七小姐，这些，是田产地契的文书，一共四份；这些是田庄上那些人的卖身契；这是房契，一共有五处，其中的三处都是铺子，都是老太太身前置办的。"徐妈妈给她看了，再合上盒子放到她手上。

她又拿出一把钥匙，也给了她。

"这是老太太库房的钥匙，您有空就去看看吧，老太太留了不少东西。"徐妈妈说着自己也难受，深吸了口气说，"奴婢都清点好了，清点的册子在三少爷那里。"

她站起来屈了身说:"奴婢伺候了老太太一辈子,本是想随着老太太去的,但不知七小姐缺不缺人伺候……"

宜宁听出她的意思,立刻拉住她说:"我自然是缺的!徐妈妈,您留下来吧。"

徐妈妈肯留下来当然再好不过了。徐妈妈是伺候罗老太太的,这辈子不知道见识了多少事,懂得多少道理。若不是为了她,老太太死之后徐妈妈完全可以告老还乡,颐养天年的。宜宁怎么会驳了她的话。

徐妈妈也是放心不下宜宁,正好宜宁身边也没有婆子伺候,不如先由她来,别人她也信不过。

林海如见徐妈妈留下来,自然也高兴,有徐妈妈在,宜宁身边的丫头婆子就不会错了。

再者这罗府还有个陈氏,还有那乔姨娘母女,怎么看都是不让人省心的。她让丫头收拾了东西,摆了晚饭,吃了之后还要去守灵的。

宜宁却在想祖母留给她的那些东西,既然是祖母留给她的,自然要好好打理。只是不知道该交给谁打理才好,这以往都是祖母亲自来做的。

她看了看旁边正安静吃饭的,她的三哥。

屋子里,罗慎远放下茶杯,挑了挑眉问:"让我帮你管?"

宜宁点头,打开盒子仔细看着,薄薄的一张张文书,还不是她现在不方便管,不然以她的个性,这些东西还是自己拿着更安心。当然给罗慎远管,她也是放心的。

但随即她又补充道:"三哥,你帮我管,我就看着学学。不过等我及笄了,你还是要还给我的……"

罗慎远失笑,这小丫头想什么呢,他还会贪她的银子不成?宜宁看他笑得意味不明,心想自己那话搞不好有歧义,怕他误会,立刻又补充道:"你不要误会了,倒不是怕你贪了我的银子,而是你以后考了进士就太忙了,再拿这些事烦你不好。"

她又说:"这些铺子、田庄的收益,分三成给你。"

罗慎远这才接着说:"可以帮你管,但是收益不能这么算。这些铺子、田庄的收益要全部放在我这儿,等你要用钱的时候,找我给你支银子。等你以后长大了,我一并给你,现在不行。"

想到宜宁原先过的生活奢侈,怕她对银子没有什么感觉随便花钱,罗慎远觉得还是不要给她比较好。

宜宁心里也是哭笑不得,看吧,这就是小孩子的不好了。不过想想也有道理,这么大笔银子放在她这儿,还是不怎么安全。匹夫无罪,怀璧其罪。

徐妈妈也在旁边说:"七小姐,我看三少爷说得也对。您要使银子的时候找他支就好了。"

宜宁最后同意了,把盒子给了徐妈妈,让她帮自己收起来。那把铜钥匙则给了雪枝,打算以后再去看看祖母留给她的东西。

徐妈妈就对罗慎远说:"老太太刚去,那些管事、庄头都要来葬礼的。奴婢带他们来见您,以后他们就归您管了。明日便在偏厅见见如何?"

罗慎远看了看宜宁，发现她也正看着自己，圆圆的眼睛乌溜溜的，而且满是期待。"明日下午，我陪父亲见完宾客之后过去。"罗慎远对徐妈妈说。

宜宁听到他同意了，立刻就拉着罗慎远的衣袖笑着说："那谢谢三哥了！"她对他总是有种独特的信任。罗慎远看她拉着自己的小手，默默地想。

三哥告辞走后，丫头端了热水进来给宜宁洗脚。宜宁看到给她整理被褥的徐妈妈，总觉得这情景陌生又熟悉。

祖母虽然离开了，但还是时时刻刻地保护着她。宜宁躺在床上默默地看着头顶的承尘，只是如今她毕竟不能只做个孩子了。

她静静地闭上眼，心里平静了下来。

第二日晨起，雪枝给宜宁梳洗好，依旧是着孝服，梳了丫髻，随后去了林海如那里吃早膳。

丫头摆了白粥、酥蜜饼、腌制萝卜干等东西。林海如怕宜宁吃不惯她这儿的东西，还给她做了许多点心，包虾仁的水晶饺、松软的豆沙包，宜宁的碗里被她堆得跟小山似的。

"你最近瘦了些，快多吃一点。"林海如笑着说，吩咐丫头赶紧把蒸好的红枣乳糕端上来，宜宁爱吃这个，只是这点心做起来太烦琐了，平日很少做给她吃。宜宁第一天在她这里吃饭，怎么也要让她吃好了。

罗宜怜带着轩哥儿过来给林海如请安。她也穿着孝服，这几个月身量似乎高了些，小脸清丽。她和轩哥儿给林海如行礼，林海如就神色淡淡地"嗯"了一声。

宜宁抬头看了一眼，却没有见到乔姨娘的身影。这做姨娘的怎么会不来给主母请安？也太不合规矩了。她问罗宜怜："六姐，姨娘没有过来吗？"

罗宜怜只是叹了口气说："昨日父亲伤心不已，姨娘忙着照料父亲，晨起便有些不舒服了。"她又笑了笑说，"祖母逝世了，七妹搬到母亲这里住，想必日后是要常往来的，还要欢迎七妹妹过来才是。这西院我是熟悉的，以后七妹妹要是有什么想要的想玩的，来找我就是了。"

宜宁道了谢，这时候丫头端着刚蒸好的红枣乳糕上来了，站在罗宜怜身边的轩哥儿看到这个，却摇着姐姐的衣袖闹着要吃："轩哥儿要糕！轩哥儿要糕！"

林海如平日就不喜欢这两姐弟，这盘糕是特地给宜宁准备的，更不想给出去。

不过轩哥儿毕竟还小，林海如让婆子拿了盘子出来，给轩哥儿拨了一块。宜宁也不在意，她再怎么喜欢吃毕竟也是大人，怎么会和孩子计较。

轩哥儿得到却不高兴了，在乔姨娘的屋子里，他喜欢吃的东西都是要给他的，连罗宜怜都是全让给他的，只拨一块怎么行？他大声说："轩哥儿都要！"他上前几步就把盘子抱进了自己怀里。

罗宜怜看着弟弟这般，无奈地笑了笑："母亲不要见怪，弟弟年纪还小。"

林海如差点就把筷子拍到桌上去了，这可是她一大早就吩咐厨房给宜宁准备的。宜宁可一块都没有吃，偏偏轩哥儿是二房的宝，谁都要宠着他，倒是越来越娇惯了。

门外丫头通传，说二老爷过来了。

宜宁听到声音，放下手中的碗，立刻笑着说："轩哥儿喜欢吃，就都让给你吃好不好？不过也不要抢，你乖乖过来坐着，七姐这里还有白粥，你配着吃好不好？"

轩哥儿不喜欢这位陌生的七姐姐，摇头说："我不喜欢喝粥！我不喜欢你，也不要坐你旁边！"

罗成章正好走进来，几个孩子给他请安。他看了一眼抱着盘子的轩哥儿，却皱了皱眉说："轩哥儿，你这是干什么呢？你七姐分粥给你喝，你不要就不要，怎么能如此说话！"

宜宁刚没有了祖母，如今才搬到他这里来。

他在门外又听到宜宁的声音客客气气的，对这个弟弟也是关怀，心里正欣慰，没想到轩哥儿小小年纪，说话却如此伤人心。

宜宁似乎并不在意，轻轻说："父亲不要怪弟弟，他年纪还小，说话只是坦率了些而已。"

罗老太太才死，罗成章心里正是伤心的时候，看着宜宁孤零零的，他自然又心疼了几分。他坐下来对轩哥儿说："你嬷嬷可教过你，怎么拒绝人家的？给你七姐姐道歉。"

轩哥儿看到一向喜欢抱自己、疼爱自己的父亲有些生气了，才委委屈屈地说："谢谢七姐姐，轩哥儿来之前吃过饭了，就不喝七姐姐的粥了，刚才对不起七姐姐。"

罗宜怜看到弟弟这个样子，也有点心疼。她和乔姨娘可都是把轩哥儿当宝宠着的，便柔声说："爹爹，轩哥儿也是最近太为祖母伤心了，女儿回去一定好好教导轩哥儿说话。"

看到轩哥儿道歉，一向乖巧懂事的宜怜也说话了，罗成章的脸色才缓和下来，让两姐弟先下去了。

罗宜怜临走时看了宜宁一眼，宜宁却神色淡淡地夹了个水晶饺吃，看都没有看她。轩哥儿这么跋扈，林海如身边的丫头婆子都没有说话，想必是平日都习惯了。

难怪都说乔姨娘受宠呢。

罗成章在宜宁身边坐下，丫头也给他布置了碗筷，他柔声问她在林海如这里过得好不好。罗宜宁点了点头说："母亲待我好，还给我做我最喜欢的红枣乳糕，我喜欢母亲。"

孩子的夸奖就是最好的。

罗成章见宜宁心情舒畅，才叹了口气摸了摸她的头："你祖母走了，日后就好好跟着你母亲过。你祖母留给你的东西，你三哥也跟我说过了。"罗成章看她抬起小脸，似乎很专注地看着他，不由得笑了笑说，"父亲都知道。既然是祖母留给你的，我也不会动，以后就全部当成你的嫁妆陪你出嫁。"

知道罗老太太把东西都留给宜宁了，罗成章没有什么感觉，反正不管在谁手里，东西总归是留在二房的。所以当罗慎远连夜去料理事情的时候，他也很支持。

"只是大嫂怕是要不高兴了。"罗成章放下手，对林海如说，"你好好安抚一下大嫂，一切事情等大哥回来再说。至于分家的事还要等等……"他沉吟了一下。

老太太刚死就分家，这是不孝。还是再等等看吧，算时间他们也该从京城回来了。林海如跟陈氏合不来，很想分家，但是罗成章还是没有表明意思，她有点失望。

151

罗成章吃过早饭就去了灵堂，宜宁则放下碗筷，问林海如："母亲，乔姨娘时常不来给您请安吗？"

林海如"哼"了声说："她还不是做个狐媚子的样子，偏偏你父亲宠爱她……不来也好，我懒得看到她！"

宜宁心想林海如这些方面真是糊涂——请不请安不是她想不想看的问题，而是乔姨娘的态度问题，这也是府中众人对乔姨娘的态度问题。

她小声在林海如耳边说："母亲，下次您要是对她不满，我帮您说话怎么样？"

林海如看着宜宁，不明白她是什么意思。宜宁则笑了笑，继母对她这么好，她自然也要投桃报李的。

"有些事我比您好说话。"宜宁说，"您信我就好了。"

林海如虽然不知道宜宁要做什么，但是她知道宜宁那小脑瓜转得很灵活。

她的丫头瑞香毕竟要机灵点，也跟着点头说："我看七小姐说的有道理，二太太，您听七小姐的没错。"

林海如还是答应了，不过她也没当回事，继续给宜宁的碗里夹东西劝她多吃点。宜宁哭笑不得，她可已经吃饱了啊。看来林海如是真的觉得她瘦了。

门外突然传来丫头说话的声音，似乎是喊着二太太，声音很急促。林海如放下筷子，这吃个饭怎么就那么不安生，来来往往这些人要不要她吃了！

正准备等那丫头进门就一顿骂，那丫头却喘着气说："二太太、七小姐，是……是大小姐……大小姐从京城回来了，大小姐先派人传了信，让您先到垂花门去！大爷也刚到，大太太正在去垂花门的路上！奴婢赶紧回来跟您说一声。"

林海如听得一愣。

宜宁的长姐罗宜慧回来了。宜宁分明看到，林海如的表情一时间很复杂，高兴也不是，不高兴也不是，要是仔细看起来的话，好像是有点怕。

她回头有点犹豫地对宜宁说："宜宁，你长姐回来了……你要不要去看看？"

宜宁当然要去看。这位小宜宁的长姐罗宜慧，她可是钦佩很久了！平日只从别人的话里听到她，也不知道究竟是怎样的一个人物。

清晨秋日的阳光照着影壁，高大的马车投下长长的影子，大群的护卫、婆子簇拥着马车，一个腹部凸出、面容姣好清丽，长眉入鬓的女子被婆子扶下了马车。她梳了桃心髻，着孝服，但那气度也是不凡的。

她淡淡地看了影壁前方一眼，略一沉吟问道："不是派人给母亲送信了吗，怎么还没有过来？"

旁边的婆子连忙应道："许是还没来得及吧。"

"她惯是这个拖沓马虎的性子。"罗宜慧淡淡地说，"你再去妹妹那里，让雪枝把妹妹抱去灵堂那边，我先去给祖母上香烧纸。"

婆子应声前去，罗宜慧则被大丫头扶着，侧头问道："特意让大伯父先回来一步，大伯母可是接了大伯父就走了?"

大丫头说:"是接了就走了,如今该去灵堂了。"

罗宜慧才叹道:"大伯母连个表面功夫都不做,看来的确是矛盾不浅。也不知我不在的时候究竟发生了什么,她连自己的行径都不讲究了。"

大丫头扶着她的手,让罗宜慧仔细脚下的路:"得亏您赶回来,不然咱们姐儿这般处境,也是太凶险了。"

罗宜慧没有再说话,目光却微微一冷。

宜宁被林海如牵着匆匆到了影壁。影壁那里好多仆从在歇息,说世子夫人等了片刻,已经去灵堂了。

林海如面露忧愁,还是迟到了。她跟宜宁说:"你长姐指不定要呵斥我,你一会儿得帮我说话……"

宜宁听得目瞪口呆,只听说过母亲训斥女儿的,哪有反过来的!

林海如却还是很发愁,这个嫡长女实在是太厉害。罗宜慧没出嫁之前,没少管着她,东管西管。罗宜慧一说她,她就更做得不好了。所以罗宜慧没有出嫁前,二房的事全部是她在管。

林海如落得清闲,反正她怎么做都做不好,而罗宜慧人如其名,活脱脱是个罗老太太的年轻版。

灵堂就设在正堂。

正堂里吊唁的人还在,白帆低垂,香雾弥漫,道士在做法事。

宜宁一眼就看到了一个背影,身姿高挑,脖颈细长。她跪着给罗老太太上了香,直起身来的时候丫头忙去扶她,她的腹部隆起,神情淡淡的。宜宁看到她的时候心里一跳,有种非常熟悉的感觉。

罗宜慧也看到了被林海如牵着的宜宁。她的妹妹正仰头看着她,目光似乎有些好奇,没有原来活泼了。

林海如牵着宜宁迎了上去,忐忑地笑了笑:"慧姐儿,你可算是回来了!这从京城回来只用了短短两日,你恐怕是累了吧。既然已经上了香,那不妨先下去歇一会儿……"

罗宜慧说:"正好,我还有话要问你。"她又看向林海如手里牵着的宜宁,似乎想说什么。林海如叹了口气解释说:"老太太没了之后,宜宁便不如原来活泼了。"

罗宜慧听到林海如这么说,只觉得心里揪一般疼。她向宜宁伸出手,低下身子,温言笑道:"眉眉,快到姐姐这里来。"

## 第十章 罗府分家

宜宁看到罗宜慧，身体自个儿就有种依恋的感觉，这种感觉甚至比面对罗老太太的时候还要强烈，只想扑到她的怀里去，痛痛快快地哭上一场。听到罗宜慧喊她的小名，鼻尖竟有种酸楚的感觉。她往前几步扑进罗宜慧的怀里，抱住她的脖颈，轻轻地喊了一声"长姐"。

罗宜慧把宜宁紧紧抱着，抚摸着她的背说："没关系，姐姐回来了。"她见宜宁原本一个谁见谁怕的小霸王，现在却有种孱弱无依的可怜感，更心疼地用脸贴了贴宜宁的小脸。

"姐姐回来了，你便有靠山了，不要怕。"罗宜慧柔声说。

宜宁虽然是第一次见到她，这个陌生的长姐身上却有种熟悉的气息。仔细看看，她和长姐面容有几分相似，只是长姐更明丽一些，她还是稚嫩的一团孩子气。

母亲死之后，十一岁的罗宜慧就带着妹妹。妹妹学走路了、学说话了，牙牙学语地叫"姐姐"，迈着小短腿蹒跚地跟在她身后，追着要她抱。

罗宜慧对这个妹妹的感情实在不一般。当初嫁去定北侯府，她真是恨不得把妹妹也打在包裹里带走，免得留在罗家被人欺负。

在侯府的时候听说妹妹落水，她心里已经焦急，要不是身孕还不到三个月，肯定已经赶回来了，幸好后来妹妹没事，再听说罗慎远中了解元，然后是罗老太太的死。

罗宜慧再也等不得，身怀六甲也要回来。定北侯世子傅正清劝她不要急，仔细腹中孩子。她瞪了傅正清一眼自己就先回来了，傅正清又怕她出事，料理了手头的事也要赶过来。

等回了林海如那里，丫头端了茶上来。罗宜慧喝了口茶问："祖母身子一直不好，却也没有大事，怎的突然就不行了？"

茶杯放下来，想到罗老太太对自己的好，罗宜慧心里也有些不好受。不过她知道除了祭奠祖母，她还有更重要的事情要做，她这次回来便是要把这些事情处理好。

"我也不是很清楚。"林海如的声音压低了一些。

宜宁正靠在罗宜慧身边，罗宜慧身上有股淡淡的栀子香气，很好闻。她发现这位长姐一直很镇定，无论是给罗老太太祭拜，还是刚才在路上偶遇陈氏。陈氏看到她的时候表情微变，她却屈身给陈氏请安。

　　她往门外一看，虎廊下，罗宜慧带回来的婆子正吩咐丫头收拾箱子。应该要长住一段时间吧，宜宁心想，莫名地有些安心。

　　"老太太请原先的郑妈妈回来治病，那日郑妈妈要走的时候老太太发病了……"林海如说，"没撑多久就不行了。宜宁本来是要守着的，大嫂非要让宜宁回去。宜宁一走开，老太太就断了气……"

　　林海如想到那日的场景，语气就沉重了几分："大嫂随即让宜宁搬出正堂……老太太把自己的东西都留给了宜宁，若不是慎远帮着宜宁，大嫂必定是不依的。现在宜宁的这些东西都是慎远在管。"

　　这些惊心动魄的事发生的时候，自己却不在她身边。

　　罗宜慧缓缓地抚着宜宁的头，抬起头道："我正想问罗慎远的事。不过想来你也说不清楚，他人现在在哪里？"

　　京报连登黄甲，罗慎远少年举人的身份京城都传遍了。罗宜慧听说的时候并不惊讶，罗老太太早就跟她说过，她这个三弟很厉害。她更想知道的是，罗慎远心里究竟是怎么想的。

　　宜宁听长姐的语气，似乎对三哥的印象并不好。仔细想想，记忆中罗宜慧对罗慎远的态度跟罗老太太很相似，她不喜欢这个庶出的弟弟。

　　但是这两个人可不能有矛盾啊！

　　她拉着罗宜慧的手，跟她说："长姐，三哥对我很好。他教我练字，还帮我管铺子和田庄。"

　　妹妹年纪还小，如何懂得分辨人的好坏。罗宜慧只是抚了抚她的脸说："好，眉眉乖。等姐姐见过你三哥再说。好不好？"

　　宜宁心里叹了口气，不过想想也是，以罗宜慧的心智，自然不会只听一个孩子的话。"乔姨娘可还安好？"罗宜慧又问林海如。

　　林海如这时候却不知道说什么了，吞吞吐吐了半天。罗宜慧看向瑞香，瑞香只能说："老爷常去乔姨娘那里，她就以此为借口时常不来给二太太请安，除此之外，倒也安生。"

　　罗宜慧听了瑞香的话，就明白现在乔姨娘是怎么个处境了。

　　她淡淡地说："乔姨娘倒也长进了，不过我回来倒不是为了她。我这次回来其实是为了一件事……"乔姨娘以后再收拾便是，她看着林海如，缓缓地说，"祖母没了，以后势必要分家的。与其拖到以后，不如现在就分了好。"

　　林海如被嫡长女说得一愣。她也想分家，但是罗成章不同意啊。而且为什么越早越好？老太太刚去了，这实在是不孝的。

　　罗宜慧没有解释，只是说："等晚上我去跟父亲说，如今刚回来，我要去给祖母烧些纸钱。"她牵着宜宁去了灵堂，跪着烧了半个时辰的纸，然后又带着宜宁去给刚回来的罗大爷请安。

　　罗大爷神色平静地让罗宜慧不用多礼。他只是因赶路精神有些萎靡，却也没有伤心过度的样子。果然不愧是做大官的人，这等心思罗成章还真的比不了。

宜宁心里却在想，祖母死后，罗大爷和父亲都要丁忧三年。这三年里罗大爷只能留在家里，对他的仕途不利，对父亲的影响倒不大。不仅罗大爷的仕途要耽搁，罗怀远的亲事也要受影响。

她突然明白罗宜慧为什么现在就提出分家，现在就是最好的时机。若是以后再提，等大房的事情尘埃落定了，二房必定会更吃亏，而且以林海如的手段，两家同过的时候，她绝对压不过陈氏。

只是孝道毕竟是一个问题，不知道罗宜慧会如何解决。

罗宜慧回来，其他的弟弟、妹妹都要来见过她。不仅因为她是家中的嫡长姐，还因为她的身份是定北侯世子夫人。

陈氏看到宜宁站在罗宜慧身边，就想到了让她气得牙根发痒的罗老太太的遗嘱。

她以前是轻视罗宜宁，没了嫡母的孩子，如何能跟她的宜玉、宜秀比。她也不信林海如会真的把罗宜宁视如己出，但想到罗老太太留给罗宜宁的那些东西，再看到罗宜慧、罗慎远都一副保护者的姿态站在罗宜宁身边，她也知道罗宜宁怎么都不会差了去。

谁让她有好哥哥和好姐姐呢？再者罗宜宁这个小丫头，看似天真可爱，实则也是聪慧的。那日她发现宜玉与程琅传情后暗加劝阻，这等心智恐怕也不是一个简单的孩子能做到的，只不过别人看不出来而已。

陈氏面对罗宜慧，还是柔声地说："你祖母走得匆忙，屋中的事俱没理清楚。宜宁又还小，多亏你回来得及时。不如就先在这边吃了饭再回去……"

罗宜慧看了看坐在陈氏旁边的罗宜玉，刚才在路上的时候，她已经向雪枝问清楚了这几个月发生的事。

"母亲那边实在是还有事要忙，脱不开身，只能谢您的盛情了。"罗宜慧只是笑了笑，"我听眉眉说，玉姐儿与刘府同知的儿子定亲了？"

别人若是问起来，陈氏倒还不觉得有什么。罗宜慧一问起来，陈氏总是想到她定北侯世子夫人的身份，刚嫁过去就有了正二品的封诰。宜玉要嫁的这个，却连一官半职都还没有，更别说什么夫人的封诰了。同样都是罗家嫡出的女儿……

"是老太太生前定下的亲事。"陈氏也笑着说，"他倒也不错，今年乡试的时候与怀远、慎远一起中的举，明年还要会试。"

宜宁还没听别人说起过这个，原来罗宜玉的未来夫婿也中举了。不过那个时候罗慎远刚中解元，估计也没有人留意过他。

"说起定亲的事就让人头疼。"罗宜慧和缓地笑了笑，"便说英国公的外孙程琅，他的性子可是让他的两个舅舅头疼不已的。前不久不知怎么招惹了那窦阁老的嫡孙女，人家非要嫁给他，逼得窦阁老去见他亲舅舅，也就是陆都督说情。他偏偏还不答应，也不知道要找个什么样的才好。"

听到罗宜慧的话之后，罗宜玉的脸色"唰"地就白了。

她突然开口问:"窦阁老的嫡女……想嫁给程二公子?"

罗宜慧看着罗宜玉,微微一笑说:"他家世显赫,有个陆都督做亲舅舅,还认了个英国公做表舅舅,长相也是俊朗,又聪明绝顶。别说窦阁老的嫡孙女了,满京城待嫁的世家嫡女,谁又不想嫁给他。"

宜宁在旁听着长姐的话,也说不出是个什么滋味。曾经离她这么近的那些人,现在都只能从别人的话里听到,远在天边。

长姐所嫁的定北侯府与宁远侯府是世交,而英国公府与宁远侯府一样是簪缨世家中的翘楚,英国公几次与陆嘉学一起征战沙场出生入死,现任宣府总兵,与陆嘉学交情颇深。所以长姐与英国公府有往来,倒也不奇怪。

长姐这些话是说给罗宜玉听的。罗宜玉的脸色不好看极了,又失落又失神。她还看了宜宁一眼,罗宜慧肯定是知道了程琅的事,那必然是宜宁说的。

不过宜宁根本不在意罗宜玉有什么感受,罗宜玉这样的人,在乎她的感受又有什么用。

她神情淡淡地站在罗宜慧身旁,看都不看罗宜玉。罗宜慧说完之后才带着宜宁起身,向陈氏告辞。

看到她们走了,陈氏合上了茶杯盖,对女儿说:"你可不要再妄想了,忘了以前的教训?我看你祖母给你选的亲事的确好,刘静是个上进的后生。便是你要守孝三年,人家也特地让高夫人带了信来说要等你。这等情意实在难得。"

罗宜玉点了点头,轻声说:"我都知道,我只是不甘心,我这么喜欢他……"

"喜欢他的人多了去了。"陈氏冷笑道,"那他喜欢你吗?"

罗宜玉不再说话,陈氏却抚着袖子慢慢道:"你长姐这次回来不简单,程二公子事小,看她究竟要做什么才是正经。"

丫头扶着陈氏站起来,陈氏看着她的两个女儿。罗宜玉心高气傲,眼高手低;罗宜秀的性子不知道像谁,莽撞糊涂。还是顾明澜厉害,留下个罗宜慧那样的嫡长女。

陈氏闭了闭眼睛,恐怕还得把那件事提前做了才行。

宜宁跟着罗宜慧回到正房,林海如已经让人摆好了饭菜。丫头立刻去通传了,不一会儿乔姨娘就带着一对儿女前来请安。

乔姨娘也不想来,但如果她真的不来,以罗宜慧的性子,还不知道给她找出多少事来。偏偏二老爷对这个长女言听计从,她听了婆子的传话之后就立刻让丫头给她梳洗。

罗宜慧把宜宁抱在怀里,喂她喝冰糖炖的桂圆银耳粥。就是以前祖母都没有这么喂过她,罗宜慧还把她当几岁的孩子养着呢。

宜宁喝下姐姐递过来的汤,随后下一勺又来了,看着妹妹喝下自己喂的东西,罗宜慧觉得很舒心。自己小时候就这么喂她,跟亲手养大她没什么两样。

喝完之后旁边丫头递了帕子过来,罗宜慧给宜宁擦了嘴,轻声问她还要不要喝。

宜宁早就有点撑了,打着嗝说:"长姐,我实在喝不下了……"宜宁有点发愁,她这两天被林海如灌了不少东西,又接着被罗宜慧喂,感觉自己会越来越胖了。

罗宜慧见她粉嘟嘟的脸实在可爱，拧了妹妹的包子脸一把，才把她放到旁边的座位上。这时候丫头挑了帘子，乔姨娘带着罗宜怜和轩哥儿进来了。

"给大小姐请安。"乔姨娘衣着素净，青丝绾了发髻，侧脸清秀如晨间露珠。她屈身行礼之后，罗宜怜也带着轩哥儿给罗宜慧行礼。

罗宜慧就着给宜宁擦嘴的帕子，擦了擦自己的手指，淡淡地问："是乔姨娘来了？"

宜宁刚坐端正，抬头就看到乔姨娘给罗宜慧行礼。她觉得自己这位长姐简直不得了，虽说妾的身份不如小姐，但哪个贵妾会真的给小姐行礼的！看乔姨娘这熟练的动作，恐怕已经是习以为常了。

宜宁回答说："长姐，是乔姨娘来了。"

乔姨娘维持着请安的姿势，一言不发。罗宜慧也没有说话，正房里静了片刻。

丫头们都低着头不敢说话，林海如看着罗宜慧和宜宁，不知道她们两姐妹究竟卖的是什么药。

"乔姨娘是贵妾，伺候父亲又时常身子不适，何必行此大礼。"罗宜慧才看了身边的丫头一眼，"如此没有眼力，还不快给姨娘搬个圆凳来。"

屋子里大大小小的丫头都看着，乔姨娘给罗宜慧足足行了半刻钟的礼。罗宜慧说了之后，这才有小丫头给乔姨娘搬圆凳来。

乔姨娘忍了又忍，轻柔地谢过罗宜慧。

乔姨娘原来不是没有跟罗宜慧做对的时候，但都没有什么好下场。她已经打算好了要忍，谁让罗宜慧不仅是嫡长女，还是世子夫人，反正她也在罗家留不了多久。打定主意之后她就心平气和了，只是袖中的手还是紧紧捏着，毕竟平日她在二房的地位仅次于林海如，除了她罗宜慧，谁敢给她脸色看。

罗宜慧摸了摸妹妹的头，这小丫头心里门清呢。她又笑着说："我嫁出去的时候轩哥儿才出生不久，也是许久不见了，抱过来我瞧瞧。"丫头把轩哥儿抱到罗宜慧身边。

轩哥儿对罗宜慧很陌生，看她长得好看，也跟她玩耍，玩得"咯咯"地笑，一趔趄差点从凳上摔下去。

乔姨娘忍不住站起来，似乎立刻就想把轩哥儿抢回来。

罗宜慧已经稳住了轩哥儿的身体，看了她一眼淡淡地说："姨娘这是做什么，还信不过我吗？"

乔姨娘强扯出一个微笑："妾身……怎么会信不过大小姐。"

"一惊一乍的做什么？我是轩哥儿的长姐，还会让他在我手里受伤不成？"罗宜慧淡淡地说，继续逗轩哥儿玩。

乔姨娘和罗宜怜却都看得目不转睛，一刻都不敢分神。轩哥儿似乎觉得刚才有惊无险，笑得更开心了。

这样玩耍了许久，才有小厮过来传话，说二老爷在书房等大小姐过去。

罗宜慧这才把轩哥儿还给了乔姨娘，轩哥儿和陌生的长姐玩得很开心，还有点舍不得走。

乔姨娘却一把抱着轩哥儿，如释重负地准备告退。

"姨娘且等。"罗宜慧却叫住她，跟她说，"姨娘是个聪明人。轩哥儿聪明可爱，你守着轩哥儿长大，日后也是安安稳稳的。若是去想一些有的没的，恐怕带不好轩哥儿，那轩哥儿还是母亲带的好。"

罗宜慧叫她来，怎么可能只是让她请安。乔姨娘后槽牙都要咬碎了，她拿轩哥儿来威胁自己？

她紧紧地抱着轩哥儿："妾身……知道。"

蛇打七寸，乔姨娘的死穴就是轩哥儿。若不是乔姨娘还生了轩哥儿，在二房的地位不一般，凭罗宜慧现在的手段和地位，恐怕早就收拾了乔姨娘。但用轩哥儿来告诫她，她也知道老实了。

罗宜怜似乎也觉得屈辱，咬了咬嘴唇，与自己的母亲、弟弟一起退下了。"眉眉，你在母亲这里玩，我去去就回来。"罗宜慧摸了摸宜宁的头。宜宁乖乖地说了声"好"。

林海如见罗宜慧走了，低声跟宜宁说："你长姐真是厉害，看乔姨娘刚才那脸色，难看成什么样了！"可能是因为罗宜慧让乔姨娘吃瘪了，林海如食欲大振，饭都多吃了半碗。

她完全不担心长女究竟要去谈什么，吃过饭之后，陪着宜宁在罗汉床上玩叠骨牌。

宜宁这些天精神都不太好，何况她又不是真的喜欢玩，玩了一会儿就犯困，靠着小几直打瞌睡。她也想等长姐回来，偏偏孩子的身子就是爱睡。如今她是长个子的时候，就更贪睡了。

林海如让丫头给她抱了床被褥过来，宜宁习惯性地把被褥裹了一圈，就在罗汉床上睡着了。

等罗宜慧回来的时候，屋子里的烛火已经点起来了，林海如正悄声和瑞香说话。

罗宜慧也劳累一天了，让丫头扶着坐下来，看到自己妹妹居然把自己裹得跟蚕蛹一样，睡得正香，不禁觉得好笑："原来睡觉喜欢踹被子，如今怎么喜欢裹着睡了？"

雪枝说："奴婢也不知道，小姐落水之后就喜欢裹着被褥睡了。"

这不过是宜宁的习惯而已，她从小就喜欢裹被褥，这样睡得香，就是后来嫁人都没有改。

罗宜慧听了却误会了，看着妹妹熟睡的侧颜怔了片刻，问林海如："你跟我说，当日郑妈妈和祖母说过话，后来祖母就不行了。那郑妈妈究竟说了什么？"

林海如叹了口气："我们都不知道，不过老太太临走的时候，只和一个人说过话，还把我们都清退出去了。说话的就是罗慎远，宜宁的三哥。"

祖母临走前居然跟罗慎远说过话，罗宜慧沉思了片刻。没有人比她更清楚祖母对罗慎远的态度了，她很想见罗慎远一面，看他究竟在打算什么。可惜罗慎远今天去了定州，明日才能回来。

这个三弟当年就不是个省心的角色，心思太狠，对别人又太冷漠了。

刚才她跟父亲聊了一会儿，罗慎远现在中了解元，二房以后肯定是要靠他的。要是他真的想做什么，恐怕连她都没有办法阻止。

宜宁就相信罗慎远是真的对她好？

第二天吃过午饭，罗宜慧陪着妹妹在院中画花样。

长姐心灵手巧，那一对蝴蝶画得栩栩如生，追逐嬉戏，轮到宜宁画，画纸上就是一对胖蝴蝶，飞得有气无力。雪枝和徐妈妈等人看了都笑，宜宁却很满意，一个孩子能画出胖蝴蝶都不错了。

她决定用这个花样给自己绣手帕。

丫头过来说三少爷回来了，正朝着正房过来。

宜宁听到之后搁下毛笔，让雪枝抱她下来。罗慎远去定州是为了罗老太太给她留的当铺，他去那里是给她对账的，回来她自得好生迎接他。何况长姐还在这里看着。

罗慎远刚走到厢房，就看到小丫头下了圆凳飞奔到他面前，伸出小手期待地看着他。

他低头看她，似乎没反应过来。

宜宁就眨了眨眼喊了声"三哥"。

她是想让他抱她？虽然平日也抱过，却少见到这小丫头自己求抱的。罗慎远俯身把她抱起来，宜宁就示意他抱自己到罗宜慧那里去。

罗宜慧在府上的时候很有威信，出嫁的时候也是十里红妆的排场，罗家足足办了三天三夜的流水席。罗慎远见得最多的就是她维护宜宁了，宜宁打碎东西了，骂了丫头，和别的姐儿吵架了……只要有罗宜慧在，谁都不敢多说她妹妹一句。

宜宁伏在他的肩头上，问他："三哥，定州的当铺如何？"

她的小手环着他的脖颈，说话的时候有阵阵热气，非常亲昵。是因为长姐回来了，所以她才这么高兴吧？

罗慎远淡淡地说："当铺管事的是原来祖母陪嫁的周氏一房，如今生意兴隆。"他抱着宜宁的手臂微微一紧，走到罗宜慧跟前也没有把宜宁放下来，平静地喊了罗宜慧一声"长姐"。

罗宜慧用茶盖拨了拨茶叶，抬头看着罗慎远。

上次见到他的时候还是一个沉默寡言的庶长子，如今再见到时已经是北直隶的解元罗慎远，竟半点没有原来的卑微。他穿着一件深蓝色的直裰，腰间挂着块羊脂玉，身姿如松，沉稳而有种超然的气势。

他对宜宁的神色也淡淡的，却在宜宁扭头要和她说话的时候，手臂护住了宜宁的小身体，免得她一不小心摔了下去。

罗宜慧指了指旁边的圆凳，让罗慎远坐下来。

宜宁晓得罗慎远出去回来之后都会给她带点东西，爪子便往他的衣袖里一伸，掏了起来。罗慎远看着她眉头微皱，顿了顿问："宜宁，你在干什么？"

宜宁已经摸到了一物，拿出来一看是个巴掌大的小盒子。填漆的镂雕祥云瑞兽盒子，打开之后里面是一块漂亮的玉锁。

风格和以往不同，可能不是送给她的。

宜宁想到罗慎远时常给她带的都是各类点心，有点赧然，万一这真是三哥送给别人的呢？那她占了岂不是闹笑话了，她便笑了笑说："三哥，这是什么？"

"你都找出来了，自然是给你带的。"罗慎远整了整袖口，有些无奈地道，"下次莫要再翻我的衣袖了。"

这小丫头如今生了个狗鼻子不成，闻不着味儿都能把东西找出来。

宜宁抱着盒子这才从罗慎远怀里下来，可别真的惹三哥生气了。看到周围的大小丫头都抿着嘴忍笑，她给罗宜慧看了玉锁："长姐，你瞧这玉锁好不好？"

罗宜慧瞥了一眼，淡淡地说："你屋子里这么多玉，拿哪块戴了不成？这玉雕工虽一般，玉质倒是不错，你拿着把玩也行。"

宜宁听了心里一紧。罗宜慧明显还是对罗慎远有戒心，一块玉拿着把玩，岂不是说玉不值钱了……

她看了看罗慎远，人家只是喝了口茶，话都没有说。

"徐妈妈，起风了，带宜宁进去加一件褂子吧。"罗宜慧说，"我给她带了几件褂子回来，正好让她试试水青色的那件。"

罗宜慧要和三哥单独说话。

宜宁也没有逗留，跟着徐妈妈进了暖阁换衣裳。高手过招片刻定胜负，反正罗慎远跟罗宜慧都是聪明极了的人。她能做的已经做了，别的就看他们俩合不合得来了。

徐妈妈从箱笼里找了水青色的那件来给她换，松枝拿着盒子过来问她："姐儿，这可要收进库房里？"

宜宁正要点头，突然想了想说："先给我再看看。"

松枝打开盒子把玉锁递给她。宜宁把玩了片刻，这才注意到玉锁底部的一个"眉"字，用了篆书雕刻，字迹是三哥的……她就说哪个玉匠的雕工这么次，原来真是他亲手雕的。

他居然也不说。她今天要是不注意，恐怕就已经收进库房了。

宜宁让松枝把东西放进妆台的抽屉里。等她穿好衣裳走出去的时候，居然听到长姐在和三哥论茶道，什么茶叶，过几遍水的味道最好。看来罗慎远的诗词茶道都不差，罗宜慧喜欢君山银针，就问罗慎远如何存放君山银针最好，她存放的味道总是会变。

这么快就说完了吗？

宜宁走过去，发现三哥手里正拿着她画的那张胖蝴蝶的纸。他平静地说："不如用发了汗的竹筒来装，用寻常的木器恐怕存不住香味。"

罗宜慧的神情若有所思，两姐弟又久久不说话。宜宁看向旁边的雪枝，雪枝对她点了点头表示无事了。

罗宜慧也看到她出来了，招手让宜宁到她身边去，跟她说："一会儿我要去母亲那里，你留在屋子里睡午觉，傍晚我们再一起去正堂守灵，知道吗？"

宜宁点头答应了，罗宜慧就让丫头扶着起身。看到长姐已经粗笨的腰身，想到她还要为二房这一大家子操劳，宜宁就觉得有些心酸，但很多事上她也代替不了长姐去做。

宜宁看着长姐走出了夹道，回过身来，罗慎远正在看那幅画。

"宜宁，这是你画的？"他问。宜宁说了是。

他嘴角微扯，欲言又止地低语："字写得一般就算了，怎么画也……"原来总觉得奇怪，她怎么一点罗家小姐的天赋都没有，现在却不奇怪了。

宜宁没听清楚，问他："三哥，你说什么？"

"等除服之后给你找个老师，继续教你书法。"罗慎远放下手中的画纸，决定以后还是不要强求她了。

宜宁还要午睡，他没留多久就走了。她躺在床上翻来覆去的，不一会儿就睡着了。徐妈妈看宜宁睡了，拿了床被褥给她加上，眼看便要入冬了，风吹进来还是很冷的。她跟松枝说："我看过不了多久就该更冷了，劳烦松枝姑娘去姐儿的库房里找几个手炉子出来。姐儿身子畏寒，受不得冷。"

松枝应了徐妈妈的话，很快就出了门。宜宁的这些东西还在正堂没有搬过来，她还要找几个丫头婆子跟她去正堂搬东西。

宜宁醒来之后，看到窗外透进来的光已经有些暗了，这一觉睡得太沉了。她觉得有点冷，手脚冰凉。

她坐起身，听到屋外面有人说话："这点东西算什么。我在乡下的时候，田庄里的麦子、蜀黍我都搬得动。"

宜宁打开窗，正看到青渠从一个丫头手里搬过了箱子。那丫头在后面看着她，非常忐忑："这里头可是七小姐的梅瓶和玉器，你别摔坏了！"

青渠却搬着东西很轻松地朝倒座房去了。

松枝从外面进来，给宜宁带了一个灌好热水的铜手炉，放进了她的被褥里。脚很快就暖了，宜宁便将整个脚掌贴着铜手炉，听到松枝笑吟吟地说："您别说，青渠姑娘力气大是真的。刚才去给您清理库房的时候，她一个顶两个小厮还有余。"

郑妈妈走后青渠留了下来，她这样的姑娘扔到哪里似乎都长得好，力气大能做事，说话从不拐弯抹角，宜宁房里的丫头婆子倒挺喜欢她的。青渠觉得自己留下来就是照顾宜宁的，反正郑妈妈说了她就认死理，松枝请她回去，她也不回去，抱着包裹说："我跟着七小姐吃一口饭就是了。反正郑妈妈又不要我了，回去也是会被赶出来的。"她个头高大，蹲在那里的时候表情居然有点可怜。

宜宁看到之后就让她留了下来，在她房里做事。

"她性子善良。"宜宁只是说，抱着手炉问松枝，"库房的东西都搬过来了？"

松枝点了点头，把宜宁的头发打散了重梳，边梳边说："奴婢正好碰到大太太身边的大丫头喜鹊，听说大太太要请老爷过去商议老太太丧葬的事。如今大太太跟咱们可是生疏了，喜鹊和奴婢说话也要避嫌……"

宜宁还有点昏昏欲睡，听到这里突然睁开眼："你说大伯母请父亲过去商议丧葬的事？"

松枝点了点头。宜宁就坐正了身子，就算是商议丧葬，也该是等法事做了，道士算个宜破土的日子来。这个时候商议什么，再者这事自然要父亲和大伯父提起，怎么要陈氏来提了……

宜宁总有种不好的感觉，想到长姐还在林海如那里，她便让松枝给她穿了鞋，要去林海如那里。

一个夹道倒也不远，宜宁带着松枝过去，只让松枝重复了一遍事情，并不说她。罗宜慧听了松枝的话之后只是笑了笑道："你这丫头倒也机敏。"

她似乎并不十分惊讶，回头跟林海如说："母亲收拾收拾，我们一起去正堂吧。"

林海如有点没明白："慧姐儿，这是怎么了？去正堂做什么？"

罗宜慧的丫头扶着她站起身来，"正堂现在肯定热闹，咱们定是要过去看看的。"她摸了摸宜宁的头发问她，"眉眉要不要也过去？"

宜宁看着罗宜慧的神情，突然觉得其实长姐什么都明白，只是在等而已，她想等陈氏先有动作。这样一来二房做出什么也是理所应当的，就没有孝道的问题了。

如果不分家，大房肯定会压制二房，毕竟中公的东西是大家的，但这么些年一直是陈氏在管。陈氏是大长媳，她若是想继续管也说得过去，对二房来说，肯定是分家好。

宜宁心里突然也有点想去正堂看看，陈氏找父亲过去应该就是商量这件事的，却不知道她心里究竟是个什么打算。

这时候罗宜慧的大丫头进门来了，向罗宜慧屈身道："夫人，三少爷已经在正堂了。"

"知道了，点灯笼吧。"罗宜慧说。

道士作法的声音在傍晚也停歇了，吊唁的人也稀少了些。祖母再过不了多久就要下葬了。

宜宁望着日暮苍山，看到一丝夕阳的光从瓦檐上落下去，寒冷的傍晚里，只有正堂灯火通明。

"眉眉，你瞧什么呢？"罗宜慧问她。

宜宁只是摇头说没有什么，而正堂里的婆子终于打开了门，罗宜慧牵着她，跟在林海如身后走了进去。

陈氏坐在正堂上，罗大爷坐在她身边，府中的男眷都在，看到罗宜慧牵着宜宁进来，陈氏的脸色不太好看，笑了笑说："慧姐儿，宜宁还小，还是让嬷嬷带着她在外面玩吧。"

"姐儿乖巧，不会吵着大伯母的。"罗宜慧笑着回了一句。

罗慎远坐在罗宜慧的右手边，淡淡地说："宜宁，到三哥这里来。"

宜宁乖乖走到他身边，长姐也没有阻止她。宜宁不知道这两人下午究竟说了什么，但肯定是和分家的事有关的，她抬起头看着陈氏。

陈氏心里则憋了一口气。她是不赞成分家的，这些年她主中馈，大家的日子不也好好过着吗？虽说大房的用度是要多一些，但这也是情理之中的事。再从长远了看，二房有罗宜慧这个定北侯世子夫人，还有个宝坻顾氏的外家。顾家虽然这些年韬光养晦了，但顾老太爷还是当今圣上的帝师，只要有他在，顾家便不会没落了去。

大房眼看着是兴盛，但若没有个依靠，倾颓也就是片刻的事情。

陈氏跟罗大爷说了，罗大爷其实心里也早有思量，就默许了陈氏的想法。她请了罗成章来，就是谈府中日后的事。谁想还没说几句，那二房的人精一个个找上来，罗慎远先进来，然后是罗宜慧带着罗宜宁进来。

罗大爷早就跟陈氏说过，他这个二弟没吃过苦，从来都过得一帆风顺，想从他那儿下手很容易。但若是想从罗宜慧或罗慎远这里下手，那可就难了。

不过既然来都来了，也没有往外赶人的道理。陈氏让婆子捧了账本上来，她用茶润了润喉说："这家中不可一日无主，头先老太太在的时候，许多事情便是我管着的。我自认管得虽不好，却也没出过什么岔子，如今老太太没了，我们也没有立刻就分家而过的道理。"

她跟罗成章说："二弟若是不嫌弃，我也继续管，你大哥也是这个意思。老太太还在的时候，交了些到慎远手上，他年轻气盛的，怕管不好家中的庶务反倒误了他读书。不如把那些也交由我管着，二房的吃穿用度是肯定不会少的。"

宜宁听得想笑。罗老太爷在的时候便定下的规矩，祖产兄弟均分。但陈氏当家时，府中的东西可都是紧着给大房的，罗怀远两兄弟的日常用度更是不菲。祖母在时睁一只眼闭一只眼，终于忍不住了，任罗慎远换了大伯母的管事，茶庄如今的生意蒸蒸日上，哪里来的管不好了？

罗成章看了看罗大爷。这些年兄弟之间隔阂不少，虽是同胞兄弟，但彼此也疏远了，大嫂的意思就是他的意思。要是长女没找他谈过，就这么让了大房倒也无所谓。他不是不知道大房的那些事，只不过他和老太太一样，想着家宅平安最要紧，所以没有说过什么。

"大嫂，这事——"罗成章慢悠悠地说，"我做不了主，你和慧姐儿商量吧。"由他来对陈氏怎么行呢？大哥都在一旁坐着没有说话。

陈氏脸色一僵，果然罗宜慧回来之后，这二房的人就如找到了主心骨，一个个都端着了。她又看向罗宜慧，笑着说："姐儿是嫁出去的姑娘，但凭姐儿的身份，想管罗家的事也不是不可以……"

陈氏这话的意思，是想让罗宜慧别管。

罗宜慧听到这里站了起来，微笑道："大伯母说得对，我虽然嫁出去了，却还有个嫡长女的身份在。弟妹们尚且年幼，慎远忙于学业，我不管谁管。"

她一句话就把陈氏噎了回去，随后接着说："我自然不同意。"她给陈氏行了个礼，抬起头，"我与父亲思索了几日，既然大伯母有主意，我倒也有一个——不如分家较为恰当。"

陈氏虽早猜到罗宜慧的打算，听到的时候还是不舒服，笑了笑说："慧姐儿这话也太绝情了些。老太太刚去，我们两房自当和睦，分家岂不是对她老人家不孝。若是她老人家泉下有知，恐怕也要伤心了！"

罗宜慧岂会被她的"不孝"两个字打回去，看着陈氏说："因着大伯母的一句话，祖母临走前都没有见到宜宁一面。祖母去后，您立刻就要把她最爱的孙女赶去荒院住着。我却不知道，这不孝的名号究竟是该归了谁！祖母又是为了谁伤心？"

陈氏的帕子拧了起来，罗宜慧最心疼的就是她那妹妹罗宜宁，如今回来，这一句句紧逼着，不是给她妹妹说话是什么！

罗山远看到陈氏没有说话，便立刻站了起来。

"长姐这话说得倒像是亲眼所见一般。那日母亲让七妹离去，也是担心她身体的缘故，她一出门祖母就落了气，难不成这也要怪母亲了？七妹一向骄纵，那日她僵持着不肯走，若不是母亲喊她，她如何肯离开？"

林海如听到他的话，想起当日宜宁哭得喘不过气的场景便气得发抖！此事她一直没有跟陈氏算账，现在反倒让罗山远给颠倒黑白了。她当即就笑道："照二少爷这个说法，大嫂让宜宁搬去鹿鸣堂也是为她好了？鹿鸣堂久无人居，早已破败，宜宁一个孩子住在那里，大嫂又是什么心肠？"

罗怀远知道弟弟说错了话，拉了他一下让他坐下，站起来说："他是个直脾气，说话口无遮拦的，惹了二婶生气，我替他向二婶赔罪。只是这分家一事着实不用，您也不要怪罪母亲。母亲为罗家操持这么多年，没有功劳也有苦劳……"

罗怀远不愧有功名在身，说话不知道比罗山远高明了多少倍。

宜宁听到这里却站出一步，轻轻地说："大哥，宜宁平日待你好不好？"

罗怀远看到罗宜宁站在罗慎远身边，正抬头看着他，一时不明白罗宜宁是什么意思。他温和地说："宜宁待大哥很亲热。"

"那宜宁待大哥一向亲热，为何大哥还这般对宜宁？大哥说二哥是个直脾气，那就是指二哥说的都是真话。祖母去的那日，也全然是宜宁的错，怪不了别人。"宜宁看着罗怀远谦谦君子的模样，就为小宜宁心寒。她的目光静而澄澈，"大哥可是这个意思？"

罗怀远嘴唇翕动，半晌才说："七妹误会了，大哥一向疼爱你，怎么会这么说你呢？只是此时分家的确是不孝，大哥才说了两句而已。"

罗慎远这才站起来，上前一步握住小丫头的肩膀，让她退到自己身后去。

"大哥说得对，此时分家的确是不孝。"罗慎远淡淡地说，"我们也没有把话说完，分家并非真的分，而是把两家的庶务和田产、房舍分开了算。但是祖先的祭祀还是在一起的，也是尽孝道了。再者分开了算，也免得日后有什么争执之处，这反倒是家宅祥和的方法，实在没有什么不孝的。在外看来，罗家还是原来的罗家，就算是话传出去，也只会说罗家兄友弟恭。大伯父以为如何？"

罗慎远直接问了一直沉默的罗大爷，罗大爷听出了罗慎远的意思。他现在丁忧，本来在朝廷的地位就艰难了，若是再传了家宅不宁的话出去，让御史参他一本，恐怕有的是他的苦吃。那帮御史可不管什么青红皂白的，有事没事就去皇上那里上几本折子，多大的官他们都不怕。

他看着罗慎远，淡淡地道："行了，都不用说了。我看慎远的话有道理，的确可以分开过。"

陈氏听到丈夫也这么说了，急急地道："老爷，这如何能行——"

罗大爷摆了摆手："你让管田产铺子的嬷嬷出来，把家里的东西都分了。这事我就不参与了，也不用请里正过来，你和慧姐儿商议着来吧。"他说完就叫了身边伺候的小厮，起身离开了正堂。罗成章见大哥都走了，叮嘱了慧姐儿几句，也跟着离开了。

陈氏心有不甘，真要是全平分了怎么行？大房这么多人靠什么吃饭！怀远与山远日后可还要科举，吃穿用度不能差了。罗大爷不当家怎么知道柴米油盐的贵，靠他那点俸禄吃饭，全家都要跟着喝西北风。她压了压怒气，冷冷地道："既然老爷都说了，那便把家产都分了吧。只是有一点不可，宜宁已经得了老太太留下的东西，我是她的大伯母，便也不看究竟有多少东西了。但是二房分的东西得少一成，这是应该的。"

林海如听了就忍不住，立刻拍桌子站起来："好你个陈兰！平日不是高傲得很吗？今儿个计较起来，我看跟那街市的穷酸妇人也没什么两样。宜宁分了点东西，你看着就眼红了？那里头不仅是老太太留下的东西，还有她生母留给她的，未必要全算进家产里吧？"

因为宜宁二房就少分东西，这让二房别的人怎么看宜宁？林海如自然不会坐视不管。

陈氏从没有这么被林海如当面奚落过，两人原先都是打冷战。听到林海如羞辱自己，陈氏当然也忍不住了，也拍桌子说："你敢这么跟我说话！我陈家书香门第，岂是你林家那等铜臭商人能比的！我是为了那点银子？还不是老太太有失公允，传出去叫人笑话！"

陈氏不跟林海如吵还好，但真要是吵起来了，十个她都比不过林海如。两人的专长不同，她的日常是给儿女讲道理，林海如的日常是在房里骂乔姨娘。

"什么有失公允，说来说去还不是为了银子！说些冠冕堂皇的话干什么？你就是虚伪，你要是直接说你缺银子，我回林家去给你拿。你想要多少，给你拿多少！"林海如说话的样子非常气势如虹，"何必拿个孩子当借口，我看到都觉得丢人！老太太要是看到了，半夜恐怕都要回来找你。还号称书香世家，哪个书香世家教得出你这样的！"

陈氏听到林海如的话气得发抖，秀才遇到兵，怕就怕林海如这种挑开了骂的，她根本就不知道留情面是什么东西。

罗宜慧在旁等林海如发挥完，继母在这方面还是很有谱的。看到陈氏半天说不出话来，罗宜慧才继续笑道："大伯母您可莫要生气，我母亲是直脾气，说话口无遮拦。大家都是一家人，您可别气坏了身子。我看母亲是误会大伯母了，大伯母一贯是视钱财如粪土，怎么会为了祖母留给宜宁的一点金银，平白夺了二房该分的东西呢？大伯母定是说的玩笑话。"

陈氏被这一家子给堵得差点背过气去。什么一点金银，罗老太太留给宜宁的东西可是近万两银子！还说什么钱财粪土的，她什么时候视钱财如粪土了！

偏偏罗宜慧这话说的，就连罗怀远兄俩都找不出半点错处来。

宜宁在旁看得也想鼓掌，长姐水平太高，她要是陈氏，也会被气得说不出话来。

这时候罗慎远又站起来，旁边的小厮递给他一个盒子，他拿着这个盒子走到陈氏面前："我这里也有几份账本，给大伯母参照着看吧。"

陈氏接过账本，打开一看面色就变了，最后她合上账本，语气平淡道："嬷嬷，把罗家的账本都拿出来，田产地契的文书也一并拿来。今晚便分了吧，以后就不要再提了。"

罗慎远淡淡一笑说："大伯母把这东西收好了。您也不要担心，我那里还有许多，等今晚过了，明日一早派人给您都送过来。"

陈氏咬牙不说话，罗慎远连这个都拿到了，她还有什么好说的。

烛火一直亮到半夜，清点了几个时辰，陈氏从正堂回去的时候脸色都是铁青的，宛如被剐了一层肉。

林海如则捧着账本感叹："原来咱们家还挺有钱的啊！"

罗宜慧回头，等着辍在后面的宜宁和罗慎远。等罗慎远走上来了，她才问："大伯母暗中做的账本，你怎么拿到的？"

"茶庄的管事被我换了，别的管事怕我动到他们头上，这些东西一早就交到我手上了。"罗慎远淡淡地说，再平常不过的语气。

那他岂不是早就在算计了……宜宁看到她三哥修长的手指，突然不知道应该说什么。罗慎远的心思太深，实在少有人能比。

"眉眉，我陪你回去洗漱睡了吧，不然你明日早上又起不来了。"罗宜慧什么都没有说，哄宜宁牵着她的手。最后看了罗慎远一眼，牵着宜宁往厢房去了。

宜宁回头对三哥挥了挥手，没来得及说什么就被长姐牵着走远了。她只看到罗慎远停在那里，黑夜里一道孤独的剪影。灯笼的光只照得见他的身侧，却看不清他的表情。

她突然觉得心里有点难受，说不清为什么。

两房分了家产的事，第二天乔姨娘才听婆子说起。

罗宜怜把弟弟给嬷嬷看着，让嬷嬷给弟弟喂水喝，语气轻轻柔柔的："这次太太是占大便宜了，祖母的东西又全归了宜宁。"

也是前不久，罗宜怜才知道罗老太太究竟给宜宁留了多少东西下来。她知道之后看宜宁的眼神就跟看一尊小金佛似的。

在这件事上，乔姨娘和林海如的利益是一致的，因此，她倒也没什么想法，靠着美人榻语气懒懒地说："你长姐回来的时候，我就知道有这一天，不然她这么着急回来做什么……"丫头拿着个小玉锤在给乔姨娘捶腿，乔姨娘半眯着眼睛，罗宜慧回来之后她就没有睡好过，晨起就犯了头痛。

罗宜怜直起身，给乔姨娘按着太阳穴，迟疑地问："娘亲，太太可把账本握在手里呢……"

乔姨娘有气无力地挥了挥手，跟女儿说："她是正经太太，我不过是个妾而已，始终还是越不过她去的。更何况管个账本有什么要紧，太太有娘家撑腰，你父亲自然愿意把那些给她管，咱们却只有你父亲。"

乔姨娘妙目一转，这些年她早把罗成章给琢磨透。他很宠爱自己，也愿意有个红袖添香的在，但这一切是有底线的。罗成章并不是真的宠妾灭妻之人，他知道嫡妻的重要，不然也不会白白忍了林氏五年。但罗成章喜欢的是她的柔弱可怜，如那藤蔓般依附着他生长，只要她不越过罗成章的底线，他就会一直宠爱自己。

小妾扶正是那不入流的商贾人家才有的，罗家绝无可能有此事，乔姨娘从没有打过这个主意。林海如刚进门的时候她也紧张过，那时候轩哥儿还没有出生。她盯着林海如的肚子不敢放松，林海如要是犯个胃病、恶心、呕吐她就更紧张了，直到两年后轩哥儿出世，而林海如都还没有动静,乔姨娘才放心了。

罗宜怜倒也不是想让乔姨娘去争什么,只是好的东西都在罗宜宁那里,她就算再怎么委屈讨好,都得不到那些东西。罗宜怜望着高几上摆的一盆珊瑚枝子,那颜色红得很漂亮。她们庶出的和嫡出不一样,东西从来不会送到手上来,想要只能自己去争。

这晚罗成章到了乔姨娘房里歇息。乔姨娘屏退丫头,亲自拧了帕子伺候罗成章洗脸。

罗成章白天跟林海如商议事情,虽然有罗宜慧和宜宁在旁帮腔,还是憋了一肚子火。乔姨娘温柔细语的,他自然喜欢,末了等到了床上,乔姨娘附在他身边说:"妾身听说眉姐儿得了老太太的东西,以后可以当陪嫁,妾身倒是为她高兴。眉姐儿是嫡出,老太太喜欢她些,可惜了怜姐儿,平日伺候老太太也是恭敬,老太太死了她伤心了许久……"

罗成章搂住乔姨娘的腰,安慰她说:"留给眉姐儿总归是留给二房。你放心吧,怜姐儿是我看大的,这孩子性子又柔和,日后她出嫁,我也不会亏待了她……"

乔姨娘并没有得到什么实质性的承诺,但这表明了罗成章的态度。他看重嫡女,却也疼爱庶出的怜姐儿。乔姨娘靠着罗成章的肩头,柔软的手臂搂着罗成章,更加温柔如水了。

林海如和陈氏撕破脸皮吵了一架,这几天两人看到对方都是脸红脖子粗的。陈氏被林海如给落了面子,端着身份不想理林海如。但林海如又不是第一次吵架了,她的心思没有这么敏感,很快就不在意这件事了,只有陈氏还在难受。

罗宜秀过来找了宜宁玩,回去就被陈氏冷眉冷眼地看着。

罗大爷见了终于忍不住数落她:"你知道林氏是个什么出身,和她计较什么!你是她大嫂,反倒没她有气量,这传出去,人家该说你的不是,还是她的不是?"

陈氏听了就来气,想到那天罗大爷中途离开,眼眶一红说:"我还不是为了你们考虑!若是这家里只有我一个人吃饭,我去和林海如争那些做什么,饿不死也就是了!你们反倒一个个胳膊肘往外拐,我还不能生气了不成。"

罗宜秀看到父母争执,又是因为自己犯了错,咬在嘴里的醪糟汤圆都赶紧咽下去,上去劝架。

罗大爷知道陈氏一向刚强,把她都逼哭了,想必这几日受的委屈不少,无奈地开始劝她:"一笔写不出两个罗字,分家分了也就分了,以后可不能再针锋相对了。"

陈氏受了委屈怎肯罢休,提出要罗大爷那十七岁的小姨娘来伺候自己起居,自己好好教她规矩。罗大爷满口答应了,陈氏才算咽下这口气不再计较了。

估计是折腾小姨娘好几天,终于出了气,陈氏再见林海如终于能心平气和了。两房料理起罗老太太的后事也就更快了。

一个月后罗老太太下葬了。送葬的队伍一直送到了山里,丧宴办了三日,保定田庄上的、铺子上的管事都回了罗家。宜宁则亲眼看着祖母的牌位被端进了祠堂。

上次她在这里罚跪的时候,看到"祖德流芳"的匾额还在,她静静地看着罗老太太陌生又熟悉的牌位。一个曾经活在她身边的人,现在成了牌位上一个冷冰冰的名字。

宜宁想到这里就难受。

入冬之后出太阳也不觉得热了,夕阳最后一丝余晖洒在祠堂的地上。林海如过来牵宜宁的手,喊了她一声"眉姐儿",说:"以后正堂暂不住人,你大伯母倒是想搬过来,不过你大伯父没有同意……"她边说边带宜宁离开祠堂。和罗老太太所住的正堂一样,以后恐怕她会很少来这里了。

　　宜宁倒是终于见到了定北侯世子傅正清,她的长姐夫。长得俊朗高大,笑起来和和气气。他刚来的时候因身份高,轮番被罗大爷和罗怀远等人请去说话。他对罗宜慧非常好,可能是爱屋及乌,对宜宁也好得出奇。一起吃饭的时候,宜宁爱吃的菜总是摆在她面前,还买了一些小孩喜欢的糖人给她。

　　他还曾跟罗宜慧说:"我看到眉姐儿总觉得有些眼熟,却想不起在哪儿见过。许她前世真是我妹子,所以我娶了你做妻,眉姐儿就又成了我妹子……"

　　罗宜慧佯怒地瞪了他一眼:"那你莫不是为了找个妹子才娶的我?"

　　屋子里笑声一片,傅正清握着罗宜慧的手安抚她。宜宁在旁笑眯眯地看着,傅正清此人她前世也有所耳闻,在世代簪缨的家族里是难得的和气。

　　罗成章又叫人请了傅正清过去,傅正清走后徐妈妈就跟罗宜慧说:"奴婢看世子爷待大小姐真是好,因着对您好,就连对姐儿都好。如今房中也没有旁的人吧?"

　　罗宜慧一边喝着安胎的汤药,一边说道:"他性子极好,所以对我也好。房中有两个服侍的通房丫头,不过每次服侍之后都是看着服了药的。"罗宜慧垂下眼看着自己浑圆的肚子,笑了一声说,"这胎若是个男的,那也没她们什么事了。若是个女孩怕汤药就要停了。"

　　徐妈妈明白,这些花团锦簇的大家族,对子嗣的要求就更严格了。王公贵族岂是好嫁的,只盼大小姐这一胎是男孩,那在定北侯府的地位就更稳固了。幸好嫁过去的是大小姐,要是换了罗家任何一个小姐,恐怕手段都不够。

　　罗宜慧又缓缓说:"徐妈妈也不必担心,如今日子挺好的。定北侯府人丁简单,我倒应付得来。"

　　宜宁在一旁看着长姐素净的面容,说道:"长姐不必担心,您这么好,谁会不喜欢你呢。反正我喜欢你。"

　　罗宜慧摸了摸妹妹的头发,越发觉得她单纯可爱。

　　傅正清这次来,除了祭拜罗老太太,也是来把罗宜慧带回去的。毕竟她行动不便。

　　罗宜慧临走前和父亲谈了很久,跟他说了好些宠妾灭妻的下场,要他常往林海如这里走动,又亲自去和林海如说:"女儿一直有个主意没说,您不得父亲喜欢不要紧,房中若是有忠心于您的,抬了姨娘也未尝不可。治姨娘的手段多的是,犯不着自己动手。"

　　林海如听得有些不好意思。她把房里的人过了几遍,的确有这么两三个二等丫头,姿色不比乔姨娘差。她开始认真地思考要不要听长女的建议。

　　罗宜慧走的时候抱着宜宁许久都不松手,再次想把妹妹放在包裹里一起带走。她跟宜宁低语:"你若是有什么要紧事,可以去找你三哥帮你,还可以写信给我,记住了吗,眉眉?"

　　林海如看她依依不舍跟托孤一样,把宜宁拉到自己身边说:"你且放心吧!我再是不济,还是能照顾好宜宁的。"

　　宜宁怕她牵挂太多对孩子不好，安慰罗宜慧说："眉眉都记得的。"傅正清这才扶着罗宜慧上了马车，渐渐走远了。

## 第十一章 有女初成

长姐走后不久，保定就下起了大雪，冬天的第一场雪竟然就下得这么大。宜宁一大早起来，发现院子都白了，婆子正在扫青石道上的雪，假山池子里的水结了冰，两只乌龟冻在里面了。

她哭笑不得地让丫头端热水来，那两只乌龟在热水里游了一会儿，竟然还活了过来。她用手拨弄了乌龟一会儿，婆子才给她穿了件滚毛边的夹袄，穿得圆滚滚的去了林海如那里。

祖母死后宜宁的胃口一直不太好，但有林海如和长姐的监督，她又不能吃少了，反倒长出了双下巴，人越发圆润。这夹袄穿起来有点紧，徐妈妈却笑呵呵地说："眉姐儿是长大了，要是老太太看到，不知道会有多高兴！"

宜宁觉得自己是长高了些，夹袄好像有点短了。她前不久刚满八岁，如今虚岁九岁了，只不过还在服丧期，徐妈妈让厨房给她做了一碗长寿面卧鸡蛋，简单地过了个生辰。

林海如倒是神秘兮兮地送了她一个盒子，宜宁拿回来一看，发现是一盒子没有打磨的大小宝石，简直不知道该说什么好！哪有小孩过生辰送一整盒宝石的。

她跑去威逼林海如说："要是让旁人知道了，我那屋子恐怕要遭贼惦记了。"林海如才把那盒子宝石给收了回去，换成了一个精致的长命锁。

她倒是有好些日子没有见着三哥了，上次分家的事之后，罗慎远就不常来这边走动。

宜宁刚走出夹道，正巧看到一个穿玄色直裰、披着斗篷的高大身影掠过回廊，似乎正是罗慎远，而且要离开了。

她走上前几步想追上他，怕他走出去了，忙喊道："三哥，你等等我！"

罗慎远停下脚步回过头，就看到一只精致的胖球向他滚过来。她有什么事？

胖球穿着一件缂丝的夹袄，雪白的兔儿毛滚边，更衬得她两颊红润，是叫继母养得越发好了，小脸肉嘟嘟的，让人看了就想捏。

宜宁浑然不觉，笑眯眯地问他："三哥，我这些天都不常见到你。你可在忙？"

"父亲请了翰林院退休的老翰林来与我和大哥讲制艺，还要管你的铺子，着实忙了些。"

罗慎远说，"你在母亲这里可有调皮？"

他看到胖球眨着眼睛，圆润可爱，还是忍不住摸了摸她的头，语气和煦了一些，"要听话些，知道吗？等我忙过这一阵，便给你请老师来授课，免得你整日与宜秀玩。"

三哥这是什么意思？还真要把她养出世家小姐的派头不成？宜宁知道罗慎远对她颇有管束，如今林海如一味宠她，房里的丫头婆子也顺着她，罗成章也不敢多管她。数来数去管她这差事就落到了罗慎远头上。

而她三哥自从担任起了管她的义务之后，就越发严厉了。

宜宁有点后悔把罗慎远叫住了，想她这么大个人了，怎么还要被罗慎远训，实在不是什么骄傲的事。

"我还要去母亲那里，就不打扰三哥了。"宜宁笑着跟罗慎远道别，结果走到回廊出口，却被他突然喊住："宜宁，站住——"

宜宁暗想又是什么事，罗慎远却走上前几步抓住她的手。

她的小手冻得红彤彤的，刚才他还没有注意到，这么一摸才发现冷得跟冰一样。

罗慎远眉头皱起。雪天本来就冷，他清俊的眉眼显出几分阴郁，问跟在她身后的雪枝："你是怎么伺候你们家小姐的，手冷成这样？"

宜宁这才明白三哥为什么叫住她，她为雪枝辩解道："昨夜下雪太冷，那两只乌龟被冻在水池里了，我好不容易才把它们救回来，手就冻红了……不关雪枝的事。"

罗慎远盯着她的脸，微微一冷笑："你倒是有借口了？"

宜宁又不敢与他辩解，也抬头看着他的眼睛。她发现三哥依旧很高，和原来一样，她还是只过他的腰部一些。她在长，他好像也高了些。而他盯着自己的表情还是淡淡的，似在逼她认错。

宜宁嘘了一口气说："三哥，我知道了，以后不会了……"

他的神色这才好了些，把她的另一只手也抓来，笼在自己宽大的袖子里，用手包住，直到她的手暖和起来。

宜宁一双爪子热乎乎的，到了林海如那里。

屋子里烧着炭火，挑开帘就是一股热气，十分舒服。

林海如正在清点账目，各院的吃穿用度，有头有脸的婆子丫头都聚在她这里，她是忙得焦头烂额。让宜宁自己找了地方坐，林海如喝了一口茶润嗓子，继续跟婆子说过年的事。

府中丧事刚过，过年时就要俭朴着，但毕竟是难得的日子。

宜宁喝着瑞香给她端来的燕窝，仔细听着二房的事。其实二房人丁简单，除了林海如、乔姨娘的院子，还有个不受宠的姨娘，是自小伺候罗成章的丫头抬起来的。可能因是丫头抬起来的，乖巧谨慎，整日来给林海如请安，低眉顺眼。

宜宁跟着林海如住，但旁边的厢房更似一个独立的小院子，倒座房、后罩房和抱厦一应俱全。一日三餐不开伙，在林海如这里解决。林海如喜欢宜宁，若不是因罗成章最近都歇在她这里，她还想拉着宜宁跟她一起睡，她晚上还会给宜宁说故事。

罗成章那日进门的时候，看到林海如与宜宁并坐在罗汉床上，她从一个精致的瓷盖里，挑出琥珀一样的脂涂在宜宁的手上，笑着问她："宜宁，你快试试好不好闻？这是杜妈妈从京城买的玫瑰膏子……"

宜宁捧着手闻了闻，笑眯眯脆生生地说"好闻"。

自从罗老太太死后，罗成章很少再看到宜宁这么高兴了。她们一大一小地挨着坐，好像真的是亲的母女一般，宜宁也喜欢她，亲亲热热地贴着她。自从明澜去了，罗成章就很少看到这样的情景了，就连林海如的眉眼都显得清秀柔和起来。她待孩子是真心好，孩子才真心回报她。罗成章又想到长女的嘱咐，便接连在林海如这里宿了半个月之久。

宜宁也识趣地每日中午才到这里来，看到罗成章和林海如关系亲密，她自然高兴。

一天、两天还好，这样半个月下来，乔姨娘却坐不住了。

她来给林海如请安的时候，总说轩哥儿身子不好，闹肚子疼，第二天又是头疼，总之，没个消停。

罗成章总归还是怜惜幼子，昨晚就去了乔姨娘那里。

等林海如把事情都吩咐完了，坐到宜宁身边拧了拧她的脸："燕窝好不好吃？"

宜宁心道是好吃，她就是担心自己脸上这肉什么时候才能消。林海如像是看得出她在想什么，挥挥手说："你可别学那些弱柳扶风的闺秀，还是有肉才好看！"林海如很喜欢宜宁胖乎乎的，看着就喜庆，养着也舒服。她说："你的五表哥，就是林茂那家伙，从杭州给你弄了一箱塘西蜜橘，蜜橘虽然不是稀罕物，这个季节却很难得。一会儿给你搬过去吃……不如我现在就剥一个给你尝尝？"

宜宁又差点呛住。日后的林侍郎青天大老爷，给她送了一箱橘子。

林海如连忙把手里剥了一半的橘子放下，给她拍背："吃慢点，你这孩子，燕窝都能呛着。"

宜宁咳嗽了几声，才问："林茂表哥和我素未谋面，为何送我橘子？"

林海如笑了笑说："他是没见过你，不过我回门后就时常说你，从你大表哥到五表哥都知道你。你还记得我上次送你的金簪子吗？那是你二表哥给你的。你林茂表哥说自己要过来看看，他母亲也想把他送过来让我管教管教。恐怕过不了多久，你就能看到他了。"

宜宁年纪小，人家送她东西也没什么，只当是给小孩而已。

宜宁这才镇定下来，把继母手里的橘子拿过来塞一瓣进嘴里。她差点忘了，林家都是彪悍好玩之人，做出什么都不奇怪。

橘子倒是挺甜的，就是没什么水分了。

宜宁回去之后，把一箱橘子拣了些出来，依次给二房的人都送了些，还送了好几个给罗宜秀。

第二天一早起来，她就听说乔姨娘昨晚又请走了罗成章，理由是轩哥儿吃不下饭。

宜宁听了就冷笑，乔姨娘居然拿小儿来邀宠？她到林海如门外的时候，又听到了林海如和瑞香的日常，翻来覆去地那小蹄子、那狐媚子。

但是等宜宁进门之后，林海如就不再说了，现在她房里有个宜宁，很怕教坏了小孩子。要是这种词从宜宁嘴里说出来，恐怕罗慎远要过来诘问她了。

这晨乔姨娘要过来请安，罗成章与她前后脚进来，乔姨娘给罗成章添了一碗鸡丝粥，就听到宜宁问她："乔姨娘，我听说弟弟昨晚又不好了？"

乔姨娘楚楚动人、风姿绰约地站在罗成章身侧，无奈地说："那孩子也不知道怎的，吃不下饭……"

宜宁看了一眼乔姨娘的站姿，再看林海如也停下了喝豆浆的动作，默默地哀叹了一声。她决定恶心恶心乔姨娘，就笑着说："为什么会不知道怎的？我看就是下人照顾得不周到，才让弟弟不舒服了。"

罗宜怜只吃了小半个饼就没吃了，从丫头那里接过水杯漱过口，才柔柔地说："七妹误会，姨娘房里的丫头都是尽职尽责的，未曾有不周到的。"

"这可说不准。"宜宁笑得一派天真，"姨娘和六姐也不能时时照看着弟弟啊。我看倒不如这样……"她看向正喝粥的罗成章，"把弟弟抱到母亲房里来养一段时间，我们精心照顾着，弟弟的病肯定能养好。父亲您觉得如何？"

罗成章这几天也担心极了幼子，一听觉得宜宁说的有道理，点了点头："宜宁说的也是，轩哥儿最近老是不好，不如先抱到海如这里来。"

乔姨娘听到脸色"唰"地白了，连忙跪下来道："老爷，轩哥儿自出生之后可没有离开过我啊！这是万万不可的！太太又一向不喜欢轩哥儿……"

罗宜怜也跟着求情道："弟弟的病不好，父亲也怜惜他一些吧！"

林海如知道宜宁是在帮她，当即就说："我这里又不是龙潭虎穴，乔姨娘担心个什么？"

宜宁点点头道："六姐，我也是为轩哥儿的身子着想啊。父亲一听说轩哥儿病了，便赶去乔姨娘那里看他，自然是怜惜轩哥儿的。"

罗成章也觉得乔姨娘和罗宜怜反应太过了，谁养着不是养，宜宁说的挺有道理。

他对乔姨娘道："就依宜宁的办，我看海如平时待轩哥儿挺好的，哪里不喜欢他了？"听了罗成章的话，乔姨娘也只能恨恨地闭上嘴，她知道罗成章定下主意就不会变了。

当天下午，轩哥儿就被抱进了正房里，林海如安排他住在东次间里，派了得力的婆子照顾他不说，还特地挑了几个七八岁的小丫头来陪他玩，给了他好多新奇的玩意儿。

不过一开始，轩哥儿还吵着要找乔姨娘，要找姐姐。

乔姨娘听说之后就哭，原来每隔两三天才给林海如请一次安，现在晨昏定省恨不得都来，来了就抻着脖子往东次间看。但每次乔姨娘过来，轩哥儿都被抱去了院子里玩。

这么一番折腾下来，乔姨娘瘦了好几斤。

轩哥儿毕竟就是个四岁的孩子，有人陪着他玩，很快就忘了哭闹。厨房里做的都是鸡蛋羹、鱼片粥之类他喜欢吃的菜，养得白白胖胖的，连个头疼脑热都没有。

他一开始还不喜欢宜宁，但自从宜宁陪他玩了百索，他就揪着宜宁的袖子整日让她教自己玩。

罗慎远来给林海如请安的时候，就看到宜宁和轩哥儿凑在罗汉床上，宜宁拍了拍他的手："不是这么拉线的！"

轩哥儿嘟着嘴不高兴地说："七姐姐你又打我！"但只是抱怨一声，又投入了其中。

罗慎远嘴角一翘，去了隔壁跟林海如商议田庄上的事，林海如有些管得不恰当之处，他得跟她说说。

林海如对自己这个解元的儿子向来尊重。林家无人能读书，也就是好几年前，林家的偏支才出了个举人，那真是把林家老太爷的嘴都乐歪了，家里接连办了七天七夜的流水席，兑了一大筐铜钱在门口发。林老太爷从小就教导林海如：万般皆下品，唯有读书高。

所以这个解元的儿子每次来给她请安的时候，林海如都是满面笑容，让人赶紧送茶水上来。虽说她才是继母，但站在罗慎远面前，总觉得自己有点毕恭毕敬的意味。

罗慎远坐在太师椅上，抿了口茶问："轩哥儿搬到母亲这里住，是谁的主意？"林海如闻言说："是宜宁的主意，我就当养个闲人吃饭了……"

居然是小胖球想的主意……罗慎远捧着茶杯淡淡道："轩哥儿放在姨娘身边教养，的确是误了他。我只想问母亲，可想一直养着轩哥儿？他是乔姨娘的命根，平白让您夺去了，她必然不会善罢甘休。您要想一直养着，我就去父亲那里说一声，可不能是现在这个养法。"

宜宁和继母毕竟是女子，只看眼前，他则会思量得更多更深，完全是他的本性。罗慎远心里淡淡自嘲，或许就是因为他心机太深，别人才会不喜欢他吧。

罗老太太疏远他，罗宜慧忌惮他。

罗宜慧那日最后跟他说："你对宜宁好，我这个做姐姐的谢谢你。但你以后若是敢算计她，我拼了世子夫人的身份不要，也不会放过你。"他看着宜宁被罗宜慧牵着走了，站在原地，突然觉得寒夜非常冷。

要是宜宁也知道了他是个心机深沉、冷漠残忍之人……会不会也要疏远他？她才这么小，根本不懂事，也不知道什么是害怕。

那这些还是不要让她们知道吧。

林海如也不知道她想不想养着轩哥儿。

"你让我想想。"林海如犹豫道，"他毕竟是乔月蝉的孩子。"

罗慎远淡淡一笑，把玩着手里的茶杯。继母想得太简单了，他了解乔月蝉在想什么，为了轩哥儿她豁出命去都行："您不要想太久，万般都有我在后面帮您。"

西次间外头，罗宜怜刚进门，就看到轩哥儿和宜宁坐在一起，轩哥儿笑得嘴角都露出小小酒窝。

"这个好看，要把这个挂起来！七姐姐，我还要好多百索。"

罗宜怜的脸色立刻就不好看了，她勉强笑着喊了声"弟弟"。轩哥儿看到是罗宜怜来了，高兴得连百索都忘了，张着手要罗宜怜来抱他。

罗宜怜把弟弟抱起来，看到宜宁靠着引枕，正静静地看着她。

轩哥儿却跟她说："六姐姐，你看轩哥儿的百索好不好？"

罗宜怜有种弟弟要被夺去的紧张感，她记得牢牢的，乔姨娘跟她说过，弟弟就是她们以后的依靠。她把轩哥儿紧紧地抱在怀里，缓缓一笑说："七妹小小年纪，竟然就有这份心机了。"

宜宁整了整衣袖："跟六姐姐比宜宁还是不如的。"

罗宜怜跟弟弟玩了一会儿，依依不舍地告别了弟弟，回去把这事跟乔姨娘说了。

乔姨娘听了，气得指甲都掐进肉里。她是不该让轩哥儿装病来邀宠，反倒被一个小丫头给算计了，这口气如何咽得下去！

乔姨娘迅速病倒了，听说是思念幼儿所致，茶不思饭不想。

罗宜怜去罗成章那里哭，哭得非常可怜，话语里隐隐含着轩哥儿在林海如这里被养废了的意思："母亲每日只让轩哥儿玩，也不用识字，再这样下去可怎么好。姨娘听了心里发愁才病倒了……"

罗成章听了皱眉，他最担心的就是林海如养不好轩哥儿，耽误了他读书。罗宜怜算是说到点子上了。

宜宁从雪枝那里听了罗宜怜的话，觉得她们母女的招式实在有限。当然招数不在多，管用就行。

罗宜秀今天非拉着罗宜玉到宜宁这里玩，罗宜玉坐在一旁吃橘子不吭声，罗宜秀则边吃橘子边眉飞色舞地说："你家这姨娘真是不消停，我父亲也有三个姨娘，个个乖巧听话！"

宜宁前不久听说过了，最小的那个青姨娘刚进府时还仗着年轻争过一阵宠，现在已经叫陈氏治得服服帖帖，低眉顺眼，只恨自己少生了两只手来伺候太太的起居。谁让陈氏是有手段的人呢。

罗宜玉塞了瓣橘子在嘴里，只想把罗宜秀给揪回去。大房里的私事，她跟宜宁倒是聊得起劲。

宜宁知道罗宜玉不喜欢她，也不管她脸色难不难看，往罗宜秀手里又塞了个橘子："你喜欢就多吃些，我那里还有半箱，给你包几个带回去吧。我还要去母亲那里，不能陪两个姐姐说话了。"

罗宜玉两姐妹都喜欢吃橘子，可惜这时候橘子难寻。

罗宜玉听了，不知道宜宁的话哪里惹了她生气，面色难看地带抱着一堆橘子的罗宜秀回去了。

正房那边，林海如正被乔姨娘母女给气着了，大小丫头都站着伺候，噤若寒蝉。

林海如看到宜宁来，赶紧让她坐下，跟她说了罗慎远的话："你三哥早就料到有这出了。你觉得现在该如何是好？"

"母亲想养轩哥儿吗？"宜宁问她。

林海如怔了怔，摇头说："宜宁，我舅舅就是妾生的独子，让正房养的。后来他长大之后成家立业，把那个姨娘生母接到正房里住着，还比养大他的正房更看重些。我想到这些事就不舒服。"

终归不是自己的孩子，身上流着别人的血，那孩子长大了，心多半还是向着生母的。宜宁心里暗叹了一口气，既然如此，那还是把轩哥儿还回去吧。

　　但也不能就这么算了。

　　等罗成章下了衙门回来之后到林海如这里来，宜宁就跟他说："母亲是想到轩哥儿身子不好，才只让他玩耍养着身体的，反倒让六姐姐看了误会。既然乔姨娘思念轩哥儿，轩哥儿如今又无病无痛了，便让乔姨娘抱回去吧，也免得母亲照顾轩哥儿，还平白受了这么多的委屈。"

　　罗成章这么一听，觉得宜宁这话说得也很有道理。再看林海如也一副伤心的样子，又心疼了她几分。实在是林海如费力不讨好，乔姨娘母女不但不感激她，反倒怪起了她，哪有这样的事！

　　他自然看得出来，乔姨娘这"病"就是为了轩哥儿得的，一次两次把他蒙蔽过去也就罢了，三次四次他自然警醒了些。他早就说过最恨别人使手段来骗他，乔姨娘这次犯到他的忌讳了。

　　他让人喊了乔姨娘母女过来，语气冰冷地说："你倒是越发会计较了！你母亲和妹妹本是为了轩哥儿好，才把轩哥儿抱来照顾。你们非但不领情，还说是海如的不是。我倒想知道，你究竟是安的什么心肠！"

　　罗宜怜看父亲一脸严肃，吓得连忙跪下了，清丽如梨花的脸，尖莹莹的下巴，泪珠也噙在眼眶里，细声说："女儿这是担心弟弟的缘故，父亲实在是误会了。弟弟的病好了，女儿感激还来不及，女儿也是担心轩哥儿的功课……"

　　"轩哥儿的功课你担心什么，我和你三哥自然会管！"罗成章却道，"你们要是再做些幺蛾子闹得家宅不宁的，我断不会放过你们。轩哥儿在太太这里长得白白胖胖的，半点病痛也没有，可见太太照顾得好。"

　　宜宁接着罗成章的话说："父亲，女儿觉得既然姨娘房里照顾轩哥儿的丫头婆子不好，就该一并撵出府去，让母亲重新拨人照顾轩哥儿。"

　　乔姨娘脸色更不好看，这些人可都是她的心腹！要是她连自己的人都保不住，以后谁还肯为她效力！

　　她立刻跟着跪下道："老爷，万万不可听七小姐的话啊……"

　　罗宜怜哭得更厉害了，纤弱的身子微微颤抖："父亲，照顾弟弟的嬷嬷也是女儿的乳母，女儿怎么舍得……七妹妹，七妹妹这是安的什么心啊！"她的脸越发苍白，眼前一片虚影，下一刻就失去了意识，身子突然软软地倒了下去。

　　宜宁早就听说过，宜怜有个随时能晕的病，反正究竟是什么病也说不清楚，总之，能在关键时候晕过去。

　　乔姨娘呼天抢地地去抱女儿，罗成章看到女儿犯病也担心了，要立刻上前抱她起来。宜宁拦住他，还好她早有准备。

　　"父亲莫急，我身边有个丫头是郑妈妈留下的，她颇通医理，跟我说像六姐这种随时会

177

晕的病，总得扎两针才能醒过来。"宜宁回头看站在旁边的青渠，"青渠，可带针了？"

青渠很感叹，别看她们小姐小小的一个人，那真是料事如神啊！

她立刻拿出布包打开，一排寒光闪闪的针摆在上面，青渠点头说："小姐，奴婢带针了。"

一旁的乔姨娘看得想吐血。好个罗宜宁，这都能预备上，那是早有准备的啊！"你快去给六姐扎两针。"宜宁的语气很担忧，"她这么晕着实在不好。"

眼看着青渠拿针走近，乔姨娘立刻奋力阻挡："老爷，这万万不可啊，这丫头要是扎错了地方，害了怜姐儿怎么办。"

"姨娘莫要担心，"罗宜宁今天是打定主意要好好收拾她，免得以后再作妖惹得她烦，劝她道，"青渠一直在给母亲施针调养，母亲都觉得效果十分好。母亲，您说是不是？"

林海如立刻从善如流地道："青渠姑娘医技高深，不输郑妈妈！"青渠嘴角一抽，当然也没有点破。

罗成章抱着羸弱的女儿，只看到她小脸苍白，立刻道："月蝉，你莫要再说了，既然是郑妈妈留下来的丫头，那医术肯定差不了。你快过来给怜儿施针吧！"

郑妈妈在罗家，那是神化了的存在，所有人都对郑妈妈的医技深信不疑。乔姨娘深吸一口气，还能怎么办，只能让青渠来扎两针了。

青渠立刻取出一根针，安慰乔姨娘道："姨娘莫要担心，农庄里的什么骡子马的害了病，都是我救回来的。有时候郑妈妈不在，我还给田庄里的佃户看病，医术还是有的……"

乔姨娘听得想把青渠掐死，她这是什么意思！

林海如差点忍不住笑，憋得十分辛苦，脸色都发红了。

罗宜宁依旧语气很担忧："青渠，你别说那些有的没的，赶紧让六姐醒过来吧。"青渠拿着针正要扎入，脚不觉向前一步，不小心就踩到了罗宜怜的纤纤玉手。

青渠那是什么人，田间地头不在话下，宜宁房里的体力活重活她一手承包，轻松自如。她这一脚下去简直就是雷霆万钧之势，踩得罗宜怜立刻"啊"了一声睁开眼睛。

她赶紧捧着自己的手看，她的纤纤玉手已经红肿，还印着鞋印，鞋印上有两粒泥。

"你这丫头，怎么还踩了六小姐！"跟着罗宜怜的大丫头心疼得不得了，看青渠衣着朴素简单，立刻就训起她了。

青渠不好意思地笑了笑："奴婢没有注意到，对不住六小姐了。不过因祸得福，六小姐被踩了这么一脚，这不是醒过来了吗！"

罗宜怜的脸色红白不定，这是露馅儿了。

罗成章的脸色也不好看了，这表示什么？这表示罗宜怜从头到尾就没有病，还是在诓他呢。

他放开手，脸色阴沉地走回座上。

接下来罗宜怜和乔姨娘被训斥了足足一刻钟，宜宁不时在旁劝罗成章冷静："六姐不是故意的，她以前不也经常晕吗？刚才定是意外。"又说，"六姐是为了轩哥儿的事才晕的，她是一片好心啊！"

这简直就是火上浇油，越烧越旺，罗成章这次又是伤心又是气愤。

最后结果出来了，乔姨娘房里的丫头婆子全部换新，罗宜怜抄《女训》二十遍，不抄完不许出门。乔姨娘也要好好反省，这是她教女不善。

同时罗成章开始思考一个问题，谁带大的就会像谁，乔姨娘带大的两个孩子都不太好，怜姐儿今天让他伤心了，轩哥儿长大之后又会怎么样？

女孩养歪了倒也罢了，若是男孩被养歪了那结果就可怕了。轻则兄弟阋墙，丢尽家族颜面；重则不学无术，败坏祖宗基业。二房有罗慎远，眼看着有一个美好的前景，不能被轩哥儿给坏了。

倒不如等孩子再大些，就给林海如养着，孩子的品行没有问题就好，读书上的事他自然会管。

罗成章隐隐有了这个念头。

这晚正房也是热闹得很，到了半夜，乔姨娘才苍白着脸过来抱轩哥儿回去。她看到罗宜宁站在门口等着她，站得比她高，淡淡地说："姨娘以后可要好好照顾轩哥儿。"

乔姨娘看着罗宜宁，觉得真是见了鬼，顾明澜这么温柔的性子，怎么生出来的两个女儿一个比一个不省心。这罗宜宁小小年纪，笑里藏刀，跟她姐姐相比是不同的可怕。

"七小姐好心性，妾身领教了。"乔姨娘对着这个八岁的孩子服了身。

"领教就算了。"宜宁笑了笑，轻声说，"母亲性子单纯，你若再用法子来伤害她，我还不会放过你。姨娘，你可知道对于一个妾室来说什么最重要？"

"安分守己最重要。"宜宁根本就不等她回答，漠然说完最后一句之后，跨进了西次间。

乔姨娘抱着熟睡的轩哥儿，看到轩哥儿白白胖胖的，指甲掐得手心生疼，气得说不出话来。

罗慎远在书房里写字，深夜点着烛火，松枝半夜过来，把今天正房里发生的事说了一遍。

罗慎远想不到软趴趴的小胖球竟然还有张牙舞爪的时候，想到那情景便觉得可爱。幸好他提前与父亲说过，不然还不知道这小丫头能不能兜住。他斜靠着书案，问松枝："宜宁可有发现你现在与我传信？"

"七小姐信任奴婢，绝无疑心。"松枝轻声说。

"那便好。"罗慎远回过身，淡淡道，"以后她那里有什么事，你巨细无遗都汇报与我。你先回去吧。"

松枝看了看罗慎远高大笔挺的身影，突然觉得三少爷的确很可怕，因为别人根本猜不到他在想什么，这让她有种背心发冷的感觉。

宜宁把最近发生的事用童稚的语言写成了一封信，送去了京城给长姐。

大雪接连下了几日，乔姨娘安分守己，罗宜怜还在抄《女训》。除了罗宜玉还时常上门给她冷脸看，其余的一切都挺好的。

宜宁也很无奈，不喜欢她不来不就行了，罗宜玉每次跟着罗宜秀来，吃她一大堆东西才回去。莫不是抱着想把她吃穷的想法来的？宜宁看着过年时节屋里新添置的瓜果糖饼，突然有了这么个想法。

也是眼看着要过年了，罗成章终于才宽恕罗宜怜，饶了她，不用抄剩下的十遍《女训》。

祭灶扫尘，不久就是除夕了。大年初一一大早起来，雪枝给宜宁梳了头发，微笑着跟她说："姐儿，要不要闹嚷嚷？"

闹嚷嚷是一种插在头上的金箔所制草虫，节日喜庆而已。

宜宁还是摇头拒绝了。外面大雪已经停了，空旷的蓝天下屋檐上、枝丫上都是厚厚的积雪，院子里没有绑灯笼，但是丫头婆子都喜气洋洋的。自从分家之后二房宽裕许多，林海如正好趁着过年把大家的月钱涨了涨。青渠第一次领月钱，上次她有功，林海如给她发了三倍的月钱，她偷偷藏进了柜子深处，每天晚上睡觉都睡不踏实，盯着衣柜就怕银子丢了。

宜宁哭笑不得，让人给她的柜子加了一把锁，青渠总算能睡踏实了。

宜宁去了正房给林海如拜年，领了个大红包，片刻之后罗慎远也过来了，宜宁也给他作揖拜年，罗慎远居然也从袖子里拿出一个红包送给她："今年你铺子收益不错，从里面抽了二十两，给你当红包。"罗慎远很平静地解释说。

宜宁想掐他的心都有，送来送去还不是她的钱。

但是宜宁接了罗慎远的红包，末了还要不甘心地说："谢谢三哥。"这个抠门的，林海如的红包里可足足有三百两！

罗宜怜领着轩哥儿来拜年，林海如也拿了红包出来，比给宜宁的小了很多。轮到轩哥儿给罗慎远拜年，他干脆连红包都不拿出来了。

抠门，一毛不拔，他又不是没有钱，现在二房一半的用度在他手上。宜宁心里默默地想。

等罗成章来了，二房的人便去了正堂，罗家的人要一起祭祖，大伯母招待着一起吃饭。虽说分家产的时候有点撕破脸皮，但是日子一样要过。就当什么都没有发生过，陈氏还给了二房的孩子每人二十两的红包，跟林海如不咸不淡地聊了几句话。

陈氏在着急罗怀远的婚事，他现在都十八了，再守制三年娶亲，那也太晚了！

但最迟也要等到除服之后。不仅如此，今年的春闱也不能参加，着实麻烦，那还需要再苦读三年。

罗慎远也是如此。

罗成章和罗大爷合计着让他们去京城，找了德高望重的老师才行。罗成章原先的房师，翰林院侍读学士孙大人，早就赏识罗慎远了，三番五次写信来说让罗慎远去京城。

罗成章已经决定了，等过了年就让罗慎远去。

祠堂之内，宜宁给祖母上了香，怔怔地望着祖母的牌位。她无法改变一个人的来去，能做的只有面对。

祖母地下有知，便也会安心了。她原先隐忍不发，只不过是因为有祖母和长姐在。现在她就是二房的嫡女，谁若还敢使些魑魅魍魉的诡计，她绝不会轻易放过。宜宁擦拭了牌位上的一点灰尘。

第二天，宜宁收到了长姐的回信，看完之后高兴得不得了。长姐年前生下了定北侯府的嫡长子，白白胖胖的，八斤多的一个小子。侯夫人一个高兴，送了长姐整套的赤金嵌宝石头面、十几匹缂丝的料子。长姐在信中还问她乔姨娘最近如何，宜宁可还乖巧。

宜宁提笔回信："安好勿念，不知小外甥长得像姐姐还是姐夫？"

她回了长姐的信之后，罗慎远已经给她找好了新的先生，他走之前总得找个人管束宜宁这小丫头。新先生是从翰林院退休的白胡子一大把的老头，在京城很有威望。陈氏听了也很心动，罗慎远居然能把这样的人请动！干脆把自己的两个女儿也一并塞进来。乔姨娘知道了之后，也去罗成章那里说了半宿的话，温言细语一通，总之，不能把罗宜怜单独撇在外面。

宋先生的教导对象就这么从一个变成了四个。而三哥去京城之后，宜宁的写信对象也从一个变成了两个。

长姐喜欢跟她说小世子钰哥儿——宜宁小外甥的乳名，例如长牙了、会走路了、会牙牙喊娘亲了，喜欢啃脚丫，纠正了好久才改过来。最近的教导进展到了能准确喊出"小姨"二字。宜宁则写信给长姐说："今日四姐和五姐吵架了，六姐去劝架结果被四姐误伤了，打得眼睛都青了，大伯母领着两个姐姐给六姐赔罪。"

宜宁对于观察这三个姐姐的生活挺热衷的，后面又写："刘静中了进士，二甲三十三名，四姐知道了尾巴都要翘上天去了。大伯母逢人就夸还是老太太眼光好，给祖母烧了好多纸钱，还给我送了许多吃物过来，从桂圆干到花生糖、牛肉脯到糟鹅掌，应有尽有。"

送东西这事搞得宜宁莫名其妙的。后来她才反应过来，大概这是某种意义上的封口费吧。毕竟罗宜玉的光鲜下可还有个一挑就烂的脓包，叫程琅。

她问长姐程琅的事，长姐只告诉她，程琅春闱中探花之后，任一年的翰林院编修，后升任吏部郎中。

这升官的速度太快了！

罗宜玉不知怎么的也知道了这件事，刘静还是没有办法跟程琅比，原觉得靠近了，其实还是遥不可及。那天在进学的时候又和罗宜秀吵起来，罗宜秀气得跑到宜宁这里没有回去。

宜宁把这些事都跟长姐说了。

至于三哥跟她通信，则是发现宜宁自从跟他通信之后，写字大有进步。他就每月三四封写回来，也是一些鸡毛蒜皮的小事："不可再和宜秀去后山玩水，睡前不可吃甜食，也不可在母亲那里偷吃。"说了一大堆不可，信末了才问她，"可长高了？"

有时候他也说些孙大人那里的事："孙老太爷也养龟，我给你讨了些养龟的法子，就在信封里。"

罗慎远在京的两年工夫下来，宜宁柜子里全是他和长姐的信。宜宁一个人应付两个人，写得她简直生无可恋。

她把这两年的信清理了一遍。从书房的隔扇看出去，初春化雪，海棠花开得热热闹闹的，她院子里的藤萝也长得很好，但仔细算算，她却有两年没有见过三哥了。

自他在京中进学，忙得回来的工夫都没有。

宜宁托着下巴，困得有点打盹。人家说春困秋乏，原来是真的。

前两日除服之后,陈氏就开始紧锣密鼓地筹备罗怀远的亲事了。三哥与罗怀远总算要回来了,罗怀远不回来可怎么成亲,她终于不用再写信了。

她从圆凳上站起来,长出了一口气说:"雪枝,把这封信寄出去。"总算是最后一封信了。

宜宁看着地上她的影子,勉强算是有了几分少女的雏形。她终于摆脱了微胖身材,进入标准行列,也长高了不少。这两年里坚决拒绝林海如的填鸭行为,还是成效显著的啊。

天气刚暖和起来,林海如正指挥着丫头把屋子重新洒扫一遍,换了湘妃竹帘,换了罗汉床上的提花葛靠枕。正打算着把宜宁屋子里的东西也一并换了,原来给她置办的那些东西正好能用上,那头就有婆子兴高采烈地穿过了回廊来通传。

"太太,两位表少爷已经到门口了!"

林海如喝了口茶,不咸不淡地说:"大嫂不是只送林茂一人过来吗?还有谁过来了。"

大嫂给她写了很多信,把罗家族学夸得是天上有地下无的,目的只有一个,赶紧把她那小儿子打包塞给她。听说他在扬州实在是待不下去了,上次在铺子里炼丹一连烧了半条街,气得林老太爷拿着拐杖追着他打。虽然林家也赔了钱,但他现在不好出门了。不然林茂怎么舍得离开扬州,他就是扬州的土霸王,到保定来束手束脚的,不好发挥。

林海如也觉得林茂是个麻烦,根本不想接手,但人家说了是来喝喜酒的,她还能说什么。

"是顾家的表少爷。"婆子依旧笑着,"林表少爷在路上遇到顾家表少爷,两人就结伴过来了。"

顾表少爷?那可是宜宁的亲表哥。

林海如可早就听说过顾家的,顾老太爷曾是当今圣上的帝师,顾家在真定是最大的世家,打个喷嚏真定都要抖三抖。宜宁的大舅还是工部侍郎,听说很得某个阁老的器重。

她顿时就有点紧张起来,怎么顾家也来人了!那可要好好招待才是,别怠慢了人家顾少爷。林海如一改态度,让婆子赶紧去厨房吩咐多做些好菜,再去跟宜宁说一声。头先以为只是林茂过来,她就没打算给这厮好脸。

宜宁把自己瘫在罗汉床上休息,因大房筹备亲事太忙,干脆放了先生一个月的假,她又闲了下来。

她打算好好睡一觉,昨夜听了半宿罗宜秀对罗宜玉的控诉,累得直打瞌睡。刚把被褥裹在身上,就听雪枝说她的两个表哥来了,过来掀她的被子,要她赶紧去正房。宜宁迷迷糊糊地想,这究竟是哪里来的表哥?

宜宁被雪枝揪起来梳头,刚除服的那天,林海如就往她房里搬来了许多珠钗首饰,叮叮咚咚的好几个匣子。看得出来林海如已经忍了很久,对于往宜宁屋子里塞东西,她有种超乎寻常的热情。

雪枝选了个珍珠发箍给宜宁戴上,带着宜宁去正房。

正房外连着一条水上的回廊,回廊当中有个亭子,这处的风景最好。湖面清波泛起,小荷尖尖角,远些就是粉白粉白的花架。到了夏日更是凉快,宜宁还没有走到正房,就看到两个人站在亭子里,似乎在远眺。

其中有个人听到动静回过头，脸上带着微微的笑容，眉眼狭长，漂亮的丹凤眼，却离经叛道地穿了一身道袍，看到宜宁远远地站着，笑了笑就回过头去了。

惊鸿一瞥之间，宜宁已经认出了日后的"林青天"。他曾骗过文武百官近百万两银子出来赈灾，一战成名，宜宁也见到过他一次。

另一个长身玉立，玉冠束发，看背影便是潇洒俊逸。他似乎看风景看得正出神，头都没有回。

隔得太远，宜宁也没有先喊他们，进了正房之中。可巧，罗宜怜正和乔姨娘给林海如请安，已经五岁多的轩哥儿长得很壮实，这些年守规矩不少，喊了宜宁"七姐姐"。十三岁的罗宜怜纤细柔婉，清丽的脸雪白秀美，一双弱水秋瞳，着实让人惊艳。自从那个随时会晕的病被青渠给调养好之后，她的脸色红润许多，每顿能吃两碗饭，偏偏一点不发胖，让多吃一点就胖的宜宁很羡慕。

看到少女的罗宜怜，便明白罗成章当初把乔月蝉养在身边时，如何会忍不住了。

单说姿色，罗宜怜还要胜过罗宜玉去。至于宜宁自己嘛？虽然进入了标准身材行列，脸蛋还有些婴儿肥，看着娇憨而已。不过听说宜宁的生母明澜是出了名的大美人，想来也不会太差才是。

宜宁捧着一杯银耳汤喝，低眉之间看到又有两人进来。

为首的那个长了一双凤眸，不笑都含着笑，看着很是平易近人，还穿了一身道袍。另一个却潇洒极了，玉冠束发，俊俏清朗。穿着一件月白的直裰，背手站着。

林海如笑着请了后面那个公子上前，亲热地问："可是顾四公子？我从未见过你，今儿见了倒真是一表人才，远道而来可是劳累了。"

月白公子温和地说："姑母不必客气，唤我景明就可。"

一旁站着的林茂道："姑母，你未免也太偏心了吧！你亲生侄儿也劳累了，你怎么不问几句？"

林海如瞪了他一眼，道："你给我闭嘴，败了家里这么多银子，还好意思开口！"

顾景明"扑哧"一笑，更加俊朗温和了："我与林表兄一道来的，打扰姑母了。"

"不打扰不打扰。"林海如看到顾景明就乐呵呵的，看人家家里的公子是怎么长的，再看看她家那个不着边际的林茂，她怎么就没有顾景明这样的亲侄儿呢！林海如打量顾景明是越看越满意，很想捉他来给自己当个亲侄儿。

林海如想起了罗宜宁，指了指座上正瞌睡的她，笑着道："景明，你表妹在此呢。"

宜宁靠着扶手困得不行，听到林海如叫她才抬起头，就看到一个十五六的公子站在她面前，长得很俊俏。宜宁晕乎乎地没有回过神，林海如看了就急："宜宁，这是你明四表哥啊！"罗宜宁的瞌睡这才勉强醒了，乖乖喊了一声"明表哥"。

喊完之后她觉得有点不对，她记得林海如跟她说过，林家的四少爷是个大胖子啊，怎么这个如此俊秀出尘……

"宜宁表妹，许久不见了。"顾景明笑着颔首，"你舅母很想念你，让我过来看看你。"

宜宁这才反应过来，这位是顾家的四少爷，她的亲表哥。

"这位是宜宁表妹？"林茂在旁问，看了她许久才慢慢说，"百闻不如一见。"

宜宁嘴角一抽，站起来说："谢茂表哥称赞。""你知道我是林茂？"林茂笑着问她。

宜宁也慢慢点头，笑着道："百闻不如一见。"

林茂看她脸蛋圆圆，一双杏眼却清澈漂亮，眉尖殷红小痣，实在是玉雪可爱，他有点手痒了。他有个坏毛病，喜欢可爱的东西，家里还养了好些京巴狗。看到可爱的就想捏一捏才好，特别是这种看起来就很好捏的。

林茂强忍着把手背到身后，人家姑娘年纪不小了，怎么能让他捏。但是真想捏捏啊……不知道她会不会哭。

林海如又不知道她那亲侄儿究竟在想什么，看他不说话了，才往旁边一瞅。乔姨娘母女一直没有说话，罗宜怜却目不转睛地看着顾景明。

"这位是府上的乔姨娘，还有六姐儿宜怜。"林海如向顾景明介绍了乔姨娘母女。顾景明向罗宜怜略颔首，和缓地喊道："六小姐。"

"明表哥不用客气，也唤我表妹即可。"罗宜怜起身一福，看着顾景明的眼神如秋水含波。这位是顾家的四公子，她怎么会不知道。顾景明是宜宁的大舅母嫡出的独子，清贵出身，顾家底蕴要比罗家深。听说顾老太爷对这个老来得的嫡孙十分看重，亲自带在身边教导，顾景明还曾与太子一起读过书……没承想居然长得如此俊俏出尘，还这般温和有礼。

林海如听了心里冷笑，人家顾景明摆明要划清界限，称她为六小姐，她偏要喊人家表哥。她让林茂两人先去休息，等罗宜怜与乔姨娘退下后，才拉着宜宁说："你林茂表哥是个不着调的，平日不要与他玩。我看倒是你明表哥温和有礼，十分出众。"

宜宁嘴角一抽，继母对两个表哥的态度当真截然不同。看她赏识的样子，简直恨不得顾景明是她亲侄儿。

她安慰地拍了拍林海如的手背说："母亲，其实茂表哥也很出众啊。"

林海如听了，却恨恨道："眉姐儿你是不知道。他最近迷上了炼丹，在扬州烧了少说十间铺子，你大舅母才把他送到我这里来管教的。刚才我特意让婆子去看了看，丹炉还挂在他的马车后面一并运来了。我得找人给它扔出去才是，不然惹了祸事没人给他收拾。"

宜宁听得哭笑不得，这大人物的年少轻狂啊，她真是理解不了。

林海如雷厉风行，说干就干，派了瑞香带了几个婆子去处置林茂的丹炉。宜宁见没她什么事了，干脆回去继续补觉。

那边林茂却在打量他的新住处，林海如安排他们住在外院的竹苑中，四周遍植茂林修竹，十分清幽。顾景明随行的小厮正在收拾东西，顾景明拿了本书在旁看。

"你的丹炉怕是要不保了。"顾景明见东西都抬进来了，唯不见林茂的丹炉，笑道，"你还是别炼了吧，古籍里有记载，丹药多有丹毒，服食伤身。"

林茂一副惊讶的样子看着他："你以为我炼来自己吃？"顾景明："……"

林茂继续打量着屋中的陈设，跟顾景明说："我看那六小姐似乎对你颇有意的样子。"

顾景明只是一笑，没承认也没有否认："我没感觉到什么。这次来一则是受了母亲的嘱托看看宜宁表妹，二则还是来见见罗慎远的，就怕你会无聊了。"

"我有什么无聊的。"林茂摆了摆手，突然想到了宜宁软软的脸颊。他还是想捏捏怎么办？

当天下午，宜宁就看到林海如指挥着婆子，把那张阔别已久的金丝楠罗汉床搬进了她的屋子里。许是认床了，宜宁晚上在自己奢华的新床上翻来覆去半天才睡着。第二天一大早就被罗宜秀揪起来，宜宁抱着被卷儿犹不肯起，罗宜秀恨铁不成钢地道："你两个表哥正和二哥开诗会呢，你不去？你六姐可早早到了。"

开就开呗，吟诗作对什么的她又不喜欢。

罗宜秀揉了揉她的脸："罗宜宁，你赶紧些起来！"怎么还连名带姓地叫她了？

宜宁终于睁开半拉眼，看到罗宜秀居然穿了一身宝蓝色十样锦妆花褙子，梳了个发髻，簪了两朵珍珠攒成的头花，一对玉滴子耳坠儿，映得她的脸格外白皙。

姑娘们素了两年，都是花朵儿一样的年纪，自然要打扮起来了。只是宜宁突然这么一看还不太习惯，如今陈氏正在给罗宜秀寻婆家，恨不得从头到尾给女儿修整一遍。罗宜秀平日不爱打扮，这般装扮起来竟然也挺明艳的。

宜宁打了个哈欠招了招手，雪枝等几个丫头就走上来笑着说："五小姐且去西次间稍等片刻，姐儿马上就好。"

松枝拥着罗宜秀出了暖阁，雪枝领着几个丫头上来。那小丫头的大红方漆托盘上是一件茜红色折枝花褙子。宜宁看了摇头，让她们换了一件豆绿色云纹褙子上来，颜色清新，看着也舒服。服侍宜宁换上衣裳后，丫头又依次递上了绞好的热帕子、涂手的香膏，等宜宁坐到妆镜前时，雪枝轻声问他："姐儿，可要梳个垂髫髻……"

雪枝想着宜宁也渐大了，若是寻常些的人家，这时候都可开始说亲了，偏偏宜宁还一团孩子气。

宜宁也把包包头给看烦了。

听说雪枝原来伺候长姐的时候，梳头的手艺就是一绝，桃心髻、凤尾髻、堕马髻信手拈来。结果派到了宜宁身边，这么多年只能日复一日地梳包包头，高手估计也寂寞了，看到宜宁的包包头就手痒。

"好吧。"宜宁终于点头肯了，"梳个简单的就行。"

雪枝立刻笑起来，让丫头给她端玫瑰花汁子来，她梳头可是很有一套章程的，先用滴了花汁子的水润了梳子，再轻轻地揉发，几个晃眼的动作过去，一个漂亮的发髻就梳好了。

宜宁的头发极软又细，梳了发髻更是好看。清秀明丽的小脸还粉嫩嫩胖嘟嘟的，既有少女的清媚，还有孩子的娇憨。松枝一时都怔住了，然后感叹道："要配那茜红的折枝花褙子更好看，姐儿的衣服太素了。"

雪枝笑着摇头道："姐儿是看五小姐穿得明艳，才要简单些吧。"

"五姐姐最近要说亲，大伯母正寻着合适的人家，我老老实实地当绿叶就好。"宜宁笑了笑。

罗宜秀见她出来，拉着她就往正房去。

他们确实是在凉亭里作诗会，以"夏"为题在红笺上写诗。水波淡淡，春夏交接的清风拂面，几个公子都是长得好看的，端然是一出好风景。

罗宜怜立在旁侧，穿了一件杏白色褙子，身姿纤细，发髻只是松松一绾，簪了翡翠簪子，耳朵上是小小的白玉丁香。那风姿实在是漂亮，立刻把罗宜秀衬成了庸脂俗粉。

罗宜秀一看就知道罗宜怜与自个儿的差距，拧着宜宁的手说："你这庶姐长得……真遭恨。"

宜宁龇牙咧嘴地拉开她的手，低声道："我还想问，六姐怎么在这儿？你又过来做什么？"

"你大伯母让我过来的。"罗宜秀漫不经心地说，"我让她捯饬了半个时辰才出来，她让我跟你的顾家表哥说说话，但是我跟你家表哥有什么话说……"

宜宁被她这话给吓到了，心里突然生出一个荒谬的猜测——陈氏这个意思，莫不是看上了顾景明？

"哪个是你顾家表哥？"罗宜秀又问她。

宜宁指了指中间穿月白直裰，正提笔写字的那个，然后低声道："五姐姐，大伯母究竟是怎么说的？"

罗宜秀没有回答，她已经带着丫头婆子拉着宜宁走过去了。

宜宁正想该如何介绍，林茂就已经回过头了，他一看到宜宁就笑眯眯的。人家姑娘都是规规矩矩地早起点卯，他本也想去请她一起作诗会，没想到她却还在赖床。林茂忍不住就嘲讽道："宜宁表妹来了，你起得好早啊。"

宜宁皮笑肉不笑地道："茂表哥安好，听闻昨夜您找不到丹炉，过来找母亲索要，竟还能起得这么早。我是佩服的。"她未曾惹他，才见过两面而已，林茂跟她说话总是戏谑得很，她是觉得莫名其妙的。

顾景明就笑了笑，这一笑着实好看，温柔俊朗极了。他打圆场道："宜宁表妹莫与他计较，他这人嘴巴厉害而已。"

他们两倒是很熟的样子。顾景明温和谦逊，林茂则一副无赖潇洒的样子，倒是有种奇异的平和。

宜宁正要坐下，手却被狠狠揪了一下。她差点"嗷"了一声，罗宜秀也是，使这么大劲儿做什么！

她瞪罗宜秀，罗宜秀却回瞪她。

宜宁这才反应过来，她并不是真的被罗宜秀拉过来参加诗会的，是来当介绍人的，于是向林茂和顾景明介绍了罗宜秀。着实让她吃惊，她这仿佛林海如亲生般的五姐，竟然低眉柔声地向顾景明问好。

顾景明长得好看，出身又高，估计从小就见惯了各种向他献殷勤的人，对谁都是有礼又温柔的。却又有种高高在上的疏淡感，别人看不出来，宜宁却看得很明白。

作诗什么的宜宁并不擅长，罗宜秀更不擅长，唯一擅长的就是罗宜怜了。她写了之后递给顾景明看，声音娇柔婉转地道："明表哥帮我看看，我总觉得最后一句的平仄不对。"

顾景明顺手就拿了过去，也十分温柔耐心："平仄没有错，的确是难得的佳句。"

宜宁抓了一把瓜子嗑，罗宜秀在她身边沉着脸压低声音道："你瞧瞧你那六姐，身子都快倚到人家顾公子身上去了。"

宜宁叹了口气，让罗宜怜去吧，她才不管呢。罗宜怜心思活络，又长得那样一副楚楚可怜的风姿。但那又如何，就算顾景明真的会喜欢她，难不成以顾家的身份地位还会要个庶出的小姐许给顾景明？顾景明是大舅母三十才得的孩子，顾老太爷亲自养大的，比小宜宁还要金贵得多。

"五姐，你要不要瓜子。这瓜子是我教下人炒的，加了大料和花椒，吃起来特别香——"宜宁希望她多吃少说免得出错，便把自己的手凑过去。

谁知道立刻被人抓走了，林茂凑在她身边，笑眯眯地道："谢宜宁表妹，茂表哥就不客气了。"

他倚着栏杆，似乎无意把自己的一些重量压在宜宁身上，一边嗑瓜子一边看顾景明教罗宜怜作诗。

宜宁深吸了一口气，小手指捏得"咯咯"响。"茂表哥，瓜子可香？"宜宁笑着问他。

林茂俯下身，眉宇间竟格外好看，他低声说："茂表哥想问问你，橘子好不好吃？"他的气息不经意地拂过宜宁的耳际，笑了笑之后就坐正了。

这小丫头实在不是知恩图报的料。想当年姑母给他们哥几个下达指令，每个都要送宜宁东西。他在杭州寻摸了多久才给她弄了箱橘子来，不过吃她些炒瓜子，便要跟他急了？

炒瓜子根本就不是重点。宜宁觉得自己是有苦不能言，跟林茂这种离经叛道的人比有什么好说的。

幸好那边顾景明应付罗宜怜也有些不耐烦了，微微一笑对林茂道："大老爷请我们晌午过去，眼看着时间也差不多了，不如先过去吧。"

罗山远陪他们俩过去，罗宜怜见顾景明走了，根本就不想跟宜宁和罗宜秀相处，声称自己身子尚未痊愈就先走了。

丫头们端了盘芙蓉糕上来，宜宁问了才知。宜怜姑娘今天起得特别早来给林海如请安，很勤奋，然后就偶遇了同样来给林海如请安的顾景明和林茂，一切都是美丽的巧合。

罗宜秀想到宜怜风姿绰约的样子就不是滋味，幽幽道："她一个庶出的，费这般劲做什么……难不成人家顾公子就瞧得上她了？"

宜宁听了就盯着罗宜秀看："五姐，你莫不是喜欢……明表哥？"

罗宜秀脸色略红了些，摇头道："喜欢倒也说不上，但你明表哥长得真俊俏。"她说起来又神采飞扬的，有些少女怀春的意味，"反正都是要嫁，总要挑着长得好看的嫁！若要是遇到个既不好看又还没本事的，对着都难受。对着那好看些的，至少我看着舒服。"

罗宜秀的婚嫁宣言很有道理。

宜宁补了杯茶，很佩服她五姐的真知灼见，若是要让陈氏听了去，五姐必然少不了一通教训。

罗宜秀赖在她这里吃午饭，宜宁这里的厨子手艺好，松鼠鱼做得最好吃，她吃了一整条。吃过饭两人让丫头搬了棋盘出来，在院子里下围棋。

罗宜秀这么多年棋艺还是没有长进，宜宁却与宋老先生——就是那一把白胡子的老翰林交流许久，发现自己在下棋上竟然还有几分天分。宋老先生捧着胡子"啧啧"称奇，在他快要放弃七小姐的时候，总算还找出个能教的地方，不然可白领了林海如给他的三倍束脩。

罗宜秀被她杀得片甲不留，死的死残的残，能动的活棋已经不多了。宜宁转着白玉棋子道："五姐，要我让你几子你说就是。"

罗宜秀拧了拧她的脸蛋，没好气地笑："我棋品有这么差？"

林茂刚从外面走进来，就看到罗宜秀在拧宜宁的脸。他顿时觉得很惋惜，别人都捏得，他怎么就捏不得了？越想越觉得就是这个理，他怎么就捏不得了？反正今天姑母陪大伯母去看催妆的东西了，谁管他呀。

宜宁看到林茂笑眯眯地站在门口，放下手中的子问："茂表哥不是去大伯父那里了吗？"

"初来乍到，对罗府不甚熟悉。我想四处走走，不知道宜宁表妹能不能带个路？"林茂已经虚手一请了。

林茂远道而来，她的确应该陪他四处看看。这几日府中诸事太忙，别把他怠慢了。

他热衷的炼丹已经让林海如扼杀在萌芽中了。宜宁觉得比起炼丹，走走逛逛什么的的确很文雅。

结果她是完全被林茂给拉着在走。他长得高，迈一步当她两步，走得又快。宜宁气喘吁吁地跟在后面，他还在前面等她，精神奕奕地道："听说罗家后面有片后山，山顶能眺看到大慈寺的塔，你带我去看看？"

宜宁有些无力了："茂表哥，今日就逛前院不行？"

林茂很认真地看着她说道："宜宁表妹，我来者是客，你可不要怠慢了我。"

宜宁咬咬牙站直了身子，又陪他走了一段，直到他看宜宁走得越发慢了，才问："走不动了？"

宜宁幽幽地道："茂表哥觉得我地主之谊尽得如何了……"

她的脸颊上有一层薄薄的粉，白里透红好看极了。脸颊有婴儿肥，但一双杏眼已经长出了少女的清媚。林茂忍了一路，只堪堪走快些免得真去捏她，如今停了下来，真是越发手痒。

他终于还是伸手去捏了捏，笑道："今日先到这里吧，明日来找你玩。"软软的、柔柔的，果然很好摸！林茂强忍着激动才能继续微笑。

他有点惋惜地想，若宜宁真是只小京巴就好了，便是多贵他都能买下来，抱回去养着多好玩。整日在自己面前撒欢讨食吃，眷恋主人的时候还会围着主人的脚转圈。

他的手倒不是用力，而是轻轻的，只是触感陌生，宜宁反倒愣了愣。

这不太合规矩啊，如今她也不算是孩子了，不过想到捏她的人是林茂，宜宁又觉得没有什么。

林青天做出什么事来她都是可以理解的。

林海如到下午才回来，准备好的二十四担催妆礼已经全部抬回了罗家。三牲祭品、糕饼点心、海味干货应有尽有。府里也开始张灯结彩了。到了晚上，陈氏的外家来了人，府里越发热闹了。

宜宁都被林海如提出来陪客，陪的是隔壁高家二小姐。

高家大小姐是本想嫁给三哥的那一位，但三哥要守制三年。人家小姐也不是等不得，只不过罗慎远就是焐不热的石头，再怎么热忱都没有用，高家大小姐没等多久，就嫁给了同县一个进士的儿子，现在白白胖胖的孩子都已经生出来了。

府里热闹，陈氏也笑得乐开花，带着罗宜秀与罗宜玉四处拜见来访的各位夫人。

高二小姐滴溜溜的眼睛就盯着吃食打转，话都不跟宜宁说一句。宜宁见状，把整盘子的核桃枣泥云片糕放到她手上，反而被她感激地看了一眼。

宜宁很感动，这姑娘比高大小姐好糊弄多了。

过了会儿陈氏却找了她过去，三分的笑七分的讨好，问宜宁道："眉姐儿，大伯母问你，你那明表哥可有婚配了？"

宜宁看了看罗宜秀，摇头。陈氏正要高兴，宜宁却说："我不知道。"

陈氏拉了宜宁的手握着，叹道："头先是大伯母做得不对，如今一家人却不说那些了。宜宁可还怪大伯母？"

宜宁只是微笑。她当然不会忘记祖母刚死的时候，陈氏就要让她搬出正堂，也不会忘记陈氏要用祖母留给她的东西来抵二房应得的财产。但毕竟都过去了，如今大房和二房面上倒也和睦。

"大伯母想为五姐说明表哥吗？"宜宁直接问道。

她这么直截了当，陈氏反而把话憋了回去不知道怎么说。用得着人家的时候侄女长侄女短，用不着时候如仇人般对待，的确有点真小人。

当年顾家与罗家已少有联系，她本以为两家已经疏远了。如今见顾景明少年风流，各般皆是上品，自然就动了心思。成不成的也是试试而已，万一顾景明就看上秀姐儿了呢？

陈氏看着宜宁干净柔和的眼神，突然觉得自己的心思的确太成熟世故了。她笑道："眉姐儿，你宜秀姐姐的终身大事，伯母自然会操心一些。"

有个婆子来问她安排宴席的事，陈氏便盖了茶杯跟婆子说话了。罗宜秀终于从几个夫人那里过来，拉着宜宁的手颇为高兴地道："瞧你跟母亲说话说得高兴，你们在说什么呢？"

宜宁笑着摇了摇头。她不认为顾家会让顾景明娶一个庶女，同样也不觉得宜秀有可能。但五姐待她这般好，如何能说出口伤人。就这么过去吧。

林海如带她回了正房，先让她不要回去。让丫头捧了好几件衣裳来给她看，第一件是水红色璎络纹缂丝褙子，第二件是月白撒红色樱的对襟褙子，袖口还做了精巧的丝绦。

"你瞧瞧好不好看？"林海如拿到她面前，笑着捏了捏她嫩嫩的脸，"陪你大伯母去祥瑞斋，正好也给你做两件衣裳。我瞧你大伯母也给你四姐、五姐做衣裳，可不能把眉姐儿落下了，你现在也渐渐大了。"

宜宁听了心里微微一动。她知道继母对她好，但每次还是要听了心里才舒服。看到烛光下林海如素净的脸，她也笑道："您没给自己添置一些？"

日子久了，罗成章自然还是去乔姨娘那里多一些。但是宜宁在林海如这里，故他每月也有七八天是在林海如这里的。如今除了服，宜宁还指着林海如给她添一个弟弟呢。

林海如摆摆手表示不用，然后跟她说："我看你六姐似乎对你明表哥有些心思……"

宜宁抓了把桌上放的煮花生吃，一颗颗地剥了放在青瓷的小碟里："只要她不是做出什么有辱门风的事情来，您管她做什么呢？"

真要是过头了，自会有人来亲自打她的脸。宜宁才不担心。

林海如忧心忡忡地道："你这明表哥是挺好的，可惜与你年岁差了一些。不过也没什么差的，你们真要是定亲了，他再等你几年就是了。"林海如思考得很入神，还若有所思地点头。

宜宁的花生卡在了嗓子眼，一阵咳嗽。丫头婆子们见了连忙端了热水来，又是喂又是捶背的才下去。宜宁揉着胸口艰难地说："母亲，您可别说这样的话了。明表哥多大了？我才多大？"

"这又怎么了？"林海如弯过身子，跟她说，"我有个侄女便是十岁的时候定的亲。男方比她大了六岁呢，她及笄之后就嫁了过去。因比她大些，男的还格外宠她。怕她不高兴，连通房都没有一个。大家都说我这侄女是命好，嫁过去就是给人宠的，二十出头的人了看上去还跟十五六一样。"

宜宁又反问她："那这样的能有几个？"

幸好林海如也只是说说而已，太早让宜宁定了亲，她总有种宜宁会早早嫁出去的感觉，她还想宜宁多陪她几年。这家里她最喜欢的就是宜宁了，简直恨不得跟着宜宁一起过去。万一以后的婆家欺负她呢？万一她的银子不够使呢，又或者她的丈夫要算计她的嫁妆呢？

林海如想想就觉得可怕。以后宜宁说亲的时候，她一定要牢牢地盯住才行。

林海如这边想着宜宁的终身大事，宜宁打了个哈欠就回去睡了，让继母慢慢地想吧。

第二天一大早宜宁又被人叫起，外面天都没有亮，只有早起的婆子在洒扫。半空中还有几颗星子，宜宁小手掩着嘴打哈欠，而林茂神采奕奕地站在她面前说："宜宁表妹，你说了今日去逛后山的。"

宜宁好不容易适应了新床，睡了个安稳觉，闻言真想掐死他。天都没亮，逛什么后山啊！

林茂见她睡眼惺忪的样子，更加觉得可爱。就像他原来养的小奶狗，整日都团在篮子里睡觉，就是这副没有睡醒的样子。若是拿指头去逗它，它就会吮吸他的指头似乎是想喝奶，十分可爱。

林茂拍了拍她粉嫩柔软的脸，催促道："表妹快醒醒，我们去爬山了！"

宜宁终于"噌"地站了起来，咬牙道："雪枝，让厨房给表哥做一碗面条。等他吃完了再叫我起来。"

她回了暖阁，甩了两只缎子鞋就拱进了被褥里，埋在被窝里一动不动地再次睡着了。

想不到这丫头还有些起床气。林茂看了看没反应过来的雪枝，跟她说："你们小姐说要请我吃面。我要肉丝面，浇两勺麻酱。"

雪枝是个好脾气的，笑吟吟地屈身去吩咐厨房了。

等宜宁再次出来时发现居然有四个人在她的院子里坐着。雪枝走过来，笑着跟她说："方才顾表少爷过来闻着面香，也要了一碗面。然后六小姐也闻着面香过来，再要了一碗面……如今五小姐的面正在煮。奴婢觉得许是咱们小厨房里的面条特别香，姐儿要不要一碗？"

宜宁表示不用了。

"宜宁表妹起来了。"顾景明放下筷子，有礼地笑了笑，眉眼之间真是一种清雅的好看，"听闻你今日要带林五哥去后山，不知道我能不能同行？"

罗宜怜抬起头看着宜宁，微微一笑："说起来，自从祖母去后，我也是许久未去过了。"

上次祭祖不是才去了吗，宜怜姑娘可又得了健忘的毛病？宜宁并没有说什么，笑道："茂表哥还想去吗？"

林茂正在挑自己碗里的肉丝吃，当即挑眉表示："去，怎么不去！"天色刚亮，罗家的后山一日游已经开始了。

林茂几乎是拎着宜宁走在前面，他在家成日游山玩水，这些不在话下，嫌弃宜宁走得太慢了。顾景明稳稳跟在后面，看起来也很轻松。罗宜秀今日穿的一件漂亮的凤尾裙，不太适合走山路。罗宜怜穿的是月华裙，走起路来清波涟漪，宛若莲花生香。

毕竟是娇生惯养的小姐，罗宜怜走了一会儿就说累了，一双水波一样柔和的眼睛看着顾景明。晨光之中他越发俊秀，看得她越发悸动。她的语气轻柔无力："我实在是有些累了，明表哥可慢些等等我？"

罗宜秀在旁冷冷道："我记得上次祭祖的时候，六妹走起路不是步履矫健的吗？怎么如今就累了？"

罗宜怜脸色微红，随即又笑了笑："五姐姐说的什么我听不明白。不过五姐今日的裙子甚是华丽，我看若是大哥成亲那日穿是很好的，今日穿岂不是太早了……"

宜宁听到她们俩斗嘴的水平嘴角直抽，偏偏她是最小的那个，只能劝架了。她正要过去，林茂的手臂却拦住她，在她耳边低声道："你瞧，这么好玩，过去做什么？"

宜宁突然在林茂拦住她的手臂上咬了一口，有点用力，林茂惊得放开她。只见手臂上多了两排整齐小巧的牙印，而宜宁圆圆的眼瞳里全是笑意："茂表哥觉得这样好不好玩？"

林茂看着她往下走去，发上系的淡绿色丝绦在微风中轻拂，细软的头发看着十分好摸。他突然按住手臂，觉得那里血脉鼓动，似乎真的有点疼。

他渐渐收了笑容，面色突然郑重了一些。

宜宁走过去并没有劝架，两个姐姐还剑拔弩张的，引火烧身不太好。她直接笑着对顾景明道："明表哥，后山下有个荷池景致也特别好，不如我们去那里吧。"

罗宜怜闻言也笑了，上后山的确是个错误。她表示："这时候池里的睡莲刚开，明表哥去看正好。"

罗宜秀又是笑:"六妹倒是一口一个表哥了,我倒不知道你这表哥是怎么喊的。人家宜宁的表哥,与你何干?"

宜宁听得一个头两个大,顾景明自然也给自己这真的表妹几分面子,说还是去看荷池好。

一行人正沿着山路下来,宜宁给顾景明说那池子里养了几种睡莲,什么季节开哪种。顾景明背着手,认真看着矮他一头多的宜宁。而罗宜秀与宜怜两人还冷冷的,宜宁正说着话,远处却有一个丫头渐渐跑近了,她神情有些激动,跑到宜宁面前屈身道:"七小姐,三少爷回来了!和大少爷一起回来的,马车已经到影壁了。太太让我过来告诉您!"

那小丫头眼中的神情其实一直淡淡的,顾景明能感觉到,但当她听到三少爷的时候,却似乎整个人都明亮起来,迫不及待地撒开了他的手,什么睡莲都忘到了脑后。

宜宁这两年一直能听到罗慎远的消息,他被孙大人赏识,他在京城中闻名,他做出的文章被人称赞精妙。他从不在信里说这些事,都是宜宁听来的,这些只构成了一个模糊遥远的罗慎远,而不是她的三哥。如今他终于回来了,宜宁怎么会不惊喜?

她往影壁跑去,跟在她身后的林茂和顾景明都不管了。

影壁停着两辆马车,后面一辆马车的小厮正在往外搬东西,太阳光照着影壁。有个高大挺拔的人影背对着她,披着一件披风,似乎正在看什么,背影已然有些陌生了。

但是宜宁还是一眼就认出了他。她嘴角扬起笑容,跑上前从后抱住他的腰,笑着喊道:"三哥!"

被她抱住的人身子略微一僵,随后才缓缓回过身来。

## 第十二章 继母有孕

"宜宁。"罗慎远看着埋在他怀里的脑袋,把她轻轻拉开些。

宜宁才看到他的脸。浓眉依旧轩昂,眉间却越发沉稳阴郁,少年的清秀已经变成了青年的俊朗儒雅。肩背似乎都宽了些,越发高大了。

但她也长高了啊,已经到他胸口的位置,只是跟他说话还是要仰头。宜宁已经不是个小女孩了,似乎该避嫌了。

罗慎远看着她渐渐长开的五官,圆圆的清媚杏眼,虽然稚气未脱,却有种逼人的灵气。脸蛋还带着婴儿肥,白皙粉嫩,有种孩子才有的娇态,身量也抽长了一些。

两年未曾见过了。

罗慎远握着她的手腕不禁有些用力,看她似乎并无不妥,半晌才松开了手,皱眉缓缓道:"怎的年岁长了,性子还是没有长进?以后不可这般冒冒失失的,你就认出是我了?"

宜宁笑眯眯地看着他,反正她肯定不会认错就是了。

她主动牵住他温厚的手,一边往正房走去,一边跟他说话:"母亲已经把风谢塘收拾好了,你回来就可以住。你让我练的曲子我也练了,虽然弹得……一般吧!但四姐说好歹有调子了……宋老先生教我下围棋,我现在都能与宋老先生勉强下个平手了。不如什么时候你跟我下?"

宜宁心想:罗慎远总不会样样精通吧,平日都不怎么看他下棋,搞不好还真能赢他。看着小丫头很期待的样子,罗慎远嘴角一弯,轻声道:"好。"

宜宁非常高兴,走路都很雀跃。一旦她的手松开了,罗慎远便再次握紧。一路上他虽未说过什么话,牵着宜宁的手却丝毫没有松开。

跟在他身后的小厮和护卫先把箱笼送去了风谢塘,罗慎远牵着小丫头去给林海如请安。

他一撩衣袍跪下,林海如连忙来扶他。这可是她的解元儿子,跪来跪去岂不是折了他的身份。

罗慎远坐下来,下人给他上了茶。他问林海如:"眉眉可还听话?"

宜宁就坐在他旁边，撑着下巴叹气。罗慎远不在的时候，她总觉得自己是真正的罗宜宁。等罗慎远回来了，又立刻变回了孩子。

听话吗？林海如有点纳闷。这两年乔姨娘被宜宁整治得服服帖帖的，乔姨娘但凡称病，宜宁就派青渠去给她看病，回回都是乔姨娘脸色铁青地把青渠送回来，而青渠一脸莫名其妙。罗成章从漳州弄了套上好的玉器回来，听说极其稀罕难得，一并赏了乔姨娘和轩哥儿。宜宁就去开了罗老太太留给她的私库，寻出一尊送子观音供在她房里，让她每日上香，最好能对着观音哭几声，命中无福啊、有心无力啊之类的话。罗成章看到没说什么默默走了，第二日林海如就拿到了一套漂亮的玉杯、玉碗，而乔姨娘当晚就因生气，打罚了屋子里的两个丫头，又遭了罗成章的训斥……

这些事简直越想越舒坦，林海如道："眉姐儿很听话的。"她又接着道，"如今你大哥成亲了，你二哥听说是要娶你大伯母的侄女。你眼看也不小了……"

罗慎远放下了手中的茶杯。

林海如有些惋惜地道："本来咱们隔壁那高大小姐挺适合你的，是嫡长女的出身，模样性子都很出挑，又有意于你，我瞧着甚好，可惜你不喜欢人家……结果如今人家连孩子都有了。你不如跟我说说喜欢什么样的，或者有看上哪家的女孩儿，我好帮衬着你。"

罗慎远淡淡一笑："母亲，我心里自有打算。您不要帮倒忙就是了。"林海如有点疑惑，他有什么打算？还有，她怎么就帮倒忙了！

罗慎远还要去与顾景明见面，带着宜宁从林海如那里出来。宜宁看他下巴坚毅，嘴唇微抿，就觉得他心里又不知道在想什么。她摇了摇他的手问："三哥？"

罗慎远抬手放在她的肩上，笑道："你可见过你顾家的表哥了？"宜宁点了点头，心想：莫不成罗慎远还认识顾景明？

他带着她走到竹苑外，罗宜秀已经回去了，罗宜怜还在院中与顾景明二人饮茶。看到罗慎远带着宜宁走进来，罗宜怜站起身，柔声地喊："三哥。"

顾景明则笑着向罗慎远拱手道："慎远兄，京城一别，半年未曾见过了。"还真的认识啊！

顾景明此人宜宁当然也听说过，虽没有罗慎远的名气大，但也算是皇上身边的红人了，后来做了太常寺卿。没想到他们俩居然是认识的。

宜宁不由得看向旁边的林茂，这个明明才是日后罗慎远的左右手。她发现林茂也正看着她，嘴角带着一丝懒洋洋的笑意："宜宁表妹，你哥哥回来，便把我们都抛到脑后去了？"

罗宜怜笑了笑说："七妹一向与三哥亲近，算来也有两年不见了。"她藏在袖子里的手握得紧紧的。

罗慎远在罗家如今地位超然，她也从不曾怠慢他。罗慎远在京城中的时候，她听闻京城中格外寒冷，还寄了些厚实的衣物给他。但罗慎远对她们一直淡淡的，刚才也是正眼都没有看过她。

同样都是他的妹妹，罗慎远未免太厚此薄彼了。

罗宜怜面上依旧柔和地笑着，不然又能如何？难道她就看不出顾景明对她的敷衍吗？她就不知道罗慎远对她的无视吗？但是没有人把这些送到她手上，她不争就什么都没有。

顾景明与罗慎远进了屋内说话，竹苑的丫头给宜宁端了些糕饼和蜜饯上来给她吃。

罗宜怜别过脸，若真的由她选，她就选罗宜慧的出身，父亲重视、罗老太太宠爱，夫家也是一等一的世勋贵族，还生下儿子坐稳了世子夫人的位子，就连世子也是千般万般宠爱。

罗宜慧回来省亲的时候，阖家上下哪个敢不尊敬她？

罗宜宁虽然也是嫡出，但再怎么也不可能比得过罗宜慧去。毕竟祖母已经没了，她又是林海如教养的。

她想嫁给顾景明又怎么了？顾景明出身虽好，但她的容貌才学也不差，为何就不能想想了？

罗宜怜深吸一口气，随后告退带着丫头婆子出了竹苑。

宜宁是看着罗宜怜离开的，她其实知道这些庶女在想什么。庶出的姑娘一般就是两种：低眉顺眼地长大，乖乖听主母的安排，以后虽说不会太富贵，但总能嫁个殷实人家对付对付。例如罗宜秀的两个庶出姐姐，都嫁了个普通的殷实人家做正妻；再一种就是心比天高的，妄想要攀高枝，成则富贵傍身，失则被主母厌弃名声扫地，别想有个好出路。

比对乔姨娘的性格来看，罗宜怜绝不会是第一种。再者罗宜怜得罗成章娇宠，虽然不是嫡女的出身，但也没有哪样比罗宜宁差了的。一样的教导，一样的月例银子，和大房的两个姑娘都是平起平坐的。

罗宜怜这样长大，又怎么可能忍受议亲的时候低别人一等？宜宁一边嚼着蜜饯，一边想事情。

林茂看她半天，突然问："你这么出神，在想什么？"

宜宁瞥了他一眼，发现他的表情难得正经，于是她也很正经地回说："看我那两个姐姐的亲事，想自己以后会怎么样。"

林茂笑着看她，狭长的丹凤眼倒是很好看，有种说不出的俊朗："你担心自己以后不好嫁？"

宜宁默默地把金橘蜜饯吃了，决定以后为了自己的身心愉悦，还是不能跟林茂说太多话了。她微笑道："我想起今日的琴曲还没有练，先回去了，茂表哥告辞。"

林茂想跟她说没什么好担心的，不过她已经走远了。丫头婆子都簇拥在她身后，浩浩荡荡的。

罗慎远在屋中看到这一幕，许久后放下了帘子，跟顾景明说："林茂此人，心性不定。"

"倒是个极聪明的，有歪门邪道的感觉。"顾景明也笑了笑，"就是有些不着调——总是欺负宜宁表妹，其实他极喜欢表妹。若是别人跟他这么说话，他早就不耐烦了，也就是宜宁才忍些。"

罗慎远默默地看着桌上养的一盆水仙，淡淡道："他怎么对宜宁了？"

"今儿还被宜宁表妹给咬了一口，我看他倒不像生气的样子。宜宁表妹性子好，总是被逼急了才咬他的。"顾景明摇头，又笑着说，"你和宜宁表妹关系倒是挺好的，我还以为你跟罗家的人并不亲近呢。"

罗慎远的脸上看不出表情。他道："我这次从京中回来，大人告诉我皇上龙体欠安，我先告诉你一声，这事还没有几个知道的。陆嘉学派了精兵护住乾清宫，恐怕情势危急。"

顾景明的脸色肃然了一些。他曾是太子的伴读，祖父又曾是帝师，顾家自然早被人算作太子派系的人。但是太子年轻孱弱，反倒是当朝大殿下更龙精虎壮……

"谢谢，我会传信给祖父的。"顾景明低声说。

罗慎远微一颔首，也没有再说什么就离开了竹苑。宜宁说是回去了，但她刚见到罗慎远，还想跟他多说些话，问问他在京城中待得如何，长姐可还好。其实她还想知道更多，陆家的情况、程琅的现状，甚至还有陆家的长嫂……可惜这些都不能问。

宜宁在风谢塘等罗慎远，天色渐渐黑了。

风谢塘的婆子怕她着寒，抱了件披风给她搭上，又给她端了碗梨子水。宜宁吃多了蜜饯，正好喝些甜甜的梨子水解渴。她抱着引枕望着天上寒夜的星子，心想到了吃晚饭的时候了。她没什么想吃的，派了小丫头回去传话，让林海如不要等她。

宜宁靠着引枕有点犯困，昏昏沉沉地还做了个梦。然后她似乎感觉到有人在抱她，迷迷糊糊地醒过来，就看到三哥俊朗坚毅的下巴，闻到他身上熟悉的味道。

"三哥。"她伸手抱住他的脖颈，轻声道，"我总觉得你好像瘦了些，你瘦了吗？"罗慎远握了握拳，终于把她抱在怀里，在她耳边说："眉眉，三哥回来了……"

他不再说什么，宜宁却觉得他抱得很紧，还能闻到他呼吸之间的气息。

她有点困，又昏昏沉沉地闭上了眼睛。

四月的天晴朗柔和，春意融融，宜宁一早起来就指挥着丫头在院子里种墨竹。

院子里原来的那株蜡梅过冬时便不行了，挖了残根种上墨竹，宜宁喝了口水，让青渠多培些土。

青渠问道："七小姐，这样种了竹节能活吗？"

宜宁笑了笑，看她出了些汗，递了手帕给她，"如何不能，你看能不能长起来就是了。"

青渠接了她的帕子有些犹豫，七小姐的帕子都是杭绸或者蜀锦的料子，若是杭绸，那还有针线功夫极好的丫头在上面绣了精致的花样，或者是七小姐自己绣的。她小小年纪，绣出来的花样十分精致好看。她却给自己擦汗？

想了想，青渠还是把帕子放进了怀中。

宜宁已经往屋中走去了，林海如近日太忙，免了她们几个晨昏定省。每日晨起她便练字，昨夜雪枝把她从三哥那里抱回来后，她倒是睡得非常安稳，今晨就起得早了。

宜宁似乎记得罗慎远跟她说了什么话，却分不清究竟是梦还是现实。只听说罗慎远一大早起来拜见了父亲，又出门办事去了。

她坐在书房的窗扇下，刚静下心写了几个字，突然有人叩了叩她的书案。

宜宁抬起头，就看到林茂背着手，看着她的书房点头道："你这里布置得倒是清雅。"宜宁搁下笔问他："茂表哥今日无事？"

宜宁觉得她也是挺委婉的，林茂何止今日无事，他整天都跟找不到事做一样。

林茂狭长的凤眸一眯，他还穿着他的一身道袍，仙风道骨，虽然离奇一些却翩然出尘。他定定地说："我有事。"

宜宁做出一副洗耳恭听的样子看着他。

他的语气却慢了一些："宜宁表妹今年虚岁可有十二了？"

宜宁有些莫名其妙，他问这个干什么？她摇了摇头："还差五个月，茂表哥要是无事，我听说大哥那里挺热闹的，你要不要去看看？"

林茂深深地看了她一眼，嘴角一弯："不用，不过我也告辞了。"

说完就向她告别，离开了她的厢房。宜宁被他弄得莫名其妙的，她坚决不去揣测这些人在想什么，罗慎远一个，林茂一个。前者心思太深，后者心思跟正常人不太一样。

宜宁叫了雪枝进来，让她派个婆子跟着林茂，免得他在罗家转来转去走错了都不知道。雪枝不一会儿便去而复返，告诉宜宁："表少爷不许人跟着他。"

林茂去了林海如那里，林海如刚见了一个婆子，确认了二房要出的礼单。看到林茂进来了，她喝了口茶道："你来得正好，大嫂写信过来问你可到了。你给她回一封信吧！别总是不耐烦，她也是关心你。我听说不过就是想给你说一门亲事，人家还是扬州宣慰司同知的千金，你听了不乐意就跑去炼丹——你年纪也不小了，做什么我们都不管你了，能不能让家里人省点心？"

林茂坐下来喝了口茶，听林海如说了许久，他才开口道："姑母，我想娶宜宁表妹。"

林海如听到他说要娶，终于对亲侄子露出一个笑容："这才好！你隔房的六弟都要忙着说亲了，你要是不娶，他怎么可能先于你，你再不急他都要急了。我立刻就写信跟大嫂说，你说你想娶谁？"

"宜宁表妹。"林茂又说了一次。林海如瞪大了眼。

好像听到什么可怕的事，她有点缓不过来，愣了愣道："你……在说笑？"

但她看到自己这个一惯笑眯眯的侄子表情肃然，没有任何嬉皮笑脸，而是抬头认真地看着她："婚姻大事不可儿戏，我想娶宜宁表妹。不过她现在太小，总得再等她三四年，但也没关系，不如先交换个定亲信物。您要是同意了，我回去请母亲来提亲。"

林海如觉得自己简直手痒想抽他。

"林茂，你平日离经叛道就算了，可不能开这种玩笑。宜宁才多大！这话要是传出去了，别人如何看你？再者宜宁的亲事也不是我能决定的——"

林海如没有说下去，宜宁的亲事罗宜慧肯定不会旁观，而罗慎远也要插手。虽然林家的富庶罗家远不能及，但是罗家在官场的地位毕竟还是高于林家的……总之，一句话，她肯定不同意！

林茂这才恢复一丝笑容："姑母，您别被我吓到了。宜宁表妹年纪尚小我知道，我总要娶亲的，倒不是我现在就对宜宁表妹有什么心思，只是我不讨厌宜宁表妹，她挺好玩的。"

林海如以前总盼着林茂能端正一点，刚才他严肃起来倒真是吓了她一跳，还是这样笑吟吟的看着舒服。她稍微松了口气，又道："你可是为了晚几年成亲，才想出这么个法子？"

林茂摇头，端了桌上的茶杯喝水："若她现在已经及笄，那立刻娶回去又何妨？"那就可以天天捏她的脸了，真把她养着玩。

林茂见姑母神色不定，又凑近些劝她："姑母，宜宁若是长大了，那嫁谁不是嫁呢。我您是知根知底的，再者嫁到林家也不会委屈了她。咱们林家虽然不是官宦世家，但是人多热闹些，且个个性子都好，我母亲更是早恨不得我能给她娶个媳妇回去。我知道您心疼宜宁表妹，放到咱们家去了岂不是最好的？"

听林茂这么一说，林海如竟然还真的有点心动。

是啊，大哥大嫂的性子极好，林家的妯娌往来都亲亲热热的，而且林家可是她的地盘！又有林茂在，林茂在林家也是横着走的人。

"话是这么说……"林海如嘴唇发干，还是觉得太突然了。她本来还觉得，顾景明更好些。顾家家世比罗家高些，最重要的是人家看上去就很靠谱。

"但你要是有景明的沉稳，我也就不担心了。"

林茂眉头轻微一皱，他知道顾景明那家伙比较受女孩欢迎，罗家如今两个千金都倾慕于他——不管是看上他的脸蛋还是他的家世。他在扬州的时候也不少姑娘喜欢，但都怕了他这个不定的性子。原来他潇洒自在还觉得没有什么，要是成家立业的话，难免人家会觉得他不够稳重。

顾景明有什么好的？整天笑眯眯对谁都柔和，心里对别人的厌恶和鄙夷从不显露。

"现在不急。"林海如看他深思起来，立刻搜肠刮肚地劝这个行事不拘小节的侄儿，"要不再等三年，你若是真的想娶宜宁，就考个功名啊做点事情之类的——宜宁她三哥可是解元，父亲又是进士，你说人家瞧得上一事无成的你吗？到时候你要是真的还想娶她，我便也觉得你是诚心的，一定同意。"

一事无成这种话平时对林茂没什么杀伤力，今天听到的时候却眉心一跳。

不是他愚钝，只是他出身富贵，又是被众人宠溺，对立业这等事就失去了兴趣。

别看姑母平日糊涂，说点话居然还挺有道理的。若是他三年后真的有个官衔来娶宜宁，恐怕他日后的舅子罗慎远也不会反对。

林茂想了想才点头："既然如此，那便再等几年吧。"

林海如听了很高兴，只要林茂不到处惹事，不给家里添乱她就高兴！大嫂要是知道她把林茂劝回去读书了，肯定恨不得给她送尊金佛来。她有些兴奋地问："那你可要读书了？"

林茂看了他姑母一眼，幽幽地说："谁说我要读书了。举业上，我没有罗慎远的天纵之姿，恐怕寒窗十年也不过是个小官，那辛苦来做什么。"他把茶杯放下，"谢过姑母的茶，我三年后再来跟你提亲。这事还是不要告诉宜宁表妹了，免得把她吓着。"

林海如默默想她当然不会说出去，然后看着林茂跟她告辞了。

中午宜宁到林海如这里吃饭的时候，就看到继母对她上下打量，她有些狐疑："母亲……您这是看什么呢？"

林海如打量了好几遍，勉强笑了笑："没有什么。中午给你熬蒸了只梨，我让人给你端来。下午我们一起去看你大哥的催妆礼。"

那只蒸好的梨搁在雪白的瓷盘上，里头放着糯米、川贝、枸杞子，浇了两勺蜜汁，闻起来就香甜好吃。

刚吃过午饭，罗宜怜就带着轩哥儿过来，要一同去大房那边。

轩哥儿拉着姐姐的手，笑着跟她说："父亲问我读书怎么样了，我就说姐姐教我背诗。父亲听了可高兴了！"边说边进了门。

轩哥儿渐渐长大了，看得出不像乔姨娘，倒和罗成章像是一个模子里刻出来的。

林海如看到就觉得有些不舒服，又听到他们说些父慈子孝的话，她淡淡地让罗宜怜先带弟弟坐下，她去内室换了衣服便一同离开。

罗宜怜摸了摸弟弟的头，轩哥儿就更高兴了。罗宜怜才缓缓道："轩哥儿，怎么不喊七姐姐？"

轩哥儿似乎这才看到宜宁，在罗宜怜的催促下才喊道："七姐姐！"

宜宁放下手中小勺，对他笑了笑："轩哥儿似乎长高了些。"

轩哥儿点了点头，扭着罗宜怜的手，伸长了脖子去看内室，他看到西次间的长案上供奉了一座观音，问罗宜怜："姐姐，那是观音菩萨吗？"

罗宜怜抚着弟弟的背，柔声告诉他："这是送子观音，给轩哥儿送弟弟的，以后太太会给轩哥儿生弟弟呢。"

轩哥儿鼻子一皱，突然道："我不要弟弟！我不喜欢弟弟！"

宜宁笑容不变，轩哥儿只不过是个孩子，和轩哥儿计较起来是她的不是。

罗宜怜似乎也觉得他说错了话，把他放下来让他在一旁玩，笑道："七妹莫怪，轩哥儿说着玩的。"

"我亦是他的姐姐，无妨。"宜宁向雪枝点了点头，"给轩哥儿些核桃吃。"

下午他们就一同去了大房那边，大房正在准备催妆礼，足足二十担，要抬到女方家去了。

罗怀远将要娶的是隔壁徐水县周大人的嫡出千金，倒也不是太远。可能是成亲前总有些忐忑，罗怀远避去了前院，长房里陈氏和一众太太正笑眯眯地说话。

看到林海如领着二房的孩子过来了，陈氏特地叫了宜宁过去，跟太太们介绍："这便是宜宁了，慎远就是她三哥。"

一众太太听到罗慎远的名字，眼睛有些发亮。宜宁注意看了，特别是家中有女待嫁的那种更亮。

其实她很想跟这些太太说不用想了，像她三哥这样的人，不是进士不会成亲的。何况等罗慎远明年春闱中了进士，提亲的人更会如过江之鲫。罗慎远怎么会想不明白这层，他现在是绝不会成亲的。

众太太把宜宁拉过去好一阵夸。罗宜怜在旁边坐冷板凳喝茶，笑容有些僵硬。陈氏可不会把她一个隔房的庶出女孩介绍给这些有头有脸的太太认识。

长房的夜晚张灯结彩，热热闹闹。送了催妆礼的后日就是迎亲，罗家一些远的亲眷都来齐了，有些太远的林海如不认识，还是陈氏牵着宜宁去认人。

　　宜宁笑着认齐了罗家的远方亲戚，下来雪枝立刻递了水给她，宜宁接过后喝了一口，的确是口干舌燥的。

　　罗宜秀却突然从旁边出来，小声示意她跟自己去内室。

　　内室里倒是静悄悄的，丫头婆子都在外面伺候，还点着烛火。罗宜秀拉着宜宁坐在临窗木炕上，悄声问她："怎的今日没见着你明表哥？"

　　宜宁也不知道，摊了摊手。

　　罗宜秀饶有兴致地问她："宜宁，你明表哥喜欢什么样的女子啊？"

　　"我跟他也不熟……"宜宁决定永绝后患，又问道，"你才见过他几次便喜欢他了？上次还因她跟六姐斗嘴。"

　　"我跟罗宜怜斗嘴只是看不惯她那行径。"罗宜秀撇嘴，幽幽道，"我当然喜欢他了，他长得这么好看，谁会不喜欢他！你那庶姐不也喜欢他吗？"

　　宜宁又想起了罗宜秀的婚嫁宣言。

　　"那你便想嫁给他了？"宜宁反问道。

　　罗宜秀听到宜宁的话，眼中闪过一丝神采，似乎真是憧憬。她凑到宜宁耳边说："如果我说是，宜宁，你可能帮我？"

　　宜宁想起了罗宜秀她姐罗宜玉的丰功伟绩，立刻道："五姐，做事可要三思而后行，不能冲动行事。明表哥出身名门，对这等事情是肯定不齿的。"

　　罗宜秀没好气地道："我又不是要做什么，只是想让你帮我打探打探他喜欢什么花样，我要给大哥、二哥做护膝，顺便也给他做一双。"

　　这天气刚开春，做什么护膝。

　　宜宁也没有揭穿她，只是轻轻点了点头。像罗宜秀这样养在深闺里的姑娘，看到个优秀的青年就动心很正常，不过大部分女子不像罗宜玉那般大胆罢了。那她姑且试试吧，一句话的事。

　　罗宜秀这才喜笑颜开，送了一对沉甸甸的金镯子给她。

　　拎着这一对沉甸甸的金镯子回了屋子，第二天宜宁起来时看到镯子摆在妆台上，立刻就想起来了。

　　宜宁把玩着那一对金镯有点犹豫，罗宜秀对她的确挺好的，不过是帮她个忙而已，却也无伤大雅。她叹了口气让雪枝把镯子收起来，起身去了竹苑。

　　正好顾景明让小厮搬了书案放在外面，正在作画。

　　看到宜宁来了，顾景明让小厮拿了他从真定带的饴糖给宜宁吃，问她："宜宁表妹难得来找我，可是有什么要紧事？"

　　宜宁摇了摇头，走到书案前看，他画的是一幅春游图，工笔细致，画得极好。她看了就称赞："明表哥的画画得极好，应该是师出名门吧？"

"你三哥师承孙大人，应该画技也很出众吧。"顾景明润色了最后一笔，叫小厮过来把画包了拿去裱。

"他不会画画。"宜宁随口道。

顾景明似乎有点惊讶，宜宁就笑了笑解释说："三哥不喜欢作画，他的字倒是不错。"

顾景明微微一笑，宜宁的目光落在他的肩上、背上。少年的身姿的确非常好看。他点头说："那我总算是有个地方强于他了。既然你喜欢那幅画，我让人裱好之后给你送过去吧。"

宜宁谢过了他的画，觉得她还是直接问比较好，反正一句话交差的事，她就道："明表哥，你可有什么喜欢的花样？"

顾景明侧头看了她一眼，似乎不明白她为什么突然问，但还是说："倒是没什么特别喜欢的，兰草的花样便不错。"

"宜宁表妹来了？"

突然有个声音从她身后传来，是林茂过来了。他背着手，看宜宁的目光有几分暖融融的笑意。

"你可是来找我的？"

顾景明不禁笑了笑，眉尖一挑，"林五哥，人家是来找我的。"

"真的？"林茂还是微笑看着她，那目光和神情却定定的，有种说不出的认真。

眼神其实是不一样的，当他直看着你的眼睛的时候，你能感觉出来。

宜宁看着他的眼睛，发现林茂的眼睛非常好看。幽深的眼瞳清澈黝黑，似乎无论说什么话，人家都会信以为真一样。她突然明白为什么文武百官会被他骗去银子了，他直视她的时候，这的确是一双让人无法逃避的眼睛。

宜宁不由得错开了他的目光，她也不知道自己为什么心虚了。

正好这时候小厮来通传，说罗三少爷在宜宁的厢房等她回去。

宜宁听说三哥在找她，便跟两人道别了。看到宜宁远去的身影，林茂跟顾景明说："以后说不定咱们还要亲上加亲，到时候你仍得叫我林五哥才行。"他可不会跟着小丫头降个称呼，他在家里辈分很高，说不定还能把宜宁的辈分抬一抬。

顾景明莫名其妙地看了他一眼，皱眉警告他："这可是我表妹，还是罗慎远的亲妹妹。你可不要随便做什么，宜宁从小没有母亲，万事都要慎重。"

虽然不知道这林茂究竟打的什么主意，但是警告他一番总是好的。宜宁毕竟还小，他母亲又十分关怀宜宁，他总要照看几分。

林茂只是摇了摇头："我慎重得很。"说完转身进了屋。

罗慎远在宜宁的书房里边看书边等她，看到宜宁走得急匆匆的，挑了挑眉："有人在后面撵你？"

宜宁深吸了一口气摇摇头，走到罗慎远身边问他："三哥找我有事？"

罗慎远找她自然有事，宜宁那些私产两年的收成，他连夜去香河帮她做好了，现在给她看看。

宜宁翻着账目，很快就忘了林茂的事。因为她发现这两年的时间，铺子赚的银子翻了一倍！现在祖母留给她的身家总共是一万四千两银子。

她有点惊讶地看着罗慎远。知道他厉害，没想到他这么厉害！

罗慎远伸手盖住她的账本："这些只是给你看，现在可不能给你。"

宜宁笑眯眯地道："我自然知道。"她叫了徐妈妈进来，让她晚上吩咐厨房多做几个好菜。罗慎远看着她，她就说："我今天请你吃饭。"

罗慎远看她杏眼水润明亮，有种非常夺目的清灵光辉，似乎是雨过天晴的碧空万里。他也笑了笑，慢悠悠地问："请我吃饭？那还不是花二房的银子？"

二房的银子也归他管。

宜宁却觉得只要心意到了就行，形式并不重要。

她让丫头搬了围棋盘过来，早说好要跟罗慎远下围棋的，正好这两天棋艺又有所精进了。等罗慎远拿了白子之后，宜宁拿了黑子。想到宋老先生走之前她刚把他杀得片甲不留，便挺有自信地说："你先下。"

罗慎远摸着玉石的棋子，似乎听到了什么出乎意料的话，抬头看了她一眼："当真？"从来没有人敢在和他下棋的时候主动让棋。

宜宁点头，自然是让罗慎远先走。

罗慎远把玩着棋子，只是笑了笑："那好，我先下。"

一刻钟的工夫，宜宁就江山尽失，输得非常惨。再一刻钟的工夫，宜宁已经无从下子了。

罗慎远看着她。她抓着自己的黑子，纯黑的玉色在她细白的手指之间转动，眉头微皱，似乎在认真思考她的棋局是怎么一步步失陷的。半晌之后她抬头看着他："三哥，你居然是个高手……"

他好像从没有说过自己是个低手吧……

"重来。"宜宁决定放弃这一局，她太轻视罗慎远的棋艺了。岂止轻视了，她和罗慎远的水平还差个十万八千里。宜宁拿出几分棋痴的精神，重新摆盘："不用让我子。"

刚才为了挫宜宁的锐气，他一子没让。

宜宁的棋艺的确已经不错了，只不过遇到的是他而已。他十五岁那年，几乎就无人能在棋艺上胜过他了。

不过罗慎远也没有说透，只是陪宜宁好好玩玩而已。

直到林海如派人来请他们过去吃饭，棋局才算是偃旗息鼓了，只不过宜宁次次都输而已。这反倒激起了她的斗志，宜宁决定以后每天都去找罗慎远练练棋艺。

临睡前她总算还记得罗宜秀的叮嘱，找了张绣着兰草的手帕给罗宜秀送过去。也算是帮她做了件事吧。

结果第二天的结亲宴席上，宜宁看到罗宜秀穿了件水红色对襟绣兰草纹的褙子，梳了双环髻，头上簪了对白玉簪子，耳朵上缀着小小的兰花耳饰，精神奕奕。

鞭炮鸣过，到了傍晚时分轿子才抬进了罗府。新娘抱着宝瓶跨过火盆，被全福人扶进了正堂拜堂。

宜宁站在正堂门口看着新娘子进门。

自从祖母没了之后，正堂就很少再开了。屋中布置着红绸贴着喜字，她总觉得物件有些苍老了。

罗宜秀悄悄从新房外过来，问她要不要去后院看戏。

后院请了戏班子来唱戏，拜过堂之后要唱一些喜庆的戏，锣鼓的声音已经响起来了。

宜宁跟她一起去了后院，有丫头端着放喜糖和桂圆干的喜盘过来，罗宜秀抓了一把放在宜宁手上，自己也抓了一把。陈氏看到她们两个过来了，便叫她们去坐，笑着问罗宜秀："可见了你新嫂嫂？"

罗宜秀剥着桂圆干说："隔着盖头只看得着胖瘦——"她侧头问宜宁，"你觉得怎么样？"反正明天也要出来见人的，早晚知道。听说周大人的千金长得还不错。

宜宁只是说："温婉得体。"

林海如叫人来请她过去，说是她舅母刚赶过来。宜宁听了有些哭笑不得，来个传话的人也不说清楚，这究竟是哪个舅母！她可有两个舅母啊。

罗宜秀听了却有些高兴："你舅母来了？"

陈氏因要看着这边的戏台子，保定有头有脸的太太们可全在这里看戏呢！因此，她不能亲自过去，笑着问宜宁："要不让你五姐陪你过去？"

宜宁只能带着罗宜秀过去，路上不禁叮嘱她："不要多说话，我也少见我舅母。"

罗宜秀点了点头表示知道了，拉着宜宁的袖子跟着进了正房。林海如正在不太熟练地扯酸词："景明这孩子知书达礼，谦谦如玉，我让茂哥儿跟着他多学学。"

宜宁屈身给林海如行礼，看到她旁边坐了一位妇人，穿着对襟湖绿的褙子，气度不凡，一眼就能认出顾景明与她有几分相似。她看到宜宁之后有些激动，把宜宁拉到跟前来，细细打量："可是宜宁？"

宜宁点头喊她舅母，顾夫人更是红了眼眶："老太太当年没了我便想过来的，偏偏她二舅母有了身子，府中离不得人。宜宁，你可还好？"

当年明澜还没有出嫁的时候，便是顾夫人养大的，因此情分格外深一些。后来明澜生下宜宁郁郁而终之后，顾家就与罗家往来得少了，现在两家的关系才缓和了一些。

宜宁对顾夫人有些陌生，望着她温婉的眉目，笑了笑道"好"，罗宜秀也上前给顾夫人行礼，顾夫人给了她一支金簪做见面礼。罗宜秀眼珠子转了转，就说："我听说三哥刚才在院子里和顾家表哥写字。我爹刚才还在旁看着，也不知他们究竟写得怎么样了。"

顾夫人也早听说过罗慎远，他在北直隶很出名。

"景明跟解元比，学问还是不足的。"顾夫人笑着对林海如说，"是你教导有方。"林海如僵硬地笑道："哪里哪里。"

她不太习惯跟顾夫人这种世家夫人打交道，特别有学问还特别有礼的那种。

宜宁也觉得林海如不太能应付舅母，帮她解围道："不如我们也过去看看三哥他们吧。"

正好让罗慎远也见见舅母，顾家在朝中是三代宠臣。宜宁仔细算了算，现在是至德十六年，距离新皇登基不足一年，新皇登基之后朝政动荡，顾家和罗家等家族还会受到影响。顾夫人也对罗慎远好奇已久。

一路上顾夫人拉着宜宁的手，问了她许多话。问她可通读了四书，宜宁答都读了，她便有些欣慰地摸了摸宜宁的头："乖孩子，读书是最好的。"

林海如只能在旁面无表情地摸手上的金镯子，她能给宜宁的就是那金银之物。读书什么的，让她三哥操心去吧！

女眷们在后院看戏，这边的花厅里罗家的几个少爷都在，罗慎远正在写《兰亭序》，顾景明写《赤壁赋》，两人都用馆阁体。罗山远和林茂也在旁，林茂却用的是罕用的瘦金体。

顾景明看到顾夫人后叫了母亲，请了罗慎远过来："这位就是从嘉，北直隶的解元，宜宁的三哥。"

宜宁听了疑惑，然后才意识到从嘉是罗慎远的表字，可能是孙大人给他起的。

她看着罗慎远淡然的脸，心里默念了几声从嘉、从嘉，觉得这个表字念起来朗朗上口。

罗慎远见了顾夫人，顾夫人看他的目光十分欣赏，两人竟然说得上话。刚说了两句罗成章就派人过来，说叫罗慎远去见罗家的远房叔祖，罗慎远只能告辞，临走时跟宜宁说："眉眉，不可玩太晚。"

宜宁正和罗宜秀剥桂圆干吃，应付般点头应了送他离去，他怎么一回来便要管着她了？林茂随后就走过来，捏了捏宜宁的脸问她："你刚才看成亲好玩吗？"

他的指尖有些粗糙，宜宁正在嚼桂圆干，被他捏得一愣。她怎么觉得林茂有点不对。然后她闻到了林茂身上淡淡的酒味，他喝酒了？

她伸手在他面前晃了晃："茂表哥？"

林茂抓住她的手，认真道："宜宁表妹别晃，我头晕。"

宜宁有点想笑，她发现林茂喝了酒还挺好玩的。她往桌上一看，果然摆着一壶酒。"他是喝多了。"顾景明笑道，"你过来，可别扰着了宜宁！"

林茂狭长的眼睛亮亮的，笑道："我哪里扰她了，跟她打招呼罢了。再者一壶酒罢了，我怎么会喝多！"林茂让小厮再拿一壶酒来。以酒助诗再来写两篇，顾景明连忙摆手道："我是不行了。我得去外头吹吹风。"他被林茂灌得最多，脑瓜仁都疼。

顾景明出去醒酒，顾夫人就让人把他们刚写的字拿过来看，跟林海如讨论究竟是哪个写得最好。林海如硬着头皮胡扯了几句，抬头一看发现宜宁正看着那酒壶，不由得道："宜宁，你看什么？"

宜宁缓缓道："这酒壶的样式是咱们房里特有的，可是你们有人从二房带过来的酒？"

林茂摇了摇头："这是小厮拿来的。"

那边突然有人急匆匆地进来了，是在林海如房里伺候的婆子，跪在地上欲言又止地看着林海如。

林海如皱眉道："你有话直说便是！"她最不喜欢人家说话吞吞吐吐的。宜宁却拦住了林海如，对那婆子说："可要避去旁边的暖阁说话？"

那婆子感激地看了宜宁一眼，点了点头。

林海如这才意识到事情恐怕严重了，跟顾夫人说了一声，带着宜宁一起进了暖阁。

片刻之后宜宁脸色铁青地走出来，指了指桌上的那壶酒说："雪枝，给我把那酒带上。"

她们一起去了花厅外头的竹林外，顾景明阴沉着脸先走出来，而罗宜怜跟在他身后低着头，眼眶通红似乎有些委屈。两人之间的气氛有点诡异，跟着的顾夫人一看到心里就"咯噔"了一声。

林海如走过去，径直问那站在庑廊下的小丫头话，她吓得语无伦次的："我刚出来……就看到、看到顾四少爷搂着六小姐，但是看到奴婢之后，片刻就放开了。奴婢立刻去告诉了杜妈妈……只有这么多！"

顾景明被冷风一吹，酒早就醒了，他平日的柔和全无踪影，冷冷道："六小姐说她伤了腿，我才扶着她一些，偏巧六小姐就没有带丫头出来——"

顾夫人听了气得不知道该说什么好，知道儿子恐怕被算计了，但偏偏又落了下风。她只能咬牙道："你……你真是不知所云，便是六小姐疼得要死了，用得着你去扶吗？等跟我回去了，你就给我去跪祠堂！"

那边却传来一个声音："怜姐儿，你怎么哭得这般难受？"

乔姨娘听了风声，带着丫头婆子姗姗来迟，一来就把她委屈的女儿给拥住了。罗宜怜看着顾景明冷漠的背影，也不知是真的伤心还是假的，泪珠子扑簌簌地往下掉，低声道："不怪明表哥，是我腿受伤了叫他扶着的，叫人看了去是我不好……"

顾夫人听到"明表哥"三个字，额头突突地跳。

她罗宜怜一个庶出的女子，跟她顾家半点关系都没有，哪里来的脸叫表哥！

乔姨娘听了女儿的话却更难受了："你怎说得这般委屈？究竟是怎么回事儿，快跟姨娘说说。"

宜宁淡淡道："乔姨娘不要糊涂了，这里是花厅。为了六姐的名声好，我们还是回正房去说比较好，再把父亲也叫出来一并说清楚。究竟是怎么回事，总不会说不明白。"

罗宜怜正想跟宜宁说什么，但抬头就看到罗宜宁冰冷而淡漠的眼神，突然叫她浑身一颤。她顿时有种不好的预感。

罗宜宁这次也不想放过罗宜怜，这次她太过分了。她站在林海如面前，都不等林海如说话就道："舅母，今天此事先不说，您带明表哥去后院，免得让人发现您不见了。等我们问清楚了自然会去说明白的。"

顾夫人看宜宁小小年纪却如此沉稳，看了林海如一眼道："那我先去后院，要真是顾景明的错，你就告诉我，我一定好好罚他！"她看也不看罗宜怜。

顾景明嘴角也带着一丝冷笑，拳头握得紧紧的，大步离开了花厅。

大房那边还热热闹闹的，二房的正房里却屏退了下人，林海如坐下来，气得想把罗宜怜捏死——这不是她搞出来的鬼才怪！顾夫人还在罗家，她这是丢的罗家的脸面！

乔姨娘冷冷地看着宜宁:"七小姐,可没有您这样偏心的!只护着你外家的人,怜姐儿的声誉便不管了?我知道我们怜姐儿是庶出,没的您的尊贵,却没有这样欺负人的道理!"

宜宁笑道:"我让舅母去后院,便是不露端倪,这怎么不是护着六姐姐?"丫头正好来通传,说罗成章已经过来了。

今日府中大喜,听闻出事之后罗成章就沉着一张脸,他跨步走进来,乔姨娘立刻迎上去,跪在他面前哭道:"老爷,这事您可得为怜姐儿做主啊。太太和七小姐一味地向着外人,见我怜姐儿可怜,却没有人肯帮她说话——"

罗成章一抬头,罗宜怜确实跪在地上默默流泪。

毕竟是亲手养大的女儿,他立刻问道:"究竟怎么了?"

乔姨娘把来龙去脉一讲,眼眶发红地看着罗宜宁:"虽然是怜姐儿伤了脚,但总也有顾家公子不顾及男女之别扶了怜姐儿的缘故。若是不讨个说法,怜姐儿这委屈岂不是白受了?怜姐儿以后可要怎么说人家?七小姐这般偏袒着顾家公子,可想过怜姐儿才是她的亲姐姐!"

竟然出了这等丑事!

罗成章觉得有些不可思议,顾景明竟然会去扶宜怜!这的确是败坏了宜怜的名声。

他皱了皱眉道:"这事的确该叫顾景明过来说清楚,女孩儿的名节不能这么算了,何况还让下人瞧了去。宜宁,怜姐儿是你的亲姐姐,你也该想着她一些。"

罗宜宁只是冷笑:"父亲,我是想着六姐的名声,才让顾家表哥去后院的。"她向雪枝示意,拿了个酒壶出来,走到罗宜怜面前给她看,"你认得这酒壶?上头的花样是刚烧出来的,一共只有三个。"

雪枝上前一步屈身道:"奴婢去厨房问过,是六小姐的丫头前些日子借的,说拿来泡安神酒喝。"

"这酒比寻常的酒劲更大,六姐让人送去了大房给顾家表哥,可是如此?"宜宁逼近了罗宜怜,静静地直视着她。

罗宜怜抬起头,淡淡地看着宜宁。

她发现罗宜宁今天居然有些锋芒毕露,丝毫不掩饰!看来是戳到她的痛处了!

乔姨娘没想到罗宜宁居然找到了酒壶说事,立刻道:"七小姐这是口说无凭……"

"口说无凭?"林海如也笑了,"那乔姨娘可能告诉我?罗宜怜就这么恰好出现在花厅外面,恰好没有带丫头过来?又恰好让人看到了?她恐怕是想算计人家顾家公子吧,可惜人家半点不喜欢她,算计不出一分怜惜来,反倒是在顾夫人面前出了丑!"

宜怜默默地流眼泪,轻声道:"七妹从不当我是姐姐,今日都向着顾公子,我是理解的……可这的确绝非有意,我怎会拿自己的名声来玩笑,你们真要是不信我……那我,也无话可说!"

罗成章听了这么多已经够了,走过去坐在林海如身旁。看到垂泪的女儿,他缓缓叹了口气:"怜姐儿这事有错,但她毕竟是个女孩,应该也是无心的。"

宜宁却走到父亲身前,一屈身道:"父亲,六姐今日这日子选得好,若是大家都看到了，顾家表哥不娶也要娶了她，只是这样一来，我罗家女孩在外面也抬不起头了！刚出了这样的事，又在您与大伯要起复的关键时候，要是让今日在场的大人们听了去，会如何想我们罗家！"

宜宁每说一句，罗宜怜的脸色就白一些。

罗成章听得直皱眉，想通了其中的关窍之处，心头竟有种惊疑的冰冷。宜宁又缓缓道："到时候，六姐是嫁去顾家了，却拖累了我们整个罗家！我还真是不知道六姐是无心还是有心了，这么狠的心思，我看谁都比不过她去！"

罗宜怜听得浑身发冷，立刻就要拉罗成章的手："爹爹，不是如此的——"

罗成章挥开她的手，目光也有了些戒备："你闭嘴！"

乔姨娘立刻也跪下，护着她的女儿："老爷，您可不要轻信七小姐的话啊！怜姐儿真没有这个心思！"

乔姨娘有点急了，她可没想到罗宜宁的嘴皮子这么厉害！活活说得罗成章起了疑心。

这时候终于有婆子带着轩哥儿来了，轩哥儿扑进了正房中，没有人说话，他就跑进了乔姨娘的怀里。

罗宜宁看着更想冷笑，连轩哥儿都预备好了？

轩哥儿搂着乔姨娘的脖颈，回头泪眼蒙眬地看着罗成章，倔强地说："爹爹，姐姐是我的姐姐，姐姐不会歹毒的，她对我好！"

他又看着林海如说："她才对我不好！每次我来请安她都对我不好！"

林海如是不喜欢轩哥儿，但也从未针对过他，闻言站起身："轩哥儿，我如何对你不好了？你可莫要随口乱说话。"

宜宁拉了拉她的衣袖，示意她不要管轩哥儿。

林海如才没有看轩哥儿，她自认自己平时对轩哥儿也是容忍的，此刻再忍忍也无妨，便道："总之，怜姐儿这事不能放过，我看得请婆子来教导才行。今晚之事只有个丫头看到，便让那丫头不要胡乱说了，我们再与顾夫人说明白，就当没有发生过。"

乔姨娘急道："这如何能，岂不是让别人看轻了怜姐儿去！"

罗成章摆了摆手，这事罗宜怜的确过分了。他只想大事化小小事化了，于是淡淡道："怜姐儿是该好好教教了，以后这事不要再提了！"

罗宜怜抬头有些失望地看着父亲。

一贯护着她的父亲，此时看着她的目光居然有些冷淡了。

那她精心设下的局怎么办？就这么让罗宜宁给搅黄了？罗宜怜面上梨花带雨，却紧紧握着手，她应该让更多人看到的，这样罗宜宁想堵都没地方堵去，只怪她运气不好！

轩哥儿看到罗宜怜都哭了，只见疼爱自己的姐姐和姨娘都默默不说话，那肯定就是被林海如欺负了，他不喜欢林海如。轩哥儿更紧紧地盯着林海如："你就是不喜欢我的姐姐！我也不喜欢你！"

林海如实在忍不住道："轩哥儿，你不要再说了。你小小年纪，怎能这么说话？"

乔姨娘缓缓开口："太太，你何必跟一个孩子计较……他也不过平日淘气了一些，只是孩子天性而已，你的话也太重了些！"

罗成章被吵得有些烦了，揉了揉眉心："海如行了，别闹大声了。"

宜宁听了咬了咬嘴唇，父亲还是不喜欢林海如，说得好像是继母无理取闹一样。

林海如听后便不再说什么了，她觉得有点累了，正想让婆子把罗宜怜带下去。谁知轩哥儿却突然挣脱了乳母的手，朝林海如跑去并推了她一下："我不喜欢你！你欺负姐姐和我的姨娘！"

林海如刚站起身，突然就被孩子推了个踉跄，撞到了小几突出的一角。

本来孩子的力气并不大，她的脸色却变得苍白了，捂着小腹说不出话来。

宜宁一看就急了，立刻让婆子拉住轩哥儿，她连忙去扶林海如："母亲，你怎么了？"林海如的额头迅速出现细密的汗，她张了张嘴。

罗成章也没有想到会突然出现这等状况，也有些惊讶。

宜宁立刻让青渠过来看看，青渠半跪在林海如身边试了试她的脉搏，顿时脸色也变了："七小姐……太太、太太已有孕两个月了！"

宜宁深吸了口气，不知道为什么鼻尖涌出股酸意。她回头冷冷地看着轩哥儿，咬牙道："雪枝，把四少爷押去祠堂罚跪，我不说起，他绝对不准给我起来！"

轩哥儿大哭着要挣脱婆子的手，却很快就被架走了。乔姨娘和罗宜怜可没有料到会变成这样，竟有些怔住了，有种大祸临头的恐惧。

林海如肚子里的可是嫡出的孩子！真要是有个闪失，谁担得起责任！

罗成章一听说怀孕，再看林海如脸色苍白的样子也慌了，立刻把林海如抱起来，放进内室的床上："海如，你可还好！"

林海如却推开了他的手，侧头勉强跟宜宁说："宜宁……我信得过你。你保我的孩子，不要……不要他在我旁边！"

她还没有接受孩子到来的喜悦，却要被迫接受孩子离去的可能。林海如觉得下腹绞痛，也比不上心里那种失望的痛苦——这是她盼了七年的孩子啊！

宜宁本是个坚强的人，此刻泪水却夺眶而出。她立刻点头，握着林海如的手："母亲，没事的！青渠在呢，我立刻让人去找三哥，三哥也会过来的！您不要担心！"

林海如缓缓闭上眼，似乎才稍微放心了一些。

罗成章站在一旁瞪着眼睛，手微微发抖，半天说不出一句话来。而宜宁也从头到尾都没看他一眼。

罗宜怜站在屋外。

屋内丫头婆子来去匆匆，但是没一个人理会她们。而罗成章茫然地坐在罗汉床上，乔姨娘在旁想安慰他，他却丝毫不理会，只能听到里头的急促脚步声，他的拳头紧紧地握着。

他知道林海如有多想要一个孩子，他知道。

一个孩子的到来本来该是喜悦的，但现在只有急促和焦急。他浑身都充满了内疚，刚才林海如推开他的动作，终是让他意识到了一件事——林海如在怪他。

宜宁走出了正房的门，站在台阶上居高临下地看着罗宜怜，屋檐下的灯笼静静地照在她身上，她身上有种平日不曾有的从容和冷淡。

"我这人的性子很好说话。"宜宁轻轻地说，"但要是犯了我的忌讳，怕是就没有这么好过了。罗宜怜，你是庶出，你知道庶出的孩子在嫡出刻意的对待下，会有多惨吗？"

罗宜怜觉得宜宁的目光如一把冰冷的刀，充满一种成熟的淡漠，绝对不像个孩子的眼神。她不由得后退了一步，嘴唇微动："宜宁……"

"母亲这胎若是真的出了事。"宜宁轻轻地说，"你们在罗家的好日子就到头了。"她走进了房门内。

片刻之后，罗慎远带着小厮和郎中过来了。他背着手径直走进了正房，面色肃冷。罗成章看到庶长子过来了，脸色阴沉得快要滴水，不禁喊了声："慎远……"

罗慎远让身后的郎中赶紧进屋中去，他却看到了宜宁，她站在隔扇旁侧着头望着内室，露出细长的脖颈和沉静的侧脸。他本以为她会惊慌失措，但实则她显得很冷静，只有细长的手指揪着衣袖，才能看出她内心的紧张。

宜宁有多喜欢林海如，他再清楚不过了。

这样神态的宜宁他从未见过，似乎她已经在努力长大了，不需要自己的庇护了。"宜宁……"他低喊了一声。

罗宜宁回过头看到是罗慎远来了，手握得更紧。那种鼻酸的感觉却又涌了上来。

宜宁突然想起一件事，她前世的继母生的妹妹十分爱哭，动不动就扑在继母怀里哭，出嫁了都没有变。她劝继母说："媛姐儿如今已为人妇，这般实在不好。"继母却笑着跟她道："她也就是在我面前哭罢了，在别人面前哪里哭得出来，她对着自己的夫婿都是不敢的。"

宜宁当时听了默默地想了一会儿，笑了笑没说话。

后来再想竟然真的是这个道理，只有在自己全然信任依赖的人面前，才会不用忍耐心中的委屈痛哭，只不过前世从未有人能给她依赖感。

现在她却全心全意地信赖罗慎远。不仅因为他是未来首辅，还因为他是她的三哥，兄长血缘的身份是永远不会改变的。若血缘都不足以信任，那还有什么是值得信任的？

她毕竟不是真的孩子，若再以孩子的伪装来面对，才真是叫那些小人踩到她和林海如头上去。宜宁怎么会忘了自己前世的磨难，罗慎远以后入阁拜相，迟早还是要和陆嘉学对上的。

罗家不会永远太平，而她也总会长大。

罗慎远走到她身边，他知道宜宁心里的不安。他主动伸出手，握住了宜宁略小的手安慰她："有我在，母亲便不会有事的。"

罗慎远放开了宜宁的手，这才看向罗成章。

宠妾灭妻极容易埋下祸根，更何况乔姨娘太聪明，罗宜怜又野心太大。他身为男子，本来是不好插手内宅的事的，但现在出了这么大的事，他管了也没人敢说什么。

罗慎远对罗成章说："父亲，事到如今我恐怕也要说一句——"他顿了顿，"轩哥儿是无论如何也不能再让姨娘带着了。他若是再这么被养几年,人也是要废了。"

乔姨娘听得眼眶一红,正欲说话,罗慎远却淡淡地看着她。

罗慎远表现出真正的冰冷其实很震慑,她张了张嘴巴,只勉强道:"老爷,轩哥儿是自幼养在我身边……他说那些话,也不是我教的啊……何况太太有孕,如何能养轩哥儿?"

罗成章却听得暴怒,指着乔姨娘说:"你给我闭嘴!他才这么小,懂得什么道理。不管海如是否有孕,以后轩哥儿你不用养着了!"

罗宜怜就是乔姨娘养大的,这都养成什么样子了?要是轩哥儿再这般,恐怕才是可怕极了的。

宜宁走上来,屈了身说:"女儿有一主意,不如让郭姨娘养着轩哥儿,郭姨娘性子温和,也能好好教导轩哥儿。今日这事轩哥儿实在是过头了,以后长大了那就是一个为非作歹的性子。"

林海如的胎因为轩哥儿有损,她肯定是不愿意再看到轩哥儿的。宜宁自己都不想看到轩哥儿,虽然厌弃,但毕竟还是罗家的男孩,罚了他之后还要为他找个归处。

郭姨娘则是从小伺候罗成章的丫头,的确非常温和,而且罗成章也能放心。

乔姨娘听了心肝欲裂,哭着纠扯罗成章的袖子:"老爷!轩哥儿离不得我啊!都是我的错,您怪我就好了,不要怪我的轩哥儿啊……"

罗成章闭了闭眼睛,让婆子把乔姨娘拉开。

乔姨娘哭得更厉害,宜宁就冷笑道:"母亲腹中胎儿生死未卜,姨娘再这般闹腾,可是存心对主母不敬?"

乔姨娘愣愣地看着罗宜宁,罗宜宁则冷淡地看着她,轻声道:"把她给我拉下去。"

罗成章什么都没有说,乔姨娘就这么被拉了下去,要轩哥儿离开她真是戳到了她的痛处,哭声到了院外都听得到。

罗慎远难得看到宜宁这么决然,果然是真的愤怒了。

他继续对罗成章说:"父亲未必看不明白,总想着不过是女子,纵容一些也没有什么。但祸根就是这么埋下的,乔姨娘平日用度都是比照母亲来的,日后恐怕是不行了。家中无规矩不成方圆,父亲可要想明白。"

罗成章被自己的儿子几句话说得哑口无言。

他放纵乔姨娘,是因为疼爱她,更是不在乎女人之间的这些冲突。但是细细算来,明澜的死何尝不是有乔姨娘的原因,现在林海如的孩子不保,也因为他一时放任!乔姨娘能如此,还不是因为他的宠爱?

"为父知道了。"罗成章有些疲惫,眼圈发红。因为今日的打击,他整个人都有些黯淡,没有再说一句护着乔姨娘的话。

郎中从屋内出来,青渠随后也跟着出来,罗慎远走上前与他们商议。

忙到半夜,大房那边宾客都歇下了,陈氏才听到二房这边出了事,带着丫头婆子过来。林茂和顾夫人等人跟在她身后。陈氏虽然平时总和林海如吵,但同为母亲,自然知道孩子的重要。听闻是轩哥儿推了林海如，她也怒了。和顾夫人赶忙进了内室看林海如。

林茂则冷冷地看着罗成章道："姑父，我却不得不说一句。我林家家风淳朴，姑母在林家长大，从不懂得什么钩心斗角的事，但她的性子是最好的。如今到了你们家来，万般忍受委屈也就罢了，你竟然任那小妾和庶子伤她？你要是不喜欢她，我姑母与你和离回林家，林家上上下下还是把她当姑奶奶养着，绝不在别人家被欺负！"

林茂也被罗成章惹恼了，语气都凌厉起来。

罗成章听到屋内的匆忙和陈氏说话的声音，半句反驳的话都说不出来，长叹了一口气。林茂虽然是小辈，却也是林海如的娘家人，实在是他理亏了。

正在这时候，青渠匆忙从内室中走出来，脸上总算带了一丝笑意，跟宜宁说："七小姐，给太太服了药，现在总算是没事了！太太的腹痛也轻了许多……"

宜宁连忙往房中去，林海如躺在大红的海棠花绸面引枕上，脸色发白。但看到宜宁进来之后，把头转向她。宜宁走到她床前半跪下握住她的手，轻声跟她说："母亲，没有事了。"

林海如听了就笑，眼泪却扑簌簌地往下流。她摸着自己的腹部，一手紧紧地握着宜宁的手。

这孩子……是因着宜宁才保下的。

日后孩子出生了，一定要教他好好地跟姐姐亲近，永不能和姐姐离心。

房中的众人也松了口气，陈氏甚至难得温言地对林海如说："我看这孩子强壮，必得是个男孩。"

西次间里，罗成章听说孩子保住了也想进来看林海如，却被门口的婆子拦住了，不紧不慢地说："老爷，太太要休息，奴婢看您得明天再来，免得太太看到您再情绪激动。"

林茂是男子，不方便进内室，只在旁冷冷地看着罗成章，随后转过身不想理他。一个败类，他懒得看。

罗慎远迎上了保定名医萧郎中，陪他跨出了门外。萧郎中跟他说："我给你母亲开的药，按一日两次煎服就行了。"

罗慎远让小厮给了萧郎中出诊的银子："这次怠慢郎中了，改日再请郎中喝酒。"

萧郎中笑着摆手："你是玄空大师亲传的弟子，不用客气了。"

罗慎远听了也笑了笑，问萧郎中："跟在舍妹旁边的丫头青渠，您看如何？""师承高手，还需历练。"萧郎中说，"却不知怎的在府上做丫头？"

罗慎远没有再说，萧郎中便也不多问。管事送他出了院子，罗慎远走回来，看到侍从站在屋檐下，淡淡地问道："四少爷呢？"

"七小姐罚他在祠堂下跪，四少爷不愿意跪，七小姐的婆子就按着他的肩逼他跪。您可要让他过来？"

罗慎远语气没有丝毫变化："不必，让他跪着吧。"

他走进了屋内，身姿如松，带着一种和缓的从容……和冷酷。

## 第十三章 又见故人

林海如第二天被宜宁灌了好几碗补汤，每日进补，养着养着气色就渐渐好了过来。

罗成章整日来看林海如，林海如却不想见他，他越发焦急。

乔姨娘却每日都听到轩哥儿在哭，他在祠堂里跪坏了膝盖，疼得直喊娘亲。乔姨娘为儿子痛心，这下才是真的吃不下睡不好，人很快就憔悴了下去。

乔姨娘去书房求见罗成章的时候，想把轩哥儿接回去。

罗成章却冷硬地告诉她："如今轩哥儿已经不归你管，再怎么样都不关你的事。"

乔姨娘听了怅然若失，回头就大病了一场，罗宜怜衣不解带地伺候了她好几天。

罗慎远听说了只是道："六妹身边是一个姓赵的婆子在伺候，那日是她请了个小丫头去花厅，打一顿赶出府去吧。"

说完，他蘸了墨继续写字。

管事应声下去了，第二天赵氏就从罗宜怜房里被拉走了，哭号声一直没有停过。

赵氏是乔姨娘的心腹，乔姨娘的很多事都是她在帮着做。

罗宜怜笔直地站在门口，看着人把赵氏拉走了。赵氏哀求的目光一直看着她，但是她能做什么？她只是把头别到一边不看，待赵氏被拖走之后，屋中的丫头再看罗宜怜的眼神就怪怪的。

一个连自己的下人都护不住的主子，能有什么用？

乔姨娘病中听说赵氏被打得半死拖出去了，坐起来喘着气说："我还没死……他罗慎远当我是死了吗？"

罗宜怜捧着她细瘦如柴的手说："母亲，您不能再病下去了啊……"

乔姨娘第二天就坚强地起床了，给林海如请安，在门外跪了一整天。

宜宁走过正房的时候看到乔姨娘乖顺地跪着，想到也许那十多年前，她也是这样跪着求明澜让她进门。唯一不同的是她不再是那个纤弱动人的少女了，也再没有一个顾明澜给她欺负了。

宜宁径直走进正房，看都不再看她。

林海如不见她，乔姨娘却依旧来跪着，在门外声泪俱下："是妾身没管好轩哥儿，害了太太！求太太责罚于我……太太莫要宽恕我啊！"

罗成章第三天碰到了乔姨娘，他站在庑廊下听到了她的哭诉，但是并没有走过去。宜宁这才轻轻地对身边的雪枝说："让婆子扶她进去吧。"

这天见了林海如，乔姨娘回到房里，屋中的丫头终于不再冷眼看她了，她说什么也有人去做了。

乔姨娘坐在临窗大炕上气得说不出话来。罗宜宁……她在罗家这么多年，就连顾明澜都没有这么欺负过她，这罗宜宁可是顾明澜生来讨她的债的？

她再怎么气，却也知道大势已去。望着屋中一如往昔的陈设，她身上穿着的有些空荡荡的褙子，眼中流露出一些苍凉。

宜宁却每日变着法地逗林海如开心，林海如红光满面，身子也丰腴了一些。

新进门的大嫂是个温婉女子，进门第二天就带了许多礼品来看婶娘，还特地让跟着自己的乳母留了个养身子的方子。往后大嫂更是时常来探望，看得出是个心善的人。

大嫂三日回门之后再来，带回了一个年轻俊俏的后生，说是自己的内弟。结果罗宜秀一看到人家就走不动道，把顾景明抛到了脑后，专心地跟大嫂的内弟对眼去了。

宜宁看了直感叹这简直是食色性也，罗宜秀小姑娘果然真的看脸识人。

不过罗宜秀私下却跟她说："看得出你那表哥其实性子冷淡。他不喜欢我，我也不喜欢他！何况那日之后，你表哥虽然什么都没说，却亲自找了那小丫头逼问出了背后主使之人，无意中给二叔知道了，把罗宜怜叫去骂得她脸色惨白。这便罢了，你舅母估计不会放过罗宜怜，我看罗宜怜这下如何收场……"

宜宁好奇地问她："大伯母告诉你这些的？"

罗宜秀得意扬扬地道："自然是我娘，她让我莫要再想着顾景明了。"陈氏并不愚蠢，看得出顾夫人的意思。

顾夫人在府中这么多天，都没有正式地与她见上一面，分明就没有想过和罗家有任何牵扯。

再者顾夫人被罗宜怜这么一算计，估计也不会再想让儿子娶罗家的女子了。

陈氏只能感叹一声，罗宜怜也是胆大包天，与她那亲娘一样狠。舍得一身剐，敢把皇帝拉下马。但人家顾家可不是吃素的，顾老太爷可是做过帝师的人。

宜宁正在宋老先生的教导下练工笔，林茂来找她的时候，看到她伏在书案上。窗外的阳光照在她身上，映得脖颈白皙如玉，她似乎因忙着林海如的事又清瘦了几分，五官更加清灵，颜色动人。那侧脸似乎有层粉一样的绒毛，越发水灵。

这丫头渐渐长大了，不知道会不会有人觊觎她……林茂突然有些恍惚地想着。他有点头疼，毕竟他快要离开罗家了，要是被别人叼去了怎么办？

那她以后小狗般可怜兮兮的表情只能看着别人，粉嫩嫩的脸也有别人的手来捏。宜宁回头看到他，正好停了笔辞别宋老先生，跟他一起去看林海如。

她见林茂似乎在想什么，又在他面前晃了晃手："茂表哥，你又喝酒了？"

"喝什么酒，看看你在做什么而已！"她还是在调侃他吧！林茂一把把宜宁的手拉住。只觉得她的手这么小，他完全包覆也没有问题。柔若无骨，软嫩极了，他都怕自己一不小心给捏坏了……

似乎是第一次体会到男人和女孩的不同，林茂突然就放开了她的手，觉得自己的掌心汗腻腻的。

宜宁有些莫名其妙地看着他高大的背影……这、不可能是生气了吧？两人一前一后到了正房里。

林海如正和瑞香一起做孩子的小鞋，那鞋托在手里只有半个巴掌大，可爱极了。

宜宁托着孩子的鞋，突然想到前世她刚死的时候，似乎也想着什么时候能有个孩子……她去庙里上香，还是因想求个孩子。

宜宁笑了笑，跟林海如说："不如再做一个婴戏莲纹的鞋面吧！"林海如则看向林茂。

凭她对自己侄儿的了解，林茂似乎有点不对。他远远站在宜宁旁边，半点都没有靠近她，面容也端正无半分戏谑，看起来似乎还有点小心翼翼的感觉。高大的男子站在娇小的女孩旁边，竟然有种说不出的感觉。

她有点头疼地想，搞不好两年后真的能看到林茂来提亲。

林茂是来向她告辞的，说要和顾景明一起去京城，至于做什么让她别管，反正已经写信跟家里说过了，家里也同意了。

林海如知道大嫂的意思，只要林茂不在扬州城里闹腾，他在外面跳大神了他们都不想管。既然是跟顾景明一起去，那总不会做什么太出格的事吧。

林海如想到这里就同意了，还让账房给了他们三百两银子做盘缠使。罗慎远从通州赶回来给他们送行，临走时怕出什么意外，还派了护卫送他们去京城。

顾景明走的时候送了宜宁一幅画，林茂送了她一盒自己炼的丹药。宜宁看了哭笑不得，让雪枝随便帮她收了起来，很快就在多宝槅上落灰了。

罗慎远看到这盒丹药，跟她说："你别看你茂表哥不务正业，他炼的丹药在扬州炒到一百两银子一盒，还得看他愿不愿意卖。"

宜宁有些惊讶，罗慎远却不再说什么，从她的书房里出去了。

盛夏刚至，天气炎热。

罗宜怜被禁闭在屋中三个月，到现在才放了出来。跟原来比起来，她似乎清瘦了一些，出来之后的第一件事就是去郭姨娘那里见轩哥儿。罗成章虽然现在对乔姨娘宽和了一些，却还是不准乔姨娘见轩哥儿。

郭姨娘性子温和，又喜欢小孩子。轩哥儿被她养了三个月，已经能亲热地叫她姨娘了。

罗宜怜站在门外，听到轩哥儿跟郭姨娘说："我中午要吃山药糕，您上次给我做的那个！上面还要有葡萄干。"

他摇着郭姨娘的手撒娇,似乎完全忘记了自己的生母和受罚的姐姐。罗宜怜看了脸色苍白,脚步虚浮地回了乔姨娘那里。

乔姨娘听了女儿的话扑在床上痛哭,就连轩哥儿刚从她这里抱走的时候,她都没有这么伤心过。

宜宁也听说了这件事,她在给未来的弟弟或是妹妹做帽子,徐妈妈在旁边指导她的针线。她的院中浓荫满地,虽然有蝉声阵阵,却十分凉爽。

宜宁喝了一口酸梅汤说:"可见郭姨娘照顾轩哥儿好,给郭姨娘送两个丫头去吧,免得她那里丫头不够使唤。"

雪枝笑着应声,亲自挑了两个勤快能干的丫头给郭姨娘送过去。整个二房都看得出来,七小姐这是要抬举郭姨娘,原先看不起郭姨娘那房的,纷纷转了风向。

依照惯例,松枝还是晚上去了罗慎远那里,一五一十地把宜宁做的事跟罗慎远说了。

这小丫头如今也学会四两拨千斤了……罗慎远放下茶杯笑了笑,慢慢道:"她做什么让她做就是,有什么不能做的便来找我。"

松枝走在路上,默默地想三少爷为七小姐做了多少。前日七小姐和宋府的小姐有了口角,三少爷去见了宋府的大爷,第二天那小姐就向七小姐赔礼;再前些日子,七小姐说想吃桑葚,三少爷托人从外面买来,到保定的时候还是新鲜的。

三少爷倒是真的宠妹妹。这些年出落得越发俊朗,府中的丫头都紧看着风谢塘,能挤进去在三少爷面前露个脸,都是天大的福气了。

但对于宜宁来说,罗慎远整日忙碌得很,她一月里见到他的时间也就区区几日。见到的时候他还要严肃地问她功课,考她的学识。在宋老先生教导的罗府姐妹中,宜宁的功课是拔尖的了,搞得罗宜秀每次看宜宁的眼神都有些古怪。

毕竟几年前,两人的水平还是差不多的。

等到了八月的时候,轩哥儿就再也不提要回乔姨娘那里了。乔姨娘上次在回廊看到轩哥儿,轩哥儿犹豫了一会儿,才喊她一声:"姨娘。"虽然还是高兴,语气里已经有些陌生了。孩子的忘性实在是大,乔姨娘失魂落魄,面上还要笑。

而当宜宁把这些事写给长姐罗宜慧之后,长姐给她回了信。

她要带着小世子钰哥儿回来了,如今钰哥儿已经三岁了,长得白胖软糯。想到能见到小外甥了,宜宁也很高兴,写了信给长姐说:"正好母亲也很想你!我也想看看钰哥儿长多大了。"

林海如听了又开始紧张——对于这个嫡长女,她每次想到还是有点怕。

罗宜慧回来那日,二房早早地准备了起来。宜宁去影壁接长姐,却看到一前一后的两辆马车,罗宜慧抱着钰哥儿从前面那辆马车里出来,后面那辆马车过了许久,才撩开帘子。

一个穿着红色遍地金缂丝褙子,戴着金项圈的少女出来了。她细细的手腕上戴了好几个金镯子,金项圈上镶嵌的海珠有龙眼大小,价值连城。随后婆子扶她下车,少女搭在婆子手上的那只手纤细如玉,白嫩极了。一看就绝非普通的出身,必然是王公贵族才有这样的气势。

罗宜慧笑着跟宜宁说："这位是英国公的侄女明珠姑娘，跟着我来保定玩玩的。"

宜宁看着那少女良久，突然有种说不出的熟悉感笼罩着她。

赵明珠却抬头一笑，声音清脆："你就是慧姐姐的妹妹？"

虽然没有说什么，语气之间却自有一种高高在上之感，恐怕是从小就受尽宠爱的。

罗宜慧在宜宁耳边低声道："明珠姑娘的表哥便是程琅程大人，她自幼长在英国公府，英国公府里没有女孩，太夫人非常喜欢她，英国公也疼爱她。陆都督和英国公是莫逆之交，便收了她做义女。轻易不能怠慢了她……她说在国公府枯燥，非要跟着我过来的。"

宜宁却觉得一阵恍惚，半天说不出话来。

原来是她，难怪她觉得眼熟呢。

赵明珠是英国公的侄女，虽说是侄女，却实则是太夫人中年无依，那个时候还是英国公世子的魏凌又没有孩子，怕老太太无聊，才抱来给老太太养着的。

赵明珠的出身其实一般，但太夫人真把她当成个嫡出的大小姐教养对待，真是如同飞上枝头成了凤凰。因着这个，赵明珠在京城的世家太太小姐间闻名。但在赵明珠长大的时候，宜宁已经死了。她对赵明珠有印象，还是因为赵明珠曾对着她的牌位感叹："这真是个苦命的，若是没死，现在也是侯夫人、都督夫人了。"

她说这句话的时候，脸上微笑，语气却意味深长。

宜宁一直想着赵明珠那个笑容究竟是什么意思，她与赵明珠无冤无仇，甚至从未在生前见过她，却总有种赵明珠不喜欢，甚至厌恶她的感觉。

幸好她那个时候已经死了。

赵明珠总不会对一个死人做什么。

现在算算，老英国公应该已经死了，英国公世子魏凌继承了爵位，赵明珠因此在京中的地位更高了。

前世无缘见的人，这一世倒是阴错阳差地认识了。宜宁笑着屈身道："明珠小姐好。"

赵明珠不喜欢别人跟她太亲热了，宜宁还是记得的。

赵明珠看着她，语气淡淡的："你和慧姐姐倒是不像，我还以为慧姐姐的妹妹要更高些。"

罗宜慧也笑了笑："宜宁刚满十一岁，以后应该还会长高一些。你一路过来也累了，我先带你去休息吧。"

跟着赵明珠的丫头婆子簇拥十多个，箱拢流水般抬进了垂花门中，雪枝走到宜宁身旁，有些咋舌地道："奴婢问了蓉穗，明珠小姐只住四五天而已，这排场也太大了吧……"

蓉穗是罗宜慧的大丫头。

宜宁小声地说："她这应该还是带得少的。"

那烈火烹油、鲜花着锦的簪缨世家，排场不是她们这种不过百年历史的家族能比的。不一会儿，罗宜慧带着钰哥儿到了林海如那里。

林海如正挺着个肚子在指挥婆子布置饭菜，中气十足，面色红润，似乎还胖了一些。宜宁见长姐来了，从罗汉床上站起来。

罗宜慧怀里的钰哥儿生着一双大眼睛，忽闪忽闪的。他揪着母亲的衣角，好奇地打量着宜宁，问罗宜慧："母亲，这就是姨母吗？……"

宜宁走到他面前，刮了刮他的小鼻子。

钰哥儿被她刮了一下没反应过来，呆呆地看着她。宜宁逗他问："钰哥儿认得我？"

钰哥儿眼睛又是一眨，有些小声地道："姨母像娘亲。"

宜宁看他可爱极了，伸手要抱他。钰哥儿张开小手到了她怀里，可能是因着宜宁和宜慧也有三分像，他依着宜宁不一会儿就亲热了，开心地"咯咯"笑，抓宜宁手上的银项圈玩。

林海如忙过来，罗宜慧让钰哥儿喊了她，林海如看着白白怯怯的钰哥儿就喜欢，她也要抱钰哥儿。

罗宜慧却阻止了她，"您现在抱不得。"林海如现在可是有身子的人。

林海如呵呵地笑："哪就这么娇贵了？我二嫂怀着孩子的时候，还跟着府中的管事去收账呢。"话是这么说，她却也坐了下来，问罗宜慧道，"我听说，这次英国公府的侄女跟着你回来了？"

罗宜慧看自己的儿子跟宜宁玩得高兴，宜宁似乎对孩子有种莫名的亲和力。可能是她眼睛略圆，长得娇憨，显得心思单纯的缘故。

"她是郑太夫人的掌中宝，一直放在她房里养的。"罗宜慧轻声说，郑太夫人就是英国公魏凌的母亲："这次她与郑太夫人赌气才出来的，这孩子性子比宜宁还要骄纵呢。太夫人膝下无孙女，都是大家给宠出来的。您给她安置东西也要格外小心，我一会儿让蓉穗跟您细说。"

林海如皱了皱眉："那怎么跟着你回来了？"这样的娇小姐可是个烫手山芋，照顾好了没人感激，照顾得不好却肯定有麻烦。

"小女孩家的，跟人耍脾气罢了。"罗宜慧笑了笑。罗宜慧问起乔姨娘。

乔姨娘再怎么努力也没有原来得宠了，后来林海如又选了两个漂亮的丫头去伺候罗成章的起居，罗成章更是不怎么见乔姨娘了。乔姨娘如今每日都要到林海如这里来请安，因为郭姨娘会抱着轩哥儿过来，她每日都要过来看看轩哥儿。就是看到他脖子上被蚊虫咬了个红点，都会忍不住眼红。

罗宜慧握住了林海如的手，跟她说："母亲，别的道理我都不说，唯有一点，为母则刚。为了你肚子里的孩子，以后都要好好盯着她，"她语气一顿，"莫要让她有任何翻身的机会。"

宜宁在一旁静静地听着她们说话，把手里的银项圈递给了钰哥儿。钰哥儿得了项圈，却又还到了宜宁手上，稚嫩地说："姨母，还要举高高——"

宜宁佯怒拧了拧他的小鼻子，钰哥儿又茫然地看着她。

听说英国公的侄女来了，陈氏领着罗宜玉和罗宜秀到了二房来。罗成章笑呵呵地抱着外孙去他的书房里玩，把孩子在手上颠了又颠的，喜欢得不得了。

听说陈氏的祖父曾做过翰林院的掌院学士，赵明珠终于跟陈氏说话："翰林院里的鸿儒都是有学问的，前些日子祖母请了翰林院里的学正来给我授课，我倒是能听一听！"

罗宜玉、罗宜秀两姐妹在旁郁闷地看着她。

本来都是世家小姐出身，罗家在保定又是大户，外家又是书香门第，她俩自然从小就被追捧，性子也娇了些。本来最骄纵的是罗宜宁，但是她现在变了一个年画上的福娃娃，只要你不惹她，她是不会犯脾气的。三人都是嫡出的小姐，身份尊贵，如今跟人家赵明珠一比，活脱脱被衬托成了乡下的土丫头。

　　赵明珠身上穿的是缂丝，却是掺了孔雀翎毛织成的。那金项圈嵌的明珠更是珍贵，耳边缀着的碧玺石有指甲盖大小，也是价值连城。长相论起来许是跟罗宜秀一个级别的，但这般打扮之后容色却直逼罗宜怜。

　　赵明珠说话的时候也坐得端端正正的，脊背挺直，捏着茶杯的手微翘起小指。

　　丫头端了盘牛乳做的藕粉菱糕上来，罗宜秀就推了到赵明珠面前，跟她说："我家做的这个糕跟别家不同，是用牛乳做的。明珠小姐恐怕没有吃过牛乳做的吧？快尝尝味道。"赵明珠笑容一沉，淡淡喝茶，没有接话。

　　宜宁暗道罗宜秀这个嘴快的，请人家吃便吃，说这么多干什么！

　　宜宁解释道："寻常的点心恐怕明珠姑娘不喜欢，我们才特意备下的。"

　　赵明珠脸色才好看一些，道："京中做菱糕别说牛乳了，如今羊乳也是有用的。"她拿起来吃了一小块就不吃了，拉着罗宜慧的手说："慧姐姐，您说保定的大慈寺好，什么时候我们也去逛逛？"

　　反正她是不想跟这几个姑娘说话了，一个个没进过京城的穷酸样。

　　罗宜慧又不能得罪了赵明珠，笑着说："你若是愿意，明日就可以去。"至此后赵明珠不再理会她们三个了。

　　宜宁心想罗宜秀这算是得罪赵明珠了，回去想了想，叫人送了一些刚剥的嫩莲子给赵明珠。

　　伺候赵明珠的丫头端着盘子给她看："小姐，这莲子倒是新鲜得很。罗家七小姐派人送来的。"

　　赵明珠看了一眼道："小地方，也只有这些东西拿得出手了。"她尝了一粒，觉得口齿生香，又多吃了一些，"那七小姐不是说是慧姐姐的妹妹，应该是罗家的嫡女，我怎么觉得她和别的罗家小姐没什么不同，手上戴的翡翠镯子也是一般样式。"

　　伺候她的丫头就笑道："我的小姐，谁能像您一样娇养。每日敷面用的珍珠粉、西域来的玫瑰露，都是好几百两银子。别人在您看来自然都一般了。"

　　赵明珠想想也是，向丫头笑着说："本以为能和慧姐姐的妹妹玩的，如今看却不是一路人。"在她这样的眼界看来，罗宜宁的未来实在有限，最多就是嫁个进士，那进士若是运气好，能做个四五品的小官。再不好的嫁个举人，一辈子都在等别的官员的空缺，就算空出来，也就是做个胥吏。

　　她因此也就不在意这件事了，还回赠了两只金镯给宜宁，来报的丫头笑着说："我们小姐说莲子好吃，这对镯子便送给姑娘戴了。"

　　青渠一看就生气："她这是什么语气，当是赏赐人吗？您房里可缺两只金镯子！我看您就

218

不该太素净了，太太平常送给您的那些，穿戴出去给她瞧瞧！"

青渠跟着宜宁几年，越发喜欢自家小姐。她看着小小的、软糯的一个人，心里却是很有主意的。她渐渐就服了宜宁，总觉得没有人能欺负她，看到这样的事自然不舒服。

宜宁翻了翻那两只金镯子，确实是一般的样式。

她把镯子扔进了妆盒里，与青渠说："莲子换金镯，这么好的事干吗不要？"青渠气得说不出话来，一会儿出了屋子冲进院子里。

徐妈妈给宜宁换了个小小的银丁香耳坠，笑着说："您逗青渠姑娘做什么，她就是爽快了些。"她觉得自家小姐还是稚气未脱的。上次因人家说了林海如一句，她就阴沉着脸跟宋家的小姐吵架，不欢而散。

宜宁心想她是不想和赵明珠计较，她也计较不起。

第二日罗宜慧要带赵明珠去大慈寺上香，宜宁想给林海如和三哥都求个平安符，也一同前往。

罗家的小姐坐了三辆马车，浩浩荡荡地去了大慈寺。

大慈寺依山而建，气派宏伟，罗家每年都给大慈寺香火钱，因此一到大慈寺的门口，就有个知客师父在等罗家的人，引去了大雄宝殿旁边的偏殿坐。别的人都去拜佛祖了，宜宁看自己挤不进去，沿着寺庙的夹道走到了观音殿拜观音。

她原是不信神佛的，但人就是这么奇怪，信不信的都觉得拜拜总是好的。

宜宁跪在蒲团上，抬头就看到观音慈祥而怜悯的脸庞。

她从观音殿出来后沿着夹道回去，听到寺庙里夏天闷热的蝉声，阳光透过树荫照在地上。寺庙里清净，蝉声显得更吵一些……三哥去了清苑县周鸿儒那里，准备明年的春闱。不知道他明天能不能回来。

宜宁暗自想着。

她刚才求菩萨，一则求林海如和腹中孩儿平安，二则求三哥春闱顺利。她记得罗慎远前世是中的探花……也不知道明年是不是一样的！

宜宁走出了夹道，却发现自己根本不是按原路走的。面前是个陌生的院子，门口把守着许多护卫，那些护卫个个挎着刀，面色肃冷戒备森严。

雪枝看到立刻拉了拉她的手，低声道："姐儿，恐怕不能过去……"

宜宁也后退了一步，她一看这阵仗就知道不是普通人。

她正要走的时候，却见两个人站在院子里说话，其中一个是僧侣，穿了一件褐红的袈裟，五官俊秀，眉宇间有种慈悲出尘的气质。另一个人却穿着件玄色的右衽衣袍，袖口绣着暗纹，身材非常高大，也十分俊朗，这更接近一种暗藏锋利的儒雅。他嘴角带着微微的淡笑，似乎正在和这僧侣说什么。

宜宁却震惊地瞪大眼，微微后退了一步。

她觉得也许是自己看错了，但那人回头看了她一眼，目光中有种麻木的冷漠。这种眼神……她真的再熟悉不过了！

她无数次看到陆嘉学用这种眼神看别人，好像别人都是他手中的蝼蚁，任他把玩一样。宜宁突然后退，飞快地转身跑了，惊动了门口的护卫。雪枝来回一看，咬牙跟着宜宁离开了。

　　道衍看到一个粉雕玉琢的小姑娘跑开了，看那样子应该还不是普通的出身，而是哪个官家的小姐，便回头问陆嘉学："她可是听到了什么？"

　　陆嘉学眼睛微眯，淡淡道："不知道。"他叫了下属过来，"问一下哪家今日在大慈寺上香，家里是否有年约十二的小姐。"

　　下属应声去了，陆嘉学才说："我要走了，我交代你的事不可声张……你记住了？"道衍闭上眼，点了点头。

　　陆嘉学带着护卫离开了大慈寺。

　　宜宁跑出很远才反应过来她不应该跑，无论他们在说什么，跑了就说明她心虚了。但当时她完全没反应过来，只是不想看到陆嘉学。

　　宜宁镇静下来，觉得自己真应该回头重来一遍。她终于沿着正确的夹道走回去了，罗宜慧正在门口等她，要一起去吃斋菜。宜宁深吸一口气，决定还是把遇到陆嘉学这件事给忘了。

　　反正在陆嘉学面前，她就从来没有赢的时候。

　　从大慈寺上香回来的第二天，罗宜秀气冲冲地来找宜宁。

　　"惯得她个娇小姐，还敢看不起我了！"她气得灌光了宜宁屋里茶壶的水，让丫头给她再倒一些来。

　　宜宁把笔放下，拿雪枝手上的帕子擦手，朝她走过去问："你又怎么了？"罗宜秀才跟她讲起来。

　　昨天上香的时候宜宁不在便没有看到，罗宜秀撞歪了香炉，香灰撒在了赵明珠的裙子上，新仇旧恨涌上心头，赵明珠当即沉下了脸。罗宜秀知道是自己的不是，忙给她赔礼道歉。第二天让陈氏逼着送了两匹刚买的缂丝料子再去给她赔礼。罗宜秀还没有走出院子，就听到赵明珠身边的丫头轻声嘀咕说："烫坏了咱们小姐的衣裳，却拿这等货色来抵。"

　　当时要不是有丫头拦着，罗宜秀都要冲回去了。她自幼被陈氏教养着，哪里受过这等气。

　　"赵明珠那身衣裳织入了孔雀翎，的确比寻常的缂丝更贵重。"宜宁只是说，"消消气吧。"

　　罗宜秀又拍桌子："叫她能耐的！不过是个收养的，那眼睛都能翻到天上去，又不是人家正经的金贵出身。你长姐还是世子夫人，脾性不知道比她好到哪儿去了。"

　　宜宁知道她就是说说，不会真的做什么，拿了沓纸继续练字。

　　喋喋不休地说了半天，罗宜秀才停下来，宜宁拿眼珠子瞥她："你不说啦？"

　　"渴了……"罗宜秀支着下巴，一脸生无可恋。

　　她又斜过身子去看罗宜宁写的字，惊道："你现在字写得这么好了？"宜宁感叹道："勤能补拙，还是我三哥的功劳。"

　　没有天才，都是逼出来的。

　　罗宜秀看了她的字可能更不高兴了，在宜宁这里赖到吃了午饭才走，还蹭了她的甜点。中午小厮过来传话，说三少爷已经回来了。

宜宁去了风谢塘，看到罗慎远正在吩咐管事，这几天府里的事有些耽搁了。

罗慎远的房中井然有序，头先伺候他的是几个小厮，现在换成了几个丫头。外面森严地站着几个护院，院中的装潢布置也是极为幽静的。宜宁在旁边听着他说话，那几个伺候他的丫头都是林海如亲自选的，干练稳妥，有两个长得娇花露珠一般美，笑着给她端了茶点来，恭敬地道："七小姐尝尝，三少爷最近喜欢吃这个绿豆汤，奴婢们就做得多些。"

宜宁端了杯细细品，味道有些淡了，是罗慎远的口味，看来这些丫头照顾得很细心。

罗慎远说完了事情向她走过来："宜宁，到书房来。"宜宁硬着头皮跟了上去。

他的书房布局比原来大些，墙上挂了一幅字，笔法酣畅淋漓。书案旁边摆了个半旧不新的瓷缸，里面插满了画卷。再旁边养着一盆绿萝，正好外头的太阳照进来，绿意盎然。

"宜宁。"罗慎远轻叩桌角，抬头提醒道，"不可再走神。"

他在抽背《论语》，教宜宁考科举是不可能的，但是至少要让她通读四书，如今却是差不多了。上次林海如也问他："你总逼着宜宁学这些做什么？我看她已经是姐几个里最用功的了。"

罗宜怜因为乔姨娘的事越发消沉，而罗宜秀是自身原因一看书就犯困，罗宜玉更不说了，她就等着过了中秋嫁出去了——刘家那边已经派人说好了日子。

本来陈氏的意思是等刘静再考一次进士的，上一次会试他落榜了。但是刘家的人是不同意的，他们已经等罗宜玉守孝两年，实在仁至义尽，要是再等刘静年纪就太大了。

罗慎远心里却知道，富贵一时，文章千古。那些没什么底蕴的世家，家破就什么都没有了，但若是懂得些道理，好好读些书，就是有变迁也什么都不怕。怕就怕那种外面倾颓了，里面就什么都腐朽的家族。

他让宜宁多读些书真是为她好，她现在小，以后就明白了。

不过宜宁也没有表现过反对，虽然这方面天赋差了些，但从不叫苦叫累。有时候让她练字一个时辰，她趴在桌上也能练得他走到她身边都没有发现，浑然忘我。

宜宁才回过神，继续把整段文背完。前世就是吃了腹中墨水少的苦，特别是嫁到陆家之后，几个媳妇坐在一起对对子，她的对子总是最次的那个。

陆嘉学那个时候不了解她，还笑道："你可是有所掩藏？"

都知道原来她出身的罗家是出过大学士的，老太太让她进门，也有看中她祖上的原因。

宜宁气得几天没有理他，陆嘉学还带了只奶狗回来讨好他，那奶狗特别喜欢舔人的手指。每次听到宜宁叫它就摆尾巴十分欢快。后来她死了，那狗到处找不到主人，谁喂它都不吃东西，就这么死了。

罗慎远这才合上书，顿了顿问："你上次和宋家小姐吵架，吵什么呢？"他知道自己和宋家小姐吵架了？

宜宁那次真是被逼生气了，但后来想想也觉得好笑，她跟一个小丫头计较什么。但那时候就是很气，言辞犀利地说了宋小姐一顿，说得她满脸涨红，说不出反驳的话来。

"她说了母亲一句话，我气不过而已。"宜宁以为他会责怪自己，立刻道，"下次不会了，后来她还跟我赔礼道歉来着。"

罗慎远抬手摸了摸她的头,他责怪她干什么?

两人都一样护短,她护林海如,他更护着她——这毕竟是他的妹妹。罗慎远点了点头:"我知道了,你可要跟我一起去看母亲?"

林海如在和罗宜慧说孩子的事,孩子出生后住东暖阁好还是西暖阁好,若是个男孩起什么小名,认谁做干亲。说得林海如抚着肚子微微笑起来,对孩子的到来充满了憧憬。

罗慎远见了罗宜慧,给她行礼。

罗宜慧扶住他,目光有些复杂地道:"你如今已经不用给我行礼了。"她回头看了看宜宁,低声问,"你可知道如今皇上病重的事?"

其实罗慎远几个月前就知道了,但是罗宜慧提起来,这事肯定已经瞒不住了。

"父亲马上要上任了,前不久内阁首辅汪进网罗罪名,抓了几个大皇子派系的官员……"罗宜慧跟他说,"父亲师从孙大人,虽是太子派系的。但如今大皇子被惹怒了,对太子派系的人看得很紧。你要让父亲万万小心。"知道这个庶弟聪慧,罗宜慧也没有说太多。

罗宜慧的消息都是从侯府中来的,这些世家里有许多天子近臣,消息也最灵通。

罗慎远道:"父亲最近与孙大人联系密切,孙大人叫父亲不用挂心,恐怕是有人要动作了。我听说……陆都督常往来于东宫。"

罗宜慧的神情有些惊讶,她不知道罗慎远和罗成章也是有准备的。

宜宁听到这里抬起头,其实她可以明确地告诉两人,最后继承皇位的是太子,但是过程也不怎么太平。大皇子是在围猎的时候被人射杀而死的,具体是什么时候不知道。但是陆嘉学肯定是主谋,因这从龙之功,他进爵一等,武官中再也无人能左右其风头。他也成了新皇心腹。

至于罗家这种关系远的,连进个官职都不会有,倒是孙大人似乎是升了官的,后来还连连提拔罗慎远……

这时候钰哥儿午睡醒了被乳母抱进来,他刚睡醒时有些认人,闹着要找罗宜慧。罗宜慧拍着钰哥儿的背,便不再说朝堂上的密事了。

宜宁拿了个拨浪鼓来逗钰哥儿玩。

下午骤然下起雨来,屋檐外瓢泼大雨,雨水顺着房脊流下来。钰哥儿倒是欢喜了,扑在隔扇面前认真看。那边回廊上却急急地奔来一个人,连把伞都没有撑,身上的褂子全是湿的,说是要见罗慎远。罗慎远走到回廊上,那人在罗慎远耳边低声说:"三少爷,府中有贵客来。"

罗慎远难得清闲半下午,却听得出他话中的郑重:"哪路贵客?"

"属下看到罗家外面全是陌生的护卫,少说也有两三百人,站在雨里动也不动。大老爷穿了官服去前厅,二老爷此时却不在府上。连个名帖也没有递来,但是那随行的人通传说是陆都督。"他声音一紧,"就是宁远侯爷,大老爷刚把那人接进前厅里。"

罗慎远让他先去衙门找罗成章,他进了西次间里问罗宜慧道:"长姐,你说这次英国公府的侄女跟您回来了?"

罗宜慧点头:"她下午是要睡午觉的,所以我没带她过来。"

"我看您还是喊她起来比较好。"罗慎远轻声道,"陆嘉学到咱们府上来了。"天下着大雨,陆嘉学怎么会突然来?

罗慎远不知道,他对陆嘉学这个人虽然不陌生,但他是没有见过陆嘉学的,毕竟陆嘉学是正二品的都督,不是谁都能见的。

宜宁骤然愣住了,抬头看向罗慎远:"三哥……你说,你说谁要来?"她睁大了眼睛,她的眼睛本来就圆,那神情似乎带着惊愕。

"陆都督。"罗慎远揉了揉她的发:"你不认识,好好陪钰哥儿玩吧。"宜宁手脚有些发冷。她突然想到昨天自己无意听到了陆嘉学的谈话。

如果陆嘉学想知道她是谁,其实并不难,只要在寺庙中问一问便知了。但他是为自己来的吗?

宜宁不知道。这个人可是陆嘉学。

他当初来求娶她的时候,是个温和谦逊的高大少年,她死之后,他成了权倾天下的陆都督。

宜宁真的觉得自己从不曾了解他。

外面的雨声依旧淅淅沥沥,却小了很多。

宜宁握着钰哥儿的手教他画画,钰哥儿乖乖地埋头看纸,突然抬头稚嫩地问她:"姨母,你看钰哥儿画得好不好?"

宜宁亲了亲他软软的脸,说:"钰哥儿画得最好了。"

钰哥儿被她亲得痒酥酥的,拿脸蹭了蹭她的衣襟,靠在她怀里更专心致志地画画。

这孩子几天便和她亲热极了,昨晚还闹着要和她睡。罗宜慧哭笑不得地教训他:"半夜可不准吵着回来!扰了姨母睡觉我可是要揍你的。"

钰哥儿想了又想,这才没跟她回去睡。

林海如在旁给他们俩剥花生,去了一层红衣,花生米粒粒饱满,白嫩诱人。这花生都是刚挖出来的,比晒干的花生好吃些,宜宁就挺喜欢吃的。

但现在她对这些都提不起兴趣,直看着回廊的方向。长姐去请赵明珠了,听说是陆嘉学过来了,赵明珠当即去了前厅。

那边丫头簇拥着罗宜慧撑着伞走近了,到回廊下收了伞。罗宜慧跨进门来跟林海如说:"来的的确是陆都督,说是巡按的时候路经此地。大伯父在长房摆了筵席,叫大家都过去。"

宜宁突然问道:"他不是过来看明珠姑娘的?"

罗宜慧笑着摇头:"我带明珠过去的时候,他才知道明珠在这里。听说咱们照顾明珠周到,还让下属送了些珍贵的山珍。如今正在长房跟大伯父说话呢,还赏了宜玉和宜秀东西。"

林海如把剥好的花生都放进小碟里,拍拍手上的花生屑笑道:"我正好奇这陆都督究竟是什么模样,外头传得神乎其神的,又是杀兄弟又是夺侯位的。我还以为长了三头六臂呢!宜宁,你快去换一件衣裳,跟我一同去吧。"林海如又想了想,对瑞香道,"去郭姨娘那儿,把轩哥儿也叫上。"

腹中孩子无事，她忘性又大，早就不记轩哥儿的仇了。

宜宁拣了几粒花生嚼，香甜的味道弥漫开来。她道："不用这么麻烦，这件衣裳不是挺好的吗？"

陆嘉学特别擅长看人识人，这几乎就是他的一种天赋。你若是重新打扮了去看他，他瞥你一眼就能看出来，就知道你如何对待他了。

她才不想换一件什么衣服，叫陆嘉学看了，还以为她们有多看重他！林海如也没有勉强她，反正宜宁穿什么在她看来都挺好看的。

长房要穿过竹苑外的竹林，再过一个洗砚池才能到。路上雨还是淅淅沥沥的，雪枝给宜宁撑着伞，她慢慢走在路上，陆嘉学的护卫林立在花厅外。宜宁还没有跨进花厅，就看到隔着雨幕和花厅种的竹枝，端坐在花厅中的陆嘉学。

他生得很高大，因年过三十了，那种锋利和冷漠温和了不少。身上穿了一件右衽袍子，他常年征战沙场，坐姿都是端整的。英挺的五官轮廓深邃，眉骨微凸，宜宁觉得熟悉，而又十分陌生。

仿佛这个人只是出现在她的梦里过。

远远传来大伯父和大伯母说话的声音、丫头摆茶碟的声音，还有偶尔一声低沉的应和。宜宁突然不知道应该怎么走过去，等到了真正面对他的时候，她还是想转身就跑。

宜宁作为簪子的这么些年，一直在想一个问题——长嫂为什么说是陆嘉学杀了她？她每天跪在佛前诵经的时候，除了为自己早死的丈夫陆嘉然诵读，还为自己早死的弟妹诵读，因为他们都是死在了陆嘉学的冷漠和贪欲当中。

但是宜宁想起陆嘉学年轻的时候，想到他笑着逗自己的时候，还是不太明白。他跟宜宁说："你对对子不行罢了，写字怎么也不好看？还比不过我。"

太夫人让她们几个媳妇手抄佛经，她找了自己的贴身丫头当枪手，结果被他发现了。陆嘉学就夺了她手中的笔说："来来，我帮你写几篇。我看你的丫头都抄不过来了，但你的字太不好看了，拿出去会丢我面子的。"

或者是后面她跟小丫头玩百索被他发现了，他盯着宜宁叹息："我当初娶你的时候，以为自己娶的是个端庄贤惠。这才娶回来多久就露馅了……怎么你在外人面前就这么贤惠呢？"

宜宁瞪他，冷冷地道："若是不喜欢我，我就回去了！"她让丫头把他的被褥搬去了书房，不准他回房睡。

陆嘉学好脾气地睡了三天书房，缩在躺椅上睡得腰酸背痛，后来拿着百索过来笑着说："我陪你玩，你别让我睡书房了。家里的护卫都在笑话我了！"

宜宁那个时候满心酥麻，觉得这个人英挺年轻的眉眼怎么这么好看，笑容好像带着钩子一样勾着人心。她觉得这样真是快乐，他虽然每日跟她笑闹，不务正业，但是他对她真是好。

后来她跌落山崖死了，宁远侯府剧变，他提着滴血的剑走进侯府里，带着那种麻木而冷漠的表情，身上穿着带铁腥味的铠甲，他的随从都是如此训练有素。那是宜宁第一次看到这样的陆嘉学。她怀疑这是不是自己认识的那个陆嘉学,这明明……这明明就是完全不同的人啊!

再后来听到长嫂谢敏跟丫头说:"陆嘉学……果真让我们看错了!这样狠心,他连陆嘉然都能杀……宜宁门第不高,她的死敢说不是他动的手?竟还嫁祸到了我头上!这事他占了多大的便宜,以妻子被害这个名头,便顺理成章地抢了侯位……"

后来陆嘉学就成了宁远侯爷、陆都督,权倾天下。他所表现的一切都跟宜宁认识的那个人不一样,那个陆嘉学会半夜拉她起来,跟她说自己偷偷养了一株昙花,今晚就要开了。两人蹲在花前守了一宿都没开,她打他,陆嘉学一点都不疼,笑着说:"你打我解气了,可就不要生气了!"

或者在她跟小狗玩耍的时候,给她画了画像,让人裱了挂在她的书房里。宜宁看了又好气又好笑。

这些也不过只是伪装而已,而她就是他最好的伪装工具。没有人怀疑过陆嘉学的安分守己,包括她自己。要不是曾亲眼所见那些变迁,宜宁也不会相信。

但是陆嘉学那冷漠而麻木的眼神,无数次地出现在她的梦里,让她清楚地意识到,自己活得就是个笑话,连自己的枕边人都看不清楚。

但陆嘉学为什么非要借她的死来发难?她死后他为什么不再娶?他究竟在想什么……

宜宁不知道,觉得自己已经不想再深究下去,那些事已经与她无关了。

罗宜慧领着宜宁进了花厅。

赵明珠还在陆嘉学身边跟他说话,笑得十分明媚:"侯爷,您可去了大慈寺?我觉得那处风景最好。不知道叔父近日可还好?我走了两天了,他没有生气吧?"

罗宜玉和罗宜秀在旁僵硬地笑着,心里万千的吐槽默默忍了,坐姿规规矩矩,只坐了板凳的前三分之一。

陆嘉学的声音有种奇特的低沉,但是语气淡淡的:"你叔父近日在忙。"

赵明珠看到罗宜慧过来,这才起身拉住罗宜慧的手说:"这位就是我跟您说的慧姐姐,她是罗家的长女,待我可好了!我回去一定为她多说些好话。"

罗宜慧屈身给陆嘉学请安,陆嘉学只是点了点头,目光一转,落在站在一旁的小女孩身上。

果然是她。

小小年纪,竟然出落得有几分姿色了。五官空灵而让人惊艳,眉梢却有颗殷红小痣……她低垂着头没有看他。

"这位也是贵府的小姐吧?"陆嘉学突然问道。

宜宁袖中的手掐着手心,才抬头道:"都督大人安好。"

别人都称他为"侯爷",这样既恭敬又亲近些。她却喊自己陆都督,平白生出三分冷漠。

陆嘉学不知道那天自己跟道衍的谈话,她究竟听到了多少,当他得知那日的小姑娘是罗家人的时候,其实已经不重要了。他做的是大逆不道之事,但罗家勉强与他算是同一阵营,至少他们不敢自断前程。

下人端了盘新鲜的桃门枣上来,这枣子是从南直隶运来的,格外香脆可口。

罗大爷立刻伺机笑道:"侯爷,这枣倒是可以一尝。还是我托人从金陵买来的。"陆嘉学看着宜宁许久,才移开目光与罗大爷说话。

陆嘉学不好吃枣,宜宁突然想到,他嫌枣的味道怪。喝粥的时候若是有枣,会一并挑到她的碗里来,反正宜宁喜欢吃。

她却看到他拿起一颗枣,慢慢地吃了下去。不是好吃或是不好吃,他吃了表情也没有什么变化。

然后又拿了一颗。

"宜宁,你不是念着要吃桃门枣吗?"罗宜慧突然从丫头的托盘里端了一盘,放到宜宁面前笑道,"这一盘都给你,好生多吃些。"

陆嘉学的动作突然一停。他转过头问道:"你唤宜宁?"

罗宜宁放下盘子站起身,轻轻地问:"都督来之前,未曾知道我的名字吗?"陆嘉学肯定是查了之后来找她的,他按捺不动,宜宁却不想陪他演下去了。

陆嘉学突然笑了笑,那英挺的五官似乎又是她熟悉的样子,好像长了钩子一样眉眼都英俊:"我不知道。那你料到我要来找你了?"

罗宜慧听到宜宁这么跟陆嘉学说话,顿时手心就冷汗出来了,这人可是陆嘉学!宜宁在干什么呢?罗大爷和陈氏也不知道该怎么是好,都看着罗宜宁。

赵明珠道:"罗宜宁,你怎么跟侯爷说话的!"

罗宜宁走到陆嘉学面前,看着他那张熟悉的脸,顿了顿直接说:"我什么都不知道,也没有听到。陆都督尽管放心,我一个普通小姑娘能懂什么。"

陆嘉学历经这么多的血腥和风雨,亲人的离世、人生的大起大落其实已经让他很难有波澜。这个小姑娘实在很聪明,她知道自己来找她是为什么,而且直言不讳。他换了个姿势坐着,继续问道:"你若只是个普通的小姑娘,怎么知道我要来找你?"

宜宁忍了又忍道:"我猜的。"

别人听不明白他们在说什么,只是为罗宜宁捏了把汗。陆嘉学听到的时候,却突然觉得有些好笑。

这个性子……倒真是有点像,名字居然也是一样的。陆嘉学的眼光深远了一些,记忆中有个人就是如此,莫名其妙发他脾气,给出的解释也让人哭笑不得,他那时候时常逗她,她气恼起来谁都不管,像小猫的爪子。明明没有什么杀伤力,却非要挠你一下不可,总要让你也痛才好!

他喜欢得不得了,怜爱极了,但最后还是没能留在身边。有时候他甚至是愤怒和绝望的。

这么想着,他突然对面前这个姑娘宽容了些。毕竟是罗家的人,算了吧。封口这种事也是麻烦,既然她聪明,想必不会惹祸上身的。

"宜宁,你叫宜宁是吧。"陆嘉学再次喊出这两个字的时候,居然有些陌生,他说,"你到我面前来。"

赵明珠怔怔地看着罗宜宁。

陆嘉学是个喜怒无常的人，这一刻跟你笑语晏晏的，下一刻暗刀杀人都是可能的。她以为罗宜宁冒犯了他，必然会遭殃的，但是不知道罗宜宁是哪句话讨了他的欢心，他反而不怎么生气的样子。

这时候有人匆匆地走进花厅，脚步声近了。

罗宜宁听到三哥有些紧张的声音："宜宁——"

他和罗成章赶来之前，已经大致弄清楚了陆嘉学为什么会出现在这里，也知道他打探过府中的十二三岁的小姐。想一下不难猜到陆嘉学是过来找罗宜宁的，而且目的不善。

罗慎远弄清楚之后就去了正房，但罗宜宁已经跟着林海如离开了，他又匆匆赶到大房来。听到陆嘉学喊宜宁过去，他立刻就开口叫住她。

宜宁回过头，已经被罗慎远跨上前一步，一把拉住。他把宜宁放在自己身后，给陆嘉学行礼："都督大人，久仰大名。"

罗慎远无论在谁面前，都是不卑不亢的。原来在祖母面前是，现在在陆嘉学面前也是。他似乎从来不惧任何人，一向都是隐忍而平和的。

罗慎远抬头看了陆嘉学一眼，就算以后是政坛上的对手，但这一刻地位是悬殊的。可能是她的错觉，罗宜宁总觉得两人之间的气氛有些不同寻常，而三哥抓着她的手紧得有些疼。

陆嘉学看到罗慎远保护般把宜宁挡在身后，便知道这是来给她救场的。他当然知道罗慎远，十五岁的解元郎，要不是因为祖母服丧，说不定还能再出十六岁的进士。这种读书做官的和他们世家弟子向来是两个泾渭分明的派系，唯有程琅两者兼备。

"罗三公子的名号我也是听说过的。"陆嘉学摩挲着手指上的扳指，笑道，"只是有份薄礼送与贵府小姐，实在不必紧张。"

他让下属拿了个盒子来，罗慎远直接接过去了，也没有让宜宁碰，颔首道："我代舍妹谢过都督大人。"

罗成章让罗慎远带着女儿退后，他上前给陆嘉学行礼："下官保定府通判罗成章。"陆嘉学身为上位者，只是点点头，淡淡地与他说话，不再理会罗宜宁了。

不过是个小姑娘而已，既然没有威胁了，也就被他抛到了脑后。

宜宁站在旁边，看到罗慎远抓着自己的手还没有放开。穿堂凉风一吹，她才觉得后背发冷。刚才对陆嘉学说那些话实在是冒险，若是陆嘉学一个不高兴，她都有可能遭殃。虽然她对陆嘉学也算是有几分了解，凭着她的直觉做事。但现在回味起来，还是觉得在鬼门关晃悠了一圈。

陆嘉学看不出她来，应该是看不出来的。

陆嘉学是到保定府来巡按的，罗成章与罗大爷自然要陪同。陆嘉学临走之前对赵明珠说："明珠，你也早些回去吧。郑太夫人心里念着你。"

赵明珠站得笔直，笑容却有些撒娇的味道："我知道了，我明日就回去。"

罗家的人送他上了马车，宜宁看到他那辆青帷乌盖的马车不见了，而随行的护卫都跟了上去，才算是松了口气。

宜宁不禁看了看远处的赵明珠，她发现赵明珠正看着她，目光似乎有些冰冷。她带着丫头婆子朝宜宁走过来，低声道："侯爷不是你们可以高攀的，你可不要生出什么歪心思。"

"明珠小姐什么意思。"宜宁只是笑了笑，"我不太明白。"

"像你这样的我见得多了。"赵明珠淡淡地说，"世家贵族不是你们能想的。"赵明珠随即带着人离开了。

"果然不是什么正经的千金小姐，"罗宜秀和赵明珠结了梁子，忍不住奚落道，"那小人得志的样。不就是陆都督的义女吗！"

宜宁笑了笑，只是道："不管她就罢了。"两人边走边说话，气氛倒是挺好的。

那边罗慎远送了陆嘉学出门，脸色就难看起来，大步走上前抓住了宜宁的胳膊："宜宁，你跟我过来。"

宜宁从没听到过罗慎远这么生气。

罗宜秀都被吓到了，结结巴巴地道："我还在和宜宁说话……"宜宁摆了摆手，想让罗宜秀等等自己，但已经被罗慎远拉走了。

罗慎远的书房里，他坐下来喝了口茶。隔扇外面的雨已经停了。

他似乎有点焦躁，或者是恼怒。宜宁觉得这一天能在自己这一向面无表情的三哥身上看到这么多情绪，也不容易。他大概被自己逼急了吧……不声不响招惹了陆嘉学，他在外面查了这么久才查出来。

"三哥……"宜宁低声道，"你可是生气了？"

罗慎远笑了笑，问她："你还知道我生气了？"

宜宁站在原地垂着手不说话，只看到她的发心，那缕发还是沿着她纤细的脖颈垂下来，肩膀瘦削，脸颊还是带着稚嫩的粉。她一副倔强不语的样子，让他更生气了。

"你知道我生你什么气？"

宜宁点点头，"我没有告诉你……我在大慈寺遇到了陆嘉学。"

"你遇到他没什么。"罗慎远语气冷静了一些，"你能遇到他和道衍谈论如何围猎的时候杀了大皇子，简直是你的运气。当时没告诉我也就罢了，为什么后来你也不跟我说？"

罗慎远走下位子，步步逼近她，"要是陆嘉学再狠些，暗中杀了你都是小事。你可知道？"

随着他的逼近，宜宁后退了一步，她觉得三哥的语气有些凌厉，几乎是直面向她扑来。

无论经过多久，她还是倾向于把事情藏在心里，自己去解决。因为没有人会帮她解决，这几乎是她的本性了。而且可能因为这个人是陆嘉学，她更不愿意让罗慎远牵扯到这种争端中。

小丫头可能被他吓住了，半晌没有说话，浑圆的眼睛看着他，似乎还有些紧张。罗慎远叹了口气，低声道："宜宁，我是你的三哥。你有什么事告诉我，我帮你解决。"

他希望宜宁受到威胁的时候，第一个想到的就是他，而不是别的什么人，甚至不是她自己。"三哥,你说那个和尚……就是道衍?"宜宁半响才反问道。

罗慎远冷冷地瞥她,"这就是你听到的重点?"

"不是。"她立刻挽住他的手,讨好道,"我不知道那个人是陆嘉学……"

"不知道,那你遇到他的时候跑什么?"罗慎远又冷冷地问。他究竟是怎么知道的?连她跑了都知道。

宜宁瞒不过去了,只能说:"三哥,我下次不会了……你不要生气了吧,不如我给你做双鞋?"

她抬头看着他,目光清澈又明亮。这让他想起罗宜宁小的时候,明明就一副拼命想讨好他的样子,却总是装得若无其事——非常可爱。

他那种莫名的生气又不知道如何说出来,毕竟宜宁就算有错,但又不是错得离谱。她其实非常聪明,在寺庙的时候认出了陆嘉学,在罗家面对他却临危不惧,甚至坦率直言。

在这种情况下,坦率是最好的办法。

他不应该过于生气,她已经做得很好了。

宜宁还是很关心道衍,"三哥,你快些告诉我,那个和尚你认识?"

道衍可是陆嘉学派系的人,而且还是平定倭患的英雄,受到沿海渔民的供奉。

"道衍……算是我的师兄。"罗慎远才淡淡地道,"我们师承同一人。只是他已经出家,照见五蕴皆空。要不是陆嘉学逼迫他出山,他应该还在云游四方。"

罗慎远居然与道衍是同门师兄弟,难怪他会有道衍亲手所制的琴。

宜宁惊讶了好一会儿,毕竟前世的她可不知道罗慎远跟道衍有这么层关系。

"你快些回去吧。"罗慎远的气生过了,又叹了一声说,"我这里算过了,长姐应该在等你。"

今天她做事这么勇猛,还敢当面跟陆嘉学顶撞,恐怕回去有的被收拾的,罗宜慧肯定不会放过她。

驿站里点了烛火,陆嘉学在看文书。

下属端了酒上来,陆嘉学端来喝了一口,突然把文书合上,闭上眼冷笑说:"汪进是个蠢货,打草惊蛇,这下麻烦了。"

下属笑着安慰他道:"您歇一会儿再看吧。"

陆嘉学把手里的文书扔开,看着院外林立的侍卫许久,突然说:"乔林,你觉不觉得罗家七小姐有些眼熟……"

下属仔细想了想说:"属下还真觉得有点!咱们英国爷魏凌,眉梢就有一颗痣呢!那七小姐长得虽然不像,那颗痣的位置却是分毫不差的,要是论起来的话,似乎眼睛的轮廓也有些像。"

下属这么一说,陆嘉学倒是想起来。魏凌曾经说过,他十多年前在外面有过一个女子,应该还生了个孩子。他十分喜欢,后来还回去找过,但是人家早已经不见踪影。当年他还在保定找了好久……

似乎还真的有点像，特别是眉梢的痣，几乎是一模一样。

这有点巧合了，同样在保定，年龄也对得上，居然长得这么像魏凌。但人家明明就是罗家的七小姐，看那样子还是嫡出的。

"你写信给魏凌说一声吧。"陆嘉学也没想太多，只是吩咐道，"魏凌为了找那女子多年不成亲，说不定还能有个线索。"

下属应声退了下去。

陆嘉学复又闭上眼睛躺在太师椅上，心里默念那个名字。

罗宜宁……阴阳两隔，该有十年了。居然有十年了。

他念这个名字的时候，似乎都能感觉到其中带着血气的酸楚和深沉。这十年里，从一开始的愤怒绝望到现在的平静，他自己都忘了曾经有个那么喜欢的人。

但罗宜宁已经死了，他再也找不回来了。那种阴沉的绝望，他一直不想去想，这会把人逼疯。

## 第十四章 罗三亲事

宜宁回到正房的时候，罗宜慧果然沉着脸在等她。

她乖乖站着听长姐的训斥。罗宜慧训了半天才道："罢了，说你又能怎么样。你自小胆子就大，我原以为你长大了会收敛些，不想还是如此。"

丫头端了碗汤上来让罗宜慧喝，罗宜慧饮了补汤，挥手让她下去："回去歇息吧，明早还要送明珠姑娘回去。"

宜宁笑眯眯地去摇她的手，讨好地道："长姐，我知道错了，你可不要生我气了吧？"

罗宜慧绷不住"扑哧"一笑，她是当娘的人了，脾性总要比原来温和一些。搂着宜宁的肩拍了拍背，她发现小丫头确实长高了一些。原本身上极好闻的奶香，如今也是一股淡淡的清香了。

"我怎么会生你的气，就是气，也是气你不珍惜自己的命。"罗宜慧低声说，"陆嘉学是谁？容得了别人在他面前这般造次吗？幸好他今日不与你计较，不然我只能回去跪着求定北侯爷，让他帮着求陆都督了。"

宜宁知道长姐怕陆嘉学，谁不怕他？难道她就不怕他了？

宜宁回去之后靠着窗静静地想事情，夜色中只看到屋檐下丫头刚点的灯笼，柔和的光辉洒在廊柱和窗棂上。夏夜里蟋蟀唧唧。徐妈妈端了井水镇的西瓜给她吃，西瓜香甜冰凉的汁液十分可口，燥热都少了几分。

她突然想到刚嫁过去的那年，夏天也很热。陆嘉学在旁给她打扇。她则一边看着书一边吃瓜。陆嘉学汗流浃背地看着她，她浑然当看不到，终于在她又叉起一块瓜的时候，他快速叼了过去，边嚼边说："果然挺甜的，难怪你舍不得分我！"

她看向陆嘉学，他就问道："怎么，给你打扇半天，吃块瓜都不行了？"

她却想了想放下书，跟他说："四爷，你要不跟侯爷说一声，去谋个指挥使的位子。"他当时看着她的眼神不明，却表情带笑地说："你是不是也觉得我不学无术了？"

宁远侯府里的几个庶子中只有他不知上进，却与谁都处得好。陆嘉然对他是庶弟中最好的，也总是说他整日走马猎鹰，没个正经。陆嘉学不以为耻，反以为荣的样子。娶了宜宁之后，更加是不求上进了。

她当时回答的是什么，宜宁记不太清楚了。陆嘉学只是敷衍她，却没跟她说过半个像样的字。那时候她还安慰自己，虽然他不务正业，却也没有像那辅国将军的儿子一样在外面养外室，也没有败坏家业，最多就是跟别的世家子弟赌赌牌九。

直到她死之后，看着陆嘉学如何手段残酷地清理宁远侯府，她才反应过来。整个侯府从没有人防备他，包括陆嘉然，所以他能一举成功。他从未曾对她说过任何真话，他也从不是她所看到的那个样子。什么不学无术，什么走马猎鹰，都是他演给别人看的。

简直让人齿骨生寒。

后来陆嘉学走过她的牌位的时候，从未曾正眼去看过那上面的字。再后来，宁远侯府就罕有人知道陆嘉学曾有个妻子。也许他自己也忘了，他向谢敏发难的理由，就是谢敏害死了他的结发妻子。

宜宁把盛西瓜的小盘子推到一边，淡淡地道："徐妈妈，收下去吧。"

也许是因为见了陆嘉学之后反而放松了些，宜宁这晚睡得很好，香甜极了。守夜的青渠轻轻扇着盆里烧的柚子皮驱蚊，屋子里一直静悄悄的。

第二天赵明珠要离开，宜宁几个要去送她，但等到了影壁才发现赵明珠还没有起来。

等日头高了一些，赵明珠才带着丫头姗姗来迟。就是撑着伞，几个姐儿也已经晒得冒汗了。赵明珠似乎才睡醒，身上阵阵凉意的香风袭来。她临走的时候笑对宜宁她们说："今日让几位久等了，若是你们有一日到京中来，便来英国公府找我吧。我请诸位小住几日，见见京城的繁华还是可以的。"

那边婆子却在催她，"明珠小姐，再不启程老太太该着急了！"

赵明珠才与她们告别，登上了马车。后面却有几个丫头捧着盒子上前来，为首穿着蓝绿比甲的丫头屈身笑道："几位小姐，这是我们明珠小姐送与几位的。小小礼物不成敬意，麻烦几位小姐近日照顾。"

罗宜玉听了脸色都沉了。

大家一样的身份，赵明珠这分明就是在赏她们东西。当她们是什么人了？用得着她来赏赐吗？

宜宁带头谢过，回去拿了盒子中的东西一看，居然是一支镂雕的玉簪子，雕工精致无比，雪白剔透。这不像是赵明珠会赏出来的货色，上次她也不过是给了宜宁两只金镯子而已，不敢这么大手笔。宜宁突然想到了陆嘉学，这必然是陆嘉学吩咐的。他知道赵明珠性子骄纵，这是在补偿她们照顾了赵明珠。那天他送的另一个盒子里，也是一块上好的玉。

宜宁让丫头把这块玉收了起来。

罗宜慧却在罗家留到了九月才回去，她走的时候正是丹桂飘香、要吃月饼的时候。

宜宁十二岁的生辰就在中秋前几日，头先因府中服丧也没热闹过，这次林海如好好给她办了个生辰礼。乔姨娘远远地坐在筵席的一头，看着郭姨娘旁边的轩哥儿愣怔。后来大家都进西次间里吃月饼了，她才找到空隙去见轩哥儿。

轩哥儿却正在和他的书童玩新得的七巧板，浑然没有看到乔姨娘。

乔姨娘眼眶一热，轻轻地喊："轩哥儿，你不认得娘了？"

轩哥儿回过头，看到是乔姨娘，却有些迟疑："姨娘……"

乔姨娘更难受了，去抓孩子小小的肩，蹲下道："轩哥儿，你怎的不叫我娘亲了？"

轩哥儿慢慢地说："七姐姐说了，如今我养在太太名下，太太才是娘亲。我只能喊您姨娘。姨娘，我要进屋去吃月饼了，您进去吗？"

他的态度疏远而有礼，还不如刚才跟书童说话亲热。

乔姨娘只觉得心里像是开了个洞，冷风全往里面灌。都是那些人教的，教他如此疏远自己。都是他们教的！她猩红的指甲掐在手心上，她心机费尽才算是让罗成章不至于厌倦她，但罗成章对于轩哥儿的事从不松口，谈都没得谈。也不知道轩哥儿什么时候要得回来……

屋子里郭姨娘的婆子出来了，叫轩哥儿进屋去吃月饼，给他留了最喜欢的火腿松仁月饼。轩哥儿听了兴高采烈的，立刻跟她告别，进了屋子里。

乔姨娘回去就不说话，罗宜怜猜也猜得到她又去见弟弟了。她叹了口气，亲自拧了热布给乔姨娘敷额头。母亲为了弟弟茶不思饭不想，连女儿都不管不顾了，在她心里还是弟弟最重要。

罗宜怜站在屋外的回廊上，突然涌起一股深深的寒意。罗宜宁再不济还有林海如疼爱她，她呢……谁又真正疼爱她了？父亲养她，也不过就像是养一只笼中的小鸟，高兴的时候逗逗，不喜欢她的时候什么惩罚都做得出来。

她看着远处，只看到有个穿着青色直裰的人正走在湖边，似乎也看到了她，回头对她颔首一笑。

是罗宜玉的未婚夫婿刘静，他也过来参加筵席了。

刘静看到她站在那里，犹豫了一下还是走过来，在不远处停下拱手道："这位是六小姐吧，府中这么热闹，怎的独自站在这里？"

罗宜怜想起自己幼时还见过他的，他现在要成熟多了。听说在工部观政也要满三年了，可以做个给事中之类的官。刘静为人一向踏实诚恳，温煦得让人觉得舒服。可能是寡言少语的缘故，看着总是让人觉得他踏实。罗宜怜只是笑道："刘公子未陪着四姐？"

刘静笑了笑，语气却有些黯然："她……不太喜欢我陪着。"罗宜玉并不怎么喜欢他，他当然知道，只当是自己死皮赖脸了。

罗宜怜知道罗宜玉心大，刘静只是勉强能入她的眼而已。看到那人明明长得高，弓着身子谦逊的样子却有几分可怜，她不由得突然从心里生出一种同情来。她轻轻地说："你对她再好些，她总是能知道的。"

刘静缓缓一笑，他也只能对罗宜玉好而已，自知自己是配不上她的。他抬起头，罗府中六小姐渐渐出落长大，竟是最好看的一个，那美丽中有种罗宜玉都没有的高傲，这全然是因为太漂亮而让人产生的幻觉。他顿了顿道："六小姐不必感怀伤悲，我母亲常跟我说，世上的难事总会过去的。"

他半点没有僭越，说完之后又拱手下去了。

罗宜怜看着他高大而谦和的背影，突然有点失神。他身上穿的那件直裰半旧不新的，看着总有些寒酸。

她晃了晃头，往屋中走去。只见乔姨娘正在召见她手下一个铺子的管事婆子，语气有气无力的："那铺子收益差便算了，徐四是肯定不能留了，偷了铺子里的银子还敢出去赌？打他个残废扔出去罢了，来问我做什么！"

丫头正跪在一旁，用美人锤给她捶腿。乔姨娘因为瘦了，身子歪着斜靠在贵妃榻上，有种格外病态的美。

那婆子见了暗叹，这样的姿色，难怪二老爷说什么都把她留在身边呢。她笑道："姨娘这倒是误会了，那徐四偷银子是为了给他婆娘治病呢……他那婆娘说起来还是咱们府里的丫头嫁出去的，伺候过原来的二太太。也不知道得的是什么病，烧钱一样用人参吊着命！徐四没办法了才偷的铺子上的银子，家中已经什么都没有了。奴婢几个私下合计觉得，不如赶走就算了，何必要打他残废。"

乔姨娘听到伺候过原来的二太太，更是想起了罗宜宁，又想起自己的轩哥儿，简直恨得牙痒痒，直起身说："偷银子找什么说法，我管他是给谁治病的！我说打残废就是打残废，还不快去！谁要是敢手下留情，一并给我赶出去。"

罗宜怜听了不禁劝道："母亲，他倒也是可怜，不如算了吧。"

乔姨娘却冷冷道："他有什么可怜，可怜的是你那亲生的弟弟！教别人养着，生母都不认了。"她又躺回贵妃榻上道，"谁都不准求情。死就死了，都是死有余辜的。"

管事婆子见没有回旋的余地了，有些为难地退了出去。罗宜怜叹了口气，母亲如今对那些人恨之入骨，自然听到就不愿意松口了。

她让丫头端了药来给母亲喝，不再说话了。

宜宁的生辰礼接连着中秋，她自己本是不过的，小孩子的年岁记得这么清楚做什么？林海如却拉着她的手一脸认真地说："宜宁，过了这个生辰，我就可以给你找婆家了。"

宜宁听了吓了一跳，有些哭笑不得。

林海如瞧她少女的身量已经明显了，小丫头现在终于停止了横向长胖。手腕纤纤只能一握，那玉白的小脸上眉梢殷红的小痣，更有几分让人惊艳的味道，这要是真的长大了，不知道该有多好看呢。就算不能像那些王公贵族般，但给她挑个富贵又清闲的人家还是可以的。

林海如正在认真地考虑自己的亲侄儿林茂。

特别是宜宁生辰的第二天，她收到了林茂送来的生辰礼。那是一对金蝉簪子，并排地放在绸布盒子上，漂亮又有趣。依照自己侄子这个张扬的个性，做什么都恨不得广而告之天下才好，送了个生辰礼过来，却连字条都没留一张。

宜宁是不怎么在意，林茂送了生辰礼，顾景明也送了，三哥还送了。比起来林茂的礼并不算重的。

但知侄子莫若林海如，她一看到那盒子心里就"咯噔"一声，因为这东西是他亲手做的。看是看不出来的，但若是他做的，盒子上会刻一个篆书的"茂"字，这是他的习惯。

他是认真地在等着。

林海如觉得手心汗津津的，当初她那番话，有多少是诓林茂的只有她自己知道。

前不久，陈氏为了给罗宜秀找婆家急红了眼，罗宜秀喜欢她大嫂的胞弟，这肯定是被陈氏一口否决的了。最后通过了陈氏的兄弟，在京城给罗宜秀找了门好亲事。人家家中可是正经地出过阁老的，上一代出了三个进士，又是优秀的嫡子。听到这个家底，陈氏才喜滋滋地找媒人去谈亲事了。

看脸的罗宜秀得知消息，回来抱着宜宁就哭。最后终于婉转地从媒人口中知道那公子长得也不错之后，总算是没有再反对了。

若是罗宜秀嫁了这等门第，那宜宁再嫁个门第低一些的，这是不太妥的。陈氏自然会依仗此而得意。罗宜宁再受罗老太太宠爱又如何？得了全部的东西又如何？还不是不如罗宜秀嫁得好？

她给罗宜慧写信，问她对宜宁亲事的看法。罗宜慧只回了她一句话：慎远未定，不急宜宁的亲事。

林海如对于这种不明不白的话真是搞不太懂，拿着研究了很久，这究竟是什么意思？是说罗慎远来决定宜宁的亲事，还是单纯地让她别想多了？研究了半天之后，林海如决定拿给罗慎远看看。

罗慎远看了之后什么都没说，半晌才道："长姐这话是什么意思，您不知道？"

林海如笑道："若是知道就不麻烦你了。"他现在准备开春之后的春闱，这可是开不得玩笑的。罗怀远也在准备春闱，陈氏为了罗怀远读书，让人把他周围树上的蝉全粘了，免得吵了他读书。她相信自己儿子的资质，肯定是能中进士的。至少他和罗慎远一起会试，总要较个高低才好。

罗慎远中了解元，万一真是有运气使然呢？那中了解元之后会试落榜的也不是没有。这会试和殿试才是最重要的，成则名满天下，甚至是名留史册。第一甲的状元、榜眼和探花游街，那是何等光宗耀祖！

罗慎远自然也在读书，对于继母今天找他来问这种问题，他表现得很平静。

他喝了口茶，决定告诉林海如道："长姐是让你照顾好我读书，不要操心宜宁的亲事。您也不要胡思乱想，宜宁现在还小。"说完之后就走了，把这句话留给林海如慢慢揣摩。

宜宁却知道了林海如找罗慎远去说话了，但他一盏茶的工夫就离开了。她去看林海如的时候，委婉地告诉她："三哥现在忙碌，您有事情找我便可。"

林海如就问她："你大伯母给宜秀找了个京城中的富贵人家，你觉得如何？"

宜宁不知道她为何问这个，以为她是孕中无聊了，跟她道："自然是为她高兴的——母亲，您若是无聊了，我陪您去和高夫人打骨牌吧？"

还是不要去打扰罗慎远比较好，未来首辅如今正是关键时候。

林海如看着宜宁尚有些稚嫩的脸，突然就想到，要是她生母也在、祖母也在，看到如今的她不知道该有多高兴呢——这是多么好的一个孩子啊。她缓缓地摸着宜宁的发，笑着说："我就是问问，能有什么无聊的！"

她不无聊就好，宜宁心想，至于她的亲事……她还小，这不着急。再者罗慎远马上就要参加会试了，她总还记挂着三哥的会试。

不知道他究竟能考个什么名次。

京城，玉井胡同里秋季萧冷。程琅过来拜见郑老太太。

早年英国公魏凌无子，又因战事在外，后来干脆收了当时还年幼的程琅做外甥，程琅的母亲也因此扶了正室。再过两年，英国公又抱了赵明珠回来给郑老太太养着，郑老太太的精神才好起来。程琅还没有进去，就听到里面一阵欢声笑语。他进去的时候，正看到赵明珠笑着跟郑老太太说："他们家也是个乡下地方，他们七小姐竟请我吃莲子。我便赏了她一对金镯，不算她白请了我！"

郑老太太疼爱赵明珠，被她逗得"哈哈"大笑。送到赵明珠手边的甜点无一不是精致极了的，穿戴也是最好的东西，织金的褙子，戴的是金镂雕嵌绿松石的手镯，娇养得跟花一样。她拉着赵明珠的手说："你不在府上，我是最无聊的。亏得你回来了，别人都不如你好！"

程琅喊了声"祖母"。郑老太太才看到他，立刻笑着让他起身到她跟前来。

程琅也算是她看大的，自然也是疼爱的。更何况程琅上次春闱中了探花，如今在吏部任郎中，虽然也有他亲舅舅的原因在里面。但是程琅的厉害也是不容置疑的，郑老太太便知道这京城中许多的女子都倾慕于他，想嫁给他的多得不得了。

"你来得正巧！"郑老太太说，"你明珠表妹正好回来了，快些过来吧。"

郑老太太是什么好的都想给赵明珠，程琅这样好，她自然觉得肥水不流外人田，有撮合两人之意。程琅一直笑眯眯的，对谁都是那副风流而留有余地的样子，赵明珠也看不出究竟是喜欢不喜欢。老太太心里实在没底。

"程琅表哥。"赵明珠站起来屈身，笑道，"上次让程琅表哥给明珠带的珠花，不知道程琅表哥可买到了？"

赵明珠自幼被宠爱，郑老太太、英国公、程琅，甚至是陆嘉学，哪个对她不好？对于向程琅要东西，她是不觉得有什么的。程琅前不久去了一次杭州，她听说杭州有一家铺子的珠花做得特别好看，因此让程琅帮她买了带回来。

为此郑老太太还特地写了信提醒程琅。

程琅微微一笑，秀美俊雅的侧脸在暖黄的光下如珠如玉。他道："自然是买了的，一会儿让人给表妹送来。"

"你该亲自送来。"郑老太太不禁说，"明珠既然喜欢，该早些让她看到的。"程琅行礼道："外孙知道了，下次一定早些带给表妹。"

赵明珠坐了下来，看着程琅俊雅的身姿。这是全京城的女子都想嫁的人，的确很出众。

但这又如何，嫁不嫁的还得看她愿不愿意，别人奢求不来的东西放在她面前，也许她还不想要。她真正喜欢的……却另有其人。这人比所有人都要优秀出众，比所有人都让她战栗，权势也是一等一的。她从小就看着他长大，别人如何能入她的眼。

"外孙还要去魏凌舅舅那里，他说有要事要与我商量，怕要先走一步了。"程琅告辞道。

"一会儿你再过来和明珠讲讲《春秋》吧，她现在在读这个。"郑老太太吩咐道。

程琅笑着应声，抬头看了看赵明珠，心里则是冷笑。如今捧得越高，日后就摔得越惨。他心里对赵明珠是万般鄙夷，这世间的女子在他看来都是一样的。郑老太太想让赵明珠嫁给他，着实是太抬举赵明珠了。

倒是赵明珠从不觉得自己被抬举了，恐怕就连他都是不屑嫁的。不屑正好，想到要把赵明珠娶回去，他就浑身不舒服。

程琅从郑老太太这里出去，去了英国公那里。

英国公魏凌正在书房里，他的护卫给了他一幅画像。魏凌身材高大，长眉入鬓，眉梢上有颗痣。虽上了年纪，但那颗痣稍微温和了他的面貌，看着端是俊朗的。他握着那张画久久不说话，半晌才问："当真是罗家七小姐？"

护卫答道："属下亲手所画，绝无差错。"

"她的母亲可还在？"魏凌立刻又问。

护卫摇了摇头，迟疑道："属下打听了，罗七小姐的母亲……生下她半年就去了。七小姐母亲生前，的确是在那寺庙里住过。"

魏凌神色复杂，像是激动又像是藏着什么痛苦。他坐在太师椅上，挥手让护卫先下去。程琅走进去，问道："舅舅，可是我那未谋面的表妹……有消息了？"

魏凌点头不语。

一月前，陆嘉学巡按保定府，跟他说有一女孩长得与他相似，且眉梢也有颗痣，年岁跟他说的也能对上。陆嘉学还要去山西大营巡按，也没有仔细调查，只是托人告诉了他。魏凌听了之后心中狂跳……当年一次意外，不知是不是她！这事情已经悬在他心头十多年了，若不是想着她，又何必一直不娶？他派人去查了一个月，希望能找到她，又怕不过是奢望而已。但等到了回复，现在却什么都说不出来。

顾明澜已经死了，但是给他留下了一个女儿。

这个女孩儿已经十二岁大了，只看到那画像上与明澜有六七分相似的脸，眉梢的痣却是跟他一样的，他就心生了亲昵。这是他的女儿，明澜虽然死了，却给他留了个女孩。这个女孩留在保定的一个普通官家长大，却从未与亲生父亲谋面过。

程琅也听魏凌的下属说起，魏凌最近在找他遗落在外的女孩。听到刚才护卫说的那些话，他已经把事情猜了个七七八八，走过去看了看那画像上的人，觉得有几分眼熟："舅舅说的表妹……是罗家七小姐？"

魏凌听到他这般说，便抬头看着他："你……曾见过她吗？"

"几年前见过一次。"程琅说，"这小丫头倒是可爱。可惜她那父亲宠妾灭妻的，让她也跟着受委屈。我听说后来她祖母死了，没个人照顾她，也不知她现在如何了。本该是在英国公府锦衣玉食长大的……可惜，竟只是养在普通的官家里，与一堆姐妹相争。"

魏凌听到这里脸色都有些不好看了。他的女儿……本就该锦衣玉食、被人捧着长大的！怎么能在保定那种地方，受这样的气。他跟着陆嘉学打拼征战了一辈子，难不成连自己的女儿都宠不了！

就算明澜死了，这女孩儿却是一定要接回来的。这是明澜留给他的女儿。

魏凌沉着脸突然站起来，叫了护卫进来道："去神机营调五百精兵，与我一同去保定！"

程琅正想要这个结果，这个什么表妹接不接回来他是无所谓的。但要是真正的英国公府小姐回来了，赵明珠就不知道该如何自处了。不过他却没想到魏凌居然这么急，而且还要调神机营的五百精兵，这阵仗也太大了！

程琅忙上前问道："舅舅，您现在就去保定接她回来？"

魏凌已经拿了那卷画像，淡淡道："英国公府的小姐，如何能流落在外。"

小厮给他披了件斗篷，他已经大步走出门外。戒备森严的英国公府护卫正在外面等着他。

天气越来越冷，林海如的肚子一日日大了起来。

府中众人都看着她不要她乱走，罗成章也很慎重，细细吩咐了瑞香要万分小心林海如的日常。越是临盆的时候越是不能有差池，林海如闷在屋中无聊，人也越发犯懒了。

宜宁今日去她那里请安，听瑞香说林海如还在睡，便道："莫要吵她，让母亲多睡会儿。"怀孕就是嗜睡的，她虽然没怀过孩子，却也知道其中的辛苦。

宜宁收拾笔墨去了前院的听风阁，宋老先生还要给她讲课。宋老先生是个天南地北随意发挥的先生，授课水平很高，本来给宜宁授课也是看着几分罗慎远的面子，但教着教着倒是对这个小女学生上起心来。小女学生虽然天资愚钝，但有时候说起话来，竟也是非常有道理的。而且不拘泥于小女儿家，看问题能跳出来，颇有能指点江山的味道。

宋老先生觉得她有趣，讲课时故意与她辩论。如今日两人就是说："以德报怨，何如？"

从秦穆公三救晋难未得好报讲到廉颇负荆请罪，小姑娘的观点很明确，要看人品看立场，不要纠结于德与怨。

宋老先生"哈哈"一笑，捻着胡须说："七小姐若是男子，也可以跟着你三哥去参加会试了。"

宜宁放下了手中已经变凉的茶，笑着说："老先生肯定是诳我，嫌我这个学生歪理太多了吧？"

宋老先生不以为然地道："四书五经烂熟于胸就能过会试了？要是如此每年的进士一箩筐一箩筐地出。你年纪虽小，却比寻常的女儿家大气一些。"宋老先生点了点头，"你出去可以说是我的学生，倒也不丢人了！"

宜宁哭笑不得，辞别了宋老先生。走在荷塘边时看到满池的衰败，突然想到离春闱不过也就四个多月了……

到京城里万条垂下碧丝绦的时候，不知道能不能看到罗慎远名震天下。她在保定，也不能看到他骑马游街的样子。

宜宁握着有些冰凉的手指，突然想到那个沉默的青年拨开帷幕，大步走出正堂的时刻。

所有人都看着这年轻的吏部侍郎，他身后众人簇拥。当时她却不认识他，他也从不知道世上有个罗宜宁。

如今她却能够看到他一步步地走上那个位置，一人之下，万人之上。命运实在是很奇妙的东西。

回到屋中，宜宁拿了给罗慎远做的一双冬穿的厚厚鞋袜，让丫头给他送过去。正好能在他去京城之后穿，想了想她又把丫头喊回来，反正罗宜秀正被陈氏监督着练女红，练得她生无可恋没空来理自己，那不如她亲自送过去。

到罗慎远的院子时却没有看到他，伺候他的丫头说他去了罗成章那里，给宜宁倒了杯茶，笑着说："七小姐且等片刻，三少爷才去了半个时辰了，想必快要回来了。"

宜宁握着热气腾腾的茶杯，喝了口才舒服些。如今天气冷了，她居然有些畏寒起来，靠着太师椅坐了会儿，又想去翻他的书看。宜宁轻手轻脚地走到他的书房的多宝槅前面。罗慎远的书房向来是不要人进的，不过她自然是无所谓的。宜宁随手抽了一本书打开，发现是一本诗集。他似乎看书有批注的习惯，诗集边角写着密密麻麻而工整的小字。有一首批注是：读完尽兴，实乃佳作。抽背宜宁三次未果，哭笑不得。

宜宁看得眉心一跳，又翻了几首，没看到他再多写自己了。

这首诗他很喜欢吗？宜宁一遍扫下来，决定还是回去好生背背吧。

她还没来得及把书放回去，就听到丫头在门口喊了声："三少爷。"

罗慎远稳步走进来，看到宜宁在翻他的书，也没有说什么。宜宁却把手里的书放下，笑了笑："三哥，父亲跟你说什么了？你这么久才回来。可是说你明年春闱之事？"

罗慎远坐下来喝茶，抬眼看着她笑道："你找我做什么？"并不提罗成章找他之事。

罗成章找他的确是为了春闱，准确来说是为了孙大人。孙大人对罗慎远十分欣赏，有意想把自己最小的女儿许配给他。已经写信给罗成章说过了，若是罗慎远中进士，便让两家结秦晋之好，早日把亲事办了。

孙家可不是什么保定高家可比的，如今孙大人是父亲的房师，也是一手扶持父亲的人。孙小姐是嫡出小姐，虽然最小，却教养得温柔得体，是京城有名的才女，刚及笄时提亲的人就踏破了门槛，孙大人却一个都看不上。

于情于理，罗慎远都应该答应。

罗成章其实是很为长子高兴的，他房师的为人他是知道的，那孙小姐又是个才女，孙家底蕴深厚，这门亲事实在是再合适不过了。

罗慎远在京城中时也见过孙小姐几面，只记得的确是个温婉的性子，别的都是模模糊糊的没印象。

他对这种男女之情没什么兴趣，对孙小姐更没有兴趣。原来不成亲也只是因为他知道，若是日后再成亲,他在朝堂得到的帮助就会更多。

他是心机深重,连自己的亲事都要算计。

宜宁拿了鞋袜给他,坐到他旁侧跟他说:"我加了一层绒在里面,穿着特别暖和。"

罗慎远瞧着她一双清亮柔媚的杏眼,巴掌大小的脸越发清瘦,更显出一种灵气逼人。她笑起来的时候眼睛都是有些亮的,果然是越长大越好看了。罗慎远接了她做的鞋袜,两人的指尖微微相触,之后就分开了。

宜宁却觉得他的指尖有些粗糙,比她更热一些,但很快就收回去了。

罗慎远看着她做的鞋袜笑了笑,针脚倒是挺好的,生怕不够暖和似的,做了两层绒。他体质偏热,冬季穿的鞋袜也只比夏季的略厚一些,绝不敢穿这个的。但是小丫头的一片好心,他又如何会拒绝。

"做得不错。"罗慎远清了清嗓子说,"作为奖赏,我刚给你写了字帖,你拿回去练吧。"

这是哪门子的奖赏……宜宁有些郁闷地看着他。

罗慎远全当没看见她那可怜兮兮的表情,叫了丫头进来摆膳,既然宜宁在这里,那肯定要做一些她喜欢吃的菜。

"前日我从香河收了几幅雕版回来,你可要看?"罗慎远笑着问她,他自然是宠溺她的,不过小丫头自己不知道而已。知道小丫头喜欢雕版,罗慎远给她收了许多,她的库房都要放不下了。好好一个女儿家,喜欢诗词字画的什么不好,偏偏是雕版,收集也难。

宜宁其实没有什么特别的爱好,雕版却是其中之一,特别是玉版,她珍藏了好几幅。这怪异的爱好也就罗慎远知道了。

听说有新的雕版,她自然要去看看。她站起来说:"我当然要去……"话说到一半却觉得头晕眼花,眼前一阵阵发黑。宜宁顿时就有些站不稳,伸手拉住了罗慎远的手臂想稳住身体。

罗慎远眉头一皱,立刻把她扶住:"宜宁,怎么了?"

宜宁脸色发白,只觉得一阵阵隐痛从小腹传来,这种感觉实在太熟悉了。可惜她眼前发晕站不稳,只能勉强说:"三哥,我不太舒服,你、你带我回去……"

当孩子当久了,她竟然连这个都忘了。

宜宁已经不是小孩了,如今长到他的肩膀高,纤细有致已经有了少女的身形。但他是她的三哥,若是抱了也没有什么,何况丫头又如何抱得稳她!

"可是什么地方痛?"罗慎远没怎么犹豫,立刻把她打横抱起走出房门。门口守着的雪枝和松枝看到都愣住了,连忙跟上来。

宜宁躺在他怀里只觉得十分安心。从小到大,她三哥在危难的时候都这么抱着她,她的小腹又一阵疼痛,她紧紧地抓住他的衣袖,低声说:"没事的……三哥,我没事的。"

罗慎远阴着脸大步走进宜宁的厢房,把她放在罗汉床上,宜宁觉得越发头晕,浑身乏力,小腹抽疼话都说不出来。罗慎远回头看了她们一眼,背着手冷冷道:"小姐身子不适,你们这些伺候的都不知道?"

满屋子的仆妇都跪了下来,屋子里静悄悄的。

徐妈妈立刻派人去找青渠，雪枝却连忙上前拉住宜宁的手："姐儿可是头疼？怎的这么突然，是不是昨夜少盖了被褥？"她看着宜宁长大的，宜宁有个头疼脑热的她自然着急。宜宁疼得蜷缩起来，断续地道："不是……头疼……"

罗慎远听到了她的话，几步走到她床边坐下来，轻轻拨开她额前的一缕发问道："宜宁，你究竟是怎么了？"

这样的事情怎么好跟他说，宜宁摇了摇头，疼得额头都有些出汗了，抓着罗慎远的手也未松开。

罗慎远静默地看着宜宁，她如玉雕一般的小脸雪白而柔嫩，有种非常羸弱如小动物般的可怜。细细的手指抓住他的大手，眼睛也有些湿润，看得他心中莫名微动。她怎么这么可怜？抓着他的那细白手指半分力气也没有，似乎什么东西都能伤害到她……但那身姿已经有了几分少女的清媚，逼得他都不敢直视。

罗慎远突然明白了，顿了顿低声问道："是不是肚子疼？"

他这么聪明，还是猜到了……宜宁觉得自己也没有什么不好意思的了，但再看着他的时候，却觉得罗慎远此刻的神情有些陌生，不像平时的他，片刻就没有再看到了。她轻轻地点了点头。

罗慎远放开那温软的身子站起来，后退了一步道："你们照顾小姐，我……先在外面守着。"

等他走到外面的时候，握紧的拳头才微微松开。屋子里已经忙碌起来。

罗慎远却站在庑廊下闭上了眼，别人不知道，他却不会不明白自己刚才究竟在想什么。刚才危急之下抱着宜宁，心中那种早有的蠢蠢欲动的情绪竟有些忍不住了。甚至不敢直视她，他怕自己真的会忍不住，然后用手段去谋划。

这不该有的，就算宜宁与他不是亲生兄妹，但别人又怎么知道？宜宁又怎么知道？宜宁只不过当他是三哥而已。

罗慎远轻吐了口气，再睁开眼时又恢复了那个沉默平稳的罗慎远形象，众人追捧的北直隶解元，罗宜宁的好三哥。

到了晚上，林海如亲自来看她。罗宜秀来时也给她带了一盒糕点，笑眯眯地说："咱们宜宁也长大了。"

宜宁扶着腰坐在罗汉床上，喝了口热汤。如今倒是好了很多，但这种事着实有点尴尬，满屋子的仆妇望着她的眼神似乎都含着笑意，甚至在轻声地合计该怎么给她补补，或者煮几个红糖鸡蛋来。

女孩刚来癸水一般是不痛的，宜宁是小时候体寒受了损，底子不太好才会如此。但屋子里有种轻松甚至欣喜的氛围。

林海如吩咐丫头要好好看着她日常的饮食，拉着宜宁的手看了又看。

林海如心中有种吾家女初长成的欣慰，宜宁她得好好地娇养着，养出一派娇贵来。虽然比不上那些王公贵族的女孩，但绝对站出去没人敢小瞧她，以后就是有人想娶了，也得掂量自己是否配得上她。

宜宁却想起上一世的时候，她什么都不知道，也没有人告诉她究竟是怎么回事。她惊慌失措，还是房中的大丫头红着脸低声告诉她。继母后来知道了，只找了她身边的人过去说："与小姐讲清楚，以后吃食要注意一些。"

毕竟不是亲生的孩子，放在眼皮子底下没缺吃少穿就算她仁慈了。像林海如这样的实在难得。

宜宁有些失神，随后让徐妈妈送了林海如回去，莫要让她太操劳了。罗宜宁这边的动静很快乔姨娘就知道了。

她正在给轩哥儿做鞋，淡淡地道："她也要满十三了。"抬了抬头问，"怜姐儿呢？"丫头回答道："六小姐在书房里写字，不要我们打扰。"

这时候门外进来一个婆子，隔着帘子喊了一声："姨娘，刘安家的说要见您呢。"

刘安家的便是乔姨娘的管事婆子，她听了就皱眉，想到刘安家的为徐四求情的事，她看到这些人就烦："不见，叫她给我回去！"

门外窸窸窣窣地没了声音，不一会儿又有人来，"姨娘，刘安家的一定要见您！说是有要紧事……您一定得见见！"

乔姨娘把做鞋的锥子放在小几上，脸色一沉道："叫她给我进来吧！"她倒是要好好地收拾收拾这些刁仆了。

刘安家的带着讨好的笑，挑了帘子进来跪在地上，手腕上的铜手镯叮叮地响，"姨娘，奴婢给您请安了。"

乔姨娘冷冷地不说话。

刘安家的有些讪讪，却继续道："姨娘，徐四……奴婢没让人把他打残。奴婢带了人过去，他病床上的娘子就扑过来拦着，非不让打，哭得可怜极了。奴婢就说这是姨娘吩咐的，非打不可啊，那娘子真是体弱，半天都说不出一句话来。为了救徐四啊，扑在奴婢跟前跪着求……"

乔姨娘听到这里已经不耐烦了，淡淡地道："刘安家的，你可是差事当得太舒服了？"

刘安家的被乔姨娘的语气一吓，不敢再卖关子了，直起身子忙走到乔姨娘旁边，低声道："姨娘，您是不知道，且听奴婢细细地说。那娘子不是原来伺候过二太太吗？虽不是贴身丫头，却也是个二等的……她告诉奴婢一件往事，您是怎么也猜不到的！她说这秘密跟您说了，就要求您放徐四一条生路……这事跟咱们原来的二太太有关！"

乔姨娘往后靠在软垫上，又拿了锥子，冷冷地看着她："她说有什么秘密你就信了？"

刘安家的眉头微动，叫守着的丫头退了出去，她坐在乔姨娘身侧帮她捶腿，被乔姨娘拍了一下手。她毫不在意地笑了笑："您别说，我听着有几分可信呢！您猜她说的秘密是什么……"刘安家的语气一顿道，"她说咱们七小姐……不是老爷亲生的！"

乔姨娘手里握着给轩哥儿的鞋，终于坐直了身子："她说——什么，罗宜宁不是老爷亲生？"

刘安家的这才继续说："姨娘您想想，世上这些事本就是糊涂的。七小姐长这么大，可有半点像老爷的地方？当初那二太太，是不是死得蹊跷？别人说是因为您，我却不这么觉得。还有那些伺候她的丫头婆子，怎么一个都不敢留在罗家……"

乔姨娘想了想，问道："她有何凭证？"

刘安家的说："她不肯多说，一定要您放过徐四才行。奴婢这不就是来问您的意思吗！"

乔姨娘越想越觉得有几分可信，这些事她自己也想了多年，不是不可疑的。她直起了身子："你赶紧找郎中去她家，医药费我全付了，好吃好喝地待着她。徐四的事自然不计较，只要她说的是真的，我赏她都来不及！"

罗宜宁自从回了二房之后，把她压制成什么样子了，还害得她没了轩哥儿。这要是真的……乔姨娘心里直激动，罗宜宁还算个什么罗家嫡出小姐，说不定还是顾明澜秽乱了家仆生的，一个血统低下的贱种而已，根本不足为惧。她脸色慎重，又对刘安家的说："你明日亲自带她来见我！可记住了？"

刘安家的忙点头。想那娘子也是可怜得很，边病着边断续地说："太太待我好，我却让她死了都不安心，就该叫我烂了口舌，以后下地狱去……但他着实是为了我的，我无论如何不能拖累他……"

她哭得几乎快要背过气去了。

刘安家的感叹了一会儿，才下去了。乔姨娘想了一会儿，叫丫头包了银子给刘安家的送过去。

英国公魏凌下半夜的时候到了保定，来迎接他的是巡抚大人。魏凌的排场很大，高大的马车簇拥着，身后跟着的是五百精兵，气势慑人。巡抚看了那夜里寒光森森的兵器就腿软，直接请他去了巡抚衙门里。

巡抚对魏凌的态度毕恭毕敬，英国公带着神机营的精兵突然到保定来，此时朝廷又无公干，不知道这位煞星究竟是来干什么的。他不敢多过问，唯有好好地招待伺候着。

魏凌虽想早日见到自己的亲生女儿，但也知道他直接上门去没个说法，平白坏了她和她娘的名声。住在巡抚衙门之后，他喝了口茶，派了人去保定里四处探寻，准备挑个最合适的时候上门去。

这是地位给人带来的好处，他是英国公，统领神机营。而罗成章不过是保定的一个地方官，他把事情说了，给些好处再敲打几句，罗成章自然不敢不放人。他的女儿肯定是不能留在这等地方的。

魏凌看着烛火，慢慢地叹了口气。他已经十多年未曾见过顾明澜了。

当年那事的确是他不好。那个时候他还只是英国公府的世子，五城兵马司的一个副指挥使，围剿匪贼的时候身受重伤，他那护卫带着他四处躲藏，终于在尼姑庵的后山住下来。又怕匪贼还在附近搜寻，两人因此不敢露面。但他的伤势实在不能拖了，护卫才去抓个人来照顾他，自己回京城去报信。

魏凌眯了眯眼，他那时候昏迷不知，等醒来的时候已经看到护卫抓了顾明澜回来。

他当时十分震惊，原以为护卫只是去请个老妇或者农夫来照顾他，这女子却衣着贵气，虽然人有些憔悴，但气质长相无不让人觉得舒服，而且一看就绝非主动要来帮他的。

他强忍着伤口的痛，勉强为自己的护卫道歉："这位……姑娘，着实对不住了。不如你先回去，就是扔我在这里也无妨……"

谁知顾明澜却轻轻地看了他一眼，道："你因剿匪受伤，照顾你也无妨。"她的语气缓缓的，没有半点害怕，反而很识大体。

顾明澜当时也烦了罗成章，既不想回去看到他那张脸，也不想到尼姑庵看下人们对她的同情，觉得自己厌烦得不在乎被掳。他因剿匪受伤，是造福于民，何况这四处深山野林的，连她都找不到回去的路，把他留在这里也就是让他等死了。

顾明澜决定留下来照顾他，那护卫临走前留了许多东西下来，正是用来照顾他的。

五日后他稍微好了些，勉强能走动了，对顾明澜更是十分感激，似乎还有一丝别的情绪。护卫所留之物已经不多，他不想太麻烦顾明澜了，强撑着病体去狩猎，后来在挖好的陷阱里捉到了一只鹿。饮鹿血能让他好得更快些，但他忘了那鹿血是何等燥热之物。等再清醒的时候已经酿成大错，他半跪在顾明澜面前，拉着她的手跟她说："我乃英国公世子魏凌，愿娶你回去，等我回京之后——"

顾明澜轻轻地摇头，实际上魏凌不知道她在想什么，她坐在床上，看自己的目光并不像是憎恶，倒是有一些柔和。

"你不要来找我。"顾明澜说，"我已嫁作人妇，你难道看不出来？"

魏凌浑身一震，有种被她拆破而不知道说什么的尴尬。他当然……猜得出来。但是这么好的女子，为什么就已经嫁人了呢？

魏凌嘴唇微动，低声道："我知道，但还是想娶你。我既已经做了，便是要负责的。我看你每日这么不高兴，就知道娶你的那个人对你也不好，你跟我走吧。"

顾明澜更是苦笑，望着他神情平静，甚至还有一丝说不出的悲伤。然后她跟他说："我若是个知道羞耻的，就应该现在吊死了。但是我没有……你也不要再记得这件事了，算了吧。"

魏凌不知道她的打算，但他不想就这么算了。可直到有一日晨起，魏凌发现顾明澜不见了。

他找遍了周围，都不知道哪家有这么个人。等护卫回来时去了那尼姑庵里找，谁知道整个尼姑庵已经人去楼空，什么都没有了。魏凌只知道她唤明澜，但是女儿家的闺名少有人知道。他最终还是没有找到她，又不敢打听得太多惹得别人怀疑，这才回了京城去。

这么多年来，他一直在想顾明澜。若是她真的过得好，倒也就罢了，就当两人从未遇到过，若是她过得不好呢……两人只有过那一晚，但明澜要是有了他的孩子呢？她会不会把孩子留下来？想到最后思绪混杂，已经是在胡思乱想了。

现在十多年过去了，他知道明澜的确留了个孩子给他。是个女孩儿，已经要十三岁了。

魏凌望着烛火不由得想，不知道他的女儿是什么样子的——她是什么样的性子？长得高不高？喜不喜欢读诗词？越想这些，魏凌心里越是生出一股期待来，若是她见到自己的生父会怎么样？她知道自己本该是英国公府的小姐会高兴吗？

不知道她愿不愿意认他，要是她不愿意该怎么办……

就算有英国公府的权势和地位，魏凌也突然有点不自信了。

第二日晨起后徐妈妈帮宜宁梳发髻。

宜宁的头发长得也好也不好，林海如的头发才好，又多又黑，梳发髻也好梳。宜宁的头发又细又软，掬在手里软软的跟云一样，但披放下来的时候又光滑如绸，映着光看颜色略浅。虽然好看，梳发髻却不好梳。

徐妈妈梳好之后给她用篦子细细整理了，问她："姐儿觉得这个可好看？"

宜宁打量了一下镜子中的自己，徐妈妈给她梳的垂髻分肖髻，轻巧灵动，倒是挺好看的。她房中的梳发高手当真不少，自己的头发不好梳她是知道的，太过细软了。她笑了笑说："您梳的自然好看。"

丫头端了红枣粥和酥饼上来。宜宁虽然不疼了，但还是觉得腰膝酸软，她靠着引枕边喝粥边问："昨晚三哥回去之后可有传话来？"

雪枝摇头道："没有三少爷的人来过。"

宜宁听了有些疑惑。她把碗放下，总是想起昨天三哥看着她的时候，脸上的神情，那是一种陌生的怜惜。

她吃了点酥饼就吃不下了，让丫头把东西撤了。这时候松枝领着个婆子进来，那婆子给她行了礼，笑着道："七小姐吩咐下去的，奴婢已经准备好了，只等给三少爷量了身量便可以做了。"

这婆子是针线房的，府中的衣物都是针线房在做。宜宁在准备给罗慎远赴京用的衣物，冬袜她可以做着玩玩，但裁衣就勉强了。因此找了针线房里针线功夫好的婆子来给三哥做几身冬衣。宜宁问道："丫头不可帮着量吗？"

婆子摇头说："冬衣需得贴身才暖和，奴婢要亲手量了穿着才妥帖，丫头总不懂该量几分好。"

宜宁想了想道："那我领你过去，给三哥量了之后您再给雪枝量一身。"宜宁指了指雪枝："也得给她做新衣裳了。"

雪枝已经过了放出府的年纪，她是宜宁身边最有头脸的大丫头，宜宁还小的时候不敢让她离府。但岁数大了总归不好，宜宁才让罗慎远给她找了一门亲事，是徐水一户平实的人家，那人还有秀才的功名。听说是罗家伺候小姐的大丫头，那家人倒是很欢喜。她们这等官家出去的丫头，嫁得比一般姑娘还要好许多。

雪枝伺候宜宁多年，宜宁虽然舍不得她，但更不愿意耽误了她。何况雪枝对那人家也满意，她已经在思考给雪枝多少银子的添箱了。

雪枝被她说得脸色微红，立刻就要拒绝。她一个下人，怎么用得上府里针线房做的衣裳？宜宁却按住她的手不要她说，笑着道："以后做新衣也要府里来做，红妆霞帔地嫁过去，抬十多抬的嫁妆！"

屋子里的丫头都抿着嘴笑。雪枝又好气又好笑，但看着宜宁的眼神柔和极了。

宜宁带着针线房的婆子去找罗慎远。他看到她又带着人过来了，有些讶然，放下书朝她走过来，浓郁的眉头微皱着，低声道："你不是不舒服吗，怎么到处乱跑？"

宜宁笑眯眯地说："昨日你说请我吃午饭没吃到，我今天来蹭饭的。"看到他的神情似乎不太赞同，宜宁拿了针线房婆子的软尺，在手上晃了两下给他看，"我找了针线房给你做几件冬衣，听说京城更冷些，你到了京城之后就好穿了。三哥，你把手抬起来，给你量一量长短。"

罗慎远有些无奈地看着她："宜宁，你要是无事做，我再给你找个教琴的师父。"

宜宁只催促他抬起手，婆子上前给他量身材。罗慎远只能抬起手，他长得高大，量身材的时候婆子都要踮着脚给他量。宜宁看到他没站直，上前伸手拉他的腰："三哥，你站直了量得才准。"

她的手只是碰了一下他的腰，却觉得他身体似乎一僵。

等婆子量好了之后退下，罗慎远才叹了口气，让丫头给她端了杯热茶来，问她："你到三哥这里来就是做这个的？"

宜宁笑了笑说："不是说了到你这里来蹭饭吗？"觉得罗慎远坐得离她远了不好说话，宜宁坐到他旁边去，抓住他的手说，"不过还有一事，我想雪枝风风光光地嫁，我听说你在徐水县有个宅子，能借给我用用吗？"

罗慎远能感觉到那只搭着他的手触感十分柔嫩，他整个人都一紧，语气有些克制，"宜宁，你好好坐端正。"

宜宁不知道他怎么了，抬头看他，罗慎远却没有看她的眼神，把手抽走说："借给你用可以。"

宜宁眼眸水润，如一只明明无辜却受了欺负的动物，对着这样的眼神没人狠得下心肠。

宜宁听到他答应了也没有多想，笑着道："那我可不付银子的！"罗慎远嘴角微扯说："自然不用你付。"

宜宁在他的书房里等着开饭，他写着文章。宜宁坐在他书房的躺椅上看书，细长的腿蜷缩着，她穿了一身蓝色的褶子，素白的湘裙垂下来。隔扇外的阳光照着她的裙子，宜宁的神情很专注，实际上当她认真做事的时候就非常专注，细长的睫毛搭着清亮而澄澈的眼眸，似乎外界的事不能扰乱她分毫。好像看到了什么疑惑的地方，她眉头微皱，无意识地咬着嘴唇。

她是有这个坏毛病，想什么想不通的时候就这样。

他还记得小丫头当年还是小胖球的时候，圆嘟嘟的，可爱得跟年画上的娃娃一样。一转眼就长成纤纤少女了。罗慎远自己都不知道从什么时候他的感觉开始异样的，或者是从京城回来，长大的宜宁从背后抱住他，他突然意识到她已经不是个孩子了。或者是她在他怀里睡着的时候，蜷缩在他的臂弯里，抓着他的衣袖，无比依赖和信任他。

再或者是他听闻林茂有意求娶她的时候，心里瞬间紧绷和阴沉。

但这是不可能的，他名义上是宜宁的兄长。就算他知道宜宁与他无血缘关系，甚至暗中调查过她的生父，但宜宁的身份绝不可公开。就算他不是宜宁的兄长，他比宜宁大了八岁。

已经是青年要成家立业了,但宜宁还是一团孩子气。

他千锤百炼的理智告诉他,必须当作什么都没有,但这如何能轻易做到?

似乎感觉到有人在看她,宜宁突然抬起头道:"三哥——"罗慎远已经别过眼睛,淡淡道:"怎么了?"

她犹豫了一下才走到他身边来,"我看不明白书里这处的意思。"因刚才咬了一下唇,她嘴唇殷红。

罗慎远逼自己把视线放在她所指之处,给她解释道:"《庄子》晦涩难懂,你年纪小少看些才好。《至乐》此篇讲生死与轮回,实则是顺应天道之意……"

宜宁听得仔细。因自己的遭遇,她对这篇很感兴趣。等讲完之时也到了午时,厨房那边来传话说摆好膳了。

罗慎远便放下书带她出去,正好迎面匆匆走过来一个小厮打扮的人,给罗慎远行礼道:"三少爷,乔姨娘接了一个人进府,说是她房中丫头的远亲,到府里来探亲的。"

宜宁听了小厮的话看了他一眼,他竟然一直在监视乔姨娘?

乔姨娘诡计多端,他自然要看着她。罗慎远边走边问他:"可是有什么异常之处?"

那小厮立刻说:"小的派人看着,分明是一个重病的女子被扶进乔姨娘屋子里的。要真是亲戚来探望,怎么会在半只脚踏进棺材里的时候出门?小的觉得蹊跷,这才回来禀报三少爷。"

乔姨娘把一个重病的人请进家里想做什么?宜宁也觉得疑惑。乔姨娘这段时间精神一直不太好,轩哥儿的事算是把她逼急了。但这扑朔迷离的行事,的确猜不出她究竟想做什么。

罗慎远停下来,想了想说:"去查这女子的身份,莫要惊动了姨娘。"

小厮立刻领命下去了。

宜宁问他:"你一直在监视乔姨娘那边?"

罗慎远只是缓缓一笑,跟她说:"我让厨房准备了你喜欢的腊鹅肉,你一会儿多吃些。"

## 第十五章 前尘旧事

乔姨娘在屋子里走来走去，心急如焚。

罗宜怜则坐在罗汉床上沉默不语，她觉得母亲为了弟弟都要疯了，就连这等鬼话都信。但是只要她一开口想解释，乔姨娘就会打断她。无论真假，总要试过了才知道。如果是假便算了，但要是真的……那事可就热闹了！

直到下人来传话，说人已经接进来了，安顿在东暖阁中。乔姨娘听了才松了口气，跟她说："宜怜，若她不是你父亲亲生的，是外面一个苟合的杂种，你就成了二房唯一的小姐，你说以后谁敢亏待你？"

罗宜怜不知道该说什么好。她和乔姨娘虽然是母女，但乔姨娘是在坊市间长大的，她却是罗家的庶出小姐，有时候也实在听不得母亲嘴里说出的一些词。在她眼中，罗宜宁的确是跟她有仇，要不是罗宜宁她怎么会落到这般田地？但她可不会把杂种这样的词往她身上放。

乔姨娘整了整鬓发，带着丫头去了东暖阁。

东暖阁里一股浓浓的药膏味，光线不太好。丫头通传她来了，乔姨娘走进去要眯着眼睛才能看清楚，架子床上躺了一个面容枯黄的女子，衣着也简陋。她盯着那张脸看了许久，努力想这个人是不是在顾明澜身边伺候过。但是都这么多年了，她连顾明澜长什么样都快忘了，又怎么会记得一个不起眼的丫头呢。

刘安家的在旁屈身道："姨娘，这就是张氏了。"她低下身拍了拍张氏的肩，"姨娘来看你了。"

张氏慢慢地睁开眼，眼神迷茫了片刻，才看到一个面容清丽、衣着华贵的女子坐在绣墩上看着她。她还能依稀记得这人的样子，是乔姨娘，她和十多年前比并没有很大的变化。变的是她们，老的老、死的死。张氏闭上眼慢慢有些发抖。

"奴婢不能起身请安，姨娘……恕罪……"张氏慢慢地说，"谢姨娘饶了徐四，奴婢、奴婢跟您讲当年的事。"

乔姨娘觉得屋子里有种诡异的安静，没有人敢说话。东暖阁常年不用，有种腐朽的木头的味道。乔姨娘端着杯茶，看着张氏说："你说吧，我听着呢。只要你说的是真的，我不仅饶了徐四，还保你们一辈子衣食无忧。"

张氏脸上的表情有点复杂。她慢慢讲起当年的事，顾明澜在尼姑庵被人掳走，她早产生下的孩子，又是如何因为忧思过重而死的……她边说边哽咽，乔姨娘的表情越来越紧张。

她忍不住站起来，走到床边拉着张氏的手："你是说那罗宜宁，不过是个护卫的女儿？"

"应当是……"张氏说，"我看到他身上挂的腰牌了……太太的月子对不上，当时郑妈妈说要她落了胎，她却不肯。我们便知大祸临头，太太说，她本就不想活了，为了保这个孩子……她就是死了也行。"

乔姨娘的手紧紧地捏着手帕，她知道张氏说的是真的，这一切都对上了，所有的怀疑都有了解释！

顾明澜九月怀胎生产，伺候她的婆子丫头都离开了罗家，她抑郁成疾。罗宜宁跟罗成章没有半点相似之处，她甚至想到了罗老太太的死，罗老太太不过是见了郑妈妈一面，后来就发了病。难不成也是因为她知道了真相，所以活活被气死了？

乔姨娘越想越觉得就是如此！她目露微光，冷笑道："果然是个下贱的血统，居然叫顾明澜拿来充了嫡出的小姐！"

一个不知道哪里来的护卫的女儿，也能当小姐养大？顾明澜哪里来的脸，拿这么个卑贱的孩子来鱼目混珠，还敢这么多年压在她头上。

乔姨娘忍不住有些激动，只要她揭穿罗宜宁的身世，罗宜宁便再也做不了嫡出小姐了。既然是下贱的血统，就该去过那下贱的生活，这罗家是不能让她待下去了，小姐也不能再当了。只要没有了罗宜宁，林海如怎么斗得过她！那她的轩哥儿，早晚也就能抱回来了！

乔姨娘首先想到的是，她要立刻把这件事告诉罗成章。但是想了想，她还是冷静下来。

首先，如果她真的把这件事告诉了罗成章，罗成章会如何？

他一定会很愤怒，然后冷落罗宜宁，甚至让她搬出罗家。但是他会承认罗宜宁是奸生子吗？

乔姨娘心里慢慢地冷静下来，罗成章一定不会。他甚至不会让这件事传出去，这件事污了顾明澜的名声，但何尝不是让他蒙羞？让罗家被人戳脊梁骨？这事影响的不只是罗宜宁，甚至会影响远在京城的罗宜慧，再往大了说，还会影响罗家的声誉。

但是以罗成章的个性，让他忍也是不可能的，没有男人能忍。

而她能做的，是挑起罗成章对罗宜宁的厌弃，越深越好，深到让罗成章不想看到罗宜宁出现在他面前。

乔姨娘喝了口水，终于把想法理清楚了。

这种事情，越早做越好，晚了就怕节外生枝，府上可还有个罗慎远在，那罗宜宁也不是省油的灯，可不能被察觉了。

罗宜怜刚知道整个事情的经过，也很惊讶。这世间果然什么事都有可能，罗宜宁居然不是父亲亲生，而是顾明澜与一个卑微护卫所生的孩子！要不是母亲再三确认过了，她是怎么也不会信的！她很快就意识到了自己能从这件事当中得到的好处。

　　这件事几乎对所有人都不利，唯独对她来说是好事，没有了罗宜宁，那她就是二房唯一的小姐了。想到这里，她甚至对罗宜宁生出了一丝同情——从嫡出小姐突然沦落成这样，不知道她怎么承受得住。

　　乔姨娘看着屋中精致富贵的陈设，问女儿道："明日就是寒衣节了吧？"罗宜怜看向她，"您……是怎么打算的？"

　　乔姨娘摇头笑了笑道："没的打算，这不需要我去打算。我把人往你父亲面前一带，就叫罗宜宁再也翻不了身。"

　　"只不过寒衣节要祭祖而已。"乔姨娘轻轻地说。

　　一直到了傍晚，罗慎远才在书房见到了小厮。

　　他匆匆地进了罗慎远的书房，表情凝重。罗慎远屏退了左右，让他慢慢说来。

　　那小厮说："小的打听清楚了，那人是乔姨娘铺子上一个伙计家的老婆，得了重病。别的倒是没有什么蹊跷的，她原是保定人，后来嫁去了荆州，前几年才跟着那伙计回保定来。听说那伙计偷了乔姨娘铺子里的银子给她治病，本来是差点叫乔姨娘打残废的。也不知为什么，后来乔姨娘饶了他，她家一点事没有，且还教乔姨娘给置办了一些家什……"

　　罗慎远坐到了东坡椅上，手指无意识地叩着扶手，"只有这些？"小厮点头，"附近的人与他们家不熟，小的没打探到多少。"

　　罗慎远的手指一停，又问道："乔姨娘那边可有动静？"

　　小厮摇头："没有动静，进了乔姨娘的院子之后，没见把人送出来。乔姨娘和往日一样，在屋中给四少爷做鞋。"

　　罗慎远望着窗外已经黑下来的天空，在想乔姨娘究竟要干什么。

　　一些看似不相干的事，只是因为没有找到相干的地方。若是仔细去想，万事万物之间必然是有干系的。乔姨娘把一个得病的人抬进府，这个人必定与她有某种关系，只是他不知道而已。

　　"不要耽搁了，多派几个人去问询。"罗慎远淡淡道，"乔姨娘的铺子那边也不要放过，明日一早再来见我。"小厮应声退下了。

　　这夜傍晚刮起了大风，吹断了院子台阶旁的一棵树。宜宁第二日醒来的时候，发现那棵吹断的树压住了台阶。今日是寒衣节，下午要祭祖的。宜宁穿戴素净去了林海如那里，罗成章已经在陪着林海如吃早膳了。

　　他在喝粥，乔姨娘站在旁边伺候他。

　　罗成章见她来了，抬头道："昨夜风大，听说你院子里有棵树被吹断了，可有什么不妥的？"

　　宜宁坐下来，丫头立刻给她端了碗燕窝粥来。乔姨娘不知怎的，目光就落在了宜宁的那碗燕窝粥上，那端着碗的手上还戴着一对冰种翡翠玉镯。宜宁穿的衣服常年都是缂丝、杭绸的料子，养得水嫩极了，脸蛋看着跟能掐出水似的。

乔姨娘的嘴角浮出一丝淡淡的笑容。

宜宁发现乔姨娘在看她，许久没移开视线，当然她肯定不会以为乔姨娘是喜欢她。宜宁回道："倒是没什么，就是把台阶压住了。"

接下来就是讨论祭祖的事了，下午要去祠堂上香，二房的人也络绎地来齐了。罗成章领着二房的孩子去了祠堂，一起拜祭了祖先，烧了寒衣。宜宁看着祖母的牌位，祖母已经死了三年多了。没祖母在身边，她一个人倒也没有辜负了她老人家的期待。但想到老太太生前对她这般疼爱，还是觉得心里隐隐地痛，她永远忘不了祖母死时的场景。

罗成章对着母亲的牌位不免又是感伤。看到宜宁给祖母上香，想到老太太生前疼她跟眼珠子似的，这孩子倒也记得祖母的好，他把宜宁叫到身边细细地叮嘱着她。

乔姨娘在一旁看着，微微冷笑。原来都是看得惯的场景，但在她知道罗宜宁是个鱼目混珠的之后，又怎么忍得住？这些东西罗宜宁都不配有，罗成章也不该对她这么好，这根本就是个护卫的孩子，再低贱不过的。

乔姨娘回了院子，叫人把张氏拾掇起来。

罗慎远给祖先上了香之后，把宜宁叫了过来，问的还是她院子里那棵树的事。

宜宁哭笑不得，她院子里有棵树断了的事看来是谁都知道了。她对罗慎远说："我瞧姨娘今日古怪得很，三哥，你可知道昨天她请进府的是谁了？"

罗慎远摇头道："只知道是她铺子里的人。"

宜宁听了皱眉，回头望着祖母的牌位，她总觉得有什么地方不对，从看到院中那棵树断了开始。本以为是乔姨娘有古怪，但既然罗慎远都没有发现，该不会有什么不对才是。

宜宁一向觉得自己的直觉很准，例如在掉下悬崖的前一天，她的右眼皮一直跳。但直觉又不能说明什么。

罗慎远回到风谢塘的时候，那小厮已经在门外等着了，见到他之后立刻请安，"小的总算是多问了些东西，赶紧回来跟您说。"

罗慎远接了丫头的茶水喝，示意他继续说下去。

那小厮顿了顿才道："小的打听到，此人张氏，是伺候过咱们原来的二太太的。"居然是伺候过顾明澜的。

罗慎远放下茶杯，解下披风递给丫头，坐下来问："伺候了多久？"

"听说挺久的，原来还是个有头脸的丫头，不知怎么的落到这个下场。"罗慎远一时没有说话。他突然想起半年前，自己曾经去过真定找郑妈妈。

罗老太太临死之前跟他说过，罗宜宁不是罗家的孩子。这等私密的事自然只有贴身的丫头婆子才知道，罗慎远为了稳妥起见，掩藏宜宁的身份，才去找郑妈妈问当年的事。若是有什么纰漏，他会立刻掩盖。

郑妈妈一开始不肯见他，直到他说明了来意。郑妈妈才把当年的事完整地告诉了他。并且跟他说："我们几个都知道言多必失的道理，人的嘴总有藏不住秘密的时候，谁一旦开口，这事就跟滚雪球一样再也止不住了。所以但凡知道这件事的都先后离开了罗家，我与伺候太太的几个大丫头连保定都不敢待下去，我回了真定，还有些嫁去了通州、荆州的，绝不会留在保定的。"

罗慎远突然明白过来。

"你说她是从荆州过来的？"罗慎远问道。

小厮点头，罗慎远突然就站了起来，脸色一沉。

那人头先伺候顾明澜，后来却嫁去了荆州，应该是当年知道内情的几个人之一。如果他估计得没有错，恐怕此人已经把当年的事告诉了乔姨娘，宜宁非罗成章亲生的事乔姨娘也清楚了。她不仅清楚了，还把这个人留了下来，什么目的自然不必多说。

只有这样解释才是通的。

居然让乔姨娘知道了！罗慎远吐了口气，闭了闭眼睛，这事肯定是不能传出去的，他绝不会让宜宁背上一个奸生子的名声。

但乔姨娘知道了这件事，无论如何她都会说出来，除非把她杀了。

只有死人才不会说话。

但乔姨娘不是一般的妾室，且乔姨娘知道了，那她屋子里的丫头会不会也知道了，或许她也告诉了罗宜怜，他不可能把这些人也一一清理了。

如果实在不行，那只能以罗轩远来威胁她。

罗慎远突然睁开眼睛，乔姨娘为免夜长梦多，肯定越快去找罗成章越好。他立刻吩咐道："你派人去真定，请郑妈妈马上过来，就说宜宁有难。"他又看了看身后的丫头，叫了一个人，"去找七小姐过来，到我这里来，无论什么人来找她，一律不准她离开这里。"他从丫头手里拿过了披风。他要立刻去罗成章那里。

如果没有预料错的话，乔姨娘现在应该已经去找罗成章了。

宜宁在指挥丫头清理昨夜被风吹断的树，残枝残叶压了一地，还压坏了些院里的花草。

看到是罗慎远房里的大丫头过来，宜宁放下剪刀抬起头问道："究竟找我何事，三哥没说？"

侍绿屈身："七小姐，您跟奴婢过去吧。怕是事出紧急，三少爷才来不及说明白的。"

如果不是紧急的事他自然不会这么匆忙，但究竟是什么事？他的丫头说他匆匆去了父亲那里，乔姨娘也过去了。想到今晨乔姨娘看着她的笑容，宜宁总觉得有些不舒服。那种冰凉的，甚至带着一丝怜悯的笑容。

宜宁回头对雪枝说："你亲自去父亲的书房那里看看，若是有什么不妥的……立刻回来跟我说。"

她回房收拾了两本书带去罗慎远那里。主人不在，他的书房里静悄悄的，摆着的那盆绿萝长得不太好，宜宁给它浇了点水。门外似乎有丫头在窃窃私语，她凝神去听，却又什么都没有听到。

宜宁吐了口气，拿出当年练字练出来的定力，端着本书在他的书房里看。

罗成章的书房里，他正在见一名管事，听说乔姨娘要求见的时候，其实他是很不想见的。

今天是寒衣节，想到母亲生前最不喜欢的就是乔姨娘，他自然也不怎么想看到她。但她说是有要紧的事，非要见他不可，罗成章还是让她进来了。

乔姨娘进来之后看到罗成章在喝茶。

她带着丫头跪下说道："老爷，妾身要告诉老爷一件事，恐老爷听了不喜，但妾身为了罗家却是一定要说的。妾身先请老爷饶恕了妾身的罪过，妾身才能继续说下去。"

罗成章听了皱眉，乔姨娘这么吞吞吐吐的做什么？他点头，"你有事说就是了，我怎么会因此责备你？"

乔姨娘苦笑道："要是老爷听完之后还这么想，那我绝无话说。"她没有拖延，而是立刻道，"这事本是妾身几日前便知道了，但是心里一直在犹豫是否说出来，毕竟这事实在是太大了。但今日妾身看到老太太的牌位，看到咱们锦衣玉食的七小姐，再想起妾身听到的传言，真是悲从中来！要是不跟您说，妾身恐这辈子都良心不安。"

她的表情凝重了一些，语气也微沉："都道老太太是因病得太重，却不知这背后是另有隐情。妾身知道的时候也是十分震惊，咱们老太太……那是被气死的啊。亲手养大的孙女，却和自己没有半点血缘关系，她老人家也不知道在天之灵能不能安息！"

罗成章手里握着的茶杯搁在了高几上，他走上前一步："乔月蝉，你可知道自己在说什么？"

乔姨娘的头微微抬起，目光诚恳："妾身说的绝无半句谎话。咱们七小姐，不过是个鱼目混珠的嫡出身份，根本就不是您所亲生的，是原来的二太太……与一个低贱护卫私生来的。"

罗成章一时脸色非常冷，他低下头一把掐住了乔姨娘的下巴，语气也很冷硬："你莫要昏头了！明澜她一向温柔娴淑、端庄慎重。如今她已经是故去的人了，死者为大！你要是这时候编了话来说，还质疑府中小姐的身份，我定不会饶了你！"

乔姨娘被他掐得生疼，但她知道罗成章在乎。

对于罗成章来说，早逝的顾明澜是他心头的明月光。就算他并不是那么爱，但他也会感叹这个女人对自己的深情，怀念自己曾经有这么好的一个妻子，从而深深地把她记住，但是现在乔姨娘要打破他的这种怀念，他怎么能忍？

乔姨娘反而越发决绝了："就是知道死者为大，妾身才要为老太太说一句公道话。老太太见了郑妈妈之后便病重不能起，那是因为郑妈妈告诉她，七小姐并非她的亲生孙女。老太太气急攻心才会如此。后来又在徐妈妈的主持下，把老太太的东西全部留给了七小姐，恐怕老太太才是最心寒的人！"乔姨娘身子一直，"妾身绝非信口胡言，老爷这么多年未必就没有怀疑过？"

"七小姐的长相跟您没有半点相似之处，当年二太太莫名其妙地早产，甚至还有当年二太太莫名其妙地对您热情起来……"乔姨娘看着罗成章慢慢地松开手，就知道他在迟疑。

罗成章以前没有在意过这些，因为这个推论实在是荒唐可笑的！今日乔姨娘把这些事一件件地摆出来，他似乎才有了怀疑。

乔姨娘继续说："妾身也不是来信口雌黄的，妾身这次带了原来伺候二太太的一个丫头过来,您亲自去问那丫头——当年二太太是不是因看上了一个护卫,才借口去寺庙幽会他,而绝非为了避妾身的胎?您和妾身当年还为了太太的举动自责不已,如今看来是我们太可笑了。太太与这护卫有了首尾,怀了孩子,因想要遮挡才对您热情起来,您对太太和她的女儿万分好,殊不知这是太太与别人所生的,根本配不上罗家小姐的身份……"

"你给我闭嘴!"罗成章厉声说,乔姨娘看着罗成章,知道自己已经成功地激怒了他,终于没有继续说下去。

罗成章深吸一口气:"去把……你说的那个丫头带进来。"

罗慎远站在书房门口,父亲的房门紧闭着。罗成章吩咐过了,谁都不能进去。

跟着他的小厮看到三少爷刚才明明走得这么急,现在到门口了却反而平静地看着房门不说话,有些不理解。

"三少……您不是要和老爷说话?要不小的去通传?老爷别人不见,却肯定是要见您的。"

终究还是来迟了一步,这个时候再进去也没有用了,没有把乔姨娘拦下来,说什么都没有用。罗慎远淡淡道:"不必了。"他转身看着远处的金乌西沉,眼中一片阴冷。乔月蝉此人,恐怕是再也不能留了。

但宜宁的身世究竟要怎么办,他现在却没有头绪。

这时候书房里传来了一声重物落地之后粉碎的声音,又是愤怒又是急促。罗成章阴沉的声音响起:"来人,都给我进来!"

守在门口的小厮立刻就要进去,罗慎远拦住了他们,淡淡地看了他们一眼:"等我喊的时候才准进去。"

他跨步入内,先对罗成章行了礼:"父亲,儿子有话想跟您说。"罗成章扶着桌沿,气得额头突突直跳。好个顾明澜,居然和一个下人私通,还敢拿这个孩子来糊弄他!他定要把罗宜宁赶出去,对外就说这个女儿发急病死了,以后让她自生自灭去!她也配罗家嫡出小姐这个身份吗?他罗家书香传世,没有一个护卫的孩子来当小姐的道理!

"你今天不说,我有事情要处理。"罗成章心里的愤恨还是按捺不下,亏他还觉得顾明澜对他深情一片,觉得顾明澜是嫉妒他偏爱乔姨娘的缘故,才忧思过重死了,原来是为了她那奸夫!

他似乎看到顾明澜就站在对面,脸上带着她惯常有的微笑,正看着他,好像在冰冷地嘲笑他。嘲笑他把一个野种当自己的孩子,当成一个嫡出的小姐看待。

这个淫妇!他要把她请出祠堂,从族谱里除名。她居然死了都不安生,都要让他蒙羞!

"父亲是为了宜宁生气,那必然要听一听。"罗慎远淡淡地道,"此事不能张扬。孙大人早就说了,他与顾大人一起给您上了调任的折子,您半年之内或将升任。若是这个时候闹出这件事,那罗家与顾家之间的裂隙必然无法弥补。且宜宁被牵连,那远在京中的长姐也会被人诟病,长姐如今在定北侯府地位稳固,这样一来长姐在定北侯府必然无法待下去。再者两月之后,我就要去京城参加会试了,您还打算让我求娶孙小姐,要是孙大人一家知道了此事，又会怎么想？"

乔姨娘听了忍不住握紧手帕，罗慎远果然不愧是北直隶的解元！他这番话精彩漂亮，处处都是罗成章的死穴。

罗成章也知道他不该愤怒，该从长计议。但是这种屈辱谁忍得住！虽然儿子罗慎远说的都很对，但他绝不能睁一只眼闭一只眼，他不可能忍下这种事。

"就算不能外传，罗宜宁也绝不能再是嫡出小姐的身份了。"罗成章阴沉地道，"你不必再说，但以后二房的人都该知道，谁才是正经的小姐。"他看向一旁伺候的丫头，"去把他们都给我叫过来，我要把这事说清楚！"

罗慎远平静地道："父亲，宜宁在我那里。今日寒衣节祭祖大家都累了，且大房那边还有外家在，您不如明日再说吧。"

罗成章听了，冷冷地看着儿子，他知道罗慎远一向护着这个妹妹，他也乐于看到他们兄妹和睦。但现在罗宜宁已经不是他的女儿，他对此只觉得厌烦："半个时辰，把他们都带过来。不用叫太太，她现在有孕在身，恐动了胎气。"

罗成章说完之后拂袖而去。

乔姨娘站了起来，屈身道："三少爷，老爷现在正在气头上，恐怕您说什么都是无法改变的。"

罗慎远没有说什么，只是沉默地看着罗成章离去的方向。

寒衣节今天的夜晚格外阴寒。罗宜宁觉得出门的时候穿得有些单薄，总不见罗慎远回来，居然让她等了这么久。她抬起头，想让雪枝给她拿一件披风来。刚想喊她，就看到雪枝站在门外，脸色苍白。

罗宜宁从未在雪枝脸上看到过这种表情，雪枝一向是处事不惊的。

她招手让雪枝进来，笑着问她："怎么了？把我们雪枝吓成这样，可是舍不得出嫁了？"

雪枝看着她，久久地看着宜宁。她这样好看，带着少女的娇憨，甚至还有些孩子的天真。她想起刚才听到的话，慢慢地半蹲下来，握住了宜宁的手，那双手这么细小，手背甚至还有浅浅的小窝。她看得越来越难受，忍不住埋在宜宁的膝头哭起来。

她的姐儿还这么小这么软，怎么经受得住风雨？这吃人的罗家，会因此把她撕成碎片的。

宜宁有些惊讶，连忙扶她起来安慰。雪枝是她房里的大丫头，谁都会失态，但绝不会出现在她身上，这究竟是怎么了？

雪枝知道自己不应该哭，但她就是忍不住。想到刚才小丫头跟她说的话，她就觉得一阵阵发寒。她终于还是擦干了眼泪，抬起头捧住宜宁的脸："姐儿，奴婢接下来告诉您的事，您一定要好好听着。您不要哭，您也不要愤怒。如今那外面的人，都等着看您的笑话呢。您一定要把身板挺直了，就算不是罗家的小姐……您、您还是顾家的外女。只要熬过这关，总会有办法的。"

"不管别人说了您多难听的话，都不要在意……"

想到这个还没有十三岁大的稚嫩少女，立刻就要面对迎头而来的风暴。雪枝就鼻酸得直想哭。

罗宜宁的心迅速冷了下来，能让雪枝说出这样的话，那一定发生了非常严重、可能是她根本想象不到的事。她无意识地掐住了雪枝的手臂，"雪枝，你说清楚，究竟怎么了？"

雪枝看到她稚嫩的眉头微皱起，眼泪就直往下掉："姐儿，您不是老爷亲生的孩子，是乔姨娘……带人去老爷那里说的，说您是太太……和别人生下的。老爷正要找您过去……您记得奴婢刚才说的那些，不要在意别人的话！一定要记住！"

罗宜宁怀疑自己听错了，扯着雪枝的袖子道："雪枝，你可莫要玩笑。你刚才说什么？"雪枝看她的表情也带着一丝怜悯。

宜宁突然想起来，相似的怜悯曾经在乔姨娘脸上出现过。

罗宜宁本来以为，像她这样前世活过的人，这一世对什么灾祸都能面对了，毕竟玉簪子里的二十多年，她看尽了这么多的悲欢离合。但其实不是这样的，别人的事是别人的事，自己永远无法对别人的悲痛感同身受。只有当这件事发生在自己身上的时候，你才能真的感觉到那种痛苦。

罗宜宁不知道这半刻钟的工夫里她究竟想了多少东西，前世的有，雪枝刚才的话也有。她终于平静下来，当她站在罗成章的书房外面的时候，她抬起头，发现罗宜怜正站在她面前。

"罗宜宁。"罗宜怜轻声跟她说，"你要记得，这是你最后一天被叫七小姐的日子了，以后都没有了。"

本该就是个平凡的命，做了这么多年的小姐，其实已经足够了。"谢过六姐。"宜宁对她淡淡一笑。

她走上台阶，能感觉到那些丫头都在看她，有偷偷瞥的，有大方地直视的。若是以前肯定是没有的。宜宁深深地吸了口气，随后进了书房。

宜宁知道罗慎远看向了她，但是她只是平视着前方挂的那幅画。

书房之中还站着乔姨娘，有刚到的罗宜怜，郭姨娘带着轩哥儿也在这里。

罗成章慢慢走到她面前，冷漠地看着她，道："你可知道我找你来为了何事？"

宜宁轻轻地道："父亲，我知道。"

"你称我为父亲？"罗成章冷冷地说，"你不过是你母亲与一个护卫私生，装作我罗家嫡出小姐的名号活了这么些年，敢叫我为父亲？这么些年了，我怜惜你母亲的死一直待你好。若不是如此，你现在就跟你身后站的奴婢没有什么两样。你敢高攀，我可不敢承受。"

"你祖母死前，怕也得知了你非她亲生孙女，因此才气急攻心去了的。如此，你还叫我父亲？"

宜宁听了抬起头，不去看众人看她的眼神，只是说："那我不称您为父亲吧，反正这么些年了，您也只当自己是六姐的父亲。我从未觉得您有半点宠爱我的地方，如今看来还是有道理的。"

罗慎远走到宜宁身边，小丫头依旧只到他的肩高，脸蛋还有些肉，身子却这么纤细，看着实在是娇弱。

"父亲，这些事宜宁何尝做错过什么。"他语气低沉，"您再恨也不该恨宜宁，她一向尊敬您。去年冬至的时候，她还给您做了一件斗篷，怕您穿着不暖和，她改了三次。"

罗成章慢慢地冷静下来，心仿佛被针扎一样。那个站在堂中的女孩确实娇小，他不由得想起她还小的时候，笑着伸手让他抱。罗成章侧过头，淡淡地道："从今后你就搬出二太太那里吧，住到鹿鸣堂去。"看到罗宜宁，他就会想起顾明澜，实在是不想看到她。

宜宁低头应是，举步慢慢朝门外走去。罗慎远想拉住她，却被她挣脱了手。宜宁抬头看着罗慎远，他的眉毛本来就浓郁，此时越发阴郁了。

"三哥。"罗宜宁跟他说，"我以后搬去鹿鸣堂住了，今晚恐怕就要搬了……"

"宜宁，你若是难受，可以哭一哭。"罗慎远看着她的眉眼，明明十分冷静，却这么可怜，他几乎想触上去安慰她，把她抱进怀里，这样她便能如小时候一般，放心地在他的怀里大哭。

罗宜宁摇头，她不想哭，至少现在不能。总有人等着看她的笑话，但是她不能让别人笑话。

宜宁深一脚浅一脚地回去了，丫头跟在她身后，没人敢说一句话。林海如听说了这件事，又是震惊又是不信，哭得差点断气，一定要来找宜宁。但罗成章不让她去，她腹中还有个孩子，再没有一个月就要临盆了，绝不能在这个时候出差错。

林海如气得直哆嗦，捏着瑞香的手道："宜宁那孩子，她该有多伤心……她该怎么办啊！"

瑞香跟着林海如掉眼泪，紧紧握住林海如的手："太太，来日方长，再不济还有三少爷呢。您要想着肚里的孩子，不要着急……七小姐的事总能解决的！"

林海如却哽咽得说不出话来。

鹿鸣堂破败了一些，但是打扫一下还能住，这里离祠堂近，少有人至。宜宁的事也只是二房的几个主子、主子身边有头脸的丫头知道，但她房里的丫头或多或少听了些风声。未必知道是七小姐的身世出了问题，只觉得七小姐或是犯了大错，被老爷厌弃了，搬东西的时候也懒懒的。

宜宁望着鹿鸣堂院子中那棵大树，突然很庆幸是自己。

如果是那个七岁的小宜宁活到了现在，她如何承受得住这一切？宜宁回头对徐妈妈说："徐妈妈，您说这时候祠堂开着吗？"

徐妈妈眼眶发红，宜宁一向是被宠着的，如今却到了这样一个地方："还开着呢，但是太晚了……"

"我想去祠堂看看。"宜宁说，"或许明日，他就不会让我进去了。"

徐妈妈听到这句话更是想哭，还能如何反对？徐妈妈还是带她去了，她守在祠堂外。宜宁一个人走进祠堂里，走到了罗老太太的牌位面前。罗老太太是这两世以来对她最好的人，是她心里最挂念的一个人。想到罗成章今天说的话，她心里那股隐痛就无法忽视。

"祖母。"她轻轻地拂去上头的一点灰尘，说道："真是因我不是罗家亲生的孩子，所以您才气病了？"

宜宁觉得鼻尖发酸："祖母，我从未遇到过您这样好的人。如果您是因为我而病的，我该如何是好……"她抱着罗老太太的牌位，那股委屈突然涌上心头。她想起罗老太太以前如何护着她的，如何任由她抱着撒娇的，如何无奈又慈祥地看着她笑的，渐渐地哽咽了，"您不要这样……祖母。我最喜欢的便是您，我记得最深的也是您……他偏要这么说，他偏偏说您是因为我死的……"

"眉眉。"背后有人轻轻喊她。

宜宁泪眼蒙眬地抬起头，看到他边走近边说："祖母已经知道你非亲生。她临走的时候，叫我帮着掩藏，让我一定要护着你……眉眉，不要伤心，三哥在这里。"

还没反应过来，她突然被这个人拥进怀里。她揪着他的衣服，终于忍不住大哭起来，哭得上气不接下气。

罗慎远紧紧地抱着她，让她紧紧靠着自己的胸膛："乖，不要担心，好好地哭吧。明天就没有事了。"他还半跪在地上，承受着宜宁的重量，让她能在自己怀里好好地哭。

站在祠堂外的徐妈妈，几乎是震惊地看着这一幕。半响后她深吸口气，退到了一旁去。

送宜宁回了鹿鸣堂，罗慎远却连夜写了封信，让人送去巡抚衙门。罗成章能这么愤怒，肯定是因为乔姨娘还跟他说了些颠倒黑白的话，所以他要请郑妈妈来对峙。就算宜宁的事情无法扭转，但也不能看着乔姨娘信口雌黄，当然这封信不是给郑妈妈的。

宜宁不该在罗家待下去了。

罗慎远早在半个月前就知道，英国公派人在这一带暗中打探宜宁的事了。他甚至知道，英国公现在就住在巡抚衙门，而且一直在等。但是现在不用等了，宜宁能离开罗家挺好的。她应该回到自己真正的家去，而不是在罗家被人欺辱。

这夜罗成章是自己在书房睡的，没有叫任何一个人伺候。

乔姨娘被丫头懒洋洋地扶起来，已经是日上三竿了，她一边被伺候着穿衣裳，一边问罗宜怜："你父亲一大早叫你过去做什么？"

"嘱咐我的课业。"罗宜怜扶了乔姨娘起来，"宜宁昨晚就搬去了鹿鸣堂，自己的女儿变成了别人的，他总是想好受些吧。"

"要不是有罗慎远在，你父亲真的生起气来能把罗宜宁赶出府去，对外就说突然得急病没了。顾家能开棺验尸不成……"乔姨娘懒洋洋地说，"她如今可是落魄了吧？"

"是落魄了的。"罗宜怜轻轻地说，"我看早上厨房送过去的，就是白米粥和几碟饼。她也没怎么吃，原样送出来了。"

"别人虽不知道究竟是怎么回事，但看她搬去了鹿鸣堂，自然知道是犯了大错。外头那些人啊，最是捧高踩低的。"乔姨娘看着镜子中女儿的模样，笑了笑说，"倒也算是便宜她了，顶着小姐的身份活了十多年，明明就是个低贱的命。要是生在外面，她这么大该成日地做针线贴补家用了，等嫁人了还要伺候公婆与孩子，不遭人白眼都算是好命的。"

"我的儿啊。"乔姨娘拍着罗宜怜的手，"你才是个金贵的命，以后找夫婿不能差了，有你父亲在，怎么也要给你找个进士及第才行。"

刚说到这里，外面突然有人进来禀报："姨娘，老爷说太太有孕，让您帮忙操持宴席。府中有贵客来，老爷吩咐了，一切都要最好的。"

"是谁来了？"乔姨娘已经穿戴好了，让丫头服侍着戴了耳珰。

来报的下人有些犹豫："说……似乎是英国公。老爷也被吓到了，连忙前去迎接了。奴婢看了，外头站着好些官兵呢！"

英国公？

罗宜怜道："我记得上次，英国公的侄女随着长姐到我们这儿来过，只不过是个远房的侄女，却娇养得不得了。"

乔姨娘也记起来了，这英国公常年跟着陆都督征战，如今又统领神机营，做过宣统总兵。在那簪缨世家中也是一等一的。这等人物怎么会突然上门来？乔姨娘没有多想，扶着丫头的手连忙去厨房吩咐了。

罗成章还对宜宁的事耿耿于怀，但经过一夜的思索他已经想好了，就当自己养了个闲人在那里，只不过是给口饭吃而已。但在她手上那些老太太留的东西，他是想收回来的。正在思量着，居然有小厮来传话说英国公魏凌递了拜帖来访。

罗成章吓了一跳，英国公这种人物，就是他进京一趟，都未必能求见到人家。如今怎么会突然上门来？

他忙换了官服，到影壁去迎接。

马车上下来一个身材高大、面容刀凿斧刻般俊朗的男子，他穿着灰鼠皮的披风，看着十分气度不凡，身后还跟着一群侍卫。

魏凌这些天一直在等，直到昨晚收到一封信。信上未有署名，却告诉他，罗成章差点把罗宜宁赶出府去，并要对外称暴毙了，后来虽被劝阻，却也让她迁居荒僻之处，似乎是根本不想再见到她。他那女儿才十二岁大些，在这府上被姨娘拿捏着，又叫下人忽视着，看到这里他几乎暴怒。他总算还强忍着回了信，却再也按捺不住，今天就上门来了。

他的女儿那是什么尊贵的身份，为什么要留在这里受人侮辱？

罗成章笑容恭敬地道："不知国公爷要前来，迎接未免仓促了些，还望国公爷不要见怪。"

"自然不见怪。"魏凌淡淡地道，边走边看，只觉得罗家处处都局促。罗成章领着他进了前厅，低声叫人去吩咐乔姨娘了，这才坐下来问道："不知道国公爷这次来有何贵干？听闻国公爷如今在御前行走，比原来更忙了，可是奉了圣上的旨意出来巡按的？"

魏凌端起茶喝了口，他已经解了斗篷，今日穿了一件右衽圆领袍，腰系玉带，上面雕刻麒麟纹。他说道："这次来，却是要把我失散已久的女儿带回去的，还望罗大人能成全。我那女儿留在你们家，的确是要给你们添麻烦的。"

罗成章下意识地就要应是，但又突然意识到魏凌说了什么，心里猛地一跳，面上笑了笑道："国公爷客气，只要您想让我帮忙，下官是义不容辞的。只是下官还不知道，您竟然有个女儿流落在外，可是在我府上？"

屋里一时有些安静。

"的确是在你府上。"魏凌叹了一声,"十多年前,因为我一时糊涂犯下大错,酿成今日的因果。我这些年来也在不停地找,得知了她的消息,立刻就往贵府来了。罗大人怨我也好,恨我也罢,我是肯定要把宜宁带走的。孩子最是无辜的,她再怎么也不能留在罗大人的府上了。"

罗成章的笑容僵住了,完全没有反应过来。

那英国公却已经稳稳地放下了茶杯,撩了衣袍单膝跪下。

"还请罗大人把我女儿带出来吧,我今天就带她离开。我听闻罗大人把她赶去了偏院,想必也是不想看到她了。"魏凌抬头,目光明亮,"罗大人若是有要求尽管提,但凡不是有违道义,魏凌绝不还口。"

英国公魏凌,跪也只跪紫禁城的那几位了,他一个四品的文官,何德何能让英国公跪他!但罗成章根本忘了扶他这种事,喃喃地说:"是你……和顾明澜一起的,是你?"

"那时我并不知她是谁。"魏凌缓缓道,"她也并非自愿,罗大人大可不必怪她……"

"我不怪她?"罗成章下意识地冷笑,"她不守妇道与人私通,有什么好争论的!你……你也是,你地位尊贵,怎能如此行事!"

魏凌早知道到罗家来是怎样的情形,看到罗成章气得发抖的模样,他倒是没有说什么。

毕竟是理屈词穷的一方,他喝了鹿血之后神志不清……做了那等事是事实,任他说几句吧。

英国公的马车进罗家的时候,就有人跑去告诉了罗慎远。

罗慎远合上书,有些怔了。他给魏凌送了信,却不想他第二天就上门来了,但至少证明他对宜宁是真的看重,以后不会让她委屈了。

他侧过头问护卫:"郑妈妈可到了?"

"郑妈妈听了之后焦急万分,连夜就上了马车,故一刻也没有耽搁到了保定……小的安排郑妈妈住在旁边胡同的宅院里,您要现在去请她过来吗?"

"去请吧。"罗慎远把书扔在桌上,站起了身。

是非曲直,本来就说不清楚。让郑妈妈把当年的事告诉父亲,其他的由父亲自己去判断吧。有英国公在这里,那就怎么也不用担心了,英国公是不会让宜宁再受委屈的。恐怕就是罗成章不同意,他也要强制带走,不然他何必要带五百精兵过来。

只是想先礼后兵而已。

宜宁靠着床沿在写字,这是她一贯的习惯,早上起来要写三篇大字。

旁边伺候的小丫头看她写得认真,不禁嘟囔道:"小姐,您这时候还练什么字……""不练字做什么。"宜宁淡淡地道,端正地坐着又落下一笔。

雪枝上前一步对那小丫头说:"你去外面帮着收拾打整院子吧。"把那丫头打发出去之后,她走到宜宁身边低下头道,"二太太想进来看您,门口的护卫把她拦下了,二太太哭了好久……"

宜宁抬起头叹了口气,林海如对她这么好,出了这样的事她肯定是要伤心的。她低声道:

"母亲还怀着弟弟,眼看不足一月就要临盆了。你帮我带个话,让她保重身体,不要操心我的事。"

如今她落魄,陈氏都让罗宜秀不准来看她,平日往来她院子里的丫头婆子这么多,哪有像现在这样门庭冷落的时候。宜宁抬头看着隔扇外,鹿鸣堂的院子里高大的槐树叶子落光了,天气越发寒冷。搬过来的被褥不够御寒,也不知道这个冬天怎么过。

从一个嫡出小姐变成了奸生子,罗成章肯留她在府上已经是给她颜面了。但其实宜宁根本不想留下来,她前一世就算没有人疼爱,也是活得行事端正的。哪像如今在罗家这般被重罚,走出去丫头婆子都会轻视她。但想离开根本是不现实的,所以无论再怎么屈辱,她必须若无其事,自己先轻慢自己了,别人的践踏更会毫不留情。

宜宁轻轻吐了口气继续练字。

这时屋子里的棉布帘子被挑开,松枝脸色苍白游魂一般进来了,雪枝见她回来,朝她走过去问:"可领了炉子和炭回来?"

松枝摇了摇头,欲言又止地张了张嘴,指了指旁侧示意雪枝避去偏房说。

宜宁却抬头看着她,手里的笔也放了下来,"就在这儿说吧,如今没什么是我听不得的了。"

松枝深深地吸了口气,才说:"奴婢回正房之后,才发现老爷让人把小姐的库房封起来了,奴婢想争辩……守着的护卫说,如今那处的东西已经不归我们了。奴婢就想再搬些被褥回来,结果看到房间空荡荡的,竟连木头架子都搬空了!"

雪枝听了一急,她们昨晚搬得本来就仓促,好些东西都还没拿过来:"老爷这是什么意思,要让我们活活冻死吗!"

松枝拉了拉雪枝,雪枝下意识地回头看宜宁。她脊背挺直地坐在临窗的大炕旁,稚嫩柔软的脸映着窗扇透进来的光,好像在听她们说话,又似乎没有,过了会儿才说:"那便把妆盒里头的首饰变卖了,换些棉芯回来自己做吧。"

雪枝觉得心疼不已,老太太捧在手里养大的孙女,前二太太亲生的女儿。就算没有罗家的身份了,也不该是这般待遇……要是这样,还不如、不如让宜宁跟着顾家回去,总比留在罗家好!

雪枝走过去拉着宜宁的小手,半蹲下身看着她:"姐儿,不用的。我们写信给顾夫人,写信给太老爷,让他们把您接回去……"

宜宁摇头,轻轻地说:"顾家未必有我的容身之处,且舅母没有个说法,也不好接我回去。到了顾家也是同样寄人篱下……雪枝,你都明白的。"

雪枝抬头望着宜宁的脸,眼泪止也止不住。是啊,她都明白,但是心里还有一丝奢望。

宜宁伸手帮她擦眼泪,笑道:"不要担心了,罗家不会想把这种事情说出去的,过了这段时间便好些。等母亲的孩子生下来了,我们说不定还能看到小少爷呢。"

宜宁越说雪枝哭得越止不住。

门外一场风起,隔扇外的槐树的枯叶吹得到处都是,庑廊上积着厚叶无人去扫。

影壁那头，罗慎远亲自扶了郑妈妈下马车，郑妈妈似乎苍老得厉害，几年的时间她的背都佝偻了起来。她倒是不显得慌张，只是捏紧罗慎远的手道："您带我去见老爷吧，我亲自把这件事说清楚，不可让那小人得志……"

"您不用急，宜宁的生父已经找上门来了，正在和父亲说话。"罗慎远说，"您只需把当年的事完整地说清楚就行了。"

郑妈妈有些惊愕，随即苦笑了一声："三少爷，任凭您信不信。您说这十多年来，若是一直有把刀悬在头上不掉，那是忐忑心慌的。如今刀落了下来，痛是痛，我反倒不急了，再也不会有比这更糟的情况了。"她又问，"您说……宜宁的生父找上门来了？"

罗慎远顿了顿才说："是英国公魏凌，当年带走二太太的是他的护卫。宜宁……是他的孩子。"

郑妈妈的手有些发抖，不知是激动还是悲痛，目光闪烁，半晌说不出话来。罗慎远立刻送郑妈妈去了前厅。

前厅的隔扇紧闭着，英国公的侍卫林立在门外，戒备森严。听不到里头的半点动静。

小厮通传之后隔扇打开了，屋里十分沉寂。郑妈妈被扶着进去，就看到一个高大俊朗气度不凡的男子站在堂上，听到动静之后他转过身来。郑妈妈目不转睛地看着他——这个才是宜宁的生父，这个才是……当年那个明澜念念不忘的人！

而坐着的罗成章脸色显得相当不好看，他勉强压下汹涌的怒气，僵硬地道："郑妈妈，您远道而来……实在是不必了。当年的事我都清楚了，您帮着她隐瞒通奸这等丑事，我不想再多说了。您要是来帮顾明澜和罗宜宁讲情的，实在是不必！"

英国公嘴角微扯道："我已说她是被迫，罗大人何必再如此说她。"罗成章身子微僵，虽不敢顶撞英国公，放在身侧的手却紧紧握住。

"奴婢不是来给任何人说情的，事情是什么样，奴婢就说的是什么样。奴婢已经是半只脚踏进棺材里的人了，没有说假话的。"郑妈妈本来精神不太好，如今却直起了脊背，仿佛有一种生命力从她的周身焕发出来，眼中也露出一丝光。她干瘦的身体像燃烧的木炭，烧着烧着就要死了。她望了望英国公。就算一开始她对英国公的印象不好，但听了他的话总算还是对他宽容了些，至少……他从未想过让顾明澜来承担责任。

郑妈妈缓缓走到两人当中，站在旁的罗慎远知她身子不好，亲自上前扶她坐下。

"当年……您与乔姨娘生下了怜姐儿，"郑妈妈吐了一口气，看着面前的罗成章，她就不禁想到当年太太受的那些屈辱，想到太太的委曲求全。一想到这些，她对罗成章的厌恶就止都止不住。

"您把那瘦马当成官家之后收进门，还是先有的孩子。太太仁慈，看在孩子的分儿上这些都是忍了的。"郑妈妈捏着扶手，手背的青筋都浮了出来，继续道，"太太在顾家是娇养的小姐，品行端正，可您呢？为那孩子三番五次地怀疑太太，太太怎么会为难一个孩子，实在忍不下去了，才避去了寺庙里。"

"她分明就是为了和别人幽会，才要去寺庙居住……"罗成章冷声打断郑妈妈的话。

郑妈妈听了几乎是气得发抖，站起来忍不住道："你这话简直就是诛心！太太是怎么对乔姨娘的，难道你心中没数？那张氏早就被乔姨娘收买，她的丈夫是乔姨娘的伙计，她的话你就信得，奴婢的话你就信不得了？你自己想想，太太是什么性子，她会做出通奸这种事吗……你这么对她就算了，何必还要污蔑她！她都已经死了啊，死者为大，你就不怕她化成厉鬼半夜来找你吗！"

罗成章从未看到过郑妈妈用如此仇恨和愤怒的目光看着他，好像恨不得扑上来，立刻就把他撕了。他一时被郑妈妈的气势震慑了。

"你以为老太太是怎么气倒的？"郑妈妈强忍着心中的怒火，继续说，"你和老太太以为是太太害了六小姐，要太太发配自己的丫头。太太真是对罗家绝望透了，所以才避去寺庙里居住。寺庙里来了贼人，那时候家里的护卫紧着大房和乔姨娘，奴婢们根本就没有办法阻止……你说这究竟该是谁的错！还不是因为你罗成章宠妾灭妻造成的！老太太听了奴婢说起这件事，她又是痛心又是自责，当年是她替你求娶了太太，你们满口答应的……要对太太好，但是你们谁对太太好了？老太太自责把太太嫁给了你！嫁给一个狼心狗肺之人，自责是她害死了太太。

"老太太临走前，奴婢说要把姐儿带走，但是老太太怎么都不肯。她说是罗家欠了太太的，姐儿就是她的亲孙女，姐儿哪儿都不能去。奴婢这才放心离开！老太太都如此自责，你有几个脸怪罪明澜了！"

罗成章有些惊讶，他浑身的怒气终于平复了，勉强地说："母亲……不是被宜宁非亲生的事给气得发病吗……"

郑妈妈听了冷笑："她是被气得发病的，但不是姐儿，而是你罗成章！你要怪谁，也只能怪你自己。"

罗成章被堵得说不出话来。他想到罗老太太的死，想到顾明澜的死，想到她们临终的时候看自己的眼神……突然觉察过来，那都是一样的，一样冷漠，甚至还有厌恶。

"我……我对明澜如何不好了？"罗成章声音嘶哑地说，"她怀慧姐儿的时候，我成天伺候她，她病弱的时候我也从不曾去过乔姨娘那里。哪个男人不三妻四妾，是她太过固执了。我待乔月蝉好些，也是看着她可怜……"

郑妈妈一步步逼近他，止不住地冷笑："我家太太就不可怜了？我家太太就活该遭你这般对待了？明澜在顾家可是娇养的小姐，嫁到你罗家来为你操持家务，伺候你起居，还要忍受你纳妾，你甚至宠那小妾胜过她！你可对得起你当初说的话？你还指责太太，你自己岂不也是那等色令智昏的小人，娶一个扬州瘦马回来当妾，还是未婚先孕。你罗成章就不无耻了！"

郑妈妈的话仿佛一记又狠又急的耳光，打在罗成章脸上。让他阵冷阵热。

罗成章想起当年发现乔月蝉有孕的时候，心里的羞耻和狼狈，这的确是一件丑事。但是顾明澜同意帮他掩盖，她柔和地跟他说："夫妻本是同林鸟，我不帮你，出去了别人也会笑话我。你不用感激我。"

的确……的确是他无耻，还非要把这等无耻推到别人身上，让别人帮他负责！

"太太后来真是对你绝望了。奴婢以为她怀了贼人的孩子，叫她落了胎。太太却说什么都不肯，稚儿何其无辜！奴婢当时并不知道为什么……"郑妈妈看向英国公。

魏凌从来没有听顾明澜说起过这件事，如今才知道她受过什么委屈。他低声道："当年那事是我的错，怪不得明澜。"

郑妈妈想起顾明澜跟她说过。

"他不是个贼人，他是好人。郑妈妈，您不必再说了。就是拼了我的性命我也要保住这个孩子。"顾明澜的眼中含着泪水，神情却倔强而柔和，"我只恨我嫁错了人……我不想妨碍了他，但我不会杀这个孩子。您不要再劝我了。"

郑妈妈冷冷地道："太太后来真是厌恶极了你。她为了保住孩子伤了身子，后来为了保姐儿……她让奴婢给了她一服药。"

如果顾明澜还活着，那么这件事暴露的可能性更大。

顾明澜本来就不想活了，为了这个孩子，拖着病弱的身体也要搏一把——干脆就这么去了吧，还能给这个孩子留个好生活。

郑妈妈根本就劝不住她，这件事她从没有告诉过任何人，但如今她要把这些话都说给罗成章听，一字一句的，如何鲜血淋淋："她被你逼成这样，你如今有何颜面这么对姐儿！你有什么资格把姐儿赶到鹿鸣堂去。说句不好听的，当年你们罗家有难，老太爷可是上下打点才帮了你们。你难道就忘记了？就算太太再怎么不对，她为了姐儿，已经把命赔给你了，你还想怎么样！"

罗成章身子紧绷，不住地发抖，随即他慢慢地闭上了眼睛。

他本来觉得自己才是该愤怒的那个，但现在看郑妈妈的目光，仿佛他就是全天下最恶之人，背信弃义的小人，该下十八层地狱！甚至连他自己都产生了这种荒谬的错觉。顾明澜的命是他害的，甚至罗老太太的死都有他的原因！

他的确没有资格这么对罗宜宁，他欠顾明澜的真是还都还不清。

郑妈妈因为太过激动，甚至站都站不稳，罗慎远一直未曾说话，只是上前扶住她。郑妈妈看着罗成章，目光悲决："罗成章，你把姐儿给英国公吧。姐儿本来就该是英国公家的孩子……这件事谁都有错，但是姐儿没有错！她什么都不知道啊。"

魏凌听到说起宜宁时抬起了头，这是自己亲生的孩子，他都未曾疼爱过，绝不可留在罗家受委屈。他淡淡地说："罗大人，我英国公府家没有小姐，我来接宜宁回去，肯定是锦衣玉食地养着。罗大人养了我女儿这么多年，我已给你备好白银五万两。"魏凌打了个响指，门外立刻有他的贴身侍卫进来，手里拿了个紫金的桐木盒子。

魏凌坐到座上，看了旁边一直没有说话的罗慎远一眼。

他今天是打定主意一定要接孩子回去的，无论是做什么，甚至是胁迫……虽然这样的确不太好，因此他才一开始对罗成章服软。如今却是不用了，罗成章这样的人，恐怕也不值得。

"清罗大人接下银子。把我女儿带出来，我今日就带着她离开罗家，免得罗大人费神。

以后还请罗大人对外称贵府七小姐暴毙，而我女儿就称是寄养在你家长大的，因养在太太房里很少见人，故外人不知道这事。罗大人以为如何？"

罗成章嘴唇干燥，微微掀动："我……把宜宁叫来，你问问她吧。"

## 第十六章 明珠蒙尘

　　他还是无法忽视郑妈妈仇恨的目光，僵直地站在。他好像又看到顾明澜临死的时候，看着他的目光冰冷又疏远，似乎还有些怨恨……

　　罗成章叫了人进来："府中宴请英国公，去吩咐乔姨娘在花厅摆膳吧。"

　　因英国公来了，厨房十分忙碌。乔姨娘吩咐完了，在偏房里边喝茶边看着，她的贴身丫头匆匆地过来道："姨娘，郑妈妈被请回来了……"

　　乔姨娘挑了杯上的一点茶末，懒洋洋地道："该是听罗宜宁落难着急了吧。不必管她。"现在她根本不把罗宜宁放在眼里，反倒是同情她得很，反正已经翻不起波澜了。

　　贴身丫头犹豫了一下，附在她耳侧问："姨娘，您知道英国公是回来干什么的吗？"

　　"这等簪缨世家一向不与寻常官家往来……"乔姨娘说，"许是有朝廷要务吧，我等连见都不能见到他，考虑这些做什么。"

　　那丫头却轻声道："我听伺候在老爷书房外的丫头说，英国公有个流落在外的女儿，不知怎么的打听到了在我们府上。似乎已经找到这个孩子了，要带去见英国公，也不知道是谁。"

　　乔姨娘本来还懒洋洋的，听到这里顿时睁开了眼睛，直起身掐住这丫头的手："你是说咱们府上有个英国公府小姐？"

　　"奴婢也是听伺候的人说的，究竟是谁不知道。但英国公是来认亲的，他要把这流落的小姐带回去。"

　　乔姨娘突然想到了赵明珠，不过是英国公府抱进去养的远房侄女，排场都这么大。这要是真正的英国公府小姐那还了得？这千金小姐居然一直流落在外，现在还是英国公亲自来认亲，可见是有多看重！

　　难怪英国公会到罗家来。

　　乔姨娘很想知道究竟是谁有这个福气，连忙问丫头："可知道是哪房的？"

　　丫头只是摇头，这如何能知道，她也不过是道听途说而已。

　　乔姨娘却坐不住了，这么大的事她居然现在才知道！连忙叫丫头扶她起来，回去换一身衣裳，说不定一会儿还能跟英国公府小姐说几句话。"

花厅里渐渐热闹起来。

罗宜宁听到外面喧嚷，却不知道究竟是什么事，而且听这声音，似乎还是朝鹿鸣堂来的。

门帘挑开，结果进来的是父亲身边的两个丫头，身后还跟着两个眼生的，看到她之后就低眉顺眼地跪在地上，十分恭敬。

"七小姐，老爷请您去花厅，有贵客来府上。"领头的丫头笑着向宜宁屈身，又对雪枝说，"还望雪枝姐姐伺候七小姐换身衣裳。"

宜宁根本不知道发生了什么，垂眸看了看自己身上的衣裳。

挺好的，青色素缎的褶子，雪白的湘裙。她现在何必再穿得好？反正不破旧就行了。"不换了，这身衣裳倒也妥帖。老爷可说了找我什么事？"罗宜宁淡淡地问。

两个丫头交互看了一眼，有些为难。罗宜宁见她们不答，看也不看她们便径直地走到前面去了。罗成章刚封了她的私库，不知道他现在找自己过去做什么，要她去就去吧，她反正是什么都不惧的。已经心寒到了骨子里，再怎么样也就这么回事儿了。

那两个跪在地上的丫头连忙起身，立刻跟在她身后道："小姐，您小心台阶。"宜宁觉得有些莫名其妙，这两个丫头穿的是绸缎褶子，根本就不是府里的丫头。

她走出房门，却看到台阶下站着一个熟悉的身影，只是背有些佝偻了，是郑妈妈。郑妈妈看着她的目光又是悲伤又是怜惜，伸手过来牵她，"眉姐儿，快到郑妈妈这里来。"

宜宁轻轻握住她的手，郑妈妈应该是听说了她的事特地过来的。她深吸一口气，抬头看着郑妈妈："您也过来了吗？"

郑妈妈摸了摸她的鬓角，低声说："眉姐儿，您的生父来找你了。"宜宁一时没有反应过来她说什么，她的生父？她的生父不是不详吗？郑妈妈又低声重复了一遍："您的父亲来找您了，我带您去见他。"

去花厅的那一段路上站着许多侍卫，挎刀而立。宜宁站在花厅外面许久，风吹着她的衣裳微微地动，她静默了片刻之后，郑妈妈回头看着她笑了笑："眉姐儿，怎么不上来？"

宜宁摇头笑了笑，她只是在想，她的生父究竟是怎样一个人而已。

花厅外有许多仆妇在伺候。看到这受罚的七小姐来了，众丫头婆子皆垂下眼，果然是已经落魄了，瞧那身上穿的衣物，连那庶出的小姐都不如。宜宁只当自己什么都看不到，静静地上了台阶，看着花厅正中坐着一个人，侍卫站在他身后，他正在喝茶。

他长得高大，五官因为深邃而显得俊朗，要不是眉梢有一颗痣稍微柔和一些，看着必然严肃。穿着右衽长袍，但手上绑了鹿皮，腰间缠麒麟纹玉革带。这最少都应该是个侯爷……宜宁也觉得那长相有些眼熟，却不记得在哪里见到过。

魏凌听到动静就侧头看向花厅入口了，手中的茶杯都放下了。他看到那个十二三岁大的女孩儿正站在郑妈妈身后，莹白的小脸略圆，一双清媚的杏眼，眉梢有颗殷红小痣。看着十分纤细，却已经有了少女的娇态。她穿得很素净，好像也看到了他，澄澈的眼神中满是陌生的打量。

魏凌有些说不出话来。一种说不出的感觉涌上，也许这便是血缘的缘故，他一看到这女孩儿就觉得想亲近，觉得她怎么这么纤弱，该要好好地护着。瞥到她的衣着又觉得喉咙发哽，家里赵明珠用的料子都是织了孔雀翎的缂丝，一匹布能值五六百两银子。她却穿着普通的素缎。

他亲生的孩子却在这罗家里，被人如此对待。罗慎远看到宜宁来了，让宜宁过去。

宜宁走过去，罗慎远把她揽过来，她听三哥在她耳边低声说："宜宁，这位是英国公。"罗宜宁发现这位英国公一直在看她，目光都没有移开过。

英国公？她当然是知道英国公的，甚至前世算起来还和英国公府有些渊源。陆嘉学的好友就是英国公，赵明珠也是英国公府抱养的孩子。但是英国公到这里来做什么？

郑妈妈说过要带她过来见她的生父。

宜宁心里突然有了个荒谬的想法，难道……难道她的生父就是英国公？她几乎是难以置信地看着面前高大俊朗的男子。

英国公在她面前半蹲下来，因为他高大，要和宜宁平视就要自己俯下身。他知道自己长相有点凶，怕吓到了女儿，露出一个还算和善的微笑："你是叫宜宁吧？"

一问出口他就觉得问得实在是不好，人家三哥刚才不是已经说了吗！宜宁轻轻点头，屈身行礼道："小女宜宁，英国公安好。"

她怎么能叫他英国公呢？她应该叫他爹爹的。魏凌有些激动，却也知道这不是一蹴而就的事，要让人家小女孩接受，总得有个过程吧！

"英国公是你的生父，这次是来带你离开的。"罗慎远按上她的肩，跟她说，"宜宁，你跟英国公走吧。你是英国公府的小姐，该跟英国公回去的。"

宜宁却微微皱了皱眉。

不是说过她的生父只是一个护卫吗？怎么突然就变成英国公了！怎么会是英国公呢！

"你是我亲生的孩子。"魏凌叹了一声，想抚一抚孩子的发，又怕吓到她，只能背着手说，"当年的事我以后再跟你说，如今爹爹要带你离开罗家，去英国公府。我已经写信给你的祖母说了，你祖母也很想你回去。以后你就是英国公府的小姐了。你……可要跟我回去？"

宜宁对魏凌一点都不了解。

同时她觉得事情变得太快，她已经不知道该怎么应对了。

她可完全没有想到自己会变成英国公府的孩子，英国公府是什么地位，岂是罗家能比的。"你……"宜宁欲言又止地看着他，"你是来带我走的？"

她不能在罗家留下去了，但是想到跟着英国公回去，以后恐怕就会遇到陆嘉学，甚至还有程琅，那些前世所有的人，罗宜宁就觉得不喜欢。她根本不想跟这些人再有牵扯，她只想好好地过日子，但罗家也的确不能久留……

"我是来带你离开的。"魏凌温和地对她笑道，似乎生怕吓到她，语气有些试探地道，"宜宁，京城很好玩的。节日里有灯会，那灯能挂好几条街。平日也很热闹，天天都跟过年一样……你去过英国公府吗？我们府邸占了半条街，你要是去了，爹爹就给你准备一个大院子。"

宜宁看着他许久，最后低声说："英国公，我要想一想。可以吗？"

魏凌看她面容稚嫩，语气有礼而带着孩子气。他当然是想直接带她离开，有什么可想的，做他的女儿不好吗？但他还是微微一笑，对她点头："好的，你可以想。"

花厅的筵席热闹地摆开了，罗大爷也过来见过英国公后，和罗成章进了书房密谈。罗大爷听了之后十分震惊："英国公与前弟妹……这可查清了？"

罗成章沉默不语，但已经表明了态度。

罗大爷徐徐地吐了口气："这事我要劝你，万不可得罪英国公。我在京城的时候听闻，前个月外来部落来犯。陆都督已经进言要再举荐英国公为宣统总兵，皇上现在病重不起，内阁里汪远一手把持着，陆都督现在说什么就是什么……"

罗成章听此皱眉，忍不住道："若不是看着他的身份，我何至于忍气吞声！"他又叹气，"罢了，都已经是过去的事了，她都死十多年了，为了罗家与顾家的颜面，我也只能秘而不发了……他的意思是宜宁是收养在母亲身边的，极少见人，以此掩饰身份。"

"这些事情忍一忍就罢了。"罗成文在朝堂沉浮比弟弟久，说他虚伪也好，只要有眼前的好处，那必然是要抓住的。

"事情既然已经无法改变，你倒不如一开始就对他以礼相待，反倒能让他卖你个人情。英国公的人情总比五万两银子来得重要。"

罗大爷只可惜自己知道得晚，但一想到弟弟那个性子，他只能叹气。

"你一会儿再出去，只当什么都没有过。"罗大爷整了整衣襟，回头叮嘱罗成章。

花厅里罗怀远在恭敬地和英国公说话，魏凌只想着自己的女儿，刚才说了几句话就教领去里屋了，他总觉得还没看够。她回答得有些敷衍，而里屋的动静花厅又是看不到的，不知道他女儿是怎么想的，究竟愿不愿意跟他回去。

魏凌觉得自己行事太突然。

这么带着精兵上门来，无论如何都会给人以势压人的感觉，他长得又不够慈眉善目，不知道是不是让女儿害怕了。

魏凌握着酒杯缓缓地啜饮。无论怎么样，今日是肯定要带她走的。

里屋当中，林海如终于见到了宜宁。

她握着宜宁的手怎么也不肯松开，眼中含泪地打量着她，总觉得她是瘦了："你父亲他不让我见你，我又不知道你在鹿鸣堂是个什么情况，急得我吃不下睡不好！你那里可缺东西，我教人给你送过去。你一向怕冷，炉子被褥可是够的？"

她说着又是咬牙："你那爹也是糊涂，叫狼心狗肺的东西给蒙了眼睛……"

说得旁边的陈氏、乔姨娘等人频频侧目，乔姨娘甚至尴尬地咳了一声。林海如看了她一眼道："姨娘这是不高兴了？"

乔姨娘站起来屈身："妾身是嗓子有问题，扰太太清净了。"

她一直在等着看那英国公府的小姐，但是从头到尾都没有人出现过。林海如又时不时地放她刀子，虽然没什么杀伤力，但她脸皮薄也有点顶不住了，就先告病退下了。

林海如一定要宜宁跟着她回去睡，宜宁笑着拒绝了。林海如看她跟眼珠子似的疼，想了想直接从袖子里拿了一沓银票出来，有什么也不如有这个方便啊。

宜宁握着尚带有继母体温的银票，把这沓银票握紧了，她实在是为自己操心太多了。

她本想悄悄地回鹿鸣堂去，路上还是遇到几个丫头，以为她走远了，在她背后窃窃私语，竟说得有些难听了。要是平日，这些丫头敢在背后议论主子，早就被掌嘴了。宜宁只是停下来，回头淡淡地看着她们问："你们是哪房的丫头？"

几个丫头低下头噤了声，宜宁一步步走近了说："说什么当着我的面说，叫我听听，不如让管你们的婆子也来听听看？"

丫头们连忙跪下来求饶，像这种背后议论主子的，叫婆子知道了必然会撵出去的。

那边魏凌正想去找宜宁，但去的时候她已经不在里屋了。他带着侍卫走出来，就看到院中的亭子旁边，宜宁站在那几个丫头面前，话他也听到了。他本以为宜宁会放过那几个丫头，谁知她却叫了一个过来，抬手就是一耳光打过去。

清脆的一声响，那丫头不禁别过脸浑身发抖，宜宁却冷冷地道："主子再落魄，岂是你们可以议论的！"

宜宁有点受够了，这几天以来她憋了多少委屈没有发作，越积越多终于到了顶点。那一耳光打出去她丝毫没有留情，丫头的脸迅速红了。那丫头脸皮薄，被打得眼眶含泪。七小姐一向是出名的脾气好，她不知道七小姐也是会打人的！

"有什么好哭的！"罗宜宁冷冷道，"你给我站起来，说是哪房出来的。"丫头终于吓得哭了出来，不住地磕头求饶，说她知错了。

魏凌远远地看着那个单薄的身影，没想到这小丫头也是有脾气的！但一想又觉得心酸，要是个正常的嫡出大小姐，谁敢在背后偷偷议论她？要是他英国公府的小姐，谁敢轻慢她？

宜宁冷冷地看着这个丫头，直到她磕了二十个头。她终于还是没有把那丫头怎么样，饶过了她，几个丫头搀着被打的那个离开了。

宜宁转过身想走，却听到后面有人叫她："宜宁，你等等！"

宜宁回过头，发现英国公魏凌站在她身后，而且带着一群侍卫。他大步地朝她走过来，看着她笑着说："我都看见了。"

"您看到了又如何？"宜宁抬起头淡淡地说，她并不在意是不是被看到了。随后却看到英国公缓缓地在她面前半跪下来，她不禁后退了一步，魏凌却只是从她的裙子上拿下一根草屑，又帮她整理了裙摆："你看，你的裙子都没有弄好。"

宜宁望着他掌心的那一根草屑，目光闪烁。

他既然是英国公，又何必这般呢！宜宁从不曾了解过魏凌这个人，虽然是她的生父，但就算是带在身边亲自养的女儿，也不会对她这么好。

"你这是做什么？"宜宁问道。

"你长这么大了，我才知道有你的存在。"魏凌看她眼睛略圆，看着他的目光还是那种陌生的探寻，觉得自己的女儿真是十分可爱。他神情微动，说道，"爹爹一直在想，若我真的有个女儿是什么样的。宜宁，我带你离开吧，以后不会有人敢说你什么，绝对没有人敢。"

宜宁看着魏凌的脸，看到了他眉梢的那颗痣，和自己的痣位置长得一模一样。她突然有了几分亲昵感。

"英国公，石砖凉了伤膝盖，你不要这样半蹲着了。"宜宁虽然无法对着英国公叫父亲，语气却也温和了一些。

"这有什么的。"魏凌觉得这么跟她对话很好玩，不然高了她太多，总有些居高临下的感觉。这样比她矮一些，好像她的防备就没有这么重了，"我来的时候，想叫你原来那父亲放你离开，也是半跪的，毕竟我直接带你走实在是名不正言不顺。再者我是习武之人，这不算什么。"

宜宁差点以为自己听错了，魏凌为了能带她走，竟然向罗成章服软？她原以为他们这些世勋贵族都是高高在上的。宜宁前世就从未把这些人搞明白。她以为陆嘉学心胸开朗，结果他却是满心的算计和冷漠；她以为程琅不过是个单纯的孩子，他却视女子的名声于不顾风流人间。

她叹了口气，看着魏凌说："我半岁的时候就没有母亲了，本来以为的父亲也不是我的父亲。我在罗家，也不知道该怎么待下去了……"

其实罗成章真的让她有点心寒，虽然知道这爹挺糊涂的，但她平日对这爹也是极尽孝心了，罗成章却说翻脸就翻脸，半点情面都不留。要不是有罗慎远阻止，恐怕此时她被赶出府去都有可能，想来这就是翻脸如翻书了。

魏凌看她长得稚嫩可爱，眼神却透出一股凉意，不禁低叹一声道："你倒也可以怪我。要不是我，或许你母亲就不会早逝了……"

宜宁却打断了他的话："要不是你，我也不会存在了。"

魏凌抬头，听到他的女儿突然问："英国公，你说带我离开，那要什么时候走？"

魏凌突然抬头，几乎是难以置信地看着宜宁，随后一股说不出的喜悦从他心里涌了出来。

"你……只要你愿意，当然什么时候都可以走，越快越好。"魏凌笑着说，长长地舒了口气，"我觉得今天晚上就挺好的！"

宜宁终于笑了笑，这生父也太心急了："请您明日来吧。"她向他微微一屈身，才朝鹿鸣堂走回去。

这件事宜宁是经过了深思熟虑的，也不是突然就答应魏凌的。的确，罗家已经没有她的容身之处了，跟着英国公回去是最好的选择。再者她现在是小宜宁，没有人知道她原来是谁，也不会有人知道了。

她将把这个秘密深藏心底，就算再遇到那些人，她也不会表现出来。那么对于他们来说，这不过是英国公寻回来的亲生女儿而已，没有人知道她究竟是谁。

魏凌望着宜宁远去的小身影，心里却有些激动。

他准备回去好好合计一番，接女儿也是要排场的，反正他只说接的是罗家的养女，也没有人知道是谁!

摆着排场回英国公府,人家才知道,他带着亲生女儿回来了。对于这个英国公府的新小姐,就没有人敢小看她了!

魏凌背着手回头,低声吩咐他的侍卫赶紧去准备东西。

罗宜怜在假山边站了很久,直到英国公带着侍卫离开了,她才缓缓地回过神来。但她浑身都在冒冷汗!

本来是看到罗宜宁过来,她才带着丫头躲在了假山后,想看看罗宜宁究竟要做什么的,谁知道却听到了这样的事。

母亲不是跟她说,罗宜宁是一个低贱的护卫的女儿吗?说她出身低微,配不上嫡出小姐的身份吗?

但刚才,那气势逼人的英国公,明明就说罗宜宁是他的女儿!且言语之间十分希望她能跟自己回去。想来也是,英国公府没有女孩儿,一个赵明珠都养得如此尊贵,更何况是英国公的亲生女儿。

宜宁竟然是英国公的女儿!

难怪英国公会突然上门来,难怪父亲的神情这么古怪,看着英国公的眼神又避讳又不敢惹怒他,强扯出笑容。

罗宜怜手里的手帕捏得汗津津的,丫头都十分担忧地扶住了她:"小姐,不是说去花厅……"

"去什么花厅!"罗宜怜低斥道,"赶紧跟我去母亲那里,快些!"

那凤凰蛋落到家里,却让她们这般对待。就算是出身不干净又如何,看那英国公的强硬作风,是绝对会把这件事掩藏过去的。最尊贵的是血脉,有英国公家的血缘,罗宜宁的身份地位自然不一般。

英国公一看便是宠女护女的人,要是知道自己的女儿这么被欺辱,能放过她们吗?

父亲明显也是知道了这件事的,但看他什么都没有说,就知道肯定是与英国公达成了什么约定。罗宜怜闭上眼,想起席间大伯父对英国公的恭敬……

乔姨娘正在屋子里听婆子说轩哥儿近日的事,被突然闯入的罗宜怜吓了一跳。

"你这着急忙慌的做什么!"乔姨娘训道,"叫你父亲看到了,定要说你几句。"

罗宜怜面色难看,甚至有些发白,看得乔姨娘心中一沉。想到女儿寻常也不是那冒冒失失的人,才问:"究竟怎么了?"

罗宜怜抬起头:"母亲可知道,英国公上门来做什么的?"

乔姨娘很是疑惑,挥手叫两侧的丫头退下去了,才道:"我有听闻,却不知道究竟是做什么的。"

"他是来寻亲的。"罗宜怜看着母亲顿了顿,"您知道他寻的人是谁吗?"

乔姨娘听过丫头说英国公是来寻亲的,却不知道究竟是谁。她在花厅守了这么久都没有看到。难道女儿知道了?

罗宜怜竟不知究竟是什么心情，反倒平静了许多。她看着母亲，微微一顿接着说："他寻的亲生女儿是罗宜宁，罗宜宁……不是什么护卫奸生，而是英国公的女儿。"

乔姨娘差点失手把杯子给打了，幸亏她又手疾眼快地扶住了。她看着女儿许久，突然站起身，浑身一阵阵地发冷。

是啊……她怎么会没有想到，她刚揭穿了罗宜宁的身份，英国公就找上门来了。英国公又是上门寻女的！只是她已经认定罗宜宁的父亲是个护卫，怎么会怀疑到英国公身上。

罗宜宁居然是英国公的女儿！

"你是如何知道的？"乔姨娘觉得自己喉咙干涩，抓住了罗宜怜的手，"可是真的？""英国公和罗宜宁说话，我在旁边听到了。"罗宜怜觉得母亲抓得自己有些疼，继续说道，"英国公要接罗宜宁回去，似乎在问罗宜宁愿不愿意……她已经同意了。"

自然会同意，知道自己的生父是英国公，知道自己本该活得更尊贵，谁会不同意呢？

罗宜怜反手推开乔姨娘，抓住了她的手："母亲，我今日看到了郑妈妈在席上。您且告诉我，您带那丫头去跟父亲说话的时候，究竟说的是什么？父亲受此羞辱，若是再被您误导了，必然会将怒气牵连到您身上。那英国公要是知道您这么对罗宜宁，肯定也不会放过您。"

乔姨娘被女儿这话说得一阵发慌。她说的什么……她为了让罗成章厌恶罗宜宁，自然是怎么难听怎么说。

若罗宜宁真是个护卫的女儿倒也罢了，但人家本来尊贵无比，却被她这样侮辱……只怪她为了早日把轩哥儿夺回来，行事太心急了。

乔姨娘觉得宛如一层冷水透过她的心，浑身都在发冷，她过了好久才镇定下来。

这事不怕，罗宜宁毕竟出身有瑕疵，英国公要是想保她的名声，必然不敢大肆宣扬。但郑妈妈究竟跟罗成章说了什么，英国公又跟他说了什么，她却必须要知道。罗家屈于英国公的势力，肯定会照着英国公的意思来做事。

乔姨娘想到这里片刻都不敢耽搁，叫丫头给她换了一件衣裳，她要立刻去罗成章那里。

乔姨娘想得的确不错，英国公先礼后兵，既然面子已经给足了罗成章，此刻他也就没有客气了。下午的时候，罗成章就已经跟他说了宜宁为何会搬去偏院，为何遭受如此对待。

魏凌端着茶，坐在罗成章的书房里说："我明日就来接宜宁走，至于宜宁想带什么离开，全凭她的喜好。罗大人应该不会不同意吧？"

罗成章觉得魏凌气势逼人，想到大哥说的话，又只能忍着应了。都过去十多年的事了，有什么不能忍的，还是得看着眼前才是。魏凌现在对他丝毫不客气，话中又是威逼又是利诱的，他哪里敢反驳一句。

魏凌想到那上不得台面的姨娘，竟然敢羞辱宜宁，又道："我欠罗大人一个人情，望罗大人好好守住我女儿的秘密。至于乱嚼舌根的人，罗大人还要慎重一些才是。要不是有那等言语在前，我等也不会闹成这般不好看了。"

魏凌不说到乔姨娘还好，一说起来，罗成章也面色微冷。

魏凌吩咐完了之后，罗成章送魏凌出门，轻吐了一口气，叫了心腹的管事进来说："去通知七小姐，明日英国公来带她走。让她先收拾着行李，不可轻慢了英国公。"

罗成章并不知道魏凌已经和罗宜宁谈好了。

那心腹管事应下了，又犹豫道："老爷，乔姨娘在门外……等着见您呢。"

罗成章的面容突然冷下来，透出一种淡淡的阴沉，点头道："把她叫进来。"

他转身朝书房走去，听到背后有人进来了，抬起了裙子，关上了隔扇，还是如往常一般娇柔的声音道："妾身给老爷问……"

乔姨娘话都没说完罗成章突然转身就是一耳光扇过来。

罗成章虽然是读书人，但力道也是十足的。乔姨娘没有丝毫预料就被扇得扑到了小几上，脸颊肿痛而火辣，一股强烈的羞耻感顿时涌上来。

乔姨娘半天没有抬起头，梳得整整齐齐的头发都被打散了。她捂着脸有些发抖，心里又惊又怕，从没见过罗成章对她如此盛怒。

罗成章冷冷地道："还敢来找我。那好，免得我上门去找你的麻烦！你给我抬头看着。"乔姨娘不敢不从，慢慢地抬头看着罗成章。她又是委屈，眼泪沿着脸就流了下来。

她平日是爱哭，虽然有的时候是装的，但的确也是个爱哭的性子。罗成章每次见到她哭都会怜惜她，想到这个他从扬州带回来的女孩儿，曾经手把手地教她写字，他如何会不怜惜？但他现在冷漠地站在她面前，没有丝毫动容地抓住了她的下巴："你那天说的话，有几分真假？"

乔姨娘泪眼蒙眬地看着他："老爷，妾身不知道。妾身只是来请安的……"

"你说顾明澜是因为私通避去寺庙住的，还说母亲是被宜宁的身世给气得发病的。"罗成章一字一顿地说，语气冷而坚硬，"且不说母亲的事。明澜当年如何待你的？你这蛇蝎心肠的东西，竟然颠倒黑白污蔑她！叫我轻信了你！"他被郑妈妈反驳，一句话都说不出来，若不是乔姨娘误导在先，他怎么会对顾明澜这么愤怒。

当年怎么看怎么善良的梨花一样的小姑娘，现在却成了这样一个人。

"老爷，妾身真的不知道那丫头说的话是真是假啊……"乔姨娘哭得嘴唇发抖。"你不知道？她是你铺上伙计的妻子，你会不清楚吗？"罗成章冷笑道。

"罗宜宁的生父找上门来，就是那英国公。"他气得捏紧了她的下巴，"这事我就直接告诉你了，我还告诉你，魏凌说了，以后罗家谁要是敢泄露罗宜宁的身世出去，他必然不会放过罗家任何一个人。你想对付罗宜宁？那好，你现在亲手把她变成了英国公府的小姐，你可高兴了？"

书房里死一般寂静，只能听到乔姨娘轻轻的啜泣声。

至于罗成章是真的愤怒，还是迁怒于她，乔姨娘不知道。她没有那个胆子去指责罗成章半句，她能在罗家好好地活着，靠的就是罗成章的怜惜。她再怎么愤怒和不甘，在他面前也不敢表现。

倒是罗成章说的那些话，真的如钟磬一般敲得巨响，让她久久说不出话来。从某种意义上来说，的确，是她亲手促成的。

怎么出了罗成章的书房，又是怎么浑浑噩噩地回到房里的，乔月蝉记不太清楚了。

她看到她的女儿在房里等她，讶然地站起身过来搀扶她："母亲，究竟怎么了……您这是……"

乔姨娘坐在罗汉床上，望着窗外，刚才回来的时候还没有发现，外面竟然开始飘小雪了。也是，已经快要十一月了，到了下雪的时候了。

"今年的雪来得早了些。"乔月蝉轻声地说。她发髻凌乱，脸颊红肿，似乎还没有从刚才那一巴掌中回过神来。

她想起当年在扬州的时候，她第一次看到罗成章的情景。三月的扬州，湖水绿波，画舫周围非常热闹，说笑声、摇桨声。她看到罗成章和一群人走进画舫来，那个时候他还很年轻，却长得比别人清俊一些，她一眼就看到了他。

当时只知道是富贵人家，却不知道是新来的官老爷，而且是进士及第出身。他又这么怜惜自己，捧在手里宠。乔月蝉怎么也想不到，有一天他打自己的时候，也会这么毫不留情。

乔月蝉捂了捂侧脸，深深地吸了口气："叫丫头打水进来。"她要重新梳洗。

雪渐渐地下大了。徐妈妈终于从厨房领了银丝炭回来，屋子里烧了炭便暖烘烘的。

宜宁畏寒，穿了夹袄都还觉得冷，缩在被子里望着窗外越下越大的雪。宽阔的院子里很快就积雪了，北风吹得雪满天乱飞，棉絮一般。雪地里似乎有个人渐渐地走近了。宜宁才看到他穿着一件黑色的斗篷，肩头落满了雪，眉眼冷峻而俊秀。

他在屋檐下收了伞，解开斗篷递给了旁边的小厮走进来，而宜宁已经侧头叫雪枝去给他泡热茶了。

罗慎远见她屋里没什么动静，不由得皱眉问道："怎么不收拾东西？"不是说明日就要走了吗。

宜宁笑着喊了他，又摇头低声说："不必收拾了，上次从母亲那里出来，本也没有带多少东西。"她突然直起身，帮他扫了肩头的落雪，因雪有些融了，他肩头也被打湿了。罗慎远抬起头看着宜宁的侧脸。

宜宁突然与他对视，隔得这么近，总觉得看他就不是她熟悉的三哥了，他的眉眼更清晰，这么仔细看是很好看。难怪人家高小姐、孙小姐什么的非要嫁给他。

罗宜宁坐了回去，心想她离开罗家以后，与罗慎远自然不再是兄妹，再亲密的动作是不能有了。

罗慎远看到小丫头已经缩进被窝里，便把热茶捧在手里道："不收拾也罢了。我来是跟你说英国公府的情况，免得你到了那里什么都不知道。"罗慎远拿了本小册子给她，"这是魏凌给的，你仔细看看。"

里头说的是英国公惯常来往的人家，还有英国公府的人丁。前英国公只娶了魏凌母亲一个，魏凌是单传。到了魏凌这里，也许是记挂着顾明澜，也许是战事太忙，他到现在都不曾娶亲。一开始郑老太太还会逼迫英国公成亲，后来英国公的一个通房丫头生下儿子之后，郑老太太就没有再管了。英国公的人口非常简单，除了郑老太太、英国公之外，宜宁还有一个亲弟弟，今年才五岁。再有就是打小养在老太太身边的赵明珠了。

提起这个赵明珠，想到她那个排场，罗宜宁自然是印象深刻的。

几个月前刚看到那赵明珠的时候，她可想不到会有这一天。她一向在英国公府被娇养，上上下下只当有她这么一个表小姐，突然有个她被英国公寻了回去，也不知道赵明珠究竟会如何。

"英国公府人丁少，便少了许多麻烦。听说郑老太太也是个脾性好的，你又是她的亲孙女，必然不会太难为你。宜宁，你可想好了带哪几个人去？"罗慎远问她。

雪枝要嫁人了，不能跟着她去。徐妈妈年老体衰了，宜宁想放她回乡荣养，思来想去竟觉得没几个能带走的丫头。

罗慎远看了看她房间里的丫头，说道："松枝你带去吧，她为人谨慎，又伺候你多年了。"

站在罗宜宁身后的松枝听到这句话，突然惊愕地抬起头。她看到三少爷的神情像平日一样淡定从容，又缓缓地低下头去。

自然是带她的，宜宁暗想，她只带两个人就够了。一个是松枝，还有就是她要带青渠走。青渠对罗家本来就是无所谓的，她没有签卖身契，宜宁到哪儿她跟到哪儿。原来她跟着郑妈妈，就一心一意地跟着。她是郑妈妈捡回来的，郑妈妈让她跟着宜宁，她认了死理，宜宁到哪儿她都要跟着。

"宜宁，等我会试的时候就去看你。"罗慎远看着她沉思，便跟她说。

从今天开始，这个小丫头就不能被他庇护了。英国公府再怎么说也是王公贵族，不会比罗家轻松多少。

罗慎远眼看就要会试了，那很快就能看到他做官了。宜宁觉得屋内气氛有些沉闷，笑着说："那你要考第一甲来，我就能向别人炫耀，我有个厉害的哥哥了。"

罗慎远也笑了笑，缓缓地答应："好。"他自然任宜宁去炫耀，只要她高兴就行。

那边刚听说罗宜宁曲折身世的林海如却被吓到了，说要过来看她。丫头婆子们看到这么大的雪，怎么敢让她过来，要是在路上摔跤了可不是闹着玩的，还是叫人来给罗宜宁传了话。罗宜宁想到明日就要离开罗家了，恐怕从此就少见继母，叫丫头撑着伞去了正房。

林海如把宜宁接进来，看着宜宁的眼神依依不舍。

宜宁叫她看得发毛，谁知林海如却捧着她的手说："你被罚到鹿鸣堂去的时候可是吓死我了！如今好了，你是英国公府的小姐，我看这罗家谁还敢轻慢了你！你可不知道，你大伯父刚才都叫人给你包了一千两银子过来。"

宜宁看着她问："您……不嫌弃我的出身？"

林海如让她坐下来，搂着这个自小看大的女孩儿，叹道："我都活了这么多年了，难道还不明白吗！管什么出身不出身的，计较那些就是让自己痛苦。只要你过得好，有人疼爱你，我就为你高兴。我家原来有个管家娘子，丈夫去寻花问柳回来就要休了她，后来她又嫁了个小她几岁的庄稼汉，叫人指指点点的。但那娘子性格泼辣，从不惧别人说她什么，生了一儿一女过得和和美美的。"

她是商贾出身的，家里没这么多规矩，什么市井百态的都见识过了。

"再说你母亲……"林海如抚着宜宁的发说，"她也是个可怜人啊。"

林海如很想让宜宁把她送的金丝楠木罗汉床、象牙镶嵌的梳妆台搬走，但这显然不现实。她最后只给了宜宁一些银票，宜宁看到上面的数额也惊到了。就算继母再怎么有钱，也不该给她这么多！她连忙推拒："这个您要收回去，白天您就给了我三千两，已经足够了。"

"我也不知道什么时候才能再看到你……"林海如说着就难受，眼眶微红，"没有什么别的给你。跟你大伯母比，娘不懂什么孔子孟子的，只知道给你些俗物了。银子多给你一些，有总比没有好。我在家里也用不了多少银子。"

她真怕宜宁在外面被欺负了，想想这孩子就可怜。她恨不得自己能跟她去英国公府。

宜宁抱了她很久，闻着继母身上的味道觉得无比安心，听到她的哽咽声，也忍不住跟她一起哭出来。这一别，恐怕许久都不能见到了。

巡抚衙门里，魏凌半夜未歇，吩咐侍卫准备一辆舒适的马车。早上从保定出发，明儿个一早就该到京城了，算来总有一天一夜的路程，他怕累着女儿，也派心腹回了英国公府先准备着，不能怠慢了她："点心、炭炉什么的，可准备好了？"

想到是接女儿回去，这次他还带了两个常伺候他的丫头过来，以后就拨给宜宁使唤了。如今正在问其中一个。

丫头屈身道："侯爷放心，奴婢都准备妥当了。素点十种、荤点五种，还有干果蜜饯等零嘴。"

魏凌点了点头，细想有没有哪里不妥当的，似乎也没有了。

他又叫了侍卫进来："先派人去通知五城兵马司指挥使一声，怕是要凌晨进城。"

这般吩咐完了，想到就要接孩子回去了，以后就有个女儿了。魏凌长长地吐了口气，突然有些期待。他得回去好好问问有女儿的，这突然有了个女儿究竟该怎么照顾着，定北侯不就是有好几个女儿，回去就问问他，免得没把女儿养好。

该给她准备什么样的院子、选什么人伺候、日常穿的衣裳、吃的东西……女孩要娇养着，不能对付。

魏凌甚至连女儿的婚嫁都想了一想。

要说青年才俊的话，谁都比不过他认的外甥程琅。京城里多少大家闺秀想嫁他，他年纪轻轻就是吏部郎中，长得又是玉树临风的，不知道宜宁会不会喜欢这样的……不过程琅平时有些风流，似乎不太好！

想来想去，魏凌觉得女儿还是不要太早谈婚论嫁了，他这才找回去，总得先养几年再说。

第二天，天刚蒙蒙亮的时候，魏凌就带着人上门去了。罗大爷和罗成章穿着官服在影壁等他。

宜宁也一大早被雪枝叫了起来，穿了件水红如意纹缂丝夹袄，梳了挑心髻，戴了莲花头金簪，装扮整齐。

雪枝和徐妈妈十分舍不得她，要不是早已定好了亲事，雪枝肯定要跟她离开。宜宁看她又开始哭了，就跟她说："我已经跟三哥说好了，你的亲事他会给你办的。"她给她擦了眼泪，"要做新娘子的人了，快不要哭了。"

她握了握徐妈妈的手，才带着松枝和青渠离开了鹿鸣堂。雪枝站在庑廊下踟蹰片刻，又追了上来，把手里的盒子递给松枝："姐儿最喜欢这个糯米薯团子，我连夜做好的，你给她带着路上吃……"

松枝与她们分别也不舍，眼泪直流。只有青渠没什么反应，她的所有财产——三十八两零五钱银子已经打包收拾好了，就在她的包裹里，别的就没什么牵挂的了，反正宜宁去哪儿她肯定去哪儿的。

宜宁去向林海如辞行，恭敬地给林海如磕了头。乔姨娘抬起头看着罗宜宁，心里情绪复杂。

这是落在罗家的遗珠，英国公府的小姐，她却一直以为是个卑微的下人的孩子，以为罗宜宁配不上罗家嫡出小姐的身份。说得对，的确配不上，但也是罗家配不上她罗宜宁，而不是罗宜宁配不上罗家。

宜宁看到了乔姨娘，轻声道："姨娘今天来得有些迟，可是晚上没歇息好？"乔姨娘这时候怎敢得罪她，笑着说："不如七小姐睡得安稳。"

宜宁看到她脸颊微肿，淡淡地继续道："那是姨娘操劳过度的缘故。以后可要少一些心思，免得又睡不好了。"她笑了笑说，"姨娘最明白我的意思了，是不是？"

说完宜宁与乔姨娘对视片刻，乔姨娘先低下头。宜宁牵着林海如的手去了影壁。

宜宁远远地就看到了魏凌，他坐在高高的骏马上，身后是簇拥的侍卫和马车。

魏凌微微一笑，翻身下马，走到了宜宁面前，低头向她伸出手说："眉眉，爹爹是来接你回去的。"

他的笑容十分俊朗，清晨的阳光洒在凹凸的影壁上，洒在他高大的身影上，俊朗的侧颜甚至熠熠生辉。

宜宁看着他温和的面容，突然有点好奇，他怎么知道自己的小名的？她握着英国公的手片刻后放开，走到罗成章面前，向他屈身道："我谢您教养之恩，就此别过，望您珍重。"她是不喜欢罗成章，但是养了宜宁这么多年也有恩情，便还他个礼吧，以后再无瓜葛了。

罗成章笑容有些僵硬，看到那一众侍卫和丫头都围着马车，他突然想起乔姨娘曾说罗宜宁是"鱼目混珠、滥竽充数"，他自己甚至也说过什么"一个护卫的女儿配不上他嫡出小姐的身份"之类的话。如今看来倒真是有些可笑了——魏凌的身份岂是他能比的，甚至宜宁的身份也不是他可比的。

他叮嘱了宜宁两句。宜宁随后被丫头扶着上了马车。放下帘子之前，又回头看了看……不是她看错了，罗慎远的确没有来。

宜宁深吸一口气，放下了帘子。

从此之后，她便不再是罗家的七小姐了。京城里还不知道有什么在等着她，那些熟悉或陌生的人，都要进入她的生活了。恐怕最逃避不过的就是陆嘉学了，魏凌多次跟陆嘉学出生入死，两人私下其实交情不浅，往来也不少。

其实骑在马上的魏凌也在想这件事，他带着亲生女儿回去，老太太见到亲孙女应该会高兴吧，她最喜欢女孩儿了，赵明珠都那么养着，何况还是亲生的。前些日子她精神不太好，要是知道自己还有个孙女流落在外并且被找回来了，不知道会不会好些。当然这事儿还要谢谢陆嘉学才是，多亏了他告诉自己宜宁的事，回去要请他来府里吃个饭，就是不知道他最近忙不忙。

马车便这样走远了。

罗慎远这时候才从影壁后面走出来，平静地看着马车走远。

乔月蝉走过罗慎远身边的时候，突然听到罗慎远低声叫她："乔姨娘。"

罗慎远很少跟他说话，他是二房的庶长子，自然不会跟她多说话。所以乔月蝉听到他和缓的声音时，竟然怔了怔。

她脚步顿了顿看向罗慎远，发现他直视着前方，脸上的表情云淡风轻，声音还是很低沉："你以后可要小心些，我怕是不会放过你的。"

说完他看也没有看她，提步往前院走了。

乔姨娘深深地吸了口气，不知道为什么她突然想起罗慎远年少的时候，死在恶犬爪牙下那个血肉模糊的丫头。

这个庶子的凶狠她一直知道，她也一直忌讳着他，但是如今……好像是真的惹到他了。


昨夜下了雪，英国公府里银装素裹。

魏老太太住的静安堂外，几个婆子正在扫台阶上的雪。大雪下过之后就是晴朗天气，日头升得高高的，哈口气都是白雾。

屋内地龙烧得暖和，宋妈妈扶魏老太太坐在罗汉床边，丫头端了盏血燕半跪着放下来，另有婆子轻手轻脚地把房里的梅花换了新的。

魏老太太又拿起了那封信，前几天她已经看过了，但忍不住还是想打开再看看。

老太太年轻的时候是个美人，老了来气质也是端然出众，戴了翡翠镶嵌的眉勒，"卐"字不断头檀色绦丝褙子，头发梳得规规整整的。一封信来来回回地读了好多遍，越读就越生气："他也真是糊涂，亲生女儿也能给忘在外面，还叫过了这么久的苦日子！"

宋妈妈含笑安慰魏老太太："您可别急，这不是找回来了嘛。"

"毕竟是英国公府的孩子，怎能叫那人家养着？"魏老太太还是气不过，"早该让我知道去寻了回来！放在我身边教养，不知道比那地方好到哪里去。"放在她身边，自然是无比金贵地养，英国公府的小姐走出去，那在京城也是无人敢小觑的。

"国公爷也是怕您不接受这孩子的出身……"宋妈妈是伺候魏老太太的老人了，说道，"这不去找之前还给您送了信吗？我看也快要到了。"

魏老太太叹了口气："我活这么大年纪了，能有什么接不接受的。明珠不也是我养大的，虽不是咱们家的孩子，但比正经的小姐也不差了，更何况还是魏家亲生的孙女。"丫头喂她喝了一勺血燕，魏老太太嫌弃太甜，摇头推拒不喝了，问道："明珠可起来了？"

宋妈妈扶魏老太太站起来："昨儿个跟忠贤伯家的小姐玩了好一会儿，今天可起晚了。丫头去叫的时候还赖在床上呢。"

"把她叫起来吧。"魏老太太听了就说，"还没跟她说过宜宁的事，倒也该让她见见妹妹。"

宋妈妈听了便应声去吩咐了。

"嘚嘚"的马蹄声随着扬起的一阵雪尘，宜宁闻到了一股熟悉的味道。

她撩开车帘，一天一夜马车劳顿，如今京城依稀在前了。宽阔的石板路，街沿巷间此时还紧闭着门，有些早茶铺子已经开了，热气腾腾的汤锅煮着豆浆，便是这豆浆的香味了。京城靠着玉井胡同这一带非常繁华，因玉井胡同大半都是英国公府，再旁的槐树胡同里就是宁远侯府。英国公府的老国公爷是开国重臣，所以府邸修得又大又气派，后来再分封的王公侯爵都没有这么气派的府邸。

槐树胡同的进口就有一株槐树，而玉井胡同里原有口古井，煮豆浆的小贩从这井里取水，煮出来的豆浆又香又甜。这些记忆中的场本像蒙了灰尘一样，如今却非常鲜明热闹。宜宁看着有些出神，真是没想到，她有一天会这样回来。

"小姐，仔细外头的风冷伤着您。"魏凌派给她的丫头珍珠轻声说。

宜宁这才放下帘子。魏凌指派给她两个丫头，温婉些的这个叫珍珠，冷清些的一个叫玳瑁，说都是从他房里选出来给她的。可能是魏老太太的确为儿子考虑，两个丫头长相出挑，玳瑁还要更胜珍珠一筹。珍珠是喜欢管东管西的，对伺候宜宁这件事挺热情的。玳瑁则没这么麻烦，交给她事情了就去做，不说她就戳在那里发呆，或者是看着魏凌的背影发呆。

宜宁叹了口气，她还是很理解这种丫头的。整天和英俊高大有权势的男主人相处，自己长得又好看，青葱一样的年华，没动点心思是不可能的。对魏凌给她的这两个丫头宜宁都是淡淡的，贴身的事情自然还是交给松枝和青渠去做的。

魏凌骑着马走在前面，路上的行人自然纷纷避让，看到排场的还会感叹一声英国公府果然是簪缨世家中的翘楚。

魏凌的下属早早地进了英国公府的门，两扇高大的黑漆嵌麒麟衔铜环的门缓缓打开。宜宁听到有人说话："已经传了话，老太太正在前厅等着呢。"还有人说："国公爷，早点已经准备好了。"又有声音："小姐的院子收拾整齐了，老太太亲自看过了！"

整个英国公府庞大又忙碌，为着她回来这件事，想必是少不了的。

珍珠和玳瑁的神情很平常，两人本来就是府中的家生子。青渠的神情也很平常，她是太大条了，对这种什么什么世家没概念。松枝听到这阵仗则有些紧张，宜宁看了她一眼，发现她的手紧紧握着。

英国公府实在是大，马车从影壁到垂花门都走了许久。等马车终于停下来之后，车帘才被挑开。宜宁看到魏凌向她伸出手，温和地道："眉眉，跟爹爹下来吧。我带你去见你亲祖母。"

宜宁探出头，魏凌轻一搂她的手把她带了下来，牵着她朝前走。

宜宁仰头看，宽阔的甬道，石雕的莲花座灯，过来就是飞檐斗拱，高大的红漆廊柱，门楣上挂着匾额写了"静安"二字。门口垂手立着四个丫头，看到魏凌和她之后屈身行礼。

对于十三岁的宜宁来说，这个门楣实在是太高大了。她仰头看了一会儿，身侧的魏凌又道："不要怕，你是英国公府的小姐，这就是你的家了。"他牵着她的手宽厚而有力，像是在安慰她一样。

这才是真正父亲的感觉吧，宜宁突然想到。

前世她的父亲忙于小妾和几个弟弟之间，像她这种前妻所生的次嫡女根本没怎么关注过。而小宜宁的生父罗成章更不必说了。宜宁也握紧了魏凌的手。

魏凌却以为小丫头是紧张了，微微一笑带着她往里面走去。

这实在是没什么好紧张的，英国公府才应该是她最有底气的地方。以后一定要好好地这么教她才是，就是教得跋扈、骄纵也不怕，他魏凌的女儿不必缩头缩脚，想做什么就去做，他倒是看谁敢拦她。

过了一进门，宜宁才看到有个着檀色褙子满头银发的老太太被人扶着，正在院中等她。而她身后还站着一群衣着华贵的妇人，赵明珠则站在老太太的旁侧，头上戴的是金累丝嵌海珠的簪子，脖子上是金项圈，穿戴得比宜宁更像英国公府正经小姐。

赵明珠看着她的眼神却像看到鬼一样，十分惊愕。

魏老太太看到自己儿子手上牵了个小小的姑娘，长得玉雪可爱，虽未完全长开，五官之间却是灵气逼人的。眉梢的小痣和魏凌一模一样，让她看到就亲切了几分。这孩子的确是英国公的！

宜宁端正地行了礼跪下道："宜宁给祖母请安，愿祖母身体康健。"

"快起来，地上太冷了。"魏老太太忙过来拉着宜宁的手扶她起来。孩子那双小手软软的，手背还有小窝，她真是越看越喜欢。

魏凌看母亲看得出神，走上来道："母亲，咱们还是进屋说话吧。一路舟车劳顿，我可连早饭都没有吃的。"

"说的是，该吃了早膳再说。"魏老太太笑了笑，牵着宜宁进门，温和地问她，"宜宁，你早上喜欢吃什么？要粥还是面？祖母叫人给你做。"

说着已经进了屋，西次间里簇簇拥拥坐了人。魏老太太坐在小几旁边，让宜宁挨着她坐下。

宜宁答道："我什么都喜欢的。"

魏老太太听到这里心里一动。家里娇养的明珠，光早上不吃的东西就能列个单子出来，她这亲孙女却如此乖顺，想必在原来的人家里，的确得不如国公府好。她再看宜宁衣着简单，虽不算差，但放在英国公府的确不算好，忍不住就有些心酸，看她的眼神更柔和了些。

想到还未跟宜宁介绍家里的人，魏老太太继续道："你是第一次见祖母，我见你却亲切。你不要怕，咱们国公府里原没有亲生的小姐，以后你就是英国公府的小姐了。我先来给你介绍一番。"

魏老太太先给宜宁指了赵明珠："这是你明珠姐姐，在我跟前长大的。"

宜宁看着赵明珠，赵明珠细致的脸扯出一个淡淡的笑容道："宜宁妹妹好。"

宜宁起身给她行礼，喊了声明珠姐姐。

魏凌在一旁看了有些不舒服。平日府里只有赵明珠，大家也愿意宠着她。但头一次见宜宁，赵明珠却连身都没有起，还是宜宁给她行礼！要是真的论起身份来，宜宁才是他亲生的，赵明珠却是个寄养，现在居然如此恃宠而骄。

赵明珠当然会不舒服，当她看到罗宜宁出现在魏家的那一刻，或者当她听说外头有个真正的英国公府小姐被找回来之后，她就一直不舒服。她在英国公府长大，从来都觉得自己才是英国公府的小姐，自己得老太太的喜欢。突然真正的小姐被找回来了，那她怎么办？

要不是当着众人的面，她连笑容都扯不出来。

魏老太太也知道明珠会有点情绪，毕竟原来全府都当她是唯一的小姐。明珠是在她跟前长大的，虽然不是亲生的，但养了十多年怎么会没有感情。虽然她也喜欢宜宁，看着她觉得乖巧舒服，但心里的那杆秤还是偏向明珠的，只当没看到明珠的娇纵气罢了。

魏老太太继续给宜宁介绍，在场的妇人是魏家外家的妇人，对这真正的英国公府小姐自然是尊敬有加，以后在英国公府她可就是主子了。宜宁微笑着应对，倒也一点不怯，魏老太太越看越满意。其中一个宜宁该喊表姑母的妇人就笑道："总算是把亲孙女找回来了，我看老太太的精神都好多了。"可不是如此，那寄养的都当个宝，这亲生的还用说。

赵明珠听了更加笑不出来。

那头丫头却过来说早膳已经准备好了，一众妇人先出去了。魏老太太正好借此跟宜宁说些体己话，拉着她的手道："当年我抱你明珠姐姐回来的时候，还叫那些人都给明珠送了礼的。如今你回来这也是不能少的，下午便开祠堂，记你入族谱。你有个表哥叫程琅，他下午也要过来。还有定北侯府、宁远侯府……"说到这里老太太侧头问魏凌，"你女儿能找回来，可是多亏了陆都督，你可请了他来？"

魏凌就道："他是大忙人，我可不知道他会不会来！"

看这样子，英国公府寻回小姐的事是立刻就要在京城的贵族圈子里传开了，比起昔年赵明珠抱回来的时候的待遇恐怕还要更胜一些。

宜宁看着她爹魏凌背手站在自己身后，突然觉得实在是底气十足。

"母亲，我先带宜宁出去吃早膳，一会儿再带她看她的新院子，要先告退了。"魏凌怕宜宁给饿着了，要先带她走。

"这有什么着急的！"魏老太太笑了笑，看旁边赵明珠还坐着。便道，"你个大男人怎么懂小姑娘要什么，把明珠也带上吧。"她又对赵明珠说，"你宜宁妹妹刚回来，且陪着她一些时候。"

赵明珠起身行礼，抿着唇跟在魏凌身后出了西次间。

魏老太太端起茶杯喝了口茶，宋妈妈在旁边轻声道："不怪老太太看着舒服，小姐眉宇之间，可是有些像您年轻时候的！"

魏老太太听了一叹："幸亏魏凌把这孩子找回来了，在罗家寄人篱下的，还不知道过的是什么日子。我英国公家的小姐，便是要好好宠着的……我看她也是乖巧懂事，反倒是明珠看到宜宁之后就不如往日活泼了。"

"明珠小姐一向被大家宠惯了，一时不习惯也是有的。"宋妈妈说道，"我看您是想让她们亲近一些？"

魏老太太听了摇头："明珠这孩子在府里一直被我宠着，突然回来一个真的小姐，她自然会有些不舒服。可她再怎么得宠，始终不是魏凌亲生的。我若是去了，魏凌必然不会给她好脸色看。所以我才给她找一门好亲事，好好地为她谋划个未来跟出身，免得她以后的日子不好过……就看这孩子能不能明白我的用心了。"

宋妈妈闻言心里也感叹，不怪赵明珠这般，恐怕以后的落差还会更大。英国公府小姐原是在外面受了许多委屈，回来之后老太太、英国公自然是加倍地宠。而且刚才看那小姐，虽然是养在普通官家，但是气度什么的可一点不差。明珠小姐虽然穿金戴银，在她身边也被压下去了。

老太太对亲生孙女有好感，是那种血脉上天生的亲近。但养了十多年的孩子也不是说着玩的，明珠小姐离开父母到她身边来，也是老太太最疼她。魏老太太肯定更愿意护着明珠小姐，便如刚才让明珠小姐也跟着去，就是想她和宜宁的关系处好一些。她还是打心里疼爱明珠小姐的。

老太太说得很对，只看明珠小姐能不能明白了。能明白老太太的用意，魏家能保她泼天富贵一辈子，甚至让她也享有英国公府小姐的待遇；不能明白的话，就看国公爷的态度如何了。

松枝在罗家的时候，以为赵明珠的排场就够大了，没想到人家在英国公府的排场还要更大。

随行带着一大群簇拥的丫头婆子，真是把她当娇小姐伺候的。在前厅里进早膳，专门有丫头给她传菜、挑菜。

这个不吃，那个也不吃的，这些都不能往她面前放，这是魏老太太曾经吩咐过的。松枝看得咋舌，赵明珠倒是早已经习惯的样子，指挥丫头婆子轻车熟路。

松枝再看自家小姐……突然觉得还是宜宁好，除了更喜欢吃肉一些，其他的好伺候极了。青渠则是第一次被国公府的早膳给惊讶到了。

东西流水一样摆上来，端是宜宁面前那盘子里便摆了梅花杏仁馅饼、枣泥千层卷、撒了糖霜的酥酪，旁边精致的小碗里搁着切好的鸽蛋，一小碗羊乳，再旁边才是鸽子肉粥，切了两片薄薄的火腿铺在上面。

就是吃个早膳而已，摆这么多东西也太浪费了吧。就三个人吃饭，能吃多少东西？青渠有点痛心疾首地想，真的太浪费了。

其实别说青渠了，罗宜宁自己都有点震惊。当年她在宁远侯府的时候，宁远侯府还不如现在强盛，这种钟鸣鼎食的生活她也是第一次见识到，果然十分奢侈。

魏凌抬头看了赵明珠一眼，这宠得是有些过，走出去不知道的恐怕还以为她才是真正的小姐。可惜老太太对这亲手养大的孩子太好了,容不得别人说。魏凌又回过头,他已经给女儿的小碗里堆了好多菜,又劝宜宁:"你多吃些菜,这个鸽子肉很鲜。"或者又给她夹了酥酪,"这酥酪是用牛乳熬的,比带骨鲍螺还要鲜美……只有咱们家的厨子能做。"

宜宁看着碗里的菜,突然想起她还小的时候,被罗老太太和林海如拼命增肥的日子。

她现在可是少女了,不能再恢复成当年的小胖墩了。谁让她稍微多吃些就长肉呢,魏凌爹您可意识到了?

魏凌看她不怎么吃,眉头微微一皱:"怎么不吃了?可是不喜欢?"

怎么没吃,刚才就已经吃了半碗粥两个馅饼三只鸽子蛋了。宜宁眉头也拧着,说:"我在路上吃了好些点心,倒是不饿。您不是说带我去看新院子吗?"

魏凌有些犹豫,难道是他给她夹菜她不高兴?

战场上决策千里的人,面对刚到手的宝贝女儿还是不太明白怎么养,生怕没养好这个娇娇的孩子。看来还是要问问定北侯才行。魏凌打定了主意,面上只是淡淡地"嗯"了一声,起身就去牵她,要带她去看新院子。

宜宁可算是松了口气。

英国公府分东园和西园。东园住着英国公,西园住着魏老太太和赵明珠。宜宁的新院子则被安排在东园里,正靠着魏凌的院子。后面有一座高大的假山,三进的院子。院子又大又宽敞,青石砖路两侧种了高大的银杏树,四侧有抄手游廊连接。可算得是景色宜人、冬暖夏凉了。

魏凌已经安排好了伺候的丫头,叫到她面前来跪拜行礼。

宜宁一打量,大丫头模样的有两个,其余次等的丫头十多个,刚留头的小丫头、伺候的婆子加起来总得有三十多个人。

她哪里用得了这么多人伺候!

看到堂下跪着乌泱泱的一片,她心里暗自思忖。

屋子里的摆放陈设也是千金之数,看得出贵重的东西着实不少。宜宁正看着,赵明珠则走到宜宁身边,淡淡地笑道:"宜宁妹妹来得晚不知道,府上这处的风景最好,头先是庭哥儿住的。因着妹妹要来,故庭哥儿迁去了旁边的院子,让给妹妹住。"

庭哥儿?该是自己那个才五岁的弟弟吧。宜宁想起刚才并没有看到小孩子。

魏凌就说:"你还没见过你弟弟,他才五岁,是最调皮的时候。怕他吵着你祖母休养,就在东园里跟着我住。"说着魏凌吩咐身边的管事,"去把世子叫来。"

片刻之后,宜宁看到一个孩子先跑进来,身后也跟着一大群簇拥的丫头、婆子。那孩子穿着件绸袄,脖子上也戴着一个金项圈,看来似乎跟赵明珠脖子上的样式一致。他跑得很快,有个高大白净的妇人在身后追他:"小世子,您别跑急了,仔细门槛绊着您……"

其实,魏凌没有娶妻,倒也不全是因为顾明澜。他虽对顾明澜有情,但过去这么多年了也已经淡了。实则是他常年在外征战,无暇顾及家里,也无暇娶妻纳妾。因此就只有通房生下的这一个男孩儿,将来是要继承英国公府爵位的。所以一出生就请封了世子,在府里也是大家都怕他磕着碰着了，很是金贵。

那孩子却站定了，宜宁发现他长得像是缩小版的魏凌，就是更稚嫩一些，睫毛又长又浓。他看着宜宁问道："你就是他们说的姐姐？"

魏凌看到他横冲直撞已经不高兴了，听到庭哥儿这么说话越发沉下脸。他常年在外，庭哥儿又出生后没了生母，所以一直是乳母在带，老太太也照顾着，反倒让府中的人格外宠溺他，说话没轻没重的。

宜宁看着孩子干净的脸，向他点头笑道："我是，那你就是庭哥儿吗？"

庭哥儿撇了撇嘴，觉得这个姐姐十分陌生。他还是对旁边的赵明珠更熟悉一些，朝赵明珠跑过去，拉着她的手说："明珠姐姐，我的丫头给我做了个雪人，就在外面的院子里，我带你去看看吧！做得可好看了。"

两人站在一起倒是更像亲姐弟，一样的金项圈。庭哥儿从小身边就只有赵明珠，对这唯一的明珠姐姐自然亲近。赵明珠在英国公府十多年，这自然是宜宁不能比的。

明珠摸了摸他的头，道："庭哥儿，你姐姐跟你说话，怎么不回答？"

庭哥儿拉着赵明珠的手，看着宜宁的目光很陌生："她不是我姐姐，我没有姐姐。"

"庭哥儿，谁教你这么说话的！"魏凌的语气已经不好了，看那样子很想把庭哥儿揪过来揍一顿。

宜宁心里知道，对于一个孩子来说，突然接受自己多出一个兄弟姐妹的确不容易，他们对于陌生人还是很防备的。她站在魏凌旁边没有出声，无论她说什么都不太好。

庭哥儿听了魏凌的话反倒更不高兴了，声音也大了些："她是您从外面捡回来的，我才没有姐姐！"

魏凌脸色阴沉，冷冷道："你再这般说话，就给我去跪祠堂。宜宁是你亲姐姐。"

他本是想看到两姐弟相亲相爱的，看着儿子拉着个赵明珠，却对宜宁冷言冷语，他就觉得不舒服。

庭哥儿倔强了片刻，他身后的丫头婆子看着都心疼了，小世子在家里可是一句重话都没有人敢说的。还是在魏凌眼神的威逼之下，庭哥儿才不情不愿地喊了声"姐姐"，但是看也没看宜宁，径直朝门外走去了。

"他就是这个性子。"魏凌深深地吸了口气，跟宜宁说，"没得生母教养，叫丫头婆子宠坏了。"

宜宁轻声说："他还小，我小时候也调皮捣蛋的，让祖母头疼。"

魏凌抚了抚女儿的头，发现女儿站得直直的，看着庭哥儿离去的方向不说话。无论怎么说，英国公府对她而言还是陌生的。

本来他还想让宜宁带着弟弟，好好地教导他。庭哥儿没有母亲，因此性子还要比一般的孩子更奇怪些，有亲姐姐关怀势必好些，看来此事还是要慢慢来。

宜宁的东西已经安顿下来，丫头们要重新伺候她梳洗。有人过来通传定北侯已经过来了，魏凌吩咐了珍珠几句，便去了前厅迎接。

屋里的丫头俨然以珍珠为重，珍珠领着人进来，丫头们都半跪下，方漆托盘上放着一件件衣物和首饰，要宜宁挑选。

宜宁看了一眼，选了件淡粉色的璎络纹缎袄。珍珠上前轻手轻脚地给她梳了发髻，玳瑁则选了支嵌翡翠镂空的金簪、淡绿色流苏宝结来给她相配，这样一番装扮更显得宜宁灵气逼人。珍珠又柔声道："小姐，一会儿您跟着奴婢。世家里的人多，各家的侯爷、夫人您分不出来，奴婢一会儿会提醒您喊什么。"

宜宁发现魏凌还是个很靠谱的人，留给她的两个丫头都是很有用的，珍珠干练，眼界宽广；而玳瑁心细，且心灵手巧。

宜宁虽然前世嫁入了宁远侯府，但她只是庶子之妻，后又跟谢敏一起困于后宅之内，其实对于世家的人也不算太熟悉。她淡淡地应了一声，扶着珍珠的手站起来，又听到珍珠说："您是正经的英国公府小姐，有国公爷为您撑腰，不必在乎表小姐。"

珍珠也是人精，她在魏凌身边待了很多年了，靠的就是心细和机敏。宜宁微微一笑说："你与我一起去祖母那里吧。"

珍珠应声，发现这个十三岁的小姑娘的确半点没有怯场。果然是英国公府的小姐，天生该有这份气度。

宜宁上了软轿，到静安堂的时候看到已经摆出了戏台。珍珠再带着她去拜见魏老太太，魏老太太笑着扶起她，给她介绍了在场的定北侯夫人、几个小姐、忠勤伯夫人、小姐，还有世子夫人……实在是人数众多。

宜宁一眼就看到了坐在定北侯夫人旁边的长姐，还有旁边的钰哥儿。

钰哥儿看到她则直接得多，扑过来就要她抱，罗宜慧看到她则是眼眶微红。罗慎远已经跟她说了宜宁的事，罗宜慧又是惊讶又是担心，知道英国公府要摆宴的时候，她立刻就和侯夫人一起来了。

定北侯夫人有些惊讶，魏老太太就笑着解释："宜宁原是寄养在罗家的。"

定北侯夫人有些受宠若惊，笑道："那还是她们有缘分！改日便让宜慧登门，好好叙一叙。"

罗宜慧知道现在也不是与妹妹说话的时候，何况宜宁现在身份尊贵，不用她操心，因此她坐着微笑应是，手指微微地捏紧。

宜宁知道长姐必然是担心自己，暗中拍了拍长姐的手。

这时候外面有人通传，说赵明珠带着庭哥儿进来了。

庭哥儿一进来就扑进魏老太太怀里喊渴，魏老太太叫仆人给他端了热汤喝下，笑着问他："庭哥儿，你可见过你宜宁姐姐了？"

庭哥儿已经直起了身子，一边喝汤一边道："见过了。"

他还是和宜宁不亲近。

魏老太太对这宝贝金孙更是宠溺，庭哥儿一会儿又说要出去玩，魏老太太叫跟着他的佟妈妈好好看着他。庭哥儿出去后，赵明珠靠着魏老太太坐下来，笑着说："您是没有看到，庭哥儿的丫头堆了好大一个雪人呢！庭哥儿捡了核桃当作雪人的眼睛，玩得可开心了。"

魏老太太拉着明珠的手："就你爱陪他玩这些了。你对府里熟悉，记得带你宜宁妹妹一起玩。她初来乍到的，还对府里不熟悉。"

赵明珠的笑容就有些勉强。

宋妈妈这时候挑了帘子进来道："老太太，表少爷带着人过来了。"

在场的小姐们眼睛都有些亮了起来，望着赵明珠的眼神更有些羡慕。

她们是已经听到了风声，知道老太太想把赵明珠许配给程琅，这简直是羡煞旁人的事。

宜宁正低声和长姐说话，就看到一个人挑了帘子进来。他背着手，笑得温润如玉，俊秀清雅，穿了件淡青色细布直裰，这样的人物，走进来便给人一种蓬荜生辉的感觉，实在是人中龙凤。宜宁这两世都没有见过比程琅还要好看的男子，眉眼之间似乎有种说不清道不明的深情，谁看了都会觉得他是对自己有情的，但他分明对人人都是这样的。

赵明珠就算不喜欢程琅，但是跟这样的人物有牵扯，谁都会不自觉地有优越感。

特别是今日还有罗宜宁在场。别人都喜欢程琅，那她也会喜欢吧？

赵明珠抬起头，倒是比平日更热情一些："表哥，你今日怎么有空过来了？"

程琅微笑着道："舅舅请我过来，说是表妹被寻回来了。恰好我今日也无事，就过来看看。"

魏老太太听了，拉宜宁起来："便是她了，你瞧是不是和你舅舅长得像？"

魏老太太又拍了拍宜宁的手，跟她说："他就是前些年的少年探花——程琅。你应该听说过他吧？如今可是吏部郎中，我听说他的名声是很响的。"

宜宁感觉到程琅似乎正在看她，她抬起头，就看到程琅嘴角微微的笑意。

她突然又想起了第一次见到程琅的时候，他还小小的，怯生生的，站在人声鼎沸的堂屋里。没有人照顾他，甚至没有人问他一句话。

她看那孩子可怜，才叫人牵了过来，请他吃桂花香糕。

小小的孩子和这个俊雅的青年渐渐重合，说不清有多少复杂的情绪在里面。她微笑着轻声道："程琅表哥。"

程琅有礼地对她点头。探寻的目光从她身上一扫而过，似乎并没有什么特别的，收回了视线向魏老太太含笑道："的确有些像，您如今可好了，有两个孙女了。"

虽然知道自己已经不是前世的自己，但是在这些善于心计的人精面前，宜宁还是无时无刻不觉得避之不及。

魏老太太是对宜宁印象不错，但看了看旁边脸色微红的赵明珠，忽而又笑道："也不知道刚才庭哥儿跑到哪儿去了，你陪明珠去找找吧。这孩子玩得太野，我怕他到了时辰还不知道回来。"

一会儿就要开祠堂记族谱了。

屋内的小姐们目光又不由得看向赵明珠。

这更让她觉得有种瞩目的感觉。人人都想要的东西，祖母就这么轻而易举地给了她。

赵明珠缓缓地站起身，看到程琅正站在魏老太太身侧，含笑看着她。他的目光凝视着她，让她觉得这是一个非常深情的人。这一刻她竟然对程琅多了几分喜欢，这实在是一个俊逸出众的男子。

他有礼地道："自然该陪明珠表妹去的。"因言走到了门口等她。

赵明珠和程琅一起出去了，满屋子的小姐难免有些泄气，也没有刚才有精神了。

魏老太太看到两人和睦，好歹松了口气。她养了明珠这么多年，实在是很希望她过得好。要是能嫁了程琅，后半辈子也不用她再操劳了。她微侧过脸，倒是看到宜宁目光游移，不知道在想什么。

"一会儿就要去祠堂了，你可紧张了？"魏老太太问她。

宜宁摇了摇头，她只是突然意识到自己处于怎样一个环境中，真是怎么都避不开的。

魏老太太让女眷们先出去在院子里走走，放松放松。珍珠陪着宜宁起身，宜宁还没有在静安居里走过，便沿着回廊往后院走，这里庭院深深，景色也格外别致。她看到栏杆下竟然是一片波光潋滟的湖，湖心还有亭子，亭子上的雪在太阳底下慢慢融化。珍珠在旁说："我给您端个杌子来，您坐在这儿看吧。一会儿还有的站呢。"

宜宁回神之后点了点头。

不过片刻，她就听到了身后有脚步声。

"这么快就拿来了？"宜宁没有回头地问。

有个人轻慢地走到她身后，语气温热："拿什么来了？"

宜宁心里一惊，那温热的气息几乎就扑在她的耳际。她突然回过身，看到程琅长身玉立地站在她身后，离她很近。

他的眼眸幽深如湖，嘴角却含着一丝淡淡的笑容，语气轻而低地叹道："多年不见，宜宁可是不认识我了？"

宜宁有些混乱了，程琅这是什么意思？

偏偏他又长得极好，离这么近地跟别人说话，无端地就暧昧起来。后院里静悄悄的，只有风拂过树梢的声音。

宜宁刚开始听到那句话的时候，几乎是有些荒谬地以为，程琅认出她了。

但下一瞬间她就觉得不可能，如此荒诞的鬼怪之事，程琅就是再聪明也不可能猜到。她想起了在她八岁的时候，程琅是见过她的，应该是指的幼时曾经见过。

宜宁看着他问："程琅表哥不是陪明珠姐姐去找庭哥儿了吗？怎么过来了？"

程琅又略走近一步，身姿挺拔如竹，离她近了一些。若宜宁真是个不谙世事的小姑娘，看到程琅怎么会不喜欢，但她偏偏不是。

"明珠有事先回去了，我见你往这里来了，便过来看看。"程琅微微一笑，凝视着宜宁的眼睛说，"宜宁喜欢看湖吗？"

宜宁看到他如此，大概已经猜出他究竟想做什么了。她的心渐渐冰冷下去。

依程琅的态度，他不可能喜欢赵明珠，他这样的人，对赵明珠再好也是表面上的。但是他直接推拒魏老太太，则与英国公府交恶了。恰好，这个时候英国公府真正的小姐回来了，赵明珠的敌人来了。程琅就利用优势来亲近她，若她是个单纯的小姑娘，必然会因此而喜欢上他。

他就可由此摆脱赵明珠，而不费吹灰之力，手段高明。

一想到程琅居然算计到她头上，宜宁就觉得心里隐隐发寒。

程琅小的时候，她多疼爱他啊，好生教导他做人要正直清白。她教给他的明明都是正面的东西，为什么有一天他竟会把手段玩到她身上？甚至玩到一个无辜的小姑娘身上？

看到程琅俊逸挺拔的身姿，宜宁就想到他还是小孩子的时候，靠在自己怀里，赖着她不肯离开，孩子气地说蜻蜓飞走了的样子。或者他吃多了糕点，肚子疼来找她哭诉的样子，她那次又好气又好笑地罚他一个月不准吃糕点。

她缓缓地看着他，目光冷淡道："湖边的景色是好，程琅表哥也喜欢吗？"程琅没想到，这小姑娘居然一脸淡然地直视着他。

他脸上的笑容微微收了起来。

后面传来了丫头寻人的声音，几个丫头走近了，屈身向程琅道："表少爷竟在这里，叫奴婢们好找。"

赵明珠随着丫头走了过来，看到宜宁站在程琅身边，不由得多看了几眼。

若是有谁喜欢程琅，那她是理解的，就是有时候她看着程琅都会失神，特别是他对人若即若离。要是说深情，对那高家嫡女、对那秦淮名妓也是麻木不仁的，不喜欢了就冷漠以对。若是他不喜欢别人，那怎么会有这么多人前赴后继。

但她喜欢又如何，程琅是不会对一个小姑娘动什么心的。他万花丛中过，片叶不沾身是玩得很顺手的。

"宜宁妹妹在这里看风景，倒不如去我的房山那边。房山那边种了一片红梅，如今开得正好。"赵明珠慢慢道，"不如我叫人折了红梅放到你房里，你看可好？"

宜宁觉得赵明珠这话颇有深意。

她微抬起头看着程琅，发现他的表情淡淡的。随后宜宁别过头，静静地说："我不喜欢红梅，我倒是更喜欢蜡梅一些。可惜北直隶少有蜡梅，但还是谢过明珠姐姐的好意了。"说罢她绕过几人，径直往前面走去。

程琅听到这话神色一怔，待回头看的时候，只看到她纤细得有些单薄的身影。

记忆中的那个人，她用温醇的语调在头顶给他讲《孝子经》，纤细的手腕上玉镯子微微地晃动。他幼时的记忆虽然模糊，但是这些场景记得格外清楚。旁边的白瓷瓶里，就插的是一捧蜡梅花。丫头问她："夫人怎么不用红梅？红梅也好看啊！"

"我就是喜欢它的香气，闻着舒服。"她微笑着用手指拨了拨花瓣，甚至扯了一朵给他，"琅哥儿，你闻香不香？"

程琅想到这里低头笑了笑，遂不再继续想下去了。他也径直朝外面走了出去，也没有看赵明珠。

赵明珠咬了咬唇，复又追了上去。

魏凌刚准备见定北侯，那边小厮却进来通传，说陆都督过来了。魏凌赶到书房，陆嘉学已经在喝茶等着他了。

"你那女儿找回来了？"陆嘉学瞥了他一眼，看到他掩饰不住的喜气，便淡淡问道。"还要多亏了你。"魏凌在他左边的太师椅上坐下来，挥手让侍卫退下去。

"这么急忙来找我，真是想看看我那女儿？"

陆嘉学不由得一笑："怎么可能，我是来告诉你一声。冬场围猎已经定好时候了，到时候你要让神机营的人盯着。"

魏凌听了面色严肃起来："你已经跟太子商量好了？但这岂不是太过冒险。大皇子成功除去了，咱们自然有从龙之功。但要是他没死成，这可就是株连九族的大罪。"

"可是因为女儿寻回来了，你倒是比原来惜命了。"陆嘉学摆了摆手，"有道衍在你不用担心，他是个奇才，再者大皇子肯定会死……我们不杀汪远也会杀，那老东西的手段狠毒不在你我之下。"

魏凌微微叹了口气，陆嘉学的意志是无法改变的。而且大皇子的确是年富力强，对他们太子党的人威胁太大了。

陆嘉学就只是吩咐了魏凌几句话，喝了茶就要离开。魏凌见他要走，忙叫住他："你留下吃个饭吧，我叫女儿认你做义父如何？"

"当年明珠抱回来的时候，你们老太太让我认她做义女。"陆嘉学嘴角扬起一丝笑容，"怎么，如今还要认一个？"

有他做义父，就是个身份加持，身价更高些。头先魏老太太宠赵明珠，恨不得什么最好的都给她。

"她还小，又从小没养在身边，我怜惜她一些。"魏凌说，"你真的不去看看她？"

他对魏凌的闺女并没有什么兴趣。陆嘉学淡淡道："你别忘了神机营的事。我还要去皇宫一趟，先走了。"

门外已经有人抬着暗轿在等了，魏凌看着陆都督上了轿才回了书房。

那边管事又过来提醒："国公爷，该开祠堂了。"魏凌"嗯"了一声，去了静安堂。

记入族谱要跪拜祖宗牌位，算是认祖归宗。族谱上添了宜宁的名字，魏凌亲自带着她磕头。

等到领她出来的时候，外面站着魏家外家的长辈，魏凌领着她一一见过。魏凌站在她身边笑道："她是我刚寻回来的，原来寄养在别人家里。没做过英国公府的小姐，我怕她拘束了。"

宜宁被他领着一路走下来，也知道魏凌这是在做什么。魏凌是在告诉别人，这是他英国公府的小姐，是有身份地位的，让别人不要看不起她。

宜宁倒是不怯场，就是人太多她记不住，倒是有个远房表姑生了三个儿子的，对她格外亲热一些。

魏凌却变了语气淡淡地道："这是你四表姑，明珠就是她所生的。"

原来这就是赵明珠的生母！

听说赵明珠家里并不富贵，原来的银子都让赵明珠亲爹败光了，这些年就靠着魏老太太的救济活着。

宜宁有些感兴趣，只见这妇人穿着一件颜色普通的绸缎夹袄，应该是新做的。笑容倒是很祥和，赵明珠跟她长得并不像。倒是她的三个儿子看着让人不太舒服，其中一个盯着宜宁看了一眼，魏凌就不太高兴了，皱了皱眉让他们下去了。

那妇人退下之前还对魏凌道："我们明珠给你们添麻烦了吧？我倒是想见她得很，可惜没见到。"

宜宁心想，在英国公府过惯了众人围拥的日子，赵明珠想见自己这个母亲才怪，避之唯恐不及才是。

宜宁最后给魏老太太奉了茶，才算是真的认祖归宗了。她的名字写入族谱就叫了魏宜宁，也免得她不习惯。

魏老太太喝了茶，抬头一看也没发现赵明珠。

等回了静安居之后，魏老太太叫人去把明珠找过来。

赵明珠进来之后看到魏老太太坐在罗汉床上喝茶，就过来拿了小丫头手里的美人锤给她捶腿："外祖母忙了一天，累得很吧？"

魏老太太望着她熟悉的眉眼，心里柔和得很："刚才也见你去祠堂那里，你母亲来了都不见见？"

赵明珠嘴巴一撇道："您又不是不知道，她每次见我都说些琐事，我也懒得听了。再者舅舅带着宜宁妹妹见客，我就不过去凑热闹了。"她娇俏地笑着看魏老太太，"我还是跟外祖母待在一起最舒服！别的人我可没这么待见的。"

魏老太太伸手扶她起来，坐在自己身边："但你也不可对你宜宁表妹不好，你要记得我的话，跟她多亲近亲近。"

"您让我跟她亲近，可是我如何跟她亲近得起来——"赵明珠听了心里又不舒服，"宜宁妹妹一回来，舅舅就权当我不存在了。我送了宜宁妹妹一对掐丝珐琅的花瓶，虽然不贵重倒也精致。谁知道却让舅舅给退回来了，说宜宁妹妹不要这个。"

魏老太太听了皱眉，语气一沉："真的给你退回来了？"那这魏凌也做得太过分了，就算亲生女儿找回来了，也不该立刻就舍弃了养女，这岂不是太过无情无义了？

赵明珠有些倔强地继续道："祖母！从小您就最疼我，府里也是只有我一个的！我小的时候生病了，您日夜守着我。我也难受，为何她一回来，舅舅就不喜欢我了？我怕有一天您也不喜欢我了！我也想去喜欢宜宁妹妹，但一时半会儿怎么喜欢得起来！"

说得老太太心里也感触，明珠还是她宠出来的。她把明珠搂在了怀里，安慰道："傻孩子，我自然是最喜欢你的，毕竟你才是我亲手养大的！你也别担心，有我在，谁会不喜欢你？谁敢看不起你！就是宜宁也不敢，魏凌也不敢的。"

亲手养大的情分还是重的。魏老太太虽然喜欢宜宁，但明珠可是她捧在手里的明珠，不由得就偏心了几分。

赵明珠再怎么不好，也是她养大的。

这是在京城过的第一个晚上。宜宁睡得并不是很好，醒来的时候听到陌生的声音在她耳边唤："小姐、小姐……"

宜宁睁开眼，才看到自己房中奢侈的陈设。对面一架嵌翡翠百鸟朝凤的紫檀木围屏，那鸟儿的羽毛根根栩栩如生，流光溢彩。头顶是一盏五联珠的宫灯，天色熹微未明，灯还柔和地亮着。

她这才想起自己已经不在保定罗家了，如今是英国公府的小姐了。

珍珠扶她起身："您昨晚让我这时候叫您起床，奴婢才叫了您……不过国公爷早上走的时候吩咐过了，您昨晚累了该多睡会儿。老太太喜静，因此咱们府里也没这么多点卯的规矩，您再睡一会儿，晚些去也是可以的。"

宜宁摇摇头："我倒是不累，还是起来吧。"在英国公府不比罗家，魏老太太毕竟是第一次见她，早点去请安是应该的。

珍珠也不再劝她，玳瑁领着一帮小丫头进来，仍旧是半跪下，方盘里托着衣裳要宜宁挑选。

这种簪缨世家的富庶还真不是罗家能比的，宜宁一眼看去，今日拿来的衣裳首饰竟和昨天的没有重样。

她边穿衣裳边问："父亲一大早就走了，是去上朝了吗？"

玳瑁摇头笑着说："说是去拜访定北侯了。国公爷平时上朝不勤的，每三日去一次就可以了。"

她得好好知道英国公府的规矩了，不然在这府里总觉得什么都不知道，就陷在这一堆丫头当中了。宜宁看了屋内一眼，发现松枝和青渠均不在房中，她又问："松枝和青渠在何处？"

"国公爷选了松枝姑娘帮您管小丫头，青渠姑娘管小厨房，正照看着您早上要喝的羊乳。"珍珠答说。

宜宁眉头微皱，魏凌竟然把两个丫头调离了她身边？

他应该是不喜欢罗家吧，连她身边的丫头都换成了他的心腹，而不让罗家来的丫头近身伺候。

"叫她们回来伺候。"宜宁挑了一支简单的玉簪递给玳瑁，指了指她手里的绢花说，"不要那个。"

珍珠听了似乎有些为难，"小姐，这都是国公爷吩咐的，奴婢实在不好说……"

想想也是，魏凌吩咐的事她们怎么敢改。宜宁叹了口气："把她们带回来吧，我自然会去跟父亲说清楚的。"

珍珠这才应声，叫了个小丫头去带松枝和青渠回来。

宜宁则去静安居给魏老太太请安。

魏老太太刚起来礼佛，回来就看到一个小小的人影坐在房里等她，似乎正在凝视她墙上挂的字画。

魏老太太叫丫头端银耳汤给她喝，笑着问她："你也懂画？"

"董其昌的《关山雪霁图》。"宜宁看着那画说，"我的三哥罗慎远喜欢董其昌的画，耳濡目染下懂一些。这笔法浑厚，留白有韵，该是董其昌的真迹了。"

魏老太太看她稚嫩清灵的脸，倒也是有些动容，想来她母亲应该是长得非常好看才是。

她拉着孙女的手坐在罗汉床上，说道："这家里你父亲不喜欢字画，你明珠姐姐也不喜欢。偏偏我喜欢，这下来了个你，咱们可以做伴了。"

其实她也不喜欢——宜宁心想，让老太太失望了。她都是让三哥逼的，还得写信谢谢他才是。她不好意思地笑笑说："我也是半吊子，只能说个大概而已。"

魏老太太叹了口气，摸了摸她的发轻声问道："宜宁，能给祖母讲讲你在罗家的日子吗——他们有没有欺负你？"

欺负是没有的……宜宁想起罗家的日子，竟有些怀念。

赵明珠来的时候，听到屋内魏老太太和宜宁说话的声音，不时地有笑声传来。

魏老太太看她来了，叫她过来坐下。跟宜宁说："怕你无聊，我叫了你明珠姐姐日常的玩伴过来，你们一起玩。她和忠勤伯家的二小姐沈嘉柔，还有贺家的两个小姐都玩得好。"魏老太太又拍了拍明珠的手说，"你可要好好照看你妹妹，别让她乏了。"

赵明珠得了昨天老太太的话，心里已经好过一些了，站起来笑了笑。

宜宁对京城里面的世家小女孩不怎么感兴趣，想到一群莺莺燕燕的凑在一起讨论脂粉首饰的她就头痛。但老太太想给她找玩伴的心是好的，宜宁也没有说什么，跟着赵明珠去了花厅。花厅就建在昨天那个栏杆旁边，风景也格外好。

宜宁昨天就看到过忠勤伯家的二小姐沈嘉柔，比她大一岁，人并不如其名，小姑娘性格有点骄横。而贺家的家世不如英国公府，也不如忠勤伯府，两个小姐没什么底气，说话都温声细语的，并不出挑。

沈嘉柔从小跟赵明珠玩到大，自然跟她关系最好，看到宜宁之后就拉着赵明珠嘀嘀咕咕，交头接耳了一会儿。

赵明珠叫丫头拿了丝线来打络子玩，贺家的两个小姐帮着剪线。几个小姐都不敢惹刚来的宜宁，她身份是最高的——当然也不跟她说话。宜宁有些百无聊赖，突然侧头问贺家三小姐："你会打什么络子？"

贺家三小姐吓了一跳，磕磕巴巴地说："我……我会几个。"

宜宁有些郁闷，又没有人跟她说话了。赵明珠自然也不会来跟她说话。

赵明珠其实并不是一个圆滑的人，她也是有点被宠溺过头了。想想原来英国公府只有她一个表小姐，走到哪里都是众星捧月。如果她心机深沉，那么她就算不喜欢宜宁，也会来讨好她。但是她没有，因为她根本想不到也不习惯，她就习惯被人捧着。

宜宁对这种一眼就看穿的人并不忌讳。

她自己拿了个络子玩，突然听到身后有个男声响起："二妹，你在这里玩什么？"

宜宁听到声音回过头，看到一个少年站在他们身后，微风掀起他的衣角，五官端正倒也俊秀。沈嘉柔看到了他，跑过去拉他的胳膊，笑着问道："哥哥，你怎么来了？母亲不是要你跟着三叔去营里吗？"

这应该就是忠勤伯家的公子沈玉了，宜宁记得昨天听魏凌提起过。

"母亲让我过来拜见老太太。"沈玉微笑着说，目光落在宜宁身上，不由得一愣。

宜宁穿了一件青织金的缎袄，一截手腕雪白如玉，衬得玉镯子都格外好看。五官有种极灵气的秀美，眉宇间却透出一股艳色。她又没怎么说话，细白的手指有一下没一下地绕着红色的络子，叫人盯着她的手指就移不开目光。一转、两转……

"这就是刚回来的明珠的妹妹。"沈嘉柔跟他说，又小声说，"哥哥，你不是要去看老太太吗？"

沈玉这才回过神来，"嗯"了一声。他知道英国公府的小姐被找回来了，他本来是不怎么感兴趣的，却不知道……这个小姐长得这么好看。

"那该叫你宜宁妹妹了。"沈玉笑着跟她说。

宜宁略抬起头，站起来有礼地道："沈玉哥哥好。"

她的声音细细的，有点清脆。沈玉觉得好像被什么东西咬了一口，痒酥酥的。

宜宁却觉得再待下去也没什么意思，她还不如回去补觉呢，便跟他们告辞离开了小亭子。

"听说您喜欢看书，国公爷让管事给您做了几个软垫，都是顶好的料子，您可以靠着看书。"回去的路上，珍珠说要叫宜宁去书房里看看，"昨儿个刚做好就送过来了。"

宜宁反正也无事，便跟着她往书房去，却看到一个小小的身影在书房外冒了一下头。

"是谁在外面？"珍珠高声问道，见没有人出来，立刻道，"再不出来我便叫护卫来了。"

那小小的人影这才冒了出来，居然是庭哥儿。他站在高大的门口有些犹豫，看着宜宁不说话。

宜宁没想到居然是他，还以为是什么人在窥视自己。她叫他到自己面前来："庭哥儿，你怎么自己跑过来了？伺候你的人呢？"

庭哥儿抿了抿嘴说："我过来拿我的书的……"

宜宁想了想说："我记得书房里的书都搬过去了的，你过来拿什么？"庭哥儿有种被拆穿的羞恼，似乎不想跟宜宁说话了，"我要回去了！"

宜宁抓住他的衣领，庭哥儿就跑不了了。宜宁觉得他好玩，笑着说："你可不能就这么走了，我亲自送你回去吧，你住在旁边院子里吗？"

宜宁带着庭哥儿回他的院子去，路上问他："你不去找明珠姐姐玩吗？"

庭哥儿道："我又不是每天找她玩！她住在西院，我不想过去。"他突然沉默了一下，问道，"你会哄别人睡觉吗？"

宜宁一愣，庭哥儿就说："没有人哄我睡觉。晚上屋子里太黑的时候，我就叫佟妈妈多点几盏灯。"

宜宁疑惑，庭哥儿怎么突然说起这个了："父亲不哄你睡觉吗？"

"我每个月只能见到他一两次。"庭哥儿说，"祖母又生病了，我没有去祖母那里。""那你的乳母、丫头，她们不哄你睡觉吗？"

庭哥儿摇头说："她们就在外面守着我……我也不要她们哄我，我又不是三四岁。"他似乎又不高兴了，"算了，不要你送了，我要回去了！"

宜宁还正想安慰他几句，谁知道庭哥儿已经一溜烟跑开了。眼看着就在他的门口了，宜宁也没有去追他。

宜宁觉得有点莫名其妙，这小孩子的性格真是有点喜怒无常啊。

定北侯府里，定北侯爷傅平看到魏凌乘着轿一大早就来了，立刻把他迎进门里。

傅平看到魏凌面色严肃，以为他是来谈什么要事的，屏退了左右，叫心腹去门口守着。他还把自家老太爷存着没喝的大红袍拿出来，给英国公泡了一壶茶，准备好了才问他："你来所为何事？现在可以说了。"

魏凌看了他一眼，幽幽地说："主要是来向你讨教，怎么养女儿比较好？"

傅平听了差点一口茶水喷出来，他简直被魏凌给吓到了："你刚才说什么……这有什么好问的！"

魏凌道："刚才我进门就想说，但你非拦着不让。"

傅平"哼"了一声："算了算了，看在你是昏了头的分儿上，我懒得跟你计较了。"他擦了擦嘴，摆正了姿势，"你们家不是有个收养的小姐……叫赵明珠吗？我记得是从小抱到你府上去的，都当成正经的小姐养着。"

魏凌冷笑道："一个抱养回来给老太太解闷的东西，配得上跟宜宁比？"他摩挲着手上的扳指说，"等老太太把她嫁出去，我随便给她一份嫁妆，就算是我仁至义尽了。宜宁找回来的时候我便不想留她在府上了，免得惹了宜宁不高兴。不过老太太养了她多年，感情深厚，我倒也没动她。就看她自己识不识趣了。"

傅平算是明白了魏凌对这养女的态度，人家根本就没有放在眼里。也不知道这京城的贵族圈子里有几个是真正看清了的，那赵明珠又究竟有没有看清。

"养女儿有什么好请教的？"傅平有些不解，"我那三个女儿都是夫人照管，我按着四季给她们添衣裳首饰，随时找过来问问话就可以了。"大家都是这么养女儿的，毕竟男主外女主内的，还是不能弄混了。

"你若是觉得养不好，干脆娶个夫人回来帮你就是了。"傅平笑了笑说，"你跟着陆都督在外面打了四年仗，现在该娶亲了吧。"

魏凌现在并不想娶亲，一则麻烦，二则总怕娶了回来心思多，对宜宁不好。

他摇了摇头："先不说这个了。"魏凌顿了顿，有些迟疑地道，"我那女儿如今十三，快十四岁了。上次吃饭的时候我给她夹菜，看她似乎不是很喜欢的样子。这女孩和男孩不同，庭哥儿我打也打得，女儿却不敢动半个指头，也不知该如何亲近一些。"

魏凌想起从回来到现在，宜宁一声"爹爹"都没有喊过他。

傅平皱了皱眉，拣了平时夫人说的话出来说："每日过问她的功课就行，或者抽些时间陪她吃饭——一定要娇养啊！我家三个女儿每年添的脂粉钱都是几百两银子，她们喜欢的我夫人从来没有吝啬过。别的倒也不清楚，不过你态度好点总是没错的。"

魏凌皱眉听了听，慢慢从怀里拿出个小册子来，又摸出支毛笔蘸了蘸茶水："你再说一遍，我记下来。"

这是那个战场上敌军闻风丧胆的宣统总兵、英国公魏凌？傅平很想拉着他的脸仔细看看，免得自己认错了。

魏凌见他不说，挑了挑眉："你倒是说啊。"

傅平这才咳嗽了一声，把刚才的话重复了一遍，又添油加醋地说了许多。

等魏凌满意了放过他的时候已经是下午了，傅平目送他出了自己家的大门。多了个女儿，英国公倒是显得有人气多了。

他很感叹地回房去了。

宜宁则到了魏凌那里去等他，想跟他说松枝和青渠的事。

魏凌是习武之人，他的书房里书并不多，整套整套的书甚至没怎么翻开过。伺候魏凌的两个大丫头给她沏茶，又问要不要找本闲书给她看。宜宁摇头说"不用"，她走到魏凌的书案面前，发现他桌上堆的东西有些凌乱。

宜宁一一地帮他收拾好了，笔归到笔山去，不用的卷轴卷起来插到瓷缸里。

其中一个大丫头似乎想说什么。魏凌厌恶别人收拾他的书案，甚至很少要人进他的书房，所以这里从来不收拾的。但另一个丫头手疾眼快地握了握她的胳膊，示意她不要说话。

宜宁收拾到后面，看到书案上有一封信。

信上只有八个字："荆门有异，不可妄动。"落款是一个"陆"字。

宜宁看着身上微微发冷，这字迹的熟悉甚至是深入骨髓的，他代她抄给陆家老太太的佛经上，就是这样的字。她画的墨竹图上，他随手题的诗也是这样的字。甚至给她的聘礼单上，还是这样的字。那时候她以为，是因为他对自己格外用心，所以连聘礼单都是亲自写的。

但那些洋洋洒洒、充满趣味的回忆，如今只化为这信纸上的八个字，没有丝毫情绪，只剩冷漠和凝练。

"宜宁，你可是来找我的？"书房外面魏凌已经回来了。宜宁拿了一本书把信盖住，微微吐了口气。

陆嘉学……他总是最能搅得她心神不宁，看到字她都这样，更何况是他本人了。这么多年了，罗宜宁前世最忘不了的人还是陆嘉学。明明以为他是真的喜欢自己的，结果却到处都是他冷漠的谋划。

罗宜宁总是觉得自己的内心已经够强大了，但陆嘉学还是会让她失态，恐怕就是再过二十年都改变不了。

她抬起头的时候已经恢复正常了，对刚进来的魏凌说："我帮您整理书案了。"

魏凌只是瞥了一眼书案，笑了笑，夸她："是整齐了许多，多亏你整理了！"傅平都说了女儿要宠，只要她高兴，把这书房翻过来都成。

两个丫头面面相觑，果然刚才不阻止就是对的，随后悄悄地退了下去。

宜宁让魏凌在太师椅上坐下来，她坐在他旁边："我是来跟您说松枝和青渠的事的……"

魏凌听到这里眉头一皱，说道："她们是你从罗家带出来的丫头。我不得不防着罗家，不能让她们近身伺候你。既然是你带出来的，也分管你院中的事，但不能留在你身边。"

宜宁也知道没这么容易把魏凌说服，继续说道："我带她们过来，自然是信得过她们的。"她看着魏凌笑了笑，"那您信得过我吗？"

魏凌一时没有回答，别的方面随她怎么高兴怎么来，丫头这事他却是不能退让的。

她却抓着他的手摇了摇说："您要是信得过我，就该由我来做决定，您说是不是？"

魏凌只看着女儿抓自己的那只手，她难得主动亲近他。若是她能撒娇就好了，别的女孩儿总是会向父亲撒娇的，但是宜宁的个性是肯定不会的，她做不出来这种事……魏凌突然觉得有些遗憾。

她都这么说了，不答应她怎么行呢。魏凌叹道："罢了，你房里的丫头随你处置吧。"他又补充道，"但珍珠一定要留在你身边。"

宜宁当然也是很看重珍珠的，珍珠对英国公府了如指掌，虽然还不能完全做到以宜宁为主，但至少比玳瑁做得好。

这时候天已经渐渐黑了下来，丫头端了烛台进来，顿时屋内亮起暖黄的光来。魏凌问宜宁是否饿了，他好叫丫头准备晚膳。

宜宁老实说是有点饿了，魏凌便伸手摸了摸宜宁的头："眉眉等着，爹爹回了信就和你一起去吃饭。"

宜宁对他笑了笑点头，竟有了几分面对亲人才有的熟悉感。

魏凌走到书案面前回信，宜宁看到他高大的身影被烛火照着，投在多宝槅上，显得更加高大了。宜宁有点犯困，却觉得在魏凌这里也十分安心，靠着太师椅静静地等着他写信。

魏凌写好了回信，叫护卫进来送出去，回头看到小丫头靠着太师椅，乖乖地缩成一团，可能是因为等得发困了，昏昏欲睡的。她这么稚嫩纤细，和高大的椅子，和周围严肃的陈设都格格不入。他顿时有了种身为父亲的责任感，这孩子这么娇小，实在是需要他保护的。

魏凌柔声叫她起来，宜宁迷迷糊糊的，让他牵着走出了书房，外面夜已经深了。等到清醒的时候，宜宁已经坐在桌前吃饭了。

吃了饭魏凌又亲自把她送回去，正要走的时候又想到了什么，跟她说："以后你监督你弟弟的功课吧。他皮得很，也就我能管管他。他要是不听你的话就告诉我，我来教训他。"魏凌觉得儿子可不能娇惯了，一定要打打才老实。特别是他在外几年，孩子都被宠得不像样子了。

自己的儿子跟赵明珠亲近，而不和自己的亲姐姐亲近，这是不行的。以后等他老了，这孩子继承英国公的身份，要是与宜宁不睦怎么办？

"你也不用早起，我让他明日来找你。"魏凌说，"他现在由程琅教导，明日程琅会来给他授课,你也可以听听。"

宜宁恭敬地送别了魏凌,觉得有点头疼。上次她和程琅那般……明天见了还不知道会怎么样呢。

【第一卷·完】

首辅养成手册

中

闻檀 著

江苏凤凰文艺出版社

第二卷

红尘辗

## 第十七章 教导幼弟

果然如魏凌所言，庭哥儿一大早就到她这里来了。他的乳母佟妈妈跟着，提着装文房四宝的小箱子。

如今是冬天，怕外面风大冻着了他，宜宁让丫头把暖阁收拾了给他读书用。

暖阁里头烧着炭，屋子里十分暖和。外面又飘起了小雪，倒也不厉害，但已经是满地的碎琼乱玉。比起来更觉得暖阁里舒服。

庭哥儿抿着嘴，一副很不高兴的样子，拿了笔。

宜宁在一旁边喝茶边监督他写字，庭哥儿才五岁大，腿都够不着地，在半空里一晃一晃的。因还年幼稚嫩，握不好笔，写了几个字就注意力不集中，一会儿去抓笔架上挂的毛笔，一会儿去动两下砚台。

宜宁看了就说："庭哥儿，要专心练字。"她心里有种风水轮流转的感觉，以往都是罗慎远监督她练字，如今有了个小鬼头也给她监督着。

庭哥儿看着她说："你不是也在旁边喝茶吗？"他的一双眼睛真是好看，长得又大，睫毛又浓密。他把毛笔"啪"的一声放下了，不满道："你喝茶我练字，这是凭什么？你的字又有多好看？"

宜宁听着这般话后把茶放下，叫松枝过来给她铺纸磨墨，说道："你过来，我写给你看。"她没有别的话，提笔蘸了墨，端正地在纸上写馆阁体。

庭哥儿见她聚气凝神，手下写出来的字颇有风骨，非常漂亮，跟他的字帖写得一样好看。他有些愣愣地看着宜宁，宜宁觉得他的脸白生生的像包子一般，就捏了捏笑着问："我的字好看吧？"

庭哥儿被她一捏，小脸微红地退了一步："你……谁要你捏我了！我是男子汉，不能捏我的脸！"

"你不喜欢啊？"宜宁觉得他脸红可爱得很，继续说，"那我不捏你就好了。你别跑远了，过来我教你如何运笔。"庭哥儿就是不肯过去。

这时候有个人静静地走进来，站在暖房的门口，一团影子挡住了她的光。宜宁抬起头，看到程琅穿着一件月白色的直裰，俊脸如美玉一般，在这冰天雪地的冬日里莹莹生辉。他看到宜宁看着他，扯了扯嘴角道："你可别这样看着我，是舅舅让我过来的。"

他已经是正经的吏部郎中，正五品的官，又不是什么游手好闲的世家子弟，平时没事做。宜宁倒也没有别的意思，喊了他一声"程琅表哥"之后，往旁边避了避。

程琅叹了口气说："表妹是当真避我如蛇蝎了。"他长这么大，还没有受过别人这样的待遇。

宜宁"嗯"了一声跟他说："表哥你太谦虚了，你比蛇蝎可怕多了——我听说京城里曾有位秦淮名妓，才色满天下。表哥为之一掷千金，包场听曲。后来不喜欢人家了，就撇到一边不理会。这女子后来以毁容相逼，你也不管人家，可是有这件事？"

宜宁的语气算不上友好，程琅听了只是笑道："倒也奇怪了，一个个开始的时候清高冷漠，到了后来就寻死觅活、死缠烂打，叫人厌倦。表妹实在是误会我了，这些事又不是我逼她做的。"

宜宁很不喜欢程琅这种对别人无所谓的态度，可能原来他是自己教出来的，总想关心他一些，不然别人她才不想管。

程琅拿了本字帖叫庭哥儿过来，让他照着练。庭哥儿坐过来的时候，他眼睛一瞥看到了旁边宜宁写的字。

"这是你写的？"程琅抬起头问宜宁。

宜宁淡淡地点头，程琅就微笑道："你这是照着别人的字帖练的吧，字迹我有些眼熟。"程琅天资聪慧，看什么东西都是过目不忘的。

宜宁从小到大用的都是罗慎远给她写的字帖，所以写字的笔迹也跟他有七八分相似，想必程琅是见过罗慎远笔迹的。

程琅已经把那张纸拿过来仔细辨认了，看了之后说："是你家三哥罗慎远的字迹吧。"

宜宁听了觉得不可思议，他小时候就聪明，她却不知道程琅已经到了这个份上。她问他："你见过罗慎远的字迹？"

"几年前在京城里遇到过他。"程琅放下纸，看着她说，"看来他倒是宠你。"没有人会放任另一个人和自己字迹相同，特别是罗慎远那种聪明谨慎的人。

罗宜宁当然知道三哥对她好，但是这一向是她的感觉，从别人口中说出来的时候，还是觉得有些说不出的意味。当她离开罗慎远之后，才知道这个人对自己的影响有多么大，言行举止，甚至是思维方式……她只是道："你先教庭哥儿写字吧。"

宜宁不再想罗慎远了，想他又看不到他。

程琅教了庭哥儿半天，差不多完成了任务，说要告辞。宜宁让丫头送他离开。她自己则去了小厨房里，卷了袖子准备做一种南瓜小点。

她最擅长做这种点心，蒸糯的南瓜拌了糯米粉，里面包着红豆沙和红糖，再用小火一煎，吃起来的时候外脆内软，咬一口就有甜香的汁液流出来。还是她很小的时候琢磨出来的，给别人一尝大家都喜欢吃，也就成了她的成名作。简直是老少咸宜。

庭哥儿练字辛苦，她是打算做给他尝尝的。

松枝在一旁给她打下手，笑着说："还不知道您会做这个呢！"

宜宁心想，那是因为她原来在罗家的时候懒得很，但要说厨房的本事她并不是很强，做一做这些小点心可以，大菜就拿不出手了。

她做好之后装在了一只青瓷缠枝纹的白盘里，端着往暖阁里去了。庭哥儿先闻到了香味，转过头往门口看。

宜宁把盘子放在小几上，用小碗盛了递给庭哥儿。

庭哥儿的小鼻子抽了抽，夹着那小饼有点怀疑："这是什么做的？"他吃的糕点向来都是精致极了的，没见过这般不起眼的。

"外面是南瓜，里头包的是红豆和红糖。"宜宁看他犹豫不吃，知道他肯定是嫌弃不好看了，就道，"你若是不吃，那我拿走了？"

庭哥儿闻着觉得香，才小小地咬了一口，一股甜汁混着红豆的香味就流了出来。他是猫舌头，烫得跳了起来，不住地说"好烫"。一旁看着的佟妈妈吓坏了，连忙端茶给他喝："您可烫得厉害？快让奴婢看看有没有大碍。"

庭哥儿抱着茶壶灌了几口水，又看着一旁站着不说话的宜宁，心里的委屈成倍地增长。这个人真是的，没看到他被烫着了吗？而且还是被她给烫着的，她就不会来安慰自己几句吗？为什么站在那里不说话！

宜宁则是觉得他不打紧，点心什么热度她当然知道。不过是庭哥儿格外娇气一些而已。

谁知道庭哥儿就抱着茶壶，眼眶热热地说："你把我烫着了！"他小小的一个人，看上去委委屈屈的。

宜宁哭笑不得，只得过去摸了摸他的头："那我给你道歉怎么样？"

烫着了当然要吹吹，但是舌头可是没有办法吹的。庭哥儿想通了这茬，又觉得生气实在是没有必要了。反正她都道歉了，他勉强点了点头算是原谅宜宁了。那点心倒是挺好吃的，他叫佟妈妈把他的小碗递给他，他还是要继续吃的。

身后突然有脚步声传来，宜宁回过头，看到是程琅走了进来。正想问问程琅返回来干什么，却看到程琅看着她放在小几上的盘子。

"程琅表哥，可是忘了带什么？"宜宁问他。

程琅没回答，而是从盘中拣了一块点心尝了，慢慢地咽下去，表情完全不对，似乎是有些震惊。

罗宜宁被他这么看着，突然有种不好的预感，向他走过去问道："你怎么了……"

没想到程琅直看着她，突然一把抓住了她的手腕，低声问道："这点心——你是跟谁学的？"

看到程琅突然这般动作，屋子里的丫头都十分吃惊。珍珠不由得跳起来，连忙要把程琅拉开，众目睽睽之下，他这是干什么啊！

"表少爷，您快放手！这……这要是让国公爷知道了不得了！"

宜宁被他掐着，心里猛地一跳。她怎么忘了，这点心是程琅最喜欢的！他小的时候，她就经常做给他吃。

程琅肯定是记得这点心的！

"我自己做的！"宜宁冷冷地看着他，扭动着手腕想要挣脱，"你放手，你究竟知不知道什么是男女授受不亲？"

他却握得很紧，几乎是掐得用力了，完全不像平日谈笑风生的样子："究竟是谁教的？"见宜宁不回答，他又逼迫道，"你给我说啊！"

松枝在一旁急得不得了："表少爷，我们小姐真的从未跟别人学过！我一直跟在她身边，我还能不知道吗？您赶紧放手，您把我们小姐的手都掐红了！"

几个丫头上来拉他，程琅终于甩开了罗宜宁的手，还是不肯放过地盯着罗宜宁。

宜宁扑倒在小几上，有点仓皇失措。她握着自己酸痛的手腕，突然有种无所遁逃的感觉。在这些熟悉她的人面前，一个毫不惹人注意的小细节就足以暴露她，置她于死地。这还只是程琅，要是陆嘉学跟她接触深了，凭他对自己的了如指掌……

宜宁开始控制不住地浑身发抖。珍珠几个以为她是受了委屈，立刻围过来安慰她。庭哥儿有些惊讶地看着这出，程琅表哥这是……欺负她吗？

他的第一个想法是，要不要告诉爹，给她找回点场子，爹肯定会把程琅狠狠地训一顿。但是他又犹豫要不要帮她出头……

松枝却已经站起身，眼眶微红地看着程琅道："表少爷，您不要以为我们小姐就是好欺负的！她虽然是从外面回来的，但也是英国公府正经的小姐。您这究竟是要做什么？怎么能这么失礼！"

程琅看着宜宁半天不说一句话，见她纤细的身体微微发抖，他心里混乱的情绪才慢慢沉下来。

是他失了分寸，明明……明明都死了十多年。那时候掉下山崖是找着尸骨的，没有假，但是他看到这点心的时候还是心神大乱，和记忆里的一模一样，别人不可能做出完全一样的东西。

"对不起。"程琅声音微哑，低声说，"我改日登门道歉，今日恐怕不能继续下去了……对不起。"

程琅转身就离开了暖阁，背影很快就消失在了庑廊上。

宜宁看着他就这么离开了，扶着松枝的手站了起来。她突然有点恨自己的粗心大意，本来……本来是能避免的！明明这个东西只有她会做，明明就是程琅最喜欢的，他自然印象深刻。她居然一时忘记了。

珍珠有些担忧地看着她，轻声说道："小姐，表少爷他平时不这样的……也不知道今天怎么了。"

一个小丫头捡了块牌子过来道："表少爷的腰牌忘记了……"

宜宁也没有反应过来，摇了摇手示意她们不用说了，半晌她才道："今天这里发生的事……谁也不准给父亲说,都听到了吗?"

屋里的丫头面面相觑,就连庭哥儿都没有说话,出奇寂静。

外面白雪纷纷,大雪很快就掩盖了庭院中的花草。宜宁端着一杯茶静静地坐在床边,隔着隔扇,是珍珠和玳瑁在轻声说话。

宜宁无暇顾及她们在说什么,她在想问题。

前世她被陆嘉学除去。要是他知道自己没死,甚至知道她还完整地记得他那段不堪的过去……他会再起杀心吗?

她默默地啜了口热茶,心想以后只能更加小心了,一个破绽可以叫偶然,破绽多了却不得不让人怀疑。

魏凌下朝之后往宜宁这里过来。

丫头解了他的斗篷,魏凌身上带着外界湿冷的雪气,坐在宜宁身边笑着问她:"一副闷闷不乐的样子,怎么的,可是庭哥儿给你气受了?"

宜宁瞧他的手没有血色,把自己的汤婆子递给他暖手:"您别担心了,没有的事。"魏凌其实不怕冷,边关冬日极寒,盔甲上都生一层寒霜的时候他都不觉得有什么。

他还是接过了女儿递过来的汤婆子。这外衬用的是粉紫色的漳绒料子,上面绣着团花,一看就是女孩用的东西,一股脂粉气。

魏凌忍着,把汤婆子握在手里,转了话题跟她说:"我入宫拜见皇后娘娘,她得知我刚把你找了回来,赏赐了你一些东西。"说着叫人把东西给她搬进来,几匹缂丝和蜀锦的料子,好些大大小小的盒子。

宜宁看向他,"您……皇后娘娘也知道我?"

"这是当然的,等以后多多带你去拜见她老人家。"魏凌瞧女儿睁大了眼睛,笑着说:"英国公府世代簪缨,你太爷爷还是开国重臣,咱们家一直是盛宠不断的。你又是我唯一的女儿,皇后娘娘自然要赏赐你东西了。不过现在皇上病重,宫里戒备森严,不然我今日就带你一起去了。"

他招了招手,叫人捧着个匣子上来,打开给她看:"这一斛珍珠最为名贵,每颗都有指甲盖大,爹爹送去给你做首饰好不好?"

魏凌抓了把珍珠放在她手上叫她玩。珍珠在她的指间滚动落在罗汉床上,的确是上等的珍珠,色泽柔和,光滑圆润。宜宁记得赵明珠的金项圈上就镶嵌了这么一颗。

魏凌居然给她弄了一斛回来。

抱着这些价值连城的东西,宜宁想起林海如也是这般对她的,心情略好了些,就笑眯眯地跟魏凌说:"谢谢父亲。"

魏凌一愣,她的声音自然是娇柔清脆的,他还是第一次听到宜宁叫他父亲。这可是真的讨到了她的欢心?见女儿已经探身去看别的东西了,他把罗汉床上的珍珠捡起来,跟她说:"你祖母的生辰要到了。到时候做好了,你就可以戴着随着你祖母见客了。"

宜宁点头,又听魏凌淡淡地问:"明珠对你可好?"

赵明珠……不跟她针锋相对都是好的了，宜宁只是陈述事实："明珠姐姐不太好说话，别的倒也没什么。"

魏凌听了心里冷笑。

赵明珠一向心高气傲，本来就是他抱给老太太，当宠物一般养着解闷儿的。而今京城贵族圈里，甚至是她赵明珠自己，都觉得她也是正经的英国公府小姐。这是他不能容忍的。

他把匣子收起来："爹爹找人给你做首饰去。"说罢带着人出门去了。

魏老太太正在吩咐下人在院子里铺了席，收些干净的雪水存着煮茶，就看到赵明珠和几个丫头笑笑闹闹地过来了。魏老太太看到她身上落了雪，忙拉着她坐下，亲自给她捂着手暖和，怪她道："在外面玩什么呢，手都冻得冰凉了！"

赵明珠笑着凑到她面前："外祖母，嘉柔和我比折梅枝，谁折的梅枝好看，就得一袋金豆子！我赢了她两袋金豆子，她气呼呼地回去了。"

魏老太太又道："不就是两袋金豆子吗，平日给你的那些金器都不知道有多少了！"

赵明珠说："我自然也不在乎那个，但总是觉得好玩嘛！"

这时候宋妈妈挑了帘子进来，跟魏老太太说雪水已经储藏好了。她看了看赖在魏老太太身边喝茶的赵明珠，犹豫了一下说："老太太，外院伺候庭哥儿的丫头刚过来，跟奴婢说了今日的一件事……"

魏老太太点头："你说就是了。"老太太让人端了一碗剥好的山核桃出来给明珠吃，山核桃更香更脆，明珠挺喜欢吃的，就是很难剥。她每日叫人给赵明珠剥小半碗，赵明珠却有些吃腻了，有一下没一下地吃着，抬头看宋妈妈。

宋妈妈这才继续说："国公爷……请了程表少爷来教庭哥儿，却是在小姐那里授课的。程表少爷一直在那里，下午的时候才出来。"

魏老太太手微顿，赵明珠也从魏老太太身上起来："程琅表哥今日来了？"

魏老太太面色不变，压下了赵明珠的手，问宋妈妈："魏凌这是什么意思，他可是想撮合宜宁……和程琅？"

宋妈妈有些为难地摇了摇头："应该不会吧，国公爷早知道您有意让明珠小姐和表少爷结亲的。就算有这个打算，也会来找您商量商量才是。"

赵明珠心里猛地一跳。

虽然她心里真正喜欢的另有其人，但魏老太太撮合她与程琅，她也不是对他毫无感觉。更何况她也知道，能嫁给程琅已经是再好不过的，程琅年纪轻轻就是吏部郎中，以后入阁拜相也不是没有可能……

"外祖母。"赵明珠有些无措地看着魏老太太，"要是舅舅有意让程琅表哥跟宜宁妹妹一起，那我该怎么办……"

魏老太太也不知道，她有点生气儿子的这般举动。宜宁地位尊贵，以后再给她说好的亲事也不是不行。但是明珠已经到了待嫁的年纪，程琅是她早就给明珠瞧好的。满京城的人都看着，她只盼着赵明珠能近水楼台先得月，结果魏凌却来打岔？

魏老太太深吸了口气，看着赵明珠问："你老实跟我说，你可喜欢程琅……程琅，可又喜欢你？"

赵明珠有些茫然，程琅……喜欢她吗？

应该是有些喜欢的吧，寻常的女子他早就不耐烦了。她跟他也算是有一起长大的情分在，比别人好多了。但不管程琅喜不喜欢她，他总不会喜欢罗宜宁的。罗宜宁除了有个正经的小姐身份，她还有什么？

"他对我倒也好……"赵明珠说，"但凡我要什么，程琅表哥都没有推辞过。前日看到宜宁妹妹拉着程琅表哥说话，宜宁妹妹似乎是喜欢他的。"她拉住了魏老太太的袖子，"祖母，是不是宜宁妹妹喜欢，我就不能再喜欢了？"

魏老太太看她神色忐忑，便道："你怕什么，事情总有个先来后到，何况你跟程琅是从小一起长大的，感情自然深一些。"魏老太太握住她的手，"你有我撑腰，我不会坐视你被人欺负的。"赵明珠离开亲人身边陪了她这么多年，魏老太太甚至有时候都忘了，赵明珠只是抱养来的。

她十分疼爱赵明珠，平时有人欺负赵明珠，她绝不会坐视不理。要是魏凌一碗水端平了还好说，但她如何看不出来，魏凌就没有把赵明珠当一回事儿。她要是再不护着明珠，那她从小养大的明珠该怎么办？

魏老太太让赵明珠回去后，派人出去打探消息。到了晚上，宋妈妈从回事处那里回来了。跟魏老太太说魏凌拿了一斛极品珍珠给宜宁做首饰，还有几匹上好的布料，都是贡品级别的好东西。魏老太太脸色淡淡地问："可有说给明珠做？"

宋妈妈看老太太手里盘着一串玛瑙珠子慢慢数着，没有说话。

魏老太太把玛瑙珠子放在了小几上，玛瑙发出清脆的撞击声。她淡淡道："我知道了，你下去吧。"

等宜宁次日再给老太太请安的时候，总觉得她对自己的态度冷淡了许多。

宜宁从丫头的托盘上端了魏老太太惯常喝的血燕粥给她，只听老太太平静地说："今日我不喝粥，你端给你明珠姐姐喝。"

她是哪里惹老太太不高兴了吧？这态度分明是在惩罚她。

宜宁定定地没有动，珍珠却上前一步，从她手里把粥接过递给赵明珠，屈身笑道："明珠小姐慢用。"

宜宁看着赵明珠低头喝粥，似乎突然有些明白了。她在魏老太太身侧坐下来，就听到魏老太太幽幽地道："宜宁，你可知道'孔融让梨'的典故？"

罗宜宁其实一向很喜欢老人的，可能是受了罗老太太影响的缘故。但她也知道，罗老太太只有一个，终究……终究是不会有人像罗老太太那样毫无缘由满心宠溺地偏向她。她语气平和而淡然地说："宜宁知道这个典故，却不知道祖母提这个典故是何用意。还望祖母跟我明说就是了，宜宁有则改之，无则加勉，倒也不用猜来猜去的。"

魏老太太看到她抬起头，这丫头看似柔和，但要是生气起来似乎也是有点脾气的。

她突然不知道该怎么说了。宜宁今日早早地就回去了。

生气倒也不是特别生气，毕竟这也不算什么大事，只是她也不想在魏老太太那里留下去。她关在房间里练字，珍珠见了轻手轻脚地退出去，把隔扇给她轻轻地带上了，叫小丫头不准打扰宜宁。然后她去了魏凌那里，把今日发生的事跟魏凌说了。

魏凌听了心里怒火压都压不住——母亲这是什么意思？怎么能跟宜宁说这些话！

他衣裳都没换就去了魏老太太那里，看到魏老太太正在对账本，他直接让下人退下去，他要跟魏老太太好好谈谈。

魏老太太放下账本道："我没让人去找你，你倒是过来了。"

魏凌看着魏老太太许久，才说："母亲，您是不是忘了赵明珠是什么身份，莫不是给您养久了，还真是养出感情了？您对她好我不反对，但绝不能越过宜宁去，宜宁才是您的亲生孙女。以后也是我英国公府唯一的小姐，没有赵明珠什么事。"

魏老太太听了他这话自然也不高兴，冷冷道："明珠怎么了？明珠再不济也是离开亲人身边陪了我十年。你这些年南征北战的家都少回，要不是还有明珠在我身边替你尽孝道，我怎么过？如今你把亲生女儿找回来了，难道我又对她不好了？我对宜宁也不差吧，只是你也偏心太甚了，程琅本来就是我与明珠先看好的，你却为宜宁打算去了。再说你最近给宜宁新做衣裳首饰，可又想过明珠？"

魏凌冷冷一笑说："她是离开亲人到您身边养了十年，这十年里没有人亏待她吧？府里怎么也是锦衣玉食地宠着她。我看她倒是在我们家待得很舒坦，连自己的生母都不愿意认了，不如您现在问问她愿不愿意回去？她要是愿意走，那我也不说什么了。再说我偏心宜宁又如何了？一个是我的亲生女儿，一个不过是抱养的，我偏心自己的亲生女儿没错吧？"

魏老太太看着自己的亲生儿子，她这个儿子平日话并不多，她很少听到他这么连续地长篇大论。听他说得多些，她心里的怒气也消散了些。

魏凌继续说道："我是想过宜宁的亲事，也想过程琅合不合适，但这与宜宁何干？那些为宜宁新做的衣裳首饰，也是皇后娘娘赏赐宜宁的，凭什么要拿来分给旁人？再说您这些年为明珠置办的东西还不够多吗？恐怕宜宁房里的东西都比不过她吧？"

魏老太太被他这么一说，句句都是在理的，她自然也无法反驳。

她听了就叹了口气道："便是这么说，你也不要太偏心了。明珠她是赤子之心，为人单纯。但她也是个可怜的……她家里又是那样的情形，你也体谅她一些吧，总不能让她回头过那等苦日子……"

"她本来就应该过那样的日子！"魏凌突然打断了魏老太太的话，"要不是我抱她回来，她该是什么样子就是什么样子。宜宁又不可怜了？她从小就不知道自己是英国公府的小姐，被别人欺负，要不是我把她找回来，她在罗家还不知道要怎么样！"

"您要是真的对我偏心有意见，来找我说就是了，为什么要跟宜宁说？她心思敏感，您说了她就记得，就会伤心，但她又做错了什么？"

魏老太太半晌说不出话来。她想到宜宁那双带着小窝的软软的小手，想到宜宁早起来给她请安，明珠还没有起来，她就端正地乖乖坐着，望着她墙上那幅画说是董其昌的真迹。她也有了些愧疚，是她太急着护明珠了。

"你……你也是。"魏老太太叹了口气，"你要让她们和睦相处，也不该偏心了。明珠送给宜宁的珐琅花瓶，可是你觉得不好，给退回去了？明珠记得这个，自然也会不高兴。"

魏老太太不说还好，她一说魏凌就更怒了。

这个赵明珠，他还没有因为此事去收拾她，她反倒把这件事捅到了魏老太太这里！

魏凌又是冷笑："母亲，倒不是我说您，您可是糊涂了？那赵明珠房里有多少奇珍异宝，非要送宜宁一对普通的花瓶，这不是摆明了轻视宜宁吗？我给她退回去算是我看在您的面子上忍了，要不是您在，我当即能把东西摔在她面前您信不信？"

魏老太太被堵得说不出话来。

魏凌继续道："以后赵明珠要是再敢如此，我肯定把她赶回去。您不高兴我也不会理。"他接着说，"毕竟我才是英国公，家里还是由我做主的。"

说罢魏凌站起身，小厮给他披了斗篷，他径直走出了魏老太太的房间。

宜宁可不知道她爹去帮她说话了。

她练字的时候听到动静回过头，就看到魏凌静静地站在她身后，竟然一直没有说话。宜宁直起身跟他说话："您今天怎么这么早回来……"

话还没有说话，魏凌却突然伸手抱住了孩子。

宜宁猝不及防被他抱住，她闻到魏凌身上有种松香，其实挺好闻的。想到珍珠定是跟魏凌说了什么，她道："父亲，我真的没事的。"

魏凌顿了顿，声音很低："爹爹知道。"他头先怕吓到女儿，一直不敢抱她。但今日心里却格外怜惜她，甚至比她在罗家的时候还要怜惜。可能因为这件事是因他而起的，是他没有保护好他。

他又久久不说话，最后才说："爹爹把你找回来的时候，跟你说过不会要别人欺负你……"

"万事无绝对。"宜宁只是轻声说。她从没想过英国公府之后真的就全无阻碍了，所有人都喜欢她，这是不可能的。

魏凌摸了摸她的头发，什么承诺的话都没有说，说什么也没用。他坐了下来："明珠是你祖母养大的，所以她十分偏袒明珠。你没来之前，她在英国公府就可以横着走了。"他说道，"以后她若是对你有什么不好的，你直接来跟我说便是了。"

那时候他必然不会再手下留情了。

静安居那边，魏老太太却越想越觉得心里过不去。

她让宋妈妈寻了伞过来，她要去宜宁那里一趟，宋妈妈劝她雪天路滑，魏老太太却不听。宋妈妈只能叫小厮抬了软轿过来，轿子一路去了宜宁那里。魏老太太下了轿径直往西次间去了，丫头想要通传，宋妈妈却伸手示意她不要说话。

魏老太太看着烛光，站在了西次间的门口。宜宁在和魏凌说话，不知道说到了什么好笑的事，两人都笑起来。一大一小的两张脸，笑起来神态格外相似，眉梢的痣也是一样的。

魏老太太这般看着，心生亲昵。这的确是血脉里的亲情。

宜宁却看到魏老太太站在门口，笑容有些收了起来，没有像面对魏凌那般放松自如，全无防备。她有些拘束地喊道："祖母。"

魏老太太见此，心里重重地抽了一下，宜宁还是个半大的姑娘啊！被人所伤了自然会防备，自然就没这么亲近她了。明明宜宁刚回来的时候，对她也是这么亲近的……

魏老太太强颜欢笑："我就是看看……没事，你们父女接着说话就是了。"

魏老太太看到魏凌连看都没有看自己，转身离开了。等到了轿子上，她突然咳嗽了几声，宋妈妈忙问："老太太，可要紧？"

"该是伤寒了，没有大碍。"魏老太太闭上了眼睛，软轿的速度因此加快了许多。

静安居里，赵明珠还在等她，见魏老太太进来了，立刻拉着她的手问道："外祖母，您今天见了舅舅，他……他是什么意思？"

魏老太太重重地咳嗽了几声，看到赵明珠一脸焦急，很想听到她的回答的样子，她突然觉得有点失望。

她明明病了，赵明珠却一点都没有注意到，反倒只关心她的事。

"没事了。"魏老太太还是不忍心，淡淡道，"你舅舅没有这个意思。"宋妈妈扶着魏老太太往内室里去了，赵明珠微微一愣，才跟了上去。

因着这件事，魏老太太从自己的库房里寻了好多东西送给宜宁，且每日都派人往她这儿送各种样式的点心。宜宁当然不可能跟老人家记仇，过了也就算了，就是再也没有头先那么亲近了。

魏凌却没有轻易放过赵明珠，他跟回事处的人说："明珠的丫头多了，一般的郡主也没有她这样的排场。"然后把赵明珠房里的丫头拨了一半出去，平日的用度也减了一半。但是宜宁房里要用多少还是多少，超出的英国公看到从来不说，甚至还亲自挑选了丫头送到宜宁那里帮她管着。但凡宜宁有什么要的东西，英国公的吩咐也是最快传下来的。

要是以前魏老太太肯定不同意，这次却没有说话，任魏凌做了。

赵明珠在屋子里气得说不出话来，她长这么大，还没有遇到过这样的事！她跑去魏老太太那里哭诉，魏老太太却紧闭着嘴唇不说话，只是安慰地抚了抚她的头。这是魏凌的意思，她不能干涉。而且明珠用这么多丫头……着实也不对。

赵明珠觉得魏老太太最近对自己的态度有些冷淡，心里很难受。她自然也是把魏老太太当作亲人看待，她开始撒娇讨好，魏老太太才逐渐对她好了起来，眼看着跟过去没什么两样了。

府里的管事和下人却因此都明白了，这个抱养的小姐，和人家真的小姐还是没法比——英国公可不会宠着一个没血缘的伪小姐。

而庭哥儿那日纠结再三，还是没有跟父亲说。不过因为程琅接连好几日都没有来，他轻松多了，也不用练字，整日去找赵明珠玩。

宜宁也感觉到了管事们对自己的变化。

魏老太太的生辰没有几日了，这次是整寿，要大办的。

宜宁准备做一个绣屏的，虽然不贵重，却也是她的一番心意。她找了回事处的管事过来，说要给魏老太太预备生辰礼，要他们准备一架围屏。没想到第二天管事就送了四五个围屏过来，让她挑一个最好的出来用，态度恭敬半点不敢怠慢。并说："小姐要什么，尽管跟小的说。国公爷吩咐过的，别的都可以少，不可少了您的东西！"

宜宁哭笑不得地让他退下了，她只是要一个围屏而已啊。

到了老太太生辰那日，府里早早地热闹了起来。宜宁一早去了魏老太太那里，魏老太太还在梳头。赵明珠已经穿得整整齐齐坐在魏老太太旁边了，她一身浅红色遍地金通袖缎袄，梳了发髻，戴了凤衔珠的金簪，耳朵上戴的赤金耳珰衬得她肤白莹润。赵明珠本也长得漂亮，这样一打扮更是容光焕发，明艳照人。

魏老太太拉了宜宁过来看，宜宁的风格一向比较素净。她今日只穿了件浅粉色杭绸缎袄，袖口绣着漂亮的百吉纹，深蓝色的湘裙，头上是嵌翠玉的镂空金簪。她已然是五官略长开了，一双杏眼水润清澈，宛如春光倒映池水之中，粉嫩如雪的肤色，看着就有种清灵逼人的感觉。

魏老太太暗自吃惊，这孩子真若是做了艳丽的打扮，还不知道是什么样子。

别说魏老太太了，宜宁有时候对着镜子里看这张脸都觉得漂亮极了，不由得想宜宁的生母顾明澜究竟是怎样的美人。

而且随着年龄的增长，她越发觉得心惊，怕这等漂亮招来祸事，从来都不敢穿得出挑。不然谁又喜欢一成不变的素净。

她祝了魏老太太福如东海，寿比天长。魏老太太就笑呵呵地给了她一个红包。说道："一会儿我带你出去见客，切莫紧张了。"

宜宁垂下眼，她自然不会紧张。

"宜宁妹妹该穿得更鲜艳些。"赵明珠在旁说，她如今和宜宁熟些，就算不喜欢宜宁，但总算能说上几句话了，"不然叫别人看了，还以为咱们没有好好待你呢。"

"明珠姐姐穿得好看就行。"宜宁微笑着说，"我年纪小，倒是不用了。"赵明珠可不是鲜艳吗，欣赏水平该和继母是差不多的。

等到了时辰，宜宁扶着魏老太太出去了，宴堂设在正堂那边。已经有很多人在等着了，宜宁扶着魏老太太坐下，走到人前微一屈身，含笑道："为给祖母做寿，我也献丑一回。"

她叫人拿了狼毫笔过来，俯下身笔尖微沉，一个游龙走凤的篆书"寿"字跃然纸上。等收笔的时候，指间微挽又做了个礼，微微后退一步，脸上带着云淡风轻的微笑。

在场诸位宾客有些是第一次看到她，心里觉得好奇——不是说这位小姐才找回来，不是英国公府养大的吗？怎么比那自小在英国公府长大的还有气度？那手字也写得好看极了，一看就是师承名家。再看旁边的赵明珠，就是衣着华丽，也没有这等浑然天成的闲适。

果然血统还是很重要的，不是太子，穿了龙袍也不会像皇上。

宜宁觉得出点风头就差不多了，魏凌就是想让她露个脸，便退到了一边。该是魏老太太说话了。

魏老太太跟宾客说完话，该进筵席了。

筵席设在了房山旁边，这里梅花开得正好。

宜宁这几天跟贺家的两个小姐稍微熟了些，略说了几句话。赵明珠正和沈嘉柔低语，突然往外面一看，似乎看到了什么东西，站起来道："你们先吃吧，我有事恐怕要先走一步。"

她刚走出一步，听到后面有人低声讥笑："还真把自己当成正经小姐了……不就是个抱回来养的，什么都不是。人家正经英国公府小姐都没她这么拿谱的。"

赵明珠听了脸上一阵火热，咬了咬唇，回头看了一眼，一屋子的女眷，却不知道这个声音是从哪儿冒出来的。

她一向最要面子，觉得自己也是身份尊贵的，怎么受得了别人这么说她！以往谁要是敢说她是抱来的，那必定要拼个你死我活才行。

但是现在回头去找是谁说的，也不过是让别人看笑话而已。赵明珠忍了忍，脸如寒冰地出了花厅。

宜宁看到她出去了，心里有些好奇。她略喝了两杯梅子酒觉得有点上头，正好去吹吹风，也看看赵明珠是做什么去了，便也站了起来，让松枝扶着她去外面走走。

外面雪过初晴，房山这里视野空旷，能看到一片片红梅正在怒放。宜宁已经看不到赵明珠的身影了，她在庑廊下坐了下来，一阵风吹来酒倒是醒了些。她看着这片梅花静静地醒酒，心想再吹会儿风就进去，这风倒也是冷的。

她身后突然传来一个声音："宜宁妹妹怎么坐在这里？"

宜宁回过头，看到是个俊秀端正的少年，他穿着深色的程子衣，正对着她微笑朝她走过来，"我妹妹她们还在里面呢。"

她认出这就是上次看到的那个沈玉，忠勤伯家的公子。

宜宁站起身，点头道："沈玉哥哥。"她跟这人不熟，并不想多说话。

沈玉却目不转睛地盯着她的脸，还有她露出衣襟的雪白莹润的脖颈。可能是因为喝了点酒，她的脸颊微微泛红。

自从上次见了她之后，沈玉便觉得像猫抓一样，总想起她说话的声音，他心里越发痒酥酥的，但跟着妹妹来了两次也没有看到她。刚才他注意到宜宁出来了，便也跟着出来想和她说几句话。

谁知道宜宁却是避开他就想回去了。沈玉情急之下就挡在她面前，低声道："宜宁妹妹，你……你是喝了酒吗？你的脸有点红。"

宜宁听了这话之后看了他一眼，谨慎地后退了一步。这话说得实在是有点轻佻了。

看到宜宁后退，沈玉便笑了笑道："宜宁妹妹莫要惊慌，我……我只是和你说几句话罢了。"

她为什么要用那种陌生而谨慎的眼神看着他？而且没有丝毫缓和。

沈玉笑容一黯，从袖子里拿了个香袋出来，墨蓝色的香袋上绣着精致的兰草。他道："这里头是我上次去广济寺求来的佛珠，有弘法大师开过光的，他开过光的东西最灵验了。"这东西他一直放在身上，就想碰到她的时候能送给她，甚至握在手里还带着身上的体温。

宜宁怎么可能要他的东西，推辞道："沈玉哥哥，我从不戴佛珠的。"沈玉握着香袋的手指略微一紧。

宜宁觉得她也算是个性子很好的人了，一般不会直接推拒人家的。但是这种事还是要快刀斩乱麻才行，没有什么留不留情面的。

她也没有再跟沈玉说话，转身沿着回廊向前去了。松枝忙跟在宜宁身后。

等过了回廊宜宁才松了口气，回头一看的时候，发现隔着一簇簇的梅枝，沈玉蓝色的身影还在那里没动。她微微叹了口气。

宜宁回去的时候戏台子已经搭起来了，敲锣打鼓的十分热闹。魏老太太穿着一件"卐"字不断头的褶子，笑吟吟地坐在女眷中央听唱戏。等发现没看到宜宁和明珠的时候才回头问了句："这两个丫头怎么不见了？"

伺候的人说道："小姐是去看梅花了，明珠小姐却不知道。"

魏老太太就笑着说："明珠这孩子也是，亏得我还点了她最喜欢的戏，这正要到精彩的时候了，找找她往哪儿去了。"

宜宁站在房山的入口，突然有点不想进去了，她本来是打算陪魏老太太看几场戏的，可她本来就不喜欢看戏。

她低声告诉身边的玳瑁："你去跟祖母说一声，就说我喝了些酒头疼，要回去躺一会儿。"玳瑁屈身去了，宜宁就带着丫头婆子转身离开了房山。

半路上小雪又飘起来，珍珠给宜宁撑了伞，柔声地说："小姐，原来明珠小姐过生辰的时候，老太太都要给明珠小姐请戏班子办宴席的。明珠小姐喜欢听什么戏，大家都要跟着她一起听。您别太介意了。"

宜宁心想她有什么好介意的呢。她微微抬起头，听到了唱戏的声音远远地传来，似乎真的是演到好看的地方了，铜锣敲得越发热闹。

宜宁叹了一声道："回去吧。"

珍珠觉得有点难过，她扶着宜宁的手微微一紧。一开始英国公让她来照顾宜宁，她也只是把她当作英国公的命令而已，现在却有了几分真心在里面。

她本来才应该是享有这一切的人，魏老太太的宠溺、英国公府小姐的地位。被别人享受了十多年，她却在保定那样一个小地方当不起眼的养女。现在她回来了，这一切却还被赵明珠给占着。就算魏老太太不是故意的，但她对明珠的宠爱也已经形成了习惯。

一行人回到了东园，宜宁沿着府中的小径慢慢走着，突然看到有个小小的身影蹲坐在她的庑廊下。

"庭哥儿？"宜宁朝他走了过去，庭哥儿穿着一件嵌滚边的斗篷，脸陷在斗篷的毛边里。他整个人都显得毛茸茸的，像一只小动物一样。

宜宁半蹲下，有些惊讶地说："你怎么在这里？你不是在房山看戏吗？你的乳母又没有看住你？"

庭哥儿这才抬起头，一双鹿般的眼睛看着她，睫毛又长又浓，看得人心里都要化成水了。他说："她们在看戏，我趁她们不注意就跑出来了。"

"这怎么行。"宜宁拉着他站起来，这孩子怎么能这般行事，要是让人发现他不见了，岂不是要把整个府闹得人仰马翻？今天可是魏老太太的寿辰，"我送你过去。珍珠，给世子再拿件斗篷过来。"

庭哥儿却避开了她，说："她们跟我说……我娘亲原来在这里住过。"他继续说，"所以我才在这里住着。我不记得娘亲是什么样子的，她们说我要是想娘亲了就到这里来看看。"

宜宁被他说得一怔，觉得他有点可怜："你想你娘亲了？"

"我不想她。"庭哥儿抿了抿嘴，"我都不记得她是什么样子的，她死的时候我很小。"

宜宁却也没有再强迫他过去了，叫了个婆子去房山那边传话。她把庭哥儿拉起来说："那也不能在这里坐着。"

她牵着庭哥儿进了内室，内室里烧着暖和的地龙，还熏着暖和的松香。松枝又很快灌了汤婆子过来。宜宁摸到庭哥儿身上冰凉凉的，便把旁边的一床被褥摊开给他盖上，紧紧地掖了掖被角，把他的脚也裹在里面。当她抬起头的时候，发现庭哥儿看着她。

他迟疑了一下说："要是……我叫你一声姐姐的话，你能抱抱我吗？"

宜宁听得心里酸酸的，伸手就把小小的孩子抱在怀里。庭哥儿先有些不习惯，但渐渐地就软和下来靠在她的怀里，闭上了眼睛。宜宁抱着他问："庭哥儿，一会儿晚上我再带你过去吧，不然叫你乳母到我这里来？"

孩子却已经抓着她的衣角，困倦地睡着了，小脑袋靠着她的肩膀，呼吸一起一伏的。

宜宁觉得他今日有些反常的乖巧，想把他放下来，却突然听珍珠说："今日是小世子生母的忌日。因忌日和老太太的生辰冲撞了，府里的人从来都不跟庭哥儿说。估计他是从哪里知道了，心中不好受才来的……"

宜宁突然想起自己刚来的那天，他跑进她房里的时候，大家簇拥着他，他又骄傲又倔强地看着她。

"他倒也不容易。"宜宁望着庭哥儿酷似魏凌的小脸出神。府里张灯结彩地热闹着，却是他生母的忌日。而且怕冲撞了，还不敢明着告诉他。她接过了珍珠递过来的引枕垫在庭哥儿的后颈下面，正要放下他的时候，却摸到他的额头有些发烫。

宜宁被惊到了，又伸手试了试，的确是在发烧。她说这孩子怎么会这么快睡着，原来是身体不舒服。她连忙回头道："去把青渠叫起来……再派人去通知父亲和佟妈妈！"

庭哥儿跑到她这儿来就算了，他平时本来就喜欢到处跑。居然病了都没有人发现！他身边的丫头婆子也太不像话了。

立刻又有丫头去打水进来，宜宁拧了帕子给庭哥儿敷在额头上。庭哥儿听着动静就睁开了眼睛，只看到她守在自己身边："我有点口渴……好难受，"庭哥儿没有什么生气的样子，"我想喝茶。"

丫头立刻递了茶过来，宜宁凑到他嘴边喂他，摸了摸他的头说："没事的……姐姐在这里。"

庭哥儿靠在她的怀里，觉得她的手很柔和，和他想象中的娘亲的手是差不多的。

"你来的时候……明珠姐姐跟我说，要我跟你少玩一些，不能太亲近了，你要把我的东西都抢走的，父亲把我的屋子给了你，还有我的两个丫头也给了你。"

可能是因为生病，庭哥儿显得更依赖人一些，他揪着宜宁的袖子说："我想跟你玩，但又怕你真的像明珠姐姐说的那样，把我的东西抢走了，就悄悄地过来看你……是什么样子的。"他的嘴唇微抿着，"可是我也喜欢你抱我，突然觉得，你就是拿走我的东西也没有关系，那你会把我的东西都抢走吗……"

宜宁听得心里一抽一抽地疼。她不知道这孩子在想这样的事，对于一个五岁的孩子来说，被夺走一切的确非常可怕。

她搂着庭哥儿，跟他说："姐姐不会拿你的东西的，我喜欢庭哥儿啊。"庭哥儿靠在她的怀里似乎终于放松了一些，没有说话了。

不过片刻魏凌也沉着脸过来了，他刚见客回来，身上还穿着麒麟纹的官袍。他把伺候庭哥儿的丫头婆子叫来，在院子里跪了一地，贴身的几个丫头还罚去了浣衣房里。

佟妈妈愧疚地跪在门前哭得很伤心，庭哥儿是她奶大的，感情自然不一般。还好庭哥儿病得不是太重，要是真的高烧不退，恐怕就是她也要被赶出府去了。她看着庭哥儿喝药小口小口地抿，心里真是恨不得代他受这苦。

把丫头婆子都训斥了一顿之后，魏凌在宜宁对面坐下来，叹了口气说："我这些年不在府里，府里就被弄得乌烟瘴气的。你祖母是老了……管不了这么多了，眼看你回来了……"

宜宁听到这里看着他，魏凌难不成想让她管？国公府这么大，她可不会管的！

魏凌好似看出宜宁在想什么，摆了摆手。他没有让女儿管的意思，就是她想管魏凌也会不要她管的，簪缨世家不比那些小门小户的，人事来往极为复杂，有时候他都觉得麻烦。她一个小姑娘怎么应付得了，他还怕累着了他女儿。

"你回来了，以后庭哥儿就给你照看着。他是你亲弟弟，以后要继承爵位的。"魏凌低声跟宜宁说，"你跟你弟弟一定得要好，我也会慢慢教他这些。你才是他的亲生姐姐，你们姐弟就该相互扶持着。"

宜宁看着庭哥儿的小脸，她知道魏凌这是什么意思："父亲……"

"不然让下人这么养着，我可不放心。"魏凌很担心庭哥儿跟赵明珠亲近，而不跟宜宁亲近，他叹了口气，摸了摸女儿的发，"你可要庭哥儿搬来与你一起住？"

魏老太太一直到晚上才知道庭哥儿病了。

宾客还没离去，她就带着人赶过来，坐在床边握着庭哥儿的手，又心疼又自责。幸好庭哥儿已经不烧了，郎中检查过无事，就让婆子先抱回去服药了。

魏老太太留了下来，跟魏凌说："我前些年就说把庭哥儿带到我那里去养，你说怕扰了我休养。这样的事出个一两回倒是罢了……要是再有可怎么好！不如明日就把庭哥儿的东西收拾了，搬到我那里去。我的东暖阁还空着，正好给庭哥儿住。"

魏凌站在她跟前道："母亲，您不用着急。我已经跟宜宁商量过了……庭哥儿搬来与宜宁同住，以后让宜宁管着他。"

魏老太太有些震惊。

宜宁才刚回英国公府半月，且她年纪也不大。

"宜宁已经同意了。"魏凌才不管老太太怎么想的，接着说，"总比一群丫头婆子照看他的好。"

庭哥儿是主子，这些丫头婆子再怎么管他也不敢太放肆。但是宜宁就不一样了，弟弟不听话了她能训，弟弟生病了她能疼，这些事都是仆妇不能做的。

魏凌想起自己刚进来的时候，看到庭哥儿躺在宜宁怀里的样子。他从来没看到过这个孩子依赖谁，想来还是宜宁是他姐姐的缘故。

魏老太太就咳嗽了一声，听儿子这个语气似乎生怕她反对一样。但只要是有道理的事，她怎么会去反对呢？

她招手让宜宁到她身边来，柔声问她："宜宁，你真的愿意带弟弟，不怕他调皮捣蛋？"

宜宁就说："孩子捣蛋也无妨，我小时候也调皮捣蛋的。让我原先的祖母教养着，因她疼爱我，我渐渐地就明白事理了。"

魏老太太这是第一次听她提起罗老太太，笑了笑说："我也是听说过你原来祖母的，她是保定徐氏，当年还有些名气呢。她是把你教养得好，要是能亲自见见，我要感谢她才是。"

宜宁听到魏老太太提起她，心里微微一抽，低声道："我十岁的时候，罗家的祖母就驾鹤西归了。"

魏老太太愣了愣，她不知道宜宁这么小的时候，养大她的人就没有了。她正想跟宜宁说什么的时候，宜宁已经转过身吩咐丫头给她换杯热茶了。

一会儿赵明珠也得了消息，匆匆地从房山过来。她本是看到了程琅，想跟他说几句话的，没想追出去程琅没见着，反倒跟定阳伯家的小姐玩起来。等她知道庭哥儿生病的时候已经太晚了。

她匆匆地给魏凌和魏老太太行礼。

魏凌只是淡淡地"嗯"了一声，魏老太太则责怪她："你也太孩子心性了一些，都这么大的姑娘了，怎么也该懂事些了！还叫人找不着。"

赵明珠今日被人说了那些话，本来就委屈了，魏老太太再一说她，眼泪就在眶里打转了。魏老太太看她委屈，又长叹了一声。

这个明明该是做姐姐的，成熟懂事些的，反倒是让她养得娇滴滴的，受不得一点气。

魏老太太伸手，赵明珠连忙扶她起来。魏老太太就道："庭哥儿以后要搬到宜宁这里来住，你想弟弟了，就到宜宁这里看他。"

赵明珠听魏老太太这话，就知道她不再怪自己了。

她笑着说："我一定来看弟弟，免得他在这里无聊了，没人陪着玩！"

魏老太太要回去了，赵明珠跟在她身后走出宜宁的院子。她刚跨到门口，却看到罗宜宁冷淡地瞥了她一眼。

赵明珠不喜欢罗宜宁,若是有个人突然回来平白地抢走你的东西,你也会不喜欢她。她当然知道罗宜宁也不会喜欢她,却是第一次看到罗宜宁对她表现出这种冷淡的情绪。

她想起白天的时候在花厅听到的话,就算她罗宜宁回来了又如何……她有魏老太太的宠爱,甚至有程琅做未婚夫婿。她在府中的待遇,又有哪个地方比罗宜宁差了?她自小把自己当成真正的英国公府小姐看待,也是这般的待遇,她早就习惯了。

魏凌却看着女儿沉默不说话,想起她忙活了一通,晚膳都没有吃,便叫人传膳来。

宜宁刚才还觉得饿,现在饿过头了却没胃口,扒了几口饭就不肯吃了。魏凌见她吃了几口,拿过她的碗说:"你这是猫胃口啊!吃几口就不吃了。可不准这般,再多吃一些。"

宜宁怏怏的没什么精神,只能勉强再喝了魏凌给她盛来的汤,就不肯再吃了。魏凌望着她纤瘦的身子叹气,他开始担心女儿的食量了。

他知道京城里的女眷流行杨柳细腰,但宜宁可不能这般,就要有些肉才好。要是她到英国公府之后,反倒被他给养瘦了该怎么办?

魏凌决定回去吩咐厨房的人,每天变着法地给她换些菜色。

等英国公走了之后,宜宁才让珍珠去把西厢房收拾出来给庭哥儿住。她靠着窗棂,望着隔扇外不停下着的大雪,突然有点想林海如和三哥了。如今林海如的孩子该出世了,也不知道是男是女……三哥说要来京城会试了,不知道他什么时候能到。

鹅毛般的大雪一直到第二日都没有停。

京城积雪厚的地方一脚踩进去能没过膝盖。就算是京畿繁华的集市之处,人声鼎沸,大雪也没小多少,马车驶过留下了深深的车辙。

一辆青帷马车停在了翰林院侍读学士孙大人的门口,大雪纷纷扬扬不停。穿着臃肿棉袄的小厮打开了府门,让这辆马车进了府中。

孙大人得了信,一早就在会客厅里等着。待看到那个披着一件青色斗篷,高大瘦削而沉默的青年人走进来之后,他才微笑着迎接他,让下人温了一壶酒。青年人要给他行礼,孙大人连忙扶他起来:"你此次来京会试,以后必要拜阁老为师的,这般不可了!"

这瘦削的青年人只是淡笑说:"大人抬举,慎远尚无功名在身,不可妄自尊大。"

孙大人还是受了罗慎远的礼,与他坐下之后,问道:"我以为你年后才过来,没想你倒是提早来了。这也正好,朝堂动荡不休,拥护大皇子的定国公对我等多有打压,多亏有大皇子的老师刘阁老在当中周旋。他虽是大皇子的老师,却的确是个善人。"

如今宫中明明太子才是正统,偏偏皇上格外宠爱大皇子的生母淑贵妃,对东宫太子无半分舐犊之情。几次欲废太子立大皇子,都被群臣阻拦下来了,说是于祖制不合。因此死谏皇上遭贬黜的官员不下三十余人,孙玠曾当过太子的老师,自然也是拥护太子的。

罗慎远道:"我听说他与您政见不合,您做编修的时候出错,还曾罚过您抄书。"

"他虽然与我不和,却也从没有因此为难过我。"孙大人一笑道,"我那时年轻不懂事,还曾跟他犟嘴。"

孙大人说完就不提这事了,而是又道:"不说这些了,先为你洗尘接风才是!"说罢又叫了小厮给罗慎远准备午膳。罗慎远就坐在会客厅里喝茶,刚放下茶杯,就听到有人的脚步声渐渐近了。

他抬起头,看到门口站着一个曼妙的身影。这秀美清丽的女子穿着一件青色的缎袄,雪白的湘裙,如云的发髻上簪着青玉簪子。身后跟着好几个丫鬟。她看到罗慎远的时候脸色飞起一抹淡红,语气有几分掩饰不住的欢喜,给他行礼道:"慎远哥哥,你怎么回来了!"可能觉得自己这般太急躁了,她又忙柔声地解释道,"我不是刻意来看你的……我是来找爹爹的。"

"我知道。"罗慎远只是淡淡一笑,也没有拆穿她的话。

她跑得急匆匆的,孙大人又恰巧出去了,他不用猜就知道孙从婉想做什么。当年他在孙大人府上的时候,曾受了孙大人的命给孙从婉讲学,在孙小姐的花厅里拉一道帘子,两人都看不到对方。孙从婉比他小一岁,那时候就对他有了别的心思。

罗慎远洞察人心,虽然知道但也从来没有点破过。只是当作什么都没有,继续给她讲学。

孙从婉听了他的话心里更是紧张,再看这个人依旧如她记忆中般,疏朗的眉眼,俊雅而沉稳。她低垂着头话都说不出一句。她想起父亲跟她说的话:"你喜欢慎远最好不过了,我倒也赏识他。待他有朝一日金榜题名了,想和他结亲的人家多的是。万幸成章也给了我回信,说只要慎远金榜题名那一日,就与我们家最小的女儿结亲。"

孙从婉当时还很不好意思,孙大人见了哈哈大笑,孙从婉也抿唇笑起来。她当然是喜欢他的,他来给她讲学的时候只带了册书,长得这么好看,又沉默寡言的。与他一样年纪的人都没有他沉稳,但当他淡淡地看着自己的时候,眼神这么幽深,分明能让她脸红心跳。

现在她看他的感觉更不一样了,且隔了好几年,总觉得他更沉稳了一些,甚至觉得他的身材更高大了一些。她心里隐隐地期待能和他多见一见。

孙大人这时候正好从外面进来,看到自家女儿站在门口,平日端庄贤淑现在完全是小女儿的姿态。他暗自发笑,跟罗慎远说:"慎远,从婉前几天出了个对子十分精巧,我竟也对不上来。如今你来了,不如让她说给你听听,看能不能对上来?"

罗慎远听了低头一笑,站起来平稳地说:"那从婉妹妹说来,我姑且试试吧。"

孙从婉看他身材比她高大许多,正背手站着,认真地看着自己,就说:"是小女几日前去江楼所见,有感而发。请慎远哥哥一听。"她定了定神,走上前几步轻声道,"望江楼,望江流,望江楼下望江流,江楼千古,江流千古。"

孙小姐的才情远近闻名,虽然孙大人有几分说笑在里面,但的确是有些才华的。

罗慎远听了略微一想就有了主意:"那罗某就献丑了。"说罢一顿道,"印月井,印月影,印月井中印月影,月井万年,月影万年。"

孙从婉看着他的目光更是像水一样柔和——的确不愧是少年成名的解元郎!

等罗慎远终于从孙大人这里出来的时候,天色已经晚了。

他上了马车,跟着他的护卫立刻给他递了封信:"三少爷,从国公府里来的。"

罗慎远脸上温和笑意已经不见了，"嗯"了一声，示意车夫可以走了。他打开了信，面无表情地看完了，然后再缓缓地折起来。

看完之后护卫伸了烛台过来，罗慎远把信烧了，然后说："送去英国公府的信都没进去吧？"

"英国公不准罗家的信送进去。"护卫为难地说，"小的们也没有办法，只要是送到小姐手上的东西，那都是要经英国公查看的。英国公府也不是寻常的府邸，人手也插不进去。"

"算了。"罗慎远说，"不必往里面送信了。"反正宜宁也收不到，知道她在里面尚可就行了。

"您这么早过来……不去看看七小姐吗？"护卫犹豫地问。罗慎远闭了眼睛休息，闻言才道："现在不去。"

宜宁是他养大的，从个小丫头养成了个少女。他又渐渐对她有了些别的心思。要说想见到她自然想，既怕她在英国公府被人欺负，又怕英国公府的人太好，让她连自己这个从小陪她的三哥都忘了……但现在还不是时候。

到了在京城的宅子里，已经有下人把一应的东西都收拾好了。罗慎远刚进正堂，就有人过来说："二太太带信过来，让您给七小姐捎东西过去，她已经派人送过来了。"

林海如刚生下了一个小少爷，罗家上下都十分高兴。只有乔姨娘听说嫡子出生的时候，站在虎廊下久久回不过神来，脸色苍白如纸。林海如让他连夜写信给宜宁送去，罗慎远心里分明知道，这封信恐怕只会落在魏凌手上。但看着林海如这么欣喜，他还是写了信出去。

现在她又派人送了东西过来，她应该也是记挂宜宁得很。"知道了。"罗慎远淡淡地说。

他在正堂里静静地给罗成章写信，一时间屋子里也没有别的声响了。

宜宁盼了好久都没有收到罗家的来信，甚至不知道继母生的是男是女，是否母子平安。眼看着十二月一天天地临近了，很快就要过年了。她算了一算，要是足月产的话孩子该有两个月大了。她甚至去回事处确认了，的确是没有信送来。

庭哥儿搬到她这里来住，倒是热闹了不少。

自从有一日午间，她哄了庭哥儿睡觉之后，庭哥儿每日午睡，都要搬着他的小被子来宜宁这里睡。宜宁被他弄得有点烦，干脆在碧纱橱里也给他放了一张床。庭哥儿更加得寸进尺，干脆就在宜宁这里住下了，与她同吃同住的，再也不回自己的西厢房去了。

宜宁暗示他回自己的房间睡去，他就理直气壮地道："我本来就是住这里的！我就是要睡这里。"

五岁的孩子有精力起来也是烦人得紧，宜宁甩手不想理他了，庭哥儿又眼巴巴地跑到她面前来。要是她在练字，他必然在旁"哗啦啦"地磨墨；要是她在做针线，那他就过来把针线搅乱。宜宁抓着他要揍他，他又用鹿般的眼睛看着她，又无辜又倔强。

他甚至有一次在宜宁练字的时候，摔坏了她刚从库房里搬出来的一个半人高的花瓶。宜宁是准备用来插一些蜡梅花的，这下可真是怒了，抓着庭哥儿揍了几下屁股。庭哥儿第一次被宜宁打屁股，哭得抽抽噎噎的，宜宁问他怎么把花瓶打碎了，他却好半天都不说话。

宜宁才问他："你是不是想我跟你一起玩，所以才把花瓶打了？"让她注意到他。庭哥儿过了会儿才点点头。

宜宁哭笑不得，他还是孩子心性呢！

她带着庭哥儿在院子里玩，她很小的时候带家里继母生的弟弟、妹妹，嫁去宁远侯府又带过小程琅，也算是熟得很了。院子里还堆着积雪，庭哥儿要堆雪人，宜宁就表示："雪人有什么好玩的。"让丫头拿了些蒲苇草来，给庭哥儿编了只蜻蜓。庭哥儿看着她纤细的手上下翻动着，一只蜻蜓渐渐地成了，惊讶地睁大眼。

庭哥儿很宝贝这个竹蜻蜓，挂在他进学用的篮子上，不要别人碰。

赵明珠有一日来找庭哥儿玩，看到他赖在宜宁身边。宜宁要他看书，他走神去看旁边养的兰草去了，宜宁就用戒尺敲了敲他的手背。庭哥儿摸着被拍痛的手撇嘴，却没有丝毫介意地说："你都打我三次了……"

赵明珠笑得有些僵硬，她本以为庭哥儿是不喜欢罗宜宁的。她走过去说："庭哥儿，我给你带了点心过来。"

庭哥儿喊了她一声"明珠姐姐"，怕宜宁训他，又回头看他的书了。

赵明珠住在西园，宜宁住在东园，平日并不怎么来往。宜宁只是指了指旁道："放那儿吧，一会儿我叫他吃就是了。"

赵明珠才说："这是外祖母让我给你们带过来的，也有你的一份。"

宜宁只是微微一笑，并不想跟她多说话，自庭哥儿的事之后她就不太喜欢赵明珠了。赵明珠在她这里坐了片刻，竟连一杯茶都没有喝就回了西园，跟魏老太太抱怨宜宁的时候说："宜宁一点也不尊敬我，她屋子里的丫头对我也冷冷的……"

魏老太太听了就看着赵明珠，她突然想起儿子生气的时候，曾经对她说过的那些话。其实魏凌说的那些话很有道理，赵明珠本来就是寄养在英国公府上，又不是魏凌亲生的，能有这般待遇已经不错了。她要是再一味这样，只会让魏凌更加不喜欢她。

她想提点赵明珠，半晌才幽幽地说："她是魏凌的亲生女儿，你却是寄养在我这里的，何来她尊敬你一说？"

她宜宁才是这府里的小姐，怎么对赵明珠是她说了算，别人管不着。魏凌也不会让别人管她。

赵明珠愣了愣，这是头一次，老太太对她说这种话。

## 第十八章　露出破绽

赵明珠从来都是被魏老太太捧在手里养着的,没听过魏老太太的一句重话。

她听了之后抿了抿唇,一语不发。魏老太太就让她坐到自己旁边来,叹息着说:"不是我怪你,而是你这孩子太倔强了。宜宁来了这么久,你何曾亲近过她?你明知道你舅舅看重她,为何不跟她关系好些?"

赵明珠红了眼眶说:"我……我便是这样的,做不来样子。喜欢谁不喜欢谁也控制不住,喜欢您便只想与您亲近,别的我都不想理。"

魏老太太拉着她的手微一凝神:"宜宁在外过得不容易,她好不容易回来了,你舅舅自然宠着。"看到明珠哭得难受,想到这也是放在自己手上宠的孩子,有个头疼脑热她都是心急得不得了的。她今天这个骄横的性子多半也是自己宠出来的,魏老太太便把她抱进怀里说:"你这傻孩子也不想清楚,我还能有几年活头。我若是去了,谁来护着你?"

赵明珠抬头看着魏老太太,喃喃地问:"您可是不喜欢我了……"

她突然意识到,她不能像过去那样了。至少就算她再怎么不喜欢罗宜宁,也不该表现出来,落了别人的口实。

"我如何会不喜欢你。"魏老太太望着她带着泪痕的小脸,心里一抽。想起魏凌在外的那些年,明珠陪在她身边给她解闷儿,她小的时候赖着自己,不愿意搬出去住,就是搬出去了,每天也是第一个到她这里来。又想起她远离父母,除了和自己亲近,和父母都不亲近……

她说这话,是怕明珠摆不正自己的位置。她自然疼爱明珠,也不会让别人欺负她。但是对于魏凌来说,英国公府的小姐只有宜宁一个,这个连她都改变不了。虽然两个孩子在她心里是一样的,甚至明珠还要更得她的疼爱一些。

魏老太太慢慢地说:"你也别哭了,明日你程琅表哥会来给庭哥儿授课,届时他会来拜见我,到时我便会提你与他的亲事。"早点把明珠的婚事定下来也好,免得她心性不定的,反倒惹了别人的不喜欢。

赵明珠听到魏老太太这么说,有些惊讶。她不知道魏老太太的打算这么快。

魏老太太继续道："程琅自幼与你一起长大，应是与你情分深的。他要是同意了，此事就说定了。"

想与程琅结亲的人家能从城西排到城东去，要不是她自小养在魏老太太身边，连跟程琅相提并论的资格都没有。

赵明珠回到房山之后，她的贴身大丫头素喜给她端了汤过来，看到她还扑在桌上不说话，就道："我的小姐，您可别难受了。我听着老太太说的话很有理，她是为了您考虑的……"

"我如何能不难受？"赵明珠细长的手指揪着潞绸面的引枕，也是气急了，"我才是在她身边养大的，在府里养大的！她就算是亲生的又如何？还不是在外面被破落小户教养着，现在飞上枝头变凤凰就了不得了吗！那也是个破落的出身。"

素喜听到这里心里也是一堵。明珠小姐太拎不清了，这话都说得出来。宜宁就是正经的小姐，这是她无论如何都比不了的。可怜她们这些丫头——荣俱荣、一损俱损的，不仅不能说直了惹她生气，还要帮着出谋划策才行。

"依奴婢看来，您倒不如对宜宁小姐好一些，别人看到了也会说您懂事。"素喜劝她说，"只要老太太能帮您跟程大人成亲，您到了程大人府上就是名正言顺的夫人，是不是正经小姐又有什么所谓的，您只需要得了程大人的喜欢就是了。"

赵明珠听到就深吸了口气："以后英国公府就是她的地盘，我想回来看看外祖母，恐怕还要看她的脸色……再者程琅，我也没有十分把握。"

"这还不简单。"素喜听到这里，知道赵明珠是什么意思了，总算是舒了口气笑着说，"只要宜宁小姐也定亲了，嫁出去了，您还烦这个做什么。以后你们就井水不犯河水了。"

赵明珠听到这里，直起身来看着素喜。

她觉得素喜说的还是有些道理的，要是宜宁说了亲事，她就不会想着程琅了。只是，她是真心想嫁给程琅的吗……

赵明珠望着桌上的罩灯，想起她很小的时候，第一次见到那人的场景。她拜他为义父，给他奉茶。他接过之后什么都没说，给了她一只镯子。

那镯子长得很不起眼，但后来赵明珠才知道，这镯子其实价值连城，是种非常稀罕的玉石。只要她戴着这只玉镯，走在外面就无人敢动她。

她每次故作讨好地跟他说话，他也只是随意笑笑，就是她长大了，他也当她是个小孩子而已。

她从小就仰望着陆嘉学的光辉，每次看到他心里都充满了期待，却不敢跟别人说。

赵明珠想到他心里就平和了一些，至少她还有个权倾天下的陆都督作为义父，罗宜宁可是没有的。就算有一日她跟罗宜宁对上了，陆嘉学看着往日的情分，也自然会帮着自己才是。

赵明珠突然很迫切地想见到陆嘉学，她已经很久没有见到过他了。

京城城西的醉仙楼是个达官贵人常来的地方。

这里的糕点做得格外好。到了年关却清净了一些，一楼寥寥无几人。

醉仙楼二楼的窗扇打开着，外面下着小雪，路上湿漉漉的。程琅靠着窗扇看街道，挑货郎和行人戴着斗笠，往来匆匆的。他单手握着酒杯，如玉般清俊的侧脸映在灰色的雪天里，似乎有种淡淡的光芒。他一语不发，已经这样看了半个时辰了。

叮叮咚咚的琵琶声终于停了下来，弹琴的女子叹了一声："公子若是觉得妾身的琴声无趣，何必让妾身出来。"

程琅少年有成，又俊美如玉，自然是风流散漫的。他喜欢高傲的女子，那些高傲的女子也总是被他折服。当程看上她的时候，莲抚就不太理解了。她性子温婉，不喜与人有争，平日在教坊里也是很不出挑的。这些年眼看着他身边的人流水一般换着，程琅却从来没有动过她。

程琅侧过头，他脸上冷漠的表情竟然让莲抚一愣。她欲说什么，就听程琅淡淡道："你不要多话。"

程琅一般是很好说话的，至少莲抚从来没有惹到过他，不知道他也是会这么冷漠的。

程琅看着她的脸，莲抚长得清秀温婉，神韵之间是有点像她的……他闭了闭眼。这么多年隐忍和修身养性，为什么他还是这么低劣。

有时候想想，也许应该庆幸她已经没了。要是她还在的话，知道他的这般心思……这般无耻，肯定恨不得从来没教过他。

程琅手指微微放松，回过头继续看着窗外。

莲抚什么都不敢说了，低头继续拨动琵琶，换了个《昭君出塞》的曲子。

门外突然有护卫来禀报："程大人，外面来了个都督的人，说是有密信给您。"

程琅挥手让莲抚等人退下了，信才送到他的手上。信用蜜蜡丸封在里面，程琅捏碎了蜜蜡才取出了里面的信。

信的内容倒是简略。这事是许久以前就设计好了的，陆嘉学打算明日除去大皇子，围猎场已经准备好了。就怕京城这边突然有人借此发难，要让他格外留意一些。

程琅看了密信之后，嘴角缓缓浮出一丝冷笑。

他叫了人进来，让他们去英国公府传话，就说他明日不能去给庭哥儿授课了。

第二日，宜宁带着庭哥儿一大早去给魏老太太请安。

魏老太太搂着孙子十分疼惜，从攒盒里抓了松子糖给他。看到他白胖圆润，就知道宜宁照顾他极好，捏他的脸问："你喜不喜欢宜宁姐姐照顾你啊？"

庭哥儿想起宜宁用戒尺打他，噘着嘴不说话，但又想起她每日哄自己睡觉，自己抓着她不肯放开，醒来的时候发现她就躺在自己身边，他还把头枕着她的手……他勉强地说："还行吧。"然后把手里的松子糖分了一些给宜宁，像个小霸王一样，"给你吃些。"

魏老太太对这唯一的孙子是最疼爱的，毕竟他才是要继承正统的。要不是怕她照顾不过来，庭哥儿怎么说也是要抱到她这里养的。

他调皮些，她也就觉得他是爱玩闹，孩子心性，她都纵着他。

宜宁抓着几枚松子糖，虽然不怎么想吃，也放了一颗在嘴里尝着。

这时候，外面有丫头通传赵明珠过来了。随后赵明珠走了进来，她的丫头配额的确是少了些，但还是众星捧月地围着她，魏老太太房里的丫头立刻帮她解了斗篷，又递了手炉过去。赵明珠今日也是精心打扮过的，神采奕奕，赤金的耳坠映着雪白的脸颊，晃悠悠的动人。

　　赵明珠本以为程琅今天会来的，因此还打扮了一番，却得知他有事不来授课了。她也没有说什么，笑着坐在宜宁身边，让丫头拿了两个盒子上来："这是上次程琅表哥去四川带回来的龙须酥，我一直没舍得吃，拿来与妹妹尝尝。"

　　宜宁看了赵明珠一眼，发现赵明珠竟然真的在对她笑。还是逆境使人成长啊。

　　她伸手接了赵明珠递过来的龙须酥，赵明珠又递了一块给魏老太太，魏老太太就笑着说："这丫头……刚得的时候我便叫她拿出来吃，她偏偏不肯。今天我是沾了你的福才吃到她的东西了。"

　　赵明珠亲昵地跟魏老太太说："您这说的是什么，我对妹妹自然该客气一些！对您却是可以抠门的。"

　　魏老太太搂着她的手拍了拍她的背，把其中一盒都给了宜宁，温和地道："这你拿回去慢慢吃。"

　　宜宁低头尝了口龙须酥，觉得太甜了一些。其实魏凌送给她的好糕点很多，她那里倒是什么都不缺，不过也不能推拒老太太的心意罢了。她抬头的时候发现庭哥儿看着她，然后他又转过了头。

　　赵明珠跟魏老太太说着一些趣事："沈嘉柔给我说，她母亲要给他哥哥说亲，说的是通判家的小姐。他哥哥偏偏不答应，说要找一个自己喜欢的，如今正在跟忠勤伯夫人闹别扭呢！忠勤伯夫人气得要打他，沈嘉柔为此烦得不了。"

　　宜宁又咬了一口龙须酥，想起了那个蓝衣少年递给她的香袋。

　　"上次宜宁妹妹也见过沈玉的，他们还说了几句话呢。"赵明珠突然对她说，"宜宁妹妹觉得沈玉此人如何？"

　　宜宁正在眼观鼻鼻观心心观世界地吃糕点，突然被叫到了名字，她抬起头。魏老太太看到她嘴边还有些龙须酥的屑，觉得有趣，心想：这小丫头刚才肯定没有仔细听赵明珠说话……

　　宜宁放下龙须酥道："嗯……还不错吧。"她能觉得如何？她对沈玉这个人也不怎么了解啊。

　　赵明珠就笑了笑："沈玉生得倒也俊俏，我看宜宁妹妹对他也是很客气的。"

　　魏老太太听了赵明珠的话，却因此留意了一些。宜宁也到了该说亲的年纪了，倒是可以开始寻摸说亲的对象了。沈玉……他也到了适婚的年纪，少年俊朗，身侧又干干净净的。身份配宜宁是有些勉强，比程琅的才学略差了些，但好歹人家是能继承忠勤伯的爵位的，这是程琅不能比的，程琅官做得再大也不能封爵，若是他人再好些还是可以的。

　　魏老太太稍微起了这个心思，打算暗中考量考量。

　　宜宁看到魏老太太若有所思的样子，皱了皱眉。老太太该不会是听了赵明珠的话，对她和沈玉产生了什么联想吧？

她就说："我看沈玉哥哥是不错，配通判家的小姐也可以的。"

她想就这么打消魏老太太的念头。沈玉不过是个毛头小子，她可没有什么感觉。魏老太太听了就笑，看来宜宁是没有这个心思的，那还是不勉强她的好。

宜宁觉得赵明珠突然就聪明了许多，只凭她是不可能的……宜宁看了一眼赵明珠身边的丫头婆子，该是有谁在出主意吧？能在英国公府做到大丫头的可都是不简单的。

等到了晚上，她带着庭哥儿从魏老太太这里回去，庭哥儿看她默默的不说话，就道："你是不是不高兴？"

宜宁看他小小的，就到她的腰高，却一副人小鬼大的样子，就笑了笑道："你怎么知道我不高兴了？"

"明珠姐姐有祖母疼——"庭哥儿说，"别担心，我以后长大了会护着你的。"他很无所谓的样子，"反正我就你这么一个亲姐姐，又没有第二个，你不用在乎祖母啦。"

宜宁有些惊讶，她不知道这小鬼头居然在想这个。

但小鬼头又接着说："不过你不要总是打我手板好不好？我可是世子。"

宜宁听了，灿烂地笑起来，揪着他的耳朵说："那我现在打你手板，你以后就不护着我了？"

庭哥儿觉得她笑得特别好看，很少看到她这样笑。但很快他的耳朵就被她揪疼了，他"哇哇"地叫着要宜宁放开她。

两姐弟回了宜宁的院子，庭哥儿"哼哧哼哧"地跑回他自己的房里，搬出一个小簏箩来，从里面清理了几个玩具出来："这些分给你玩。"

宜宁略略一点，他分给她的是七巧板九连环，甚至是几个骰子，都是些男孩的玩具。

庭哥儿觉得自己这是在表达正式入伙的意愿，爬上罗汉床坐在她对面，跟她说："我以后就叫你姐姐了，那你喜欢有个弟弟吗？"

宜宁看着他孩童赤纯的表情，笑着点了点头。庭哥儿这才满意地"嗯"了一声，又问："你就只有我一个弟弟吗？"

宜宁说："我原来还有个弟弟……"

庭哥儿皱眉："这不公平，我就只有你一个姐姐，你不许有别的弟弟。""明珠姐姐不也是你的姐姐？"

庭哥儿眨了眨眼说："她不是，她是表姐，而且我又没有很喜欢她。"

宜宁被他的童言童语逗得高兴，屋子里的丫头婆子俱是笑了。庭哥儿莫名其妙的，这有什么好笑的……

宜宁看到外面天色也黑了，叫丫头打了热水进来，给庭哥儿洗脚。

庭哥儿被她抹了把脸，别扭地躲闪着，最后还是让她洗了个干净。看着婆子给他洗脚了，宜宁才抬头问珍珠："怎么今日外头这么安静，父亲可回来了？"

珍珠答道："国公爷还没有回来，许还在卫所吧。"

魏凌不上朝的时候，要么在家里，要么在卫所里。但自从宜宁回来之后他一般就很早回府，这么晚没有回来还是少有的。

"庭哥儿脚上的皱裂还没有好。"佟妈妈正在给庭哥儿洗脚，说道，"上次国公爷给了药膏，怕是还不够。"

庭哥儿的脚到了冬日总会皱裂。

宜宁正想去看看魏凌怎么还没有回来，毕竟都这么晚了，那正好顺便去讨了药膏回来。她吩咐佟妈妈："你先伺候庭哥儿睡觉吧，我去父亲那里找找。"

宜宁让珍珠扶着她去了魏凌的院子，府里倒是有些奇怪了，原来父亲这里都是护卫，今天却没有看到。下了几天的雪好不容易停了，皎洁的月光照着雪地，微微反着光，四周静得一点声音都没有。

宜宁刚走到魏凌的院子外面，就看到屋子里明明亮着烛火，却没有人在。她正在疑惑，突然听到一阵脚步的声音。而且行走之间似乎有金器摩擦，她听着觉得这声音不太对，立刻拉着珍珠走进了魏凌的书房里。珍珠不明白发生了什么，有些惊愕地看着宜宁，宜宁对她比了个噤声的手势。

在英国公府里应该是不会出什么大事的，应该有护卫看守的，但她还是觉得有些不妥。特别是她经历过陆家血腥的变革，对这种动静尤为敏感。

宜宁微微凝神，听到了一个男人低沉的说话声："大皇子毙命的消息应该是传回京城了，侯府可被包围了？"

有一个人回答他："不出都督所料，侯府已被人围住了……"那男人冰冷地笑道，"程琅心思太多了，倒是不得不防。"

宜宁浑身僵硬，怎么是陆嘉学！他的声音宜宁很熟悉，是绝对不会听错的。但是他怎么会出现在英国公府里？

而且他言语之间谈及的……大皇子毙命一事！

宜宁回想起来了，承平十三年的冬天，陆嘉学在猎场上射杀了大皇子，而皇宫中的皇上在大皇子被杀后不久就莫名暴毙。不久陆嘉学扶持太子登基，新皇登基加封了陆嘉学宣威将军，从一品。

陆嘉学应该是刚从围猎场回来。她居然撞在了这个节骨眼上！

珍珠就算见多识广，也不过是个内宅的丫头，听到这说话的内容已经是浑身冒汗。她望着宜宁，又焦急又不敢说话。倒是宜宁比她想的更冷静，对珍珠摇了摇头让她不要着急。她是魏凌的女儿，陆嘉学跟魏凌关系匪浅，不会对魏凌唯一的女儿下手的。

虽然可以这么推论，但是一想到陆嘉学狠心起来，连她都能杀，宜宁就觉得手心冰凉。她听到那个声音越来越近了，又是那个随从："都督，您受了伤，还是包扎一下吧？"

"不必。"陆嘉学沉声说，"你随我去暖阁里。"

暖阁离书房一个南一个北，应该是要走远了。珍珠听到就松了口气，一放手，却突然碰倒了长案上的笔架，"哗啦"一声笔架就翻了。

宜宁心里一个"咯噔",珍珠自己也知道闯了祸,僵硬得不知道如何是好!陆嘉学似乎也听到了这个声音,宜宁听到他的脚步声一顿,然后朝这边来了。也许是她的错觉,她甚至听到了陆嘉学的呼吸声,随后书房的帘子"唰"地被挑开了。宜宁抬头看到陆嘉学,他穿着一件玄色的程子衣,袖口绣着麒麟纹,手里提了一把剑,高大的身影显得冰冷而无情。这个场景真的太熟悉了。

他就是这么提着一把滴血的剑走进陆家的,就是这么杀了陆嘉然的。

陆嘉学也瞬间看到了宜宁,这个小姑娘靠着长案,甚至只到他的肩膀高,青色的缎袄显得她很纤细。

宜宁还没有说什么,被他突然一把抓了过去,这次他毫不留情地捏住了她的脖颈,并且低声问道:"你——听到什么了?"

宜宁被他的手臂紧紧地箍着,甚至能感觉到他胸膛的热度。

她抓着他的衣袖想扯开他,有些愤怒地看着他。她想起前世的那些事,情爱或者仇恨。他如何珍重而讨好地对她,又是如何杀了她的,竟然跟眼前的这一幕重合了。她冷冷地说:"你要做什么?我是英国公府的小姐……你要是敢做什么,恐怕今天的事也藏不住了!"

"两次三番的都是你……"陆嘉学看着她,笑了笑说,"要不是看在你是魏凌女儿的分儿上,我早就杀了你了。"

她还是不够聪明,如果他真的打算杀她,根本就不会跟她说一句话。

"现在看来你是都听到了。"陆嘉学靠近她说,语气还是冰冷的,"你该不会跟我有仇吧,每次都让你听到了。"

宜宁看着他这般,甚至想脱口而出喊一声陆嘉学!看看他是什么反应。

他看着宜宁眼神倔强,便冷笑一声,手下微微收紧只是想吓一吓她,却看到宜宁紧紧地蹙眉,她的手指抓着他的衣袖,模样非常脆弱。因为呼吸不畅,她有些神志不清,断续地说:"陆嘉学……我疼……"

陆嘉学听到这里愣了愣,手微微一松,就听到身后传来魏凌急促的声音:"陆嘉学,你在干什么!"

魏凌看到陆嘉学掐着罗宜宁,几乎是目眦欲裂!

这是他好不容易带回来的女儿,想要好好宠爱着,保护她不被别人伤害。

他帮陆嘉学谋取前程,跟随他征战多年,帮他做这等谋逆造反之事,他居然想杀他女儿!

他女儿犯了什么不得了的错?他居然想掐死她,还是在英国公府中。他知道陆嘉学冷漠,却没想到他连他的女儿都能杀!

魏凌大步走过去,一把把宜宁抱了过来,冷冷地看着陆嘉学。

其实陆嘉学已经松开了罗宜宁,她靠着魏凌半天都没有缓过来,刚才她觉得自己真的要死了,再死一次。那种不能呼吸的痛苦让人非常难受,特别是这个亲手将痛苦施加于她的人还是陆嘉学,又是陆嘉学!

她捂着自己被掐的脖子不停地咳嗽,眼泪不住地往下流,可能是因为刚才离死亡太近了,自己都不知道自己在哭。

她感觉到魏凌紧紧地搂着他,哄她道:"眉眉儿,没事了,不哭了。爹爹在这里。"

魏凌把她抱起放在书房的榻上,拨开她的手看了看她的脖颈,细嫩的肌肤上掐出了一个淡淡的手印。他握紧了拳头,回头看着陆嘉学,一字一顿地问道:"你这是要干什么?杀我女儿吗?"

陆嘉学望着罗宜宁被他掐红的脖颈出神,刚才罗宜宁脱口而出的话的确让他有些迟疑了。

陆嘉学,我疼……

她是个非常怕疼的人。头先在家里不受重视,有什么都是忍着的,后来嫁给他之后性子才娇弱了一些。他对她动手动脚的,若是稍微重了一些她就觉得不舒服。她在凉亭下晒着太阳看书,他在一旁想逗她说话戳了戳她的腰,她很不耐烦地看着他:"陆嘉学,你干什么!"

再多年前,两人的新婚之夜,她被压在他身下承受不住的时候,低声地说:"我疼……"她这种时候总带着一些娇气的意味,可能宜宁自己也不知道,她总觉得自己根本不会撒娇,但每次他听了却觉得满心的怜惜。知道她其实是很怕疼的,他总是舍不得下手太重,什么都忍着。

但宜宁不知道,总是怪他不体谅自己。实则体谅都是体谅了的,只是他当时那个什么都说说笑笑的性子,有什么都是说说就过去了,宜宁总觉得他是对她的态度不认真,因为他对任何东西的态度都是这样散漫的。

就是多年之后,她踏青时掉下悬崖死无全尸,他梦里总是听到她的声音:"陆嘉学……我疼。"

每每醒来便再难入睡,昏沉的黑夜里这种声音千丝万缕地渗入。这小姑娘说话的语气非常像她,甚至让他都产生了错觉。

陆嘉学闭了闭眼睛,然后才说:"不好意思,无意杀她,只不过是吓唬她而已。"

魏凌深吸了口气,虽然知道这就是陆嘉学的性格,但他还是不能忍受这种事发生在他女儿身上。

他把佩剑放在桌上,走到床边轻轻地拍她的脸颊,轻轻唤她。而宜宁已经缓过神来了,身前的魏凌穿着一身玄衣,手绑着护腕,旁边还放着他的刀。因着劲装,身上有种平日慈父没有的凌厉之感。她一看就知道魏凌今晚晚归,必然也是跟着陆嘉学参与了谋害大皇子一事中去。刚才她过来的时候四周寂静无人,应该是他们清了场的。

结果让她倒霉,撞到了陆嘉学手上。

她记得自己刚才似乎是对陆嘉学说了什么,情急之下倒也不记得自己究竟说的是什么了……宜宁抬头看陆嘉学,他的手臂受了伤,他自己已经捂着手臂坐下来了,下属拿了纱布和伤药进来为他包扎。因为刚才的用力,他的伤口已经渗出了血。

应该没有说什么别的话吧……陆嘉学的反应倒也平静。

她自己扶着魏凌的手站了起来,对魏凌摇头道:"父亲,我没有大碍了。"

英国公的爵位的确是比宁远侯高，但是地位可不是由爵位来决定的。陆嘉学是左都督，手握重兵，战功显赫权倾天下。就连射杀大皇子这种株连九族的事他都敢做，魏凌不敢惹他。两人一说是朋友，地位看似平起平坐，实则魏凌还是要听陆嘉学的行事。

　　没必要为了她让魏凌和陆嘉学之间有了矛盾，这只会对魏凌不利。

　　魏凌想起刚才那一幕却还是浑身的怒火，这要是旁人，他早就杀了为他的女儿出气了，却偏偏是陆嘉学。女儿这样应承下来，应该也是不想他和陆嘉学产生冲突。当然他也了解陆嘉学，其实他真要是想杀宜宁，根本等不到他来救。

　　魏凌缓缓地摸了摸宜宁的发，低声问："这么晚了，为何还来找爹爹？可是有事？"

　　宜宁尚有些喉咙疼，咳嗽了几声说："就是看您没回来，所以过来看看。结果您院子里的护卫都不在，我就进来了……"

　　魏凌是不会把朝堂上那些血雨腥风的事告诉女儿的，什么谋害篡位的她不用知道。听到女儿是关心他晚归，心里倒是有种奇异的温热，他笑了笑解释说："我跟宁远侯去演武场练兵了，因此回来得晚些。你先回去睡吧，我叫丫头送你回去，有什么事明早再说。"

　　宜宁点头，她也无意留在这里，这简直就是是非之地。魏凌看了一旁的珍珠一眼，示意让她带宜宁回去。珍珠刚才也吓得靠着博古架几近瘫软，如今赶紧过来扶着她的手要走，两人正要出书房门，生怕走得慢了几步。

　　正要跨出房门的时候，陆嘉学却淡淡地道："站住，我没说让你走。"魏凌忍了忍说："陆嘉学，你还要……"

　　陆嘉学继续道："外面都是陆家军的人，我说不准，她便不能走。"宜宁听了有些生气，他简直就是无耻！在人家家里要这等霸道的威风！

　　陆嘉学活动了一下手，觉得包扎得尚可，点头让下属退了下去。他站起身走到宜宁面前，宜宁看着这张陌生又熟悉的脸，陆嘉学已经三十多岁了，除了五官的相似，她甚至不记得这个人就是那个成天在她身边无所事事、整日嬉皮笑脸的陆嘉学了。

　　也对啊，他是陆都督，又不是陆嘉学。

　　"你要做什么？"宜宁转过身，冷冷地看着他，"我就是听到了，你想杀我便杀。手起刀落一个痛快罢了。"

　　陆嘉学倒也没说话，走近一步，宜宁不禁后退。她怎么会不怕他呢？手心握着都在出汗。陆嘉学看了她许久，然后问："刚才你为什么叫我陆嘉学？"

　　自从他杀了兄长成了都督之后，已经很多年没有人对他直呼其名了。那句话的语调实在是熟悉，实在是不能轻易放过。

　　宜宁并不知道她刚才说了什么，她甚至不知道她真的叫了陆嘉学的名字，她紧闭着嘴唇一时不知道怎么说。魏凌在旁却看不下去了，走过来把宜宁挡在身后道："陆嘉学，你是不是非要与我兵刃相见才算完？"

　　这时候，门外响起了脚步声，随后有人通传道："大人，程大人过来了。"

　　陆嘉学看了宜宁一眼，这次还是放过了她："罢了，你走吧。"

宜宁这才屈身道："刚才是情急之下叫错了，望都督大人不要见怪。"陆嘉学听了神色又是一凝，又侧头看向她。宜宁心里暗道又怎么了，难道他还觉得有什么不对？还是不应该在他面前说话的，越相处下去他发现的端倪越多，毕竟也是曾经朝夕相对的。

她不再等陆嘉学说话，立刻带着珍珠从魏凌的书房里退出来。等出来才发现这漆黑的夜里，东园里已经是侍卫林立，夜色一片森冷。她听到屋子陆嘉学低沉的说话声隐隐传来："叫他进来。"

他的声音原来是非常明朗的，如今压低着声音说话，听得有些瘆人。

宜宁深吸了口气，出了院子走出不远，回头看到程琅走进了院子之中，表情有些肃然。

这群人究竟在干什么……宜宁并不想知道了，何必去打探这些事，反正她知道这一切都会平息，太子会登基，陆嘉学会被封将军。朝廷风起云涌，你方唱罢我方登场，反正永远没有个停息的时刻。今天杀了大皇子不算完，朝廷还没有到最黑暗的时候。

等回到她的院子之后，玳瑁烧了热水给宜宁洗澡。她泡在热热的浴桶里，只觉得额头一抽一抽地疼，仿佛是压力过去了，那种深入骨髓的疲惫就泛起了。外面还是静得一点声音都没有，珍珠用了玫瑰膏子给她抹手，道："佟妈妈跟奴婢说，小世子一直吵着要等您回来再睡，一会儿前才睡着。奴婢也扶您去休息了吧，您今儿个不舒服，明儿个就告假，不去给老太太请安了吧……"

宜宁原想她勤奋些，每日给魏老太太晨昏定省，现在累了真是就想不管不顾了。她也看开了，反正她就是英国公府的小姐，懒一些又能如何，谁还会说道她一句不成？

她胡乱点头应了，珍珠又略微抬起她的脸，给她擦脖颈上的伤。刚才瞧着还只是泛红，如今倒是隐隐透出青紫了，刚才陆都督的手劲儿必然不小。旁边的玳瑁瞧着都倒吸了口凉气，"小姐这是怎么了，在府里谁敢对小姐动手？"

珍珠摇头示意她不要说话，换了化瘀的膏药给宜宁抹上，刚才那事可不能声张了出去。

夜沉如水。

书房里点着豆大的灯火，透过笼着的青纱显出朦胧而模糊的光亮。陆嘉学一直没有说话，靠着椅背在闭目养神。

程琅走进来，缓缓地站在陆嘉学面前，喊了他一声"舅舅"。

当他知道陆嘉学安然无恙之后就明白了，陆嘉学没有中计。程琅甚至已经做好了陆嘉学不会放过他的准备，这个人容不得别人的背叛。

陆嘉学睁开了眼睛说："你母亲当年嫁去程家的时候搂着我哭，因为她是去给人做妾的。我心疼你母亲，所以当我做了都督之后，立刻逼程家把她扶正了，还给你安了个好出身，让你的仕途一帆风顺。你现在就是这么回报我的吗？"

程琅立刻就跪下了，一撩衣袍跪得干脆利落。

"舅舅实在是误会了，外甥不是有意让别人知道的，实在是那日消息走漏……"他边说陆嘉学边缓缓走到他面前，没等他说完就抬手给了他重重的一耳光。

程琅紧抿着嘴唇忍了下来，表情都没有变。

"这是打你恩将仇报。"陆嘉学居高临下地看着他,冰冷地说,"以你程琅的小心谨慎,会不小心走漏消息?"

程琅的表情依旧不变,而是继续说:"舅舅要是不信我也没有办法,人总有百密一疏的时候……"

"要不是看在你是你母亲唯一儿子的分儿上,我早就废了你了。"陆嘉学道,"给我起来吧。日后再让我发现你暗中动手脚,别怪我真的对你不留情。到时候就是你母亲亲自来求我,我也不会放过你。"

程琅应了一声"是",站起来退出了书房,走到外面时才后背发凉,是逃过了一劫的。没想到陆嘉学竟然一直在防备他。

魏凌是看到程琅出来的,他进去跟陆嘉学谈日后朝廷定局之事,一直到半夜宫中传来消息,说是事情已经办好了,这才算完。陆嘉学带着人回宁远侯府中,魏凌则去宜宁的院子里看她。

得知她已经睡了,他在门口站了一会儿,终于还是离开了。

宜宁第二天起来,一如往常地吃早膳,只当昨天根本没见过陆嘉学。她一打听,陆嘉学也已经离开了英国公府,心里更是松了口气。

再过两天,回事处的人过来,送了过年用的糕饼糖块、红纸和金箔。宜宁陪着庭哥儿剪纸玩,等到了三十的前一天,宫里才传来消息,说是皇上久病驾崩了。陆嘉学已经带兵进了太子府,贴身保护太子。但是大皇子罹难的消息还没有传来。

这不要紧,反正皇上一死,太子登基就已经是名正言顺的事了,大皇子的死讯什么时候传开都无所谓。

魏凌因此更忙了些,时常有人半夜来找。才歇下没几个时辰就要起身去宫里,或者去卫所。宜宁觉得他辛苦,加之魏老太太到了年关身子骨更差了,她就主动揽过了英国公府过年时迎来送往的差事。这样一来她也忙了。英国公府虽然人丁少,但是排场大。光府里养着的下人算下来就有三四百个,这还不算外面的田产和铺子。

反正朝廷一出这事大家都忙,程琅也没空过来教庭哥儿,也没空来拜见魏老太太。赵明珠的亲事定不下来魏老太太也急,但是再急都没有办法,好马不能强按头,逼上去问人家哪个愿意?

赵明珠倒是不急,想着魏老太太的话要讨好宜宁,就带着忠勤伯家的小姐沈嘉柔来东园找宜宁。结果碰到宜宁在见管事。

逢年过节的,外头的管事都要来主人家里拜个年,提些腊鸡腊鸭的,家底更厚实的还要送锦鸡和山参。宜宁见见他们,也问问铺子和田庄今年的光景。她这么些年下来自然经验是攒了不少,更何况还是曾跟在罗慎远身边的,别人也别想糊弄了她。

隔着一道珠帘,赵明珠就听到宜宁问:"去年收得四千两,今年少了三成。管事说是干旱闹的,别人家的干旱可没有少这么多的。"

管事急得直冒汗:"大小姐,是因我们那儿地势高,下了雨留不住,所以受旱更严重!""那你便先不回去了。"宜宁接着说,"等过了年,我派人跟你去看看再说。下去吧。"说罢她手里的茶盖盖了起来。

坐在外面的管事和掌事婆子都听到了,小姐看似温言细语,实则不好糊弄。眼睛又尖,估计是识书断字的好手。那账本略微粉饰一下可是瞒不过去的,有什么亏损的非要拿出十足的理由才可说得过去。

赵明珠听到那句大小姐的时候脸色就不好看了,又听到沈嘉柔在旁边惊叹:"你们家这小姐好生气派,我们家里可没有这么气派的!"

她觉得心里堵得慌。

当然是气派的,英国公府里独她一份。刚来的时候还唯唯诺诺的,养了一段时间却越发镇定自若了。这是见管事,平时跟着魏老太太在世家往来,也从来不怯场,大方得体。人家都夸她教养得比从小当家女子的还得体……说这话不就是打她的脸吗?

她倒是也想逞这个威风,但这些外面的管事婆子对她这个寄养的小姐并不是这么尊重,她罗宜宁喊得动这些人,还是有英国公连夜派人叮嘱过的——"宜宁的话就是我的话,若是我从她嘴里听到尔等半点的不敬,立刻就赶出英国公府去"。有英国公撑腰,自然谁都不敢惹了她。

虽然记得魏老太太的话,赵明珠还是满心的别扭和不舒服,拉着沈嘉柔离开了东园。她问沈嘉柔:"你兄长的亲事定下来了吗?"

沈嘉柔摇头道:"他倔得很,谁拿他有个办法啊。"

沈嘉柔想起他兄长来。母亲提起他的婚事,他就紧抿嘴唇不说话,忠勤伯夫人气得要拿家法了,他才跟忠勤伯夫人避进内室说话。等出来的时候,忠勤伯夫人满脸的舒心和喜气,也不再逼儿子表态了。她看着古怪得很,问母亲:"哥哥跟您说了什么啊?"

忠勤伯夫人却瞪了她一眼道:"你别过问!"然后拿了哥哥的庚帖去拜见定北侯府的老太太了。

也不知道母亲是去干什么了。

宜宁见完一茬管事才算完,大年三十的那天因皇上刚逝世了,是国丧,府里也没有太热闹了。魏凌还在宫里走不开。宜宁跟魏老太太吃了顿饭,庭哥儿赖着魏老太太说话,魏老太太高兴地赏了他个大红包。

等回了东园庭哥儿才撒丫子跑到了罗汉床上,把今天得的好几个红包拆开,给他的红包包的都是金豆子、银锞子,魏老太太给他封的是几张二十两的银票。宜宁一看便知道也有二百多两了,叫佟妈妈拿了小匣子好好地给他存起来。在魏老太太那里不好玩,回到宜宁这里,桌上摆满了干果蜜饯的,两姐弟吃了好多。庭哥儿想要放炮仗,但今年是不许的,看他一脸的不高兴,宜宁就让拿了金箔纸出来,剪了些小人逗他玩。

小孩守岁都是说得热闹,不多时庭哥儿就在她怀里睡着了。宜宁也打了几个哈欠,还想着等魏凌回来,强忍着没睡着。

魏凌刚和陆嘉学料理了大皇子的余孽,太子又亲自给淑贵妃赐了毒酒送她上路,淑贵妃哭着不肯，还是让太监给灌下去的。总算是把事情料理完了赶回家。到了宜宁那里，就看到女儿靠着引枕在打瞌睡，庭哥儿已经让佟妈妈轻手轻脚地抱下去了。

想到这几天她一个小姑娘管着偌大的一个府，魏凌觉得有些心疼。走到她身边时她却已经醒了，被动静给惊醒了，抬头问珍珠："守岁的时辰过了吗？"

过了她就可以去睡了。

魏凌摸了摸她的头，笑了一声说："还没有过呢。"

宜宁才看到是魏凌回来了，听他说还没有吃饭，让人送了碗酒酿过来。她问魏凌："我听说太子过了年便要登基？"

朝廷变迁，内宅的太太小姐也不是完全不知道的。魏凌不疑有他，跟宜宁说："是过了年登基，正好改了年号至德。"天下无主就乱，自然是越快登基越好，魏凌接着又说，"登基的日子都选好了，今年的春闱恐怕都要提前了。"

登基本来是要开恩科的，正好碰上今年春闱，几个阁老一商议干脆提前了一个多月。宜宁听了一怔，那明日起来之后就是至德元年了。

三哥是至德元年的探花，至德四年就做到了吏部侍郎，次辅徐恭对之提拔有加，那岂不是很快就能看到三哥名满天下了？

魏凌陪女儿守了岁，才回去歇息了。

宜宁却没有睡。想了想让松枝挑了灯，她提笔给三哥写信道："春闱将至，盼你得了好名头。不知母亲如何？未曾接到你来信，我得的是弟弟还是妹妹？焦急欲知。"想了想又加了句，"二十又一，你该说亲了，可相中哪家的姑娘了？"

这封信宜宁让下人送去保定，却到了魏凌的手上。他看了信之后想了想，跟传信的人说："以后不必再拦罗家的信了。"他把宜宁刚写的信递给传信人，"不送去保定，送到侍读学士孙大人的府上吧。"

送信人拿了信下去了。

大年初八就是新皇登基，改了国号，大赦天下。

拥护太子的官员都得到了进封，魏凌已经是英国公了，只给他涨了俸禄。而陆嘉学却封了宣威将军，已经算得是武官第一人了。

魏凌去了宫中领赏，等回来的时候宜宁正要为了管家的事去找他。隔着帘子就听到他怒极的声音："汪远未免太糊涂了些！"

屋内另一个声音说道："杀都杀了，也只能算了吧。"

屋外大雪未融，厚厚的漳绒帘子隔着，里头烧着地龙很暖和。宜宁听到汪远这个名字，却是若有所思。

汪远这个人她是听说过的。

这个人的故事说起来很传奇，所以坊间流传得多。他非常聪明，年少的时候家里穷，他母亲为了送他去读书，帮那些渡口上的挑夫洗衣裳挣钱，这才供出了这么一个寒门学子。好不容易考上了秀才，亲戚们对他们家是另眼相看。但谁知道后来汪远四五次都考不上进士，他的名声渐渐弱了。直到四十岁才得了主考官的赏识中举，但这个时候的汪远早就变了。他被选了庶吉士之后并不是按部就班地升迁，而是选择了巴结当时的秉笔太监，得了先皇的赏识，八年之后竟坐到了内阁首辅的位置上。

这个人聪明是聪明，善于偷奸耍滑，但没有什么治国的手段，整个朝廷让他管得乌烟瘴气，乱象横生。这人对人又格外狠毒不留情，算计别人是一把好手，无人动得了他。但是两任皇帝都非常赏识他，他自己又控制着内阁，内阁之内谁也拿他没办法。

他在任的时候害死了许多忠良，罗慎远的老师徐渭就是其中一个。

宜宁想到这里，眼前好似浮现那些场景，再想到罗慎远，突然有种呼吸不过来的感觉。

罗慎远中了探花之后，徐渭赏识罗慎远，且他的手下也缺可用之人。四年之内就把罗慎远提拔到了吏部侍郎的位置，当时朝堂之中，皆以为徐渭是以阁老来培养罗慎远的。他又一贯沉默寡言，才华横溢，对老师也很恭敬，赏识他的人不在少数。

所以徐渭惨死之后，所有人都以为罗慎远会帮老师报仇，至少会给老师讨个公道。结果他什么都没有做，他不仅没有做，反而和汪远派的关系近了。他的同门——也是徐渭的学生杨凌，虽然平时不怎么得徐渭看重，却为了救徐渭被打死在午门。杨凌被打的时候，罗慎远的轿子刚过午门，惨号声一阵阵地响起，他却连停都没有停下来看一眼，目不斜视地任轿子过去了。

清流派的官员见此俱怒了，虽然惧怕于汪远的威慑，什么都不敢说，却再也无人跟罗慎远往来。私底下什么难听的话都骂过罗慎远，畜生不如、忘恩负义。吏部的清流派郎中甚至拒绝向罗慎远禀报，要不是罗慎远因此怒罚了十多个人，恐怕大家都还怠慢他。

责罚过后是不再有人怠慢他，但他们纷纷去了杨凌家祭拜，整天为杨凌披麻布恶心罗慎远，还把杨凌的灵台摆到了罗慎远家旁边。罗慎远对这些人的态度都是容忍的，回家的时候绕过这些人就是了。

清流派看不过去的言官给罗慎远写信，骂他助纣为虐，为虎作伥。罗慎远倒也不管别人骂不骂他，在汪远的提拔之下他进了内阁。甚至在加封大学士的时候，有言官站在他家门口仍不放过地说："此贼进中枢，吾便悬于门口，做了鬼也日夜跟着！"

罗慎远却已经进了内阁，且得了汪远的重视。汪远为人奸佞，他手上倒也不干净。直到后来汪远惨死于他之手，他成了首辅之后，才没有人敢骂他了。

对于以前的宜宁来说，这不过就是随意听到的话而已，她甚至也为罗慎远的狠毒无情而心惊过。但是如今她是认识他的，这个人是跟她从小长大的兄长，这个人是那个给她写字帖、气度如松的罗慎远。

再想到这些事，想到多年前隔着人海看到的阴郁高大的青年。她就觉得有些难受。

"宜宁，你来了如何不进来？"魏凌的声音响起。

宜宁才回过神，进了书房，跟魏凌一起说话的是定北侯傅平，笑起来很和善。因是大过年的，他还从袖中摸了个红包送给宜宁。宜宁收下红包之后屈身跟魏凌说："回事处的管事跟我说，您要支五千里银子修葺院子？"

傅平听了饶有兴致，魏凌在英国公府可是说一不二的，他这女儿找回来，看着娇气秀致的，竟然管到了他的头上来。

魏凌把宜宁叫至跟前，笑着问道："你是疑惑吗？那可要爹爹开了明细给你？"

宜宁怎么敢管他的事，不过就是来问问而已！看到魏凌和傅平都看着她，她就抿唇一笑说："府里好好的，我是想有什么可修的要用五千两……所以才过来问问。"

宜宁的眉眼已经长开，肤色细致如瓷，站在书房里亭亭如一枝莲。外头有细弱的光投在她身上，她穿着青色的缎袄，脸庞莹莹如玉，越发显出眉梢殷红的痣鲜红，平白地多出几分艳色来。年幼的时候看着还只是精致可爱，怎的越长大了，反倒是长成了惊艳的模样？

魏凌与宜宁朝夕相处，觉不出什么，倒是傅平又多看了宜宁一眼。魏凌又说："爹爹不是怪你，这可是你用心看账了。"他的声音一低，"走府上的账，却是用处在别的地方……给军备的。你不要过问便是了。"

宜宁这才明白过来。魏凌是不能豢养私兵的，所以这方面的开支不能走明账。既然牵涉军备，就的确不该是她过问的。

她又笑了笑："那我就不过问了！"她跟他说，"祖母说了在房山开茶会，让我过去，那我不跟您说了。"

虽然她对这种小姑娘的诗会并不怎么感兴趣，但是不去也不好。庭哥儿一早就被佟妈妈抱去了魏老太太那里，老太太想孙子得紧。

等宜宁退下之后，傅平才继续说："汪远也是，皇上都有意饶刘阁老一马，毕竟从不曾做过什么事。却让他给下狱杀了！本来其他几位阁老就对大皇子的暴毙不满了，被他弄得怨声载道，陆都督竟也不曾说过他……"

"陆嘉学会说什么。"魏凌说道，"他跟汪远一向井水不犯河水，只要汪远不触犯了他，他永远不会管汪远。"汪远的确很聪明，他不会去惹陆嘉学，陆嘉学跟他也没有利益冲突，某种方面来说他们算是利益共同体，自然不会管他了。只要陆嘉学不管他，只能由得他来了。

傅平摇了摇头："算了，不说这些事。你我反正也改变不了！"

想到刚才从魏凌书房里出去的宜宁，傅平就笑着说："倒是你这女儿是长得好看，难怪忠勤伯家的公子看上她了。"

魏凌听了差点被一口茶水呛住了。

他一把放下茶杯，立刻问道："你说什么？谁瞧上宜宁了！"

傅平把自己的衣裳弄平整了，怪道："瞧你这个样子，像是谁要来抢你女儿一般！"他继续说，"是忠勤伯夫人来拜访我母亲的时候说的。"

魏凌脸色不太好。沈玉……他知道那是忠勤伯的长子。但是他本人就是英国公，对于忠勤伯家的爵位根本不在乎，沈玉此人没有什么出众的才能，如今还没谋得个职位，以后保不保得住家族的煊赫还是一说。他的女儿自然要配最好的，沈玉又是什么东西？

傅平看他这不情不愿的样子，就问道："怎的，你不喜欢沈玉？"

魏凌看了他一眼："你说我喜不喜欢他？"

魏凌年轻的时候就已经统领神机营了，而且全凭了自己的才能，他自然是看不上沈玉的。忠勤伯家是配不上英国公府的显赫，但是沈玉是嫡出，宜宁虽然是唯一的小姐，却是从外面抱回来的。沈玉喜欢宜宁也没有什么。

虽然想了这些，傅平却不敢说，怕魏凌生气。

"那你早些断了人家的心思吧。"傅平说，"你要不要问问你家女儿，指不定她喜欢呢？"

魏凌直接叫了管事来送傅平出去。

他准备找个时机，让魏老太太去说清楚这件事。

但他不知道，傅平也不知道，其实人家傅老太太已经答应上门提亲了。正在家里整装待发，瞧准了今天是个好日子，要过来了。数着傅老太太一路走一路停的脚程，到的时候肯定已经是傍晚了。

魏老太太那里正热闹着，宜宁赶到的时候，贺家二小姐拉她坐下。贺家二小姐人心细善良，宜宁跟她玩得多一些，她笑着说："你没来，程大人刚才倒是过来了，你瞧——"

宜宁刚坐下喝了杯茶，朝着贺家二小姐指的方向看去。程琅正倚着廊柱，背着手看着雪景不说话。

他显得比往常沉默一些。但要是有人去跟他说话，他也是笑语晏晏的，温柔体贴。宜宁想到那日，他最后进了陆嘉学所在的书房……

她别过头继续喝茶，问道："他来了又怎么的？"

贺家二小姐就说："你说你以后是叫他表哥还是姐夫？我看到你家明珠姐姐刚才看着他就脸红，话都没有说一句。"

宜宁听了贺家二小姐的话没有应声。

程琅肯定不会娶赵明珠的，如果她没有记错的话，程琅似乎最后娶的是一位高门嫡女。究竟是谁她记不太清楚了，但人家是正经的高门第出身，傲气也是真的傲气，但身份地位和才华都担得上这份傲气。

贺家二小姐正在和她说话，那边魏老太太叫人来传她。

她与明珠正在屋内说话，见到宜宁过来了，魏老太太拉她到自己身边，笑着跟她说："咱们府里怕是快有喜事了。"

明珠回过头看到宜宁，宜宁日常穿着素净得很，但是那手上戴的和田玉、青织金的缎子都是千金之数。英国公府里贵重地养着，肤色越发晶莹无瑕，虽然毫不盛气凌人，周身却是有种气度的。

赵明珠又想到那日看到罗宜宁和程琅说话，想到她把程琅留在屋内与庭哥儿授课，想到这几日受到的她的屈辱，脸上的笑容略微扬起，却又哼道："您说这个做什么！"

宜宁其实一直不想跟赵明珠计较，因为没有必要。她是亲生，赵明珠是寄养，跟她计较才是丢了身份。反正赵明珠与程琅不关她的事，打的也不是她的脸。她问道："您说的是什么喜事？"

程琅这时候正好跨门而入，他爱穿月白的衣袍，清风霁月般秀雅。别人衬不起这个颜色，但他穿起来却越发显得俊秀，又用了银发冠，看着便叫人眼前一亮。他淡笑着走过来说："听宋妈妈说您找我，您可是有什么要紧事？"

程琅母亲是庶出，正好英国公府子嗣单薄，陆嘉学便让程琅也拜了老英国公为外祖父，这是正经地写了族谱的。而赵明珠认陆嘉学为义父是魏老太太为她求的，实则算起来意义并不大，陆嘉学除了逢年过节给她送点东西，别的倒也没有什么。

宜宁自上次之后便少有见到程琅，毕竟他朝中的事也忙。有一次宜宁看到他身姿挺拔地站在庭哥儿的书房里，伸着修长的手指有一下没一下地拨弄系在小篮子上的草蜻蜓。庭哥儿看了就跟他说："这是我姐姐为我折的，好看吧？你要是喜欢，我让她也为你折一个？"

"明珠？"程琅问他。

庭哥儿摇头："明珠是明珠姐姐，姐姐就是姐姐。"

程琅听了就笑笑摇头："不必了……"任做得再好，也不是那个人做的，没有什么意思。

从此他待宜宁却不一样了些。真是觉得她跟那人有几分像了，便有礼了些，不会再做那些轻佻的举动了，这是尊重她。但不想利用宜宁之后，他自然更没有心思去亲近一个小姑娘了，因此对她冷淡了不少。

程琅也看到宜宁坐在魏老太太旁边，喊了她一声宜宁表妹。宜宁觉得他今天态度好，终于笑眯眯地应了他。

赵明珠却觉得他对宜宁的态度冷淡，就说："程琅哥哥，上次你说碧螺轩的脂粉好，送了我一盒。怎么不见送宜宁妹妹？这可是厚此薄彼了。你可不许这么偏心，怎么也要送宜宁妹妹才是。"

程琅听了心里有些嘲讽，他知道赵明珠是什么意思。不过赵明珠不知道的是，魏凌对这个女儿实在是疼爱，什么珍品都往她房里放，用的脂粉香膏都是头先宫里赏赐的贡品，当然恐怕宜宁自己也不清楚。他跟宜宁说："若是宜宁妹妹想要，我隔日便给你送来。"

"我倒也不介意，既然送了明珠姐姐，那就是明珠姐姐有福气。"宜宁的确也不知道平时自己用的究竟是什么，只知道好用就行了。

魏老太太越瞧程琅越满意，听到他们说的话更觉得程琅是有意于明珠的，笑道："明珠啊，你先和你宜宁妹妹去次间里吧。"

这是要清场了吧。

宜宁漫不经心地想到，反正她知道这事成不了，也就懒懒的。加上她又在小日子里，身体疲懒得很，让丫头扶去次间里休息。赵明珠进来之后就跟她的丫头素喜低声说话。青渠为宜宁捧了药进来，低声跟她说："好不容易让我给您调养得好些了……您却觉得无事了，躲懒不吃药。这下又难受了吧？"

宜宁原来是有痛经毛病的，青渠调养了许久才好些。

青渠跟宜宁说话一向不见得非常尊重，珍珠等人都习惯了。赵明珠听到却侧目，她发现宜宁带回来的这个丫头长得高大，的确很不同寻常。宜宁喝了药之后递到她手上，皱眉说："怎么没梅子吃……"药苦得很，吃梅子去味的。

青渠眉毛一挑说："梅子会坏了我的药性，不能吃。"

要是这种丫头在她那里，早就被打出去了！赵明珠暗想着，却看宜宁只是抿嘴，对着这个丫头她似乎有些平常没有的娇气："那好吧，不能吃梅子，我喝水总可以吧！"

青渠这才点头应了："可以。"接过了她的药碗，就着药碗给她倒了热水，再递给她。

宜宁一阵无言，还是喝了下去。谁让青渠在她房里有威信呢，上次玳瑁犯了心口痛，让她几服药给压下去了，如今玳瑁简直就唯她是瞻。她房里的丫头都说："青渠姑娘说得都对，她是有本事的，您该听她的。"

赵明珠不再理会宜宁和她的丫头了。她心里也是紧张的，毕竟这是自己的终身大事。

东暖阁里，魏老太太让丫头给程琅添了茶。开口说了："琅哥儿，你也算是我看着长大的了，你与明珠是青梅竹马的情谊，我也看得出，你对她十分好。她自小在我身边长大，让我惯得娇了些，心性却是好的。你少年有成，我是有意让你娶了明珠的。这事本早该说定了的，如今却才找你来说，是我这老婆子思量了许久的。你若是娶了明珠，我给她添的嫁妆绝对也不少。

"明珠虽然不是正经的英国公府小姐，却可以从英国公府出嫁，一样的待遇。你如今已经是弱冠了，成了家也安心些。我也不要你出什么，当然给明珠的排场也不能太小了，我也想让她风风光光地出嫁。"

程琅越听笑容就越深，心里越发嘲讽。魏老太太也把赵明珠看得太高了，她当个宝的东西，就觉得人都要当宝吗？还要排场？

程琅缓缓地放下茶杯，淡淡地道："外祖母，既然您自己都说了，明珠不是英国公府正经的小姐，那我为什么要娶她？我虽然没有爵位在身，却也是程家的嫡子，正五品的吏部郎中。何必委屈自己娶个假小姐？"

魏老太太听到程琅的话，根本没料到程琅会不同意，脸色立刻就变了，问："你说……你不愿意娶明珠？"她一直以为程琅也是喜欢赵明珠的。

"她有什么值得我娶的？"事到如今，程琅也不怕得罪魏老太太，反正他是肯定不会娶赵明珠的，他慢慢地说，"除了仗着您的宠爱骄纵跋扈，她可有什么出众之处？论才学她胸无墨水，论为人她心胸狭隘，论交际她更是要别人捧着她说话才行。您喜欢她这些，觉得她这是率真，别人可不这么觉得。她要嫁也该回赵家去嫁了身份匹配的人，放在英国公府里当成小姐，实在是您抬举了。"

魏老太太以前从不觉得程琅口才是极好的，被这么一堵，她脸色铁青，说是恼怒倒也不全是，但就是堵着一口气不舒服。他竟然就这么当面拂了自己！他竟然根本不喜欢明珠。

"便是我真要娶，也该娶舅舅的生女宜宁才是。"程琅站了起来，语气恭敬有礼，"今日是得罪了，以后外祖母还是不要乱点鸳鸯谱的好。"

说罢就告退离开，魏老太太又气又僵，不知道该说什么好。

但听到程琅最后离开的那句话，想想倒也是有道理的。他要是想娶，怎么就不能娶宜宁了？为什么偏偏要娶赵明珠？

宋妈妈有些担忧地看着她，拿了茶壶给她倒水："老太太……您别气坏身子了。表少爷不愿意，倒也怪不得他。"

魏老太太沉默了，她在思考程琅说的那些话。

赵明珠是看到程琅从东暖阁里出来的，程琅还是以往那样，眉眼温润。赵明珠提着裙子跑了出去，急忙叫住他："程琅表哥！"程琅回过头看到她，微微一笑道："明珠表妹有事？"

赵明珠又不知道说什么，半天没张口，只能让程琅先走了。等她脸色微红地回了东暖阁，看到魏老太太靠着引枕怔怔地不说话，她走了上去："外祖母，您这是怎么了？"

魏老太太回过头看着她，赵明珠还什么都不知道，她甚至还笑着。魏老太太心里突然钝钝地痛，跟她说："你程琅表哥……拒绝了这门亲事。"随后她又很快安慰道，"你不要难受，以后祖母再帮你找好的，比你程琅表哥还要好的。"她绝口不提程琅说过的话。

赵明珠似乎不可思议般睁大眼，半晌跌坐在椅子上，浑身发冷。她混乱地想起程琅刚才的笑容，想起他曾对自己的那些好，觉得脸上火辣辣的。她一直觉得，程琅对她还是有几分情意的……原来，在他看来，她和那些女子没有什么分别！也不过是他闲暇的时候，逗乐子解闷的东西而已。

程琅对她根本就是不屑的，他不愿意娶她。什么对她好，都是他的逢场作戏罢了！

赵明珠半天说不出话来，紧咬着嘴唇有些颤抖。从小养到大的骄傲让她的脊背挺得直直的，眼泪却渐渐溢了出来。

屋子里一时无人说话，沉寂的暮色快要降临了，热闹的诗会也散了。傅老太太的马车终于进了英国公府，半刻钟的工夫到了静安居门口。

听闻傅老太太来拜访，魏老太太收拾了精神迎接她，让赵明珠先进了内室，一会儿再说。

傅老太太年纪比魏老太太大，但她精神矍铄，走起路来健步如飞。进了魏老太太的房间之后就拉着她说话，魏老太太许久不见老友，聊了一会儿心里的不舒服倒淡了些，也放松多了，叫丫头端了些桃片糕上来给她吃，问道："今儿怎么有空打我这儿来，你们家如今不是忙得很吗？"

傅老太太笑着说："我也是受人所托才来的。你们家的姑娘眼瞧着要大了，我这是帮人家来提亲的。"

魏老太太以为自己听错了："你是来提亲的？"

赵明珠和程琅的亲事刚吹了，这怎么就来了个提亲的？

## 第十九章 状元及第

宜宁是觉得身子实在不舒服,才回了东园去。这会儿正缩在被褥里,抱着手炉昏昏沉沉地睡着。耳边只听到珍珠煮茶的水沸声。一会儿松枝扶她起来,给她用了碗红糖煮荷包蛋。红糖搁在小火上慢慢煎化了,加水打荷包蛋,再放一勺醪糟就清香四溢。宜宁咬了口蛋觉得满嘴都香,果然还是松枝煮的荷包蛋最好。

她这儿正吃着,珍珠走进来,有些犹豫地跟她说:"小姐,静安居那边……"

宜宁喝了口汤,依旧是懒懒的:"静安居那边怎么了?"她只以为在说赵明珠的事,因此没什么意外。

珍珠就俯下身在她耳边说:"忠勤伯夫人请了傅老太太来说亲。是想为沈玉公子求娶您。"

宜宁手中的汤勺一顿。

她霍地坐起来,顺便碗也递给了旁边的松枝。

"沈玉想求娶我?"宜宁有些惊讶,"父亲可知道了?"

珍珠点头:"老太太立刻找了国公爷过去,现下恐怕正在说话呢。"她又是犹豫,"您要不要过去看看?"

她身子不舒服,过去看什么。宜宁又快快地摆了摆手,重新靠了回去。她望着屋子里插的蜡梅,一朵朵跟黄玉雕般含苞待放,清香幽幽。

她想起了前世的亲事。

家中的姊妹多,想要出人头地得了老祖宗的赏识,嫁个好人家不容易。多亏她乖巧又侍奉老祖宗,她才肯高看自己几分,陆嘉学这桩亲事便是这么来的。陆嘉学相看她的时候,也是听了媒人的话觉得她又端庄又贤惠,就这么同意了。

那时候她虽然嫁的是个不起眼的庶子,但是她很喜欢陆嘉学。嫁过去之后装贤惠没多久,他渐渐发现自己并没有这么贤惠,倒是懒得很,甚至还有些倔强。每每都是他惊讶地挑眉,然后笑着跟她吵,她吵不过他,最后还要他来哄。

只是这个人后来,变成一个她完全不认识的人了而已。而这个如今权倾天下的人,前不久甚至差点掐死她——

宜宁闭了闭眼睛，还是不要想了。

她不是多年前那个小女孩了，甚至恨意都被这几十年给磨灭了。

头先还没有考虑过这件事，现在她的确也长大了。这一世……若是再要嫁人。她只希望没有算计，也没有伪装。你就是你，我就是我，和和美美、平平淡淡的。只是她身在英国公府，三哥又是罗慎远，就是她再怎么不愿意，也早已经处于日后风暴的中心了。

她对沈玉没有感觉，这个人的确在世家子弟中不算出众。既然魏凌已经知道了这件事，那便不会让她嫁给沈玉的。宜宁对此还是有信心的。

她深吸了口气，左不过还有个两三年。她对于嫁人其实已经没什么热情了，且看着吧。

宜宁猜得不错，魏凌听说傅老太太过来了，就黑着脸去了静安居。

魏老太太是有意考虑一下，毕竟都是常来往的簪缨世家，知根知底的，人家沈玉的确也是个俊俏少年。魏凌却直接拒绝了："我女儿还小，恐怕要等两年再说。劳烦老太太回去传个话。"没有正式下聘书，推拒也就推拒了。

傅老太太自然听得出魏凌的推辞，她本来还着重夸了沈玉的外貌和地位的。但是人家英国公根本不把这些看在眼里，他就这么一个亲生女儿，什么沈玉、李玉的，都要入得他的眼再说。

傅老太太倒也不意外，本来她就做好了魏凌不会答应的打算。魏老太太见天色已晚，便叫宋妈妈去给傅老太太收拾一间屋子住下。

傅老太太离开之后，魏老太太跟魏凌说："头先明珠就跟我提过沈玉，说他与宜宁曾见过。"

魏凌听到赵明珠提过沈玉，表情就是一冷："母亲，您可还记得我说过赵明珠的话。"要是赵明珠敢再动手脚，便要把她赶出英国公府。

魏老太太摆摆手："她倒也没说什么，你别怪她了！既然你觉得不可便算了，我又不会逼着你把宜宁嫁了。再怎么说宜宁也是我亲孙女，我自然希望她嫁得好……倒是今日，我与程琅提了他跟明珠的事，他拒绝了。明珠那孩子正是伤心的时候……"

女孩子家再怎么开朗爱笑，在这种事上也是脸皮薄的。

魏凌自然不觉得赵明珠配得上程琅，程琅真要是答应了他才觉得奇怪。看老太太的样子他也没有劝，只是说："以后宜宁的亲事，必须要我答应了才行，您别轻易决定了。"

魏老太太听了就笑："我知道！我又不是什么十恶不赦的人……"魏老太太说到这里声音一轻，她的面容有些苍老，喃喃地说，"宜宁不怎么亲近我，我也想对她好些的。"

魏凌看到母亲这般，也不好说话了。两母子这么沉默了一会儿，魏凌才告退离开，去了宜宁那里。

魏老太太靠着小几出了会儿神，宋妈妈已经安置好傅老太太，进来时看到桌上松油灯的光暗了。她取下灯罩挑了灯花，火苗才重新亮起来。

宋妈妈就跟魏老太太说："您要是真的担心明珠小姐，不如凑个巧。看看忠勤伯家是不是对明珠小姐也有意……这样两家既不伤了和气,还能结一门亲事。明珠小姐有了正经的身份,您也就不用为她操心了。"

魏老太太摇了摇头:"一则忠勤伯家向来看重门第,怕是不会同意;二则就这么仓促地决定了,对明珠也不好。"

宋妈妈听了就笑笑,不再提这事,扶老太太去洗漱了。

赵明珠站在门外,披着雪狐皮滚边的斗篷,刺骨的夜风吹着她的脸,袖下的手紧握着。她刚被程琅拒亲,后脚就有人给罗宜宁提亲?宋妈妈这又是什么意思,罗宜宁不要的就塞给她吗?还说什么忠勤伯家看重门第不会同意……

原来忠勤伯夫人跟她说话不也是捧着的?如今有了个罗宜宁,便都当她是个落魄的了?

赵明珠只是站着,忍不住就泪流满面。原来都宠着她的人呢?怎么现在都没有了。原来他们都是宠着她的……

还是素喜去挽了她的手:"明珠小姐,回去吧。"她哄赵明珠说,"明儿早上起来就什么事都没有了,您睡一觉,把这些都忘了……"

赵明珠毕竟也是个小姑娘,回头就抱住素喜哭。素喜给她擦眼泪,好一会儿哄才让她止住哭,回了房山去。

庑廊外头正下着漫天的大雪。

宜宁教庭哥儿识数的时候魏凌来找她,知道魏凌必是为了沈玉来的,宜宁亲自给他倒了茶。魏凌捧着水汽氤氲的杯子,外面的大雪显得屋内格外安静,魏凌看她认真地看着自己,仿佛等他说什么,就说:"爹爹帮你推了沈玉。"

"他已经虚岁十七了,未曾谋得个职位。虽是嫡长子,实则是被养废了的。"魏凌继续说,"我在他这么大的时候,已经跟着你祖父去过战场,杀了敌军十三人……回来之后先皇奖了我三匹大宛驹。"

他想了想又加了句:"你要找也要比照着爹爹这样的来,不可找那等没出息的。"

魏凌还是记得傅平说过的那句话的:"指不定你女儿喜欢呢?"但是宜宁可不能喜欢沈玉这样的,就是喜欢程琅都行。程琅虽然风流,但是才华卓绝远非沈玉能比。

宜宁听了"扑哧"一声笑出来,她觉得魏凌非常好玩,边笑边点头说"好",然后给他加茶。魏凌这才放心了,喝了茶嘱咐女儿早些休息,回了自己的院子里去。

宜宁收了茶具,让丫头记得把魏凌留下的斗篷烘干,明早给他送过去,这才终于睡下了。

第二天,傅老太太去了忠勤伯府,把魏凌的话告诉了忠勤伯夫人。

忠勤伯夫人听了有些不高兴:"英国公可是嫌弃我们家比不上他们家了!"

忠勤伯夫人原听到儿子喜欢宜宁,还有些高兴的——只要与英国公府结了亲,还怕儿子日后在军中谋不到好差事吗?谁知道人家拒绝了。

她儿子是嫡长子,宜宁是从外面抱回来的。虽然家世差了一些,但可比她名正言顺多了。英国公还想给她女儿找个什么皇子、太子的不成?她儿子再不济,也是有大把姑娘抢着要嫁的!没的让他这般嫌弃的。

她找了沈玉过来，告诉他："这门亲事就这么算了，母亲再给你找好的，莫要再看着宜宁了。"

沈玉有些消沉，却抿着唇不答应。他想到宜宁喊他的声音，痒酥酥的如动物咬了他一口。便觉得别的人都不如她好。

"我……我不想娶别人。"沈玉喃喃地说，"您不要管我了，我总要见见她再说！我求她同意就是了。"

忠勤伯夫人觉得儿子执拗起来也很固执。叹了口气不再说他了。

沈玉想见宜宁，宜宁却要避着他不见。就这么一个月都过去了，春也开了，宜宁院子里的丫头婆子都开始减衣裳了，她却很少出东园。东园又是魏凌所在之处，重重护卫守着，沈玉就连一道仪门都进不去。

一来二去的，春闱就近了。

宜宁收到了三哥的回信，他回信一贯简洁："母亲得男，安好勿念。"

宜宁想到自己给他写了好几大页，他就回了八个字，有点不舒服，扔在一边不回他了。倒是林海如的信从保定寄过来了，林海如可是洋洋洒洒写了几大篇："宜宁，我不识字，是瑞香代写的。"所以不费她的工夫，能写多少写多少。

林海如说宜宁的弟弟出生之后，轩哥儿病了，有人就跟乔姨娘说，要以母亲血肉为药引才能好……后来乔姨娘的手臂上留了疤，不能看了。但轩哥儿也不见好，乔姨娘急得日夜跪佛堂，精神都恍惚了，最后甚至说出："是他骗我的，是罗慎远！这个黑心肝的东西……"

罗成章听了就说乔姨娘这是犯了癫狂，让她搬去了鹿鸣堂，不要罗宜怜去看她。

说了一段乔姨娘的事，林海如又说宜宁的弟弟："又白又胖的，长了一颗乳牙，什么都想咬。"

她还说起罗慎远的亲事来："孙大人的嫡女对他有意，你三哥又是个闷嘴葫芦，喜不喜欢都不会说。罗成章想为你三哥定下来，不知道他的意思，只等着春闱之后再说了。"宜宁看到这里才读落款，竟然已经是大年初发出来的信了。她把信放下，瞧着书房外面的槐树都抽芽了。

春闱就是大后天，他就要进场了。

算了，还是给他写封回信吧……宜宁还是拿了信纸铺好，给罗慎远写信，想鼓舞他一番。这封信收到的回信更简洁了："安好，无事。"宜宁看了就笑，扔到一边终于不回他了。

可能是因为她一直不回，罗慎远又给她回了一封："不必担心，不会落榜。近日可好？"宜宁也没有回他。

二月末的时候魏老太太的杏花开得特别好，世家的姑娘们聚在一起赏花。沈嘉柔因着她哥哥的事不怎么待见罗宜宁，招呼都不打，背对着她跟赵明珠说话，要摘了杏花做花蜜："以往都是做的桂花蜜，吃也吃够了，不如试试这新奇的。"

贺家二姑娘就捏着帕子说："她倒不怕吃了不好……"二姑娘厚道，提醒沈嘉柔，"仔细吃了它伤胃。"

沈嘉柔却不理她，贺家二姑娘自讨没趣。宜宁见了摇头笑道："你多喝茶吧！"

后院正热闹着，松枝就穿过花树，挤过了端茶点的丫头，她走得很急，到了宜宁跟前却欲言又止的。

宜宁看了就问："怎么了？"她的第一个反应是庭哥儿又打了她的什么贵重东西了，那回去要教训的。

松枝按捺不住，有些激动地道："小姐，外面已经贴榜了！三少爷中了第一甲……"她咽了咽口水才继续道，"第一甲第一名，是新科状元！"

宜宁听了愣了愣，其他的小姐却侧过头来，有些好奇。世家的人官位大多世袭，有些是一代不如一代，像英国公府就是最好的了。靠家里荫蔽做官的人家，看那真正科举中了进士的就不一样，总也有几分敬重。所以内阁才是朝廷权力最重的地方，这便是非庶吉士不入翰林，非翰林不入内阁的。

宜宁明明记得他前世中的是第一甲，却是个第三名的探花……居然中了状元！他不是一向很藏拙吗？

其他的小姐纷纷围过来问新科状元如何，怎么个情况。小姐们对新科状元还是有些期待的，毕竟这个时候说不定还年轻，若再是个长得俊朗的，游街的时候更是万人空巷。听说这位新科状元才二十一，她们就更加感兴趣了。

宜宁想到自己最后没给他回信，再看她们说得热闹，决定回去好好给他回信。

罗慎远走出太极殿的时候，外面是层层而下的汉白玉台阶，再远些就是黄色琉璃瓦，在冬日苍茫灰色的天空下，透出一股皇家的肃穆。

他看着这灰沉沉的天空不语。

同行的人纷纷向他道贺。新皇钦点的新科状元，赐了翰林院修撰，如今是万众瞩目的第一人。他却显得年轻而低调，一身蓝布直裰，因长得高大，眉毛浓郁，看着便有几分阴郁。

尚有官员与他攀谈，说话客气，看着这新科状元心里却暗笑，恐怕他三日后游街又要被围观了，实在也是个俊朗出众的。

孙玠走上来迎了他："你出来得正是好，徐大人刚让人传了信过来。"

徐大人便是当今的次辅徐渭，会试的时候是他点的罗慎远，如今算是徐渭的学生了。孙玠与徐大人是好友，同属清流派，早已有意向让徐渭推罗慎远。

罗慎远颔首一笑道："我承了徐大人的恩，正想去拜访徐大人。"

两人边说边下了台阶，就看到一顶轿子轻便地出了承乾门，那轿子做得十分低调，后面却簇拥了好些护卫。

孙玠看到这顶轿子，脸色不由得一冷，低声说："这个老贼……如今坐着轿子出入宫门，也不怕叫言官给骂了！"因汪远杀了刘阁老，刘阁老又是清流派中人人敬重的，自然大家看汪远都不舒服了。何况刘阁老何其无辜……七十岁的高龄了，为黎民百姓操劳了一辈子，什么风雨没有过来，当年先皇夺位如此血腥的时候他都平稳地过了，到了该安享晚年的时候，却死在了汪远手里。"

"我等自然不与之同流合污。"孙玠说，"如今朝中唯他马首是瞻的多，且等着吧，夜路走多了总有撞鬼的时候。"

罗慎远只是应了一声，看着汪远的轿子没有说话。

他抬起头来，跟着孙玠出了宫门。徐渭的府邸离皇城不远，坐轿子也就是片刻的工夫。徐大人亲自来迎接了他，徐大人中等身材，面容和善。罗慎远跪下行了礼喊"大人"，他扶了罗慎远起来，笑道："我承了你的礼，日后你便称我老师就可。"

旁边有个人正站着，穿了件月白的衣裳，笑眯眯地说："来徐阁老这里喝次茶便看到了新科状元。状元可还记得程某？"

罗慎远笑道："程大人颇令人印象深刻，自然记得。"便不再理会程琅，而与徐渭说话。待罗慎远等人离开之后，徐渭端着茶喝，家中的幕僚就问道："我瞧您倒是十分赏识状元，他也的确有才华。我看了他的制艺文章，针砭时弊思路清晰，难得的人才。"

徐渭就叹了口气说："你既然看了他的制艺文章，便知道他是什么个性子。他主张严酷吏法，颇为果决狠辣……我知他的一些事，这个人的确是人才，只是我怕以后用得不好，反而弄出了第二个汪远，那你我就是千古罪人了。"

幕僚就说："那您……是不打算提拔他吗？"

"我自然是要提拔他的，不仅要提拔，而且还要比谁都快。"徐渭说，"如今我们势弱，正需要他这样的人。我知道他的一些事，他恐怕也不是这么简单的……这样的人站在风口浪尖上才让人放心，放了别人上去可是撑不住的。修撰也就是个闲职，等过两个月，我再去向皇上进言就是……朝中人才匮乏，皇上如今也是着急的时候。"

幕僚听了思考许久，给徐渭添了茶。

罗慎远却和程琅一起出了徐渭家的门，程琅跟他说话。

"说起来，上次我给宜宁表妹教课的时候，倒是发现她的书法师承于你，而且得了几分精髓，隔日怕还要讨教一番才是。"

罗慎远听了，只是缓缓一笑说："舍妹让我逼着练了多年，如今该有几分神韵了。"

程琅看了看他，又笑了笑："我等着看状元游街的盛况，不过今日要先走一步了。"他招了旁边等他的马车过来，先上了车。

罗慎远等他走后，也上了旁边的马车，靠着靠垫闭目。这个程琅实在是很厉害，他究竟在试探什么？

算来也许久没有看到她了……也不知她上次是不是生了气。他手里微微摩挲着羊脂玉的貔貅。

三日后第一甲三人游街，果然万人空巷，十分热闹。

宜宁很想去看看，她从来没见过游街的。魏凌派了护卫守着她，却也不准她出玉井胡同，宜宁只看得到人山人海的，送状元的队伍这么过去了，簇拥得她连罗慎远的影子都看不到。对面胡同是伸出了个梯子，两个小姑娘挤在梯子上笑。

二月里，枝头上的杏花开得非常热闹。宜宁看着杏花落在地上，嘴角微微地弯着。三哥应该是万众瞩目的，他就应该被人敬仰。

她可不敢爬梯子！宜宁心想。这群护卫小心地守着她，那是生怕她有个什么交代不清楚的闪失，别给他们添麻烦了。

去魏老太太那里给她请安的时候，宜宁心里还是很高兴，走路都十分轻盈。魏老太太笑着拉她："就是看个游街，高兴得跟小姑娘似的！"

赵明珠默默地看了她一会儿，突然说："我记得刚中状元的这个……好像是宜宁妹妹在罗家的兄长吧。"

魏老太太听了眼睛一亮，跟宜宁说："那必要请他过来拜访一番才是！"

宜宁心想他刚中状元，如今名声大噪，肯定是门庭若市的，也不知道他什么时候能得空。

结果第二天，魏凌让她去他那里拿账目的时候，她就看到有个人坐在正堂里和魏凌说话，她的脚步顿了顿。

这个人穿着一件细布直裰，可能又长高了一些。他怎么长得这么高？面容也比原来坚毅了，肩膀也宽厚了。挺直的鼻梁，俊朗的侧容，已经完全是一个成年的男子了，他似乎正与魏凌相谈。

"宜宁时常提起你。"魏凌说，"你原来在罗家对她多有照拂，头先我是忌惮罗家才不让你们往来。如今看来倒是我误会了。虽说她已经不是罗家的孩子了，但认你这个三哥我是同意的，她也多了一个人照拂。"

宜宁听到他的声音一如既往地和缓："舍妹遭此危机，亏得国公爷相助，我是感谢您的。"魏凌才看到宜宁站在门口，笑着喊了她一声："宜宁，你怎么不进来，你三哥来看你了。"宜宁看到他转过头看自己。

可能是许久未曾看到了，宜宁总觉得他陌生了一些，明明就应该是非常熟悉的，却有种说不出的陌生。

魏凌看到宜宁呆站着就说："我去叫管事做几桌筵席，正好今日还有别的客来，一并招待了。"

说罢就出了门，宜宁才看到三哥放下了茶杯站起来，对她笑了笑说："怎么的，你还不认识我了？"

他笑起来也是很俊朗的，温润得像水墨画一般。宜宁其实对他最是依赖的，这是一种倦鸟归巢的感觉，仿佛看到他就什么都不用操心了。她上前几步，未等他反应过来就奔入了他的怀中，罗慎远差点没接住她，被她撞得后退一步。

宜宁则抱住他的腰，仰头对他笑："三哥，你中了状元啊！"

她其实已经不是小丫头了，至少贴着他的身体曲线玲珑，原先她还是孩子的时候喜欢黏着他，如今罗慎远却不自在了。若是说什么地方不自在，便是她娇软的身子贴着他，仰起头时都能闻到她身上淡淡的甜香……他已经是成年男子了，尚无妻室，怎经得起她这般亲近？

罗慎远推开她一些，还是笑："你已经是大姑娘了，还这般黏我做什么。"他嫌自己黏着他？

宜宁说："我就是看到你高兴了些。"她放开了他，心想的确是不该再搂搂抱抱的，还当他是三哥呢。

宜宁又笑眯眯地牵了他的手："走，我带你去我的住处看看。我还有个弟弟庭哥儿，调皮捣蛋。我的书房时常被他弄得乱七八糟……母亲说新弟弟也调皮得很，长得胖乎乎的，不知道我什么时候能看看他？"

罗慎远看着她的手，牵着自己似乎丝毫不觉得不对，说道："父亲要来京中上任，想必你很快就能看到他了。"

宜宁其实对罗成章没有什么恨意，本来就不是她的爹，人家怎么对她无可厚非。她早知道罗成章会来京城上任，却没想到这时候才来，算算罗宜秀也该出嫁了，也不知道什么时候能在京城看到她。她问罗慎远，罗慎远只是说："罗宜玉已经嫁了，应该快了吧。"

他在她的院子里转了一圈，发现宜宁挂在堂上的字是她写的。不怪程琅看出来，他自己看着都有七八分相似。

她是他养大的，跟他写的字像没有什么。罗慎远倒是看到书房里搁着一本书，讲疏通水患的，应该不是宜宁看的书。

"那是程琅看的。"宜宁说，"他上次忘了带走。"

她刚说完，就看到罗慎远的表情淡淡的，看不出什么："上次我在徐大人那里，倒是看到了他……宜宁，此人心机颇深，你提防一些总是好的。"

宜宁笑了笑："他这个人说话和茂表哥有的一比，当不得真。对了，我还没问茂表哥呢。不是说他跟着明表哥来京城了？我一直没有听说过他。不知道他现在怎么样了？"

"他和顾景明做了左春坊谕德，跟着原先的太子。太子十分喜欢他，现在登基之后给他封了个工部给事中的官，整日倒也没什么正事。"罗慎远跟林茂、顾景明等人还是多有往来的，又解释了一句，"是个言官。"

他这样离经叛道的人居然去做个刻板的言官！宜宁觉得有点惊奇。

宜宁想问问他会做个什么官，拿了书后退一步，却不小心撞到了他的胸膛。突然听到他在头顶的呼吸，似乎还觉得撞得有点疼，抬头看到他也凝视着自己，两人一时都没有说话。她突然觉得书房有些局促，后退了一步。刚才抱了他都没觉得有什么，现在只觉得浑身都不对："祖母……祖母也想见见你。"

她走在罗慎远的身后，被迎面的冷风一吹才觉得清醒几分。

看到前面高大的身影，想起他在自己幼年的时候，无数次地挡在她面前护着她。

怎么就有了这种古怪的感觉呢？还是刚才的境况实在是古怪？他倒是没说什么，只是笑笑问她是不是撞疼了。

宜宁只能把它归咎于自己想多了，毕竟罗慎远是看着她长大的。虽从名义上说已经不是她的兄长，但毕竟是有兄妹情分在的。再者他现在中了进士，应该要考虑跟孙小姐的婚事了。她还没见过这位孙小姐，以前总是在想什么样的人才配得上他。

等她到了静安居的时候，避到了西次间里，才发现屏风下居然站着不少小姑娘。

几个熟脸都在里面，推推搡搡的，又是不好意思又是好奇，脸色微红，目光闪烁。

宜宁看了看正堂里她的三哥，时过境迁，她差点忘了这家伙有多受女性欢迎，甚至比程琅还受欢迎。毕竟他什么都没做，小姑娘们每次却多看他几眼都会脸红，有些内向的甚至说不出话来。

罗慎远拜见了魏老太太，魏老太太笑着扶他起来。罗慎远坐下，听到隔着屏风传来小姑娘叽叽喳喳讨论的声音。他知道是在说他，实在是见得多了。他举拳抵着唇低哼了一声，听到里面的动静立刻停了停，一度静止了。

宜宁看到小姑娘们围在屏风前，因为罗慎远的动作没再说话了，随即讨论得更热烈了，只是声音小了许多。她有些郁闷，为什么他这么受小姑娘欢迎？长得也不见得比程琅帅啊。

丫头过来说魏老太太叫她过去，她才走出了次间。站在魏老太太身侧的赵明珠看她过来了，方才拉了拉她的手，轻声问："这就是你三哥？"

上次去罗家，她可没有见到过罗慎远。论起来他是不如程琅好看，但这个人身上有种奇特的气质，叫人不由自主地注意他。

宜宁定定地看了她一眼，赵明珠就摆手说："我没别的意思，是嘉柔想让我问你，你三哥喜欢什么点心……"

沈嘉柔？宜宁往屏风后看了一眼，看到沈嘉柔微微探出了头。

她三哥虽说没有娶妻纳妾，但是身边爱慕他之人不少，罗慎远可不会对一个小丫头有兴趣。

宜宁跟赵明珠说："他不喜欢吃点心。"以前虽然是常买，但俱是她喜欢的缘故。

魏老太太让宜宁过去，宜宁在她旁侧坐下，魏老太太就笑着说："原说你知书达礼，竟是有个状元哥哥的缘故。"且中了状元的第二天就上门来看她，可见当初在罗家的时候，罗慎远也是非常疼爱宜宁的，魏老太太摸了摸宜宁的头，告诉罗慎远，"以后英国公府便任你往来，宜宁这丫头叫你教得好，字写得最漂亮了。她若是有个状元郎当她的老师，是最好的。"言下之意竟然是想让三哥继续来教她。

宜宁知道魏老太太这是为她好，但是罗慎远如今是状元，又怎么忙得过来呢？

她正要拒绝，就听到罗慎远说："她自小就是我在教，老太太愿意，我便继续教她。"

他就这么答应了？宜宁连忙说："其实不用的，我平日也跟着程琅表哥学一学，怕麻烦了你……"

罗慎远道："我平日也不是很忙。"

"我倒是还要跟你说个事，今儿有个贵客来访。"魏老太太跟宜宁说，"你原来没见过她，我跟她的祖母是手帕交，她是难得来走动的。一会儿她来了我指给你看，她祖父就是当今的礼部尚书谢尧。"

礼部尚书谢尧的孙女？宜宁听着觉得有些耳熟，不过一时想不起来了。这番说完了话，魏老太太让人在花厅备下了茶点，请众人一起过去。

宜宁走到回廊上,才看到花厅里有个少女迎面走来,身后也是仆妇簇拥着。她穿了如意纹的水红褙子,戴了赤金的凤衔珠金簪,一双漂亮的凤眸,气度高华。她笑着给魏老太太行了礼请安,"祖母让我代她给您请安,愿您康泰。"宜宁看着这个少女片刻,突然想起这个人是谁了。

这个少女名叫谢蕴,是她的长嫂谢敏的侄女,也是程琅日后的妻子。

谢蕴出身名门,祖父是礼部尚书,自小就饱读诗书,才华横溢,宛如另一个谢敏。因此,她也格外喜欢谢敏一些。宜宁也是看到过她的,她记得谢蕴这个小姑娘很小的时候就傲得很,到宁远侯府来玩的时候,除了她姑母谢敏,眼里几乎没有别的人。

她和赵明珠不同,赵明珠是英国公抱养的。但是她是正统的高门嫡女,从小就是一等一的教养,她看不起别人那是正常的。

魏老太太承了她的礼,笑着跟宜宁说:"这位就是谢家二小姐谢蕴。比你大三岁,你该叫姐姐。"

谢蕴一双凤眸便在宜宁身上扫了一眼,微微一笑:"我是听说过宜宁妹妹的,是国公爷刚寻回来的女儿,倒是长得漂亮。"

谢蕴是谢家这代唯一的嫡女,谢家绵延百年,谢大学士又是荣宠三朝的肱骨之臣。就得了这么个嫡孙女,从小也是万般娇养着,何况她天资聪慧。这在场的众位小姐,她扫一眼也就跟宜宁说几句话,也不见得多热情,语气不温不火。等赵明珠叫她谢蕴姐姐的时候,她只是微笑点头。

在场的世家小姐都有些惧她,她才女的名声也是满京城都知道。

"你宜宁妹妹的书法好。"魏老太太带了众人坐下来,跟谢蕴说,"你们有空可以比试比试。"

谢蕴觉得宜宁年纪小,且是养在外面的,根子浅,与她比自然是不能的,就问:"那宜宁妹妹师承何处?我跟着我家祖父练字的。"

想到要叫当初那个一脸骄傲的小姑娘为姐姐,宜宁还是觉得有点奇怪。其实她这方面的天资一般,如今写得好全是勤能补拙的缘故,一比就现原形,她还是了解自己的。谢蕴却是从小就出了名地聪慧,先皇都曾亲口夸赞谢家二小姐。

宜宁只是笑笑说:"我闲时的涂鸦小作,谢蕴姐姐名满京城,怕是不能比的。"

谢蕴自小被夸习惯了,宜宁的话她倒也没觉得有什么。她优雅地放下茶盏,继续说:"宜宁妹妹想必是自谦了。不知保定还有什么名师?我倒是听说过几个,宜宁妹妹是跟雪斋居士学习,还是跟着曹大学士呢?"

谢蕴是名门世家,接触到的人也无不是数一数二的大人物。这两位的确名震天下,但在保定几乎不出门户地隐居,除非是谢蕴的祖父谢大学士这类文坛泰斗类人物,根本没有人能请到。

难怪别人在这位谢二小姐面前都要败下阵来,这等见识和眼界,普通的闺阁小姐哪里会有?

宜宁正要说话，就听到门外一个淡淡的声音响起："她师承于我。"

宜宁听到声音抬起头，就看到一个高大的身影背着手进来，反倒是对面的谢蕴似乎有些惊讶，站起来看着他说："是你……罗慎远！"

宜宁不知道谢蕴跟罗慎远是认识的。

罗慎远走到了宜宁身边说："罗某也不是什么名师，不能与谢大学士比。谢二小姐还是不要为难小妹了。"

谢蕴看他表情沉静，就抿嘴一笑说："上次我看到你，想与你对诗你都不肯。如今你居然跟我说话了？"她瞟了宜宁一眼，"宜宁是你的妹妹？那我更要跟她比一比了，至少看看你这位新科状元教得如何吧。"

罗慎远皱了皱眉道："谢蕴！"

宜宁却想三哥恐怕跟这位谢二小姐不仅认识，还是有些熟的。不然三哥这么有礼的人，也不会生气了就直呼其名。

"罗三公子的书法连祖父都要称赞。"谢蕴看着罗慎远，目光一刻也没有移开，"想必教出来的徒弟也不差吧。"

宜宁总算是看明白了，这位谢二小姐……居然对她三哥有那么点心思？但她……分明就是程琅的妻子啊！

宜宁突然又想起，程琅对他日后的妻子实在不算是太好，纳了三房妾室，且谢蕴生产之时，他甚至还在宁远侯府跟陆嘉学下棋，听说生了个男孩，眼皮都没有抬过——难道也有这个缘故在里面？

宜宁觉得这些人事真是复杂，许多她前世不知道的东西似乎在慢慢地显现，仿佛有一条不知名的线要把这一切串联起来。她逐渐看清楚了，自己前世一直不太明白的那些事。却反倒是觉得有些可笑了。

宜宁几斤几两罗慎远还是清楚的，让这丫头唬人可以，跟真正练出来的谢蕴怎么比。罗慎远平息片刻，淡淡地说："小妹年纪尚轻，笔力不足。"他叫人拿笔墨过来，"谢二小姐真是想比的话，我来替她吧。"

谢蕴并不服输，上前一步笑着说："新科状元这可是欺负人？状元如今名满天下，胜了我也是胜之不武吧。"

罗慎远则抬起头，看着她说："谢二小姐也名满天下，跟我尚不足十四的小妹比，是不是也胜之不武？"

谢蕴听了就脸色一红，看到罗慎远笔直地站在她面前，她不知怎的又开口说："罗三公子护着妹妹就算了，我又不是那等欺人之人。只要三公子把我上次出的灯谜对上，这也算了，我还是不为难宜宁妹妹的。"原来还真是有些过往的。

宜宁想也想得出来，谢蕴一向最敬重有才之人。她是眼高于云，但若是你有一两分的才华，便格外高看于你。

罗慎远却说："谢二小姐，上次你追问时罗某已经说过了，罗某所学为制艺文章、八股骈体,与你比的确也是胜之不武。"

闺阁小姐的才华名声再大,又非真正要科举做官的,怎么可能与真正的进士比?谢蕴听了咬咬唇,一时又说不出话来反驳他。

既然是她引起的问题,宜宁倒也不会不管。

"我倒是可以跟谢蕴姐姐比,但是不比书法也不比绘画。不然让别人听去了,说是谢蕴姐姐欺负了我,即便胜了也没有什么可说的。"宜宁上前一步,跟谢蕴说,"谢蕴姐姐可会琵琶?"

宜宁会弹琵琶,而且弹得还不错。

也没什么奇怪的吧,宜宁前世的生母就会弹琵琶,虽然生母没了,但是乳母便也教过她。说起来怪了,别的学起来总是这般那般不好,这个倒是一点就通。只不过是原来的祖母不喜欢器乐,她才不怎么弹而已。她记得谢蕴也是从小学琵琶的。

谢蕴听了宜宁的话才看她,知道人家给她台阶下,"嗯"了一声说:"我是自小跟着母亲学的。"

魏老太太见状就笑了笑:"原是我思量不周的缘故,练琵琶也好。"吩咐宋妈妈去取两把琵琶过来。

罗慎远看了看宜宁,他不知道这小丫头还会弹琵琶。

宜宁其实已经很久没有弹过琵琶了,还是上次在魏凌的库房里寻了一把才起了兴致,魏凌见她喜欢就直接让她搬回去了。如今触着琵琶的弦还是觉得有些陌生。她坐到了正堂的太师椅上,抬头听谢蕴的弹奏,她弹的是《昭君出塞》。指法熟练,调子婉转,不愧有才女之名。

谢蕴弹奏完之后满堂喝彩,谢蕴仿佛没听到般,放下琵琶看向宜宁,这小丫头的指法看着有几分样子。

宜宁拨了拨琵琶弦,"叮叮咚咚"几声轻响,听着有些生疏。谢蕴就皱了皱眉。

宜宁根本不管别人什么表情,试了几个音才定好弦。她十指微动,便有一阵低哑的琴音响起。而后急促,鼓点般细密,曲调却又悲怆,鼓点越来越快,似有种战场的沉闷和苍凉。

谢蕴的表情才有了些变化,而所有人都看向宜宁。

宜宁穿了一件湖青色素缎褙子,雪白的湘裙,隔扇照入的阳光中有种别样的光辉。她抱着琵琶,金色的光辉洒在她身上,竟有些耀眼了。她的表情似乎跟着曲子变得平静肃穆起来,似乎也有些苍凉。

《霸王卸甲》与《十面埋伏》为一套曲子。只不过《十面埋伏》是战歌的壮阔,《霸王卸甲》却是战败的悲凉。她一向最喜欢这首曲子,也是生母最喜欢的。如今弹来那种情绪竟也渐渐弥漫上来,竟想起当年乳母教她的时候,如何认真和用心。她年少时体会不到的悲凉,只有渐渐长大之后才明白。当年她弹给陆嘉学听,他也只不过是听了笑笑,拧着她的脸说:"人家都是花好月圆阳春白雪,你却给我弹这个!"

她只当陆嘉学是混不吝的,没有认真地听她弹。

静安居外,侍卫护拥着,魏凌正与陆嘉学在来静安居的路上。陆嘉学的脚步突然停住了,他听到了隐隐传来的琵琶声。

魏凌看他停下了，似乎驻足细听，就笑道："不知弹的是什么曲子，听着倒是还不错。"

陆嘉学听了很久，才轻声说："是《霸王卸甲》。"

## 第二十章 霸王卸甲

《霸王卸甲》讲的是项羽垓下战败，别姬自刎，苍凉而悲壮。

战乱的鼓点、四面楚歌的悲壮沉寂了，琵琶声才幽咽起来。最后尾音轻落，指尖轻挑复抹，如一阵战歌腾空而起，方才渐渐平息入尘。

没有什么胜负，花厅一片沉寂。正堂中央宜宁闭上了眼，她的脸上有种细微的悲伤，令人不由自主地就为之震撼。

片刻之后魏老太太才回过神来，轻声道："我竟不知道你琵琶弹得这么好！"

宜宁把琵琶抱在怀里站起身，她想起乳母感叹般说过："老太太不喜欢器乐，太太就舍了不弹。实则她非常有天赋，我也知道你学了也没什么用，却总还是想教教你。你以后弹琵琶的时候就能想起她了。"

她是会想起她的，想起未曾谋面甚至没有机会抱一抱她的生母，她虽然没有亲自教导自己，却一直在影响她。

魏老太太转过头，笑着对谢蕴说："谢二姑娘以为如何？"

谢蕴的目光有些复杂，说道："我小时候也听别人弹过这首曲子，当时惊为天人，还以为再也听不到这么精妙的了。宜宁妹妹倒是有她七八分的精妙。"她又笑了笑，笑容非常粲然，"宜宁妹妹也是从小学弹琵琶的？"

"这倒不是，是她父亲前几月给她找的琵琶老师。我见她平日不怎么练，还以为她是三天打鱼两天晒网呢。"魏老太太说。

"这倒也不奇怪了。"谢蕴点头，"宜宁妹妹的指法有些生疏，但是天赋惊人，对曲调的演绎远胜于我。"

宜宁也知道自己长久不练指法必然退步了，她性子又懒，平日根本不怎么练，天赋就这么荒废了。

她倒也没觉得可惜，要不是今日遇到了谢蕴，恐怕都想不起抱琵琶了。不过对于谢蕴，她倒是真心说了几句："谢二姑娘弹得也精妙，只是不爱所弹之曲，弹得总少几分味道。"谢蕴听到这里微微一愣。

"那你弹的可是所爱之曲？"门口突然有个声音响起。一时所有人都看过去。

宜宁侧过头，看到一个高大的身影背手站在门口，他穿着一件武官惯穿的补服，表情平静而有种淡淡的威严。

在场已经有人认出了陆嘉学，不由得一阵低呼。站在魏老太太身侧的赵明珠却眼睛一亮，屈身喊了他，笑道："义父！您怎么有空过来了？"

大家的目光又不由得看向赵明珠——早知道这位明珠小姐是陆嘉学认了的义女，今天却是第一次看到。

他怎么过来了！

宜宁抓着琴弦的手指微微一紧，她对陆嘉学的情绪很复杂，怨恨和恐惧也许都有，但已经淡了不少，因为她根本无法对陆嘉学做什么……她突然庆幸自己缺少练习，弹得不如原来好。宜宁微一屈身道："老师只教了这曲，谈不上喜不喜欢。"她尽量让自己平静一些，怕他看出什么异样，强忍着才能不逃避他的目光。

只能希望他当年真的没有好好听吧！

陆嘉学看着宜宁不说话。魏凌走了过来，这满座的女眷说话也不方便，他跟魏老太太说房山的宴席已经安排好了，便请众人移步房山。

"我好久没有看到过您了。"赵明珠却笑着走过来跟他说，她一看到陆嘉学就满心欢喜，还以为他是来看自己的，过去挽了他的手。

陆嘉学只是微微对赵明珠点头，随后走了进来，坐在了太师椅上。

《霸王卸甲》，这小姑娘能弹出七八分的神韵已经不容易了。虽然……不能和那人比，倒也不错了。

这小姑娘是真的很像她，甚至是神韵、说话的语气。她应该庆幸自己是魏凌的女儿，甚至她也应该庆幸他这几年修身养性。

陆嘉学淡淡道："若非你所爱之曲，那还是该少弹为好。"

宜宁牙关微微一咬，抬起头笑着说："都督大人，别人如何弹奏恐怕也不关您的事吧。"

魏老太太和赵明珠都听得心里一跳，魏凌又刚送了人过去，还没有谁能这么跟陆嘉学说话。

罗慎远则上前一步，牵住了宜宁的手："都督大人，宜宁还年少。"

陆嘉学略一抬头，这才看到了罗慎远。这个年轻人站在罗宜宁身前，宛如一个保护者。他也认出了罗慎远，低头喝了口茶道："新科状元？"

"殿试的时候皇上曾问过我，右手有疾不能蜷曲，是否可钦点状元？"陆嘉学继续说，"我告诉他，这些都无所谓。"

罗慎远听了，默默一笑道："那我该谢都督了。"

陆嘉学一时没有说话，两人虽地位不等。但是落在一旁的罗宜宁眼里，似乎总觉得有种暗流涌动的意味。罗慎远后来成为首辅之后，与陆嘉学可谓势不两立的，两人的明争暗斗真是不算少了。

陆嘉学的确没有把这个年轻人放在眼里，就算他再怎么才华横溢也还年轻。宜宁被罗慎远牵着手，却能感受到他掌心的粗糙疤痕……这都是因为小宜宁，她抬起头看到罗慎远一贯沉默。她明明知道罗慎远不需要别人的可怜，他以后也会位极人臣，甚至是陆嘉学最强的对手，但是现在她还是忍不住有些……同情他。右手有疾，说来是简单的四个字，却会伴随一生，她知道三哥的右手到现在都握不了笔。

其实宜宁很清楚陆嘉学的性格，只要不是真的触怒他，他不会迁怒无辜，但是别人会担心她。

她深吸了口气，对陆嘉学说："若是都督大人不喜，那我以后不弹就是了。"陆嘉学听了反倒挑眉："我何时让你不弹了？"

罗宜宁听了一憋，怎么不管十年前还是十年后，他总有办法气到她。魏凌已经走了进来。陆嘉学自然不再逗她了，免得魏凌再生气。

魏凌走过来摸了摸宜宁的头："咱们宜宁的琵琶弹得好，下次也弹给爹爹听吧！"他是给女儿请了老师，却还不知道她究竟弹得怎么样。

他也对罗慎远颔首道："罗三公子也一起去房山吧？至少进了饭再走。"

"谢国公爷盛情，只是实在是拖延不得。"罗慎远摇头。宜宁才知道三哥是要走的。

随即罗慎远向魏凌请辞，她就送他出了花厅。一路上她看他几乎是没什么表情，就问："你觉得我刚才弹得不好？"

罗慎远轻敲她的额头道："你一个小姑娘，以后别弹这种悲曲。"

宜宁揉了揉他所敲之处，心想这个音痴懂什么——这便也是他唯一的缺点了，音韵方面不太通窍。

待跟他走出了花厅，宜宁才问道："三哥，你如何认识谢蕴的？"

罗慎远看她一眼，说道："上次她到孙大人府上，出了上联无人能对，孙大人有些尴尬。我看不过去才帮了忙，后来她便一直缠着我不放。"

他走到静安居门口，站定了又跟她说："下午我要去翰林院一趟，故不能久留。恐怕要改日再来看你了。"

他刚中了状元，应该是非常忙碌的，能抽出半天时间来都已经不容易了。宜宁倒也知道，点了点头说："那我送你出垂花门吧？"

罗慎远摸了摸她的头，笑了笑低声说："不了，我改日来看你，你回去吧。"

他说罢上了马车，罗宜宁看到他的侧颜很沉默，隐隐有些肃冷。她总是觉得，罗慎远比原来更陌生了……

魏凌跟陆嘉学从花厅出来，看到陆嘉学不说话，就疑惑道："这是怎么了？"

赵明珠笑了笑说："刚才义父跟宜宁妹妹开玩笑呢……反倒是把宜宁妹妹吓到了。"

魏凌想到上次的事就不舒服，虽然最后陆嘉学送了好些东西过来，他一看就知道是给宜宁赔礼道歉的，但是他也没有给宜宁。以为这次陆嘉学又把宜宁怎么着了，看了看陆嘉学问：

"《霸王卸甲》，你觉得不好？"

陆嘉学摇了摇头，想了想才道："上次你让我收她做义女的事……我答应了，你一会儿叫她过来，与我递个茶就行。"

魏凌正想问他怎么又改变主意了，陆嘉学已经转身离开了。站在一旁的赵明珠听到这句话脸色却有些变了。

等罗宜宁送了罗慎远离开到房山之后，就被魏凌叫了过去。

"陆嘉学要收你做义女。"魏凌还是挺高兴的，有陆嘉学做义父，对女儿来说也是个靠山，"你随我过来，给他敬一杯茶！"

宜宁听了简直震惊，陆嘉学要收她做义女？

她可绝不想给他做义女！这对于别人来说或许是一种殊荣，但是对她来说……绝不是什么好事。

"过来吧。"魏凌把女儿牵到了暖阁之中，陆嘉学已经在等她了。赵明珠正在旁边和他说话，陆嘉学侧着头看隔扇外开得正好的杏花，听得似乎心不在焉。听到她来的声音才转过头。

罗宜宁从来没看到这样的赵明珠，她对别人总是有些骄横的，对着陆嘉学却是满心乖巧，小脸微红，眼眸目光水润极了。宜宁静静地站着，看着赵明珠，无数个画面突然划过她的脑海。

前世没有一个真的英国公府小姐回来，赵明珠一直是英国公府唯一众星捧月的小姐。毕竟两家都没有女孩，整个京城里她都是骄横的。她记得十七岁的赵明珠站在她的牌位面前，那个古怪又冰冷的眼神。

她甚至还想起她偷偷跟在陆嘉学身后，宁远侯府的人想阻止又不敢阻止她。还有她发配伺候陆嘉学的丫头时眼神里的阴狠和嫉妒，甚至是她面对程琅的时候，近乎冷淡的眼神。

这时候赵明珠也听到她来了，回头看她。

这个眼神，和当年她发配那些丫头的时候太像了。

罗宜宁似乎明白了什么，这些疑惑闪过她的心里，仿佛一道闪电。这个推断看似荒谬，让她震惊，但越想越觉得就是如此。

赵明珠……恐怕喜欢的根本就不是程琅，而是陆嘉学！

杏花已经快要开尽了，门外吹得到处都是。远远地传来鼎沸的人声，让她觉得有些恍惚。赵明珠被请出了暖阁，陆嘉学抬手让宜宁坐在他对面，跟她说："你可知道宁远侯府？"

听这个语气还真是打算收自己为义女？宜宁轻声地说："知道。"宁远侯府，一草一木，她都知道。

"宁远侯爷也是开国的时候，圣祖皇帝封下来的。"陆嘉学仰靠在椅背上，英俊的面容有种刀凿斧刻般的深邃，他又是武将，高大健壮，再怎么收敛自己的气势也只能做出三分的柔和来，稍微不收敛了，正如现在这般，气势就很迫人了。他继续说："传到我手上就是第七代了。我膝下无子女，愿认你做个义女，你可愿意？"

虽然早有准备，但是听到的时候她还是觉得有些荒谬，突然问道："明珠姐姐不是您的义女吗？"

陆嘉学听到这里就笑了笑，他笑起来似乎还是年轻时候，眉眼都好像带了勾人的钩子："是你父亲希望我认你为义女。"他顿了顿，"明珠虽递了茶，但没有上族谱，算不得数。我收你则是至诚至真，是要上族谱的，且明珠在外不能叫我为义父，你则不同。"

那她何德何能，得了他的看重？难不成就因为她是魏凌的亲生女儿？他前世杀了她。

一想到这里，罗宜宁就觉得骨血里都涌动着一股冰冷，甚至还有种隐隐的痛意。

其实她一开始也是不相信的，但是由不得她不信。谢敏被无端诬陷，他成了最大的获利者。宁远侯府没有一个人再敢提起她，甚至连他陆嘉学也再没有提起，再怎么不信也信了。

宜宁没有说话，魏凌则过来摸了摸她的头，轻声道："眉眉，明珠当时认的时候是没有上族谱的。以后都督就是你的义父可好？你若是有一日成亲了，他也要随你一份厚礼的。"

陆嘉学看她不说话，就笑着问道："怎么了，你不愿意吗？"他可没想到这小姑娘会不愿意。他都已经这么问了，若是答了不肯岂不是拂了他的面子。

陆嘉学的面子可是这么好拂的？真要是惹了他不痛快，恐怕魏凌也护不住她。

她抬头看到魏凌也看着她，用眼神示意她答应。但她仿佛嘴唇被黏住了，怎么都开不了口。真的上了族谱，以后就要叫他为义父，两人的关系这么一近，以后必然少不了有往来。

陆嘉学看她久久不说话，笑容渐渐收了起来。

魏凌在宜宁耳边低声道："眉眉，你怎么了？快答应下来。"

宜宁暗自咬了咬牙，突然觉得这又有什么——不就是认个义父吗？那认了他又能如何？对于陆嘉学来说，认不认个义女有什么两样？他以后还会杀了她不成！

于是她稳了稳，从丫头的方漆托盘里接了茶，半跪着递给了陆嘉学。陆嘉学的表情这才缓和了一些，伸手来接她递过来的茶。

认义父是他提出来的，若是宜宁拒绝了他自然会有怒意。他已经是多年的上位者，要不是觉得她和那人像，他也不会顺手施以恩德。

罗宜宁看到他抬起手的时候，手腕上露出一串珠子，黑沉沉的木质，似乎摩挲了多年，光泽很温润。

他喝了茶，就把手腕上的珠子褪下来送给了她："这是信物，以后你要是有难，我自然不会不管。"

魏凌看到那串珠子有些惊讶，但随后神情又恢复了正常，没有说什么。罗宜宁随后四平八稳地叫了陆嘉学一声义父，陆嘉学点头算是应了。

他还有事不便久留，喝了茶之后不久就匆匆离开了。

魏凌下来却跟宜宁说："陆嘉学每次上战场都戴着那串珠子，听说是从高僧那里求来的。却送给了你。"

宜宁握着那串珠子把玩片刻。只要想到是陆嘉学贴身戴的东西，总觉得还能触到他的体温一般，闻起来只是有股淡淡的檀木香，其实也没有什么。她把珠子放在了脂粉盒子里，没有再拿出来过。

几日过后，陆嘉学又派人送了把琵琶过来。这把琵琶也锁进了库房里。

赵明珠听说了却不舒服，扑在罗汉床上不说话。有个小丫头不小心打了杯子，她立刻就坐起来，谁知道有丫头急急忙忙地进来跟她说："明珠小姐，表姑奶奶……又过来了！"

赵明珠的脸色顿时有些古怪了。

她在国公府里，母亲来得并不多。她并不喜欢母亲过来，母亲殷勤的笑脸、局促的姿态总是让她很不舒服。她总会想起自己是从那等小地方里出来的，就会一阵厌烦。

她穿了鞋下了床，嘴唇微抿着问道："她在哪里？"

小丫头忙回答道："在后门等着您呢！"

赵明珠一个丫头都没有带，匆匆地走了过去。

郑氏果然在后门等着她，手里抱着个包裹，见到她来了就露出了殷勤的笑容，把手里的包裹递给她："我给你做的针线。"看到赵明珠眉头微皱似乎不耐烦的样子，她连忙说，"这是里衣，用的都是好的料子……"

赵明珠看到却不接，母亲所谓的好料子不过是丝绸，在英国公府里丝绸都算是下品的料子。

"你若是找我就为了这事，那我就要回去了……"

郑氏听了连忙拉住她："明珠，你爹赌钱败了家里的银子……我、我也不好意思再问老太太了。年初的时候她便给了五千两，明珠啊！母亲若不是走投无路了，也不会来找你的。你几个婶头先还肯借钱，如今却不肯再借钱给我们了……你祖母的病还拖着！"

赵明珠听了就冷笑："走投无路？那您便拿着刀跟我那赌鬼爹拼不就好了？您以为我在英国公府里能有多少银子？"她一步步地逼近了郑氏，"您要是给了我一个好出身，就像那谢家二小姐一般，走到哪里都是众人追捧，人人敬仰，我多少银子没得给您……"

她想起了被程琅拒婚，想起了谢蕴对她的轻视，一阵阵难受。

郑氏茫然而窘迫，看到赵明珠红了眼眶，她喃喃地道："明珠，你……你要是在这里过得不好，那我就去跟老太太说一声，接你回去住几天吧。"明珠刚从家里被接走的时候，她还是哭着闹着要回来的。后来她对家里越来越冷淡，独独对魏老太太亲昵起来。

赵明珠听了实在忍不住了，大声地说："我才不要回去！"

她才不要回通州那个破落的家里，和家里庶出的妹妹分一个院子，也不要做一件衣裳都要等到过节。看到那三个不成器的哥哥她就烦腻恶心，再与程琅、罗慎远等人中龙凤对比，她真是片刻都不想看到。说她贪慕虚荣也好，她都认了，但她绝不能让自己毁在那种地方！

难道她就不明白吗？自己不想回去就是不想看到那一家子的废物。母亲也是个废物，要不是她一味温暾，父亲敢拿了银子去赌？家里还养着四房姨娘，三个哥哥没一个拿得出手的！简直就是坐吃山空。

她立刻拨下了手腕上的玉镯子，头上的金簪、耳坠儿也摘了下来，一股脑儿地给了郑氏："你拿了走吧，别让外祖母看到了！"

郑氏捧着这些，嘴唇颤抖地道："明珠，是我对不起你……"

赵明珠最烦她这个唯唯诺诺的样子，道："你要是真觉得对不起我，以后就不要来找我！"

郑氏看着眼前的女儿愣了愣，突然觉得这个孩子自己根本不认识，是别人家的孩子，是自己记错了的。

赵明珠转身就走了。

不远处宋妈妈扶着魏老太太出来散步，站在庑廊上，却把这些都瞧在眼里。

宋妈妈看着都倒吸了口凉气说："您一贯怕明珠小姐和家里不亲热，都是叫小姐好好对家里。逢年过节的也要给他们送东西，他们家里却实在是糊涂。只是明珠小姐这个态度……"

魏老太太看了郑氏很久，郑氏望着女儿不见之后才依依不舍地收回了视线。她背影纤瘦，应该是特地穿了最新最好的衣服来，衣袖上还有新鲜的折痕。她抱着怀里的包裹蹒跚地往回走着。

魏老太太似乎也觉得自己看错了，从未见到过明珠这般凶狠的样子，总觉得不过是养在自己身前撒撒娇的小娇花而已。

她半响才说："她家里不好，又从小就被我宠着，不想回去也是正常的……"

宋妈妈又道："话是如此，但对自己的生母都这般不客气……"也实在不是什么纯良的性子。

魏老太太默默地静了一会儿，随后才道："你再拿三千两银子包了给郑氏，就说是明珠给她的。"

宋妈妈屈身应了声，去叫小丫头给郑氏包银子了。

这是四月出头，人间芳菲尽的日子。

英国公府的宅子也是老宅子了，院子里满是绿意。宜宁则在逗着魏凌送给她的一只凤头鹦鹉，这家伙笨得很，教了许久都不会说话。只会歪着脑袋看你，或者把它头上的羽冠竖起来。宜宁教了几天未能说一个字，把手里的鸟食放进小瓷盘里，就听丫头说四表姑奶奶过来了。

她拍了拍手上的屑问："她没有留下吃了午饭再走？"丫头摇头："奴婢来禀报您，她却没多久就走了……"

既然没留下也就不用招待了，宜宁没有多问，看到不远处庭哥儿回来了，她叫庭哥儿进了屋。

也不知道他在外面玩什么，满手的泥。庭哥儿满不情愿，宜宁却按着他给他洗了手，看到他指甲长了要帮他剪。谁知道他却做了个鬼脸，一溜烟地跑了出去。宜宁气得喊他："庭哥儿，回来剪了指甲再走！"

这孩子的确调皮，加之魏凌最近常待在卫所里忙着练兵，没有人收拾他，他越发淘气了。宜宁打他又不疼，他才不怕。且他小小年纪力气就大得很，府里没有人敢惹他，跟个小霸王一样。

宜宁是觉得有点头痛了，小程琅当年可比他乖巧多了！所以孩子都是宠出来的。

指望魏老太太更指望不上，她一向就是好脾气的，对孙辈更是和善，见到庭哥儿只会是疼爱他的。

松枝小声问："小姐，可要派人去找小世子……"

宜宁却道："不要管他就是了，等他回来谁也别理他。"

她拿了本书练字，等到了傍晚太阳收起来的时候，庭哥儿才回来。结果发现姐姐不理会他，她就练自己的字，任他说什么她都不理。庭哥儿绕着她的罗汉床走了两圈，一会儿跑了出去拿了几个杏子进来，放在她的桌上。

宜宁还是一脸冷淡。庭哥儿又出去了，这回摸了几颗枣子又放在她桌上。

见她还是不理，庭哥儿就跟蚂蚁搬东西一样，又在她的桌上放了糖块、酥饼和芝麻糕。最后他才急了，说："你就不要生气了嘛！"

宜宁眼皮一抬道："手伸过来。"庭哥儿抿了抿嘴，委委屈屈地把手伸过去。宜宁拿了剪刀给他剪指甲，他靠着姐姐，只觉得香香软软的，剪着剪着就觉得困。等宜宁给他剪完之后，发现孩子已经靠着她睡着了——还是睡着的时候最乖巧。

她叹了口气，让佟妈妈把他抱下去睡了。

程琅已经不教他课业了，他身为吏部郎中，本来就不该教他的。魏凌新给庭哥儿请了老师，每日都要早起进学的。

不过明日先生休沐，不用早起。庭哥儿一觉就睡到了大天亮，想到昨晚把她惹生气了，就要缠着她下棋。

程琅教了他下棋。庭哥儿竟也入了门，很快就迷上了。姐弟两这般正拿了个棋盘，在次间里摆了棋局。

庭哥儿怎么可能是宜宁的对手，几招下来没多久就被吃死了。他抱着棋盅拧着小眉头，怎么都想不通该如何把棋子活了。宜宁正看着庭哥儿纠结，突然听到身后有个声音响起："宜宁妹妹，你这可是在欺负孩子？"

宜宁回过头，就看到程琅站在她身后，倒是许久未曾见过他了。他今天居然穿了正五品的官袍，白绢中带，暗红官袍。她从未见他这般正式的穿着，倒是显得他越发俊雅，就是眉宇之间略有疲态，看样子应该是才从六部衙门里回来的。

庭哥儿立刻跑过去拉了他的胳膊："姐姐把我的棋都吃了！"

程琅本来只是顺路看看的，就走过来看了一眼棋局，便知道宜宁几斤几两，笑了笑道："宜宁妹妹跟庭哥儿下是胜之不武，跟我下吧。"

他的手已经从棋盅里捏出了枚纯白的棋子。

宜宁对自己的棋艺当然还是有信心的，笑着伸手说："表哥请坐就是了。"

庭哥儿的棋本来就是要死的，宜宁本来三招就能拿下。程琅坐下之后，只落了几个子布局，宜宁脸色就端正了——这家伙是个高手。

随后她听到程琅问她："我听说，舅舅认了你做义女？"

宜宁落子的手微微一顿，她抬起头，看到程琅却是面无表情的。她淡淡地道："是认了，怎么了？"

"你可知道他为什么认你做义女？"程琅又问。

宜宁还没有说话，程琅就已经笑了笑，又落下了一枚棋子："我告诉你这个做什么？"

宜宁听魏凌说过，陆嘉学最近对程琅有些冷淡。吏部本来有一次升迁的机会，程琅也没有升上去。看到他细致的眉眼间那种淡极了的疲倦，她心里有些感叹——这个孩子看上去笑语晏晏的，却一点都不高兴。仿佛在他心里隐藏着极致的悲伤，只是别人都不知道他在想什么。

那他在想什么呢？

宜宁这么一走神，再回神，才发现棋局之中她已经出现了颓势。程琅步步紧逼，已经把她的棋子逼进了一角龟缩着。

她抓了一把棋子在手里，心想：果然厉害！

眼看着她要败了，程琅嘴角露出淡淡的笑容："宜宁妹妹，何必负隅顽抗？"

正说到这里，有丫头挑了帘子进来，屈身跟宜宁说有管事要见她。宜宁松了口气站起来，抬头看到程琅正看着她，她不禁说："府里有急事……"

程琅笑了笑说："你去见就是了！"他把手里的棋子撒进了棋盅里。

等宜宁出来之后与那管事商量，魏凌不在府上，很多事情她不能拿主意，商议了半天才说好，她再次回到次间的时候，才知道庭哥儿已经跟小丫头出去玩了，程琅大概是等得有些无聊，靠着扶手合着眼。

宜宁轻手轻脚地走到他身边，就听珍珠小声说："表少爷该是太累了，奴婢给他上的茶都没喝。"

宜宁发现他眼下淡淡发青，睡得还有点沉。她挥了挥手让丫头退下去，等他好好睡一会儿，自己拿了棋子在那里研究棋局。突然觉得这很像他小的时候。她在看账本，小程琅就在她身边睡觉。

她放下手中的棋子，突然听到一声极低的喃喃："舅母……"

他在叫什么？宜宁抬起头看程琅，他俊雅的脸似乎带着一种非常悲伤的神情，眉心皱得很紧，还是没有醒的，有种孩子般的无助惶恐。

他小时候睡觉总是不安稳，要扯着她的衣袖才能睡。宜宁看着他高大的身体蜷缩着，突然想起陆嘉学对他的利用，想起赵明珠喜欢的是陆嘉学，谢蕴喜欢的是罗慎远，似乎没有一个人是真心喜欢他的……他明明就是堂堂的探花郎、日后的兵部侍郎，他分明也是天之骄子，是当年伏在她肩头说蜻蜓飞走了的孩子。

宜宁心里有些痛惜，走到他身边，抚着他的额头，犹豫了一下才轻声说："阿琅，好好睡吧……我在这儿。"

他好像非常不安，但是听到一个声音在喊他"阿琅"，语调这么熟悉，她惯常都是这么叫他的。程琅又渐渐地平静了，只觉得窗外的阳光很暖和，那个人还在他身边。只要她还在他身边，他就是满心满足，别的人都不重要了。

一刻钟之后他就醒了。宜宁在逗鹦鹉说话，突然看到他站了起来往周围看。宜宁就问他："程琅表哥，怎么了？"

还是在刚才下棋的地方，程琅渐渐恢复了清明，但是再看到宜宁的时候，目光就很冷淡了。

他摇了摇头道："没什么。"又说，"我要去给外祖母请安，先走了。"

他正要出门，却在门槛停顿了片刻，突然回头淡淡地问："刚才没有人进来过？"宜宁笑了笑说："表哥，你是不是梦到什么了？"

程琅这次没有说话就走了，他走之后宜宁脸上的笑容就消失了。无论陆嘉学怎么样，程琅……却一直对她没有恶意。只不过既然她已经决定不再牵扯，自然不会告诉程琅她还活着。

凤头鹦鹉又歪着脑袋看宜宁，突然说："阿琅，阿琅！"

宜宁愣了愣，看到程琅已经走出她的院子，才给它喂了几粒玉米让它闭嘴，这傻东西不是不会说话吗？瞎喊什么呢！凤头鹦鹉却似乎因此得了奖励，更加趾高气昂地说："阿琅，阿琅！"

宜宁把它从鹦鹉架上取下来，低声说："你快闭嘴，别喊了。"

等珍珠从外面进来时候，就看到自家小姐跟鹦鹉大眼瞪小眼的，不知道是在做什么。

她笑着屈身道："小姐，罗三公子和定北侯家的世子夫人来看您了！现在在老太太那里呢。"

宜宁已经很久没有见到过罗宜慧了，算来还是过年的时候看到过，那时候也没和她说上几句话。听闻三哥和长姐一起来了，宜宁匆匆洗了手就赶紧往静安居去了。到的时候看到长姐正坐在堂里和魏老太太说话，魏老太太在问傅老太太的近况。

宜宁看到长姐穿了件遍地金的通袖褙子，发髻绾得高高的，气质高华淡雅。

她心里高兴，走进去给魏老太太行了礼，立刻拉了长姐的胳膊问她："钰哥儿没有跟您过来吗？"

"他跟着他祖母去上香了，我才能得空来看你。"罗宜慧看到宜宁微笑，任妹妹拉着自己。

她跟罗家没有血缘关系，两人却是亲姐妹，宜宁是她养大的，这可是改不了的！

宜宁在英国公府里，她心里就总是忐忑。好在英国公府人事简单，若是随便换了别的世家，才有的她担心的。

魏老太太看到宜宁对罗宜慧自然而然地亲昵，就笑着说："你们姐俩先说着话，我叫下人吩咐午饭去。"说罢让宋妈妈扶着手走了出去。

宜宁四下一看没有看到罗慎远，问了罗宜慧，罗宜慧才说："刚才遇到了程琅，两人下棋去了。"

喝了口茶润喉，她又继续道："昨日的消息，你三哥刚任了大理寺少卿的职。"

宜宁听了有些惊讶，罗慎远中状元是二月的事，他在翰林院做修撰才过了两个月！寻常的进士做官也要先在翰林院或者六部攒资历，攒够了三年才做官的。且就算去也该去六部，三哥却直接做了大理寺少卿，大理寺可是掌刑狱案件。

"怎么突然做了大理寺少卿呢?"她问道,"便是做官,也该从给事中或者六部郎中做起啊!"

再有的就是当知县的,或者是通政司参议,绝不会突然就做了大理寺少卿,那可是正四品的大员!

罗宜慧摇头道:"内阁次辅徐大人力荐的,不服他的人多的是……不过你三哥倒是没有说什么,一会儿你见着他再问问吧。"

宜宁记得徐渭可是清流派的中流砥柱。

朝廷的派系斗争其实很分明,也就是清流派和汪远党了。汪远杀了刘大人之后,清流派更是把他恨到了极点。但是汪远才是首辅,对清流派的打压很重。清流派这几年一直被压制,恐怕也是被逼急了,才不得不开始寻找新生力量了。

惊讶归惊讶,知道三哥做了大理寺少卿,她还是很高兴的。

"那我还得当面给他道喜才是!"宜宁笑着说,叫了丫头过来问罗慎远在哪里。他们两人在凉亭里下棋。

宜宁去的时候,棋盘上已经遍布黑白河山。宜宁跟两人都交过手,程琅的水平的确很高,但还无法跟罗慎远比。罗慎远的棋艺简直可以用恐怖来形容,排局布阵,运筹帷幄不在话下。

看到她过来了,程琅抬了抬眼说:"刚才是徒弟对徒弟,现在是师父对师父。"

宜宁则看到对面她三哥正把玩着棋子,一脸平静地看了看宜宁说:"你赢不了他。"别说罗宜宁赢不了程琅,当年就连道衍都赢不了他。

宜宁坐到了她三哥旁边,她坐下之后,他左手的衣袖徐徐擦过她,又下了一子:"程大人赢了舍妹也是胜之不武啊。"

"罗大人自谦了,宜宁的棋艺水平极高,我看京城闻名的谢二小姐也是可以一比的。"程琅笑着说。

"我与谢蕴交过手。"罗慎远淡淡地说,"她下不过谢蕴。"

宜宁听了就想说话,看到他们俩提起谢蕴总觉得有点怪。她立刻说:"三哥,我可还没跟谢二小姐比过,这总要比了再说吧。"

罗慎远看了她一眼,只是摸了摸她的头说:"好,下次比了再说。"宜宁不知道该说什么是好,三哥这算是在安慰她吗?

程琅的棋艺当年也是师从高人,且天资聪颖,本来以为绝不可能有人比得过他。没想到这位新科状元居然也是其中高手,两人竟然到了饭点都没有决出胜负,倒也是棋逢对手。反倒是有几个女孩朝凉亭走了过来,在不远处停了下来看着他们,小声嘀咕中夹杂着阵阵惊呼。

宜宁一抬头,就看到沈嘉柔躲躲闪闪地站在赵明珠身后,一双水润的大眼睛落在罗慎远身上,脸蛋微红。

程琅看了握拳抵唇,低头闷笑。

罗慎远还是绷着脸,把棋子扔进了棋盅里跟宜宁说:"你们府上是不是该开饭了?"

宜宁也觉得有意思很想多看看。不过还是别了,她叫了丫头去房山吩咐开饭。等到了房山，才看到许久未见的沈玉在和魏老太太说话。看到她之后沈玉站起身，对她点头微笑："宜宁妹妹，许久未见了！"

宜宁只当他已经忘了原来那事，也对他笑了笑："沈玉哥哥安好。"身后罗慎远和程琅就走了进来，站在宜宁身后。宜宁要领着三哥去吃饭，就忘了沈玉这回事了。

等吃了饭，罗慎远和程琅要继续下棋，魏老太太则请了戏班子，与罗宜慧在静安居的后山看戏。

宜宁本来就对看戏没什么兴趣，勉强陪着长姐看一会儿就差不多了，她听着锣鼓响就觉得头疼，便跟魏老太太和长姐先告辞了，准备去偏房里休息一会儿。她看大家听戏认真，怕扰了众人看戏，便只带了珍珠走出来。

走出看戏台，唱戏的敲打声才弱了一些。宜宁看着初夏池塘里新长出的荷花苞粉嫩嫩的，觉得长得很好。她那里可没有荷花池子，便跟珍珠说："你一会儿叫人摘些荷花，放在书房里去。庭哥儿喜欢荷叶饭，晚上给他做一些。"

珍珠应声。宜宁觉得昨晚没睡好，隐隐有些头疼，揉了揉眉心，让珍珠扶着渐渐地走远了。

赵明珠是站在宜宁身后看了好一会儿的。她出戏台子的时候，她就跟了出来。

她看着罗宜宁，就会想起陆嘉学、想起自己窘迫的出身来……但是她又能做什么呢？直到两人消失不见了，她才深吸口气，正准备回去，突然听到背后一个声音问："明珠妹妹，你可知道宜宁妹妹去哪儿了？"

赵明珠回过头，看到沈玉站在她身后。他穿着一件锦袍，少年清秀，正微笑着看着她。赵明珠一瞬间没有说话，但她突然想起素喜跟她说过，倘若是宜宁嫁人了那一番话。她知道沈玉是喜欢罗宜宁的……要是真的撮合了他们二人，罗宜宁以后嫁了忠勤伯家，这英国公府里，总还能有她的容身之处吧……她缓缓地笑了笑，指了指回廊的方向："我看到宜宁妹妹往那边去了。"

沈玉又对她道了谢，往她指的方向去了。

程琅的棋局下到一半，正出来走动，也是看着满目的新荷，在微风下翻卷着绿浪。远远地就看到沈玉跟赵明珠说话，他甚至听到了他们在说什么。

他面无表情地靠着廊柱听了一会儿，随即往回走了。罗宜宁的什么事，跟他又没有关系。他既然已经决定不跟她扯上关系……还是别管她的事了。

## 第二十一章 宜宁受辱

偏房里放了个小炉子煮茶，珍珠帮她端了一杯来。这处修得极雅，是用来避凉的，但因还未到酷暑，这处来的时候不多，前几天才刚拾掇出来。还未来得及布置茶房。

但是风景是极好的。窗外遍植墨竹，下面就是水波荡漾的湖面，这时候开满了碗口大小的睡莲。竹帘子挑开就能看到房山那边的戏台一角，但是正看过去是波光潋滟的湖面，微风拂面的，非常舒服。

宜宁靠着贵妃椅的引枕，只觉得头一抽一抽地疼。吹着风就更疼了，风光都顾不上看，叫珍珠去把竹帘子关上了。

珍珠捧了茶给她，有些忧心地道："不如我去请青渠姑娘来给您看看……"眼看着她是疼得越发厉害了。

这个偏头痛的毛病听说小宜宁的生母也有，但是长姐没有，她却又有了。宜宁捂着额头叹了口气："不过就是喝头痛散，治标不治本的，还是算了吧，我好好睡会儿便是了。"让珍珠先下去了。

珍珠走出来的时候，看到台阶下两个刚留头的丫头在玩百索。小丫头们一看到是珍珠，吓得连忙立正了。珍珠怕她们吵着宜宁休息，训斥说："都不准再玩了，到院子外头守着去。"

她叫了偏房的两个婆子，准备让她们划了船去采一些荷花苞。

两个小丫头乖乖地去守在门口了，珍珠才带着两个婆子出门。刚走不久，沈玉就寻到了这里来，他看到门口站着的两个小丫头，笑着问她们："你们小姐可是在里头休息的？"

其中一个小丫头点点头，活泼地问他道："您是哪位？""忠勤伯家的沈公子。"

另一个丫头胆小一些，听到忠勤伯的名号之后忙拉了拉同伴的衣袖，说："沈公子！我们小姐在里面休息呢，珍珠姐姐说不能吵着了。您找小姐可有什么要紧事？不如奴婢给您通传吧！"

"不必了。"沈玉笑了笑说，"我跟她说两句话就行。她既然在休息，也不用你们通传了，免得扰了她休息反倒怪了你们。"

两个小丫头一直在偏房伺候，也不过是做些简单的杂事，能跟忠勤伯家的公子说两句话已经不易了，哪里懂得别的东西。早听说忠勤伯家和她们府往来甚密，也不敢阻拦沈玉。就屈身道："沈公子有吩咐尽可叫奴婢。"随后让沈玉进去了。

偏房里还点着一炉香。

这偏头痛的时候，对声音和味道都格外敏锐，平日闻着觉得清新淡雅的栀子香，却也变得不好闻了。

宜宁扶着额头坐起身，叫了两声珍珠却没有人应，她便只能自己去端香炉，刚站起来就觉得一阵眩晕地抽痛，脚下踉跄几乎站不稳，谁知立刻有人半抱般接住了她，温声问道："宜宁妹妹，你怎么了？"

宜宁恢复了些清醒，才发现抱着她的人居然是沈玉！

她立刻震惊地退开一步，想到也是他接住了自己，勉强笑道："沈玉哥哥，你……你怎么在这儿？"

沈玉清秀的脸露出微微的笑意，他走近一步说："宜宁妹妹，上次让母亲来求亲，是我唐突了。你别怕……我是来找你说清楚的。"

他看到宜宁勉强扶着贵妃椅的扶手，纤弱的身子靠着椅子，嘴唇好像是因生病要更红些，比平日显得更加明艳，鼓鼓的胸脯微微起伏着，让人移不开目光。而且她这么柔弱，根本就不能拒绝自己，无论怎么对她都行……

想到这里，沈玉仿佛进入某种迷幻之中。英国公不愿意让他娶她，但是他明明这么喜欢她。

如果真的让她被迫与自己在一起了，那么无论英国公怎么反对，都不可能阻止了。

宜宁却觉得沈玉有些危险，他慢慢地朝她靠近，表情渐渐深了。她退无可退地靠着墙，喊了一声"珍珠"，却没有人回答她。宜宁这才有些慌乱了，立刻就要夺门而出，却被沈玉一把扣住了手腕，还捂住了她的嘴。她整个人都被按进他怀里，宜宁想要挣扎，但是她本来力气就小，沈玉轻而易举地按住了她。

"宜宁妹妹！你不要着急，我是喜欢你的。"沈玉有些急躁地在她耳边说，"你不要喊，我以后会对你好的……"

这沈玉是疯了吧！宜宁反手就想打他耳光，但他立刻压了下来。宜宁两世为人，从来没感觉到过这种女子的无助，只觉得他强迫地压下来，嘴唇还凑到了她的脸边，几乎立刻就碰到了。

"你放！"宜宁被他捂着嘴，艰难地说，"我不喜欢……不要！"

沈玉听了却按住她的肩说："你喜欢的！"只要她成了他的，他们以后就能在一起了。

宜宁只恨自己体弱，不然早把沈玉踹飞了。如今却只感觉到他压着自己，盯着自己，似乎呼吸还渐渐加粗了。

她无力挣扎，心里隐隐发寒，越来越觉得害怕。

最后一枚黑棋落定，胜负已分。

程琅虽然输了却也不急,一枚一枚地捡着棋子说:"几年前我寻访保定,曾遇一高僧,棋艺超群。除了那位高僧,罗大人还是第一个破了我棋局的。"

　　罗慎远喝了口茶,他又不能告诉程琅,当年那盘也是他帮道衍下的。

　　"不过罗大人即将任职大理寺少卿,恐怕要小心了。据我所知,今天便有四个言官向皇上递了折子弹劾你。"程琅说,"还未上任便被弹劾,我倒也是第一次听说。"

　　罗慎远倒是难得地笑了笑,"多谢程大人关心了。"说罢侧头问身边伺候的丫头,"你们小姐在何处?"

　　丫头也不敢看他,这位新科状元长得太俊朗了。她低头屈身道:"小姐应该在后山看戏。"罗慎远知道那小丫头不喜欢看戏,肯定是坐不住的。原以为她会过来找自己,居然一直没有过来。

　　"她觉得唱戏吵得很,必是不爱听的。"罗慎远摇头,"罢了,我去找她吧。"程琅听了却抬起头。

　　"宜宁不喜欢看戏?"他问道。

　　罗慎远看了他一眼,程琅重复这句话什么意思?

　　程琅苦笑片刻,罗宜宁啊罗宜宁,怎么能跟她这么像!实在是太像,有的时候他都有种恍惚的错觉。

　　但是没有人能取代她,再像也是不可能的。

　　不过他却不会这么无动于衷了。若是这孩子真的与她有几分渊源,要是有什么意外,恐怕他也会看不过去,就当看在她的分儿上提点罗慎远罢了。程琅放下了手中的棋盅,说道:"刚才看到宜宁往偏房去了……忠勤伯家的世子跟着去了,你也过去看看吧。"

　　他当时虽然看到了,但对沈玉这人也算是了解。这家伙金玉其外内是草包,但是让他做出什么出格的事还是不可能的。最多就是纠缠宜宁,因此,他当时也没有想着过去看。

　　罗慎远听到他的话,脸色微微一变。

　　程琅几乎可以断定,他知道忠勤伯家世子跟宜宁的关系。

　　但是这件事分明就是世家秘辛,谁也不会胡乱说出去,他是怎么知道的?

　　无论如何,罗慎远已经沉下了脸色,声音非常低沉地问身边的丫头:"偏房在哪里?"

　　程琅都被他的脸色给吓到了。他跟罗慎远也算是旧识了,这人做什么都是一副云淡风轻沉默寡言的样子,他从来没看到过他这么阴沉的神色,不禁跟着站起来道:"你也不用急,忠勤伯家的世子沈玉还是知道些分寸的……他父亲正准备给他请封世子。"

　　罗慎远只是扔了一句:"看了再说吧。"很快就大步走出了凉亭。

　　程琅也跟了上去,丫头在前面领路。罗慎远此刻倒是有了几分迫人的气势,来往的婆子都纷纷避开。等到了偏房外面,只看到两个小丫头守着,看到几人过来有些惶恐,忙上前问道:"几位有何贵干……"

　　罗慎远心里的预感越发糟,里头一点动静都没有。想到他探查过沈玉做过的那些破事,看着这两个丫头已经不想应付,语气已经是严厉了:"滚开。"

两个小丫头都被他吓了一跳，拦也没拦住，罗慎远冷着脸径直走了进去。

　　房里正好传来一声重物倒地的声音，罗慎远一脚踹开了房门。就看到屏风后翻倒在地的香炉，还有压在宜宁身上，正制住她的沈玉……

　　沈玉没想到突然有人闯进来，他还没有反应过来，就被人一把揪起衣领。他甚至没能反抗这个力道，就被迎面来的拳头迎头痛击。他挣扎着要反抗，但对方又是毫不留情的一拳揍了下来。

　　程琅听到屋内的动静已经暗道糟糕，他转过身，对身后的丫头婆子一字一句地道："今日之事，谁要是敢走漏半句，就要小心自己的命了！"吓得几个丫头婆子立刻跪地，那两个小的已经瑟瑟发抖。

　　宜宁头痛欲裂，又抵抗不得。她不知道是不是哭了，只是浑身发抖使不上力，只感觉到沈玉压着她的手，在她的脖颈边探索。突然就有人快步走了进来，一把拉开沈玉揍他，直到揍得沈玉跪在地上站都站不起，他才走过来，把她凌乱的衣衫整理好，伸手拿了旁边的一件褙子裹在她身上。

　　宜宁看到一个高大的身影。是罗慎远。

　　无论什么时候，他都是那个救她的人。在祠堂罚跪的时候是，发高烧的时候也是，她对他属于兄长的依恋之情非常强，不禁伸手抱住了他，低低地喃喃着："三哥……"

　　罗慎远刚才看到她衣衫凌乱的样子，差点想把沈玉杀了。

　　她长这么大……他怕吓着她，从来不曾对她表露过兄妹之外的感情。

　　他很清楚，宜宁把他当哥哥看。就算她已经不是罗家的孩子，两人兄妹的身份都改不了。且他初入仕途便得高升，朝堂之上步步都要谨慎小心。若是让别人知道，他竟然对自己一手养大的孩子产生什么感情……他恐怕也别想混下去了！

　　但是现在他竟然什么都不想管了。罗慎远把她抱起来，听到她喊自己，便低声爱怜地说："三哥在这里……眉眉，不要怕。"

　　宜宁揪着他的衣领，闻到他身上熟悉的温暖的味道，渐渐地安心下来，眼泪却不禁流了下来。

　　他低头吻了吻她的侧脸，嘴唇触及她柔软清香的肌肤，轻声道："没事了，我不会放过他的，没事了眉眉……"

　　他一把把她打横抱起来，走到了门外。

　　程琅见到他抱着宜宁出来，脸色都变了！他走过来要问什么，就听到罗慎远淡淡地说："我不知道你在想什么，现在也不想问你。沈玉在里面，你先把他扣起来再说。"

　　他说完之后抱着宜宁径直往前走了。

　　程琅进去之后，就看到被揍得鼻青脸肿的沈玉，十分茫然。

　　罗慎远把他打成这个样子，肯定不单单是因为跟宜宁说了几句话……程琅倒吸口凉气。好他个沈玉，居然真的干出这等事来！

　　戏台上正热闹地演着一出《玉簪记》。魏老太太侧头跟别人谈论着戏词，宋妈妈就从戏台的过道疾步走来，神色凝重地在她耳边低语。

魏老太太听了宋妈妈的话之后，脸色也立刻变了！

四月明明暖和得很，她手里却一阵阵地冒汗。她随即定了定神，吩咐丫头说："去让唱戏的停下来，再把诸位小姐请回去。就说我今天身子不舒服，要早些收场了。"

罗宜慧只当府上有什么大事，站起来的时候才发现宜宁竟然还没有回来。

她招手叫了松枝过来，却也是一问三不知，她心中纳闷，便往静安居赶去。

戏台子已经散了，几个来英国公府玩的小姐也回去了。赵明珠送了沈嘉柔出垂花门，等回来的时候发现静安居竟然有几个膀大腰圆的婆子守在外面，而里头竟然没有一个人走动，她刚走进二门，就发现日常伺候宜宁的那些丫头婆子跪在外面。静安居静得一点声音都没有，她突然有些忐忑，拉了一个守在门口的婆子问："外祖母呢？"

那婆子屈身道："老太太在里头陪小姐。"

赵明珠想进去瞧瞧，婆子却把她拦了下来，摇头道："老太太说了，谁都不准进去。"

赵明珠在英国公府里走动，哪个敢拦她，当即就来了脾气冷冷道："你算个什么，敢拦我！"

身后匆匆赶来的素喜却扯了扯她的衣袖，低声道："明珠小姐，您快别说了！"

赵明珠犹气不过，那婆子却一脸不为所动的样子。她有些气恼，却被素喜拉到旁侧。她这才看到素喜的脸色几乎是苍白的，素喜声音压得极低，"您刚才跟我说……您给沈公子指了路，让他去找宜宁小姐了是吗？"

"这有什么。"赵明珠就道，"我是给他指了路，但是他自己想去找罗宜宁的。"

素喜听到这里一把抓住赵明珠的手，把她拖到了一丛竹子后面，跟她说："您知道我刚才看到什么了吗……我看到沈公子跪在正堂里，守在他旁边的是表少爷，还有表少爷的两个贴身随从！沈公子的脸都被打青了！但表少爷看他的目光还是冷冰冰的，两个随从一直押着沈公子。宜宁小姐却一直没有露过面……宜宁小姐那位状元哥哥也没有露面！恐怕是沈公子对小姐做了什么不轨之事……"

赵明珠听了很震惊，喃喃地道："他……他做了不轨之事，跟我有什么关系！"她忽然又想起什么，扯了素喜的衣袖问，"那罗宜宁清白受损，岂不是……真的要嫁给他了？"

素喜看着赵明珠，实在是无奈这位明珠小姐转不过脑子！"您想想，若是他被逼问，说是您给他指的路，您可逃得了干系？再者，国公爷怎么会让小姐嫁给沈玉，就是当场把沈玉打断腿都是有可能的！您可要赶紧想好说辞，一会儿老太太必然要传您进去问话。这事可不同往常，老太太再怎么想护着您也是没有办法的，您轻则被罚，重则可能被赶出英国公府……您可要赶紧想想啊！"

赵明珠听完素喜的话，才心里一紧，猛地意识到这件事的严重性。

刚才她给沈玉指路不过是顺便而已。她是见不得罗宜宁好，是希望她干脆就嫁了沈玉不要与自己相争。但是她胆子再大，也不可能蓄意让沈玉轻薄了罗宜宁……她再怎么不聪明，也知道罗宜宁若是有半分受损，她也别想再在英国公府待下去了！她怎么料得到沈玉竟然做出这等事来!

如果罗宜宁真的因为沈玉有什么闪失……不不,罗宜宁到现在,一直没有出现过,沈玉肯定是已经近她的身了……那魏凌肯定不会放过她的!

她觉得腿一阵阵地发软,心跳突然变得极快,有种大祸临头的感觉。她喃喃地解释道:"但我只是给他指了路而已……事情是他做的,不关我的事。"

素喜叹了口气:"您跟我说这些有什么用!再者您觉得您说这些,国公爷会听吗?"赵明珠张了张嘴,顿时说不出话来。

那边门却"吱呀"一声开了,随即一阵脚步声近了。赵明珠不由得紧紧握住了素喜的手。

有婆子绕过竹林,走到她面前,屈身道:"明珠小姐,老太太请您进去,有事要询问您。"

西次间里,宜宁蜷缩在罗慎远的怀里。她现在还是头痛得想吐,浑身无力,怕也是昨夜感了的风寒又加重了,但是闻到三哥身上特有的味道,却渐渐平静下来。

一旁的罗宜慧静静地看着,罗慎远将是朝廷官员了,宜宁也不是个孩子了,两人这般亲近不太稳妥。但是想到刚才宜宁被抱回来的时候,脸蛋苍白了无生气的样子,她就痛心。宜宁自小就依赖罗慎远,让她三哥抱一会儿吧,也没有什么。

她站了起来,屈身对魏老太太道:"妾身虽是定北侯府的世子夫人,按说管不了英国公府的事。但怎么也算是眉眉的姐姐,是看着她长大的。老夫人去问明珠小姐的话,妾身倒是也想去听一听的,不知道老夫人可同意?"

当魏老太太从程琅口中得知,是赵明珠给沈玉指了路之后,心里就一阵阵发寒。她原先觉得明珠性子纯良,却不知她竟然敢对宜宁包藏祸心,且闯下这等大祸,恐怕这次是真的躲不过去了!

罗宜慧这话,分明也是想护着宜宁的。

魏老太太深吸了口气说:"你随我来吧,我非要好好处置沈玉那个畜生不可!"

罗慎远想把小丫头放下来,却发现她又揪着自己的衣袖,不肯放开。他想起她小的时候,有一次在进学的时候高烧不退,就是揪着他的袖子不肯他走。

似乎对她来说,这就是最安全的处所。

他叹了口气,任她抓着自己的衣袖,抬头对魏老太太道:"老夫人,万般不可轻易做决定,此事关乎宜宁声誉,最好等国公爷回来商量。为免忠勤伯那边走漏风声,您还是先派人去忠勤伯府说一声吧。"他又顿了顿道,"最好是把忠勤伯请过来,但不可告诉他来意。"

此事到这个地步,也不是女流之辈能解决的了。忠勤伯夫人本有向宜宁提亲之意,若是她知道自己儿子干出这等事,趁此机会说要求娶宜宁,把事情闹大了,魏老太太这个软慢温敦的性子恐怕奈何不了她。忠勤伯却不同,魏凌自然压得住他。

魏老太太听到这话愣了愣,随后立刻派人去找忠勤伯过来。

英国公府这边已经戒严,下人不可轻易走动。程琅不仅控制住了沈玉,那些牵涉其中的丫头婆子一个都没有放走。这般下来已经是接近傍晚的时候,魏凌接到口信之后立刻就赶回来了。

马车停在了静安居门口,他满脸阴寒,带着几个亲兵大步走进了静安居。他问了宜宁在何处,立刻就走进了西次间。

魏凌已经从报信人口中得知了发生的事,他现在是满心的怒火。

在堂堂英国公府里,竟然差点让人把他女儿轻薄了去!沈玉这混账东西!他还想当世子?他要让沈玉一辈子别想!

西次间里烛火刚点起来,宜宁还没有完全缓过来。

魏凌走进来之后挑开帘子,就看到女儿躺在床上,一贯精致清秀的小脸似乎没有什么生气,细嫩的嘴唇都没有血色。他忍了忍情绪,挑开脖颈处盖的被褥一看,就看到小丫头脖颈上清晰的红痕……魏凌的拳头紧紧捏住了被褥。

珍珠跪在宜宁的榻边哭得不成样子,她不过出去了半刻钟不到就发生了这等事,的确是她的失职。在她的手上发生这种事,就是魏凌打死她都没什么说的!当时她不过是想着宜宁没这么快醒,且又是在府中,不会出什么事……她怕那些婆子粗手粗脚的不知道怎么选荷苞……

她嘴唇颤抖,低声哭道:"国公爷,您发落奴婢吧,奴婢也没脸在小姐身边伺候了……"

魏凌闭了闭眼睛,声音冰寒:"我现在不想问你如何失职的,你先给我退下,自己跪到外面去。"

珍珠跪地磕头,站起身走到门外跪下。她是伺候宜宁的大丫头,在府里向来是一等一的有脸,这般跪着却是再怎么屈辱都感觉不到了,如今她浑身上下都是恐惧和愧疚,别的丫头婆子怎么看她,她根本无法注意到。

宜宁却听到了说话的声音,这时候缓缓地睁开眼睛,她还是头痛欲裂,疼得几乎想吐。她看到魏凌坐在身前没有说话,就拉住了魏凌的大手,声音细若蚊蝇:"父亲……"

魏凌反手一把握住她的手:"眉眉,你可是好些了?"

"我刚才好怕……"宜宁喃喃地说。她刚才头痛欲裂,又被那沈玉这般欺辱,又气又恐,若是真的因此失了清白,恐怕还真是要非他不嫁了!但是以这等手段来算计女子之人,又能是什么好人!若不是三哥及时赶到,她也真是叫天天不应叫地地不灵……

"不怕了,现在没事了。"魏凌低头在女儿的额头上亲了亲,把她抱进怀里。他就这么一个女儿,真是含在嘴里怕化了捧在手上怕风吹了。一想到居然出了这样的事,他就恨不得把沈玉碎尸万段。

现在他回来了,自然是他护着宜宁。动了她分毫的人,一个都不会放过!这英国公府里自然以他的意愿办事!

宜宁深深地吸了口气,抬头看着父亲深邃俊朗的脸。他一贯是有些凶的长相,如今凌厉起来几乎是吓人的。她缓缓地道:"不关珍珠的事……是我让她去采荷苞的……"珍珠是她的大丫头,不能因为一时的疏忽就丢了性命。

其实魏凌已经没打算留珍珠了,他又安慰地亲了亲宜宁的额头,声音温和了些:"好,我都知道。你安心睡吧,有爹爹在不会有事的。"

他的亲兵已经在门口守着了，屋内还有青渠等人在。

宜宁有些不放心，想起来看看，魏凌却按住她的肩道："不要起身。"让青渠把熬好的药端来给她喝。

宜宁头重脚轻的，风寒加重不说，一动就觉得那种想吐的头晕感又涌上来，只得又躺下。魏凌这才出了房门。

罗慎远站在外面看着英国公府。夜色太深，屋檐下的灯笼只照得见他的半边侧脸，模模糊糊的看不清表情。见魏凌出来了，他才走上前跟他说："一会儿忠勤伯会过来。"

魏凌抬起头，罗慎远就继续说："未曾告诉他经过，怕他以此来要挟宜宁。您一会儿直接用军功来压他即可。"

他说完就先退了出去。魏凌听了静默片刻，才明白罗慎远这是什么意思。这个罗慎远……年纪轻轻的，心思倒真是百转千回。

他朝正堂走去。

沈玉跪在正堂下。

他被罗慎远打了一顿，早已经清醒不少。其实他刚才也是鬼迷了心窍，他本来就爱慕宜宁，再与她同处一室就情不自禁。那股冲动过去之后他已经开始懊悔了，如今被押在堂下满身狼狈，刚才被打青的额头也隐隐地痛起来。

他看到罗慎远走了进来，他知道这个人是新科状元，如今看上去倒是平和一些了。刚才打他的时候下手可不轻，他的拳头一般人恐怕也吃不起，不是他这等养尊处优的公子哥能比的。

随之进来的就是魏凌，沈玉看到魏凌进来了，瞳孔反射性地一缩。

魏凌大步走到正堂上，看着沈玉的眼神透着一种刀锋般的冰冷。他什么都没有说，拔出一旁侍卫身上的佩刀就要往沈玉身上砍去！

魏老太太一声惊呼，连忙就要去阻止儿子："这可砍不得啊！"魏凌这刀下去砍死了人怎么办？

沈玉也被吓住了，连忙往旁边躲开。魏凌那可是从战场上磨出来的身手，真要是想杀他，他可没有丝毫反抗之力！

魏凌那刀刀锋一偏，不过是砍坏了沈玉的发冠，他的头发顿时披散下来。那把刀的刀尖停在他的脖颈上，沈玉看着刀尖浑身发抖，宛如刚过了鬼门关，冷汗瞬间就浸透了衣服。他听到魏凌的声音："要是我想，现在就可以杀了你！我杀过的人没有一千也有八百了，多你一个也不多。"

他还没有说话，就被魏凌拎了起来，低声问道："你有几个豹子胆，敢动到宜宁头上？"

"我喜欢她……"沈玉咽了咽口水，镇定了一些，"我真的喜欢她，国公爷，不如……不如您把她嫁给我吧……"

要不是怕事情走漏宜宁名声受损，他现在就会砍了这个浑蛋！"嫁给你？"魏凌冷笑道，"你是个什么东西？"

魏凌的气场可是战场上磨出来的，沈玉根本顶不住，他看到程琅和罗慎远一直站在魏凌身后没有说话。

他跟着那些世家的子弟出去玩，那都是一帮仗着家世煮鹤焚琴的家伙，他们曾告诉他，要是实在喜欢谁，她又不顺从你，不妨得了她的身子再说，反正自此以后她就是你的了，再不喜欢日子长了不就喜欢了吗？他喃喃地道："我……我会对她好的，求您了。我是对不起她，但我真的喜欢她啊！她被我看了……看了身子，该嫁给……"

他话还没有说完，魏凌就给了他一拳。这次沈玉再也没有撑住，一下撞到了小几上，疼得他蜷缩着身子，站都站不起来。他觉得下腹剧痛，脸色几乎惨白。

魏凌甩了甩拳头，问贴身护卫道："忠勤伯可来了？"护卫连忙道："已经来了，在东园书房里等您。"

"叫他过来，告诉他儿子我帮他废了。"魏凌喝了口茶说，"能不能治好看他以后的造化吧。"

他又继续道："再告诉他，今日的事敢乱说的话，我敢保证他们忠勤伯家以后没有一人能入营，也没有一人能继承忠勤伯的爵位。"

护卫倒吸了口凉气。

魏凌这才看向魏老太太，说道："您把赵明珠带过来吧，既然此事因她而起……今日也该了断了。"

魏老太太看着儿子冰冷的脸色，这次没有说什么，叫人去喊赵明珠过来。

赵明珠在书房里罚跪，罗宜慧正看着她。听说魏凌回来了，要找她过去的时候，她满是惶恐。刚才魏老太太几乎没有问她话，一直是眼前这个罗宜宁的长姐在问，每问一句她的气势就强一分，好像全是她的不是般。

她不能过去！魏凌肯定不会让她再留在英国公府了，他会把她送回去，送到通州那个破落的家里，整天看着那个赌鬼爹、懦弱的母亲、没出息的几个哥哥……想到这里她的眼泪不停地涌出，力气徒然增大，竟然推开了来押她的婆子，立刻朝西次间跑去。

她要去告诉罗宜宁事情的真相！她不要回去！

婆子立刻追上来，却被赵明珠推开了。西次间门口有魏凌的亲兵守着，赵明珠根本进不去，她在门口哭道："罗宜宁，你出来！这件事跟我没有关系，都是沈玉做的！"

罗宜宁已经醒了，她睁开眼的时候，眼中一抹淡光闪过。

她已经听罗慎远说了这件事的经过，也知道了是赵明珠给沈玉指的路，甚至知道了程琅本来是没打算管她的。

她还知道魏凌不会放过赵明珠，也许她听说这两件事之后她的想法也变了吧，所以她才对魏凌说她害怕，让魏凌更加愤怒。本来她是不打算对付赵明珠的，一则没有必要，二则赵明珠也的确有几分可怜。但这不是她放过赵明珠的理由，她不由得想到刚才的场景，一想到就觉得还是止不住地战栗。

如果真的让沈玉得逞，恐怕除了嫁给他……她真的只有死路一条了！她向青渠伸出手道:"扶我起来,我去见她。"

青渠皱眉嘟囔道:"她把您害成这样……"但是她也没有违逆宜宁的意思,把她扶了起来。

赵明珠看到眼前的门打开了,罗宜宁站着,脸色苍白如雪,灯笼的光照在她身上,纤细的脖颈仿若一用力就会折断。可能因为遭受了沈玉的事,她整个人都透出一种惊艳,这其实非常危险,因为这种美让人想要摧毁或者是压在身下占有。若是没有人保护她,不知道会有多艰难。她的表情比平时冷淡得多,她慢慢走到赵明珠身前蹲下身,轻声说:"你觉得你被冤枉了吗?"

赵明珠深吸了口气,低声说:"我是给他指了路……但我真的不知道他会做出那样的事啊!"

她话没说完,宜宁就冷笑着问:"你难道不是想我嫁给沈玉?我嫁给他了多好,我嫁入了忠勤伯府你在英国公府就待得下去了。"人善被欺,马善被骑,她再怎么也是被人暗算重活过来的,怎么可能不懂赵明珠这个小姑娘的心思,"你可知道差点被人强暴是什么滋味?"

赵明珠的眼角里犹带着泪水,嘴唇微微地嚅动:"我……头先我是不喜欢你的,但是我真的不是故意的……"

宜宁却猛地咳嗽起来,青渠来扶她。头疼发作起来便一抽一抽的,她只觉得眩晕。

魏凌等一行人过来了,看到宜宁站在门口站都站不稳,魏凌直接走过来抱起她,走进门将她放到了罗汉床上。

随后赵明珠被叫了进来。

她跪在地上,看到魏凌冰冷的表情,便忍不住流眼泪:"魏凌舅舅,我真的不是有意的……我怎么敢做这种事!"

"老太太养你一场。"魏凌看着女儿细瘦的手腕上面触目惊心的红痕就心疼,继续道,"我也不为难你,明日就收拾东西回去吧,英国公府也留不得你了。"

赵明珠听到她最怕的事情,哭着去拉魏凌的衣袖:"魏凌舅舅!宜宁妹妹被人所害,我也伤心……我再也不敢了,以后宜宁妹妹说什么就是什么!"她哭得像个孩子一样,平日的骄纵再也没有了踪影,"求您不要让我回去,我不想回去!"

魏凌在战场上见惯生死,最是冷硬心肠的人,更何况他差点遭遇不测的女儿还躺在身边。他连动都没有动。

赵明珠见状,又立刻踽蹒跚着去拉魏老太太的衣摆。魏老太太闭上眼别过头,她擦了擦眼泪,说道:"外祖母,我知道我不是英国公府亲生的孩子,但是我是跟着您长大的啊!我小的时候刚来,不敢拿桌上的果子吃,您就告诉我……这府里的东西我都可以拿,没人会怪我。"她一边说一边哭,"外祖父刚死的时候,您整夜整夜地哭,我怕您哭坏了眼睛,便钻到您的被窝里去睡,逗您开心……"

魏老太太没有说话,手却有些发抖。

赵明珠似乎没有看到,哭着哽咽地说:"现在您不要我了,要我回去了!但是我爹那般样子,家里那个样子……我回去了该怎么办?您就这么残忍吗?既然本来就不想要我,何必把我抱过来……"

"那本来就该是你的家。"魏凌淡淡地道，"而不是英国公府。"

"魏凌，你不要说了。"魏老太太终于忍不住，眼泪顺着沟壑纵横的脸流下，她似乎苍老了许多，深吸了口气说，"明珠不能走。"

魏凌眉头一皱，立刻就站了起来。

魏老太太摆了摆手："你先别急着怪我，听我说清楚。"她坐下来继续说，"明珠是被我宠大的，就算是有什么脾气也是我宠出来的，她来的时候还那么小，吵着闹着要回去见母亲……但是我为了不要她回去，一味地宠着她。现在她长大了，她不是个小猫小狗啊！说丢掉就能丢掉。那个家里她回去就被毁了，她不能回去。"

"且此事她也不是故意的。"魏老太太说，"明珠想不到沈玉会做出这等事情。"

魏老太太看向宜宁："宜宁，祖母要是这么说，把明珠留下来……你可怪我？"

宜宁闭了闭眼睛没有说话。她知道魏老太太想的什么，老太太寂寞了这么些年，唯有赵明珠陪在她身边。刚才赵明珠的那番话让她是愧疚也好怜惜也好，这都是她心里的情感。她其实能理解魏老太太，但这件事发生在她身上……她也无法同情赵明珠。

赵明珠听了抱着魏老太太的腿"呜呜"地哭，她是真的害怕，不停地发抖。

"母亲，宜宁是您的亲孙女。"魏凌只淡淡地说了这么一句话。

魏老太太知道，要魏凌放过赵明珠是不可能的。

她说道："宜宁身上发生这事，明珠脱不了责任，我也不会包庇她。"魏老太太继续道，"刚才我也与宜慧商量了。以后，阖府上下便只有宜宁一个小姐，明珠只是表小姐，不过是在国公府借住。明珠的所有用度都要比照这个来，从房山搬到我的偏房来住，我亲自看着她，也没有独立的院子了。若她再做出半点亏心之事，也不用你说，我当亲自赶她出府。"

她看了赵明珠一眼，说道："明珠，念你从小陪我，这也是你最后一次机会了。宜宁毕竟是我亲孙女……若你再对她有半分不敬，我们的情分倒也耗尽了。你可明白？"

只要能让她留下来，她做什么都愿意！

赵明珠看向魏凌。魏凌脸上仍是冷厉，淡淡道："你自己问宜宁吧。"

赵明珠走到宜宁床前，拉住她的手说："宜宁妹妹……求你让我留下来吧。我真的不要回去……我知道错了，我真的知道了！"

宜宁睁开眼，看着赵明珠。她突然想起在保定第一次看到她的时候，她骄傲得谁都不看在眼里。现在她发髻凌乱，眼眶红肿，似乎抓着救命稻草般抓着她的手。她低声一叹，其实这颗明珠……就算在英国公府继续待下去，也不会再是明珠了。若是她拒绝了，魏老太太虽然不会说什么，但是她心里也绝对放不下赵明珠……

她看了看站在人群边的罗慎远，看了看面容模糊的程琅，甚至看到了魏老太太有些哀求的目光……她缓缓地点了点头。

赵明珠看到她点头，浑身一软，差点支撑不住自己。

灯火渐歇。沈玉差点被魏凌给废了，忠勤伯找过来，看到儿子的惨状却一句话都不敢放，带着儿子就离开了英国公府。

罗宜慧心疼妹妹，但是英国公府的事她实在是不能干涉太多。毕竟这是宜宁的家，不是她的。但是看到宜宁刚才答应了，她心里也是一阵宽慰。此事虽然有赵明珠的原因，但是的确不能全怪她。算起来宜宁身边的丫头也有差错，那沈玉才是罪魁祸首。若真的是牵强责怪了，魏老太太也根本放不下赵明珠。宜宁宽恕了赵明珠，而赵明珠以表小姐的身份存在于英国公府，虽然只是一字之差，意义却再也不同了。

她安抚了宜宁几句，便告辞离开，钰哥儿晚上离不得她的。

宜宁折腾这么久也累了，加之本来就病重。她也无暇再去应付别的人了，让魏凌抱回了东园去休息。魏凌照顾她的病，到半夜才离开。

明珠跟在魏老太太后面回了静安居的住处。魏老太太走得很快，快了明珠一截。

眼看着到了门口，赵明珠勉强地笑了笑，跟魏老太太说："外祖母，今天多亏了您……"她话还没有说完，魏老太太就回过身来，抬手打了她一巴掌。

赵明珠长这么大从来没有被魏老太太打过，这一巴掌实在是凌厉极了！她一时捂着脸，嘴唇发抖说不出话来。

魏老太太道："这一巴掌是为宜宁打的。"她又说，"有没有包藏祸心，你自己最清楚。以后要是再犯，就绝对不是一个巴掌的事了。我这次保下你……你自己好生想想吧。"

赵明珠站在台阶下，身子微微颤抖，眼泪如断线珠子般掉了下来。始终还是不一样了。

宜宁这晚并没有睡好。

将要入夏了，凌晨的时候迎来一场暴雨，狂风摇曳庭中大树的树冠，暴雨夹杂着滚动的闷雷声，她被雷声吵醒了。

松枝本来是进来灭一盏蜡烛的，却看到宜宁还睁着眼睛。她吓了一跳，"小姐，您怎么醒了？"

宜宁让她把蜡烛留着，反正她也睡不着了。她披了件外衣，低头就看到自己手腕上显眼的红痕……皮肤还是太娇气了，稍微用力就能留下痕迹。

松枝出去通传，青渠就端着药进来了。她进来的时候看到宜宁正靠着窗，茫然地看着窗外飘泼的大雨，尚未亮起的天色中，庭院里满是雨水吹打下来的残枝枯叶。她的小脸宛如莹莹的白玉，在灰暗的天色中透出淡淡光辉。

青渠想起自己第一次看到她的时候，她从来没有看到过这么精致好看的小孩，跟农庄的孩子完全不一样。她是很想逗一逗她，跟她亲近的，却被告知这位是七小姐，碰也碰不得一下。那个粉嫩小团子日渐长大了，明明就该是娇贵的，却被那混账东西给欺负了去……看着这么可怜。

她把药碗放下，低声跟宜宁说："要是国公爷那一拳没废了他，奴婢也要帮您废了他……"

宜宁这才回过神来。任是哪个女子遭遇这种事都是怕的，她怕倒也是怕，不过她已经经历过这么多事，如今也已经缓过来了。她笑了笑问："你要怎么废了他？"

青渠又说："等他走到小巷子里，就套了麻袋来一通闷棍。别说是废了他，打残也是能的！国公爷只是废他子孙根，我看还是便宜他了。"

其实这是魏凌的顾虑而已，要真是伤及沈玉的性命，这件事就纸包不住火。所以魏凌为了她的名节考虑，是肯定不会对沈玉下杀手的……宜宁明白魏凌的心思，甚至也明白魏老太太为什么维护赵明珠，但她还是不由得对赵明珠厌倦。

她抬头，突然发现珍珠没有在屋内："珍珠昨晚没有回来？"

松枝与青渠对视一眼，摇了摇头。窗外的瓢泼大雨一直没有停过。

宜宁心里突然有些不好的预感……魏凌，不会真的要了珍珠的性命吧？她叫了玳瑁进来，赶紧让她去魏凌那里看看。

魏凌其实也没有睡下。他把那些知道此事的丫头婆子都处理了，心腹的自然不说，别的就变卖发配。那两个在门口伺候的小丫头，更是被活活打死拖了出去。他怕这些动静吓到宜宁，自己就在堂里吩咐了。魏老太太那边的人手连夜就被换过新的，都是他的人。最后他才把珍珠找进来……此时天都快亮了。

熬了一夜，他眼睛里也有淡淡的血丝，告诉珍珠说："这次我不罚你。"珍珠本来是抱着必死的心的，听了魏凌的话突然抬起头。

"宜宁为你求了情。"魏凌继续说，"以后你这条命就是她的……怎么处置就是她的事了。"

珍珠紧绷的身子这才软了，死里逃生，她给魏凌磕了两个头，魏凌挥了挥手让她先回去。外面还有军营的人在等着他。

等珍珠回到宜宁那里的时候，宜宁正在梳头。

珍珠从玳瑁手里接过篦子，按照往常那般给宜宁梳头。梳着梳着眼泪就流了下来，最后突然抱着宜宁大哭不止。

宜宁叹了口气，轻轻地抚了抚她的背。

庭哥儿跨进门的时候正好听到了哭声，他朝宜宁这里奔过来："珍珠姐姐，你这是在哭什么啊？"他昨晚早早地被佟妈妈哄着睡了，根本不知道发生了什么。他看到珍珠拉着宜宁的手，又问，"你拉着姐姐做什么，姐姐你快起来吧，我还想跟你下棋！"

珍珠这才擦了擦眼泪，站起身道："庭少爷，小姐生病了，今天不能陪您下棋了。"

庭哥儿睁大了眼睛，小短腿两下就翻上了罗汉床，凑到宜宁身边仔细看她，发现她的脸色的确很差。

宜宁把他的小脸推开些说："小心我过了病气给你……自己跟小丫头去玩吧！"

庭哥儿却在她身边盘坐下来，看了她好一会儿，突然说："你好像哭过。"他一副颇为认真的样子，伸出小手摸了摸她的眼睛，"佟妈妈跟我说，哭过第二天起来，眼睛就肿了。是不是有人欺负你了？你要告诉我，我是你的弟弟，以后要保护你的。"

宜宁摸了摸他的头："没有人欺负我，你要是不去玩，我就让珍珠拿了字帖给你练……"庭哥儿听到这里连连说要出去玩，一翻身就下了床。屋子里的丫头总算被他逗笑了。

庭哥儿跑到门外的廊柱那里等了好久，终于看到珍珠过来了。他把珍珠拉到一旁，小声地问:"珍珠,姐姐究竟怎么啦?"

珍珠犹豫了一下,轻声把事情的经过用最简单的方式告诉了他。不过一会儿,魏老太太带着赵明珠过来看她。

经过一夜赵明珠似乎也憔悴了不少,站在魏老太太身边话都不敢说一句。宜宁与魏老太太说话总显得有些冷淡,魏老太太就拉着宜宁的手叹了口气:"宜宁,我知道你会怪我。但是她……她家里的情况实在是太糟,送她回去跟杀了她也没有区别啊。"

宜宁抬起头看着魏老太太,轻声说:"宜宁未在您身边长大,您可怜您养大的明珠姐姐是应该的。您曾经跟宜宁说孔融让梨的道理,我想想倒也是如此。我答应留下她,不是因为我心肠好,而是因为您想留下她。"

魏老太太听了眼眶泛红:"什么孔融让梨的,是我说的不好!是我不好!祖母再也不会跟你说这些话了……"

她想要摸一摸宜宁的头,宜宁却避开了她的手,叹了口气说:"祖母,我头疼想休息一会儿。"

魏老太太一愣。赵明珠在旁看到,立刻就拿了她带过来的糕点给宜宁:"宜宁妹妹,这个是今年新做的羊乳酥酪……你肯定没有尝过吧?"

门外却传来庭哥儿的声音:"姐姐!我的七巧板不知道放到哪里去了……"

赵明珠看到庭哥儿进来了,想到往日庭哥儿对她的亲近,原是她没有好好顾着他,手里也拿了点心递给他说:"庭哥儿,倒是好久没有看到你了!你最近也都不来找明珠姐姐玩……要不是到宜宁妹妹这里来,恐怕还看不到你呢!"

谁知庭哥儿走到她面前却停住了脚步,孩子的脸上带着淡淡的笑容,却有些不解地问道:"明珠姐姐,你不是跟我说过,要是跟宜宁姐姐太近的话,宜宁姐姐就会把我的东西抢走,要我不能跟宜宁姐姐太亲近吗?怎么……明珠姐姐不怕你的东西被抢走吗?"

庭哥儿这句话一出,魏老太太的脸色顿时就变了。宜宁也有些惊讶,看向庭哥儿。

赵明珠一时慌乱,手上的点心都掉到了地上。庭哥儿怎么会突然提起这件事!她立刻说:"庭哥儿……我……我从来没说过这样的话啊!你小小年纪可不要胡说!"

庭哥儿却无辜地赖到魏老太太怀里,扯着魏老太太的衣袖说:"祖母您从小教导庭哥儿不要撒谎,我从来都不撒谎的!"他说,"我怕就像明珠姐姐说的那样,所以我一直不敢亲近姐姐……"

魏老太太气得手都发抖起来,说道:"好,我知道。我们庭哥儿是从来不说谎的!"

她突然站起来,对宜宁说:"今日我先回去了,改日再来看你吧。"她似乎多看宜宁一眼都觉得愧疚,径直地往外走。

赵明珠咬了咬唇,连忙跟在她身后。

她刚走了两步要追上魏老太太,魏老太太就突然停下来,冷冷地看着她说:"我是娇惯你、纵容你,但从来没教过你害人、教唆别人。你居然还教唆庭哥儿不亲近宜宁?你究竟长的是什么心肠?你还做过什么事是我不知道的?"

赵明珠根本无从辩驳，急得边哭边说："外祖母……那些我都知道错了啊……我都知道了！求您饶了我吧！"

魏老太太一把挥开她的手，扶着宋妈妈就上了软轿，冷冷地道："起轿吧。"

赵明珠跟在魏老太太的轿子后面边哭边追，哭得几乎喘不过气来，最后瘫软在路上。

没有人敢去扶她，满英国公府都知道，这位如今是表小姐了。刚被英国公厌弃，如今又被魏老太太厌弃，留在英国公府也不过是混口饭吃而已。

伺候她的那些丫头十有八九被魏凌发卖了，唯有素喜等几个留着，但也不敢去扶。

如今怎么对这位明珠表小姐，恐怕都要看着魏凌和宜宁的脸色才是了，毕竟那才是正经的主子，而这个已经不是了。

屋子里，宜宁把庭哥儿拉过来，问他："刚才那些话……是你自己想的？"她发现这个弟弟果然不愧是魏凌的儿子，弯弯肠子也不少。

庭哥儿却说："我知道她欺负你……而且我说的都是实话！她原来就是这么说的。她欺负你生病了，我也欺负她……"他的表情有些不自然，语气却很坚定，"反正我只有你一个姐姐。"

宜宁听了就笑了笑，抱着他亲了口。

"姐姐喜欢庭哥儿。"宜宁跟他说，"以后咱们庭哥儿长大了，肯定是个威震四方的将军。"

小屁孩小脸一红，扭扭捏捏地坐在她的怀里，又受不得她亲般别过头，然后挣脱了她的怀抱，又跑出去跟小丫头玩了，反正他是坐不住的。

魏凌从珍珠口中得知了这件事，差点把茶杯给捏碎，最后缓缓地吐了口气说："以后告诉她身边的人，表小姐的言行举止都写了册子，交给你过目。但凡有不妥的，立刻给我赶出去！"

珍珠屈身应声，去赵明珠那里吩咐了。

魏老太太听说的时候正在念佛，给老英国公祈福。她闭上眼叹了口气说："随魏凌去吧。"

如是两天，宜宁手腕上的红痕才消去，她也听说了沈玉请封世子的折子被撤下来的事。等再见到沈玉的时候，还是忠勤伯带着他来赔礼道歉。

他瘦了很多，整个人脸色都透出一股不正常的苍白。站在台阶下远远地看到她，欲言又止。

宜宁看着他就想起那日的情景，扶着青渠的手微微后退了一步。

沈玉的声音却很低："宜宁妹妹……是我错了，我鬼迷了心窍才那般对你。"他半跪了下来说，"世子的位置让给了三弟，我……我本来不能来的，但我还是想跟你道歉。所以求了父亲带我过来……国公爷只允我跟你说两句话，我说完了就走。"

那日回去他受伤很重，忠勤伯夫人搂着他哭，忠勤伯训斥了他一顿，他才渐渐地清醒了。

"原是我浑蛋，你怎么怪我都是应该的。我受惩罚也是该的，不如你亲自来打我几下，你打了我就舒坦了。"

宜宁看着他身上穿着那件蓝色的程子衣，想起那日他想送自己香袋的情景……她忍了忍道:"你走吧,这事以后不要再提了。"

她是根本不想再看到沈玉,因此转身就朝魏凌的书房走去——打他又能如何?事情难道就能弥补了吗。

沈玉还想跟她多说几句,偏被东园的护卫拦住寸步不得上前,只能看着她走远。

## 第二十二章 魏凌出征

魏凌却正在书房里跟人说话，宜宁刚通传了进去，就看到坐在魏凌对面的人竟然是陆嘉学。他听到了声音，正回过头看她。

她心里暗暗道苦，怎么到哪儿都没个清净，又微微一屈身喊了两人说："父亲既然有客人在，那我先退下了。"

魏凌却笑了笑道："先别急着走，你义父难得过来。"

宜宁面无表情地站在门口，她还是感觉得到陆嘉学看着她，缓缓地回头问："父亲还有吩咐？"

"我刚才让小厮给你义父沏了新的汉阳雾茶，你去给你义父端过来吧。"魏凌说。宜宁未动，陆嘉学看了就笑笑说："不必了，我坐会儿就走。"

"义父来者是客。"宜宁只是说，虽然不知道魏凌怎么突然让她给陆嘉学端茶，但是宜宁还是出了书房。

下过暴雨之后接连出了两天的日头，曲折的走廊尽头就是茶房。魏凌的这个院子也修得很大，走廊旁遍植绿柳，如今正是万条垂下碧丝绦的时候，阳光透过树叶照到身上，倒是很暖和。几个茶房伺候的丫头见到她过来，忙屈身喊了小姐。宜宁让她们不要多礼，问道："新沏的汉阳雾茶在哪里？"

她端了茶过来，杯中渗出一股沁人的茶香。珍珠等人跟在她身后也不敢搭手。她走到门外，听到屋内陆嘉学说话的声音："瓦剌部骁勇善战，在边界马市上烧杀抢掠，龙门卫指挥使根本就顶不住。唯有你去我才能放心一些……本来年前就该去了，要不是因为皇上登基的时候耽搁了，你现在就应该加封宣府总兵了。"

宜宁听到这里脚步一顿。她知道魏凌常年在外征战，恐怕迟早有一日还会出去，却没料到会来得这么早。

她又听到魏凌说："皇上刚登基不久就有瓦剌作乱，又是在新开的马市上。此时瓦剌部落必定强势，怕是我也难顶住。"

陆嘉学听了就笑了笑，"你我征战多年，当年北元想要恢复旧疆的时候，也是你我打回去的。如今我暂时离不得京城，也只能让你先去了。"

宜宁听到这里才端着茶走进去，她看到魏凌没有说话，就把茶杯放在了陆嘉学手边。

低头的时候看到陆嘉学的腰带上用的是狮纹，他端起茶杯的时候手上骨关节微微突出，这是练家子的手。宜宁以前总是在想，她怎么就没发现陆嘉学会武功呢？明明就是这么明显的事。她这么一走神，抬头才发现陆嘉学看着她，但是片刻就收回了目光。

宜宁肯定不知道，她今天穿的是一件淡粉色的烟罗锦，倒是挺好看的。陆嘉学的手握紧茶杯，低头喝了一口说："你茶艺还不错。"

宜宁心里暗道，又不是她沏的茶，不过是跑个腿而已。想当年给他沏过那么多次茶，怎么一句夸奖都没有听到过，多半是嫌弃的"水凉了""茶叶放多了""你加茶叶的顺序不对……"把她弄得不高兴了，就挑眉问他："茶叶能有什么顺序？"他这个不学无术的公子哥能有什么意见！

陆嘉学就一本正经地说："这茶梗和茶叶的滋味不同，哪能够囫囵地倒下去。我跟别人在醉仙楼喝茶的时候，看到……"说到一半看到她脸色不好，才笑了笑说，"好好，你随便沏。反正都是我喝就行了，别人也不会喝了你的茶去！"

多年之后得他一句夸奖，倒是难得了。

魏凌看到陆嘉学向他使了眼神，这才说："宜宁，你先下去吧。"宜宁平静地收了方漆托盘，退了出去。

陆嘉学看到宜宁出去了，放了茶杯说："我知道你如今不愿意去宣府。不过我已经请旨了，皇上的旨意应该没多久就要下来……如今朝中大局刚稳，你维稳宣府必然少不了好处，还是不要推辞的好。"

魏凌谈完之后送陆嘉学离开，回来发现宜宁在书房里等他。

他的表情本来不太好看，看到她还是笑着问："怎么了？在我这里不回去啊？"宜宁看着他问："父亲，您要任宣府总兵了吗？"

宜宁知道蒙古瓦剌部落，三番五次地攻陷了边境，甚至朝廷有好几员大将丧生于此。她对以后会发生的事知道得并不全面，但她还是知道瓦剌有一次差点攻入龙门。魏凌应该是不会有事的，但是他后来跟陆嘉学渐渐疏远了，究竟魏凌会怎么样她并不清楚。

魏凌摸了摸她的头："行军打仗我是习惯了的。不过是你在家中，所以我才多逗留了几个月。对了，我听说你原来那个继母搬到京城来住了。你可想回去看看她？不如我叫你三哥明日来接你去玩几日？"

宜宁想到陆嘉学和魏凌刚才说的那些话，总有种不好的预感。她握了握魏凌的手说："父亲，您是不是不愿意去？我听说那一带边关很凶险，不如您回绝了皇上的旨意吧，什么宣府总兵的也没有性命来得重要啊。"

陆嘉学绝对不是一个好人。魏凌深知这一点，对于他来说，什么都没有利益来得重要。且陆嘉学已经向皇上请命了，他自然就不能推辞。更何况他本该继续任宣府总兵的，不过是有了个女儿之后，突然就贪生怕死起来了而已。其实他早也预感到这次要去的，所以他指导军营操练也比平日要严格许多。

魏凌笑了笑说："这哪能说回绝就回绝的。倒也没有这么危险，我原来就驻守宣府那一带的，对他们的习性倒也熟悉。"

其实倒也是知道他不能回绝的，宜宁抿了抿唇说："那您什么时候走？"

"龙门卫指挥使孙皓告急，恐怕是没几日就要走的。"魏凌看着女儿的目光，安慰她说，"我是没事的。倒是你留在京城里我放心不下——"想到最近发生的事，魏凌就觉得心冷。要是他不在英国公府里，宜宁发生了什么意外呢？虽然他能派护卫保护她，但护卫毕竟只是武力。母亲跟明珠那边又不清不楚的，倒不如让她三哥接她过去住。

罗慎远倒是个非常靠谱的人，至于陆嘉学……他是根本信不过的。只希望他看在宜宁是他义女的分儿上，能庇护她一番罢了。

宜宁听了他的话，就苦笑说："我这么大的人了，您有什么担心的。您放心吧，府里我帮您管着就是了。"

魏凌可没把她说的话当一回事，反正把宜宁放在英国公府里他不放心。他带着宜宁去拜见了魏老太太，跟她说了宣府总兵的事。

魏老太太倒也习惯儿子时不时地出征，虽然不舍，但也还算平静。她也不过就是儿子出门在外的时候，每天多拜一次佛而已。

果然没几日圣旨就下来了，加封魏凌为宣府总兵。魏凌接了旨回来，第二天就吩咐下人去准备了。

宜宁从魏老太太那里拜了佛回来，居然看到三哥坐在她院子里喝茶。

罗慎远可能是刚下朝。宜宁这是第一次看到他穿官服，绯红色的官袍衬得他的身形格外修长，官服用的是云雁纹的补子，看上去非常端正严肃，因为他眉毛浓郁，越发凛然俊朗。不知道别人看着他什么感觉，宜宁看着他的确是想喊罗大人的。

"三哥，你怎么过来了？"她有点惊喜地朝他走过去。罗慎远转过头看她。

"你父亲让我来接你过去。"罗慎远跟她说，"我在西坊胡同有个院子，母亲不久后也要来，她倒是很想你。你过去住几天吧？"

魏凌怎么还是让三哥过来了？

想到的确很久没有见到林海如了，宜宁倒是也很想见她。

"你近日不忙吗？"宜宁让丫头去收拾东西，也坐了下来。她听说罗慎远最近刚接了个棘手的案宗，如今他刚做了大理寺少卿，满朝文武都看着他，万不能行差踏错了。

"抽空过来接你还是有时间的。"罗慎远说，"正好路上与程大人遇到了，就一并过来了。他去拜见魏老太太了。"

听到罗慎远提起程琅，宜宁就不由得想起那日的事。

程琅看到也没有管她，要不是最后和罗慎远说了，恐怕她现在也不会好好坐在这里了……

她把这个孩子养大一场……如今这般情分，却也算是尽了吧。

其实本来就应该尽了的，她当自己跟前世是不同的人，自然也就没有什么尽不尽的了。程琅的做法不妥，但她又不能说他一句，只能痛心他真的变得无比冷漠而已。宜宁回过神说："那你先等等吧，我去跟父亲说一声。"

等程琅从魏老太太那里过来之后，才发现院子里没有人。

他这几日一直忙着没空过来，本来是想给这个小丫头赔礼道歉的。当初那事的确也有他的不是，但转了一圈发现只有几个丫头在清扫庭院，看到他就恭敬地屈身喊了"表少爷"。

程琅"嗯"了一声。没看到她那就算了吧，这小丫头恐怕也不想见到他。他还有要事要去处理，改日再来吧。

程琅刚跨出屋子，挂在屋檐下的凤头鹦鹉就看到了他。

没有被主人一起带走，它显得有点不开心。看到程琅的时候却高兴了些，在鹦鹉架上走了两步，突然叫道："阿琅，阿琅！"

程琅的脚步突然停住了。

他慢慢抬起头，脸上的笑容渐渐消失了。

鹦鹉学舌很巧妙，腔调都学得这么像。他突然想起自己那日醒来的时候，看到她在逗弄鹦鹉。昏暗的光线里，她笑着问："表哥，你是不是梦到什么了？"

他是梦到了什么，他梦到她又回到自己身边了，哄他说："阿琅睡吧，我在这里，没事的。"

鹦鹉发现他不理自己，又歪了歪脑袋叫道："阿琅，阿琅！"程琅回过头，完全没有了笑容。

他走进院子，叫了个丫头问："宜宁呢？她去哪里了？"丫头没看到过他这般表情，愣了愣道："表少爷……"

"她去哪里了？"程琅突然就克制不住了，想到那个可能性，他浑身都在战栗，揪住了那丫头的衣服，"你快说！"

丫头被他吓了一跳，语气都有些结巴了："小姐……跟着罗三少爷去玩了，现在……现在应该都出影壁了吧。"

程琅赶到影壁的时候，宜宁的马车刚走不久。他冷着脸走出大门，他的马车还停在外面。门口的小厮给他行礼，刚入夏的玉井胡同里满是榕树落下的嫩绿芽衣，落到了他的肩上。他却看也顾不上，上了马车就吩咐车夫赶路，越快越好。车夫听了他的话立刻挥鞭赶马，马车就疾驰出了玉井胡同。

也许真的是心里执念太深，反而患得患失起来。

程琅靠着车壁，想起那人带着蜡梅香气的手指；想起她抱着自己教自己念书，声音一句一句地从头顶飘落下来；想起得知她身亡的时候，他痛哭得跪倒在她的灵前。从此之后他就不再是那个躲在她身后的孩子了，他变成了另一个程琅。

程琅闭上眼睛，因手指掐得太用力，指甲盖都泛着白！

马车却"吱呀"一声突然停了下来，护卫挑开帘子道："大人，有人找您。"程琅抬起头，冷冷地说："没空，都给我赶开！"

护卫有些为难地道："大人，来人是都督的人，恐怕您不得不去啊。"

上次他已经得罪过陆嘉学了，若是这次再轻慢了他必然没有好的。程琅当然很清楚，因为他一直在等这个机会。

他问车夫："从这里到新桥胡同要多久？"

车夫恭敬地答道："大人，两三个时辰总要用的，到的时候恐怕也天黑了。"

程琅缓缓地吸了口气，然后才说："去宁远侯府吧。"追上了又能如何？此事说来便没有人信，他自己是执念太深。且要真的是她，为何相处这么久她从未曾说过？难道真的是因为不想见到他吗？要真是不想见他，他追上去问了也是没有结果的。何况沈玉那事⋯⋯要宜宁真的是她，恐怕他连杀了自己的心都有！

况又还有个罗慎远在，那可不是个吃素的。

他总有机会试探她的，要好好想想怎么试探才是。马车终于还是掉头往宁远侯府去了。

陆嘉学刚见了内阁首辅汪远，下属把汪远送出了宁远侯府。他坐回书房里喝茶，茶盖才掀起三分，程琅便进来了。

"舅舅。"程琅微低下头喊他。

陆嘉堂抬头看他，他其实一直很欣赏自己这个外甥。程琅行事谨慎，天资聪明，何况又是姐姐唯一的儿子，他也愿意重用他。上次的事他权当是狼崽子刚长出了利爪，迫不及待地想要试一试锋利，毕竟也还是自己的外甥，他也没打算再计较了。

"我听说你近日和新任大理寺少卿罗慎远走得近？"陆嘉学问他。程琅就道："却也谈不上近，此人心机太重，唯有周旋而已。"

陆嘉学听了就一笑："正好，如今有个事情棘手。你可知道前几天因为贪墨被抓的浙江布政使刘璞？"

程琅当然知道此人，这位刘璞在位的时候尸位素餐，贪污受贿成风，手下的官员也是层层地勾结包庇，犯了不少冤案。前不久才刚被查出来，还是锦衣卫亲自押解进京的。但是也不知道怎么的，竟然在路上让他给跑了，如今此人是不知所终的。

陆嘉学也不等他说话，继续道："当时动用锦衣卫抓他是徐渭授意的。"

程琅这才抬头，觉得有些疑惑："徐大人为何会管贪墨的事？"他心里略一想，"刘璞能从锦衣卫手中逃走，恐怕是有人帮他⋯⋯难不成⋯⋯"

陆嘉学点头，笑了笑说："自然有人帮他，是我帮他。我让宋诚带了三百精兵去救他出来，还被锦衣卫杀了两人。但是中途他的亲信被人挟持走了，现在我们正在找他的这个亲信。"陆嘉学站起来走到他面前，"我这里有了线索，此人就在大理寺少卿罗慎远手里。但是已经查探过了，人既不在刑部大牢里，也不在大理寺的牢房里，应该是被掩藏起来了。我需要你把这个人找出来，不能留在罗慎远等人手里。"

程琅听了已大致明白了。

难怪⋯⋯他一直在想，究竟是谁能在锦衣卫手里救走刘璞，原来是陆嘉学！

那现在看来，这个刘璞可能是陆嘉学的人，当然更有可能是汪远的人。汪远和陆嘉学一向是有合作的，两人之间本来利益就牵扯不清，而且陆嘉学很少跟这些地方官员往来，倒是汪远跟这些人来往甚密。刘璞手里应该掌握着什么重大的秘密，这个秘密很重要，所以徐渭才想亲自来管。

但是陆嘉学，或者是汪远并不想让徐渭知道。

他一拱手道："外甥明白了，那我现在就去找此人。"

罗慎远，那正好要对上他。

陆嘉学"嗯"了一声，叫下属进来，派了几十个亲兵给他。程琅带着人走出宁远侯府，抬头的时候，看到一轮上弦月正挂在天边，月色皎洁。

他的思绪渐渐平静下来，不能让外物扰乱了他的冷静。

宜宁刚到罗慎远在新桥胡同的院子里，探出马车，就看到一只手朝她伸来。她抬头看到是她三哥，便搭着他的手下了马车。

新桥胡同这里住了很多新贵，三哥这个院子应该是刚买下来的，反正他也挺有钱的。院子气派也宽敞，回廊修得曲曲折折，太湖石堆砌假山，很有几分江南水乡的柔婉。府里伺候的仆妇众多，他带着她走在前面，边走边说："你的院子刚清理出来，你先在这里住着。母亲几天后可能就会来，到时候就住在你隔壁的院子里，你们好说话。"

宜宁要住的地方是个五间七架的院子，从漏窗直接能看到水池里长的睡莲，还有垂下来的拂柳，非常漂亮。就是天色也晚了，模模糊糊看不太清楚。丫头们已经搬着东西进去布置了，宜宁发现这里面好些丫头原是伺候她的。现在看到她，均有些激动。

屋子里摆了张八仙桌，宜宁在绣墩上坐下来，发现地上铺着绒毯，华丽又软和……这屋子应该是很费心了。

她让罗慎远坐下来，亲自给他倒水："三哥，你现在一个人住这里吗？也没个人陪你说说话？"

罗慎远看她殷勤地给他倒水，就解释道："我不常住这里，这里去大理寺衙门不方便，如今我一般住衙门里。"

那应该就是为了她，特地把这里打整好了的……

他惯是不怎么爱说话的，丫头们又都在收拾。接过她递过去的水的时候，突然碰到了宜宁的手，但他很快又收了回去。

宜宁暗想着，又跟罗慎远说话："上次母亲写信给我，说罗二爷有意让你娶孙家的小姐。我还没有看到过我未来的嫂嫂呢！孙家小姐是什么样子的？上次我看到那位谢二小姐似乎也对你有意……怎么你到现在都没有说亲呢？我看你的几个丫头倒也都是水灵的长相，你……每天看着她们就没有特别喜欢的？"

俗话说，成家立业，别人在他这个年纪可能孩子都有了。他倒是也有几个贴身的丫头，但丫头要是收作通房了，便会梳妇人的发髻，刚才看到那几个可都还是少女发髻。

就是魏凌也是有几个通房丫头的，男人在这种事上就算不热衷，也不可能一点都没有。

罗慎远听了看着她，笑着揉了揉她的头发说："你瞎管什么事。"她一个姑娘家，什么看着有没有喜欢的。

宜宁心想她当然要管管，但看林海如送到罗慎远身边的丫头都是个顶个地漂亮，就知道她心里有多着急了。那些丫头也都是一颗心在他身上，这是最常见的。对于丫头来说，最好的便是能跟了主子做姨娘，不用发配出府或者随便配了小厮，更何况伺候的还是罗慎远。日夜都看着他，怎么会不喜欢？

"你好好歇息，明日我带你到处看看。"罗慎远说着就站起身来。宜宁抬头看他，"你不多坐一会儿？"

夜已经很深了，而且她又不是原来那个小女孩了，他再待下去也不合适。她是自己把他当哥哥，根本就没有意识到男女有别。

烛火照着她的侧脸，一张脸如白玉雕成，眉眼更有几分艳色，这种美是带着色香的。上次把她抱出来的时候趁她没有意识到，还曾有过亲近……现在她信赖地看着他，他心里却在想别的念头，还是不要坐下去比较好。

随行的珍珠倒是反应过来，屈身说道："三公子是该回去歇息了，您来接咱们小姐，倒也是辛苦了。"

他来回奔波的确也辛苦了。如今没人帮他操持家务，这府里的布置都是亲力亲为的，恐怕也是耗费了精力的。

"那就明日再说吧，我送你出去？"宜宁站了起来。

罗慎远摆摆手让她别送，又笑了笑说："你还是休息吧。这府里你又不认得路，送我做什么。"

他起身整了整官服衣摆，这才走出去。守在门外等他的小厮和护卫跟了上去，还有几个留在了宜宁的院子外面，替她守着。

宜宁在临窗的大炕上坐下来，望着夜色里他离去的挺拔身影，片刻后收回视线，青渠已经把洗脚水端进来了。

晨光柔和地洒进院子里，宜宁刚醒不久。她很久没有睡得这么好过了。

她站在屋后面的回廊上，看着池塘里养的睡莲。院子里的景色非常幽静雅致，倒是远远地传来坊市热闹的声音。

英国公府是近皇城了，四周没有热闹的坊市。新桥胡同这里却很热闹，甚至不远处还有河运穿过，往来的商贾、运船络绎不绝。

她来京城这么久了都没有出去逛过，倒是有些期待。

珍珠给她端了碗热茶来，替她披了一件长褙子，道："您刚起来，外头的风还是冷的。"宜宁看着杯中冒出的氤氲热气，突然说道："父亲现在应该都出城了吧。"

魏凌是今日凌晨出征的，宜宁倒是想送他一程，但是他不同意。宜宁想到魏凌穿着盔甲率领军队远行的身影在晨雾里渐行渐远，总觉得心里有种无力感，可能是人对于未知的不安吧。这么想想不去送别也好，恐怕魏凌也不希望看到她去送吧。

她喝了口热茶，发现这是她小的时候非常喜欢喝的芝麻油酥茶。

珍珠就说："应该是出了城的，奴婢瞧这府里景色当真不错，小世子还想跟着您来呢。要是小世子也来便热闹了。"

庭哥儿被魏凌带去卫所了，魏凌要他跟着教习师父练武功。他已经不小了，现在该开始打底子了。

庭哥儿当然不情愿了，英国公府可比卫所舒坦多了。魏凌看到他这个娇惯的样子就不喜，他是从小在军营练大的，没成年就会杀敌了，也不管庭哥儿愿不愿意，就把他拎到了卫所去，一个丫头婆子都不让带。佟妈妈最心疼他，恐怕如今还在府里抹眼泪想他呢。

宜宁想起庭哥儿就笑笑，把茶杯递给珍珠，问府里的仆妇："这时候三哥可起来了？"仆妇屈身道："三少爷一向起得早。小姐可要奴婢去通传一声？"

宜宁挥手说："不必了，你领路就行。"她正好去他院子里看看，也不知道他早起都在做什么。

仆妇应了声，在前面给她领路。

这府里的确修得非常好，草木茂盛，诗意盎然。走过竹林径就有一片大湖泊，湖上修着回廊。再走过一个堂屋，过了月门，眼前才出现一个开阔的院子。院子里也铺着整齐的青石砖，打扫得非常干净。院子里树木高大，四侧都立着护卫。

宜宁发现这些护卫并不是罗家的人，他们显得更加训练有素，呼吸之间绵密而没有间隔，都是练家子。

其中领头的一个向她拱了手，道："罗大人在书房里，属下去通传一声，请小姐稍等片刻吧。"

他这里的守卫都比得过东园了……宜宁心里暗想，倒也没有为难护卫，到了抱厦里小坐。

不过没多久罗慎远就出来了，他现在不怎么爱穿直裰了，而是穿了一身灰蓝色右衽圆领长袍，腰上又挂了块玉牌，显得比原来凌厉一些。看到她捧着茶也不喝，罗慎远就走过来，带着她进屋子里去："我早上吩咐人准备了油茶，你可觉得好喝？"

护卫看到罗慎远牵着她进来，这才恭敬地让开了。

宜宁看着护卫恭敬的表情，再看他云淡风轻的样子，觉得有些奇怪："三哥，这些护卫是哪儿来的？我看比英国公府的都不差。你这府里倒也戒备森严了，原来我去你那里，可还不需要通传的。"

罗慎远听了就笑说："下次让他们不拦你就行了。"

也许是因为身份地位不一样了，原来他一贯是沉默隐忍的，现在却也有种气势了。宜宁跟着他进了书房。他可能是正在看案卷，屋里开着窗扇，窗外遍植松林。

"我听说新桥胡同靠着一条运河。"宜宁在书房里坐下来，跟他说，"我还没有看到过运河！"

罗慎远看到她兴致勃勃的样子，就道："一会儿带你去，等我把这里看完就走。"

他低头看案卷，宜宁有些百无聊赖，在他的书房里走来走去。他的藏书一向很多，现在又放了很多密密麻麻的卷宗。她在女子里算是中等的个子，在他面前就只能算娇小了。宜宁想拿高处的那本《尚书纂义》来看，偏偏够不到。结果他的披风放在旁边的架上，她拿书的时候一不小心就碰倒了。

罗慎远抬头看她。

宜宁就呵呵一笑说："你继续看……没事。"她把衣架扶起来，就发现他已走到自己身边问："你要看哪一本？"

罗慎远帮她把书拿下来。他拿书的时候靠近了她一些，宜宁看到他的手举过自己的头顶，然后书递到了她面前，宜宁抬头看他，他就语气温和地问："你可是觉得无聊了？要是无聊就去外面玩会儿。"

这时候门外有人通传："大人……石护卫请您过去。"

罗慎远听了就淡淡回道："知道了，我立刻就去。"他把书放到她手里，"等我一会儿就过来。"

宜宁看到他出了书房，那护卫跟在身后就去了。她顿时有些好奇，拿着那本书翻了两页，又觉得没什么好看的。她等了一会儿也不见罗慎远回来，书房外面连个伺候的丫头都没有，那倒不如亲自去找找他。

宜宁放下了书，从书房的侧门出去。沿着回廊慢慢往前走，这个院子倒是真的大，走了好几个转口也没看到他的人。直到一间厢房外面，她才听到里面有人在说话，语气非常无情："不肯说就动刑吧。"

她听得出这是三哥的声音。

又有个人呜咽地痛苦道："刘大人有恩于我……你们就是打死我，我也不肯招！"

罗慎远冷笑了一声说："那好，那就打死你再说吧。"

宜宁又听到下属说了什么，她走近了一些，从隔扇的缝隙里看到了屋里的场景。这里面说是厢房，倒更像个刑房，一面墙上挂满了颜色灰暗的刑具。有个衣衫褴褛的人被绑在刑架上，身上穿的是青色的官服，看补子应该是个六品官……他低垂着头。罗慎远站在一旁看着，有人拿了把铁鞭，劈头盖脸地朝这个人脸上抽去，立刻就把他打得皮开肉绽！那人嘴里刚被塞了布条，就是咬破舌头都喊不出声。但是他脸色惨白，满脸冷汗。一道鞭子过去就是血痕。

罗慎远看了却道："鞭子给我。"

他接了鞭子试了试力道，对着那人突然就是一鞭，这一鞭实在惨烈。鞭子上的细刺带得他皮肉溅起，可能是伤到了眼睛，受刑的人疼得不住发抖惨号，偏偏声音怎么都出不来。罗慎远却半点停下来的意思都没有，又是狠狠一鞭抽下去，这次抽得那个人偏过头！从耳根到嘴边都血肉模糊。她甚至还看到那人光秃秃的耳朵，可能是被活生生剜去的……

宜宁突然有种很不舒服甚至是反胃的感觉。

她后退一步靠着墙，只觉得腿脚有些发软。她从来没见到过这样的罗慎远！如此凶狠冷酷，看到那溅起的皮肉，他面色可一点都不变。他是大理寺少卿啊，怎么会做这等血腥之事！

她突然想起罗老太太跟她说过的，罗慎远年幼的时候，曾让狼狗咬死过丫头的事……

可能是听到了动静，门这时候"吱呀"一声打开了。宜宁完整地看到了那个人的样子，她发现这个人比她刚才看到的还要凄惨百倍，几乎就是遍体鳞伤，甚至手指都不齐全了。她第一次看到有人被折磨成这副惨状！

罗慎远看到宜宁站在外面，有些错愕。

"大人，这位是何人……看到如此景象……"

罗慎远看到宜宁的脸色不太好看，靠着墙仿佛有些颤抖。他立刻走了出来，从后面揽住宜宁，伸手捂住了她的眼睛："眉眉，不要看，不要看就没事了。"

宜宁被他抱在怀里，明明周围都是他的味道，她却闻到罗慎远手上的血腥味，她是什么都看不到了，但脑海里总还是刚才看到的场景。罗慎远一鞭子下去，血肉飞溅的场景。知道是一回事，但是当面看到的冲击力还是太大了。

罗慎远干脆把她打横抱起来，宜宁感觉到自己落在他怀里，他的手还盖在她的眼睛上。她听到他说："先关起来吧，别的不要管。"

罗慎远大步走出回廊，把宜宁放在了旁边厢房的床上，这才放开了她的眼睛："眉眉，你怎么跑过来了？可是吓着了？"

宜宁摇了摇头，看着罗慎远。他还是自己熟悉的样子，浓郁的眉峰，俊朗的脸，笑起来就似水墨画般温和，但是那般冷厉起来，却比十殿阎罗还要让人觉得恐怖。她缓缓地吐了口气说："我没事……"

"没事吗？"他问了一句，想到她刚才靠着廊柱脸色发白的样子，她看着他的眼神非常陌生。

他就是这个残暴冷酷的个性了，恐怕是怎么都改不了了。平时在宜宁面前不过是尽量扮演着一个好哥哥、温和的兄长，就是不想她惧怕自己。乔姨娘那事过去之后，现在罗家怕他的人不少，这小丫头从小是最信任他亲近他的。她知道了自己冰冷的面目，那应该很可怕吧？

罗慎远顿了顿，跟她解释说："那人很特殊，不能放在刑部大牢里，所以才关到我这儿。"

宜宁好歹是冷静下来了，其实惨烈的场面倒也不是没见过，只是这个制造者是她的三哥，一时间无法反应过来而已。她问罗慎远："三哥，我看到他穿着官服……那个人究竟是谁？你要是对朝廷官员滥用私刑的话，被人告发了该如何是好……"

罗慎远听了摇头："不要问。"怕她误会，他又加了一句，"你知道了不好。"那必然是朝廷机密，他肯定不会告诉自己。

宜宁点头示意她知道了，她想下床来。罗慎远伸手要去扶她，宜宁却看到他手上沾的血迹。罗慎远也看到了，片刻之后把手收了回去，问她："一会儿我还陪你去看运河吧？"

宜宁点了点头，站起来往外走，然后她看到罗慎远跟了上来。阳光从后面投射过来，他高大的影子笼罩着她。

宜宁突然问他："三哥，你做了大理寺少卿，便要做这些事吗？"罗慎远沉默片刻，说道："眉眉，你可是怕了我了？"

宜宁心道不是。她早就知道罗慎远是个什么样的人，只是长期相处，她甚至都忘了他本来该是什么样了，只记得那个虽然淡漠却疼爱自己的兄长了。她说："你自然有分寸的，我相信你。"

罗慎远走在她后面，看到小丫头笼在自己的影子里，他低垂下眼帘，将沾了血迹的手背在身后。

到了下午，罗慎远带她去看了运河。

运河的确很热闹，船来船往，渔夫、贩卖货物的，还有往来的货郎、赶集的百姓。宜宁坐在马车里看了一会儿，却又不能下去。罗慎远又带她去了家酒楼吃饭，这家酒楼的茶点做得特别好。

但是因着早上的事，宜宁的兴趣没这么强了。罗慎远也没有勉强她，没多久就带她回去了。

等到了府上的时候，才看到有辆众仆妇簇拥的马车停在影壁。

马车的车帘被挑开了，宜宁看到了一只玉白的手，然后是张清秀柔媚的脸。这位姑娘看着罗慎远时眼睛微亮，却又回过头，声音轻柔地对宜宁说："这位就是宜宁妹妹吧？我倒是还没有见过呢。"

宜宁看她周身的派头，再瞧这温柔如水的气质，心里猜测恐怕就是那位孙家小姐了！她未来的三嫂啊。

宜宁向她微微屈身，笑着问："正是，您可是孙家姐姐？"

宜宁侧过头看罗慎远，她三哥和以往一样没什么特别的表情，也没有上前一步迎接人家。怎么对人家一点都不热情？好歹也是个千娇百媚的美人啊。

一辆马车"吱吱呀呀"地从罗慎远府上出来，此时已经是暮色了。

程琅坐在不远处的马车上，一边喝茶一边看着那辆马车走远。远远传来集市清冷零碎的声音，程琅靠着车壁，俊雅细致的脸笼在透进来的夕阳光里，显出不同寻常的淡漠。

外面有人喊了一声："大人。"程琅听了放下茶杯，叫他进来。

那人挑了帘子进来，跟他说："探子都回来了，里头着实进不去。"

程琅皱了皱眉，他觉得陆嘉学给他的这些人没用，语气就很冷淡了："不过就是个大理寺少卿的府邸，能是什么铜墙铁壁的地方？"

他摸了几个暗处都没有发现那人的踪迹，最后想来最危险的地方便最安全，罗慎远把人藏在自己那里也不是没有可能的。他已经在外面守株待兔一会儿了，除了看到孙家父女出入，往来的竟一个人也没有。正想派人进去看看，这些人却这般没用。

程琅能把别人算计在里面，这对于他来说都是小事。但是他很不喜欢别人完不成他的任务，这会打乱他办事的计划。

来报的人也有些犹豫："恐怕罗慎远是早已经防备的……里面虽不说铜墙铁壁，但是巡查非常严格。也不知这些人是他从哪里招来的，属下看很可能是徐大人私自给他拨了锦衣卫。您看现在该如何是好？"

"你可传信给都督了？"程琅又问他。

那人点头道："给都督传信了……来回话的人说，都督的意思是不见人也可以，但务必打探到他有没有走漏口风。"

这跟把人抓出来比有什么区别？

难怪陆嘉学要把他找回来给他办事，别人怎么掐得过这位新科状元罗慎远。

程琅看了看罗府的大门说："进不去就算了吧。"他闭上眼睛又靠在了车壁上，慢慢说，"给我守着。"

晚膳的时候，罗慎远派人过来请宜宁过去吃饭。她去的时候，他却已经回书房去了。宜宁还以为罗慎远是为了她干涉他的私事生气，她也有点不高兴。不跟她一起吃饭让她过来干什么？她看到满桌都是她喜欢的菜色也没什么胃口，喝了碗粥就回房去了。

收了碗筷之后仆妇去向罗慎远禀报："三少爷，小姐只喝了一碗粥。"

"她生气着呢。"罗慎远边看卷宗，边说，"我早上会早些出门，你给她做些她爱吃的点心，她越发瘦了。"

罗慎远是想尽量少见她一些，真不知道领她回来干什么。一旦想到她睡在不远处，触手可及，也不怎么能静下心来。他端起茶杯饮了茶，旁边伺候的护卫就是一惊："大人，茶水已经冷了，小的给您换一杯吧！"

"不必了。"罗慎远问，"守在胡同口的马车还没有走吧？"护卫道："没呢，大人这是要引蛇出洞？"

罗慎远摇头说："这蛇狡猾得很，不会轻易出洞的。"他把手里的茶杯放下，"汪远和陆嘉学都没有动静，这次恐怕是派了高手过来。你别让他们注意到就是了。"来的人应该是程琅，这人算是陆嘉学手下厉害的人了。

罗慎远让护卫先下去了。

那刘璞虽然是个贪官，亲信却极为忠心，折磨成那样了都半句话没有说。

徐渭让他不择手段都要套出话来，按着这件事的脉络摸清楚。但要挫骨扬灰了也问不出来，那还不如别从这个人身上下手。

罗慎远靠在太师椅上，看着燃烧的蜡烛静静思索。

宜宁这天倒是很早就起来了，早饭都没怎么吃，指挥屋子里的丫头婆子洒扫。孙从婉说过今日要来找她的。

她一问仆妇，才知道罗慎远一早出门去衙门了，一会儿就会回来的，这才去了正堂迎孙从婉。孙从婉从马车上下来，她今天穿了件品蓝色的缠枝纹褙子，雪白的十二幅湘裙，海珠耳坠儿，风一吹湘裙就衣袂飘飘，漂亮得都有几分仙气了。

进了堂屋，孙从婉让仆妇搬了几个盒子给宜宁。

这位孙家小姐倒是舍得，送的都是上好的珠宝脂粉，还有一盒琥珀香膏，闻上去竟然有股淡淡的梨香。

宜宁拿了盒子闻香，见她左看右看，就笑着说："三哥早上出去了。"

孙从婉小声争辩道："我又没有看他。"她的脸色又有些落寞，"何况……我知道他不愿意见我。"

"你可不要多想。"宜宁放下大红填漆的妆盒，跟她说起罗慎远的事，"三哥年少的时候，我记得隔壁就有个高家小姐喜欢他。他对人家总是冷着脸，就把人家吓跑了。你别看他聪明，现在做了大理寺少卿，恐怕也是这个样子的。"

"倒也不怕你笑话，我看你就跟亲生妹妹似的，便也愿意跟你说。"孙从婉的声音非常轻柔，嘴角却带着淡淡的笑容，"他的性子是冷……原来父亲让他教我读书的时候，他只肯叫我孙小姐。后来我不想让他这么叫，对父亲说我不想跟着他念书了。我从小就乖巧，没有这样任性过……他无奈之下才叫我从婉妹妹。我听了便觉得自己跟别人不同些。

"喜欢他的人有那么多——谢尚书的孙女谢蕴，那一次在府上与他相识之后就喜欢他，经常纠缠他。我看他对谢蕴也是不耐烦的。但是我还是很难过，我虽然有才女之名，却根本不能和谢二姑娘比……谢二姑娘能接上他说的话，我却不能。他又一直避着我们的亲事。"

谢蕴是正经的尚书嫡孙女，在闺阁里才情就出名了，更何况她长得又那般漂亮，出身也是一等一的好。在这上面宜宁也比不过她，宜宁才学上也是半吊子，且再怎么也只是个抱回来的，谢蕴却是正经在世家长大的嫡出小姐。

"我就越来越患得患失了。总怕他有天喜欢别人去了，虽然母亲教导我自尊自爱……"孙从婉说得有些勉强，"但我真怕他哪天说不想娶我了，我会死缠烂打，给他做妾也愿意。"

宜宁听了有点惊讶，想不到孙从婉这么喜欢罗慎远。

想到三哥昨晚说的那些话，她下意识地握了握孙从婉的手。

孙从婉摇了摇头，笑道："罢了，说这个干什么。我给你看个稀罕东西……是上次乳母从关东给我带回来的。"她拿了个像九连环一样的套环出来，给宜宁解着玩。这套环一环套一环，着实不好解开，"这套环原来还没有这么麻烦的，你三哥解开过一次，我自己又弄乱了。"

宜宁对这些小孩的玩意儿不怎么感兴趣，但看孙从婉很期待的样子，还是接过来试着解。这时候有个婆子在外面禀报，说有事要见孙家小姐。

宜宁让她进来了，她知道这婆子是贴身伺候三哥的姜氏，拿了封信给孙从婉，笑着说："孙小姐……罗大人说，本该是派人给孙大人的。但既然您今日要过来，便顺便给孙大人带回去吧。"

孙从婉听了点头，似乎也习惯了，把信接过来收进衣袖里。

宜宁看了一眼那个空白的信封，怕是什么要紧的事，她倒也没问。手里的套环一环一环地解开了，到最后"咔嚓"一声，成了九个分开的环。

"从婉姐姐，你瞧是不是这么解的？"

孙从婉接过看了，很是惊奇，她怎么就解不开！她要宜宁教教她是怎么解开的。两人说笑了一会儿，孙从婉才道："对了，昨日说好要带你去尝茶点的，刚才都差点忘了。在这府里又没什么看的，你才来这里，不如我陪你去看看运河？"

宜宁其实不太想出门，没什么别的原因，因为她懒，没必要的时候越少走动越好。

孙家小姐估计是当成大家闺秀养大，也很少出门。如今却起了兴致，说是要尽一尽地主之谊。

　　自上次沈玉的事情之后，宜宁走哪儿都带着一大堆丫头。既然推辞不过，她就让松枝去找了青渠几个，一起出行。

　　结果刚走出仪门就被护卫拦下了，为首的一个请她回去，一脸为难："小姐，大人不在，小的不敢放您出去。"

　　"这有什么的。"孙从婉说，"我们却也怕出去不安稳，不如你派几个护卫跟着一起就是了。"

　　宜宁也笑着说："等他回来我跟他说就是了，我们就在茶楼吃茶点而已。"孙从婉考虑得倒也周到，请护卫跟着也放心些。

　　为首的犹豫了一下，他是仆，又不敢真的拦了宜宁，就派手下去找了一队护卫来，叮嘱一定要好生照看她们。

　　上次出来身边跟着罗慎远，宜宁还有点放不开。这次跟着孙从婉倒是更热闹些，两人看到什么喜欢的，就停下马车叫婆子去买来。这里贸易往来频繁，还有好些稀奇的玩意儿。路边又是各式各样的店铺，纸马店、绸缎庄、估衣铺、行脚僧、挑着担子的农夫络绎不绝。那运河的桥上也摆着摊，卖剪刀的、吹糖人的、卖竹编的背篓的⋯⋯

　　孙从婉只当她还小，问她要不要一个吹糖人。宜宁连忙笑着摇头，看看可以！她拿来干什么？

　　等到了茶楼处。茶楼的掌柜认出孙家的腰牌，不敢怠慢了她们。立刻安排两人上了二楼的雅间，特地找了个僻静的靠运河近的。

　　护卫就停在了门口，丫头们跟着进了雅间。

　　又一辆马车在茶楼下面停了，程琅从马车上下来，身后跟着的人悄无声息地上了二楼。

　　茶楼的掌柜吓了一跳，连忙迎上去："这位客官⋯⋯"

　　程琅直接扔了块牌子给他看："官差办案，不要声张。"

　　掌柜一看到腰牌上烫刻的字，气息一屏，连忙恭敬地还给了程琅："大人，楼上可是孙家的贵客⋯⋯跟我们东家有交情的！"

　　"我知道。"程琅声音轻柔地说，"所以你闭嘴，就当没有看到过我。今天过后这铺子能不能开，还要看你们东家怎么样。"

　　掌柜抬袖子擦汗，团花纹绸缎的袍子都顾不得心疼。程琅静静地上了二楼。

　　守在门外的护卫已经被控制住了。他们毕竟人少，现在被勒着脖子说不出话来，一个个脸红脖子粗地瞪着程琅。其中一个挣扎得厉害，突然喊了一声："小姐，有歹人！"他话刚说完，后颈就被狠狠砍了一个手刀，整个人软了下来。

　　但是屋内的宜宁听到了。

　　她从支开的窗扇看着运河里来往的船只，回头看着门皱了皱眉。刚才那一声很模糊，但因为周围很静，她隐约听到了。

外面怎么会这么静呢？

她跟孙从婉低声说了，孙从婉也是一惊："外面可是我们的护卫……"

"我知道。"宜宁说，让青渠去门口看看，结果青渠回来的时候面色就很不好，"外面……什么人都没有，吃茶的人不见了，咱们的护卫也不见了。"

孙从婉听了皱眉："宜宁妹妹，我看此地不能久留。怪了，刚才进来的时候还有人在吃茶，那些人去哪儿了？"

宜宁拉住她，摇摇头说："不能出去。"

护卫是罗慎远手下的，不可能无缘无故走了。她们现在正被对方瓮中捉鳖，一出去肯定就会被抓住。

但是她们两个闺阁小姐，而且身份不低。孙从婉刚才进来还出了孙家腰牌的，究竟是谁敢这么大胆？他们又想做什么？

这时候响起了敲门声。

"咚咚"，两人都是心里一紧，对视了一眼。宜宁握了握孙从婉的手，低语道："既然敲门了，便不是土匪之流，不要急。"她毕竟只是个普通的闺阁小姐，哪有自己经验丰富。孙从婉定了定神，让身边的丫头问："究竟是何人在外面？"

门外传来一个陌生的男声："倒不是难为两位小姐，这不是说话的地方，还请两位小姐跟我们走……"

这不用宜宁说孙从婉也知道，回答道："阁下不说明来意，突然叫我们跟着去，怕是不妥吧。"

外面似乎有人笑了一声，"绝无伤两位小姐性命之意，只是孙小姐身上有封信，是要交给孙大人的，还望交给我们才是。"

是为了那封信来的！

孙从婉立刻捂住了袖子，对宜宁说："此物应该是关系近日一件大案，我为慎远传信……不可让这些人拿去了。"

宜宁立刻把信拿过来，孙从婉正在惊讶，就见她把信撕了个粉碎，然后一把扔进了旁边养锦鲤的瓷缸里。上面的字迹很快就如墨般晕染开，孙从婉才回过神来，"宜宁——你这是干什么？"

宜宁淡淡地说："不是要保住信吗？现在保住了。没事——回去让他再写就是了。"

外面的人估计也听到了动静，立刻道："你们可不要敬酒不吃吃罚酒，抓了你们回去也无妨的！"

这时候，宜宁突然听到有声似有若无的轻叹："蠢货。"

宜宁听到这个声音却是十分熟悉，身子一僵，淡淡地道："程大人，你可是在外面？"外面没人说话，宜宁继续道："来了就进来吧。"

门这时候才被推开，有人绕过屏风走了过来。宜宁抬起头，看到程琅穿了件玄色右衽长袍，他很少穿黑色，越发俊雅秀致。以往他对着宜宁总是带着微笑，脾气倒也温和。现在他带着人在她面前坐下来，却一点笑容都没有，挥手让护卫把她们的丫头带了下去。

"表哥何时干起这等事了？"宜宁却笑了一笑，"信已经被毁了，表哥让我们走，我们就当作什么都没有。表哥怎么说也是正经的朝廷官员，这般是不是不太妥当？虽然我父亲现在不在京中，但也没有让你这么欺负的道理吧。"

程琅看了她一眼，道："宜宁表妹真是聪明，立刻就毁了信啊。"

孙从婉听宜宁称他为程大人，再看外貌，立刻就猜出这位恐怕就是鼎鼎有名的吏部郎中程琅。

"你拿信来做什么？"孙从婉咬牙说，"你跟那些人就是一丘之貉，包庇贪官……"

"孙小姐，切莫动气。"程琅倒是笑了一笑，走到孙从婉面前柔和地问，"孙小姐既然经手了那封信，想必也知道那里面写的是什么吧？不妨说来给我听听？"

孙从婉气得脸发红："我没有看过。看了也不会跟你说……"

程琅慢慢从袖中拿出一把匕首，打开了刀鞘，"孙小姐好生说话，究竟有没有看过？"宜宁看到这里终于忍不下去了，低声道："程琅！"

程琅听到宜宁突然喊自己，匕首尖就顿了顿。他缓缓地回过身，突然说："以前有一个人，她被我惹怒的时候也这般叫我。"他淡淡地笑了笑，朝宜宁走过来，"宜宁表妹，你可知道，你养的鹦鹉会说'阿琅'？"

他在试探她！

宜宁听到他说出"阿琅"二字的时候身子有些僵硬，那日他睡觉不安稳，她安慰了两句，便让鹦鹉学舌学了去，居然让他听到了。所以他便怀疑她了吗？

也是，他该怀疑了，露出的马脚够多了，再不怀疑，他就不是程琅了。但是他在试探自己，那就是没有确认了。

宜宁不想承认，一则没有必要，二则她也不想再有牵扯。她抿了抿唇说："程大人在说什么，我听不明白。"

"听不明白不要紧……"程琅听到这里笑了一声，"想必我问孙小姐，她应该知道一些。"

孙从婉看到那把寒光逼人的匕首，不禁有些害怕。但是她父亲是清流派，从小就被人灌输清流派的想法。她咬了咬牙说："你就是杀了我也好，我看你能做什么！你是朝廷命官，如何与别人交代！"

"杀你有什么大不了的。"程琅淡淡地说，"我根本不在意杀不杀人，也懒得交代。"宜宁在一旁冷冷地看着他，觉得程琅简直是疯了！

她现在想明白了，他根本就不是为了那封信来的。

他要是真的杀了孙从婉，孙大人不会放过他，他这般暴露自己的行径，陆嘉学也不会放过他。但是他似乎根本就不在意。那他究竟想做什么？

他回头看了自己一眼，孙从婉被人压制着，他的匕首在孙从婉的脸上游移，说道："其实杀不杀你都无所谓……毁容和死也差不多了。"

宜宁看到孙从婉苍白的脸，闭上了眼睛，不忍看到现在的程琅，也不忍看到他做的这些事。

终于，片刻之后，她说："程琅……你放开她吧，让他们退下去，我跟你说清楚。"

程琅听到宜宁的话，心里猛地一跳。原来只是猜测，现在却有了几分希冀，就这几分希冀，让他觉得呼吸都发紧。难道……难道是真的……

他立刻回过头示意那群人带孙从婉出去。青渠等人不想走，宜宁摇了摇头示意无事，让她们先出去。终于所有人都出去了，门也被带上了。程琅静静地站着，看着她，没有说话。

宜宁却站了起来，走到窗扇边，看着往来的运河叹了口气。她脸上的神情和平日相比，有种淡淡的平静。

"就算你知道了又能怎么样呢……"

天光透过浓密的云层，可能是要下雨了，泛着白。她的侧脸格外秀美柔和，外面就是往来的船只，非常热闹，她淡淡地说："阿琅，你何必执着于我是不是死了。"

她回过头，看着程琅说："如果我的确是她，那你要怎么样呢？"

罗慎远刚从大理寺衙门回来。

跟徐渭说了好一会儿话，他觉得有点累了。带着人走进府里，很快下属林永就跟上来了。"信可由孙小姐带走了？"罗慎远问他。

林永恭敬地回答说："按照您的吩咐，已经让姜妈妈给了孙小姐。估摸着孙小姐这会儿也该离府了。"

罗慎远点头，已经走到了正堂，却发现正堂比平日安静些。宜宁在的时候会热闹一点，她屋里有几个丫头爱笑闹，她又喜欢别人热闹。罗慎远没看到她，就皱了皱眉："宜宁呢？"

林永找了护卫过来，那护卫见是罗大人，忙拱手说："大人，小姐陪孙小姐去运河那边了。我看这天色，估摸着一会儿也该回来了。"

罗慎远听到这里霍地睁开眼睛。站在他身后的几个人也脸色微变。

他冷冷地看着这个护卫，几乎是从牙缝里挤出这句话："我不是不准她出去吗，谁准她离府的？"

罗慎远一向不外露情绪，这般凌厉的样子护卫可没有见过，他连忙回答说："小姐说了去去就回，小的还派了护卫跟着，想来也不会出什么事……"看到罗慎远越来越阴沉的脸色，他突然有种非常不好的预感，心里狂跳，语气不由得就错乱了，"要不……小的现在就派人去找……"

随着他说话罗慎远站了起来，走到他面前，抬手就打了他一耳光。

他是俗称的断掌，打人非常疼。护卫一下子就被打蒙了，别过头半个脸都在发麻。

他的声音有种淬冰般的寒意："我早就说过，我不在的时候不准她出门，你当我的话是耳边风吗？"

"小的以为没什么……"护卫看到他越来越冷漠的眼神，想起这位罗大人的传闻，他是怎么对那些犯人的，怎么天生阴狠。他跪在地上，只觉得后背的冷汗一下子就冒了出来，脸已经肿了，他低头道，"是小的错了，求大人责罚，求大人责罚……"

下属给罗慎远披了件披风，已经有人去备马车了，他整了整袖子冷冷地对旁边的人说："带他去跪着，等我回来再收拾。"然后立刻走出了正堂，林永已经备好了马车和人手，几人一路朝着运河赶去。

一路上罗慎远的脸色都非常难看。

他想放线钓鱼，又怕是别人不足以让程琅相信，连孙从婉都算计了进去。那封信里写的东西……其实就是有意要给程琅的，谁知道宜宁今天居然和孙从婉去看运河了！他昨天不是陪她去看过了吗！

虽然程琅是宜宁名义上的表哥，但这人心思也是多变难防。为了达到自己的目的，谁知道他究竟会做什么？上次沈玉差点轻薄宜宁的时候，他几乎就是置之不理的。何况现在魏凌又不在京城，英国公府里他还怕谁？魏老太太半只脚进棺材了，魏庭年纪又还小。

罗慎远压抑着心里的怒意，轻轻吐了口气。马车跑得越来越快。

宜宁理了理自己的衣襟，继续说："你会想要杀了我吗？还是告诉陆嘉学，让他来杀我？"

程琅嘴唇微动，几乎是难以置信的。他缓缓地走上前，低声道："您……您……"

宜宁对他淡淡一笑说："阿琅，要是想杀我，你现在就动手。你为陆嘉学做事的，肯定不需要一个知道他秘密的人存在……"

其实她知道程琅不会杀他，这番话也不过是在试探他究竟在想什么而已。

"不是的！"程琅突然打断她的话，走到她面前，看着她的目光带着一种沉重的悲伤，似乎也是被逼到极致了反而隐忍起来，他握紧了手中的匕首，"你告诉……是不是……您怎么、怎么就是……"

宜宁缓缓地点头："我知道，我记得那些事。你不要多问为什么，我活得很小心谨慎——都是被害死过一次的人了，再这般愚蠢恐怕命也不会长。"她继续说，"你若不是拿她逼我，我也不会跟你说的。但你为什么非要问呢？"

其实她从来没有忘记过这些。

掉落山崖的时候粉身碎骨的痛苦，被囚于簪子中的无力，那种无论怎么样，别人都不知道你的存在，无论外界如何变化，都不能说一句话的感觉。每每想起来都觉得是噩梦，凝附于骨的痛苦，枕边关怀自己的人变成害人凶手的惊恐。

因为已经过了二十多年了，所以感觉淡化了。但偏院冰凉的石砖，雨夜里孤立的谢敏，这几乎就是她二十多年里看到过最多的场景。这些场景让她觉得荒凉又害怕，所以她一直都想忘记这些事，她真希望自己是这个小宜宁，而不是前世的那个罗宜宁。

程琅声音嘶哑地说："你可能说一两件事来……"

罗宜宁叹了口气，望着窗外，轻声地说："你小的时候喜欢吃那种山药糕，吃了好多，闹到最后积食，我让你少吃一些你却不肯，便是不吃饭都要吃它，有一次吐得满床都是，我半夜还要被吵起来给你收拾。"

"后来你还要吃它，我真是不懂你在想什么，有一次你就跟我说，你第一次见到我的时候，我便是叫你过来请你吃了山药糕，你觉得那是最好吃的糕点。"宜宁想到那个有些怯弱年幼的程琅，想到他曾经这么诚意地待她，嘴角也露出一丝微笑。

她继续说："你在我那里住着不愿意回程家去。程家的婆子来找你，但是哪儿都找不到你的人，我着急了，发动家里的丫头婆子到处找你，还是找不到……结果她们走了我才发现你藏在我的衣橱里，还在里面睡着了。真是哭笑不得，打你也不是不打也不是……"

程琅边听她说手边发抖，情绪实在是太过激烈，他甚至不知道该如何用言语去表达……

那段岁月是他生命中为数不多的快乐的时候，他依赖她，喜欢跟着她，像个小尾巴一样，揪着她就不放手……她死之后，再也没有人对他那么好，陆嘉学也不过是利用他。程琅也不喜欢别人喜欢他，他觉得自己的一切快乐都跟着她死了。权势地位，他何曾在意过这些？

他早就不是那个年幼单纯的程琅了，他面对这段记忆竟然有了些不该有的念头，就算他再怎么骂自己禽兽不如也没有用，本来就只有她，本来这世上就只有一个她对他好……没想到她居然还在！就在自己面前！

她遭受了这么多痛苦，好好地坐在他面前，安稳地活着。那他又做了什么？他做的那些事说出来简直就是字字诛心！

他一开始想利用她来摆脱赵明珠的亲事，甚至故意与宜宁暧昧，那时候宜宁看着他这般放浪的行事，心里该是怎么看待他的？后来她差点被沈玉轻薄，他看到了，但是他没有管！如果不是罗慎远救她……那宜宁就是被他害了！他差点让沈玉轻薄了她！

那可是罗宜宁啊！

程琅再也控制不住颤抖，手里的匕首"叮"的一声落到了地上。

宜宁回过头，就看到程琅缓缓跪在了她面前。他握住她的手，低下头埋进她的膝上，哑声道歉："对不起，我不知道那是你……对不起。"宜宁只能看到他挺直的鼻梁，看不到他的表情，他紧紧地压住她的手，但是她随后感觉到了掌心一片湿热。

他似乎压抑着极大的愧疚或者是激动，宜宁听到了喘不过气的抽噎。

宜宁静静地看着他，最终缓缓地伸出手抚着他的头发："阿琅，不要哭。你想借由我摆脱明珠，你看到别人受难置之不理……你甚至想用从婉来威胁我，我虽然看着觉得心寒，却没有说过什么。你那些伤敌一千自损八百的招数，我就不信你不知道……"

他修长的身体蜷缩着，这么大个人了，在她面前也的确哭得像个孩子。程琅站起身，宜宁没有反应过来，就被他紧紧地抱进了怀里。

程琅的怀抱对于她来说实在是太陌生了，宜宁心里别扭，立刻想要挣脱，却又听到他在耳边低声说："我不知道那是你啊……如果我知道，我……"如果他知道，他怎么可能做这些事！他肯定把她捧在手里，谁要是敢动她一个手指头，他都要把他碎尸万段！

他的确已经变成了一个她不认识的人。在宜宁眼里，他还是那个跟在她身后的孩子，但他知道自己根本不是。他觉得自己非常肮脏，她教导自己的那些，从来都不适合他在尔虞我诈的朝堂生存，而他的那些念头……

程琅紧紧地抱着她，既不放手也不说话，只有还压抑着的低声喘气。

宜宁觉得他的手臂有点紧，闻得到他身上陌生的淡香，她拍了拍他的背："你……你现在还是不要这么抱着我了。原来那些事都算了吧，你让我和从婉离开。希望你看在以往我对你也不差上，不要伤及无辜了……"

她根本就不明白！

程琅苦笑着抱紧了她，失而复得，他只能说："您……大概不懂，但是您要记住，无论您说什么，我都是会答应的。无论是什么。"

宜宁听了心里疑惑，程琅这话……究竟是什么意思？

可他抱着她，宜宁根本看不到他的表情。

这时候突然传来敲门声："程大人，您可问完了？似乎有人过来了……"

程琅听禀报的人说有人来了，脸色微微一冷。他侧身对宜宁做了个噤声的姿势，走到门前问："可是罗慎远过来了？"

外面的人应是，程琅说："先带人拦着他。"他捡起了掉在地上的匕首收进袖中，望了罗宜宁一眼，轻轻说："您等我片刻，我应付了他就回来。"

宜宁听了他的话立刻站起来，拉住他问："你先别走，你且告诉我，你们究竟在做什么？"

罗慎远神神秘秘的，程琅又不惜劫持孙从婉……这些人究竟在做什么！

既然是她问的，程琅怎么会不回答，他低头看了一下她拉着自己的手……

他想了解一下事情的发展，耐心地给她解释："事关浙江布政使刘璞贪污受贿一案，此案牵涉陆嘉学和汪远。你那位三哥罗慎远抓了刘璞的一位亲信，恐怕是要审问刘璞受贿的细节，所以陆嘉学让我把这个人找出来……我现在，可能叫您宜宁？"他声音一低，话题突然就转了，低头有些希冀地看着她说，"自然……也不能叫您原来的称呼，但若再叫您表妹，我是真想杀了自己……"

宜宁没想到他突然提起这个，点了点头："你叫我宜宁就是了。"程琅听了就笑了笑，继续问："那你还叫我阿琅？"

宜宁看着他细致俊雅的眉眼，他真是长得好看。小的时候还看不出来，长大了还真是翩然如玉的美男子。难怪这么多女子喜欢他呢……但是明面上说，程琅如今的身份是她的表哥，怎么能再叫他阿琅呢？但是想到他刚才哭成那样，拒绝的话又不好说。

宜宁真是不喜欢自己的心软，明明她现在被程琅所害了，明明她也知道，就算再怎么样，程琅也不是原来那个小阿琅了。

程琅看到她迟疑，心里就是一沉。他走近了想握住宜宁的手，宜宁却避开了他。

"您……"程琅又走近一步强行拉着她，语气有些沉，"可是怨我？怨我那次没有救你……我要是知道那是你，我当即就会杀了沈玉！"

宜宁摇了摇头说道："你现在都多大了，而且我也不是原来的宜宁了……男女有别啊。"

程琅看着手里握着她一双细软的小手，突然有些异样。对啊，他现在已经成年了，而她又不是原来的身份了……

但宜宁已经把手收回去了，她走过去从鱼缸里捡起浸透的碎纸，一点点辨认上面的字迹。

的确是罗慎远的字迹，大略能看出说的是亲信已经供出刘璞的一些事，不过究竟是什么事就看不明白了。她看完之后用鱼缸里的水洗了洗手，问程琅："你有没有汗巾？"她的手帕刚才给孙从婉用了。

程琅怎么会随身带汗巾。

宜宁回过头，就看到程琅走过来，拿过她的手，用自己的衣袖给她擦手。宜宁被他突然的动作吓了一跳，程琅却握着她的手擦干了才放。

宜宁只能道谢。

外面又有人来了，这次传报的人声音有点急促："程大人，咱们的人拦不住他……他们已经上楼了！"

程琅放开宜宁的手，冷笑道："那就等他上来吧，正好我也想会会他。"宜宁抬起头，突然喊了他一声："阿琅……"

程琅回头看她，似乎认真地听她说什么，宜宁顿了顿道："你现在跟着陆嘉学，究竟是在做什么？"她看得出，程琅对陆嘉学似乎并不是这么忠心。如果他对陆嘉学真的忠心耿耿，就不会把刘璞的事情告诉她了。

"当年你去世的时候，我还年幼。你死得不明不白，但我知道你是被人害了的。"程琅轻轻停顿了一下。

"那个害死你的人，现在权倾天下呢。"

程琅好像知道什么……宜宁听到他的话怔了怔，其实她也一直是在猜测，包括谢敏也是猜测，到现在程琅也是这么说的。她想多问他几句，外面就传来急促而混乱的脚步声，甚至还有兵刃相撞的声音。

宜宁想到那封信的内容，犹豫了一下，还是没有跟程琅说。程琅不该和罗慎远作对，他斗不过罗慎远的。

程琅是绝顶聪明，但是他跟罗慎远比有一点不足——他还是不够心狠，谁能狠成罗慎远那样？

外面的人可能已经被制住了，声音都渐渐平息了。有个声音淡淡地传来："程大人，你这番作为可不够君子吧？若是要争，明刀明枪地来就是了，劫持我的家眷做什么？"

罗慎远此刻应该是已经站在门外了。但他门口那些护卫是陆嘉学的亲兵，他没有进来，那这几个亲兵就肯定还守在门外。

程琅整了整衣襟，刚才面对宜宁的确也是太过激动了。现在他打开了房门，终于算是恢复正常一些了，他跨出一步笑道："罗大人话可不能乱说，我只不过是偶遇两位，何来劫持一说。"

宜宁跟着走出去，看到罗慎远身姿如松地站在门外，身后还带着一群护卫。他应该是刚下衙门，还穿着官服。外面的人已经被他带人制住了，孙从婉被一群丫头婆子护在中间，凝望着罗慎远的背影，眼中隐隐含着泪光。宜宁看得心里发堵，说不出地烦闷。

罗慎远看到宜宁出来，才微微松了口气。

但随后他目光一凝，放在了宜宁的手腕上。

她的皮肤娇气得很，稍微用力就能留下红痕。刚才又是谁抓着她的手呢……罗慎远抬起头，他发现程琅今天有点不同寻常。

这个人的微笑就像面具一样，从来都是温文尔雅、讲究风度的。但现在他眼眶微红，袖口处还有凌乱皱痕。

他们究竟在里面做什么？

罗慎远面无表情地想着，眼如寒光般直视着程琅："程大人这要不是劫持，天下也没人敢称土匪了。你放了舍妹，我便也放了你那些护卫。想来我抓一两个回去问，倒也能问出些不得了的东西，程大人觉得这样如何？"

宜宁想说话，程琅却拉住她不要她开口。

罗慎远的嘴角反倒勾起一丝笑容："程大人不愿意？那一会儿顺天府衙的人来了，程大人可就不好解释了。"

程琅知道罗慎远其实是不想惊动官府的——他的未婚妻和妹妹都在他手上，传出去以后两人的名声怎么办？所以他才在这里跟他谈条件，留最后一块遮羞布，不能让这件事传出去。他原来也是这么打算的，才敢带人直接挟持孙从婉。

要是原来他自然会借孙从婉跟罗慎远周旋。只不过现在他知道宜宁是她了，此事可能牵连到宜宁，半点有可能损害她的事他都不敢做。

原来做的那些事已经足够让他厌恶自己了。

程琅说道："既然是偶遇，罗大人想带走自己的妹妹自然无可厚非，告知官府实则没有必要。"他低头对宜宁说，"你……你先去吧，等回了英国公府，我再来找你。"他刚失而复得，其实片刻都不想离开她，但是罗慎远这家伙毕竟摆在面前。

两人现在势如水火，恐怕罗家的门都不会让他进的。

罗宜宁点点，从他身后走出去，青渠等人立刻围了上来。

罗慎远的脸色更不好看，带着人出了茶楼，看着两人上马车了，他才准备上后面那辆马车。

这时候孙从婉却挑开了车帘，喊住了他，轻声跟他说："慎远哥哥，这次还要多谢你。只是从婉不小心毁了你的信……"她面露苦色，"我不知道你那信里究竟写了什么重要的东西，当时情况紧急。为了不被那人夺去，宜宁妹妹一把拿过去撕了，都是从婉的错。"

罗慎远听了，平和地说："无事，我重新写过就是了。你今日受惊了，先回去吧。"孙从婉看到罗慎远终于对她温柔了些，脸色微红地点点头，乖巧地放下了车帘。

宜宁在另一辆马车上静静地看完了，才跟着放下车帘。她靠在马车松软的引枕上，手紧紧地捏着。

罗慎远带着宜宁与孙从婉分道扬镳，二人很快就回到了府上。此时太阳刚斜，宜宁下了马车就带着众丫头走在前面，一句话都不想跟他说。罗慎远不紧不慢地跟在她后面。宜宁进了自己的院子，让丫头把院门关了。罗慎远的手插了进来。

丫头顿时就被吓住了，不敢关门。

罗慎远走了进来，看着她问："怎么，就不想见我了？"他刚把她从程琅手里救出来。

两人在那屋子里也不知道做了什么，程琅对她的态度明显跟以往不一样。还要回英国公府再见？程琅袖口这般凌乱，她手腕上又有红痕……罗慎远想到这里就走近了一步，不顾她的反对立刻抓起她的手。

罗宜宁是不想见他，被他突然抓住手立刻就要挣脱，却让三哥看到她手腕上已经淡近于无的红痕，他冷冷地问："你和他在屋里这般亲热，你都忘了上次之事可是他见死不救的！"

"你放手！"宜宁挣不脱他铁钳般的手，因为愤怒，她脸色都发红。但是在他面前还是跟个孩子一样，半点反抗的力道都没有。两人的争执已经被珍珠注意到了，连忙让小丫头避了出去。虽说是兄妹，但毕竟不是亲生的，且看三少爷那个眼神、说话的语气……还是不要让这些小丫头在旁边的好，连她看着都觉得不妥了，三少爷那个样子哪里是像对妹妹的！

宜宁则是气过头了，没意识到罗慎远对她的态度有问题，这根本就不是平日那个温和的兄长。这个罗慎远更接近那个惩治下人的罗大人。

她被他逼得靠近金丝楠木的八仙桌，逼得没办法了，抬起头看着他，"这全是你的计谋！什么传信、劫持的……都是因你而起！"

别人不知道，但是她是明白的。

罗慎远听了又是冷笑，她离得太近，生气的时候太生动了。跟那个年幼的小丫头比，她的确是长大了。腰肢这么细，几乎就是靠在桌边了，再往下一些就要折断了。他说道："你这话怎么说的？"

宜宁别过脸，觉得他这样逼近自己非常不舒服。她深深地吸了口气说道："不过是送信给孙大人，谁不得送，偏要孙从婉来送？上次你审问那人，分明什么都问不出来。但你那封信里写得明明白白是问出来了，恐怕是想诱导程琅相信吧？

"他们要是信了，就会对此采取行动，你们就能借此抓到他们的把柄。一开始我是不敢想的，为什么非要是孙从婉呢？你就不能让别人透露给程琅吗？"

宜宁继续说："后来我才想起来，你是要让程琅知道的，要是别人送的程琅怎么会信呢？就是他亲自从孙从婉手里抢来的，那才是可信的。只是他料不到，你连孙从婉也算计进去，若是事情稍有意外，孙从婉便有可能名声受损。你根本不管她的死活……那我便想问问你，你究竟在想什么？"

## 第二十三章 情难自已

她是可怜孙从婉，这么喜欢罗慎远，连什么愿意做妾的话也说出来了，这实在是太过卑微了。她是被人算计过头了，所以格外怕了这些冰冷沉重的算计。

也许真是最近发生的事情太多了，她压在心里的情绪越来越多，所以刚才才想要宣泄。

罗慎远听了默然，他觉得自己都要被罗宜宁气笑了。她能猜到这些事，那必然是跟程琅在屋子里的时候，他跟她说了什么吧。别人不了解程琅，他却不会不了解，这人不可能随意把自己知道的事告诉别人。他也是被她惹生气了，伸手扣住了她的手腕说道："我算计她是我的事，我的确也不怜悯她。你就是说我冷血也好，无情也罢，在我看来只要能达成我想做的事就好。你可怜她吗？"

她可怜孙从婉？倒也不是这么可怜，也许她是透过孙从婉看到了她自己。

罗慎远就这么承认了，她反倒什么都不能说了。

想到后世会发生的事，其实她何尝不是担心罗慎远这些手段以后会影响他，他可是被清流派骂了数十年的。虽然无人敢惹他，也无人与他交好。

但是这些事她跟谁说去。宜宁心里苦笑，道："你利用她，我的确不能说什么。我也不明白，既然你不喜欢她，又为什么不干脆拒绝了……"

"拒绝？"罗慎远却说，"她一直等我进士及第，如今我官居四品，我要是拒绝了她的亲事，以后罗家的名声必然就败坏了。"

的确如他所说，他不能明着拒绝这门亲事。

宜宁现在慢慢地冷静了下来，问道："那……你是如何打算的？"

罗慎远摇摇头道："我如何打算你且不要管。"他渐渐地逼近她，宜宁无比清晰地看到他幽深瞳孔里自己的倒影，甚至感觉到他呼吸的热度，这其实是一种带有侵略感的气息。

宜宁突然觉得很不对劲，她甚至也说不出来，心却猛地跳动起来。可能是因为他离得太近了，她敏感地想要逃远一点，却因为被他扣着手动弹不得。她挣扎着想让他放开，罗慎远却纹丝不动地继续按着她，把她困在自己身下，接着问："你跟程琅在屋子里的时候做什么了？"

宜宁觉得这根本不像平时的他！

而且和程琅这事怎么能和他说，她抿唇说："只是恰巧遇到他而已……三哥，你不要问了。"

她扭动自己的手腕，被他抓得有点疼了，但是又怎么都动不了！她有点生气，看着他说："既然我不管你与孙从婉的事，你也别管我的事便是！"

罗慎远却笑道："我不管你，那你要谁管？"

宜宁被他一堵，气得直拧着手腕就想推开他。他的手臂肌肉居然很硬，要不是看到她真的生气了，罗慎远有意放开她，她还是推不开的。她推开他之后就坐在桌边平息了一会儿，罗慎远随后也坐下来，看到她的手腕浮起几道更凌厉的红痕。

他闭了闭眼，刚才是有点失控了。

不应该这么失控的，至少现在不能让她知道。

他伸手去拿她的手，道："刚才太用力了，叫你的丫头拿些膏药来。"

宜宁抽回了手："我倒也没有这么娇弱，这红痕一会儿就会散去了。"但是看到他这般，便也不再为他说的话生气了，而是说，"你那封信被我撕了……没有传到程琅手上。你恐怕要重新想想了，今日也不早了，三哥，先回去歇息吧。我就不送你了。"

罗慎远坐了一会儿没说话，看了看她的手，片刻之后才起身走出去。

珍珠站在屏风后听着两人争吵，只觉得胆战心惊，这位罗三少爷对小姐这般逼问挟制，实在是太过怪异了……国公爷是走是走了，她怎么觉得这罗家也不怎么安生，倒不如劝小姐回国公府去。

她看到罗慎远带着人走了，才走进屋子里，看到宜宁自己在找药膏。

珍珠从她手里接了药膏过来，在掌心抹得热热的给她敷上。宜宁皱眉，她有点嫌弃自己这般娇气。她前世可没有这么娇气的，跌到撞到连个瘀青都不会有。瞧珍珠涂得慢，她拿来自己涂，吩咐进来的松枝道："叫丫头热些水。"

珍珠犹豫了片刻说："小姐，奴婢这话也不知该不该问。三少爷二十岁余了，别人这个岁数早该有孩子了。怎么奴婢瞧着，三少爷似乎还没有个房里人在……"

"当年是为原来的祖母守制耽搁了。"宜宁告诉她。

想到刚才的场景，宜宁心里就有种奇怪的感觉。她希望是自己多想了……总觉得他刚才带有些侵略性，也许他真的是太生气了吧……她也只能这么想了。

至于房里人，他是该有一个了。

翌日在正堂吃早膳的时候，罗慎远特地拿了她的手看。

宜宁避了一下，却被他抓住了。看到的确如她所言消得差不多了，罗慎远才说："躲什么？"

宜宁摇头，看到他穿着常服，就问："三哥，你今日不去衙门？"

"下午带那人去刑部大牢，故也不在家里。"罗慎远淡淡说道，"母亲派人传了信，她下午就要到了。我让徐妈妈帮着收拾,你们可以叙叙旧。"

宜宁点点头,只是觉得今日在他面前,始终没那么放得开了。

不过林海如终于要来了,她还是很高兴的。一年多没见到过她了,也不知道她尚未谋面的弟弟是什么样子。

宜宁吃过午膳,正围着太湖石堆砌的假山散步,就听说林海如来了,她连忙赶去正堂。

罗家这次是举家搬到京城来,其实罗成章已经率先过来了,不过为了去衙门方便就没住这儿。但是那处地界狭小,比不上这里宽敞亮堂,所以她们都搬到这里来。林海如也是刚一下了马车就过来找她,宜宁看她丰腴几分,人也比原来精神了不少。

林海如很高兴地上前拉住她,看她有点瘦了,忍不住说:"你这不是回去做英国公府的小姐了吗?怎么还是瘦了——难道是英国公府的饭菜不合胃口?"

"吃得挺好的,您放心。"宜宁忍着笑给她屈身行礼。

她很想看看自己那未谋面的弟弟,左看右看却没有,问林海如弟弟在哪儿。林海如就说:"唉,你别看了,你弟弟半路叫人抱走了——"

宜宁有点疑惑,林海如就继续说:"还不是你那林茂表哥。他刚下衙门就遇到我的马车,非要把楠哥儿抱去,我让乳母跟着去了。"

林海如的丫头婆子正在安置东西,宜宁走到仪门,才看到罗宜怜也站在门口。她穿着一件素白的湘裙,依旧是我见犹怜的美丽,看起来比原来清瘦了不少,下巴尖尖的。

她给林海如屈身道:"太太,我先带着姨娘去西院吧。"林海如淡淡地点了点头。

罗宜怜走的时候也没有看宜宁一眼。

宜宁现在倒也不在意她了,淡淡地看着她走了,随后低声问林海如:"我听说乔姨娘现在精神不太好?"

林海如带着她进屋,跟她说:"为着给轩哥儿治病的事,乔姨娘伤了身子,老爷便不怎么宠爱她了。后来乔姨娘诬陷你三哥害她……"说到这里林海如顿了顿,"但是那时候你三哥就要科举了,老爷怎么可能让她乱说这些,就把她关了起来。后来她终于乖巧了才放出来,现在她一看到你三哥就怕得发抖,其实大家也知道……要不是因为她你怎么会离开罗家。你三哥肯定是为你惩治她,老爷其实也明白,但谁也不敢为了她去说你三哥半句。"

林海如说到这里喝了口茶,叫婆子去把伺候罗慎远的丫头叫过来问话。她又跟她说:"英国公府可好?我听说英国公倒是很不错的。"

宜宁只挑了些好的事情跟她说,等那几个丫头过来的时候,林海如就问她们罗慎远的事,让宜宁避去西次间里。宜宁在西次间里却能隐隐听到她们说话,为首的那个大丫头叫扶姜,肤色雪白,气质柔顺乖巧。她轻声地道:"三少爷不要我们伺候床笫……不过奴婢们收拾房间的时候,就是昨晚,却是能发现三少爷床上有……"

宜宁意识到她们在说什么,突然觉得脸热,让珍珠去把西次间的隔扇关了,才什么都听不到了。可能是经过了昨晚的事,总觉得罗慎远在她心里也不单单是三哥了。

好一会儿林海如才进来,似乎是舒了口气,眉开眼笑地叫宜宁出去吃她带来的茶点。宜宁却吃得心不在焉，脑海里总是想着刚才丫头说的那句话。

这时候瑞香走进来了，给林海如屈身："太太……林表少爷送小少爷回来了，小少爷正哭着找您呢！"

宜宁这才回过神来。

林海如赶紧出去抱楠哥儿，宜宁跟着她出来。刚一走出西次间，就看到一个穿着件宝蓝色簇新长袍的青年抱着孩子，正拍着孩子的背哄。他回过头时宜宁才看到这人不是林茂。他眉眼之间十分雅致，潇洒俊逸，居然是许久未见的顾景明。

他也看到了宜宁，微微一笑："宜宁表妹居然也在这儿！"

宜宁也对他屈身："我是过来拜访母亲的，景明表哥好。"孩子此时却抽抽噎噎地扑进母亲怀里，七个月大的楠哥儿还不会说话，穿了件红绸小褂子，小脚上戴着金瓜脚镯，委屈地抱着母亲的脖颈。

顾景明看了就好笑地道："林茂带他去看养的鹤，让他摸鹤的头，把他吓了一跳……"林茂这人做事怎么老是不靠谱？林海如拍着楠哥儿的背安慰他，问道："林茂那厮呢？""后面跟着，"顾景明顿了顿说，"他非要给您送一只鹤过来！"

宜宁听了也有些想笑，茂表哥还是这么有趣！三人先去了花厅坐下，果然不多久就看到一个穿灰色直裰的青年朝这里走过来，老远就看到他怀里抱了一只鹤，鹤的嘴和翅膀都用绸子绑着。他的态度非常自然，仿佛怀里抱的不是一只鹤，就是个寻常的盒子包袱。

"姑母，我给您抱了一只鹤过来。"林茂走进花厅，跟林海如说，"您拿个院子养着就行，给您家院子添些仙气，您家这院子我看养鹤正好。我特地挑了只爱动弹的……"

林海如嫌弃地看了这只鹤一眼，让下人接过来抱去了厨房，然后让他坐下来："你瞧你把楠哥儿吓成什么样了？"

林茂却是一笑，他笑起来依旧是凤眸狭长，非常好看："他是胆子小……"他慢悠悠地往后瞥了一眼，却看到宜宁站在林海如身后，她今天穿了件鹅黄色的柿蒂纹褙子，肤白如雪，一双眼睛清澈明亮，细长眉梢的小痣殷红，这般颜色相称有种让人心思躁动的姿色。他突然略微一愣。

"茂表哥安好。"宜宁走出一步，忍俊不禁，"一别经年，茂表哥居然不炼丹，改养鹤了？"她指了指林茂的衣袖道，"还沾着两片鹤毛呢。"

林茂低头一看果然有两片毛，他把自己衣袖上的鹤毛扯了下来，镇定地道："宜宁表妹此话怎么说，我养鹤那是业余爱好，我如今可是朝廷正经的五品官了。"

"你这有何显摆的，她三哥都是大理寺少卿了！"顾景明喝着茶笑着说了一句，"我看过不了多久，徐大人还要提拔他的。"

顾景明也知道当年罗家发生的事，只不过谁都不想再提起。只当如今宜宁是英国公府的小姐，曾寄养在罗家，记得这个就是了。罗成章不敢得罪英国公府，宜宁住在这里他也是睁一只眼闭一只眼的，当不知道罢了。

林茂听了却不理她，笑眯眯地问："宜宁表妹，英国公府是在哪个胡同里？不如我派人送两只幼鹤给你，你养着玩？"

宜宁摆手连称不要，她这么懒，弄这东西来干什么？

那边楠哥儿靠在母亲怀里好奇地看着这些人说话，刚才吓他的坏人他不喜欢，扭头看宜宁。这孩子能保下来也是因为宜宁，林海如自然想让他们亲近一些，笑着把孩子递给她："宜宁，你来抱抱？"

宜宁当然想抱抱他，她伸手把香香软软的孩子接过来。孩子手足无措地坐在她怀里，好像还很不适应。宜宁闻到他身上的奶香，便在他脸上亲了口。孩子好像被她吓到了，呀了一声别过脸往她怀里躲。

宜宁更觉得他可爱，还是这时候的孩子最好了，再大些像庭哥儿那样，便要人头疼怎么管教了。

这时候外面丫头来说，六小姐来给太太请安了。顾景明听了笑容便有些冷淡。

罗宜怜走进来时依旧风姿楚楚，看到顾景明居然在场，她愣了愣。

宜宁刚听林海如说了，罗宜怜去年就及笄了，有媒人曾来给罗宜怜提过亲，乔姨娘觉得对方门第太低不同意，罗成章一向也疼惜罗宜怜，倒也没有逼她答应。罗宜怜现在正是急着找婆家的时候。但是她们娘儿俩眼界高，那看得上的人家又看不上她们，到现在亲事都还没有定下来，如今乔姨娘正指望着能在京城给罗宜怜找一个好人家。

罗宜怜给林海如请了安，柔声喊了顾景明"顾四少爷"。

顾景明盖了茶盖，笑道："林茂，你不是说要去找罗三吗？我看他也该回来了。"他并不想见罗宜怜。

罗宜怜听他这话的意思也明白，咬了咬唇，觉得有些羞愤。她看着顾景明和林茂从她眼前走过去，纤细的手指紧紧握着汗巾。

楠哥儿坐在宜宁怀里，好奇地抓她的手镯玩。宜宁扯开手不要他玩，他着急地扯着宜宁的衣袖。罗宜怜回头看了宜宁一眼，更是不舒服。她不是罗家的嫡出小姐了，却成了英国公府的小姐。要不是为着她，姨娘也不会成这样……

罗宜宁察觉到她看自己，就抬头道："一年多不见宜怜姐姐了，刚才姐姐也不理会我，倒是妹妹该喊你的。"

当初若不是因为她们母女，她也不会离开罗家，虽然谈不上恨，但自然也不喜欢。

"宜宁妹妹如今是英国公府小姐，我是配不上跟您说话的。现在看着宜宁妹妹，却是满身贵气了。"罗宜怜微微一笑，"姨娘还找我有事，我就先走了。"说完之后她告退走了出去。

林海如看了就摇头说："给她提亲的是真定府府尹的孙子，刚考了秀才的功名。倒不是我偏心谁，我是真觉得这门亲事不错，人家也喜欢她，可是乔姨娘不同意，你父……老爷听了宜怜的话也没有同意，指望着在京城给她找门好亲事呢。"她嘴角浮出一丝冷笑，"那好亲事有这么容易找？老爷还让我帮着留意，我倒要看看她能找什么样的！"

林海如的心肠一向不坏，倒也不会真的苛待庶出的子女。这点宜宁是知道的。

宜宁跟她说："您别管这事就是了，我看无论您怎么管姨娘也不会满意，就让二老爷去找吧。"

林海如也不提罗宜怜的事了，而是跟她说起轩哥儿的事："现在老爷带着他读书，轩哥儿天资比你三哥差得太远——老爷似浑然不觉，还想再培养一个你三哥出来，你三哥看了也不说什么。对了，你是不知道！给你三哥提亲的我都不知道拒了多少，也不知他什么时候跟孙家小姐定亲……我又不敢说他——不如你有空帮我问问？"

宜宁想到昨晚的情形就摇头，她可不敢再问他了！

林海如要带着楠哥儿去洗澡，宜宁带着丫头在院子里制红豆浇冰。这东西最是解暑气了，冰绞碎了做底，浇了煮烂的红豆和蔗汁、嫩嫩的莲子米。林茂许久没看到过她了，站在不远处看了一会儿，直到宜宁看到了他，抬头笑着问他："你不是去三哥那里了，怎么又过来了。可要来一碗尝尝？"

林茂走到她面前，她细瘦的手腕托着一个玉碗，举到他面前来。

他看着她，想起她小时候脸还是很圆的，他看到就忍不住想捏一捏。现在她跟小时候不一样了，分明就是少女的清媚。他就更拘谨了一些，因此问道："宜宁表妹，你觉得养鹤不务正业吗？"

宜宁摇头，觉得林茂问得莫名其妙。

没想到他却又笑了笑："我再问你，你可喜欢花艺？"

听说是女子就没有不喜欢花艺的，离经叛道的方式她若是不欣赏，他还有的是办法。

宜宁对花花草草倒还挺有兴趣的，她是不明白林茂这问话的用意。不过人家问了她还是点点头，没想到林茂什么都没说就离开了。

谁知道第二天的时候，他就派人送了许多盆花过来，夏季新开的四季兰，花团锦簇的宝珠茉莉、绣球花，堆得整个院子都是香气，最后是几朵养在瓷坛里的睡莲，酒杯口大小的睡莲花静静地浮在水面上，开得正盛。

林海如看到这么多花吓了一跳，问送花盆过来的小厮："他送这么多花过来做什么？"小厮笑道："太太，少爷吩咐送的，说是小姐喜欢。"

林海如心里一抽，她突然想起当年林茂跟她说的约定……这厮不会还记着吧？

平时看着离经叛道得不着边际，没想到认真起来倒是挺打动人的。林海如看着满院盛放的花卉，再看那几朵姿态袅娜、深紫到淡紫的睡莲，这不知道要多难才养得出这样好的睡莲，她只觉得不可思议。她叫丫头婆子把花盆搬到宜宁那里，宜宁看到这么多花卉也惊住了。

那送花盆来的小厮还垂手在一旁等着，笑问："少爷让小的问问，小姐看这样可觉得喜欢？"

宜宁不知道该怎么说。"林青天"这是什么意思？

林海如让人退下了，才问她："你觉得……你茂表哥如何？"

宜宁听了这话更是愣住了，难道真如她所想？她上辈子就是父母之命媒妁之言，这辈子还是头一次遇到这种事，一时间……还真的不知道该怎么办！

而且这个人是林茂啊，日后的"林青天"！想到他狭长凤眸饱含笑意地看着她，宜宁动了动嘴唇——她对林茂可并无他意的。

她也不知道怎么说，喝了两杯茶都觉得心里不平静。看到放在小几上那盆睡莲确实开得非常辉煌，干脆让丫头挪去了书房里。

林海如则傍晚去了罗慎远那里。

罗慎远正在和下属商谈刘璞的案子，刘璞的那个亲信已经移去了刑部大牢，现在交给刑部处置，至于以后会怎么样他就不管了，此人已经没有利用的价值了。他从刘璞的老家浙江抓了几个人过来，这几个人搜查的时候被人漏出去了，却是汪远与刘璞走通私信的关键人物。他刚连夜刑讯了这几人，问出点眉目来了，正筹划着顺藤摸瓜一举拿下。

听说林海如要见他，罗慎远端起茶杯喝茶，让下属先出去。这几天忙起来他都无暇顾及府中之事了，他必须赶在他们把此事压下去之前找出线索来，否则别想再抓到他们的把柄。

"母亲有何事找我？"罗慎远在林海如对面坐下来。

林海如看了看他这正堂，正堂上挂了块"修身平性"的匾额，长案上摆了香炉，修得倒是宽阔别致。她才说道："明日我请孙夫人看戏，你看你是不是有空也来看看……我还没见过孙家小姐呢，你父亲说了，这次是要见见的。"

罗慎远摇头，皱眉道："我这是焦头烂额的，您可别再添乱了。父亲那边我跟他说。"

林海如看到他眉头微蹙，知道他不喜听到这个。她对这个继子一向不敢说重话，人家毕竟是正四品的官员。但是有些话硬着头皮还是要问："你不来就罢了，我可得问问你。就算不说孙家小姐，你可有哪家看得上的姑娘？只要你说了，母亲怎么也得帮你说几句……"

罗慎远听了却道："您不用操心，好好带着楠哥儿就是了。我这边还有事，就不陪您说话了。"

林海如看他闷嘴葫芦的样子不好继续问。她站起身，丫头就扶了她的手："那我不说了，不过还有一事要问问你。林茂对咱们宜宁有意，你觉得这两个如何？"

她想起林茂就笑了笑："茂哥是我从小看大的，品行没的说。我们林家家风淳朴，对儿媳妇也从来没有苛待的。宜宁也是我看大的了，我是生怕她嫁的婆婆不好。当然还要看英国公的意思——只怕林茂入不得他的眼，不过他如今也长进许多，未必英国公就不喜欢。"

书房里一时陷入沉默，罗慎远就问："您说什么？"

"还不是为着林茂那厮——"林海如说，"我跟宜宁说了一下，她却什么都没说，也不知道是什么意思……"

林海如抬起头，却发现罗慎远的表情很奇怪。说不得奇怪，只是映着烛火，俊挺的鼻梁到下巴的线条似乎都紧绷着。

但随后他又伸手去端茶杯喝茶，说："宜宁的亲事英国公早已有意，您可别过问他们府上的事。至于林茂，我看他性子太过随意，着实不是个值得托付的良人。若是他一高兴就去炼丹、出家了，当了道士。您让宜宁怎么办？"

林海如听了他这话，想起当年林茂在扬州烧了半条街的铺子，觉得他说的也有一定的道理。但她也不禁好奇："英国公府簪缨世家，我看魏凌倒也看重宜宁，他究竟相中了谁啊？"

罗慎远抬头看着母亲："您不是要回去陪楠哥儿吗？"他这么讳莫如深做什么！

林海如有些惋惜，若是宜宁的长辈早已有了打算，那林茂岂不是剃头担子一头热了？等林海如出去之后，罗慎远坐下来靠着椅背，望着窗外的夜色沉默不语。

入夏之后天气就炎热起来，外头又是蝉鸣又是蟋蟀的，衬得这露明堂里格外寂静，夜风拂树叶的声音都能清晰可闻。黑黢黢的夜晚里，他突然想起自己很小的时候，带他的是一个老嬷嬷。他住的偏房里没有灯油了，老嬷嬷摸着黑去给他取饭来，在门口摔了一跤，这摔一跤之后半边身子发麻不好动弹，后来没几日就去了。

他一个孩子，没人带。被丫头抱去罗老太太那里，他望着罗老太太的屋子里灯火通明，那个才一丁点大的粉团妹妹坐在罗老太太的怀里，让她一口口地喂着羊乳炖的粥。罗老太太没说要不要见他，他站在隔扇外面，看着夜色觉得自己越发孤寂。

养他的老嬷嬷也没有了，他好像没有人要一样。

就算如今父亲看重他，徐渭看重他，谁又是真的喜欢他呢？罗慎远是再清楚不过的，罗成章想要个能支应门庭的庶长子，而清流派势弱，徐渭需要像他一样手段狠戾、做事没有什么底线的人。不然如何能与汪远等人抗衡。

宜宁肯定不知道，她小的时候那般缠着他，他心里有多高兴。虽然对她的亲近显得不耐烦，但是那种孤寂渐渐地被填满。所以才想紧紧地握着她，似乎除了她之外，他还是什么都没有的。

她要是嫁了人的话，那肯定就会一心一意地相夫教子，对自己的丈夫好，眼里便没有他这个哥哥了吧。

罗慎远闭上了眼睛。

手紧紧地握着茶杯，一时间表情简直是掩藏不住地冰冷。

几个小丫头在外头叽叽喳喳地说话，宜宁听着皱了皱眉，把几个小丫头叫进来。都还是总角的年纪，刚被买进府里，还没怎么学规矩。听闻是小姐叫她们进来，一个挨一个地垂着脑袋。

宜宁训斥了她们几句才让出去，她自己喝着汤，听到珍珠笑着说："小姐，我看那位林家表哥为人倒是随意得很。"

罗宜宁道："他这个人离经叛道的，倒未必有什么深意，不过惹得别人烦恼是他最擅长的。"

她觉得自己还是不要因"林青天"的举动而多想，否则难免被他气死。

罗宜宁不再想林茂的事了，她让松枝给她拿了纸笔来，准备给魏凌写封信。也不知道他现在在宣府怎么样了，行军打仗最是辛苦了，走到哪里都是风餐露宿的。何况魏凌身为统帅，要背负的压力更重。

与边关往来的信都是要驿站检查了才能送出去的，宜宁也没有多写自己的事，只问他近况如何了。听到有脚步声走进来，宜宁说道："珍珠，你来得正是时候，把桌上的信封递给我。"

一只手伸到她面前，信封躺在他手心里。

宜宁看到这手却惊讶地抬起头，看到站在她面前的是罗慎远。她接过信封，边叠信纸边说："三哥，你来找我怎么也不通传一声？"

"免得打扰了你。"罗慎远几步上前，坐到了她对面。

宜宁抬头看到他眉眼之间似乎有冷色，俊挺的五官在夜色中越发深邃。他即便不怎么说话，坐在那里也有几分气势。宜宁突然有几分羡慕自己未来的嫂嫂，三哥的确是个非常出色的人物。

罗宜宁把信交给他："那来得正好，信帮我送出去吧。"她出门让丫头给罗慎远上茶，回来的时候看到罗慎远拿了她放在小几旁边的棋盅，"许久未和你下棋了，来下两局吧，看看你这两年棋艺长进没有。"

罗宜宁其实已经有点困了，不过看他一副没什么困意的样子，她还是拿过了黑子棋盅，边走棋边问："你手里的案子如何了？我听说你们抓去的那人已经死了。"想到那人的惨状，再看到三哥握着棋子的修长的手轻轻放下棋子，宜宁还是一怔。

这个人不仅是她的三哥，而且是罗慎远，绝对无情冷酷，她也是从那时候才深刻地意识到，心里所知和亲眼所见是绝对不同的。

罗慎远答道："后日便可结案了。"

宜宁听了还有些疑惑，不是说棘手得很吗？却没听他继续说下去，而是转而问："我听母亲说，林茂今日派人给你送了许多花盆？"

宜宁听了只是笑："茂表哥行事诡异，管他做什么呢！"

他抬起头，就看到宜宁靠着引枕，她的笑容在昏暗的烛火里显得有几分懒洋洋的，未绾的长发柔顺地垂在胸前，总显得比平日更不一样些。宜宁则越发困了，一手支着下巴一手放棋子，跟他说："你身边没有个人实在不好……府里管得也乱七八糟的。"

罗慎远把玩着棋子沉默，等抬起头的时候才发现这小丫头说着说着自己就睡着了。

她该有多困啊！

平日又懒得动弹，也只有熟悉她的人才知道了。

手里的棋子轻轻地落在棋盘上，"啪"一声轻响。那就是一步死棋，只是无人去细究棋局了。

罗慎远站起身慢慢走到她身边，俯身看着她的脸。几缕发丝贴着脸颊，她睡着的时候看起来还有些稚气。红润的嘴唇，细微的呼吸丝丝缕缕的，好像带着某种莫名的甜香，只是不知道是什么味道的。

这时候她已经睡着了，什么都不知道了。

他伸出手略捏着她的下巴，把她的脸微抬起了些，拨开了她脸颊上的几缕发丝。

她长得越发好看了，什么清秀，这明明就是带着艳色的。罗慎远其实很清楚对男人来说这意味着什么，若是没有人护着，这太招惹祸事了。

平日的时候不敢离她太近了，现在他伸出手缓缓地摸着她的脸颊，随后他低垂下了头。

睡梦中，宜宁感觉到眉心微微一热。

触感有些麻酥酥的。

林海如好不容易把楠哥儿哄睡着了，准备来找宜宁说会儿话的，打探那个英国公为她选的夫婿。丫头扶着她的手站在庑廊下，周围都是黑暗，书房里透出斜斜的烛光。林海如从侧边看进帘子里，就看到罗慎远握着宜宁的脸，宜宁可能是睡着了，脸毫无防备地瘫靠在他的手掌上。

两人隔得非常近。

她正觉得这姿势有点奇怪，两人怎么这么晚了还在独处。随后就看到罗慎远低下了头，然后烛火的影子跳动了一下。

她震惊地睁大了眼，手不觉紧紧地掐住了瑞香的手腕——罗慎远……他这是在干什么！

他大宜宁七岁，宜宁可是他从小看大的妹妹！而且他已经要说孙家的亲事了，马上就要和孙从婉定亲了，他怎么对宜宁有这个心思！难怪她怎么问，罗慎远都不松口，难怪她刚才跟罗慎远说起林茂的事，他的态度显得这么奇怪。

瑞香被掐得生疼却半点声音都不敢出。

这黑夜里仿佛什么都没有遮拦了，那些隐秘的事呈现出来，让林海如喘不过气来。

她飞快地转过身，瑞香连忙跟着她出了院门，守在门口的婆子见她匆匆地出来了，有些奇怪："太太，您怎么了，怎的走得这么急？"

林海如一句话也不说，等回了屋子里之后，瑞香立刻给她倒了茶。

屋子里楠哥儿还躺在罗汉床上睡觉，小手小脚摊开，细嫩的脸靠着锦被，睡得很熟。

自从生了楠哥儿之后，林海如便也有了为母则刚的念头，她看到熟睡的儿子终于冷静下来。给孩子试了试后背没有发汗，她就怔怔地坐在床上，然后咬牙说道："你去传话，叫三少爷到我这里来一趟！"

罗慎远出院门的时候，婆子跟他说二太太曾经来过，且叫了丫头过来请他去一趟。他听了面无表情地点头，然后朝林海如的院子走去。

林海如正堂里等他，屏退了下人，看到他来之后走到他面前，冷冷地问："你究竟在打什么主意？"

"您看到了，我也没什么好说的，"罗慎远淡淡地说，"就像您看到的那样。"

林海如觉得自己做了这一生最大胆的举动，她听了血气上涌，然后就举起手控制不住打了他一巴掌。这个巴掌非常响亮，罗慎远被打得立刻偏过头。她打了之后不知道是因为惧怕还是激动，浑身发抖："你……那孙家小姐怎么办，她等了你多少年！宜宁怎么办？你究竟在想什么！"

罗慎远缓缓地抹了抹嘴角，其实已经很少有人敢打他了。但他也不会对林海如还手，他抬头说："孙家会退亲的。"

林海如怔怔地看着他。

罗慎远则继续道："知道了我做的那些事，孙家总会退亲的。这巴掌我受了，您自便吧，也不用再跟我提孙家的事了。"

他说完就走出了正堂,黑夜里他高大的身影渐渐隐没,林海如却对这个养在她名下的长子有了新的估量。

她瘫坐在了太师椅上。

宜宁第二天起来听说昨夜林海如和三哥有过冲突,但是不知道究竟是为了什么。珍珠只告诉她:"从您这儿出去之后便冲突了,您昨晚又睡着了,怕也不知道。"

她有些疑惑。她了解林海如,是绝对不会跟三哥发生什么冲突的。

罗宜宁洗漱好去找林海如的时候,乳母正在给楠哥儿喂奶,楠哥儿的小嘴一鼓一鼓地吃得正香。

林海如没睡好,打着哈欠跟她说:"一会儿孙夫人要过来,还有几个住在附近的太太,早早地递了帖子祝咱们乔迁之喜。"绝口不提昨晚的事,还把宜宁推到她的妆台前,给她看自己收罗的一些首饰。

女子在这上面总有说不完的话,到了太阳升高的时候,孙夫人的马车就过来了。林海如来的时候向周围的邻居都送了帖的,今日还有好几家的太太一起来。

罗宜宁这是第一次看到孙夫人,孙夫人相比孙从婉待人要更疏远一些。也就是得知她是英国公府小姐的时候,多看了她一眼,迟疑地道:"我倒是听说过,你头先是被寄养在罗家的?"

她们这些清流派家的人,一向重视诗书,对于世家权贵看得轻,孙夫人对英国公府不了解。

林海如笑着说:"原是养在咱们老太太跟前的。"

孙夫人就点头,拿了玉碟子里的糕点在手上,倒也没有吃,微笑着说:"从婉身子不舒服,我是不要她来的。这孩子近日整日在家里练字,我看倒是长进了不少。她那些个庶出的妹妹,都拿了她的字帖回去描红。"

说到林海如不擅长的东西,林海如就只能僵硬地笑,或者按照宜宁教的,适时点头或反问一声显得有学问。等到了近晌午的时候戏台子摆开,那边又有人递了拜帖上来:"隔壁九曲胡同的谢夫人给您递了帖,恭贺乔迁之喜。"

同坐的几个太太便有些惊讶:"谢大学士家的谢夫人?"

林海如还对京城的人事不了解,其中一个太太就告诉她:"你不知道谢夫人?她可是先皇封的正二品诰命夫人,她的妹妹就是当今的皇后娘娘,家里非常显赫。她家的女儿便是名满京城的才女谢蕴啊。"

林海如不知道谢夫人,宜宁却是很清楚谢蕴的背景的。她不仅是谢大学士的孙女,姨母还是当今的皇后娘娘。他们家名门百年,底蕴很深。不然最后程琅也不会娶了谢蕴。这位谢夫人早年在京城也是很有名的。

林海如叫人把她们请进来。宜宁远远地就看到一个穿着缂丝富贵锦绣纹褙子、戴金累丝头面的妇人下了轿,随后又下来一个女子,一双丹凤眸漂亮极了,可不正是谢家二小姐谢蕴。两人被仆妇簇拥着走了过来。

谢夫人身居高位，不怒自威。别的太太跟她说话都拘谨，幸好林海如神经大条没什么感觉。

谢蕴看到罗宜宁则皱了皱眉。

嫡出和庶出总归不一样，何况宜宁又是抱养回来的。对别人来说是尊贵，对她来说只是个普通的出身。当然像她这般才情满天下，能入眼的也没有几个。总归是旧识，谢蕴淡笑着向她点头："宜宁妹妹，许久不见了。"

罗宜宁知道谢蕴这人一向高傲。她也起身回礼，笑了笑没说话。

谢夫人和魏老太太还有些渊源，问了罗宜宁近日魏老太太的身子如何，宜宁说一切尚好。谢夫人才跟林海如闲谈："咱们以后便是邻里了，往来也多，说话的地方多的是。今儿便与太太结个情了。"

说罢让下人拿了礼过来，林海如这些场面是见惯了的，收了礼转移话题："我看谢二小姐也及笄了，这般的才情，不知道该说哪家的亲才好？"

谢夫人看了自己女儿一眼，拉她坐到自己身边："好多提亲的人家都让她祖父拒了，上次带她进宫去见皇后娘娘，皇后娘娘也说要帮着留意……她是咱们谢家的娇娇儿，可不能委屈了她，却不知道她想找个什么样子的！"

谢蕴听母亲提起婚事，也有些不好意思了，抿了抿唇说："您还说呢，还不是您和姨母说笑我！"

宜宁在一旁说不上什么话，让丫头把糕点递给她，她觉得少说话多吃东西总是没错的。谢蕴的眼神却不停地往正堂门口看。

若不是想见见他，林家这样刚搬到京城里，只能算是新贵的人家怎么配得上她和母亲亲自走一趟。

谢夫人对她一向宠溺，有求必应。听说她心里念着那位新科状元罗慎远，便也笑了笑跟她说："凭我儿的身份，配哪个配不上？上次远远看了一眼，倒是的确出色，将来必成大器。"说着话锋一转，"我只听说他们家已经定了孙家那位小姐？"

谢蕴就拉着母亲的手嗔道："没有的事，当初孙家说是要等他中了进士才定亲。我看若是这进士没中，孙家恐怕还有反悔之意。"

女儿一向待人冷淡，难得看到她对谁这么上心，谢夫人就留了心思。

正巧接到了林海如的拜帖，她干脆带着女儿到罗家来走一趟，也看看罗家究竟如何。谢夫人一边喝着茶，目光就落在宜宁身上。

早就听谢老太太说过，英国公从外面接回来一个女儿。她记得原来英国公府上那个赵明珠，跋扈无礼，这个亲生的倒是强些，站在林海如身后，脸蛋漂亮极了，虽然出身算不上正统，这般姿色倒也难得。

谢夫人不由得多看了她两眼。

这时候楠哥儿被抱了出来。楠哥儿伏在乳母的怀里，刚睡醒，啃着小拳头不说话。林海如把他从乳母怀里接了过来，跟宜宁说："我看日头大了，不如你抱他去屋里玩，再带着谢二小姐一同去。"

林海如刚刚知道，谢蕴也不喜欢听戏。但是戏班子已经过来了，几位太太不看戏还能做什么？

宜宁把楠哥儿接到怀里，楠哥儿看到是熟悉的脸才往她怀里靠。谢蕴也站起了身，她身后簇拥着仆妇，衬得她气势不凡，她轻声道："去屋里也没什么好玩的，不如宜宁妹妹陪我在府里看看？"

宜宁腹诽，大热天的，谢蕴不嫌热她还嫌呢，再者罗慎远去上朝了，就是转多少圈也遇不上啊。

但是客人提出来了也没有拒绝的道理，她只能点头应了，把楠哥儿再交给乳母，陪谢蕴去游园。

两人沿着回廊往前走，穿过一条石砌的甬道，甬道上生着苔藓，非常幽静。一股清凉的风吹过来，宜宁才觉得发烫的脸颊舒服了些。但抬头一看，人家谢二姑娘已经走到前面甩她一截路了，再过前面一道月门就是前院了。

松枝给宜宁撑着伞，小声道："谢二小姐这么热的天出来走什么，就是撑着伞都觉得热……您要不要喝口酸梅汤？"她出门之前特意拿井水凉了，装在壶里等着喝的。

宜宁摇头道："再让她往前走，该遇上露明堂的护卫了……"她加快了几步跟上谢蕴，说道，"上次我还听谢蕴姐姐和三哥说话，你们原是认识的？"

谢蕴回头看了她一眼，她想出来是她的事，其实根本没想让罗宜宁陪着她。她一向不喜欢与她同龄的闺阁女子，总觉得都是小女儿家家的没话说，所以她淡淡地道："是认识。"

"三哥他一早就去上朝了，现在应该还没有回来。"宜宁抬头看着她，笑了笑说，"谢二姑娘若是走累了，我们找个凉亭歇一会儿吧，我的丫头带了酸梅汤。"

谢蕴稍微愣了一下，罗宜宁已经回头吩咐松枝了："去叫人拿茶具过来。"


天气的确非常热。

路上一个行人都没有，巷子里的货郎都收了摊子。莲抚靠着紫檀木的小桌看着外面的太阳，胡同里这个宅子是她的安身之处。窗外草木茂盛，蝉鸣没完没了。

莲抚等得无聊，从笸箩里拿了把剪刀出来，对着鞋样做鞋垫子。

有梳双环的小丫头匆匆地进来了，屈身跟她说："姑娘，大人派人递了话……说他没有空过来。"

莲抚听了垂下眼，抿了抿唇柔声道："他可算是厌了我了……"

小丫头看到她手里拿着程大人的鞋样就难受，劝道："姑娘，我看是程大人的确忙。他如今连画舫都不去了。"

莲抚恍若未闻，继续说："上次去见他，他便不耐烦了，以前还不是这样的，以前他总是温言细语的。也不知道他有了什么人，现在谁都不理了……原来人家告诉我喜欢不得，我也这么告诉自己。怎么他不来看我了……我还是这么难受呢？"

小丫头看到她把手里的鞋样握得紧紧的，想到姑娘时常凌晨起来服侍程大人去早朝。程大人的新鞋不合脚，姑娘立刻就要给他做新的。程大人不喜欢脂粉，姑娘就半点脂粉都不再用了……她道："我再去传一次话，姑娘您且等着！"

　　说着她飞快地跑了出去。

　　莲抚叹了口气，抚着靠墙的琵琶不语。

　　宫门外五步一岗、十步一哨，皇家威严尽显。烈日下守门的侍卫满头大汗，却站得纹丝未动。皇宫金色琉璃瓦，朱红大柱，金龙雀替。程琅静静地站着，看着这等皇家的威严。

　　有小厮过来跟他低语，他听了说道："以后她再派人来传话，不用告诉我了。"语气有些冷漠。

　　小厮犹豫道："爷，您原先不是最喜欢莲抚姑娘了吗……"程琅闭了眼睛。

　　他原来……做了很多荒唐的事。他是不敢再想了，也不敢让她知道。荒唐的人事必然不能理会了，不然以后站在她面前都觉得站不住。

　　程琅摇头不语，让小厮下去。

　　宫门终于缓缓地打开，程琅迎了上去。

　　陆嘉学从殿内出来，脸色十分阴沉。程琅看了心里一沉，能让陆嘉学露出这等神色，必然是有大事发生了。

　　他低声问道："舅舅，可是皇上说了什么……"

　　今日朝上罗慎远终于呈上了口供，那罗慎远倒是真厉害，居然真的把刘璞给告倒了。虽然没有牵涉到汪远和陆嘉学身上来，却让皇上震怒之下收押了浙江大大小小四十多个牵涉官员，这下满朝文武也没有人对罗慎远不满了。

　　这罗慎远也算是清流派第一人了，敢在老虎嘴边拔须，算他有胆识。但是皇上绝不可能为了刘璞责备陆嘉学半句。

　　程琅却看到陆嘉学停了下来，身后跟着的随从也立刻停了下来。陆嘉学也没有转过身，而是说道："昨夜来的传信，魏凌带着三万兵马突袭瓦剌部，在平远堡外中了埋伏……三万兵马几乎全军覆没，魏凌也没有再回来。"

　　程琅听了觉得有点不可思议——魏凌行军多年，绝对不是那等冒失之徒！他问道："他怎的就贸然出击了……"

　　"先不论这个，皇上听了也震住了。幸而我的副将还在边关，我已经立刻让他追击了。"陆嘉学脸上看不出表情，"你是记入英国公府的，去给英国公府带个信吧，我尚要与兵部尚书商量如何应对，不能过去。魏凌是生是死说不清楚……但多半是不能活着回来的。"

　　御道那边远远地走过来一个太监，一扫拂尘向陆嘉学行礼："都督大人，皇后娘娘让奴婢过来传话，她与太后娘娘请您过去。"

　　陆嘉学叫下属给了他一封信，随后才往皇后娘娘的宫里去了。程琅看着陆嘉学离去的方向，眼睛里透出一股淡淡的冷意。

　　既然她已经不是原来的宜宁了，自然与他陆嘉学再无瓜葛。他怎么可能让陆嘉学知道她的存在，这些年他一直怀疑是陆嘉学杀了她，他怀着为她报仇的念头活着。现在知道她还活着……程琅自然半个字都不会说出去！

程琅知道皇后娘娘如今在似有若无地讨好陆嘉学，她与董家的端妃正掐得厉害，端妃生的大皇子是庶长子，非常优秀。皇后娘娘却至今无所出，便有点焦头烂额。她想从有两个儿子的容妃那里过继一个孩子，想求陆嘉学的支持，以后才能保这孩子登上皇位。

陆嘉学手里的兵权很重，谁都想得到他的支持。

程琅拿着信静默了一会儿。对于英国公府来说，魏凌就是顶梁柱，否则老的老小的小，怎么支撑得起英国公府？

宜宁知道应该要伤心了吧！

程琅快步朝宫外走去，先到英国公府去送了信。

虽然说得含蓄，并把魏凌存生还的可能说了，魏老太太听了却还是差点背过气去，婆子们又是掐人中又是扶她躺下，魏老太太却捂着脸不停地哭，哭声震天响。程琅从来没见过这位荣华一生的老人这么哭过，来的时候叫的太医派了用场。府中的人也一时惶恐，赵明珠站在一旁惊得话都说不出来，他吩咐了管家的婆子几句，立刻启程去新桥胡同找罗宜宁。

马车在路上疾驰，等他到新桥胡同的时候已经暮色四合了。

罗府屋檐下的灯笼刚刚点起，还隐约听到唱戏的声音传来，程琅的小厮上前敲了门，递了名帖。

那守门的人看了他的名帖笑了一声，拱手道："这位不好意思了，咱们三少爷说过，闲杂人等不能放进。"

程琅听了嘴一抿，冷笑着把另一个名帖砸他脸上："英国公府有要事，再敢耽搁我砍了你信不信！"

罗慎远的轿子正好回来了。

他听到程琅的声音，挑开了车帘缓缓地笑道："程大人何必对他发脾气，有事跟我说就行了。"

英国公在平远堡带的三万大军全灭的军机密报，陆嘉学是昨晚才收到，随后就去禀报了皇上，所以朝廷上下根本就没有人知道。

程琅看着罗慎远。此人是朝廷新贵，虽然是清流派的人，但做事手腕方法着实一点不留情。上次刘璞之事也是败于他手，若单论聪明才智耍心眼，程琅少见到比他过自己的人。宜宁这位三哥罗慎远就是其中一个。

他从不忌讳光明磊落的君子，但是这种人物是他最忌惮的。别说他忌惮，出了这事之后汪远何尝不忌惮，徐渭想让罗慎远升任大理寺卿，正好原大理寺卿年事已高，马上就要告老还乡了，又没有合适的人选可以顶上。但是汪远不同意，徐渭一向做事低调，为了罗慎远难得还特地给皇上递了折子，要驳斥汪远。

若是皇上也对罗慎远赏识有加，这事恐怕是真的要成。

程琅说道："我还不知道罗大人家里如此高傲，朝廷五品官也当作闲杂人等看待？"

罗慎远让童子把名帖递给他，他低头看了一眼，继续笑道："家里的童子说话没有规矩，我私下教导着就是了，程大人可不要介意。只是这眼见着天快要黑了，程大人来我罗家究竟有何要事？要是没有要事，实在是不好进去。"

现在事情紧急，程琅也不想再多做无谓的纠缠了，语气淡了些："我也不是来找你的，而是我宜宁表妹正在你府上。原来的事先不说了，事关英国公，还望罗大人不要再耽误时间了⋯⋯我刚从宣府那边得到的战况消息！"

罗慎远听到程琅的话抬起头，眉头微微一皱。事关英国公，英国公如今在宣府，只能是跟打仗有关的事了。

魏凌刚去宣府半个月不到，宣府那边一直没有消息。现在看程琅这个样子⋯⋯似乎不是什么好事！

他听了也没有再耽搁，挥手让小厮把大门打开。

天色虽晚，但是众位太太看戏看得正热闹，还没有停下来。

就连谢蕴都被请过来一起看戏，又有几个小姐过来，谢蕴坐在这群莺莺燕燕的小姐里不耐烦地喝着茶，但她面上半点都没有流露，别的小姐对她是又敬又怕，小心翼翼地跟她说话。罗宜宁逛了一天累得很，靠着软垫听着唱戏的声音只觉得脚麻，动都不想动弹。

罗宜宁侧过脸，看到谢蕴的侧脸在戏台的灯光笼罩下。她突然想起自己刚入宁远侯府见到谢敏的情景。谢蕴和谢敏的个性倒是真的挺像的，当年谢敏也不看重她。其实直到她死两人都不算交好，这些出身在名门世家的嫡出姑娘，从小就被吹捧着，眼高于顶是正常的。

谢敏，她现在也不好过吧。陆嘉然被杀的时候，她差点想跟陆嘉学同归于尽，但又怎么斗得过陆嘉学。

罗宜宁默默地喝茶，旁侧有个穿对襟白底百蝶穿花纹褙子的小姐就拉了拉她的衣袖，问道："你是罗大人的妹妹？"

宜宁不知道她要干什么，点了点头，就看到她笑了笑说："上次罗大人中状元游街的时候，我偶然看到过他一眼。"这姑娘突然有了点套近乎的架势，拉着她的衣袖继续说，"我觉得你长得好可爱，你喜欢什么点心？或者罗大人喜欢什么点心，不如我明日给你送过来？"

宜宁突然想起这招数多年前隔壁的高小姐也用过。

谢蕴在后面轻轻一笑："我听说宋三姑娘已经定亲了吧，这话传出去未免叫人说笑。"

这位宋三小姐看来也是个性情中人，倒也不怯谢蕴的气场，而是挑了挑眉说："谢二小姐的名声我等比不得，我不过是送个点心而已，怎么谢二小姐听了不高兴了？再者我什么时候定亲了？"

谢蕴放下茶杯道："不过是为宋三姑娘着想，你执意要送我也无话说。宋三姑娘只当没听过吧，与我何干。"

宋三小姐说不过谢蕴，涨得脸红。罗宜宁拉了拉宋三小姐说："要说点心，他更喜欢素点一些，过甜过咸的都不喜欢。"想到三哥不喜欢孙从婉，他们的亲事估计是成不了的，罗宜宁有意为他多多撒网。略微一想他素日的喜好，又接着说，"上次我做了一种枣糕他还挺喜欢的。"

谢蕴听了就看向她，原以为这是个乖巧软弱的，看来倒真的不是。

宋三姑娘这才松了口气，别人都追着捧着谢蕴，她却一贯就不喜欢谢蕴的脾气。这位英国公府庶出的小姐话虽不多，但合了她的胃口，人总是喜欢对自己和善的人。她笑了笑说："我是没有定亲的，原来有家自小的婚事都让我娘退了。我性子又直，话说了你别见怪，我没有别的意思。"然后又问宜宁，"听说你是英国公的女儿，英国公可是了不起的——当年要不是他和那位陆都督，北元还在骚扰边关呢！我最是敬重保家卫国的人了，小时候还总想着嫁个将军呢。"

谢蕴慢慢抬手喝茶，魏凌现在远在宣府，罗宜宁也不过庶出，用得着她这么讨好吗？还不是为了那人？

谢蕴想到他对自己冷淡的样子，心里就有种说不出的感觉。她想要什么都能轻易得到，偏偏这个人不行，若是说他不喜欢她，她家世才学外貌哪点差了？上次在罗家，她能和他对几句，那孙从婉又何尝能说上话？谢蕴知道他也赏识她的才学，不然凭他的性子一句话都不肯多说的。但要是说喜欢她，偏偏他又这么冷淡，好像从没见他对哪个人特别好一样。

谢蕴抿了抿唇，突然听到远处有人说话。她微抬起头，看到夹道上有人被簇拥着走了过来。

前面那个人走过了一片阴影，灯笼暖黄的光下可见他长得俊逸出尘，一袭月白直裰，面如美玉。谢蕴微微一怔，此人的外貌实在是太过出众。她记得这个人叫程琅，当年他中探花的时候也是很出名的。她看了一眼就移开了目光，而慢了他一步的那人俊朗修长，一身官袍，气质沉稳，不是罗慎远还是谁……

他可算是回来了！

罗宜宁正在跟宋三姑娘说话，听到动静也往回看。

程琅怎么会跟三哥走在一起？宜宁觉得有些奇怪，这已经入夜了，从皇城赶到新桥胡同怎么也要两三个时辰，他怎么会突然过来？等罗慎远派了人叫她过去，她才走到两人面前，屈身行礼："程琅……表哥，你怎么过来了？"

程琅看她懵懂不知的样子，就想到她前世受过的诸多苦难。如今好不容易有了个爹魏凌护着，突然不忍告诉她。

瓦剌人十分擅长作战，虽然没有找到尸首，但多半是回不来了……

罗宜宁皱了皱眉，他怎么还学着吞吞吐吐了？他这么急着赶过来应该是有急事吧。她问道："怎么了？你可是有什么不好说的？"

"你的父亲。"罗慎远把话接了过去，"眉眉，你听了不要着急，事情还不一定的……"

罗宜宁听到他的话心里猛地一跳，拉住他的衣袖问："父亲怎么了……他不是在宣府镇守吗？"

隔着栏杆和太湖石假山，谢蕴远远地站着，看到罗宜宁抓着罗慎远的衣袖。

她从来没看到罗慎远对谁这么耐心过，任她抓着自己衣袖，半点不耐烦都没有。谢蕴突然觉得不太舒服。

罗慎远吩咐了丫头说:"去请太太过来。"

宜宁心里的预感越发不好,她现在根本顾不上什么谢蕴李蕴的,她看着罗慎远,又看着程琅。

最后程琅低低叹了口气,才说:"他带兵在平远堡……中了瓦剌部的埋伏,三万兵马全军覆没。他生死未卜,我刚才去了一趟英国公府,魏老太太知道后病倒了。我是来带你回去的,若是英国公回来了,你也能早日知道。"

罗宜宁听了心口发冷,似乎站都站不稳,靠着栏杆有些虚软。唱戏的锣鼓声仍然热闹,她抬起头只看到屋檐下的灯的光。

魏凌他……他真的出事了!走的时候他便不要别人去送他,那时候她心里就不安稳了。如今要是真的回不来了,那岂不是连最后一面都没有见到?罗宜宁想起魏凌对自己那般好,想到他笑着说'我女儿'的样子,话都不怎么说得出来。她缓缓地吸了口气,既然说的是活要见人死要见尸,说不定他没有死,被瓦剌俘虏了也有可能的,她说:"我跟你……回去!等回去了再说。"

珍珠等人听了已经立刻飞奔回去收拾东西。罗慎远想到英国公府如今只靠魏凌一个人支应门庭,魏老太太年老体弱,庭哥儿还太小,要是魏凌真的不在了……他低语道:"眉眉,你稍等我片刻,我吩咐了府里的事跟你一起过去。"他怕她一个人应付不过来。

宜宁摇了摇头说:"三哥,你不用跟我回去。"她又不是个小孩,事事都要靠他,再者罗家和朝廷的事已经够他忙的了。

她转过身,低声跟程琅说:"路上你跟我说说经过。"程琅应了声好。

林海如匆匆赶过来,看到罗慎远不免觉得怪异……昨夜还打了他一巴掌。问清楚了事情,林海如连忙让下人准备马车。宜宁带来的箱子简略收拾了一下,立刻就搬上了马车。罗慎远看到程琅扶着她上了马车,程琅也带了护卫过来。马车很快就出了胡同。

临走的时候罗慎远看了宜宁一眼,她看上去倒还算镇定,侧脸看不出异样。但宜宁一向受他庇护,去了英国公府之后又有英国公庇护。现在英国公不在了,谁来庇护她?

罗慎远站了一会儿,才回过身进府。看到林海如带着丫头站在虎廊下等他,府里的戏班子刚才已经散了。

两人进了书房里。

林海如说:"今日谢夫人向我打探你的事。谢蕴那姑娘我瞧了瞧,说真的实在是出色。我虽然喜欢宜宁,但也不得不说若是成亲,宜宁比不得她……昨晚那事你要只是一时情不自禁了,我也理解,以后自当没有发生过。但你便要恪守兄长的本分,不要再做这般荒唐的事了。"她的语气一紧,"你对她要是真心的,那该如何是好!如今她父亲又出了这样的事,要是受了你什么委屈……"

罗慎远也沉默了片刻,然后说:"母亲,您觉得从小到大,我可让她受过半点委屈?"甚至如今他都隐忍不发,暗中筹划,只希望这一切平平稳稳、顺顺利利的。

林海如知道这个继子一向沉默寡言,很少听到他说出自己所想的话,说这句话都是被她逼出来的。

"那你……"

"孙家应该没几天就要来退亲了。"罗慎远闭上眼忍了忍,继续说,"我曾算计过孙从婉……她一直不知道。现在我在朝中地位已然稳固,也不忌惮了。"他很少跟林海如说这些,"她们家应该没几日就会来退亲了,到时候不会闹大,但面上也不会太好看就是了。"

林海如有些惊讶:"你……你怎么算计人家了?孙家那位小姐这么喜欢你……"

"她要是知道了我做的事,就没什么喜不喜欢的了。"罗慎远看着夜幕中浮动的暖光,想起她曾跟自己说孙家小姐的话。

"要是宜宁她……她对你没有别的心思……"林海如说起这个,声音都不觉得变轻了,"你要怎么办?"

罗慎远听到这里转过身,夜幕衬得他的背影格外孤寂。

他淡淡地道:"我不知道。"他不知道自己究竟会做出什么,只能预料这种情况永远不要发生。

林海如很少从罗慎远口中听到这四个字,他做什么事都是很坚决的。她看着庶长子面无表情的侧脸,突然明白了这句话的意思。并不是说他不知道该怎么做,而是带着一种不明显的克制。

她觉得口齿生寒,突然间什么都说不出来。

## 第二十四章 青山忠骨

宜宁靠着马车上的引枕，默然不语。

一只茶杯递到她面前，程琅低声道："我记得你喜欢果茶的……这里有炉子烧热水。"她的脸色一直不太好看，但是又什么都不说，莹白如玉的脸隐没在昏暗里。

宜宁接了他的水没喝，握在手里问道："你可知道他为什么会突然出兵？"魏凌征战沙场多年，绝不是冒进之辈。

程琅坐到她身边，想了一下说："边关常有马市开放，瓦剌部的人就拿他们养的牛羊来换东西。这是稳定边关的好办法，也是那些驻守边关的大将敛财的好法子。因为与瓦剌部落冲突不断，马市一直不太平。魏凌就下令关闭了马市……但那些瓦剌部的人换不到东西，便去临近的村子里抢，大肆烧杀，尸殍遍野。魏凌听了一怒之下就决定出兵……不想在平远堡中了他们的埋伏。"

"那朝廷可派兵增援了？"宜宁又问。

程琅说："宣府一带的卫所驻兵有十五万余，都督已经派了副将去，倒是不用朝廷再派兵。"

她听了默默点头。

程琅看着她的神态就觉得心里宁静，靠在她的身侧说："我记得我小的时候，您总喜欢带着我读书。"

宜宁抬起头叹了口气，知道他是想让自己分散注意："那时候我也不怎么读书，却觉得读书很好，你该会一些的。幸好你也聪明。"

程琅俊逸的脸靠得很近，但是脸上还带着她很熟悉的小时候的表情，宜宁也笑了笑，拍了拍他的肩说："你倒是挺有出息的。"

程琅抿唇一笑，就是记着她的话才去考取功名的。以前不觉得有什么好，被她夸了才有种舒缓慢慢地渗透下来。

宜宁觉得程琅在她面前像个孩子一样，也没这么拘谨了。

他声音忽然一低:"原来我不知道是您,那明珠、沈玉都曾害了您……我也不会放过他们的!"

宜宁摇了摇头,也不知道沈玉现在怎么样了……她是不喜欢他,但觉得惩罚也已经够了。她说:"要是父亲真的……出了什么事,英国公府绝不可再结仇怨,你可明白?"因为沈玉那件事,忠勤伯和英国公府本来就已经闹僵了。

程琅怕她责怪般很快就笑了:"我都知道,我不会贸然去做的。"两人这般说着话,车里的灯笼光芒又弱,非常昏暗,一切都静静的。

程琅不再说话之后,就听到黑夜里她在自己身边的呼吸,甚至感觉到她身体的温软和娇小。他突然觉得口干舌燥,马车实在是有些狭小,她又近在咫尺……原来在梦里肖想的情景一遍遍浮现,他在心里默念《道德经》才勉强压制得住。

宜宁却不知道,她缓缓伸手去拿旁侧放的杯子,手腕上的玉镯擦过程琅的手背。程琅垂下头,声音有些哑:"宜宁,我来给你倒水。"

他从她手里拿了杯子,不觉又是手指相触。

宜宁心里想着魏凌的事,根本没有注意到。直到马车缓缓地停下来,外面赶车的人说:"小姐,英国公府到了。"

她"嗯"了一声,脸色也端然起来,起身走出去,被丫头扶下了马车。

程琅放下了掌心小小的茶杯,才跟着下了马车。英国公府从来没有如现在这般安静过。

东园和西园皆是肃然,丫头婆子大气都不敢喘。有头有脸的管家和婆子此刻都垂手立在魏老太太的静安居正堂外,等着吩咐。天色已经彻底黑了,一股说不清楚的压抑气氛在府中弥漫着。

直到夹道上挑的灯笼亮了起来,一群人簇拥着宜宁走过来,管事们才纷纷迎上去。得亏过年的时候宜宁管过家,管事们都服她几分。他们都是魏凌挑选出来的,自然都是能干之人——但是再能干也不是英国公府的主子,很多事情都拿不了主意。

宜宁被众位管事围住,诸位管事脸上都是瞧得出的忐忑。英国公府在魏凌这代是单传,又只有庭哥儿一个孩子,魏凌要是没了对英国公府来说意味着什么,这是再明确不过的事。宜宁匆匆地扫了他们一眼,问道:"可派人去卫所接庭哥儿回来了?"

"已经派了快马去,约莫明早就能回来了。"其中一个管事连忙说。宜宁缓缓地吐了口气。

她是记得前世魏凌曾有九死一生的时候,但是那个时候的魏凌,对她来说不过就是个陌生的英国公。他的事情她也是一知半解,但是有一点她还是记得的,魏凌一直活得好好的。

但是她不知道这一世的事跟上一世有没有差别,说不紧张是不可能的。

毕竟上一世没有魏宜宁这个人的存在,那个孩子早早地就死了。但是现在她的确存在着。

宜宁又问:"祖母可在屋子里?"

服侍的婆子愣了一下道:"老太太醒了之后就去了祠堂,一直没有出来,可要奴婢去……"

话还没说完,宜宁就摆摆手:"我自己去找。"说罢带着人朝祠堂去了。程琅看了看她,他先留在了正堂外,吩咐这些管事切莫说话。

英国公府的祠堂修在静安居后面，英国公府的宅子是祖上传下来的，老祠堂桐木门楣上挂着匾额，从角门看进去里面亮着灯。赵明珠就站在角门外，有些忐忑地看着宜宁说："祠堂我进不去……我不知道外祖母怎么样了，刚才在外面，她还哭得差点昏过去了。"

赵明珠是不喜欢罗宜宁，到现在也不喜欢。魏凌对罗宜宁越好对她就越差，所以她也不喜欢魏凌。但是魏凌要是真的没了，英国公府的以后也难说。唇亡齿寒，她也不希望魏凌真的出事。

罗宜宁微微点头，赵明珠是外姓，自然不能进魏家的祠堂。她抬步走进去，立在两侧的婆子给她行了礼，宜宁甚至没有注意到，她就看着魏老太太的背影，她站在祖宗的牌位前，站得直直的。

魏老太太只是看着魏家列祖列宗的牌位不说话，听到脚步声才转过头。

宜宁站在祠堂的门口看着她。外面的黑夜映得她的身影越发单薄。魏老太太看到她跟魏凌相似又有几分稚嫩的眉眼，想到魏凌多么疼爱这个女儿。她本来就没有了母亲，现在她可能又没有了父亲，魏老太太又难受起来，呼吸都带着沉重，眼眶发红。

宜宁走到她身边，看到魏老太太脸色发白。祠堂靠着水池，向来又是阴湿的地方，她本来身体就不好，这时候若是再犯病了可如何是好。

"祖母，您跟我回去吧。"宜宁跟她说，"平远堡那边一直没有发现父亲的下落，说不定过几日他就回来了呢……"

宜宁自己都觉得安慰得太苍白，三万大军都没了，瓦剌部会放过敌军的元首吗？他们又一向野蛮，当场斩杀也不是不可能的。

战场上马革裹尸，说不定魏凌就是其中一个。那荒凉的戈壁上，连个掩埋尸身的地方都没有。

一想到这个画面，在路上已经安抚下来的情绪此刻又躁动起来，宜宁却继续说："说不定等您回去睡一觉，他就回来了。"

魏老太太却把她搂在怀里，哽咽得话都说不清楚，嗓音都是破的，"宜宁——你父亲，他要是回不来了怎么办！他走的时候，我也没有送他。我都没有看到他最后的样子……"

魏老太太身上有股陌生的檀香味，宜宁一向跟她并不亲近。但此刻也任她抱着。

魏老太太冰凉的手搂着她，抱着魏凌的孩子，哭得喘不过气来："我……他一向不要我操心，从小就懂事！凌哥儿……我的凌哥儿……"哭到最后已经是近乎悲号，世间惨事莫不过白发人送黑发人。

魏老太太哭得又有点支撑不住，宜宁连忙扶住她。她也难受，眼眶憋得通红。守在门口的婆子不用说，听到魏老太太的哭号也连忙冲进来，又把老太太扶起来，宜宁指挥她们把老太太扶回静安居。

宜宁把魏老太太送回静安居，宫里来的太医连忙给老太太施针。老太太躺在罗汉床上，端参汤端热水的婆子围在她身边，老太太戴着眉勒，苍老枯瘦的手搭在紫檀木的架上，能看得见一条条因为瘦弱而浮起的青筋。

宜宁把魏老太太安置好，吩咐了婆子们好好看着才走出西次间。她刚出门就看到程琅站在院子里，他转过身看到宜宁，走到面前跟她说："我有一事定要跟您说，您可方便听？"

宜宁点头，请他去茶房坐下。

到了茶房坐下，程琅凝眉思考了片刻，才说："虽然英国公下落不明，但残忍的事我不得不跟您说，英国公这次出事还连累了三万大军，宣府的兵力被削弱，要不是陆嘉学力挽狂澜，边关都可能有不保的危险，皇上肯定会因此发怒。再加上庭哥儿又还小，魏家褫夺了英国公府的封号也有可能……"

程琅是朝廷官员，对政治格外敏锐。念在以往的功勋上，皇上对魏家不会做什么，但是英国公的封号就难说了。

宜宁听了程琅的话心里发冷，她虽然早就有这个猜测，却不敢深想。她喃喃道："父亲也是为了边关的百姓，且他自己也身陷险情，现在下落不明，皇上真要是为此夺了魏家的封号……"

"从情理上讲是如此，但宣府一向是兵家要塞，皇上极为看重。真要是失陷了，他是不会管英国公究竟是为了什么出兵的。"程琅耐心地跟她解释，"开国至今，当年随着太祖打江山封爵位的人家，现在还有爵位的已经不多了，皇上登基后就削了济宁侯宋越的爵位……"

其实这些她都明白。

宜宁没有说话，她在想魏凌的事。

当年魏凌身陷险情，但最后他是回来了的，不仅回来了，而且依旧做他的英国公、宣府总兵。

宜宁现在也应该期待着魏凌没事，或者这件事只是魏凌的计谋。但是她不知道自己究竟对格局产生了什么变数。如果真是因为她的存在，害得他战死沙场，甚至失去了英国公的爵位……宜宁觉得真是恨不得自己从未出现过！至少不要连累了他！

"我知道了。"宜宁点头说，"我想想该怎么办。你明日还要去六部衙门，我送你出去吧。"

程琅站起来的时候，突然跟她说："我会帮您的。"宜宁抬头看着他，他比她高很多。

程琅说："宜宁，我已经不是那个阿琅了。"他现在是正经的朝廷命官，不是那个龟缩在她背后的孩子。

宜宁摇了摇头说："事关社稷，你怎么帮我？"就算他真的能帮，付出的代价必然也不小。她不想拖累程琅。

程琅笑了笑没有再说话。

其实别人帮不了宜宁，但有一个人是可以的。英国公府现在处境危险，要是没有人在后面撑腰会非常艰难。宜宁还没有及笄，她如何镇得住这么大的英国公府？只是他不愿意罗宜宁去找这个人，所以只能他来帮，却会无比棘手。

除了陆嘉学陆都督，天底下哪个人还可以左右皇上的心思。就算心里再怎么恨，也不得不承认这点。

宜宁让管家送程琅出门，回来的时候已经是子时了，听婆子说魏老太太已经平息下来之后，她才从静安居出来。她望着英国公府气派恢宏的雕梁、斗拱飞檐，脚步有些虚浮。

入目皆是无边的黑夜，站在她身边的珍珠、青渠等人也默默不语。宜宁走下台阶，赵明珠还站在台阶边，她的丫头扶着她的手准备去看魏老太太。赵明珠看到她走过去，瞥到宜宁的脸色，她突然叫住了宜宁。

宜宁回过头看她，赵明珠犹豫了一下才说："宜宁妹妹……你不要太难受了。"她发现赵明珠看她的眼神竟然有些同情。

宜宁说了声"多谢"，然后回了东园。

东园里的护卫比往日少些，院子里黑漆漆的。想到自己去他的书房里找他，他牵着自己去吃饭的场景，再黑的夜都没有什么可怕的了，因为有个人站在她身边保护她。

宜宁飞快地朝自己的院子走去。

松枝已经让仆人把东西都安顿好了，回到熟悉的屋子里，宜宁疲乏地靠在了引枕上。

她养的凤头鹦鹉看到她却很高兴，长时间没看到主人了，它的萎靡顿时没有了，扑着翅膀从鹦鹉架上飞到她手上。宜宁抚着鹦鹉的羽毛，发现它的毛不如原来顺了，有些地方秃了。她从小几上拿了个小瓷盘喂它，里面装的是碎的小米。它低下头啄。

照顾它的丫头说："奴婢是按照您的吩咐喂它的。这鹦鹉怪得很，见不到您就急躁，还要啄羽……您一回来它这就高兴了，吃得多好。"

宜宁摸着鹦鹉的羽毛，鹦鹉一时高兴，又叫了两声"宜宁、宜宁"。它时常听到魏凌这么叫她，竟然也学会了。

宜宁听着它好不容易学会的第二个词，突然就忍不住了，伏在案上痛哭起来，肩膀剧烈地颤抖着，似乎所有的悲痛都朝她涌来。

夜里下起雨，一早起来仍未停歇。

庭院里的树木被雨水淋得越发绿，满地都是昨夜吹下来的残枝枯叶。松枝踩在枯枝上，蓝色的襦裙下摆被雨水晕得深蓝，丫头看到她便屈身行礼，打开了书房的帘子，请她进去。

宜宁感觉到一股夹着水汽和凉意的风吹来，往外看去才知道雨还没有停。

松枝给她行礼说："小姐，管事来问您。说是国公爷以往这时候都要收田庄的租子了，但今年的收成晚。您看能不能延后一些……"

魏老太爷随着先皇征战，也算是煊赫一生，积攒了不少家底。到了魏凌这代也没有败坏，所以魏家的家底越发丰厚。

原来都是魏凌把持宜宁也只是窥得一角。现在由她经手的时候才知道可怕。这些年累积的田产算来有三千多亩，分布在京郊、保定、宝坻和通州各处，房产、地契和各类金器、古玩数不胜数，可能连魏凌自己都记不清楚数额了。难怪他平日出手阔绰，实在是有钱。宜宁这才发现官家和勋爵家庭的区别还是很大的，当然魏凌也属于其中的翘楚，别的世家少有这个家底的。

管理这么大的积产可不是说着玩儿的。她现在才知道，魏凌怕她应付不来，以前根本没真的把这些东西放到她手上来。

宜宁昨晚几乎没怎么睡，眼下带着淡青色。她放下手中的笔，拿了丫头的热帕子擦手，问："管事现在候着吗？"

"在正堂等着您呢。"

丫头撑了伞，簇拥着宜宁去书房。小雨淅淅沥沥，青石路也湿漉漉的。李管事正在正堂里边喝茶边等着，他穿着一件茧绸团花袍，白胖面容，手里的账本已经准备好了，给她行了礼，把账目递给她："您看看，这是保定前几年的租子，国公爷对佃户一向和善，咱们只收三成的租子，别的庄子四成五成的都有……今年天不好，小的看咱们该提租子，不然今年恐收不上去年的数额了。"

保定有魏家一千多亩地，那里农田肥沃，进账的数目也很庞大。

宜宁盖了账本。老太太病了，事情几乎都送到她这里来，实诚的倒是无事，那些有几个狡诈心眼的看她年幼，瞒她骗她只当她不懂事罢了。宜宁随即就说："今年天不好，那大家的收成也都不行。本来租田也是有租钱的，要是我们再加租，恐怕要惹得怨声载道了。"

魏凌以前为了广积善名，所以才少收租，且现在他刚出了事，怎能这时候给魏家火上浇油？

那李管事就笑着打诨："您这可说错了！那些佃户都精着呢。别的家都是四成五成的，能有什么说道的！您今年若是不涨租子，咱们的收成可就少了。您是不懂这些事啊，交给小的准是没错的，不然国公爷回来也要怪罪您没做好……"

"我不同意涨租。"宜宁摇摇头，合上账本递给他，"你要是没什么别的说法，就先下去吧。"

李管事微微一愣，他原以为小姑娘不懂事，也只能随他做主，又继续说："国公爷回来要是怪罪了……"

"父亲怪罪也是怪罪我，跟你没关系。"宜宁打断他的话。这位李管事自老太爷在时就开始在魏家做事，现在是仗着自己在府里有几分脸面，敢跟主子争辩了。她笑了笑说："李管事，我的话可还是管用的吧？府里管田产的，你是一把手，别人可都看着你呢。"

李管事听到这里，才忙笑着躬身："您的话自然管用的，小的去吩咐就是了！"小姐这话明里暗里地威胁他呢。管田庄可是肥差，又不用听主子的差遣，好处又多，谁不是争着抢着去做的。

丫头送了李管事出去，宜宁刚喝了口茶，就有人来禀，说庭哥儿从卫所回来了，先带他去了魏老太太那里。

宜宁到了魏老太太那里，就看到魏老太太抱着庭哥儿。魏老太太摸着孙子的发不语，想到以后魏家可能就这一根血脉了，又是难受。庭哥儿还有些懵懂，他毕竟还小，不太明白失去父亲究竟意味着什么。

庭哥儿看到宜宁进来了，扑进宜宁的怀里喊"姐姐"。宋妈妈进来通传，说魏家的堂太太许氏过来了。

魏老太爷只有魏凌这一个儿子，但他本人还有个胞弟，胞弟有一子魏英。魏英现在做了卫所指挥使，正三品的武官。这位许氏就是魏英的妻子。宜宁看到过许氏两次，一次是入族谱的时候，还有就是去年过年的时候。因为已经分家了，平时来往倒也不多，应该是听说了魏凌出事才匆匆赶来的。

片刻之后丫头们簇拥着一位妇人走进来，身穿一件秋葵色缂丝褙子，衣着素净典雅。为了以示尊敬，发髻上只戴了玉簪。她身后还跟着两人，男孩比她高一头，穿着一件蓝色的程子衣，十五六的年纪。女孩则十一二的年纪，穿着藕荷色的缠枝纹褙子。两人一并给老太太行了礼。

丫头搬了圆凳来放到魏老太太床边，许氏却没坐，拉着魏老太太的手就说："知道了英国公的事，二爷就嘱咐我赶紧过来。我把颐哥儿、嘉姐儿一并带来给您请安……老太太，您可别气坏了身子，这府里还要仰仗您撑着呢。庭哥儿又还小……唉，怎么出了这样的事！"

这两个人里男孩名魏颐，长得英俊挺拔，女孩名魏嘉，都是许氏嫡出的孩子。

魏老太太已经要比昨日强些了，她苦笑着说："府上遭此劫难，亏得你们还惦记……宜宁，你也出来见过你堂婶。"宜宁走过来行礼。许氏看了宜宁一眼，认出这是英国公抱回来的那个孩子，并没有多热忱，只是含蓄有礼地对她点了点头。

站在许氏身后的魏嘉却有些好奇地看着宜宁，小女孩目光澄澈。魏颐则瞥了她一眼，就背着手望着窗外那株高大的银杏树去了。两人宜宁都是第一次见到，她见魏嘉对她抿嘴笑了笑，觉得她很和善，也回了她一个笑容。

魏嘉眼神一亮，似乎想跟她说什么的样子。

宜宁看庭哥儿露出袖口的手上有块瘀青，就说："祖母，您跟堂婶说话，我先带庭哥儿下去给他换身衣裳。"

庭哥儿才回来，一路上车马劳顿的，是该洗漱一下。魏老太太点了点头让她带庭哥儿下去。

宜宁牵着庭哥儿出去了，问庭哥儿在卫所怎么样。

庭哥儿就说那些师傅每日都要他扎马步半个时辰，浑身酸麻，还教他骑马，他从马背上摔下来痛得直哭，也没有人来安慰他，他只好自个儿拍拍屁股站起来，跟着卫所一帮大老爷们吃那些糙的馒头馍馍。一开始他也勉强吃着，有一次不舒服实在吃不下，师傅就从外面买了荷叶包的蒸鸡给他吃。

然后说到魏凌的事，他就愣了愣说："护卫来送信之后……师傅就直哭，让我赶紧回来。"

宜宁知道庭哥儿这个师傅，也是跟着魏凌出生入死的人，这群人的感情都很深。他扯着宜宁的手，感觉到了惶恐："姐姐，我是不是以后就见不到爹爹了……"

"不是的。"宜宁摸了摸他的头，"他会回来的……还没有看到我们庭哥儿长大娶媳妇呢。等他回来了，庭哥儿给他看看都学了什么。"

"那我就好好练骑马。"庭哥儿眨着眼睛说，"爹爹回来就可以看了。"

宜宁听到这里也忍不住哽咽。她深深地吸了口气，让佟妈妈带庭哥儿去洗澡。

她刚到屋子里，准备给庭哥儿找些跌打的膏药用，珍珠就匆匆地进来了："小姐，金吾卫的郭副使过来了！"

宜宁把手里的膏药交给松枝，让她去给庭哥儿上药。她皱了皱眉，这位郭副使跟魏凌的关系一向很好，她偶然见过一次，魏凌向郭副使介绍她，当时还说过几句话。怎么会这个时候找上门来？她作为女眷不好去见外男，但是现在府里除了她，也没有可以待客的人。

既然这个时候找上来了，那必然就是急事了。

她带着丫头婆子去前厅，看到穿着武官袍的郭副使正在前厅等她，脸色非常不好。看到宜宁之后立刻走上来。犹豫了一下抱拳说："魏家小姐，我也是着急了没办法。不得不上门来说！您看能不能让我见一见老太太？"

魏老太太现在站都站不稳了，宜宁根本不敢让她听任何坏消息。

她请郭副使坐下来："祖母身子不好，无妨，你跟我说就是了。"

郭副使心想她一个小女孩能懂什么，但此时情形危急，也顾不得了，他定了定神道："我今日进宫面圣，是要去听圣上安排调务的。谁知道碰到了忠勤伯……我就在殿门外等了一会儿，听到忠勤伯参了国公爷一本，如今他算是趁火打劫了。把宣府的过失全部算到了你父亲头上，甚至说他曾抗旨不遵，早已有意不当这个宣府总兵。皇上听了更加生气，当场就摔了茶杯！说了句'其心可诛'！"

"我听到圣上发火了，不敢多听，立刻就出来了。"郭副使说，"这次圣上怕真是动了大怒了，我们却没有什么办法，如今只能来看看老太太，看她老人家有没有什么办法救国公爷这一次。否则国公爷就算活着回来也难逃一死啊！就算不死，恐怕褫夺封号、贬为平民都是最轻的！"

宜宁听了他的话几乎愣住了，仿佛被一只无形的手捏住了心，用力地抽动着，带着阵阵战栗感。

昨天程琅就说过了，他担忧皇上会借此向魏凌发难。但她以为现在处理军务要紧，皇上应该不会贸然动魏家，谁知道忠勤伯居然去参了魏凌一本……魏凌如何跟忠勤伯结仇的，还不是因为她！当初魏凌威逼忠勤伯不要外传她的事，还差点废了他儿子。现在魏凌眼看着不在了，他不伺机报复才怪！

皇上本来就有意惩治魏凌，这样火上浇油，不夺英国公府的封号也是要夺的！

"我等人微言轻的，也左右不了皇上的意思。"郭副使有些不忍她一个女孩儿承受这些，沉声说，"其实我们都清楚……英国公应该是回不来了。谁都不敢把话说死了……你如何主持得了英国公府这么大的摊子？不如叫了老太太出来，咱们合计合计，总是有主意的。你父亲这些年广结善缘，能帮他大家都会帮的。"

宜宁瘫坐在太师椅上，她可以管英国公府的庶务，可以照顾庭哥儿，但是朝廷的事她插不上手……魏老太太又能做什么？她一个内宅的老太太，就算有超一品的诰命在身，但是这时候再去见皇上求皇后，皇后又会理会她们吗？眼看着英国公府倾颓在即，谁会在这个时候搭把手？这些人就算看着往日的情分想帮英国公，但是他们又能想出什么主意来？

她闭了闭眼睛，站起身问："郭副使可有什么想法？"

郭副使迟疑道："不如上了折子为你父亲求情，念着他往日的功劳……"

"皇上若是扔在一旁不看呢？"宜宁问，"若是说我父亲耽误军情，因此降罪你们呢？"天威难犯，不能莽撞行事。武将没个方法，使起招子来病急乱投医。实在不是能借助的。

郭副使听她的话句句都是有条理的，终于能跟她说几句话。他们何尝不知，但这关头能有什么办法！他重重地叹了口气："但如今……也没有个人站出来为你父亲说话！陆都督跟兵部商议，求见他的人一个都没有见过，我们都想他是要明哲保身的。但总不能看着国公征战一世，出事了还沦落到褫夺封号的下场。"

宜宁紧紧地捏着拳一会儿，给郭副使行了个大礼说："多谢郭副使传话，父亲现在生死不明，但您肯帮他的情分我记住了。"

郭副使连忙让她起来："这……这也不知道能帮到什么。你不必这般，当年国公爷救我的情谊比这个重！"

"我有办法试试。"宜宁低着头，继续说，"还望郭副使帮我注意宫中的消息，我感激不尽。"

宜宁让人送郭副使出门，她去了魏老太太那里。

许氏终于把魏老太太说得心情缓和了些，难得看到她神情放松，和颜悦色地问魏颐最近在读什么书。看到宜宁进来了，魏老太太拉着她的手说："你可来了，嘉姐儿说要跟你玩，去你的院子里没有找到你。"看了她一会儿又问，"我看你脸色不好，是不是没有休息好？"

宜宁摇了摇头，看到魏嘉站在许氏身边拉着许氏的手，怯怯地看她，还是很好奇的样子。她回过头说："您和堂婶聊了什么，这么高兴。"

"你堂婶说留在这里照顾我，府里她能帮忙照看一些。"魏老太太说，"嘉姐儿也先留下，不过你魏颐堂兄要去中城兵马司任职了。"中城兵马司离玉井胡同不远，只隔了两条街。

"祖母，我一会儿要出去一趟。"宜宁突然跟她说，"要去铺子里看看，带管事的顾妈妈一起去，您不要担心。"

魏老太太愣了愣，说："那要不要我再让宋妈妈陪你去？"

宜宁摇了摇头说不用。珍珠已经叫下人套好了马，进来请她。宜宁告退之后出来，珍珠给她披了件披风，她踩着脚凳上了马车。跟在身后的是魏凌培养的一队护卫。她挑开车帘，声音淡淡的，几乎要隐没在暮色中："去……宁远侯府。"

宁远侯府，她已经多年不曾踏足。

但是如今除了陆嘉学能帮英国公府，还有谁帮得了？

程琅毕竟只是吏部的官员，手伸不到军政来。求罗慎远也是为难他，他现在在朝堂刚站稳，不能牵涉到这里面来。

她只能去求陆嘉学。

马车"吱呀呀"地走在已经收了摊的路上，下午出的太阳收回去了，照在街上积水的水洼上。宜宁听到胡同里有孩子玩耍的声音、大人呵斥的声音、药铺的小伙计读药方的声音。再然后闻到了炊烟的味道，这时候家家户户都要开始做饭了。

宜宁靠着马车壁，想起以前也不是没有求过陆嘉学的。

大概就是，她坐在临窗大炕上做针线，他总是骚扰她："家里没有这个吗？"或者是笑着凑到她面前，"你跟我说话，我给你买好十倍的好不好？"

她几欲崩溃，说道："你不要吵我了，不然我做不完，晚上要赶工了！"这是给侯夫人做的生辰礼，一条嵌翡翠的抹额。

他皱了皱眉说："哎，别人送这么多礼。你送她她说不定扔到库房就不理会了。"他又正色说，"但我现在就理会你，你怎么不讨好我呢？"

最后她求他别骚扰自己了，出去走马喂鹰，赌钱都可以，饶她个清净。他却笑眯眯地揽了袍子，靠着她看书。

现在她去求他，要叫他陆都督，甚至要跪下来，不知道他会不会答应。那个记忆中的人，她要跪在他面前吗？

宁远侯府靠着顺天府所在的胡同，这里常有顺天府的官员衙役往来，寻常百姓不敢轻易涉足。

更何况陆嘉学掌管侯府之后，同一条胡同的济宁侯被削了爵，宋家举家搬出了胡同。整条胡同都归了宁远侯府，就显得越发冷清了。

但她对这些景色来说无比熟悉。胡同口一棵歪脖子的柳树，立在宁远侯府门口的石狮子。高大的黑漆桐木门，麒麟鎏金的铜扣。门口林立的侍卫，比起英国公府的气派，如今的宁远侯府更有种森严缜密之感。

随行的管事递了拜帖。宁远侯府的管事打开看了，这位看似瘦小的管事眉心微蹙。能当得宁远侯府的门面，自然是人情练达的人物。

英国公府与宁远侯府往来甚多，但如今魏凌出事的事谁都知道，都督一直没有发话，谁也不知道他在想什么。

贸然放了英国公府的人进去，要是惹了他不痛快怎么办？若现在英国公府的人是来添麻烦的，他可不是给都督找麻烦吗？

瘦小的管事拱手笑了笑："我们家侯爷昨儿个就去了兵部，还不知道什么时候回来，这位主子恐怕是要等的。"

英国公府的管事听了皱眉，回头低声跟马车里的人商量，片刻之后又走过来说："咱们小姐是有要事要告诉都督，还望您先放了马车进去再说。天色眼看着就晚了，夏夜里外面蚊虫也多。"

瘦小的管事听到这里犹豫了一下，才让护卫打开了门。

夜色渐渐深了，护卫簇拥着陆嘉学的马车进了宁远侯府。他从马车上下来，披着披风，高大的身影在屋檐的灯笼光下显得越发挺拔。

陆嘉学往书房走去，管事立刻就迎了上去，低声禀报："侯爷，英国公府小姐……在前厅等您。"

陆嘉学的脚步顿了顿。他跟汪远、兵部尚书等人商量重新安排宣府的兵力部署，中途他安插在内侍的人就过来告诉他因为忠勤伯的谏言，皇上对魏凌发怒的事。各路求见他的人很多，他一时也没有理会，现在更紧急的是边关，再者对于魏凌的莽撞，他也的确不满。

别人都只能通传了，等着他宣见。这个魏凌的女儿倒是有胆子，居然自己找上门来了。陆嘉学回过头，问道："你就这么放她进来了？"

瘦小的管事忙说道："您认了英国公府小姐为义女，她又说有要事要告诉您。再者来的是她，别的人小的还不敢放进来。"

陆嘉学听了嘴角微扯，什么都没有说，大步向前厅走去。既然她来都来了，那总得听听她要说什么。

在前厅伺候的丫头给宜宁上了茶，她发现还是陆嘉学最喜欢的君山银针，也不知道他为什么这么喜欢这种茶叶。针叶一开始是枯萎的绿色，开水一冲全浮上水面上，然后慢慢地沉到杯底，一刀一枪是上品。茶水现出淡黄色，清香扑鼻。

陆嘉学走到前厅，从隔扇里，就看到她穿着一件白底撒碎樱的裙子，十二幅的湘裙垂落脚边，腰线只被腰带细细地一勾，翡翠珠子的禁步也垂下来。因为胸脯鼓鼓，越发显得腰纤细无比。她捧着茶杯细看里面的茶叶。水雾弥漫上来，她那张脸就笼在水雾里，朦胧而皎洁。

听到陆嘉学的声音，宜宁抬起头。

门外还站着他的侍卫，陆嘉学走进来坐下的时候一句话没说。也不怎么讲究坐姿，却有一种从容威压的压迫感。

有管事进来给他奉了信，并垂手站在一旁等着他看。

陆嘉学一边看信，一边说道："怎么的，不是要见我吗？你要说什么？"他这么一问不算太客气，甚至有威逼之感，气氛有些凝滞。

宜宁早就想到陆嘉学这时候不会给她什么好脸色，他能见她已经算是难得了。其实若是陆嘉学不见，她有办法逼他，她知道很多陆嘉学的秘密，狰狞的篡权和手刃兄长的残暴。为了保住英国公府，罗宜宁不介意用这些跟陆嘉学周旋。

她向陆嘉学行礼道："义父朝事繁忙，我本不该来打扰的。只是家父情况危急，现在……我实在是走投无路了。"她伸出手腕，手腕上是一串黑沉沉的珠子，珠子有点大，她的手腕太细，并不是很合适她戴。她把这串珠子拨下了，"我认您做义父的时候，您曾经说过，以后您会庇护我……父亲说这串珠子是您常戴在战场上保身的。现在只求您看着往日的情分能救救他。"

陆嘉学听了一笑，缓缓地问："你凭什么觉得，你用一个义女的身份来求，就能让我答应你了？"

"要不是你父亲没有上报军情，冒进出兵，此刻平远堡还好好的，边关的百姓不用想明日要逃往哪边。"他把信放下继续说，"你知道因为你父亲，边关要持续多久的战事，要搭进去多少财力、人力吗？知道因为你父亲，皇上连我都盘问了吗？"

在这种时候他永远是极度清醒的。

他自从掌权之后，很少一次跟别人说这么多话。一旦他说话了，那就是斩钉截铁的。

陆嘉学一直没有管，宜宁就知道他不准备管。一则如果魏凌已经死了，再帮英国公府没有用，反而惹得皇上不高兴；二则他也对魏凌的叛逆不满，魏凌在做了宣府总兵之后隐隐超脱了他的掌控，所以他才袖手旁观。

其实陆嘉学的话很有道理，的确因为魏凌的失误，这事牵扯得太大！但是魏凌又何曾想过三万大军会殒身，他自己会战亡！他几岁就在卫所里摸爬滚打的时候，又何曾想得到今天！

陆嘉学没有听到她说话，却看到地上前一步。然后双腿一屈，突然跪在他面前，裙裾像莲花一样铺在地上。

宜宁这时候真的不知道陆嘉学在想什么，她在陆嘉学面前服软，他也只是神色漠然地看着她，似乎只是在静静地打量。

但无论怎么样，这些话她都是要说的："父亲纵使有错，但他跟您出生入死多年。他因打仗落得满身伤痛，家里的各种药膏多得能开膏药铺子，下雨天的时候左腿的旧伤就会痛。"她抬起头看着陆嘉学，"他保卫边关这么多年，难不成就因为一次败仗，所有的功劳都没有了吗？天下的将士听到了恐怕都要笑一声朝廷不公。瓦剌在边关烧杀屠村，父亲他带兵讨伐中了埋伏……父亲可想中这个埋伏？"

想到可能会被褫夺封号的魏凌，想到还小的庭哥儿，宜宁就觉得一股湿意弥漫上来，让她眼前一片模糊。她继续说："马革裹尸的时候，连个名声都要败坏尽……这青山下埋的忠骨，一层一层不知道堆了多少年。哪个是哪个都分不出来，再多的错都该饶恕了！"

就连旁边听她说话的管事都愣了愣。英国公府小姐虽然是闺中女子，这等见识却是少见的。说得他都有些动容了，只不过他们侯爷是个铁石心肠，没有什么柔软再能感动他，撼动他那副铁石心肠。

但是陆嘉学听到这里却低下头，然后缓缓地合上了信，把信扔给了管事，然后道："你先出去！"

管事着实很想知道陆嘉学会不会答应，他甚至怕宜宁冒犯了陆嘉学，惹得陆嘉学对她不善。他一犹豫，陆嘉学的声音就是一沉："滚出去！可还要我多说？"

说不紧张害怕是不可能的，宜宁跪在冰冷的地上，听到管家走出去，然后带上了前厅的隔扇。

屋子里顿时只剩下烛火的暖光。

外面守着的青渠看到这里，本来是想冲进来的，却被守在门口的护卫拦住了。

宜宁看到那双皂色的靴子走到了她面前，陆嘉学俯下身，突然伸手捏住了她的下巴，抬起她的脸。

宜宁不知道他这是干什么，但是他靠近的时候，她看到他刀凿斧刻般深邃的脸上，带着一种冰冷的神情。他靠得极近，然后说："你知不知道这句话完整的说法是什么？青山下埋的忠骨，一层一层不知道堆了多少年。若是有一日去认尸骨，哪个是自己的亲人都不知道。该怎么办？还是不要打仗好，没有战功就算了，免得有一日连尸骨都认不出来。"

罗宜宁嘴唇微微发抖，她觉得陆嘉学的气息很陌生，几乎就在唇齿之间。

她缓缓地、缓缓地说："都督大人这话……我不明白。您这是做什么？"她想挣脱，陆嘉学却又捏紧了些逼近她，嘴角带着一丝冷笑，直看着她说："你若是承认自己明白这句话是什么意思，我就救你父亲。你觉得怎么样？划不划算？"

罗宜宁根本不记得自己在他面前究竟说过什么！难不成他过耳不忘，别人说过的话他都记得吗？

罗宜宁咬了咬嘴唇，坚决地说："我是想您救我父亲，要是我知道您在说什么自然会答应！但是我不知道，切不可胡说。这话父亲常说给我听，要是哪里惹了都督大人不痛快了，那只能请您原谅了。"

陆嘉学面无表情，终于还是放开了她。

"你一个闺阁女子，以后不要深夜来求人了。"陆嘉学淡淡地说，"我叫人送你回去吧。"宜宁从地上站起来，顿时膝盖一阵刺痛传来。

她看陆嘉学背对着她，屈身说："谢义父教诲。"陆嘉学只是"嗯"了一声。

宜宁往外走，才听到他在背后说："魏凌的爵位……我会替他保住。但是我只保这一次，以后要是再有问题，你就别来找我了。"

她听完嘴角扯起一丝苦笑，又缓缓回过身，给他再行了礼："我知道了，谢谢义父。"

她走出了前厅，青渠一直在外面走来走去地等她。看到她出来连忙过来扶她，宜宁很庆幸青渠过来扶她。

因为她随后就腿一软，支撑不住了。

罗宜宁走后，陆嘉学再次打开了信，然后叫了下属进来。

那张轻飘飘的信纸落在下属面前，陆嘉学淡淡地说："找不到魏凌的尸首，那就不用找了——应该是永远也找不到了。"

下属有些惊讶地看着他，却听到陆嘉学继续说："我倒想看看他究竟死没死，去告诉李少慕，攻打瓦剌部的计划再缓几日。"

下属犹豫了一下，才抱拳退出去了。回途的马车上，宜宁一直闭目不语。

摇摇晃晃的马车中，夜晚只听得到外面蟋蟀、青蛙的叫声。马车外吊着盏羊角琉璃灯赶夜路，一缕斜光照进来，是青渠挑了帘子进来。

"小姐，您和都督在里面说什么话呢……我怎么听到您在和他吵？"宜宁叹了口气说："我是在求他。"

青渠又问："咱们走的时候，都督的态度有点冷淡……他真的答应救国公爷了？"她眉尖一挑，"要是没答应，大不了您给奴婢一匹马，我去平远堡给您找国公爷去。"

"他既然同意了，肯定是不会反悔的。"宜宁说。

青渠终于没有再问了，放下了帘子，轻手轻脚地把琉璃灯拨亮了些，路面照得更清楚。走夜路本来就不安全，不过好在是在内城，中城兵马司会有人巡夜，他们带着护卫，倒也不怕。

青山埋忠骨……宜宁看着羊角琉璃灯漏进来的光线，静静地想着。是了，她终于想起来了。

承平元年，北疆哈密卫所被吐鲁番部攻破，将士一度退守嘉峪关。陆嘉学那个时候要随他大哥陆嘉然出征，那是他第一次上战场。她担心他有不测，求他不要去。然后就对他说了这些话。陆嘉学听了一改往日的嬉皮笑脸，看了她很久，缓缓地摸着她的脸安慰说："好了，我不会有事的。"

但是战场上刀剑无眼，他怎么知道自己会不会出事！

宜宁的声音带着沙哑的哭腔，继续说："要是你出事了，我找不到你怎么办？"她不是没有听说过，有些人找不到尸骨了，只能拿带着血迹的头盔充数。她拉着他的手，看着他的目光惶惑无依。

陆嘉学就紧紧地抱住了她，把烛光都挡在了她的身后，"我一定会活着的，好不好？"他说，"就算别人都死了，我当逃犯都要回来找你。"

她重重地点头，埋在他的颈窝里，眼泪浸透了他的衣裳。

后来他终于回来了，没有战功，陆嘉然却因为杀了敌军首领立了战功，升了副指挥使。她不知道陆嘉学在战场上怎么过的，他还是如往常一般，跟那群世家子弟玩，赌钱。有一次输了很多钱，赌坊收账的人找到了陆嘉然，陆嘉然笑着说弟弟："他也就这么点爱好了，我这个兄长自然要给他兜着。"

她想起来，似乎那个时候，陆嘉学抬起头看着他的兄长，眼神就透出一股森冷的寒意。

再后来她才得知，那个一箭射死敌军首领的是陆嘉学，而不是陆嘉然。陆嘉然冒领了弟弟的军功。

他居然一直忍着，什么都没有说过，反而在兄长面前总是和气地微笑。

要是他真的记得自己说过的话，记得自己的《霸王卸甲》，那么她对于陆嘉学来说究竟算是什么？

算了，也不该再想下去了，都已经不重要了。

马车停了下来，宜宁睁开眼。英国公府已经到了。

她迟迟未归，魏老太太派了她身边的大丫头芳颂在进门的倒座房等着，看到宜宁回来才松了口气，向她屈身道："小姐安然无恙回来了，奴婢便能去给老太太复命了。"

宜宁道："劳烦祖母关心，你代我向老人家问一声安吧。"

芳颂含笑应了退下。宜宁刚见了芳颂出来，就看到影壁那里站着一道白色的身影。那人看到了她，立刻快步朝她走过来。

宜宁还没有反应过来，只看到屋檐下的灯笼光一晃，程琅那张俊逸雅致的脸就出现在她面前，他薄唇紧抿着，说："我得知了消息就立刻过来了，你家管事却告诉我你出去了。你可知道发生了什么事？"

罗宜宁请程琅去了前院的官堂说话。坐下之后她才说："我知道，金吾卫的郭副使跟我说，忠勤伯参了父亲一本，惹得皇上龙颜大怒。郭副使来找我商量该如何保住父亲的爵位，于是我就想了办法……"

程琅听到这里，再看宜宁表情平静，怎么会猜不到她去干什么了！除了陆嘉学，还有什么办法？她定是为了魏凌去求了陆嘉学！

"你去了宁远侯府吧。"程琅走到她面前突然抓住她的手，"你怎么能回去求他，是他害死了你啊！你回那个地方做什么！"

宜宁看着程琅的动作皱眉，站起来笑着说："我除了求他，还有别的法子吗？难道谁还能帮我？你这是怎么了？"

程琅看着自己抓住她的手，突然放开了。他是一时心急了，当他刚得知这个消息的时候，就怕罗宜宁会去求陆嘉学。

他这般逼问她的态度肯定会让她觉得不舒服，甚至是产生怀疑。程琅哑声问："你……可答应了他什么条件？"

宜宁摇了摇头，她不想再说下去了。她做什么是她的事，程琅若是想关心她她无话可说，但谁也不能来质问她。她跟他说："阿琅，已经这么晚了，你还是回去吧。"

她想离开，却看到自己的手又被他抓住了。

"你不要生气。"程琅怕她恼了自己，闭了闭眼说，"我只是怕你被他利用了。"

程琅漏夜前来也是为了告诉她英国公的事，她怎么会生气？宜宁反握住他的手说："这也没有的。现在赶路不方便了……不然你还是留宿客房吧，我让丫头给你收拾间屋子出来。"

程琅听到才释然了些，"嗯"了一声，"我明日正好要去上朝，卯时就要起床。"他又接了一句，"你可不要被我吵到了。"

宜宁叫了珍珠进来安排，跟程琅告了别，她已经很累了，回了东园几乎倒头就睡。

皇城外面，有家茶寮的灯还亮着。

徐渭很喜欢这家茶寮的毛豆。要他说，别家都做不出这个味道来。罗慎远尝过几次，觉得也没什么不同的，不过只要徐阁老高兴就好。

所以商议事情也总是在这家茶寮里。破旧的茶寮被官兵围着，外面放的一口大锅腾起水汽，往来的人一看就知道，徐阁老又在这儿吃毛豆呢。

后来见徐渭常来，有人干脆给茶寮的店主捐了点银子，让他把破破烂烂的屋子好好修修，免得徐阁老吃毛豆吃得不舒服。店主拿了银子果然办事，这屋内铺了樟木地板，刷了桐油漆，摆了几个官窑的青白釉梅瓶，有点那么个意思。

徐渭正对着罗慎远坐，旁边坐的是杨凌——今年殿试的时候他考了二甲第三，也被徐渭收入门下了。罗慎远看过此人的文章，觉得比榜眼王秋元写得还好，才华横溢，见解独到，却不知道为什么只得了个二甲第三。不过徐渭把他从翰林院提了出来，让他跟着自己做户部给事中。

杨凌为人很谦和，却又不卑不亢的。即使罗慎远跟他是同科进士出身，罗慎远已经是正四品的大理寺少卿，他却还是个七品给事中，他在罗慎远面前也不露怯，笑着给他敬酒说：

"罗兄，你我同是徐大人的门生——你看给徐大人剥毛豆这个事，咱们谁来？"

话是这么说，一盘毛豆已经朝罗慎远递了过来。

几位在场的大人皆笑了，徐渭也笑着说："好你个杨凌，竟然敢打趣我！"

罗慎远面色不改，接了杨凌递过来的一盘毛豆："给老师剥豆，学生自当要做。"说完卷了卷袖子，就开始给徐渭剥毛豆了。

在那双写字的带着薄茧的手下，青莹莹、香喷喷的毛豆一粒粒掉入了盘中。

徐渭不知道对这两人说什么是好，旁边的大人们都是哄堂大笑。户部侍郎拍着罗慎远的肩道："杨凌你可看好了，得跟着罗大人学学！不然怎的你才是七品，罗大人就是四品了——他这剥毛豆的速度都比旁人快！"

徐渭笑得有点肚子疼，头一次觉得自己这个学生有点人情味了。他摆了摆手："别扯远了，才说了慎远的擢升之事，再来说平远堡那事。"他正色起来，"我看这当中事事都透着蹊跷。慎远，你不是派人去了平远堡查探，你的探子可有什么消息？"

身为大理寺少卿，有些事不好明面上派人去做。罗慎远就在暗中养了一批人专门干这个。他放下了手里的毛豆，拍干净手说："探子来信说，平远堡的确有场大战。但是伤亡的三万大军却是有蹊跷的，其中有一半以上尸首，虽然穿的是我方的甲胄，但是翻看之后发现，其拇指有茧、腿侧有伤，皮肤黝黑，应该不是汉人。我看了他们的信，推测应当就是瓦剌部的人。"

"你是说，我军的实际伤亡应该没有三万？"有人好奇地问，"那剩下的这么多人呢？总不可能凭空消失了吧。"

罗慎远说得太过离奇，徐渭也觉得蹊跷："这如何说得通。可见到魏凌的尸首了？"罗慎远摇了摇头，"要是见了魏凌的尸首，那就说不通了。"

杨凌听懂了罗慎远的意思，有些惊讶："你是说魏凌没有死？"

"活要见人，死要见尸。"罗慎远从来不会把话说得太绝对，"见了尸身才能说他死了，现在谁都不知道。兵部已经派了左侍郎肖左云前去宣府，宣府现在又增了兵力，还有陆嘉学的副将在，边关应该是稳固的。"

说到这里，有人倒是感慨了一句："要是英国公真的死了……戎马一生落到这个下场，倒也是可怜。我听说他家里老的老、小的小，连个主事的人都没有。要是魏凌真的没了，魏家因此败了也说不定。"

罗慎远握着茶杯的手微微一僵。

"朝上陆嘉学也没为他求情。"又有人说，"他倒是够无情的。"

"他的确该屹立多年不倒。"罗慎远只说了这么一句就不再说了，手里剥好的毛豆碟递给了徐渭。

等从茶寮出来，回新桥胡同的途中，罗慎远问轿外的人："英国公府近日可有信来？""刚来了。"外头的人说，"小的放在您的书房里了。"

罗慎远"嗯"了一声，等轿子到了新桥胡同的胡同口，他才看到有辆马车停在他家门外。是孙家的马车。

马车上被丫头扶着下来一个人,她抬起头的时候看着罗慎远:"慎远哥哥,我一直在等你。"

夜里太凉,罗慎远请她进了前厅,他盼咐丫头给她上了姜茶驱寒。孙从婉捧着手里的姜茶,突然有点想哭。

罗慎远其实是个非常细心的人,只要他愿意,他能够对别人非常好。

原来他刚到京城来求学的时候就是这样,能注意到别人的一言一行,别人的所求。孙从婉读书读得心不在焉,他就猜到她的发小表妹要来看她,提前让她下学;她叫丫头端热水进来续茶,他就知道是自己讲得枯燥了,然后转了话题。她觉得他非常体贴,后来才发现那是因为这个人非常敏感,或者天生擅长观察别人。

也许这就是智多近于妖,擅于推断,因为她联想到后来罗慎远做的事之后,真的不寒而栗!

"第一次见到你的时候,"孙从婉说,"我就觉得你非常特别。你立在我父亲书房外那株墨竹旁边,抬头看竹子的长势。别的门生都进来给父亲请安,你却是父亲亲自出去迎接,我才知道你就是北直隶的少年解元郎罗慎远……"

"你出来的事你父母知道吗?"罗慎远突然打断了她的话,孙从婉是当大家闺秀娇养大的,这么晚了,家里不可能只让她带几个婆子就出门,她应该是自己跑出来的,他站起身,叫了人进来,"我先派人送你回去吧。"

"我一定要说!"孙从婉的眼里全是泪水,站起身说,"罗慎远,你听我说完!"

她的母亲知道了罗慎远做过的事,气得发抖,拉着她去找父亲要退亲,她哭着说她不答应,被怒火攻心的母亲痛骂了一顿,把她关在房里不要她出来,她偷偷跑了出来,就是想亲自问问他,让他把事情讲清楚。

她就是想弄明白而已,弄明白为什么两人已经快要定亲了,他曾经对她这么好……为什么要算计她?

罗慎远沉默了片刻道:"你想知道什么?"他转过身,继续道,"你想知道什么,现在就问我,我一并告诉你。"

孙从婉抬起头,她一向都是温婉的,在这人面前却被逼得没办法了,眼眸像是被水洗了,透出一种决然的光彩来。

"我知道你无情……你对谁都这样。父亲很希望我能嫁给你,但是母亲一直劝我,说你年纪轻轻,却半点嗜好都没有,那是要多老成和耽于心计才能如此,但是我还是这么喜欢你。"孙从婉继续说,"姑娘家怎么能恬不知耻呢……"

她知道自己要自尊自爱。但是在他面前,她就觉得无比卑微,心情随着他的一举一动变化,根本就不受自己控制。

"我还曾对宜宁说过,若是可以的话,就算我做妾也要跟着你……"

罗慎远听了叹气:"你不该跟她说这些。"

"我只想问问你。"孙从婉却根本不管他说了什么,直直地看着他的眼睛,似乎想从那毫无波澜的目光里，看出点什么情绪来。

"我瞒着母亲从家里出来，就想问问你。你从来就没有喜欢过我吧？你没有喜欢过我。上次我和宜宁出门之后被程琅截住，你早就知道这件事了，你放我出去当诱饵是不是？"她强忍着眼泪，提高了声音，"你为什么不说话？"

她明明就知道，但心里还抱着一点期待，希望他能打断自己的话，告诉自己他也不是那么绝情的。

但是他听着她的指责，自始至终没有再说一个字。

孙从婉终于忍受不了了，她被罗慎远这副任她发泄的沉默逼得要崩溃了。罗慎远终于才说："对不起。从你手里流传出去的消息，他们才会信。"他想彻底断了孙从婉的心思，这对孙从婉也好。

听到他这无所谓的语气，孙从婉却是怒火攻心，走到他面前来揪着他的衣服打他的胸膛，边打边哭："你这个浑蛋！你用我去引诱程琅上当，你就从来没有在乎过我，从来没想过娶我！你连我的名声都不顾，你凭什么这么对我！"她哭得差点瘫软在他面前，"我等了你三年啊……"

罗慎远任她不停地打自己，身影巍然不动，说道："所以你现在知道了，我是个浑蛋，你不要喜欢我就好。"

孙从婉听到这里终于忍不住了，扬起手，突然打了他一耳光。夜里寂静，声音格外响亮。这是他挨的第二个耳光！

孙从婉是个弱女子，但打人耳光也不会一点不疼。罗慎远只是抹了抹嘴角，却似乎一点感觉也没有："你发泄完了，就回去吧。"

"罗慎远，像你这样的人只会让人觉得恐惧！"她忍不住大声喊道，"你这种心肠歹毒的人，以后肯定会遭报应的。早晚有一天……你一定会遭报应的！你喜欢的人也这么对你的时候，她不喜欢你的时候，你就知道了。"

他叫了人进来，坚决地把孙从婉送了出去。

罗慎远回了书房，还不能休息。从平远堡送回来的信、大理寺的卷宗，甚至有些户部的文书还摆在他的桌上。江浙突发水患，他对于水利了解甚多，徐渭就交给他帮着看。这些事他不做没人帮他做，很多时候都要熬到深夜。以往他都是毫无抱怨地把这些事做了，但现在他看着这满案的东西，觉得满心的火气，突然就伸手一拂，那些文书案卷"轰"的一声被他扫下了书案！

刚进来的林永吓了一跳，连忙走过来问："大人，您这是怎么了！"他连忙跑过去帮忙收拾，伺候的书童也在帮着捡。

罗慎远手撑着书案喘气平息着怒火，闭上眼好久才缓过劲来："把平远堡来的信找给我。"

他为什么无端地发火，却没有人知道。

## 第二十五章 迫人的吻

八月末，天气已经没有前些日子这么热了，但要说凉快也一点都不凉快。宜宁在书房里描红，门外蝉声不停，天气太热了，珍珠就让在书房里放了冰块，冰镇绿豆汤给她喝，屋子里又能凉快许多。宜宁喝了两大碗绿豆汤，又专心地去描字了。

松枝挑了竹帘进来说，芳颂来传魏老太太的话，让她带着庭哥儿晌午过去吃饭。魏颐从中城兵马司回来了。

宜宁这才吐了口气收笔，心绪已经宁静了许多，叫人去喊庭哥儿过来，一起去魏老太太那里。

魏老太太的静安居外面是个夹道，夹道前面种了一株黄兰树，这时候黄兰开花正盛。宜宁还没有走近，就看到魏颐站在黄兰树下和赵明珠说话。赵明珠指了树上的一朵黄兰，魏颐几步上前，抓着树枝一跃就给她摘了下来。

他把黄兰花递给了赵明珠，一脸漫不经心，倒是有几分风流贵公子的气派。魏颐听到动静，回头的时候看到了罗宜宁，嘴角微微一抿。

赵明珠的笑容则有些僵硬。

宜宁后来听丫头说过，原来魏颐在京中跟沈玉是好友，两人自十岁起就一起练骑马。听说她拒了沈玉的亲事之后，魏颐就一直不怎么待见她。魏颐私底下还跟许氏说过："我看她也没什么特别的，沈玉兄有什么好念念不忘的——一个从外面抱回来的女儿，还不知道究竟是怎么样的。要是没有魏凌，她在英国公府里什么也不是。"

当年要不是因为魏凌在，没有人敢对宜宁上魏家的族谱说什么，恐怕宜宁回英国公府也艰难。魏凌在把女儿接回来的时候就已经帮她把路铺好了，现在魏凌不在了，对宜宁的出身有微词的声音压都压不住。

许氏听了儿子的话就皱眉："什么魏凌，他可是你堂叔！你父亲当年受他恩惠不少，能调山东任指挥使还是你堂叔帮忙，你要对他尊敬些。"

魏颐却不甚在意地说："要是当年祖父早几年出生，英国公府的爵位说不定在谁手里。现在这么大的基业交给一个才十四岁的女孩儿管着，岂不荒唐？满京城的王公贵族里，哪家是这样的？"

许氏虽然觉得儿子说话直接，但这个还是有点道理的。罗宜宁才多大，她懂什么管家？魏家没有主母，但也该由老太太管着才是。

宜宁知道魏颐不喜欢她，不过现在她心平气和，只是喊了他一声"魏颐堂兄"，就进了魏老太太的屋子。

今日魏老太太叫宜宁过来，其实是要告诉她一件喜事的："听说今日南书房里皇上说起你父亲的事，本来是打算发落你父亲的，不过被皇后娘娘劝了下来，说'不能因此寒了天下将士的心'，好歹保住了你父亲的爵位。"老太太的眉眼间难得透出一丝喜气，"皇后娘娘待咱们有恩，等哪日我身子好些了，领你进宫去向皇后娘娘请安道谢。"

宜宁屈身应了，心里暗自想着，恐怕不像老太太想的这么简单。皇后娘娘跟英国公府往来不多，怎么会贸然给英国公府求情。陆嘉学和皇后娘娘是有交情的，应该是他告诉皇后的吧。

陆嘉学倒是聪明，皇后求情的效果比他好，且不会引起皇上的猜忌。

她端起茶喝，看到魏嘉拿着只色彩鲜艳的鸡毛毽子进来，小脸红扑扑的。她请宜宁跟她一起去玩，饱含期待地问："宜宁姐姐，你会踢毽子吗？"

宜宁并不会踢毽子，觉得踢毽子这种小姑娘的活动有点无聊。

魏嘉原来是跟着父亲和乳娘在山东任上的，刚回到京城没多久。因说话口音的问题，在这边连个玩伴都没有。宜宁也不忍驳她的建议，陪她到外面玩踢毽子。她踢不了几个，魏嘉却踢得很好，什么姿势都没有问题。

但是魏嘉并不踢毽子，她就把毽子给宜宁，期待地看着宜宁让她踢，宜宁只要能踢一个她都拍手称厉害。

宜宁无奈地掂了掂手里的毽子，庭哥儿跟着在旁边拍手起哄。

宜宁看着两个孩子更加无奈了，挽了裙子踢毽子。一个、两个、三个……掉了！"义父！"突然有人欣喜地喊了一声。

宜宁回过头，发现陆嘉学不声不响地站在院门口，身后带着一群人时，她简直吓了一跳。他刚才就这么站着看她踢毽子？

陆嘉学也没有怎么理会宜宁，向喊了他的赵明珠点了点头，赵明珠恭敬地给他行礼。宜宁这才反应过来，也屈身给他行了礼。陆嘉学嘴角一扯，又看了她手里五颜六色的鸡毛毽子一眼，在宋妈妈的引导下进了屋子。

他是来探望魏老太太的，带了人参、鹿茸之类的补品。

这居然让他给看到了，前世便是如此。她稍微做了点什么出格的事总是被他撞到，继而加以嘲笑，这浑蛋，刚才指不定也是在笑她。

宜宁拍了拍手里的鸡毛毽子，把毽子还给了魏嘉。

她把自己的毽子宝贝般捧在怀里说："宜宁姐姐踢得真好！以后我还找你玩。"宜宁嘴角微扯，她还有什么好说的？只能跟着进了屋子。

陆嘉学靠在椅子上，正在说魏凌的尸首没有找到的事，劝老太太宽心。老太太听着儿子的消息心里震动，一时又哽咽了。

许氏领着魏颐给陆嘉学请安，魏颐对陆嘉学很是恭敬，毕竟面前这个人可是陆嘉学。

陆嘉学听说他在中城兵马司做吏目，随意指点了他几句："你在五城兵马司里做事，只要不出什么差池就可。你父亲又在山东立过剿匪的功绩，你几年之内擢升是没有问题的。"

他的空闲时间有限，不久就要告辞离开，魏颐提出送他，他摇头道不必了。

魏老太太就说："老身现在起不来，那就让宜宁送你出垂花门吧⋯⋯来者是客，这总是要的！"

陆嘉学这次倒是没有拒绝。

宜宁送他出了垂花门，想到这事他终究帮了忙，宜宁又屈身给他道谢。

陆嘉学却过了会儿才说："只要魏凌一天不回来，这事就没完，你也不用太谢我。"顿了顿又道，"你踢毽子踢得惨不忍睹，以后还是少踢吧。"

宜宁心想：要你管什么闲事，面上"嗯"了一声。

他走出垂花门，随从跟了上去。

路上的轿子里，陆嘉学闭着眼睛养神，本来也不必亲自去一趟的。他看到罗宜宁踢毽子的样子，脑海里全是那夜她跪着求自己的画面，还有听到她的话突然失控的情绪⋯⋯实在是因为他快要疯了，十多年的忍耐和等待把人逼疯。

明明知道这是不理智的，那个人已经死了十多年了，他就是突然想逼问她，好像这样就能问出什么一样，或许那只是在发泄自己的情绪罢了。那天直到宜宁走了，他才慢慢地冷静下来。

以后还是少见她一些吧。

魏老太太那边，等到罗宜宁送了陆嘉学离开，许氏则有些顾忌地开口了："老太太，原是你家的事，我不好开口⋯⋯只是我瞧着，怎么府里是宜宁在做主？她才多大的姑娘，又没有历练过，您竟然也放心得下让她管？"

魏老太太靠着引枕叹气："魏凌没有娶妻⋯⋯我现在身子又不好，宜宁也做得顺当。我也是看过她经手的账本的。"

许氏就感叹说："老太太，您这心也放得太宽了！"

那日晨起她在前院里喝茶，就看到有人在外面背着手张望。看到她在注意之后，那白胖的管事才进来给她请安，咧着嘴笑："您就是大堂太太吧，小的是田庄的管事李桂，特地来给您请安的！"

他手里提着一只麻鸭、一篓螃蟹，说是给她带的礼。

许氏看到他提着东西皱了皱眉，一问才知，李管事是来说这田庄里租钱的事的。

"租钱本来是小姐的决定，小的也不好多嘴。但这租田的租钱本来就少，三成的租子都不够使的，今年收成不好，小姐还坚持不涨租子。别人家的田都是四成租五成租。小姐宅心仁厚是好事，心疼佃户也是好事。但这开田庄毕竟不是做善事，怎么能由小姐胡乱决定呢！那有多少家产都不够败的。"

许氏听了觉得宜宁做得是不太对，问道："真有这等事？"

"小的何故敢诓骗您。"李管事道，"都是为了东家着想啊！小姐当家着实是太年轻了，我等十多年的庄稼老把式了，总比她懂些。她却是不听劝的，我等真是不服气。"

许氏听了觉得有些道理，这才记下了。至于麻鸭和螃蟹当然是让他提回去了，她还看不上这点东西。

她跟魏老太太说了这事："倒不是说她什么，不过这管家的事，她怕还是不够火候。"

如今府里就她们几人相依为命，儿子生死未卜，魏老太太不会在这个时候伤了孙女的心。她想了想说："你等我派人去看看那管事说的是否属实再说。"

宜宁见了陆嘉学之后，心里就在想他说过的话。

当今圣上虽然也算是明君，上任之后做了不少减轻赋税徭役的事，还修浚了运河。但脾气喜怒无常，又偏宠宦官。万一哪日他又想不过去了……宜宁本来是练字静心的，许久之后把纸揉成一团扔了。她想了想，还是给罗慎远写了信，分析朝堂的事还是请教当官的比较好。

宜宁以为不久就能接到他的回信，没想到第二天，他就亲自上门来了。今日沐休，他穿了一身常服。

"带你出去走走。"他说，"难得有空一日。"

她这些日子的确是累着了，魏凌出事之后一直心中郁积，这时候出去看看也好。宜宁不知道他要带自己去哪儿，但是既然是三哥带她出门，自然也没什么好担心的。

罗慎远去给魏老太太请了安，才带她出门。宜宁坐在马车里，在想自己的事，抬头一看，暗淡的光线里他抿着嘴唇，似乎也在想事情，一路都没有说话。

"三哥。"宜宁突然喊他，"究竟……怎么了？"她觉得罗慎远有点反常。

罗慎远抬起头看着她，一直看着没移开目光。宜宁有些狐疑，罗慎远才移开了目光说："孙家已经退亲了。"

其实两家人未曾定亲，却也算不上退亲。但孙夫人找了两任阁老的薛家老太太来说，以后估计也不会来往了。

罗宜宁就想到早晚有这一天。她不知道罗慎远突然说起这个是什么意思，难道要安慰他吗？她正想着要说什么，一只冰凉的大手向她摸过来，揉了揉她的头发："不要乱想，我没有别的意思。"

没有什么意思？

他继续说："城东的祥云酒楼下有几条画舫，平日不怎么热闹，这时候却在开赏荷会。我带你去看看。"

祥云酒楼离玉井胡同着实也不远。河流靠岸的地方停着许多画舫，以铁链相连，靠着祥云酒楼青砖外墙，波光粼粼的湖面上倒映着画舫船只。这时候的确很热闹，船上摆着许多盆各式各样的睡莲，养得都很漂亮。

宜宁刚下马车，就看到有几个人站在那里，看到罗慎远之后向他拱手道："大人，已经准备好了。"

罗慎远"嗯"了一声，带宜宁走下了台阶。

宜宁还披着披风，她自小就养在深闺里很少外出，觉得这周围有些新奇。来往的人里公子不少，女子却都娇媚轻柔，着绸缎褙子，或者披了纱衣的也有。看到她之后会好奇地看她一眼，但都是善意的。

她很少来这样的地方！

宜宁看到画舫有点犹豫，船身在水中晃悠，她很少坐船的。正犹豫的时候，一只手已经伸了过来，他展开的手手心向上，中指显得比别的手指长许多，指腹带着薄茧。她刚把手伸过去，他就握住一用力，然后把她牵了过去。

船上有点晃动，只有少坐船的人才能感觉到，走起路来轻飘飘的总觉得不稳。宜宁不得不牵着罗慎远的手走在他身后。

他买下的画舫里布置得很精致，一架屏风隔开，摆了矮几和漳绒地毯。矮几上是一套冰裂纹茶具，旁边的长案上是一架桐木琴，再旁边的瓷缸里插着几枝荷花。

画舫小小的地方，竟然也五脏俱全。

罗慎远的护卫拱了拱手道："大人，小的已经告诉过酒楼掌柜了，无人会来打扰您。小的带人在外面守着……"

他话音刚落，就听到画舫外面有人笑道："怎么，我不是人啊！"

罗慎远听到这个声音皱了皱眉，跟宜宁说："你坐着，我去应付他。"

宜宁听了却有点好奇，既然罗慎远不生气，应该是他认识的人吧。不过这个声音听着却陌生得很，她以前应该没见过。

罗慎远起身走出去，帘子放下了，宜宁就把茶杯一个个摆开准备泡茶，然后她听到外面有人说话："不请我进去喝杯茶吗？"

罗慎远的声音说："不方便，杨兄今日不是要去老师那里吗？"

"罗大人，这就是你吝啬了，一杯茶都舍不得给我喝。"那人又说，"还是你带着人金屋藏娇呢？我听说你家可要给你定亲了……"

"什么金屋藏娇的，里头是我妹妹……"

话还没有说完，宜宁看到帘子突然被挑开。有个年轻后生的脸露出来，宜宁倒是镇定："阁下是家兄的朋友？"

罗慎远在后面拍了拍他的肩，还是带他进来了，跟宜宁解释说："他是杨凌，与我同科进士，现在是户部给事中。"

居然是杨凌！

宜宁听到这个名字不由得又看了这个人一眼。他穿着一件中规中矩的杭绸直裰，戴了梁冠，笑容和善。要说长相有什么独特之处，可能就是鼻梁有点下勾，这就是那个后来被活活打死在午门的杨凌吗……

一个鲜活的人站在她面前，宜宁还真的有点无法想象他日后的下场。

这怎么也算是个名人了，宜宁请他坐下："既然是家兄的朋友，就请一块儿喝茶吧。"

杨凌却道："不了，我一会儿可真是要去老师那里。"他见了宜宁倒是挺有礼的，拱手对宜宁说，"刚才多有冒犯罗家小姐，请恕罪了。"

宜宁摆手示意方才不要紧，又笑了笑说："杨大人实在不用急，喝一杯茶的工夫总是有的。"

杨凌只好坐下来，还有点不好意思："我是逗你家兄玩的，没想到你真是他妹妹。罗家小姐现在也是住在京城的？"

宜宁一边给他倒茶，一边幽幽地说："我姓魏。"

杨凌听了她的话一愣，罗慎远这个妹妹不是亲生的？他也的确是聪明人了，立刻反应过来——姓魏的大户人家京城里屈指可数……最出名的可不就是英国公魏凌吗！

罗慎远居然带着英国公府的小姐出来，他们前几天还说起过！

杨凌一时不知道该说什么好，却看到罗慎远面不改色地喝茶，对他说："正好你要去老师那里，就给老师带个信吧。江浙水患一事的折子我已经递上去了，具体怎么做还要看当地的县志，历年是怎么防洪的，我这里是没有办法的……"

水患问题更应该归户部或工部，杨凌虽然是户部的纠察官员，倒也过问一二。两人到了船外去说，宜宁喝着茶也没个说话的人……他把自己带出来，自己却跟别人说话去了？

她还没看过画舫外面的景色，让船里伺候的小丫头打开了窗扇，外面正对着一家画舫。

晴空下波光潋滟的湖面，一旦没有人说话了，四周就很是宁静。罗宜宁这时候倒是听到一阵琵琶声，她回过神，才看到对面船上有个女子正靠着船壁在弹琵琶，她望着江面，手指纤巧灵动。宜宁看到她的脸的时候，居然有种莫名的熟悉感。

抱着琵琶的女子也看到了她，收了弦屈身道："这位姑娘见笑了。"

宜宁趴在窗框上，笑道："这有什么的，你的《长门怨》弹得极好听。""小巧技艺，不过是混口饭吃而已。"女子含蓄地笑了笑。

有个刚留头的小丫头跑出来跟她说了什么，那女子侧耳一听，又跟宜宁说："小女子莲抚，小姐若是想听曲，可来十月坊找我。如今是要先回去了。"看画舫外的护卫便知这家小姐不是普通人，达官贵人见多了，这还是能分辨的。

宜宁点头，看着这女子风姿绰约地离开了。

她看着画舫角落里摆的香炉，突然想起了那张脸在哪里见过。那张脸……分明就与她前世的脸有几分相似。

宜宁想到这里心里微怔。外面传来一阵笑声。

宜宁回过神来，看着湘妃竹的帘子，听出这是三哥的声音。

他其实不怎么爱笑，小的时候她对他好，他看她的目光却总是带着几分凌厉。他似乎在跟杨凌说话："吏部侍郎江大人看重他，上次考绩不过，就是江大人为他说话。你何必在那时候为难他？"

"我就是看不惯他那副样子，孟章书为了税银的事多少夜没睡，一转眼功劳就成了他的。"杨凌却说，"你也不用劝我，是非曲直我清楚。"

杨凌是很嫉恶如仇，罗宜宁自然记得。当年徐渭将死，他可是为了徐渭在殿门外跪了两天。

"小姐，奴婢把大人的东西放在这里可否？"有个婢女抱着书箱子进来了。因要带她出来玩，公务便想着路上一并处理了，所以带了出来。

宜宁点了点头，"放这儿吧。"她指了指小几让她放下。婢女放了东西屈身出去了，宜宁把箱子挪到身前，铜锁刚刚被侍女打开了。既然是罗慎远的东西，她就没有避嫌，想看看三哥整天究竟在干什么。打开后一看才发现是各类公文和案卷，想必是要近期处理的。

有些案卷用红腊封了，上面盖了个小小的"密"字。这她自然不会动。拿了本没有红腊封印的，打开一看是大理寺的批章。湖南怀化的一桩死刑案送来复核，他细细地标注了审案过程中模糊不清证据矛盾的地方，批的是"驳回再审"。他的字很特别，清瘦孤拔，笔锋凌厉，宜宁一眼就能认出来。

宜宁把这本折子看了一遍，讲的是怀化一户员外郎被自己侄儿毒杀谋财害命的事。写案卷的这位师爷颇有几分文采，读起来居然很引人入胜。遇到不合理的地方还有罗慎远的标注。如案发深夜，天色如何？何以看清下毒之人？或者还有：断案如儿戏，实为不可取！

宜宁看到他标注的地方就不禁笑，放下这本又去拿别的。翻了几下，却看到一封信夹在案卷之中。

信封上写的是"玉井英国公府"。

他这里怎么会有英国公府的信呢？宜宁看着那字迹总觉得眼熟，她对别人的字迹很敏感，看过就记得很牢，仔细一想后背不禁发凉……

这不是松枝的字迹吗！

她只是犹豫了片刻，然后慢慢把信给拆开了。不知为什么，她拆信的时候竟然有些手抖，等信纸展开于眼前，女子娟秀的字体跃然纸上。

"八月初五，国公爷爵位不保，小姐与郭副使密谈。后告别去了宁远侯府，未跟随，密谈至深夜归。"后面接着写，"八月初六，起见管事，谈定绸缎庄子的转让。午时郭副使再来，小姐与之详谈一刻钟。"

落名：松枝。

宜宁定定地看着这张纸上的字，好像有点不认得上面写的是什么了，分开来认一个个都认得出来，合起来却不认得了。

罗慎远在监视她？

他为什么要监视她？而且还是经由松枝，这是什么时候开始的，为何她没有半点察觉？

罗慎远终于谈完了，挑开帘子走进来："你等了很久吧，杨凌此人难缠得很，不过倒也是个趣人。一会儿带你去码头边，那里有家鱼汤做得很好，比别的地方都鲜美，你肯定喜欢。"

她听到他进来却没有抬头。

罗慎远觉得不太对，皱眉，走近了问她："怎么了？你可是不高兴……"

话还没有说完，就看到她手上的信纸。

他一愣，随后心里震惊，猛地伸手就要去夺。

这封信怎么会混进公文里来！

宜宁反应却很快，立刻就躲开了他的手，站起身后退好几步，手微微发抖，看着他的眼神有些陌生："三哥，你究竟在想什么，你让松枝监视我？"

"眉眉！"罗慎远急促地道，走上前几步，"把信给我，我跟你解释清楚。"

她很少看到他这样，罗慎远永远是她冷静自持的三哥，很少有这种失态的时候。俊朗的侧脸映着湖面的波光，幽深的瞳孔中是藏都藏不住的焦急。

自然是有理由的，谁会无端地去做一件事呢。罗宜宁点头笑道："你说你有什么理由，我听着。"

"我怕你在英国公府过得不好，才让松枝送信的。你不要误会了。"他顿了顿又道，"三哥没有别的意思。"

宜宁看着他许久，突然想起来了："当时我要离开罗家的时候，你让我带着松枝一起去。"想到这里她顿时明白过来，"在此之前，松枝就被你收买了。从我刚到英国公府开始，一举一动便在你的掌握之下？"

她突然不知道罗慎远究竟在做什么，他在想什么？他居然在监视！就算罗慎远想关心她，谁会因为关心而去监视别人的一举一动，这理由未免太过牵强了。

罗慎远忍了忍，伸手想去拉她："眉眉，我绝无害你之意……"宜宁却避开了他的手。

"你是不会害我。"宜宁点头，嘴角泛起一丝苦笑，"我当然相信你不会害我。那你告诉我，究竟是为什么让松枝监视我？"

罗慎远想要辩解，但是辩解的话句句说出来都是死局。他沉默不语，身侧的拳头捏得死紧，生怕自己真的控制不住了就是个鱼死网破的局面。

见他不说话，宜宁心里的猜测慢慢成形，就算知道这话伤人，她也缓缓地说道："你通过我，就可以掌握英国公府的一举一动了吧？你要是关心我，写信问我，难道我不会告诉你吗？我半点不知情，但松枝给你写的信里我每天做了什么、见了什么人，却是巨细无遗啊！你掌握了英国公府，就掌握了大半个世家的动向……"

不要怪她怀疑，这实在是让人不得不疑！经过孙从婉的事，她知道了罗慎远这样精于算计的性格，又让她发现了这种事……现在英国公府遭此劫难，她现在谁都不敢信了。只有信自己才是对的，自己永远不会骗自己，宜宁把那封信扔到了桌上："这封信还给你。"

说着她就要往外走，罗慎远却立刻跟上来，掐住她的胳膊："你不能走！我……绝无此意！绝没有算计过你。"

宜宁淡淡地道："放手。"

她一把想挥开他，他抓着她的手却如铁钳一般。宜宁气得眼眶发红，不顾一切地推他。画舫上毕竟地方狭窄，他怕她站得不稳掉下去，一把把她扯到他这边来，但随后趁机被她推开了。宜宁站在船边说："三哥……我现在要回去！"

码头边的那家鱼汤，上次他跟同僚过来尝过就觉得好，一直想带她过来试试。

看到她站的地方离船边不过一尺，罗慎远怕她一时不小心掉水。刚才是太惊心动魄，他实在是急了失去理智，现在只闭了闭眼说："好、好，你别动，我送你回去。"

"我不要你送！"宜宁突然道，"叫青渠过来。"青渠在岸上喝茶等着她。

青渠正在尝一壶六安瓜片，两钱银子一壶的茶，她什么味儿都尝不出来，有点心疼银子。听说宜宁突然要回去也非常惊讶。等走过去的时候就看到小姐面沉如水地被自家的护卫簇拥着过来，跟她说："上马车，我们回去。"

青渠"哦"了一声去叫了车夫过来，宜宁很快就上了马车。

青渠又不好问她什么，马车开动后她挑起窗帘看，发现罗三少爷居然在后面追。一群下属跟着，他追得很急，差点绊到了东西，有人拉他然后他就停了下来，看着她们的马车脸色不太好看。青渠回过头想说话，却看到宜宁直望着车帘，面孔竟然湿漉漉的。

"小姐，您这怎么了跟奴婢说啊。"青渠又是直性子，珍珠弯弯拐拐的套路她不会，丈二和尚摸不着头脑，拉着宜宁就问，"您这是哭什么呢？"刚才跟自己三哥出来的时候不是高高兴兴的吗？

宜宁摇了摇头，她怎么跟青渠说，发现罗慎远在监视她？还是她身边最亲近的丫头。为什么监视她，他的理由一点都站不住脚，他罗慎远辩才卓绝，当年舌战翰林院学士群儒亦能胜出，连个理由都编不出来岂不是可笑。

编不出来，那只能说她说的是真的。

等回了英国公府，她刚下马车不久，珍珠就匆匆地过来了。

她惊讶于宜宁为什么哭过，但想到发生的事情，还是没有多问，而是说："小姐……您走后不久，李管事就过来了。"

宜宁进屋子喝了口茶平复情绪，点头让珍珠继续说。

珍珠才说："老太太让堂太太帮您管家，您不在的时候，堂太太就见了李管事，准了他提租子的事，李管事对她是千恩万谢地服帖……"

宜宁揉了揉眉心叹了口气，觉得这些人怎么周围的事就没个消停！这下休息也没有休息，心里那股火气直往外冒："李管事现在人在哪里？"

珍珠也是知道其中轻重的，忙说道："奴婢听了觉得不妥，没让李管事走，好说歹说留他在前院喝茶。"

"去请护卫过来。"宜宁站起身，面色一片冰冷，"再叫人去请堂婶，还有魏家的诸位管事。"

她不动些真格，这一个个的都当她好欺负不成吗？

她不涨租子自然有她的道理，涨租子眼见着是一时得利。但这灾荒年间谁要是趁火打劫，那简直比平时还恶劣百倍，英国公府根本就经不起这么折腾！且她怎么会不懂那李管事的心思，不就是今年收成少没了油水，想借着涨租子捞一笔吗？府里正在危急关头，他们却想吸血食肉，任他们胡来才是当她不存在了。

至于许氏，英国公府的事还用不着别人来插手。

珍珠屈身应声，不一会儿护卫、丫头和婆子就簇拥着宜宁往前院去了。魏颐刚从外面回来，就看到她冷着一张脸走在回廊上，周围跟着的护卫无比恭敬，簇拥得她气势凌人。他皱了皱眉，这是在做什么呢？

他叫了随身跟着的小厮去看看。

前院李管事正在边喝油茶边等，手边檀木上摆着一盘芝麻饼。他把饼揉碎了加进茶里，听到外头通传的声音才站起身。

宜宁走进前厅，径直坐在了最前面的太师椅上，青渠等丫头站到了她身后。她淡淡道："李管事，我听说你有事要禀。怎么的，我现在回来了，你究竟有什么事要说？"

李管事心想自己拿到了堂太太的话，哪管她一个尚未及笄的小孩子，拱着手一笑说："小姐，小的是领了堂太太的话。您对农事不了解，便听堂太太的吧。这涨租子的事还是要的，不然这田庄里这么多年拿什么吃饭？您在府里不知道田庄的苦啊……还是堂太太说得有道理些。您该听听她的话才是，我等庄稼把式对她是服气的！"

"李管事既然是来回话的，我看还是要跪着回好。我虽然不知道田庄里有多苦，但我知道这是在英国公府，规矩是不能少的。"宜宁继续道。

李管事听了脸色微变，哪个有头有脸的管事回来回话是要跪的？何况跪国公爷也就罢了，跪她一个小姐？

他理了理袖子慢悠悠道："小姐！我服侍英国公府这么多年，就连国公爷在的时候，也没有跪着回话的。"他语气虽是恭敬，实则已经不恭敬了，"您这坐着，小的我想跪也跪不下去啊。"

宜宁脸上还带着淡淡的微笑："怎的这么多话！不跪便罢了。"

李管事心想她不过还小，也是个纸老虎而已，根本没有在意，谁知宜宁就朝外面说："来人，李管事不跪，给我押他跪下！"

李管事一回头，这才看到几个护院拿着棍子走进来："李管事，咱们也是听小姐的吩咐，得罪了！"

李管事厉声呵斥，却被一棍子打在了膝盖上，顿时膝盖就是一软，几根棍子又立刻架了上来，把他死死地叉在了地上。他不服气地梗着脖子，跟公鸡一样脸红脖子粗，痛得什么都顾不得了："什么小姐，你不过就是国公爷从外面抱回来的，谁知道是个什么身份，是不是破落户出来的私生种！跟我逞什么威风呢！放开我！"

宜宁抬起茶杯慢悠悠地喝茶，青渠则冷笑一声，走上前抬手就抽了李管事一个耳光："小姐是你的主子！敢这么跟主子说话！"

青渠那手劲可不是开玩笑的，一巴掌打过去李管事顿时被打翻头去，嘴巴里一股血腥味儿。李管事只觉得头都在发晕，脸上完全木了，随后他更是暴怒："你是个什么东西，敢打我！老子在府里做事的时候，你还不知道在哪里玩儿泥巴！"

要是别的丫头脸皮薄了，自然受不住。青渠可是从田庄里出来的，从小什么泼皮浑话没听过，不紧不慢地撸了袖子，抬手又是重重两耳光打下去："让你在小姐面前嘴巴不干净！我打你怎么了，敢再多说一个字就扇一耳光，不信试试看！"

李管事只觉得呼吸都带着血腥味儿，终于不敢再说话。

宜宁放下了茶杯，说道："李管事，我且问问你。这田庄是你想加租钱，还是堂太太想加租钱？"

李管事没反应过来，宜宁又笑了笑："加租钱不过是想吞得更大的好处，别以为我年轻好欺。要是你想加租，我立刻让护卫把你扔出去，以后再也不能进英国公府一步，你的身家就当是赎身银子了；要是别人说的加租，那你还回去做你的管事，你看如何？"

李管事听得混混沌沌的，当即反应过来，英国公府小姐这是真厉害的！可不是什么软包子。他看了周围林立的护卫一样，咽了咽口水。刚才青渠那几巴掌的痛这才反上来，脸肿得发烫。

英国公府小姐说到做到，若是真让他净身出户，他怎么办！本来是一个体面的大管事，难道要去码头扛货维持生计吗？

那守在外面的魏颐小厮听了里头打人的动静，连忙溜回去找魏颐。

魏颐知道母亲今早见李管事之事。魏凌家这么大的产业，锦帛动人心，他看着都觉得不愧是花团锦簇、烈火烹油的世家大族，心里是很愿意看到母亲插手魏家的事的。但母亲这刚见了管事，魏宜宁转眼就把管事给打了，这简直就是在打母亲的脸！他想了想立刻道："去请母亲过去看看！"

那小厮说："二爷，小姐已经请了夫人了，我路上就看到夫人过去了。"

魏颐听到许氏已经过去了有点错愕，心想这小姐当真是个不怕事儿大的。他冷笑道："母亲帮她管家不也是好意？真是蛮横无理。你去跟堂祖母说一声！我倒要看看她是帮理还是帮亲。"

说完自己也朝着前厅过去。

他去的时候看到许氏正站在外面，从各房各处赶来的诸位管事也候在外面。大热天的出着太阳，许氏出来得急，伞都没撑一把，热得满头是汗。护卫却把他们挡在外面，说："小姐吩咐了，没跟李管事商量完，不准旁人进去。堂太太稍等片刻，我们小姐问完了话自然会传您的。"

许氏气得手发抖。当她是什么身份了，还要传她见面！

其他管事婆子垂手立着，见到前厅外面护卫森严，李管事在里面领罚，帮李管事跟小姐作对的堂太太进都进不去，想见小姐还要传话，就知道这家里是谁说了算。这下一个个更加低垂着眼睛，当没看到堂太太来了，可不想惹祸上身。

魏颐这时候也带着几个小厮过来了，看到母亲在外面晒太阳，气得踹了护卫一脚："你们连堂太太都敢拦，狗东西，还不快让开！"

护卫纹丝不动，似乎听都没有听到他说话。

魏颐更是怒，但看到护卫手里的绣春刀，魏颐又不敢真的跟他动起手来。

宜宁觉得这太阳也晒得差不多，屋里的李管事两颊也是高高肿起，她才道："怎能让堂婶和堂兄在外面晒太阳，这可不是待客之道。沈练，让他们进来。"她的声音清越平静，只隐约传出来。

沈练就是拦住他们的护卫头子，听到了宜宁的声音才恭敬地往后让开了。

许氏的丫头拿汗巾给她擦汗，她沉着脸往里走。刚进去就看到被棍子架在地上的李管事，李管事看到她宛如看到了救星，眼睛一亮，十分激动地呜咽着："堂太太，您可算是来了啊！"

许氏坐了下来，刚才在外面晒得满肚子火气，此刻冷冷地看着宜宁："我还不知道，小姐就是这么尊敬长辈的？"

"您这是什么话？我实在是忙着问他，没听到您已经来了。"宜宁只是笑着安慰她，实在不痛不痒，根本没把她放在眼里。

许氏口干舌燥，茶也没有人给她上，捏着太师椅的扶手气得说不出话来。这时候门口才响起一道声音："宜宁，你这是在做什么呢？"

魏老太太身子不适，这番是被魏颐给请出来的。芳颂和宋妈妈扶着她，老太太见到外面这么多人径直往里看，被扶着坐下来还在喘气。

宜宁这才走到她面前，屈身行礼："家里的管事不懂事，宜宁正在教训他，扰了祖母清净。"

"什么不懂事！"许氏这时候拍着桌子站起来，冷笑着说，"人家李管事说的句句在理，你不过就是为了落我的面子，才把他打成这样。你个小姑娘懂什么管家，今天还非得让李管事把话说清楚了。你说，她究竟是如何对你的？"

李管事看到护卫手里的长棍，想到了青渠的几个巴掌，又想到了小姐说过的话——她要把他赶出府去！他立刻对着魏老太太磕头道："老太太，是堂太太说想涨租钱，才叫小的过去吩咐的！堂太太……您快给小姐和老太太说清楚吧，不关小的的事啊。"

许氏听了简直是瞠目结舌："你个信口雌黄的东西，这涨租钱分明就是……分明是你说的！你怎能说是我所言！"

李管事又磕头，"堂太太，实在是您自己说的，您不得不认啊！"

魏老太太有些无奈地看着许氏，这许氏做事情怎么也乱七八糟的？"宜宁，这究竟是怎么回事儿？"

只见宜宁终于起身了。

宜宁微微一笑道："祖母，那我就把这租钱的事给您从头到尾地讲一遍吧。"

"李管事说田庄要涨租钱，我不准，堂婶是准了的。那堂婶可知道今年雨水降得少，麦子灌浆不多，收成本来就不尽如人意了。这样的年间可是容易闹出饥荒的，若是随意提租子，必然让别人说我们英国公府是趁火打劫，父亲这些年累积下来的善名就全没了。"宜宁看向魏老太太，又道，"且如今的关头，祖母觉得我家可还受得起这种折腾？不过是有些人借着涨租钱之便,行利己之事罢了。"

魏老太太听了脸色肃然,她可没想到声誉这层去。

宜宁又继续说:"堂婶口口声声称我不懂,堂婶可又懂得?您连识人看人的本领都没有,谈何管家?"她指了指李管事,"我来为堂婶做这个证吧,这话的确是李管事所说。但我不过是恐吓了他几句,他便立刻改口指认是您指使的,您看如何?"

许氏的脸色一阵红一阵白,非常不好看。她是一句话也反驳不出来。

魏老太太看到这里还有什么不懂的,这孙女比她想的要厉害多了。杀威、利诱、讲理,一步步地推过来,合情合理!

"行了,这等包藏祸心的人也不配留在府上。"魏老太太挥了挥手,"把李管事拖出去,打断腿,不准他再回英国公府。"

李管事吓得脸色发白,连忙磕头求饶,却很快被人拖了下去。

魏老太太又扫了一眼在场的众位管事,说道:"以后,这府上就是小姐做主,别人的话都不算数,大家可记住了?"

其实不用魏老太太说,经过这次事之后,众位管事心里都清楚得很。

那看着娇小清丽的小姐,不动手则已,一动手就肯定是死手,绝不会留余地。还真不愧是英国公的女儿。

魏老太太叫宜宁跟她去静安居说话,宜宁被众丫头婆子簇拥着,走过魏颐和许氏面前时看也没看一眼。

魏颐看到她的背影,那是一种从骨头里透出来的清丽,他突然想起了现在都还郁郁寡欢的沈玉。

魏老太太回到静安居喝了药,靠着墙在凝神听魏嘉说话,魏嘉的声音清亮又明快,像小鸟啼叫一样。魏老太太看到她就像看到小时候的明珠,明珠那么点大的时候就是这般稚嫩可爱,脸上带着淡淡的微笑。

她又侧过头问:"明珠呢?"

芳颂答道:"您不是让她练女红吗?这会儿在学走针呢。"

魏老太太点点头,叫魏嘉先出去,她握住了宜宁的手,沉吟一声说:"你父亲……若是真的回不来了,咱们府上,也就是你我几人相依为命。明珠已经及笄了,我其实已经为她相看好了一户人家。那人家家世清白,孩子刚中了举人,虽说不算富贵,却是肯上进的。等明珠嫁出去之后,府里就咱们祖孙三人。因此宗亲之间,也不可做得太过果决了。"

宜宁淡淡一笑:"祖母觉得宜宁做过头了?"

魏老太太叹了口气,道:"有些事……只有等你到了我这个年纪才明白。"

宜宁没有说话。在她看来,许氏对英国公府要是没有半点觊觎之心,她是绝对不信的。今日情绪是过激了,也许还是因为罗慎远的事。

她突然就觉得,身边一个可以信任的人都没有,这是一种何等孤寂的感觉。

宜宁走出静安居,看到许氏在院子里的葡萄架下教魏嘉读书。魏嘉读一会儿就嫌累,把头靠在母亲怀里撒娇。许氏理着女儿的发，笑着说："你读书不如你哥哥，他争强好胜，万事都喜欢分个高低。"

风吹得树影摇动，魏嘉睁大眼说："那多累呀！"

许氏捏了捏女儿的小脸："咱们嘉姐儿不读就算了，以后你靠着你父亲、你哥哥就行了！我看你也迷迷糊糊的，什么都不懂。"

宜宁静静地站了一会儿，看着她们不说话。

许氏也看到了宜宁，想起刚才那事自然对宜宁没有好脸色，僵硬地转过头去了。宜宁这才别过了脸。

回到东园里，宜宁闷头睡了一觉。庭哥儿的功课也没有过问。她突然就累得什么都不想过问了。

第二日醒的时候才刚到卯时，松枝听到动静之后点了油灯进来。卯时还没有天亮，但是外面的景色已经依稀可见了。小丫头绞了热帕子递给宜宁擦脸，宜宁边擦边问松枝："我听说你常寄信出去？"

"是寄给家里父母的。"松枝边给她穿鞋边说，"他们在老家总是不放心我。""我记得你父母都是罗家田庄的佃户，不认得字吧？"宜宁继续问。

松枝勉强笑了笑说："乡里的里正是认字的，同姓还出了个秀才，他们拿去问这些人就是了。"

宜宁就没有再问下去了。

梳洗好之后她靠着临窗的罗汉床看账本，庭哥儿从外面跑进来，看到宜宁穿着一件宝蓝色敞袖的褙子靠着窗，衬得肤白胜雪。他赖在宜宁身边，要她去看院子里刚开的花，"祖母让大家去看那几株仙客来……就在东厢房旁边，开得可好看了！""你今天的字可练完了？"宜宁翻过一页账本。

"那花是爹爹吩咐的。"庭哥儿说，"爹爹说花开得越热闹越好，花团锦簇的才好看。"宜宁听了怔了怔，看到庭哥儿眨着眼睛看她，好像很疑惑她为什么突然怔住了一样。

宜宁决定带庭哥儿出来走走。

静安居的东厢房外，宜宁带着庭哥儿给魏老太太请过安。赵明珠与魏嘉性子不和说不上话，魏嘉玩着自己的毽子，赵明珠则跟丫头低声说话。

魏嘉看到宜宁就跟了上去，庭哥儿跟魏嘉玩得很高兴。两个孩子走一会儿跑一会儿的，宜宁追都追不上。她慢慢走在回廊上，正好看到魏颐带着小厮也走过来，遇到她的时候魏颐侧过身，笑道："宜宁妹妹，我听闻你老家在保定？"

宜宁站定，见魏颐背着手离她远远的，道："魏颐堂兄这是什么意思？"

"我自小在京中长大，没去过保定。"魏颐说，"宜宁妹妹对保定街巷应该熟悉的吧？我正打算去，还望宜宁妹妹跟我讲讲。"

"青渠。"宜宁喊了一声，"堂少爷没去过保定，你跟堂少爷讲讲保定吧。"

魏颐听了脸一沉，她竟然用丫头应付他？他说："魏宜宁，你知不知道因为你，沈兄到现在都不怎么见人?"

"那又怎么了?"宜宁淡淡地道,"我与沈玉的事,与堂兄何干?"

"你……"魏颐发现她的确伶牙俐齿,想起昨天她那般强横的做派,咬了咬牙。两个孩子玩着玩着跑着回来了。

庭哥儿跑到宜宁面前说:"姐姐,珍珠说有个郭副使来了。请你过去!"郭副使来了?

郭副使来肯定是为了父亲的事,但上次的事不是解决了吗?她眉头一紧,让庭哥儿回去找佟妈妈看着,她带着人径直朝前院去。

郭副使正在前厅焦急地等着宜宁。

看到宜宁之后他竟然双目中泪光闪动,似有哽咽之态。

宜宁走上前,看他还穿着一身武官袍,心里更是不安:"郭副使,可是又有什么意外?"魏凌的确是出了意外。

他的事虽然前两天刚刚平息下来,但是这次的事比前一次还要严重。

皇上派了都察院的人一起去宣府,都察院的人发现宣府储存在粮仓的一年的军粮和军饷凭空消失了。往上一查,下令调仓的正是魏凌,这些东西现在放在魏凌在宣府的住处的地窖里。

皇上听了勃然大怒,他对于贪污的容忍度其实还比较高,但是他的底线就是贪污赈灾款和军饷,这叫发国难财,他是绝不会放过的,发现了那就是杀头的大罪。皇后都没能劝住他,削爵的圣旨都写好了。

郭副使来就是为了告诉宜宁此事的:"恐怕这次……谁都救不了英国公了!"正堂外天色阴沉,这时候天空中闷雷滚动,晴了好几日,这怕是要下场雨了。

宜宁听了郭副使的话瘫软在太师椅上,听着闷雷声响半天都回不过神来。"就算救不了也要试试,"她说,"绝没有就这样放弃的道理!"

魏颐是跟着她一起来的,看她如今和游魂一般的模样,他又于心不忍:"喂……我看你还是跟堂祖母说吧。明日要是圣旨来了她没有做好准备,你恐怕更难收场。"

宜宁似乎根本没有听到他在说什么。她叫人去喊了程琅。

程琅刚到下衙门的时间,就匆匆赶来英国公府。

魏颐站在正堂里,就看到一个穿着官服、面容俊雅的公子走进来,恭敬地和宜宁说话,似乎低声商量着什么。他带来的人守住了正堂门口,看起来气派不凡。

魏颐看到朝廷官员俯身跟这位十四岁的堂妹说话,看都没看他,有些尴尬,突然觉得自己站在正堂里有点多余。

郭副使还没有走,知道这位程琅曾是探花郎,向他抱了抱拳:"如今说什么也没用了,皇上在气头上,必定不会听。"

"就算去求陆都督,他也不会再施以援手了。"程琅说道,声音很温和,"如今只能让外祖母进宫去求皇后,保不住爵位就算了,但一定要保住魏家。"

越是危急的时候,宜宁越是冷静。英国公府现在压在她头上,再重她都不敢喘口气,生怕一时不慎就摔毁了。所以强打精神也要支撑住。她听了点头:"只怕皇后娘娘不肯见祖母,祖母虽然有诰命在身,但毕竟没有懿旨。"

"我认识皇后身边的内侍。"程琅略微一想,语气踟蹰,亮出了他这次的底牌。他怎么会认识皇后的内侍?

宜宁看了程琅一眼,他还是那样俊逸出尘的样子。她没有多问:"那我去告诉祖母。""国公爷平日虽然广结善缘,但位高权重,得罪的人也是一箩筐的。恐怕除了忠勤伯还有落井下石的。"程琅又说,"不过暂不说这个,我先去皇城,为你开了路再说。"今天这事还真是瞒不住老太太了。

宜宁告诉了魏老太太这件事,她听了气昏过去,醒来又不住地哭。因为魏老太太,英国公府里忙成一团,凝滞的气氛沉沉地压在每个人心上。

宜宁看着病得越来越严重的魏老太太,看着她蜷缩无力的双腿,心里猛地下沉。恐怕就算程琅能让她们进宫,祖母现在也走动不了了!

傍晚,滚动的闷雷声势浩大,一场倾盆大雨很快就下起来了。灯笼在屋檐下被雨水和风吹打着,英国公府宛如在风雨中飘摇。魏老太太的院里人来人往,程琅带着人冒着雨去了皇城。

夜色越来越深,一行人接近了英国公府。

这群人穿着普通的麻布衣裳和草鞋,披着蓑衣戴着斗笠,沉默地在雨中行走,唯有不同的就是腰间带刀,且训练有素。

这行人在英国公府面前停了下来,为首的人抬头看了看英国公府灯笼上的"魏"字,凝神片刻。

有人上前去敲了门。

门"吱呀"一声开了,开门的老叟探出头来,看到这是一群打扮得像农夫的人,就有些不耐烦:"这时候敲什么门,赶紧给我走!我们府里不要柴火。"

"怎么,连我都要往外赶了?"为首的人背着手,慢慢回过头来,屋檐的灯笼照出他一张英俊深邃的脸,显得眉目之间更加锋利。

守门的老叟看到这张脸,吓得说不出话,差点就跪到地上去了。英国公魏凌……国公爷回来了!但他不是死了吗?

大雨还在不停地下,暴雨如注,青砖路上的雨水汇成了股股水流。府里的灯笼一盏盏地亮起来,远处传来管家欣喜若狂的声音:"国公爷回来了!国公爷回来了!"

喧闹的声音自雨幕中传来,小厮匆忙跑进来通传了消息。宜宁被众丫头婆子簇拥着穿过中堂,远远地看到那道站在虎廊下高大挺拔的身影,他很安全,而且正在看雨。外面的雨下得这么大,虎廊内却一片宁静。

她心里泛起一股忍不住的酸意,三步并两步地奔上前,魏凌刚回过头来,就看到女儿突然冲过来抱住了他。她只到他的胸口高,好像看到他之后心里压抑的感情才释放了,终于痛哭出来。

魏凌没有死，他没有被自己害了，他还活得好好的！

魏凌立刻回抱住她，抱得很紧，侧身带着她进了堂屋，免得雨水淋到她。魏凌听到她哭得可怜，低声道："爹爹没有事，眉眉，不要哭了。"

"大家都以为你出事了……"宜宁稍微平静了一些，哽咽着擦了擦眼泪，"您战败了，皇上要夺了您的爵位。我和郭副使想救您。"

"我都知道。"魏凌点头，伸手给宜宁擦眼泪，粗糙的指腹其实擦得有点疼。

"我跟你三哥有联系。"魏凌说，"京城这边的动向我都知道，我还知道你去求了陆嘉学。"

她用尽全力想要保他，魏凌一想到这里心里就非常动容。要不是他出事，她还被护得好好的，她也不会以一人之力去支撑一个庞大的英国公府。

魏凌擦干女儿的眼泪。魏庭还有个世子的身份，宜宁没有他做靠山怎么办？就是想到宜宁他也不能死。

"您究竟是怎么回事？"宜宁低声问道，"我听说您带的三万大军中了瓦剌部的埋伏，三万大军都葬身于平远堡……"

他这般佃户的打扮突然回来，难不成是从平远堡逃回来的？

皇上现在正在气头上，要是知道他回来了，岂不是真的要砍他的头？

"现在没空细说，我要先进宫去，否则一个欺君之罪是逃不掉的。"魏凌只能这么说。

外面已经响起了一阵喧哗的声音，宜宁甚至听到了铁器摩擦的声音。有小厮匆忙地跑进来跟魏凌说："国公爷，锦衣卫来人了！"

宜宁听后侧身往外一看，那些人无声地站在前厅外面，身着飞鱼服，腰佩绣春刀，的确是锦衣卫的人！

她心里一沉："是不是有人来捉拿您了？"锦衣卫指挥使是直接听从于皇上命令的。

"别怕，不会有事的，他们是来请我入宫的。"魏凌摸了摸女儿的头，嘴角微抿，"我去换了衣服出来。"

魏凌回了内室，让小厮服侍着换了一身将军甲胄。

黑夜里甲胄上带着森冷的寒光，宜宁看到他穿着甲胄走出来，显得英俊挺拔，带着将军的坚毅，甚至战场上的肃穆。这身甲胄一穿上，他就又变成了统领千军万马的将军，好像她又看到他出征一样。宜宁拿了他的斗篷递给他，轻轻地说："我帮您看着英国公府。"

魏凌紧紧地握了握她的手片刻，随后走入了雨幕中。

宜宁远远地看到他匆匆地进了中堂，黑沉的夜里，前院森冷如那些人手中的兵器。她不知道魏凌的前路如何，坐在前院的太师椅上良久，叫了管事过来，吩咐他去静安居给魏老太太传话。

她在前厅里等着，让小厮去多点了几盏油灯，这个夜晚应该会很漫长吧。

宜宁拿了本书摊开，玳瑁把烛台移过来，挑了挑灯花，让她看得更清楚一些。

外面的瓢泼大雨丝毫没有停歇，宜宁盯着书页很久，甚至不确定自己看进去了什么东西。

有人匆匆地穿过回廊，带进来的风扑得灯火颤动了一下。那人禀报道："小姐，罗大人来了。"

随后又补了一句:"是大理寺少卿罗慎远罗大人。"

珍珠给她撑着伞出了前厅,影壁旁立着三辆马车。他披着一件玄色披风,有人给他撑着伞。大雨自天而下,天地都仿佛被淹没在无尽的大雨中。隔着屋檐滴下成排的雨帘,庭院里静得除了雨声什么都没有。宜宁看到罗慎远在低声和下属说话,他俊朗得近乎清俊的侧脸低垂着,雨夜模糊。隔得太远看不清楚,不知道是不是有点寒邪入体,他握着拳低咳了两声。

前日才跟他闹僵了,如今他上门来做什么?

宜宁怕他在雨幕里站久了,轻声说:"请罗大人进前厅来坐,给他上姜茶。"

那道黑色身影由远到近,他在庑廊下收了伞,抬起头来的时候,两人似乎都有些冷淡。但他有那对阴郁的浓眉,就算不冷淡的时候看上去也是冷淡的。

宜宁请他坐下,两人一时没有说话,除了门外的雨声,只能听到他杯盏相触的声音。

不说话的时候气氛实在是奇怪,半晌之后还是宜宁先撑不住,问道:"你带三辆马车来做什么?"

罗慎远说:"这是囚车,里面关着瓦剌部的两位副将。"

"瓦剌部的副将?"宜宁觉得奇怪,"瓦剌部的副将怎么会在你手里?"

罗慎远说:"你父亲大破瓦剌部大营,抓了他们的两个副将当俘虏,我帮你父亲押送进京。"

宜宁听了非常惊讶。她一直以为魏凌是戴罪回京,没想到他是立了战功的!但魏凌要是立了战功,何必如此大费周章地隐瞒呢?这些人究竟在做什么?罗慎远又为什么会帮魏凌押送瓦剌部的人?魏凌把这般重要的事交给他做,足见他们之间关系不浅。但若他与魏凌的关系好,何必通过她来监视英国公府呢?可见罗慎远监视她是另有目的的。

有个披着蓑衣的人到了前厅外面,也不敢进来,就跪在雨地里拱手道:"大人,可以出发了。"

他"嗯"了一声站起身,准备要走了。

宜宁思绪混乱,停顿了一下,看到他准备走了,突然拉住了他的手:"三哥,你是不是一直在帮父亲?"

如果没有人在京中帮忙,魏凌也不会在这种危急的时候突然回来。他乔装回京,却让罗慎远帮他押送俘虏,两人肯定是早有联系的。

"我还是不明白。"宜宁觉得两人这般下去实在是不好,她现在好像在一团一团的迷雾中,不知道下一步究竟是什么。现在她就想把眼前的问题弄清楚,她不喜欢被别人隐瞒,从来就没有喜欢过。宜宁走到他面前,直接问道:"你……究竟在想什么?"

"我要走了。"罗慎远扯开她的手,似乎不想再多说。

那日之事还是有影响的,别的人说他那些话都罢了,但从宜宁口中说出来,感觉实在不一样。他那日姿态已经如此卑微——他什么时候这般卑微过?她听也不听。现在想起来是有点生她的气了。

此刻再与她纠缠不清不是良策,他心里那股怒意和冲动还没有散去。

宜宁却抓着他不放,与她有关的事她都应该知道。宜宁直看着他问:"你为什么不告诉我?我非你的政敌,也不是你的对手……"

不知道哪句话触到了他的神经,他突然就冷声说道:"我为什么要告诉你!"

宜宁被他说得一愣,觉得他这是恶人先告状,也不由得来了气:"要是我放个人在你身边,成天监视你的起居,你可乐意?罗慎远,我还没有发脾气,你这是在说什么?"

他听了她的话后想了片刻,突然就冷笑,俊朗深邃的眉目间有种她非常陌生的东西,也许那是一种侵略性,或者是决然。

"好,好。那我告诉你吧,只要你敢听就好!"罗慎远突然说。

宜宁顿时觉得有点不对,她说不清哪里不对。她往后想放开他,罗慎远却突然强硬地反抓着她的手。

宜宁还没有反应过来,只觉得一股雨夜的味道迎面扑来,还有她熟悉的罗慎远的味道。这些气味猛烈地袭来,以至于当她感觉到嘴唇一软的时候,整个人都被他压靠在桌边,只来得及看到他非常浓郁的眉、挺直的鼻梁。她看了近十年,从来没有像现在这样清晰而陌生过。

罗慎远比她高了太多,他低下头的时候手撑住她身侧的桌沿,宜宁完全笼罩在他的身影之下。她的心突然有种不受控制的感觉。

外面还是瓢泼大雨,漆黑的雨幕里寂静无人,隔开了前厅一个烛火昏暗的世界。宜宁反应过来,很快就用力推开了他。

罗慎远也没有设防,被她推开之后靠着小几,沉默地笑了。

宜宁还在喘气,心里的震惊和本能的战栗,让她话都说得不太清楚:"你……你刚才……"

"你现在知道了。"罗慎远恢复了从容,他笑着说:"你非要知道,现在感觉怎么样?"

"你是认真的?"宜宁的嘴唇还有种淡淡的温热触感,非常陌生,她有些恍惚,还是觉得太不真实。

罗慎远听到这里又是沉默,片刻后说:"你可以不当真。"

外面的人已经等了他很久,他又披上了斗篷,转身跨入雨幕之中,连伞都没有打。宜宁久久地回不过神来。

这样一个逼迫到极致的吻,她也无法把它当成玩笑。

## 第二十六章 宫宴惊魂

大雨之下的皇宫，金龙雀替，黄琉璃朱墙，汉白玉的月台。

魏凌沿着台阶往上走，立在旁边的内侍向他屈膝跪下道："国公爷，请卸甲吧。"

魏凌什么也没有说，一手解开了甲胄，挥手一扬，沉重的铁甲就落在了托盘上，溅起了雨滴，沉得内侍手都差点没撑住。

乾清宫的大门缓缓打开了，魏凌径直往里走。宫门关闭之后，再无人知道里面发生了什么。

徐渭和已经七十多岁的谢大学士在喝茶，谢大学士难得出来一趟。他资历老，在朝中算是中立派，皇上对他也很器重。他虽然不是任何派系，与徐渭却是多年的莫逆之交。

徐渭亲自给谢大学士烫了壶酒，夹了两片卤肉放到他的碟里："谢大人可得尝尝，他们家的卤肉配香蒜最好吃。"

谢大学士摸了摸胡子，连连推他的手："徐大人，这我可不敢多吃！你们那小友呢，怎么还没来？"

"我怎么知道他的。"徐渭作为清流派中的中流砥柱，一向是廉洁奉公的，不贪财不贪色，唯有这点爱好不容易，他夹了片卤肉配烫熟的酒，再嚼一瓣香蒜，味道极美。谢大学士年老了，鼻子不好，倒也没觉得有什么。

这时候罗慎远跨入了门内，向两位大人拱手道："对不住二位大人，路上有事耽搁了。""来坐吧，再添一副碗筷。"徐渭叫小厮拿了碗筷上来，罗慎远随即盘坐下来。

谢大学士捏着酒盅，看了罗慎远一眼，对徐渭道："你家学生这状态不对，你瞧他面色没有变化，气息却有些紊乱，你该是坐轿子过来的吧？"

"谢大人多虑，是我路上赶得急了些。"罗慎远只是道。

徐渭又道："现在说他做什么？魏凌这刚被皇上召进皇宫里，你们猜里面是什么情景？""朝廷上下都以为他是战死了，我看这没死比死了还麻烦。"谢大学士道。

徐渭笑着摇了摇手指："慎远，你跟谢大学士说说。"

罗慎远应是，伸手拿了桌上盘中的一粒花生摆在中间，道："英国公这次非但不会有麻烦，反而会被皇上犒赏。因为他为朝廷打了场胜仗，将瓦剌击退到关外五十里，而且成功地为朝廷挖出了一个内奸，这个内奸深植朝廷多年，殆害无穷。"

谢大学士这次疑惑不解了："他不是三万大军全灭吗，怎么又打了胜仗？我看陆嘉学都要弃他这枚棋了。"

陆嘉学玩政治是很成熟的，当时他接到了线报，魏凌集结上下西路三万兵马在平远堡全灭，甚至都没有上报监军之后，他就知道英国公已经没有救的必要了。保他只会让皇上不快，陆嘉学不会为了无关紧要的人做费力不讨好的事。

后来也不知道他抽什么风，又保了他一回。

徐渭接着笑了笑："魏凌这次是厉害了，别说陆嘉学，我等都被他骗了去。后面肯定有高手在给他出谋划策，不然他魏凌一个武将，哪里来的这么多计谋？那内奸与瓦剌勾结，引魏凌上了平远堡的当。他不知道从哪里得了消息，居然将计就计让三万大军假死，随后又装成瓦剌人的军队混入敌营，生擒了对方的阿棘知首领。"徐渭说着有些感叹，"此人心机之深不可测，要是有机会，我倒是想认识魏凌这军师。"

罗慎远拿筷子的手一顿，随后夹了盘里的一片卤竹笋。谢大学士"哈哈"一笑："你如何知道朝中有内奸的？"

徐渭又示意罗慎远，罗慎远就放下筷子道："谢大人，此事实在好猜。要不是出了内奸，魏凌中埋伏之时就在平远堡，平远堡地处大同，他甚至可以直接向大同总兵求援，再不远还有山西总兵、太原总兵在。足见是有内奸在的缘故，甚至可以推测，这名内奸就在大同。且魏凌回京城这般谨慎，甚至连皇上都没有惊动，可见这名内奸不仅狡猾，而且手眼通天，在京城内都有可能对魏凌下手。"

谢大学士听了非常赞赏，跟徐渭说："你这学生实在才思敏捷，我家有个孙女，最是敬佩聪明人了，要是让她知道了可不得了。"

"他的确厉害。"徐渭对自己的门生颇为满意，跟谢大学士说，"工部侍郎九月就要致仕了，我等打算为他筹谋。"

谢大学士又被自己这个老友给吓到了："不是说上次请命大理寺卿的事，皇上还没有应允吗？你们居然看中了工部侍郎的位置——我说你可要悠着点，他才入朝多久！寻常进士这时候还在熬庶吉士的资历呢。"

"有何不可？"徐渭道，"举官让贤是常理。"

罗慎远默默地听着两个老家伙的对话，只吃他的菜去了。

老师口味果然刁钻，这家卤肉铺的卤料是很特别，也很合他的胃口。

但宜宁从小就不喜欢卤味，她总觉得有股怪味。

刚才是吓到她了吧，情之所至，就是他……一时也克制不住了。

乾清宫内，皇上听了魏凌的回话简直是震怒："简直就是胆大包天！竟与瓦剌部勾结，在京城之中还有行刺之事。"

魏凌半跪在金砖地上，继续道："两个副将微臣已让人将他们收入刑部大牢，若不是京中行刺，也不会让那阿棘知趁乱逃跑。微臣调粮草军饷时曾向陆都督上了折子，但这折子根本没有递上来，微臣万般无奈之下才出此策略。皇上若是要怪罪，微臣也是谨遵圣言的。"

皇上立刻去扶魏凌起来："此话严重。你立此大功，我怎会罚你！"说着叫了内侍进来，当即拟了圣旨，赐了他黄金三百两、白银两千两、良田一千亩。

英国公爵位进无可进，皇上想来想去，觉得遗憾："你母亲已经是一品诰命，要是有个夫人，倒是此时可以升诰命了。"

魏凌笑着说："皇上对微臣已经是皇恩浩荡，别无他求。"

"你俘虏了阿棘知，也不告诉朕一声。差点惹得朕冤枉了你！"皇上朗笑道，"后日朕在宫中设宴，你可要携家眷参加！"

魏凌应声，当场领了封赏的圣旨。

皇上又对站在一旁的内侍道："一会儿去请陆嘉学到朕的南书房来。"说罢沉着脸回了南书房去。

内奸之事只能锁定在几个总兵身上，究竟是谁还要细查。但皇上心里肯定是非常不舒服的，请陆嘉学就是过来一起商议的。

魏凌在皇宫内熬了一夜，出来的时候天际已经泛白了，大雨也早就停了。

若不是罗慎远在背后谋划，也许他此刻真的已经成了一抔黄土吧。他看到一顶熟悉的轿子停在乾清宫外。

皇上待陆嘉学极好，甚至赐他在宫内坐轿的殊荣，这就是陆嘉学的轿子。此时帘子挑开，陆嘉学正静静地坐在轿子里等他。

魏凌向他走过去，看到陆嘉学手里盘玩着一串暗色的佛珠。他记得这是陆嘉学送给宜宁的那一串，竟然又回到了他手上。

陆嘉学看了他一眼，淡淡地道："回来就好，此时该回去跟家人团聚了。"

魏凌站定道："都督，当年我可是提着脑袋跟你立下了这等从龙之功的。我出事之后，若不是小女苦苦相求，你也不会帮忙吧。这般是不是太过无情了？"

陆嘉学从轿子里起身，背手看着起伏的宫殿，缓缓一笑道："你也得多亏有个好女儿，不然已经是削爵抄家的下场了。你在这般紧要关头回来，分毫不差，京城里有人一直给你传信吧？"没有等魏凌说话，他就继续道，"你也不用说我无情，当时我救英国公府是费力不讨好，甚至是引火烧身，换了谁我也不会救。你信不过我，就连回京之后也未曾露面，我也不过问什么了。"

魏凌却摇头说："不是我信不过你，而是你信不过我。"

陆嘉学永远不会真的信别人。他当年手刃兄长夺取爵位，这么多年了，他身边的人换了又换，谁又真的取得他的信任了？

陆嘉学听了既没有否认也没有肯定，过了片刻后道："魏凌，回去享受你的军功吧。"说罢整了整正一品的武官袍，沿着台阶朝乾清宫内走去。

天明之时，宜宁等到了从宫里回来的魏凌。

宜宁知道他不会有事，可看到父亲身穿甲胄面容憔悴的样子，她心里还是不好受。魏凌是被锦衣卫带进宫的，皇上一开始肯定就没打算给他好脸色看。见到他回来，宜宁叫丫头打水来，亲自服侍魏凌洗脸。

魏凌还不能休息，换了常服随即就去给魏老太太请了安，魏老太太抱着失而复得的儿子细细摸索，摸到他手臂上又添了道一尺长的新伤，已经结痂了，不由得失声痛哭。

将军百战死，壮士十年归。

她突然觉得儿子能活着多么不容易，什么军功爵位，都没有他活着重要。

许氏领着儿子魏颐、女儿魏嘉给魏凌请安。魏颐对立了军功的堂叔非常恭敬，拱手说："堂叔，要是我也能跟您一起上战场就好了！"

魏老太太就跟儿子说："家里出事，别人都避得远远的，唯有你堂嫂还肯来看我。"

"你做五城兵马司吏目也不错。"魏凌听了母亲的话，笑了笑对魏颐说，"再过几年，你父亲自会给你请了五城兵马司指挥使的位置。若是坐稳了，我便能向皇上给你请了神机营副指挥使。"

五城兵马司不过是在京城里逡巡，维护治安。神机营可是统领火器，能上战场，是皇上信任的精锐。

魏颐怎么会不明白这句承诺的重要性，心里一喜，给魏凌行了大礼。

魏凌知道自己不在的时候，家里有魑魅魍魉作乱，宜宁倒是发了次威，收拾了一个李管事。但是正如老太太所说，魏家本来就人丁单薄，要是再不团结族人，只要他一倒下魏家就会倾颓。经过这件事魏凌对此的认识更深，家族的兴旺还是要靠子孙的繁衍。何况他跟魏英的关系一向挺好的，魏颐是魏英的嫡长子，以后魏英的衣钵还是要他来继承的。

魏老太太欣慰地靠在引枕上，左右没见着宜宁，才问："宜宁呢？昨夜她为了救你，可是里外忙活个不停。"

"她熬了一宿，儿子让她先去睡了。"魏凌答道。

魏老太太颔首，叹了口气道："这次可是苦了她。"

其实宜宁并没有睡得很好，累过头了反而没什么想睡的感觉了。勉强地睡着了，又梦到雨夜里淅淅沥沥的水声，陌生的嘴唇触感，甚至是他最后离开时轻轻说的那句："你可以不当真。"

那句话甚至有种前所未有的疏离感。

她只是突然想明白了一些事，难怪当时她跟罗慎远说孙从婉与他的婚事，他会不高兴。

宜宁起床的时候已经是第二日下午，觉得头痛欲裂，睡了还不如不睡。

珍珠弄了点薄荷膏给她抹在两侧的太阳穴上，这才舒服了不少。宜宁喝了点红枣粥，吃了两块蜜糕当作午饭，出来到外面走动。昨夜下过大雨，现在外面是暖烘烘的太阳，把庭院里的树和花草照得发亮。凤头鹦鹉蹲在它的鹦鹉架上，有气无力地啄着水。她前几天刚种的花苗却被暴雨吹打得七零八落，恐怕是活不成了。

宜宁有点惋惜地看着她的花圃，思绪飘得很远。

她刚成小宜宁的时候，就知道罗慎远是日后的内阁首辅，文臣之首，能与陆嘉学抗衡。所以她从小就致力于抱他的大腿，力求与他关系好点，但怎么现在感觉抱过头了？小的时候他还对自己爱理不理的，现在竟然对她有了别的心思，还强迫地亲近她。

玳瑁给她送了杯热茶上来，宜宁喝着茶问："父亲呢？"

"国公爷睡了两个时辰起来，去刑部审问战俘了。"珍珠给她扣好了褙子，看到宜宁的肌肤宛如雪白的锦缎，比手上的这件褙子还要柔滑，她接着说，"他让我告诉您，他恐怕也没空管着府里，您照样管府里的事。还有，沈护卫等人就拨给您使唤了，您使唤他们不必客气，以后您出嫁的时候，他们就跟着您陪嫁。"

宜宁听了笑得不行，果然是魏凌的风格！

"只见陪嫁家什物件、丫头婆子的，哪里有护卫做陪嫁的！"那她刚进门婆家就会认为她是个悍妇了。

珍珠听了一笑："反正这是国公爷说的。小姐，您想想这是多威风的事啊，别人陪嫁丫头婆子，您却陪嫁护卫。到了婆家也没有人敢欺负！"

的确威风得很，魏凌也不怕以后没人敢娶她。

宜宁低头喝热茶，过一会儿魏老太太派了丫头来通传她，说是商量明日进宫赴宴的事。

瓦剌部在边关作乱多年，先皇和皇上都对此烦不胜烦，魏凌这仗把他们击退了五十里，应该近十年都无法缓过来了，皇上自然是龙颜大悦，特设宫宴庆贺。王公贵族、文武百官皆在宴请之列。魏老太太得了圣旨，就打算带宜宁进宫去给皇后娘娘谢恩，她还惦记着皇后娘娘上次的恩情。

魏老太太人逢喜事精神爽，病都好了不少，让人半扶着身子坐起来，指挥丫头婆子去她的库房里搬了金银首饰出来，一定要好好地捯饬她。罗汉床上、茶几上都是打开的珠宝盒子，屋子里珠宝的光辉交相辉映让人眼晕。英国公府真不愧是百年世家，魏老太太拿出的这满屋的东西，没有哪一件是不贵重的。

宋妈妈拿了三四个金项圈放在她眼前让她选，宜宁却连这几个有什么区别都看不出来。

魏老太太则笑吟吟地为宜宁挑了件绣牡丹月季粉色亮缎圆领褙子，挑了对绿宝石镶嵌的莲纹金簪、一对金宝结，还有猫眼石的耳坠儿。

她又拿了一盒大小不等的蓝宝石，招手让宜宁坐过去："你看这盒蓝宝石可好？"

宜宁抓起一把细看，粒粒透蓝毫无瑕疵，水汪汪的成色，这是成色最好的。"祖母的东西果然是好的！"她笑着说。

"这盒便是祖母送你了。"魏老太太把盒子关了，指了指刚才帮她选的那些，"那些都一并送你了。"

只那盒蓝宝石都价值连城，宜宁怎么敢要，立刻就要推辞。

魏老太太笑着叹了口气："明珠小的时候，我总送她这个那个，她从来不推辞，笑眯眯地往自己的房里搬。"

宜宁听到这里有些沉默，她明白魏老太太是什么意思，她何尝不是如此？换了来想，如果是罗老太太、林海如送她，她会这般推辞吗？

"你我是至亲血脉，最不需要客气。"老太太挥了挥手，突然有点豪气，"你可什么都别说了，不然这屋子里的全搬到你那儿去。"

宜宁也一笑，再说别的就真的伤老人家的心了。那就搬回去，不要白不要！

赵明珠扶着丫头的手来给魏老太太请安，站在门口，看到丫头婆子搬着锦盒往外走。

魏老太太在屋里，宜宁也在屋里。她从这个角度看过去，能看到她弯着身子，方便魏老太太给她试戴耳坠儿。

赵明珠咬住嘴唇，想起她刚及笄的时候，魏老太太就是这般欣喜地给她试耳坠儿的。她抓着魏老太太的手，仰头看着她笑。

她突然有种被人取代了的悲凉感，这和她犯了错的恐惧不同，她突然意识到自己在这英国公府里是多余的。这些东西本来就不属于她，现在就要物归原主了，血总是浓于水的。

赵明珠转身往外走，走得很急，边走边掉眼泪，然后蹲在回廊上大哭不止。丫头连忙扶住她："表小姐，您这是哭什么呢？不是给老太太请安吗？"

赵明珠摇了摇头，好久之后才说："这不行，我得给自己谋条退路才是……"她突然抬起头，"绿屏，你觉得堂少爷如何？"

"您说魏颐堂少爷？"丫头点头道，"奴婢觉得魏颐堂少爷对您挺好的……人也不错。"

赵明珠心里那些贪妄的念头已经没有了，什么陆嘉学，什么程琅，那得在魏老太太和英国公承认她的身份的情况下。她现在在英国公府越来越忐忑，突然明白了魏老太太的话，对她来说只有嫁了人，有了丈夫做依靠才是实的，别的都是水中月镜中花而已。

她让丫头扶着她站起来，朝自己房中走去。

第二日就要进宫赴宴了，怕宜宁误了时辰，宋妈妈亲自来喊宜宁。

天还蒙蒙亮，鸡叫了两声。屋子里就点了油灯忙起来。她们对于进宫倒也真是如临大敌——宜宁被按在绣墩上，任玳瑁给她上妆，这方面是玳瑁的专长，屋子里没有能比得过她的丫头。有丫头在给她用凤仙花汁染指甲，宋妈妈特地领来媳妇给宜宁梳头。

宜宁昨天没睡好，今天又被叫起来得早，这时候困得上眼皮沾下眼皮的，任由她们折腾。

等都弄好了，宋妈妈给她行了个礼："辛苦小姐起得早，这皇家里不得不慎重。早饭路上再吃，国公爷和老太太已经在影壁等您了。"

原来是还有起得比她更早的。

宜宁接了松枝递过来的茶一口饮尽，人顿时清醒了几分，镇定了几分，才带了珍珠和玳瑁两个大丫头出门。

魏老太太着一品诰命大妆，正坐在马车里等她。

宋妈妈也一同上了马车，递给宜宁一个小笼屉，里面是五个热气腾腾的肉包子，还有一壶豆浆。

魏凌坐在另一辆马车上，也是穿了正经的朝服。他过来叮嘱了宜宁："你莫怕，凡事看着你祖母行事就可，尽量少看周围，少行出挑的事。"宜宁从没有进过宫，第一次见识到皇家威严总是会怕的。

魏老太太笑着瞥了儿子一眼："有我看着呢，你怕别人把你女儿吃了？"她觉得儿子这是担心过度。

魏凌听了母亲的话，这才讪讪地回自己的马车去了。

宜宁笑了笑，她倒是不紧张，就是没进过皇宫，倒也好奇得很。马车终于开动了，宜宁一边咬着肉包子，一边悄悄地往外看。

玉井胡同就在皇城外不远，拐过两个胡同口就进了一条宽阔的大路，两侧就没有什么街市了。前面出现一道黑漆铆钉的恢宏大门，有侍卫看守。魏老太太就跟她说："这是大明门，再进去就是承天门，里头是太庙和社坛。等过了端门再进午门才是内皇城，等过了午门一就不可再偷看了。"

宜宁应是。前世她出身小官之家，嫁入侯府之后又嫁的是庶子。皇城听过百遍都见不了一次，等马车渐渐进了承天门，这才看到许多马车跟她们一同进紫禁城，还有穿青罗纱官袍的吏官来往于两侧的六科值房，清晨的朝阳照着，十分热闹。

到了午门，宜宁依言放下了帘子。魏老太太就笑着摸了摸她的头。

马车走了不知多久，宜宁又打了个盹才悠悠地停下来。车帘被拉开，有个端着拂尘的内侍站在外面，笑道："这就是国公爷家的老夫人吧？老夫人万安，请跟奴婢来。"

魏老太太拿出了正一品诰命的气度，含笑点了点头，让宋妈妈扶下了马车。

宜宁也跟着下了马车，才看到此时已经在一条宽阔平整的夹道中，两侧是高高立起的朱墙，还有镂雕的石座莲花灯。内侍领着她们往里走，夹道之后就是一片开阔，一座恢宏的宫殿立于月台之上。

黄琉璃瓦重檐庑殿顶，朱红大柱，无比气派。宜宁跟着魏老太太在门外站定，那内侍进门去禀了，才领了她们进明间。

里头更是金碧辉煌，穷极奢华。金砖铺地，又垫了五蝠献寿的绒毯。明间上挂了块"允执厥中"的牌匾，两侧站着数十位宫女，一位穿着真红通袖大衣、戴龙凤珠翠冠的美貌妇人正坐在铺了大红色福禄寿靠垫的罗汉榻上，与旁边的一位夫人低语。这夫人可不正是谢夫人，坐在谢夫人右首的是谢蕴，在场还有许多的命妇和小姐，宜宁一眼看去，只认得定北侯府的三小姐。

魏老太太带着她上前下跪请安，宜宁却看了那位貌美妇人的脸。她怎么觉得……这张脸有几分眼熟，似乎是在哪里见过的。

"魏老夫人身子不好，难为你入宫一趟。"貌美妇人，即为皇后笑着说，"跟着的小姑娘模样倒是伶俐漂亮得很，可是英国公的亲女？"

"禀皇后娘娘，是犬子的女儿。"魏老太太应道，心想宜宁怎么没反应，连忙扯了扯她的衣袖。

宜宁这才反应过来，按照宋妈妈教的行了大礼："小女宜宁给皇后娘娘请安，皇后娘娘万安。"

皇后瞧了她许久，又侧头对身侧的谢夫人说："头先怎么不曾听说英国公有个女儿，我只记得有个庶子……还请封了世子。可是本宫记错了？"

谢夫人答道："皇后娘娘，您没记错。这宜宁姑娘头先流落在外，是国公爷好不容易找回来的。"她跟皇后是一母同胞的姐妹，皇后是她亲姐，大她两岁，因此两人说话很亲昵，"国公爷喜欢得很，还让陆都督认了她做义女，上了族谱的。"

皇后听到这里似乎有了些兴趣："你是陆都督的义女？本宫是知道他的，最不喜欢别人跟他攀亲带故了。"

宜宁跪直了身子，心道恐怕刚才皇后娘娘也没怎么把她当一回事儿，不然也不会还没叫她起身。她虽然是英国公的女儿，却是庶出的。皇后娘娘面前坐着的这些，哪个的身份能差了？她倒也不卑不亢，回道："都督大人是认了小女做义女，不过是父亲求来的。都督大人碍于父亲的情面，便也让小女记入了族谱。"

"那也是难得的。"皇后细细地打量她，虽然不是正经的英国公夫人所生，但真是个美人坯子。细长的颈如天鹅低垂，肤白胜雪，眼眸里秋水澄澈，眉尖小痣更添姿色。她的笑容温和了许多，"这孩子，还跪着做什么，起来赐坐吧。"

宜宁这才坐到了魏老太太身边去。这时候皇后已经去和谢蕴说话了，她对这位外甥女很是疼爱。谢蕴时常入宫陪伴她，皇后无所出，把谢蕴当成自己的女儿疼爱。她在和谢夫人商量："我是想给蕴儿讨个乡君封号的，偏偏蕴儿自己不同意……这孩子像你，倔得很。"

谢蕴拉着皇后的手笑："姨母，我才不要封号——以后我的诰命封号，要自己来挣的！"

皇后听了就打趣她："那不如直接嫁个有品阶的男子做正室，他若是四品，本宫就给你求四品的诰命来；若是三品，本宫便给你求三品的诰命来，蕴儿觉得这样可还如何？比你自己挣快多了。"

谢蕴脸色微红，不知道想到了什么就不说话了。周围的命妇们发出和善的笑声，应和皇后的话："皇后娘娘是说到谢二姑娘心坎上去了！谢二姑娘是心有所属了吧？"

宜宁面目低垂着喝茶，心想谢蕴喜欢罗慎远。她又多喝了几口水，觉得还是不要去想的好。

魏老太太却见命妇们说得热闹，伸出手微抓宜宁的手。宜宁才发现魏老太太手心汗湿，低声对她道："宜宁，刚才想什么呢？倒是把我吓了一跳。"

想什么呢？想究竟在哪里见过这位皇后娘娘。

宜宁微抬起头，看着座上的皇后。她十六岁就嫁给了如今的皇上做太子妃，一直养在东宫。她模糊地想起了，多年前在宁远侯府里，似乎是见过一次，那时候她不知道此人是谁，她跑得很快，与宜宁相撞了，然后匆匆地离开了。

她那时候还很错愕，这女子衣着华贵，但她从未在府上见过——她记这些都是过目不忘的。宜宁摇了摇头，多年前的事了，此刻她已经是皇后了，自然不用理会原来的事了。

一会儿皇上过来传话，说让皇后带着诸位命妇去御花园赴宴。

一行人这才起身，皇后乘了凤辇，宜宁等人跟在凤辇后面走着。只见御花园里太湖石假山堆叠，湖泊旁垂柳拂水，湖里荷花茂盛。汉白玉栏杆过来，开阔的空地上已经摆好了筵席。诸位命妇按照品阶入了席，宜宁没有品阶，只能跟着坐在魏老太太身边。

　　她往周围一看，御花园的筵席应该只是宴请王公贵族的，文武百官在列的并不多。魏凌坐在左侧靠前的席位上，和旁边的定北侯爷说笑。她再往右侧一看，竟然看到程琅也在席上，他也看到了她，有些错愕，宜宁则对他抿嘴笑了笑。

　　程琅这才摇了摇头，无奈般向她举了举酒杯。他是想说他无聊吗？

　　这时候有内侍高声喊了"圣上驾到"，宜宁就不再看了。精致的席面流水一般送了上来，一时间觥筹交错。

　　魏老太太给她夹了块烩鹿肉放到碗里，宜宁尝了一口，味道果然鲜美多汁，又接着吃了好些。每人一盅的佛跳墙味道更是无比鲜美，她正喝着汤，突然听到有喧哗声，她抬头一看，才发现是陆嘉学来了。身后还跟着侍从，他这是迟到了。

　　陆嘉学向皇上请罪，皇上则"哈哈"大笑拍他的肩说："爱卿入座就是，无妨！"陆嘉学随后坐到了左侧第一个位置上，立刻有人帮他布菜。

　　众人的目光一时放在了陆嘉学身上，皇家筵席他也敢迟到，皇上还丝毫不怪罪……果然是权倾天下的陆都督！

　　筵席到了一半，皇上要说话。他把魏凌叫了出来，对他说了些"爱卿立此大功，此乃我朝廷之幸"之类的客套话，众人不管真听假听，总之，都在详细聆听。皇上又当场再赏了他一个田庄、白银两千两、飞鱼服一套。魏凌跪下谢了恩。

　　皇后则看了看饮酒不说话的陆嘉学，心生了想法，就跟皇上说："圣上，臣妾觉得赏来赏去的都是些身外物，英国公立此大功，您该再赏赐他一些别的东西才是。"

　　先皇在位时间长，皇上年过三十四才登基，如今体貌尚好，闻言说道："朕倒也这么觉得，但一时也想不到别的赏赐了。"

　　魏凌忙拱手说客套话："微臣鞠躬尽瘁死而后已，这是微臣的本分。赏赐乃身外之物，皇上尽可不用了。"

　　皇后却又笑了笑说："英国公不必客气。臣妾也是方才知道，英国公还有个女儿。如今年方十四，比咱们三皇子小两岁，长得是水灵极了。咱们三皇子尚未娶亲，如今给他添一位侧妃是正好合适的。"

　　皇上听了果然有兴致："英国公还有一女，朕倒是没有见过。可是在座的哪位？"魏凌听了这话脸色微变。程琅则突然抬起头，手不觉捏住了筵席桌上铺的绸缎。

　　皇后娘娘这个意思，难道是想给宜宁赐婚？这位三皇子是庄妃所出的孩子，因皇后无所出，故刚过继到了皇后名下。应该是皇后看中了宜宁身上与魏家、陆家的关系，所以想求来与三皇子，好作为他日后的助力。但宜宁出身不够，做正室是肯定不行，做个侧妃——那还真算是赏赐了！

　　而陆嘉学只是淡淡地抬起眼皮，看向了皇后。

场中一时安静，被点到名的宜宁思考许久，深吸了口气，缓缓地站起身来。

皇家的尊荣显赫，对于别人来说可能是千般万般好，对于魏凌来说却一文不值。虽然宜宁若是嫁给了三皇子，皇上会更信任他。要是宜宁得宠，再生下皇孙，扶为正妃也不是不可能。如果真是个不得重视的庶女，有这等命数是烧高香也求不来的。

但他把眉眉从保定接回来之后就千般万般宠爱，对于魏凌来说，这个独独的女儿就是心头肉，什么嫡女、庶女的他是不管的，反正她就是英国公府唯一的小姐。他又怎么会让她嫁入皇家，何况还是做侧室！

三皇子被皇后收养，以后说不定就要继承大统，难道让宜宁在深宫内帷里，跟众多的女人争宠？

魏凌想起来就冷汗直冒，心道这绝对不可！

这宫里就是龙潭虎穴，眼见着繁花似锦，底下不知道有多少流脓的疮疤。宜宁尚未及笄，怎么能进这个地方？

魏凌心里转过很多念头，就看到自己的女儿缓缓起身，走到了皇上面前跪拜行礼。身上的翡翠首饰发出清脆的声音。她抬起头，清莹莹的杏眼，宛如春日下的三月杏花，细嫩而带着香气，明明就是极有灵气的长相，却透出一股隐隐的媚色。但她自己偏偏是不知道的，故一举一动皆无刻意，叫人看了就不住生出暧昧旖旎的念头。

这样的好看实在是危险，若不是有英国公护着，恐怕长这么大……皇上怔了怔，咳嗽了一声："我倒不知爱卿尚有个女儿。"

宜宁只管垂眸不语，这时候是一定不能表现得出挑的，能不说话便不说。她当然能感觉到现在有多少双眼睛在她身上，她甚至看到程琅的焦急、谢蕴目光中的打量……

她心里暗暗地叹了口气，三皇子！

这位三皇子传闻是意外暴毙，但明眼人都知道他是死于大皇子之手，后来皇后一直没生出儿子，就让大皇子成了太子……

皇上还是皇子的时候，先皇疼爱大皇子，一心想立大皇子为储君。但本朝有立嫡不立庶的规矩，因此群臣反对。后来陆嘉学替皇上一箭射死了大皇子，又圈禁老皇帝进行政变，皇上这才继承了正统。到了他这里，却还是更疼爱宠妃淑妃所生的大皇子，过继到皇后名下的三皇子就没怎么过问过。

可见男人的劣性难改，无论什么时候都这样。

皇后应该知道自己势弱，和太后还不能比。当年太后好歹还生下了皇上，她却孩子都没有生出来，如此便想求陆嘉学的支持。但陆嘉学是什么人？在没有完全的把握之下，他会随意地去支持哪个皇子继承大统吗？权势财富美色，他什么都不缺，没有什么能诱惑他的。

应该是得知她是陆嘉学的义女之后，皇后才真的动了这个心思。

陆嘉学也是拥护立嫡不立庶的，在大皇子和三皇子之间，他要更偏向于三皇子。要是这时候能让两家有更近的关系，就能得到他的支持了。

宜宁下意识地去看陆嘉学。

陆嘉学坐在王侯的第一个位置上，垂眸喝他的茶。似乎并不支持，也不反对。

陆嘉学当然知道皇后打什么主意，只是皇后还是愚钝了，没看清他跟魏凌的关系。魏凌这次立了战功，皇上为此庆贺特设宫宴，他却迟到了，摆明与魏凌的关系已经生疏了，那宜宁嫁给谁关他什么事。就算有个义女的身份在，也是没什么用了，而且皇后连魏凌对这个女儿十分疼爱都不知道，可见没什么心机。

他反倒因此更不想支持三皇子了，养母太蠢了，三皇子估计也没什么前途。

至于这浑水，陆嘉学并不想蹚。为了上次宜宁无意中说的那句"青山埋忠骨"，他已经出手一次了，反而欠了皇后一个人情。这次再管就是他昏头了。

宜宁看到了他握着茶杯的那只手，稳稳的，骨节微突。她想起她无数次地抓着这双手摸他哪里有茧、哪里有伤，他就任她抓着自己的手玩；想起无数次噩梦中也是这双手，冰冷地掐住她。她微微闭了闭眼睛，突然有种身在一条小船上风雨摇曳的感觉。她只能随波逐流，任外界的风雨来摆布她。

"皇上——小女今年才十四岁。"魏凌跪到女儿身边说，"微臣还想多留她几年在身边的。"

"朕还正想着要赏你什么好！"皇上却笑了笑，下了铺着绒毯的台阶，一步步走到宜宁面前来，"朕看你家女儿的确出众，跪在朕面前不卑不亢，娴雅文静，你又为朕立如此大功，不如朕封她做个乡君好了！"

宜宁心里一凉，皇上不提赐婚之事，怎么反而提起给她封号了？

她当即也顾不得了，开口说道："父亲是将领，保家卫国是天经地义，他打败瓦刺部，小女也十分为他高兴。但小女对此无甚功绩，实在是担不上皇上的赏赐……"

"你们听听，哪个有她这般觉悟的？"皇上眼眸微亮，看着宜宁，笑容竟然有几分温和，"我看你着实担得上这个乡君的称号！要是天下的将领都有这小女儿家的觉悟，那就不愁朕的江山不稳固了。"

皇后听了这话几乎压不住惊愕，蔻丹鲜艳的手扶住了镂雕金椅扶手。

皇上这态度怎么有点不对……他一向不怎么好女色，宫中的妃子只宠爱淑妃！要是他真的有了那个意思，她这不是搬起石头砸自己的脚吗？皇后勉强笑了笑，"臣妾也是这么觉得的，因而觉得她配三皇子合适。三皇子身边只有乳母和伺候他的宫女，也该有个人帮他管事了。"

"依朕看——"皇上似乎没听到皇后的话，顿了顿，看宜宁的眼神更是意味深长。皇上这话摆明了对宜宁有心思！

皇后想指婚，魏凌还理解，皇上想将宜宁纳入宫中岂不是荒唐！魏凌也顾不上什么欺君不欺君的了，立刻说道："皇上，皇后娘娘想为宜宁指婚，微臣感激不尽。只是宜宁早已有一桩婚约在身，已经交换了信物，若是背弃婚事，就是背信弃义……微臣实在不敢做这背信弃义之人！"

宜宁明白魏凌是想护住她，但想到父亲这是在睁眼说瞎话，她还是心里一动——魏凌为了护着她，连欺君之罪都要担当了！

她低声喊他:"父亲……"

魏凌现在是军功在身,就算打断了皇上的话,皇上倒也没有明显不悦。皇上缓缓上了台阶,又坐回了龙椅上:"爱卿莫不是在诓骗朕?这刚说到赐亲一事,你女儿就有了一桩已经定下的亲事?"

"着实是有这桩亲事的。"魏凌仗着自己军功在身,开始胡乱编造了,"小女与他是两情相悦,微臣也不好说什么……"

宜宁配合着低下头,心想老爹你这胡话说得太顺口了,现在说得越多就怕错得越多啊!偏偏她这时候不好开口,绷得宛如一根弦……

"是有这桩亲事的。"突然有人开口说话了。

他放下茶杯,看了宜宁一眼,站起身向皇上拱了拱手:"皇上,微臣认了宜宁做义女。义女儿时的事,微臣还是知道一二的。"

若是别人这时候进来插话,皇上自然不悦。但这个人是陆嘉学,手握边陲重兵,朝廷的肱骨之臣,就连他都对陆嘉学敬重有加。

"陆爱卿的话朕自然不疑。"皇上说着端了酒杯,但看宜宁低垂着头,那般的好颜色,仍然忍不住一笑,"那还真是可惜了……"

坐在身侧的皇后已经后背全是冷汗,皇上这句可惜的意味,听得出来的心里都慌。她这把乱点鸳鸯谱,可真是差点点出事来了。要不是陆嘉学插手进来,这事恐怕还摆不平。

接下来宫宴怎么进行?菜再怎么好吃都是食之无味了。

等宫宴完了,坐马车回了英国公府,魏凌连朝服都没有换,与魏老太太一起进了内室商议。宜宁坐在西次间的临窗大炕上,心有余悸,她从打开的六格攒盒里捏了几粒蜜枣出来吃,勉强听得见屋里说话的声音。

内室里,魏老太太靠着引枕,捏着手里老山檀的佛珠。总算是经过一辈子风风雨雨的人,老太太这时候难得镇定。

"我看,需得立刻给宜宁找一门亲事才是。您也知道皇上是个多固执的人,他可以忍大皇子多年才一举夺位;当年他骑射不好,先皇不满,他能苦练多年在围猎的时候夺魁。可见是个不达目的誓不罢休的人。"魏凌沉声道,"再说我总归都说了宜宁已经定亲的话,宜宁现在就该把亲事定下来,甚至可以直接成亲……以绝后患。"

魏老太太叹了口气:"你说得倒是轻巧!这成亲都是要相看又相看,合八字、下聘书的。要是仓促成亲,男方的人品如何你可知道?"

"如今也没有别的办法了。"魏凌坐在太师椅上,拿出了点战场上果决的意思来,"那就不管什么成亲不成亲的了,我直接找个男子来。就当他与宜宁成亲了,宜宁照住在英国公府里,以后英国公府就养她一辈子。有她弟弟在,以后就是给她撑腰的。若是再遇到她喜欢的,直接和离就是了——"

魏老太太觉得儿子在战场上待久了,这事做得有点病急乱投医:"你这话说的!什么和不和离的。"

魏凌挥了挥手，眉间一凛："要是她嫁个不知根知底的，我看还不如嫁个我掌控得住的，免得以后欺负了她。"

"倒也不用太急。"魏老太太对儿子的做法不太认同，她还是觉得姻亲乃父母之命媒妁之言，就算因为宫宴里的事，逼宜宁不得不做出决定，但一切还是要慎重，她劝儿子，"你少安毋躁，我去找傅老太太，还有你伯母袁氏来商量。看看这儿有没有合得上的适龄男子，若是有，便请了媒人前去说。宜宁怎么着也是姑娘家，婚嫁之事不可不慎重。她十四了，本来也到了说亲的年龄。不如就趁这个机会，把她的亲事定下来。"

魏凌喝了口茶，沉思了片刻。

魏老太太说的的确也有点道理，他不在意，但是宜宁可在意？外头众人又会怎么说道？总不能让她受了委屈。

至于什么已经定亲的，他们不说谁知道是不是已经定亲了。到时候和对方人家商量好，串通了说法就行，皇上总不会去细问的。

"只是怕人家不好找。"魏凌吐了口气说，"我们簪缨世家，给宜宁的陪嫁必然也丰厚，以后的姑爷就算没个官职……我也愿意帮他谋划。但是跟咱们串通，那就同属欺君之罪，能有几个人敢？恐怕现在好的世家都不敢接茬。"

说到这里他又有些晃神，女儿接回家一年，还没在手里焐热。要说现在出嫁，他还真是舍不得。

"最好说的人就在附近，让宜宁能时常回来看看。"他犹豫地道，"她还小，我总怕嫁人了婆家不善，会欺负她……"

魏老太太懂儿子那点不舍，怎么说也是唯一的女儿，她看着屋内燃着香的三足麒麟瑞兽香炉，檀香的味道让人心神宁静。

她继续说："倒是有几个合适的，隔壁九香胡同常国公家的嫡四子年十五，常国公和夫人性子都好，只是跟咱们交往不深。早年因咱们田庄和常国公府的田庄比邻，你父亲还跟老常国公闹出矛盾。还有同住胡同的贺家贺二公子，我记得贺二公子刚考了举人的功名，倒是算是上进，比宜宁大两岁。贺老太太跟我们关系一向好，她一贯也喜欢宜宁，必然会答应的。"

魏凌觉得这些都有点委屈宜宁。前者只是个嫡四子，家里就算有什么资源，到他手上也分不到什么了。而且常国公府一共五房，人事复杂。再说贺家，贺家在京城的世家里只能算一般，贺二公子是中了举人，但魏凌还真看不上区区的举人。

魏凌跟魏老太太说了，魏老太太直叹："一时半会儿的，也找不出几个合适的！再说贺二公子哪里不好了？为人谦和，必然不会亏待宜宁。你还别说，现在有好几个媒人给贺二公子说过亲了，人家都没有同意。依咱们家的地位，贺家娶了宜宁回去就是供着她的。"

魏凌叹了口气道："我再回去想想吧！您明日找傅老太太和伯母来商量试试吧。"

说完站起来理了理衣袍，出了内室的隔扇。他刚出来就看到宜宁靠着小几在吃枣子，一个个枣核堆在小碟上。她望着窗外本有些茫然，看到魏凌之后站起身，向他行礼，"父亲，宜宁想说几句。"

这对她来说是无妄之灾。她这样的女子，对于那些上位者来说也不过是手中的棋子、眼中的蝼蚁，随便摆弄而已。

但她想自己决定自己的亲事，就算要成亲，她也想选个清白和顺的人家。没有泼天的富贵又何妨？反正她背后是英国公府，没有人敢亏待了她。她对未来的夫婿本就没什么期待，她能嫁什么样的人？她只希望一切平顺就好，安稳是最要紧的。

书房里，魏凌听了她的话沉默，摸了摸她的头，声音一哑道："爹爹还是无用。"

"谁说您无用，我第一个不同意！"宜宁坚决地说，又拉着他的手开玩笑，"我听到您跟祖母说，打算要给我招婿啊？"

魏凌苦笑着任女儿拉着他："爹爹说是这般说，但会给别人上门入赘的男子，又有几个出众的。"

稍微有点才华和骨气的，都不会做倒插门的女婿。

宜宁当然知道上门女婿没有好的。前世她四叔家里只有三个女儿，四婶一直生不出儿子。后来没办法，大女儿招了个女婿上门，这女婿唯唯诺诺的，家里来客都说不上几句话，全凭老丈人做主，她堂姐怀着身孕还要支应门庭。

宜宁看着窗扇外下沉的橘红夕阳，也没有了开玩笑的心思。她倒也不是那么急，死过一次的人了还怕什么。什么不是船到桥头自然直的，只是她怕牵连英国公府，牵连魏凌而已。

乾清宫内灯火通明，皇上还在召见陆嘉学。

"瓦剌部与朝中大臣有所勾结，这是朕最不能容忍的事。"皇上站在长案后，沉吟了一声，"陆爱卿，此事也只有交给你朕才放心。魏凌上的折子是在大同出问题的，内奸必然在大同。朕赐你领宣大总督衔去大同巡查，你看如何？"

"微臣义不容辞。"陆嘉学跪下应道。宣大总督领宣大、山西等处军务兼理粮饷，权力极大，一般人轻易接手不起。就连给他，皇上都要再三权衡才能给。

皇上叫了秉笔太监进来草拟圣旨，他自己对着烛火拿了笔开始画画，突然又问道："英国公的女儿宜宁，朕以前怎么没听过？"

"原流落在外的，不久前才找回来。"陆嘉学说。皇上听了沉默，过了会儿挥手让他退下了。

陆嘉学从乾清宫里出来，外面的天空已经黑了。星子点点，宫人拿了竹竿，将莲花灯座里的蜡烛一个个点亮了。莲花灯座的烛光透迤蔓延下冰冷的台阶，在黑夜里浮动如河流。下属给他披了灰鼠皮的披风，低声道："侯爷，今日在筵席上，您怎么帮国公爷说起话来……"

"既是帮他，也是顺手帮皇后，还她一个人情。"陆嘉学已经走下了台阶，淡淡道，"皇上倒也开始色令智昏了，还是做皇子的时候懂得忍一些。如今还不如以前了。"

说完径直往前走，倒是路上和一个人擦肩而过。

陆嘉学脚步未停，那人却停了下来，脚步一顿，向他拱手道："竟然偶遇都督大人，罗某倒是运气好了。"

陆嘉学停下脚步回头，看到一个高大的年轻人站在莲花灯座之下，身穿官服，带着两个随从。他当然认得这人就是最近在皇上面前风头大出的罗慎远。罗慎远虽是大理寺的官员，但提出的法子治了江浙的水患，救了几万民众的性命，徐渭正想因此把他拱上工部侍郎之位。

"竟然是罗大人。深夜进宫，是为了水患一事吧？"一年的时间做到如今的地步，此人绝不简单。陆嘉学倒也给他一个笑容。

他还知道罗慎远的一些事，在大理寺破案的时候，审讯犯人的手段千奇百怪，残忍至极。此人门道甚多，说起来的确是冷酷心肠。在这朝堂上混下去，要想坐到那高位，唯有两点是最重要的：一是聪明，二是狠。

罗慎远这两点都非常出色。

要他不是徐渭的门生，陆嘉学甚至也有些赏识他。

"皇上密诏，下官也不清楚。不过听闻都督大人奉召入宫。"罗慎远说，"都督大人应该领了宣大总督的官职，下官还要恭贺才是。"

这人洞察力果然十分敏锐。陆嘉学只是道："罗大人还要去见皇上吧。"

"扰都督大人清净了，那下官告退。"可能察觉了陆嘉学的不快，罗慎远不再多说，淡淡一笑后拱手离开。

跟着陆嘉学的下属十分狐疑，"侯爷，这罗慎远怎么斗胆在路上跟您说话，又如此不知所云？"

"他不过是想知道皇上跟我说了什么。"要说论起心机，陆嘉学当年也是个狠角色，不过是这些年实力太强横，绝对的实力能碾压一切，也不需要耍心计了，陆嘉学冷笑道，"他胆子的确大。"

陆嘉学对于这些人都抱着一种观望的态度，他现在还不把罗慎远放在眼里。他拢了披风，迎着有些寒冷的夜风继续往前走。

前路已经没有莲花灯座，宫人给他挑了灯笼，送陆都督上了停在御道旁边的轿子。

坤宁宫的东暖阁里，谢蕴端了一盘刚摘下来的茶花放在金丝楠木桌上，安慰地说道："您也别多想了，皇上身边常有被宠幸的宫女，您不都一个个地给打发了吗。皇上日理万机的，没几日就忘了这桩事了。"

皇后斜靠着贵妃榻养神，叹了口气道："就怕他忘不了。"但是谢蕴的话好歹也安慰了她一些，她坐直了身体继续说："英国公那说辞我一听就是推托，他胆子倒也大，稍有不慎就是欺君之罪。幸好他才立了战功，皇上不与他计较。"

"就是可怜那小姑娘了。这下不嫁也要嫁了，仓促之间恐怕也找不到什么好婚事。"皇后叹了一声。这也是大鬼打架小鬼遭殃。

谢蕴在皇后身边坐下来："出了这样的事，好的世家估计都要躲得远远的……她也只能嫁那些一般的官宦人家子弟了。"

从刚中了举、中了秀才的少年里挑一个成亲，以后对方要是中了进士做个官，其实也不算差了。

谢蕴从宫女手里接了玫瑰香膏给皇后涂手，说道："我看您操心三皇子的婚事，还不如管管他读书。我听祖父说，大皇子前日得了侍读学士的夸奖，但是三皇子一直醉心于木工，皇上肯定不喜欢啊。"

"我怎么劝得动他！"皇后摇了摇头，突然又拉着她的手，顿了顿笑问，"蕴儿，姨母是看着你长大的，把你当成自己的孩子疼。但你又固执，说了这么多世家公子都不喜欢。你可有看上哪个？你告诉姨母，姨母为你筹谋做主。"

谢蕴被皇后问得脸红，说："您可别为我做主，我要自己去问他！他这个人最奇怪了，您要是插手进来，他指不定就反感了……"

皇后更加好奇了，百般追问之下才从谢蕴那里得了个名字。皇后听了点头："你竟然看中他！我们蕴儿的眼光是最好的，他年纪轻轻就做了大理寺少卿不说，我倒是还可以告诉你一件事，皇上准备拟他为工部侍郎……"

谢蕴听了有些震惊，一种与有荣焉的惊喜又冒出来："您说的可是真的？但他才做官几年，资历可不够啊。"

"我听皇上说他治理水患有功。正好工部侍郎空缺，又有那徐阁老徐大人的力荐，选来选去没有合适的，干脆将他提为工部侍郎。"皇后抚着谢蕴的手笑了笑，"瞧你高兴的，人家被提升又不是你被提升……"

谢蕴更被姨母说得不好意思，偏偏她咬着唇什么都不说，更坐实了喜欢，又听姨母凑到她耳边道："我听说皇上今天召他入宫了。"

谢蕴脸色更红："您说这个干什么，我现在又不去见他！"

话虽然这么说，但谢蕴还是让宫女挑了灯笼，陪她到乾清宫外转转。罗慎远出来正好遇到了谢蕴。

罗慎远一看就知道她故意在这里等着，他就当没看到，径直从御道往外走。谢蕴这才几步走上去，咬了咬唇笑着说："没想到在这里遇到罗大人！"

罗慎远回头一看。他原也欣赏谢蕴的几分才华，只是对他来说，有利用价值远比才华或者美貌更重要。既然不打算利用她，而且还有点麻烦，故他现在对谢蕴就一直淡淡的："谢二小姐，天色已晚了，就算是在宫里，你夜行也不好，况且罗某再不走宫门就要下钥了。"

谢蕴知道他一向冷淡，她不是不在意，她也有自己的自尊。别人都追着她捧着她，唯有罗慎远对她不闻不问。

她语气一低："罗大人，我就这么入不得你的眼？"

"谢二小姐误会了，谢二小姐才华横溢家世样貌皆是出众的，想必入不入眼的，也不缺罗某人这一个。"罗慎远不想再跟她纠缠，继续往外走。

谢蕴看着他高大清俊的背影，突然说："今天宫宴上，姨母想为三皇子求娶你妹妹，但是皇上想封她个乡君的号。"

这话一说出来，她终于看到罗慎远的脚步停下了，谢蕴看到了就继续道："英国公当即便说你妹妹有桩亲事是从小定下的，才搪塞过去。我看你妹妹这时候的婚事很艰难，你要不要想法子帮她……我本来是不管这种事的，为了你才留意她一些。"

罗慎远很久没有说话，脸上也没有表情。

但是袖中的手慢慢握得很紧，然后他低声说了一句"谢谢"，拢了披风，往宫门外走去。谢蕴觉得他的气势突然有些凌厉，但说不清为什么。

见他已经走了，她才慢慢地回坤宁宫去。总算听到了他的一句谢谢，她心里已经比原来舒服些了。

魏凌这夜没怎么睡好。第二日晨起，他在院子里练了会儿刀法，出了些薄汗才通透些。接了小厮递过来的帕子擦额头，看到日头已经升得老高了，魏凌问起朝廷的事："我听说，皇上昨夜已任命都督为宣大总督了？"

旁边站着的护卫说："圣旨已经发了，都督连夜动身去了山西，皇上这次应该是对奸细之事动了大怒！不过……都督这次领宣大和山西的军事，以后岂不是要管着您统辖的宣府了？"

"这倒无妨。上次宜宁的事，最后总算是他出言说了几句，皇上才没有继续追问。"魏凌沉吟一声说道，"我也感激他几分，等宜宁出嫁的时候他要是找出奸细回来了，还要请他来喝喜酒才是，宜宁毕竟认他做了义父。"

"国公爷说的也是。不过在属下看来，大同总兵曾应坤戍守大同十年，手下的人都十分排外，都督未必能找出奸细来……"

魏凌听了就哈哈一笑："曾应坤怎么敢在陆嘉学面前耍花招？陆嘉学在沙场建功立业的时候，他还不知道在哪个卫所里玩儿泥巴！"他拍了拍护卫的肩，心想都是群初生牛犊不怕虎的，当年陆嘉学领千军万马对战鞑靼的时候他们是没看到，简直就是威震四方。

他正要走进内室里换身衣裳，就看到管事进来了，给了他一张拜帖："国公爷，外头来了个客人，自称姓林，任工部给事中，说是咱们小姐的表亲。小的觉着奇怪……小姐哪里有个姓林的表亲？您看看他的拜帖。"

魏凌接过管事递过来的拜帖，他记得宜宁的继母就是姓林的，可能还真是来拜访的。"可说了来干什么的？"

管事回道："说是有什么东西给您……小的看他衣着打扮也的确不是普通人。"

英国公府这般地位，上门打秋风的穷亲戚也不少，自然要谨慎些，他也不是谁都能见的。不过魏凌记得宜宁的继母跟宜宁关系很好，人家既然来了，那自然是要见见的。

魏凌就点头道："你带他去前厅，好生招待，我换身衣服就过去。"

管事这才领命去放人，魏凌梳洗后随意换了件圆领石衽长袍，往前厅里去。

林茂今日倒是穿了件赫红的杭绸直裰，腰间配了块玉坠儿，显得喜气洋洋。他身材修长，狭长丹凤眼，的确算得上是青年才俊。他正站在前厅外边看海棠边等着，身边摆了一对绑着翅膀的大雁，回头看到英国公来了，才大步走来向他行礼："国公爷安好！"

魏凌请他坐下来，下人奉了上好的大红袍上来。魏凌才笑着问："我是记得宜宁的继母林氏的，你可是林氏的侄儿？"

林茂拱手道："在下的确是扬州林家人，一直在京中，未曾来拜访国公爷，实在是失敬了！"

魏凌笑着说："哪有什么失不失敬的，林公子不必客气！既然是宜宁的表哥，那就是亲戚了，以后常走动就熟悉了。宜宁没有什么兄弟姐妹，唯有个弟弟，我巴不得她多几个兄弟。"两人说了一会儿话，管事过来请英国公的话，现在已经到吃饭的点了。魏凌就对林茂说："倒是眼看就快晌午了，不如我让厨房做几个下酒菜，你与我小酌几杯？"林茂听了眼睛微亮："国公爷留我喝酒，自然是要喝几杯的。"

魏凌让小厮去小厨房传话布菜，花生米、卤猪耳朵之类的下酒菜不能少，又让人去东园通传宜宁，说她表哥来访了。

酒菜摆上来，林茂就给魏凌倒酒："我听闻国公爷有个千杯不醉的称号，我在扬州也好酒，能闻着酒味辨别酒的种类。酒坊的掌柜因此输过我五十两银子。"他提着酒壶闻了闻，"居然是秋露白，国公爷家里的窖藏果然是最好的！"

魏凌见他果然能闻出来，有些惊讶。他又立刻让管家取了好几种酒来，林茂都能一一分辨出来。

魏凌看林茂的目光就有些赞赏了："喝酒伤身，我是戒这口好几年了。要早知道能碰上林小友，便要晚几年戒了！"

"您现在跟我喝也不迟。"林茂又给他满上，两人碰了杯。

魏凌叹了口气说："还是喝酒舒服。"酒一下肚就有种舒服的热，愁绪就全都没了，把他压下去几年的酒瘾都勾起来了，他拿了酒壶给林茂添酒，"林小友多喝些，这秋露白是御赐之物，外面可买不到。"

林茂想到有正事要做，却不能多喝了："国公爷，我还有事要跟您商量……"

"你说就是了！"魏凌笑着说，他以为林茂想跟他商量朝堂上的事，也不甚在意，又举起了酒杯。

林茂听了就继续说："国公爷，我今日是来提亲的，我想娶宜宁为妻。"

魏凌猝不及防，一听差点把酒喷出来，连忙放下酒杯，有些震惊地看着林茂："你……你说什么？"

"在下与宜宁自小就认识，两情相悦，早就有了相娶之意。奈何那个时候宜宁还小，在下便想等有了功名再相娶。"林茂很诚恳地说，"小时候在罗家，我与宜宁表妹可是朝夕相对，宜宁表妹也十分喜欢我，国公爷若不信可以去问宜宁。"

刚因为酒上来的晕头晕脑全没了，魏凌清醒了很多，又问："你说的可是真的？"

"婚姻大事又如何儿戏，国公爷要是同意，我便立刻回去让母亲准备聘礼，八抬大轿娶宜宁过门。我家门风淳朴，父母和蔼，虽说家中无人做大官，但在扬州城也是赫赫有名的，足保宜宁吃穿不愁一生富贵。"他站起身来，脸上的笑容微微收了起来，语气也带了几分郑重，"我亲自来求，便是想让国公爷知道我诚意十足，故已备好了一对大雁同来。"

其实他很早就想上英国公府来了，奈何英国公府一直波折不断。终于等到魏凌打胜仗回来了，他才找机会上门。

他早说过要娶宜宁回去，虽然她已经不是毛茸茸的小狗模样了，但他看着还是觉得好玩,心里痒痒的,早想娶回家养着了。

魏凌这次打量他的眼神,就有了几分看女婿的慎重,没有什么林小友的亲切了。刚打瞌睡就遇上有人送枕头,实在是太巧了!

"你既然说是来提亲的,那我就要好好问问你的事了。"魏凌接下来郑重地问了林茂好几个问题。

"家中几个兄弟?"魏凌首先问了人口,听到林茂说有六个,他排行老四,魏凌有点不太喜欢。

魏凌又问:"父母可有人做官,官居几品?"

林茂都一一作答了,最后说:"我家自不能与英国公府的煊赫相比,但也算是富贵有余。我一片诚心,又早想娶宜宁,娶她之后绝不会同别人般做那等纳妾之事,您再也找不到第二个我这般诚心的。"

魏凌吐了口气,要是平日他肯定会回绝。但是现在宜宁的婚事迫在眉睫,且林茂又说他们两情相悦。再说人家是六部给事中,出身于扬州林家,怎么看条件都比那个才中了举人的贺二公子好。魏凌想了想,就道:"这事我得考虑考虑,你……你且回去等等。"

人家父亲自然对女儿的亲事慎重了,林茂很理解,把杯里的酒喝了,笑着说:"那我改日再来拜访您。"

林茂把自己养的那对大雁留了下来,魏凌看到那对大雁张头望脑个不停,让人送去厨房先养着,然后问管事:"不是让你叫宜宁来吗?"

管事才回答道:"小姐的花苗还没有种完,说是种完了就过来。"

魏凌让他不用去叫了,他亲自去东园找宜宁。看到女儿果然安逸自在,在暖房里忙着种新的花苗,他犹豫了一下,才问:"宜宁,你是不是……和跟你从小长大的林表哥两情相悦?"

宜宁听完之后差点把手里的花苗给掐断了。这都哪儿跟哪儿啊!

她连连摆手,笑得脸色通红:"您这是从哪儿听来的?我可不敢跟他两情相悦,我们家这茂表哥最不着边际了!时常想一出是一出的。我小的时候,他可把我折腾得够呛的。"宜宁就把林茂原来在扬州城里烧人家铺子,收租金的时候又打了人家掌柜的事说给魏凌听。

"茂表哥虽然聪明,但不喜欢读书。他母亲头疼得很,才送到罗家来让母亲管一管,结果他却跟着明表哥跑到京城里做官了。皇上还是太子的时候,他在皇上身边待过一段时间,不知道怎么哄得皇上封了他个官做……"

看来还真是个不着边际的。

魏凌看着女儿在阳光下晒得红彤彤的脸,额头布满细细的汗水。她的肌肤在日头下白得晶莹剔透,上好的雪白丝绸都比不得,一般的人又怎么护得住她……

若是留在英国公府,自然有他护着。以后嫁出去了怎么办?魏凌沉默了片刻,去了西院找魏老太太商量。

魏老太太正在和许氏说话,她想请许氏的婆婆,也就是魏英的母亲刘氏过来住几天,一起帮着看看,就听到宋妈妈通传儿子过来了。

许氏带着魏嘉避出去玩了，魏凌就坐下来，喝了口茶醒酒，才把林茂的事详细跟魏老太太说了。

魏老太太听了想了会儿，觉得不太妥当："他虽然是个工部给事中，又长得一表人才。但要真是嫁了他，以后宜宁总归要跟着他回扬州去吧，这路途颠簸遥远的，来往一回困难得很。再者家里六个兄弟，妯娌之间未必就没有矛盾。咱们天高皇帝远的，她们妯娌有矛盾了，你也管不了啊。"

"我正是这么想的。"魏凌沉吟了一声，"但要是实在没有合适的，他未尝不可。我看的确也是真心诚意地想娶宜宁。"

魏老太太也点了点头，"那就不要仓促决定了，先看看再说。"魏凌心里真是压得重重的，还不知道该怎么办好。

宜宁见魏凌离开了，吐了口气，让珍珠用铜盆端凉水来净手。她抬头望着院里树荫浓密的银杏树，林茂究竟是来干什么的……她总感觉魏凌说话欲言又止的。她想了想，派了个丫头去前院打探。

一会儿丫头回来跟她说："林表少爷跟国公爷在前厅里喝酒，退了下人。不知道是说了什么，但林表少爷高高兴兴地就回去了。"

末了又说："国公爷送了两坛秋露白给林表少爷带回去，林表少爷送了咱们家一对大雁呢。"

他送大雁做什么？只有男女定亲之时才送这个，比双宿双飞。

但一想到他还给林海如送鹤，宜宁又很理解，便不再过问了，让丫头去把庭哥儿找回来吃晌午饭。

庭哥儿跟着两个七八岁的小书童玩得很高兴，回来的时候满头大汗，衣襟还是脏的。宜宁就不要他上罗汉床，非要佟妈妈带他洗干净才行。

庭哥儿嘟着嘴去梳洗，一会儿"咚咚"跑进来往宜宁身上凑："姐姐，我想和贵福去骑马！"

贵福就是他的小书童。宜宁嫌他像个小火炉似的，把他揪开："叫护卫看着你，到后院绕着假山骑去。"

庭哥儿就是想黏着她，她身上凉凉的多舒服啊。

宜宁瞪了他一眼，他只能爬回去好好坐着，撑着下巴说："家里不宽敞跑不开，我在卫所的时候，跑马的地方是一大片草地。"他用手比了个大大的地方，笑嘻嘻地说，"姐姐你不会骑马，以后我长大了带你骑马吧！"

宜宁给他添了碗薏仁猪蹄汤："好啊，那也得等你长大了再说吧。"

庭哥儿吃了午饭又出去了，宜宁叫了护卫进来，特地盼咐，不准带着小世子去外面骑马。不然他在自己面前答应得好好的，在下人面前又跟小霸王似的发号施令，护卫又不敢反他的意思。

他倒是越长大，个性就越像魏凌了，除了魏凌没人管得住他。宜宁小睡了片刻，起来后要去见管事。

结果，松枝过来通禀说程琅过来了，正在西次间外的庑廊下等她。宜宁往西次间去，正好看到他在和庭哥儿说话，挂在檐下的凤头鹦鹉歪头看他，又喊"阿琅、阿琅"，好像已经认得程琅了一般。

程琅把它从鹦鹉架上取下来，鹦鹉脑袋微低下，一副要他摸自己的样子。庭哥儿不满道："我教了它好久，它都不会喊我的名字！"

程琅就逗着手上的凤头鹦鹉，从小盘里拿了谷子喂它吃，漫不经心地笑着说："你得喂它才是啊。"

宜宁站在门口看了会儿，才向他走过去："程表哥，你怎么过来了？"

程琅就把凤头鹦鹉给了庭哥儿，让他拿着去玩。他跟宜宁一起进西次间说话。

"昨日宫宴上出了那样的事，我自然要过来看看你。"程琅的声音略微沉了些，带着一丝奇异的冷清，"原因也在陆嘉学身上，皇后想要讨好他，你又是他的义女，她便求了你给三皇子做侧妃，让陆嘉学支持三皇子继承大统……"

一个手握重兵的人的选择有多么重要，不说宜宁也知道。她嘴角掠过一丝无可奈何的笑容："世事难料。"

她不由得想到陆嘉学冷淡的脸色。在前世的丈夫面前，她要被赐婚与别人，还是因为别人想讨好他。

前世被他所害所骗还不够，现在还要因他而陷入纠葛之中，身不由己。宜宁抬起头的时候，突然发现程琅正看着她。

隔扇外的阳光映着他俊逸雅致的脸，身上是月白的细布直裰。他的手指微微叩着桌沿，猛地被宜宁发现了，他才淡淡地移开了，说道："明日朝会之上，我将要调任都察院佥都御史了。"

佥都御史是正四品的言官！

"我这倒不算什么。"程琅笑了笑，语气不紧不慢地说，"你那位三哥更是厉害，他应该要升任工部侍郎了，徐渭力保，又有浙江水患的功劳在，这位置十拿九稳。"

"佥都御史还不算什么，别人恐怕想都不敢想的。"宜宁笑着摇了摇头，佥都御史在都察院里掌官员纠察，已经是手握权势了。

她低头时却一时失神，拿着绞线的剪刀稍不注意就划到了手指。那剪刀的尖头十分锋利，指头一痛，很快就溢出血来。

"怎么了？"程琅皱眉，走到她身边半蹲下抓住她的手，见那条血汪汪的口子还拉得有点长，就无奈道，"怎么这样伤着了……"

宜宁被他抓着还是不自在，毕竟他成年了，不全是那个小程琅了。偏偏他又亲近自己，她不好拒绝："无妨，这伤口浅得很，只是破了皮而已。"她用力一抽想把手抽出来，但是没有抽动。

程琅抬头看她，她娇小的身体靠着引枕，肤色白里透红。她的手腕是太小了，一掐就能紧紧握住，稍一用力她就挣都挣不开。

他心里不由得蠢蠢欲动,原来梦里,他已经长成一个高大的男子了,宜宁还是那般娇小的样子,他就是这么欺身压上去吻她。看到她在自己身下怒视着自己,他就怜爱地捧着她的脸安慰说:"别怕、别怕。我是阿琅啊,你的小阿琅啊……"

虽然那只是他的梦境。

宜宁终于把手抽了回来,让丫头去妆奁里拿纱布进来。她把指头的那点血擦了,拿纱布围了一圈算完,她就是懒得包,何况本来伤得就不厉害。

程琅就把那双鱼戏莲纹的笸箩拿过来,找出了药酒要让她涂一涂,再重新包上:"我记得有一次我被人从台阶上推下来,摔伤了膝盖。你觉得我哭得太惨没有男子气概,不想理会我,就把我扔在二奶奶那里,还是我哭着回去找你……"

宜宁听他提起他儿时的事,笑道:"记得是你二奶奶家那个胖孙子推了你,好像是叫瑞哥儿的,他现在和你差不多大了吧?"

"没有,他早就死了。"程琅轻描淡写地说,"他十二岁那年跟几个世家少爷去爬香山,从台阶下跌下来,肺摔伤了,抬回去的时候嘴里不停地冒血泡……后来没有活下来。"

宜宁微微一怔。这么巧……是摔死的?

程琅终于给她包好了,喝了口水说:"陆嘉学离京,他剩下的事只有我来做了。我明日再来看你。"

一口小茶杯留在小几上,宜宁让大丫头送他出去。望着那口杯沉思片刻……这些人的心都比普通人要来得狠,她是自认做不到的。不过程琅在她面前总是挺尊敬的,小时候的事他好像一点都没忘。

她从笸箩里把那些线重新拿出来,这是要给魏老太太做抹额用的。

程琅来看了宜宁,也顺道去给魏老太太请安。

正好魏凌还在魏老太太那里,刚服侍老太太睡下。

他跟程琅一起走出来,脑海里还在思考刚才魏老太太说的那些话。再看到程琅的时候,心里就不由自主地继续想,其实程琅也不错,至少长得好看,因他那张脸,喜欢他的姑娘家不知道有多少。只是他原来有些放浪形骸,来者不拒,最近好像风流韵事少了许多,都没怎么听过了。

魏凌眼睛一亮。

要是宜宁非要嫁,那嫁给程琅也好啊!反正有这么多人想嫁给他,满京城的姑娘都看着他,抢手得很,这家伙近日又要升官了,又在自己的眼皮子底下看着,应该不敢对不起宜宁。要是他愿意娶宜宁,那宜宁就不愁会低嫁了,肯定是风风光光的,让人羡慕。

魏凌拉程琅去书房说话,让侍卫在外面守着。

魏凌在书案后面走了两圈,突然问道:"程琅,你可喜欢宜宁?"

程琅听到他的话心惊肉跳,面上嘴角微扯回答道:"宜宁表妹……自然不错。"

"你也知道昨日宫宴之事。事出紧急,所以我打算给宜宁找门亲事……"魏凌顿了顿,"只是现在也没有个合适的人选。我想问问你,你愿不愿意娶宜宁?我自然是信得过你的,样样都十分出色，以后肯定也护得住她。你若是愿意的话，以后便好好对她，不要再做原来那些事了……宜宁就和你成亲，你看如何？"

程琅一向是笑对别人，这就是他完美的面具，温文尔雅的谦谦公子样。

只是听到魏凌的话之后，他不由得站起身，震惊之色藏都藏不住，魏凌竟然想让他娶宜宁！他居然有这个打算！

是啊……他怎么就没想到，现在宜宁情形危急，势必要立刻定下一门亲事，这时候是救她于水火之中。他……为什么不能娶她？他是京中有名的探花郎，想嫁给他的人从城东排到城西，家族显赫，还立刻就要任正四品的金都御史了。他等了这么多年，痴恋了这么多年。

现在她几乎就放在触手可及的地方，只要忘记自己心里真正的邪念，谁又知道他在想什么？只要不让她察觉，娶了她之后再慢慢地一步步得到她，想必她也不会拒绝。谁又猜得到，他现在可以光明正大拥入自己怀里的人，对他而言究竟意味着什么。

"你可是不愿意……"魏凌就算再霸道，这种事也不会强人所难，他可不会把别人押进婚房。他见程琅不说话，就说，"你不愿意就算了。"

"不是！"程琅立刻道，随即深深地吸了口气，缓缓地笑了，"魏凌舅舅，我自然愿意娶她！"

求之不得。

## 第二十七章 筹谋婚事

魏凌去了宜宁那里，告诉她这件事。

宜宁震惊地看着魏凌，久久回不过神来。

手里握着的茶杯不自觉一斜，一点茶水洒了出来。她忙把茶杯放下，这才问："您说什么？"

"我刚才问过程琅了，他愿意娶你。"魏凌微笑着说，"你觉得他如何？我可知道好多姑娘家都喜欢他。你要是也同意嫁给你程琅表哥，我们两家就要开始商议婚事了，也要让程家好好准备聘礼才是。毕竟他我是知根知底的，你嫁给程琅，往来咱们府也方便。"

宜宁不知道该说什么好。

嫁给程琅！这对她来说实在是太不可思议了，程琅可是她从小看到大的孩子。但是她现在无论用什么理由拒绝都不充分啊，她觉得情绪有点混乱，稍微冷静了一下才说："父亲，先不急。我想和程琅表哥说说话……他在哪里？"

"外面等着呢。"魏凌说道，派小厮去请程琅进来。

程琅在外面等着魏凌，太阳这么好，照得整个世界都很明媚。程琅站得笔直，嘴角带着一丝笑容。

等到要进去见她了，他才整了整自己的直裰。进了西次间发现她靠着罗汉床在喝茶，眼神茫然得不知道落在哪里。

"坐吧。"宜宁指了指她对面的杌子。

程琅却没有在杌子上坐下来，而是突然走到她身前。

宜宁被他吓了一跳，却见到他在自己面前半蹲下来，握住她的手。

宜宁这次想抽，他却坚定地、比以往更用力地握着，俊雅的脸抬起看着她，语气认真："宜宁，你听我说，这倒不是一时半刻决定的。"

"别人不知道，你我却不能不知道……"宜宁看着他说，"你如何能娶我？"

"你现在处境这么危险，要是英国公把你嫁给别人，你怎么知道他对你是不是好。"程琅说。

只要想到日后就能名正言顺地跟她在一起，甚至是以她的丈夫自居，他心里就充满了期待，"我知道英国公曾考虑过贺家那个二公子，他中了举人，却跟自己的丫头有首尾。这样的人你如何能嫁？你嫁给我之后，我也能好好护着你、照顾你。要是你不愿意，那不行圆房之礼就是了，我现在也是想帮你。除了我，你也没有更好的人选了。"他微微一笑，又带着点自信说，"我不好吗？你知不知道有多少人想嫁给我？"

"你自然好了。"宜宁说，不知怎么的，她又想到了谢蕴，甚至想到程琅对谢蕴的冷漠。程琅是想帮她，而且正如他所说，没有比他更好的了。

"你嫁给我之后，还可以时常回英国公府小住，到时候我便陪你一起回来。"程琅说，"你别误会了，我没有别的意思。你对我有莫大的恩情，此时是我报恩的时候。以我的婚事给你带来荣耀，好不好？"

宜宁看着他的眼睛，拒绝的话始终不好说出口。他的确是一片好心。

"我回去让祖父帮忙准备聘礼。"他说，"半个月之内就可以娶你过门了。"

"阿琅，这事还要商量。"宜宁放开他的手，"但无论如何，倒是要谢谢你肯帮忙。"

程琅很明白自己在说什么，他算计得很清楚，说什么才能让宜宁不好拒绝。言尽于此，再多说就要过头了，他便向宜宁告辞。

宜宁远远看到他在门外和魏凌谈笑风生，魏凌拍了拍他的肩。

她静静地看了会儿，让丫头拿了纸笔进来，准备给长姐写封信。

新桥胡同的罗府里，林茂拉着顾景明来给林海如请安。

林海如发愁地看着院子里那只鹤，额头青筋直跳。就应该把这家伙给炖了吃，跟林茂一个脾气，它还挑食，还闹腾，真是烦不胜烦。

看到林茂拉着顾景明来请安，她也没个好脸，问道："你们怎么跟个连体婴儿似的，成天在一起？"

林茂笑眯眯地说："要不是我拉他出来，他就惨了——他娘逼他相亲呢。"

顾景明不客气地拧了林茂一把，他对长辈就很客气，拱手笑道："实在惭愧，家中母亲着急我的婚事，故到京城里来找我了。"

林海如一向喜欢顾景明，听闻他要娶亲了，就说："那你母亲可得好好给你把关才是！"

顾景明听了点头："姑母若是有好人家可帮我留意一下，我娘挑的却都是些大家闺秀，我是不喜欢的。但要是我挑了人选，她又不满意，着实闹得我头疼。"

林海如听到这里眼睛一亮。但仔细盘算手头上又没有合适的人，有点惋惜，叫丫头上了些时令的茶点与两人吃。

听了顾景明的遭遇，林海如却又想到了林茂的亲事，她侧过头问林茂："对了，你娘上次还写信给我，让我给你在京城寻摸一门亲事。我看你这做了官也不着调的，到哪里去寻亲事！不如让她在扬州给你寻摸一门好了。你扬州小时候的玩伴，隔壁县知县的次女就不错。"

"姑母，我的亲事已经寻好了。"林茂正在逗弄乳母怀里的楠哥儿吃糕点，抬起头道，"我今天已经去提亲了。"

林海如也正吃糕点，听了就差点呛住了。

丫头给她又拍背又灌茶的，好歹是咽下去了。

然后她深吸了一口气，问道："你说什么？"

林茂觉得他姑母有点莫名其妙，他放下手里的糕点，拍了拍手上的糕饼渣子说："宜宁她爹回来了，我就去提亲了啊。"

他又问了一句："我不是早就跟您说过吗？"

林海如拿了汗巾擦嘴，是了，林茂少年的时候就有这个打算。

"你怎么不与我商量商量就去了，人家英国公府是簪缨世家，你自己上门提亲太不合礼数了。"林海如说，"我看人家拒绝了你怎么办。"

"成不成的总要试过才知道。"林茂笑眯眯地说，"不成也无妨，我反正是试过了，况且人家英国公还挺喜欢我的。"

这家伙总是非常自信别人能喜欢他，不知道他哪儿来的自信，实际上在很多地方他都是个人人喊打的角色。

"三少爷，您怎么在外面不进去……"凉亭外突然响起瑞香的声音。罗慎远回来了？

林海如过了片刻才看到罗慎远带着随从走进来坐下，似乎也没什么表情。林茂跟他打招呼，他淡淡地颔首，随后让顾景明跟他过来。

顾景明常伴皇上左右，陪皇上读书，皇上若是有兴趣去骑猎他也作陪。对皇上的心意揣摩得比别人清楚几分，两人时常交流。

顾景明说起程琅即将擢升金都御史的事。程老太爷当年就是言官出身，现在都察院的副都御史还是他的得意门生。眼看程琅是突然擢升起来的，但背后应该是做了不少功夫的。都察院如今几乎被汪远党的势力把控着，程琅也算是半个汪远党。

"我母亲最近想给我找门亲事……"顾景明幽幽地说，"我想来想去也没有合适的，倒不如去求娶宜宁表妹好了。宜宁表妹是姑母的孩子，我母亲这么喜欢姑母，肯定会同意的。"

他话音刚落，就看到罗慎远转过头看他，目光带着不加掩饰的冰冷。

"开个玩笑，我对宜宁表妹可没什么！"顾景明微微一笑说，"就是有什么我也不敢呀。"

"林茂虽然聪明，但是对于男女之事很迟钝，可比不过公子我啊。"顾景明打开折扇摇了摇，见罗慎远的表情丝毫未变，他才低声说，"罗大人，我也算是你的左膀右臂了，林茂对宜宁说是男女之情，我看未必，他就是觉得宜宁好玩而已。"

罗慎远收敛了那股冷意，顿了顿道："无妨。"喝了口茶又说，"我即将上任工部，也算是林茂的顶头上司。他这性子实在不适合做给事中，太容易得罪人了，工部几个郎中让他得罪了个遍。倒不如去做个地方父母官——山东胶州的知州快要致仕了，林茂若是先做高密县知县，几年之后就可凭政绩升任知州。"

"话虽如此说，但从给事中变成知县……"品阶虽然是一样的七品，但是一个是京官，工部官员，一个是地方官，如何能比？

罗慎远道:"你以为我在以权谋私吗?"

顾景明勉强一笑:"我自然不敢这么认为。"不是不认为,而是不敢这么认为。

罗慎远就继续说:"英国公向来疼爱宜宁。林茂家远在扬州,又有六位兄弟,他不会同意这门亲事的。"

"那你……"顾景明有些迟疑地问,"你又有什么好怕的。"

"我没有怕。"罗慎远抚着杯沿,慢慢说,"好了,你先出去吧。"

等顾景明出去之后,就有探子进了罗慎远的书房。看到罗大人正靠着太师椅闭目,高大的身影被夕阳拉得很长,搁在紫檀木扶手上的手,骨节分明,修长有力,正轻轻地叩着,这就证明他在想事情。探子站在一旁默默等着,不敢打扰了他的思索。

过了会儿罗慎远才睁开眼睛,问道:"打探清楚了?"

"都清楚了。"探子恭敬地递了信上去给他,自己又口头上报道,"程大人也是个聪明人,万花丛中过,片叶不沾身,倒也厉害得很。除了风月场上有点传闻,养过个瘦马,别的就更没有什么了。对了,他早年好像杀过人,当时有陆都督护着,没有人敢指证他。"

清流派的信件往来、情报交流都从罗慎远这儿过,这些都是要紧之事,罗慎远都要一一核查的。

杀过人也不算什么事,他还杀过人呢。

罗慎远看过信再封上,看着隔扇外的夕阳想事情。

那夜宜宁的震惊、推开他的动作一直在脑海里萦绕不去,她应该是被他的突然吓到了吧。他总是喜欢压抑自己的情绪,实则他内心敏感,容易被在意的人的一举一动影响,那夜想想的确是太冲动了。

至于林茂……要是放在以往,英国公肯定不会同意林茂的提亲。但是刚出了宫宴上的事,宜宁现在处境危急,英国公慌不择人也是有可能的。宫宴上许多世家都在,英国公想为她找门亲事以绝后患,但过了宫宴,有几个敢娶她的?魏凌只能找官宦家庭中稍微出色的公子哥了。

他现在就可以帮她,他远比那些人出色得多。

但是他们始终有养兄妹的关系在,若是他现在就提出来。宜宁……那次她都这么大的反应,若是他贸然去提亲,恐怕她还不知道要怎么样。

罗慎远看着桌上摆的笔山,想起宜宁小的时候,他带着她写字。他把她揽在怀里,她埋着头,稚嫩的侧脸认真而执着,抬头笑着喊他:"三哥。"

罗慎远突然淡淡地笑了笑,跟下属说:"传话下去,明日外出。"

宜宁这早刚在床上醒来,就听到魏老太太身边的丫头芳颂过来了。

魏老太太要带她去弘慈广济寺烧香拜佛,前段时间英国公府的确不太平。

庭哥儿闹着要跟着宜宁一起去烧香,难得出门,他兴冲冲地趴在马车边上看外面一晃而过的街市和铺子。等到了弘慈广济寺里,他又想去看寺庙养在后山的灵猴。宜宁派了两个护卫跟着他去,并叮嘱道:"不能让他上山去,也不得离猴子太近了。"

猴子生性顽劣,怕伤到了庭哥儿。他可是个金贵的。

护卫拱手道:"小姐莫担心,有我们跟着呢。"

宜宁这才放心了些,跟上了魏老太太的脚步。魏老太太先带她去拜了观世音菩萨,上了香。宜宁垂手立着,分明见到老太太拿出了八字与旁边站着的师父看。

那是她的生辰八字,老太太不会已经心急得开始合八字了吧?

师父接了老太太递过去的八字,念了声佛号,叫知客师父领他们去客房。

客房建在山腰间,院里长着一株巨大的古榕树,绿荫浓密匝地,垂手立着许多丫头婆子。魏英的母亲宋氏,还有傅老太太携着定北侯府的长孙媳妇罗宜慧在这里等着魏老太太。

宋氏是个面容威严的老妇人,却有一副洪亮的嗓门,宜宁给她请安,她还笑眯眯地给了宜宁一袋金豆子,跟赏赐小孩似的。三个老太太进了屋内谈话,就让罗宜慧和宜宁在院子里说话。

宜宁昨天特地写信给长姐召她一起来。

她见长姐的时候不多,罗宜慧现在操持定北侯府的庶务,又要照顾钰哥儿,分身乏术。魏凌出大事的时候,定北侯府也上了折子为魏凌求情,但被皇上驳回了,傅平便让家里的人都低调些,两家少了来往。

罗宜慧看她已经正如少女亭亭玉立,心想原来伏在她膝上,要她帮着梳小辫子才行的小小孩子,竟然也长得这么大了,有些感慨。摸着她的发说:"我看了你的信,就立刻请命来看你。咱们宜宁豆蔻年华,不愁找不到好夫君!说不定就此机会还能结成一桩姻缘呢,不要着急。"

宜宁很明白自己现在什么处境。她和长姐一样其实不怎么急。她只是在想程琅的事而已。

"我可好久没见钰哥儿了!"宜宁拿了旁边放的花生剥给长姐吃,她记得长姐爱吃水花生,红皮被她细细地除去了,递给罗宜慧,笑着问,"他现在读书了吧?"

罗宜慧就跟她说钰哥儿:"跟着他二叔读书,认字倒是很快的。"

正闲谈着,外头疾步走来一个护卫,到宜宁身边俯身道:"小姐,小世子拿食逗猴子,卑职一时不查,害得小世子被猴吓着了……"

宜宁听了皱眉:"不是让你们好好看着吗?他可有大碍?"

护卫也很愧疚,拱手道:"原小姐提醒了就该注意的,只是那猴子极为灵活,突然就从树上蹿了下来……"他语气一顿,连忙又道,"幸好罗大人路过救了小世子,罗大人的手被猴抓伤了,小世子被吓得直哭,您跟卑职过去看吧!"

罗大人……三哥他怎么来了!

宜宁也没有多问,立刻带着护卫朝后山赶过去。

后山有一块巨石突出的台面,沿着石阶往山上走就到了,台面上立了石碑、凉亭,往下看山清水秀,草木郁郁葱葱,旁边那山石里就养了不少的猴。原是一群野猴,寺庙里的僧人见着可怜,才养在这里,也给寺庙添些灵气。

宜宁走近的时候，才看到许多带刀的护卫把守在这里，不要别人靠近，亭子里一个高大身影正坐着，应该是他，庭哥儿坐在他对面。

还没有走近，宜宁的脚步就微微一顿。

她想起那天雨夜里，两人交叠的嘴唇，以及他微热带有压迫感的气息。

有人递了手帕给罗慎远，他接过擦了手上的血，随意地再递回去，问庭哥儿："你喜欢看猴？"

庭哥儿认得罗慎远，虽然不是很熟。他脸上犹带着泪痕点点头："猴儿好玩……"

"下次莫要离它们太近，喂食也不要拿在手上喂。"罗慎远叮嘱他说，然后站起身，护卫准备跟着他离开。

"你也喜欢猴子吗？"庭哥儿连忙问。

罗慎远听了之后想了想，然后笑着说："我没什么喜欢的。"

庭哥儿有些疑惑地看着他。宜宁也远远地看着他，他就算如今有官衔加身，手握权势，但好像也什么都没有一般。这时候有个穿程子衣的人跨过石阶，走到他面前单膝跪下："大人，刑部刘侍郎派人过来请您……"

他低声嘱咐这人什么，抬头就看到宜宁站在不远处的石阶下。宜宁顿时不知道该以什么表情面对他。

宜宁深吸了口气，叫人带庭哥儿回客房去，由老太太好好看着他免得再出什么乱子，方才朝罗慎远走了过去："三哥，你的手可要紧？"

她走到罗慎远面前，也没有护卫拦她。宜宁就抓起他受伤的右手看，那儿被猴儿抓出一道血痕，还挺深的。

罗慎远任她抓着自己的手没有说话，宜宁就拿不准他究竟在想什么。这个人的一切明明她都是最熟悉的，现在却越来越捉摸不透了。她想了想继续说："三哥，你这伤口还挺重的，不能就这么置之不理了，我帮你处理吧……"

宜宁放下他的手，拿出汗巾想给他简单包一下。

猝不及防，她的手却突然被他反握住。罗慎远的右手因为受伤而不能蜷缩，力气却很大，如铁钳一般抓着。

宜宁抬头看着他，还是那张俊朗至极的脸，挺直的鼻梁，她几乎就是突然撞进罗慎远深如古潭的眼睛里，听到他的声音隐忍中透出一丝淡漠："宜宁，你想做什么？"

"要是不喜欢我、厌恶我，你就该离我远远的。"罗慎远继续说，"不然那夜的事还会发生的，我不会只做你的三哥了。"

宜宁被他盯得有些慌乱，扯了扯手。

"我如何会厌恶你——"宜宁避开他的目光，那有种灼痛人的深沉。她对罗慎远的情绪太复杂了——怜悯、依赖。她无比信任罗慎远，但是当她一步步了解罗慎远的真实想法、他在自己身上做的事之后，她就开始有点逃避了。

这跟她小时候一样，也许这是她的自我保护。小时候没有母亲，她就从来不在别人面前提自己的母亲，把继母当成亲生母亲好好地恭敬着。继母生的妹妹不喜欢她，她就要刻意忽略妹妹对她的厌恶，告诉自己妹妹对谁都是一般的态度，然后跟妹妹相处。不然还能怎么办呢？她倒是想不顾一切地指着妹妹训斥一通，但是继母肯定是疼爱亲生女儿胜过她的，没有人庇佑，她敢呵斥妹妹吗？

家里来了个讲《春秋》的老师，喜欢她胜过喜欢妹妹，经常向父亲夸奖她。继母看她的眼神就透出三分寒意，她就连这个老师都疏远了。

那天罗慎远突然亲她的时候，她就很怕，或者说是对未知的恐惧，他走之后很久她还在浑身发颤。

她还在走神，罗慎远却逼近宜宁，语气低沉："怕吗？"当然怕了，别靠近了！

"三哥，我不知道该怎么说……"她闭上了眼睛，别的事情她都能利落干净，唯独这种事她迟钝又拖泥带水。

"我从不讨厌你，但你、你别这般了。"

她好像真的很怕的样子啊，有点站不稳，上次他就感觉到了。这也算是宜宁不为人知的地方了，当真有点可爱。

"你以后再靠近我，我就不会像原来那样了……明白吗？"罗慎远接着道。

宜宁摇了摇头，不知道为什么突然有点想哭。她觉得这样被逼哭真的太没有面子了，自己都看不起自己，身体却有自个儿的意志。不觉就一股酸意弥漫眼眶，眼前有些模糊了。

罗慎远很讶然，然后后退了几步，似乎不该这么逼她的，还是要一步步地慢慢来。他叹道："好了，坐下来再说话吧。"

她别过头看着远处的青山绿水，从半山腰看过去，还没有收的麦田绿油油的，有农家的人在赶牛车，有光屁股的小童在河里洗澡，有斜斜的炊烟冒出来，隐隐听到大嗓门的农妇喊孩子回家的声音。也是，快要到晌午了。

她回过头看到罗慎远，他自己把右手包了一下，缠着一段白色的绫布，以右手握着茶杯，似乎自嘲般说："别怕，无论怎么说，我还是你的三哥。"

"我知道。"她讷讷地说。然后提了茶壶，罗慎远也正要去提。她就把茶壶拎到自己这边来，不放他那边去了。

罗慎远挑了挑眉，然后突然就笑了："宜宁，我是要给你倒茶！"

宜宁掩饰般咳嗽了一声，把茶一口喝了，然后站起来屈身行礼道："既然三哥没有别的事了，那宜宁就先告辞了。"

"等等。"他的手指敲了敲石桌，"我还有话没说。"

宜宁只能再坐回去，看到罗慎远沉思很久才道："那日宫宴的事我已经知道了。"他说道，"你父亲的担心不无道理，不论是皇后想让你与三皇子联姻，还是皇上可能有别的心思，对你都太不利了。三皇子懦弱，醉心于旁道，肯定是扶不起来的，皇位争夺永远是你死我活的，而三皇子还比不上当年皇上的十分之一隐忍，我并不看好他。至于后者……皇上不算昏聩，我倒觉得他不会做出太荒唐的事。只是话已出口，要是不说圆了，他日有人秋后算账，或者皇上终有一日要清算簪缨世家了，那欺君之罪是免不了的。"

帝王最是无情人，今日你为他打江山，他待你是宠臣。哪一日你威胁到他了，除去也是毫不犹豫的。

"我明白，如今父亲也在想此事。"宜宁道。他们都明白，只是不像罗慎远的思维这样一针见血。

魏凌那天贸然救她，其实是留了一个大隐患的，那就是欺君。如果不好好解决，这个隐患始终是心口上的一把刀。

"你现在没有别的办法，也只能匆匆认下一门亲事，我听闻你祖母甚至有意于什么贺二公子。"罗慎远淡淡地笑了一声。

对于他来说，这种才中了举人，半只脚还没踏进朝堂的所谓青年才俊，是绝对不放在眼里的。

"有我在，你何必委屈于这些人。"

顿了片刻，罗慎远抬头看着她，语气竟然温和了一些："宜宁，我娶你如何？"宜宁惊讶地睁大了眼睛。

他的语气不算强硬，只是在拂面的山风中，听上去非常坚定。

耀眼的阳光镀着罗慎远半侧的身体，另一边笼在阴影当中，勾出坚实的线条，她突然有种心跳如擂鼓的感觉。

"你，这怎么行！"宜宁没想到他会突然这么说，张了张嘴，不知道该说什么。心里的震惊不比那夜少多少。

"嫁给我不好吗？"他嘴角带着一丝淡淡的笑意，"我是两榜进士、即将上任的工部侍郎，正三品，不是比那贺二公子之流强许多？"

当然强很多，面前这个人是日后的内阁首辅——拿贺二公子与他比，实在是太侮辱他了。

当年她费尽心机想要讨好的人，表示很满意这些年的讨好，现在说想娶她。七年前她肯定想不到会有这么一天！

但是这七年的兄妹情谊，她早就把罗慎远当成了兄长。他教她读书写字，庇护她，在她危难的时候救她，这一切在她心里就是一个兄长的作为。就算是情不得已，她如何嫁给他？嫁给他之后又要怎么把他当成丈夫来相处？

罗慎远看宜宁的脸色似红似白，似乎非常犹豫。

他继续说："我也是想帮你避过这一劫。你贸然嫁给别人，要是个品行不好的人你该怎么办？他要是纳妾、养外室，你如何知道？但我的脾性你是知道的。你要是实在……心里始终过不去，那我还是你的三哥，照样以兄妹相处，直到你愿意接纳我为止，或者等你遇到你喜欢的……"他一顿，语气极缓地说，"那到时候商量便是。"

宜宁总觉得这话听着有几分耳熟。

罗慎远说的的确很有道理，她贸然嫁人的确不好。三哥再怎么不好也是她的三哥，不会伤害她。只是拿他的婚事来帮她，是不是太麻烦他了？毕竟婚姻之事不是儿戏，他终会娶自己真正的妻子的。而且他们原本就是一起长大的兄妹，就算对外说是因她养在罗家，所以两人自小定亲，但是又怎么和林海如、魏凌等人说清楚？

她一则对三哥兄妹之情较重，二则她也没有这么自私，要利用别人的婚事来让自己安稳。

"三哥，若是你以后……后悔了怎么办？"宜宁终于冷静下来，她思考了一下，继续问，"要是别人知道了内情，以此来陷害你，让你的仕途受阻，该怎么办？"

罗慎远走到她面前，俯下身看着她，说："宜宁，我自有谋划，这些都不会发生的，不要杞人忧天。"

山风又吹来，天气还有点闷热，外面的山林里蝉声嘶鸣，像鼓动的心跳一般。

他看着她良久，嘴角微抿，轻轻地又说了一遍："我来娶你吧，这样你就不用忧愁了。"

他娶了她，以后谁敢小瞧她，谁敢说她嫁得不好？她刚入门就有正三品的诰命等着她。天底下有几个人做得到？

宜宁停顿了很久，才低声说："三哥，我要想想……你让我好好想想。"

她站起身，看到他抬起茶杯喝水时，略点了下头，她才飞快地离开。青渠等丫头婆子刚才在凉亭外等着，看到她出来连忙跟上来。

等她站在山阶下面的时候，才缓缓地吐了口气。身边长着几株茂密的油桐树伸出些荫凉，她出了点汗，觉得山下又湿又闷，还余有几只蝉在嘶鸣。朝下面看就是寺庙起伏的屋顶和阁楼，太阳下一切都静悄悄的。

她回过头，看到罗慎远还在凉亭里喝茶，周围护卫林立，隔得太远已经看不清他的表情了。

丫头给她撑了伞，宜宁带着丫头婆子继续往下走，静静地想事情。

原来生活的无奈和妥协，身陷悬崖，后来犹如圈禁的生活，陆嘉学几乎掐死她的锁喉……

前世她只是远远看过罗慎远一眼，那个隔着人海的冷漠青年，对她而言不过是个陌生人。谁能料到这人会成为她的三哥，教她写字，教她读书，让她脱离前世的阴影变得更强大。不管她承不承认，这个兄长对她的意义都很深重。就算她觉得他已经显现出超过她承受力的阴狠，她也愿意接受。

现在他说他喜欢她，愿意娶她。虽然他的意图是想帮她。

宜宁原来觉得，像罗慎远这样的人，就算真的喜欢一个人也是淡淡的。感情对他而言不是太重要的东西，何况是男女之情，他能这么干净利落地利用孙从婉，足见他在这上面的冷酷无情，其实他完全可以娶一个对他来说更有帮助的人，例如谢蕴。

宜宁也不觉得三哥会有多喜欢她，除了那夜突然的一个吻，两人也没有什么逾越的地方。但是他的确仁至义尽，为了帮她，甘愿牺牲自己的婚姻。或许也是因为他是她的兄长，所以习惯了护着她。

说到底，宜宁对他还是兄妹之情，但为了这份恩情做他的妻子……还是有点心惊。

再说日后他是内阁首辅，身居高位，能与陆嘉学抗衡。两人之间的政治斗争必定少不了，她早想过要平和的生活，恐怕是不可能的。

刚才他又那样逼她……恐怕就算不嫁给他，以后再看到他，也不会只把他当成兄长了。

"小姐，奴婢看老太太还在里面和定北侯家老太太说话呢，要不要进去？"珍珠的声音突然响起。

宜宁似乎这才回过神来，看到前面已经是客房了，客房前面的影壁上写了个"禅"字，那株古老又巨大的榕树伫立在她眼前。

魏老太太已经移出来和傅老太太说话了，宋氏在旁笑眯眯地添话。三个老太太已经在讲京城里的趣事了。魏老太太这次主要是为了宜宁的亲事请两位出来一起逛寺庙，问来问去也没有合适的，就说起赵明珠的亲事了。

看到宜宁过来，罗宜慧叫她过去，把手里的一盘甜瓜递给她吃："你尝尝，这是井水冰镇的，浇了些蔗糖汁。"

宜宁谢过，挨着长姐坐下来吃甜瓜，听着几个老太太懒洋洋地说话，过快的心跳这才慢慢地缓下来。

山腰上，罗慎远看着宜宁和丫头婆子走远。

"大人，马车已经在下面候着了，咱们可以动身了吧……"身边有人小声问他。

罗慎远静静地看着她许久，低声说："走吧。"不知道她究竟是怎么想的……

还有事情没有处理，等他准备好了，自然会亲自上门去的。到时候不管宜宁同不同意，应该也是要同意了。


山西大同府，都指挥使的府邸。

大同府治大同县，辖浑源、应、朔、蔚四州，一向是军事重镇。此地一向由大同总兵曾应坤管辖，外人很难插进来。但这次来的可不是别人，而是当年大败北元的陆嘉学陆都督，如今的宣大总督，没有人敢不对他慎重。

宣大总督出巡，卫所指挥使的排场还是给得很足的。他刚到大同的那天，城墙、角楼、敌台楼旌旗飘展，卫兵皆着盔甲，严阵以待。卫所里特地准备了演武练兵，陆嘉学看完了卫所的练兵，却什么表情都没有，看得指挥使心中忐忑。

到了晚上，陆嘉学的亲兵在都指挥使驻扎下之后，四周戒严。他和自己的副将在屋里密谈，很久之后房门才打开，露出昏黄的烛光，副将走出了房间，对旁边守候的断事官叶严低声说："都督心里有事，你说话且谨慎些。"叶严拱手道谢，这才进入了书房内。

陆嘉学在看副将送来的密报，门打开后猛地灌进边关干燥冰冷的风。他不用抬头，听脚步声就知道是谁进来了，继续看着密报，问叶严："京城那边有异动？"

"这倒也没有。"叶严跟了陆嘉学十多年了，从他刚当上侯爷的时候就跟着，对陆嘉学的脾气极为了解。他心情不好，叶严说话就很简略，免得都督听了会更不高兴，"是您外甥程琅程大人的事，国公府里的回话说，英国公有意把女儿嫁给程大人，程大人似乎也同意了……"

陆嘉学头也没抬:"魏凌也是病急乱投医,程琅什么性子的人,他敢把女儿嫁给他。"他对自己外甥这种流连花丛的风流秉性很清楚,看似温柔,对谁都是一般的无心。想到那个曾在他面前跪下求他救魏凌的小丫头就要嫁人了,陆嘉学皱了眉头,又问:"定下日子了吗?"

"听说尚在商议,似乎英国公还有别的人选……"

陆嘉学沉思片刻,出了那样的事,宜宁的婚事肯定艰难,魏凌着急也是应该的。其实程琅娶魏宜宁也好,这些世家间的联姻总是能巩固关系的。他另拿了张纸出来,写了几行字给叶严:"传回京城给程琅,就说这门亲事我支持。"

叶严捧了信,站在门口等了一下,突然说:"大人,这曾应坤若是油盐不进……您何不直接……"他做了个杀头的手势,"这样一来,下头口再紧也要破,皇上已顾忌曾应坤许久,知道了必定会高兴的。"

"区区一个曾应坤我还不放在眼里。"陆嘉学把毛笔放好。

他突然想起,自己从小就不喜欢读书,更喜欢跟着师父学武。当年可以娶她了,他为她抄嫁妆单子的时候才好好地练过字,一笔一画写得无比认真。后来还替她抄过佛经。如今笔迹潇洒凌厉,不输于一般的读书人。

"那您……"叶严有些疑惑地继续道。

"魏凌有个帮手。"陆嘉学冷笑了一声,"这人厉害,大同这边的情报他全部知道。"

"平远堡之事,他还暗中帮了不少,恐怕打胜仗的功劳一半要算在他头上,连我的探子都蒙蔽过去了。"陆嘉学冰冷地道,"胆子倒是挺大的。"

叶严便立刻道:"可要属下去找出此人来?"

陆嘉学道:"不必,我知道是谁。"他继续说,"看看他以后会怎样再决定吧,此人以后造化必定不浅。"

叶严应声,这才拱手退下了。程琅一天后就收到了这封信。

他想娶宜宁的事都还没有传出去,但陆嘉学会知道他一点都不奇怪,英国公府里肯定有陆嘉学的人,虽然没有人知道是谁。

他收到信之后去找了程老太爷,跟他说了自己要娶亲的事。宜宁一天没有过门,他就一天也放不下心。只要把她娶过门了,以后再怎么样还不是任由他来做。

程老太爷原来做过都察院都御史,年逾古稀了才致仕回家养生。如今也是桃李满天下,家里两个儿子都不争气,大儿子还让陆都督逼着扶妾为妻。他当时觉得程琅十分聪慧,儿子又是扶不起的阿斗,也就没有管。如今老人赋闲在家,也没别的事做,养养鸟种种草,给孙儿指点一下政局也就够了。听闻程琅想娶亲的时候,逗画眉鸟的程老太爷吓了一跳:"你怎么不早说,是哪家的姑娘?"

"孙儿已经想好了。"程琅跟程老太爷说话带着几分恭敬,"想娶英国公府宜宁表妹为妻,只需您同意了,我们便可商议亲事了。"

程老太爷听说了他的人选道:"琅哥儿,你虽然是记了老英国公为外亲的,但可不能为了英国公府就做出什么决定来……"

程老太爷当然知道那日宫宴之事，他不太赞同宜宁嫁进来。程家世代清白，避祸趋福是最要紧的。

程琅苦笑道："祖父，我是当真喜欢宜宁的。除了她，我也不愿娶旁人了。"

程老太爷根本不信，斜睨了他一眼："你的性子我不知道，什么真心不真心的！"他说完之后看到孙儿站在黄花梨的博古架旁，嘴角露出淡淡的苦笑不语，程老太爷才郑重了些，"你……是真的？"

"您以前不是总觉得我定不下心吗，如今真的定下来了，您怎么就不信了？"程琅又重复了一遍，"自然真心，觉得自己原来做过的那些事……当真不应该，若是能早几年遇到她，我绝不会有那些荒唐的时候。"

能说出这样的话，那肯定是真心的了。

程老太爷一叹："那真是可惜了，前儿个我同谢阁老喝酒的时候说起你，他可是有意招你做他孙女婿，就是他家那孙女谢蕴，常进宫陪皇后那个。你似乎也见过几次吧？我倒是觉得谢蕴很不错，与你般配，都是才貌双全的。你原来不是挺喜欢谢蕴那类的姑娘吗？"

原来他是有风流的毛病，特别喜欢清高孤傲的姑娘，但那不过是游戏人间，寻找刺激而已。知道宜宁还活着的时候，别的女子对他来说都是过眼烟云，根本没放在心上。

程琅无奈又克制地说："您不要乱点鸳鸯谱，我如今可是收了心的。"

程老太爷见他是真心，就大笑道："好……只要你高兴！我看该和谢阁老说清楚，免得人家真的上门来议亲了。"

程琅微微一笑，眉梢都带着一丝喜意。

外面太阳落山，夜空中有淡淡的星子。

谢蕴刚从皇后宫里回来，这次去姨母那里住了小半个月，她很想念祖父，一下了马车换了衣裳便去向祖父请安了。

从小就是祖父带着她读书的。

天色已经晚了，谢阁老在书房里画画。紫檀木的长案上摆着白玉笔山、端砚砚台，青花瓷缸里插着许多画卷，屋内有股淡淡的墨香。

"蕴儿来啦。"谢亿听到了脚步声抬头笑，他最是宠爱这个孙女，比孙子还要更疼爱几分，从小教她读书，她想要什么都捧到她面前来，就养成她这么个高傲的性子，其实她心地是不坏的。

谢蕴走到祖父身边，帮他磨墨，笑着道："我好久没见到您啦，您的身子可好？夏天天热，还吃得下饭吗？"

谢亿幽幽地说："蕴儿，我听你母亲说，你似乎有心上人了。"

谢蕴咳嗽了一声，谢家书香门第，底蕴深厚，她从小便在书香里熏陶长大，跟那些普通的世家女子就划分开了一层。说到这些事的时候，她才有了几分普通女子的羞涩："祖父，我心里自有打算，母亲也只是说说罢了。"

"蕴儿，我前些日子看到罗慎远了。"谢亿淡淡道，"此人谋算过深，对人多有利用，你的性子是不能和他一起的。"

谢蕴突然抬起头，有些惊讶，祖父可是一向最疼她的。

"祖父……慎远他很好！"谢蕴有些着急，"他是那个性子，您不喜欢他？"

谢亿叹了口气。活了七八十岁了，他看这些都是一针见血的："蕴儿，我很欣赏他。但是他这个人……谁嫁了他都不会好的。祖父是疼爱你，才不要你跟他来往过密的。我前些日子跟程老喝酒，倒是觉得他们家琅哥儿不错，长得又好，也是才华满京城，程老也有意。我看倒不如我们两家结个亲，你性子高傲，便要找个性子温和的来包容你啊。"

谢蕴被谢亿说得很难受。眼眶通红，她低声说："便是他想娶，我也不想嫁给他呢！我只喜欢慎远，别的都不喜欢……"

谢亿知道孙女性格倔强，摇头道："蕴儿，喜不喜欢的，你总得看过了再说吧。"

谢蕴抿了抿唇，将手中的墨锭搁下了，不再说话转头离开了谢亿的书房，帘子上垂的银熏球撞到了门框，她似乎很生气的样子。

谢亿对身边的婆子说："跟过去看看她。"

谢蕴坐在西次间里生闷气，一会儿想到那程琅来求娶自己，祖父满脸笑容；一会儿想到罗慎远高大的背影，还有他说话的时候不疾不徐的语气。她靠着红色四喜纹的大引枕，手里的一朵海棠揪得稀烂。

"二小姐。"贴身服侍的乳母不忍地劝她，"我听人家说，那程琅长得十分俊俏，没有比他更好看的。而且很快就要升任金都御史了……这样好的夫婿，别人打着灯笼也难找的。"

"他再好又能如何？"谢蕴有些生气。但是家里祖父绝对是最权威的人物，只要他发了话，就是母亲也不敢说什么的。她突然坐直了身体说："你吩咐下去，我们明日套马进宫去，我要找姨母。"皇后娘娘疼爱她，肯定会帮她说话的！

乳母无奈道："二小姐，皇后娘娘毕竟是外人。老太爷要是知道了肯定会生您的气的。"谢蕴的脊背挺得直直的，语气一低："我总不能眼睁睁看着……"

乳母是奶大谢蕴的人，也把她当成自己亲生女儿般疼爱。这时候拉着她的手，继续劝她："老太爷做了一辈子的官，什么人事没经历过。您听他的总是错不了。再者程琅又是个谦谦如玉的，多少姑娘想嫁他不能嫁啊……"

"他是谦谦如玉，我似乎听说……他风流在外吧？"谢蕴想起自己听到那些世家贵女间的闲话。

"老太爷看人总是准的。原来如何无所谓，端看成亲后如何才是要紧的。"乳母说，"再则如今的男子，身边服侍的丫头成通房的比比皆是……"

谢蕴摇了摇头，说："董妈妈，你帮我叫翠玉进来……我有事情要吩咐她。"翠玉是她身边最得力的大丫头，是母亲特地拨给她的。

谢蕴靠着引枕，眼神坚定了许多。无论怎么说，她是肯定不会嫁给程琅的。那就先查查这个程琅究竟如何好了。

若是真的有什么不好的，说给祖父听，保不准祖父就松口了。

那日寺庙里见过罗慎远之后，宜宁就一直在思索。

外头初秋的阳光透过隔扇，照在引枕的提花暗纹上，映出纹路淡淡的华贵光泽。宜宁放下手中穿线用的锥子，抬头问珍珠："松枝可在屋子里？"

珍珠俯下身笑道："一早就去外院回事处取月例银子了，不如等她回来，奴婢再给您叫她？"

宜宁点了点头，珍珠应声退下了。一刻钟之后墨竹帘子才被挑开，松枝进来给她请安。宜宁正把要做眉勒的线按颜色分好，抬头看到松枝穿着件靛青色的襦裙，一贯温柔谨慎的样子。

松枝是跟了她许多年的，比她大两岁的雪枝都已经有了孩子。宜宁原来打算着，等她出嫁的时候就把松枝也放出府去，找个好婆家，给她一笔丰厚的添箱礼，以后相夫教子，就不用再伺候人了。

那时候她还不知道松枝是三哥安插在她身边的人。

松枝见宜宁久久不说话，低声道："小姐……可要奴婢帮您整理这些丝线？"

宜宁摇了摇头，端起茶杯缓缓地啜了口，表情平缓。松枝看到她这样，顿时有些忐忑，小姐在她们面前一向是很亲切放松的，只有在她审问那些管事的时候，她才这样云淡风轻，却有种迫人气势。

"我记得从罗家到国公府来的时候，我的处境很艰难，雪枝又配了人家，便带了你来。"宜宁抬头看着她，淡淡地说，"都这么多年了，我自认为待你也不薄，你在我身边做大丫头，每季的衣裳都是时兴的杭绸丝绒的，金银首饰月例银子从不曾短了你的，放在一般的人家里，只有小姐才有这个待遇。眼见你就要放出府去了，就没有什么想跟我说的？"

松枝错愕地睁大了眼睛，随后低声说："奴婢省得，那年村子里闹了饥荒，家里几个女孩儿养不活，我是最大的，娘就把我卖了出来。我运气好，让大小姐提拔了在小姐身边伺候。一直感激小姐的恩德，无以为报……"

宜宁的手突然拍到了桌子上，表情微冷。

松枝连忙就跪下了，想到小姐是怎么处置那些个管事的，她大气都不敢喘。

宜宁俯视着松枝，她信罗慎远不会害她是一回事，身边的丫头对她忠不忠心又是另一回事。今天罗慎远说动了她，明日谁又会说动她？她早就有意想问松枝了。

"你无以为报，便要用这个来报答我？"她打开妆奁，从里面拿出一封信扔在松枝面前。那是她让人截下的信。

松枝捡起一看就震惊了，脸色顿时变得苍白，张了张嘴："奴婢……"

"把这说清楚，我就看看你是怎么无以为报的。"宜宁理了理衣袖说，"否则，我也不敢留你，立刻请婆子来，替你配了人家抬出去吧。"

松枝眼眶一红说不下去，磕了个头："小姐！奴婢这么多年是诚心伺候小姐的！既然您知道了，奴婢……奴婢索性和盘托出了。"

宜宁继续喝茶淡淡道:"你且说,我听着呢。"

松枝肩膀微微颤抖,半晌才镇定下来:"奴婢侍奉您,怎么会不懂得忠仆这个道理。这些年来奴婢也是日夜煎熬,不知道该与何人说……奴婢原本也不想答应的。"她瘦弱的身体蜷缩跪着,显得格外孱弱,"三少爷自您很小的时候,就让奴婢监视您了。算来是您十岁时候的事。"

"奴婢答应了三少爷,若不是三少爷,奴婢的兄长就会因为喝酒惹下大祸,被流放边疆……"松枝继续道,"这些年,三少爷也没做过什么坏事,反倒因此更能护着您。虽然奴婢觉得……三少爷这般作为有点奇怪,哪有这样对自己妹妹的,但奴婢不敢多问。"

宜宁闭了闭眼睛,她早想到应该很早,一直不敢问松枝,没想到却是十岁!十岁!她那个时候才多大?

什么理由都无法解释,他为何会这么做。除非他就是想掌控而已,连她也要掌控。"他可与你通信?问过些什么?"宜宁问她。

松枝嘴角扬起一丝苦笑:"小姐,三少爷从不写信给奴婢,也从不问奴婢什么事。他是个相当谨慎的人。"

他是不会留下字迹的,若不是那日他的失误,恐怕她一辈子也不知道松枝的事。"是了,他怎么会写信给你呢。"宜宁笑了一笑,"你就这样传了四年的信?"

松枝默然不语,一会儿又叹道:"其实小姐倒也不必多想……三少爷的确对您极好。让奴婢监视您,也有几分关心您的意思,当年您在罗家被恶仆欺负,是三少爷带着护卫及时赶到;您在英国公府与明珠小姐不合,三少爷中了状元便上门来……还有您不知道的事,您想要孤本的书,奴婢怎么能这么快给您找来?那便是三少爷听了之后找来的。

"您的宫寒之症一直治不好,月事时常腹痛,三少爷听了,特地找郑妈妈拿了药来。他对您也是真心疼爱的……"

宜宁有些惊讶,这些事她从不知道。罗慎远也肯定不会说的。

听完松枝的话,宜宁靠在引枕上陷入沉思。

的确如此,在她要紧的关头他总会出现,就连她现在亲事艰难,无人敢娶的时候也是,他也告诉她说愿意帮她,用自己的亲事来帮她。

只是她偶尔碰到他冰冷无情的那一面,想到日后政坛的诡谲,她还是无法轻松而已。"你下去发月例银子吧。"宜宁淡淡地说,"找珍珠进来。"

那就是要放过她了!松枝心里一松,激动得又给宜宁磕了个头:"奴婢明白……奴婢以后便不做了,这就去!"

宜宁摆弄着那些丝线,突然没有了做女红的兴趣。

罗慎远和徐渭商量了河堤修浚的事,从六部衙门出来。

江浙的洪水已经过了,现在是减轻徭役,鼓励他们耕种的时候。

徐渭边走边跟他说话,罗慎远细听,正好一顶轿子停下来,出来的是个穿官服白胡子颤巍巍的老头,现翰林院掌院学士张大人,跟徐渭一向不对盘,嫌弃他是靠上任阁老提携上位的，每次看到总是没好脸。徐渭倒是从来不恼怒，看到他下轿子不方便，还笑眯眯地搀扶了一把："张大人，大理石路滑，你小心些！"

等张大人走了，罗慎远才缓缓地说："老师，既然张大人不与您交好，油盐不进，您又何必如此……"

徐渭又拍他的肩，罗慎远高大，他拍起来费力，"你就是性子太沉，伸手不打笑脸人可知道？"

罗慎远心想，人家都不知道打你几回了，刚才可不连句谢谢都没说。

"明日你可就要做工部侍郎了，我听秉笔那肖太监说圣旨都写好了。"徐渭脸色一肃，"正三品，再一步就是内阁，跟大理寺少卿不可同日而语，不服你的只会更多，这次又和汪远结了怨，你可要准备好。"

"学生知道。"罗慎远只是笑着说。

这一天他准备了很久，大权在握，以后便是在朝廷举重若轻的，他迟早会一步步上去的。

他看着金色琉璃瓦覆盖的，那欲飞的檐角。等他回到大理寺的时候，有人在厅门等他。

罗慎远大步走到书案边，看了后脸色不太好看："蠢货，陆嘉学在大同，还敢截指挥使府的信！"

陆嘉学肯定会察觉到有问题，说不定连他是谁都知道了。罗慎远揉了揉眉心问："还有何事？"

"英国公府来的，说是……国公爷有意让程琅娶七小姐的事，国公爷好像已经想定了，但还没有传出去。"林永说到最后语气一低。

罗慎远的表情顿时阴沉了下来。

程琅是何等风流成性，做过这么多风月场的荒唐事，让他娶宜宁！英国公当真糊涂。

"属下估计，英国公也是走投无路，不然一开始接了七小姐回去，就该与程琅定亲了……也没有更合适的，要么就只剩那些举人秀才了。"

罗慎远一时没有说话，过了会儿拿起茶杯喝茶，然后说："我听说，谢蕴也在查程琅？"

"是在查，不过只能算是打探，但她们那些人……就是给她们十日也查不出来。"

"她查不到，你就把东西送上门给她。"罗慎远轻描淡写，"免得人家一无所获。"林永立刻明白了罗慎远的意思，立刻应是。

"还有大同的那十二个人，告诫他们，陆嘉学一日不走，大同内一日不准有动静。"罗慎远又道。

跟汪远对上不算什么，跟陆嘉学对上的确不聪明。陆嘉学的根基之深，连他都忌惮几分，跟他玩儿心慎之又慎，不是那帮人惹得起的。

"明日晚，准备马车，我们去英国公府。"罗慎远最后说，看了一眼桌上的官印。不就是长相俊朗，朝廷做官吗？若说程琅，他岂不是比程琅好得多？

他娶宜宁，给的体面绝不会少。林永听了立刻去办了。

等到了半夜，一辆马车从弄儿巷出来，去了谢府所在的新桥胡同附近。

谢蕴坐在后门罩房里边吃茶边等，她刚让翠玉去查程琅，没想到也不难，很快就有人来回话了。说有个艺妓最受他喜欢，换了这么多个，唯有这个一直养着。

谢蕴自然要见一见了。

她看到那辆马车进了门，从马车上下来个清秀的女子，那女子穿了件白底撒细花的掐腰褙子，鸦青色湘裙，宛如被雨晕染，身段很不错。但是当她摘下斗篷的时候，谢蕴却有些失望了，长得是很清秀，但只能算中人之姿。梳了妇人的挑心发髻，要不是知道她是个艺妓，谢蕴肯定以为这是哪儿的良家女子。

她听说程琅情史丰富，从秦淮名妓到高尚书的孙女，都难逃他的掌心。

不过这样普通寡淡的人，也能让程琅念念不忘，一直养着？谢蕴对程琅更轻视了。

莲抚看到谢蕴周身气度不凡，跪下请了安，谢蕴指圆凳让她坐下："莲抚姑娘莫要怕，我这次找你来，是想要帮你的。"

莲抚一愣，这姑娘非富即贵，为何要帮她？她低语："小女子贱籍出身，姑娘却是尊贵身份，您为何与小女子牵扯？"

谢蕴就笑了笑，手摸着汗巾慢慢地说："莲抚姑娘，你不是喜欢程大人吗？我听说程大人最近对你颇有冷落，故我是要帮你回程大人身边的。只要你听我的，这事不难。"

不管用什么办法，反正她不会嫁程琅的。至于把这潭水搅多黄，就要看这女子了。到时候祖父看了程琅的荒唐，肯定会反悔的。

莲抚不解地看着谢蕴，不明白谢蕴究竟要干什么，她跟程大人之间的事，她为什么要管？

谢蕴继续道："莲抚姑娘不信我，我是理解的。"她把丫头送上来的点心推到莲抚身前，"但是你可要想想，以后程大人娶了别人，可就不会再理你了。你想想他现在是怎么冷落你的？"

莲抚的手捏着袖口不语。

"但你若是找到程琅，跟他说你有了他的孩子，让他收你做侍妾，那就能日夜跟他一起了。"谢蕴笑着拍手，"男子最看重孩子了，要是他知道你有身孕，肯定会怜惜你的……"

莲抚看着这个陌生又漂亮的女子，轻声道："他与我每次……都是要看着我喝汤药的，绝不会有孕。他不会信的！"

"傻姑娘！"谢蕴冷笑一声，又道，"真的假的，不过是让他重新回来而已。到时候你真的有了他的孩子，他不认也要认的！"

莲抚有些惊讶地看着谢蕴，但终究闭上了嘴，听谢蕴继续往下说，她实在是太想回到程琅身边了。

谢蕴是聪明人，知道如何循循善诱，让莲抚听自己的话。

"你要找他当面说，好好纠缠他，否则他不认账，你也麻烦。我听说他最近时常往来于英国公府，你倒可以试试……至于程家，有他防备着，你肯定是连门都接近不了。"

莲抚有些忐忑："我总怕，会影响他的仕途……"

"他有程家做靠山,你怕什么。"谢蕴语气柔和,"等你跟了他,好好地伺候他,以后他就明白你的好了。"

莲抚的表情有些变了。

不过一会儿,马车又出了胡同,但这次是朝着城东去了。

## 第二十八章 程琅心意

九月初的天气，已经进入秋季了。

因魏颐在五城兵马司的差事，魏英又远在山东未归，许氏一直暂住在英国公府里。后来魏老太太干脆让管事把她左侧的芳夏阁收拾出来，打算长期给许氏留着住。而许氏的婆婆宋氏从那日寺庙相遇之后，也跟着到英国公府做客。宜宁过去魏老太太那里请安的时候，几个人正在谈话，说这京城中各家的趣事，又提到了魏颐的亲事。

许氏相中了辽宁巡抚家的嫡女，两家合计似乎有意，已经到了合八字的地步。

宜宁还以为魏颐对赵明珠有意呢，常见到两人来往，没想许氏都已经把魏颐的亲事给定下来了。

上次宜宁和许氏有过冲突，许氏对宜宁就一直淡淡的。宜宁倒也没有热脸贴人家冷屁股的想法，坐在魏老太太的罗汉床上剥葡萄吃，这是最后一茬的葡萄了，汁水甜如蜜般，非常好。魏老太太的罗汉床刚换了秋季用的檀香色漳绒靠背，她靠着非常舒适。

宜宁微眯着眼睛，突然听到许氏提起她："宜宁可许了亲家？"

魏老太太笑着答道："她是许了的。"然后并没有继续说下去，毕竟宜宁的亲事本来就是虚的。

许氏觉得有些奇怪，平常人若是问到了这里，都会讲讲是许了哪个人家、可定了日子，而且她原来也没有听说宜宁已经定亲了。她刚想问，宋氏就拉了拉儿媳的衣袖，让她莫要多问。

许氏就以为是宜宁定下的人家不太好，所以魏老太太才不愿意提。

她看了宜宁一眼，宜宁长得是漂亮，才多大的小姑娘，明明就清灵得很，但眉眼间竟就有些媚气了，做事的手段一点都不温和，果决聪明。可惜出身不太正，不然在世家贵女里算头一份的。

宜宁看到许氏总是打量自己，眼神古怪，也不知道想到了什么。她觉得屋子里烧的香有些闷，借口从魏老太太这里出来走走，带着丫头出来，却正好看到赵明珠就站在门口。刚才里面说话，她一直听着不成？

宜宁见她手里拿了个布包裹，脸色却不太好看，以为她是来给魏老太太送东西的，就道："你如何不进去？"

赵明珠摇了摇头，嘴唇紧抿。

她看向宜宁，突然说："难得今日有空，宜宁妹妹跟我去凉亭逛逛吧，似乎那里的秋海棠开了。"

今日怪了，她往常可都对自己避之不及的。

赵明珠径直转身朝凉亭去，宜宁想了想也跟在她身后。见她打开了手里的绸布包裹，里头放着好几个雕花红漆的盒子，打开是各式各样的糖。赵明珠拣了一盒松子糖给宜宁，说道："我母亲今日来看我，给我带了些糖块瓜果的，给你拿些去吃吧。"

宜宁看那盒子上雕着五蝠献寿的图案，收下道了谢。

赵明珠继续说："我母亲听说外祖母要帮我许配人家，一定要过来亲自拜访她老人家，我让她回去了，她还要照看我爹。上次我那赌鬼爹欠了赌坊的银子拿不出钱还，我又不见他们，最后赌坊把他打得没个喘气，如今每日吃喝拉撒都需要人伺候才行……"

宜宁看她的表情一点都不悲伤，拿不准她说这话来干什么。赵明珠就看了她一眼，"扑哧"笑了："我不要你安慰我，我恨不得他直接被人打死，免得拖累我那没用的母亲。"她的表情变得淡淡的，"我不喜欢他们。但是母亲对我很好，每年过节都要给我做衣裳来，虽然我从来不穿。这下我那爹被打残后，她还整日哭哭啼啼的，倒是烦得很，有什么好哭的！现在可不比健全的时候好多了！"

"我跟宜宁妹妹说这些，也是实在没有人说了。"赵明珠问，"宜宁妹妹，我知道你最近在说亲事，可是要说程琅表哥？"

她知道也不奇怪，魏老太太待她亲近，告诉她也是有可能的。

赵明珠就继续说："我的亲事不好，但你的也要多些注意才是。宜宁妹妹还是警醒他一些吧，他这个人看上去温和谦逊，其实最冷硬无情了，不会轻易喜欢别人的。"

"多谢明珠姐姐，我心里明白。"宜宁谢了她，她当然明白了，程琅的性子她怎么会不清楚。

只不过程琅什么性子也与她无关而已。

两人正好说到这里，前院有人来传话，说程琅带着人抬了几抬东西上门。宜宁仔细一问，竟然是大雁、酒和礼饼等物。

宜宁听了程琅带来的东西，霍地站了起来，声音一低："怎么就到纳吉了？"

成亲六礼，到了纳吉亲事基本就定下来了。宜宁本来就觉得这门亲事多有不妥，想找魏凌说明白，无奈最近几天他朝中的事忙。这倒好，程琅一上门就是纳吉，那不是满天下地说，她就要嫁他了吗！

宜宁没有耽搁，跟赵明珠道别就往前院去了。

结果她到东园的志高堂时，隔扇紧闭着，魏凌在屋子里和程琅说话，不时有阵阵笑声传来。

守在门口的沈练见了她,立刻抱拳问:"小姐,您看这些东西可要抬去厨房里?"

宜宁看那放在夹道上满满几担的纳吉礼,还有上面扎的红绸,就觉得眼睛疼,说:"先抬去偏房放着,不要动。"

志高堂的丫头给她上了热茶,让她边喝茶边等。

她那茶从黄色喝到没色,程琅才从堂屋里走出来,他一眼就看到宜宁坐在外面,便几步走上来笑着说:"我正要去找你的。"

他穿着圆领右衽云雁纹的官袍,玉树临风,有几分平时没有的正式。

宜宁告诉沈练,让他一会儿跟魏凌说自己找他有事,示意程琅跟着她出了堂屋,等走远了些她转过身来问:"阿琅,你这是在做什么?"

"娶你过门。"他的目光灼灼的,嘴角却带着一丝和煦的微笑,"你不要担心,一切有我安排。我家里老太爷已经同意了,你到了程家,便有我护着你了。"

"阿琅。"宜宁还是迈不过那道坎,说她优柔寡断也好,反正她不能同意,即便知道程琅只是想帮她。

程琅微低下头,似乎在仔细听她继续说。他的下颔很好看,喉结微突,曲线优美,神态也非常认真。

宜宁看了却更坚定了,继续说:"你还是不要帮我了,我自会解决此事的。你该娶个你喜欢的姑娘,跟她好好地过。你娶我实在是太耽误你了,这又算什么?我也不能让你做这么大的牺牲。"

程琅听了心里一叹,她竟然这么想?幸好她不知道自己真正想什么,否则以她的个性,肯定是有多远躲多远的。他立刻握住了她的手:"宜宁,我是愿意帮你的。不然此刻谁还能帮你?你不要想多了,我绝对没有不情愿的。"

"那点恩情,也值得你涌泉相报?"宜宁笑着摇头,"你那时候小,我是见你可怜才养着你。万不可为此报恩……"

"你觉得那是点滴恩情,对我而言却是永生难忘的。"程琅嘴角扬起,因隔得近,宜宁无比清晰地看到了他俊秀的脸,他的睫毛很长,鼻梁挺直,薄唇秀美而线条优雅。眼睛很深,如清晨的茂林修竹、雨后的山间云岚,让人觉得恍惚。

宜宁突然觉得,程琅这态度着实有些奇怪。

宜宁正要继续说下去,回廊那边疾步走来程琅的一个护卫,在他耳边低语了几句。程琅听了护卫的话,脸色顿时沉下来。

"我不是早就说过调令除我外别人不能动,是哪个考功主事做的……"他冷声道,让宜宁等他一刻钟,要把这边的紧急情况处理了。

宜宁听得出是吏部的事,想到魏凌还在志高堂里等她,便让他先去做自己的事。

她穿过志高堂外浓密的树荫,树荫漏下一丝丝阳光洒在身上,她觉得天气还是闷的,秋老虎发威不能小看。随后她便跟珍珠说,每日消暑的绿豆汤还是要的,暂时不能停了。珍珠记下来，却跟她说："小姐，方才前院小厮来传话，说外头有个莲抚姑娘要找程表少爷，她手上有表少爷的名帖。"

既然宜宁正在和程琅议亲，有个妙龄女子找上门来，还是直接来找小姐，珍珠自然会慎重。她继续说："奴婢见那姑娘长相清秀，周身气质也不同于一般姑娘，便把她留在倒座房里让她等着，您看您可要见她？"

"莲抚？"宜宁重复了一遍，这名字听着耳熟。

"奴婢听着像是个花名，她也没说是哪户人家的、姓什么。"珍珠正说到这里，程琅却从后面走了上来："司考那边出了些问题，不过已经没有事了。"他笑着对宜宁说，"不如今日我陪你去外面看看吧，我知道城东沿河有几家饭庄，里头修得非常别致，饭菜是江南一带的口味。"

他希望能多多地与她相处，偏生对着别的女子有多种手段，对着她却使不出来。但是只要她嫁给他，以后两个人就好说了！

宜宁看了珍珠一眼，若是真有与他有纠葛的女子找上门，那还是让他自己去处理比较好，她去算什么回事。她就对程琅道："有个莲抚姑娘来找你。珍珠见她有你的名帖，就把她留下来了，你还是去看看吧……"

程琅听到莲抚二字，瞳孔微微一缩。但他毕竟也是在朝堂上经过千般锤炼的，看不出异常，只是说："她现在在何处，我去看看吧。"

宜宁让玳珺领他去倒座房，程琅这次没有耽搁，带着人朝倒座房去了。

宜宁看了看志高堂挂的匾额，心里又有点放心不下。这毕竟是在英国公府，他们之间要是一个没处理好，恐怕传出去也不好听。她于情于理也该去看看的，就让珍珠、青渠二人跟着她，也沿着回廊往倒座房去了。

倒座房外种了许多的毛竹，一株芭蕉树。那芭蕉树结不出果来，但青瓦白墙，湖面波光潋滟，倒映得特别美。

宜宁看着风景，刚走到栏杆处，守在门口的护卫就拦住她："小姐，我们大人在里面说话。"

宜宁倒也不是真想进去，但也笑了笑："你们这般是什么道理，这是英国公府，连我都要拦了？"

"对不住小姐，这是大人吩咐的。"那两人却岿然不动，面容严肃。端看他们人高马大，手掌如蒲扇般，就知道是练家子。

宜宁有些泄气，这个程琅，在英国公府是她不计较，不然随便换了哪家的人都会不舒服。

她在栏杆那里坐下来，刚过片刻，就听到屋子里有重物摔倒的声音。她眉一皱，随后听到里面传来女子的声音："大人，妾身绝非恶意，妾身真的有了您的孩子……"说话语气柔弱，似乎有几分哀求的意味。

宜宁有点坐不住了。孩子！

随后她又听到另一个低沉隐约的声音："闭嘴，你立刻给我滚，否则我现在便掐死你，信不信？"

究竟是怎么了不能好好说，又是孩子又是人命的，可不要真的闹出事来！

宜宁听到这里向青渠使了个眼色，青渠心领神会，走到那两人面前说："在英国公府没有我们小姐进不去的，你们两个算什么！"说着就要动起手来，非要闯进去不可，那两人想擒住青渠。但她偏是英国公府的丫头，不好动手。

几人纠缠不下，宜宁却趁着他们说话的工夫，一个侧身就进了里面。两个护卫就算敢拦她，但胆子再大也不敢把宜宁抓住，皆一脸懊恼。

宜宁靠近了倒座房的隔扇，对里面说："阿琅，若是有事不方便，可以告诉我一声。里头那姑娘可是你什么人？"

顿时屋内又一阵混乱，然后传来程琅镇定自若的声音："这里无事，我片刻之后就出来。"

宜宁正欲再问，却听到女子的低泣，随后"砰"的一声响，倒座房的房门被打开了。那女子见宜宁站在门前，立刻朝她跪下了："小姐，妾身是来找程大人的，妾身……妾身怀了程大人的孩子！"

这莲抚就是上次见到的在画舫上弹琵琶的姑娘。宜宁猝不及防，被这女子抓住了裙摆。程琅也走了上来，表情非常冰冷，几乎带着暴戾。

"你再胡言乱语，休怪我断你前路！"他说着就要揪起莲抚的手臂。

宜宁却愣住了，看着莲抚的那张脸，那张和前世的自己有四五分相似的脸，此刻梨花带雨地看着她，哭得十分可怜。

程琅顿时也意识到了这个问题，莲抚……莲抚本来就是他找来的她的替代品。他抓着莲抚的手一僵，慢慢地朝宜宁看去。

宜宁脸色苍白，一句话也不说。

他的心顿时猛地沉了下去，随即有种前所未有的紧张涌了上来。那种做了错事，终于被重视的人发现的恐惧和冲动。

堂屋内一时静悄悄的。

程琅袖中的手慢慢捏紧，他原是想不动声色地让莲抚回去，但莲抚不知是受了谁的鼓动，无论他怎么劝，她一味不听。她没有心机，能想到来英国公府，还能拿到他的名帖，肯定是背后有人指使的。

若这是在程家，他立刻就能叫护卫把她拉下去，但这是在英国公府里，他做出什么异动来别人很快就会知道。

莲抚那张相似的脸，无时无刻不在提醒他，他有多卑劣。但他其实已经绝望麻木得没有办法，所有人于他来说都是一样的。

莲抚已经不哭了，垂着头咬着唇，手里的汗巾握得死死的。

她也没想到程琅会这么绝情，知道他对自己不算用心，但觉得……觉得总归是有几分情义的。但在刚才，她才完全见识了他的阴冷恐怖，似乎就算她真的有了他的孩子，他也会毫不留情地让她除去。而且和平日比，今日的他更有种暴戾的情绪。

莲抚跟着程琅的时候才十五岁，那时候在乐坊里，她只是个不起眼的小艺妓，他却是乐坊里大家傅白兰的客人，对傅白兰一掷千金。那时候整个乐坊的人都要仰仗傅白兰的鼻息过活，傅白兰对程琅虽然高傲，却也十分依赖他喜欢他。她那时怎么敢奢想程琅这样的人物，有一次她抱着琵琶，靠着画舫的隔扇弹曲子，望着湖水的波澜。刚回过头的时候，就看到程琅斜倚着隔扇，纯白的衣襟有些松散，他拿着一壶酒，不知道听她弹了多久。曲子停了的时候他才轻轻问："你叫什么？"

公子俊美如玉，又是傅白兰大家的人。她突然心跳得很快，轻声说："我叫莲抚。"

他听了只是点头，没说什么就离开了。第二天乐坊教习嬷嬷找她过去，满脸喜色地告诉她："程公子指名要你服侍。"

她茫然而又欣喜。等被教习嬷嬷送到程琅那里，她抱着琵琶局促地站着，他指了指罗汉床，让她坐下来弹琵琶："不要怕，"他淡淡地说，"弹你的就是。"

她弹琵琶的时候根本不能专心，因为他看着她不久，又站起身走到她面前，然后伸出手，手指缓缓地抚摸她的脸，她不禁一颤。

她抬起头的时候，程琅就微微低下头，靠得极近地说："你是第一次出来吧？"

莲抚只有过他一个，她也只喜欢他。也许她总觉得程琅对她还是有情的，现在浑浑噩噩的她终于反应过来，看到程琅冰冷而平静的眼神，一股冷意也蹿上她的四肢。恐怕这次是真的把他惹生气了，他不会再留她了。

罗宜宁却过了很久才找到自己的声音："莲抚姑娘，上次在画舫一别，没想到还能见到你。你是说，你有了程琅的孩子？"

莲抚看着面前这位官家小姐，想到那日她凝神听自己弹琵琶，语气缓和："妾身有孕三月余。"

宜宁默然，随后道："我有个丫头擅医理，如今就在外面候着，你有没有孕她一试就知。若是莲抚姑娘坚持说自己有孕，我让她进来把脉就是了，你实在不需要辩解。"

程琅就算在外面风流，也不会让别人抓住把柄，这个宜宁是有把握的。这女子肯定是有人找上门来想闹事，不管对方究竟是什么目的，都是为了坏程琅的名声。为了他的前程，她也会帮着掩藏此事。毕竟程琅是她养过的孩子，她还是心疼他的。

莲抚仓皇地睁大眼，有些局促了。昨夜被人说得一时脑热，送她来的人路上也不断地告诉她，怎么做才会让程琅心软。

她一料不到程琅心硬如此，二料不到这英国公府里，根本没有她说话的余地。"小姐，妾身……"

"叫青渠进来。"宜宁却没有理莲抚，高声对外面说。

青渠很快就进来了，宜宁指了指莲抚："带她下去把脉，细细检查。"

程琅自宜宁看到莲抚之后就没有再说话，看到宜宁处理莲抚，他闭上了眼睛任她去做。刚才那股战栗感慢慢地平息下来，他是根本不敢把这件事闹出去，否则他跟宜宁的亲事肯定要完的。但是现在宜宁已经知道了……她看到那张脸，还有什么不明白的。

至于莲抚是不是真的有孕，对他而言其实根本就不重要了。

莲抚看到个高大的丫头向她走过来，眼神一凛立刻站起来。青渠却很快就掐住了她的手腕然后反手捂住她的嘴，叫她不能胡乱说话，然后同小厮一起半挟持半搀扶地带着莲抚去了偏房。

她走之后屋子里顿时陷入了死寂之中。宜宁缓缓地站起身，也不知道该怎么面对程琅。

就在这一瞬间，她知道了一些隐秘得不能再隐秘的事，但这毕竟还只是一种未完成的猜测。这样的猜测让她手心出汗，她看着窗外的景色，想让自己冷静下来。但就在她转身的时候，被人从后面抱住了！

罗宜宁一惊，抱住她的手臂有力地缩紧，他几乎把她嵌进怀里！她甚至感觉到他的呼吸扑在自己的头顶。

"你做什么！"宜宁立刻挣扎，想让他放开。

但他非但不放开，反而低下头靠着她的肩膀说："你都看到了。"他早就想这么做了，将她整个抱入自己怀里，谁也不让看。刚才的恐惧反而渐渐转变成了一种冲动，她知道了……她知道了又能如何，那就让她知道吧！实在是没有办法了。他哑声说："那个是你的替代品啊宜宁，她跟你有四五分像。从你死之后，我就一直非常想你，一直很想……我也没有办法！"

"我不想问刚才究竟怎么回事，你放开我再说！"宜宁觉得他现在状态有点不对，推开他后立刻就朝门口跑去。这个平日里对她言听计从、无比温和的程琅却像是换了一个人。他几步追上来捉住她，掐住她的腰往旁边的罗汉床上压，宜宁"咚"的一声被按在床上动弹不得，连坐起身的力气都没有！

程琅眼睛微微发红，低头就往她脸上亲。他还敢玩儿这个！

宜宁情急之下抽手就要打他，但她本来就娇小，让程琅压着无法反抗。她不能高声呼救，传出去就麻烦了，她必定要非程琅不嫁。

她真是对他毫无防备，没想到他竟然做这样的事！

她的巴掌打到他的脸上，声音清脆无比！宜宁喘着道："你……你这要做什么？你想用这种手段让我嫁你吗？程琅，你不要昏头了！"

程琅看着她的脸，是他非常熟悉的神情。她在害怕，但是她的性格有点色厉内荏，害怕也不会让别人看出来的。

他再狠点，直接就用手段对付她，等外面的护卫进来，宜宁百口莫辩。但是他怎么能这么卑劣地对她？这个人是罗宜宁啊。把幼小的他抱在怀里，教她读书写字，护着他的罗宜宁！

程琅抱着他不动，头埋在她的胸前，然后有些颤抖。这种求之不得的尖锐痛苦，让他渐渐哽咽起来，但还是不愿意放手，把她抱得很紧。

宜宁感觉到他似乎在哽咽，有点惊讶，然后抿紧了嘴唇。

"你这七年里，究竟怎么了……"她换了个平和的语调，"你起来吧，我们再好好说。"

她坐起来整理了一下凌乱的衣裳。程琅就半跪在她身边，捧着她的手问："若是我现在说娶你，你不会再答应了吧？"

她本就不想答应的，所以程琅打算骗她成亲再说，但现在恐怕连骗她她也不会答应了。

宜宁却靠着小几，笑了几声："程琅，你这又是何必！"她的笑容也有些颓丧，"我是已经死过一次的人了，你何必对我念念不忘？我自己甚至都弄不清楚自己，连别人害死我我都不能报仇，也没有人能撼动他。你看，我有什么好喜欢的？"

程琅紧紧地握着她的手，力道非常大："对于别人来说或许如此，但对于我来说……我失而复得，无法放弃。对不起。"

宜宁抽出了她的手，他的手微微一握，落空了。

外面开始嘈杂起来，魏凌带着人过来了。

事情闹成这样，珍珠不可能不告诉魏凌。

魏凌看到莲抚之后眉头紧皱，什么都没说，立刻找了程琅进里屋说话。

青渠则出来告诉宜宁："小姐……您说这事闹得倒也巧得很，不然您都要和表少爷定亲了……"她很叹惋的样子。

宜宁问她："莲抚姑娘可还稳定？"

青渠哦了一声点头："稳定倒是挺稳定的，就是吓得不行。她肚子里的孩子胎位不正，稍不注意就留不住，回去恐怕得好好调养才是……这些女子又不爱惜自己的身体，总喝那些伤宫的东西，有孕一次也不容易。"

宜宁眉头一皱，以为自己听错了："你刚才说什么？"

"那姑娘是真的有身孕了。"青渠说，"不到三个月的样子，我看她自个儿都惊讶得很……她说她和表少爷每次之后，都要服避子汤的。不过这草药的事哪有个准，服了避子汤还意外有孕的不少见。我原来跟着郑妈妈去真定的柳树胡同，有些就是连自己有孕都不知道，意外小产的……"

真定的柳树胡同住的都是唱戏的名角，常有被富家公子老爷包养着的。

宜宁一时不知道该说什么好，这倒是真巧了！明明以为是上门讹人的，竟然真的有了身孕。那莲抚还得让程琅自己处理，既然有了子嗣，那就是程家的事了。

不过一会儿，魏老太太也被宋妈妈搀扶着，急急地往东园赶来。

魏凌走出来，神色冷凝地告诉老太太："这门亲事怕是成不了了。程琅原来荒唐，我倒也觉得无妨……只是让外室找上门来，还到了咱们府上，我就有点犹豫了。他就算别的地方再好，若是以后再发生这种事，宜宁可没地方说理去。"至于那艺妓真的有了孩子的事，魏凌倒是没有跟魏老太太说，那已经是程琅自己的事了。

魏老太太叹了口气："我原就有这样的顾虑，只是见你筹谋得高兴，便也没有说什么。"

她招手让宜宁到她身边来，看着她尚有几分清稚的脸，摸了摸她的头："这孩子倒也坎坷。如今左也不行右也不行，倒不知究竟该怎么办了。"魏老太太说着自己都难受，"宜宁，你难不难过？"

宜宁对她笑了笑："祖母，我没事的。"

魏凌看了女儿一眼，想到她本来就没有母亲，这些波折的事情却一点都不少。他说："近日皇上忙着平远堡后续的事，河堤修浚，暂时没得空子，但是皇后娘娘让人给我带了话，问我宜宁的亲事，说要是定下了日子，她也一定备份礼来。"

魏老太太听了这话，脸色也不太好："皇后娘娘这是在提醒咱们……"

魏凌点头："恐怕是没完的。"

他重重地叹了口气："实在不行，您还是和贺家老太太商量贺二公子吧。我上次远远看过，言谈举止还不错，虽然跟程琅没的比，但只要对宜宁好，以后帮他入仕就可以了。"

魏老太太点了点头，盘算着明日去一趟贺家。

宜宁远远地看着前方的湖，莲抚有孕的事，她刚才告诉了程琅。程琅听了沉默很久，就笑了："孩子……她还真的有了孩子！"

他的眼睛冷冰冰的，一点都看不出为人父的喜悦，反而让人觉得有种说不出的寒意。

本来快要成的事，让莲抚这么一搅和，彻底没了希望。他现在满是暴戾，莲抚背后肯定有人指使，他非要把这个人找出来不可。

什么孩子，他需要个别人生的孩子吗？让他跟自己最想得到的东西失之交臂，他不会放过这些人的。

宜宁回过神来，跟着魏老太太和魏凌进了堂屋，然后在他们面前跪下道："祖母与父亲多为我的亲事操劳，我十分感激，事情还是因我而起的……但我却有话要说。贺二公子我从未见过，若是就这样莽撞地嫁了，实则与嫁给程琅表哥是一般的情景。"

程琅早就告诉过她贺二公子也不干净，宜宁也不想刚嫁过去就处理个陌生人的风流韵事。

魏老太太却是以为宜宁不喜欢贺二公子，温和地道："宜宁不如见见他再说，我明日请他祖母携他过来吃茶，你就躲在帘子后面看看就是。"

宜宁摇了摇头说："祖母误会，婚姻大事本该由您二位给我做主，我只当听从就是……但我的情况复杂，您倒不如交给我来选，等我选好了再由您过目。您要是不同意，那也作罢。"

哪家的姑娘自己筹谋婚事，说出去都不好听。但到她这里，宜宁想试试，她还有陪嫁护卫呢！

她其实心里已经有了打算——三哥曾说过要帮她，这么久的时间过去了，也不知道他说话还算不算数。

其实她已经想好了，这么些天看了这么多事，她怎么没有想好。如果她真的要嫁一个人，嫁给贺二公子这样的陌生人，成亲后还要磨合，她不知道对方人品如何，也不知道对方会怎么看待自己。难道单单凭借一个"性格温厚敦实"，就能断定这是个好人了？这实在是太武断了！

那还不如嫁给罗慎远呢！

他好歹是日后的首辅大人，想嫁给他的姑娘数不胜数，然是他提亲，宜宁觉得是她占了他的便宜。

再这么折腾下去，也不知道什么时候才是个头，她也不想折腾了。只是不知道罗慎远如今的打算，所以她什么都没说。

魏凌叹道："罢了！你选就你选。有你爹我给你兜着，婆家人也不敢把你怎么着！"

宜宁这才站起来，笑眯眯地向魏凌屈身称谢，又低声说："今日程琅表哥之事，父亲还要家中下人守口如瓶……"

魏凌点头，其实不用宜宁说，魏凌也会帮着掩藏。英国公府与程家关系匪浅，就算亲事不成，程琅还是宜宁的表哥。魏凌还盘算着明日去程家跟程老太爷说清楚实情，程琅的外室有了身孕，事关子嗣就是大事，程琅也不能一个人处理。

魏老太太叫宜宁跟着她去静安堂供着菩萨的小佛堂烧香，还是念佛让人心平气和，她也想让宜宁的心情缓和一些。宜宁应声，扶着老太太的手先回静安堂了。

魏凌喝了口茶，叫志高堂的管事进来，吩咐把刚才守在外面的丫头婆子一个个叫去说话。

此时已经是傍晚，英国公所在的玉井胡同外是片热闹的地。货郎摆摊，牛肉铺在切牛肉，卖凉茶的摊子已经收了。这一季的凉茶卖完了，就该卖豆浆了。一辆被护卫簇拥的马车穿过闹市区，停在了英国公府的门口。

英国公府门口却显得很幽静，闹市区的喧哗声很远，屋檐下的红绡纱灯笼这时候就已经点亮了，这是个钟鸣鼎食之家的派头。

马车的车帘被挑开，从马车里面递出一张名帖。守门的护卫看了不敢怠慢，立刻抱拳道："罗大人稍等，小的立刻给您通传。"

魏凌听说罗慎远来了很是惊喜。平远堡一战中，要是没有罗慎远告诉他内鬼一事，为他策划反攻的计谋，恐怕现在他能不能活着站在这里还是一说。更何况今日早朝皇上就颁了圣旨，罗慎远以疏导浚河、木桩筑堤等办法治理水患有功，特提拔为工部侍郎。

魏凌让下人请罗慎远进来。

片刻后他就看到罗慎远缓步走进来，对他拱手："国公爷，许久不见。"

他穿着正三品文官的朝服，赤罗衣，佩赤、白二色绢大带，革带、佩绶，衬得他高大挺拔，有种庄重的气势。

罗慎远坐在魏凌身侧，小厮奉了茶上来。魏凌就笑着说："还未恭喜你，如今已经是工部侍郎了，别人在你这个年纪，做个六部郎中都是烧高香了。"

"也是老师力荐，否则以我的资历还要熬几年的。"罗慎远笑道。

魏凌虽然是武官，但又不是那等没头没脑的武夫。做上正三品大员能有简单的？离内阁也没差几步了。他当然也没说，喝了口茶，想到了宜宁的亲事，心里突然有了个主意！

对啊，他还在发愁。罗慎远是宜宁她三哥，如今在朝堂上也是个人物了，倒不如让他帮着想想办法，他的路子应该也不少吧。

"你也来得正巧。"魏凌就说，"上次宫宴之后，我就发愁宜宁的亲事。她祖母想说贺家那位二公子，我想说宜宁那表哥程琅。但是算来算去都不合适，如今宜宁骑虎难下，我倒不知道怎么办了。"

魏凌又接着说："你我二人关系匪浅，算是生死之交。你又是宜宁的三哥，俗话说'长兄如父'，你也算是宜宁的半个长辈了。不如帮着参谋参谋吧，手头可有什么合适的人选？"

罗慎远沉默片刻。

是啊，在别人眼里他就是宜宁的兄长，绝对想不到别的地方去。魏凌也是一直以平辈之礼待他的，把他当宜宁的半个长辈。

罗慎远道："其实我也是为此事而来的。"他抬起头，语气镇定地说，"国公爷，我这次是来求亲的。我想求娶宜宁。"

魏凌听了这话猛地回过头，张大了嘴。

他好久都没有缓过来，再问了一遍："罗大人，你刚才说什么？"

"我知道宜宁处境艰难，仓促出嫁，也不可能找到一门好亲事。"罗慎远早料到魏凌的反应，他放下茶杯说，"但嫁给我就不用愁了，我是她兄长，自然会护着她，不会让她吃亏。我如今是正三品的大员了，她进门之后就能有正三品的诰命。且我整日忙于朝务，实在也没有别的时间去做那些事，身边倒也清净。"

魏凌终于缓了过来。

宜宁她三哥想娶宜宁？听他这语气似乎是想帮宜宁的。但他可是宜宁的兄长，从小看着宜宁长大的！

魏凌又看了罗慎远一眼，当然他不得不承认，什么贺二公子、贺三公子的，在人家面前给他提鞋都不配。人家已经是工部侍郎了，长相没得说，手段、智谋亦是毫不逊色，否则如何能在老狐狸纵横的朝堂有立足之地。

虽然是宜宁的兄长……但又并非亲生的！他愿意付出这么大的代价帮宜宁，的确是真心疼爱宜宁了。

魏凌的语调不由得就放柔和了："话虽然如此说，你肯这么帮她我自然感激得很。但你要是为了帮她做牺牲，我还是要劝你考虑清楚的。毕竟要是真的成亲了，无论如何宜宁就是你的妻子了，你再反悔也来不及了。"

魏凌是不是误会了？罗慎远心里苦笑。他想娶宜宁是求之不得，要是真的只是想帮她，他手里的办法多的是，何必用自己做牺牲？

这件事，满足了谁的贪欲可还不一定。英国公把他想得太大公无私了，有所求的人是他，不是宜宁。

"你也没有更合适的人选了。"罗慎远又说，"据我所知，贺文清与他父亲的丫头有染，被人抓了，那丫头后来被打死拖了出去。至于宜宁的表哥程琅，他自己身边的事也乱得很，更说不清楚。不如我来娶宜宁，给她出嫁的尊荣体面，也能护着她。"魏凌听了罗慎远的话，站起来走来走去。

贺家那二小子还有这出呢？真是人不可貌相，跟自己父亲的丫头搞上，这简直就是道德败坏。幸好宜宁没同意！

罗慎远说得很有道理，他愿意娶宜宁是最好的，就是程琅跟他比……都还差一些的。他有什么好烦闷的，没了程琅，却来了个罗慎远！

"那的确是很好！"魏凌松了口气，坐下来说，"我看可以。你们的兄妹之名——就说是宜宁当初寄养在你们家的时候，罗老太太就把这门亲事定下来了，但你见宜宁还小，一直没有说过。如今宜宁长大，自然就可以说了。"

魏凌越说越觉得这是可以的："有我佐证，想必也没有人会说什么。你现在如日中天，皇上又看重你，别人更不敢非议。"他说着就站起来，高声叫小厮进来，让他去请小姐过来。他回头笑了笑，"这丫头刚说了，亲事她要自己拿主意，还得问问她才行。"

宜宁听说罗慎远来了，带着丫头才回到东园。

等到了志高堂，她只看到坐在高堂上魏凌眼中隐隐含着笑，她有些茫然。

回过头，却看到罗慎远站在她身后。他穿着正式的赤罗衣朝服，佩绶垂下来，如此高大挺拔。外头的夕阳洒在他的肩膀和侧脸上，照得一片光亮。他微微一笑，向她伸出手说："宜宁，跟我来。"

他要自己跟他去哪里？

宜宁被他牵出志高堂，外头透过拂柳就是万千丈的夕阳，草木茂盛，好像身在梦中。

罗慎远站在她身侧，声音一沉说："我是来提亲的。"宜宁听了想说什么，他却摇了摇头，"宜宁，若是你还不能接受我，也要答应。没有办法，我答应我们可先以兄妹相处，等到你愿意的时候再……好吗？"

宜宁不知道该说什么。她都想答应嫁给他了啊。志高堂外夕阳照得庑廊、庭院和拂柳一片金黄。

见她久久没有说话，罗慎远眉头微皱："你不愿意？""不是……"宜宁怕他误会，连忙摇头。

罗慎远却已经伸出手，轻轻按住她的肩膀。这和哥哥的动作是不同的，非常克制，但有种来自异性的陌生。他又问："难道你愿意嫁给贺文清那样的人？"

"不是。"这次宜宁听了更是摇头，既然罗慎远都这么说了，那她还有什么好说的。她笑了笑说，"三哥，就按你说的做吧，我是愿意的。"

暖黄的阳光照得她的肌肤有层毛茸茸的薄光，眼眸也发亮，如琥珀一般。

罗慎远听到她同意了，表情松了下来："那就好……我自当说到做到，你不愿意绝不勉强。"他看着她继续说，"我得立刻去和你父亲商量婚娶的事。事态紧急，怕是等不到你及笄了。"

宜宁点头，他就抬手摸了摸宜宁的头顶。这番感觉似乎又不一样，宜宁看到他进了志高堂中，她的心跳渐渐平缓，这才放松下来。

明明前几个月还是兄长的，突然罗慎远就要变成她的丈夫了。两人要同床共枕，她要伺候他的起居……她竟然觉得这个人有些陌生了。

罗慎远和魏凌商议到了天色完全暗下来，差不多商定了，罗慎远立刻坐了轿子回罗家准备。魏凌则把宜宁叫进了堂屋里，看了女儿许久，才告诉她："你三哥当真是个有心人，虽然情况紧急，但纳吉纳征等礼节也是一个都不少的。他已经和徐渭徐大人说过了，请徐大人来做见证。聘礼也都准备好了，又怕你嫌罗家府邸离家里太远，特在挨着府学胡同的地方重新置办了宅子。"

宜宁正在魏凌身侧坐下吃糕点，她连晚饭都没来得及吃呢！糕点太干，端起一杯茶喝尽了才把东西咽下去。

他竟然都考虑周全了！还请了见证，宜宁也很惊讶："他请了徐大人？"

作为清流派的领袖人物，徐渭在朝廷的地位是很超然的，拥护他的人不少。这样的政坛泰斗，怎么就被三哥叫来说媒了？

"徐大人的性子十分好，想来也是真心疼爱你三哥这个学生，不然别人叫他是绝不会答应的。"魏凌看女儿狼吞虎咽的，嘴角带着微笑，心里却又有了一丝不舒服。他的孩子，才领回来宠了没多久，就马上要是别人的了。她才这么小，还不到十四岁，身子骨还青嫩娇小得很。但罗慎远已经二十二了，是成年男子了。

"你三哥还同我说，虽然成亲了，但你年纪尚小，他愿先用兄妹之礼待你。我倒也是这个意思，毕竟你们本来就是兄妹，怕你们还不习惯。"魏凌又说，"你嫁给他之后，他若是欺负你便回来告诉爹爹，知道吗？"

宜宁看着父亲忧心忡忡的样子，却觉得有些温暖，笑着点头。前世她出嫁都是祖母操办的，她那个父亲，妻妾之争都忙不过来，怎么有空管她怎么出嫁，只叫小厮给了她四百两银子作为添箱，就算尽了责任。

魏凌还是觉得不放心，要是在罗家还有人欺负她呢？他再怎么能管，又管不到别人的内宅去，幸好嫁的是罗慎远，别的什么人他更不放心。

"你一定要带着护卫做陪嫁，"魏凌再一次叮嘱道，"沈练那些人以后就听你使唤。"

父亲让她带着护卫出嫁，敢情不是玩笑话啊！宜宁道："您还真的这么打算啊？我带沈练做陪嫁算是怎么回事！"

宜宁觉得这些人做事一个个都不在预料中，究竟哪家嫁姑娘有陪嫁护卫的？她是去嫁人的又不是去打仗的。

魏凌却不管，脸色一肃："我英国公嫁女儿，谁敢说一句不是？"

宜宁听了哭笑不得："好好，都听您的。"

等晚上，魏凌带她去魏老太太那里，跟魏老太太说："您不用愁宜宁的事了，傍晚的时候罗慎远过来了，他想求娶宜宁。"

魏老太太听了十分震惊，参汤也不喝了，连连追问究竟是怎么回事。

魏凌说："想来罗慎远是真心想帮宜宁的缘故。他愿意帮忙是再好不过的！他年纪轻轻就是工部侍郎，前途无量。也就是跟宜宁的情谊深厚，又是她的兄长，所以愿意帮她的忙。"

魏老太太好久才缓过神来，握着佛珠说："咱们头先就没想到他，原是因为他是宜宁的兄长，这样一看他倒是再好不过的！"

两人凑一块儿说话去了。

庭哥儿在魏老太太这里练字，小丫头正服侍他换纸，听到他们说话就抬起头看着宜宁："姐姐，你要出嫁了？"

他最近几日总听到他们商量出嫁的事，就私底下悄悄问身边的大丫头颂菊什么是出嫁，颂菊就告诉他:"就是小姐要成别人家的媳妇了。"

魏庭还是不太明白:"那姐姐还跟我住吗?"

颂菊笑着摇头:"小姐就要和姑爷一起住了,以后有了您的小外甥啊,再抱回来看您。"庭哥儿听了就一直不太高兴。

宜宁坐到他身边看他写字,摸了摸他的头说:"庭哥儿今天练得怎么样了?"

庭哥儿却丢下毛笔撇了撇嘴,跑去魏老太太怀里坐着,委委屈屈地不说话了,也不理会宜宁了。

他的乳母佟氏最知道他,看了就笑:"小世子舍不得您出嫁呢。"

魏老太太摸着乖孙儿的背,笑着叹气:"这孩子!"

魏庭却真的抿着嘴巴不再说话了,谁哄他都不干。丫头拿他喜欢的蟹黄壳烤饼给他,都让他推开了。

宜宁摇摇头,庭哥儿动起脾气来谁也劝不住,她的一贯做法,还是晾他一会儿吧。

谁也没有注意他多久,魏老太太已经在盘算着宜宁成亲那日请哪些人过来,或者要给宜宁多少陪嫁做添箱的问题。宋妈妈等人更在旁边着意添些意见:"我看该给小姐陪嫁整套的金丝楠。"或者是有婆子说:"要请定北侯夫人给咱们小姐做全福人才是,她是个儿女双全、夫妻和睦的。"突如其来的婚事倒是让人觉得喜气洋洋,英国公府里一扫愁云,对将要到来的喜事很期待。

罗慎远连夜去了府学胡同,把自己求娶宜宁的事告诉了罗成章。

罗成章正由郭姨娘服侍着吃晚膳,闻言哽了很久。

罗慎远已经去提亲了才来告诉他,其实也就是通知他一声而已。无论自己是不是同意,对他的决定都没有影响。

罗慎远中了状元,平步青云官至工部侍郎。工部侍郎是个怎样的肥差!凡举国之土木、水利、军火、军用器物等,矿冶、纺织以及钱币铸造都归于工部。他为罗家撑起了门面,让罗家在京城当中名声大噪,同时他现在就是罗家最有话语权的人,罗成章对于罗慎远只能是建议和劝导。罗慎远要做什么决定,他没办法干预。

但是他还是忍不住道:"荒唐!你和她是一起以兄妹相称长大的,别人不知道,你难道还不知道?你……你这让我有何颜面去见罗家祖宗?"

"儿子也是告诉您一声。"罗慎远根本不为所动,"我已经请了徐大人做见证,徐大人也同意了。半个月之内就会成亲,您到时候来就行,别的我会处理。"

罗成章面色僵硬,郭姨娘见两父子这般对峙,吓得话也不敢说,带着已经十岁的轩哥儿退了下去。

"你……你莫不是在她还是你妹妹的时候,就已经动了心思?"罗成章从嘴里挤出一句话,"她从小,你就待她不一样。"

罗慎远沉默片刻道:"父亲,我早就知道宜宁非我亲生妹妹了。"他说,"当年祖母临死的时候我就知道了。"

罗成章的脸色更不好看。

罗慎远又说:"我已经和母亲说过这件事了,她倒是很高兴,我也当您是同意了吧。祖母临走的时候,就让我一定要护着宜宁,她若是知道我今天要娶了宜宁,九泉之下一定也很欣慰,毕竟以后我就能一直护着她了。"他说这话的时候语调很缓慢。

罗成章看着儿子的眼神非常陌生。

罗慎远说完,告辞离开了罗成章的住处。走到外面的时候,他看着黑洞洞的夜晚,良久不语。

随后他拢紧了披风,被簇拥着沉默地向门外走去。

这夜几家欢喜几家愁暂且不说,程琅是整宿未眠。

程琅靠着东坡椅小憩。长案上摆的松油灯烧到了灯花,书房里陡然变暗他也没有理。他的手指上扣着一枚玉扳指,扳指敲击的声音在长夜里格外清晰。他闭着眼,火光让他的脸显出一种白玉的色泽,岑寂的夜色下,偶尔听到外面有人走动。

书房门被"吱呀"打开了,有人在他面前跪下:"程大人。""嗯。"他淡淡地应了一声。

"小的问出来了。"跪着的人说,"莲抚姑娘说,有人把她接到了新桥胡同的谢家,一个长得十分漂亮的姑娘见了她,跟她说了这番话。让她编造假怀孕的事来找您,并且嘱咐说务必要别人在场的时候说,不然您肯定拒不承认……去英国公府,也是这位姑娘想的。"

程琅突然睁开眼睛,语气阴寒:"谢蕴。"

跪着的人有些疑惑:"小的不太明白,您和谢二小姐并无交集,她为什么和您过不去?"

"还能为了什么,她应该是知道了她祖父有意于我,所以想坏了我的名声不能娶她而已。"程琅很了解谢蕴这种女子,冷笑道,"她心有所属,有意于咱们新任工部侍郎罗大人。"他说到这里气得咳嗽了几声。

谢蕴这个蠢货,他从没有想过要娶她,她倒是好了,竟然用莲抚来害他,和自己最想要的东西失之交臂,程琅怎么会不恨,他恨不得对她啖血食肉!

明明没有希望的,但是魏凌给了他最大的希望。他甚至已经想好了,日后跟宜宁一起,宜宁每晨都能在他的怀里醒过来,这是多么好的事,他可以吻一吻她的额头,哄她再睡一会儿。他待她一定至真至诚,和别的女子都不一样。但被谢蕴给打碎了,而且还是因为这么荒唐的理由。

"说到罗慎远罗大人……"那人又说,"您走之后他就进了英国公府,许久未出,出来之后就往府学胡同的方向去了。"

程琅听到这里,手里的玉扳指一转,心里隐隐有种预感,问道:"大晚上的,他去了府学胡同?"

府学胡同不远就是罗慎远的父亲罗成章办公的地方。程琅想起了很多事。

宜宁差点被沈玉强暴的时候,罗慎远那种着急的样子,跟往日的冷静自持完全不同;那日他掳走宜宁,罗慎远来找她的时候,那种阴沉的脸色……他躺回太师椅,突然觉得自己好像是钻入了一个圈套,背后的人隐隐地浮出。

又有人通禀了进来，躬身道："四少爷，老太爷让您过去。说那姑娘的事怎么处理……您还要拿个章法才是。"

"什么章法？"程琅现在根本不想管孩子的事，冷冷地道，"莲抚我会连夜送出京城，找个地方安置。你就直接告诉老太爷，这个人和这个孩子从来没有出现过，也没有人见过。"

要是知道背后有阴谋，他不会这么简单放手的。

莲抚的存在非常束手束脚，他不会让莲抚妨碍到他。谢蕴这个女人，他迟早会清算的。

没过两天，罗慎远就请了徐渭徐大人上门来。

徐渭为人和气，街沿巷间的老百姓都知道。魏凌跟他虽不同道，但平日见了也要打招呼，关系还算不错。徐渭笑眯眯地同魏凌吃酒，二人把酒言欢，倒也比往日亲近多了。

徐渭一大早就上英国公府来，实在是他操心罗慎远的亲事已久。杨凌可是在十八岁就成亲了的，这个二十二岁了，说是连通房都没有一个，长此以往可怎么得了。

徐大人请罗慎远在自己家里吃饭的时候，甚至让夫人搜罗过一些京城女子的名册给他看。他每次都只是笑着翻翻，没一个瞧中的。

夫人就跟徐大人讲："你们罗大人的确才华横溢，没几个女子真的配得上他，但这眼光未免也太高了！"

她就不太喜欢罗慎远了。

因此徐渭就很想看看罗慎远瞧中的女子究竟是个什么样子，能让他放得下来成亲。可惜现在是看不到了，只能等成了亲再看。

徐大人很期待，被魏凌灌了一肚子酒精神振奋地离开了。

英国公府更是热闹，魏老太太带着丫头婆子和前来帮忙的宋氏一起清点给宜宁的嫁妆，每天都有东西从库房里抬出来。女子出嫁的嫁妆，许多都是由母亲留下的，宜宁没有母亲，魏老太太就着意添了许多。魏凌看了魏老太太草拟的嫁妆单子后想了想，让管事把他的库房也打开。他的库房许久未曾清理了，积满灰尘。但是下人拿个鸡毛掸子把灰尘扫了之后，那些蒙尘的珍宝就一件件地露出来，他又选了些添在女儿的嫁妆单子上。

等嫁妆单子送到宜宁手上的时候，她正在喝汤，差点就被呛着了。

宋妈妈给她念："您看看，金丝楠木千工拔步床、紫檀木镂雕吉祥如意围屏、五扇翡翠屏风、嵌象牙拣妆台……这些是大件，小件的有青白釉梅瓶两对，酱釉、蓝釉、珐花彩、孔雀绿和青花等釉色若干，釉里红十只，金凤展翅烛台两对，嵌绿松石把镜一对，白玉碗六只。下面这些是珠宝首饰，蓝红宝石各两盒，海南珠子四斛，金累丝簪子八支，宝石、珍珠头面四副……"

宜宁夺过来自己看，太阳穴就一抽一抽地疼。光这份嫁妆单子上的东西，二万两是足足的！这也太多了，特别是这些大件，不是嵌翡翠就是金丝楠的，抬在街上那该有多显眼，太招摇了一些。

青渠在旁边看着，也张大嘴惊讶道："这么多东西，得凑多少担的嫁妆啊！"

"国公爷已经算过了，一百二十担。"宋妈妈笑着答道，"小姐，您看看嫁妆单子可还有什么要添置的。老太太说了，您一并告诉她就行。"

宜宁拿着嫁妆单子去见魏老太太，魏老太太正在和宋氏喝茶。

听了宜宁的话，笑着对她招手："咱们英国公府就你一个小姐，嫁妆不给你给谁？"她觉得宜宁做事总有些小心翼翼的，这番做派不像是英国公府的小姐。许是原来生活得不好，没有人护着，为了不招惹祸事，凡事便都想着收敛锋芒的缘故，魏老太太眉一挑，说她，"宜宁，你在我的身边养的时间短，没有人撑腰。小时候明珠要出门玩一趟，我都得要二三十个丫头簇拥着她去。你还是正经的小姐，别怕！排场再大我英国公府又不是撑不起。"

宜宁还是第一次听到老太太说这么直接的话，的确是正一品的诰命夫人。

她还想说什么，老太太却打断了她："明天你长姐过来，给她看你成亲时的嫁妆，好不好？"她摸了摸宜宁的发，那发柔软得像一捧丝绸，又细。头发细的孩子总是比别个身子骨差些。

她心里突然就满满的怜惜，宜宁还这么小，这么细弱，就要嫁人了。宜宁看到老太太的眼神突然变得很温和。

她是凡事怕出格的人，总觉得万事谨慎不要行差踏错的好。这临近出嫁了，不知道怎么的还越发紧张起来。有什么好紧张的？不就是嫁给罗慎远吗？明明他就是看着自己长大的。

算了，反正她还有护卫做陪嫁呢，想这么多做什么？她笑着点头："好，那我都听您的吧！"

魏老太太含笑，继续跟宋氏说成亲的事。宜宁坐在圆凳上听着两位老人说话，老人家说话慢而温和，屋子里点着檀香，有种岁月隽永的感觉。她从盘子里拿了一粒葡萄，剥了皮给老太太吃。

其实宜宁的嫁妆多倒还不算什么，可得苦了罗慎远，毕竟男方给的聘礼没有少于女方嫁妆的说法，二万两银子的嫁妆，这还只是嫁妆单子上的，罗慎远怎么着也要拿出三万两银子的聘礼才行。

罗慎远听了英国公府来人的话，只是微微一笑："好的，我知道了。"他似乎看不出有什么压力的样子。

罗家再怎么有钱，但毕竟不是王公侯爵的，一次拿出这么多银子很难。不知道这新任侍郎要怎么办才好，来报的人暗自想着。

新任工部侍郎有一门自小定下的亲事，且马上就要迎娶人家过门的事，在京城贵家圈子里传开了。

谢蕴是从翠玉口中的知道的，她听后脸色立刻就变了，惊讶地抬起头："他定的是哪家姑娘？"

翠玉声音低得细若蚊蝇："说是他们家祖母早年定下的，因女方尚且年幼，一直没有正式定过。就是前几月，两家才商议好了……定的是谁您也知道，便是英国公府小姐魏宜宁，上次在宫宴上差点被赐婚的那个。"

谢蕴更是皱眉:"这不可能,魏宜宁是他的妹妹,一个还不到十四的小姑娘……如何能嫁他!"

"二小姐,许是我们弄错了。"翠玉继续道,"奴婢猜测,罗大人娶这位英国公府小姐不是因为自小定亲,而是因为上次的宫宴赐婚,那小姐招惹了祸事,英国公不得已才要把女儿嫁出去。罗大人是魏宜宁的兄长,恐怕也是为了帮她,才强行说娶的。"

这个谢蕴知道,那次宫宴回去姨母整宿整宿睡不好,还让人带口信给英国公府,示意要早点把魏宜宁许配出去。但是这种情况下怎么会好找亲家?她甚至听说,魏凌连家世一般的少年举人都考虑过。难道罗慎远真是为了帮英国公府,才娶了魏宜宁为妻?

"奴婢还打探到,在罗大人之前,程琅是想去英国公府提亲的,本来都要成了……但是被您找上门去的戏子打断了。恐怕也是因为这个,罗大人才不得不顶上的,否则便真是没有适合的人愿意娶他们小姐了。"

翠玉把语气压得很平,尽量不要惹了谢蕴。

谢蕴听到这里更是震惊:"程琅本来是想向英国公府提亲的?"

翠玉轻轻点头,谢蕴就觉得耳边全是"轰轰"的响声,她顿时什么力气也没有了,瘫软在贵妃椅上。

程琅根本没打算娶她……她却破坏了程琅的亲事,反而因此让罗慎远娶了魏宜宁。这岂不是她亲手把罗慎远推出去了……若是程琅娶了魏宜宁,罗慎远便不会娶她了。

"我要去见他!"谢蕴突然从贵妃椅上站起来,"我要去劝劝他。不喜欢魏宜宁就不要为了帮她而娶她,自然会有人去娶她的……"想来想去她咬了咬牙,"我安排个人娶魏宜宁,让姨母给她赐婚!"

"二小姐,您可不要糊涂了!"翠玉连忙扶着她坐下来,"国公爷在宫宴上已经说过有门亲事,现在大家都知道了是罗大人,皇后娘娘又怎么会再赐婚!且皇后娘娘也不会再插手这件事了。再说罗大人已经请了自己的老师徐阁老上门去说亲,您就算说什么也没有用啊……"

谢蕴不是不明白这些,她只是太着急伤心了而已。

谢蕴头靠着瓜飚绵绵纹的宝蓝色杭绸靠垫哭起来,眼泪顺着下巴滑下去,她喃喃地说:"可我这么喜欢他。"

她茫然得像个孩子一样,翠玉很少看到她们高傲的小姐这么弱小的样子。

她也只能劝谢蕴:"您可要想想,罗大人愿意为了帮妹妹而娶她,可见是根本没有把自己的亲事当一回事的。这样的人,您嫁了又能如何?我看那英国公府的小姐嫁了也未必得好,毕竟罗大人只是把她当妹妹。不然怎的这么多年都没有定亲?"

谢蕴望着窗外阳光下,开得红艳艳的贴梗海棠,抿了抿唇,不知道是不是听进去一些:"就算他不喜欢魏宜宁,但还是要娶她……"

翠玉心里苦笑,小姐平日是个多精明的人,怎的一遇到罗慎远就犯糊涂?她想说的重点又不是喜不喜欢。

谢蕴侧过头不语,这时候,外面有人通传说谢夫人身边的大丫头过来了。

谢蕴请了她进来，只见那丫头挑帘走进来，向她屈身笑道："二小姐，大喜事。有人来咱们府向您提亲了！夫人说是程家四公子程琅，请了咱们表姑奶奶来提亲。"

程琅怎么会请人来向她提亲！

谢蕴霍地站起来，脸色更不好看了，定了定神对翠玉说："扶我去中堂看看。"

等她到中堂的时候，看到自家的表姑奶奶正和老太爷说得高兴："那程琅啊，我真是没见过比他还俊的，往那儿一坐就跟幅画似的，才华又是极为出众的。程家老太爷托了我这事，我心想，这可是再般配不过的一对！赶紧就上门来了。"

谢阁老自然是高兴的，亲家公这速度还挺快的，他捋着胡须笑道："自然，程琅这小辈我是颇为欣赏的。"

表姑奶奶一听这话就知道有戏，更是殷勤："可不是，听说马上就要任都察院的大官了！配得上咱们蕴儿的！"

谢蕴听到这里咬唇，如果没有意外，祖父绝对会同意这门亲事。想到那个叫莲抚的艺妓，她低声说："那天之后就没听说过她，她人呢？"

"奴婢也不知道，进了英国公府后再没见她出来过，想必是没闹成的。"

谢蕴缓缓叹了口气，当时她也考虑得不够周全，出了这等丑事，英国公府肯定会全力为程琅遮掩的。只要有人再下狠手，杀了莲抚，那莲抚就是再想闹开也是没有可能的。

谢阁老也看到孙女过来了，笑着招手让她过去，表姑奶奶拉着谢蕴的手好一通寒暄。

"蕴儿可见过那程琅程大人？当真一表人才，风度翩翩，你见了也肯定喜欢。这京城里想嫁给他的姑娘啊，可是数不胜数的！"

谢蕴不说话。

等谢阁老叫管家把表姑奶奶送走了，才回过头来说："蕴儿，我知道你不喜欢程琅，但配得上你的，满京城也找不出几个来。你不如见见他再说吧，万一你就喜欢他了呢？"见谢蕴不说话，谢阁老继续道，"我已经请程琅到家里来，现在就在前厅等着，由你父亲接待着。你跟我去看看吧。"

谢蕴抬起脸，她这一生很少受过什么挫折，家里的男孩都不如她聪明，父母兄长都宠爱她，姨母又是皇后，最是疼爱她，她从小跟在姨母身边长见识。三岁识千字，五岁就能背《论语》，八岁的时候就能跟着祖父读书。

她深深地吸了口气，既然祖父非要她见，那就见吧。她随着祖父一起去了前厅。

程琅正坐在太师椅上喝茶，和她的父亲谈笑风生，语笑温和，听到声音的时候回头看了一眼。

谢蕴看着他，不知怎么的突然想起那天，她第一次在新桥胡同看到他的情景。他从一片阴影下走出来，灯笼暖黄的光照得他面如冠玉，俊逸潇洒。她的确没有见过比他更好看的人了，甚至想不到哪个女子能够站在他身边。若是没有罗慎远，这人也是非常出色的。

程琅则瞥到了屏风下露出的水青色绣兰花的湘裙裙角。

娶那人是再无可能，她知道了自己龌龊的心思，他又差点强行占有她，她能以平常心待自己恐怕都不容易了。程琅很明白，那些少年的奢望和迷恋只能压抑在心底，不知道什么时候又会发作起来。

他嘴角露出一丝放纵的冷笑。

谢蕴不想嫁给他？那他还偏娶了她不可。对付这种女子，他手段多的是。

## 第二十九章 十里红妆

过了纳吉礼，英国公府却越发热闹起来，徐大人回去之后不久，罗慎远准备好的聘礼就从府学胡同抬进了英国公府。

聘礼单子合计下来，足足四万两银子。

魏凌看着聘礼单子，大笑道："我这好女婿啊！"罗家家底再厚实也是官宦世家，钱财方面也束手束脚得多。却不知他如何拿得出这四万两银子来，应该真是早有准备。不过他早年接宜宁回来的时候，为了聊表心意，给了罗成章五万两银票，不知道有没有在这里头。那可是五万两，对于英国公府来说也绝对不是个小数目。

魏凌叫了管家进来，还没等管家进门就直接说："小姐的聘礼单子全添到嫁妆里，让珍珠随身带着，等她过了门再告诉她。"他要给女儿一个惊喜，到时候她出嫁了，再看到聘礼单子，就知道父亲的好了。

刚进门的管家差点被门槛给绊倒，结巴地问："国公爷，那小姐的陪嫁加起来不就是七万两了？"

"多吧？"魏凌笑着说。

简直太多了！而且瞧国公爷那样子，似乎对于得了罗家这么多的聘礼很得意似的。管家擦着汗问："国公爷，咱们英国公府底子还在的吧？"

魏凌眉毛一挑："你这什么话？你家国公爷我嫁女儿，多给点嫁妆都不行？"他就这么一个女儿，不给她给谁。想到她马上就是别家的儿媳妇，等嫁了人，要服侍公婆，操持一大家子的事，魏凌还是舍不得。

嫁妆就是腰板，嫁妆越多腰板越直，何况他们家还有个罗成章在。魏凌觉得自己要找罗成章谈谈才是。

宜宁也看了聘礼单子，心想三哥这太吃亏了。她就拿二万两去，他却要拿四万两过来。罗成章一向吝啬，要是知道了肯定不舒服。

她吃着刚上市的秋梨，吩咐丫头去找庭哥儿回来吃梨子。

正好松枝过来通禀："小姐，罗二太太携着定北侯世子夫人来拜访，刚去了老太太那里，正朝咱们这儿来呢。"

林海如和长姐来了！宜宁是好久没有看到过她们了，忙让丫头请她们进来。林海如进来的时候抱着楠哥儿，一看到宜宁就笑眯眯的。

宜宁想抱了楠哥儿逗逗他，快一岁的楠哥儿却很羞怯，刚到英国公府不习惯，躲在林海如的怀里抿着小嘴。宜宁看到他粉粉的面颊软和，就亲了他一口。他连忙躲进林海如的怀里不敢看宜宁。

"这孩子胆子小。"林海如说，"像他父亲的性子，他父亲说他小时候就这样。"

宜宁却很喜欢孩子羞怯，看到就想逗一逗。她把楠哥儿抱到自己怀里，楠哥儿倒也不哭闹，就是抓着宜宁的衣襟不敢动。逗了他一会儿就好了，软软地叫宜宁"姐姐"，一迭声叫个不停。

林海如就说："如今该叫嫂嫂了。"就教楠哥儿改口，但楠哥儿执意叫姐姐，茫然地看着母亲，似乎不明白母亲为什么教叫嫂嫂。

罗宜慧看着发笑，侧头和宜宁说话："刚才跟你家祖母商定了，再加上你三哥的意思，婚期定在九月初八。"

那岂不是半个月都没有了！

宜宁微微一愣："这是他决定的？"

这个他自然说的是罗慎远。罗宜慧笑着点头："是他，你祖母也同意了。你觉得不好吗？"

不是不好，只是太突然了……宜宁也说不清楚，她答应他的时候，没想到有这么快的。

罗宜慧放下了手里的茶盏，又从袖中拿出一本折子："宜宁，你看看这个。"

宜宁接过来看，越看越觉得熟悉，抬起头惊讶地看着罗宜慧："这是……"这是当年罗老太太留给她的嫁妆！

她离开罗家的时候没有带走，当时其实也没有想起这桩事来。

罗宜慧笑着点头："是你三哥帮你拿来的，那个时候你要离开，父亲没有给你。他为了帮你，倒是费心了。"知道罗慎远要娶宜宁的时候，她吓了一跳，觉得这简直荒唐。然后连夜坐马车去新桥胡同问罗慎远的话。她当时语气不太好，罗慎远一直没有说话，最后才反问她："要是我不娶宜宁，她该怎么办？长姐能管她一辈子，还是英国公府管她一辈子？"

她那个时候愣了一下，然后就没有再说什么了。

"我知道。"宜宁摩挲着这本册子烫金的边，眼神有片刻的茫然。

从小罗慎远就对她好。但是他的性子这么淡漠，很难表露自己的情绪，除了那次雨夜。宜宁也弄不明白，他真的喜欢她吗？

他提出两人以兄妹之礼继续相处，她有点惊讶，然后就答应了。想想这样也好，她毕竟还小。

林海如倒是没有惊讶。

实际自上次打了罗慎远一个巴掌之后，她就知道继子的心不可撼动，早等着这一天了。

反正她没罗宜慧这么操心操肺，娶回来也好，她自己就变成了宜宁的婆婆，不用担心哪个恶婆婆对她不好，又解决了罗慎远的婚事，而且解决得让他很高兴。想到这些林海如浑身通泰，就盼着宜宁嫁过去跟她做伴了。

她又逗着楠哥儿叫宜宁嫂嫂，楠哥儿就抓着手里的梨子吃，不理母亲了。

女方在出嫁之前不能见男方，宜宁见不到罗慎远，不知道他在做什么想什么，这其实是一种让人充满期待的情绪。

望着林海如的笑脸，她突然对出嫁那一天的到来感到非常忐忑。他会穿着大红的喜服朝她走过来，他这么高大，肯定很好看的吧！

林海如和罗宜慧要回去筹备，也没在英国公府久留。宜宁第二天送了她们离开后，去给魏凌请安，他正在和魏老太太商量宾客的名单。

英国公魏家虽说主支血脉较少，旁支却有很多。赵明珠的母亲算起来就是魏老太爷庶妹所生之女，老太爷共是三个兄弟还有四个姐妹，这些都是要请的，还有魏凌的那些朝堂上的朋友、魏老太太娘家的人。

宜宁见管事们正认真地核对，轻手轻脚地端了盘红枣山药糕上去。她听到魏凌说："定北侯府自然是要请的，忠勤伯家……"他眼中闪过一丝冷意，"他们如今式微了，自然不用。"

他出事的时候，忠勤伯落井下石，魏凌自然没有放过他们。

有次忠勤伯走慢了，被拦在直道上，魏凌叫马车直接跑过去，要不是忠勤伯躲得及时，差点就被马蹄给踩了。忠勤伯气得去御前参了一本，反倒得了皇上的训斥，说他是"小题大做"，这下所有人都看出皇上袒护英国公，再没人敢和忠勤伯说话了。

后来又有人参了忠勤伯一本，说他玩忽职守，纵容手下的将士去喝酒，在花楼里打了人。这本来就是件鸡毛蒜皮的小事，却被皇上抓来肃整军风，把忠勤伯扔去云南一个偏远的卫所。

云南那边土司众多，都是世袭的。朝廷派去的官员基本就是坐冷板凳，五六年都回不来一次，回来也是灰头土脸的。忠勤伯从此彻底没有了脾气。

"陆都督是宜宁的义父，又是宣大总督，你的上司，不能少了他。"魏老太太说，"不知道成亲的时候他回不回得来？给他自然是安排上席，若是回不来岂不浪费了？"

宜宁眉心微跳，手里的盘子磕到了八仙桌上的仙鹤祥云雕花。

魏凌看了宜宁一眼，说："陆嘉学在大同，大同总兵就乖得跟孙子一样，那边半点动静也没有。也不知道他能不能回来，还是把席位预留着，我叫人送请帖去大同就是了。"魏老太太在红笺上记了名字，抬头问宜宁："你可有什么发小或者玩伴要请？"

魏凌就笑着说："她这么懒，肯定没几个发小。不信你问她。"

宜宁道："父亲你莫诬陷我，我怎的没有了？"

结果想来想去，除了个贺二小姐说过几句话，别的竟然真的找不到几个。宜宁有点纳闷，她人缘这么差？平时都不觉得啊。

魏凌哈哈一笑，摸了摸女儿的头："好了，你成亲的时候，闺房里要热热闹闹的。便请你长姐，再加贺家的两个姐妹，还有定北侯府的几个小姐，如何？"

宜宁又想，她倒是还有两个发小，罗宜玉和罗宜秀。不过昨日长姐跟她说过罗宜秀和罗宜玉的事。

"宜玉嫁了刘静之后，刘静十分宠她，越宠越不像样子。你知道她本来就不喜欢刘静，晚上让刘静去书房睡。结果刘静的母亲知道了，指桑骂槐地说她不守妇德，她就气得回了娘家。倒是宜秀嫁人之后收敛了三分性子，比原来文静多了，就是五姑爷想收了她的大丫头做通房，她也不高兴，回了娘家跟宜玉住。三天一大吵两天一小吵的，互相指责，跟火药桶一样，家里人都避着她们俩。"

宜宁想了很久，觉得，还是不要请这对冤家姐妹过来比较好……宾客的名单差不多商议了下来。

魏凌下午要去皇宫里一趟，宜宁就服侍着魏老太太回静安居睡午觉。

魏老太太临睡前披着单衣，看宜宁的聘礼单子，一边看一边打趣宜宁："他哪儿来的这么多银子？你嫁过去要是发现他是个大贪官，这些银子都是贪墨来的，可要如何是好？"

宜宁想到日后罗慎远掌控朝堂，无言官再敢弹劾他的霸气……搞不好还真的是。她微微一怔，突然想起了一件事——前世罗慎远的妻子是谁？

孙从婉是嫁给他了的，但是孙从婉嫁给他不过五年就病没了。两年之后他就续了弦，娶了时任都察院都御史葛洪年的嫡长孙女葛妙云为继室。葛洪年会把孙女嫁给罗慎远做继室，很多人都非常惊讶。宜宁之所以印象不深刻，是因为这位葛妙云几乎从未在世家里露过面，一个典型的后宅女子，温温和和的，相夫教子便是一生。

罗慎远娶了葛妙云之后一年，徐渭就死了。所有人都以为罗慎远会因此仕途没落，但他不到一年就做了工部尚书，再半年之后进入了内阁。

最后汪远死于他手，所有人才意识到这个人的隐忍和狠毒。

至于那个后宅的女人，她的名字更像是一片布景。唯一的作用，也就是点缀在罗慎远的名字身边，像明月光辉下暗淡的星辰。

丫头带着魏嘉进来给魏老太太请安，魏嘉手里提了个蝈蝈的小笼子，但是里面装了一只竹象，跑到宜宁身边，笑嘻嘻的声音让宜宁回过神来："宜宁姐姐，这是在竹林里捉来的。你瞧它多好看啊！"

魏嘉是在山东长大的，常和魏英下属的女儿玩，没有别的世家孩子的娇气，喜欢养动物，像个乡绅家的小姐。

宜宁就摸了摸她的头："嘉嘉知道怎么养它吗？"

魏嘉就睁大眼好奇地看着她。

许氏看了脸色一沉，不喜道："嘉嘉，你可是嫡出的小姐，怎么能拿这东西当玩意儿？"说着就要找伺候魏嘉的丫头进来问问，"是谁带小姐去捉的？"

她这话弄得大家都不太舒服。

许氏那日被宜宁下了面子，一直就不喜欢宜宁。

闺阁女子就该待在闺阁里，哪里有出来管家，对长辈还这么不留情面的？

原以为她是亲事不好，魏老太太才避而不谈。结果人家定下的亲事是新任工部侍郎罗慎远，当年名震京城的状元郎，送来的聘礼把老太太都惊到了。

她当时很惊讶，后来知道罗慎远是宜宁的义兄，两人的亲事自小就定下了，她才想通几分——若不是有这层关系在，人家又怎么会娶一个来历不明的丧母庶女？

宜宁低头喝茶，就当没听到许氏的话。

她为了这个跟许氏计较，就是她不够大气了。

许氏的贴身丫头把蝈蝈笼子扔出去。魏嘉被夺去了蝈蝈笼子，忍不住"呜呜"地哭起来。

这时候突然挑帘走进来两个丫头，连通禀都没有通禀，走进来就低头在魏老太太身边耳语。魏老太太听了她们的话神色立刻就不对了。

宜宁抬起了头。

这两个丫头她没怎么见过，应该是魏老太太安排在府里的。她们贸然过来禀报，肯定是有大事，她立刻问："祖母？"

魏老太太屏退了左右，脸色沉得发黑："山松馆出事了，你跟我一起去。"她语气微顿，"现在就去！"

山松馆是魏颐的住处，他不在五城兵马司的时候，就在山松馆休息。原来是魏老太爷享晚年的住处，半山腰上长着许多松树。到了冬天寒雾迷蒙，缥缈如仙境。夏天阴凉避暑，绿荫如盖。魏老太太本是好意，才把这地方给了魏颐住着。

山松馆能出什么事？

宜宁扶着魏老太太的手出了静安居，发现许氏已经先一步离开了，应该是魏颐身边的丫头也来叫她过去了。

魏老太太才跟宜宁说是怎么回事。她派了个叫芦柑的丫头在山松馆当值，魏颐就推说自己有丫头，不要她去服侍。芦柑当然没说什么，也就是今天去山松馆换被褥的时候，发现魏颐神色不对，等他走了之后芦柑悄悄地进内室看，竟然看到了躲在碧纱橱里面的赵明珠。

芦柑是在魏老太太身边伺候过的大丫头，当即知道事情严重了！让小丫头看着，自己飞奔过来告诉魏老太太。

魏老太太听了又气又急。一则赵明珠做事太过荒唐，二则宜宁成亲在即，后日就要开始搭台试灶，准备婚宴了。魏家的宾客也会陆续赶来，这时候出岔子就是给英国公府出丑。

宜宁早就知道赵明珠胆子大，不然也不会前世在英国公府和宁远侯府横着走，却不知道她这般胆子大！

魏老太太带着宜宁进山松馆，立刻就冲进碧纱橱。看到被丫头制住的赵明珠穿着一件鹅黄色的纱罗衣，抬头倔强又有几分可怜地看着她，甚至隐约可看见她宝蓝色的、绣水草纹的潞绸兜肚，一截雪白的脖颈……

魏老太太怒火攻心，想到这个小女孩是如何在自己身边长大的，如何单纯可爱的样子。这比什么都刺激她，她抬手就打了赵明珠一个巴掌："你争不争气？我已经要给你定下亲事了，你这般作践自己干什么！就那么喜欢他？"

赵明珠被打蒙了，好久才哭出来。

魏老太太的脑子里轰然一片空白，毕竟捧在手心疼了这么多年。若是明珠出事，她受到的打击和情绪波动远比宜宁出事还要大。这是岁月积攒的情分，宜宁无论如何都比不了。

宜宁却是最冷静的一个，她叫珍珠立刻把山松堂的丫头婆子清理出去，把刚才见证的丫头送到正堂等着。然后才跟魏老太太说："祖母，您别气糊涂了，事情要分轻重缓急……"

魏老太太被宜宁提醒了才反应过来，立刻让两个婆子把赵明珠拉起来："看看她……可是清白的身子！"赵明珠哭着说是，让魏老太太不要看了，魏老太太已经信不过她了。赵明珠还是被婆子按住了双腿，然后幔帐放了下来……

这对女子来说实在是很屈辱，宜宁别过了头。

魏老太太已经叫人去找魏颐回来。故魏颐还没到五城兵马司，就被魏老太太的人拦住了。

他掉头回到山松堂门口的时候，许氏就在门口等着他。

她的脸色也很难看："我问你，你是不是跟那个赵明珠来往？"

魏颐一听就知是事情暴露，顿时心跳如擂鼓。

母亲管教得很严格，他身边的丫头都是选得老实本分的，连个手都碰不得，更别说做他的通房。这样一来，他对男女之事本来就好奇，跟明珠有了几分意思之后，就让明珠到他这里来找他……但是绝不敢真的做什么！

只是少男少女的，荒唐刺激着胆子就大了，规矩也忘了。

许氏看高大英俊的儿子不说话，就明白是真的了，她气道："魏颐，你是什么身份。那赵明珠又是什么身份？她想靠这个进我们家的门，我告诉你绝不可能！"

魏颐怕母亲责怪，连忙说："原是她来找我的，儿子……儿子什么都没做过！"

许氏听了儿子的话，才面色稍微缓和点："既不是你主动，那就是她恬不知耻要缠着你。你跟我过来，我暂不跟你计较，把魏老太太那里说通才是。"

她怕魏老太太一冲动之下，就要魏颐娶了赵明珠。

赵明珠验过身，的确还是完璧之身。魏老太太听了脸色并没有好多少，而是让赵明珠重新换了件端庄的褙子，跪到了中堂里。

她问了赵明珠几句话，赵明珠就情绪崩溃，指着宜宁开始哭："她的命多好！没有程琅娶她，还有个兄长罗慎远撑着。我呢？您要把我配给一个秀才！我虽然不是您亲生的，但也是您养大的，您就偏心成这样，她嫁的是正三品的大员，我嫁的是个秀才！我……我总要为自己打算！"

魏老太太听了气得肝儿疼。

"你的亲事怎么差了？范家世代耕读，家里有田产有房契。再者范大公子读书勤恳，后年就要秋闱，到时候中了举人，你就是举人太太。再中了进士，还不能给你挣个诰命回来？那官宦之家真正的苦，宜宁不知道，你也未必知道！"

赵明珠却笑了笑说："当年我外祖母让母亲嫁给我父亲的时候，就是这么说的。您看看，我母亲和父亲现在怎么样了？外祖母总是说，等他中了举有出息就好了……二十多年了，我父亲还是个秀才。家里不宽裕，却还学了别人纳妾来气我母亲！"

魏老太太气得不想再说话了。这时候许氏带着魏颐进来了。

一进来之后，许氏就坐在了魏老太太身边，看着赵明珠的眼神带着冰冷的打量，慢慢拿起茶杯。

"老太太，颐哥儿跟我说了。是明珠自己要来找他的，他也是半推半拒的，可是没有办法。您也知道，这事上男孩儿本来就容易被带偏。"

赵明珠听到这里惊讶地看着魏颐，心顿时就寒了。魏颐别过头，英俊的脸上浮出几分淡淡的别扭。

没有办法的事，母亲绝不会让他娶赵明珠的，纳妾都难。用这个说辞推了免得节外生枝。

许氏继续说："您也知道，我一向管教颐哥儿严，身边的丫头都不敢造次，不想到了您这儿来还有这样的事。您可要明辨，这样的女子，未成亲就跟别人勾搭不清，我们家可不敢要。"

赵明珠听到这里，见魏颐又不反驳，低声道："堂婶，没得您这样过分的！"许氏却根本不理她。

赵明珠就算还是完璧之身，但清白也被毁了。

英国公府马上就要操办婚事了，这时候这种事绝不能传出去。很可能赵明珠也就吃个哑巴亏，但以后在英国公府就无法处下去了。

宜宁却听不惯许氏这个说辞——这事男女都有错，怎的就怪一方了？

她站出来，缓缓道："堂婶此话不妥。俗话说，一个巴掌拍不响，要是魏颐堂兄严词拒绝了，明珠姐姐一介女流之辈，难不成还能强过魏颐堂兄。"

赵明珠没想到罗宜宁会帮她说话，有些错愕。

许氏笑道："宜宁，你一个未出阁的小姑娘，可不要管这些事，好生在屋子里绣嫁衣等着出嫁才是正经。"

宜宁也是笑了："堂婶觉得我是女子，我说话您不用听。我却要说了，我虽然是女流之辈，也知道什么是责任。有些时候男子敢做不敢当，连女子都不如！这样的人您能指望他支应门庭、振兴家族就是空话，他连自己都管不了！"

许氏听出宜宁说的是魏颐，表情一寒："你小小年纪，可不能牙尖嘴利了去。"

"我说的句句是肺腑之言，为了堂姊和堂兄考虑。"宜宁不紧不慢地说，"堂婶偏偏觉得我是牙尖嘴利，那是因为忠言逆耳，所以您才不喜欢。"

论说话气人，宜宁早就是高手了。当年她舌战乔姨娘的风采，这些人是没看到。许氏果然被她气得脸色通红。

魏老太太摆了摆手，说："老三家的，行了。"

她从不称呼许氏为老三家的，许氏听了都没反应过来。

魏老太太看向魏颐说："这事不听你母亲的，你自己说该怎么办？你堂妹说的话有无道理，你心里是最清楚的。"

魏颐看着罗宜宁。他突然想起那日英国公府出事的时候，她纤瘦的背影甚至有种清越孤拔的气质。现在她看着他,好像根本没把他放在眼里。他低下头沉声道:"母亲,别说了。我该负责的……"

他犹豫了一下:"论出身,明珠不能给我做正妻,不如以贵妾的礼迎她入门。"赵明珠听到这里,是什么都了然了。若一开始她是心冷了,现在就完全淡了下来。她低头冷冷地笑了笑。

许氏还是不同意,站起来说:"老太太,咱们虽然分宗了,但平日来往不少。你们家有难,我也未曾避嫌,毕竟都是一家人。但是没得纵着别人算计我家颐哥儿的,赵明珠要是没有算计颐哥儿的心思,让我娶她进门给颐哥儿当正室都行!"

魏老太太忍了又忍,正欲继续说,赵明珠却出声了:"外祖母,不用了。"

她从地上站起来,笑着说:"我不嫁他,什么贵妾正室,我都不稀罕了。宜宁妹妹说得对,靠他来支应门庭振兴家族,就是个笑话!"魏老太太没想到赵明珠会突然说出这番话来。

赵明珠继续说:"堂婶您也不必担心我算计您家颐哥儿。我算计他?他自己心里门儿清是怎么回事,装傻充愣地占便宜呗。我还后悔呢。您可别为了这个伤了两家的和气,我反正也不要您儿子娶我,就当被狗咬了口。您说呢?"

许氏觉得这话听着也不舒服,浑身都不对。魏老太太听到这里反而笑了笑。

她也看不上魏颐这番做派,听不惯许氏说的这些话,赵明珠能想通最好。她不怕赵明珠做错事,就怕她把自己绕进死胡同里。

她招手让明珠和宜宁到她面前去,握着两个孙女的手说:"明珠也说了,那我便尊重她的意思。不过这山松馆,颐哥儿可不能继续住下去了,毕竟客人越来越多了,府里难免就局促了……"

许氏表情微僵,魏老太太这是在下逐客令了。

她又是个骄傲的人,大不了从此不和英国公府来往了,没得他们这么赶人的!

许氏二话不说,拉着没反应过来的儿子就去收拾东西了。魏老太太带着宜宁和赵明珠回了静安居。

静安居的西次间里,魏老太太和来问亲事的管事商量。赵明珠坐在靠垫上,仿佛刚经历一场生死,刚才是很硬气的,现在却反应不过来了,很茫然。

宜宁把手里新嫩的核桃仁带给她。新鲜的核桃最好吃,比花生要香甜得多。赵明珠接过去,突然说:"谢谢你。"

宜宁知道她在谢刚才的事,摇摇头:"我也不是什么好人,我就是听不惯堂婶的话,没想帮你的。"

赵明珠害她的事不少,她现在都对赵明珠没什么好感。

"但你帮了我。"赵明珠认真地说,"我这个人没别的好,但是恩怨分明。你帮了我,我以后就会报答你的。"

她突然抬起头说:"你……你的嫁妆单子呢?我帮你添几样嫁妆吧。我那里也有不少东西的……"

宜宁拒绝说:"不必,嫁妆单子已经定下来了。"

赵明珠有些失望地"哦"了一声，靠着靠垫，继续看外面已经开始泛黄的银杏树。她说："我说的话你不要在意。我知道你不容易，你那个兄长……虽说娶了你，但你们成亲后怎么办？他若是以兄妹之礼继续待你，你岂不是很可怜？他若不以兄妹之礼待你，你还这么小，身子骨都没有长开，又怎么受得住……"

似乎觉得跟宜宁说这些不好，赵明珠就吃核桃，不继续说了。

宜宁就当没听到，既然赵明珠向她表达善意，她也不会拂了她的脸面。而且从没有这样跟赵明珠说过话，倒是挺新鲜的，她似乎也没这么糟的，就问她："那你的亲事要怎么办？"

赵明珠有些茫然："不知道。"但她很快就坚定了，"我要做人上人的，绝不嫁秀才。到时候把那魏颐、许氏踩在脚下，叫他们喊我姑奶奶。"

宜宁听着笑了笑。

至少赵明珠有个明确的目标，也挺好的。

林茂刚走进顾景明家里。

顾景明在府学胡同附近有个宅子，不大，但是他公子哥是个好逸恶劳的个性，修得气派高雅，花了一大笔银子。光他睡的那张躺椅的凉席，就是用二百零四块翠玉编成的，清凉消暑。屋子里还摆着鎏金香炉，供奉的是一尊两尺高的老山檀孔子像。

顾夫人来看了很生气，顾家再有钱也是清流人家，怎么能让他这么糟蹋？然后叫管事的不能再给顾景明拨钱用。

顾景明也不能只靠俸禄活啊，那才几个钱！买几本画册就没有了。不过他没钱，周围有钱的人却不少，例如罗慎远这家伙就很有钱。他跟工部的人熟了，现在又是工部侍郎，财源滚滚而来。但是这家伙吝啬，休想平白无故从他手里抠出一个子来。

林茂也很有钱，而且像个善财童子，根本不在乎朋友还不还钱，顾景明向他借了三四回了。

结果前些日子，这家伙居然来问他还钱。顾景明的钱都败在了看上的一套前朝的整块玉石屏风上，一个子都给不出来。就拉着他坐下问："你怎么想起要用钱了？"

林茂一脸抱歉地说："景明兄，我要成亲了。想给人家多置办点聘礼。"他伸出几个手指头，"我算过了，前前后后我借了你七百两，连本带利的，你要还我一千二百两。"

那个时候他是来讨债的，但是满脸微笑，好像再过两天就能把罗宜宁给娶回来了似的。但他今天来的时候犹如同斗败的公鸡，半点神采也没有，坐下来光喝茶，凤眼一眯一眯的。顾景明怕他再提还钱的事，赶忙让丫头给他端好茶和梅菜馅饼来。

"可是我那表妹跟罗大人的亲事惹得你不痛快？"顾景明说，"你别太担心了，好男儿何患无妻？我看我家表妹又不是个多出众的。你去世家里扒拉一通，就能找出三四个她那个类型的。"

林茂沉默片刻，说："有时候我问自己，究竟喜欢她什么？她对我又不算好，有时候还巴不得离我远点。

"后来我知道了，我喜欢她有什么就是什么，而且她像只小京巴……捉起来就可以玩。"

顾景明心想，宜宁要是听到了林茂的这番话肯定会想抽他。

他点头："嗯，你说的都很有道理。那你干吗不直接养条京巴呢？"

林茂长长地叹了口气，整了整直裰说："景明兄，你是不知道，我本来觉得当官是天底下最不痛快的事，劳心劳力，还要被管。但是宜宁小的时候，我姑母告诉我，若是想娶宜宁的话没个官职怎么行？我才跟你到京城来谋个一官半职。"

"如今她都要嫁人了，我这官当得，倒是没什么意思了。"

顾景明这个倒是从来没听林茂说过，他原是为了这个才做官的。难怪罗慎远要把他调去山东当县令了。

"你不是马上就要去山东上任了？那是一方父母官，马虎不得。"顾景明忍不住道。"我知道，吏部的调令已经下来了，我是准备过几日就走的。"

顾景明心里暗喜，又道："你不喝罗三的喜酒了？"

林茂摇摇头："我懒得去，去了姑母少不得念叨我。"他叹了口气，"俗话说，情场失意钱场得意。景明兄，你欠我的一千二百两银子何日还我？我去山东还差一些路上的盘缠。"

顾景明嘴角微抽，这家伙说了半天还是来向他讨钱的。他真是看错他了，这才是个钱串子，还跟他算利息，活该他娶不到媳妇。

说不定他不去喝喜酒，就是不想送礼。

顾景明让仆人拿了四百两银子给他。反正他再也没有了，轰一般把林茂赶出了门。

宜宁正被管事烦得焦头烂额，有人告诉她林茂过来了。

林茂站在厅堂台阶下的葡萄架旁等她，穿着件细布直裰，凤眼清亮，告诉宜宁他要去山东任职了。

宜宁听到这里看了他一眼，山东高密县的县令，林茂可就是从这里起家的。

她拍了拍林茂的肩说："茂表哥，你好好干！县令说起来是地方官，实则比给事中难做些。"说着让丫头捧了些果干糖块的给他。

林茂开玩笑般问她："宜宁，你觉得我有什么不好的吗？"他还是想知道，她为什么答应嫁给罗慎远，却不嫁给他。

罗宜宁不知道他是什么意思，她可从头到尾都不知道林茂曾经提过亲。

她想了想，以为他是不满吏部的调令，毕竟是从京官变成地方官，虽是平调实则为贬。她就很认真地安慰他说："你以后肯定有大成就的，三哥也比不过你。"在百姓心中，林茂是伸张正义的青天大老爷，但罗慎远是掌控朝政的权臣。别人提起他只会噤若寒蝉，不敢说话，更不会眉飞色舞地称道他的好。

林茂听了又笑笑："罢了，问你这个干什么！"他也不是穷追不舍之人，反正要去山东了。何况她要嫁的是罗三，他可不想跟罗三牵扯，以后就是阳关道和独木桥了。就像顾景明所说，搞不好扒拉扒拉还能找出几个他喜欢的来。

林茂一向活得坦荡，既然说不喜欢了那就不喜欢了。

他从袖中拿了银票给宜宁，说："这是我的礼金，我就不去喝喜酒了。你好好收着做你的嫁妆，莫让罗三拿去了。他虽然什么都不说，心里记得特别清楚——有次我在酒楼里喝酒，他帮我垫了酒钱，回头还派人到我府上来要。"

他给了八百两银票，这礼金倒是挺重了。

林茂接着说："我去顾景明那里讨银子，本来准备讨多少就给你多少的。但那家伙实在是太穷了，你还是别请他来喝喜酒了，他搞不好要吃白食。"四百两不好，他又自己添了四百两凑个好彩头给她。

宜宁嘴角微动，表情有点古怪，林茂表哥果然是……不同凡响。

外院突然开始喧闹起来。

男方的催妆礼送过来了，是罗家长房的两兄弟骑着马带着队伍送来的。装在大红漆盘上整头的生猪，头上戴着红绸，四牲祭品、海味腊味，还有男方准备的凤冠霞帔、绡金盖头，浩浩荡荡地抬进了英国公府，府里前所未有地热闹。

宜宁被簇拥着去看了催妆礼，等她回过头看的时候，林茂已经走了。

催妆盒子抬进了中堂，光彩照人的凤冠霞帔，用的是海珠和红宝石镶嵌，金累丝做的宝相花和衔珠凤头，十分华贵。

罗家倒也准备得十分用心。

看到这些红绸担子的催妆礼，那种将要办喜事的喜气才真正笼罩了英国公府。

府里的宾客渐渐多起来，越来越热闹。出嫁的前一天晚上魏老太太请了罗宜慧来给宜宁讲成亲的事。

宜宁看到长姐的时候，罗宜慧正站在虎廊下面，吩咐婆子把宜宁的东西收拾好，府里一派热闹。

她请长姐进了内室里说话。

前一天魏老太太就派了珍珠去府学胡同的罗家安床，宜宁屋里惯用的东西也拿走了，因此显得空落落的。

四处张灯结彩的，这熟悉的环境也多了几分陌生感。

罗宜慧拉着她的手坐在罗汉床边，好久才摸着她的头笑："要是母亲还在世，看到你出嫁肯定高兴。"她说着眼眶就红了起来，低声道，"我出嫁的时候就放不下你，刚嫁去定北侯府的时候天天提心吊胆。怕你离了我会哭闹，或者就不和我亲近了……"

"你要嫁人了。"罗宜慧擦了擦眼眶，"就算是嫁给罗慎远，那以后也是别人的妻子、母亲了。"

以后就再也不只是个小姑娘了。生活再顺利也有艰难的时候，她在府里是被娇宠的小姐，嫁了之后就要相夫教子，日后又怎么会一点苦都不吃？吃点苦受些委屈，自己能忍则忍了。罗宜慧自己就是这么过来的。

"当初我嫁给你姐夫半年未曾有孕，侯夫人就要开始给他张罗妾室……"罗宜慧说，"我出嫁前，你姐夫那么喜欢我，非我不娶。否则以我的身份，又怎么好嫁进侯府做世子夫人？"

但是侯夫人要给他张罗妾室的时候，他也一声不吭地受了。幸好我有些手段，又生下了你外甥钰哥儿，这才在侯府坐稳了世子夫人的位置，否则你姐夫说不定还有第二、第三房的妾室。宜宁，这些以前长姐从未跟你说过……"

别人羡慕她罗宜慧有个好夫家，却不知道这里面有她的多少辛苦。哪个男的不想三妻四妾？

其实这些宜宁都知道，但是长姐今天摊开跟她说这些，就是要她做好万全的准备。不能全部依靠在男子身上，男子是靠不住的。

她忍不住也红了眼眶："我知道的。"

前世陆嘉学庶子的地位太低，身边的人倒是少。但那次军功冒领之后，陆嘉然就送了陆嘉学两个瘦马。

宜宁看到了，本来什么也没有说的。陆嘉学却跑到她面前来，笑嘻嘻地跟她说："我已经把她们赶到外面去住了。但那是大哥给的，我也不好直接赶出去。宜宁，你会不会生气？你要是生气了，我就把她们退给大哥。"

宜宁当然只能说不气，虽然她每次路过外院的时候，眼睛都忍不住要瞟几眼。陆嘉学笑着问她："你真的不气？"

她那时候佯装微笑说："不气，我气了就是不守妇德。"

陆嘉学扶着她的肩大笑，后来那两个瘦马还是送出了府。但还是放在他外面的庄子里养着，宜宁也不知道他究竟去过没有，那个时候她觉得他是没有去过的。但后来，他就完全变成了一个她不认识的人，她也不知道了。

那次出嫁可没有这么热闹的，陆嘉学那时候只是庶子，拿不出什么大排场来。这次又热闹又欢喜，想娶她的那个人，用心至诚。

宜宁抱着长姐不说话，不知道为什么突然非常感触，眼泪就掉了下来。罗宜慧也紧紧地抱着她纤细的身体。

宜宁想起她前世出嫁的时候，一向对她严苛的祖母把她叫到跟前吩咐话。

她缓缓地跪在祖母面前，祖母就握着她的手，温和地说："宜室宜家，温婉宁静，是为宜宁。"

"你的名字是我取的。你刚生下来的时候母亲就没有了，你那么小的一团，你父亲把你抱到我面前叫我给你起名字，我便给你起了宜宁。以后你就要温婉宁静，嫁了人也是这样的。不是为了你的婆家，而是这样就很好。"

宜宁那也是头一次知道自己名字的由来，也是头一次对那位从不正眼看她的祖母有了几分真心。

外头大红灯笼照着，府里吃夜宴的酒席非常热闹。魏老太太带着赵明珠和傅家的几个小姐过来看她，看到两人都在哭，赶紧让她们别哭了："还怕明日没的哭吗！宜慧，你也跟着她闹。"

按照习俗，这晚宜宁是要跟外家的人一起的，但是自从宜宁回了英国公府，顾家就不便往来了，还是魏老太太带了人来给她充数。

罗宜慧才擦了擦眼泪，帮宜宁也擦了。大家就坐在一起热热闹闹地说话。这晚她们让宜宁早早地歇下了，毕竟明日才是真的耗费体力的时候。

宜宁在床上翻来覆去很久，叫玳瑁把屋檐下的红灯笼灭了，她才睡着。

第二天卯时天刚蒙蒙亮，宜宁就被宋妈妈带人叫了起来。外院的回事处、厨房的丫头婆子早就忙起来了，府里开了大门，穿着褐红色短袍的小厮跟着管家，在影壁前摆了两张长桌，记来的宾客的贺礼和礼钱，一时间络绎不绝。

魏凌这日穿了自己正二品的武官袍，先到宜宁这里来。

刚梳洗好，细软的头发绾了小髻的宜宁，正坐在绣凳上听罗宜慧说话。

魏凌想到女儿还未及笄就要嫁人了，如今就梳了妇人的发髻，有种说不出的辛酸。他让宜宁站起来，宜宁就站起来疑惑地看着他："您怎么了？"

魏凌发现女儿还是没到他的肩高，有些泄气："爹爹上次给你比，你也是这么高的。"旁边玳瑁就笑着答："国公爷，小姐这几个月可是长高了半寸的。"

"我看着不觉得长高了。"魏凌喃喃地说。宜宁觉得他的语气有些可怜。

魏凌伸出大手想摸摸她的头，宋妈妈又连忙阻止："国公爷，这是刚梳好的发髻。小姐今日可是要出嫁的。"

魏凌只能放下手，看着娇小的宜宁讷讷说："虽说嫁的是你义兄，但他若是敢欺负你，你就要回来告诉我。爹爹怎么说也是个宣府总兵。或者你也不要长住在那边，每季回英国公府住一个月、两个月也行。不然我跟罗慎远说说，成亲了还是回来住，等及笄了再过去……毕竟罗家还有那些人在。"

他自己都知道这话没有道理，嫁出去了怎么还能住在家里，说着说着声音都渐渐地低了。虽说跟魏凌相处的时间并不长，但宜宁还是由衷地喜欢他。她听了笑着点头说："我有空就回来看您，反正府学胡同离英国公府只有半个时辰的路。"那也不是英国公府……魏凌心想。

外头管事要叫魏凌出去，有些宾客只能他出面接待，他才离开了宜宁的院子。

魏老太太带着赵明珠和全福人定北侯夫人过来了，赵明珠看到她穿着大红的吉服，笑着拍手说："这时候是最漂亮的！"语气前所未有地柔和，按着宜宁的肩让她坐在妆台前，由定北侯夫人给她插金簪。

玳瑁这天都没有资格给她上妆，是由一个头先府里最擅长的媳妇给她上妆。原是伺候魏老太太的丫头，已经放出府去了，为了宜宁特地接回来的。宜宁微仰着头让她给自己描眉，她看到窗外的美人蕉开得非常好，府里养的全是喜庆的花。

傅老太太、贺老太太都携着孙女过来说话，准备得早，这时候还没到晌午。

屋子里端了好几盘的花生瓜子、糖块点心上来。宜宁作为新娘子被围在中间，这时候要热闹，才代表新娘子家族兴旺，人缘深厚。

贺老太太笑着问魏老太太："你们家庭哥儿还小，宜宁没表兄，可找了谁背她上花轿？"

新娘子出嫁可都是要由兄长背上花轿的，但宜宁本来就嫁了义兄，罗慎远总不能背她，这不合礼制，算来算去真的没有个合适的。

"原是请了她堂兄魏颐的，不过他不得空。"魏老太太回答得很微妙。英国公府小姐成亲，他却突然没有空了，那必然是两家人闹僵了。

魏老太太没有深说，而是继续笑道："不过请了她表兄程琅，人一会儿就该过来了。"宜宁听到这里抬起头，魏老太太都没跟她说过，怎么请了程琅……

是啊，除了他好像也没有别人了！

程琅是临近晌午的时候来的。外面丫头通传了，宜宁想私下见他问清楚，就走出了西次间。

他看到她穿着吉服的时候嘴角微微扬起："比我想的还要好看。"但她是别人的妻。

"阿琅。"宜宁认真地说，"你若是不愿意，我就让祖母再找个远房的堂兄。"

如果魏老太太跟她商量过，她是绝不会同意的。知道了莲抚之后，她做这种举动就是脑子不正常了。

"不。"程琅边说边向她走过来。他更不愿意让别人来背她。

他走近之后看着她，想低声问她"你真的要嫁他了吗"，但还是没有问出来。"宜宁，我已经定下亲事了。"他淡淡地说，"是谢阁老的二孙女谢蕴。"他这一世还是要娶谢蕴！但是谢蕴喜欢的根本不是他啊。

宜宁想到谢蕴孤傲而明艳的脸，忍不住要说："阿琅，你……你想清楚了？"

"我和谢蕴很般配。"程琅笑着说，"家世相当，才华相当。她祖父也有意于我。有什么不好的吗？"他的语气有点重了，"若是你觉得她不好，那你觉得谁好……你想让我娶谁？"

谢蕴除了他，很难再有更好的选择，反正都不是她喜欢的，嫁给谁不一样？谢蕴想通了这点之后就没这么抵触了。后来程老太爷就趁机定下了这门亲事。这门亲事告诉了皇后娘娘，她大喜，说一定要大为操办才是，她可就这么一个娇养的外甥女，恨不得把所有好的都给了她。

宜宁深吸口气，她本来就是把他当成晚辈关心，毕竟他小时候她是很疼惜他的——但这是什么话？

她后退一步，语气也淡了些："我现在，的确毫无资格说你。我不说就是了。"程琅听了，眼里闪过一丝慌乱。

他抓住她的手，姿态放低了一些："不要生气，我不是故意说那些的，我不想惹你生气。"他缓和地问，"我一会儿还背你上花轿，好吗？"

程琅怎么会在别人面前低下姿态，也只有在她面前。宜宁知道这个，她又不是什么都不知道。因为知道，所以觉得好像千万根的针在扎，痛得不知道说什么好。

她不喜欢他委曲求全的样子，也不习惯。

这时候，魏老太太叫芳颂过来找她，快到午时了，她要吃一碗莲子羹才行。不然一会儿轿子出门，可一整天都不能吃东西了，她怎么顶得住？

宜宁告别程琅，刚走过廊桥，外院的鞭炮声、锣鼓声突然都热闹地响起来。身边的丫头笑着跟她说:"小姐,是姑爷的迎亲队伍过来了呢!"

宜宁不由得看向前院。他这么快就……来了?

迎亲的队伍络绎不绝地进了英国公府,敲锣打鼓的、吹唢呐的、抬着花轿的……热热闹闹的。

塞了进门钱,身穿大红吉服的罗慎远被人簇拥着走进前厅,他身材高大,俊秀不凡,气度沉稳,步伐却比平日要快些。魏凌看到他嘴角就露出一丝笑意。罗慎远走到他面前给他磕头,他扶了罗慎远起来,女婿虽然是文官,但早听说他力气颇大,还曾在皇上围猎的时候挽弓射中过一只锦鸡,又听说他还会使鞭子,果然手臂结实有力,但一想到宜宁纤细的腰身,魏凌对于女婿的文武双全并不是那么高兴。

"起来再说吧!"魏凌笑了笑,"老太太在静安居等你,此时已经是晌午,不妨先进了饭再说。"

魏凌身后站的是魏家外家的几个叔辈,定北侯侯爷傅绍,与魏凌交好的金吾卫副指挥使郭副使,兵部右侍郎。除了兵部侍郎,别的都是武官。面前跪的是当朝的状元、工部侍郎,这群大老粗怎么也把人打量了好几遍。果然是俊朗出众,那日的事大家都心知肚明,人家英国公竟然能找到罗慎远来应急,这哪里是应急来的,这等女婿打着灯笼也是找不到的。

跟着新郎来的傧相是户部给事中杨凌、户部侍郎江春严,还有个大理寺卿周冯,都是罗慎远平日交好之人,也都是日常的穿着,文官集团的次首脑们。文武两派惯常相互倾轧,又有俗话说,道不同不相为谋。不过今日喜庆,大人们朝堂上针对相对惯了,偶然看到对方没穿官服的样子有点新鲜,竟也是说说笑笑一团和气。

罗慎远嘴角也含着一丝笑意,听着岳父的话先坐下来喝了杯酒。户部侍郎江春严低声同他说:"我看你岳父瞧你的眼神不善,听来人家英国公府小姐还不到十四岁,就叫你给娶回去了。你要是折腾人家,可不是老牛吃嫩草了……"

"她是还小。"罗慎远微微一叹,他今日成亲,已经是筹备很久了,此刻听别人说什么都觉得好,反正她以后就是他的了,罗慎远道,"娶回去也是好好养着,体贴她,何至于亏待她。"

江春严听了不信,罗慎远这说的,娶回去难道光看着?看他这样子就知道撑不久。

杨凌则觉得事情发展得太快,上次见面他还说是他妹妹,这一转眼就成他妻子了。想了半天他打了罗慎远一下:"罗从嘉!上次你就是诳我。我说那小姑娘长得跟幅画儿似的,你带着人家去你买下的画舫肯定不简单……"

从嘉是他的字,罗慎远其实不是很喜欢。杨凌跟他熟一些,只有生气的时候才会喊他的字。

罗慎远依旧喝酒,只是被他拉得晃了一下。

倒是江春严很有兴趣地拉了杨凌问:"你看到过,可是长得好看?"

慢吞吞地吃花生米的周冯这时候放下了筷子说:"江大人,你难道没听说过?谢阁老家里那位才女有意于咱们罗三,偏偏他这个闷骚,就是不喜欢人家。那谢二姑娘何等花容月貌他都看不上,这个年纪虽然还小,但不知道有多好看。"

这番话说得江春严更有兴趣了,正好罗慎远被人叫走了,他便让杨凌好好形容一番。这时候门外起了喧哗声,听这声音似乎排场还不小。

江春严往后看了一眼,他身边机灵的小厮立刻出去了。若是有什么大官来,他们恐怕还要去迎接才是。

不到半刻钟那小厮就回来了:"禀大人,是……宁远侯爷陆都督从山西回来了,来参加成亲礼的。的确好大排场,说这是英国公嫁女儿,就抬了好几箱子东西的贺礼,络绎不绝的,府外面全是他的人。"

"他从山西回来了?"杨凌有点惊讶,随后皱眉,"我听说皇上给他下的可是死命令,难道奸细的事已经有下文了?"

江春严又怎么知道,陆都督的事……

他们官位比陆嘉学低,按说是要出去迎接的,但他们今天是来喝罗三喜酒的,也不必讲究虚礼,更何况这人还是陆嘉学。

罗慎远已经被英国公府的几个叔辈叫去了,又不在座上。江春严想了想,挥手说:"算了,咱们喝咱们的,就当没听到!"

另外两人吃得尽兴,也不想去惹麻烦。

魏凌把陆嘉学迎进了中堂里,看到他冷着一张脸,坐下来什么话也不说就是喝茶,顿时有些忐忑。

"你怎么突然回来了,大同的事处理好了?"

陆嘉学道:"这不是回来喝你女儿的喜酒吗?"说着从袖中拿出几张银票,"礼钱。"

他越云淡风轻,魏凌就越觉得有事。魏凌看他一出手就是两千两,也没客气收了过来。门外还在喧哗,他还要出去应酬宾客,魏凌就说:"你是宜宁的义父,本还以为你来不了了,能来自然是好的。外头好些要给你请安的官员,你可要见见?"

陆嘉学不耐烦地摆手:"不见,你先去忙,莫要管我。"

魏凌"嗯"了一声下去了,到门口吩咐管事:"告诉小姐一声,让她来给她义父请个安。"

宜宁上次之事多亏陆嘉学,来谢他是应该的。管事应声,他这才去了花厅,女婿还在那里。

外面热闹,就衬得厅堂里格外静。陆嘉学靠着椅子沉思,外头有人进来跟他说:"侯爷,箱子已经送进来了。"

"狗胆包天的东西……"陆嘉学冷冷地说,"叫他们好好埋伏着,出现就给我抓。"

"英国公府今日有亲事,人事混杂,到处的防备都是漏洞,他们想必很容易混进来。"那人声音一低,"就怕扰了国公爷家的亲事……"

"他们不敢在英国公府里闹事。"陆嘉学漠然地说,"无事,回头补偿他就是了。"那人这才退下去。

丫头在宜宁耳边说了话,她眉头微皱。屋内的女眷笑语喧阗,她就轻轻走出门问:"陆都督不是在山西吗？……"

"奴婢也不知道，国公爷让您过去请个安。说毕竟也是您义父。"

宜宁看着身上的大红吉服，五味杂陈。这时候她就不能轻易走动了，不过幸好是在中堂，没有到外院。

她让玳瑁打了把伞遮太阳，从抄手游廊往中堂去。抄手游廊的夹道过去有片青砖石铺的空地，有好几个小厮看着，守着的是一会儿就要抬出门的嫁妆。宜宁瞥了一眼嫁妆担子，突然觉得有些不对，指了指其中几个黑箱子问："这些从何而来？"既没有搭红绸，样式和别的也不一样，没有雕花，显得非常暗沉。

领头的管事说："回您的话，这是都督大人送的添箱礼。""可有单子？"

管事有些迟疑："大人说就不必计较了。"宜宁走了几步，突然停下来道："不对。"

玳瑁有点疑惑，她可没觉得哪里不对："小姐，怎么了……可要奴婢去看看那些箱子里是什么？"

"你先别动。"宜宁说，"陆嘉学刚从山西回来，他走之前不知道我要出嫁。他刚回到京城，这短时间就准备了几箱子的添箱？这些东西可能是直接从边疆抬回来的……你说他能在边疆给我准备什么添箱，难不成还能是羊肉？"

玳瑁听她说得有道理，不禁也有些心惊肉跳："那您说里面是什么……"

"我怎么知道。"宜宁看了她一眼，她怎么猜得到陆嘉学给她送的什么，要是能猜到陆嘉学的心思，她现在就不站在这里了。但是他刚从都指挥使的府上回来，宜宁不禁猜测，他要么就带铳炮之类的火器回来，要么……就真的是羊肉了。

可惜没带青渠出来，宜宁指了个小厮上前："去试试那两个箱子重不重。"

小厮去搬了搬，还没回来禀报。但宜宁看他的样子就有点失望，他抬得有点吃力，但能够挪动，证明里面的东西不压分量，肯定不会是铁器……那究竟是什么呢？

小厮抬头拍了拍手上的灰，突然吓得"啊"地大叫一声，然后扑倒在了地上，屁滚尿流地往回爬。

有十多个人影突然蹿了出来，而且纷纷从腰间摸下一把绣春刀。明明是护卫的打扮，但一把就拉住那几个小厮，把刀架在了他的脖子上说："闭嘴，不要喊！"

玳瑁吓得发抖，抄手游廊离夹道也就一丈远，那几个贼人抬头就看到了她们俩。宜宁要比她镇定一点，但也不禁有点害怕，她把玳瑁按在一旁，终于看到了那箱子缝里露出的一点东西。

暗红黏稠的……是血。

宜宁当然不会以为陆嘉学真的送她两箱羊肉。真是要送，从山西运回京城早就该烂了。那里面很可能是尸首！

玳瑁吓得厉害，紧紧揪住宜宁的衣袖大喊起来："快来人，府里有贼！来人啊！"

宜宁把她的嘴捂上都来不及，那几个人很明显怕别人吵到，立刻提着刀就要过来先解决她们。宜宁再怎么镇定也是女孩，手脚顿时发软。其中已经有两个人拎起刀朝她们走过来，面露凶相，一看就是亡命之徒，根本不打算谈条件留活口的。

宜宁后退了一步，正打算要跑。突然眼前一花，又是几道身影闪过迎上这几人。她则被人揽着腰带到一边，随后抱着她的人冷冷道："抓。"后出来的那些人明显更加训练有素，手里带钩子的弯刀非常灵活，立刻和这些人缠斗起来。

而宜宁已经意识到抱着她的人是陆嘉学，他身上的味道非常熟悉。她立刻推开了他，然后冷冷地看着他。

陆嘉学嘴角微微一扯："对救命恩人就是这个态度？要是刚才我不带你，你已经成刀下鬼了。"

"义父。"宜宁向他屈身笑道，"若不是您带来的东西，我又为何会有性命之忧，感谢倒是不知道从何说起了。"

他刚才肯定一直在暗处看着。他究竟在干什么！

这边的动静却终于惊动了前院，英国公府的护卫马上就动了起来。魏凌站在花厅外低声问："内院如何了？"

"还不知道……好像没丢东西。但是不知道贼人究竟在哪儿……"

今天府里有亲事，送进内院的贺礼、鸡鸭鱼肉本来就多，趁乱让人混进去很有可能。加上后院的守备不如前院……魏凌的脸色相当难看，怎么这时候出岔子！这些狗胆包天的，当他英国公魏凌是吃干饭的不成？魏凌冷声道："立刻拿我的腰牌，去神机营带兵来。"

罗慎远正被众人围拥着，有人在他耳边低语几句之后，他放下应酬朝英国公走过来。喜庆突然就被人仓促打断，他脸上笑容全无，身上大红的吉服衬得他越发高大。

他走到魏凌身边道："岳父大人先不急。宜宁她们可在内院里？守卫如何？"

魏凌吐了口气说："她在内院里，内院有三队护院巡视。"但内院是女眷的住处，这些护院近了也不方便，只在外面巡逻罢了。

"不能立刻派人进去。"罗慎远说，"就算守卫松懈，能混进去也绝不是劫匪。要是亡命之徒，身上本来就背着命案，逼急了他们什么都做得出来。"他在大理寺的时候看多了这些人，杀几个人之后也就不在乎杀不杀了。

女婿平时不声不响的，但是论起心眼来，几个魏凌都比不过一个罗慎远。魏凌自然是信他的："那这该如何是好？不如我带兵把英国公府围住？"

罗慎远摇头不语，突然说："此事古怪，为了钱财不至于丢性命。你府上可有什么机密的东西，关系哪位大人生死的？"否则又怎么会偷偷溜进内院去。

魏凌摇头表示没有，突然似乎想起了什么，眉头一皱："你这么一说起来，陆嘉学刚从山西回来……还给宜宁送了几箱添箱礼。我觉得他有点古怪。会不会这些人是冲他来的？"

"他来多久了？"

"该有半个时辰了。"

罗慎远听了脸色不太好："我派人去了五城兵马司，但恐怕来不及了。岳父大人，您的护卫能否借我一用？"

魏凌连忙叫了沈练过来，他也跟上了女婿。罗慎远就沉着脸往内院走，身上还穿着喜庆的吉服。

外头的人看到新郎官出来了，后面还跟着英国公，觉得有些奇怪。

内部被门闩闩住的垂花门猛地被撞开，一群人顿时拥了进去。罗慎远在后面背手走进去道："现在就搜，只要是生人，立刻抓过来。"

护卫顿时四下散开，府里一片喧哗，都不明白是这是怎么了。魏凌皱了皱眉，刚才不是还说不能打草惊蛇，怎么这下闹得动静如此大："慎远，你这又是做什么？若是闹起来……"

"他们是有目的而来，不是为了英国公府，所以不会轻举妄动。"罗慎远看了岳父一眼，毕竟不是每个武将都像陆嘉学那样诡计多端的，"但是再不找他们出来，一会儿就真要出事了。"

搜罗不过一会儿，魏凌派出去请的神机营便过来了。

他管神机营，来的都是精锐，带着弩箭和铳炮，将英国公府外面团团围住，气势浩大。这边进了一队到内院，由魏凌指挥着。老太太等人都先被簇拥去了外院安置，宾客们都不知道发生了什么，顿时有点慌乱。好在来的是神机营，不然看这架势，还要以为英国公府被抄家了。

罗慎远和魏凌刚要往中堂去，就有人匆匆地走过来，满头大汗，在魏凌和罗慎远面前行了礼。

"国公爷、姑爷，小姐放嫁妆那里打起来了。都督大人送给小姐的添箱有问题……您快去看看吧！"

那些人还在缠斗，但随即就有更多的人加入其中，另一派的人顿时就处于下风了。宜宁看了一眼那箱子，问道："里面是尸首？"

陆嘉学摇了摇头，说："尸首不对，应该说是人头。"

宜宁想问是谁的人头，你居然放在我的添箱礼里，是要我抬去罗家吗？想了想还是别问了。陆嘉学跟她并不算熟，知道得多了并不好。

陆嘉学带着宜宁去了中堂坐下，他不说话喝着茶，也不理会宜宁，外头艳阳高照的。有个穿着程子衣的人走进来道："抓了六个，其他几个见状不妙，趁乱逃跑了。"

"追吧。"陆嘉学只是说，那人又出去了。

宜宁没有茶喝，刚才在外面晒得厉害，有点口干。但是外头现在有点乱，她觉得还是在陆嘉学身边最安全，不要乱跑的好。她看着外头的太阳，心想不知道魏凌知道后院的事没有，有一搭没一搭地担心着。

这场意外的确打断了她的亲事，不然这时候已经要出嫁了。

陆嘉学看了看她，也不知道她乱跑什么，都是要成亲的人了。要不是他顺手救了她，这时候还真是刀下鬼了。

他本来是想让程琅娶宜宁的，结果居然成了罗慎远。

屋子里张灯结彩，大红绸子就挂在屋檐下，那个沉默看着隔扇外阳光的少女一身大红吉服，已经偏西的太阳带着淡淡橘色，照着她手腕上的金镯子，华贵而又庄重，唯有新娘子的发髻不太适合她，越发显得她面容清嫩了。

成亲这么热闹，总是让他想起他当年成亲的时候。陆嘉学这一生只成过一次亲。

其实没有这么大的场面，那个时候他只是个不出众的庶子，手头不宽裕。能置办的都置办了，但是他把她娶进门的时候，却很雀跃和高兴，她肯定是不知道的。揭开盖头的时候她抬起头打量他，他就洋溢不住地微笑。

现在的他位高权重，拥有了一切东西，财富、权势、地位，能给她任何东西。但是那个人已经不在了。

陆嘉学沉沉地闭上眼，外面太阳的光快要收拢起来了。

宜宁觉得这种气氛实在是诡异，也没有进来说话的，天色渐渐黑下来，快要耽误时辰了。

她朝外走去，想到外面喊个小厮去看看，却听到背后那个人突然开口说："她也叫宜宁。"

她的心猛地一跳，连怎么反应都忘了，手抓着门框渐渐地泛白，抓得指甲生疼。

那种说不清究竟是愤怒还是悲哀的情绪不停地翻腾。陆嘉学经历过这么多的夺权和战争，大风大浪，如今他站在权力的顶端肆意操纵别人的生死，居然还记得当年侯府里，他是个普通庶子的时候娶过的妻子。

为什么要突然提起？

宜宁让自己的语气尽量非常平淡："义父在说什么，我不太明白。"

陆嘉学只是突然想说而已，也许真的是黑夜太过岑寂，记忆却越发清晰。费尽辛苦得来的人，万般疼爱的人就这么没了。曾经的愤怒和绝望，恨不得毁灭一切的情绪，现在也不过是傍晚余晖里一句简单而平淡的陈述。

"你不用明白。"他平淡地说，"现在应该已经差不多了，去把你父亲叫进来吧。"宜宁望了望傍晚的太阳，回头看着他。

浓烈的金光里，屋子里的黑影笼着他的半边侧脸，那个曾经笑容满面的人一脸严峻冷漠。"好。"宜宁答道，随后就跨出了房门。

她准备叫个小厮去请父亲过来，但靠着廊柱，又静默了很久。直到有个声音淡淡地叫她："宜宁。"

宜宁回过头，看到穿着大红吉服的罗慎远从抄手游廊上走来，他的步子很大，高大的身影镀着夕阳的金光，身后跟着的是神机营的人。

宜宁瞬间有些恍惚，这个人的身影和另一个笑容满面的人重叠。但他没有笑，吉服甚至有几分肃杀的味道。

他背手走到宜宁面前，然后捏住了她的手，打量了她没有大碍，似乎松了口气道："我叫人送你回东院去。你休息一下就要上花轿了，不要误了吉时。"

宜宁还关心刚才那些贼人："三哥，那些人抓到了吗？"

"抓到了，还在审问。"罗慎远道，"快回去吧。未成亲之前，你不得见我的。"

"陆都督送来的嫁妆里面……是人头。"宜宁临走之前跟罗慎远说，"我猜他至少杀了个副指挥使，否则不会把人头运回来。你要告诉父亲一声。"

"我都知道。"他摸了摸宜宁的头，声音柔和了一些，"你是新娘子，要出嫁了。这些事有人去管的，快回去吧。"

宜宁听得突然鼻子发酸，这才跟着神机营的人往东院去。

魏老太太等人见她无事才放下心来。见宜宁的妆有点淡了，又忙叫人给她补了妆，这才戴上了一整套的头面，由全福人定北侯夫人给她插了金簪。

府里又敲锣打鼓地重新热闹起来，前来道贺的宾客只知道是出了点事，却不知道究竟是什么。

魏凌带着神机营的人把那些人围堵下来，都捆了扔进柴房里。这时候也没有时间去问陆嘉学他究竟杀了谁，这伙人究竟是来干什么的。毕竟已经到了吉时，魏凌站到了前厅，等着全福人和傧相扶着女儿过来向他辞别。

宜宁跪下向他和外祖母磕了头，瞧着大家都看她，她抿嘴笑了笑。

刚才就当什么都没发生过了，还要启程去府学胡同，否则赶不上拜堂了。

魏凌目光闪动，上前一步把女儿扶起来，竟不知道要说什么是好。还是魏老太太接过宜宁的手，笑眯眯地说了一些吉祥的话，叫程琅过来背她上花轿。

宜宁最后回头看，魏凌、魏老太太都在看她，连赵明珠都站在祖母身边对她微笑。庭哥儿被佟妈妈牵着，看着她的目光不舍又可怜兮兮的。

他没有母亲没有兄长，从小就孤独得很。赵明珠又不是他的亲姐姐，宜宁照顾了他一年，好不容易有了些依恋，现在她就要出嫁了。

她嫁出去之后还可以回来，却已经是别人家的媳妇了。宜宁摸了摸庭哥儿的头，他把头仰得高高的不说话。

全福人给她盖了盖头。

宜宁就什么都看不见了。随着红色晃动，她感觉到自己在一片坚实的背上，他步履平稳地背着她。

轿夫压轿，宜宁抱着宝瓶坐进了花轿里。那个送她进来的人突然轻轻握了她的手，然后放开了。随后轿子被抬了起来。

她深吸一口气，慢慢放松了坐正。

宜宁记得从玉井胡同到府学胡同要走三个路口，有个路口上的羊肉汤很出名，闻着就知道到哪儿了。

半个时辰的路不算太久，可能是因为心情忐忑，总觉得非常漫长。轿子上吊的羊角琉璃灯灯光透进来，一片暗暗的红色。

好久之后她才听到一片喧哗声，相对于那边的离别情绪，这边要热闹得多。连唢呐声都要欢快一些，很多人，还有小孩的笑闹声、鞭炮声。她被人扶着，听到全福人指挥她跨马鞍、跨火盆，或者提醒她小心门槛。

府学胡同的宅院她还没有来过。

宜宁跨进了正堂,盖头下面什么都看不到。只听到礼生在唱礼,她随着唱礼对拜,起身的时候不小心晃了一下,他立刻就要伸手来扶她,她却自己就站稳了。那人顿了顿,就把手缩了回去。

宜宁被簇拥着进了洞房里,屋子里应该热热闹闹都是人。她听到全福人定北侯夫人笑眯眯地说:"新郎官要挑盖头了。"

有几个夫人太太起哄:"挑盖头,看新娘好不好看!"

早就见过了,有什么好不好看的,宜宁暗想着。但这时候又局促起来,她分明听到外面静了一下,然后喜秤的秤杆伸了进来,盖头就被挑开了。

她猛地就看到了他,别人都是满脸笑容。他嘴角微微一抿就算是笑过了,却盯着她一直看。

"新娘子好看呀!"几个太太捂着嘴笑说。后面半句就没说了,只是还小了些,恐怕还没有及笄呢。

这新任工部侍郎娶了个年纪这么小的,有的苦吃。

宜宁才看到周围的人,林海如站在全福人旁边,还有许久没有见过的罗宜秀和罗宜玉,两人都是妇人打扮。大伯母陈氏站在罗宜秀身边,旁还有两个年轻娇美的妇人,是罗山远、罗怀远的妻子。别的太太、夫人她都不认识了。

但这并不影响成亲的热闹,罗慎远缓步走到她身边来站定。由全福人唱喜庆的词撒帐,床上顿时满是桂圆花生等干果,还有一枚铜钱落到了宜宁的衣襟里。就有个太太说:"新娘子日后要管家里的钱呀!"

这是什么习俗?宜宁有点傻眼,看向罗慎远,他则含笑点头说:"她想管便管吧。"虽然他对于宜宁管钱的手段有点怀疑,小时候她连自己嫁妆都懒得管。

很快有童子端了合卺酒上来。宜宁就被一个穿着遍地金通袖的太太拉起来。

她看到三哥从大红漆方盘里端起酒,向她伸过来。宜宁到这时候才反应过来,她要和罗慎远喝合卺酒了……她把酒端在手里,缠过他的手臂,感觉到他的手臂要比自己粗很多。宜宁看到他仰头就喝下去了,面不改色。她不会喝酒,饮了一小口就被呛到了,觉得从喉咙辣到肚子里,然后满面通红地咳嗽。

几个太太笑着来拍她的背,还特地给她倒了薄薄的一层,给罗慎远的却是满的。

定北侯夫人随后含笑念道:"美禄天赐贺新人,此夜一醉一销魂;夫妻恩爱同白首,和乐美满共晨昏。"

宜宁默默地想好一首打油诗啊,她的杯子里还剩一些酒。"这是要喝完的。"男方的全福人笑眯眯地说。

宜宁听了正要举杯,却一时不注意,被他从手中拿了过去。他的酒量很好,喝多少也是面不改色,一饮便完。

"好了,你不用喝了。"罗慎远把酒杯放在大红漆方盘上。

她低声道一句"谢谢"。随后热热闹闹的闹洞房就结束了,太太夫人们都退了出去。罗慎远停顿片刻,轻声跟她说:"我一会儿就回来。"

宜宁点头笑了笑:"你去就是了。"她坐回了床上,看到隔扇被他合拢,高大的身影不见了,只剩下她一个人。

屋子里静静的,龙凤红烛在烧。大红的锦被,绣的是鸳鸯戏水,幔帐垂落在地上,用的是大红提花纹,屋子里新的红木嵌象牙拣妆台上还封着双喜字。

宜宁看到身上大红的吉服,又想到他结实的手臂,只觉得每一刻的等待都很忐忑。她根本不知道如何在新婚之夜面对他啊……

## 第三十章 同床共枕

宾客的喧哗声一直没有停，罗慎远成亲，徐渭也过来喝了几杯。

罗慎远特地去敬了老师一杯酒，徐渭笑眯眯地喝了，跟他说："你有时间便带着你媳妇来拜访老师，一餐饭总是有的。"

"自当登门。"罗慎远也笑着喝了酒。

徐渭没有久留，宾客还没有散的时候就准备要回去了。杨凌被周冯和江春严二人灌了不少酒，这会儿干脆坐着恩师的马车一起回去，徐渭见马车已经渐渐驶离了府学胡同，就问杨凌道："由明，慎远与你是同科进士，如今他已经是官拜三品的侍郎了，你却只是个七品给事中，你怨不怨老师不公？"

由明是杨凌的字。

杨凌喝得酒有点上头，脑子发热地说："这有什么怨的，罗大人是新科状元，我却身列二甲。再者他治理水患的确有一套，什么地方该修堤，什么地方该分流他一清二楚。我对水利可是一窍不通的。"

徐渭听了就笑，眼睛露出些慈祥："你当年应试的文章，才华斐然出众，绝不下于慎远。"

"您喜欢就好。"杨凌笑了笑，"您觉得好，也许主考的礼部尚书谢大人就觉得不好。我杨凌心怀浩荡，倒也没有什么怀才不遇的郁闷。"

徐渭长长地叹了口气，问起杨凌户部稽查的事，杨凌才打起十二万分的精神应付老师。

等到了杨凌的府邸，马车停下来让他下去，杨凌跟老师挥了手，一溜烟进了家门，随后传来他娘子的训斥声。据说杨大人的老婆是从蜀地都护府嫁过来的，十分凶悍，估计是喝酒被娘子训斥了。徐渭听着就微笑，他的结发妻子已经逝去十年了，也是个泼辣性子，如今这位夫人是续弦来的。听到这等声音觉得非常怀念。

跟着徐渭的门客看杨凌走了，就说："杨大人可不懂您的良苦用心……拿罗大人吸引汪远等人的视线，您真正要栽培的却是他。最近弹劾罗大人的折子很多，汪远恐怕也开始警惕了。"

"这孩子胸怀大略，很难得。"徐渭说，"罗慎远的性子……我是有点怕了的。上次平远堡一事，他把平远堡摸得一清二楚，却什么都没跟我说。还有浙江布政使刘璞的案子，他手段之毒，谁都没料到。"

"我却觉得罗大人比杨大人更有手段，若是杨大人，是绝对无法做到这些事的。"门客对罗慎远十分敬佩。

徐渭的神情有些漠然："由明才能做首辅……慎远，他亦是我的学生，我自然也会力捧他。希望有朝一日把汪远拉下马后，杨凌入阁能牵制罗慎远，切莫让他做祸害朝堂的奸佞。否则我早晚也不会留他……"

门客没有说话。

徐渭跟汪远斗了这么多年而没有被赶出内阁，其实心性也是非常果决的。

他只是有点可惜罗慎远，但是谁又能说他不可怕呢？徐渭的担忧不无道理。他给徐渭又温了一壶酒。

罗宜怜只吃了几杯酒就离了席，她回到西厢房里，看到母亲乔姨娘还盘坐在临窗大炕上闭着眼睛。乔姨娘比原来在保定罗家的时候瘦多了，却因为病态，薄薄的嘴唇更透出几分艳色。乌黑的发髻上戴了朵翡翠珠花。她缓缓地睁开了眼睛，眼珠子如琉璃般冷静，"我儿回来了。"乔姨娘接了罗宜怜的手过去。

"母亲。"罗宜怜小声问她，"您今日可服药了？不如我先叫丫头把药给您端上来。"

乔月婵却冷冷一笑："喝什么药，你又不是不知道。你那三哥整天让人逼着我喝药，就是想逼着我早死，我偏不死，我就要活着，我看看他和那个贱人以后有什么下场！兄长娶妹？别人不知道，他罗慎远还能不清楚？现在罗家他说了算，竟然干出这等荒唐事。"

"顾明澜折磨我还不够，她女儿还要继续折磨我。"乔姨娘冷冷地说，"要不是罗宜宁，我怎么会落到这个地步，你又怎么会还没有嫁出去？她倒好了，成了英国公的女儿，现在又嫁给罗慎远。她嫁回来正好，你不要放过她……"

乔姨娘握着女儿的手渐渐收紧，罗宜怜看到她手背浮起来的青筋，又看到乔姨娘露出袖口的一截狰狞伤疤，不禁眼眶一红点头："母亲，您放心。我都记得！"

罗宜怜坐在床边，她的美越发惊心动魄了，比生母乔姨娘还要好看些，尖瘦的下巴，肤白胜雪，乌黑的发松松一绾，就衬得脖颈细长。乔姨娘十分满意地看着女儿说："凭我女儿这等样貌，怎么就配不得好人家了？你嫡母林海如，就想着一些小门小户，我看她做梦！幸好你父亲不糊涂，你可一定要凭自己谋个好人家啊！你嫁入高门了，娘的腰板就直了，这府里就不会有人给咱们娘儿俩脸色看了。"

罗宜怜躺在母亲的腿上，任母亲给她梳着发，静静地点了点头。

宾客声还喧闹的时候，宜宁已经困得打瞌睡了。

早上大家都很紧张，起来得太早了。还是珍珠进来叫醒了她两回，新姑爷还没有回来呢，她还没有梳洗，浓妆着又怎么能睡呢？

宜宁揉了揉脸坐正了，让珍珠给她端些点心来吃，这天可是饿很了。珍珠却笑了笑，给她端了几块糖醋羊排、一盅雪蛤乳鸽汤、一碟烙的鸡蛋饼来，并说："姑爷一早就备下了，说您肯定会饿的。"

她看了珍珠一眼,珍珠还是微笑着看她。还是三哥想得周到,竟然连吃食都先给她备好了。宜宁这才开始吃,等酒足饭饱了更困,珍珠端着方盘下去了,她又开始犯起困来,只能强打精神端坐着。

喧嚣渐远,罗慎远到了新房外,两个新安排给她的丫头还守在外面,看到他之后屈身行礼。罗慎远挥手让她们先下去,定了定神,才推开房门走进去。

"宜宁?"他喊了一声,却没有人回答他,屋内只有烛火静静地燃烧着。

罗慎远先去净房沐浴换了一身衣裳。等走进月门挑开幔帐之后,才发现她居然靠着千工床的柱子就这么睡着了。一身大红嫁衣,凤冠霞帔穿戴着,也不知道重不重。

他一向阴郁俊朗的脸露出几分淡淡的笑,伸手想把她抱到床上去睡。

但是他刚一靠近宜宁就感觉到了,等一双手臂碰到她的腰身,她立刻就醒了过来。但抬头的时候正好撞到了罗慎远的下巴,她连忙一躲,却与他四目相对,看到他幽深的目光,不禁喃喃地问:"三哥,你应酬完了?"

罗慎远收回手道:"嗯,我看你睡着了,想抱你到床上去睡。"

头先他是兄长的时候,由他抱不觉得有什么。现在他是她的丈夫了,不知怎的反而有种局促的暧昧来。

她推开了他的手,四下看去,丫头又没有在房内。她不知道该说什么好,只道:"我还没有洗漱,不能睡。"

她还着妆呢。

"好。"他点头道,"要我叫你的丫头进来吗?"

说罢起身去了外面,不一会儿珍珠和玳瑁就走了进来。

她们俩服侍她取下金丝髻、赤金宝结、金簪等一整套头面,然后散下了头发,她的头发细软得像一捧丝绸,散开之后就自己垂泻下来。她在净房沐浴完,抹了香膏。看着铜镜中沐浴的自己有些出神。

珍珠心里也有点忐忑。小姐年纪还小,临走时魏老太太就叫珍珠和玳瑁过去叮嘱过,等小姐及笄了才让姑爷和小姐行房事。她们应了,这时候心里却有点忐忑。这有没有行房事的,她们不在房间里伺候如何知道。姑爷强行让小姐与他行了,还能补回去不成?因此只能叮嘱宜宁:"若是姑爷待您不好,有什么不舒服的,一定要叫奴婢进来,您记住了?"

宜宁看着她俩一脸紧张的样子有点想笑,三哥能有什么待她不好的,但是珍珠一脸严肃。毕竟看到小姐站在姑爷身边的时候,她还只到姑爷的肩膀高呢!身体纤细得很,这姑爷可人高马大,而且已经二十二了……

"好,我记住了。"宜宁觉得能有什么,随口就答应她了。反正刚才就有婆子抱了另一床被褥进来,应该是罗慎远吩咐好的。她心情还是有点紧张,但是并不忐忑。让珍珠和玳瑁先退下去了,然后走进月门,挑开了千工床的帷帐。

结果进去的时候,发现他已经在床外头睡着了,眼睛闭着,穿着雪白的绫缎单衣,坚实的胸膛微微地起伏。

宜宁松了口气，睡着了好，睡着了她就不用想怎么面对他了。

她回过头环视屋内，看到那对龙凤烛还烧着，静静地走到这对烛面前看着燃烧的蜡烛出神。

火苗在寒夜里微微颤动，外面传来咚咚的敲梆声。

她记得要剪灯花才能睡的，前世成亲没记得这个。世间的习俗，不管信不信还得照做才是……宜宁四下找了把红绸缠着的剪刀，伸到了跳动的火苗里，"啪"的一声。

这下她才算是做完了。轻手轻脚地走到床前准备睡到里面去，谁知道要翻过他的时候迈得太小，一不小心就绊到了他的手，她想抓什么稳住却没来得及，惊呼一声扑到了他身上。

然后她抬头看到了他的眼睛正看着她，他根本就没有睡着。估计刚才也是装的。

两人离得太近，宜宁几番想要起来，被他似乎灼灼的目光看着，竟好似刀片的锋利，她竟然怎么都起不来。

"三哥，我不小心的……"宜宁小声说，"我起不来了，你帮我一把吧。"

她的长发散落到他身上，绫缎单衣看进去就是雪白粉腻的肌肤，又软又细，再往里些还有柔软的阴影。抵着他胸膛的手腕也是细细小小的，软玉温香大抵如此，碰到他哪儿都是坚实火热的。罗慎远本来就是想了多年，次次碰到她只怕自己忍不住，所以敬而远之。但是梦境中圈在怀里压在身下的滋味，早就肖想多日，只是想到事先应允了她才忍着。

刚才听到里头的水声，罗慎远就浑身紧绷，也不过是闭着眼睛装睡而已。听到她越来越近，没想到她却跌倒在他身上，还怎么都起不来！

"好。"他缓缓握住了她的手，理智上知道是要扶她起来，却不知怎么突然往下一拉。宜宁怎么敌得过他的力道，没反应过来，整个又扑在他身上。

宜宁只觉得他的身体很热，几乎就是滚烫。宜宁压着罗慎远结实的胸膛，他的大手如铁钳般扣着她，挣扎了几下又挣不脱。罗慎远和平日比有些差别，她结巴地道："你……你不是说以兄妹之礼……"这怎么看都觉得不像是兄妹之礼啊！

虽然说了兄妹之礼，但他早就不只把她当成妹妹了。他手掌里掐着的手腕这么细，若是把她压在身下，她这么娇小纤细，怎么反抗得过？罗慎远呼吸越来越粗重，无法抑制："你知道，还跌在我身上……"

这是个什么说法！

宜宁又试着动了动手，哭丧道："我真的不是故意的！"她的声音带着软软的哭音，细细的一把嗓子如小猫般。

他想到她平日哭着叫自己三哥的时候，他心里就有这般邪恶的念头，只是她从来不知道而已。这下再也忍不住翻身把她压在身下。宜宁下意识要挡住他，却被他单手就扣住了，他被撩拨忍到极限了，低头就含住她的耳垂。

宜宁被他突如其来的动作怔了一下，那耳垂的酥麻感却不停传来，她伸手就抓住他的衣襟。刚才他还说兄妹相处呢！他现在却压着她，沉重的身躯压下来，她根本就动弹不得。

"三哥，你掐得疼……"宜宁觉得他掐得有点疼，她实在是忍不住了，才叫他。

她的声音很急，罗慎远听了才回过神来。宜宁的皮肤娇气，如雪般凝脂的肌肤上留下很多红痕，手腕上也是一圈红，衣襟已经被他扯得凌乱，看上去非常触目惊心。

"对不起……"他随之放开手，然后下床就立刻去了净房。

宜宁听着里面传来水声，他刚才已经沐浴过了……她又不是不经人事，自然知道这意味着什么。

其实早晚都是要来的，宜宁缓缓地吐了口气。

虽然她现在的确还小，但又不是没有这么小就嫁人的，或者刚才就应该答应他……宜宁胡乱想着，但这些都是想法，至于怎么付诸行动她还没有想过。她把被他拉开的衣服系好，然后看到罗慎远重新回来了，他的身上还有些湿润。

罗慎远上了床，看到她还看着自己，说道："刚才……你吓着了？"明明知道她还小承受不住，但刚才就是失去了理智。

男人能和自己喜欢的人待在一张床上不动心思，绝对是不可能的。罗慎远突然意识到这点。

"无事。"宜宁心想。虽然是他怜惜自己，但应该帮他的……下次就配合他吧，她心想着，然后把被褥卷到了身上。

看她一副要睡觉的样子，罗慎远沉默片刻，放下了幔帐，顿时屋内只剩下朦胧的暗光。

他也躺到了身侧，宜宁心想这下该休息了吧。谁知道刚闭上眼睛，一双大手就把她揽了过去，她又陷入了那个温热的怀中。宜宁这次睁开眼睛看着他，一动不动。

罗慎远就低头亲了她的额头，低声说："对不起。"他再往下，又亲了她的脸颊，然后迟疑了一下，才轻轻碰了她的嘴唇。

宜宁觉得有些酥麻，但他已经放开了她。

宜宁抓着他的衣襟靠着他的胸膛，闻着他身上熟悉的味道。因为这个吻，她突然就有点脸红，心想幸好他是看不到的。她点了点头，轻声说："三哥，这有什么好对不起的？"

罗慎远沉默了片刻，突然又跟她说："我刚才就想说，你现在不能叫三哥了。该叫什么？"

叫什么？三哥不是挺好的吗？都叫这么多年了。改成哥哥？夫君？官人？还是直接叫名字算了。

宜宁拿定了主意，动了好几次嘴唇，才试探着说："慎远？"他好像不是很满意，"你便只想出了这个？"

还有夫君，宜宁想了想说："那我叫夫君的话，你听着可还习惯？"

罗慎远就一顿，最后还是摸了一下她的发说："算了，随你叫吧。现在快睡了，你明日还要早起认亲的。"

宜宁却第一次在他的怀里睡觉，颇为不习惯。起伏的胸膛，他身上干净的男性的味道，这一切却都让人很安心，她抬头看着屋内张灯结彩的景象，这是她的新婚之夜啊……

身侧躺着他，虽然这样的情境有几分陌生，毕竟她和罗慎远从未在漆黑的夜里这么躺在一起，但是看到他躺在外侧挡住烛火的高大身影，她却有种什么都不用怕、非常安心的感觉。

罗慎远闭上眼，脑海里却是刚才看着宜宁踮脚剪灯花时候的样子。烛光照着她的侧脸，她的神情很认真，满室辉煌的烛火。

他会一直记住的。

夜色浓重，英国公府东院的书房里，气氛凝滞。

魏凌的手背青筋隆起。如果坐在他面前的不是陆嘉学，也许他早就忍不住发火了。

陆嘉学却缓缓地摆手，沉吟道："你先不要生气，我倒也没有坏了你女儿的亲事。我有皇命在身，必须要捉拿奸细。"

"你箱子里装的人头是大同总兵曾应坤？"魏凌沉了口气问道。

否则陆嘉学怎么会大费周章地从山西把人头运回来，魏凌在想他是不是已经找到了奸细，在玩先斩后奏。如果是普通的奸细，自然不需他如此大费周章，那么这个奸细的身份可能非常特殊。

陆嘉学摇了摇头道："他不是奸细，曾应坤虽然行事霸道，却也是一代名将，还做不出这等通敌卖国的事。"他继续说，"卖国的是他儿子曾珩，靠他父亲的荫蔽做了个镇抚司镇抚。虽说官职很小，在大同却是个土皇帝，他爹宠溺儿子，竟连虎符都放在他儿子的房间里。"

陆嘉学喝了口茶润喉："这人也是聪明绝顶、奸佞狡诈之辈，我在大同差点被他暗算，狗胆包天，我就把他杀了。"

"你把曾应坤的儿子杀了？"魏凌有些吃惊，就算他跟曾应坤不熟，也知道这人原配早死，就留了这么个独子。曾应坤那等戎马一生的人物，对这结发妻子的痴情可不一般，竟也没有续弦，这唯一的儿子就是他的眼中宝、心头肉。

"杀不得吗？"陆嘉学看了他一眼。

魏凌嘴角一抿："你杀了他儿子，所以曾应坤派人刺杀你？"

陆嘉学放平整了脚，道："这也不是，我那箱子里除了他儿子的项上人头，还有他们私通瓦剌的罪证。他们想拿回去，否则曾应坤教子无方，反而纵容曾珩忤逆成性，酿成大错，肯定是要抄家灭族的。"

魏凌觉得奇怪，曾应坤在大同做大同总兵，他儿子怎么会通敌卖国？

"瓦剌部与边界通商，四成的利都在他手上。"陆嘉学说，"他倒也不是真的通敌卖国。只是从瓦剌人手中获利，两方互利共存。他们家靠这个发家，整个山西遍布商号。你一去便是关马市断人家的财路，不整你整谁？"

这财发得不易。

魏凌的语气稍微松了点，但是脸色依旧不好看："但你也太险了一些。宜宁今日出嫁，要是惹出什么岔子……"

"我抓他们的人有用。"陆嘉学摆手让他别说了，"再者我不是救了你女儿吗？她又没有真的伤着。"

魏凌想到陆嘉学斩杀曾应坤的儿子,也算是帮了他,才没有说什么了。他跟陆嘉学生死这么多年都过来了,十分了解他的脾性,不重要的人他根本就不会在乎生死,就算是魏宜宁也一样。

"比起你今日嫁女儿,我反倒更关心罗慎远。"陆嘉学说,"曾应坤的儿子通敌叛国倒也罢了,奇的是,他跟你家新姑爷有书信往来。"

魏凌听了眉头一皱,罗慎远和曾珩有往来?

"书信内容究竟是什么我不知道,已经被曾珩销毁了。"陆嘉学端起茶杯饮了口茶,"罗慎远帮了你,也就是背叛了曾应坤的儿子,甚至谎漏了消息给他。既然他跟曾珩秘密往来,肯定就不止一日两日了。为什么他会背叛曾珩救你,难道就因为你是他义妹的父亲?"

魏凌不是没有怀疑过罗慎远怎么会知道得这么清楚,他怎么知道奸细存在的?而且事事比曾珩快了一步。

"你家这位新姑爷心机之深,突然来娶你女儿绝不简单,你好好想想吧。"

陆嘉学放下茶杯,准备离开了:"我还要进宫向皇上复命。今日打扰你女儿的亲事了……我送她的嫁妆算是赔礼吧。"

"你我二人其实也有多年情分了。"魏凌突然说,"上次我二人因平远堡的事离心倒也不必。你是都督,现在又是宣大总督,我自当听从于你。"

陆嘉学听了没有回头,叹了口气说:"情分是最不可维系的东西,一朝一夕说没有就没有了。你听从于我最好,我做个靠山,应该也没有什么靠山比我更牢固的了。"

说完之后,他就离开了英国公府。

魏凌一个人坐了很久,满堂喜庆的布置还未撤去。他突然想起今日有人入侵的时候,罗慎远熟练地指挥神机营的样子,若是以后宜宁和罗慎远不对付了……她肯定玩不过他。陆嘉学的话还是让魏凌对新姑爷产生了一些忧虑。

宜宁这夜睡得意外的好,甚至比在家中还要好。但她早上突然从梦中惊醒,似乎是想起了什么猛地坐起,随即环顾四周,周围陌生的陈设、红绸红锦被的东西才让她想起自己已经出嫁了。这不是英国公府,而是府学胡同的罗家。

听到宜宁醒了,珍珠带着小丫头挑了幔帐鱼贯而入,手里捧着铜盆、香胰子等物,要伺候她梳洗。

宜宁看到身边的被褥里没有人:"三哥……"她说到一半又犹豫了,手伸进铜盆里埋着,温暖的水波漾着手,她换了说法,"姑爷呢?"

珍珠笑眯眯地说:"姑爷刚才让奴婢告诉您,您早起就先洗漱吃早点。他卯时就起了,奴婢瞧着是往书房去了。"

估计是去处理公事了吧。

今早是要去奉茶的,他应该一会儿就回来了。宜宁靠着临窗大炕的小几坐下来,任珍珠给她洗了脸。她拿了嫁妆册子翻,突然就愣住了:"怎么的多出这么些页?"

宛平的田庄、大兴的铺子,甚至还有什么纯金镂雕福寿双全纹梅瓶、翡翠玉佛像……宜宁想起来了，这些不就是罗慎远聘礼单子上的东西吗！

那些可是聘礼，怎么会把那些东西也写在上面了，那可是足足四万两，难道魏凌就这么当嫁妆让她带过来了？

宜宁立刻让珍珠请陪嫁的楼妈妈和范妈妈进来，这两位都是魏凌指给她的，只说是伺候人的老婆子。

两个老婆子一进来，端看宜宁气色和坐的姿势就知道昨夜姑爷和小姐没有行房事，笑容就柔和了几分，回英国公府怎么禀报心头就有数了，这下才屈身行礼道："太太有何吩咐？"

宜宁把嫁妆单子搁在了小几上，指着那几页："这是怎么回事？"

两个婆子面面相觑，然后楼妈妈才说："国公爷说了给您当陪嫁，所以就添上去了。"

宜宁拿着这份厚厚的嫁妆单子有点手抖，多沉啊，六万两银子！她深吸了口气，魏凌就算是宠女儿，但这六万两银子的嫁妆还是太重了。

不过嫁妆可没有往回退的道理，宜宁也只能来回看几遍。都不知道是该感叹她三哥有钱还是该感叹她爹有钱，这些价值连城的东西都不放在眼里，现在全是她的了。

刚看到嫁妆单子的冲击还没有缓过来，片刻之后又有丫头进来请安，是罗慎远新拨给她使唤的丫头。几个人次第走进来，宜宁一眼就看到了那个肤白貌美、细长高挑的扶姜，上次暗中跟林海如说话，说三哥不愿意碰她们，自己却……

她看到扶姜不知道怎的就想起昨晚的事，两人之间呼吸相接，他压在她身上非常热，明明都能感觉到反应了，可是什么都没有做。

宜宁咳嗽了一声，她是不习惯不熟悉的人伺候她。这几个新丫头就安排到了后罩房，做些闲散的事。

几个女孩头先都是伺候罗慎远的，他应该是把身边一半的人都给了她。几个丫头倒是态度恭顺，没觉得有什么不满，对她十分恭敬，果然是头先在罗慎远身边伺候的。

宜宁看到日头已经照到了院子里，估摸着要到时辰了，才让丫头给她梳头。

罗慎远从外面回来，在隔扇外就看到她靠着引枕，她的丫头把她的头发全散开了，铺在大红的绸面上，像丝绸一样的头发，有种光滑的淡青光泽。她低着头看手里的单子，正红色的四喜如意纹的褙子让她的脸如白玉盘般，有种莹润透明的感觉。有层薄薄的暖绒，让人越发觉得她清嫩，好像能一咬就破。

外面的丫头通传了，罗慎远才走进去。

迎着晨光他越发显得高大，身体顿时就挡住了她看单子的光。不过只是一闪，他就走到她的身边问："在看什么？"

宜宁听到他的声音一时就有些无所适从的感觉，总是想到昨晚的事。他们原来虽是兄妹，却不是一起起居的，如今同住，他走到自己身边的时候，宜宁还能闻到他身上干净的皂荚味道，这是一种突如其来的近距离。

她有些不敢看他，手捏着单子微微发紧。

她愣神的时候，那只骨节分明的手就把她手里的嫁妆单子拿了过去。"嫁妆单子……"他抬头看她，"研究这个做什么？"

宜宁就看到了他浓郁的眉毛、高挺的鼻梁，还有清俊隽秀的下颌。她想从他手里把嫁妆单子夺回来："这个你不能看的……"

罗慎远就看向她："为什么不能看？"

反正宜宁要拿回来！要是让他看到送进去的聘礼变成了嫁妆毕竟不好。但是他这么高，宜宁必须要跪站到罗汉床上跟他抢。不过还是没有他高，他故意不让自己拿到，等她要抢到手的时候立刻躲开，然后背到后面继续看。

宜宁觉得自己在他面前怎么像个小女孩似的被欺负，他就是在逗她，也顾不得什么不敢看他了，伸好几次手要抢，又好气又好笑道："没什么，就是父亲把你的聘礼一起添在嫁妆里给我了！你莫要惦记了。"

罗慎远看她的脸上有种健康的红晕，就一挑眉说："难道上面的东西不是我送进英国公府的，何来惦记？"

宜宁分明不是那个惦记的意思，从来没有被他这样调侃过，都不知道该说什么好。罗慎远看着她的眼神柔和了些，笑了笑道："这下终于敢看我了吧？"

他就是故意的，宜宁反应过来，他察觉到她对他的不适应，所以想打破两人之间昨晚的隔阂。

罗慎远把她的嫁妆单子还给她，像她是护食的小狗一样，还又摸了摸她的头加了一句："放心，三哥不会拿你的东西。"

宜宁咬咬牙，缓缓一笑说："自然，夺人嫁妆的只有那等懦弱无能的男子。三哥是堂堂工部侍郎，又曾是状元爷，才华横溢，最多也就是欺负欺负我这等小女子而已。"

罗慎远听了嘴角微微一扯，好像听不出她的弦外之音一般说："夸得不错。"他拿起那把梳子，手指滑过梳子的齿，看到宜宁已经坐到了妆台前面让玳瑁给她梳头，贴身伺候她的丫头都陪嫁了过来，她在和她的婆子说话。

罗慎远还是把梳子放下了，笑容淡了下来。他从没有跟别人有什么亲密关系，也不知道该如何跟人近距离相处，昨夜两人就没有相处好，此时想帮她梳头也怕她不喜欢。

楼妈妈随后就传唤了早膳。早膳吃的就是面条，不过是鳝丝面条，熬得浓浓的汤做底，再滴上些麻油，配了新鲜的腌黄瓜。宜宁喜欢吃面条，吃了许多。罗慎远却吃得很少，看她吃完了放下筷子，然后去牵她的手淡淡道："走吧，要去跟他们请安了。"

既没有分宗，又不是异地，罗家就没有分开住的道理。因此就都挪到了府学胡同来，也方便罗慎远一些，他住在新桥胡同离六部衙门实在是太远了。

他带着自己走在路上，宜宁突然觉得其实还是像小时候的。不过原来是她非要去牵他，但他不太愿意让她牵着，现在是他牵着自己。

罗慎远平时不怎么喜欢说话，这时候跟她说："一会儿你见到母亲不要吃惊，她又给你准备了个大封红。别人怎么劝都没用。"

林海如？

宜宁有点好奇，凭着林海如一贯的野路子，她又给她准备什么了？

府学胡同这个宅子是前朝一位阁老致仕的时候留在京城的，当时卖给他友人，据说是一位姓姚的书法家，也是进士。这位姚进士家中十分富庶，就着意扩了些，亭台楼榭，阁楼小院修得十分雅趣，罗慎远是从这位姚进士的后人手里买来。

宜宁现在住的院子是两进，前一进设有罗慎远的书房、客堂，两侧的厢房亦可以休憩，倒座房设有小厨房。后一进主要是宜宁的，正堂、两侧次间内室和耳房。前院种了几株参天古柏，树干需要几人合抱才抱得过来。绿荫匝地，海棠、紫薇、凤尾竹点缀太湖石，十分诗意盎然，虽然这个季节的草木已经泛黄了，却也有另一番韵味。

宜宁跟在罗慎远身侧走过月门，他长得高大，路旁种的凤尾竹扫过他的肩头。他就伸手揽过她，免得树梢扫到她："这处草木茂盛，原是看着觉得不能改格局才没动。你要是不喜欢可以移去。"

宜宁侧头看着他揽着自己的大手，树梢拂过他的手，感觉非常奇妙，但很快他的手就收回去了。

看来是真的打定主意，要和她兄妹相处了？

宜宁昨晚认真想过自己对他究竟是什么感情，她依赖他，的确是对兄长的孺慕，还有儿时的依赖心理积累。但是当他靠近自己的时候，也有异样的感觉，也许就是这种突如其来的变化导致的。

她看着这府里的气派，有些好奇："三哥，你怎的突然变得这么有钱？你究竟有多少银子啊？"

也只有亲近的人才会这么直接问你，不加修饰。罗慎远并不觉得有什么，看她一眼道："你打我家产的主意吗？"

"我便是好奇问问。罗家的进项一年也不过五六千两，怎么到你手上就豪奢了起来……你若是有什么致富的法子，我也想听听。"宜宁自己手里有六万两，对于钱生钱很感兴趣。

"你赚不了这个钱，都是刀尖舔血的买卖。"罗慎远打消她的念头道。与虎谋皮不适合她。她看上去百折不挠，实际对于他们这些人来说太单纯了。并不是说她不谙世事，而是有的时候人与人太不一样了，内宅夫人跟他们的世界怎么会一样。

罗慎远从不觉得这些多厉害，这些钱虽然来得轻松，但没几个人敢做，心理负担不是谁都能承受的。

"你放心，我还记得昨日说的话。你要是真的想管，我就叫管家把账簿给你。"他又一笑说道。

宜宁对于管他的钱并没什么兴趣，但也笑眯眯应道："那你把账本给我就成。"

两人说着走到了门口。门外守着几个护卫，看到罗慎远出来就恭敬行礼道："大人。"这些护卫称呼他为大人，而不是三少爷，想必是他培植的，只听从于他。

罗慎远只是淡淡"嗯"了声。他对着下属的样子冰冷淡漠，相比之下，跟她说话的语气算是非常柔和了。

他带她一起去了正房。

林海如带着楠哥儿住在正房，罗成章的院子就在林海如旁边。乔姨娘带着罗宜怜住在后面遍植桃林的韶光阁里。大房举家到京城之后就住府学胡同，今天认亲，陈氏也过来了。

林海如穿得平整簇新，端坐在正房之中，慈祥地微笑看着宜宁，宜宁总觉得她看得自己发毛。罗成章坐在林海如身边，接了宜宁敬的茶，面色僵硬地应了她一声"父亲"。按说改口之后就要给红包了，罗成章没有心思，随便给了个封红。

跟在宜宁身后的楼妈看着那封红就是普通红纸一裹，心里明镜似的。

林海如却很高兴："眉姐儿你快过来！"她让婆子们把旁侧的屏风打开，给她看自己要送给她的东西。

那是一张红木嵌纯金浮雕的拔步床，金光闪闪。宜宁走近了看发现雕的是多子多福。婴孩的腰带上嵌的都是红宝石。

罗成章看到林海如这份礼脸色就更不好看了，接连低咳几声让林海如注意点。

林海如一向对丈夫的不满比较迟钝，继续说："宜宁，你看喜不喜欢，我特意让工匠赶出来的。你要是喜欢，现在就可以搬到你们的屋子里面去！你看这上面的多子多福雕得多好，我特意找了最好的木工……"

看到林海如非常欣赏那些纯金的浮雕的目光，大有下一刻就要给她搬到房里去的架势，宜宁咳得满脸通红："母亲，实在是不必了！我的床挺好的。"

难怪罗慎远说是厚礼！

她回头看了罗慎远一眼，他已经坐下喝茶了，林海如可不敢这么跟他说话。

"你不喜欢这个样式？"林海如看宜宁的样子似乎不满意，就迟疑一下说，"其实我是不太喜欢观音送子的花纹，不过你要是想改成雕这个也可以。"

宜宁很清楚地看到罗慎远嘴角浮出一丝笑容。

"不必换了，我挺喜欢这个花纹的……"宜宁淡笑着说，"不过新婚动床是大忌，您看先搬去库房里成不成？"

林海如对各种禁忌不太了解，商贾家没得这些忌讳，最多就是忌祖坟风水不好影响发财。既然宜宁说有就有吧！她想了想，还是让婆子给宜宁搬回库房去了。

罗成章听到这里想说什么，却看到罗慎远向他看过来的眼神，有几分警告在里面。虽然不想承认，但是的确如今……他不敢逆自己儿子的意思。

他当然不喜欢宜宁！没见过哪家嫁女儿陪嫁护卫的，看到沈练等人他脸都绿了，这来的是什么派头？他喝茶的时候都沉着脸。

等宜宁请安奉了茶，其他人才陆续地进来了。

在场的都是女眷，罗慎远待下去不太合适。他跟林海如告退，先去了书房处理他的事情。林海如让婆子端些瓜果点心上来。宜宁可是好久没看到过这些人了，她环视了一眼。

可能是要操心的事情太多，陈氏看上去比原来老了不少，人也疲懒得很，不怎么跟罗宜宁说话。罗宜玉梳着妇人发髻，与几年前差不多模样，对谁都冷冰冰的。罗宜秀慢腾腾地剥葡萄。

林海如则把她的二嫂介绍给宜宁认识。说来也巧，两个嫂嫂虽然不是同宗但是都姓周。就称了大周氏和小周氏。大周氏是通州周氏人家，祖上出过阁老，父亲是进士；小周氏是京城人士，身份不如大周氏显赫，家中却比大周氏富庶。两人出身不同，彼此不太融洽。

宜宁屈身喊了大嫂、二嫂。看看罗宜玉姐妹，再看大小周氏彼此臭着脸，也只能感叹大房家宅不宁，风水不好。

罗宜怜来见过了宜宁，屈身喊道："三嫂。"宜宁含笑点头，给了她一个玉镯子做礼。

罗宜怜看着她，似乎有点明白罗慎远为什么违背家中之意，甚至违背兄妹之情都要娶她了。

这才两年不到，罗宜宁也只有十四岁。但是那长相谁看了都会色授魂与，竟然已经超过了她去。年纪再小又如何？

都说罗慎远娶罗宜宁是为了帮她，那必然是没有亲眼见过罗宜宁的人。

宜宁看她又比十四五的时候漂亮许多，一身杭绸粉紫长身褙子，月白湘裙，身姿曼妙。听说乔姨娘这个年纪的时候也是让人惊艳极了，否则怎的伺候了罗成章不久，就被他收了房。

罗宜怜比罗宜宁大两岁，十六岁该是定人家的时候了。只是乔姨娘为罗宜怜的姻缘挑花了眼，还没有挑出一个好的来。

眼下还没有定亲事，也不知道究竟会嫁个怎么样的。一会儿婆子领着穿直裰的轩哥儿进来。

已经是少年的罗轩远对罗宜宁就更陌生了，他现在跟着罗成章读书，长得居然已经比罗宜怜高了。虽然是郭姨娘养大的，总归因是同胞的姐弟，对罗宜怜还是比别的兄弟姐妹亲近，站在他姐姐旁边跟罗宜怜说话。宜宁看他越长大，样貌竟和三哥有几分像，觉得很奇异。

宜宁看着这一家子表面的风平浪静，又喝了口杯中茶。

到晌午女眷们在花厅休息，下人送了盘香瓜上来，罗宜秀先接过来就叉了块。

罗宜玉看了就冷冷道："你当是被宠惯了，没得长幼尊卑了，这满屋子最不该就是你先吃。"

罗宜秀听了一拍桌子，好像被点了的火药桶："罗宜玉，你阴阳怪气做什么？我吃了怎么的！在人家家里不能耀武扬威，回来你威风了！"

宜宁没想到两姐妹已经到了一点就着的地步，回头看林海如面色如常，肯定是已经习惯了。陈氏只是脸色铁青，但也没管两人。

罗宜玉反唇相讥："你倒是想吃，人家让你吃吗？一个丫头都要踩你头上了，你也好意思。"

两姐妹说着都要吵起来了，好歹昨夜宾客还没走完，下午要继续认亲，否则还劝不下来。

罗宜秀气呼呼的，吵又吵不过罗宜玉，把罗宜宁拉到西次间去喝茶。宜宁就跟她说："都两年了，怎么你还跟你嫡亲的姐姐合不来，跟斗鸡似的？"

罗宜秀气道："我跟她合不来？你看谁跟她合得来了？她跟自己的婆婆也闹得不可开交。

还不就是仗着别人的喜欢，刘姐夫来找她三次她都不回去……"

宜宁看她有些不甘的表情突然有点明白了，低声道："五姐夫他没来找过你？"

罗宜秀摇头道："没有……就派了婆子给我带信，让我不要学人家似的胡闹。宜宁，我嫁给他是真的喜欢他，我为他操持家务，让自己温婉可人，但他都没觉得这些有什么……"她的眼神有些迷茫，"你说为什么有些人，她生来就有人迷恋，再怎么作贱别人人家也还是喜欢她；而有的人做得再好也没用，我就是弄不明白。"

宜宁心里也感叹，只能安慰她："各人有各人的命数，今日河东明日河西，也不知道以后会怎么样的。"

罗宜秀听了她的话似乎稍微好了些，也没有真的去计较，她眼睛一转，又有几分少女的狡黠："我还有话问你，你怎么嫁给罗慎远了！我听人家说……你三哥似乎在那方面天赋异禀，你觉得如何？我怎么看你今天精神挺好的。"

宜宁反应过来她说什么，简直想拧死她，哭笑不得地道："你听谁说的！""你三哥的丫头呗……伺候他沐浴的时候见过。"

罗宜秀小姐从小热衷各种八卦，更小的时候，她母亲说什么坏话都要转述给宜宁听。宜宁只好说："我年纪不够，故还没有行房。以后你别打听这些乱七八糟的事！"

"没有圆房？"罗宜秀很惊讶地看着宜宁，继续说，"你三哥是工部侍郎，还长得这么好看，想嫁给他的人从城东排到城西。虽然我听说他娶你是想帮你，但你要趁机把他定下来啊，否则不是浪费这大好机会了？"

宜宁打了一下她的额头，把眼前的姜枣泡茶一饮而尽，说："我们还是去外面说话吧，我听说你家的四姑奶奶这次也过来了。你不想去看看？"

罗家的外家亲戚不多，宜宁下午挨个认亲，姑奶奶、表婶、表妹妹什么的，都是京城住的，以前没见过。几个小孩跑来跑去地玩，要看她这个新娘子。宜宁得了一匣子礼，送出去几袋金豆子。

随后林海如叫了两个新嫂嫂和陈氏打牌九，罗宜秀拿骨牌逗楠哥儿玩，惹得楠哥儿笑得露出新长的牙去抢："五姐姐……要！"

宜宁拿糖逗他，楠哥儿许久不见她，竟没有原来跟她亲近了。这孩子羞怯，躲罗宜秀身后不敢跟宜宁玩。宜宁哭笑不得，林海如的性子竟然生出个这样的楠哥儿来。她逗他："楠哥儿，我是宜宁姐姐啊？"

楠哥儿啃着香瓜，还是躲在罗宜秀身后，不时地偷偷探出头看她一眼。

宜宁只得去外面指导林海如打骨牌，陪家里几个表婶打了两个时辰，昨天睡得晚累得很。外头还有宾客喧哗，她干脆去林海如屋子里眯了会儿。

她是被人拍醒的，有人轻轻地拍她的肩："宜宁，起来，我们要回去了。"

我们……谁跟她一起称我们呢？她迷茫地睁开眼，看到罗慎远站在旁边，他的声音比平时柔和一些。看到她醒了，他拿起她搭在贵妃椅上的外衣说："走吧。"

怎么林海如也没有喊她起来，睡了这么久……宜宁跟在他身后回了住处，罗慎远叫人把准备好的饭菜端来给她吃。

宜宁一边吃一边透过隔扇看他在书房处理政务，他在和下属谈论铜矿冶炼的事。他说话很有魄力，眉峰一皱，下属的语气就变得小心翼翼的。

罗慎远说完公务进来，看到她只吃了半碗汤，就道："你好好吃饭。"不然就这么丁点大，还不到他的肩高。

宜宁放下筷子："我吃不下了，今天在母亲那里吃了好多香瓜。"

"香瓜如何顶饱。"他拿了她的碗来，给她盛了半碗板栗炖鸭，说道："把这些吃了。"

宜宁只得又吃了半碗，肚皮撑得圆溜溜的才去洗漱，等靠在床上看书的时候，又想起罗宜秀说的那些话。

隔着一层红色，她看到罗慎远走了进来，他打开了纱幔，低头跟她说："宜宁，今晚之后我睡隔断里吧。"

宜宁听了一愣："你……"她道，"怎么了，我睡相不好？"罗慎远苦笑："不是，你睡相挺好的。"

宜宁立刻反应过来他是因为什么，就小声地"嗯"了一声："我让婆子给你抱被褥来吧。"但叫了两声也不见人来，她干脆亲自去抱来。结果看到千工床隔断出来的小橱，又不想让他睡这里——这是值班的婆子睡的地方，又窄又小，他这么高大的个子怎么睡得。

"不如我睡这里，你睡床吧。"宜宁回头跟他说。

两人又不能实际地分床睡，才新婚就分床，外头还不知道要怎么传呢。罗慎远就长叹了口气，道："罢了。"

他和衣躺下，让宜宁也过来睡了。宜宁晚上就听到他翻来覆去的声音，似乎睡得不太好。她也没有睡着，就想跟他说要不还是她去小橱睡好了。谁知刚碰到他的手臂，罗慎远突然抓住她的手，宜宁吓了一跳，他抓得有点用力，然后缓缓地松开了，有些沙哑地说："宜宁，离我远些。"

黑夜里罗宜宁侧头望着他的身影，缓缓收回了手。

次日一早她去正房给林海如请安，楠哥儿刚起床，林海如给他穿了小褂子，他的小肉手揉着眼睛，十分可爱。

宜宁在林海如这里吃过早饭。刚会蹒跚走路的楠哥儿却放开了母亲的胳膊，非要自己走。走到了宜宁身边，有些迟疑地伸手拿自己的布老虎，布老虎就放在宜宁的后面。宜宁突然捉住他的手，把他吓了一跳。

宜宁才帮他把身后的布老虎拿出来，递给他："楠哥儿，你看这是什么呀？"

楠哥儿连忙抱着自己的布老虎跑开，躲到母亲身后去了。林海如拍了拍他的小屁股："怕什么，叫嫂嫂！"

乔姨娘母女过来请安，乔姨娘不一会儿就病恹恹地走了。罗宜怜则还要跟着林海如屋里的一个婆子学灶头，在这里喝茶等着，脸色淡淡的。

"这家中的管事婆子我都召来你认识认识吧。"林海如说，"以后你也好管他们。"

不过一会儿众位管事婆子就鱼贯而入，看到坐在右侧位的是新的三少奶奶，虽长得尚且稚气，但也上前诚惶诚恐地行礼请安。哪些是管灶头的、厨房的、马房的、回事处的，一一跟宜宁介绍过了。

有些老人还是从保定跟来的，宜宁看着也熟悉，能叫出几个名字来。

林海如又把府中的情况说给她听："除了你父亲三两日回来一次，别的都在府中居住。隔壁就是你大伯母的府邸，隔一条胡同是程家——我记得那个程家的四少爷程琅似乎还是你表亲？不过程家几个太太我不常往来，你大伯母往来得多。"

刚说到这里，外面丫头就进来通传，三少爷过来了。

罗慎远今日穿了一件灰蓝色直裰，高大挺拔，腰间挂了玉佩。屋内的婆子管事们俱给他请安，轩哥儿、郭姨娘等人也问安，这位可才是执掌生杀大权的人，自然不敢怠慢了。

他坐下喝了杯茶，罗宜怜才慢慢从凳上站起来，低声喊三哥。罗慎远淡淡"嗯"了一声，他跟罗宜怜这个妹妹一向陌生。

乳娘把楠哥儿抱到罗慎远面前，让楠哥儿喊罗慎远一声"三哥"。

楠哥儿跟他不亲热，怎么也不肯喊。罗慎远只是摸了摸他的头，他又缩回林海如怀里。林海如看着很好笑，就跟宜宁说起缘由来："有一次楠哥儿高烧不肯喝药，你三哥就拍了他的屁股几下。楠哥儿就记上仇了，再不跟你三哥亲热了。"罗慎远说："小孩跟我向来亲热不起来。"

宜宁一想好像还真的是，七岁之前的小宜宁也不喜欢他，轩哥儿好像也是怕他的。明明长得疏朗俊秀，无数女子倾慕，怎的偏偏还有吓唬小孩的能力。

她坐在罗慎远旁边，就笑了笑问他："那以后你的孩子怎么是好？"罗慎远看着她，定定地说："这得问你啊。"

宜宁才听出话中之意，脸一红咳嗽一声，把这话掩盖了过去："三哥，你刚才不是去了大伯父那里吗？怎么转过头来了？"

"正想带你去这宅子四处看看。"罗慎远朝她伸出手。原来他过来，是要亲自带她去转转的啊。

宜宁先告别了林海如，从正房出来走在他身后，看着他的背影。走过庑廊的时候外面的阳光一片片洒落他的肩膀，院子内古意盎然，他背着手走得很挺直，格外好看，好像从画中走出一般，跟这庭院一样古老。

"这处荷池里种的是粉荷，夏天会长菱角，你可以采嫩菱角吃。旁那个戏台子刚搭好，还没有用过，不过夏日里很凉爽。旁边有个避暑的乘风阁，夏日消暑甚好。"

"过了这桥有片枣子树，这时候正满树红枣，你要不要摘些？"他突然回头问她。

她小时候好像挺喜欢吃枣子的，还跑来偷偷摘他院中的枣子、琵琶，那时候跟罗宜秀一起，被他给逮住了，干脆送了一篮子去祖母那里给她，好逗逗她。

宜宁正凝神听他细说，就道："啊……枣子？"

罗慎远瞧着她许久，嘴角一勾道："我这儿给你说着话，你竟然走神了？"

"没有。"宜宁立刻狗腿地表示，并上来给他捶背，"辛苦你了，罗大人贵人事忙，还要特地过来领我看院子,我如何会走神呢?我是听得太专注了。"她总不能说是看着他的背影出神了吧!

罗慎远才回头示意婆子拿竹篮来,带她过桥进了西偏院,果然院子门口有几株枣树。这时候枣树长得极好,累累的红枣挂满枝头,阳光透过枝丫,满庭的枣香,已经是熟透了。

宜宁心想着正好摘些回去做红枣泡茶,就让婆子多摘几篮下来。这些枣都熟了,再不吃该烂掉了。

几个丫头婆子忙碌起来,宜宁也跟着去摘,高一些的地方她摘不到,婆子也摘不到,她就自然而然地看着罗慎远。他高嘛,高的人自然肩负着更大的责任。

罗慎远叹口气上前几步,他人高马大的,自然能摘到那些最红最大的,几把几把新鲜亮红的大枣,全放到了她的篮子里:"这些够了吧?"

宜宁用汗巾擦了一个,递给他吃:"三哥,这是给你的工钱。"

罗慎远就点头笑道:"宜宁,这院子地契上写的我的名字。你用我的东西,给我当工钱?这算盘打得挺好的,看来府中的账应该交给你管。必然吃亏不了。"

宜宁把枣子塞到他嘴里:"有吃的不错啦!"

他拍了拍她的头,他好歹是朝廷命官。

逛了一圈院子,宜宁提着一篮子鲜枣回去了。

晚膳在正房那里吃,罗成章也在,郭姨娘站着伺候他吃饭。大房一家人也过来了。

宜宁已经多年未见过这样的场景,还是罗老太太在世的时候才这么吃过饭。

罗怀远问罗慎远礼部考核的事。

他在礼部观政已经一年多了,如今还是个长吏。

"礼部分明是个闲差,平日却不敢松懈,这番考核也不知道会怎么样……"罗怀远的语气饱含担忧,"考核不过,怕是要发配出去了。"

"皇上重视礼乐祭祀,每年都有大祭。你在礼部很好,寻着机会升迁的可能性很大。"罗慎远随即淡淡地说,"你考核的礼部给事中与杨凌是好友,我回头替你说一声就是。考核是其次,单看你能不能在皇上面前露脸。"

罗怀远似乎松了口气,笑着举杯敬酒。

宜宁听了若有所思,等回去的时候就问他:"三哥,你让杨大人帮忙说话,这合适吗?"

"我去说也可以,但难免显得太出头。何况我是工部侍郎,插手礼部不方便。杨凌他们是同级,更好说话一些。"罗慎远就和她解释。

宜宁犹豫了一下,其实她是想问问罗慎远为什么要帮罗怀远。但是想想毕竟一笔写不出两个罗,对于三哥来说,罗怀远也算是自己的势力了。

"其实只要我在京城中一天,他就当不了正五品以上的官员。"罗慎远突然又告诉她,"他迟早是要避嫌远调的。但他一心想留在京城,那便随他了。"

等走到门口,有人匆匆来找他:"大人……"

好像是有什么事要同他商量,罗慎远显得有些严肃起来。宜宁就先进去了。采摘的枣子有些吃不完的，她让婆子晒了做枣干吃。

这天书房好像商讨到挺晚的，半夜他还去了前院。

宜宁睡的时候没觉得他来睡过，起来的时候又没有看到他，回头就找了婆子过来："三少爷晚上再熬夜的时候，叫我一并起来。总不能他忙着我却睡了。"

她在旁边帮忙添茶磨墨总是可以的。

婆子有些为难："大人回来，还特地吩咐了不得吵着您睡，奴婢们走动的脚步都放得轻轻的。他说您是长身子的时候，要多睡。"

宜宁听到这里一怔。

下午去林海如那里的时候，陈氏带着大小周氏在做客。大家凑在一起谈论口脂的颜色和香气。小周氏喜欢这个，说起来如数家珍。

"今儿程家有贵客来。"陈氏说道，"程夫人请我们一同去看戏，你不如带着宜宁一起去。她刚嫁过来，总得跟周围的太太夫人熟谙。"

林海如不在意地道："跟那些人混熟干什么，我瞧着都一副酸分分的样子。"

陈氏脸色一僵，楼妈妈立刻从宜宁身后站出来，笑着道："大夫人说的有道理，咱们三太太初来乍到的，是要去的。"

陈氏这可是一番好意，远亲不如近邻。何况附近住的人家都是朝廷里做官的，私下家眷暗通消息也是有用的。

女眷圈子的重要性不言而喻。宜宁想了想这才拉着林海如的胳膊说："不如我们去吧！我正好想听听戏。"

林海如则很耿直地回头问她："你不是不爱听戏吗？"宜宁一时无语。

陈氏的马车停在门口，没几步就到了程家的门口。程家书香门第，自然也是修得气派华贵，马车穿过夹道就到了刚搭的戏台子，几人下了车。见过了程家两位夫人，陈氏就领着宜宁给她介绍这周围的太太夫人，得知宜宁是罗慎远的夫人，都格外多看了几眼。

程大夫人引着几人坐下了，陈氏才问程大夫人："我可是听说今天有贵客来的，不知道来的是哪个？"

程大夫人的语气压低了些："我们家那四少爷说亲了，这你可知道？""自然知道，却不知是哪户人家？"

程大夫人就笑了笑："说的是谢二小姐，老太爷发话了，一定要好好照顾人家。我们这不赶紧把戏台子搭起来了吗。"

程琅的生父是程三老爷。程家共有四个少爷，唯有程琅最为天资聪颖，母亲又是陆嘉学的亲姐姐，全家人都向着他。因此两个隔房的伯母也操心他的事得紧。

陈氏听了很惊讶："竟然是她……她不是当今皇后娘娘的亲侄女吗？"

"正是。"程大夫人笑着说，"又是谢阁老的嫡亲孙女，否则咱们老太爷肯同意她嫁给程琅吗！"

宜宁喝茶不语，果然不一会儿，就看到谢蕴被人从马车上扶了下来。

程大夫人和程二夫人亲自去接她过来，谢蕴的脸色淡淡的，看不出高不高兴，依旧是众星捧月的样子。她走过来之后，却一眼就看到了坐在太太堆里喝茶的罗宜宁。

宜宁可不想惹到谢二小姐。

要知道这个所谓的贵客是谢蕴，她宁愿留在家里看乔姨娘母女。毕竟后者只是使眼神软刀子，谢二小姐可喜欢真刀真枪地来。

谢蕴倒也没有理她，只是在她身旁坐下听戏。

等到程家吃了午膳，太太们四个一起凑起来摸牌九。宜宁打了几盘，手气不太好，带的一张一百两的银票都输出去了。罗宜秀给她作陪，也输得很惨。她俩带的银子都输光了，就暂从牌局上退出来，到外面透气。结果刚在花厅外的亭子里坐下，就看到谢蕴朝她走过来。

谢蕴穿了件水红色镶边遍地金褙子，素色挑线裙，腰间挂了块羊脂玉佩。她坐在宜宁身侧，很久才开口淡淡道："你说为什么是你？"

"他不爱你，你跟着他又有什么意思。"谢蕴说，"若以兄妹之礼相处，你觉得他会一直和你在一起吗？"

宜宁没有说话。

"你若是个知趣的，便知道他只是怜悯你而已。"谢蕴缓缓一笑，有些傲然，"我和他可以谈论诗词歌赋，朝堂上亦可以助他。你能做什么呢？如今你嫁给他，也不过是拖累他罢了。"

"谢二姑娘想多了。"宜宁淡淡地看着她，"你既已定亲了，又何必管别人如何。"

谢蕴根本没把她放在眼里，捏着自己的手镯玩："其实你若是愿意，那时候大可来找我，我让姨母给你们婚事就行了。现在你却嫁给了他，别怪我针对你。以后咱们说不定还是邻里呢，我到时候与你程琅表哥自会去登门拜访的。"

谢蕴的神情带着她一如既往的矜贵，这是她先天养成的，倒不是针对谁。

罗宜宁低头，然后缓缓笑了，站起来说："谢二姑娘，我与罗慎远之事与你无关吧。就算三哥不喜欢我，谢二姑娘过问起来又有什么意思，难道他喜欢你不成？"

谢蕴没想到她竟然还会反驳回来。

"至于我想嫁给谁，那都是我的事，也不需你来过问。"罗宜宁一字一顿道。

谢蕴也站了起来，她没想到罗宜宁态度这么坚决，反而也笑了："魏姑娘自然可以自欺欺人，你跟他这么过一辈子，你于他而言也不过是个内宅女子罢了。"

"看来谢二姑娘是觉得，自己在别人心中就是那白月光，优昙花了。"宜宁微一屈身，"恕我直言，在我眼中，谢二姑娘和那些女子没有什么不同，一样被嫉妒掩盖了理智，一样自命不凡却未做出任何有益之事。谢姑娘名仿才女道蕴，道蕴有'未若柳絮因风起'一句名扬千古，谢二姑娘却要用权势来压人。姑娘自己说，这岂不是可悲？"

"我若愿意做我的内宅女子，那与谢二姑娘何干？"宜宁最后说了一句，微微一顿，转身离开。

谢蕴被她问得许久没有回过神来。

宜宁这些话早想跟谢蕴说了，既然志高远大，又何必来跟她纠缠。

## 第三十一章 宜室宜家

等从程家看了戏回去，嘉树堂里静悄悄的，屋子内外的婆子俱不说话。宜宁看到罗慎远在他的屋子里看书，也走了进去，坐在他对面。

罗慎远看了她一眼，她笑了笑说："能借你几本书看吧？我的书房还没有装好。"说着还一一指要看哪些书，太高了够不到，然后要他帮忙拿。

三少爷看书的时候，是绝对不要别人出一点声音的。

几个婆子暗想着，正欲出言提醒三太太，但已经看到罗慎远给她拿了书，继续看自己的。她们对视一眼，决定还是什么都不要说了。

宜宁翻着这几本让他拿下来的书，有点后悔了。怎么都是高深晦涩的《易经》八卦？她看着很吃力，只能勉强断断续续地读。

屋子里的更漏滴着水，滴答滴答的，她已经睡着了。

罗慎远挥手让两侧的下人下去。他走到宜宁身前，然后在她的身侧坐下来继续看书。

可能是知道他在身边，她自个儿就靠了上来。细软的发梳了发髻，落在他的大腿上。她又伸手搂住他的腰微蹭，让他一阵僵硬："宜宁，你要是困了就回去睡……"

她没有反应。

罗慎远就放下书，手终于放在她的发上，以手指为梳缓缓地替她顺着。

她就这么自己靠了过来，让他的心非常柔软，干脆调整了一下她的睡姿，让她睡得更舒服一些，自己又拿起书继续读。她睡得不太安稳，在他怀里乱动。罗慎远伸手按住她，说道："宜宁，好好睡觉。"

宜宁似乎听到他在说什么，迷茫地抬起头："怎么了？"然后她发现自己竟然睡在罗慎远的怀里。

她连忙后退，心想怎么就睡到他怀里去了！结果后退却撞到了小几，她扶着腰脸色微变。罗慎远皱眉，立刻把她抱过去看。雪白的腰身上的确有块被撞青了，她疼得直抽气。罗慎远叫丫头找了药膏过来，亲手涂在手里给她抹。他的手揉按下去只有三分力道，但宜宁也疼得不住让他轻点。

手掌下的肌肤滑不溜手，细瘦的腰身他一个巴掌就能覆盖。她的声音又软，却因为疼而急促。

罗慎远觉得下腹又开始热起来，给她涂完之后放下药膏的小瓷盖，立刻起身道："我叫婆子送你回去。"

宜宁整理衣裳起来，侧身的时候不小心轻轻地擦过他的嘴唇。

宜宁顿时感觉到他的嘴唇要热一点、厚一点，而且能看到他清晰俊朗的眉眼。

罗慎远突然就扣住她的手，宜宁看到他一向幽深平静的眼眸好像燃着团火，她的气势顿时就弱了。

她想到自己睡着的时候，那只手温柔地抚着她的头发，想到他挡在自己面前的身影，甚至是新婚那夜的局促。

罗慎远总归是理智回来了一点，想起和她约好了兄妹之礼，而且还答应了魏凌，怎么也要到她及笄之后再行房事，她在他身下也太细弱了。

"你先出去等着，我稍后就过来。"罗慎远跟她说。

宜宁起身出去了。等他回到内室，婆子看到他立刻要行礼，罗慎远摆手拒绝，然后轻手轻脚地躺到了宜宁身边。

宜宁刚才一直装睡等他，如今才渐渐沉入梦乡之中。

等醒来的时候已经是满室的晨曦柔光，罗慎远正靠在床边看什么东西，锦被盖了一半的身子，手指翻过书页的声音响起。

"醒了？"他淡淡地问。

宜宁点头，叫丫头拿她要穿的衣裳进来。

罗慎远就起身先去洗漱，等出来的时候看到她坐在妆台面前。别的妇人要涂脂抹粉，她年纪小还不用。玫瑰露滴几滴在水里，然后抹些雪一样的香膏子。今日要回门，回门应该穿得端庄大气。

范妈妈亲自重新给宜宁梳头，梳了个漂亮的挑心髻，戴了柄嵌红宝石的海棠金簪。珍珠吩咐婆子去叫马房备马车。松枝没跟着陪嫁过来，她年纪已经到了，就由魏老太太选了个年轻能干的管事嫁了。玳瑁如今是她房里的二把手，忙挑了两件金色的褙子让她选。

罗慎远吃了个端上来的素三鲜饺子，才对刚梳妆好的宜宁说："过来吃早点了。"他已经给她剥了几个鸽蛋，夹了几个肉三鲜的饺子放在碗里。

等他抬起头的时候，看到宜宁穿得如此明艳，倒是笑了笑。"不好看吗？"宜宁狐疑问他。

"挺好看的。"罗慎远恢复平静，点了点头。那他为什么还要笑？

宜宁端起碗，看了他许久："那有什么好笑的？"

他慢条斯理地继续吃他的饺子，评价说："像穿大人衣服的小孩。"

宜宁听了咬牙，勉强露出一丝笑容，她可花了这么多时间来梳妆的，总不能重来吧！

他指了指她盘子里的鸽蛋和饺子："要全吃完，吃完才准走。"但他感觉到她看着他，叹息一声，走到她身后。

"跟我过来。"他牵着宜宁让她坐在妆镜前，红宝石海棠金簪从她的发上取了下来。修长的手指滑过宜宁的妆奁，从里面挑了一支莲花头镂雕金簪，一对莲子米大小的红珊瑚，衬得她的耳垂更白，他的手指又抬起她的脸。

宜宁僵持不敢动，指腹温暖粗糙，明明就离得很远，却暧昧得很。

他看了许久，四目相接，宜宁又不好躲开。随后才听到他说："嗯……妆容挺好的。"等他让开，宜宁一看镜中的自己。果然是比刚才好看许多，华贵而简约。

两人终于坐上马车的时候已经有些晚了，回门的马车走得快。宜宁看到他又拿着一本文书看，一时不知道该说什么好，两人就坐在马车里沉默着。马车一个摇晃，她没坐稳差点晃倒，罗慎远伸手稳住她。她就道："谢谢三哥。"

罗慎远点点头道句不客气，马车内又沉默，宜宁就开始找话说："我昨日和程家太太打骨牌，输了一百多两银子……"

他终于抬起头，合上折子看着她："输得挺多啊，好玩吗？"

"输钱哪有好玩的？还是母亲拉着我打的。她输得比我还多，输得跳脚，让瑞香又回府取了二百两银子继续打。"

一个两个都挺败家的，一般人家可顶不住她们俩输的，幸好他还算能赚钱。

罗慎远面上点点头道："你们闲暇无事，打打牌九也不错。对了，我还叫人做了一副汉白玉的棋子，以后你跟着我继续学下棋。"

宜宁听了暗道，什么打打牌九也不错，这语气明显就是看不起打牌这等民间活动，要她跟自己继续接受高雅艺术熏陶。

马车"吱吱呀呀"停下来，外头婆子就笑道："三少爷、少夫人，英国公府到了。"宜宁就笑眯眯地说："三哥，我们该下车了。"

今日回门，英国公府早早地就准备起来，外院的厨房辰时就在预备午菜了。府里热热闹闹的，魏家外家的亲戚也来了。

下人通传小姐和新姑爷回来了，魏凌连忙换了件崭新的右衽茧绸长袍去前厅。

他远远地就看到站在罗慎远身边只到丈夫肩膀高的宜宁，她穿着正红色褙子，面色红润，神采奕奕。宜宁上前给他下跪磕头，女儿回门就要带着新婚的丈夫拜高堂、祭祖祠、认亲戚的。魏凌心疼女儿，连忙扶她起来，几日不见她甚是想念，怕她吃住不习惯。但看她好像在罗家过得挺好的，他又有点勉强地笑着说："回来了就好！"

想想也是，宜宁毕竟跟罗家的人一起生活了十多年，怎么会不习惯呢？

魏凌看向罗慎远，刚才宜宁是挽着他进门的。罗慎远今日未着官袍，只是日常的衣着。魏凌心里还在想，他跟曾珩有来往，究竟是为了什么往来？

无论他跟曾珩做过什么，一旦被人知道，少不得要被怀疑通敌叛国。他为什么会背叛曾珩帮他？难道真是因为他是宜宁的父亲？

魏凌心存疑虑，但毕竟大家都是政客，虽然他没有罗慎远这种文官政客来得正统。他让宜宁先去给魏老太太请安,抬手让罗慎远在旁坐下,笑着说:"宜宁年幼,管理内务她还精通一些,别的可不行。还要你多多包容她才是,她这几日做得可好?"

"岳父不必担心,她是人如其名的宜家宜室。"罗慎远缓缓一笑,"她是年幼,我也十分怜惜她。"

"你原是她三哥,难为你娶她。"魏凌继续说,"对了,当日平远堡一事,我还有些事不明白。瓦剌部要于平远堡伏击我,连我的斥候都不知道的消息……你究竟是怎么知道的?"

罗慎远沉默地笑着放下茶杯。魏凌终于还是问他了。他就是再能干,也的确不可能把眼线插到任何地方去。其实更多的时候,他的眼线都是针对朝廷文官的,特别是重要的部门和枢纽。边关被总兵长期把守,是很难插进去的。曾珩是一个意外,他的确和曾珩有某方面的合作。

当年在保定的时候,曾珩是曾应坤的儿子,走马喂鹰的纨绔子弟。罗慎远与此人相识后发现这人相当聪明,后来一起在保定陪他赌过钱,就算是认识了。曾珩在保定没有名气,等去了他爹的任地才是如鱼得水,势力越来越大,他就出主意与曾珩合作。

但是他和曾珩的事,说大不大说小不小。说出来还是很惹麻烦的。特别他现在是新任工部侍郎,就在风口浪尖上。

"不是我不愿意跟您说,而是您知道了对您不利。"罗慎远说,"我的探子是没有这么厉害的,不然天下岂不是就在我手,这谁也做不到。总之,战功是属于您的,这最为重要。"

罗慎远这么说,魏凌反而放心了一些,这话证明罗慎远不是有意隐瞒他的。

他朗笑道:"罢了!你自己知道度就好,万事不可过了。"随后才让罗慎远跟着他去前厅,和魏家那些显赫的外家会面。

女眷们跟魏老太太一起在后院的花厅喝茶闲谈。宜宁这才发现在场的除了魏家外家,几个姑婆、表嫂的,还有日常往来的勋爵家族的主母、老太太。她向长辈一个个请安都来不及,宜宁就问芳颂:"怎的这么多人?"

芳颂含笑道:"小姐,老太太说顺便做个茶会,谁想来得这么齐。"

其实还不好猜,这都是簇拥来想看看状元郎风采的,没想状元郎去了前厅,大家便有些失望了。

魏老太太拉着孙女进西次间里说话,丫头端上来一盘剥好的石榴。粒粒暗红的石榴籽清甜可口,宜宁刚吃了几颗,外头就有人说罗慎远来请安了,屋内的小姐太太们才兴奋起来,压着声音说话。

他跨过门槛进来,给魏老太太请安。魏老太太连忙让他起,见孙女婿玉树临风、俊雅沉稳,心里喜欢极了。宜宁这三哥当真人中龙凤,难怪屏风后这么多说话声。

罗慎远知道被人看着,平日被人看得多了,他习惯了。

他笑了笑,请完安后跟魏老太太说:"孙婿前厅有事,便先告辞。"说罢拱手离开。

小姐的惊叹声就夹杂着失望,多幸运才能看这年轻的侍郎大人一眼,竟然片刻就走了。魏老太太却把宜宁拉过去,问她:"成亲后,他待你好不好?"

宜宁总不能说本就说好了兄妹之礼相待,老太太可不知道这个。她正想着如何搪塞过去,跟在魏老太太身后的赵明珠就说话了:"宜宁,你可不能太被动了。若是他还像兄长那般待你,你就做些女儿的姿态……"

魏老太太觉得说得太直白,就斥责了赵明珠一句:"你这说的什么浑话?没得个小姐的样子!"

"我这话浑理不糙!"赵明珠从小就跟魏老太太这般相处,娴熟地拉着她的胳膊说,"我是怕宜宁她三哥对她总是兄妹之情,正是血气方刚的年纪,以后她三哥要是纳妾室怎么办?你瞧瞧方才,那些小姐眼珠子都要掉出来了,知道人家成亲了,还这么不收敛。"

宜宁抓了把石榴籽吃,面前这俩外祖孙压低声音嘀咕她的私事去了,还不准她参与说话。

她想去外面透透气,等刚出到门口,却发现有个小小的身影站在离她几根柱子远的旁边,正远远地看着她。

是庭哥儿。

宜宁看到他孤零零的影子投在地上有些落寞,好似她刚来到魏家的时候,他就是离她远远的。因为不相信她,但是又对她很好奇。有种天生就想亲近了解的感觉,因为她是他亲生的姐姐。

现在她嫁人了,庭哥儿又没有姐姐一起住了,还是和仆人生活。他的小手抓着垂落的衣服带子,好像又不敢靠近一般。

宜宁突然很理解当初罗宜慧出嫁的时候,想把小宜宁也一起打包带走的冲动。

她向庭哥儿走过去,庭哥儿就抬头看她。宜宁柔和了声音摸他的头:"庭哥儿怎么了?"

庭哥儿不说话看着她,宜宁摸着他毛茸茸有些扎手的头发很心疼,问他:"庭哥儿,伺候你的丫头婆子呢?"

她把庭哥儿带回魏老太太那里,想让庭哥儿以后跟着魏老太太住,他大了,不会给老人家添麻烦的,毕竟仆妇怎么和他亲近得起来?

庭哥儿知道她想做什么,立刻挣脱她的手:"我不去祖母那里。"他有些别扭,不如原来亲近她了,"我……我不跟着祖母。"

孩子渐渐长大,就会跟人疏远起来。宜宁也没有办法,她总不可能把庭哥儿带到罗家去养吧,他怎么说也是英国公府的小世子爷。

"庭哥儿……"宜宁拉着他的小手,心里一抽动,"要不你跟着姐姐去罗家住些日子?"

庭哥儿过了好久,才小声问:"姐姐……你不能在家里住吗?我还给你留了好些吃的,你要吃吗?"他问得小心翼翼的。

宜宁半蹲下身来,抱着他小小的身子禁不住哽咽,头埋在他弱小的肩膀里微微颤抖。"姐姐跟你去。"她过了会儿止住了哭,牵着庭哥儿的手站起来说。

庭哥儿这才高兴起来,紧紧牵着她:"我还捉到了一只很大的蝉,但已经死了,我就把它藏在匣子里,等你回来看。"

一路上蹦蹦跳跳的。

宜宁陪了他半天，牵着他回到魏老太太那里的时候已经傍晚了。

庭哥儿在乳母的服侍下喝汤，宜宁跟魏老太太说起此事。她沉默许久，叹了口气："还是家里没有主母的缘故，再过两年，你父亲要把他送去天津卫历练了，天津卫的指挥使是你父亲的旧部下，还有他的杨师父在那边。这般也好，我管教不住他，你父亲不在的时候，怕他在屋里跟那些纨绔子弟一起长大反而学坏。不如扔到天津卫去，摸爬滚打地长大，总比留在京城里做个娇贵的世子爷强。"

英国公府能延续这么多代，就是因为后代里一直有人才。把庭哥儿送去卫所也很好，虽然日子苦了些。但是实在是个锻炼人的去处，等他多待几年，便忘了她这个姐姐了。

"父亲可有意娶亲？"宜宁问道，"我看他这些年南征北战的，加之心里又牵挂着我母亲的缘故。现在安定了些也该娶亲了，便有人来照顾庭哥儿，也照顾着府里的事。"

"我前两日也正是跟他说这个。"魏老太太靠着绣四季海棠的靠垫叹了口气，端着个斗彩的茶盅喝汤，"给他寻摸了几个人选，宣威伯家的嫡长女温柔敦厚，家世也配得上咱们府。徐国公最小的妹妹也还待字闺中，辈分极高，你父亲娶她不会差了辈分。低一些的世家还有更好的姑娘，但我上次问了他，他什么也不说。"

宜宁听了若有所思。等吃晚膳的时候，她去了前厅找魏凌，魏凌他们还在花厅里说话。她就绕到他的院子里去等他，回廊外面种着许多拂柳，已有凉意的阳光透过罅隙，照得人暖洋洋的非常舒服。

她的小凤头鹦鹉挂在屋檐下，看到她就亲热，扑着翅膀。

宜宁拿小碟喂它喝水，给它顺毛。照顾鹦鹉的丫头笑着说："您走了国公爷就把它接过来养着，每日跟它说话解闷儿呢。"

宜宁听了丫头的话，更生了要劝父亲娶亲的想法。

一会儿魏凌就过来了，他女儿才在他手里养了没多久就嫁出去了，百般不舍。看她在屋檐下逗鹦鹉，拿糙米给它啄，偏又教它啄不到，鹦鹉急得扑翅膀，她还笑眯眯的，似乎还跟她在府里一样。

"你仔细它啄你。"魏凌微笑着道。

"它才不敢呢。"宜宁把糙米放回小碟里，迎上来说，"我给您带了麂皮做的护膝护肘，还有几坛子秋露白做礼，都送您那儿去了。刚才丫头跟我说，我走了您又开始晚上喝酒？晚上喝酒伤身，您可别多喝。"

"你还管着我了。"魏凌笑着说，让女儿随他进屋里来。

宜宁看到他的书房还是原样，在他对面坐下来。她沉吟片刻，说道："父亲，刚才祖母跟我说起您娶亲的事。"

魏凌点了点头，一时没有说话，望着隔扇外的阳光久久地出神。

多年前的意外，他得到了一个孩子。那时候他才二十岁出头，年轻气盛。仿佛还是看到那个人淡漠的脸，她平日很难笑一笑，似乎也不怎么喜欢他。他一直觉得她是不喜欢他的。她什么都没跟他说过，却生下了两人的孩子，决然地就这么离开了人世。

如果能再早一点，她没有嫁人，他把她娶回来，肯定是好生养着，逗她开心，怎么会像罗成章那样对她？

她这样好的人，为什么却仓促悲伤地过了一生？

她死之前想什么呢？有没有对他有些眷念？或许有的吧，否则怎么会愿意生下他的孩子呢？

魏凌经常想这些问题，但是人已逝去十四年，想再多也没用，他听不到答案了。魏凌把目光放在面前的宜宁身上，多奇妙，这个孩子像他又像明澜，两人的孩子。他的声音低哑了一些："眉眉，我总还想起你母亲……"

"你跟你母亲的性子不一样，她要冷清一些。"魏凌说。宜宁这是第一次听到他提起明澜，他平日几乎不会提。

"我逗她说话，她也总是不理我。偶尔逗笑了，她却很快把脸板起来。毕竟我于她而言就是个土匪……"魏凌笑着点了点桌面，目光一凝，"但她心肠最软，我知道她心肠软，舍不得害别人，舍不得怪别人。"

宜宁怔了怔，走到他面前搭着他的手："父亲……"

听到他讲这些话，她突然心里有所触动。她从未见过明澜，想必是个非常好的人。有的时候她觉得，自己活得这么好，也有这位母亲生前所造福德的因素。因为别人总是很感叹地跟她说："你母亲真的是一个很好的人啊。"

魏凌回头一笑，拍了拍她的手："没事，都这么多年了。"

"娶亲的事容我再想想。"魏凌说，"你祖母说的也有道理，这府里没有人管是不行的。放心吧，父亲心里清楚。"

回去的时候宜宁总想着英国公府和庭哥儿的事，坐在马车里心不在焉的。

罗慎远瞧她接连拿了几次小几上的松子壳，未拿小碟里的果子，叹息着想，怎么这些小毛病一直改不了？

他把她的小碟拿过去，亲手剥了些果仁："走什么神呢。"

宜宁才回过神，跟他说："家中无人照管，祖母想为父亲娶亲，父亲不愿意，祖母让我劝劝他而已。"

罗慎远"嗯"了声："英国公府家大业大，的确应该有个主内的人在，你祖母说得没错。不过人选一定要看好，毕竟你和你弟弟情况特殊，来个家世厉害的人难免有心思。"

宜宁也觉得如此，但是家世低了也配不上英国公夫人的位置，故才是两难的。她倒是干系不大，反正已经出嫁了。但是庭哥儿是庶子出身封的世子爷，谁知道新夫人会对他如何？

罗慎远道："摊手。"宜宁抬头，他说什么？

他却把她的手拿过去，给她一把松子的果仁："刚剥好的，吃吧。"宜宁哭笑不得，他觉得自己在喂养小动物吗？

她一颗颗吃完了他剥的松子，问他："三哥，你觉得我把庭哥儿带到罗家来住如何？他现在尚不足七岁，依赖我得很，我也舍不得他，等养他到十岁就能独立一些了。"

罗慎远表情不变:"他在家里,与你是同吃同住的吧?"

"这是自然的,他胆小怕黑。我就在碧纱橱给他支了张床。庭哥儿调皮捣蛋的,家里也就父亲管得住他,但是父亲时常不在。说不定来跟了我,你还能带他读书。"宜宁越想越觉得未尝不可。

罗慎远淡淡道:"我看他的确依赖你,走哪儿都想跟着。"他一顿,"他是你弟弟,但也是英国公府世子爷,随意到别家住不好。再者他来家中你也管不住他,我也不好帮你管。"

罗慎远能训斥弟弟,但他可不好训斥小舅子。

宜宁觉得三哥应该也不怎么想庭哥儿来跟着她,毕竟不太方便。她跟祖母说,恐怕祖母也不会同意,便叹了口气,暂时作罢了。

次日罗慎远的休沐就结束了,要去工部衙门。宜宁大早起来就没有看到他的身影,她去林海如那里请安,被她留下来帮忙看账本。

有丫头急匆匆地走进来,屈身跟林海如说:"二夫人,大房那边又闹起来了。"

林海如道知道了,让丫头给她换衣裳,跟宜宁说:"你四姐跟刘老太太闹翻后,这事便常有发生。刘静来接她,她不肯回去,刘老太太又派婆子来请过,她却觉得是在侮辱她。"

"她要老太太亲自来请?"宜宁想了想问。

林海如点头:"她被刘老太太骂了一顿,出不了这口气。她本来就觉得嫁给刘家是低嫁了,这些年一直不痛快……"

宜宁跟她一起去大房看,两个宅院之间以月门连接,走半刻钟就到陈氏那里。三进的院子,种了万年青和松柏,一角堆砌假山,种了几丛箭竹。

宜宁这还是第二次看到刘静,他站在屋外面,穿着青色的七品补子官服,面容清俊。明明个子很高,却因为身子微弯显得不那么高。

林海如走过去,他就有礼地喊了声:"二婶母。"

林海如就跟他介绍:"这是慎远的妻子,你该叫声三弟妹。"

刘静看了她一眼,也嘴角微弯喊了声三弟妹,并道:"三弟妹面相和善。"又看向屋内说,"倒是让你们看笑话了,劳烦二婶母帮我进去看看她吧。"

两人正待点头,帘子挑开走出一个人,是罗宜怜。她看到刘静站在外面,表情有些不自然,又看到林海如和罗宜宁,更是脸色微冷。林海如没有多管她,带着宜宁挑帘子进去。

宜宁落在后面,隐约听到罗宜怜跟刘静说:"这几日天气转凉得厉害,四姐夫怎么穿得如此单薄?莫站在这里等了,到抱厦里坐着吧。四姐怕是不想见你的。"

宜宁回头看的时候,刘静却已经离开了。

她心里淡淡一笑,转过头,屋里头正呜呜地哭。

屋内罗汉床上摆了杭绸软垫,翡翠珠帘用钩子钩着,罗宜玉扑在罗汉床上边哭边说:"他若是真喜欢我,怎么任着他母亲这么作践我!我怎么安排房中事,还由得她来过问!说得那般难听,我不要她儿子又如何!"

陈氏坐在女儿旁边,拍她的肩劝道:"刘静对你这么好,你也别作践他的一番心意啊。上次你着急一失手,打了他的脸人家也没说什么。"

"他说我啊,把我休了最好!我才懒得看他娘的脸色!"罗宜玉直起身子,提高了声音。

"你便是没被婆婆拿捏过。"罗宜秀坐在旁边的杌子上嗑瓜子,"没得天高地厚,以为到哪儿别人都要捧着你。"

她知道罗宜玉是说得厉害,反正知道刘静不会休她,有恃无恐。

"你可别火上浇油了!"陈氏心疼女儿是低嫁,拿帕子给她擦眼泪,让两个儿媳赶紧扶她起来。

林海如带着宜宁坐下来,礼节性地劝了几句,但反正人家是油盐不进,怎么说都不听。

宜宁从罗宜秀那里分了点瓜子来吃,说道:"宜玉姐姐,我且问你一句,若是刘姐夫和大伯母冲突了。你帮谁?"

罗宜玉擦了擦眼泪:"你莫要套我的话,我自然帮我母亲。但他不一样……"

"他怎么了?"想到刘静在罗宜玉面前谦卑的样子,罗宜宁微微一笑,"他不是娘生的爹教的,偏要纵着你?他跟你一样的,母亲含辛茹苦地拉扯长大,寒窗苦读地科考,高中了进士。你说他配不上你,人家努力这么久来配你。四姐,当年你喜欢那人如今也要娶亲了,娶的是谁你该比我清楚。你能努力,去配得上他吗?"

罗宜玉被她说得一震,看着她的目光有些陌生。

"他要事事顺着你,必须你说得都对,就连父母都能不管不顾?"罗宜宁走到她面前,"若是个连生养自己的父母都不珍重的,这样的人宜玉姐姐可敢要?宜玉姐姐可要好生想想,那也是个有血有肉、有脾气的人,一旦真心受了伤害,别人珍重他去了,像刘姐夫那样坚决的人,你可是怎么求都求不回来的。"

罗宜玉不说话了,倒是慢慢止住了哭。"宜宁。"突然有人唤她。

罗宜宁回过头,看到罗慎远站在门口,穿着绯红官服,正含笑看着她。罗慎远是来找她的。

罗宜宁告辞了众人,跟着他出来:"三哥,你这么早下衙门?"

"下午有空,带你出去一趟。"罗慎远说,"你刚才是在劝宜玉?"

"也算是吧。"罗宜宁叹了口气,"让她看清楚些而已,免得活得糊糊涂涂的,以后后悔也来不及。你都听到了?"

"嗯。"他摸了摸她的头。

很少听到她讲道理,这小丫头竟然能说得头头是道的,是能晓人了。

罗宜宁是见多了这样的,到最后鸡飞蛋打,后悔也晚了。她劝几句,能不能明白看她自己,别弄得家宅不宁就好。

"你这是要带我去那里啊?"两人走出垂花门,宜宁看到小厮去套了马来才问他。这是要出府?

祥云酒楼后面就有片石榴林。景色十分好,祥云酒楼就搭了个戏台起了班子。听戏的人很多,唱出了个角儿柳百生。如今这时候正是热闹的,去听戏的就送盘石榴。

宜宁跟着罗慎远上了二楼，侍卫留在了门口。她真没想到他是带自己出来看戏的。开了个雅间，正好对着戏台子，视野极佳。一旁还有棵石榴树，如今这季节枝头上都累累地缀满了红色的石榴果。

罗慎远坐下来，婢女就递了个戏单来："罗大人，请您点戏。"罗慎远随手递给她，"你选一出。"

宜宁因是妇人出门，披了斗篷。现在摘了帽檐，接过他递过来的戏单子，看了半天选了出《精忠记》。还是奇怪，罗慎远明明知道她不爱看戏。

戏台子上的帘子就被挑开，演岳飞的角儿出来，两侧的铜锣"咚咚"地敲起来，非常热闹。这武旦的确身姿飒爽，行云流水，下面的称好声响成一片。

"这个……"她回头想跟他说话。

罗慎远坐在太师椅上，抬起茶杯喝茶："好好看戏。"他这是要做什么啊？

宜宁还是不说话了，片刻之后，楼梯处有声音传来。有人徐缓拾级而上，随后门"吱呀"一声开了。罗宜宁听闻动静回过头，才看到来人竟然是谢蕴！

她把斗篷摘下来，穿了件水红白樱的褙子，发梢垂在身后，只簪了一支金簪，别无饰物。她脸上本来是带着笑容的，看到罗慎远和罗宜宁坐在一起，笑容才渐渐没有了，看着罗宜宁的目光非常不善。

"罗慎远。"谢蕴声音发冷，"你这是什么意思？"

"宜宁，过来。"罗慎远则放下茶杯，她本来是坐在他身边的，他的手突然揽上了她的腰，让她靠近一些问她说，"以后若有人问你，你夫君娶你是为了什么，你怎么回答？"

罗宜宁看到他靠近，突然想起那天雨夜里，他突然吻她。"你原来……"她喃喃道。

"你不敢说，还是没有自信说？"罗慎远嘴角微弯。

罗宜宁这才反应过来，难道罗慎远知道那日在程家发生的事，带自己来找回场子的？"罗慎远！"谢蕴咬了咬唇，"你让我过来，就是来看这个的？"

"跟她说吧。"罗慎远重复道，外面的铜锣声敲得十分热闹。罗宜宁顿时心跳如擂鼓，被他搂着的地方都有种发热的感觉。她怎么好说，说这根本就像是自恋吧！

谢蕴气得发抖，原以为他让自己出来……出来是要和她叙旧的，他带了罗宜宁，就是来给她撑场子的？她继续冷笑道："我说的有什么错？她要不是你妹妹，若没有赐婚的事，你会娶她吗？"

"你说得不全对。"罗慎远抬起头，笑道，"她若不是我妹妹，若没有赐婚的事，我才是求之不得的那个，她不会答应嫁给我的。"

罗宜宁手心发汗，她觉得谢蕴那个目光简直想把她杀了。

"谢姑娘，倒也不全是如此。我与三哥自幼相识，是有多年的情分在的。"罗宜宁对她微微一叹道。

楼梯"噔噔"地响，比原来急促很多，顷刻就没有声音了。宜宁把谢蕴打发走了，久久地回不过神来。

她想着罗慎远刚才说的那句话："她若不是我妹妹，若没有赐婚的事，我才是求之不得的那个。"

他求之不得吗？那三哥究竟喜欢了她多久？这是怎样隐秘沉重？宜宁回头看他，罗慎远举着茶杯慢慢晃动，侧脸俊逸沉静。

她好久后才问："三哥，你以前经常约谢蕴出来吃茶？"

罗慎远摇头道："与她认识之后，谢蕴说过我有事就在祥云酒楼约她，今日还是头一回。"他伸手去牵她站起来，"以后有人欺负你，不用自己应对，来告诉我就行。"

宜宁被他牵起来，有种被珍重的感觉。

她心里却暗笑着想，有事若是我不应付，你来就黄花菜都凉了。

本以为要走了，结果走到门外却遇到了杨凌一行人。杨凌见他牵着个小姑娘，就笑眯眯地拦下他："方才楼下就看到咱们罗大人的侍卫，上来一找准没错。这位是嫂夫人吧？"

随行三人都有些好奇，这小姑娘才到罗慎远的肩高，十四五的样子，戴着斗篷看不清脸，竟然是罗侍郎的夫人？

但他们跟杨凌不一样，杨凌是徐渭的门生，跟罗慎远就敢这么说话。他们可不敢，恭敬地拱手喊了"罗大人"，就避到了旁边站着。

罗慎远就把手搭在她的肩上拍了拍："你稍等我片刻。"

宜宁点头，退到内间里去听戏。透过大理石的围屏看到他长身玉立，与杨凌说话的时候，时不时地会有凝眉、抵唇一类思考的动作。

她靠着椅背，静静地看着他。其实谢蕴她自己也能应付，只是由他应付，总是有种被人保护的感觉。

经宜宁那么一劝，罗宜玉可能是真的想通了，倒是没过两天就回去了。

罗宜秀还不急，宜宁问她她便说："回去也是看到他跟芸娘亲昵，我懒得回去。我多住几天再说。"芸娘就是罗宜秀的丫头。

罗宜宁在屋子里点了檀香，盖上盖之后用手扇了扇，烟雾袅袅娜娜地飘起来。

她放下香勺，问她："你在府里可有主中馈？"罗宜秀摇头说："这倒是还未完全有。"

宜宁就笑了笑继续道："你若是在府中主中馈，家中少了你就一天过不下去。那你头天回娘家，他第二天就能来找你，怎么会还敢耽搁？"

罗宜秀听了又若有所思，戳她的胳膊笑道："你怎的这么多鬼主意？连罗宜玉都被你说动了。我娘经这事，都暗中夸了你好几回。刘姐夫似乎还给你送了谢礼来吧？"

罗宜宁拍了拍她道："什么鬼主意，你回去得好好想想才是。"待罗宜秀串门离开后，宜宁拿出了英国公府送的信来。

魏老太太给她写的信，说是父亲愿意娶徐国公的幼妹为妻。这位小姐年方十七，自小跟着徐老夫人读书断字，她替嫂嫂管府中事务，都是井井有条规矩得很，也是因此耽搁了，十七都还没有定下人家。

徐国公虽然是同等勋贵，但毕竟不如英国公府有实权。听媒人说是替魏凌来提亲的，妹妹一嫁过去就是国公夫人之尊，自当是欣然应允。魏老太太问她要不要回去看看。

宜宁也思忖着要不要回去。这个人选是配得上英国公府的，只是不知道这位徐小姐品性如何。

她拿起第二封信，打开却发现这并非英国公府的来信，但是这字迹她很熟悉，却一时还真想不起来在哪儿见过。

这信用的是上好的澄心堂纸，只有寥寥数语，请宜宁于祥云酒楼再会，落款是谢蕴。她可从来没看到过谢蕴的字迹吧？再者谢蕴见她做什么。

宜宁有些狐疑，信就暂时搁到一边没有理会。

罗慎远晚上回来的时候，宜宁还在林海如那里跟楠哥儿玩，罗慎远到正房来请安。成亲数日，这孩子总算是跟她亲近起来。被她抱着不哭不闹了，用小手绕着她的脖颈，但看了罗慎远一眼，立刻转过头不理他。宜宁笑着拍他的小屁股。

林海如很喜欢楠哥儿和宜宁亲近。

今日罗成章在家中吃饭。宜宁屈身喊了声"父亲"，罗成章面色微松，毕竟还是当女儿养了这么些年，想到宜宁小时候的样子，倒也不是全然厌恶。

养个小猫小狗的都还有感情，更何况是孩子。

一会儿罗宜怜和罗轩远先后进来，次第给罗成章、罗慎远请安。罗轩远坐下之后，罗成章就问他的功课，罗轩远对答如流，少年的声音很清朗。罗宜怜就说："爹爹，我看轩哥儿读书辛苦，府中分给他丫头婆子不多，想请您多分几个伺候他起居，他便能专心读书了。"

罗成章一向疼爱这两姐弟，听了侧头就问林海如："拨了几个伺候轩哥？"

林海如道："丫头四个、婆子两个、小厮四个，紧够用了。慎远当年读书的时候，身边总共才三四个人伺候，用这么多做什么！"

罗宜怜微一咬唇，弟弟从小就是被众人捧着长大的，罗慎远那时候只是个不受宠的庶子，哪有这样提出来比的？

"那就再多拨两个婆子吧。"罗成章说，"他大些了自然要多些人手。"

"不行。"罗慎远开口淡淡道，筷箸轻响着，"人够多了，又不是手不能提肩不能扛。"被儿子当面驳了，罗成章有些下不来台。

罗轩远听到这里就站起来，清秀的脸上露出笑容："三哥说的是，伺候的人已经够多了，我自己倒也做些事，就不要增加人手伺候了。"

下面不动声色握了握罗宜怜的手，让姐姐莫要多说了。

毕竟为这种事情争没意思。宜宁默默看着两人的举动。

这顿饭吃完之后回去，宜宁走在罗慎远身侧，跟他说："这几年轩哥儿倒是长进了。我走的时候，记得他还和罗宜怜关系不好，如今怎么好起来了？"

罗慎远回头看她一眼，才道："血缘之亲不是轻易能斩断的。罗轩远又是个聪明人，他姐姐对他好，他自然就会回报。"

罗轩远身上毕竟有罗家的血脉，跟三哥是兄弟，只要被养正了就不会差。

现在罗家是三哥当家做主，他的意愿不会有人忤逆。罗轩远就算再怎么聪明，也不可能有哪天越得过罗慎远，还是差太远。宜宁问："那你也会管他？"

"朝中事多，家中的事我管得少。"罗慎远跟她说，"但入了朝堂就明白，家族与人息息相关，他走出去别人只会说这是罗慎远的弟弟，而不是罗轩远。"

罗慎远现在代表整个罗家。家中人要是不好，也会影响到他的名声。宜宁觉得他非常理智。

他回去之后还要看工部的公函，宜宁今晚撸了袖子，准备给他来个红袖添香。

书房里烛火静静地烧着，她磨了半天墨，侧头看他却总是不下笔，不由得道："我这墨水都要干啦，怎么想这么久都没有写？"

"哪有这么容易。"罗慎远放下笔，"批议开矿采石，不能轻易决定，否则贻害无穷。"玳瑁端了补汤进来，宜宁拿汗巾垫了底，揭起盖子递给他。

"你喝这个，我来看看。"她颇有种在培养未来首辅的成就感，拿过他刚才看的折子自己看。这些东西又无趣，几个矿藏的什么矿位矿深，的确不如大理寺断案有趣。

罗慎远喝着汤，靠在椅背上微笑看她："你瞧出个所以然了吗？"她眉头拧着，"我怎么瞧着这几个都差不多啊……"

一只大手从她身侧拿过折子，他在她身后俯下身，整个人靠近她，"你看得懂什么？继续磨墨，我来写。"

好吧，还是给他磨墨。

罗慎远执笔蘸墨，凝神思考片刻，一手撑桌沿，随后才下笔。

罗宜宁看着他的侧脸，觉得他无比好看，她突然很明白为什么这家伙有这么多人前赴后继地喜欢，与长相无关，这是一种神韵。

待他写好之后，宜宁才拿过来看，写得条理清楚，批文字体工整。"好了，回去歇息吧。"罗慎远叫小厮进来收拾东西。

等他牵着自己往正房回去，宜宁才告诉他自己明日要回英国公府的事。"带上你的护卫一起出门。"罗慎远只是叮嘱她，"早去早回。"

宜宁仰头看着他一笑，不就是出一趟门吗？

## 第三十二章 露出端倪

英国公府最近倒是热闹，天气渐渐转冷了，门口的大槐树都掉完了叶子。魏老太太的屋子里早早地用上了暖炉。宜宁在她屋子里同赵明珠、魏老太太商议。

祖孙三人盘腿坐在罗汉床上。

"八字合得，也是个旺夫的命格。"魏老太太说，"你父亲打算娶她，亲事大约在两月后，还要选个吉祥的日子才是。"

宜宁眉头一挑："这么着急？"

魏老太太把手里装杏仁的攒盒递给她："这杏仁有股奶香，格外好吃，一会儿你带几盒回去。"又说，"你又不是不知道你父亲，说做什么就是什么。不过徐小姐父母早逝，唯有徐国公这个哥哥照料着。虽然在家里有哥哥嫂嫂宠，但毕竟已经十七岁了，早嫁为好。"

魏老太太说："你且宽心，以后你回来还是一样的。"她担心继母对她不好？

宜宁苦笑，算来这是第三个继母了，还是个没比她大几岁的小姑娘："父亲就这么答应了？我还以为他会挑许久呢。"

"你劝他了，他还有不听的！"魏老太太笑道。何况她身体的确越来越不好了，宜宁出嫁，明珠又是外人不能插手英国公府，没有别的办法。

赵明珠跟她道："宜宁，舅舅还做了你的衣裳首饰，一会儿给你一起带回去。"结果宜宁从娘家出来，一马车都堆满了东西，满满当当的。

宜宁总忍不住想以前。她从侯府回去，家里人对她尊敬又客气，她好像是个陌生人一般。这样才是娘家，若不是新婚前一个月不得分床，她们铁定是要留她住十天半个月的。

"少奶奶，咱们是要回去吗？"外头护卫问道。

宜宁想了想说："去祥云酒楼。"她倒是想看看谢蕴究竟要做什么。

马车停入了祥云社内，这里女眷常有出入，故门禁很严，宜宁递了罗慎远的名帖才进得去。她上次来过，知道这位是罗大人的妻子，伺候的婢女便恭敬地把她引到了楼上。"谢姑娘可在此？"宜宁问婢女。

婢女屈身："谢姑娘在的，方才陪着位夫人下楼去了。奴婢去给您传话。"宜宁移步栏杆前，却看到台阶下的石榴树旁站着一个人。

这女子穿了一件披风，发髻非常素净，半点装饰都没有。虽然人近中年了，但是气质文雅。她的身后站了两个小丫头，她正在抬头看着石榴树上长的石榴，柔和沉静。

"夫人，那边的花开得多热闹啊，您不如去那边看看……"身后的小丫头劝她。宜宁听到身后有位世家夫人小声说："这位怎么出来了……"

"不是说吃斋念佛后都不肯出来了吗。瞧着病恹恹的，也不知道这些年都怎么了。""她丈夫就这么死了，留她一个人也是怪可怜的……"

"可怜什么，不是说曾杀了人吗。现在这样也是报应了。"

那人仿佛听到了这边有人在说她，隔着栏杆看了上去，扶着丫头的手说："走吧。"

宜宁面上平静无波澜，心里却已经翻江倒海。这个是她最熟悉的人，怎么能不熟悉呢？这就是原来的宁远侯世子夫人谢敏，她的长嫂。

当年她刚嫁入宁远侯府的时候，谢敏已经名满京城了，她是谢家的嫡长女，才华盖世，宛如今日的谢蕴。其实谢蕴还不如她，当年的她真是无人能出其右。

一开始，谢敏也没有看重过她，两人的交集淡淡的。再后来宜宁被人害死，殒身悬崖，困于玉簪子中二十多年，见尽了事态变迁。

而谢敏则从云端跌落，丈夫被陆嘉学杀了，她自己也再不问世事。

宜宁的嘴角泛起一丝苦笑，那些在偏院里，听着念经声的日子，宛如困兽般的日子仿佛历历在目。她捏紧了栏杆，手骨泛白——竟然是谢敏！

她看着谢敏的背影，随后有个人走过来，亲亲热热地挽了谢敏的胳膊，笑着说："姑母，戏还没有看完呢，您怎么下楼来了？"

是谢蕴。

谢敏对谢蕴微微一笑道："觉得闹哄哄的，出来透口气。"

"我瞧着却觉得热闹呢。"谢蕴继续说，"您难得出一次府，可要好生陪我。"

谢敏的孩子幼年时就得急病死了，她对谢蕴就要好些，不然别个怎么能让她出府来，她实在是厌恶外面这些人了。

"那便回去吧。"她徐徐地说，声音有些沙哑。谢蕴就扶着谢敏上了楼梯。

祥云社这阁楼楼梯修得狭窄，踩着声音很响。谢敏的脚步声却格外轻，宜宁深吸了口气，侧过身看着红木高几上摆的绿萝，等着两人走过去。

脚步声渐渐近了，到了宜宁身侧，谢敏正要和她擦肩而过，却不知道为什么突然停住了，然后她轻声道："这位太太，我看着有些眼熟。"

谢蕴自然看到了宜宁，想到那天罗慎远的事她就心里不舒服。但按她的性格，又是不想与宜宁计较的，就道："姑母，这就是工部侍郎罗大人的妻子，英国公府的小姐。"

宜宁这才转过身看着谢敏，谢敏的目光是柔和的，但是落在身上有种水的冰冷。

"我看这姑娘，就觉得有种认识多年的感觉。"谢敏轻轻地说，"面相却陌生得很，罗太太原来可见过我？"

宜宁摇头笑了笑："我不曾见过夫人。"

"蕴儿，我看你似乎认识这位罗太太，你请她同我一起看戏行吗？"谢敏侧头对谢蕴说。

"既是我姑母相请，罗太太能否赏我个薄面？"谢蕴难得开口，语气有些僵硬。她自小就喜欢谢敏，对自己这个姑母打心里尊敬有加，更甚于对她的皇后姨母。对于姑母的要求，她向来是不会拒绝的。

"夫人写信与我，不就是想请我出来一叙吗，那且坐下就是了。"宜宁屈身一笑，随后向楼上走去，在一张八仙桌旁坐下，抓了把香瓜子慢慢吃着。

谢敏上来了，在宜宁身侧坐下来，低声笑道："罗太太知道是我写信请你？"

"谢蕴一看便是不知道的。"罗宜宁淡淡道，"夫人既然以谢蕴的名义写信，又刻意叫住我，那必然是夫人请我过来的了。"

谢敏究竟想干什么？宜宁侧过头看她，谢敏表情平静，谢蕴站在她身后则有些不甘心。她不喜欢谢敏跟罗宜宁说话，就像小孩子似的，有种心爱之物又要被人抢走的感觉。

"蕴儿，你去给我和罗太太端茶来。"谢敏淡淡道，谢蕴没动，直到被谢敏看了一眼，才咬了咬唇应是，乖乖去旁侧耳房端茶。

"罗太太。"谢敏坐下来之后不紧不慢地开口了，"我是看着蕴儿长大的。她娇纵了些，心性却不坏。罗太太觉得她如何？"

宜宁摸着扶手上镂雕的祥云纹，缓缓摩挲，笑了笑："谢二姑娘才华横溢，性子鲜明，别人是羡慕不来的。"

"她这个性子才是让人头疼的。"谢敏看着罗宜宁继续说。这个罗太太其实还很稚嫩，惊人的清嫩漂亮，但是她的眼睛……谢敏不知道怎么说，那种澄澈的明净，非得是历尽千帆后的淡然。

"我是她的姑母，性子淡漠，故她惯向我顽皮别扭的。"谢敏一笑，"我实则是很关心她的，要是有别人欺负她，我也定饶不了她。"

她的声音略微低了些，别人是听不到的。

宜宁听着谢敏的话，慢慢平静下来。有点好玩，谢敏想必是听到了谢蕴被欺负，来给自己的侄女出气，冤冤相报何时了。

她跟谢敏一起待了二十多年，当然知道她疼爱谢蕴。年轻的时候冠盖满京华，后来光芒尽失，唯有谢蕴是最像她的，故也格外疼爱。

"夫人说了这么多，我听着便是了。不过夫人侄女的性子你是再清楚不过的，不是谁欺负得了她，只要她不招惹是非，无端地，谁又会跟她过意不去。"

"若是有人有心，轻易就能伤她。"谢敏拿出了点当年谢家大小姐的派头来，笑道，"我谢家的姑娘都容易为情所困。我丈夫身亡，我便为情所困十多年。她求而不得，自然也是如此。罗太太的事我也不是全然不知道，要是罗太太威胁于她……就怪不得我了。"

谢敏在威胁她。

想来为了自己这个侄女,谢敏早就让人打听过她了。当年谢敏的厉害宜宁也是见识过的,四个媳妇里独她一人,把侯夫人拿捏得服服帖帖的,还常与陆嘉然商议政事,足智多谋。

这样的人,对陆嘉然一往情深。陆嘉然为了她的深情,也不曾纳过妾。

但是别人不知道,宜宁却不会不知道,当年她在侯府的时候傍晚出门纳凉,曾经撞见过一桩丑事。宁远侯府后院有条路是去竹林的,别人嫌弃荒僻不去,宜宁却常去那里看竹林,带丫头挖些小笋做酸笋吃。那日她就撞到竹林里一具精瘦的身子压在一个女子身上,衣裳褪了一半,俊脸上满是汗水。她看不清那女子的脸,却看清楚了陆嘉然的脸,听到这对野鸳鸯发出的声音。

陆嘉然猛地抬起头,她当时立刻就逃出了竹林。

路上她想起那个女子的衣裳,那不是府中下人的打扮,那手上滑腻雪白的肌肤、纤细漂亮如天鹅的脖颈,想来也是个尤物。

陆嘉然竟然背着谢敏跟别人苟且,两人耳鬓厮磨,暧昧无比。可怜谢敏二十多年的深情。

宜宁每次听到她念经,看她擦拭陆嘉然遗物时都想说这些话,那时候憋得她很难受,今天终于能说出来了。

"既然已经死了十多年,夫人何必再一往情深。夫人所念之人若是在世,又会像你对他一样对你吗?"宜宁手张开,手里剩下的香瓜子落在了盘里。"夫人难不成觉得一往情深这事很光荣?谢蕴的一往情深,那与我何干?难不成我还要为此负责吗?"

二十多年的困顿,她自认为和谢敏感同身受。但是如今,她跟谢敏的缘分,恐怕也仅仅止于这句话了。

这时候谢蕴端着茶上来了。方盘上放着两杯茶,一杯雪芽,一杯是雨前龙井。宜宁接过来,顺手就把雪芽递给了谢敏道:"雪芽清火明目,夫人最适合。"

谢敏接过茶一愣,顿时就看着宜宁。

她喜欢雪芽很少有人知道,原来是嗜茶如命,最近几年喝得少。当年在侯府给老夫人请安的时候,排行最末的老四媳妇常亲手泡茶,只有她的是雪芽。当时她就觉得奇怪,老四媳妇是如何知道她的喜好的?

当年的老四媳妇并不出挑,她不曾过多关注,因为这个,反倒是看重她几分。后来才逐渐发现,老四媳妇也是个相当聪明的人,只是聪明得不动声色而已。

宜宁抿了口自己的茶,抬头就看到谢敏看着自己。

"罗太太刚才挑了雪芽给我,倒是歪打正着。"谢敏说,"我素日爱饮这个。"那不过是个下意识的举动而已,宜宁心里一叹,"夫人喜欢最好。"

谢敏是女人,女人的感觉是非常敏锐的。宜宁只是坐在她身侧,谢敏看她的目光却越来越奇怪。既然已经知道了谢敏请她过来是干什么的,宜宁就不想继续待下去了。她起身告辞了谢敏,准备回府去。

谢敏却按住了她的手,道:"罗太太莫动。"她的声音很轻,"刚才我并没有骗你,我一见你就有种分外熟悉的感觉,好像是认识多年的朋友,本是想与你说说话的。"

宜宁道："我与夫人素不相识，想来也没什么说的。"

谢敏一笑说："罗太太，你也唤宜宁。我那四弟，如今权倾天下的陆都督曾有个原配……也叫这个名字，只不过为他所害，不到十九便香消玉殒。你与她走路的神态、说话的样子都非常像。"

谢敏刚才一直注意着宜宁，越看越觉得神态非常熟悉。她看戏的时候总是心不在焉的，但是目光会一直盯着戏台，若是锣鼓打得响些，她还会皱眉觉得不喜欢，且手里总要拿些东西，习惯性地把玩着。

谢敏突然就有种莫名的直觉，更何况修佛之人，向来是信了那转世之说的。若是与那人有干系，那她今日这些话就说得可笑了。

宜宁很平静地说："那的确是很可惜了。"

"的确可惜，她要是还活着，凭借陆嘉学今日的地位，就是享不尽的荣华富贵。"谢敏笑说，"如今有谁知道陆嘉学曾有个妻子，他自己都不准下人提起。杀害她的凶手变成了我，但没人想想，我杀她做什么？谁得了好处，谁才是杀她的那个。想想她才是更可怜的，被自己毫无防备的亲近之人杀死。不知道她重新投胎，会不会回来为自己报仇。"

"她要是想报仇，我定是要帮她的。"谢敏语气一寒。

谢敏对陆嘉学恨之入骨，宜宁不会不知道。她想要报仇吗？跟这些人再纠葛不清？

宜宁并不想报仇，她今世活得很好，有这么多陪伴疼爱她的人在。何况这个人是陆嘉学。她如何抗衡陆嘉学？报仇只不过是自讨苦吃，至少现在是不能的。

谢敏与她算是同病相怜了。

宜宁没有坐下来，而是转过身背对着谢敏说："夫人，《佛说鹿母经》有言：一切恩爱会，无常难得久；生世多畏惧，命危于晨露。"

"夫人再纠缠于前尘往事，伤心伤身，倒不如离了陆家，寻个田庄住下来，平静安稳地过一生罢了。别的仇怨，夫人大可不必理会。"

谢敏眼睛微亮，刚才不过是猜测，觉得此人神韵极为像那人。算了年纪又是对得上的，就生了转世而来的念头。她常于佛前祈求，让宜宁活过来，至少要让她知道真相。如今听她这话的意思似乎知道什么，就激动了一些："你……你是不是……"

宜宁淡淡一笑打断了她："夫人就不要再过多纠结了，我说这些不过是看夫人心里郁结，让夫人开解一些而已，没有别的意思。

"再说谢二姑娘，既然已经准备要嫁给别人了。难不成一往情深真的是好事吗？夫人应该劝她才是。"

"你等等……"谢敏站起来说，"刚才蕴儿那番话就当我没有说过。"宜宁已经推开房门出去了。

谢蕴竟然在门外等着，似乎已经站了很久的样子。

"姑母约你来，是见不得我受委屈。"谢蕴说道，"你不要给她难堪，否则我不会放过你……就是不管罗慎远，你也不能把她怎么着。"

这一个个就这么想被害啊，她长得像能欺负人的样子吗？宜宁都要气笑了，懒得理她。

谢蕴在她背后慢悠悠地说："罗太太，我以后嫁给程琅，可是要与你比邻而居的。到时候少不了有交集，说不定还要结成世家之好呢。"

"那我只能等着谢二姑娘了。"宜宁还是笑了笑，客气道。

从祥云茶楼出来不久，宜宁就看到谢敏身边的丫头追了出来，似乎在四下寻找。这趟其实还是不应该来的。

宜宁回过头，吩咐车夫回罗家。没想刚闭目准备歇一会儿，珍珠正要给她煮热茶，就听到马车"咯噔"一声响，突然停了下来。

罗宜宁睁开眼，外面有个冷酷严肃的声音响起："何人冲撞！"

车夫才焦急地回道："官爷对不住了，这马儿方才多吃了些松子糖，一时没跑稳。"

罗家的车夫怎么会管别人叫官爷，宜宁微挑开一条缝隙往外看。心里一个咯噔，恣肆的旌旗招展，街沿边停的是陆嘉学的马车，还有三十多个亲兵随从，他怎么会在祥云茶楼外面！也不知道有没有在马车里。

罗宜宁下意识地回头看那个丫头，幸好那丫头没找着自己，已经回转过头了。

车里没有动静，他应该不在车内吧。宜宁稍微松了口气，示意沈练上前去交涉。

沈练刚走过去和对方说话。茶楼门口就微有骚动传来，随后一众人簇拥着个高大的身影走出来。初秋已经是凉风阵阵，他披了件披风。当真是怕什么来什么……

陆嘉学身边的一个副将也注意到了这边的动静，走上前问道："这是怎么了？"陆嘉学却伸手阻止了他，嘴角露出一丝笑容，"英国公府的护卫，不必了。"

宜宁没有办法，只能挑帘下车，让婆子扶着，她盖着帷帽给陆嘉学行礼："见过义父大人，我家的马儿冲撞了车，还望义父大人海涵。"

这下车主人才终于来了，带了这么多护卫，冲撞了侯府的马车都不下车的人，竟然只是个身形纤弱的小姑娘。难怪有恃无恐呢，原来是都督大人的义女。

"眉眉真是好兴致，怎的孤身跑到这儿来了？"陆嘉学知道若是他不出来，宜宁连马车都不会下，存了几分戏谑她的心思。

他怎么知道自己的乳名的？

宜宁心里狐疑，只当没注意到，一笑："也只是顺带路过而已。若是没别的事，我就不打扰义父了。"

陆嘉学看着她笑道："你一人回去实在是不安全的，过来，我送你回去。"她带着护卫，这又是近城，五城兵马司巡视最严，哪里不安全了！

但是陆嘉学已经上了马车，回头对她招了招手，示意她跟过来与自己上车。

宜宁暗自咬牙，低声告诉沈练等人跟在身后，按低了帷帽跟着上了陆嘉学的马车。他的马车更加宽阔，里头铺着软垫，有股似有若无的杜松的味道，是陆嘉学身上的味道。

宜宁离他远一些坐下来，马车开动了。陆嘉学靠着车壁，姿势轻松随意。"新婚燕尔，你感觉可还好？"他突然问。

"一切尚好，姻缘和睦，不劳烦义父大人费心。"宜宁回答得一板一眼。陆嘉学低笑一声。这小丫头惯常这般跟他说话。

什么姻缘和睦，宜宁嫁的是她的兄长，对她还好罢了。世上没有什么和睦的东西，不过是她没看到那下面的黑暗肮脏而已。

她那兄长可不是个好人，这番带她去见识一回，也算是作为她的长辈的好处。他吩咐了车夫几句，回头跟宜宁说："带你去个地方看看。"

"义父大人见谅，我回家已经来不及了，怕是没时间跟您去了。"宜宁拒绝道。陆嘉学淡淡地叹了一声："你莫着急，跟我去看看，你会感谢我的。"

马车跑在宽阔的砖道上，一会儿竟然出了内城，往着外城的方向去了。道路两边种着拂柳，粉墙高立，黑色瓦檐古朴漂亮。路口有座高大的石碑立着，上书三个隶书大字"清湖桥"。这景色竟不似在京城，反倒是如苏浙一带温婉秀美。

宜宁突然意识到这是在哪儿了，这地方她原来听旁人说过。勾栏院是个不入流的地方，这个清湖桥却是名伶聚集之地。自江南秦淮一带来的大家，都在这一带定居。同时这里也酒楼众多，极为豪奢，非常受人追捧，达官贵人聚会常选在此处。

她以复杂难辨的目光看着陆嘉学，他带自己来这儿干什么？

"义父大人，我也无兴致来喝酒吃菜。"她嘴角一抿，"你究竟要做什么？"

"放心，不会把你卖了的。"陆嘉学语气懒洋洋的，"你可是魏凌的女儿，若我把你怎么着了，他肯定要跟我拼命。"

两人这么说着话，马车已经慢了下来，在一家酒楼外停了下来。路边一扇桐木门打开，马车跑了进去。陆嘉学的人立刻在院中四下散开，守卫森严。他先下了车，对她伸出手要接她："下来吧。"

男女授受不亲……陆嘉学就算是义父，又不是真的父亲。宜宁只对他微微一笑："义父，这般怕是不妥吧。"

"你倒是真避我如蛇蝎。"陆嘉学慢慢收回手，不甚在意地笑了。想爬上他的床的人多得数不清，罗宜宁也不用太戒备。她不过是个小姑娘而已，他还能对她做什么不成？

宜宁自己踩着脚凳跳下了马车，仰着头觉得太阳还挺刺眼的。她跟在陆嘉学身后，从夹道走出去就是一片开阔的江南园林，怪石嶙峋立于湖上，曲折回廊连接着三四个亭榭，修得非常精致漂亮，帘子上挂着鎏金银香球，一股淡淡的熏香味弥漫着。

有个穿着褐色团花茧绸袍，三四十岁，打扮贵气的男子过来迎接，看样子应该是管事的。他急匆匆地来，十分恭敬道："都督大人难得过来，今日是……"

对于他身后站着的罗宜宁，虽看不清脸，却一句也没有多问的。"程琅今日在这儿没有？"陆嘉学问她。

这位管事就道："程大人在这里，都督大人请这边过来。"

宜宁一阵无言，这些人有事没事都朝这里钻吗？她算是有点兴趣了，瞧瞧这儿究竟是个什么地方。

陆嘉学"嗯"了一声，招手让宜宁跟着他。一行人进了回廊，回廊两侧有廊房。有丫头推开了其中一间朝里面走，里面装饰得也十分奢华，檀木家具，整幅杭绸双面绣屏风。博古架上还放着一架高高低低的玉钟磬作为饰物。

宜宁一眼就看到程琅坐在小几旁闭目养神，旁边站着两个丫头模样的秀美姑娘在伺候，另一个位置的主人应该还没回来。他斜靠着引枕等人，没的讲究。宜宁一看到就别过了头。

程琅知道陆嘉学来找他，通传的人也说是带着个小姑娘，他却没想到这个小姑娘就是罗宜宁。就算盖着帷帽，但是熟悉的人也能一眼认出来。

他仿佛被蜜蜂蜇了般突然跳起来，咳嗽了一声，吩咐两个丫头："你们先下去吧。"陆嘉学怎么会带罗宜宁到这里来！还让她看到了自己这般模样！以前她就算大概知道，也从未亲眼见过啊。程琅不希望自己在她眼里是这个样子。便是她成亲之后，他就越发颓唐了。

他整理好衣裳走过去，低声问道："舅舅，您怎么带着宜宁表妹来这里了？"

陆嘉学见他反应颇大，以为是当着罗宜宁不好意思，也没有多想。他在圈椅上坐下来，指了指罗宜宁："带她来看看，我听说有几个官员今日来此喝酒议事，现在在哪儿？"

官员应酬不能只在朝堂上，很多情谊联络还是在酒桌上，这宜宁当然知道。

但她还是心中一愣，他这是说的谁？

"罗慎远等人在天字号房中。"程琅道。"前面引路。"陆嘉学指了指。

罗宜宁心里则暗沉下去，陆嘉学原来是带她过来看……罗慎远的？他今日出门之前似乎跟她说过，要和几个大人去喝酒。若是应酬，陆嘉学带她来看什么，她对于这些也没兴趣。

程琅带着陆嘉学走在前面，罗宜宁问他："你们这些朝廷命官，多爱来此地吗？"这里的酒楼多半有秦淮大家压场，否则出不了名气。

陆嘉学看了她一眼："我不常来，不过这里你程表哥有三成的份子，他常来这里。"

程琅又是咳嗽，笑道："太祖皇帝开国的时候，京中百废待兴。太祖皇帝还特地拨钱修建清湖桥，便是为了国库充盈。我这酒楼大家都是知道的，上了官府文牒登记，算是最有名气的，所以来的人不少。"

他回望她的时候，表情带着一点做错事的忐忑，似乎怕她看轻自己，或者是对他失望。

还是当年的那个孩子啊。宜宁低低一叹，摇头表示不用管她，成年人和孩子是不一样的，他已经长大了。而这些都是他的事，跟她无关了。再者开酒楼又有什么不正经的，不就是有个吹拉弹唱吗？于那些勾栏院舍来说，这是再正经不过的去处了。

程琅回过头，带着他们上楼之后让小厮打开门锁。里头是个雅间，景色非常好。从这里看出去是屋顶遍洒阳光的街沿巷陌，再远一些就是护城河。

程琅把隔间的窗扇打开，就能看到隔壁房间的情景，但是有绿萝掩映，看得都是隐隐约约的。另一个房中有人听说陆都督来了，几人便结伴来请安。宜宁坐在他身后一动不动，人家谈笑间不动声色地打量着她。

宜宁不喜欢这种打量，有种会错意的暧昧。但是陆嘉学什么也没说，就没人敢动。

"该看了。"陆嘉学喝着茶，突然低声跟她说了一句。

581

宜宁下意识地从窗扇看过去，那边的屋内明显是大得多的，坐了不少人。应该都是朝廷官员，而且官位挺高的，这些面孔隐隐有些熟悉。罗慎远坐在他们之间，他向后仰靠着太师椅，与他们一起喝酒谈笑风生。

屋内有个名伶在弹胡琴，有人摇头晃脑地听她弹曲，有人则未曾注意，而是盯着屋内的棋局牌局。罗宜宁静静地看着，他身边的那个人在低声同罗慎远说话，他含笑回应。宜宁认出那位是工部尚书，因为罗慎远说过他"六十有余，发迹稀少，胡子短茬"，非常好认。

那位名伶弹完后满堂喝彩。她应该是位有名的大家，穿了件青织金料的褙子，素白月华裙，腰间斜斜地缠着禁步，金玉缠绕间腰只是堪堪一握。牙白的脸清丽秀雅，若不是那股子弱不胜衣的妩媚，着实看不出是位名伶。

听到喝彩后她站起来含笑屈身，从高几上端起酒樽敬客人，一旁的婢女上来收拾琴套。

程琅看她瞧得出神，就说："这位莲溪大家是弹胡琴出名的，头先在扬州是个穷苦人家的孩子，被卖了当瘦马养着。我见她胡琴弹得好，便叫她以此为艺，听她一曲需银百两。"

这时，那莲溪姑娘下了榻，从旁边婢女的托盘里拿了酒，缓缓走到了罗慎远身前，声音轻软地道："素闻罗大人盛名，这还是妾身第一回见得。敬酒一杯，恳请罗大人受酒。"

罗慎远抬头看她。

宜宁突然有些不敢看了，转过头想出去，陆嘉学却按住她的手，淡淡道："继续看，怕什么。"

宜宁只能被迫转头看着那边，周围有人起哄，罗慎远才接过莲溪递过去的酒，饮了一口。

莲溪瞧他年轻却气度沉稳不凡，非常人可比，就心热几分。在他身边的圆凳上坐下来，看到他身前摆的棋局还未动过，笑了一笑："妾身倒也略通棋艺，不知罗大人可愿奉陪？"

她细白的手捏起一枚黑子。

罗慎远笑容依旧未变，手指却把玩着酒杯未语。

旁边有人就说："罗三，你也太不解风情，莲溪姑娘何曾陪人下过棋？这次若不是你一起来，她恐怕还不肯来与我们弹首曲子，你可别驳了美人的面子。"

罗慎远许久才放下酒杯，从棋盅里拿了白子："既然如此，姑娘就先行棋吧。"莲溪微牵袖口，缓缓在玉盘上落下一枚子。

宜宁原本捏紧的手渐渐放松，棋局是怎么样的她可看不清楚，却看到罗慎远脸上露出一丝不耐烦。他的表情很细微，她却知道这位莲溪姑娘想必棋艺很不好，三哥最不喜欢奉陪棋艺差劲的人下棋，他觉得这是在浪费时间，似乎天分极高的人就是如此。

他的棋艺冠绝天下，却很少下棋，因为没有敌手。

教宜宁的时候还勉强陪她下，平日别人下棋的时候，他看都不会看一眼。几次行棋之后莲溪脸色渐渐凝重，手执棋抵着下巴思考。

程琅看了暗自无语，竟然跑去跟罗三下棋，想用这个引起他的注意不成？便是平时应付的都是些满肚油水的商贾，不知道分寸了。该重新调教才是。

莲溪不久之后也发现了，这位罗大人连想都不用想，她思考半天走一步棋，他随即就跟上了，然后就等她下。一步步地把她堵死，让她毫无反击之力。她强笑一声，把棋子放回去道："院中的葡萄熟了，我刚遣人去摘了些来，请诸位大人吃些新鲜葡萄。"

罗慎远把剩下的棋子扔回去，又端起了他的酒杯。

程琅听到这里似乎想起什么，侧过头问宜宁："你想吃葡萄吗？我这儿的葡萄是西域引过来的品种。原是种不出来，匠人花了好大力气才结果的，味道非常甜。"

不用宜宁说，一会儿工夫，一盘洗得干干净净的葡萄就端了上来。

陆嘉学看了他一眼，程琅可不会平白对别人这么好。原来他求娶宜宁还有几分真心在里面，难怪刚才他带着宜宁进来，他这般狼狈。

他这流连花丛的外甥竟然还有真心的时候。

那边屋内的葡萄也很快端了上来。莲溪大家从婢女端上来的铜盆中净了手，用熏香了的锦帕擦干。她从那盘紫红的葡萄里选了一粒出来，亲手剥了皮。细白的手指捏着，又亲手递到了罗慎远的唇边。

罗慎远抬头看她，微微一笑。

莲溪蓦地脸就红了，旁边有人又起哄道："莲溪姑娘，你莫得这般，你得亲嘴喂他，指不定他才肯吃呢。"

莲溪听了更不好意思，她是名伶，又不是勾栏院中那些下等的娼子，做不出这等放浪的动作来。但是看罗大人的样子，似乎亲手剥的他还不愿吃。

她刚把葡萄含在红唇之间，顿时又一阵叫好，她也被鼓动得昏了头。正要俯身，突然就听到罗大人极轻又极冷的声音："我劝你点到为止，再过些，我就不会留情面了。"

声音仿若在耳边，别人根本就没有听到。

但是莲溪顿时清醒过来，一看他的眼睛，分明就是无情极了的，虽然面带笑容。她把葡萄吞下去，强笑道："诸位莫要开玩笑了，这般可就过了。"

宜宁只隐约看到他推掉了那名女子。

看得差不多了，罗慎远果然很难对这些女子动心。寻常男人遇到这样的美人喂食，恐怕早已经情不自禁地贴上去了。程琅又轻轻关上了窗扇。那头喧哗，又有藤萝遮掩，动静不大没人察觉。

"表哥方才说，这位莲溪大家似乎与你有干系？"宜宁问他。

程琅原来生活混乱，上过他的床的女子不计其数，他自己都没有什么印象了。他解释说："她原来不叫这个名字，作为瘦马被卖出来的时候才十三岁。当时酒楼为她赎的身，我看到就指点了她一二，给她重新起了个名，她倒是聪明，就这么出了名气。"

穷苦人家的姑娘，无法跟宜宁这种世家小姐比。作为瘦马，从小被卖来卖去的，琴棋书画要样样精通，伺候男人的本事还不能少。嫁给人为妾是最好的出路，否则没了颜色就是死路一条。其实瘦马还好，至少瘦马还以大家闺秀的标准培养，接待的都是达官贵人。要是那些颜色一般的，卖进勾栏院去、暗娼院内，下场才是惨不忍睹。

"你不嫁你表哥算是好的。"陆嘉学想到程琅那些情史，淡淡来了句。他懒得管他这些东西，随便他玩儿，反正总有人前赴后继。

他只是闲来无事，带宜宁出来看看罗慎远平日怎么应酬的，倒还真是片叶不沾身的主，的确挺难得了。

陆嘉学喝茶，低沉一笑问她："你觉得好不好玩？"

好玩，很好玩，陆嘉学就是看不得她好过罢了。要是罗慎远真的做点什么，在他眼中，她的婚姻美满岂不是顷刻破裂了。

罗宜宁缓缓一笑："义父不是说送我回去吗？"

陆嘉学站起身，招了招手道："你那葡萄，给你表妹带上一些回去吧。"

程琅看着陆嘉学的背影，他对罗宜宁的所言所行，让程琅心里突然有了个奇怪想法。如果有一天，陆嘉学知道了宜宁是谁，画面肯定非常精彩，山崩地裂。

宜宁这晚回到家里有些迟了，林海如都派人来问过。

陆嘉学可没有那个闲情雅致送她回来，他兴趣过了自当回去了。是程琅亲自送她到罗家门口的，他是宜宁的表哥，倒也无碍。

"他今日带你过来，可是知道了什么端倪？"程琅问她。宜宁冷冷地说了句："他就是个疯子。"

给她的葡萄自然不能要，这葡萄口味特别，整个京城也只有程琅那里有，罗慎远一看就知道她今天去哪儿了，故提也没有提，就说："我原来还不知道，你竟然有这么大个酒楼。"

"尚可而已。"程琅笑了笑，沉默片刻。

宜宁想到今日还看到了谢蕴，又问："你和谢蕴的亲事定下了吗？"

"嗯，定下了下月十五。"程琅似乎不愿意多说，只是看着她，目光有种清澈的执拗。

宜宁还想问莲抚的那个孩子的，但她犹豫了一下，还是没有问。等到了之后她要下去，程琅却突然拉住了她的手。

宜宁回头询问他："阿琅？"

"他对你好吗……"程琅闭了闭眼，昏暗的光线下只看到玉一般的侧脸，他低声问，"要是他对你不好，你来找我，我还是可以娶你的，只要你不介意就行。"

宜宁心里一抽地疼。他何必这么卑微？他也是天之骄子啊。

"你……"想到他日后的事，宜宁就不知该说什么是好。她关心他，但真的只是对晚辈的关心，"他是我三哥，自然对我好的。阿琅，你不用这么说，实在是不用。"

他这般深情，宜宁徒增压力愧疚。其实她不应该愧疚，但她就是对这个孩子非常心软。

"你娶了谢蕴之后，还是好好对她吧。"宜宁虽然不喜欢谢蕴，但如果看到他夫妻和睦，她还是很高兴的。

程琅沉默很久没说话，然后别过头："我知道了，你回去吧。"

她现在靠着贵妃榻，觉得实在是有气无力。

宜宁的书房是前两天才布置出来的，放了博古架，临窗的高几上养了盆兰草。她等了罗慎远一会儿,见他还没有回来,才先自己洗漱睡了。

罗慎远回来的时候夜已经深了,屋内点着烛火,她缩在床里面睡得正香。他俯下身低头看她的眉眼,以及眉梢的红痣。他伸手放在她的侧脸上,带着温热水汽的呼吸扑在他的掌心,痒酥酥的。

宜宁则闻到了一股酒气,靠着脸的手有些粗糙的磨砺感,她就下意识地醒了:"三哥,你回来了啊……"

"嗯,你睡着吧,没事的。"罗慎远见把她吵醒了,放下了幔帐。宜宁的意识又渐渐不清楚起来。

第二日他休沐不用去衙门,宜宁去正房请安回来,就看到他在庑廊下看书。

秋风起,屋内都换了绒毯、夹棉靠垫,看着就暖洋洋的。屋外头满是落叶,负责洒扫的小丫头扫都来不及。太阳照得落叶和屋檐一片金黄,他手边放了一盘洗好的葡萄,但还没有开始吃。

"楠哥儿今日可还听话?"见她请安回来了,罗慎远抬头问她。他手里的书册翻过一页。

"吃了两块山楂糕,就被宜秀抱去大房玩了。"宜宁在他身边坐下。她看到葡萄,不知道怎么想起了那位叫莲溪的名伶。

她伸手从盘子里摘了一粒葡萄,剥掉了葡萄皮,凑到他唇边,然后扬起一丝笑容:"三哥,吃葡萄。"

罗慎远抬头看她,这小丫头今天玩儿什么呢?

奶白的手指细细的,刚剥好的葡萄晶莹剔透,看上去非常甜的样子。

他微一俯身,就从她手指间衔走了葡萄,然后继续看书:"嗯,挺甜的,继续剥。"

宜宁不想剥了,她其实只是想试一试而已。这的确是有点幼稚了,要让他知道了肯定笑她,不应该这么做的。

但是不得不承认,看到三哥吃自己喂的葡萄,宜宁心里有种异常的满足感。还有个没有试呢……宜宁看到手里刚剥好的葡萄,这个她的确做不出来。

宜宁还是把剥好的葡萄自己吃了,罗慎远又抬头看她:"你给我剥的葡萄呢?"

一副"你怎么自己吃了"的样子。

宜宁看着他的脸,秋日的阳光下浓郁长眉,挺直的鼻梁下是线条优美的嘴唇。

她突然自己就凑了上去,抱住他的脖颈,迎着他的目光在他的嘴角碰了一下。这一瞬间简直心跳如擂鼓,他呼吸的热度都能闻到,手下就是他温热的衣襟,嘴唇有股葡萄的甜香。

罗慎远自然没有推开她,捏着书的手突然收紧,反而像是愣住了。

宜宁放开他想离开,却被罗慎远按住手,然后一用力,跌在他怀里。他手里的书自然也掉了。罗慎远束缚住她的手,轻声告诉她:"宜宁,你可不要撩拨我。你现在还小,明白吗?"

"我错了,你要不要吃葡萄?"

她坐在他怀里,连忙把葡萄盘捧起来,笑了笑:"我给你剥吧?"

罗慎远放开她,让她自己坐好。方才掉落的书也捡了起来,为了惩罚她,示意道:"你继续剥葡萄。"

他继续看书，只是书里面写的一个字没有再看进去。指头摩挲着书页，脑海里总是她刚才俯下身的样子，难以心静。

转眼就过了立冬，院外的树叶掉得干干净净的。宜宁在帮着林海如算账，各房分下去了新的冬衣和腊肉，田庄里也提前送了些年货过来。

日子过得清闲，宜宁反倒是长了几斤肉，个头也抽高了一些，但长得不多，看样子她的身高最多过罗慎远的肩膀，长不出多大造化了。为此宜宁有点发愁，三天两头让厨房炖骨头汤喝，羊乳之类的也用了不少。

这不，身高不怎么长了，倒是越发前凸后翘起来。

林海如捏着宜宁的手腕细看，告诉她："你这骨架天生小，还是别折腾了，小心把原先的小胖子再吃回来。"

宜宁也实在是被这些东西给腻到了，这几天正紧着换口味。

算郭姨娘那边月例的时候，账目便有些对不上。宜宁仔细一看是多了罗轩远房中的开销，罗成章还是给他多添了两个丫头。

"你父亲对轩哥儿最是不薄。"林海如听了宜宁的话，不甚在意地说，"若没你三哥在，你父亲肯定是要全力培养他的。"

一会儿罗轩远从外院过来请安。他现在在程家的族学里读书，很少过来请安。林海如就直接问他丫头的事。

罗轩远那酷似三哥少年时的脸露出一丝笑意："母亲不用担心，那两个小丫头我已经叫他们去伺候姨娘了，我用不着。若是三哥问起，劳烦母亲帮我解释一声。"

宜宁看着他总觉得有一丝错乱，好在跟罗慎远比，罗轩远还偏清秀一些，否则就更像了。

"你用多少丫头干系也不大，只要好好读书就行。"林海如对着罗轩远也只能说出这几句实诚的话来，就让罗轩远退下了。

罗轩远恭敬地应声告退，清瘦高挑的身影很快就不见了。

宜宁看着他的背影若有所思地道："郭姨娘教导得体，我倒觉得他心性更为厉害了。"

"反正有你三哥在，他难不成能翻过天来。敢出点幺蛾子，你三哥还不弄死他……别看他年纪还不大，精着呢。"林海如是没学识，又不是真的傻。

"算了，不说这个。再过几日你可要跟我去喝喜酒了。"林海如笑嘻嘻地说，"是程家四少爷，你表兄程琅娶谢蕴。这门亲事传出来半个京城都热闹了，皇后娘娘亲自赏了嫁妆，皇上还派人给谢蕴赐了整套的凤冠霞帔。那头冠上镶嵌的海珠和宝石不计其数，我都看花了眼。跟嫁公主时候的排场也差不多了，程家的人现在走路都带风。"

宜宁记得谢蕴出嫁的排场是很大，红妆十里，浩浩荡荡。还有不到五天了，没想到会这么快。

程琅终归还是要娶谢蕴。

十五月圆，的确是个好日子。

罗宜宁备下了给程家的贺礼，她成亲的时候，程琅送了五百两银子的礼钱，故吩咐管事婆子也包了五百两银子。

罗慎远从衙门回来之后，宜宁就问他去不去参加宴席。

"我就不去了。"他整天忙得跟什么一样，就算请假休沐，公文堆在那里也不会少。

罗慎远告诉她说："要多少银子找账房支就是了，我让账房给你开个账本，不用走母亲那边过，用多少随便你。"

"你不怕我把你的银子支空了？"宜宁问他。

罗慎远顿了顿，看着她："人都在我这里，你还跑得了不成？我让你还就是了。"

"进了我口袋的钱，可不会再还你了。"宜宁说，"反正是死无对证的！"罗慎远又停顿很久，笑了笑。

"宜宁啊，我可不是让你还钱的。"说罢他整理官服衣袖，出门去了。宜宁瞧着他高大的背影，总觉得他那个笑容格外意味深长。

马车"吱呀"到了程家门口，还未下车就听到了热闹的喧哗声。程老太爷原是都察院都御史，三个儿子都在京城做官，其中最有出息的是程大爷，而孙辈里最有出息的当然是如今的都察院佥都御史程琅，今天的新郎官。

宜宁早准备好了喜庆花样的被褥、蛋米、花雕酒等物。这些是必不可少的，真正的礼是一柄赤金嵌莲子米大小海珠的祥云如意，另外封红五百两。随礼过后，宜宁等人被身着暗红比甲的管事婆子领着进了垂花门。程家跟罗家差不多大小，错落别致，到处张灯结彩。

搭棚的地方在胡同外面，免费请乡邻吃酒席，这次娶谢蕴程家的排场摆得很大，三天有进无出的流水席，花销最少也是两千两银子。后院的酒席才招待的是贵宾，林海如这次出席也带了罗宜怜。

"你父亲亲自吩咐过的，拉她出来遛遛，见见世面，好寻门亲事。"林海如低声说。被拉出来遛遛的罗宜怜并不喜欢人多的场合，神情淡淡地喝茶。

陈氏带着大小周氏，还有罗宜秀一起。自从上次宜宁劝过罗宜玉之后，陈氏对她的态度改观了些。她生辰的时候，陈氏还送了她几把玉梳、几筐秋梨。

罗宜秀有些好奇地道："这位谢二姑娘名满京城，我还没见过究竟是什么样子。"谢蕴身份太高，寻常世家女都难以与之交结。

"跟你差不多。"罗宜宁就告诉她。

罗宜秀便是兴奋，她竟然跟才女差不多："什么地方差不多？"

"都是一个鼻子两个眼睛，数量差不多。"罗宜宁继续嗑自己的瓜子。罗宜秀才反应过来被她戏弄，扑过去拧她的手。

花厅里非常热闹，瓜果络绎不绝地端上来。程家的女眷们也紧着招待客人。罗宜宁又抓了把松子糖慢慢嚼，程家几个少奶奶辈的都在伺候，程二奶奶一言一行最为出挑，八面玲珑。程大奶奶最为贵气，对人就爱理不理的。

结果两边介绍的时候才知道，这位程大奶奶的祖母原是先皇的胞姐，她是在太后膝下长大的,所以她一出生就被先皇封了"丹阳县主"。若只算身份,比谢蕴还要贵重一些。

众人才多看了几眼。难怪这么贵气,送上来的龙眼,丫头剥了,她只吃最外面的一点。进来了客人,都是先给她请安,程二奶奶才去招待的,更打眼了一些。

到傍晚接亲的队伍才回来,大家都围到外面去看。里三层外三层的都是人,敲锣打鼓,浩浩荡荡,非常热闹。拜堂礼看的人就更多,前厅被挤得满满当当。宜宁远远地看程琅,只看得他大红吉服的背影挺拔俊雅,心想不过去看也好。她回了酒席上吃菜,别人忙着看,她正好多吃点,没的人争。

刚吃了两口,那边就礼成了。程二奶奶却过来找人了:"三少奶奶,你可愿意去闹房?葛家的葛太太有事,突然就回去了,咱们这儿就缺了人。"

"一定要凑够这么多人吗?"想到要眼看到程琅和谢蕴成亲,宜宁觉得她还是别去的好。

程二奶奶就笑了:"一定要凑够十二人,大吉大利。十一人是绝对不行的。罗三太太就跟我去一趟吧,花不了多少工夫的。相熟的我都请了,现在只能靠罗三太太帮帮忙了。"

罗宜宁还在想要怎么拒绝,程二奶奶已经拉她站了起来:"再不去可就来不及了。"宜宁被她拉着就走,心情复杂。一会儿程琅看到她,还不知道要作何想!

新房安置在西园,灯火明亮。正是热闹喧嚣的时候。程二奶奶带着宜宁进去,路上都是细碎的红纸,屋内布置有红绸、喜字、喜秤等物,整套的金丝楠家具,光滑如新的楠木地板。一身大红嫁衣的谢蕴盖了绡金盖头端坐在床上,屋内的嫂嫂们与新娘子笑语欢声不断。宜宁默默站到了林海如身边。

新房非常热闹。只是怎么没看到程琅,他不是应该和谢蕴一起进来的吗?正在这时,外头有人高喊道:"新郎来了——"

众人都看向门口,随后一身大红吉服的程琅走了进来,正是如玉俊雅的翩翩公子,大红吉服的确喜庆。他嘴唇微抿,目光一扫就落到了罗宜宁身上,顿时神色有些复杂,片刻没有动作。

"新郎官该揭盖头了!"全福人笑眯眯地说。

程琅迟疑了片刻走上前,没有理会罗宜宁,从丫头递过来的托盘上拿了喜秤,挑开了谢蕴的盖头。

谢蕴一张明艳的脸露出来,凤冠霞帔,烛火深深,傍晚的夜色里有种别样动人的美。谢蕴的嘴角甚至带着一丝淡淡的笑意,也是一扫屋内,看到了罗宜宁。

那一丝的笑意就淡了。

"行合卺礼。"全福人继续说。

一对红线牵着的小酒盅送上来,大家热烈地起哄。程琅把酒杯端起来,与谢蕴双臂交缠。然后他笑了笑,谢蕴几乎被他的笑容迷惑了,程琅却抬起酒杯一饮而尽,露出干净俊雅的下颔。放下酒杯的片刻,他低垂着眼睛,周围的喧哗声都变得非常远,自从看见那人站在屋内之后他就被这种奇怪的情绪笼罩着。

五味陈杂,心火俱焚。

有的时候一个人太容易得到某些东西，对于那些他得不到的东西就变得格外执着——年少在她面前发誓的样子，登上殿前的样子，一步步长大的样子，执着而偏激的深情。

罗宜宁愣怔地看着这个孩子，她很难说清楚自己是什么感受，但是片刻就没有了，他又笑着扬手，举起了空酒杯，仍然目中无她。

有丫头端了个红漆方盘上来，上头红绸子盖着什么东西，要送过来。

罗宜宁侧身让她过去，那丫头却不知脚下绊倒了什么东西，一个踉跄手里的方盘就没有稳住，那上头的东西落到了地上，顿时一声清晰的碎裂声响起，随行的全福人连忙去捡起来，那是一尊送子玉观音，用翡翠雕成的，这么一摔玉身就有了一道明显的裂纹。

这番变故顿时让众人惊异，端东西的丫头更是吓得连忙跪地："奴婢是不小心的，也不知道什么绊到了奴婢……奴婢真的不是故意的！"

她吓得脸色都白了，她是谢蕴陪嫁过来的丫头，在小姐成亲这天出了什么事的话，打一顿都是轻的，恐怕是要被发卖了。

好在全福人是个嘴巧的，立刻笑着说："玉是逢凶化吉，这玉碎是挡了灾祸。以后两夫妻啊，才是顺顺当当、和和美美的！"

谢蕴却看向罗宜宁。方才丫头说什么东西绊了她一脚，明明地上什么都没有，旁边却只站着罗宜宁一个人。

罗宜宁曾和程琅议过亲，怕是她还惦记着程琅，所以心有不甘吧，否则又何以出现在这里闹她的新房？何以神情这么复杂？

何以她的送子观音没来由地碎了？

谢蕴淡淡开口："你方才说……什么东西绊了你一下？地面光滑可鉴，旁边只有罗三太太一人。罗三太太可看清楚，我这丫头是怎么摔的吗？"

罗宜宁笑道："未看清楚，却不知道谢二姑娘这话是什么意思？"

"我也不知道，要是没东西绊她，我这丫头怎么就摔了呢？这送子观音是我二叔从云南带回，通体莹白，寓意极好。当然我也没有怪罗三太太的意思，只是随口一问罢了。罗三太太莫要见怪。"谢蕴语气含笑。

"谢二小姐说的也是，方才的确只有罗三太太站在旁边……"有个太太突然插话道，然后被人打了一下，示意她住嘴。

"别的事自然算了。但这送子观音的意头破坏了可不好。"谢蕴又微一低头笑道，"何况我家二叔难得从云南回来一次，故这才成亲的时候特意带过来。罢了，礼继续吧，不过是一座送子观音而已，便当是碎玉消灾了。"

丫头会平白无故摔倒？罗宜宁就站在旁边，她绝不信罗宜宁没有做手脚。

当然她也是借题发挥，趁罗宜宁没反应过来就洗刷她一顿。虽然没有计较的言语，别人却都知道这两人之间有嫌隙了。看罗宜宁的眼光有些微妙，毕竟她的确靠得最近。

谢二姑娘这就是给她吃个闷亏了？好不好的她都说完了，那她这个被叫来帮忙的，什么都没做过，反倒平白受了牵连怎么办？

宜宁也笑道："既然是谢二姑娘亲人所赠之物，我自然理解。我自认没碰到那丫头一片衣角。谢二姑娘真要是怀疑，倒也不争辩究竟是如何了，你说个价格我先给，免得谢二姑娘心中堵了气，亲也成得不舒坦。"她可不是任人揉搓的面团，惹到她她可是要反咬的。什么息事宁人，别惹到她什么都好说。

她这话一说，主动权就到了她手里。

谢蕴被她这么一说才是堵气了，缓缓笑道："既然罗三太太说没有，我又怎么好与太太计较呢？自然不需要罗三太太赔了，此话见外。"

程二奶奶听到这里，才敢开口说话："罗三太太是我请来帮忙的，大家都是邻里，以后交往多的是，没得这些计较。"

程琅一直看着帷帐上的百吉纹。他刚才看得很真切，那丫头分明是自己脚滑，却说有人绊倒了她，反倒是让谢蕴怀疑起了罗宜宁。

他明明看到了，但是他一直没有说话。出于一种十分微妙的心理，他亲眼看着她被冤枉，看着她脸上每一丝细微的表情波动。他默默体会着外面的黑夜与屋内的热闹、寂静与喧哗。

这个人是罗宜宁，这可是罗宜宁。只要想到这个，他好像就能不顾一切了。程琅徐徐开口道："都别说了，此事与她无关。"

谢蕴跟程琅的接触并不多，她不了解这个人。提亲的时候那个温润如玉的程琅好像戴着面具一样，听到他说这句话，谢蕴才侧过头看他。

她的新婚丈夫白玉一般俊雅的面容，梁冠束发，俊美如神祇，以后可是她的天。无论她愿不愿意，喜不喜欢。

谢蕴还是没有再说下去了，也不能第一天就让婆家的人看笑话。虽然她并不怎么在乎婆家怎么看她，她的外家太过强大，程家也要捧着她。

婚礼这才能继续下去。

罗宜宁退了出去。果然就不该来闹什么洞房的，谢蕴刚才完全就是借题发挥。

她在一间偏房里歇息，大家都出去看礼了，这里倒是没什么人。片刻之后程琅走出来，身侧的人退到外面，他到她身边来，久久不说话，然后才开口："对不起。"

"你要是真的觉得对不起，那不如把我的礼钱还我。"宜宁见气氛凝重，跟他开玩笑说。

程琅沉默，笑着抬头："我一点也不想要，你信不信？"宜宁一怔。

程琅很难用言语来表述这种心情，他又轻轻一笑说："你要是知道我现在在想什么，你肯定更加不喜欢我了。"

罗宜宁抿了抿唇："你今夜洞房花烛，该早点去才是。"

程琅默然点头："我去应酬喝酒了，你……好好歇息吧。"他说罢快步走出了偏房，往前厅热闹之处去了。

旁边站着的珍珠才松了口气："表少爷娶亲了还跟您说这些干什么。错的又不是您……"

"你小声些。"罗宜宁让她扶自己站起来，该去找林海如回去了。程家当真是是非之地，不宜久留。

宾客声音渐渐歇了,有人走进来。谢蕴还在等他。

就算所嫁之人不是她心里所想,听到程琅的脚步声渐近,她突然还是心跳鼓动起来,手抓紧了被褥。

她感觉到了程琅的靠近,大红幔帐被挑开了。

他伸手挑起她的下巴,凝视她片刻。他的手很好看,根根修长,毫无瑕疵。谢蕴又不知道他在想什么,但是他身上传来淡淡陌生的熏香味很好闻。

谢蕴顷刻之间被压在了床上,她不知所措地望着他:"你、我还没有洗漱……"程琅又挥手把幔帐放下,阻隔了外面龙凤烛的光,屋内变得更加朦胧起来。

"你要去洗漱吗……"他的呼吸让人觉得发痒。

谢蕴睁大了眼睛,然后闭上了嘴唇。这一刻她脑海中全是空白,只能随着他动作。她自然是没有经验的,但他的手段非常高超,让她把什么都忘了。跟着他做就是了,照着他的引导一步步地来总是没有问题的。

这一刻她才明白流连花丛是什么,程琅就是个中高手。就算她毫无经验,竟然也不觉得太痛苦,反而是有种陌生的愉悦。不一会儿就退了出来,谢蕴才觉得又痛又累,程琅起身穿衣,扣好衣襟,叫丫头进来给她清洗。

谢蕴才看到他现在的样子,他现在好像要更真实一些,说:"你先洗漱睡吧,不必等我。"然后就出去了,不知道是去做什么了。

她坐在净房的黄杨木浴桶里时,才回过神来。她想到了罗慎远,现在她却成了别人的妻子。还不知道以后会怎么样,以后还要天天看到罗宜宁和他一起……她想到这里,不禁拥着自己的膝哭起来。

伺候她的翠玉吓了一大跳:"小姐,大喜的日子,您哭什么呀……"谢蕴喃喃道:"我也不知道。"

什么都错了。如果是罗宜宁嫁给程琅,她嫁给罗慎远该多好。罗宜宁得到她想要的,她得到自己想要的,又怎么会针对她?

宜宁躺在床上久久睡不着,她甚至不知道自己为什么睡不着。只是睁着眼看承尘上的花纹,没有丝毫睡意。

罗慎远解开朝服的襟口,换了单衣过来:"怎么还不睡。今日喜宴好玩吗,我听说你去闹新房了?"

以他的控制欲,她身边肯定有哪个丫头跟他暗中回话,应该只是个二三等丫头。他知道宜宁的忌讳,一等丫头是绝不会用来做耳目的。否则他怎么会对她的事情这么了解?宜宁突然想到了松枝,不过他也是关心她,类似的管束她就不想计较了。

罗慎远在她身边躺下,背斜靠着引枕。今日是程琅成亲,她还亲眼去看了。回来竟然就睡不着了?他打开自己的书,淡淡道:"不跟我说话,嗯?"

"不是……"她怎么敢不跟他说话。

看罗慎远好像有点不高兴的样子,宜宁叹了口气,"只是看到程琅表哥娶亲,心里有些触动——他竟然娶了谢蕴。"

屋内沉寂片刻，罗慎远放下手中讲水经的书："你想嫁给他？""没有的事……"宜宁奇怪，他这是说到哪儿去了？

"那还能有什么触动。"罗慎远又把书拿起来，"以后少去些程家，在家里做做女工刺绣吧。快入冬了，给我做双冬天穿的鞋袜。"

宜宁奇道："前几日你不是说要件斗篷？"她光用什么花样就选了半天，然后又是布料、绸缎、灰鼠皮、狐皮，昨天才琢磨定下来。

她侧身拉住他的胳膊问："你的斗篷不要啦？我刚选了灰鼠皮面料，内衬用潞绸，潞绸穿着舒服。你要是不要了，我就给你做双鞋袜？"

"都要，你慢慢做。"罗慎远身子一僵，这小丫头在尝试努力长高的过程中，个头没见得长多少，胸部倒是丰腴许多。目光只是一垂，就能看到峰峦弧度，温软如玉的肌肤。他拉着她细细的手腕，触感柔得像棉团一般。

若是覆在掌中，不知是何滋味。

罗慎远握着书的手越发紧绷。跟她分了被褥睡就是最正确的，不然软玉温香在怀，他自制力再好，也怕是艰难。

寻常男子哪有这般的，自己的妻子碰也不能碰一下。谁叫这个既是妻子，又是年幼的妹妹，只能等她长大些。

好在宜宁很快就放开了他，躺在绣百鸟朝凤纹的被褥上问他："三哥，我还从未见过你办公的地方是什么样的。听说在皇城内，六部衙门里头大吗？"

"六部衙门在中直门后的千步廊中，一侧是文官办公，一侧是武官办公。皇城之内倒也不大，工部上下一百多人，占了千步廊不少地方，倒也不小。"罗慎远说，"你想去看看？"

衙门里全是男子，她一个女流之辈如何方便？

"算了，我如何能去？"想到那日他跟莲溪大家喝酒下棋的事，她过了会儿又问，"你平日应酬多吗？"

"朝事繁忙，偶尔跟几位尚书侍郎出去，多半就是谈在衙门里不好谈的事情。也不常出去。"他又解释说。至于去什么地方，还是别告诉她了。

宜宁才闭上眼："嗯，那你少喝些酒……"

谈着谈着她竟然就有了困意，自动朝他身侧拱一些，终于要睡了。她搁在枕边的手指都根根细白，晶莹卵圆的指甲透着淡淡的粉色。他拿起来，摊在手里像个小动物的爪子。他看了会儿才放进被褥里，免得她冷着了。

身边拱个球起来，他就有种安心的感觉。

罗慎远想到今日朝堂之上，陆嘉学上禀说已经成功抓获曾应坤一事。

他和罗宜宁成亲的时候，陆嘉学用人头引曾应坤的亲兵出来，这就是活生生的人证。后罗列了曾应坤的八条罪证，在大同将曾应坤一举抓捕，如今正在押送进京的途中。

上次魏凌问他此事，绝不是这么简单，恐怕有人透露给他。

应该是陆嘉学知道了此事，只是不知道他会不会利用。陆嘉学对他的态度亦敌亦友，似乎既有拉拢他之意，又好像对他不甚在意。

罗慎远慢慢思索着，已经将每个可能导致的结果都过了一遍。

几日之后，宜宁才大概把斗篷做好，还没有嵌毛边。罗宜秀拎了几盒桃片糕来看她，跟她道："我明日就走了。"

"这么快，五姐夫来找你了？"宜宁把她喜欢的桃酥推到罗宜秀面前，让她多吃些。

"没有。"罗宜秀悻悻地说，"他没来找我，不过我又不是没长脚，自己能走回去。"

罗宜秀和罗宜玉虽然性子不同，但脾气一样很倔。她这怒气冲冲地回娘家，灰头土脸地回去，也太委屈了。

"大伯母就没有说什么？由着他纳妾？"

罗宜秀摇头："我娘能说什么，我家的两个姨娘都是她的贴身丫头抬起来的。我娘说芸娘还是听话的，纳妾就纳妾了，以后芸娘生的孩子记到我名下，我是主母，芸娘是我的贴身丫头，她还敢造次不成？让我宽和一些，他反而会更心疼我。这般僵持不下是我理亏。"

"也是如此。"宜宁只能叹口气说，"不能管他纳妾，那你只管中馈，他自然会敬重你。你头先不是学看账本了吗？回去到朱老太太面前恭敬伺候，把府中这些事接过来。"

罗宜秀把她说的都记了下来，七妹妹的脑子可比她的脑子好使。

"你三哥身边，原来是不是有伺候的？"罗宜秀突然想起什么，凑近一些跟她说，"我看你得小心那些丫头，她们到年纪就要拉出去配小厮了。若是爬了你三哥的床当了姨娘，就是一步登天啊。我记得那几个姿色都不差，特别是那个叫扶姜的。我跟你说，不圆房可不行，听得什么及笄不及笄的，不如你晚上就爬他身上去……"

宜宁给她嘴里塞了块糕点："好好吃你的吧！"

罗宜秀灌了杯茶继续说："不过你别担心我，你五姐夫平日对我挺好的。纳妾就纳妾吧，他也挺喜欢芸娘的。"

她倒是还看得开，这样不错。林海如不也高高兴兴的，还有了楠哥儿？

罗宜秀过来还是请她去德银胡同的聚德庄吃茶看戏："程家的几个嫂嫂都过去了，十分热闹，我母亲说要带着两个嫂嫂去，你也一起去吧！"

催促宜宁收起正在做的斗篷，跟她一起去德银胡同。

宜宁是听过聚德庄茶社的，听说有几种天下名茶，有些外面轻易品尝不到。她虽然不爱戏，却极为爱茶，何况参与世家社交总是好的。一时也有些动心，就是她除了做斗篷，还有两双冬袜的任务，毕竟马上就要入冬了。

罗宜秀却非要她出门走走："你这懒骨头与小时候一般没变！非成天窝在家里，我看你都要生霉了。"拉着她去辞别了林海如，一起去了聚德庄茶社。

到了那聚德庄茶社里，里头当真摆得是流觞曲水，雅致非常。二楼的雅间里，还有貌美婢女当众煮茶。有好些夫人太太在里头品茗。

程家几个嫂嫂果然在，程大奶奶是丹阳县主，不爱说话，只顾着喝茶。宜宁仔细观察，这谢蕴似乎与这程大奶奶不对盘，面色一直不善。

端上来的戏碟子，丫头递给两人先点戏，两人推诿一番谁也不先点，一时冷场。

程二奶奶则尴尬地在其中和稀泥，程大奶奶和谢蕴她两个都得罪不起，只能两边都讨好。这两位都是地位尊贵极了的，相处起来自然是你看不惯我我看不惯你。大鬼打架小鬼遭殃，遭殃的可不就是她这个和事佬了吗？

这两人天生气场不对，程大奶奶嫌弃谢蕴仗着个区区皇后外甥女的身份拿腔作势，谢蕴嫌弃程大奶奶没几分墨水敢说自己饱读诗书——她读了这么多年都不敢说饱读！

总之，谢蕴这两天都在掐她这位大嫂嫂，她聪明绝顶，程大奶奶也不是吃干饭的，在娘家就掐得众姐妹见着她就躲了，这是成名了的。谢蕴毕竟差几分火候，掐不过程大奶奶，脸若冰霜，看到罗宜宁过来也没怎么分散注意力。

程大奶奶也不怎么搭理罗宜宁，就是听说宜宁是英国公府小姐的时候，多看了她一眼，难得地问："我记得英国公府的小姐是陆都督陆大人的义女吧？"

罗宜宁有些惊讶，这位县主怎么知道的？毕竟她这个义女身份并不怎么公开。

程大奶奶就说："我小的时候跟着皇后……也就是如今的太后娘娘住。有年秋天围猎时被马冲撞过，是都督大人出手相救，故我叫都督大人一声四叔，还是太后娘娘与我说过。"

程大奶奶年纪二十五六，倒也年轻，立刻招手叫丫头："给罗三太太换汉阳雾茶来，这怎么能用六安瓜片？"

宜宁没想到竟还得了程大奶奶的优待，笑着谢了她。

程大奶奶还算和善地说："既然是陆大人的义女，便不用见外了。"

谢蕴看到更是气得心肝儿肺都不舒服。这程大奶奶专门同她过不去，简直天生八字犯冲。家里吃早饭也是，去给程老太爷请安时一起吃饭，谢蕴喜欢粥她偏要面，谢蕴说拍黄瓜好吃她偏说今天的黄瓜不新鲜，谢蕴觉得聚德庄不过附庸风雅的无聊，程大奶奶却把大家都拉过来了。

谢蕴含蓄一笑，起身说要出去走走，先开了房门，丫头簇拥着出去了。

宜宁见戏唱起来了，也不想久留，跟着出了房门准备仔细看看这酒楼的布置。方才只是匆匆瞥了一眼，这里布置精妙，她想好好看看。

宜宁带了珍珠几人出来，正走在回廊上，欣赏这聚德庄酒楼的陈设。就听到窸窣的说话声传来，她循声侧头，才发现旁侧花厅边，一个衣着贵气的男人在和谢蕴说话。

谢蕴不怎么搭理他，那男子却对她死缠烂打，又继续说什么。谢蕴不耐烦想走，那男子想抓她的手，却被她一把推开了："你烦不烦？我已经成亲了。"

跟着谢蕴的丫头上前拦住此人，谢蕴才得脱身。

宜宁身边的珍珠就道："太太，这位是徐国公家的嫡子徐永。听说是对谢蕴姑娘一见钟情，时常痴缠人家。徐国公家宠爱嫡子，也没人拿他有办法……"

宜宁称奇，这位嫡子最小的姑姑不是要嫁给父亲了吗？没想到还有这出。谢蕴都成亲了，他竟然还纠缠，简直就是个十足的登徒子。

正说着，谢蕴已经朝宜宁的方向走过来，徐国公的嫡子徐永长得倒也不错，一身华贵，步步紧跟着。

谢蕴看到宜宁就不喜，面上却还是要对她一笑点头，收了笑容就冷冷地走了。宜宁见也没有什么好戏看了，对她礼节性地微一点头，径直朝后面走去。

徐永看到宜宁朝后院走，面容也没看清楚究竟是什么样子，就拉了谢蕴的一个丫头问："那人是谁？怎的谢姑娘一副不想见她的样子。"

"便是她惹得我们小姐心烦的。"丫头低声说，"不然小姐怎么会对公子如此不耐，奴婢该走了。"

那徐永是家中嫡子，老太太宠爱得很，一贯无法无天。听说有人惹得美人不高兴了，顿时就皱眉，对那丫头笑笑："既是她惹得谢姑娘不高兴，那便帮谢姑娘一回。你回头跟谢姑娘说一声，记我一功。"说罢就摇着折扇跟着朝后院去了。

另一个丫头对那说话的丫头说："你好大胆子，这徐永可是个棒槌！谁知道他会做出什么事来？罗三太太家里也是有权有势，父亲是英国公，丈夫又是工部侍郎罗大人。要是出了事怪到咱们小姐头上，我看你怎么办？"

说话那丫头不以为然："能有什么事，我看还有丫头跟着呢。"两人说着就走远了。

【第二卷·完】

首辅养成手册

下

闻檀 著

江苏凤凰文艺出版社

第三卷

风波定

## 第三十三章 身份暴露

后院便是专供听戏的小姐太太歇息的，从月门进去这里景致更好，池子边全是垂柳，漏窗外还种着忍冬花架。微风吹过，万千的丝绦拂动。因此庑廊下许多女眷在这里休憩，唱戏的声音隐隐约约的。宜宁坐下后，丫头端来一盘剥开的石榴递给她，粒粒深红晶莹如玛瑙，非常漂亮。宜宁吩咐玳瑁道："去跟这儿的掌柜说一声，石榴我们买一些。"

给三哥他们也带回去尝尝，的确非常清甜可口。

庑廊里的女眷们彼此就算不认识，但也相互微笑点头。宜宁不常在人前露面，许多人不识得她。只见是个漂亮少女，穿的料子是缂丝，才十四五岁就梳了妇人发髻，她们猜测该是哪家达官贵人养的外室吧，倒也不戒备。

徐永摇着折扇走近了，就看到那位太太靠着游廊的柱子，他原本以为是个普通妇人，准备戏弄一番让她出个丑就好。没想走近了一看却愣住了，这分明是个娇弱的小姑娘，细白的手一颗颗拿起石榴往嘴里放，指尖被嘴唇微微一含，那嘴唇也如花瓣般柔和。

她好像听到了声音，回头看了徐永一眼。

徐永心里暗自赞叹，这小姑娘姿色不一般，要是说谢蕴是画里头的高山流水，可远观不可亵玩，这位就是春日枝头的杏花，柔嫩得让人想捧手里慢慢把玩，叫人看得心里发痒。但他心里对谢蕴姑娘是执着而不悔的，别的乱花就不能入眼了。

徐永心里打定了主意，走上前笑眯眯道："这位太太竟然在这里，叫我好找。"

宜宁刚看到徐永还是他跟谢蕴说话的时候，两人见也没见过。他突然就一副熟稔的口吻，不知道这人莫名其妙个什么劲儿。

"我不认得公子，想必是你认错了。"宜宁对他就没什么好感，转头淡淡道。

徐永见状，眉头皱起，语气就变了："太太，刚才在戏楼下面遇到，你非说和我有缘，要借我的玉佩一看。我瞧你长得单纯可怜才借了玉佩给你，怎的转脸就不认识我了？你不认识我倒也罢了，我的玉佩可否还我？那可是块极好的墨玉，若是寻常玩意儿，我送给姑娘也无妨了。但那玉可是我大奶奶留下来的遗物，实在不能送给姑娘。"

他的声音不算小，周围的太太小姐顿时就被吸引过来了，看宜宁的目光顿时充满打量怀疑。

徐永混迹于京城，是个相当出名的人，何况又是徐国公的嫡子，家世显赫。聚德庄这等女眷常出入的地方他也来去自如，那是他跟聚德庄老板交情颇深的缘故，在场的太太小姐们多半认得他。

徐永虽然有些浑，但是人家家境富裕，也不会拿块玉佩讹人，说的多半是真。这小姑娘看上去也不像是普通人家出来的，难不成还真是个骗人财物的？

宜宁眉头一皱，这个徐永简直莫名其妙！她跟他无冤无仇，这唱哪出戏呢？这位既然痴缠谢蕴，难不成是听了谁的话，因此来给她难堪的？

她拦住了想说话的珍珠，沉吟道："公子既然说我拿了你的玉佩，那我问你，可有人看到可以做证？"

"我的家仆可都是看到了的。"徐永听她说话的声音清亮柔软，面上笑道，"太太可别狡辩，我那玉佩是麒麟纹的，一侧刻了我的小字，知道我的人都晓得我有这么块玉佩。太太有没有拿过我的玉佩，随我去旁侧厢房让丫头查看便知。"

"家仆算得什么。"宜宁笑了笑道，"要是公子拿家仆说话，我的家仆也能做证，公子未曾给过我什么玉佩。"

后头有个太太就道："这位姑娘，你面前这是徐国公家的公子。我看你不如随他去看看，若是没拿，那自然算了；若是拿了，还是得还给人家才是。"

"是啊，你小小年纪莫要说谎。要是拿了人家的，还出来就是了。"周围传来细细议论的声音，多半是偏向徐永的。

珍珠暗对宜宁道："小姐，不如告诉他我们是英国公府的，免得他再纠缠。"

宜宁本不愿意搬英国公府的名号出来，虽然能立刻压住场子，但是这里人多口杂。听到她是英国公府出来的，又见着跟徐永纠缠不清，还不知道要怎么传出去。"此处人多，还是不要说了。"宜宁低声对珍珠道。

徐永心里暗动，笑着伸手："太太莫要紧张，同我这边请，自有丫头给你查看。你要是真的没拿，我自然不会跟太太计较。"

旁侧已经站了个丫头屈身道："太太请往这边来。"

宜宁这次出来带了青渠，正在旁边剥石榴，一个青渠顶三个护院，倒也不怕。而且旁边的偏院里，沈练等人正在那儿休息。

周围议论声已经鼎沸，她站起身笑道："那便走吧。"

酒楼的二楼上，陆嘉学正在与兵部尚书喝茶。兵部尚书往外看了一眼，笑道："徐国公家那个嫡子在下面。"

陆嘉学是来跟兵部尚书议事的，门外现在是重兵把守，二楼唯有两人喝茶，大佬们都是很惜命的。他"嗯"了声说："怎么的？"

"我看他似乎在纠缠一个小姑娘，那小姑娘该是嫁人了的。"兵部尚书笑着摇着酒杯说，

"你不知道，这个徐永是个棒槌。他荒唐事做过不少，有次调戏右春坊谕德的闺女，叫人家谕德打了一顿。回到家里徐国公也打他，被他们家老太太护着。徐国公又气又急下不得手。"

兵部尚书说得这么有趣，陆嘉学难免要侧过头看一眼。一看就发现他正在纠缠的人眼熟，这不是他那义女宜宁吗……

他笑了一声说："他这次惹事了，下头那个是魏凌的女儿。"

"英国公？"兵部尚书也想起来了，"我记得英国公的女儿刚成亲，嫁给了徐渭的爱徒罗慎远吧。"

"所以我说他这次惹事了。"陆嘉学放下茶杯，态度有些散漫。

兵部尚书迟疑地看了他一眼："那你不管管？我看这小子头脑一热，指不定还要做出什么事来。这姑娘是嫁了人的，若是名声被毁……"

陆嘉学淡淡道："管是要管的。"他微微抬手，立刻有人走上来，抱拳等着他吩咐。"带几个人下去跟着。"陆嘉学看了罗宜宁和徐永一眼。

亲信立刻带着几个神机营的人下楼了，陆嘉学则继续和兵部尚书喝茶。

徐永引着宜宁刚出后院，慢慢走到了宜宁身侧："不知姑娘是哪家的？我以前似乎没见过。"

宜宁瞥了他一眼："徐公子，我已嫁人，你还是称我为太太的好，否则太过唐突了。"徐永就道："我见姑娘不过十四五岁，称太太才是无理。旁的酒楼的阁楼上有处雅间很僻静，景色也极好。不如我请姑娘吃些菜，要点什么都可以，再送姑娘些礼。""你不要你的玉佩了？"

徐永开了折扇一摇，做了个登徒子的样子，笑道："若是姑娘陪在下吃了饭，玉佩自当送给姑娘。"

他摊开手，那块墨玉就在他的手心里，玉质极好，的确是块好玉："姑娘嫁的是哪个人家，跟我说说。我喜欢姑娘得紧，姑娘要是愿意跟着我，必定是荣华富贵享用不尽。比你原来的夫家强许多。"

宜宁心里冷笑，前头还痴恋谢蕴，转头就说喜欢她？恐怕就是来讹她出丑的罢了，哪有什么喜不喜欢的。就算喜欢，如此放浪形骸的人，也该叫他姑姑好生抽打！她笑道："徐公子还挺自信。我对玉无意，对你也无意。既然徐公子的玉没有丢，那我就不奉陪了。"她说罢转身就要走，徐永没想到她竟不上当，随后打了个响指，他的护卫就拥进院子里。

他又上前了一步："姑娘莫走，我这儿话还没有说完……"他伸手就要去抓宜宁的手，宜宁反手就打了他一巴掌，本来心情就不太好，凑上来一个让她发气的。

徐永只觉得她巴掌软绵绵的，打在身上一点都不痛，反而立刻就抓住了她的手。丫头见状惊呼上来拉，却被几个护卫围住。

宜宁挣脱不得，微怒地看着他。上次沈玉的时候宜宁病着，没精神，这次她却是生气了，见徐永更是个油盐不进的，心里发狠，干脆抬腿就踢了他一脚。徐永被她踢到小腿一阵锐痛，脸色顿时就变了，捏得更紧："你性子倒是野了，还敢踢人！"

宜宁冷笑，突然走了几步逼近他。徐永一愣，反倒是被她逼得退了几步。

"不光踢你,还得踹你。"宜宁说完,又踹了他一脚。这次她可一点没保留力道。徐永不察顿时就往后退,随即栽进了池子里,溅得到处都是水。

徐永这次是真的生气了,浑身都是水,没耐心跟宜宁耗了,沉着脸道:"把她给我按住!"

几个护卫立刻要动手,青渠先挡住。刚才就叫了小丫头去通风报信,此刻沈练等人正在暗中等候,一见这阵仗就立刻拥了上来,将罗宜宁团团护住。

徐永原只以为是个寻常人家的太太,看这阵仗根本不是!

那些护卫身材高大,一看便是练家子,寻常人家根本就养不起。这个妇人也绝非一般的身份,更不可能是别人养的外室,怎么可能有这样的外室!

宜宁慢慢用手帕擦手上的水,看着徐永道:"徐公子,我家夫君虽然不是勋爵之家出身,却也不好对付。刚才你诬陷我拿你的玉佩,我本是有意说清楚,谁想你胡搅蛮缠,落得这么个狼狈的下场。我倒想问你,你一块墨玉玉佩能值多少银子?"

徐永脸色非常不好看,怕这次是踢到铁板了。想为美人出头,反倒是惹了一身骚。不过他惯是混混,右春坊谕德的闺女都敢调戏,还有什么不敢的。只是此时对方人多势众,他反而处于弱势了。

他随之又笑道:"太太误会,那墨玉玉佩着实不见了,我才着急的。"他一摊并手,那玉佩的确又不在他的手心里了,"你瞧瞧太太,你还未把玉佩还给我呢!"

反正他只推说玉佩不见了,这姑娘能拿他如何!几个丫头闻言也无言,这人怎么如此浑!

突然一个声音在背后响起:"我也想问问,你一块玉佩值多少银子?"

宜宁转过身,看到一身常服的陆嘉学带着人站在门口。可能是站了好一会儿,这才缓步走进来。他的亲兵拥进来,把这些护卫团团围住。在战场磨炼的兵气势完全不一样,十分肃杀。

徐永已经被护卫扶了上来,一看到来人是陆嘉学,非常惊讶:"阁下是陆都督……陆大人?"

"正是。"陆嘉学在院子的石凳上坐下来,往后靠着石桌。他这个人,无论什么样都有种龙虎之气,非常霸道。徐永被风一吹顿觉得浑身发凉,看陆嘉学那放松的姿态,他这次恐怕是真的惹了麻烦了。陆嘉学随之一笑:"值多少银子,我赔给你,你要不要?"

陆嘉学怎么突然出来了!

宜宁可还记得上次看到他的时候,装在她嫁妆盒子里流血的人头。

陆嘉学本来也不想下来的,不过想到魏凌真心疼爱这个女儿,也不好太放任不管。刚才站在外头没有立刻进来,还听他们说了会儿话。她倒是有趣,还把人家给踹下池塘了。性子里总有些张牙舞爪的地方,再怎么温顺也藏不住。

那个人也是如此的。陆嘉学不想去卫所里当闲差,就在她的屋子里躺着不起欺负她,她想着三从四德,忍着怒气对他笑。

结果他睡着的时候,脸上被她用墨画了三根猫胡须。他醒来时发现去找她算账,那人就一脸乖顺地装糊涂,他就把她往怀里拧,凑在她脸上亲,把墨涂到她白净的小脸上去,胡茬磨得她脸疼。

她一会儿就求饶喊不舒服，陆嘉学欺负够了，又把她的脸捧在手里，用指头给她细细地擦。

徐永脸色发白，再回头看宜宁，她一脸冷然地看着自己。

徐永只觉得无比狼狈，忙抱拳道："都督大人，我着实不知这位太太跟您有关系……我给这位太太道歉，还望大人莫要计较。"

"道歉就不必了。"陆嘉学手里摩挲着扳指道，"你就打自己两个巴掌吧。"

徐永脸色更难看，但想到惹了陆嘉学的后果，只恨自己为什么要强出头。他是浑，但也知道谁该惹谁不该惹。这位究竟是谁，怎么会让陆嘉学站出来为她说话？他狠了狠心，立刻"咣咣"扇了自己两巴掌，无比响亮："谢过大人教诲。"

徐永随后向他告退，陆嘉学没有说话。徐永站在原地非常僵硬，但是陆嘉学没让他走他是绝对不敢走的。直到徐永额头开始冒冷汗，陆嘉学才挥手让他离开。

人走之后院子里一时寂静，宜宁心道谁要他来出头了，她带了这么多人，既然讲道理讲不通，打也要把那小子打残了。这反倒还要感谢他了？

她只能走到他面前，向他屈身道谢："今日之事还要谢义父替我说话，无以为报，只有铭记于心。想必义父朝务繁忙，我就不打扰义父了。"

她刚走到门口，陆嘉学就道："站住，我让你走了？""义父还有何事？"

一刻钟之后，宜宁坐在屋子里，给陆嘉学剥石榴。

拿刀切开缝，再一小瓣一小瓣地掰开，用特制的银钎子一粒粒地挑出来。陆嘉学在和兵部尚书下棋，屋子里一片安静，唯有竹尖滴漏在响。

陆嘉学倒也没有别的意思，只觉得这小丫头太不把他放在眼里了。怎么说他也算是在她成亲的时候救过她，虽然人头是他亲自送来的。刚才救她她也没见得多感激，干脆提拎进来带他剥石榴，以示惩戒。

宜宁在一旁看他下棋，他的水平真烂。亏得兵部尚书已经让了他五子，他还下不过人家。但是观棋不语，她也不想去指点陆嘉学，当然也不敢。估计他旁边站的两个门客也是不敢，输赢不过是都督随意，指点了谁知道都督高不高兴。

人有所长有所不长，陆嘉学行兵布阵是天才，但除了字写得好看点，琴棋画对他来说都是胡扯。

兵部尚书估计不敢太下陆嘉学的面子，又让了两子，还是赢了陆嘉学。

"文人玩意儿。"陆嘉学把棋子扔进棋盅里，端茶来喝。

兵部尚书就笑道："你义女可是状元郎的妻子，水平应该也不差，不如让她来替你试试？"兵部尚书一个胡子大把的老头了，倒没有什么男女之防的。

陆嘉学看了宜宁一眼，宜宁就径直在兵部尚书对面坐下了，笑道："那请傅大人先走。"剥石榴剥得她手酸，正好休息。

傅大人"哈哈"一笑，挺喜欢她的直爽，就开始先走子了。

陆嘉学眉头微挑，也没说什么坐在旁边看她下棋。

这时候房门被敲响了，门口有人说话。宜宁这儿正下棋，那边就有人进来了："说是英国公府小姐的丫头。"

陆嘉学让她进来了。

是宜宁身边一个二等丫头芙红，罗慎远拨给宜宁使唤的。她走进来在宜宁耳边低声道："太太，和您在祥云社说过话的那位陆夫人，听说您在这儿喝茶，派人过来说想请您一叙……"

宜宁手里的棋子"啪"的一声落在棋盘上。

"这事一会儿再说。"陆嘉学就在旁边，宜宁生怕露出什么端倪，表情平淡，"没见我在下棋？"

芙红立刻应声，退到门外。

其他几人似乎也没听到她的丫头说话。宜宁侧头看了陆嘉学一眼，他似乎也没有听到，端着茶杯的手非常平稳。

她这才吐了口气，心道：怎么谢敏也在这儿！倒是巧了，平日一个个碰不上，现在一碰上就是扎堆碰上。

傅大人边下边幽幽说："侯爷，今日下棋就罢了。不如下次你随我们几个去永乐坊玩几把，你这修身养性的实在不好……"

永乐坊是个赌坊，许多达官贵人都喜欢那里，也玩得很大。宜宁记得很多年前，陆嘉学就常和那些公子哥晚上偷偷去玩，他手气好经常赢，回来再给她买一些零嘴。

"有空再说吧。"陆嘉学的声音却突然有点轻。

"魏姑娘听听，你义父何其吝啬，这是怕输银子吧。"傅大人笑眯眯地同宜宁说话。

"义父善于赌牌，应该不是怕输银子。"宜宁也是一笑，"是怕赢了傅大人的银子，傅大人便不同他玩了吧。"

她话音刚落，就发现陆嘉学喝茶的动作突然停了下来，然后手里的茶杯慢慢捏紧。

而傅大人和其他几个门客，看着宜宁的目光也有点古怪，气氛顿时有些冷凝。

宜宁不明白自己说错什么了，仔细想想难道是玩笑开得不对？她正要开口的时候，陆嘉学的一个门客突然问她："魏小姐，我们家大人从不曾赌钱，您怎么知道他擅长赌牌的？"

宜宁有点怔住了，他明明就会赌牌啊，而且玩得很好。难道大家都不知道？

"侯爷，你会赌牌啊。怎么以前没跟我说过？"傅大人笑笑问陆嘉学。

宜宁听到这里浑身僵硬，身上就一阵阵地发热，掌心开始冒汗。她是不是又说错话了？难道他从那之后就不曾赌钱，以至于没人知道？

不对啊，就算他那个时候起就不再赌，怎么到门客嘴里就变成从不曾赌钱了？

"我不会赌牌，只是当年不得不说谎而已。"陆嘉学突然笑了，声音很平静，非常平静，以至于有一丝风暴来临之前海面的波澜平静之感。

"想来觉得我会赌牌的，天底下就那一个人了。"语气又轻又慢，却掷地有声。

宜宁心跳如擂鼓，她立刻撞开椅子，转身就跑！

她的手剧烈地发抖,有种预感,她要是不走恐怕就走不了了!

茶杯终于被捏碎,碎瓷声响了一地。她才跨出门就被一只铁钳般的大掌捏住,然后就是铜墙铁壁般的气场袭来,他的声音阴沉得要滴血:"罗宜宁,你想去哪儿?"

屋内顿时如死静,没人知道发生了什么。

宜宁面色说不出地惨白,一种无可比拟的恐惧支配了她。她拧动着手挣扎着,想逃开陆嘉学的桎梏:"你放开我,你要干什么?"

陆嘉学知道了……他知道了会如何!还会再杀了她吗?刚才就根本不该跑,她这么一跑,陆嘉学就是不怀疑也要怀疑。只怪她刚才被扰乱了心神,一时间分不清该怎么办了,完全是本能反应。

现在该怎么办?

说刚才就是个意外?陆嘉学恐怕再蠢也不会信吧,何况他一向是绝顶聪明的。

陆嘉学抓着她一把按在门上,手劲儿没有半点松懈,头也不回道:"傅大人,恐怕今日不能作陪了。你们先出去,我有话要跟我这义女好生说说。"

兵部尚书动了动嘴唇想说什么,看到陆嘉学仍然带着微笑的脸,心里怪道这是怎么了,刚才这义女不是还好好地下着棋吗?他声音发紧,勉强笑了笑:"那侯爷先忙着……咱们,改日再聊。"

屋内还剩下两个门客,面面相觑。陆嘉学突然就暴怒:"都给我滚出去!"

那两个门客被他从未有过的暴怒吓得发抖,连忙应声退出去。陆嘉学则一把扯过罗宜宁进门,门"哐"的一声就被锁上了。

前所未有的危机感让宜宁的心狂跳不止,她迅速思量着,无奈手发抖,精神高度紧张,脑海里竟是一片空白。

陆嘉学松动手腕,然后按住了她的手把她逼在罗汉床上,俯身下来说:"你刚才跑什么?心虚了,还是害怕?"

陆嘉学的语气非常沉,他的脸近在咫尺,英俊深邃,都是岁月的刀凿斧刻。她都非常熟悉和陌生。

"都督大人说什么我不明白。"宜宁现在只能装傻,她不承认,难道陆嘉学还能怎么办?鬼怪之事太过荒谬,陆嘉学是从来不信的!

但是刚才实在是太明显,除非他愚蠢至极,否则怎么会没有丝毫怀疑。陆嘉学从来都不愚蠢!就算是他年轻的时候,玩世不恭也只是他的外表,他是个心性相当厉害的人。

陆嘉学又笑了,他的笑声很低沉,甚至有些压抑。但是随后他就一把掐住宜宁的下巴,一用力就把她压在了床上:"你不明白?《霸王卸甲》、青山忠骨。刚才你的丫头说,你跟一位陆夫人说过话,你以为我没有听到?你装什么傻?当年我在外谋事,骗你我去赌钱。你那时候单纯得很,一直信我的话,没想到竟然信到现在。罗宜宁,你还敢说你不明白!"

宜宁闭上了眼睛。

是啊,就是她傻!当年他根本就不是去赌钱,不过是在外谋事,诓她而已。

"我什么都不知道，我说你会赌钱只是猜测而已。"宜宁说，"都督大人，我已经嫁人了，这般男女授受不亲，我又是你的义女。你是要传出去让我身败名裂吗！"

她拧动手腕想从他身下逃开。

"你不承认？我有的是办法让你慢慢承认！"陆嘉学的嘴唇几乎就贴着她细嫩的脸，"咱们之间……还分什么生不生分？你跟我上床，我对你了如指掌，立刻就知道了。"

"你滚蛋！"宜宁怒得想打他，"我是你义女，已经嫁人了。你在想什么我不知道！你认错人了！"

"放你绝无可能。"陆嘉学冷漠地道，起身也抓着她。如果她真的是她，他亲手把人送到别人手上，还出嫁妆。他对她做的那些轻视的事，一桩桩一件件，因为不知道这就是她……实在是太可笑了！如果真的是她，如果是她……这种隐隐的愤怒让他想毁了一切。

现在他心里的笃定已经是七八分了，只是内心死灰复燃的狂热和绝望不停地交织，不能完全确定，怕这还是幻觉而已。怕还是空欢喜一场，最后就是一场空！

外面突然有杂乱的脚步声响起。

宜宁隐隐听到是青渠的声音："我们太太呢？老夫人找她回去……"珍珠去找青渠来了！

宜宁绝望地感受到武将绝非徐永这等人能比，他的手劲儿根本就无法挣脱。她低头就是狠狠一口，这手硬如铜铁。他却低头嘲笑般说："你是不是蠢？还咬得动我？我就让你咬！总之你别想再走，你就算不是也得跟在我身边。告诉我你是不是！"他的声音越来越严厉！

他还压着她，宜宁反手却摸到罗汉床上的一个东西……是她用来挑石榴籽的银钎子！

她举起来趁他不备就朝他的脸刺去，陆嘉学下意识地往旁侧一闪，手下就是一松。她趁机撒手就翻身下床。这一瞬间思绪已经转过千万，逃出门外是根本来不及的，外面还守着他的人。但是窗户可以，这是二楼，而且楼下全是石榴树，她跳下去也就是轻微擦伤，最多就是扭伤脚踝。

要不要跳？他已经又下床来抓她了，实在是没有时间了！宜宁越来越焦急。宜宁已经没有过多考虑，她不能留在这里。

原来她刚死的时候，非常想知道陆嘉学为什么杀她，甚至想过当面质问他。但是这么多年，看着他对自己的牌位的冷漠，以及从不曾提起过自己，她心里的恨意和爱意早就淡化了，她只想离他远远的，一辈子不和这个人接触。

谁知道她今天露出点端倪来，陆嘉学就像个疯子一样，谁知道他究竟要做什么！杀了她？还是关着她让她一辈子不见天日，这样他的过去就没有人知道了！

陆嘉学好像已经察觉到了她的意图，几步上前要擒住她。但是宜宁已经打开窗跳了下去，下面竟然有珍珠守着！似乎早已经猜到她会跳窗，扶起她就走。沈练等护卫，立刻簇拥过来，拔出了刀。

陆嘉学手撑窗栏纵身一跃，翻身就到了楼下。但沈练等人已经簇拥着她出了院子，动作非常快。

而他打仗时左腿曾经受伤，如今突然用力过猛似乎旧伤突犯，疼痛剧烈，根本不能追上去。陆嘉学扶着树干强撑，厉声道："你要是不想连累旁的人，就给我回来！"他的亲兵很快下楼来扶着他，人已经不见了。陆嘉学闭上眼，缓缓地吐了口气。

他睁开眼，语气阴沉冷漠："把陆大夫人给我叫过来，我有话问她。"今天发现端倪了，他一定要找出来！罗宜宁，你还能跑不成！

宜宁听到了陆嘉学的话，靠着马车背，珍珠在给她看身上的伤口。她又不像陆嘉学练过功夫，从二楼跳下来，就算有石榴树挡了她一下，身上也伤了不少地方，手肘、膝盖多处擦伤，脚腕是不能扭动了，开始肿痛起来。

珍珠心有余悸："您是不是说什么话惹了都督大人？我看他突然发怒拉着您，吓得立刻去找沈练过来……"

刚才实在是太过刺激，直到现在她靠着引枕才缓过来，宜宁摇了摇头，问："大伯母她们不知道吧？"

"大夫人带着人先一步回去了，应该是不知道的。不过闹得有点大，聚德庄里应该有人看到了。"

现在也管不了别人了，由她们去吧，总归没有看到屋内什么情景。宜宁现在想到陆嘉学的话……陆嘉学是什么意思？连累旁的人，他指的是谁？难不成他要对三哥动手？还是要对父亲魏凌动手？

对被他害死，从没有人知道过存在的前妻，他又是何必？逼她回去到底要干什么！"您这伤怎么说……"珍珠有些为难，"姑爷怕是很难看不出来。"

"吩咐今天的人，什么别说就行。"罗宜宁不知道这种事怎么解释给别人听。义父试图施暴，所以她被迫跳楼？不用传出去，她直接吊死在悬梁上免得连累魏家比较好。

一行人先去了家医馆包扎，才赶回罗家。

回到罗家的时候天色微黑，已经过了饭点。

罗慎远叫婆子给她留了饭，搁在蒸笼里热着。粉蒸肉、乳鸽炖山药、尖椒牛柳、醋拌的黄瓜丝各有一碟。宜宁却一点胃口也没有，反思着自己白天的所作所为，在面对陆嘉学的时候的确称得上是愚蠢。她恨自己这些年没有多大长进，但是蠢事已经做了，没有办法弥补。陆嘉学现在开始怀疑她了。他究竟要做什么？

屋内点着烛火，一般吃饭都是宜宁说话，罗慎远听。罗宜宁日常琐事多的是，罗宜玉的、罗宜秀的，打包起来一股脑儿地说给他听，吃饭总是热热闹闹的。由于小时候培养的习惯，罗慎远在饭桌上几乎是不说话的。今天她也不说话，只有碗筷的声音。

"不过是去喝个茶，怎么就摔成这样了？"罗慎远淡淡道，"还包扎得这么难看。一会儿找药膏纱布来，我重新给你包扎。"

"我见树上的石榴长得好，便想亲自摘些给你们带回来。"罗宜宁早就想好了说辞，"我带了好几篮子的石榴，你要不要吃？"

罗慎远看她一眼："都包扎成这样了还吃，以后不许跟罗宜秀出去。"

她小时候就爱和罗宜秀玩，老是出事。罗慎远不太喜欢罗宜秀，怎么出嫁了还住在娘家，该回夫家去了，否则像什么样子："明天我去和大伯父说一声，请朱家过来接人回去。"

"她明天自己就回去了！"宜宁只能拉着他的手臂笑着说，"你不要生气，我以后注意些就是了。其实都是皮外伤，没伤到根骨。"

罗慎远见她也没胃口吃，搁下筷子，叫下人把席面撤走了。

他把她受伤那只脚拿起来放在自己膝头，把她的裙子撩起一些，然后捏了捏她的脚踝。宜宁痛得脸色都变了，"啊"了一声。他抬头看着她，似笑非笑地问："皮外伤，嗯？"

宜宁只能道："下次不敢了。"

他见她可怜兮兮的，揉了揉她的头安慰："好了，不疼。"

丫头已经去寻了纱布来，他重新给她包扎，包得漂漂亮亮的，像一颗精致的小粽子。

"三哥，你从哪儿学的这手艺？"宜宁举起自己的脚看了看，确实很漂亮。他活得很严谨，书房里毛笔都要顺着一个方向摆，书籍按了类别和册数挨个放，连包扎个伤口也是。

"哪儿这么多话。"罗慎远把她放在床上，"这几天好好养伤不要动弹，知道吗？""好。"她自然乖乖答应他。

"遇到什么麻烦，可以跟我说。"罗慎远突然说了句，"如今我是你丈夫，有事我帮你解决。"

她吃了好多不爱吃的尖椒，喜欢的粉蒸肉却次次都避开了，她的筷子就没有夹过尖椒以外的菜，只因为那道尖椒离她最近——必定是有心事的。

"没有什么的。"宜宁说，"就是看戏累了点。"

等晚上睡的时候，外头已经熄灭了烛火，唯有月光透过窗纸照进来。宜宁看着床顶的承尘以及四角挂的络子。她想了很久，才侧过身支起头说："三哥，你……熟悉陆嘉学吗？"

罗慎远睡在外侧，两人之间隔了一尺宽的距离。他睁开眼问："怎么了？"

宜宁继续说："也没什么，我只不过觉得他是个很可怕的人……"她不愿意连累罗慎远，如果真的连累，她会去找陆嘉学求饶也不一定。

"我很熟悉他。"罗慎远再闭上眼，"你成日不要多想，这些事不用你管，免得操心。"

宜宁才又躺下，伸出手拉住罗慎远的手。罗慎远任她握着，一会儿侧头看她已经睡着了。他侧身把她拥到怀里来，让她睡得更好些。

她在聚德庄里遇到陆嘉学，究竟发生什么了呢？能让她失神成这个样子。

宁远侯府非开国元勋，是当年平定辽王之中战功卓越，故陆家先祖才被封了侯位。而真正把宁远侯府变成簪缨世家第一族的人，是陆嘉学。从击溃北元到扶持皇上登基，他战功赫赫，让宁远侯府煊赫无双。

但陆嘉学不是一个喜欢享乐的人。宁远侯府未曾扩建过，服侍他的丫头婆子也就那些。早年还有人送他美人，他倒也不拒绝都收下了。这些年连美人都没人送了，宁远侯府东院的人就越发少了。

谢敏被陆嘉学的人请到东院正堂，这里跟很多年前没什么两样。堂门口的女贞树，把守的重兵，甚至又让她想起多年前，陆嘉学提着剑走进侯府的时候，女贞花那种浓烈到呛人的香味，滴血的刀剑，还有骨碌碌滚到她身边的丈夫的头颅。

陆嘉然可能到死都没有想到弟弟还有这么一手，那个一向笑嘻嘻没脸没皮、不学无术的弟弟，手里的刀毫不留情地砍下了他的头。

鲜血溅在紫檀木上，那个时候宁远侯爷还在，气得发抖，这个冷血无情的东西！他蛰伏多年，就是为了除掉他大哥！老侯爷想杀他，拔剑朝他刺去。陆嘉学却只是一笑，挥刀而上一顶，几招之内就把老侯爷制住了。外面都是他的人。

这些场景都带着血味，谢敏清晰地看到丈夫瞪大的眼睛，断口处"咕隆咕隆"地往外冒血。

所以每次当她靠近这个地方的时候，还没有做什么，身体就已经开始打战、害怕和愤怒。她一个内宅妇人，再怎么足智多谋也受不了丈夫在自己面前被人砍头。

陆嘉学很少见她，除非他想从她这里得到什么东西，就在这见她。在这里她的情绪最不稳定，最容易被他激怒。

谢敏走上台阶，看到陆嘉学坐在堂上，两侧都是他的亲兵。

谢敏察觉到陆嘉学的状态很不正常，跟以往游刃有余的气场不同，屋内紧绷得好像窒息一般，几个管家垂着手噤若寒蝉。他慢慢放下了手里的东西，抬头看到她，才说："既然来了就坐下吧，大嫂。"

谢敏握着袖中的小刀，脸绷着："你又要干什么？"语气冰冷厌恶，"我手里已经没有你想要的东西了——"

"我知道。"陆嘉学说，"我听说大嫂今天去了聚德庄喝茶，是吧？"谢敏听他这么说，眼中一闪——他想说什么？

"我听戏不关侯爷的事吧？"谢敏让侍女扶着她的手，走到陆嘉学前面，"侯爷要是只问这个，我恐怕不能奉陪了。"

"你知道为什么我杀了陆嘉然，却没有杀你吗？"陆嘉学突然在她背后说。

谢敏没有回头，睁着眼睛看着黑洞洞的夜晚。天空好像一只巨大的黑色眼睛，麻木而痛苦，宛如溺水。

"陆嘉然不爱你，你死了他不会有感觉。他最看重的是他的权势，所以我夺走他的权势。但我要是杀了你，正好成全了你与他殉情。你这么重情义的人，我就是要让你活着，你才知道一个人活着的滋味有多难熬。慢慢折磨，直到你死。"

谢敏捏紧婢女的手，回过头突然走到他面前，几乎歇斯底里："你个疯子！我活着就是看你的报应，你这冷血无情的畜生，你杀你兄长、杀你妻子。你迟早会有报应的！"

陆嘉学冷笑道："大嫂，饭能乱吃，话可不能乱说。兄长是被盗贼所杀，我妻是被你所害。"

"你知道我有多看重她。你这么聪明，难道看不出来娶她都是我一手策划？唯有她不明白而已。我与陆嘉然争夺，你请她去踏青，不就是想挟持她来威胁我吗？等我赶到的时候，你的婢女把她推下了山崖——我把那个婢女活活打死，分尸喂狗，但她再也回不来了。"

那个人是他心里最柔软、最轻松的一块地方，只是当时一时疏忽，竟从手中失去，如何能不绝望？

谢敏脸上带着绝望的笑容:"我绝无杀她之意!你却说她是我杀,倒是成全了你发难于我和陆嘉然。别人不知道,我还能不了解你陆嘉学?我的确有错,我是不该存了挟持她的心思,你却将错就错。她永远也不会原谅你,我恶毒地告诉你,就算她再世为人,你们也绝无可能!陆嘉学,这就是报应!"

陆嘉学沉默,然后笑了:"因为她现在已经嫁作人妇,而且认了我做义父。是吗?"谢敏一愣,激动宛如被冷水浇过,陆嘉学这是在套她的话。

她觉得此人就是宜宁转世投胎而生。她对宜宁有愧疚,要不是因为自己,宜宁也不会含冤而死。但是宜宁既然已经转世了,就该和这些前尘往事斩断了。她要好好地活她的,不能再被拖入宁远侯府这个烂泥沟一样的地方,腌臜、黑暗,让人作呕!

"我已经让人查过了,你去过祥云戏台。你少见得出府,那次是约了她密谈。"陆嘉学的语气毫无意味,"从那日开始,你就时时注意着罗府。你写过几封信,但是你的信并不好送进去,因为罗慎远会叫人审查送进罗家的信件,一般是递不到她手上的。你的第一封信能寄过去,大概是运气好。

"你想再见她一次。但是她懒不爱出门,就是出门也是去世家串门,你过去会引人怀疑。所以听说她去了聚德庄之后,你随之就赶过去了,但你不知道我在那里。"

"她还是这么蠢,居然跟你袒露了。"陆嘉学很平淡,抓着扶手的手却紧如铁钳,扶手甚至被抓得"咯咯"响。

"她什么都没有说!"谢敏忍不住反驳,"你不要再打扰她了,她不是那个罗宜宁,你让她好好活自己的不行吗!"

"送大夫人回去。"陆嘉学摆摆手。

他站起身,其实他并不是就确认了是她。但是如今一点一点地慢慢确认,心里暴戾般的愤怒也越来越沉。

谢敏差点在他面前跪下,她哭得泣不成声:"你害了陆嘉然,还害了我的孩子,你放过她吧。她真的已经和你没关系了⋯⋯她现在活得很开心,有人保护她有人爱她。你为什么非要去打扰她!"

陆嘉学紧紧握着拳头,突然怒道:"闭嘴!她是我的妻子,我没说过休她,没与她和离,她就是陆家的侯夫人!"

从发现此事到情绪压抑,他似乎也有点压抑不住了。罗宜宁骗他,所有人都瞒着他。很好,好得很!

"但她已经嫁人了啊⋯⋯"谢敏试图打消他的这些念头。

"长嫂,你搞错了一件事。"陆嘉学笑了一声道,"就算她现在在别人手上。我想让她属于我,我随时能得到。你觉得,我这十多年的都督是白混的吗?"

谢敏瘫软在地,她的高傲让她说不出求人的话了,紧紧闭着眼仰着头。是她连累了罗宜宁⋯⋯是她。发现她就是她之后,应该就当这事从来没有发生过,何必要再联系她?

她被丫头扶起来,蹒跚着离开了前厅。每走一步,脚下好像都是蔓延的阴影,丫头扶都扶不稳她，只看到她的眼泪不停地流。

丫头也跟着哭："夫人，不要难过了。都过去了……过去了啊……"

前厅久久寂静，陆嘉学对下属说："我要见罗慎远。"

宜宁第二天很早就醒了，发现自己躺在罗慎远怀里。

为人妻者，自然是跟原来不一样的。宜宁轻手轻脚地起身让丫头给她梳洗，穿戴简单，布置饭菜等他起来吃。但是做完这些的时候他还没有起来，宜宁就走过去坐在罗慎远身侧，犹豫要不要现在就叫醒他。

他熟睡的时候也皱着眉，眉间的纹路都已经抹不平了。眉毛是很浓的，鼻梁挺直，上唇薄下唇饱满。宜宁看了会儿，发现他的手放在外面，想给他放回被褥去，但刚碰到他他就醒了，还没有等她反应过来，就被他扯到怀里瞬间翻身压在身下。他初晨的身体燥热滚烫，然后刚才看到的嘴唇就贴了上来。

宜宁僵硬了一下，被他迎面逼来的男性气息弄得心乱。鼻间全是罗慎远的味道，粗热的唇瓣与她重叠。他捏着她的腰与她的头相抵，越发灼热了。

似乎感受到天赋异禀是什么意思了，这让宜宁的脊背有种酥麻的感觉。没想到他一会儿反应过来，竟自己突然放开了。

罗慎远第一次看到她衣裳半解，肌肤胜雪，给她把衣裳合上了。昨夜抱着她睡了一晚，早晨未醒的时候理智比较不清晰，竟然做出这等危险的事来。他从她身上让开："好了，你快起来。"

宜宁还是没怎么反应过来："三哥……"

"嗯？"他回头看她，眉目非常好看，他对别人是很冷漠的，刚才却对她那般。宜宁看他目光专注，竟然莫名其妙地脸红了，心里怦然一声。然后她略镇定了些，才说："饭菜估计都凉透了，你要叫人重新做过。"

他不知道是想到什么，难得一笑，然后出去吩咐仆人了。

等罗慎远换了朝服出来，就看到她靠着小几剥鸽蛋，剥了四五个，搁在青花小瓷盘里，粒粒如玉。

她小小一团盘坐着，上身挺直。深秋的阳光照在她身上，她穿着绸缎，宝蓝色团花纹的杭绸褙子，珍珠在旁端着小碗伺候着。

屋内丫头婆子都知道了刚才的事，气氛有点局促。珍珠看他们俩都别扭得很，倒是玳瑁很大方地问宜宁："姑爷可真的做了？"得到宜宁否定的答复，她才松了口气，不然没办法跟英国公交代。

不过宜宁自己都在想，一男一女睡一张床，那真是随时都可能。即便是她三哥那样冷静的人，还不是说绷不住就绷不住啊。

他穿着正三品的官服，绯红右衽官袍，孔雀云纹补子。宜宁指了指对面让他坐，把小碟推到他面前让他吃蛋。他拿起筷子开始吃饭，宜宁又看着他，未来的首辅大人在吃她剥的鸽蛋，真是……荣幸荣幸。"

罗慎远以为她想吃，就剥了个递到她唇边。

宜宁犹豫是用手还是直接咬，手又凑过来。没想太多她低头一咬，连他的指头都含进去一些，鸽蛋从他的指尖卷出来。

罗慎远收回手，这丫头真当他是柳下惠呢？

"你腿上的伤还没好，莫多走动。母亲也免了你今日请安了，就在屋里看书吧。"罗慎远叮嘱她，"或者练琴，你的琴我也给你搬过来了。"她走的时候没有带去英国公府的。

宜宁笑眯眯地应好，心道他管得真多，然后让丫头把他送出了房门。

送他走之后她真去琴房拨弄了一会儿，只是心乱如麻，想到陆嘉学怀疑她，不知道他究竟要做什么，她就沉不下心。干脆停下来让珍珠找了信纸来，给魏凌修书一封，问他是否还要动身去宣府，若是有什么调令，要告诉她一声。

宜宁却想起什么坐起身，让珍珠找沈练进来。能知道陆嘉学最清楚的，也只有程琅了。

虽然不到万不得已，她真的不想请求程琅的帮助。宜宁望着窗外果实累累的海棠树出神。

至大明门御道两侧有连檐通脊的千步廊，千步廊之外就是朱红色的宫墙。分了东西宫墙，工部就在东宫墙外的千步廊，六部中的五部与宗人府、钦天监等官署都在此处。西宫墙外则是五军都督府、刑部、都察院和大理寺等武职衙门。罗慎远的处所在千步廊进去一间院子，坐北朝南的厢房里，外头是看值的寮子，窗扇支开着，屋内正烧着炉子烫酒。

顾景明在他这儿烫酒喝。

罗慎远正在批公文，另一手拨着算盘核算。他的五指修长疏朗，算盘的声音稀疏清脆。酒香一阵阵传来，已经烫热了。顾景明倒了两盏问他："罗大人不喝一盏？"

罗慎远头也不抬道："衙门里喝什么酒，你要喝便出去喝。"

罗慎远对公事的态度非常严谨认真，心无旁骛。不过也是辛苦，顾景明在这里坐半天了没看到他停过。年纪轻轻的侍郎，压力如何不大？加上工部尚书年老体弱，另一个工部侍郎的位置又暂空着。他这桌上的文书堆了两摞，也不知道什么时候能看完。

一本清完，他终于有了空闲。问顾景明："怎么的，你跑我这里来躲了？"

顾景明本来就是闲差，成日游手好闲。特别是林茂去了山东之后，他更加无事了。

顾景明说："我娘搬了祖父来京城，给我说了门亲事。他老人家一来，这京城里头他的门生都要去拜访，皇上都问了好几回，我便不想在家里。幸而他明日要和谢阁老去吃茶，我还可以清闲一日。"

罗慎远拿了另一本继续批，说道："当年亏他老人家指点，我改日也要登门拜访，你备好酒水。"

说到这里，他又想起还要带宜宁去拜会徐渭。徐渭是他的恩师，他到如今的地位亏得徐渭帮助，虽然有利用在里面，但是罗慎远一向觉得，只要是对他有利的事，利用他也无所谓。何况徐渭是个非常风趣和蔼的人。

顾景明觉得他很无趣："和我表妹成亲才几天，你就没有点新婚喜悦？我瞧你还是整日冷脸。我表妹就不嫌弃你？"

"宜宁我自小看大，什么新婚喜悦。"罗慎远眉一挑淡淡道，然后叫了下属进来，扔了几本文书给他道，"把这几个人给我叫过来问话。"

顾景明分明看到罗慎远今日的鞋袜穿了两只不一样的，一边是暗竹叶纹边，一边是百吉纹边。不知道在家中究竟发生了什么，一贯严于律己的罗大人竟然穿了两只不一样的鞋袜。

几个工部郎中过来了，顾景明才退了出去，心想就不告诉他，让他显眼去。

罗慎远是在大理寺练出来的精锐，工部几个修粮仓或者开矿的核算有问题，他都是亲自核查了的。他靠着太师椅，喝了口茶让那几人先看。几个郎中本是不在意，直到罗慎远放下茶杯，"在宛平修的粮仓，用的石料木料是从山西来的。矿藏的开采，本是工部与刑部、户部合作，用徭役或是囚犯，却是外包给了京城中一位姓贾的商人。罗某觉得不妥，几位大人觉得如何？"

"自然是听侍郎大人的吩咐。"其中一个笑眯眯地拱手，"我等也没什么意见，侍郎大人觉得如何就如何。"

这就是浑水摸鱼，反正你也奈何不得他，看他年轻没什么资历没有威严而已。罗慎远就笑了："既然如此，几位大人就先回去吧，我拿主意便拿了。"

几个客客气气地行礼退下。

罗慎远就让人把工部给事中叫了过来，将这几本文书都给了他："去上禀皇上弹劾这几个人尸位素餐，贪赃枉法，求革职查办。"

工部给事中吓了一跳，小心翼翼地问："罗大人，这……是不是处罚太严？皇上若是怪罪我……"

"皇上非但不会怪罪，反而会赏赐你。"罗慎远说，手指微叩着桌沿，又一笑，"如果问你贪赃枉法的罪证，你再来找我。"

皇上一直头疼工部群龙无首，官员尸位素餐，才力压众议，提拔他为工部侍郎让他管理工部。如今他刚来工部就有人忤逆不听，那是驳了他的面子，处罚只会下狠手。何况他手里头握着工部不少官员的把柄，工部的官员个个家里富得流油，一踢一个准。

给事中看到他的脸在秋日的灰霾中带着淡笑，突然想起，传闻罗大人最为擅长刑讯逼供，且手段残忍毫无人性。有次徐渭大人叫他一起刑讯，本来只是记堂供的。犯人无赖耍浑，别人实在是审问不出来，这位大人便亲自放下笔杆子，竟拿了匕首以耳煮食喂人。逼得那犯人差点发疯，杀了多少人、什么地方杀的吐得干干净净。

若只看外表，这位罗大人却可称得上是俊雅至极。给事中突然有点不敢看他，低头应是。罗慎远站起来披了披风，门外已经有人备好了轿子。看到他出来压低了轿门，恭敬地等他进去。

罗慎远有的时候甚至都在想，也许这真是那个早死的生母留给他的。罗老太太说得很对，龙生龙，凤生凤，老鼠的儿子会打洞。他就是很像他的生母，血脉的那种像，无情又恶毒。

他刚跨进轿子，就有侍卫来传话，说有人要见他。

会客之处在都督府，刚进府就看到兵器架，夹道扫得干干净净，戒备森严。罗慎远刚跨进门槛，就看到天空突然阴沉下来，黑云压昼。夹道旁的枣树被风吹得摇动不止。罗慎远低声对随从说："去外面等。"

陆嘉学背手站在窗前，外面就是朱红宫墙和琉璃瓦，再远就是起伏的灰暗山峦影。罗慎远走进房门，笑着拱了拱手："都督大人相请，却不知有何事找下官？"

罗慎远这个人惯是沉默，但其实很会变通，不会让别人觉得不舒服，至少在该应酬的时候，他不会推辞。酒量便是这么练出来的，不出世的天才是大师，如王阳明的心学至上。

他求权，就必须要入世，没有哪个是仰着头颅走到最高的。陆嘉学回过头，就看到罗慎远身姿如松，面容疏朗。陆嘉学知道罗慎远这个人非常狠，也非常有野心。

但是对他来说，权势已经握在手里太久了。东西在自己手里太久了，就没有感觉了。这个人娶了罗宜宁，他们两人朝夕相对，做当初他和宜宁一样的事。

陆嘉学闭了闭眼，为什么要在罗宜宁成亲之后，他才发现这么多的端倪？如果真的是，那他几乎就是相当于亲手把人送到罗慎远手上的。

如果不是想讨好他，皇后不会求宜宁为三皇子的侧室。他不会为魏凌说话，他甚至赞同程琅娶她，为了巩固两家的关系。

"罗大人终于来了。"窗外天空阴霾，陆嘉学给他倒上了茶。

"此番请你来，是想和罗大人谈谈我的山西之行。"陆嘉学拿了茶壶，亲手给他倒茶，"罗大人在山西耳目众多，想必知道我已经杀了曾珩，而且皇上已经派兵前往大同抄家。不知道罗大人是不是暗中松了口气？"

罗慎远喝着茶。从线人的死开始，他就猜到陆嘉学会查出来，那几个人蠢笨如猪，竟然敢在陆嘉学在大同的时候活动。但是陆嘉学手里没有证据，他和曾珩来往的书信都是销毁的，因此，他觉得还是按兵不动最好。

陆嘉学是聪明人，他跟汪远的合作关系并不牢固。他不会大费周章来整自己，没有必要。但是现在，难不成是改变主意了？

罗慎远只当跟他打太极："罗某自然是松了口气，通敌叛国的人被大人找出来了，边陲安定，这都是都督大人功劳。"

陆嘉学道："罗大人不必太戒备，我很欣赏你，你与我年轻的时候很像。我甚至想要帮你——"

陆嘉学悉心培养的文官是程琅，但是程琅超脱他的控制之后，他就没怎么支持程琅了。罗慎远并没有说话。

窗外狂风大作终于下起雨来，急促的雨点扑在窗棂上，院子里雾茫茫一片，很快就聚起了小流。

因此屋内显得越发安静。

"我想向罗大人要样东西。要是罗大人愿意让出，我以后便会全力支持罗大人坐上尚书之位，进入内阁。"

"只要罗大人愿意拿出休书一封。"陆嘉学终于缓缓地、轻轻地说出了此行的目的,"我想要罗大人的妻子——魏宜宁。"

他转过头,英俊的脸上有种毫不留情的从容,是根本没有把他放在眼里的。

因为,他觉得罗慎远还不配。

罗慎远听了,蓦地一笑:"真是不巧了,陆大人要是说要我同僚的手脚,甚至是我父亲的性命,我说不定都会考虑一二。只是罗某的妻子,却绝无外让的打算。"

"实则罗某也没有与大人合作的打算。与陆大人合作,非要跟陆大人有过硬关系,陆大人才不会弃子。罗某的妻子还在家中等候,今日先告辞了。"

说罢他拱手离开,门外已经有人撑好了伞等他。

"那罗大人可要小心了,朝堂上的事瞬息万变,可说不准的。"陆嘉学道。

罗慎远只是停顿,随后笑了笑。陆嘉学这是想威胁他啊。值得陆嘉学来威胁,宜宁跟陆嘉学的关系绝没有这么简单……他头也不回,离开了都督府。

陆嘉学没料到罗慎远会拒绝,他没想到这样一个政客还有感情。

大雨倾盆如注,看着门外的暴雨,陆嘉学把那种隐隐的疯狂又压了下去。这么多年了,无人与他立黄昏,无人问他粥可温。这么多年的浴血独行,如今终于抓住了她的一点尾巴,所以他绝不会放手。

既然如此,他索性也毫无顾忌了吧。

临窗大炕上摆着楠哥儿的玩具,七巧板、老虎枕头、套娃。他撅着小屁股,把七巧板推来推去地玩,一会儿又亲热地回来黏宜宁,像长在她身上一样,藕臂一样的小手圈着她的脖颈,不停地叫"姐姐"。

宜宁托着他的小屁股,被他的亲昵弄得失声而笑:"楠哥儿,你再动可就掉下去啦!"

林海如服了自己儿子了,这还怎么都纠正不过来了?不由得拧着他的小鼻子说:"叫你三哥听到了,肯定要打你屁股。"

楠哥儿被母亲弄得愣愣的,林海如就"扑哧"笑,觉得自己的儿子真好玩。这孩子是她保下来的,宜宁摸着楠哥儿的头,就有种非常柔和的感觉。上一世她并无孩子,为人母的感觉是体会不到的。

宜宁向林海如告辞,罗慎远没有回来,她总是心不在焉的。她亲自撑了伞,准备去影壁等他。

结果走到半路就和他遇到了,罗慎远看到她就皱眉:"简直是胡闹,外面多大的雨!"她的脚伤又还没有好,跑到外面来干什么!

他拿过她的伞为她撑起来,拥着她到了庑廊里。等进了屋子,宜宁才发现他的后背和侧肩全都湿了。罗慎远去净房里换衣裳,等出来之后看到她盘坐在桌边研究棋局。

宜宁见他只穿着单衣,早上的情景还历历在目,看到结实的胸膛,她就避开了视线问:"三哥,你今日怎么回来得这么晚?"

罗慎远在她对面坐下来:"刚到工部上任没多久,事情很多。"

他拿了枚白玉棋子，也没怎么思索就放下了，轻而易举地破了宜宁的困局，问她："在想这个？"

宜宁摇了摇头，她抬起脸。隔扇外是大雨倾盆，天色已经全然昏黑下来，屋内点的烛火映在他身上，把他高大的影子投到她面前。好像他挡在自己面前一样，风雨都是阻隔在外的。沉默无声，却很安稳。

"我叫丫头给你留了晚饭。你总不回来，我饿了就先吃了。"宜宁让丫头把饭菜端上来。罗慎远却摇头，顿了顿问："宜宁，昨日你在聚德庄酒楼，是不是遇到陆嘉学了？"

宜宁收棋盘的动作一僵。

昨日没跟着她，就出了这么大的乱子，陆嘉学对宜宁的态度一看就不对。以她的性子，怎么会爬到石榴树上去摘石榴的，定是有什么意外，才从高处摔下。

他昨天就想到了，没有揭穿她而已。

"他对你做了什么，你要跳楼而逃？他是你义父，可是做了什么违背人伦的事？"罗慎远继续问。

他怎么猜到的！

反正他迟早要知道，罗宜宁沉默后，突然就决定坦诚了："我那日是遇到了他，也的确是他逼得我跳楼的，至于为什么……"

看到他，宜宁只能苦笑着说："我是说真的，就连我都不明白。如果真的问的话，他的确……对我有那种心思。"

十多年了，这个人还是不肯放过她。

当年他重权势欲望，嬉皮笑脸的面容掩盖着野心。要是说对她完全没有影响，绝无可能。每次看到他，罗宜宁还是有种血肉之痛的感觉。

宜宁突然想到什么，问他："三哥，是不是陆嘉学……来威胁你了？"所以他今天才回来得这么晚，问她这些！

眼前的这个人正听她说话。他的脸部轮廓深邃俊朗，高大的身影为她阻隔风雨。他伸出手又下一子："告诉我吧，你昨日肯定是在说谎的。"

虽然他是未来的内阁首辅，权势滔天执掌朝政，但是他现在羽翼未丰，如何斗得过陆嘉学！如果陆嘉学在朝堂上对他发难……

罗慎远是天之骄子，一向只有别人仰望他的。他不能从云端跌落，他就应该是受人崇敬的。何况还是被她连累，陆嘉学的事不该连累他。

罗宜宁想到这里就不好受，闭了闭眼，决定继续坦白道："陆嘉学说我像他的故人，所以这般对我。也是因此，他才认我做了义女。那日在祥云楼里，他堵着我不让我走，所以我才跳了楼……我怕他对你不利。"

罗慎远听了很久道："这些不用瞒着我，我应该知道。你也应该告诉我，明白吗？"虽然他知道之后会不舒服。但他有防备之心，绝不会让宜宁再和陆嘉学有接触。

"我原来虽然知道，却没料到有天他会突然发难。"宜宁说，她的过去不能真的告诉罗慎远，不是她不愿意说，过往的那些事在她心里憋得喘不过气来，但是让她怎么说？过往的隐秘犹如死灰，死灰下面是腐臭的骨头。

她是陆嘉学的妻子，且被他所害。说了之后，她以后如何面对罗慎远，用什么身份？罗慎远缓缓伸手握住她单薄孱弱的肩，有些用力道："只是这些？"

别人的表情，对他来说实在是太好分辨。

宜宁知道他有点怀疑自己，心里又是苦笑。犹豫了片刻，她伸手抱住他的肩说："我知道的只有这些。"

其实她何尝不怕陆嘉学会对身边的人动手，甚至她就是本能地怕陆嘉学。但是为了不让罗慎远看出端倪，她一直在压制自己的情绪。

这事，是她跟陆嘉学之间的纠葛，不要牵扯他。她很少主动抱他。

她温软的身体贴在怀里，他僵硬片刻，然后伸手按紧她，侧头跟她说："对我来说，被他算计无所谓，只要你别对我说谎。"

他的语气柔和了一些。

宜宁可能一辈子也不知道，对他而言，她的存在有多重要。

她之于他，类似生命之光，黑暗之中踽踽独行，年少的时候她就进来了。就算后来他越来越冷漠无情，但是这个人始终是在心里的柔软之处。

宜宁答应嫁给他了。

如果没有答应，他可能会算计、强娶。不管她喜不喜欢，有一天她想离开，他可能会把她关起来。

宜宁沉默地望着窗外，大雨还没有停，也不知道什么时候才能停。黑暗庭院里的芭蕉被打得不停颤动。她苦笑，不说谎！也只有这么低的要求而已。她点点头，然后将头埋进了他的颈窝里。除了不得已，她绝不会对他说谎的！

"没事，三哥在呢。"以为她是在害怕，他把她抱了起来。

屋内的丫头走进来，不知道怎么了，他就对丫头做了嘘声的手势。如她还小般拍了拍她的背，然后他把她放在了床上："今天早些睡吧。"

他放下她后，自己也躺在她的身侧。

宜宁就抱住了他的胳膊。

罗慎远失笑，侧身把她拥过来，让她睡在自己怀里。他的声音从头顶传来，很有磁性："快睡吧，明日早起。"

他又拍了拍她的背，好像哄她入睡一样。身体再小，她也不是小孩啊！

宜宁抵着他比自己体温更高的坚实胸膛，有种安全的感觉。儿时的梦境里，好像就是有人这么护着她的，没有母亲保护她，养大她的老嬷嬷也不在了，她在家里仿若浮萍无依，没有一个人是真正属于她的。现在这个人是真的保护着她，还有什么不够的。

窗外下着大雨，有个人在家里，在她的身边躺着。就这样渐渐入睡。

谢蕴坐在屋子里剥核桃吃，上好的山核桃剥了一小碟，她心情也舒展了不少。

今天程老太爷和几个儿媳妇说话，谈到《山海经》。平日在程老太太面前，都是程大奶奶得意居多。谈到这些，程大奶奶却是一句都说不出来，只能在旁剥葡萄装没听到。终于让她扳回一局，心情非常舒畅，早上还多喝了两碗稀饭。

熟悉了程大奶奶的路子之后，谢蕴已经能应对了。

程琅在屋内练字，谢蕴剥了盘核桃，想了想走进书房，端到他面前去，放在他的书桌上。

程琅继续写字，抬头看她，说道："谢谢。"

他没有妾室，只有两个貌美的通房丫头。谢蕴那天已经找来说过话了，好生娇媚。她笑吟吟地打量了一番，赏了两支金簪，原样送了回去。那两个丫头乖乖巧巧的，不敢造次。除此之外，倒是比她想的干净，就是两人同房次数并不多，谢蕴的嬷嬷有点焦急。

谢蕴偶尔也想起那晚的销魂，随后交替出现在她脑海里的就是罗慎远。

程琅的确也是个非常有魅力的人，如今站着练字，半拉起的竹帘照入阳光，落在他的肩膀上。俊美至极的脸，光是看着就让人动心。气度也是高山流水，茂林修竹。

谢蕴以前听别人形容过程琅，只有一句话——冠盖满京华，唯其独绝色。

她告诉过程琅，程琅听了却不在意地笑，说："什么绝色？倒是你要绝色一些。"

谢蕴不知他是不是有意，被他轻飘飘的一句话说得脸红。她坐在铜镜面前，发现自己双颊通红。她想起了那些归顺于他，一心仰慕他的高家嫡女、秦淮大家。心想没得几分手段，哪里来的这么多仰慕者？

现在他是她的丈夫了。

"你在写什么？"谢蕴凑过去看，"秦孝公据崤函之固，拥雍州之地，君臣固守以窥周室，有席卷天下……《过秦论》？为何写这个，你要和皇上谈政见吗？"

谢蕴就说："我知道皇上不喜欢这篇文章，说到秦王子婴他就总是皱眉。"

"写着玩罢了，我跟皇上论政，还不如跟他谈《道德经》得他喜欢。"程琅吃了两枚核桃，递还给她，"还是你多吃些吧。"

谢蕴咬了咬唇："程琅，你的表字是什么？"她总不能一直叫程琅吧。"我没有表字。"程琅说。

"那我叫你什么，不如叫你阿琅吧？"谢蕴心想他又是单字，不好叫别的。

程琅听到这里，嘴角扯起一丝冷笑。他放下笔，走过来轻轻掐住她的脸，温润明朗的笑容却带着一丝邪意的风流，声音低而暧昧，"叫这个，还不如叫夫君呢。你说呢？"

谢蕴说不出话，仿佛整个人被他引诱："这个……"

"跟你开玩笑的。"他很快就放开了她，"我有个表字是后来起的，字慕林。"

这个表字，起得没有什么水平呢……谢蕴正想说，突然看到外面有个护卫急匆匆走进来，把一封信递给程琅。

程琅走过去打开看，眉头渐渐皱紧。

究竟是什么事啊……谢蕴很想知道，什么会让程琅露出这种表情。但是她只是矜持地坐在自己的位置上，微抿口茶。

程琅大步走过来，跟她说："你先出去吧，我有急事。"

谢蕴才没有在他这里坐下去，走出书房看到隔扇关了，她心里纳闷，大概是什么朝堂上的急事吧，她其实也能说上几句的，下次跟他好好谈谈皇上的日常好了。

宜宁第二天收到了程琅的信。

要不是在罗家不方便，程琅很想亲自过来找她。她现在在京城太危险了，如果可以，他希望能立刻送她走。

宜宁给他回信，她现在绝不敢轻举妄动，只希望程琅能够注意陆嘉学的动作，如果不妨碍他的话。

宜宁搁下笔后沉默了。

不知道莲抚的孩子怎么样了，当时她想也没想地选了护程琅，毕竟她还是偏心程琅的。

要是原来，她以长辈的身份问就问了，如今却不敢问了，措辞也要小心翼翼，怕关心错他又会错意。

"太太，三少爷从夫人那里回来了，让太太您快准备着。"丫头进来传话道。

今日罗慎远要带她去拜访徐渭，一早便说好了，正好顾大学士也要来，徐家干脆做了宴席出来。

宜宁点头，叫丫头进来给她换衣裳。

屋外的雨还断断续续，转了小雨，竟又渐渐沥沥地下了一整天。

程琅把她写来的第二封信看了一遍。

原以为宜宁不打算再理会自己，如今她还肯让他帮忙。他堂堂的都察院佥都御史，竟有种怕负了她所托的重负感。这信本是要烧的，看着她的字却是不忍，把平日装重要书信的匣子拿出来装了进去。程琅坐在书案后面，看着小雨眉头微皱。

怎么会让陆嘉学怀疑了……

这么多年，他一直就怀疑是陆嘉学杀了罗宜宁。疑点实在太多，如果不是陆嘉学所杀，为何事后从不曾提起自己原来的妻子？为何会诬陷谢敏？

谢敏是绝不会杀罗宜宁的，当年罗宜宁跟她出去，被她的丫头推下山崖，别人一查就会怀疑她，谢敏不会这么蠢。最关键的问题是，罗宜宁死之后，陆嘉学迅速借她的死发难于陆嘉然和谢敏，合情合理，一举夺位。

她已经死了一次，绝不能让陆嘉学害她第二次。

程琅眼中透出刀剑般锋利的光，他让伺候的护卫进来，低声吩咐着事情。

这时候却有小厮到堂前通传："少爷……都督大人过来了！说有事情要问您。"陆嘉学来找他……

程琅突然有种非常不好的预感，他看了一眼那个书信匣子，把它推进抽屉中，才上前迎陆嘉学。

他从小雨中来，跟着的侍卫都带着刀，立刻就进了堂前的小庭院，站在雨中静默等着。陆嘉学走进来，在太师椅上坐下来解开斗篷，淡淡道："舅舅许久没来看你了，故今日来看看。"

程琅也是个非常聪明的人，此刻他脑中有很多念头。第一，陆嘉学是不是在怀疑他？他迅速开始梳理自己做的那些事，未发现有什么破绽。他做事都非常谨慎，陆嘉学应该不会发现。第二，陆嘉学来找他干什么？这个节骨眼上，他要是为罗宜宁的事情而来，为什么要来找他？绝不可能是让他来处理罗宜宁，陆嘉学已经不怎么信任他了。

他定了定心神，上前拱手："舅舅冒雨而来，我让下人给您煮些热茶喝，去去寒气。""不必了，我不是来喝茶的。"陆嘉学大马金刀地坐在椅子上，轻描淡写地说，"来问外甥几个问题而已。"程琅心里"咯噔"一声。

他突然想起来，不是没有破绽的。那封信！他和宜宁都忽视了这点，陆嘉学手里有神机营和一半锦衣卫！

有锦衣卫在手，他能很快知道京城里发生的任何事。锦衣卫一般只属皇上，历代指挥使都是皇上的亲信，甚至是世袭的。但是上次曾应坤之事后，皇上对官员更不放心，监控到了十分严密的地步，甚至把一半锦衣卫交到了陆嘉学手上，由他指挥着监控京城的异动！锦衣卫的指挥权向来不外放，故这事连他都忘了！

程琅心猛地跳动，面上维持着儒雅的笑容："舅舅想知道什么，派人传外甥过去就是了。何必亲自跑一趟？"

"别人怎么应付得了你，我的乖外甥。"陆嘉学笑了声，然后举手一招，有个人立刻拱手朝书案走去，程琅面色一变，他果然知道！他立刻上前要抢，但是他不曾习武，怎么敌得过陆嘉学的下属。

陆嘉学的下属拿了书信匣子递给他，陆嘉学接过来打开，展开信纸无声地看起来。外面的雨淅淅沥沥，他慢慢捏紧了信纸。

拳头上骨节突出，他竟然露出笑容，毫无意味。"果然是她。"

蛰伏许久，此刻完全确定，只是狂喜的同时带着愤怒和嫉妒，情绪太复杂，每一种都激烈地交锋着，什么都体会不出来了。

他站起身走到程琅面前，淡淡道："跪下。"

"舅舅……"程琅知道大势已去，喃喃道，"你放过她吧，她已经不是原来那个人了。""跪下！"陆嘉学的声音突然变得严厉。

程琅只能依言跪下，雅致的面容十分苍白。但是下颌紧绷着，一句话都不再说了。"你早知道她是谁，你还想娶她……"

他走上前，抬手就是一个耳光，程琅第二次被他打，这次打得尤其狠，他的脸上红痕立刻肿起。但陆嘉学又立刻提起他的衣领把他带起来，冷冷道："你想这事多久了？你长这么大我当你游戏花丛，结果你这忤逆的东西，居然觊觎她！她可是把你养大的。"

程琅喘了口气，沉默地笑了："舅舅，当时若不是我救她，也无人娶她了。"当时罗宜宁处境两难，除了嫁人别无出路，而且没有人敢娶她。

而当时他为了查曾应坤，已经离开了京城。就算他在，恐怕对这事也无动于衷，因为他不知道，他什么都不知道。

陆嘉学把程琅扔下。

很久以后他笑了："很好。"他也忍耐到极致了。

他手一摆，带着人离开了堂屋。

屋外唯有小雨淅沥，程琅站起身，顾不上自己的伤。陆嘉学终于还是知道了！

但是出乎他的意料，陆嘉学并不想杀罗宜宁，似乎对她还是占有的意图。他既然不杀她，必定是想要她，那至少……罗宜宁是没有生命危险的。

他究竟帮谁，帮罗慎远，要是被陆嘉学发现了，恐怕打死他也不是没可能。更何况要不是罗慎远从中作梗，说不定罗宜宁现在就是他的。

罗宜宁要是嫁给他了，他肯定会好生生地护着她，绝对是严丝合缝，怎么会出让陆嘉学发现这种事情！

既然陆嘉学参与进来了，此事就没有这么简单了。

程琅喘了口气，还是叫人进来："去罗府传信，给罗慎远！"罗宜宁一个人是无法对抗陆嘉学的，只有罗慎远能勉强护住她。

## 第三十四章 半路劫持

徐渭的府邸离府学胡同并不远，马车行一刻钟就到了。因顾景明的祖父顾大学士回京，徐渭今日宴请大学士，府里人来人往很热闹。

罗慎远在前院就被老师叫住了，要他过去拜见顾大学士。算起来顾大学士也是宜宁的外祖父，但不曾往来过。

罗慎远跟宜宁道："你在回廊下等我片刻。"他走过去跟老师说话。

宜宁这是第一次看到徐渭，他比自己想的略矮些，比三哥矮了半个头，很客气，一副笑眯眯的样子。宜宁不由得就想到多年后他的下场，没承想他如此和气。过了一会儿，罗慎远回头对她招手。

宜宁走过去，罗慎远就介绍她道："这位便是学生的内人。"

屋外阳光正好，天高云淡的又不热，树影子在地上晃动。他站在她身边，声音不疾不徐。

宜宁一笑，给徐渭屈身行礼："徐大人好，今日便是叨扰您了。"

"不必客气。"徐渭笑眯眯地看了宜宁一眼说，"的确年纪尚小，慎远，你可不得欺负人家。"

罗慎远就笑着说："她是还小。"所以还得他多照顾，跟个孩子一般。

徐渭就先走了一步，让罗慎远随后过来。

罗慎远回头低声对宜宁说："一会儿丫头领你去徐夫人那里，你跟徐夫人她们玩。有事就叫珍珠来找我，知道吗？"

宜宁心道还玩呢，真当她小了！她点头应了，罗慎远才去了前厅。

守在旁边的丫头则屈身道："罗三太太，请跟奴婢这边来。"

宜宁被丫头引着，穿过角门进了月门。路上她想着徐渭的事，徐渭死是一件大事，当时京城的百姓甚至发生了暴动。要保护含冤入狱的徐大人，所以她记得很清楚，是至德三年。民间传说是为汪远所害，可信度如何并不知道。反正在百姓眼中，什么坏事都是汪远干的，要么是汪远的党羽干的。群众眼里的好人坏人跟黑白脸一样简单。

她所知道的事情也都很片面。不过见了徐渭之后，她心里的感觉就不太一样了。

　　六部之中，吏部、刑部、礼部的侍郎多为汪远提拔，皇上器重他，党羽遍布朝廷。徐渭其实也就是在汪远的挤压下生存，一般人又怎么做得到？看上去再怎么和气，必也是手段果决、雷厉风行的。

　　丫头带她走过一段夹道，罗宜宁看到前面开的几株桂花树，沿桂花树进去就是花厅，几个太太夫人正看着丫头摘桂花。徐大人府上的桂花是状元红丹桂，花是橘红色，芬芳浓郁。因此每到这时候，徐夫人都会请大家来府上折些丹桂。

　　徐夫人是徐渭的续弦，年过四十，保养得非常好。

　　她叫宜宁坐在她身侧的绣墩上，拉着她的手左看右看，笑着夸道："慎远长得俊，这媳妇更是不错的。"

　　在场的太太小姐对罗慎远都非常好奇，见罗宜宁还小，对她更是温和，问了许多问题。

　　宜宁才知道旁边那个穿了紫色斓边四喜如意纹褙子的，是杨凌的太太，生得白白净净，说起话来却爽朗。徐夫人跟杨太太更熟，跟她道："罗三太太没来过咱们府，你跟她多说说话。"

　　杨太太笑得眯了眼睛："师娘放心，宜宁妹妹称我宣蓉姐姐就好。罗大人与我丈夫同科进士，我俩姐妹相称倒也亲密。"

　　宜宁也没有避让，笑着喊了声"宣蓉姐姐"。

　　杨太太是蜀地土司的女儿，没得些京城小姐的条条框框。二人一说话，杨太太发现这罗三太太也健谈，为人大大方方。两人合了眼缘，杨太太就拉着她的手，眉飞色舞地说："宜宁妹妹改日到我那里去，我做菜最好吃，味道你在旁的地方是吃不到的。"

　　杨太太爱吃，家中开销最大的就是厨房。自己琢磨了许多新式吃法出来。罗宜宁虽然也爱吃，但她懒，给什么吃什么。遇到杨太太这样的最契合，听杨太太形容她家的吃食，也心生向往，约定好有空就去拜访她。

　　收的桂花做了桂花糕送上来，刚摘的桂花清甜芳香，口感极好。但桂花蜜还涩口，要放几日才能食用。徐夫人就叫丫头用陶瓷小罐分装，给列座的太太夫人都备一罐回去吃。

　　此时已经临近晌午，徐夫人领着众人去了前院的宴息处吃饭。宴息处分了内外，以一架大理石围屏隔开，里头却能透过围屏的空隙看到外头。

　　罗宜宁跟杨太太讨论如何去桂花的涩味："焯水即可，不过香味就不持久了。"

　　她学得又杂又多，女工针黹灶头样样都懂些。内宅妇人的生活多无聊匮乏，除了打马吊骨牌看戏，便是钻研这些精细了。

　　杨太太就摇头："去了香味可不行，用少许的盐来腌最好。"

　　宜宁听了就笑："未见过要用盐来腌的，那尝起来岂不是咸的桂花蜜？"

　　正说到这里，却听到外头突然有喧哗声，是有人进来了。宜宁透过屏风看过去，嘴角就是一抽，怎么是谢蕴……

　　冤家路窄，她怎么到哪儿都能碰到谢蕴。而且一碰到就没有好事。宜宁觉得自己以后出门要学着算皇历了。

谢蕴跟着一个胡须皆白的老人，老人穿的是正二品的官服，气度超然，应该就是谢阁老。前宴息处里徐渭，顾大学士也在，几个人都是多年的老友了，便一通寒暄。

　　谢阁老就向几位介绍谢蕴："孙女蕴儿，带她出来见见世面的。"

　　谢蕴乖巧地笑着喊了徐爷爷、顾爷爷。她梳了妇人的发髻，脖颈修长漂亮。谢阁老向来是把谢蕴当男孩儿来养的，因此常带她见显贵要人。她虽然嫁人了，但程琅不管她这个，她也能跟着谢阁老出来走动。

　　今天就是跟着爷爷来见见这位闻名天下的顾大学士的。

　　谢蕴倒也不怯场，顾大学士摸着胡须笑道："你家孙女果然名不虚传，大方磊落，我看了也合眼缘得很。"

　　说罢就叫过小厮，送了谢蕴一对紫檀木的镇纸。

　　想到这位就是她外公，宜宁还是忍不住看向顾大学士。

　　他是先皇封的太子太傅衔，穿了正一品的官袍，颧骨微高，眉毛弯弯的。屋内的女眷也轻声嘀咕着谢蕴，惊叹羡慕的多，毕竟这么养女孩的少，哪个能像谢蕴一般，小小年纪朝廷要员就认识一半，顾学士还要送礼。

　　顾学士随后又笑了："看到你家孙女，我倒是想起我那不成器的孙儿，如今陪在皇上身侧。不知道谢小姑娘见过他没有？"

　　徐渭就打断他："你可别想了，人家都成亲了，是都察院佥都御史程琅。你乱拉红线，仔细下次程大人排揎你。"

　　顾学士这才注意到谢蕴梳的是妇人发髻，就笑笑不说话了。他是着急孙儿的亲事，见着个好的总想为顾景明考虑考虑。

　　谢蕴的目光就看向一旁喝茶的罗慎远。

　　他和杨凌说话，言谈的时候修长的手握着茶杯，骨节分明。杨凌不知道说到了什么话，他就一笑，靠在太师椅的后背上。

　　这个人不喜欢她，她的骄傲已经不会让她再做什么讨好的事了。只怪自己错乱安排，反倒让他娶了旁人，而她已经嫁给程琅了。

　　既然嫁给程琅了，也该收心了，甚至于她现在都有些分不清楚，究竟是喜欢程琅还是罗慎远了。

　　徐渭笑着跟罗慎远道："慎远，我记得你原来和谢小姑娘还挺要好吧？"罗慎远听到徐渭的话，才站起身缓缓道："程四太太。"

　　当年他在孙家的时候，的确跟谢蕴来往过。他知道谢蕴喜欢他，虽然他不爱说话，但谁对他什么心思他清楚得很，必要的时候他也并不介意利用。所以罗慎远对她没有刻意亲近，也没有刻意疏远过，也是后来他才刻意与谢蕴保持距离。

　　谢蕴满心复杂，直视他的眼睛说："罗大人，许久不见。"罗慎远嘴角淡淡一勾，点头坐下。

　　顾学士看到这里，倒是觉得有点奇怪——这谢姑娘似乎对罗大人有点意思……

徐渭暗中一叹，罗慎远娶谢蕴得到的助力肯定比娶宜宁得到的多。魏凌虽然是英国公，但毕竟是武官。而谢阁老是文臣的中流砥柱。他是看不懂罗慎远在想什么，但如今两人都各自成家，自然是没有可能的。

杨太太根本没注意外头什么情况，夹了块笋烧猪蹄到宜宁碗里，笑眯眯地道："宜宁妹妹快吃，徐府厨子猪蹄做得最好。"

宜宁觉得杨太太真耿直，也给她夹了块猪蹄到碗里："姐姐也莫客气了。"吃过了饭，杨太太就拉着宜宁在宴息处旁的水池边说话。

这个季节莲蓬也枯了，但银杏黄了，倒是别有一番风雅。杨太太问宜宁："你家夫君是侍郎，日常忙得很吧？杨凌就常晚归。"

宜宁跟着杨太太嗑瓜子："他还好，一般是按时回来。不过有时候忙到深夜。"

杨太太脸色就不好看，压低声音说："我就说那小子天天晚归有问题，打他他不认……"

宜宁差点把瓜子皮吃进去了："宣蓉姐姐，你打杨大人？"

"这有什么的。"杨太太不以为然地道，"不打他不长记性，打几次就记住了。你杨凌姐夫啊，油头滑嘴的，不操练他肯定成天蒙你。妹子，我刚才分明注意到那程四太太对罗大人有点意思，罗大人青年才俊的，喜欢他的人肯定多。哪日他要是有错了，你要提着鞭子打他，你又有英国公撑腰，不怕。"

杨太太是土司的女儿，土司就是当地的土皇帝，指挥使的位置代代相传，有土司之地多半民风彪悍。杨太太很不同于京城贵女。

宜宁笑出眼泪。听听就算了，让她打罗慎远实在是不敢，简直就是造反。不过她也附和点头："宣蓉姐姐放心，定不负姐姐教诲。"

谁想背后也有人"扑哧"一笑："慎远兄，你听听，实在是不好意思了！"

宜宁猛地回头，就看到罗慎远和杨凌站在她身后。杨凌忍俊不禁，罗慎远则绷着脸。杨太太这才发觉有人偷听，宜宁则立刻站起来，看罗慎远的脸色，好像不是很好？

罗慎远也绷不住了，露出几分笑意，走到她身边捏了捏她的下巴，"你这身板，还要抽我？嗯？"

宜宁感觉到他的手在自己下巴上一摸。

她"啊"了一声，认真道："我没说过要抽你，你大概听错了。"

杨太太则瞪着杨凌，不太想理他。杨凌摸了摸鼻子，当年他老爹得罪了人，被外放去四川当官，回来就兴奋地跟他说，给他定了个媳妇，貌美如花。他当时期待了好久，谁想娶回来竟然这般遭罪，但他怎会和个女子计较，让杨太太占上风也就罢了。

罗慎远过来是想问问宜宁，顾大学士现在在宴息处和徐大人喝茶，要不要去给他请安，毕竟是她的外公，小宜宁的亲外公，虽然顾明澜死后老太爷就生气了，没再往来，但宜宁小的时候，每逢生辰还是会收到顾老太爷送来的生辰礼，一直到她离开罗家才没有了。问候一声是应该的，宜宁想了想就决定去。

宴息处的宴席已经散了，长案上点了炉香，两列的太师椅上，徐渭几个正在说话，顾学士在考谢蕴的学问。

"谢小姑娘读《庄子》，我亦读《庄子》，最好其中一篇《智北游》中有言无思无虑始知道，无处无服始安道，无从无道始得道。谢小姑娘跟着你祖父读书，可曾见解过这句话？"

谢蕴就微微一笑道："智先生游于北，遇无为谓不讲道，是已不知如何讲道。智先生游于南，遇狂倔讲道而忘道，是以道非真道。顾爷爷这几句话，便是说无为谓先生这般，无思无从，不可名状，不可强求。"

顾学士听了更是赞赏谢蕴："她年纪小，能有这般见解已经了不得了！"外头有人通禀罗大人过来了。

罗慎远走进来，身后还跟着一个约莫十四岁的少女，梳了妇人发髻。罗慎远给顾大人介绍道："这位是罗某内人魏氏。"

宜宁看了顾大人一眼，未见有什么地方是与她相似的，但看他一把慈祥的白胡子，想到这就是那个给小宜宁送套娃的外祖父，就屈身道："顾大人好。"

顾大人却不知她为什么过来给自己请安，看了谢蕴一眼，他是非常欣赏谢蕴的。这位明艳漂亮，学识颇丰，怎的罗慎远竟没看上这个？

他倒是有些为谢蕴鸣不平，笑了笑说："小姑娘年纪不大，你给我请安我受了。既然是罗大人的内人，想必略读过些书的吧？我刚才问谢小姑娘的问题，不知你能否作答？"

内宅妇人，谁读书能读得如谢蕴一般？谢蕴不用学针黹女工、灶头管家。谢大人觉得那些都是俗气，有婆子帮着做就好，故一门心思都在读书上。顾大人问这话实际上就不太好，一般女子是答不上来的，有几分刁难之嫌。

罗慎远皱眉，对于他来说问题不难，但他可是两榜进士，宜宁不过在他的监督下读了几年书，她懂得什么？

他低声想跟她说什么，宜宁就按住他的手示意不用说，然后微微一笑，或许真不该来请安。

她抬起头说："《智北游》冗长杂陈，依我拙见大约就说的是无道为道，若是强加描述就是智，不是道。"

在场的都是德高望重之辈，谢大人做过掌院学士，顾老太爷当过帝师，徐渭是如今的谨身殿大学士，都是学识惊人，自然不用别人再多说。

实则谢蕴那样答就挺好的，宜宁说过了就是班门弄斧，但是宜宁并不觉得有什么。有一年顾大人送了她一幅图就是《智北游》，题字就是无道为道。因这幅画，她对《庄子》兴趣浓厚，读得比四书五经好多了。

屋内顿时安静了片刻，倒是谢大人笑了："蕴儿，说你学识渊博，这位小姑娘与你也不相差啊，甚至见解比你深些。"

谢蕴就笑道："爷爷，就算罗三太太说得比我好，哪有您这般夸外人的！"她跟罗宜宁积怨很深，估计是没什么好转的可能。不针对她已经是自己很克制了，休想她对罗宜宁有什么好脸。

谢大人跟顾大人说:"你瞧瞧,小女孩脾气倒是来了!"又对谢蕴说,"你看人家罗三太太,比你还要小些,也没你这么小性子。"

顾大人就说:"不怪谢小姑娘说你,你这做祖父的自然是夸自己的孙女。我看谢小姑娘说的已经极好了,我反正是欣赏她的!"

宜宁看到顾大人没什么表情的脸,笑了笑:"晚辈既已请安,便先退下了。"宜宁又屈身,随后转身出了房门。

站在门外,她对着花圃中的万年青深深吸了一口气。

罗慎远表情一默,回头对顾大人拱手笑道:"刚才忘了说,宜宁原是我义妹,由长姐宜慧养大的。算来应该叫顾大人一声外祖父的,可惜她方才忘了。"宜宁刚一进门,顾大人就问她问题,其实根本没有机会说出口。

顾大人的神情这才有所震动:"刚才的人是……宜宁?"是他的外孙女?

当年明澜死后,顾家大舅还去罗家闹过,后来两家人不欢而散。加之他年事已高,从未去过罗家,知道还有这么个幼小的外孙女,每年给她寄一些礼。她满月的时候自己还见过,胖乎乎的小孩子,一转眼都这么大了!

"她是唤作宜宁。"罗慎远看了顾大人一眼,继续说,"家中挂了一幅《智北游》,所以她读得最多,大人若是换别的章问,她可能就答不上来了。"

方才他问那个,是故意刁难宜宁……她与自己第一次见,竟然就被这么冷待了。

《智北游》还是他给的,没想到她因此读得最多。

顾大人久久不能平静,仔细想刚才的过程,却想不清她的脸,越想越愧疚。这可是女儿的遗孤!他有点微妙地想亲近她,这孩子毕竟和他有血缘关系:"你……能把宜宁再叫进来吗?我想问她几个问题。"

外面就有婆子进来回话:"罗三太太大约是已经去后院了吧。"

顾大人想到女儿,暗叹一声:"罗大人可否哪日有空,携太太来我府上一趟做客?"

宜宁的确已经跟着杨太太去内院了,杨太太要亲手做糖蒸酥酪给她吃。等吃了糖蒸酥酪,又过了晚膳。顾大人还要去皇宫里,皇上有请他。

宜宁最后也没有见着顾大人一面。

夕阳已经落到屋檐下,夜晚开始凉了起来,大家要准备回去了。一算和杨太太同路,宜宁决定和杨太太同乘马车,让罗慎远和杨凌坐一辆马车。而谢蕴也打算回去,但是谢大人要留下来住两日,她只能独自一人回程家去。

谢蕴道:"我带了护院的,不用和你们同路。"

徐夫人却笑着说:"反正她们俩同路,正好带着你一起,路上有个伴。"又说:"不然你一个人回去,我们总是不放心的。"

谢蕴坚持不过,加上杨太太倒也热情,只能披上斗篷,绷着脸上了杨太太的马车,让她的马车在后面跟着。

路上她默默喝茶,杨太太再怎么能活跃也动不起来。

另一辆马车上，罗慎远和杨凌则说着最近朝中官员动迁的事，说到最后杨凌打趣他："新婚感觉如何？你身强体壮的，没让人家吃苦头吧？"

怎么每个人都喜欢问这个，关他们什么事。

罗慎远回过头，按了按杨凌的肩："杨大人，你是朝廷命官，正经点，别像坊间的妇人一般，行吗？"

罗三都这么说了，肯定是不会告诉他了。但是杨凌心想，他真的很想知道啊！这时候不知怎的马车突然就停了下来，一个急刹，杨凌都差点没坐稳。

车帘被挑开，小厮通禀道："大人，有人骑马来拦咱们，自称是徐府的人。"

罗慎远点头让人过来，果然是个护卫打扮的人在地上半跪着，可能是跑太快了，止不住地喘气："罗大人，小的总算追上您了！出大事了，徐大人让小的快马加鞭来追您，要您赶紧过去！"

这位是徐渭身边的贴身护卫，不是紧急的事，徐渭一般不会派他出来。"究竟是什么事？"罗慎远认出他之后问，细节不清楚他就不好判断。

"小的也不清楚，徐大人只让您快点回去。刚收到的消息，徐大人看到脸色都变了……"

罗慎远听到这里从马车里出来，让他跟自己走远一些，才背着手问："从皇宫来的？"那人点点头。罗慎远面色一寒："给我备马。"

宜宁接到小厮的传话，罗慎远说要暂时回徐大人那里去，让她同杨太太回杨家去。

宜宁带着护卫不担心安全问题，让小厮回去通禀自己知道了。倒是谢蕴紧张地问了句："可是出什么事了？"

杨太太活跃气氛好累，此时面无表情地拉长声音："谢姑娘，罗大人的事与你何干？"谢蕴被人挑衅上门，自然笑道："我随口一问，与杨太太何干？"

杨太太一个鲤鱼打挺坐起来，微笑道："我也是随口一问，谢姑娘可怎么就介意了？"

论读书，谢蕴行，论吵架，谢蕴的段位比杨太太差太远，宜宁觉得两人便是太无聊所以才拌嘴。

谢蕴觉得被冒犯，皱眉道："杨太太，我与你有何干系！你何故咄咄逼人？"

宜宁叹了口气，给两人的茶杯里加了点茶，润润嗓子："两位吃点茶吧，我三哥只是有急事回趟徐府，没有什么。"

谢蕴可能觉得与她们俩计较太丢面子，闭眼不说话了。

正在这个时候，马车又猛地停下来。怎么的，老是有人拦马车？

宜宁挑开车帘往外看，她们在一条胡同中被拦了下来。白天这里常有手艺人摆摊卖竹篾、背篓的，如今什么人也没有，唯有月光照着。

前面有人过来通禀："太太，我们被人拦下来了！那些人配着绣春刀，看样子绝不是普通人。"

宜宁也看到了那些黑影，刀锋带着微微的寒光。

谢蕴和杨太太不再争吵了，二人都从马车里探出头看。杨太太说："难不成是劫匪？"

"附近就是府学胡同,哪个劫匪胆子这么大。"谢蕴冷笑,她见识毕竟多些,"配绣春刀,不是劫匪不说,搞不好还是官家的人。不知道究竟要干什么……"

天色已黑,马上就要宵禁了,市街上才一个人都没有。绝无好事!

宜宁面色一冷道:"停下来做什么,现在别管他们,上马冲过去!"

沈练正要抱拳去,一把绣春刀已经够到了面前,沈练抬刀抵挡,护卫们立刻打作一团。宜宁看得有点毛骨悚然,沈练他们的身手她最清楚了,在这些人手下却节节败退!沈练一时不察,甚至被割伤了左臂。

宜宁往后一看,后面也有人堵着. 这个胡同根本出不去!

谢蕴干脆抬高了声音,想要以势压人,冷冷道:"究竟是何人?我祖父可是当今阁老,何等宵小敢动?"

其中一个人沙哑地笑了:"谢二小姐,把你杀在这里,可是神不知鬼不觉的事。不过我等不杀人,我们只要罗三太太跟我们走一趟,别的人也就放过了。"

杨太太立刻道:"闭嘴!谁都不会跟你走!"

话音刚落,一把绣春刀就"唰"的一声钉在了车框边,"嗡"地震动,吓得几人一时不语,毕竟她们只是养在深闺里,哪里真正见识过这等血腥。那些护卫都已经被他们制服了,速度非常快,且悄无声息。

这才是真正危及生命的关头!

跟谢家的人出门果然要看皇历。

宜宁站起身,趁着天黑看不清,把手里的一个东西塞给了杨太太,杨太太的手心里全是汗。宜宁心里已经有预感了,走下马车道:"你们不要废话了,走便走,把她们和我的护卫都放走。"

那人又是一笑:"罗三太太请过来再说。"说罢做了个请的手势。

宜宁跳下了马车,心道她们恐怕还是被她连累的。这么大阵仗,毫无顾忌地当街抢人,除了那人她是想不出第二个的。

她跟着那人走没多远,就看到另一辆高大的马车在前面,那马车是桐木质地,挑了琉璃灯,用的是蓝色罩布。黑夜里琉璃灯光弱如萤,马车后站着腰挎绣春刀的亲兵,无比森严。那人撩开车帘,让她上了马车。

马车里点着一盏油灯,有个人正坐在昏暗的灯下喝茶,有山岳之气势。他抬起头道:"罗宜宁。"

果然是陆嘉学!

半夜带着亲兵,提刀在这儿以杀戮堵截她,果然是陆都督的作风。

"你这是做什么?上次我说了,我不知道你在说什么,你会赌钱也只是我猜的。"宜宁冷冷地一笑,问他,"你还想干什么?"

陆嘉学没有说什么,只是拿出一封信甩在她面前。

宜宁打开,慢慢一读,脸色顿时不好。是她写给程琅的信……写了她如何去祥云社,如何被陆嘉学怀疑,希望程琅帮她注意陆嘉学的动向。

难怪他今天这么大手笔……在府学胡同外堵她。他恐怕是什么都猜到了,没有任何狡辩的余地了!

宜宁心道不妙,心剧烈跳动起来,扔下信纸转身想逃下马车。但陆嘉学片刻就从身后侵袭而来,一个手刀砍在她的后颈。宜宁顿时浑身一软,倒了下去。

陆嘉学把她抱在怀里,低下头冷笑道:"还敢跑?"

外面有人道:"侯爷,咱们现在去哪里?""回府。"陆嘉学说。

夜寒露重,书房内点着烛火。

徐渭收到的密报是有关罗慎远的,有人在皇上面前参了他一本,说他与曾珩勾结卖国。虽无物证,却有人证——这个人就是曾应坤。但是曾应坤还在押解进京的途中,尚未进京。

罗慎远并不确定曾应坤是否知情,曾应坤是一介武夫,不如他的儿子曾珩聪明。曾珩的往来皆是机密,应该不会告诉他父亲。

徐渭慢慢地收了信,看了沉默的学生一眼:"无风不起浪,没有把柄人家可断不敢诬告。你告诉我,你真的和曾珩往来过?"

罗慎远是真的和曾珩交易过,但这事于他危害很大,不能让人察觉,就算是徐渭也一样。

"曾珩的老家在保定,与学生是同乡,他生性好交友,当年他在保定的时候曾和学生有过往来。但若说学生与他勾结,通敌卖国那是绝无可能的。"罗慎远道。

徐渭恨通敌卖国之人,他虽然果决坚毅,却也心系天下百姓。他不喜欢罗慎远这种顶级政客的性格——大原则不错,但只对利益和权势感兴趣。像杨凌那样就很好,有血有肉,有冲动有智慧。至少他心里是充满悲悯的,愿意改变天下苍生的命运。

与曾珩有往来十之八九是真的,但罗慎远绝不会在他面前承认,这也是让他心里不舒服的地方。因为罗慎远只信他自己。

"你先回去吧,以后多加注意,不要让人抓住错处。盯着你的眼睛多着呢。"徐渭冷淡道。"多谢老师提点,学生一定警醒。"罗慎远向他拱手,然后告退出了书房。

他从徐府出来,上了马车,正思量曾珩的事,就看到家里的小厮急匆匆地骑着马过来。小厮带了一封书信来。

"大人,这是从程府送来的信,说是万分紧急,一定要您亲阅!小的等许久未见您回来,故赶紧来找您,怕耽误了事。"

罗慎远伸手:"拿来吧。"下属恭敬地递给他,他接过打开,发现里面还有个小信封,用蜜蜡封了个"琅"字。

这是程琅惯用的封蜡,程琅为什么会给他送信?

罗慎远把信封打开,读完之后脸色变得很难看,下颌也紧绷起来。他缓缓地把信纸捏作一团,挥手叫人起车。

宜宁跟程琅居然有书信往来,且宜宁还十分信任他?二人恐怕关系匪浅。此事暂且不提,毕竟宜宁又没有嫁给程琅，他不用在意。

程琅让他防备陆嘉学，说他要有异动。为什么他会给自己传信，究竟有什么事发生了？他总不会突然给自己写信。

罗慎远眼神一冷，突然想起来，那份宫中密报……陆嘉学很有可能在调虎离山！

刚才事发突然，他走得很急，让宜宁先回杨家去，这当中能被围堵的地方太多，虽然他给宜宁留下了护卫，但如果是陆嘉学的人，哪个护卫都不可能挡得住！

他顿时有种不太好的预感，叫停马车道："立刻换路去杨府。"

马车朝着杨府疾驰，而杨太太和谢蕴的马车也在返回的路上了，二人惊魂未定。

赶车的马夫被杀了，叫了个婆子出去赶车，她在外面吓得发抖："太太，咱们这接下来是回府去吗……"

"先返回徐家再说！"杨太太好歹要镇定一点，毕竟是土司的女儿。罗宜宁被人挟持走，这事要赶紧告诉罗慎远。

杨太太喘着气道："此事一定不能传出去，否则宜宁妹妹的名声就完了，程四太太，我知道你与她不睦，但她刚才可没对不住你。你千万别把这件事说出去，知道吗？"

谢蕴听着她的话，也敷衍地答应了。

谢蕴再怎么不喜欢罗宜宁，人家面对生死关头也没有含糊，放了她们俩离开，人品没有问题。

"放心吧，我也不是那乘人之危的人……"谢蕴说，心里不由得在猜测，罗宜宁……谁挟持她，又挟持她干什么？居然有这么大阵仗？

杨太太手脚发麻，好半天才缓过来。

烛火的光透过菱纹绡纱的帷帐，影影绰绰。

罗宜宁看到了朦胧的微光，头昏昏沉沉地痛，片刻后才想起自己怎么了。

她从床上站起身，撩开帷帐往外走。屋内布置得富丽堂皇，灯光柔和，黑漆地板上铺了绒毯。屏风上的流光溢彩孔雀羽，竟是用翡翠和金箔以及蓝宝石一块块镶嵌出来的，极尽奢华。

她走过去拿起烛台，把烛台上的蜡烛砸了，才发现这把烛台不是尖烛台，没法用。她又试了试隔扇，发现居然能打开。

宜宁缓缓打开隔扇，发现前面是湖榭亭台，一张长桌，有个背影坚毅挺拔的人背对着她坐着喝酒，旁边四立着侍卫，鸦雀无声。

屋外一轮下弦月，残月如钩，光辉淡淡。深秋的夜里也没有蟋蟀唧唧，夜雨潇潇。唯有湖面波澜微动，月光照在上面好像碎了一般。黑夜总是给人这种感觉，迷茫，无依无靠。

"陆嘉学。"身后的那个人终于淡淡地喊他。这一声他等了很久，非常久。

那天她再也没有回来，他在山崖下搜寻，却再也听不到这个声音。到后来山间起雾了，他脚步踉跄，有人劝他回去，他心里越来越绝望，因为听不到那个声音了。

他杀了兄长那天，跪地立刀，鲜血四溅。后来功勋加身，登上了一人之下万人之上的位子，成了陆都督，替皇上铲除异己。可他从这些冰冷充满血腥的荣耀里回头，也找不到她，听不到她的声音。那个灯下给他做衣裳、等着他、抱着他哭不要他去从军的人，真的不在了，她逝去得这么容易突然，陆嘉学无法说服自己接受。真的，没有办法。

披荆斩棘，伤痕累累的疲惫灵魂，无处安放。

所以当他再听到这个声音的时候，拳头捏紧，竟然重新激动起来。"你终于醒了。"他放下酒杯站起身，示意周围的人退下去。

宜宁看着他往后退了几步，他随之跟着走进来，顿时挡住了屋外的月光，反手把房门关上了，道："你想去哪儿？"

宜宁抬头看着他。这个人就是这么霸道，罔顾别人的意志。他已经杀了她一次，还想怎么的，杀第二次？

念头在片刻之间流转。她被逼得步步后退，而他步步逼近。

"退什么。"陆嘉学看了看四周，他现在已经很难得到这里来了。这个屋子尘封许久，他只叫人日日打扫，却很少再涉足其中，因为那个住在里面的人不在了。

如今他就把这个人关在里面，她虽然害怕后退，他却有了种重新充实的感觉。他笑了笑问："这个地方熟悉吧，罗宜宁。"

宜宁看了许久才想起来这是哪里。这是她原来住的东暖阁。

炕床边的多宝槅，放着她原来最喜欢的瓷枕，一个翘头尾的胖头娃娃已经磨砺得褪了釉色。窗边挂着一串线编粽子，也与屋内陈设格格不入，那是她编的。墙头上挂着把琵琶，这是她母亲留给她的，每一根弦她都从头到尾地仔细摸过。

仿佛经过重重岁月的洗礼，这些代表她曾经生活痕迹的东西浮现于面前，把她带回了当年在侯府那段庶妻的日子。

无知，纯粹，平静背后却都是暗流涌动的血腥和黑暗。

罗宜宁沉默许久，才问他："陆嘉学，你带我来究竟想做什么？"

陆嘉学没有说话，英俊的脸因为岁月的刀斧而深邃。她叫了两年的义父，如今终于能叫他一声"陆嘉学"，毫无顾忌，不用掩藏自己的疏远。

这个时候，她也不再是魏宜宁了，她就是罗宜宁，十四年前惨死的罗宜宁。

宜宁闭了闭眼睛，打算把这一切都坦白了，无所谓对错，无所谓他会不会杀自己。她被折磨这么多年，也应该问清楚，和原来一刀两断！

"我是罗宜宁。"单是这五个字就无比重，但是又有种不顾一切的决然。

"但是罗宜宁已经死了。"她的声音有种压不住的战栗，表情却很平静，"你想再杀了我也行，折磨我也行，我不怕死，只要你放过别的无辜的人。你原来做的那些肮脏龌龊的事、如何弑兄夺位，也没有人会知道。"

陆嘉学缓缓地闭上眼。

煎熬一样地等了十多年，那些疯狂绝望好像无底深渊的夜晚，一遍遍加重失去她的痛苦，现在她就在他面前。而他不再是一个普通的侯府庶子，他是陆嘉学，权倾天下的陆都督。

现在人在他手中，谁也无法再从他手里抢走。

"罗慎远是我兄长，他娶我只是为了帮我。"宜宁顿了顿，想到那道孤拔的身影，他不能被自己连累，"你想做什么尽管对着我来，不要针对他。"

宜宁说到这里，突然觉得陆嘉学听到这里表情不太对。

还没有反应过来，陆嘉学突然反手把她抵在了墙上，语气沉重地笑了："罗宜宁，你是我的妻子，你要记住。你死了也是，活过来也是。所以没有什么别的丈夫，明白吗？"后面一句话突然凌厉。

陆嘉学抵着她问："你还有胆子给他求情？我还没有问你，皇后给你赐婚那日，你为什么不告诉我！我完全可以娶你。"

宜宁后背火辣辣地疼，但被他挤压着，动也动不了，她却也笑了："陆都督……您可是我的义父！上了族谱的，做不得假。"

陆嘉学突然一拳猛地砸在她旁边的墙壁上。

"让我看着你成为我的义女，看着你出嫁。罗宜宁，你觉得好玩吗？"陆嘉学捏起这个人的下巴，冷笑着看着她的脸继续说，"我现在的地位，一不注意就能弄死你，你也不惜命？"陆嘉学低沉的声音在她耳边响起，"罗宜宁，你就这么想惹怒我？"

宜宁被他逼得退无可退，闭上眼笑道："惹怒你？那你知不知道粉身碎骨是什么滋味？"她的语气又长又沉重，那是二十多年受尽折磨的痛苦，只凝聚在一句话的重量里。

刚才被他扣得太急，罗宜宁咳嗽了一声，继续说："枕边之人日夜在算计你，那又是什么滋味！你要谋划权力牺牲掉我，我说过你半句吗？"

这些话已经在她的心里埋藏了很多年，她的眼泪从眼眶里滚了出来。

好像又回到簪子里，知道身边的一切都是假的，没有人听得到她说话，让人呼吸不过来。"我从未害过你。"陆嘉学皱眉道。

当年他已经牺牲太多。为了给她安稳的生活，他这么怜爱、费尽心机保护的人，怎么会想去害她！

"我暗中谋划权势，为了保护你才什么都不告诉你。罗宜宁，我与你之间的情谊，你觉得是假的吗？"

罗宜宁面无表情地看着他。这么多年了，她已经不知道什么是真什么是假。如果不是陆嘉学，还能是谁？

她跟谢敏一起二十多年，确定她不是凶手。

他粗哑的嗓音在她的耳边响起："罗宜宁，我爱你爱得不忍心要你跟我上床，我怎么会杀你。"

察觉到陆嘉学的手已经放在她的腰侧，罗宜宁猛地一推："你让开！"

"你说你不曾害我，那还能是谁？"罗宜宁浑身发抖，她看不出陆嘉学是否在说假话，但是她多年的警醒告诉她，不能轻信陆嘉学的话。她颤抖着继续道，"当年你把我的死嫁祸于谢敏，难道不是为了向陆嘉然发难夺位。陆都督，你如今身居高位，就忘了自己当年怎么算计别人的？"

陆嘉学再次把她束缚在自己怀里，说话之间似乎冒出一股子的血气："我为了谋权的确做了很多，但是当年的我是真的以为你是为谢敏所杀！"

就算宜宁不死，他也会杀死陆嘉然，但是陷害谢敏，是无处谈起的。她无法信任他。而且今天这事，实在让她更觉得无力！

宜宁似乎觉得可笑，无法挣脱，只能靠着他的胸膛喘气，说道："你知不知道你今天做出这等事，传出去我也不用活了，三尺白绫吊死最好！你可曾想过这个？"

她莫名被陆嘉学劫持，这怎么说得清！名声被毁，她要是不自尽，就要一辈子被人指点。

"你想多了。"陆嘉学低下头看她，眼神带着毫无顾忌的冷淡，"你以后再不是罗三太太，所以罗三太太的名声无所谓。既然已经落到我手上，那就是我的了。你还能回去？"

他不在乎罗三太太的名声，因为罗三太太已经死了。他随意给宜宁捏造个身份与她成亲，谁也管不了！

罗宜宁看着他很震惊，突然不知道要说什么。

"你这个疯子！你已经认了我做你的义女，我们在一起是逆伦！"她想要推开他，"你放我回去！"

陆嘉学笑了，语气透出极度的冷意："我陆嘉学权倾天下，在乎这个吗？你愿意叫我义父也无所谓，来，喊声义父听听，就当作情趣了。"他低头亲她的脖颈。

宜宁伸手想掐他，但是他如山般高大，全身似乎都坚硬如铁。她现在不过是个十四岁的小女孩身体，如何拧得过他。

罗宜宁嫁给了别人，陆嘉学恨不得杀了罗慎远。现在罗宜宁在他手上，幸好在他手上。

罗宜宁的鼻间全是陆嘉学身上的味道。她只能张嘴咬他的肩，狠狠地咬下去，陆嘉学觉得有点痛，却任由她咬。宜宁感觉到他似乎紧绷了一下，放开了他，就见两排可见血丝的牙印。陆嘉学却还是握着她的手不放，罗宜宁都能感觉到他手上的茧，刮得她的肌肤有点疼。

"陆嘉学。"她闭上眼道，"我已经嫁人了，我有丈夫……你把我留着又能如何，难不成要拘禁我一辈子？"

"丈夫？你可要弄清楚，你丈夫就在你面前！"陆嘉学冷哼道。

他还是放开了她，她实在是多虑了，他再怎么禽兽也不会强了她的。他低下头附在她耳边问："告诉我，罗慎远与你圆房没有？他若没有，我还可以饶他一命。否则，我就杀了他……"

如果说没有圆房，对她来说大不利；但如果说有圆房，以他的手段对付罗慎远，二十多岁的罗慎远还斗不过已经权倾天下的陆嘉学！

"没有，你可满意？"罗宜宁毫不相让地看着他。

陆嘉学看着她很久，颇为留恋她这个生动的样子。他的手摸着她的脖颈，特别是摸着她的细嫩之处，好像随时会掐下去。

"就算你不从，但是把你找回来，你再回到我身边，我还是非常非常高兴。"他亲了亲她的侧脸。

罗宜宁却瞪着他,好像要啖血食肉一般。其实没有什么杀伤力,她连手都这么软绵,对付个长年习武的她能有什么办法。

"你睡吧,我明日再来看你。"

陆嘉学放开了她,与她共睡一床是不行的,半夜他若是兴起她可没办法。他走出房门,吩咐看守的人:"看守好了。"

那两人忙应声:"恭送都督大人。"

宜宁听到他走了,才从床上起来,走过屏风围绕的净房,发现净房的窗扇外面都守着挎刀侍卫……

这就是个铁笼子,插翅难飞。

陆嘉学这是想软禁她?那干吗不拿根狗链子拴上,方便多了。

罗宜宁抬头望着宫灯。明日还不知道要怎么办,陆嘉学如何才能放过她?她给杨太太的东西,不知道她能不能如约转交给三哥。

深夜,陆嘉学那边还没有歇息,叶严在和陆嘉学汇报大同那边的进展。

"锦衣卫直接捉拿下曾应坤,他倒也没有反抗。他在山西的党羽众多,大同有七成以上的武官都是他的徒弟或是好友,牵连甚广。按您说的,已经把这些人关在囚车里押解回京了。但您说要拖延两日,就不知安排在哪里为佳……"

"大慈寺后山有几个四合院,原是我修来存放兵械的,暂把人关在那里吧。"陆嘉学道,"等两日我亲自押送过去。"

叶严拱手应声。屋里油灯绿豆大的灯点,烧到了灯芯结,眼看着光弱了下去。

但是都督的书房里可没有人敢去挑灯花,只看到陆嘉学凝神看着前方一幅舆图,似乎正思考着什么,又似乎什么都没有想。他们动都不敢动,屏气凝神地等陆嘉学的下一个吩咐。

他手里拿着的虎符正敲着桌沿。那可挥动千军万马的东西,在他手里如小孩的玩具般把玩。

轻轻磕着桌沿,让人越听心里越发紧。

"对了,还有大慈寺……上次请他算个命数,倒是说得准了。"陆嘉学闭着眼睛靠在椅背上,"告诉他一声,我改日带人亲自去拜访他,让他好好准备。"

叶严再次应是。他跟随陆嘉学多年,对他的心意了如指掌。

这时候外面有个丫头来通禀,一般这种时候,内院的仆妇都是不能进来的。陆嘉学却一听说来人就立刻放进,丫头屈身道:"侯爷,那位姑娘,她身子不适……奴婢瞧她似乎一直没睡着,奴婢问她她什么也不说。您看如何是好?"

"她不舒服?"

陆嘉学皱眉,随后道:"我过去看看。"

小厮立刻拿了灰鼠皮的披风给他披上,陆嘉学回头看了一眼,犹豫道:"你们先退下吧。"就大步出了书房。

叶严与副将面面相觑，先后出了书房。两人走在抄手游廊上，叶严忍不住问："我记得都督身边好几年没人了吧……上次还是有人讨好都督，送了个会弹筝篌的扬州瘦马，似乎也没留几个月就转手了。"

副将就压低了声音道："都督把人抱进来的时候戴着斗篷，不过我悄悄看了一眼，当真十个扬州瘦马也顶不过那一个的。"

叶严倒吸口凉气："你这说得邪门儿，有那么好看吗？"

副将笑了笑，得意扬扬地摇头，"你我跟着都督也有数十年了，早年他身边美女如云的时候，也未见着对哪个这么看重。也许这个是真的不一样，说不定再过几个月，咱们就要有侯夫人了。"

叶严却也笑："要说有侯夫人，我是高兴的。否则都督大人这么大的家业，他没有子嗣，还要从旁支过继个侄儿来继承，岂不是太便宜了他们？"叶严觉得只有侯爷的血脉，才担得上这宁远侯府候爷的位置。

"不过也许是你我二人异想天开，都督大人指不定就是图个新鲜而已。"副将见已经出了月门，看得到影壁了，就说，"真若是要娶侯夫人，就应该找媒人下聘，明媒正娶。现在都督大人把人藏在家里，应该也就是个瘦马罢了。"两人说着才走远了。

罗宜宁捂着小腹蜷缩在床上，小腹如刀搅动，浑身都是冷汗，一阵阵想吐的感觉不停翻涌。

宫寒是她的老毛病了，调养了一年原本是好过来了的，但现在不知怎的又开始犯了。若是在家里，青渠便会为她煎药，珍珠灌手炉给她暖腰窝，三哥必也特别注意，她稍有个头疼脑热他都担心，而且是那种对小孩子的关心，觉得她是日常不听话，吃了过冷的东西，或者在书房看书睡着没盖被褥才生的病。所以她一生病他就皱着眉，然后全程监督她的喝药和饮食。

人生病的时候是最脆弱的。罗宜宁开始无比想念罗家，想念罗慎远，甚至是英国公府。而宁远侯府早不是她的家了，她熟知的那些人事早湮没了。

可能是疼得太过，宜宁开始有点胡思乱想了。

丫头来看了她两回，皆是束手无策。只得给她烧了热水用，然后赶紧去通传陆嘉学。

陆嘉学到之后解下披风递给服侍的丫头，撩开帘子走进千工床内，坐在床沿把她抱进怀里。她意识模模糊糊，谁抱她也不清楚。只闻到一阵陌生又熟悉的味道，将她围拢起来。

"可是小腹不舒服？"丫头去书房通传的时候，是见人多故不好说。都是经验丰富的，宜宁什么情况一看就明白。陆嘉学没想到她现在身体这么不好，前世罗宜宁连个头疼脑热都没有。他把她整个人搂在怀里，手放在她的小腹替她缓缓暖着。

他颇为享受这种照顾她的感觉。这和过去不一样，过去的罗宜宁心里是依赖他的，他便把罗宜宁当成妻好好护着。但现在罗宜宁心理素质无比强大，只有她病了，靠在他怀里才不会挣扎。

陆嘉学摸到她的脚还是冰冷的，干脆翻身上了床，把她整个抱在怀里。宜宁神志不清，感受到大手的温暖，只喃喃道："三哥……"

陆嘉学的大掌缓缓捏成拳，嘴角露出一丝笑意。要不是知道罗慎远是她的兄长，娶她是事从权宜，他一定会把罗慎远给弄死。念头至此，他忍不住低头在她的嘴角细吻。

他的妻子，现在回来了。枯竭的内心渐渐被湿润，稍微柔软了一些。

罗慎远派人送了杨太太回去，叮嘱她此事绝不能走漏消息。杨太太明白，这是和谢蕴一早就说好的。

谢蕴站在罗慎远的书房门侧。这是她第一次到罗家来，他的书房里养了两只老大的乌龟，看得出是好好打理的。大乌龟游来游去，吃些小鱼虾，或者停在假山下面休息，慢腾腾的，壳也光滑油亮。因为不会被吃，故活得相当从容。

谢蕴觉得罗慎远是那种对感情很淡薄的人，不像是有闲心养乌龟的样子。

她第一次看到罗慎远其实没觉得他有什么特别的，站在孙大人身侧沉默寡言。那时候别人告诉她孙从婉也有才女之名，她非常不屑。孙从婉那种娇娇弱弱的深闺小姐，但凡能念几句酸诗都能被称作有才气了。

故她有意用灯谜为难孙从婉，他却站出来，轻易地为她化解了。他对答精妙，气度从容，好像她只是个无理取闹的孩子一样。

当时谢蕴还不服气，语带刻薄道："孙伯伯，这位说话的可是您家的亲戚？"孙大人笑着告诉她："你不是一直想看少年解元郎吗？他就是啊。"

谢蕴收回思绪，在门口徘徊片刻才道："抓她去的应该不是劫匪，是不是你惹到哪路达官贵人，才让她被抓的？我知道你心疼她这个妹妹，被抓了你也心急。你要是有什么地方需要帮忙的，可以来找我……"

他却靠着太师椅闭目养神，似乎没有听到。谢蕴忍不住高声喊他："罗慎远！"

罗慎远这才睁开眼睛，看了她一眼又闭上："你怎么还没走？"

他手里拿着杨太太交给他的东西，是宜宁出门的时候佩戴的一枚耳珰。他告诉过宜宁，若是陷入危急关头的时候，留一枚耳珰就是无性命之虞的意思，没想到她还记得。她就能断定跟着陆嘉学走，自己就是性命无虞了？其实不过是为了让他别担心而已。

罗慎远的理智无比清晰地告诉他，他正在冷静地判断。

"你可否要我帮忙……"谢蕴换了个柔和的语气，重复了一遍。罗慎远摇头："你回去吧。"

他披了披风往外走去，道："通知英国公府一声，我要去见英国公。"这件事应该告诉魏凌，他是宜宁的父亲，而且手握兵权。

但是魏凌斗不过陆嘉学，罗慎远告诉他只是想有个后方助力。如果真的有事发生的话，魏凌也可以应急。

陆嘉学先以告他一事调虎离山，恐怕为了持续吸引他的注意力，参他错处的言官会越来越多。不过他不担心言官，皇上对他非常放心而且器重，只要没有确凿证据，言官再骂也没用，更何况他已经有了应对之法。

男子最恨夺妻之仇，陆嘉学把罗宜宁抢过去，究竟会怎么对她……

罗慎远面色平静，心里翻腾的情绪愈演愈烈。宜宁的耳珰几乎要被他捏入手心里。他好好护着的人，却被别人抢走了，生死未卜。

这个伪善的兄长，他是再也当不下去了。他要做她真正的丈夫，绝不能让别人染指一分。他回过头的时候，脸色是毫不掩饰的阴冷，"给那个人传信，说我明日去看他。"

他已经很少再见此人了。每次一见面，那必定是少不了的刀锋比对、斗智斗勇。

当今世上少有能与他匹敌的人，天才有很多，罗慎远入世，故要练得一身游刃有余的本领。这位却是不出世的天才，归隐于山林，必须是要见一面了。

罗宜宁被疼痛折磨到半夜，快天亮才睡去，但不一会儿就醒了过来。她浑身僵硬，因为察觉到自己在别人怀里。

窗外可能快要天亮了，朦胧的白光透过窗纸照进来。屋内奢华的布置隐约可见，她甚至听到了外头婆子烧热水的动静，以及洒扫的丫头竹枝扫把的沙沙声。除此之外，连说话的声音都没有。而一只大手正放在她的小腹上，轻轻地揉着，手心微微发热。

"醒了。"他说话的时候，嘴唇总是轻轻地触碰到她的肌肤，一股热气让人一颤。他的手环过来，将她抱来面对他，她却往后一缩。

察觉到她的避闪，他又笑道："怎么，多年未曾在丈夫怀里醒来，怕了？"宜宁望着屋内透入的发白天光。对她而言，这个场景的确是无数年不见了。"你不是丈夫。"罗宜宁听到自己说。

屋内的气氛微微一凝，陆嘉学的表情几乎控制不住。

但很快他还是压抑住了，低头去亲她的耳垂，放柔了语气说："我原来没有认出你，所以才那般对你。魏凌出事我不帮你，还要你来求我帮忙。但是现在我认出你了，宜宁，你应该回到我身边来……"

罗宜宁避开他的嘴唇，长长地叹了口气："陆嘉学，就算真如你所说，你没有杀我，我也不是你的妻子了，那个人已经死了。"

那段孤寂的岁月里，她被痛苦洗礼，早就变了。陆嘉学久久地沉默。

直到宜宁想起身，不想留在他身边的时候，突然被他猛地拉了一下，然后他翻身压在她身上，所有的温柔又都不见了。

陆嘉学抵着她的喉咙，掩饰不住冰冷地笑着说："那你就想这么走了？"

"你又想如何！"罗宜宁本来就不舒服，被这突如其来的一下撞得腰疼。她皱眉强忍着不去按，看着这个人锋利霸道的眼神，继续说，"你鼓励我与谢敏往来，就算我不太喜欢她，她时常与我脸色看，我也去跟随她。你告诉我你在外面跟谁玩，走马喂鹰，赌钱喝酒，我何曾怀疑过你？如今想来，你与我惯常的相处，也是你伪装的伎俩吧？那个玩世不恭、嬉皮笑脸的陆嘉学，从来都不是真的陆嘉学。"

"现在这个才是真的你。"罗宜宁缓缓地说，"霸道无情地掠夺你想要的一切。"

陆嘉学觉得自己应该很愤怒，但是情绪里又有一种灼热的酸楚，好像那些被他所珍视的过往，在她眼里都是应该被摒弃的。

他很了解罗宜宁，当年把这个人摸了个透。一个人的想法再怎么变，她的性格是不会变的。

　　罗宜宁是个吃软不吃硬的人，她性格里天生有这个，你若是强硬地去对待她，反倒会让她反感。

　　陆嘉学已经身居高位很多年，习惯了别人对他的服从，他也不是当年的陆嘉学了。

　　但是面对她，他又拿出当年忍辱负重的耐力，低沉一笑，哑声问她："那你可记得有一年，我要去从军。临走的时候，你拉着我不要我走。我就安慰你，便是当逃兵，我也会活着回来见你。"他的手沿着她的脸细细地摩挲，好像多年前那个夜晚。

　　屋里亮着昏黄的烛火，盔甲摩擦出窸窣的声响，她泪盈于睫，却像个孩子一样不肯哭出来，因为不舍得他走。

　　"我所对你表现的，从来都是真的我。"陆嘉学的声音变得轻柔了一些，凑近她，这是一种温柔的逼迫。

　　"你那个时候也是喜欢我的，宜宁，你还记得吧？你抱着我的手臂哭，不要我去参军……"

　　罗宜宁别过头闭上眼，眼睛发疼，她当然记得。一个人的真心是很容易被伤害的。

　　她只恨自己不够心狠，她向来不是个心狠之人。如果……如果陆嘉学真如他所说，没有杀她的话；如果她不曾因在簪子里二十多年，厌倦了陆家这些争权夺位的事的话。

　　而这其实是不可能的，就算陆嘉学真的没杀她，也永远不可能从头再来了。

　　她曾经是有感情，怎么可能没有？但是她的感情已经消磨干净了，因为曾经的欺骗和隐瞒，她甚至无法再相信陆嘉学说的话。她觉得自己现在就活得很好，陆家是腐朽的过去，一回到陆家她就觉得沉重——不可能再回来了。

　　"陆嘉学。"宜宁深吸一口气说，"就算我原来喜欢你，现在也过去这么久了，我不会再喜欢你了……你放过我，好吗？"

　　陆嘉学没想到她还是油盐不进。什么不会再喜欢他，到他手上，由得她喜不喜欢吗！

　　他戴着扳指的大手掐着她细嫩的下巴："你是不是喜欢别人了？"心里的猜测每一个都让他不舒服，有种想摧毁的欲望，"是程琅还是罗慎远？"

　　"这是我的事！"罗宜宁声音变冷，"跟别人无关，你不要胡扯！"

　　"无关？"陆都督又冷笑，再次凑近罗宜宁，说道，"程琅不是想过娶你吗？这东西，我养了他十四年，他居然对你有这等忤逆的心思，要不是我没腾出空，真是想废了他。"

　　宜宁没想到他竟然知道了。他是怎么猜到的？

　　她手脚发凉，突然有些明白陆嘉学为什么如此暴戾。不知道真相还好，知道之后，这些事真的会把人逼疯的。

　　认了她为义女，还差点把她送到亲外甥手上。

　　屋内平息了很久，陆嘉学才平静下来，伸手去牵她："跟我过来洗漱。"语气又稍微缓和了一些，似乎也不想把她逼得太过。

宜宁想避开他的手，但还是被他不容置疑地抓住。她只能告诉自己，此刻冲突起来对谁都不好，才忍耐下来，跟着进了净房。

英国公府里，魏凌正在和魏老太太商量赵明珠的亲事。

赵明珠在一旁握着汗巾，只当充耳不闻，反正她是不愿意嫁给个普通的秀才。她就是沽名钓誉、爱慕虚荣，随便怎么说吧！

魏老太太被她这副样子气得不得了，亲事是她一早看到的，她这般不配合，魏老太太气得把手珠扔在小几上："你究竟想要如何？"

赵明珠跪下道："外祖母，您若是想让我嫁给那秀才，外孙女情愿跟在您身边，一生一世伺候您，青灯古佛一生罢了。"

"你简直胡闹！女子长大了，如何能不成亲！你宜宁妹妹已经嫁了，你若也嫁了，往后你们姐妹俩也好相互扶持，这如何不好！"魏老太太看着她长大，对她最为疼爱。如今看她这般，恨铁不成钢。

宜宁能在英国公府待一辈子，因为魏凌是她的父亲，英国公府就是宜宁的家。明珠呢，自己若是去了，魏凌会护着她吗？魏凌不久就要娶亲了，以后新夫人会怎么对她？以后魏庭长大了，魏庭与她没有血缘关系，难道会容忍她留在府上？

她处处为这孩子考虑，她却固执倔强极了。魏凌一直在旁喝茶没有说话。

实则在这事上，男子比女子冷静多了。赵明珠与他无血缘之亲，虽在他眼下长大，他却不怎么关心。宜宁却是他亲生的女儿，故才十分上心。魏老太太就是养明珠养久了，生了感情，亲疏不分而已。

他见老太太实在生气，才抬了抬手说："母亲，明珠既然不愿意，您也别罔顾她的意思。强扭的瓜不甜，您是清楚的。"

魏老太太气得心肝儿疼，靠着漳绒靠垫，长出了口气说："前些日子，你母亲才来找我，求我为你找一门好亲事。你那父亲如今是药罐子，几个哥哥又没得出息。你若是再没个好亲事，你家就支应不起来了。你母亲说了，你要是出嫁，她还给你攒了一整套的金头面……"

听到记忆中那个常给她做小衣、胆怯懦弱的女人，给她攒了一套金头面，赵明珠心里有些复杂。她一向只有从自己这里拿钱的，每次来见她都刻意穿新衣裳，甚至看得到衣服的折痕。正是看到母亲的卑微，她才不要过这种日子。

魏凌冷笑，他很理解赵明珠瞧不上区区秀才。她是从英国公府出去的，眼界被养刁了，怕是连举人都瞧不上。

"既然明珠不愿意，我倒是有个办法。"魏凌慢悠悠地说，"皇上登基满两年，储宫空虚。若是明珠瞧不上一般的富贵，你看皇家泼天的富贵如何？"

魏老太太听了非常惊讶，第一反应就是不行："那地方她如何去得！"龙潭虎穴，稍有不慎就尸骨无存。

"有我在，自然会保她。"魏凌有往皇上身边插个人的意思，赵明珠长得漂亮，又是在英国公府长大的，是上佳人选。

"也不一定就选得上,呈上名帖还要皇上定夺。但我已经打听过了,这次一旦圈名留下,就会赐选侍的位分。"

魏老太太觉得这是在害明珠,坚决不同意。明珠听了却沉默了。

她想到了看不起她的魏颐母子。

当今皇上正值壮年,不过三十出头,她若是能伺候皇上,将来有机会坐上更高的位置,不怕有人会再看轻她,而且又是泼天富贵。这机遇实在难得,还有魏凌愿意为她保驾护航。

若是她答应下来,她就是从英国公府出去的,魏凌以后不会不管她。她是很想答应的。

魏凌看得出两人的犹豫,喝着茶又笑了一声。再怎么着,母亲心里潜意识地觉得明珠更重要,宜宁那次差点被指婚的时候,她可没有这般忐忑过。这事他已经考虑很久了,只是找个合适的时机说出来罢了。

这时候外面有前院的小厮传话,说罗慎远来拜访他。

侍郎女婿来了,魏凌怎么会不见。他让两人好生思量一番,自己换了件衣裳去前厅见罗慎远。

他远远就看到罗慎远在花厅里喝茶。

今天他有点不同往日。可能罗慎远在他面前还表现得比较温和,现在他身上却有种如刀锋般凌厉的感觉,气势毫不收敛,放在扶手上的手指骨凸出。他记得女婿还是断掌,这其实都是很适合习武的手,因为打人非常痛,但偏偏他是从文的。

魏凌不知道他为何而来,咳嗽一声问:"我那女儿未跟你回来?"说着就往外瞅。

女儿出嫁之后府里冷清不少,他精心给她布置的闺房也没人住了,唯有她出嫁前留给他养的那只小凤头鹦鹉热闹。怎么不热闹?小凤头整日怪叫,烦不胜烦,魏凌简直想拍死它。他日夜就盼宜宁回娘家看看,最好一次就住个把月的。

罗慎远微微一叹:"这次来,正是要和您说宜宁的事。"他把宜宁被人挟持的事讲了一遍。

魏凌听了才渐渐严肃起来,手捏着扶手咬牙道:"可知道是何人?"

竟然敢挟持他的女儿!当他英国公府没人了?"陆嘉学。"罗慎远的语气很平淡。

魏凌差点以为自己听错了:"陆嘉学,宁远侯爷?"他非常惊讶,怎么会是陆嘉学!"您觉得还有第二个陆嘉学?"

魏凌摆摆手,他是没想明白,陆嘉学挟持宜宁来做什么?对于他的地位来说,宜宁没有任何利用价值。

"那不行,我得去找他说才是。"魏凌当即就要叫下属进来,"总得问清楚是为什么,把她接回来。在他那儿传出去,别人会怎么说!"

"我告诉您这事,却不是想您轻举妄动。"罗慎远手指叩着扶手道,"对付陆嘉学,您恐怕也是束手无策。事实上,我希望您不要去找他。我这次来,是想求您另一件事。"

"平远堡战役您问我要不要战功,我当时怕被牵连,说我不要。现在我希望岳父大人可以实现诺言。"

魏凌不知道罗慎远葫芦里卖的是什么药,但是非常疑惑,甚至怀疑,这些疑惑如蚂蚁啃食着他。

罗慎远其实很不想牵涉到曾珩的事情里来，他毕竟是靠曾珩发了财，而且这件事会暴露他的某些交友圈，这对他的仕途没有好处。例如保定圈子，保定有点名声的官员或进士都靠这个圈子交流，这个圈子很隐秘，几乎无外人知道。

但陆嘉学把他逼到这个地步，没有办法了。不然等曾应坤到陆嘉学手上，屈打成招是肯定的。

魏凌答应不会轻举妄动。罗慎远离开了英国公府。

## 第三十五章 正面交锋

大慈寺这里很清净，特别是那个人住的院子，静得连鸟叫都没有。

寺庙依山傍水，钟磬声悠悠荡荡地回荡在夕阳西下的山间。院子刚扫了落叶，青石砖上干干净净的。

"你今天怎么来了？"道衍缓缓睁开眼，他的目光也很凌厉，但这种是对于他静坐的反衬。

罗慎远从旁边的香盒里拿了香，踱步进了屋子。

他给佛祖上了香，天外黑沉下来，这里的天颇有塞上胭脂凝夜紫的味道，异常瑰丽和沉重。

道衍穿着僧袍，手腕上盘着一串佛珠。他还是像个普通僧人一样，似乎没什么特别的，好像也不是那个平定福建倭寇叛乱的战神。

"觉得自己罪孽深重。"罗慎远看着释迦牟尼金箔贴身像说。当年他在大理寺的时候，几乎每天都要来上香，因为他手上的鲜血多得数都数不清。

道衍让小童煮了茶，指着炕床让他盘坐下："师父当年在保定小住几日，就收了你为徒。他说你天资聪颖，日后不可小觑。我却一看就觉得你麻烦，毕竟你一来师父就让仆人把我的鸡宰了给你吃了，让你补补。只是咱们周学学派，你的确是唯一入世的，我也要时刻提点你。"

罗慎远只是沉默。屋内火炉里常年有炭，用来烧水的。暖烘烘的炭和外面的狂风比起来温柔暖和。

隔扇外又开始吹风了。大风吹得屋外的大树不停地摆动，次日早晨就吹断了一棵树。

宜宁被陆嘉学带到他的书房侧间，他让小厮找了本字帖给她，自己到了外间处理事情。

看他这么自如，根本不在乎她拒不拒绝的样子，罗宜宁就想踢死陆嘉学。说她油盐不进，难道他又好了？这么多年都是那个臭脾气，无论别人说什么只管笑眯眯的，实则极端固执，认定就不会变。她说了不会妥协，那便绝不会改变的。

她半晌才收了怒气，把字帖扔到一边，自己铺了张澄心堂纸练字。

阳光透过竹帘照进来，外头的风吹得有些冷。罗宜宁走到窗边想关上窗，就听到外面的人说话："侯爷，曾应坤已经答应指认罗慎远和他儿子有往来了，不过他还有条件，希望您能放过他那些学生……"

"放过？"陆嘉学冷笑一声，"派人追杀我的时候，他可干净利落得很。"

宜宁听到这里，微侧过身往外间看去。陆嘉学坐在右边最首的位置上，几个穿官服的人站在他面前，有些卑躬屈膝的味道。

宜宁手指挑着竹帘，静静听着。

周围的陈设虽然变了，但这个屋子一如多年前，甚至是外面种的那株女贞树，都枝叶丰茂。

"属下明白侯爷的意思，那立刻回去传话？"

陆嘉学又摆手："曾应坤还以为自己是总兵，跟我谈条件。你告诉他，现在他们那些人的生死由我，让他好好掂量。"

那人方才领命退下。

宜宁看到那人走出书房，才放下帘子走回桌前继续练字。不久陆嘉学挑帘进来了，问她："在写什么？"

他踱步到她旁边，看到她一手字写得凌厉漂亮，无女儿家的脂粉气，陆嘉学的笑容慢慢收了起来。他记得罗宜宁是不会写字的，故给老太太的佛经还要他帮着抄。他一手拿过来，看到写的是一篇《逍遥游》。

他又不喜欢读书。书房内最多放些兵书、舆图，没闲书看，宜宁这是默写的。他语带嘲讽道："你那位状元郎三哥，倒是真心把你教得好。"

陆嘉学突然又想起什么，仔细看着宜宁的字迹，有几分熟悉感。陆嘉学顿时起了谨慎之心，一把掐过罗宜宁的手说："你罗三哥娶你，他跟你究竟是什么关系？"

罗宜宁很冷静地道："我和他一起长大，他带我读书。"

陆嘉学笑了笑，微眯着眼睛说："罗宜宁我告诉你，我现在放任你可以，但别让我发现你跟其他男人有眉目。否则我就不管你是不是什么小日子了，知道吗？"

罗宜宁听到忍了忍，毕竟又打不过他，便说："我刚才听到，你跟你的下属商量曾应坤指认罗慎远的事。怎么，你们要陷害忠良吗？"

"罗慎远也算是忠良？你太看得起他了。"陆嘉学在她身边坐下来，看到她站在身边，穿了一件淡绿色菖蒲纹杭绸褶子，素白挑线裙。虽然抗拒地站得笔直，但至少还是站在他身边的。他的语气舒缓了许多："当年我帮你抄佛经的时候，你记不记得？"

"你那个时候字迹奇丑，"他露出一丝笑容，"怕你拿出去丢了我的脸，故我帮你抄。你的聘礼单子也是我亲手写的。"

陆嘉学靠在太师椅上，这个戎马一生、权势无边的男人回忆起往昔的时候，语气格外温和，因为已经放在心里摩挲无数遍了。

"几个兄弟里我最不擅长读书，那时候为了你苦练写字，真让我练了出来。娶你的前几天，我就伏在烛火下……"他指了指烛台，"一笔一画地写，你可能永远也不知道。"

"你胡扯！"罗宜宁皱眉，不知怎的心猛地一跳，打断了他的话，"你那时候根本不认识我，怎么会是为了我？"

陆嘉学凝视她许久，嘴角微扯："你是不是傻？如果不是我想娶你，凭你的身份，嫁一个侯府庶子也不是那么容易的。"

她前世出身的罗家的确无法跟现在的罗家比，父亲做顺德府治中，也不过是正五品的官而已。

她知道不容易……当时继母想嫁出去的是嫡妹，是她去祖母面前卖乖示软，祖母才答应了。但仔细想来，那时候祖母的确是答应得太快，以至于继母去给她请安的时候脸色总是不好看。

"我早便见过你。"他目光放远了些，"在顺德知府的府上，你那个时候才十四岁，梳着双环髻，你和你的嫡妹嫡姐在一起。你大概是不记得了，那时候知府厨房里有个三四个月大的小狗，刚被买进来，小狗活泼啃坏了东西，被小厮打掉了牙齿，快要死了……"

他说起当年的事来。

陆嘉学想到那个穿粉色菱纹短袄的少女，映着初冬的阳光，细嫩的脸像水蜜桃般，有层细细的白绒。她看到这只小狗挨打，当时没有说什么，后来却偷偷地寻来，手里端了个青瓷小盘碟，里面倒了些羊乳，在厨房旁边的草丛花圃里搜寻。

她沿着血迹，找到了躲在灌木里瑟瑟发抖、满嘴是血的小狗。她还小，富有同情心。看得手都在抖，但是羊乳凑到小狗嘴边，它又吃不了，宜宁急得不知如何是好。祖母不喜欢小狗，嫌它们掉毛弄得到处都是，家里的姐妹因此连只猫都不敢养。她又不受大人宠爱，没人会纵她宠溺她养这些，不敢抱回去，就拿把小瓷勺喂它。

当时他在顺德知府府上做客，看到她跪在石子路上喂小狗，静静地看了很久。知府的儿子问他说："陆四，你看什么呢？"

他一个侯府庶子，在侯府里活得低调。侯夫人是个厉害的主，斗得几个庶子不能冒头，他母亲原就是侯夫人的贴身丫头，生了他之后根本不敢亲近。他一个人长得跟野狗似的，小时候兄长欺辱，还要笑着讨好兄长。到外面却是人人尊敬，没人敢冒犯他的。他摸爬滚打地活大了，如今看到她喂小狗，有种奇怪的乐趣。

"管得多！"他站起身，"我今天不去走马了，你自己去。"

知府公子喊他他也不理，他走了出去，轻手轻脚地站在罗宜宁身后，俯身跟她说："你再喂它，它也会死的。"

宜宁被他吓了一跳，手里的勺子就不小心碰到了小狗的嘴，小狗疼得"呜"了一声。她有些恼怒道："你这人，吓人做什么！"

陆嘉学觉得自己就像引诱小孩一样，笑着逗她："它嘴巴都烂了，你不给它包扎，再喂它也会死的。你是不是笨啊？"

陌生男子华服锦袍，一看就是非富即贵，就算不是知府的公子也是贵客，但是说话太不客气，可她也开罪不起。宜宁不想理会他，抱着小狗起身，准备换地方。

哟，还真是有点脾气的。

"你若是求我，我帮你救它。"陆嘉学幽幽地道，其实他对小狗没有什么同情心，就是想逗她，他其实比她大了三四岁的。

她犹豫了一下，停下来问他："你送它去医馆包扎吗？"

"当然的。"陆嘉学说，"你出去不得，我却能随便出去。"

小狗卧在她怀里，可怜兮兮地垂着脑袋。刚被买来的时候它这么活泼，现在被人碰一下都吓得发抖。她看了看小狗说："那我求你带它去医馆吧。"

竟然这么容易，陆嘉学失了些兴趣，伸手接过来，心想是一句话的事。等一会儿他去走马的时候就扔去医馆，留几钱散碎银两，一时忘了这事。

直到她在门口不停地徘徊，陆嘉学跟知府公子一起喝酒才看到她。他心里"咯噔"一声——她的狗已经扔医馆好几天了。

他刚出门去，宜宁便兴冲冲地上来问他："狗好了吗？能吃东西了吗？"

陆嘉学才想起去看看她的狗，同知府公子去了趟医馆。医馆又不知他的身份，说狗不吃东西，半死不活已经被扔出去了，现在应该变成狗肉汤了。陆嘉学把医馆的招牌给砸了，回来之后，罗宜宁满心期许他拿出狗来。

陆嘉学竟然觉得有一丝愧疚，编谎话骗她："它被医馆养得好好的，你要回来做什么！""你说的也是。"罗宜宁挺高兴的，她见不得猫猫狗狗受苦，没事她就高兴。

她真挚地跟他说："谢谢你，你是个好人。"

她觉得她的狗在世界上的某个地方活得好好的，那就够了。

后来知府公子却说漏了嘴，说因为送去的狗死了，陆嘉学砸了人家的招牌，人家不敢上门要赔钱，说他是个流氓。

她知道之后郁郁寡欢，陆嘉学看到她居然哭了。蹲在捡狗的地方，眼泪"吧嗒吧嗒"地掉。陆嘉学竟然又愧疚又心疼，走过去跟她说："你不要哭了，我赔你狗就是了。"

她根本没有为此而动容，不依不饶："我不要别的狗，你说你会救它的，你把我的那条狗还给我。"

陆嘉学觉得她也像小狗可怜兮兮的，心里有种很奇怪的感觉，想把她抱回去好好养。看到她掉眼泪，他把手放在她的头顶，试探地拍了拍安慰她。

她吓了一跳，抬头用看登徒子的眼光看着他，然后就躲开了。陆嘉学看得一笑。

但是后来他要回京城了，最后想去看她的时候，她早就已经离开了知府府邸，跟他们家祖母等人回顺德乡下去了。

他那时候心想等她及笄了，就去向她提亲。因为那种异样的感觉，说不出是什么感觉，麻酥酥的，很温柔。

后来说亲的时候见她竟然不认识自己，陆嘉学很惊讶。想来这小丫头大概从没有正经地抬起头，看他长什么样子，所以就连记也记不得了。

他成功地将她娶回来的时候，看到个端庄贤惠的妻子，他还有点惊讶。直到日渐相处，她才慢慢地放松戒备，如猫探爪试探周围的环境一般，悄悄地就露出了本性。陆嘉学怜爱她，立刻表现得视若无睹，甚至很接受。这让她完全放松了警惕。

于是这猫不仅愿意露出自己的爪子，还愿意伏在他的膝头睡觉，甚至挠他的裤脚，因为已经认定他是无害的。

罗宜宁听完他的话，很久回不过神来。

她从来不知道，陆嘉学曾经见过她，甚至娶她也是他有意为之。现在仔细回想，似乎小时候是做过这件事。至于那个男人，在她的脑海里面容模糊，没有具体的样子。

陆嘉学的脸色很沉重，声音有些沙哑："你觉得我为什么要杀你，是为了向谢敏发难？我费尽了心思娶你，你死之后，我连你的牌位都不敢多看。你觉得我会为了这个杀你吗？"

罗宜宁许久不说话，她模糊地想起了那段记忆。夜凉如水，她站得僵直。陆嘉学就把头靠在她的腰上，声音轻了些："宜宁，回到我身边来……我就不再追究别人了。"

"我该怎么告诉你……"罗宜宁深吸一口气，把手放在他的肩头，轻轻推开他，"别说我无法再相信你，也不再喜欢你。你已经是陆都督了，是我的义父，我也已经嫁作人妇了。这是再无可能的事，你明白吗？"

陆嘉学冷笑："义父又如何？我不介意当你义父。"他站起身，靠近罗宜宁道，"倒是这个嫁作人妇，我听着非常不舒服。我告诉你，只要罗慎远是你的丈夫一天，我就绝不会放过他。"

"你这浑蛋！"她突然踢了他一脚，"我这两天跟你说了这么多，你听得进去话吗！放我回去！"

陆嘉学任她打自己，不为所动。反而带着笑容说："你终于生气了？"

罗宜宁觉得这么对武官没用，特别还是陆嘉学，她喘气休息了一会儿，转身往门外走去。没想那两个下属还没有离开，看到她突然冲出来面面相觑，非常惊讶。罗宜宁不想看他们，径直往外走。庑廊下陆嘉学派给她的几个丫头却拦住她，不准她到处走。

叶严则终于看到这传说中女子的样子，对着副将悄无声息地竖了一下大拇指。惊鸿一瞥，名不虚传，而且看这个样子还颇有脾气，至少敢踢陆嘉学的，他只见到过这一个。

陆嘉学慢慢踱着步从内间出来，心情很好的样子，还高声道："明日我要带你出去一趟，你回去好好休息着。"

外面只传来风声。

罗宜宁听到他这句话脚步却一顿，她一直被看管着，根本就出不去。若是陆嘉学愿意带她出去，说不定这是个绝佳的机会。

她看了看身后的几个丫头，都是高大健壮，一个比她两个还高大，毕竟陆嘉学防她防得厉害。

但他究竟要带自己去哪儿？

书房里，叶严迟疑了一下，拱手道："侯爷，这位是咱们的……"

"不关你们的事。"他摆手，"总之，别惹着她就是了。"他能惹，却不想别人去惹。

"是是。"叶严也很有自知之明，连忙道，"您若是有事要忙，不如属下明日来见您？""先不急。"陆嘉学继续道，眼神冷了些，"把这个送去罗家。"

他指了指桌上的那封书信："后日我要进宫面圣，告诉罗慎远，那是最后期限。"

就算罗慎远只是她的兄长，二人没有夫妻之实，他也不喜欢有人以罗宜宁的丈夫自居。

府学胡同罗家，落日收起最后一丝余晖。

林海如拍着楠哥儿的背，忧心忡忡地说："宜宁在杨家做客这么几天了，也不合规矩啊。你们新婚不足一月，不能空房……我倒是好说话，只是次日你父亲就要回来了。到时候乔姨娘和怜姐儿肯定也在，多说几句，你父亲知道了肯定不高兴。"

罗慎远对林海如不放心，跟杨太太说好了，无论谁问起都说罗宜宁在她家里拜访。

楠哥儿抱着他的老虎小枕头，茫然地睁着眼睛看兄长。发现母亲在说话，伸出小手去抓母亲的嘴："姐姐？"

"喊嫂嫂。"林海如不厌其烦，再次纠正。

"我知道，我会早日去把她带回来的，您不用担心。"罗慎远把收到的信压在镇纸下，逗了楠哥儿几句，然后说："府中每月一千五百两银子可够用？要是不够用，您就告诉我。"

"够用够用，家里几张嘴吃饭，能有多大开销。"说了正事之后，林海如就不敢打扰他了，他公事多。

"我听乔姨娘说，她托了城东最有名的媒人上门给怜姐儿相看，我得回去看着点。不过，怜姐儿已经问起过宜宁的事了……"

罗慎远送她出了书房，才回到书房里，拿出镇纸下的信打开看。

陈义进来传话之后一直没有出去，迟疑问道："大人，陆嘉学怎么还给了期限？您看这信写的是……"

"无稽之谈而已。"罗慎远表情淡淡的，让小厮端烛台过来，他亲手烧了信。陈义分明看到他如刀锋般冰冷的眼神。

他肯定很生气，只是不外露而已。

外面下人进来通传，说徐渭要见他。罗慎远去迎接了他，徐渭走进他的书房，坐下还没有喝茶，就说："你知不知道曾应坤现在在何处？"

陆嘉学说把曾应坤押解进京，算算时间该到了，但刑部和大理寺一直没有收到人。

罗慎远让小厮给他上茶："曾应坤的儿子通敌叛国是确凿的事。您不用着急，学生也是有办法对付他的。"

陆嘉学想用曾应坤来制衡他，但他手里的王牌是英国公。要是真的算起来，平远堡的三成军功在他身，他有恃无恐。

且依照现在两人的地位，一个是功高震主的都督，一个是掌朝廷政务的侍郎，皇上是个聪明人，不会偏袒陆嘉学的。

陆嘉学毕竟是武官，武官始终不如文官的弯弯肠子多。

"既然如此，我自然是放心你应对他。"徐渭说着神情才缓和下来，让罗慎远立刻入宫一趟，去说明曾应坤一事。言官参了罗慎远一本之后，六部震动，连汪远都向皇上过问起来了。毕竟罗慎远是工部侍郎，不是个普通官员。

罗慎远却拒绝了："老师，现在还不是最好的时候。"

徐渭眉头微皱，不明白罗慎远这是什么打算。此事若是继续发酵下去，对罗慎远的仕途会有影响的。虽然他现在身居高位，但摔得也会很惨。特别是他年轻而手段毒辣，已经很为人诟病了。

罗慎远只是拱手道："学生自有打算。"

徐渭对罗慎远还是放心的，便点了点头，叹道："罢了，你比由明果决，他是远不如你的。"

疑人不用，他对罗慎远的能力还是很放心的。杨凌在心性和手段上无法跟他比。也许真的是因为童年的苦难，罗慎远在对待事情上更果决现实，而且好像并不会完全相信别人。徐渭一直认为，要是没有外力阻拦，罗慎远肯定会成为另一个汪远。

他笑着关怀起他的事："我上次看到你的妻子，倒是的确长得漂亮。不过她年纪这么小，能伺候你的起居吗？"

"内人尚小，是我照顾她多些。"罗慎远淡淡道。

徐渭真是没想到罗慎远这样的人，会娶那样一个小妻子。他觉得罗慎远最适合一类人，那种循规蹈矩、女红灶头样样精通的内宅妇人，或者是谢蕴那样能给他强大助力的人。那天那个站在他身后，身姿羸弱笑容明亮的小姑娘，倒是让他这个学生多了几分人气。

好像也是有事情能让他丧失理智和思考的。

徐渭笑了笑道："你以后恐怕要麻烦了。既然娶了，就好好对人家吧。"

罗慎远应是，送老师出了影壁才返回。回来之后他沉默地背手站着，看着窗外橘色的夕阳，心里那股狠戾始终散不去。

陆嘉学，竟然帮他草拟了休书！

权势滔天的人最不用顾忌，权可以交换一切，他们深知这点。

他迟早要对上陆嘉学，只不过是命运不对等。再给他十年，他也能和陆嘉学平起平坐。现在他只能等。

罗宜宁次日一早起来，才知道陆嘉学要带她去哪里。

"我认得一个大师。"陆嘉学说，"他是个奇才，会的东西多又杂，且精通命理。我带你去给他看看。"

罗宜宁听他说到这里，才自昏昏沉沉的瞌睡中醒过来。马车外面天都还没有亮，路边的农舍里还偶有鸡鸣传来，陆嘉学竟然是带她出来……给她算命的？

罗宜宁往角落里缩去，表明立场，无论他说什么都打算不理他。

陆嘉学看了她这副模样，低沉一笑道："没有什么信不信的，求个安心罢了。"

说着就把她的手捉起来，罗宜宁反手要打他，陆嘉学也轻松握住制服了她："你原来身子骨还好,挺健康的。现在却是先天不足,幼时留下的病根未能根治,体弱虚寒,我是怕你早夭。我原来叫他给你卜过一卦,他倒也说得挺准的。"

"谢你关心了,我不会早死的。"宜宁忍不住刻薄道,"算命的哪儿有说不准的?不然你怎么付银子?"

陆嘉学又笑,叫人进来送早饭给她吃,府里做好的梅菜馅儿饼、一碟水晶饺、一壶豆浆。

罗宜宁这几天都没有好好吃饭,实在是心里焦急吃不下。但是不吃也不行,否则陆嘉学会亲自喂她吃,这简直让她毛骨悚然。罗宜宁吃了两个饺子半碗豆浆就不再吃了,陆嘉学看到她的胃口,挑眉道:"你真的吃饱了?"

说罢就要来抱她摸她的肚子,罗宜宁连忙躲开,她在家里的时候,罗慎远也逼她多吃东西。明明小时候挺能吃的一个好好的胖墩,怎么长成娇花了?罗慎远不满意,非要逼她吃下两倍的量不可。罗宜宁也不知道,她看着食物是很想吃,但是稍微多吃一点,嗓子眼就堵得慌想吐,她又不想这般自我折磨,不觉就说了句:"我真的吃不下了!"

陆嘉学一怔,马车里顿时又寂静了。

罗宜宁片刻才说:"你何时放我回去?"

"何时都不会。"他答道,"你是想离开我呢,还是想你三哥了呢?"宜宁嘴唇紧闭不说话。

陆嘉学突然笑了笑,逼近她说:"幸好他是你三哥,要是别的什么人,我就不会留了。你知道吗?"

罗宜宁别过头看着马车外,深秋的早晨还很冷,农田里种的是一茬茬已经成熟的玉蜀黍。陆嘉学的性格太霸道了,还是别跟他说话最好,言多必失。

陆嘉学靠了回去看着她:"今晚回去后,我到你房里去睡。"

其中的意思昭然若揭,甚至是坦坦荡荡。罗宜宁回头冷冷地看着他:"陆嘉学!"

"我是你丈夫。"陆嘉学再次说,"不管你承认与否,你我从未和离,我也未曾休妻。你和丈夫一起睡天经地义。再说你就这么肯定你三哥还会继续要你?说不定你回去之后,看到的就是一纸休书了。到时候你再来找我哭,我便没有这么好心了。"

陆嘉学看轻罗慎远,罗宜宁早就知道了。他毕竟不知道,罗慎远会是唯一能与他抗衡的内阁首辅。

他难道要逼迫三哥休了她?

罗宜宁忍了忍,缓缓问:"你……怎么威胁他的?"

"他的侍郎之位来得太险。"陆嘉学冷哼一声说,"你和他的仕途,不知道他会不会抉择两难。你三哥既然肯娶你,想必也是疼爱你的,只看你忍不忍心让他这么为难了。"

果然还是牵连到他……

要是不想牵连他,难道只能真的让他与她和离?但是罗宜宁根本不愿意,这个人已经成为她的一部分骨血,生命里巍峨的高山和温柔的溪涧,全部是他。她前世跟陆嘉学才相处了没几年,但是这一世,从追着他要他抱的幼童,到成为他的妻子,实在是很久了。

罗宜宁不敢表现得太在意罗慎远,冷着一张脸坐在马车上,不再和陆嘉学说话了。外面天渐渐亮了，不用再走夜路，羊角琉璃灯就灭了。

宜宁原本以为陆嘉学会带她去个巷子胡同，没想到出了城到了郊区，竟然是大慈寺的山门。青山掩映，重峦叠嶂，秋高气爽的季节里也不热，走到山道前，"大慈寺"三个篆书的大字雕刻在界碑上。

"我突然想起来，第一次遇到你就是在大慈寺。"陆嘉学说，"那时候你看到我后转身就跑了。活这么久不见聪明些，跑了更可疑，你不知道吗？"

罗宜宁道："你跟道衍谈论刺杀大皇子的事，我不跑你就要杀我，倒不是因为认出了你。"她反过身继续说，"我也没这么笨。"

陆嘉学听后笑了笑，不顾她的拒绝，拉着她的手径直往前走。他不要她脱离自己看管的范围，以她的性格，很难不出幺蛾子。

有知客师父立刻迎上来，对于埋在斗篷下的宜宁视若无睹，恭敬地引陆嘉学往后殿走去。

因入了秋，山上有些冷。后殿外的油桐树不停地落叶，刚扫过去就落了一层。宜宁踏着枯叶上了台阶，看到前面一座挂了山寺匾额的院子。有随从上前叩响了门，扫地的门童拿着扫把打开了门，从里面探出头来，他刚留了头，梳着短短的刘海。

童子一看地面，就皱着白生生的小脸抱怨道："又要重扫了……"

说着打开桐木门等这些不速之客进去。宜宁刚进去就看到一座影壁，上面写了个篆书的"禅"字。院子里静悄悄的，角落里居然立着锄头和蓑衣。陆嘉学领着她往里走去，宜宁就迅速看着周围。

这个院子只有两进，不算大，没有藏身之处，围墙太高她翻不过去。后院的围墙要矮一些，翻出去之后就是山林，杂乱的灌木丛能够藏身。

但是除非脱离陆嘉学的视线，否则别说后山了，她稍微离得远一些，陆嘉学提溜着就抓回身边了。

宜宁暗想着，已经跨入屋内，对面的炕床上铺了棉质的菖蒲纹垫。

有个人坐在对侧，正在喝水，听到客来的声音也没有抬头。他长得十分俊雅，肤色却是偏褐色，穿了一件简单的褐红色袈裟。若这是个公子，顾景明都要逊他几分。但是个远离世俗的出家人，其举止有种说不出的冷清感。

他站起身念了佛号道："都督大人，您要算的人便是这位吗？"他的声音如钟磬一般，不疾不徐。

陆嘉学让宜宁走过去，在她身边坐下道："劳烦道衍师父看看她的命理，她身子骨弱，若是能调理是最好的。"

这位居然是大名鼎鼎的道衍！

久闻其名，未见其人。罗宜宁听了心里有些惊讶，又仔细看了他一眼，道衍的个子很高，可能以示敬意，他念佛号的时候垂首合十。她想起他那些沿海抗倭、以一敌百的传说，想起他一千两银子难得一把的琴，甚至想起他一战成名，就退隐山林。

原来他是在大慈寺里修行。

陆嘉学居然是让道衍给她看命格，这位可才是真的名垂青史，跟"林青天"一个级别的人物。

"女施主请坐，摊开右手手心。"道衍指了指对侧，他的眼窝有些深，高鼻浓眉，宜宁觉得他的长相不像是纯粹的中原人，深邃的眉眼格外好看些，但是他的眼睛又很淡，好像对什么都没有兴趣。

宜宁依言坐下，道衍开始给她看手相。

道衍显得极长的中指在罗宜宁的掌心摸索片刻，然后看她，闭目细想，睁开眼后道："命格富贵，有贵人。"

这几乎就是一句模板话，十个算命的里面八九个都这么说。宜宁没怎么放心上，陆嘉学也没有放在心上。陆嘉学正想问问宜宁的身体情况，门外却突然传来了慌乱的脚步声。

有人跑进来在陆嘉学耳边低语，宜宁的注意力全在陆嘉学身上了，隐约听到那人说什么后山追捕的。

陆嘉学这次过来，还是亲自押送曾应坤来的。到了这里，本来是想让下属押解去后山，他就不用跟过去了。没想到才一刻钟不到就出了乱子，有人想劫曾应坤。陆嘉学的脸色很不好看："他们多少人？"

那人道："四五十个，看守的人根本不够打。您过去看看吧！那些人都是习武的，一看有机会反扑就跟着动手，镣铐都不管用！"

"一群饭桶，连劫车的都打不过。"陆嘉学眉头紧皱。听这个意思，好像是陆嘉学的事出什么岔子了！

宜宁心剧烈地跳动起来，趁乱逃走是最容易的，不知道陆嘉学会不会过去！而且外面都是陆嘉学的人，会不会发现她？

曾应坤这个人很重要，要是逃脱了后患无穷，陆嘉学不能不过去看。

陆嘉学站起来看了道衍和罗宜宁一眼，叫了两个侍从进来，然后对罗宜宁颇有警告意味地说："你可乖顺些，我去去就回。"

道衍就是他的人，大慈寺又是他的地盘，陆嘉学还是很放心的。

罗宜宁看到那两个高大的侍从，再看看自己的细胳膊，估计一个都干不翻，更别提面前还有个被神化的战神道衍。

她想跟道衍说话，转移这些人的注意，就问道："道衍师父，您还看出什么来了？"

道衍的左手盘着佛珠数珠，轻声说："贫僧还看出，女施主命途多舛，以后怕是凶多吉少。"

他的话音刚落，突然有人破窗而入，这些人穿着程子衣，却蒙着半张脸，闯进来七八个人立刻杀了陆嘉学留下的两个侍从。罗宜宁不知道这伙人究竟是从什么地方来的，又是做什么的。难道是三哥派来救她的？不能确定之下，她一把就抓住了炕边放的一根长棍。

但是就在这一瞬间，罗宜宁的后脖颈居然被一把匕首抵住了。有人往后揪了她一把，她立刻撞在一个充满佛香味的胸膛上。道衍看着她的脸，的确是非常漂亮，足以让任何男人动心，他慢慢地说:"你觉不觉得这样的人,还是早点死比较好?"

他手里的匕首冷冰冰的,而且真的在用力,抵着她的肉,好像立刻就要切开了。道衍这时候目光冷淡,完全不像个出家人。

他居然想杀她!

宜宁一阵心惊,面上却镇定地淡淡道:"大师,我跟你往日无冤近日无仇,你想杀我便要杀了?你这想法不行啊,出家人不是要慈悲为怀的?"她现在力图保命,说什么都不要紧,"我看后山动乱应该是你安排的吧?你就这么想杀我,不惜跟陆嘉学决裂?"

"杀了你我能救很多人。"道衍完全不为所动,那股柔和的佛香味却一直围绕着宜宁。实则道衍长得非常儒雅,且有种慈悲的气质。

罗宜宁觉得自己最近真的倒血霉,怎么还没出龙潭,就又要入虎穴了。

道衍是真的想杀了罗宜宁,他的匕首往下一寸,就能进入她薄薄的血肉中。但是随后门口传来一个声音:"道衍,住手。"

有个穿着玄色灰鼠皮披风、满脸冷峻的人走了进来。是罗慎远。

"师弟,你还是妇人之仁了。"道衍的声音有种奇特的冷清之意。但他的匕首还是没有收回去,而是更近一些抵住罗宜宁的后颈。宜宁看到佛珠上的吉祥结在晃动,她觉得有点可笑。一个慈悲为怀、名垂青史的英雄竟然想杀她。

"大师一代抗倭名将,佛法普度众生。"宜宁淡淡地说,"我虽不认识,却是钦佩已久。如今是百闻不如一见。"

道衍的语气却没什么波动:"你知道我的过往,想必也明白,这些话对我是没用的。"

道衍是修行者,惯常不与女性来往,更何况是这种高门大户的出身。在他看来,罗宜宁太娇贵,也太麻烦了。陆嘉学亲自带她来,不过就是为她算命看相,肯定不简单。所以为了自己的仕途,罗慎远都应该离她远些,最好是让给陆嘉学。

刚才他并不是真的想杀她,只不过是演得逼真一些,看看守在外面的罗慎远什么时候会按捺不住罢了。结果他刚说了句凶多吉少,罗慎远的人就破窗而入了。他想杀罗宜宁,这家伙迫不及待亲自进来了。

道衍还是把匕首收入了袖中,又恢复了一副淡然的高僧模样。

罗宜宁总觉得后颈火辣辣地疼,她暗中轻轻用手一摸,发现指头上有血。

罗慎远走过来,宜宁就把手收进了衣袖中。他凝视她许久,才伸手抚了抚她的头发,低哑道:"没事吧?"

"亏得你来救我。"宜宁松了口气,看了看外面,现在外面都是罗慎远的人了。

宜宁觉得有点恍惚不真实,他这么容易就把陆嘉学的人全杀了?

"陆嘉学此人,"罗宜宁沉吟片刻道,"非常狡猾,我怕这是引你上当的伎俩,不如我们赶紧离开为妙。"

"我们这是声东击西,看似劫车为了曾应坤,实则是为了救你。"罗慎远说。

"此地不能久留。"闭着眼睛的道衍突然说了句,"你的人能撑多久,还不抓紧?"

"陆嘉学来的时候就派人把大慈寺团团围住了，我也是带着人手潜进来的。他没这么容易放松警惕。"罗慎远抬头说，"我还有事要做，让道衍带你出去。当年师父教授我们的时候，道衍习武我习文，他带你突出重围，陆嘉学必定不会下重手。"

他单独留下？让道衍送她走？宜宁不由得看了道衍一眼。

他垂目念经，外面太阳的光线透过窗纸，照在他的侧脸上，如雕塑一般的五官，长眉微弯，眼窝深陷，眉目之间有慈悲之相。

道衍突然说了句："怎么，怕我再杀你？"

后颈的伤还隐隐作痛，罗宜宁微扯嘴角笑道："大师刚才既然放手，应该不会再杀了。只是大师文质彬彬，不像习武之人。"

"佛法慈悲，渡人渡己。武力为下等，贫僧素来不喜。"道衍淡淡地说。

宜宁未再与道衍多言，而是对罗慎远道："三哥，如今大慈寺危险，后山又混乱，你不如跟我们一起离开，有什么事留待以后做。"

"不用管我，你跟道衍离开。我这次带的人也不少，我做完了事情就回来。"罗慎远按了按她的肩说，"赶紧走，陆嘉学恐怕快回来了。"

她要是单独走了罗慎远留下，谁知道陆嘉学会做什么？

宜宁心里惴惴不安，总觉得此事没这么简单："三哥……"她喃喃地喊他。罗慎远皱起眉，"你在这里反倒耽搁了我的时间，不要任性。"

"走吧。"道衍放下念珠，拿起了放在墙角一把三尺长的弩弓和箭筒。罗宜宁还想跟罗慎远说什么，却被道衍带出了院子，外头有辆马车正等着，道衍先上去了，看到罗宜宁还往回看，他才慢慢道，"陆嘉学虽然残暴，却也是个相当聪明的人。杀师弟对他而言没有好处，而且师弟如今官居工部侍郎，也不是随便就能杀的。你留在这里，师弟反而更加束手束脚了，等他把曾应坤救出来自然就走了。"

罗宜宁总是怕他被自己所连累了。

她暗叹一声，跟着上了马车。马车沿着山路跑得很快，跟来的路不一样，这条路更加荒僻难走，她在马车里坐得不太稳。道衍却盘坐闭眼，身形晃动非常轻微。他嘴中喃喃，宜宁仔细一听是《般若波罗蜜多心经》，她识得这本佛经。

她也没多问，直到马车"咯噔"一声。驾车的车夫突然闷哼，然后宜宁看到有血溅在布帘子上，马车失去了控制猛地一侧。

宜宁顿时往后倒，她原以为自己会撞到车壁。但道衍突然动了，宜宁感觉到一只手扶住了她的腰让她坐正。罗宜宁开始相信这个人是真的习武了，他的手扶着她非常稳。道衍没有多说话，一把抓起了他的弩弓。

外头有个粗哑的嗓音说："大师！你把马车留下，我等不为难你！"

道衍在军中受人敬仰，总归有个战神的名号在，福建沿海的渔村现在还有供奉他的祠堂。

"我本不杀生了，如今为了救你还要破戒。"道衍看了她一眼，突然说。宜宁不知道该说什么，道衍已经出去了。

她把帘子挑开，从缝隙里看到道衍拉起了弓，拦着他们的人手里是绣春刀，并不适合这种攻击。道衍的弓箭几乎百发百中，同时他一拍马屁股，马儿仿佛受了刺激猛地加快了速度。宜宁不得不拉住车框才稳住身体，但是马车横冲直撞很快就冲出了重围。

马车跑在宽阔的车道上，道衍手里还剩下最后一支箭。他手搭着箭柄本来是放下了，却突然说："陆嘉学的人来了。"

官道上尘土扬起，一群人骑马而来，远处是神机营的人，约莫是四十个。

道衍的箭尖对准了领头的人，宜宁心里一跳，连忙拉住他的胳膊阻止他拉弓："大师不可！"

手下布衣袈裟的身体突然一僵，宜宁这才意识到这是出家人，估计不怎么习惯女子触碰。她收回手道："情急之下冒犯，大师见谅。你杀了领头人，岂不是让他们来对付我们？你手头没有箭了，我倒是挺想帮忙的，但我又帮不了你。还是你真如传说中那般能以一敌百？"

习武最多练八段锦、易筋经，敌二十已经是很厉害的了，敌百也就是听听罢了。道衍却再次拉弓："不把这些人引走，你三哥更危险。"

箭破空而出，马背上的人连马一起仰翻在地，扬起一阵灰尘。道衍果然百发百中！神机营立刻有人救那领头的，剩下的却朝他们追过来。道衍立刻驱使马车掉头，朝着荒野跑去。

宜宁看到神机营的人拿出了弩箭，顿时有点紧张，弩箭的强度可不是弓箭能比的，那射穿木板是绝对没有问题的。她敲了敲车壁，才放心下来，应该是铁水浇灌过的，根本不怕弩箭。

马车跑得极快，那马身上浮出筋络，四肢有力结实，应当是一匹纯种的大宛驹。宜宁被折腾得坐都坐不稳，尾脊骨那块生疼。但是看到后面追了二三十个神机营的人，她不敢出言打扰到道衍。

不知道怎么才能把这群人甩掉！

罗慎远其实也没有在山寺久留。

他这次来一则是为了救罗宜宁，二则也是想带走曾应坤，两个人他都想要。后山是他派的人去纵火，他们猜到陆嘉学把人关在大慈寺，其实也不难。陆府有护卫时常往来大慈寺，而大慈寺最近的斋饭用量又明显多于往常，顺藤摸瓜很快就找到了。

于是他准备声东击西，救出罗宜宁最好，如果能顺便带走曾应坤也是很有利的。

计划很周全，只是派去营救曾应坤的人要直面陆嘉学，都是精锐。如果再等半炷香的工夫没见到他们复命，他就要立刻离开。

那些人就都成了弃子，应该都会死。

罗慎远的手指敲着窗棂，闭眼算着时间。外面没有任何动静，他突然睁开眼道："立刻离开！"

屋内立着两个护卫，听到罗慎远的话立刻跑去吩咐马车。罗慎远在护送下从屋内走出来，就看到陆嘉学已经带人等在门口了。

陆嘉学坐在马背上，居高临下地等着他们，应该是才从后山过来的，脸色漠然冰冷。反应果然很快!

罗慎远笑道:"都督大人?甚巧了,我说过来拜访道衍大师,却不见他在。正要出门便碰上你,看着样子似乎有急事?"

陆嘉学也笑了:"罗大人不清楚?后山有人想劫囚车,纵火烧了三间倒座房,幸好火势已经被控制。还抓了群纵火行凶的人,准备扭送都督府的时候竟然要吃毒自尽,幸而我捏断他们下巴救下几个,回去刑讯一番,幕后之人应该能知道。"

罗慎远依旧平静:"佛门清净地,竟也有人纵火。"

陆嘉学听了低沉一笑:"听闻罗大人擅长刑讯,不知能否支招一二?"

"支招不敢当。"罗慎远拱手,"都督大人若是感兴趣,我叫下人送两本书到都督府上,数种刑法皆在列中,单就剥皮一项,便细分五大类共三十多种方法。都督大人若想学习看这个最佳,今日罗某要先告辞了。"

罗慎远这次带了一百多个人过来,皆是悉心培养的死士。此刻全包围在外侧,所以他并不担心。陆嘉学要是敢动手,现在就是被瓮中捉鳖的那个。

他笑容不变,暗中立刻做了个手势,周围早已埋伏好的人顿时一跃而起。

陆嘉学早已料到,心头冷哼。果然还是他轻敌了,竟然没防到他!于他而言这简直就是耻辱。若是他没有轻敌,罗慎远能从他手里带走罗宜宁?想都别想!

罗慎远也在心里感叹。今日只能先离开了,至于曾应坤是别想抢了!果然不能跟陆嘉学比他的强项,他战斗力太恐怖。要不是今日是他算计陆嘉学,早就设下埋伏,陆嘉学防范不够,他简直就是死路一条。

陆嘉学表情冷漠阴鸷,罗慎远肯定已经送罗宜宁走了。

道衍跟了他五年,除了礼佛,平日对什么都不上心。他抗倭之后皇上本来要给他封个正三品的指挥使,他却拒绝了。本以为的确是个高僧,陆嘉学还特意扩修了大慈寺让他好生住着,没承想竟然跟罗慎远勾结,从他手里算计东西。

罗慎远这人年纪不大,心眼太多。一般人绝对绕不过他,程琅就是其中的高手了,却绝对比不过他。

陆嘉学看着他走出院子,在背后淡淡道:"罗慎远,既然你不愿意休妻,以后就怪不得我了,我本来还有几分惜才之心,想放过你的。"

"大人随意。"罗慎远远远留下一句。

陆嘉学又笑了笑:"她与我的情分……可不止义父、义女这么简单的。"罗慎远好像身影也没有停顿。

陆嘉学这次带的人不够多,外面接应的神机营估计全被道衍拦住了,他没有对罗慎远动手。来日方长,罗宜宁现在不愿意接受他,迟早有一天会回到他身边的。当然她要是一直不回来,他的耐心也不会很久。

陆嘉学喘了口气,当他看到对方人手其实并不多的时候,他就意识到这是声东击西了。他立刻转头返回,却还是晚了一步。罗宜宁已经被带走了!而罗慎远埋伏了大量死士在周围,他不会这个时候轻举妄动，他带的人并不算多，交战之下没有优势。

但他可不是善罢甘休之人，那毕竟是他的妻子。

陆嘉学牵了马缰让马掉头，朝着官道的方向疾驰而去。山上的天气就像小孩的脸，说变就变。

刚才还出着太阳，不一会儿乌云密布竟然下起滂沱大雨来。

幸好道衍对这山上非常熟悉，七转八转地摆脱了神机营的人，带她找到山上的土地庙避雨。

只是下车的时候因为路滑，宜宁没踩稳脚凳差点摔了。道衍回头看她，似乎在催促她动作快点。大雨打在身上无比冰冷，宜宁咬牙自己站起来，不过一会儿工夫身上就湿透了。脚踝未完全好的伤这么一扭，好像又复发了。

山上常年生长人参、红景天等药材，僧侣常上山采药，就在此处休息。因此里头收拾得干干净净，虽然只有一间庙加两侧耳房，但是炕床、桌椅、生火做饭的炉子一应俱全。宜宁避进来之后打开窗透气，看到外面滂沱大雨，把路上打得满是泥泞，当真暴雨如注，天色昏黑。马车立在院子里，马儿被雨水拍打着，鬃毛全湿了，无措地甩着头上的雨水。

没得办法，这里又没有马厩，房子太小它也进不来。

罗宜宁在破庙中找了一会儿，从角落里拎了个桶出来，准备去接一些雨水来煮热喝了，至少去去寒气。她现在在小日子里，受不得寒，否则更是要遭罪的。没丫头伺候总是要自己动手的。何况衣服湿透了连换洗的都没有，黏糊地贴在身上，又冰冷又湿重，她想生火烤一烤自己，至少能够暖和一些。

道衍见她提桶，就道："外面大雨。要是出了什么事，我还得去救你，不要动。"他不同意，宜宁只能放下桶，身上寒意更重。

他见此才缓缓闭上眼，盘坐在炕床上，又继续诵经数佛珠。

宜宁过了一会儿又试图点炉子，深秋下雨真的太冷，又是在山上，比平日还要冷许多，她只穿了一件潞绸的藏青色褙子，还湿透了。她知道怎么点火，明明一划就着的，现在因为头晕脑涨浑身发软，力气太小，火石擦得手疼都点不着。

道衍大师把她带进来之后几乎就不理她了。

过了一会儿他可能终于看不下去了，一双戴着佛珠的手还是从她手里接过火石，摩擦几下点燃了引火纸，再放进去点燃了木炭。

这下屋内就暖和了起来，总算不是刺骨寒冷了。宜宁也没有坐炕床，就坐在圈椅上抱作一团，下巴搁在膝盖上，让火力尽快把她烤干。罗慎远这个师兄虽然一开始想杀她，但这时候总要处好关系。她想知道道衍跟罗慎远的关系，就跟道衍说话："大师，你和我三哥同门师兄弟，可是从他小时候开始的？"

"贫僧第一次见到他的时候，他已经十一岁了。"道衍淡淡地说，"你到炕床来坐，我坐圈椅。"

"我无妨……您睡炕床就是了。"宜宁觉得坐在圈椅上更能保持警惕。

她连头都没抬，那白玉般的后颈上，就看得到刚才的血痕。虽然困倦又浑身难受，但还是保持着基本的警惕，不敢入睡，毕竟道衍刚才可是想杀她的。

道衍又坐下念经，既然她不领情他也当没说过。

宜宁一听还是"心经"，打了个哈欠，强打起精神来。

她往隔扇外看，马儿自己缩到庙里窝着去了。大雨已经小了很多，刚下了雨山上全是雾，只看得清楚近处昏黑的峦影。也不知道罗慎远离开没有，她什么时候能走……她想立刻回到罗府去，回去熟悉的家里，能带给她温暖和依恋的家。

但她又想起陆嘉学说的话——只要她还是罗慎远的妻子，他就不会放过罗家。

宜宁靠着圈椅，有种迷茫而悲伤的情绪笼罩着她。也许是因为大雨倾盆的夜晚，也许是因为太冷了，屋内道衍似乎连句话也不想与她多说，黑夜寂静无声。要是罗慎远没有找过来，岂不是要在这山里过夜了？她浑身又湿又冷，在这里过夜明日绝对高烧不止。

天色完全黑下来，山里的夜更冷，宜宁就把隔扇关了。

道衍又收了佛珠出去了一趟，回来的时候，手里拿着个只有半个巴掌大的小红薯，扔进了火炉中，立刻发出"噼啪"一声响。

"你的晚饭只得这个吃，山上野生的。"

宜宁本以为自己不饿，但等到炉子里飘来烤红薯热气腾腾的香味时，她还是很想吃。掏出来的时候还很烫，这么巴掌大的一个，她剥开之后还分了一半给道衍，他倒也没有拒绝，想必山上的确食物难得。

可能是因为伤寒了，她开始头晕脑涨，没有胃口，也尝不出味道来。但她不能不吃东西，宜宁勉强把小半个红薯咽了下去，倒是热腾腾而绵软，比没的吃好。

宜宁正吃到一半，突然听到门口有马车声。

道衍听到声音就警觉起来，又拿起了自己的长弓。但门扉被叩响后，却响起一个徐缓沉稳的声音："是我，无妨。"

宜宁听到是他的声音，身子就先反应过来，忍不住眼眶发热。罗慎远来找她了！

道衍朝门外看去，果然一个高大的影子已经立在那儿了，他撑着把伞，刚收了伞打开房门。道衍这才放下手中的长弓，不再戒备。

宜宁竟然觉得想哭，罗慎远走进来看到她那般狼狈的样子，止不住心疼得皱眉。他三两步走过来，解开披风将她从头到尾地包裹住，一摸她的额头竟然是滚烫的！

"怎么成这个样子了？"罗慎远把她抱进怀里。

月事的时候本来就容易伤寒，否则宜宁是没这么容易生病的，她还没这么娇弱。

她觉得自己比平日脆弱，看到他之后整个人都放松了下来。她紧紧地抱着他不放，喊了声"三哥"，声音已经是沙哑的了。

道衍才道："她方才在雨里摔了一跤。"语气淡淡的。

罗慎远抱着她更能感受到小姑娘已经浑身滚烫，烧得厉害了。他问道："我记得你这里有些药材，怎么不给她烧碗祛风寒的汤药？"

"我不知道她伤寒了。"道衍说着，她刚才这么逞强坐在圈椅上，让她睡床也是不肯的，他还以为没什么事呢。毕竟对于他来说，淋湿衣裳只是小事一桩。

罗慎远叹了口气，师兄不常与女子接触，哪里会想到这些，宜宁又是那种在生人面前绝不开口示软的性子。罢了，反正他是要把人带回去的，现在就走吧。

他身上还是熟悉又让人安心的味道，宜宁环着他的腰，在他的衣襟上深吸了口好闻的味道，还有雨水潮湿的味道，才说："无所谓，你找着我就好了……这个地头太偏僻，我还怕你找不到这里来。"

"好了，现在没有事了。"他抱着宜宁，拍了拍她的背，"我当然会找到你的。"

罗慎远谢过了道衍，先把宜宁抱回了马车。她已经开始昏昏沉沉了，让她在马车里好好休息。罗慎远才返回庙中，跟道衍说："你恐怕也不会回大慈寺去了……我在新桥胡同的宅子你先住下，里面修了个小佛堂。"

道衍摇头道："出家之人戒律森严，我宁愿在这里住下。"

罗慎远没有强求，反正道衍经常云游四海，那可连个遮风避雨的地方都没有，这儿好歹是三间破屋子，给他遮风挡雨。他又道："你这次背叛陆嘉学，住在此处不安全，他早晚会找到你的，倒不如你继续去云游四方。"

"放心，他也不会杀我的。"道衍说完，又徐徐地闭上眼。

罗慎远最后看了他师兄一眼，什么都没有说。陆嘉学的确不会杀他，道衍此人特殊，但陆嘉学也不会再信他就是了。

他告别道衍上了马车。马车里没有炉子，宜宁在斗篷里蜷缩成一团，冷得她想宽衣解带，把湿衣服脱了。但她在罗慎远面前如何能脱，只能把斗篷裹紧一些。

看到他终于进来，马车开动，宜宁咬咬牙，顾不得别的往他怀里钻——他身上很暖和啊！

罗慎远被她拱得打开双手，让她坐到自己怀里来，擦了擦她湿漉漉的头发，又将她抱紧了一些："难受吗？一会儿就到家了。"

当然难受！她紧紧抱着他的腰，像条贴在他身上的八爪鱼。

生病之后迷迷糊糊，意识不清，她只能感觉到自己被人抱起，放在软和的被褥上。

有丫头围上来给她换衣裳："太太在小日子里，受不得凉啊……"

"我们先把太太的衣裳换下来才是，你找个丫头去抬炉子进来……"

"呀！太太额头烫得很，要不要请郎中来？"

又有人答道："大人已经派人去请了，别急！"

宜宁任人摆弄着，越来越昏沉。似乎帘子被挑开，又有低沉的声音传来："烧得可厉害？"她被人抱到怀里，又被轻轻拍了拍脸蛋，"宜宁，别睡着了。你还有什么不舒服，告诉三哥。"

什么不舒服……浑身上下都不舒服啊！

罗慎远瞧她已经烧得迷迷糊糊了，只知道瘫软在他怀里，躲避他想拍自己的手。他把她身上的被褥揭开仔细看，是挺凄惨的，脚踝又肿了，皮肤一点血色都没有。

他把她盖好，叫丫头端药过来，他坐在床头亲自一口口喂她。幸好她还知道要喝药，最后是两勺糖水，又把她的脚踝涂了药膏再次包扎。罗慎远才让丫头们退出去，他和衣躺在床上，结实的手臂将她抱进怀里："眉眉，好好睡吧，睡醒就不难受了。"

宜宁终于觉得自己干燥舒适，窝在温暖的怀里。

若不是生病，他很少有这样哄人的柔和语气。宜宁反抱住他结实的腰身，头埋在他怀里沉沉睡去。

等她再醒过来的时候外头天都已经亮了。她居然没在内室，而是躺在外面的罗汉床上，旁边就是火炉子。屏风围着，珍珠正靠在她的床沿打盹。宜宁看一眼屋内的滴漏，竟然都快要正午了。

见她醒了，珍珠高兴地说："您都睡了六七个时辰了！"

宜宁觉得身上轻了不少，终于没那么难受了。只是刚出了汗，身上黏糊糊的。昨夜她高烧，肯定没人敢给她洗澡。她让珍珠扶她起来，吩咐道："叫人热水，我洗洗身子。"

泡在木桶里，宜宁的头发湿漉漉的，她取下簪子，干脆把头发放下来等它晾干。小丫头往水里滴了几滴玫瑰露，宜宁闻着玫瑰味儿，在热水里放松了许多，才问珍珠："这几日府中如何？"

"怕走漏了您不见的事，三少爷称您在杨太太府上做客。奴婢也不敢在府中露面，由三少爷送去田庄里避着，故府里的事奴婢也不清楚。"珍珠轻声说。

三哥做事向来仔细，想必她不见的事，府中也是瞒得死死的。

他要操心朝堂的事，还要管府上，就是三头六臂也忙不过来。若是没有娶她，他怎么会需要担心这些事。

宜宁沉默，片刻后问："现在什么时辰了？"

"午时都过了，姑爷早上把您抱出来才出的门，不知道下午能不能回来。"珍珠从丫头手里接过绫布给她擦身体，然后又从另一个黑漆方托盘上拿起潞绸做的单衣。刚要给她穿衣服，撩起头发却看到她后颈的一道口子，珍珠"呀"了一声，"太太，您这怎么伤着了，谁做的？"

"竟然还在流血。"宜宁伸手按了按伤口，吩咐道，"去找些药膏来。"

珍珠应声出去。宜宁站起来，披了件靛青色团花褙子走出净房。玳瑁端了汤药碗来给她喝。

珍珠找了药膏进来了。宜宁撩着头发侧头，等珍珠给她涂药。

珍珠边抹边道："都督大人也不知道是挟持您做什么，竟然还伤了您，您可是他的义女……"

"此事不要再提了，他不顾别人肆意妄为，我也没拿他当义父。"宜宁觉得珍珠的手按得有些用力，微皱着眉头。

她觉得病得没那么重了，又问沈练等人。有几个人被打伤了，幸而没大碍。罗慎远发了几十两银子、送了些鸡鸭补品，已经养得差不多了。

"您要不要去给夫人请安。这几天老爷在夫人那里，时常说起您……"玳瑁在旁边问她。

宜宁还没想好说什么，但是她被挟持这几天都没有声息，推说在杨家做客其实并不合规矩。故她自然是要去的，叫了楼妈妈进来给她梳头。

宜宁到了正房那里，瞧见罗成章正在逗楠哥儿，对于这个老来得的儿子，罗成章也是十分宠爱的。楠哥儿长得粉团一般，穿着红色的福字小褂，软乎乎的小手抓着根地瓜干，正努力啃，他咬又咬不动，涂得到处都是口水。

他跟亲爹不熟，反而看到罗宜宁来了，欣喜地从罗汉床上扑起来，要宜宁抱。

宜宁看到期待地伸出小手的楠哥儿，再看看他小手上的口水，没有动作。小小的楠哥儿伸出的小手不肯放下，看到宜宁不肯抱他，似乎有点疑惑，又有点委屈。

宜宁才把他接过来，小家伙立刻就搂住了她的脖颈，并热情地喂她吃自己咬过的地瓜干："嫂嫂，甜甜……吃甜甜。"

宜宁抱着楠哥儿给林海如和罗成章屈身："父亲、母亲安好。"

林海如让她赶紧坐下："你身子还没好，来请什么安？周氏，快把楠哥儿抱开，口水涂得到处都是，给他擦一擦……"

楠哥儿坚决要宜宁抱他，谁来抱他都要哭闹。

罗成章则让林海如让开些，不用继续给他揉按了，冷淡道："你这次也太不合规矩了，我可问你，谁家新妇成亲一月余就几日不着家的？"

他是长辈，宜宁毕竟让他几分："是儿媳的错，贪耍了些。"

林海如在旁道："宜宁也才十四岁，贪耍是正常的。我们在保定的时候，怜姐儿还不是去旁边的高家一耍就是七八天的。"

罗成章额头一跳一跳的，败家东西，林海如就是偏袒罗宜宁而已！怜姐儿只是到邻家玩几天，回来被她冷嘲热讽好一通训斥，罗宜宁这玩几天回来，她居然就嘘寒问暖了？

罗成章脸色更不好看："待嫁的闺女和嫁人的新妇，可能一般议论？怜姐儿在闺中，你就该好好地待她。魏氏你是来慎远当媳妇的，就要规矩地伺候公婆和丈夫，谁准你去别处玩的？是你伺候丈夫还是丈夫来伺候你的？"

还跟她上纲上线起来了。

宜宁有点无奈，罗成章就是仗着个长辈的身份，她不好忤逆，否则传出去就会被人说成不孝。这不孝的名头要是在世勋贵家里，谁能管她？偏偏是在读书人家，对孝字最为看重。一个朝廷官员要是被说成"不孝"，严重的可能还会丢乌纱帽。

这次毕竟是她理亏，让罗成章抓到了错处。

她又不是罗成章的女儿，若是在英国公府。魏凌自然是无条件地偏袒她，但是在罗家，罗成章肯定是偏袒罗宜怜的。

"儿媳日后注意就是。"宜宁答应道。

罗成章觉得自己稍微有些威严，面容松懈了一点。这要是罗慎远在家里，他是肯定不敢这么跟罗宜宁说话的。但是罗慎远不在，那便说什么都可以了。

"光说注意可不行。"罗成章淡淡道，"你现在年纪小，伺候慎远难免吃力。他如今是正三品的朝廷官员，家中的事不能拖他的后腿，我送两个丫头去伺候他。"

"老爷，这个送丫头……"林海如正要阻止。

"你好好把楠哥儿带好才是正经。家里管得乱七八糟，楠哥儿连人都不知喊，你还要说什么！"罗成章看了她一眼，"家中的事我本不该插手，你好生反思吧！"

说罢就拂袖去了。

林海如再厉害也不敢忤逆罗成章，看他走了才说。

"要不是那日怜姐儿说漏了嘴，你父亲怎么会知道，知道就生了大气……一开始还非说派人去接你回来，被你三哥厉声喝止，才没说话了。"林海如说到这里就拍桌子，"这小蹄子坏事！跟她娘一般贼心眼，分明就是成心说的。你就是出去玩耍几日，有什么了不得的？罗三又不是没你伺候就活不下去了……"

罗宜宁被她逗笑了，母亲真可爱，简直是天底下最好的婆婆。

她笑眯眯地坐在林海如旁边，给她剥花生："您偏袒我，父亲却是偏袒怜姐儿的。无妨，他说我几句我无关痛痒，让他出口气舒服舒服吧！"

"你回去告诉罗三听，他肯定听不得你受欺负，回头就要给他爹脸色看……"林海如悄悄跟她说。

宜宁剥了花生的一层红色薄衣，放在白瓷碗里："他跟父亲一向不睦，懒得说。我自己又不是不能应付，父亲他心里有分寸，最多就是嘴上说两句，不敢怎么对我。"

林海如想想也是，罗成章贼精贼精的。上次被英国公找去谈过话之后，回来脸色一直如锅底黑，但是对待罗宜宁的问题就很慎重了，具体表现为能不管尽量不管，让她自己折腾去，他就当府里没这个人。

宜宁从她这里请安回去之后，小碗里已经是小半的花生米了，林海如用来磨浆煮给楠哥儿喝的。这量可不够，还差许多，但她不想让丫头来剥。

她让人把东西撤下去，拿帕子擦了手，幽幽地道："去把六姑娘给我请过来。"

罗宜怜被请过来的时候，看到继母正靠着窗棂，拍着楠哥儿哄他吃蛋羹，指了指那碗花生："怜姐儿，我这儿腾不开手，你来给我剥花生吧。"

罗宜怜脸色一黑，急匆匆找她来，就是帮她剥花生的？这屋子里这么多大小丫头，都剥不得了？但她也不可能忤逆主母，只能走上前低头剥花生。

屋内只有她剥花生的声响。

罗宜怜站够了，想坐在旁边的绣墩上，有丫头却抢先一步把绣墩端走了，笑道："这绣墩刚才打脏了，小姐可坐不得。"

罗宜怜咬唇站着，单薄的背影被烛火照得越发长。林海如一脸冷漠地看着她站着剥花生，手还轻轻拍着楠哥儿的背。

乔姨娘一直到深夜才等到罗宜怜回来，她一回来就扑在小几上"呜呜"地哭。

乔姨娘正在给罗轩远做衣裳，见状连忙上前去安慰她："我儿这是怎么了？"随行的丫头也跟着六姑娘掉眼泪，把事情跟乔姨娘说了一遍。

乔姨娘听了气急:"这妖妇,就是看我娘儿俩孤苦无依,才欺负我们!这要是原来……"这要是在她受宠的时候,林海如怎么敢这么对罗宜怜?

"母亲,我就是受不得这个气……"罗宜怜抬起头,一张脸如月下鲛人般绝美,泪如珍珠。看得乔姨娘心都软了,她女儿这么好看,怎么也要嫁个好人家的。

"我也是家里的小姐,她是怎么待我的!连个奴婢都要欺负我……"罗宜怜越说越气,哭得根本止不住。

"你去说给你父亲听。"乔姨娘道,"娘虽然人老珠黄了,但他总是心疼你的!"

"我前脚说了,后脚那妖妇更要虐待我,我懒得去说了!父亲又不常管后宅的事,说多了反而嫌你烦……"罗宜怜断断续续地哭道。

乔姨娘心疼女儿,缓缓摸着她的背,咬牙道:"娘总要给你找一门好夫婿的,你等着。到时候叫他们见着你都怕,都要来讨好你。"

罗宜怜伏在母亲的怀里哭,只觉得这世上什么都不顺她的心意。

## 第三十六章 琴瑟和鸣

宜宁回去后，罗慎远正在烛台下看折子，听到她回来之后，便把折子递给旁边伺候的丫头，径直去了净房洗澡。宜宁坐下来，想到无事，干脆从他的笔山上拿了支毛笔润了墨，铺纸给英国公写信报个平安。

半炷香的工夫罗慎远出来了，侧脸在烛火下很俊雅，沐浴之后带着湿热的水汽，微露出中衣下的结实胸膛，其实和道衍比起来他更像习武的那个。他走过来，问道："你这是写什么呢？"

宜宁抬头看罗慎远，他黑尾翎一样的长睫毛低垂着。

"给父亲报平安，免得他忧心。"宜宁道，"哦，对了，你的笔杆太粗了，不好写字。"

"用我的毛笔，你倒还嫌弃起来了？"罗慎远把她手里的毛笔抽走，吹了桌上的烛台，"洗洗睡了吧，你的病还没有好，要好好养精神。"

宜宁被他拥着强迫去睡觉，她却顿了一下，突然说："三哥，你不想知道这几天发生了什么吗？"

罗慎远沉默，然后叹气。他当然很想知道，实际上他几乎就是嫉妒的，毕竟他对宜宁的占有欲很强。但他也不愿意逼迫她，她从陆嘉学那里回来那么狼狈，浑身高烧，他舍不得逼问她这些让她不高兴的事。

"等你休息好，愿意告诉我的时候，自然就会告诉我了。"罗慎远俯身说，"你快睡吧，我还要去看一会儿折子。"

宜宁却拉住正要走的他："我现在就要告诉你啊！"罗慎远停顿片刻。

宜宁才说："其实什么都没有。陆嘉学就是疯子而已，他只是带我去找你师兄算了次命。"

罗慎远听了一笑，莫名地觉得她说话挺好玩的。他道："嗯，那我去看折子了。"

看到他的背影消失，宜宁觉得自己已经说清楚了，才闭上眼准备睡觉。夜深以后，罗慎远才进来歇息。

大红鸳鸯戏水锦被，镶嵌白色斓边，屋内还是大红罗圈帐子，鎏金钩子。这架千工床做工精湛，两进之深，倚檐花罩上垂下织金纱和大红暗花罗帷帐。烛火透进来朦胧极了。

洞房花烛，他还没有过。

罗慎远怕烛火扰到她，走到外面去灭了烛火。

等回来的时候他才躺下睡。两人是分了被褥睡的，宜宁就把自己裹成一只蚕蛹，一会儿反倒不安分起来。

屋内太黑宜宁是睡不好的，故她的点灯橱总会留盏灯。这习惯伺候她的大丫头都知道，罗慎远却不知道。

蚕蛹宜宁带着自己的被褥拱来拱去的，梦到漆黑的山崖，黑森森的，到处都没有人。她再拱，就碰到个温柔坚实的东西，这东西好像微微一僵。宜宁却安心下来，可能是他身上的味道特别熟悉，梦就渐渐地没有了，蚕蛹宜宁不再拱动。

第二日晨光微熹，透过隔扇进来。宜宁还没有醒，她是被一声"吱呀"的开门声吵醒的。

她才发现自己已经不在原来的被窝里，而是到了罗慎远的被褥里，还抱着他坚实的腰靠在他的胸膛上。宜宁吓了一跳，因为罗慎远低垂着眼睛看她，她猛地坐起来。

宜宁有点不敢看他，别过头望着窗外的白光。

罗慎远就起身穿衣，有丫头进来服侍他穿上单衣、赤罗衣、庄重的朝服，戴了五梁冠。

"我早上起来……在你被褥里。"宜宁突然开口说。

"是你自己过来的。"罗慎远嘴角微扯，"我不想抱着你睡，你却拉都拉不开。"罗宜宁听了道："我知道是我自己过去的，我只是想问问你……"

她当然睡得很香，就是问问他习不习惯。要是习惯，她还想继续这么睡，很香很甜。

那种欲望的失控，和对罗宜宁身体的伤害，罗慎远不愿意试。但是拒绝她主动的亲近，对罗慎远来说也非常不容易。他过了好久才说："我无妨，随你就是。"

"陆嘉学……"宜宁又在他背后说起，"你要小心他，他怕是会对你不利。"

罗慎远"嗯"了声："我会应对他，你好好养病就是。"朝堂上的事，宜宁一个小姑娘就不要插手了。他有谋划，此仇若不报他也枉混这些年了。罗慎远眼神冰冷，随后出了门，外面守着的侍从立刻跟上他。

宜宁靠在软和的引枕上，觉得还是家里舒服。她喝了药含了盐津梅子，外头有人进来通传说："太太，老爷送了个丫头过来。送去了前院姑爷的书房那里。"

"叫她过来给我请安。"宜宁把核吐在小碟里，淡淡道，"没得哪个伺候的不给主母请安的，若是没这个规矩，立刻就给我赶出去吧。"

婆子应声出去，一会儿就领着个丫头进来了。

罗宜宁抬眼一看，那丫头立刻跪下给她请安："奴婢名萧容，三太太安好。"

身材纤长漂亮，穿了件鹅黄色柿蒂纹褙子，嫩青色月华裙，腰间垂着璎珞。那脸蛋才叫一个漂亮，瘦削的下巴，牙白肤色，唇色如朱，眸如点漆。

这样的姿色，何止是百里挑一啊！

端看那双纤纤玉手，指头尖尖就知道不是伺候人的。平日养得肯定比寻常小姐还要娇贵。

也不知道罗成章从哪儿找来的这等丫头，费心了。

"你既然是老爷拨来伺候的，可会些什么？"宜宁问她。

萧容柔柔屈身："奴婢诗词茶道，琴棋书画都略懂一些。"

果然就不是来伺候的……宜宁瞧了她一眼，她好不喜欢这个丫头啊。但现在把她赶出去，必定落了个善妒的名声。她淡淡道："萧容这个名字不好。"

萧容姑娘脸色一僵，她的名字怎么不好了……

"不够喜庆，我给你改一个名，以后叫花容吧。"罗宜宁继续道。萧容听了心里一哽，后面珍珠几人却差点要笑出来。

"这名不错。"宜宁点头道，"你刚来，想必怎么伺候三少爷还不知道，先跟着其他人历练历练吧。"她又叫道，"玳瑁，先安排花容去厨房里看看灶头，三少爷的吃食可是一等一重要的事。花容来伺候三少爷的，还是从这个开始吧。"

萧容……花容姑娘脸如死灰，她连锅碗瓢盆怎么用都不知道。她一个从小学诗词歌赋、吹拉弹唱，以大家闺秀为标准培养的瘦马，她让自己去厨房！

来之前罗二老爷早就说过了，她伺候三少爷是贴身伺候，日后伺候得好还可以抬姨娘。她想到罗大人外界传闻的一表人才、玉树临风，心思就开始萌动。这来估计就是陪着少爷吟诗作对、谈谈人生什么的，谈着谈着就能滚床上去了。这还没沾到边，怎么就要去厨房了？

"花容，跟我这边来。"玳瑁淡淡地道。

她是宜宁屋子里长得最漂亮的，对自己的容貌最是爱惜，看到个长得比自己还漂亮丫头心里就不舒坦。

楼妈妈憋笑憋得辛苦。寻常主母哪有宜宁这样的，直接就把人弄厨房去了。其实还是小姐知道三少爷绝不会说她半句的缘故，她心里门儿清呢。

"您就不怕老爷回头说您？"

宜宁道："我有什么好怕的，他说了来伺候三哥起居，厨房给他做菜也是伺候了，挺不错的。"

这时候另一个陪嫁婆子范妈妈从外面回来了，知道这事是一回事，但她也有些忧虑。她将丫头婆子屏退了，跟罗宜宁说："小姐，奴婢也只是说一说，您听了可千万莫生气……国公爷心疼您，一直说是等及笄。但是您虽年幼不知情事，姑爷却已经二十二了，正是男子最旺盛的时候。若是一点不让姑爷近身，难免姑爷禁欲久了会生出别的心思来。您看，连老爷都送了丫头过来。若是别人送的，还不如是咱们自己人。"

"依我看不如这般。您提了身边好看的丫头先给姑爷做通房。我看您身边伺候的玳瑁就不错，又是咱们国公府出来的，对小姐忠心耿耿……等您及笄后，若是她乖巧，便可征得您的同意做个妾室。若不乖巧，直接发配了就是。"

在主母身边提丫头做通房很常见，特别是像女儿尚小，根本不识情欲，强行圆房也是痛苦，倒不如先用着丫头。有些太太甚至很愿意给丈夫纳通房，因为太疼。

楼妈妈却是个脾气火爆的："二十多岁又如何！他敢在外面做什么，老身我就立刻收拾包裹回去给英国公说道去！"

范妈妈苦笑："唉，你这说的，他在外面做什么，还轮得到咱们知道吗？姑爷看着是不近女色，一本正经的，内里谁清楚的。"

看样子还是范妈妈劝动了楼妈妈。两位妈妈说完了，一致看向宜宁，范妈妈说："马上要满月回门了。您看若是觉得尚可，奴婢们便再请示国公爷的意思？"

宜宁摆手，跟两位妈妈说："通房不可，平白惹麻烦，暂时也不要再提。"

一则她就不喜欢，二则她要是真的做了，罗慎远肯定要生气，她又不是不知道他的心意。

两妈妈一听就知道是什么意思，范妈妈道："奴婢也是胡乱提的，自然是依照小姐的意思来办。"

宜宁点头："好生看着花容。不过这等容貌的姑娘，也没什么手段，最好对付。"罗慎远回来之后，书房伺候的小厮就过来跟他说了这件事。

"他送了个丫头来？"罗慎远挺平静，罗成章在京任闲差无事，给他闲的，竟然敢管到他头上来了。

"是送了个丫头来，叫花容……哦不是，叫萧容的。"

"太太知道了吗？"罗慎远一边解下披风，一边往院子里走，"她可说了什么？"

"太太啊，太太人还挺好的啊。把萧容姑娘叫去了，赐了个名字花容，然后萧容姑娘就没再回来了。小的打听了才知道，太太让她去厨房做事了，洗盘子……"

罗慎远听了一笑，她可真是有趣。

"大人，您看此事怎么办？毕竟是老爷送来的丫头……"

罗慎远语气淡淡道："这屋内的事都归太太管，她说什么就是什么，不用来问我。"说罢一顿，"以后有人送丫头来，就去告诉太太，知道吗？"

小厮看罗大人似乎心情很好的样子，立刻点头应声。什么都比不过罗大人心情好重要，罗大人心情好了，他们这些伺候的日子才好过。

幸好太太这是回来了，太太没回来的那几天，罗大人做什么都冷着脸。他们站在屋子里话都不敢说一句，噤若寒蝉。稍微犯点错事可能就是一顿板子，大家都人心惶惶的。

林海如也听说了这个萧容的事，笑得捂着肚子好久缓不过来。是她想错了，还以为宜宁要因此而纠结呢。

罗成章很气，但气也没得办法。他要是直接送个通房过去，罗宜宁倒是不敢罚去厨房，但儿子肯定直接给他送回来，根本连门都入不了。

罢了，看那丫头能不能在厨房混出什么造化吧。

入了十一月之后天气更冷了，宜宁收到了魏凌的回信，他要娶徐国公的幼妹为妻了，让宜宁也赶紧回家一趟。前几天因为宜宁的事，婚事才搁置了，这两天正是要迎娶人家过门的时候。让宜宁去，他也要弄清楚陆嘉学究竟是怎么回事。

宜宁合上书信，准备等罗慎远回来就告诉他这事。

结果等三哥回来的时候，她从林永那里听说了一件事——罗慎远在朝堂上被言官骂了。

理由正是宜宁在陆嘉学那里听到过的，说罗慎远和曾应坤有联系，通敌卖国。

皇上赏识罗慎远的才华，觉得他通敌卖国更是无稽之谈。但他可吵不过这些精力旺盛的言官，被这些言官烦得早退，把罗慎远单独叫去南书房说话，暗示他早点处理这事，毕竟人言可畏。

罗慎远回来的时候，宜宁就问了他这件事，他倒也不否认。

"言官成日骂，就算不骂我这里，也会骂那个。"他冷笑道。

这个道理很容易懂。罗慎远风头正劲，盯着的人就多，再加上有人刻意操纵，骂声就更加愈演愈烈了。

罗慎远觉得火候也快差不多，要到反击的时候了。既然被骂，就等骂到最激烈的时候再说。

宜宁看他下着棋，突然闭着眼，似乎在盘算着什么。

她想到自己现在可是他明媒正娶的妻子，直起身帮他揉太阳穴。他的眉毛为什么这么浓……鼻梁也很挺，上嘴唇很薄，下嘴唇厚，好薄情的长相。

罗慎远霍地睁开眼睛，就看到她小姑娘支着身子，腰线很明显。他直起身，一把握住她的手道："不用，我不累。我只是在想事情。"

毕竟那点力道给他挠痒痒都嫌不够。

他说不用了宜宁就缩了回去，免得麻烦。三哥在想曾应坤的事吗？其实宜宁并不关注曾应坤，她更在意徐渭这个人对三哥的影响。

宜宁不好打扰他，过了会儿问："三哥，你可看重你的老师徐大人？"

宜宁想知道他对徐渭究竟是种什么态度，为什么当年见死不救甚至无动于衷。难道就是为了隐忍报仇吗？那也不会让别人恨他恨成那个样子，谁让全天下的人都知道，他是徐渭最器重的学生。

"徐渭是个很聪明的人。"罗慎远沉吟一会儿说。他知道徐渭在想什么，杨凌的手段想斗过那两尊？太滑稽了。徐渭真是想推杨凌上位，除非给他铲平所有障碍，他倒要看看徐渭能有多大能耐。

不愧是未来首辅，说话滴水不漏。

宜宁去叫婆子吩咐菜色。

等宜宁回来的时候，看到他坐在太师椅上跟自己对弈。

罗慎远大部分时候对人都不亲近，好像很难相处的样子。对她的时候，三哥要有人气一些。但是观察久了，就会发现他其实很有趣的。宜宁上次看到杨凌请他去喝酒，他答应了。那天他回来的时候身上满是酒气，想睡又怕熏着她，想洗澡但是天气又冷，他踱了会儿步犹豫很久，还是决定去洗澡。

宜宁因此觉得三哥有些好玩。

宜宁走过去看了会儿棋局，才问他："三哥，你为什么跟自己对弈，不如我陪你下？"

罗慎远抬头看着她，慢慢道："你确定你下得过我？"

宜宁讨好一笑说:"下不过你就让让我呗,我小时候你不是经常让我吗?"

罗慎远示意她坐下来,让了她五个子,结果一刻钟之后,宜宁还是被杀得片甲不留。罗慎远抓着棋盅里的棋子,说:"你起来,我自己跟自己对弈。"

宜宁被他气得,懒得陪他下棋了。

那晚睡觉的时候,宜宁朝里躺着,心想别再一早起来滚到他怀里,她也生气了。每次在他怀里醒过来,都觉得莫名暧昧。

结果宜宁发现这晚他竟然睡得比平时还要好,简直神清气爽,早饭还多吃了两个馒头和一碟酱黄瓜。

行,他赢了。

这日要回门,一大早楼妈妈和范妈妈就准备了回门的东西。罗慎远穿了官服跟她同坐马车里,宜宁好奇问他:"三哥,你怎么还穿着官服?"谁去趟岳父家要穿官服了,他想去压着谁呢。

罗慎远回她:"这身好看。"

罗宜宁嘴角一抽,握着汗巾深吸了口气:"我记得前日母亲才给你做了几件杭绸夹棉的直裰,你不拿来穿?"

罗慎远才揉了揉她的头,平静道:"骗你的,你下午待在英国公府里,我跟岳父要进宫一趟。"

他是在跟她开玩笑吗?

到了英国公府邸上,小厮牵马去马厩喂草料。府里热热闹闹的,张灯结彩,宾朋满座。魏凌正忙着招待宾客,见到女儿女婿回来了,才过来迎接他们。

宜宁看到父亲一身大红吉服,不知怎么的,心里又酸酸的。"继母我还未见过呢。"宜宁说。

魏凌其实想通了,也是因为英国公府不能总是没有个管事的人在。他要是在外征战,家里更没人管了。他摸了摸女儿的头,笑道:"你一会儿就能看到了。"

宜宁才笑了笑:"那您先去忙吧,我给祖母请安去。"罗慎远则去了花厅,他是男眷,可以帮着待客。

宜宁由楼妈妈陪着去了静安堂,魏老太太同赵明珠正等着她。她发现半月不见,魏老太太竟然又苍老了些,两鬓银丝斑白。人到岁数的最后关头,总是老得格外快。

因为她精神不太好,便没有出去,但她穿了一件喜气的"卐"字不断头褐红色绸袄,戴了眉勒,来随礼的人在她这里热热闹闹地坐了一屋子。

宜宁按照规矩给魏老太太行了大礼,被扶起来。魏老太太看着她,跟赵明珠嘀咕道:"我怎么看她总是瘦了的?"

赵明珠就挽着她的手笑说:"我看都一样的,您坐下来说。"

魏老太太就说:"明珠,我小厨房里给宜宁备了天麻乳鸽汤的,你让丫头给她端过来喝。"

"您可记错了,小厨房今日是没有开火的。外院厨房给您送的早点来。"赵明珠拍着魏老太太的背,魏老太太的表情则有些困惑,说:"我记得是炖了汤的。"非要丫头去端来给宜宁喝，直到宋妈妈进来说没有，她才作罢。

宜宁看着这情景，似乎有些不妙？

赵明珠才坐过来，吐了口气跟她说："有一日晚上外祖母梦魇了，'啊啊'地喊了一晚上，把宋妈妈吓坏了，忙请了宫里的太医来给她看看。但是不知怎么的，自那天之后外祖母的记性就不好了。"

"我竟然不知道……怎么不派人送信来说？"宜宁看到魏老太太的样子，就想到出嫁的时候魏老太太把整盒的嫁妆搬给她，那时候她精神还是很好的，现在看到满头白发，总是十分可怜。

赵明珠笑了笑："外祖母也不想你担忧过多，除了记性差些，别的倒也没什么，一顿还是能吃大半碗饭的。"

宜宁才略松了口气。正端起茶杯喝茶，外面有婆子进来通传："都督大人的轿子到影壁了，应该要来了。"

赵明珠原对陆嘉学有些心思，现在是什么都没有了，那就是痴心妄想而已。

她现在只想借陆嘉学的势力，在后宫里更好混些，故有些欣喜："谢谢嬷嬷通传，我一会儿去给义父请安。"

宜宁听到这里，猛地抬起头。

前院花厅里，众人见陆嘉学来了，都纷纷站起来拱手迎他。陆嘉学走进来，挥手示意大家坐下，看了罗慎远一眼。

陆嘉学对罗慎远并没有理会，坐下之后沉吟片刻，就对魏凌说："你今日大婚，我便来随礼的。"说罢叫人抬礼上来。

魏凌谢过，随之坐下来，陆嘉学今日前来还是要跟他说一件事的。

早年太祖将外藩军队赶出疆域之后，也速迭儿夺得汗位后，许多贵族和大臣不承认其地位，外藩开始分裂成为东、西两大部，东部为鞑靼，西部为瓦剌。这两部的关系并不好，甚至时常交战，再加个女真，这三部之间经常内耗，水火不容。其中瓦剌是最强大的部落，因此敢来进犯。

今日早上传来军情，说大同和国公爷驻守的宣府现下都没有统帅指挥，瓦剌部竟然联合鞑靼部私自会面，怕是要达成协议的。

军情一传来，陆嘉学就被连夜召见了。

上次魏凌将瓦剌打退了五十里，让他们大伤元气。本以为能消停下来，谁知道反而促使鞑靼和瓦剌结盟。

"大同之事我已经收到密报，两部一向水火不容，此次合作必然不简单。你是宣府总兵，戍守边关你该出一份力，最好是请旨再回宣府。"陆嘉学道，"等你过了新婚再说。"

上次陆嘉学跟罗慎远发生的冲突，魏凌还没弄明白是怎么回事。

罗慎远不跟他说明白，他又不可能去问陆嘉学。这两个都是人精，唯他女儿稍微笨些，但还没逮着机会问问她。

陆嘉学为什么掳走她，难不成是她得罪陆嘉学了？那也说不过去啊！陆嘉学为了制住罗慎远？这个倒是更有可能一些，就是不知道所为何事。

魏凌点头，又笑着指罗慎远："我女婿今也在这儿，你是见过的吧？"

陆嘉学听到这里眼睛一眯，往后仰靠在椅背上说道："我刚把曾应坤送往刑部，听说罗大人最近常被言官进谏通敌叛国？"

罗慎远淡淡一笑："这还得多亏都督大人能力卓绝，罗某自然敬仰。"

"敬仰倒是无妨。"陆嘉学的手串换了个手拿，依旧摩挲着慢慢道，"罗大人回去好生考虑，不然曾应坤要是说出什么证据来，对罗大人大大不利啊。"这两人开口说话，别人自然不敢插进来。

魏凌摸着下巴想了想，他的侍郎女婿挺拔如松，陆嘉学靠着椅背又有龙虎之势。两人的气势倒是分庭抗礼，若再给罗慎远十年，谁制衡谁还不一定。

他叫下人进来摆茶，想了想又对陆嘉学说："我听说……你和小女发生了一点矛盾？她若是哪里得罪了你，你看在她是你义女的分儿上，莫要与她计较。不如一会儿我叫她进来，给你端杯薄酒以示歉意。"

陆嘉学也一笑："她才多大，冲撞我也只当她孩子气，自然不会与她计较。"罗慎远背着手。周围之人皆不知这人颠倒黑白地在说什么。罔顾人伦，掳人妻子，还如此冠冕堂皇。

但是他也不会说这些话，犹如小孩哭闹着说不公平，有什么不公平的？规则如此，弱肉强食。他要做的也只是算计和攻击回去罢了。若是他强了，他从陆嘉学手里来抢，他觉得也是公平得很。

年少的时候，他手有疾，罗家一家人都当他不存在，没人在意他。孤独的少年心里不知有多少绝望和冷漠，情绪近乎黑暗到极致。这个第一次牵他右手，对他表示依赖的孩子，可能孩子不知道，他依赖于她的依赖，因为这让他真实地感受到自己的存在，比她依赖自己都多很多。

所以其实对他来说，用什么手段都无所谓。

魏老太太小憩后，宜宁在帮着魏老太太挑白果心。白果成熟之后，中心那蕊是有毒的，食用的时候必须要除去。太医嘱咐多拿白果入药膳，丫头婆子们便收了府里银杏的果来，幸好正是成熟的时候。她们闲来无事便慢慢挑着。

清莹如玉的白果放入小罐中，宜宁有些惊讶："你要入宫？"

赵明珠漫不经心地点头，拿小刀锉自己的指甲："三十入宫，外祖母看了，是个宜嫁娶的好日子。没想到这么顺利，魏凌舅舅将我的名字递上去，一同去选的簪缨世家、重臣之女不少，皇上一听说我是英国公府的表小姐，就立刻圈了留，赐了选侍的封号。圣旨我还留着，你要看看吗？"说着让丫头去拿。

"与我一同入宫的还有户部侍郎的次嫡女，还有皇后娘娘选的她家一个貌美的远房侄女。"

丫头拿着圣旨过来了。

宜宁不是没见过圣旨，魏凌的圣旨都收在他书房的一个匣子里。她刚进英国公府的时候，在他的书房里乱玩，都翻来看过，因此对圣旨没什么兴趣。

这时候外面婆子进来传话，说陆嘉学现在在花厅喝茶，魏凌让两位姑娘都一同去请安。宜宁一听到这个名字就觉得胆战心惊的。

"你随我去吧，请个安也是好的。"赵明珠拉她起来。

宜宁不想见陆嘉学，只道："你去回话，就说我要照顾祖母，给义父请安还是下次吧。"来通禀的婆子笑着说："小姐，国公爷说了您一定要去的。"

宜宁咬咬牙，略一转念想想去就去吧。大庭广众的，他未必还能当面做什么！这么多双眼睛看着，她可是他的义女，陆嘉学总不至于这么不要脸吧。

花厅里还有好几个官员在，陆嘉学在内间和兵部侍郎江左云交谈。魏凌则和罗慎远在外面说话，一见女儿过来了，招手让她过来。

半月不见她，仔细一瞧总觉得有点憔悴，魏凌就开玩笑问她："可是你三哥对你不好？"罗慎远听了一笑。

"你三哥待你至好，愿意牺牲亲事来帮你，必定不会亏待你。"魏凌又拍了女儿的肩。罗慎远就说："岳父不用担心，阖府上下没人敢亏待她的。"

宜宁退到他身后，想到昨晚下棋和睡觉的事心有不甘，伸手一拧，结果他手臂的肉又变硬了，还是拧不动。她知道他跟那位妙法大师学过些强身的功夫，生气也拿他没办法。

魏凌又跟赵明珠说话，然后回头来叫宜宁，声音低了些："我听说，你跟你义父有了些矛盾？究竟是怎么回事？"

罗宜宁脸上的笑容慢慢消失了，事情的真相她谁都不能说，只是这么一来，别人的猜忌和怀疑永远会存在。

"是我无意冲撞了义父。"宜宁说道，"义父便有些生气了。"

魏凌觉得女儿多有隐瞒，但罗慎远在，他也没有多问，就说："如此今日正巧，明珠要去给陆嘉学请安，你也随着去给他赔礼道歉。慎远，你先等我片刻。"魏凌让两个女孩儿跟着他进内间。

罗慎远看到几人进去，侧身坐在外面，有官员讨好地跟他说话，他也没怎么理，花厅外种的金丝菊开得正好，冷风从湖面吹来，秋意萧瑟。

赵明珠先请了安，罗宜宁站在她身边，也屈身喊了"义父"。

屏退了其他人之后，陆嘉学先没有理会罗宜宁，而是跟赵明珠说："我知道你进宫的事，皇后与我算是交好，只是这次她的远房侄女也要进宫。她是多年无嗣害怕了，想找个听话的为她争宠。你进宫之后想好投靠皇后了？"

"女儿知道董妃也颇为厉害，又是皇长子的生母。"赵明珠说，"但想想毕竟皇后娘娘是一国之母……"

陆嘉学觉得赵明珠不够聪明，入宫之后恐怕艰难，而且还是想跟皇后，就跟魏凌说："既然诏书已经下来了，你选两个极聪明的丫头跟着她，否则她一个人应付不了。"

赵明珠背后现在有陆家有魏家，总比没有大靠山的侍郎之女好。

说完了赵明珠的事，魏凌让罗宜宁给陆嘉学奉茶："你若有什么地方对不住你义父的，给他端杯茶认个错，免得你义父生了你的气。"正面对抗陆嘉学太不理智了，魏凌希望认个错这事就算完了。

宜宁从丫头手里接过茶杯，略咬牙，在他面前缓缓跪下："义父喝茶。冲撞之处还请多原谅，莫与我这等小女子计较。"

陆嘉学看着她的眼神似笑非笑。

她跪在自己面前，端茶的手微微发抖，不知道是气的还是怕的，估计都有。

他伸手接过来："义父受了你的茶，只要你乖乖听话，不要忤逆义父，我也不会为难你。"又微侧过身来在她的耳边低声说，"我不会放过你的。"

宜宁看他从容喝茶，一身革带锦服，却心里发冷。

敬茶完之后不久，陆嘉学从内间走出来，兵部侍郎等人都跟在他身后，众星捧月的。他看到罗慎远站在栏杆前，读书人多羸弱，罗慎远倒是挺强健的，体格与他相差不多。

宜宁看到罗慎远，就从他身边走开，走到罗慎远身边去跟他说什么。

她站在罗慎远身边，还不到他的肩高。罗慎远虽然什么都不做，但站在她身边山般挺拔，就有种天然的保护者的感觉。

陆嘉学眼睛微眯。

虽然知道是她三哥，但两人同居同住，难免日久生情。两人没有血缘关系，要是有一天假戏真做了……

他走过去，微笑道："罗大人下午要面圣，我也要和皇上谈论边疆之事。不如我们一同去？"

陆嘉学说过，只要她在罗慎远身边一天，他就不会放过罗慎远。罗宜宁忍了又忍说道："你这是……"

罗慎远按住她的肩膀轻声打断她，从善如流地道："我与都督大人神交已久，只是怕要随后才去，都督大人您先请。"说罢伸手一虚请。

陆嘉学又是一笑："罗大人客气。我见罗大人不慌不忙，倒是从容。不知道这时候刑部审讯曾应坤怎么样了。"谁在骂声和通敌卖国的质疑下，都不太坐得住。

罗慎远不仅坐得住还坐得稳，每天按时去衙门，别人说什么权当没听到。他顶级政客应有的素质不是说着玩的。

罗慎远笑道："嘴长在别人身上，罗某堵不住悠悠众口，便做好自己分内之事足矣，否则一一计较过去，也不用做事了。"

陆嘉学觉得罗慎远很危险。徐渭看人果然有眼光，这人有成为阁老甚至首辅的潜力。"罗大人说得有道理。"陆嘉学留下句，便不再理会他，带人走出了花厅。

罗慎远见众人离开，才对宜宁道："我入了宫先回去，你早日回来。"宜宁要在英国公府住两天，见见魏家新妇。

然后也走出了花厅。

宜宁不知道他进宫是做什么的，想到陆嘉学那句话，只觉得心里越发沉重。过了晌午，魏凌要出门去迎亲了。

他骑在高大的马上，迎亲的队伍跟在后面，很喜庆。宜宁看着队伍慢慢地远去，感觉非常复杂。那个年轻早逝的生母明澜，在她的印象里，是个端坐着一脸平静淡然的女子。

她一定是喜欢他的吧，否则怎么会生下两人的孩子呢？

或许是宜宁自己也希望如此，她希望明澜是喜欢魏凌的，两相倾慕。若是没有错过，就是岁月静好、和和美美的结局。

已经十四年过去了，英国公府终于也要有女主人了。赵明珠拉了拉她的手："走吧，一会儿就回来了。"

屋内宾朋满座，庭哥儿在魏老太太那里陪她说话。对于即将到来的继母，他表示不喜欢，他也不要继母。宜宁摸了摸他的头，没多理会他。他一开始对她还不喜欢呢，日后继母对他好些，自然就喜欢了。魏老太太早说过了，这位徐氏很温婉明事理，应该能讨好庭哥儿。

等迎亲的队伍回来已经是晚上了，由于对方是徐国公的幼妹，家里颇为宠爱，还派了人送亲来，来的是徐氏的几个侄儿。

本来是送姑姑来成亲的徐永，看到坐在花厅里喝茶的罗宜宁，吓得差点脚底打滑。魏家有人去迎他，笑着道："徐表少爷，这边来坐。"

徐永瞪大眼，指了指罗宜宁："那位……那位是你们的……"

"那是我们府唯一的小姐，如今嫁给了工部侍郎罗大人，国公爷十分宠爱，您一会儿跟她说话也最好温言细语些。"迎的人笑着答道。

他说那天怎么陆嘉学给她出头呢！原来是魏凌的女儿。

宜宁坐在花厅里，也看到了徐永。知道早晚有一天会碰上，却没想到他今天会送他的姑姑过来。她笑了笑，叫人请他进来："徐公子，不知道你那日遗失的玉佩找到没有啊？"

赵明珠狐疑："你认得他？"

"认得，一面之缘，印象深刻啊！"

徐永怎么觉得这位小姐每说一句话，他就越想流汗呢？

要是父亲知道他竟然跟英国公府小姐过不去，肯定回去把他的腿给打断。

徐永走过去跟她打招呼，额头冷汗淋漓。

"劳烦太太记挂，玉佩我自己已经找到了。"徐永忙一笑。

宜宁只是觉得有趣逗逗他，未曾想真的跟他计较，见吓也吓着他了，就挥手叫他出去了。

那边已经开始拜堂成亲了。

锣鼓喧天，礼生唱礼。听得宜宁微微失神。

宜宁歇在自己屋内，次日去给魏老太太请安，才见着新妇徐氏。

魏凌携着她，她穿了件正红色百吉纹褙子，梳了垂云髻，戴了一对赤金耳珰，显得脖颈修长，面容皎洁，细长凤眼，看上去的确端庄稳重，不失漂亮。

自新婚一夜后，她看魏凌的目光就有新妇的羞怯。毕竟魏凌高大英俊，正当壮年。一个男人最风华正茂的时候，最是能吸引女子的倾慕了。

她给魏老太太请安，随后宜宁带着庭哥儿给她请安。

但凡继母与继子女之间，都是生疏的。徐氏嫁过来之前，哥哥、嫂嫂就跟她说过英国公府的情况，子嗣不多，但是两个孩子都很重要。女孩儿是魏凌的掌上明珠，只得这一个女孩子。男孩儿是日后的英国公，整个家的人都要哄着他。若是对男孩不好，他身后还有祖母、姐姐一干人在，而魏凌绝对是会站在孩子那边的。

嫂嫂跟她说过，魏凌对这个女儿言听计从。

所以徐氏就先看着宜宁，这魏家的人当真都是好看极了的。她先扶宜宁起来，给了个大封红，再扶庭哥儿，庭哥儿却没得好脾气，往姐姐身边一躲不理她。

宜宁把他扶正，含笑说："您莫要见怪，他是怕生了一些。"

女孩儿倒是识大体，徐氏忐忑的心稍微松了口气，温声笑道："无碍无碍，孩子总是怕生的，日后多亲近些就好了。"

徐氏总有感觉，她说完这句话之后宜宁对她才露出了真的笑容，而魏凌一直盯着她的目光也才缓和些。

她下午认亲的时候，魏家的外家次第来见她。徐氏振作精神，想到日后自己可就是英国公夫人了，需得振作才是。她坐在花厅外面，却隐约听到里头魏凌和宜宁说话。

宜宁是在说她很好，应当是个脾性温和的人。魏凌声音低沉，却听得模糊不清。但是听得出对女儿是极为宠爱的，跟她说话语言就没这么温柔。

徐氏心有余悸，幸好来之前哥哥、嫂嫂讲清楚了——这家的女孩儿是绝不能拿捏的，方才见府里的管事婆子等人对她也是言听计从。若不是她已经出嫁了，这家里她说话绝对比自己还顶用得多。

徐氏想拿些窝丝糖来讨好庭哥儿。他却避开到一边不理她，孩子气地说："我不吃你的糖。"

他当年接纳宜宁，那是因为宜宁是和他有血亲的姐姐，但是徐氏不是。他对继母的印象就是一个陌生的女人，还要突然叫她母亲。

宜宁在屋内听到，快步走出来低声呵斥庭哥儿。庭哥儿委屈地看着姐姐，却还是被她带到徐氏面前道歉，道歉之后回头抱着姐姐的腿，像个小动物般黏着她。

徐氏想到自己在家做姑娘时的样子，鼻子酸酸的。嫁人和做姑娘没的比，做姑娘家人会包容她。但是嫁人之后，她得好好去包容别人了。

她在英国公府就像个陌生人一般。

宜宁把庭哥儿带回住处，好好训斥他不给继母脸面，日后照顾他的可是徐氏，又不是她。庭哥儿滚到她怀里撒娇，赖着姐姐不放。宜宁哭笑不得，把他的乳娘叫进来，好生吩咐："若是继母待他不好，告诉我、告诉父亲，一定要说出来知道吗？"

庭哥儿直起身道："她欺负我我就打她！"

宜宁却打了他一下："打什么打！不像话，她日后是继母了知道吗？"

庭哥儿得知姐姐回来住几日，高兴得不得了，哪里还管徐氏如何，只顾着黏她。等了两日罗慎远不见宜宁回来，就修书一封给她催她早日回家。

宜宁也觉得不好久留，叫珍珠、楼妈妈等人开始收拾东西了。庭哥儿对姐夫表示了不满："他有这么多人伺候，为什么非要你回去！"

"你有这么多人伺候，为什么非要我呢？"宜宁把他揪开，多大了，还跟长她身上一样？正好赵明珠今日要入宫，宜宁把她送走，又载着满满一车的东西回了罗家。

回去的时候却是正好林海如在吃午膳，招呼宜宁一起吃，问她英国公府的趣事。宜宁挽袖一边给楠哥儿挑鱼刺，一边与她谈笑。

一会儿乔姨娘和罗宜怜来给林海如请安。

乔姨娘今天精神很好，穿了件水红通袖褙子，发髻上戴了酒盅大小的绢花。罗宜怜小姑子则看了宜宁一眼，眼睛别向了隔扇外。

乔姨娘坐下之后拿帕子掩口一笑："今日来拜访夫人，是想跟夫人说一声，咱们怜姐儿的亲事已经有着落了。"

林海如有点惊讶，竟然真的让乔姨娘找到了个她满意的？

毕竟原来看乔姨娘那副架势，好像非要让罗宜怜嫁个簪缨世家不可。

林海如可知道乔姨娘择婿的最低标准都是进士。不知道究竟是谁入了她的眼。

她让罗宜怜也坐下，问她："怜姐儿，你跟母亲说道说道，这定的是哪家的亲事啊？"罗宜怜居然还不太愿意，语气淡淡地说："等提亲的人来了，母亲自然就知道了。"

罗宜怜小的时候还会装懦弱可怜，这长大了，装也懒得装。成天忧郁，加上身材纤长，气质如空谷幽兰，看着很让人惊艳。凭她这个样貌，未必真的不能进高门大户，只是正室肯定当不得，毕竟是庶出的。

林海如碰了一鼻子灰，憋了口气，懒得管她们了，反正只要不弄出幺蛾子就行，随便他们去折腾，出了什么事也别来找她收场就行。

楠哥儿现在路已经走得很好了，穿着小褂子蹒跚地在屋里跑，惹得众婆子跟在他身后小心翼翼地护着。林海如管家没空，宜宁吃过饭后干脆把他抱回宣景堂玩。

楠哥儿在宣景堂有些拘束，宜宁拿饴糖来逗他。这孩子也好吃糖，啃着甜甜的饴糖迈着蹒跚的小步子，追着宜宁跑，小尾巴似的惹人疼。

罗慎远今日回来得早些，小小的楠哥儿就跑去扯他的袍子，化的糖都沾在罗慎远的袍子上。他不太喜欢小孩，皱眉让婆子把他抱开。

宜宁这好不容易才被他催回来了，怎么还带着个小人？他就是不喜欢别人黏着她。在英国公府有个庭哥儿黏着，回来又多了个小尾巴楠哥儿。

楠哥儿委屈地喊宜宁"姐姐"，要给罗慎远吃的糖握在手里不知所措。罗慎远才回头问："他叫你什么？"

宜宁呵呵一笑："你忙你忙，我得把他抱回母亲那里了。"

看到宜宁抱着孩子出去了，罗慎远的手指微微敲着桌沿。他不喜欢孩子，但是宜宁很喜欢。

其实罗慎远根本不愿意要孩子，有了孩子，宜宁就会全心全意地疼爱那个孩子。他不太舒服，就算那是他的孩子也一样。

真是怕她有一日发现……他是这么可怕，连分得她注意力的东西都不想存在。

宜宁次日是从噩梦中醒过来的，她总是想起陆嘉学在耳边轻之又轻的那句话——"我不会放过你的"。

她披了件外衣起来，发现罗慎远不在了。

屋内的气氛则显得很紧张，门外多了好些护卫。宜宁分明记得罗慎远今天是要休沐的，他却根本没有在家里，实在是稀奇。

她觉得不太对，传了林永过来问话。林永则告诉她："卯时一刻大人突然被急召入宫，应当是有大事发生了。"

宜宁因此更忐忑了些，一直等到晚上罗慎远都还没有回来。

天边一抹淡淡月牙，宜宁在庑廊下看了会儿，珍珠给她加了斗篷御寒。心里越发忐忑起来，他这时候还没有回来，外面也没个动静。

这时候林永急匆匆地过来了，跟她说："宫里传来消息，这次有人面圣直谏罗大人，编织罪名六条，皇上看了也惊疑，就把罗大人召进宫了。"

难怪到这个时候都没有回来！

宜宁沉思，问道："大老爷、二老爷可知道这事了？"

林永答道："太太不用担忧，方才大老爷、二老爷叫属下过去问话，听完就换了官服赶往宫里了，现下应该已经到宫门外了。"

"我父亲呢？"宜宁又问道。

曾应坤的事，说起来还是跟平远堡有关，要是有魏凌在的话情形会稍微好一些。

林永一愣，才反应过来太太说的应该是英国公："这个属下不知，属下派人去问问。"宜宁嗯了一声，又对林永说："叫守夜的小厮注意着开门，傍晚许是要下雨的。"

书房里点了豆大的烛火，宜宁有点打盹，可还是想再等一等。打盹好久，珍珠来灭了盏灯让她好睡些，这才听到前院有马蹄和车辙声传来，宜宁立刻就醒了。灯火都亮起来，有守夜的小厮起夜开门的"吱呀"一声，黑夜里声音显得很遥远。

宜宁醒过来，门口的声响窸窣起来。她忙披了斗篷，带了值夜的青渠出去迎接他。垂花门外好些人簇拥着他，罗家众人，罗成文、罗成章、他养的门客幕僚，罗慎远的脸色阴郁却很平静。

宜宁听到罗成文在跟旁边的人说话："三成军功归了慎远，皇上动了大怒，扔出的砚台差点把徐永清砸死，大骂他是诬陷忠良。"

宜宁听到这句话心中一喜，那必定是没有大碍了，她松了口气。

罗成文想到刚才的惊心动魄，就有点按捺不住："恐怕明日起来朝堂上下的言官都是打脸，皇上又觉得你受了委屈，怕要有不少赏赐。慎远，你好生受着！现在官位不能晋升，但日后工部尚书空缺了，非你莫属。"

"尚书之位侄儿现在还不敢想。"罗慎远道。

宜宁在垂花门口等她，屈身给几位叔伯请安，叔伯们送罗慎远到垂花门便要返回了。罗慎远看到她在寒风中冷得发抖如鹌鹑，告别了大伯父和父亲，朝她走来问道："怎么还没睡？脸都冻青了。"

罗慎远把自己的斗篷也披在她身上。他的披风太大，从头到尾都是，给她从下巴裹到脚，小小软软裹了一团，如香甜的软糕。

"三哥，我刚才似乎听大伯父说，你制住了言官？"宜宁问他，"怎么制住的？"看他穿着赤罗衣朝服，神情没什么波动。

罗慎远边走边跟她说："我与曾珩来往，是窃取曾珩的情报帮你父亲。只要你父亲把这个说清楚，言官就站不住脚了。"

宜宁有些疑惑，进门之后让丫头去放了热水，铺了床褥。两人在靠窗的罗汉床上坐下来，她问："既然容易解决，为何一开头不说清楚？也就没这么多麻烦了，让你平白被骂了几次。"她从丫头手里接过汤碗递给他，"夜寒露重，你喝些姜汤去寒。"

白玉小碗里是淡棕色的姜汤，应是加了红糖的。罗慎远先凑到她嘴边："你先喝些。"宜宁有些想笑："怎么，你怕我给你下毒啊？"

他敲了宜宁的头一下："快些喝，看你刚才冻的。"

宜宁只能就着他的手喝姜汤，看到她嘴唇微动，然后沾上糖液的晶亮，然后就不肯喝了。罗慎远才又接过来，对他来说不过一口喝干的事，喝完将碗放在小几上。

"我拖着不说，是为了让皇上罚我。"罗慎远道，"这次几个言官骂得过头了些，皇上脸色难看。我等的便是这一刻，岳父再暗中一帮忙，我不仅能够洗去叛国的罪名，反而还得了皇上的愧疚同情，日后升迁尚书就更容易了。明日上朝恐怕有戏看了。"

宜宁听到这里，也立刻反应过来，罗慎远应该是想为自己谋求更大的好处吧。罗慎远把玩着小碗，目光微凝。

皇上亲自下龙椅来扶他，说他是栋梁之才，并将带头的吏部给事中徐永清骂得狗血淋头。陆嘉学则一言不发，站在旁边似笑非笑地看着魏凌。

宜宁想到方才大伯父说的场景，真想亲眼看看方才的激烈场景。她是由衷敬佩罗慎远，难怪年纪轻轻做首辅，这等心性！

"皇上真的砸破了言官的脑袋？"

"皇上早被这帮人吵烦了，有机会砸自然要砸。"罗慎远说。

宜宁心里还是担心陆嘉学的事，又问罗慎远："这事……陆嘉学应该是主谋，那些人背后应该是他，他可有被供出来？"

罗慎远淡淡道："那些人如何敢。"

罗宜宁思索片刻："当时我在他那里，听说他想用曾应坤来害你。现平远堡之事你从中获益，又不知道他会做什么。他向来是个无赖性格，不论什么手段都要达成他的目的……"

"不要说了。"罗慎远突然说。

罗宜宁有些没反应过来。罗慎远叹道:"我不喜欢你提他,以后不提他了,好吗?"其实,三哥还是介意她被陆嘉学掳走的事吧,毕竟没几个男人能不介意的。

"好,"她一愣,笑着说,"那以后不再提他了。"

罗慎远才抚着她的头:"睡吧,没有人会害得了我的。"

第二天早朝要早起,宜宁起来的时候他已经出门了。

她让范妈妈拿些东西放在前堂里供奉孔子像,带了刚做的核桃馅栗子糕去林海如那里请安。林海如正靠着引枕,拿着美人锤有一下没一下地敲着小腿,好像心不在焉的样子。看到宜宁来了,招招手示意她坐到她身边去。

这婆婆是最好的。宜宁原在宁远侯府的时候,不仅有侯夫人,还有老太太,个个都是要拿捏媳妇的。三个妯娌都出身名门,只有她出身低微,因此,她可没脾气跟她们计较。

宜宁突然又想起陆嘉学说的话:"你以为就那么容易能嫁给侯府庶子?你家世不高,要不是有我在怎么可能。"

他说的话应该是真的,那场亲事的确不是她哭来的。

林海如现在日子过得舒坦,有了罗慎远给她撑腰,还生了楠哥儿,除了乔姨娘还偶尔在她面前硌硬她,别的也没有什么了。宜宁接过美人锤给她捶腿:"您想什么呢,这么入神?"

"我想怜姐儿究竟怎么个高嫁,人到现在都没露面——"林海如长叹口气,直起身来,"乔姨娘去见你父亲,说我给的月例少,要另外求几百两银子给她打头面。昨晚你父亲就跟我说起这事,把我说了一顿。"

"他现在还见乔姨娘?"宜宁手中小锤一顿,她以为乔姨娘彻底失宠了。

"男人总是心软的,哭几回不见也见。"林海如也不是不在乎,毕竟是自己的丈夫。但是这么多年过去了,计较都没有力气再计较了,还不如睁一只眼闭一只眼。

宜宁若有所思一会儿,又问起林茂在高密县做县令怎么样了。

说这个林海如就有精神了,拿林茂写的信给她看。信是林茂写给扬州的父母的,自儿子做官之后林家就把他供起来了,林茂写回去的信都誊写许多份给他的姑姑们寄过去看,毕竟是家族里头一个在京城做官的。这家伙丝毫没有"我去高密县当县令是被贬职了"的感觉,他的信都是游记,记某某山一日游,记某某湖两日游,记甲申年下乡游。途中所见所闻,吃了什么东西,洋洋洒洒,文采斐然。

宜宁笑得肚子疼,把信还给林海如:"您跟舅舅们说一声,他写的信都存起来,等他回来给他出个《林茂传》什么的,青史永存。"

"他被贬职了,最高兴的就是他爷爷,说还是去地方做父母官造化百姓的好。就他这样还造化百姓?"林海如嗤之以鼻,"我都怕百姓把他给造化了。"

睡醒的楠哥儿被抱出来,直往母亲怀里扑。罗家众人都忐忑地等着宫中的消息。

到晌午的时候宫里传来消息,罗慎远平定边关有功,受赏赐良田五百亩,黄金两千两,白银五千两。曾告发他的言官以诬陷忠良为由,庭杖十。罗府上下都震动了。

朝堂之上，皇上满面笑容。

罗慎远站出来受了赏，皇上对他夸赞至极。罗慎远看了魏凌一眼，二人皆不语。陆嘉学站在武官第一位，没有回头，面无表情。

罗慎远不是初生牛犊，他是幼虎，现在已经有了力量。一旦给了他可乘之机，他就会蓄势反击。魏凌出乎他的意料，竟然愿意把军功拱手让人。

假以时日，肯定无人能压制他。

程琅站在百官之中，静静地听着皇上的封赏圣旨。其实他心里很清楚，陆嘉学不用他做智囊之后，真正的智囊就是他自己。他根本没想拿这个对付罗慎远，他就是纯粹给罗慎远添堵。真正想要的东西他会用尽手段去谋求，他真正想的肯定不是对付罗慎远。

他现在不能再给陆嘉学添堵了，否则陆嘉学肯定杀了他。同时罗慎远也惹不得，这两个人斗，他只能在旁边看着。权势和战利品，只属于胜利者。

程琅低下头，嘴角泛起一丝冷笑。

他从皇宫里出来的时候，冬天的灰霾又低又沉，有点雾气。

一步步沿着台阶往下，程琅看到罗慎远在和徐渭说话。徐渭满面笑容，罗慎远细听着，虽然没有什么特别的动作，但是所有人都会把目光放在他身上。

陆嘉学居然在台阶下等着他。

"好外甥，你给罗慎远通风报信过？"陆嘉学微笑问他。

程琅早知道他会发现，也没有辩解："舅舅……随您怎么处置吧，我也不多说了。""处置你？"陆嘉学冷哼。

"我找你有事，给我过来。"说罢他披了斗篷，率先走到前面去。程琅咬牙，跟在他身后。他可不敢忤逆陆嘉学。他找自己做什么？

罗府却真正热闹起来，罗成章回府后立刻吩咐了宴席。外面的百姓都是一脸敬仰羡慕地看着罗府的排场，来恭贺的人络绎不绝。宜宁身为罗三太太，要招呼来的女眷，脚不沾地地忙到了晚上才歇息会儿。

宜宁累了一天回来，刚让珍珠去打些热水来泡脚，就看到罗慎远站在拔步床前。

结果刚走近些，就发现罗慎远手里的盒子……是前几日在英国公府的时候，赵明珠偷偷给的册子！罗慎远看着手里的东西，表情似乎有些微妙。

宜宁顿时红了脸，立刻去抢："你……你当没见过！这是压箱底的东西。"他从哪儿找出来的？

罗慎远瞥了她道："用这个压箱底？"他道，"这些东西我没收了，你不该看这些书。"宜宁哭笑不得，拿回来后她一页未看过，就让玳瑁收起来了。这下没收更不用看了。

"你今天累了，先歇息吧。"宜宁过去给他宽衣。

罗慎远垂下眼，在她靠近自己的时候，突然一把抓住她的手，并把她按到了身下。宜宁闻到了他口中的酒气，她就知道罗慎远喝多了。

宜宁疼得脸色微变，怎么喝酒了力气还是这么大！她正想说什么，罗慎远却压在她身上，闭上了眼睛。

他这么沉！宜宁被他压得脸黑，却发现他凝视着自己。他的侧脸无比清晰，从眉毛鼻梁到嘴唇，一寸寸熟悉又陌生。他的下巴上冒出一点胡茬，有些刺手，阔额浓眉。

实在是酒气熏人，宜宁费力从他身下爬出来，谁知刚一动就被罗慎远反手抓住。他问："你要去哪儿？"

"你喝多了。"宜宁说，"我叫丫头给你备洗澡水。"

"嗯。"罗慎远应了声，才闭上眼睛。冬日甚寒，但晨起的阳光挺好的。

罗慎远醒来的时候，透过窗纸的光线照在床上，就看到了蜷缩在他怀里酣睡的宜宁。他揉了揉眉心低叹一声，喝酒误事。

宜宁似乎也被吵醒了，下意识地问："现在什么时辰了……"

罗慎远立刻侧起身挡住了外头进来的光线，把她拥在里头，伸手又放了一道帷帐下来，屋内便昏暗不清了。他低声说："还早，你好好睡着。"

罗慎远起身去净脸，一会儿又撩帷帐进来穿衣。宜宁这时候已经醒了，突然感觉自己好像被人腾空抱了起来，往床里面放了些，她闻到一股胰子清香的味道，抱得很稳。她没有睁开眼睛，怕他看出自己是醒了的。

等徐妈妈端着铜盆进来给她梳洗的时候，天光大亮，罗慎远已经去上朝了。

宜宁吃过早饭站在院子里，端详着后院的布局，看了一会儿觉得不太顺眼，叫府里的管事过来："把那几株松树都挪开，挡着风水了。再给我买些葡萄苗来，在这里搭个葡萄架。"

宜宁很喜欢院子里搭葡萄架，夏日乘凉的时候，枝丫上就是累累的紫色葡萄。成熟后摘下来还可以分给各房各院。

除了管事来拜见她的那次，这是宜宁第一次召他过来。管事有些犹豫："三太太，这冬日里搭葡萄架，葡萄能活吗……"

宜宁转头看他。在英国公府的时候，她是树立威信了的，说什么下面就有人飞快地去办。她又回过头看了看那几株茂密的松树，照进冬暖阁的阳光都给挡住了。

"自然能活，你去准备就是了。"

管事应声退下了。这三太太看着年轻稚嫩、和和气气的，严肃起来竟也说一不二的。搭葡萄架是没有什么……但这院中的摆设是三少爷亲自规划的。

等罗慎远下朝回来了，管事就连忙过去告诉他："大人，夫人今天说……要把您院中种的几株松树挪走，种葡萄藤。那三株松树可是您特意从凤凰岭移回来的，说是风水局。费了好大力气，小的犹豫便还没去做。"

罗慎远听了就道："她要挪就挪吧，以后她做什么都随着她，不用来告诉我。"只要她不觉得无聊就行。

管事很想问，三太太要是想把房子拆了呢？您也同意？三少爷这么有原则的人，怎么就这么纵容太太乱来呢！

但罗慎远已经进了院子，随行的林永回头低声跟他说："有点眼色，听三太太的就行。"

管事得了林永的指点，连忙点头应下。

宜宁在书房里看府中的账目，林海如把这些给她管了。好在跟魏凌失踪的时候英国公府的账目比起来还不算什么，旁边站着几个婆子正在和她对账，她的神情平和自持，很有管家的样子。就是旁边放了一盅小汤，听一会儿就喝一口。

罗慎远静静站了一会儿，看她还挺忙的，就没有打扰，先去净房里换官服。

"大人，奴婢服侍您更衣吧。"罗慎远正在换中衣，突然听到一个丫头的声音。他回过头，眼睛微眯，这个丫头他从未见过。生得非常漂亮。

见罗慎远不说话盯着她，花容低着头，语气柔顺："太太担心您没人伺候……奴婢来伺候您更衣。"她已经观察好些天了，趁着厨房那头忙没人看着她，才摸到正房来。丫头都跟着宜宁在屋伺候，正好罗慎远沐浴更衣是不要丫头伺候的，这里反倒没人。

她的手刚碰到罗慎远的衣袖，知道罗大人还看着自己。净房里狭小，他的气息无处不在，她越发紧张，手都有些发抖。

突然，一只大手捏住她，然后拿开了她的手。罗慎远淡淡地问："我记得你是新来的吧，太太不是让你去厨房伺候了吗？"

"奴婢前些日子已经到太太这里来伺候了。"花容低下头，与他相触，手心一片酥麻。想起方才过来的时候众人围着太太，她忙说，"太太正忙着看账本，所以没空。"

"你出去。"罗慎远抬起手自己整理着袖子。

花容没想到他竟然拒绝，脸色一白，有些失望地抬起头。她……她不够好看吗？

"大人……您的外衣……"

"滚出去！"罗慎远突然冷冷道。

花容宛如被浇了一盆冷水，浑身上下都冷透了，一股强烈的羞耻感涌了上来。罗慎远整理好袖子出了净房。

看守在书房门口的婆子看到罗慎远过来了，脸色不是特别好看，婆子都忐忑起来："大人……太太在里面算账呢！"

罗慎远却径直走进了书房，他的随从则让看守的婆子下去。宜宁听到动静抬起头，就看到罗慎远站在她面前，面色冰冷，她疑惑问道："你这是怎么了……"

"都退下去。"罗慎远拿了书桌上的账本翻，淡淡地说。

屋内伺候的几个丫头婆子面面相觑，这里还没有对完账，却不敢出言忤逆三少爷，还是退下去掩上门。罗宜宁则站起来继续问："朝堂上有什么不顺心的事？"

三哥是个闷嘴葫芦，她要是不问，他是不会主动提起朝堂上的事的。他要是愿意倾诉，宜宁还是很愿意听的。

谁知道她刚站起来，罗慎远就放下手里的账本："宜宁，你方才叫了个丫头来伺候我？"罗宜宁被他这番突如其来的话搞得莫名其妙，"没有啊，什么丫头去伺候你了？"

罗慎远沉思片刻，就反应过来那丫头在说谎，反而笑了笑。

一牵涉她，就这么不理智，竟然连真假都没有仔细去分辨。也许还是因为他没有稳妥的感觉，怕她会被别人抢走，怕她不在乎自己。

"无妨，这事我来处理。"罗慎远淡淡道。

"不是，你跟我说究竟是哪个丫头去伺候你了啊！"宜宁要弄明白，"不然我怎么御下？"

罗慎远走到她前面，低头吻了吻她的额头："你不用操心了，我来处理此事吧。"

这个吻温热，却又带着千钧之势的冰冷。随后他转身出了书房门。

罗宜宁第二日起来时听说，那个刚被她收入厨房的丫头花容，昨夜被抓到私通小厮。护卫没认出她是谁，错当成贼人，让乱棍打死了。

范妈妈进来给她禀报的时候脸色苍白："太太，都没有个人样了……奴婢让人拿草席裹了，扔去了乱坟堆。您说说，哪个护卫下手会这么狠……"

去林海如那里的时候，她也跟她说起此事。

罗成章知道的时候更是脸色发寒，这么重的手，他那个儿媳是不会做的。肯定是他那好儿子罗慎远，那丫头肯定惹到他了，否则他是不会管的，他一管就是手段凌厉。

这是做给他看的，警告他不要插手他的事。

罗成章反而一反常态，都没有过问这个丫头的死因，只是淡淡地说了句："既然没了就没了吧。"

罗慎远下朝回来，正解着朝服，宜宁问他："三哥，你知道那个叫花容的丫头死了吗……"

"嗯，死了吗？"他淡淡地问。

宜宁帮他解开玉革带，继续问："昨天你说的那个去伺候你的丫头，就是她？"

罗慎远继续解开朝服的系带："这事我管了就算完了。要不是昨天她借你之名，我也不会这么生气。"

昨天那个丫头恐怕是真的把他惹生气了。

宜宁碰着他的手，突然觉得指尖发凉，一股子寒意："所以你就叫人……打死她？"

罗慎远笑了笑："当然不是，我只是吩咐了一声。那些人下手没轻没重，我也不知道是打死了。好了，日后父亲不会往你这儿送丫头了。"

他从后面抱住她，在她耳边低声说："怎么了，你怕我吗？"

若是没有他授意，底下的人敢下这么重的手吗？那丫头自寻死路是她活该，宜宁知道，只是她偶尔觉得三哥做事情挺极端冷酷的。

"不是，我有什么好怕的。"她在他高大的怀里有些僵硬，相处得越久，自然就越能接触到他的另一面。她侧过身，踮脚亲了亲他的下巴，胡碴有点扎人。

罗慎远抱着这个温暖的小身体，枯涸的内心总是因此而温润。她很少主动亲他，每当这种事发生的时候，他就希望她能来主动地亲近她。

这种感觉非常好。

已经是两更过了，下人将冷茶重新换了热茶。白瓷杯碟轻放在紫檀木上，陆嘉学侧头一看，觉得汪远这人或多或少有些毛病，他家用的茶具碗具全是薄胎的白瓷。

汪远半百年纪，穿了件紫绸长褂，因皮肤苍白，有些仙风道骨的感觉。

"贵阳的匪患,都护府是顶不住了。"汪远拨了一下香炉里的香,再盖上香炉盖。香雾袅袅飘起,书房内一片檀味。

汪远跟陆嘉学相识也有十年了,他对陆嘉学其实很忌惮,因为陆嘉学手里有兵权。但同时他不防备陆嘉学,同样是因为陆嘉学手握兵权,反而对政权没兴趣。汪远继续说:"宣慰司周书群畏罪自杀,恐怕还要问他的责。贵阳那里没有个领军的人在。陆大人觉得,是从何处调兵为好?"

陆嘉学冷哼一声。

贵阳之乱这事他有所闻,都护府再加宣慰司,都打不过一群土匪,简直就是帮饭桶。汪远也是个和稀泥的能手,不该他管绝不管,现在想让他出手收拾烂摊子?

汪远老头心黑又无情,清流党的周书群还不是他放过去的?现在他把周书群害成这样,清流党估计恨不得活生生咬死他。陆嘉学端起汪远家的白瓷茶杯喝了口:"云南总兵、四川总兵发兵最快。四川总兵宋大人有过抗山匪的经验,最好是他。"

陆嘉学都懒得派自己的得力干将过去,跟鞑靼、瓦剌比起来,山匪就是一帮乌合之众。

陆嘉学在军事上是天才,他说的大致是对的。看样子他真不想管。汪远笑了笑:"我看夜已深了,不如大人就留宿鄙府吧。管事,去给陆大人安排住处。"

"不必。"陆嘉学淡一摆手,又拒绝了汪远的相送,从汪远府上出来。汪远府穷极奢侈,琉璃羊角宫灯将朱红大柱照得格外明亮。陆嘉学看到就嫌弃,汪远怎么也是华盖殿大学士,这什么品位?他坐上了马车,就有人进来跟他汇报:"大人,事情都安排好了。程大人那边也布置得差不多了。"

陆嘉学"嗯"了一声示意知道了。

那人又继续道:"就是曹夫人让我问您一句,只是提纳妾,不是继室吧?"

陆嘉学霍地睁开眼,冷笑道:"继室,她也配得上?"就算只是设的局,不可能真娶,他也不想让别人担这个名头。

随后加了句:"跟曹夫人说,只是叫她提一提这事,别的不要多话。"他摩挲着扳指,又缓缓闭上眼。罗宜宁,这次没这么好跑了。

罗慎远也半夜接到了贵阳府那边的消息,徐渭派了护卫连夜给他传信。

徐府里,徐渭和户部侍郎、杨凌等人正聚在书房里,刚拿到的是周书群的讣告和遗书。

杨凌看到老师拿着好友的旧物,手发抖,目眦欲裂:"谯方上次给我写信,还问我山地种什么粮食好,向我讨教写骈体文……"现在看到的却是他的遗书。

周书群是武官,此人是武官中难得的清流党。后来得罪了汪远,被下放到贵阳宣慰司去做长官。

贵阳那地的山民穷寇而凶悍,常做土匪流窜。周书群到那儿之后劳心劳力,好不容易才取得了山民的信任。山民跟着他垦荒修寨,也不做抢人勾当了。谁想这时候贵州布政使来了,收这些山民六成的重税。周书群多次反对无用,布政使就是汪远的人,汪远要整他,说什么都没用。

山民愤怒了，靠劳动得来的粮食叫这些王八给搜刮得一干二净，他们成了凶匪。这股巨大的土匪势力占据了贵阳，杀了很多普通百姓和官员。

周书群带兵奋力反抗。汪远那边却趁机给皇上上书，说这是贵阳宣慰使周书群监管不力，土匪未得治理反而越发严重了，应该把他押回京革职查办。皇上见山民都能造反官府了，一怒之下赐死了周书群，妻儿流放两千里。

周书群还在带兵奋力抵抗，保护城中百姓，脖子上就被套了枷锁。他愤慨而痛哭，跪在那片耗尽他心血的土地上久久回不过神。

立志做好官，却反而还连累家中妻儿。他在贵阳自尽而死，送回京城的是尸首。

谯方是周书群的字。杨凌安慰了老师几句，徐渭却冷静不下来："给我拿纸笔，我要上谏。忠良被害，妻儿遭殃。我不能坐视不管！"

几人根本劝不住徐渭，杨凌也没有办法，慌乱之中回头问伺候的人："罗大人可来了？""已经派人去请了，罗大人离得不远，应该要到了。"伺候的人连忙答道。

正说到他，门帘就被小厮挑开了。一股寒风扑进屋，罗慎远随着寒风走进屋，有人给他上了茶。他在路上已经知道了事情的经过，这时刚一坐下就道："老师少安毋躁，作乱土匪在贵阳杀了这么多人，皇上正在气头上。您这时候去为周大人上谏，只会被牵连。"

徐渭是被气昏了头，立刻道："牵连也罢，我看不得他被如此冤枉！一条烂命，老朽我也是活够了！"

罗慎远料到徐渭会是这个反应，继续说："您要是被皇上赐一死，倒也轻松。天下也没有清流党了。等陆嘉学和汪远把持朝纲，他们想害谁害谁，以后民不聊生也没人去心疼百姓了。您一死，必然也没人管了。"

徐渭听了学生的话良久，突然老泪纵横，哽咽起来。罗慎远反倒松了口气。徐渭是对老友的感情太深了。

他一看到信就知道不妙，周书群的事虽然没有挽回的余地，但他一定要先过来劝住徐渭再说。看老师哭就知道是劝住了，跟下人说："备洗脸水来。"

等徐渭清醒了，再好生商量。

宜宁第二天起来得很晚，昨夜半夜被传话的人吵醒，其实她昨晚没怎么睡好，总是觉得头痛异常，便让丫头用薄荷油按着太阳穴放松一些。

刚按到一半，林海如身边的一个丫头过来传话，珍珠挑帘让她进来。丫头行了礼，屈身跟宜宁说："三太太，夫人让您过去一趟，说是给六小姐提亲的人来了！"

这丫头一口"三太太赶快些，夫人让您去看热闹"的兴奋语气。给罗宜怜提亲的人终于来了？

罗宜宁睁开眼，叫丫头暂先别按了。她也好奇究竟是谁给罗宜怜提亲，都等了这么些天了。她想了想，让丫头服侍着换了件真紫色宝瓶纹缂丝夹袄，去了林海如那里。

正房廊下好些丫头婆子垂手立着，穿的是一水儿的丝绸比甲襦裙，派头还真挺大的，来人应该是勋贵之家。

684

丫头通传之后，宜宁挑帘走进去，还未见人，就闻一阵热闹的声音。

宜宁抬头看去，林海如两侧丫头婆子林立，应该是撑场子。而与林海如对坐的是一位肤白的妇人，梳了堕马髻，衣着华贵。宝绿色遍地金的通袖袄，整套赤金头面，应该不怎么年轻了，但是面容姣好。

林海如见宜宁来了，就拉她过去道："宜宁，这位是威远侯府的曹夫人。"曹夫人是长辈，又是侯夫人，宜宁自然是要屈身问好的。

林海如随之也介绍了她："这是我的儿媳魏氏。"

"那就是六姑娘的嫂嫂了。"这位曹夫人笑道。她长得很和气，就是一双丹凤妙目，透出几分精明来。此行另有目的，这位曹夫人自然没在乎宜宁。

她笑着拿手帕沾了沾唇，跟林海如说话："罗二太太，你们家六姑娘是个贵人的命格。陆都督有意纳她为妾。这可是难得碰上的大喜事。"

陆嘉学那是什么人，手握重兵辖山西宣府的宣大总督，权倾天下的都督，皇上都要忌惮几分。他想要纳妾，哪家不是挤破头把女儿往上送？

曹夫人觉得这是撞大运，一个不受宠的庶女，怎么就入了陆嘉学的眼？

她的声音特地放缓了些："多少女子仰慕都督，也没见到人家一面的。跟了他以后就是享不尽的荣华富贵，你家六小姐这是飞上枝头了。罗二太太你好生考虑一番，快些去告诉你们家六小姐听听！这人该来了吧？"

说着往门口看了几眼，刚才她一来就叫人去传话了，怎么到现在也没有来？当初她只派人给乔姨娘传过信，说有大人物对罗宜怜有心思，没明说是谁，乔姨娘还万分恭敬地给她回了信，满是期待地等着。事到临头要起贵人的派头，还慢起来了。

她当然也是好奇，这家六姑娘究竟多美若天仙，让都督大人看上。林海如差点被茶水呛着："曹夫人说是……陆嘉学，陆都督？"

当年他带兵去保定的时候林海如还远远看了眼，这等大人物，怎么就看上罗宜怜了？本来找罗宜宁过来是看热闹的，这下还真的是热闹了。

林海如侧头看罗宜宁，见宜宁也久久没有回过神来，手里的茶杯一斜。幸好她回过神来，很快就稳住了，手却有些发抖起来。

## 第三十七章 云雨之欢

不多一会儿，乔姨娘携罗宜怜来了。

罗宜怜特意打扮过。她手腕上戴着翠汪汪的镯子，梳了垂髻髻，湖绿色缂丝绸袄，外罩一层妆花罗纱，素白月华裙。

曹夫人心里暗叹果然是美人，微笑招手让她到身边来，语气无不轻柔赞许："这位就是六姑娘吧，果然是国色天香！"

"曹夫人客气。"罗宜怜屈身行礼，她早知道曹夫人今日是来提亲的，脸色微红。

曹夫人让她坐下来，又柔声问："你可知道，是谁要纳你了？"

"刚才传话的嬷嬷已经说了。"罗宜怜脸色更红。

她跟乔姨娘知道是谁的时候，也愣了许久。等传话的人离开了，乔姨娘就拉着她，有些激动道："我女儿，竟然是陆都督，你可知道那是个什么人物！你若是能嫁给陆嘉学，给他吹吹枕边风，凭他的手段，以后你还不是吃香喝辣的！"

罗宜怜则有种被金元宝砸中，回不过神来的感觉。

她从别人口中听过此人的传奇，宁远侯爷，手握重兵。当年还曾以血腥手段血洗侯府，才夺得了侯位。他怎么会突然看上了她？

"可……这是个妾啊！"

"我孩儿啊，你以为那普通人家的正妻，就比得过陆都督的一个妾位吗？"乔姨娘笑罗宜怜想得简单，"妾又如何？只要你背后的人是陆嘉学，哪个还敢小瞧了你？娘也能靠你在罗家站稳脚跟了。"

罗宜怜迟疑地问："陆都督就有这么厉害？"

"你三哥官位虽高，但就是个正三品的侍郎。"乔姨娘声音一低，"他是宣大总督。就算是罗宜宁的父亲英国公，在他面前也要恭恭敬敬的，听陆嘉学的吩咐做事。"

罗宜怜想到这里，就觉得坐在正房里，脊背从来没有这么挺直过。她看到罗宜宁就坐在她的侧前方，脸色不太好看，有些发白，而且一直失神。罗宜怜心里就不由得想，恐怕她也又羡慕又惊讶吧，否则脸色怎么会这么难看。终于有一天，也要她来羡慕自己。

曹夫人全程就跟罗宜怜说话，宜宁从丫头手中接了盘枣子递给她尝，曹夫人却抓了几个给了罗宜怜，还是微笑："我看六姑娘气色不好，该补些血气。"

宜宁见状嘴角微动，把盘子放回桌上。

林海如留曹夫人吃了午饭再走，看那两母女现在的样子，估计是不会拒绝的，就笑着说："这桩姻缘是好的，我这个做嫡母的，就先代她答应一声，等明日正式派人到您府上说。"

曹夫人这才被送出府了。而大房那边，陈氏闻讯已经亲自带着又回娘家的罗宜玉来看望罗宜怜了。

几百年不见一次，这次倒是分外亲热地拉着罗宜怜的手夸她，就连不爱说话的罗宜玉都挤出了几句"好妹妹，我们打小姐妹情深"之类的话来。宜宁看到暗想，这还情深，明明几年不往来都快绝交了。

罗宜宁在旁喝了会儿茶，就回了住处休息。本来是困倦的，现在却怎么都睡不着了。陆嘉学一向不按牌理出牌——他真的想纳罗宜怜吗？

宜宁想到他亲口说："我不会放过你的。"

罗宜宁最想知道他想干什么。他现在的作为又叫人琢磨不透，无端地找人上门提亲，如果他真的想娶人家倒也罢了，宜宁自然不会管他。但现在什么情况弄不清楚，他可在算计什么？

罗宜宁渐渐睡着了，睡梦之间竟然恍惚地梦到了当年陆嘉学来提亲的场景。

那是春日，杏花开的时候。他还不是陆都督，年轻英俊的脸上带着平和笑容，他在和祖母交谈。宜宁触得帘子微动的时候，陆嘉学就朝她那个方向看了一眼，似笑非笑，好像早就知道她在那里一样，却不点破，饱含着期许。

随之春日的杏花不见了，天灰暗起来，满天大雾。有人在嘶哑地喊着谁的名字，山崖下乱石灌木密布，他走得踉跄，扶着他的手的人都在劝："四爷，找不着了，回去吧。您还有要紧事要做，耽误不得！"

他一把挥开这个人的手，继续往前走，声音哑得不成样子。望帝化杜鹃啼血，声声发疼，大概就是这样。

宜宁霍地睁开眼，从噩梦中吓醒了。她的额头上都是汗，还是那个噩梦一样的山崖。

这都梦到的是什么啊！明明从未曾见过这段事。难道她死之后，陆嘉学是去山崖下找过她的？

罗宜宁见外面天色已经昏暗了便叫人进来点灯。

珍珠端着烛台进来，屋内顿时明暖起来。珍珠给她边擦汗边道："天气这么凉，您怎么睡得满头大汗的。"

宜宁摇头示意不提这个，问她："三哥可回来了？"宜宁要把罗宜怜的事告诉他，让他有个准备。

"姑爷来看过您一次，见您睡得正香便离开了，现在还没回来呢。"

宜宁点头，问起罗宜怜那边怎么样了。珍珠说："二老爷特地赶回来去看乔姨娘和六小姐了，乔姨娘院子里像过节一样热闹。回事处的人送了好多东西过去，我看各房的人都包了东西送过去，您要不要也送些礼过去？"

宜宁让珍珠扶她起来："锦上添花有什么意思？她逮着机会还是会想弄死我的。"

但想了想又改了主意——现在罗成章在乔姨娘那里，她不送恐怕还要挨乔姨娘两句编派。宜宁还是叫珍珠从她库中拿件玉质极好的玉佛手出来，送乔姨娘院子里去了。

罗慎远跟徐渭等人一起从皇极殿出来。徐渭气得脸色阴寒，一言不发。

刚才在殿上，还因为贵阳那边的事，汪远上折子搜罗了周书群整整十八条罪证，说得他是十恶不赦，死不足惜。最后竟然让皇上发出句话："他不畏罪自尽，朕就叫他生不如死！"

周书群一代清官，在当地任父母官的时候劳心劳力。被汪远的人抢去了功劳不说，还败坏他的政绩，到最后出事了，就要拿他出来顶罪伏法。

气得徐渭差点当场发作。

徐渭一直忍而不发，等走过转角之后，转身对他的两个得意门生说："不能这么下去了。"

他的表情很严肃，扫视两个门生的脸，最后还是把目光停在杨凌身上："由明，此事你就不要参与了。我明日会向皇上请旨，给你请国子监司业的职。你今日起少与我们往来。"

杨凌听了这话一愣，不明白老师这是什么意思。

"老师，您……您这是要我调职？"他的确在几人中官位最低，老师不要他参与也正常。虽然知道，杨凌却还是有点失望。

徐渭说："别的你就不要多问了，我和慎远自会解决。"

他摆摆手，让罗慎远跟上他。杨凌看着两人的背影，微微叹了口气。就算他不嫉妒罗慎远，但有时候也感慨同人不同命。一科出来的进士，罗慎远的地位已经远不是他能比的。

罗慎远则低头一笑。国子监司业？徐渭也太煞费苦心了。杨凌不明白，这官职听来不过是无关紧要，但是他当几年出来，就能门生遍朝，以后做什么都如鱼得水。

"慎远。"徐渭却站定了，望着远处浮动的宫灯说，"我想从汪远的儿子那里下手，他儿子比不得这老狐狸谨慎。我有些他的证据在手，但是远远不够。你可愿意帮我？"

罗慎远道："我先且一试，不行再告诉您吧。"他径直走过了门口，马车就停在中直门外。

罗慎远坐在马车上闭上眼，摇摇晃晃地起了车。随从跟在马车旁说："罗大人，老爷派人传话来，说是陆都督今日派了曹夫人来，有意纳咱们六小姐为妾。老爷等您回去商量。"

陆嘉学今日派人来了？罗慎远睁开眼。

方才他临走的时候，去看宜宁是否安睡。她睡得并不安稳，好像在做噩梦一般。他便把她从贵妃榻抱到了罗汉床上。看着宜宁，他又是心里柔软。在她的嘴唇上轻触了片刻。

罗慎远放开她，给她整理好被褥，却听到宜宁嘴中喃喃着什么。罗慎远凑近了一听，就反复地听到一个"陆"字，他在那里站着听了很久。

罗慎远无法不在意。如果不是因为他不能奈何陆嘉学，他早就想杀了他。可惜陆嘉学十多年稳固下来的地位绝非他能比的。

听到随从的话他终于明白了，罗宜宁口中的"陆"就是陆嘉学。

罗慎远今天的心情很糟。他靠着马车壁养神，总不能因这个事去质问宜宁。罗慎远擅长控制自己的情绪，毕竟他是政客，不能让自己失控。

罗家已经到了，罗慎远下马车去了罗成章那里，跟他商量陆嘉学的事。

他现在态度有所改变，只要陆嘉学是真的愿意娶罗宜怜，那么他不会阻止。不仅不阻止，他还要给罗宜怜一笔嫁妆，争取早日把她塞给陆嘉学，越早送她进陆家越好。如果不是真的，他就要早做提防。

罗成章是非常高兴的。他一向操心怜姐儿得多，现在她攀上这样显贵的人，不但自己后半生衣食无忧，有人护着，而且还能帮助罗家，以后有女儿吹吹枕边风，不怕都督不照顾罗家。虽然只是个妾，但陆嘉学可是从未纳过妾的。

他甚至已经派人去告诉林海如，着意准备怜姐儿的亲事了。人家陆嘉学那边只是纳个妾，六礼都不管。不过罗成章可是希望女儿按正室的排场风光出嫁的，什么宴席、嫁妆、全福人的，一样不能少。

罗慎远跟他谈到深夜。对于父亲的热情期盼，他很冷静。先走一步看，其他不要轻举妄动。回去的时候宜宁正在等他。

她窝在自己的被褥里好好地看着书，烛火未歇。见到他回来了，就侧过身道："对了，我还要跟你说罗宜怜的事。"

罗慎远问："你要说什么，陆嘉学想纳她为妾的事？"

"陆嘉学若是真想纳妾，何必如此大费周章？"罗宜宁继续道，"他现在权势滔天，行事又乖张，想要什么没有……"

"父亲很满意这桩亲事。"罗慎远在她身侧坐下来，手指微叩沉吟，"别人也反对不得。如果他真的想纳罗宜怜，自然随他去纳；如果不是，我倒也想看看他究竟要做什么。好了，快歇息了吧。"

他洗漱回来，吹灭了烛火。屋内一片黑暗。

宜宁也正准备睡觉，却奇怪他怎么把烛火都给灭了？她睡觉要留烛的啊。

没办法，她也不想下床去点灯，叫丫头又太晚了，干脆去他的被褥里睡好了，反正又不是第一次了。宜宁拱啊拱，只碰到被褥却没找着边缘。

身边的人似乎忍无可忍，终于有了动静。一双结实的手臂伸进来抱住她，宜宁还没有反应过来，就被拉入了他的被褥之中。随后一具沉重的身体顿时就压在了她身上，略微急促地呼吸着。

宜宁心里一惊。

拔步床内没有烛火一片昏暗，唯有些漏入的月光，其他什么都看不清，但是那痒酥酥的呼吸是能感觉到的。

"三哥……"她喊他。

"你在做什么？"他冷声说道，"宜宁，躺在我的怀里睡很舒服吗？"

"还不错啊。"宜宁小声道。然后她似乎感觉到了他身上的什么反应,那般滚烫的体温,顿时整个人都僵硬起来。

罗慎远苦笑,接着说:"宜宁,我是成年男子。你知不知道你跟我一起睡,我有多痛苦?"以前不是经常睡吗?她还以为他没这么介意的。

宜宁又回想起自己每次跟他一起睡,他都睡得不太好,甚至有时候到半夜都没有睡。"那我还是去点灯吧。"宜宁道,示意他让自己起来。

宜宁刚说完这句话,就感觉到他的唇在颈侧,引起一股酥麻的战栗。她肌肤敏感,轻触之下就有感觉。

"你这个时候还想走?"罗慎远却压住她,"以后我可以抱着你睡,随便怎么抱,你喜欢就行,只不过我们不能是原来那种关系了。"

他这个意思是……宜宁尚未反应过来,就感觉到单衣的系带似乎松开了。因为微凉而战栗,脚趾都有些蜷缩了。

罗慎远的呼吸越来越烫,落在她嘴唇脸颊上的吻烫得逼人。她的手被他扣在手里,喃喃了一句"三哥",拧动挣脱却还是被他压得死死的。宜宁看到他结实的胸膛、有力的臂膀,竟然呼吸微微一窒。她还在神游天外,却被他抱了起来。

她下意识地抱住罗慎远坚实的臂膊。

罗宜宁能感觉到男子情欲泛起时的可怕。她想躲,他一把捏住她的手不要她躲开。罗宜宁的指骨本来就细,他握一只还不够,伸手一抓把她的另一只也握过来捏在手里。然后他低头轻碰她的十指手指,逐根而过,气息有些烫人。指尖本来就敏感,一阵阵地麻。

大掌里的手滑腻极了,上等丝绸也没这样的触感。罗慎远又道:"不用怕。"

借着透进来的月光,可以看到宜宁刚才松掉的衣襟散开,露出红色的兜肚,潞绸兜肚上绣的是莲叶何田田。枝蔓缠绕的粉嫩荷花,尖尖荷花角,含苞待放。

罗慎远做她兄长的时候看似严肃,但是只要她稍微示弱,他就会放过她。但是丈夫是男人,丈夫的占有欲更强,声音再怎么温柔也是兽性的。

罗慎远想拥有她。以前总能忍,这次却觉得忍不住。

罗慎远抱起她压在身下。宜宁连个拒绝机会都没有,再次被堵住嘴唇。宜宁无意识地发出一点低吟:"不!不行……"她恐怕承受不住的。

已经失去理智的男人听到她的轻语更是邪火阵阵,把她抵在床头。宜宁痛得想蹬开他,似乎还没全进去。罗慎远其实已经很忍耐了,否则她可比现在凄惨多了。她从没有痛哭的经历,这会儿竟然想哭。他勉强停顿,低声安慰她:"以后就好了……"

他没有办法,以前的克制总也有这个原因在里面。

宜宁气得咬他,但是他一用力胳膊就硬了,咬也咬不动,反而听到罗慎远的低喘。宜宁娇小纤细,压在他山一般的身躯下就像小羊羔般。

罗慎远一笑,把她捧起来坐在自己怀里。她只能抱住他,被带入了另一个世界,反正困在犄角逃也无处逃。宛如饱满水盈的蜜桃,被迫被人吮吸汁肉。直到许久他才粗喘着结束了,烛光恍惚，本来精神就不太好的宜宁昏然欲睡，推出去的手虚软无力，她几乎就是一摊泥了。

但是他平静下来，第一次稍微满足了些，抱着她安慰，随后又有了第二次。

宜宁凌晨昏然睡去的时候，才感觉到被人抱去清洗。很冷，她便往那个热的人怀里钻。他把她抱回来，既然她喜欢，这次可以搂着她睡了。

以后要是有什么，也要她解决，这是睡得好的代价。

第二日宜宁猛地起来，才发觉自己腰酸背痛，无比难受，想起昨夜无论怎么拒绝，他都把她压在身下索取。

他也醒了，宜宁有点不敢看他，别过头望着窗外的白光。

罗慎远起身穿衣，结实的背部可见她的抓痕。他走过来柔和道："你今日好生躺着，我让丫头给你做了糖水荷包蛋，一会儿端过来。母亲那里我派人说过了，不用去请安。"

宜宁想起昨晚就不想看他，罗慎远却抬起她的脸低头亲她的额头："我晚上回来。"宜宁觉得疼得动都动不了，只想咬死他。晚上也别回来了！但他已经穿好官服出去了。

这时外面的丫头通传楼妈妈过来了，宜宁让她们进来。楼妈妈带着珍珠和玳瑁进来，看到宜宁的样子，原本笑吟吟的楼妈妈收了笑容，有些惊讶，脸色也不太好看。

知道宜宁真的和罗慎远有了夫妻之实后，楼妈妈的脸色就凝重了。她是英国公的奶娘，英国公打小就由她伺候着。这次给宜宁做陪嫁，她连去田庄子荣养的机会都放弃了。就是看着小姐年幼，怕她嫁了之后被姑爷的不知节制给伤着了。

楼妈妈让珍珠和玳瑁服侍着，她再给宜宁沐浴。这一看更生气，姑娘有撕裂的伤，必定是小姐还承受不住姑爷却被他强行索求的。

楼妈妈掌心里抹了膏子，热化了涂在宜宁瘀青的伤处。心疼得止不住道："下次姑爷再这般，您就叫奴婢们就是。这如何能承受！"

宜宁走神，被楼妈妈叫了声才回过神来，她正好说："让厨房炖些补汤，用天麻、党参之类的药材。"

楼妈妈一个犹豫："给谁准备的？"

宜宁叹了口气说："自然是我，我得补补。"否则多来几次她真的撑不住啊！

罗慎远回来的时候，她还靠在窗扇旁看书。

旁边放了一小碟的金丝蜜枣，没剩几颗了。冬日的阳光透过银杏的枝丫照在她的书上，罗慎远走过去看，发现她在读一本《小煮记》。听到他的脚步声她没抬头，把身边的小碟推过来："珍珠，再给我装些枣儿来。吃得发渴，我还要油茶。"

"还要油茶，那一会儿就吃不得饭了。"来人突然说道。

宜宁抬头才发现是罗慎远回来了，他的官服未换下，革带收腰，肩宽身长，他穿着格外挺拔好看，清朗又高大。

"你今天回来得这么早？"

此时与他同处一室就有种莫名的暧昧感，宜宁竟然有点局促。他在她身侧坐下道："今日布政使回京述职，说是四海丰收，无饥荒灾祸，所以早朝下得早。"

她一时又不知道说什么，拿水壶给他倒茶。

"以后就不用分被褥睡了。"他拿过宜宁的书看，指尖摩挲着纸页突然说，随即又抬起头，"我还是你的兄长，只是现在也是你真正的丈夫了。"

宜宁居然有种被他宠溺的感觉，但是她现在真的觉得分被褥睡挺好的。罗慎远挑眉："怎么，你不愿意？"

"不是……"她从小碟里拣枣子递给他，笑着说，"我觉得还是暂时……分被褥睡好。"她总要养养伤吧。

罗慎远嘴角微勾，才淡淡道："既然你要求，那便先随你的意吧。"

次日起床宜宁给他穿衣。罗慎远下颌微抬，宜宁帮他整理衣襟时瞧见他的喉结微动，有点好玩。她用手轻轻一触，罗慎远就垂眸看着她，反手抓住她的手警告道："别乱动。"

宜宁才道："好吧，不动就是了。"

罗慎远看着她的发心，宜宁的头发很软，丝绸一般光滑。

终于把罗慎远送出了门，那边林海如就派丫头过来了，说在给罗宜怜商量嫁妆，要宜宁过去一趟。

宜宁无言，这也太急了。就算陆家再怎么高门大户，好歹也矜持点啊！

她乘了个滑竿小轿去正房，发现自己是来得最迟的。陈氏携着大周氏小周氏两个嫂嫂、罗宜玉和两个年幼的庶女都在那里了。罗宜怜被几个嫂嫂围在当中，问想要什么也不说，一味地脸红。

宜宁则看到罗宜怜背后站了两个陌生的婆子，膀大腰圆，面无表情。

林海如让她过去，告诉她："这两个婆子是宁远侯府一大早送来的，说是先拨来给怜姐儿使唤，我看几乎样样精通，十分厉害。你瞧乔姨娘那样子，觉得侯府重视她女儿，尾巴都要翘上天了。"

那两个婆子一个姓王，一个姓余。姓王的那个看了宜宁，屈身请安："这位就是贵府的三太太吧？"

林海如含笑说"正是"，两个婆子就相视一眼不再说话了。

已经派人出去给曹夫人传了信，这门亲事是肯定要成的。罗宜怜跟两个嫂嫂说话说得口干舌燥，抬起茶杯喝茶发现就剩些茶叶渣子了，回头对罗宜宁说："劳烦三嫂嫂与我递杯茶来。"态度自然，又跟另外两个嫂嫂说话去了。

罗宜怜从昨天到今天经历了天翻地覆的变化，特别是看到侯府还派了两个婆子来伺候她。态度自然也傲慢起来。她和从前不一样了，陈氏那么严厉的人，也要捧着她柔声说话。让罗宜宁倒杯茶怎么了，她现在不讨好她，等以后她入了宁远侯府，才有罗宜宁受的。

罗宜宁自然不动手，身边的珍珠端了杯茶过去。罗宜怜看了就笑："三嫂嫂的丫头倒是勤快得很。"

"怜姐儿这话见外了。"罗宜宁只是微笑。

说到这里，那姓王的婆子又开口了："我们侯爷前两日没空，说今日下午亲自来一趟，夫人且记得准备准备。"

嫂嫂们纷纷恭喜罗宜怜,一片欢欣,宜宁则低头喝茶。

陆嘉学要亲自来了。

罗宜宁握着茶杯啜饮,天寒地冻的,杯中腾起的雾弥漫到脸上来,花厅外树木只剩下干枯的枝丫,天空阴沉低霾,头顶泛着白光。

她抬起头看,这天气倒是快要下雪的样子。

珍珠端了小碟姜饼出来,给她配着茶吃,说:"看这天气是该下雪了。"都快要十二月了。

的确比前几年冷些,罗宜宁突然问珍珠:"我记得你和玳瑁是同年生的,现在该有十九了吧。寻常丫头这个年纪该放出府去了,你想嫁人吗?"似乎伺候她的丫头都要晚婚一些,当年雪枝嫁人也很晚。

"您年纪尚小,身边没个信得过的人在,新起的丫头奴婢总是放心不下。"珍珠屈身一笑,语气有些晦涩,"奴婢不喜欢嫁人。相夫教子,受婆家磋磨。特别是放出府去的丫头,有些银钱的还要被婆家惦记。奴婢不如一生伺候小姐,反倒自在,也没人敢看轻奴婢。"

宜宁握了握她的手。珍珠的手总要比她糙一些,掌心微热。只要她留在她身边一天,宜宁就不会亏待她。

宜宁站起身准备进屋子去,天气太冷了,林海如让婆子去取了炉子出来,屋内烧了炭之后就暖和起来。

大周氏正在跟罗宜怜说:"我还无幸见陆都督,不知道是长什么模样?"

罗宜玉嘴唇微抿,笑得十分含蓄:"我幼时见过一次,却没看清,只记得是很高大英俊的。"

"眉姐儿不是认了陆都督做义父吗?"林海如在嗑瓜子,转头问宜宁,"是吧?你在英国公府里,必然看到过他。长什么样子的?"

宜宁在她的小碟里抓了小把五香瓜子,淡淡说:"平日没怎么见。大概和四姐说的差不多,就是要威严一些。"

小周氏饶有兴致地插话:"三弟妹还是都督的义女,怎的没听你提过?"

宜宁说:"是父亲请他收我为义女的,平时不走动,故也没什么好说的。"

义女也有很多种,口头说说的,正式上族谱。罗宜宁平日的确不和陆嘉学往来,而且也不提起他,其他人自然没有重视这回事。

到下午天空果然飘起小雪来,细碎如盐。楠哥儿很高兴,乳母把他裹得跟个球似的,所以他才不怕冷。抱着宜宁的胳膊把她往外拖:"嫂嫂,雪雪、雪雪。"小孩子刚学会走路,谁抱他都不肯。

宜宁被小胖球拉到外面去看雪。这一会儿工夫,石径已经湿漉漉的了。他拿小手去接,宜宁把他的手拿回来,亲他奶香的小脸:"你不许去接,一会儿仔细伤寒,那就要灌你喝药了。"

楠哥儿啃着手指,可能小脑瓜在想问题,就是没反应过来。

外院却喧哗起来，有婆子跑进来通传陆嘉学来了。宜宁把楠哥儿沾满口水的小手擦干净站起身，看到丫头婆子簇拥着，大家已经撑着伞鱼贯而出了。宜宁把楠哥儿抱起来，又亲他一下："走，我们看热闹去。"

楠哥儿就抱着她的脖子，抓她耳朵上晃荡的翡翠耳坠儿来玩。

陆嘉学出场的排场一向很大，前厅到处是他的亲兵站岗，气派无比。穿了官服的罗成章正陪着他说话。外头飘着雪絮，寒风吹着，宜宁看到屋内他英俊的侧脸，隔着飘扬的雪花却是刀凿斧刻般清晰。披了件黑色的鹤氅，腰间狮虎纹革带，如山岳般沉稳。

大周氏忍不住低叹："权势滔天就算了，长得还如此英俊。难怪别人……"小周氏拉着罗宜怜的袖子一脸振奋："六妹妹你快瞧瞧！"

罗宜怜也是第一次看到陆嘉学。这样出众的人物！虽然身边有个罗慎远这样出众的三哥在，但陆嘉学是完全不同的一类人。

那些传奇刻在这个男人的背后，是一眼望不到底的迷雾，看不透，也看不懂。

面前的陆嘉学气势魄人，只是偶尔回一两句。罗成章倒是毕恭毕敬的："都督今日前来，我等也不敢怠慢。内人带了怜姐儿过来，都督您看可要见见她？"虽然这不合礼制，但罗成章也没想在陆嘉学面前拿捏礼制。

"随罗大人的意吧。"陆嘉学盖上了茶杯。

林海如牵着楠哥儿，带着罗宜怜进了前厅，怕她不习惯会紧张，让几个嫂嫂陪着她一起进去。乔姨娘没身份上这个场面，而宜宁还想看看陆嘉学究竟是个什么态度，也跟两位嫂嫂上去了。

陆嘉学扫视一眼众人，似乎也没在意罗宜宁，落在了那个明显盛装打扮的少女身上。罗宜怜才上前给他行礼，说话的声音颤巍巍的："小女宜怜，见过都督大人。"

陆嘉学面无表情地看了罗宜怜良久，才道："六姑娘坐下吧。"

罗宜怜只觉得他的目光似乎有重量，压得她喘不过气来。她坐下，就看到陆嘉学的手指正有意无意地摩挲扳指。

她即将成为这个男人的妾室吗……罗宜怜的心"扑通"地跳起来，突然开始有了些期待。

罗成章见此一笑，开口说："怜姐儿听闻都督大人要亲自来，高兴了许久。她平日最仰慕将军，说能驰骋沙场保家卫国的才是真英雄，还读过些兵书，略能说上一二……不如改日叫她和都督大人谈论一番，博都督大人一笑而已。"

宜宁就听到陆嘉学的声音说："难得她有这个爱好。"

罗成章还真是张嘴就来，罗宜宁分明记得罗宜怜是最讨厌打打杀杀的。

罗宜怜这时候就做足了闺阁小姐的姿态，低头含笑，突然语气轻柔地说："三嫂嫂不是都督大人的义女吗？怎的不给大人请安。若是不知道的，还以为三嫂嫂不敬重长辈呢。"

宜宁正站在一旁当花瓶，听到罗宜怜提到自己才抬起头。她们这些嫂嫂刚才只是随着罗宜怜屈了一下身，是不想抢了她的风头。

两个周氏连同林海如都看向罗宜宁。

随后传来了陆嘉学低沉的声音:"竟然是宜宁,义父倒是许久未见过你了。"

宜宁抬头看到陆嘉学似笑非笑的眼睛,咬牙上前一步请安:"义父安好,方才是宜宁失礼了。"

"无妨。"

陆嘉学喝茶,宜宁退了回去。屋内一时寂静,楠哥儿看看周围,想到宜宁身边去。但是他不敢去。

他抬手要咬手指,袖子上的东西就掉了下来,落在黑漆地板上,发出细微的声响。那是一只翡翠耳坠儿。

宜宁立刻认出是她的耳坠儿,方才取下给楠哥儿玩耍的。她立刻就要上去捡,但另一只戴着扳指的手已经把耳坠儿捡了起来。

宜宁只能屈身说:"多谢义父,这是我的耳坠,能否请您还给我?"

陆嘉学向着她看去,果然有一只耳坠不见了。他把玩着耳坠,慢慢道:"自然,东西总是要物归原主的。"

宜宁伸手去接。他把耳坠还给她,只是那话才是真的意味深长。

陆嘉学没这个耐心跟罗成章虚与委蛇了,平静地道:"罗大人,七日之后我来接人。你可要好好准备。"

七日会不会太仓促了,罗成章一愣,刚才不是说半个月吗?他只当陆嘉学是见了怜姐儿格外喜欢,不想多等了。

"这时间有些急促,都督大人可容下官好好准备?怜姐儿也要准备些嫁妆。"罗成章连忙道。

陆嘉学转而看向罗宜怜,淡淡地问:"六姑娘可是觉得时间仓促了?我觉得还是合适的。"

罗宜怜站起来,她又怎么敢说不合适呢,红着脸点头说:"一切都听都督大人的,小女没有意见。"

陆嘉学没多说几句就离开了,罗成章送他出去,剩下的嫂嫂们则纷纷恭喜罗宜怜:"都督大人必定是见我们怜姐儿国色天香,才喜欢得很,提前了婚期……"

听着一片奉承之声,宜宁面无表情,捏着翡翠耳坠的手指越发收紧。罗慎远在路上遇到了从罗府出来的陆嘉学。

罗慎远先叫了声停车,然后挑开车帘,笑着道:"难得,都督大人竟有空到罗府来。"

陆嘉学听到罗慎远的声音,也挑开了车帘。周围一片霜雪,只有马儿的鼻子里冒出的白烟,他道:"这趟倒是巧了,遇到罗大人。"

站在旁边的林永眼观鼻鼻观心,没有侍从敢说话。

"我听说都督大人有意纳舍妹为妾?这趟该是来商议的吧。"罗慎远又道。

陆嘉学听了就笑:"舍妹冰雪可爱,我看着的确爱不释手。虽做不成正室,做个妾总是没有问题的。"

"得都督大人喜欢,宜怜妹妹必定是高兴的。"罗慎远慢慢道,"既然如此,我就不扰都督大人了。先回府一步。"

他放下了车帘，脸才瞬间面无表情，全无笑容。

陆嘉学看到他的马车回府了，才放下车帘吩咐车夫继续走。小雪渐渐转了大雪，下到晚上还纷纷扬扬地没有停。

罗宜宁派出去打听的丫头回来了。

丫头的双丫髻上还带着未化的雪，脸色冻得通红："三太太，奴婢仔细问过了，那两个婆子几乎不踏出院门。专心伺候六小姐，别的事从来不过问，平日话也不多。"

罗宜宁本还以为陆嘉学派这两人来是打探消息的，但这么听又觉得不可能，明目张胆送过来的别人自然会提防，这两人绝不是用在这上面的。

宜宁赏了丫头一袋银锞子，让她先去歇息不用伺候了。

罗慎远回来的时候大雪还没有停。窗外北风吹，树上的积雪扑簌簌地掉。下人把屋内的夹棉靠垫换成了黑狐皮的靠垫，华贵漂亮。罗慎远跟曾珩混了好几年，他不缺钱。只不过他是清流党，有时候不好拿出来用罢了。

"你回来了啊。"宜宁半跪在小几前仔细地在描花样，准备给罗慎远做双冬日的护膝。

她的毛笔蘸了朱红色说："三哥，你来帮我画兰草吧，我总是画不好。"屋内烧了地龙，但她穿了一件有兔毛边的褂子，换了一对白玉玲珑耳珰。一只鞋袜随意地搁在床沿，有种随意的生活气息。

罗慎远走过去，从她身后拢过去，拿过她手上的笔："画在哪里？"虽然已经是夫妻了，但日常这样亲近不多。

宜宁微微屏息。指给他看画的地方，他的身体更倾下来一些，身上有外界寒冷的味道。单手靠着桌沿寥寥几笔，就给她添上了兰草。

"这些够不够？"罗慎远问她。

"够了。"宜宁竟然觉得他的嗓音低磁好听，有些失神。他又圈她在怀里，一时紧绷不敢动弹。

他的手很好看，修长有力。衣袖卷起一截白色斓边，看得到手背有经络浮出。

怎么还没有放开她，不都说够了吗……

宜宁觉得屋内的气氛有些暧昧。

他突然又道："我听说陆嘉学今日过来了，你见到他了？"

"母亲让罗宜怜去给他请安，怕她紧张，故带我们几个嫂嫂一起过去。"宜宁解释说。

"嗯。"罗慎远听了没什么表情。看了她薄薄红软的嘴唇片刻，低下头问道，"眉眉，你的花样画完了吗？"

"还差几只白鹭。"罗宜宁说，有点疑惑地问他，"怎么了？"

"我来帮你画。"他左手提笔蘸了墨，也是寥寥数笔，顿时就是一行白鹭飞上青天。

果然有神韵。宜宁觉得自己很难学得来。

随后他放下笔，拿了本书坐在旁边看，问她："你知道前不久贵州匪患的事吧？"

这事宜宁自然是知道的，最近这事闹得挺大的。

见她说知道，罗慎远就继续道："皇上削了贵州布政使，汪远就提议由我出任。"

宜宁听了一惊，画笔放回了笔山里："这如何能行！"

布政使是从二品，但对罗慎远来说这升迁实则是贬黜，更何况贵州那里上下都是汪远的人，周书群都让他们耗死了。他去了就算能治理，绝对也要花大力气，离京数年，又不是湖广、两广这些布政使，仕途怕要受阻。

她一时激动，差点撞倒他的茶。

他把自己的茶壶挪开，这可是热茶，说道："未必就会去，你不要担心。"

宜宁怎么能不担心他，看到他啜着茶不慌不忙的样子，说道："你倒是不急的，那我何必急了？我就是想问你有没有个法子，皇上若是让你去，你真的去不成？"

罗慎远头也不抬道："现在贵州乱成一锅粥，的确需要人管。叫我去我就去吧。"

宜宁看他，罗慎远才放下他的书，笑道："京官外调，哪儿这么容易。户部商议了还要递内阁定夺的。"他又继续说，"而且工部也是个烂摊子，除了我，没几个人能收拾。只要我不愿意去，皇上不会让我去的。"

罗宜宁觉得不太对，他在工部做得好好的，平白无故的，为何要提他外调一事？贵州那里都是汪远的人，她又想到了陆嘉学说的话，顿时心里有了猜测："你无端被提外调，还是那样的地方……可是都督大人所提？"

现在那地匪患频发，就是剿除都剿不干净。若是他真的前去，当真危险。罗慎远顿时握住她的手腕，克制道："我只有一句话，不准去找他。"她不会去找陆嘉学啊，找他又有何用？

罗慎远见她不说话，沉声再重复了一次："听到了吗？"

罗宜宁点头，他才放松了些手。罗宜宁知道他不喜欢自己见陆嘉学，但也没想到他这么顾忌。宜宁问他："虽然知道你不会去，但我还是想问问，若是你去贵州，我可跟你去？我听说人家外调经常带家属。"

炉火"噼啪"一响，罗慎远说："自然是带你去的。"

宜宁才挽着他的手臂坐下来，笑眯眯地说："那无所谓了，你去哪儿我便去哪儿的。"

罗宜宁的担心让他很动容。有个人牵挂着你，在乎着你，你因此而存在，不再是孤独至极的一个人，于他而言更是如此。他伸手想把她抱在怀里来，但忍了忍还是没有。皇上现在的确担心贵州的事，说不准一时脑热，还真会派他去。他就先给宜宁提前说一声。

宜宁这两天一直帮忙罗宜怜的亲事，又听到这个消息，很久才缓过来，如果罗慎远要去也是没有办法的事，只要他五年期到一回来，那就肯定升官，前提是他能活着回来，并且有政绩。若是不去留在京城，天子近侧，迟早有一天是工部尚书。

她又说了句："当然还是不去最好的！"

罗慎远回过头，她的脸藏在雪白的兔毛边里，像个精致的雪球，还稚气未脱的。这是他的小妻子啊，需得好好护着养着，说不定还能长高长大呢，到时候才能与她更亲近些，不像现在总是克制。

以后说不定她还会生下他的孩子。

两个人的孩子？

看着那平坦的小腹和细腰，罗慎远有点不敢想象。他不是很喜欢小孩，太吵闹了，而且会分散孩子他娘的注意力。

孩子还是晚些时候再说吧，现在这小丫头还同他分被褥呢。

接连两日商量罗宜怜出嫁的事，宜宁忙得团团转。

乔姨娘觉得自己怜姐儿能嫁个好人家了，挺直了腰杆，冠冕堂皇地要这要那。

宜宁刚把管事婆子送走，就有丫头过来传话，说乔姨娘不满意罗宜怜的吉服，非要再改。

罗宜宁焦头烂额，匆匆赶往林海如那里。乔姨娘说来说去，不过就是嫌弃衣裳非正红色。林海如由丫头婆子伺候着喝参汤，听到后忍不住冷哼："不是正室出嫁，却穿个正室的颜色，这才让人笑话！"

罗成章已经盼叨，无论如何都要先紧着罗宜怜，她的意见最重要。林海如忍了又忍，闹不闹笑话都不重要。这件改了三次的吉服又拿去重做，工夫全白费了。

宜宁去的时候正好派去陆家安床的婆子回来了。这婆子喝了口茶，笑着有些谄媚地跟罗宜怜道："姑娘是没去，宁远侯府好大的气派，奴婢进门就是好大一个影壁，院里的护院都是官兵。虽然说不讲六礼，我分明看到侯府里到处张灯结彩，做得跟正式娶亲也没两样了！人家侯府成亲，两边的百姓都自觉地回避。侯府里还有人专门开道，老奴一辈子都没见过这样的排场。"

来看热闹的两个周氏闻言惊叹，夸宜怜嫁得好。

乔姨娘对于改嫁衣这件事更有了底气，端补汤饮着，笑着说："正红色如何穿不得，要紧的是都督大人喜欢，我看轿子也要改改才是。"

反对正红色的林海如冷哼一声说："那你要不要人也改改？"

乔姨娘毕竟是妾室，被林海如当面训斥得脸色青白，却不敢顶回去。

罗宜宁拿笔蘸墨："乔姨娘，怜姐儿毕竟嫁过去是妾室，最好是低调些。正红色不行，水红色和茜红色中选一个来。"

乔姨娘觉得只要陆嘉学宠宜怜，罗宜怜在侯府横着走都没问题。没有谁比她更明白男人宠爱的重要性，所以她不怎么理罗宜宁的话，依旧笑道："为何不能改为正红色？宜宁，你可是怜姐儿的三嫂，没见不得她好的道理吧？"

罗宜宁淡淡瞥她一眼，回头蘸墨写字道："你若是再有不满自己去找父亲说。你看他是愿意丢你的脸还是罗家的脸。"

"我看老爷更紧着都督大人的意思才是。"乔姨娘道。

宜宁抬头温言道："这等家宅不宁的事，乔姨娘愿意出去说，我自然也无妨。"

说到这里乔姨娘才忍了忍，不再说话，她这时候可不会头脑发热做什么事，让宜怜的亲事被影响。

罗宜怜按了乔姨娘的手，笑着说："三嫂也是一片好意，日后怜姐儿还多有报答的时候。"

宜宁微微一笑:"不客气。"说罢收了笔,叮嘱婆子再拿去改。

明日是冬至要祭祖不上朝。但回保定祠堂祭祖不便,罗成章就叫在正房摆了三牲祭品来祭祀。罗慎远上午祭祀之后就同杨凌等人出门去了,连晌午饭都没吃。下午罗宜怜想去寺庙里还愿,要有人陪她。宜宁觉得自己要离寺庙等地远一些,最好是不要出门,婉言谢绝。林海如叫了两个周氏嫂嫂作陪,簇拥罗宜怜的丫头婆子浩荡出门了。

宜宁正说回嘉树堂休息,却看到垂花门外罗慎远回来了。杨凌、户部侍郎等几个官员一起,几人可能在谈官场的事,罗慎远面带笑容。

宜宁远远地停下来看着他。同僚跟他说话的时候都很敬重他,虽然谈话随和,却没人敢打断他说话。外头大雪堆积,淡淡的阳光里雪粉飞扬。他披着她前几日做的灰鼠皮的斗篷,高大挺拔,俊逸如松,人群里一眼就能看到他。

宜宁的心很宁静,她突然想,他和前世是不是不一样了呢?她前世也是这般远远地看着,但是彼时陌生,现在有最亲近的关系。

宜宁正斟酌着要不要上前去打个招呼,罗慎远等人却远远地看到了她。杨凌先笑道:"罗兄,多日不见你太太,要不要我去打个招呼?"

"她一个妇道人家,你打什么招呼。"罗慎远不喜,杨凌每次看到宜宁都很热情,他跟他们家太太关系不睦,杨凌来衙门的时候脸上还经常带伤。现在他看宜宁是怎么回事?

"你在这儿等着。"罗慎远道,提步朝宜宁走过来。

宜宁看到他走过来,就问他道:"三哥,你带同僚回来啊?"

罗慎远顿了顿,正要说什么,杨凌的声音就从他背后冒出来:"罗三太太,我俩许久不见啊!"

宜宁看到杨凌眼睛弯弯的,想到他家中好玩的杨太太,也笑眯眯道:"杨大哥,许久不见。不知道杨嫂嫂好不好?我还没得空去她那里玩。"

"她好得很,她哪儿有不好的!"杨凌道。

随后他感觉到面前的罗慎远身上发冷,不言不语,才没有说话了,心里嘀咕这家伙真不好开玩笑。心眼又小醋意又大,亏得人家魏姑娘忍得了他!

罗慎远见他退出去,才道:"嗯,请他们过来商议事情。一会儿还要出去一趟,不过今日会早些回来,你前些日子不是说想去看庙会?大概今日就有。晚上我可以陪你去。"

宜宁听了有些高兴。三哥惯常忙得很,若不是节庆日,他连休沐都要忙。但是节庆日又常有应酬,家中聚会或是祭祖,哪里有时间出去看看。

庙会热闹,但是她不常出门,只有小时候见过一两次。旁边的法昭寺年年冬至、元宵都要开庙会,她挺想去看看的。

"那我等你回来。"宜宁说,"对了,母亲那里给你留了羊肉锅。你晚上回来吃。"他领首,转身回了同僚那边。

杨凌就抱怨道:"罗三,你当真不近人情!我与你家太太也是旧相识了,打个招呼有什么的!"

"主要是怕你回去后，嫂夫人要与你算计。"罗慎远心情平和了些，幽幽地说，随后才声音一低道，"走吧，书房里去谈。"

一行人渐渐消失了。

宜宁想到晚上要去庙会，叫丫头找两件厚一些的斗篷出来，免得会冷。珍珠一边用掸子拍着斗篷一边笑："难得见您这么高兴。"

宜宁看着隔扇外，院中银装素裹的景色，映着碧蓝的天。自陆嘉学那件事之后她很久没有这么放松过了，她还叫珍珠铺纸，画了幅雪景图。

罗慎远不在她才能画画，若是他在，必然是指点批评得多。她画画就是图个高兴，哪里需要他这么多指点了。

宜宁画好之后从旁边陈旧的大肚青瓷缸里拿了一幅他的画出来比，屋内烧着暖和的炉子，他养的乌龟从外面移进来，在大缸内闹出细微的动静。她觉得自己可能要练个十年才及得上他的水平，把画放回原处，靠着炉火小眯了一会儿。

她是被丫头喊醒的："六姑娘去上香回来，带了客人来！夫人去了大房那边，老爷叫您帮忙接待。"

罗宜怜带回来的客人是上次来过的曹夫人，说是正巧朝罗家赶来遇上了。

宜宁走到堂屋外的时候，听到罗宜怜柔和的声音："一切皆好，劳烦夫人挂心。"乔姨娘是妾室出身，上不得台面，林海如不在的时候，自然就是罗宜宁出面接待。宜宁带着人进了堂屋，与曹夫人见了礼。

曹夫人看着她笑道："上次见过，您似乎是六姑娘的三嫂吧？"

宜宁让丫头给她上了上好的茶："正是，家中母亲去了大伯母那里，怕要稍后才能回来。夫人莫要见怪，这桩亲事您有什么要说的，告诉我就成。"

罗宜怜见她来了，嘴角撇出一丝冷笑。

她慢慢收拢凤仙花汁染指甲的手，那纤纤漂亮的手腕上一对镯子，宜宁看一眼就认出是上好的满绿翡翠，价值连城。乔姨娘手头怕没有这样的东西。

"我是来看看六姑娘可好，家中准备得如何了，都督大人说的日子耽搁不得。"曹夫人笑道，"倒也没有别的事。不过还要问一句，家中是否有人送亲？侯爷说过了，最好是由嫂嫂陪着去送亲，免得宜怜姑娘在陆家不习惯。"

他陆嘉学不过是娶个妾，还要谁去送亲？真是权倾天下便为所欲为了不成？何况她怎么会去送亲！她现在对陆嘉学都还忌惮得很。

"送亲这事家中还要商议。"宜宁说道，"我决定不得，怕还要等母亲回来再商量。"曹夫人才一笑，幽幽道："这当然也是随你们的，只是都督大人的话，我代为传达罢了。"这般说辞，就是听了她拒绝的话不痛快而已。

这时候外头有人通传，说罗成章过来了，一般女眷怎么可能是他接待，不过是曹夫人代表陆嘉学，所以特殊些。罗成章进来就冷冷地看了罗宜宁一眼，曹夫人起身见他，罗成章笑着让她坐下来："曹夫人麻烦跑这一趟，我方才在外头听到你说的话。我女儿得都督看重是她的荣幸，都督要人送亲，自然是可以的！您只管回去禀了就是。"

曹夫人的表情这才一松："亏得罗大人识礼，那我就回去禀报都督了！"

宜宁听到这里就明白过来，罗成章刚才一直在旁边听。

等管事婆子送曹夫人出去之后，罗成章才沉下脸，语气不太好："老三媳妇，怜姐儿要嫁给都督大人，他说什么家中尽管答应，你怎么能驳了曹夫人的话！要不是我在外头听到进来，你要怎么收场？"

宜宁站起来说："父亲，古往今来没娶妾室还要送亲的道理。您要让送亲只管送吧，总之，我不送亲。您看您从大嫂、二嫂里挑哪个出来都成。"

罗成章觉得她不识抬举："给怜姐儿送亲怎么了？又是送去宁远侯府，难不成还失了你的身份！你不愿意就罢了，别的哪个不是抢着送，还缺你一个不成！"

罗宜宁不跟他争这个，冷眉淡眼地告退了。

见她走之后，罗宜怜就拉着父亲的手道："三嫂嫂跟您说话，着实不太客气。您是她的公公，按理说怎么吩咐她做事，她都不该说一个字。让她送亲，难道她还敢不送不成！"

罗成章拍了拍她的手："你三哥维护她，背后又有英国公，我也不能说重了。不过你以后嫁了陆都督，怎么说她也不敢反驳你，你等着就是了！"

罗宜怜其实心里清楚，她就是觉得不舒服而已。

说罢，罗成章吩咐她出嫁后的事，罗宜怜笑着听他说去了。罗慎远下午回来后，罗宜宁跟他说了陆嘉学要求送亲的事。罗慎远反问："他可说了一定要谁送？"

"这倒是没有。"宜宁给他碗里添羊肉饺子，舀了一勺酱，"我回绝了，父亲应该会去请大嫂。她家有些底蕴，父亲看重这个。"

罗慎远吃着饺子，道："那随他去吧，让谁送亲就谁。你可收拾好了？一会儿吃了饭就出去。"

宜宁的小包裹都打好了，点心瓜果、茶壶什么的。

结果罗慎远什么都没让她带，就让她披了件斗篷，带着她出门看庙会。

## 第三十八章 移花接木

虽然已经是黄昏了，庙会还是很热闹，街沿巷里都挂着灯笼。从周围来赶的百姓带着儿女，驾着牛车的，拉着骡子马的，熙熙攘攘。还有富贵人家的马车，仆从跟随。路上有各类吃食，炒瓜子炒豆子、干枣、柿饼、白糖梨膏、桂花酥糖。

看着就叫人觉得热闹，宜宁便让人下去买。罗慎远拦住她："这街边的吃食……"

宜宁看着他："我小时候你不是常给我买吗？"

罗慎远看她一眼，说道："给你买的东西岂能马虎？都是从大糕点铺子里买来的。你觉得像是从街边随便买来的吗？"

宜宁心里微动，笑道："那便不买吧！"

她又下不得马车，外面雪被踏得化了，地上湿漉漉地倒映着灯笼红色的影子。她坐在他身边，两人靠得很近，车内又昏暗得很。这样坐着静静靠着他，觉得他好像要温暖一些，呼吸竟然清晰可闻，宜宁竟然觉得不敢挪动丝毫。

罗慎远让车停了下来，低声吩咐了几句。一会儿有护卫小跑着过来，手里捧着一袋桂花酥糖，刚切出来的糖还是热的，烫手。

他递给她说："吃吧，只能吃这个。"

其实宜宁不是那么想吃的，热热的桂花酥糖香味很好闻。她刚吃了一块，抬头想问他："这还挺好吃的，你要不要吃？"

"好吃吗，那我尝尝吧。"他说。

宜宁拈了一块桂花糖酥正要放在他嘴边，但帘子突然被放了下来。黑暗中有片温热的唇贴上了她的嘴唇，宜宁有点没反应过来，其实也不过是片刻工夫而已，狭小的空间里被他包围着，什么都看不清，唇齿之间却是桂花酥糖的香味。

"挺甜的。"他说。

宜宁听到外面舞狮的热闹动静，手被他牵在手里，心想他怎么这么平静啊，仿若无事啊！她手里的桂花酥糖倒是一块也没有再吃了，刚才他根本就不是想给她买糖的吧！

到了个山西商会前面，罗慎远带她下了马车。这个商会上面可以看到走马灯、舞狮子、吹糖人。另一边能看到寺庙里的水陆法事，很热闹。那些贵人想看庙会，多半是到这里来。

　　宜宁路上不怎么跟他说话，掌柜出来亲自迎罗慎远上了二楼。二楼是有隔断的，隔断的博古架上放的都是文竹之类的东西，宜宁跟罗慎远先后上楼，就看到旁边有个隔断屏风隔开，但是打开了一扇，坐在里面的人有些面熟，宜宁仔细一看，竟然是谢蕴！旁边那个侧脸清俊的男子不是程琅还是谁。

　　两人也是带着婆子仆从，在这里赏庙会，只是没注意到他们。想想也是，程家也在这附近，住得又不远。

　　罗慎远看到谢蕴坐在程琅旁边，就侧头问宜宁："你想去打个招呼吗？""算了吧。"宜宁也不知道和他们说什么好，拉着罗慎远准备避开。

　　但正在这时候，谢蕴侧头发现了他们，她站起身，对罗宜宁笑了笑："罗大人、罗三太太，倒是巧了，你们要过来一起坐坐吗？"

　　程琅听到谢蕴的话，端茶的手微微僵硬。清亮的茶水自茶壶中流出，薄胎的茶杯，因浅绿的茶水显得透明。程琅将茶杯移至罗宜宁面前，单手一请："喝茶吧。"

　　杯中茶香氤氲，如山岚云烟。罗宜宁握紧茶杯，看他又拿了茶杯，给罗慎远倒了茶。窗外是热闹的舞狮队伍和踩高跷的队伍，非常热闹。

　　谢蕴看着程琅俊雅完美的侧脸，浓密斜长的睫毛，挺直鼻梁下柔和的嘴唇。外面的热闹映着他的侧脸，街上还湿漉漉地倒映着灯笼的光，他似乎也映着灯笼的光，离她很近，又非常远。她想起那唇瓣如何在她的身体上游移，想起他的温柔，而这些迷惑人的手段与他的冷淡一起，让谢蕴看不透他，他究竟是喜欢她呢，还是疏远她呢？

　　论起情技的高明，怕是没有人比得过他的。

　　谢蕴也不知道自己是出于什么样的心理，挽住程琅的手，笑着道："阿琅，一会儿我想请旁边的水陆法事烧符纸祈福，你陪我去吧？"

　　程琅眉头微微一皱，下意识地抬头，发现罗宜宁并没有什么反应。"自然的，你想去就去吧。"程琅说。

　　谢蕴靠着他的侧膊，甚至不知道自己是不是在演戏了。她很投入，闻到这人身上淡雅的香味时一阵心悸。

　　罗宜宁默默地看他们俩一眼，这两人是情投意合了吗？

　　罗慎远坐在宜宁身边只管喝茶，他对热闹没兴趣，对程氏夫妇也没兴趣。不管他们是真情实意还是逢场作戏，跟他无关。他很闲吗？

　　"你先下去吧。"程琅对谢蕴说，"我有话想对罗大人说。"

　　程琅要跟罗慎远说什么？谢蕴很狐疑，抱着手里的暖炉看着他俩，这两个好像严格说来算是政敌吧？

　　但她没有多问，作为妇人家多问令人生厌。她起身站起来让丫头扶着手，慢慢走下楼去了。

罗慎远靠在东坡椅背上,看着他道:"程大人有何指教?"

程琅只是一笑,看着罗宜宁说:"你知道的,他不杀你,必是有他想得到的东西。你要小心他,莫要掉以轻心。"说完他就站起身,整理衣裳拱手下楼了。

"你程表哥这话倒是说得奇怪。"罗慎远想了会儿说,"陆嘉学为什么会想杀你呢?"

罗宜宁喝了口热汤,说:"我原来暗中听到过他和父亲说话,知道了些他的秘密。不说了,三哥,暖炉也没带身上,没想到外头天气这么冷,不如我们回去吧?法事什么的就不看了。"

虽然她早就知道陆嘉学肯定有目的,但是没想到程琅会提醒她。难道他是知道些什么?罗慎远道:"再等片刻。"

宜宁心想他还要做什么,片刻后却见小厮手里捧着大大小小的纸包上来,躬身笑道:"大人,您吩咐的,沿路的东西都买齐了!"

宜宁疑惑地看他,他什么时候吩咐的,他则起身拍了拍她的头:"都给你带回去。"

油纸包着香酥的炸肉丸、糯米鸡、糖葫芦、冰糖山药、炒瓜子、山楂糕、白糖雪梨膏……他还是真的把沿途的东西买齐了啊!

宜宁手里捧都捧不下,心里轻盈极了。他帮自己拿着几袋子干果,高大的身影走在前头不言不语。其实他手段多得很吧,轻易就撩拨别人去了。难怪别的女子喜欢他呢,他是不是也用这等手段去对付人家了?

宜宁暗自思忖着。

回去的时候街上已经没有刚才热闹了,但是一片片灯笼还亮着。黑暗的车厢里,她低声说:"你要不要奖励?"罗慎远尚未反应过来,她就拉着他的衣领迫使他低下头,然后她亲了一下他的下巴。没想他突然反扣住她,把她抵在车厢狭小的角落里吻,黑暗里看不清彼此,反而异样刺激。

宜宁也觉得一阵阵发软酥麻,推拒的力气都没有,被他吻得气喘吁吁的。高大的身体山一般,摸上去手下皆是肌肉,她浑身痒酥酥的。车厢内热起来,两人纠缠在一起,罗慎远被她撩拨得差点没忍住。半晌才亲了亲她的嘴角,沙哑道:"谁说过分被褥睡的?你现在做这个,嗯?"

她不过是吻了下巴而已……

回府的时候宜宁是被罗慎远抱下车的,反正她就那么小小的一团,粉团一样蜷缩在他的怀里。露出斗篷的手腕白皙无瑕,精致纤细。

罗慎远将她放在床上,扬手放了床幔。道:"我去洗漱。"

他走了,宜宁被他裹得不能透气,喘了口气,过好久才揭开被褥,刚打开,就发现他已经洗漱回来了。

他上了床来,宜宁自动给他让出睡觉的地方。谁知片刻后他反而起身压在她身上,声音有些沙哑地道:"眉眉……"

刚才被她撩拨得不上不下,竟然怎么都平静不下来。脑海里全是她的画面,如何躺在他身下，雪肤滑如丝绸，纤细得盈盈一握。其实于男子而言，有一次便是食髓知味了，这几日跟她睡也是强行忍耐而已。

宜宁怎么会不知道他的意思，脸色微红想着要不要拒绝一下，毕竟很痛。但他已经举起她的手腕，然后沿着慢慢吻下来。他的嘴唇所到之处就是战栗的火苗，烫得逼人。到最后鱼水交融，因太小难得动一丝一毫。他亦是忍耐。后来宜宁叫罗慎远抱在怀里搂着，觉得酥麻越来越多，浪头越堆越高，被他推上浪头。但还没等落下来，那还未结束的浪潮竟然又开始了。

她总算享受了女子的快乐，只是到后来又是疼又是酥麻，便抓他的后背泄愤，底下的手臂抓又抓不动，反而让他低哼一声，更加压住了她的腿，她只能任男人予取予求，再次陷入了滚烫的浪潮中。

第二日起来又在他怀里，而且他衣襟未系，坚实的胸膛上全是抓痕。宜宁双腿酸痛，又抓了他一道。恨得牙痒痒。

罗慎远睁开眼，然后一把抓住了她的手，放在唇边轻啄："醒了就要抓我，昨日还给你买糖吃忘了？"

"你昨夜……"宜宁被他吻得痒痒，"太不克制了！"

他低笑一声，往她身上一压。又低声说："我不克制吗？你要今日床都下不得，才知道我克不克制。"宜宁被其胁迫，脸色通红，他竟然……好吧，无话可说。

他起床穿朝服，宜宁也起床梳洗。今日她就告假不去请安了，靠在炉火旁边读煮茶的书，罗慎远走到她身边，看她陷在一团毛茸茸的绸袄里，雪团子竟然长不大一般，嫩嫩的脸蛋还是有些婴儿肥。他低头说："我晚上回来，留饭。"

宜宁翻书不理他。待他走了才把书放下来，叫范妈妈进来给她按摩腰背，不然就撑不到晚上了。

后日就是罗宜怜成亲的时候，府里往来热闹。宜宁中午勉强去了林海如那里一趟，罗宜秀也从朱家赶回来参加亲事。宜宁看到她红光满面，一问才知道罗宜秀是怀孕了。这次回来，婆家特地是轿子抬回来，谁叫她几年了肚子里终于装了个金蛋，还是头胎，那些通房姨娘什么的统统还没有。朱家老太太特地派人一日三餐照顾她的饮食，并千叮咛万嘱咐参加完亲事早点回去，态度非常慎重。

陈氏也是满脸笑容："找王太婆算过命，说这胎能得男孩。她婆婆听了更紧张，差点叫姑爷跟着她一起回来！"

陈氏展开了眉头，终于有了好心情。

宜宁也恭喜她，刮了刮她还未显怀的肚子说："这下总算有宝宝了吧，姐夫对你好了？"

罗宜秀懒洋洋地瘫着，好像就已经身怀六甲了似的："他这时候敢不对我好，仔细婆婆抽他！"但又一个鲤鱼打挺坐起来，捏着她的脸道，"我瞧你这千娇百媚的滋润模样，就知道你三哥必定……你什么时候也有一个来？我瞧瞧咱们能不能定个娃娃亲。"

什么娃娃亲，她这时候怎么能生孩子，才多大年纪！宜宁懒得管罗宜秀。

林海如屋里越来越热闹，宜宁抱着楠哥儿去前厅摘蜡梅玩。他非要那个不可。

结果到前院的时候，却看到罗成章和罗成文正襟危坐。宜宁一问旁边的管事才知，陆嘉学今日要过来一趟，但不是为亲事来的，是罗成章特意请来的，现在正等着人家来。

宜宁有些出神，楠哥儿在宜宁怀里探出头要摘蜡梅花苞，宜宁看到他摘了居然往嘴里送，连忙给他拿出来。楠哥儿却不依，哭闹着偏偏要吃。

宜宁把他交给乳母，朝前厅走去。众人已经簇拥着陆嘉学过来了，他被人围拥着，宜宁也看不清楚。只瞧着他穿黑狐皮斗篷，罗成章跟他拱手行礼。一行人进了前厅说话。

宜宁等了许久，才看到他走出来，四处无人，她跟了上去。"陆嘉学。"罗宜宁喊了一声。

陆嘉学在蜡梅树下回过头，依旧是刀凿斧刻的凌厉英俊，瞧她一眼，笑道："你该叫我一声义父吧？"

"你究竟要做什么？"罗宜宁不为所动地问道。她直视着陆嘉学的眼睛，希望能看出他在想什么。深海一般的眼睛，经历多年沉浮，她竟然一点都看不透了。

陆嘉学略走近一步，瞧着她的模样，低声说："自然是要娶亲了。"说罢又转身带着人离去了，看来真是来谈公事的。宜宁望着他的背影。宜宁细想刚才。陆嘉学看不透，没有破绽，但是处处都是不对的。

成亲前一晚，府中护卫密布。宜宁都不知道罗慎远哪里来的这么多人手，他在看书，拍了拍身侧叫她坐在自己身边，问道："明日你要去随礼吧？"

宜宁点头，在他旁边坐下来。然后靠着他的肩膀说："你不会去贵州吧？"

"应该不会。"罗慎远让她躺在自己怀里，能躺得舒服些，"你今日早些睡。"她明日还要早起的。

宜宁"嗯"了一声，在他怀里闭上眼。烛火的影子晃动，他翻书页的声音和"噼啪"的炉火一起在她的头顶响起，格外宁静。

次日宜宁梳洗好去了罗宜怜那里，她那里已经很热闹了。要跟着送亲的大周氏穿了件遍地金通袖袄，金丝扣，梳了光洁的发髻。宜宁坐在屋内同罗宜秀说话，不时地看那两个婆子。只看到高大的身材，她们还是不言不语的。

"请问是哪位嫂嫂送亲？"那王婆子开口问道。

大周氏含笑点头："是我送亲，已经预备好小轿了。"

那王婆子看了宜宁一眼："三太太按理是同家的亲戚，更应当是三太太送亲才是。""我身子不舒服，就不过去了。"宜宁站起来笑了笑。

"不说别的，以后怜姐儿去了宁远侯府，没得忘了我们才是！"小周氏笑着说，屋内的人都热烈讨论着罗宜怜出嫁之后的事。

等到迎亲的队伍来之后，外面有婆子端莲子羹来，人人一碗喝了，寓意吉祥。这时候她们这些女眷就要去吃午膳了，等罗宜怜同乔姨娘在这里候着。宜宁起身走出去，渐渐离她那屋子远了才松口气。珍珠扶着她，却见后面那王婆子急匆匆地赶过来："三太太，三太太且等等！我们六姑娘还有事要跟三太太说！"

宜宁看她一眼："她又有什么事？"

"六姑娘不见了一对玉镯子，是出嫁要戴的，您随我去看看吧！"王婆子语气挺急的。

她怎么事这么多！宜宁存了个心眼，对珍珠说："你随我一起过去。"才让王婆子在前面带路。两人走到一处厢房外，王婆子突然回过头对珍珠笑了笑："姑娘，你就不便进去了吧？"

珍珠还没有反应过来，颈后突然遭了王婆子的重击。宜宁见了后退一步立刻就要喊人，厢房外面到处都是人。但是那婆子很快就跟上来，捂住了宜宁的嘴。宜宁挣扎踢她，本来也不会被这个婆子困住，但竟不知怎么的宜宁就开始头晕起来，没力气挣扎，甚至喊不出声，然后就昏厥了过去。

王婆子将其抱起，打开旁侧厢房的门藏进去，里头是要给宜怜带走的添箱，把她藏到了箱子里去。

王婆子心跳如擂鼓，她是被训练过无数次了的，等从厢房里出来，才看到外面笑嘻嘻地走过来一些丫头，王婆子自觉天衣无缝，这嫁妆箱子她马上就要带人抬出去了，她才松了口气。这宁远侯爷当真是荒唐，说是要娶六姑娘，分明交代要的是罗三太太！

她恢复平静，朝罗宜怜的屋子走去告辞。

嫁妆箱子是要先送出府的，王婆子辞别了罗宜怜，看着嫁妆，带着罗家的小厮抬着箱子走到了垂花门口，但是被护卫拦下了。

"你站住，这是要抬去哪里的？"那护卫说话并不客气。

王婆子有些倨傲地淡淡道："这是我们六姑娘的嫁妆。怎么，嫁妆出府你们也不肯？""若只是嫁妆，自然是能出府的。"一个不紧不慢的声音响起。

王婆子脸色微变，看到不远处一前一后走过来两个人，后面那个公子她不认得，但是前面那个可是工部侍郎罗大人罗慎远！她怎么会不认识！她心中狂跳不止，觉得自己恐怕是真的被发现了。她强作镇定，面上表情丝毫不露端倪："罗大人这是什么意思？"

罗慎远缓缓一笑："这里是罗府，府里都是暗哨。你觉得你的一举一动，逃得过暗哨的眼睛吗？"

罗慎远挥手道："开箱，把这婆子绑起来，另一个也去给我绑了。"

七八个箱子都被打开，罗慎远亲自去把宜宁抱了出来。她藏在一堆软和舒适的绸缎之间，箱子留了气口。但是她昏沉不醒，脑袋无力地靠着他的手臂。这婆子还真有几分本事，罗慎远走到她面前，问道："我现在告诉你，你说实话能少受些苦，太太怎么晕过去的？"

王婆子咬牙不答，但是身体被护卫用棍制得死死的，有人抬手就抽了她两巴掌，毫不留情。王婆子头晕目眩，刚抬起头，罗慎远又问："怎么昏过去的？"

王婆子照样不答，罗慎远就道："抬去西边的刑房。"这里毕竟不便用刑。抬过去之后，一会儿就有人小跑着过来道："大人，那婆子都说了，是在莲子羹里加了药，端莲子羹的时候手帕一抖，就加进去了。"

程琅在后面默默看了一会儿，说道："罗大人这里倒是样样俱全啊！"竟然还预备了刑房。

他今天特意来提醒罗慎远注意嫁妆的，不过看罗慎远的样子，就算他不提醒他也知道，一清二楚。

罗慎远嘴角一扯:"过奖,这次还是要谢程公子的。"那两个婆子果然有问题,虽然他已经料到了。

罗慎远把宜宁抱去嘉树堂,既然知道是种迷药,喂了些汤,过了不多久她就醒过来了。宜宁迷迷糊糊地睁开眼,看到的就是罗慎远。

"三哥?"她顿时想起来了,"是那个婆子打晕了珍珠……"陆嘉学果然还想劫走她!

"我知道,珍珠找到了,那两个婆子已经拿下了。"罗慎远说,"你好好歇息,那莲子羹有迷药,你恐怕还要头晕一会儿。"

迷药还是有后劲的。宜宁揉了揉太阳穴,靠着引枕问:"三哥,你早盯着那两个婆子了吧?"

"嗯,不过你程表哥今日也过来了,他说罗宜怜的嫁妆有问题。"罗慎远淡淡道,"你还没吃晚膳,不然我教人给你端进来?"

"不必了,那药应该用得不多,我倒是没什么感觉。"宜宁道,"今日府中有喜事,亲戚往来得多。我要是不见久了,别人问起来恐怕不好解释。"

罗慎远想到既然那两个婆子拿下了,便也点头,陪她去前厅吃午膳。

林海如拉着她的手,抱怨她怎么才来,又说罗宜怜弄丢了那对满绿的手镯,正发着脾气呢。宜宁失笑,原来玉镯还真是丢了。她喝了碗乳鸽汤,抬头看到罗慎远跟罗成文说话去了,有人举酒杯祝他什么。

这时候林永从外面走进来,他的脸色非常难看,低声在罗慎远耳边说什么。

罗慎远脸色一凝,跟林永嘱咐了几句话,林永立刻飞快地抱拳出去了。罗成文那桌的气氛都不对起来,连个说话的人都没有了。罗慎远随后放下酒杯朝宜宁这里过来,宜宁吃宴席这边的都是女眷,看到他就脸红,私语不断。

宜宁干脆站过来向他走去:"三哥,怎么了?你脸色这么难看。"

"老师出事了,现在已经被皇上下了牢。我要立刻过去一趟。"罗慎远说,"你在家里莫离了护卫,我去去就回来。"

徐渭出事了!而且是下狱!宜宁心里一震,这怎么可能呢,徐渭下狱怎么也是至德三年的事了,现在才是至德二年啊!

当年徐渭是因为举荐了荆州总兵,荆州被鞑靼大破,徐渭才受了牵连下狱,以至于最后丢了性命的。但是现在根本没有鞑靼大破荆州,究竟是因为什么?若是徐渭这么早就遭牢狱之灾的话,三哥的命运岂不是要提前!

宜宁道:"你且去就是了,不用担心我。"

她很担心他,徐渭是罗慎远的老师,徐渭出事,他肯定会受到影响的。

罗慎远"嗯"了声,暗中叫了护卫头子过来,没等宜宁看到,嘱咐说:"一会儿花轿出门的时候你们就跟着,送到宁远侯府为止。"

他叮嘱完了这些才离去。

罗宜宁这个宴席自然是吃不好了。她让青渠跟着她,去看看珍珠是否还好。珍珠让王婆子打了一下，有些头晕，躺在床上起不来了。

罗宜宁让小丫头拿毛巾热敷珍珠的额头，好让她好受些，随后问旁边的小丫头："六姑娘那里现在可还好？"

"说是正乱着呢，镯子没有找到，两个婆子又不见了。"丫头答道。

宜宁才揉了揉眉心站起身，让林海如管她去吧，她去前厅待客，前厅待客的女眷不够。丫头婆子簇拥着她走在回廊上，日头渐渐偏黄，也快要到宜怜出府的时候了。

她突然看到有个人站在不远处，背着手看她，微微一笑道："宜宁。"竟然是程琅。

刚才罗慎远告诉她，程琅特地来了一次。

程琅走到她面前，看了看周围的风景："罗府的风景还不错，雪后初晴，挺好看的。""怎么了，你没和他们一起喝酒？"宜宁问道，程琅怎么独自一个人在这儿看雪？

"上次见你和谢二姑娘，倒也还不错。挺般配的。"

"嗯。"他似笑非笑，然后沉默了。

宜宁见跟他没什么说的，也收了笑容道："若是没有别的事，那我先去前厅了吧。"

"我来找你是有事的。"程琅说，"与我喝杯茶吧。"

宜宁叫人在亭子里摆了茶具，小炉里的火烧着，很暖和。水壶里咕嘟地冒着泡，这茶要过三四遍水才能出色儿。她在过水，外面越发热闹起来，罗成章给罗宜怜的排场倒是真的挺大的。天色更暗了些，水上有种淡淡的紫色。

丫头婆子都去看热闹了，外面守着几个护卫。宜宁说："你究竟有什么事？"怎么只看泡茶，沉默不语的。

"你对罗慎远是一片真情了吗？"程琅问道，他喝茶如同喝酒一般，宜宁觉得他根本没喝出自己的茶是什么味儿。

罗宜宁不知道他怎么提起这个了，沉默后说："阿琅，他对我来说是非常重要的人。"程琅笑了："我觉得，你一辈子也不会想到别的人了。"

罗宜宁也不知道要说什么，把茶壶重新放上去，水又开始响了。

"这世上的事，没有说得明白的。"罗宜宁慢慢地道，"也许你意想不到的事，随时都会发生。但是对我来说，我更喜欢宁静的生活，没什么算计。其实你说得也对，也许我这一辈子……"

"你总要给别人机会的。"程琅突然在她耳边说，"对不起宜宁，没有什么安不安定的。"

宜宁还没问他他这话是什么意思，突然他一记手刀砍在她的颈后。她睁大眼，还没有反应过来为什么便晕了过去，程琅不是帮她的吗？

而外面那几个护卫不为所动，似乎根本就没有看到。不远处的青渠被另一个小丫头拉着说话，宜宁昏倒在程琅的怀里。

程琅慢慢地摸着她的头发，低声说："去准备马车。"声东击西，他才是真正的棋子，而不是那两个婆子。

对不起，宜宁。

罗宜怜被大周氏扶上了软轿。罗府非常热闹，她听到乔姨娘不舍的哭声，父亲在微笑着向她挥手。

她在上轿子之前想到了很多事情。以后能扬眉吐气地活着了，不用看别人眼色，还要叫别人来看她的眼色。那些对不起她们的人，她都不会忘的。

但同时她脑海里浮现一个高大的身影，略带谦和的笑容，那是她长这么大，给过她异样感最强烈的一个人。也许是因为他可怜，她单单是出于同情；也许是因为他温柔，是那种真正温柔到了骨子里的人；也许是觉得他太傻，若是她的话，绝不允许别人这么践踏自己的自尊。

罗宜怜抱住了怀中的宝瓶，随着轿子的抬起，叹了口气，然后嘴角浮现一丝笑容。

罗成章终于把人送出了门，长出了一口气。虽说是妾室，但毕竟是做陆都督的妾室，比起别人的正室还要荣华。他回望一眼，才发现罗宜宁不在，不由得又皱了眉问："送怜姐儿出门，她三嫂怎么不在？去哪儿了？"

"三太太方才不舒服，许是回去休息了吧。"有下人答道。

罗成章听了心里越发不喜，送亲她也不愿意去，现在怜姐儿出门都不来送送，实在是太不规矩了！他也许真该以公公的身份好好拿捏她，没得让她这么没规矩的。罗成章吐了口气。

送亲的队伍就这么出了门。罗慎远的人则在队伍后面远远地跟着。紫禁城大雪如盖，银装素裹。

皇宫内气氛诡异，换了朝服的罗慎远跪在乾清宫门内，内阁众人皆在其中。皇上带着怒气斥责的声音传了出来："他不服，朕便叫他服了再说！以下犯上，谁来为他求情，朕也一并论处！"

罗慎远闭了闭眼睛，江春严想站起身说什么，罗慎远一把捏住他的胳膊拦住了他。

昨夜皇上下旨抄周书群的家，徐渭听了气结许久，当时他以为徐渭不会这么冲动。谁知道他竟然一早来给皇上进谏，也不知为何惹得皇上动了大怒。听伺候的人说，徐渭立刻跪下求饶，皇上却不为所动，当场就去了他的梁冠打入了牢中。

徐渭虽然是次辅，却也一向是性情中人。只是罗慎远没想到他会这么性情流露，周书群死局已定，再怎么说又有什么用！

皇上说话的声音冷漠而阴沉："这次朕绝不轻饶了他！这次辅他也别想当了，年老失了分寸，在朕面前说出这些话来，户部尚书职位暂停，让他给朕好生反省！"皇上斥责完出了好一会儿气，才叫太监备轿去董妃那里。

皇上走后罗慎远一行人才从殿内出来。

罗慎远在汉白玉台阶下停顿，有个太监走到他身边，拂尘一收给他请了安，低声说："奴婢听到，徐大人参了汪大人一本，说他欺君罔上，陷害忠良，想为周大人伸冤。皇上听了当即更怒，说他'你岂不是在说朕忠奸不分，是个昏君了！'徐渭大人才知不妙，立刻跪地。但是也来不及了……"

罗慎远沉默。徐渭一直劝皇上不要潜心于道，又劝皇上少沉迷后宫。去年皇上想升董妃为贵妃，徐渭也是劝阻，皇上早就不耐烦了。君恩如雷雨，谁知道什么时候收回去。皇上最恨别人干涉他，何况汪远一向得他信任，由不得别人来说。

太监说完先退到一旁，罗慎远才对江春严说："江大人，刚才是绝不能求情的。一会儿我去牢中见老师，劝他先给皇上认错。"

江春严凝眉道："我方才也是实在听不下去了，一时冲动。只是徐大人一向固执……"

"只能如此了，皇上是不会松口的。"求情反而更糟，劝徐渭认错，说不定皇上还会留些情面。只是这样一来，次辅的位置恐怕保不住了，他摆手让江春严别说话，闭目想了想道："叫人送几幅雪居先生的画给皇上吧。"

江春严心中一想就明白了罗慎远的意思。雪居先生是前朝一位书画家，忠于帝王，因误言被贬黜，困于乡野老死，留给帝王一篇《陈情表》，帝看后恸哭而复其官职。这其实是在为徐渭陈情的。

两人从乾清宫走出来，正好一群人簇拥着陆嘉学的轿子从宫中出来，陆嘉学是得了边关急报，不得不来宫中一趟。

罗慎远想到那两个婆子，面容微冷。等陆嘉学走近了，才定神笑道："都督大人，怎么新婚之日良辰美景的，大人却到宫中来了？"

帘子被挑开，陆嘉学换了姿势坐着看他："边关急事而已。我听说罗大人的老师徐大人出事了？"

"都督大人挂心了。"罗慎远的神情丝毫未变，"老师触了圣怒，皇上罚他是应该的。只是都督大人送到罗家那两个婆子，私藏主人之物，我已经绑了送回大人府上去了。"

这话是一语双关的。

陆嘉学听了一笑："两个婆子而已，随罗大人去吧！陆某要回去成亲了，就先行告辞。"说完帘子放了下来。

罗慎远听到他说的话之后皱眉。成亲……

似乎不对！

陆嘉学如果是纳妾，决然不会是成亲的！他刚才毫不意外……

罗慎远心里猛地一沉。他不在府中，根本不能严密监控府中的举动，恐怕是让人乘虚而入了！

罗慎远连江春严都没有辞别，立刻出了中直门。他的随从护卫正在外面等着，上了马车之后，他阴沉地道："回府！"

马车在路上疾驰，刚跑到官道外面就有人跑来，跪地传信道："大人……府中有四位暗哨被杀了，都是以极细的钢丝勒喉，无声无息就干掉了。府中的护卫里混入了奸细，属下钦点少了四人，三太太……三太太也随之不见了！"

果然还是晚了！

罗慎远冷冷地问："我说过不准马车出府，可有马车出府？"

"有……程大人的马车出去过。小的一开始是拦着不让出府的，但是老爷说……程大人有急事要走，为何不放行，把小的们一通骂……小的支撑不住，看那马车里也什么都没有，不得不让程大人出府。"

话音刚落，罗慎远深吸了口气，突然一拳打在车内小几上！

吓得那人立刻伏地，大气都不敢喘。

罗慎远立刻对车夫道："不必回去了，去陆家！"马车很快开动，他闭上眼靠着车壁，手侧生疼。

程琅！竟然是他。

今日除了宾客，别人都混不进来，程家的人则是被邀请来的。

程琅来提醒嫁妆之事是为了让别人放松警惕，而罗宜宁对他一向没有防备，不仅没有防备，甚至是非常信任程琅，这种信任绝不在信任他之下。何况程琅的人能无声息地干掉暗哨并不难。

他还是大意了，设防这么多，却被徐渭的事拖住脚步，让程琅钻了空。

迎亲的马车一路敲锣打鼓，热闹不已。引得童子围拥着跑出来看，跟着的婆子就发些干果糖块。

队伍热热闹闹地走到了陆家不远的胡同外，络绎不绝。正在这时候，胡同迎面也走来了一个迎亲的队伍，与这队伍混在一起。照样是跟着大群迎亲的人，应该也是大户人家出嫁，衣着打扮也差不多。

而原来那队伍，竟然被带路的宁远侯府的人渐渐引偏了。那从胡同混进来的队伍，反倒是朝着宁远侯府走去，似乎也没有人察觉，依然敲锣打鼓地朝着宁远侯府去。两个迎亲的队伍越走越远。

跟踪的人面面相觑，这怎么变出两个队伍了，究竟跟着哪个队伍才是啊？

领头的人看了看道："兵分两路，你们带人跟六小姐，我跟宁远侯府这个花轿。嘿！大人果然神机妙算，这花轿竟然变出了两个来，我这辈子没见过这样的事！"

一群人嘀嘀咕咕地兵分了两路，跟着去宁远侯府的花轿的人，又派人赶紧去告诉罗大人一声。

罗慎远其实也不是没留后手，他想到陆嘉学可能会再次掉包，如宜宁不见了，送亲的队伍又出现两个，那这个突然混进来的花轿，无论如何他也要看看的。他召集了护卫，立刻马不停蹄地赶往宁远侯府。

那花轿正是要入门的时候，撒干果铜钱的，看礼的人簇拥在门口。宁远侯府非常热闹，惹得周围的百姓纷纷来讨铜板。好奇一些的客人都站到了外面来看，花轿入陆家，人家轿夫前脚已经迈进门了。后面突然来了一大群着胖袄佩刀的护卫，把花轿给拦住了。

人群顿时一阵混乱，宁远侯府也有管事模样的人出来，道："你们都是何人？敢动到宁远侯府头上了！"训练有素的侍卫听到动静冲了出来，这些人来历不明，却武功高强。这是罗慎远亲自训练过的护卫，几乎就是他的底牌了，立刻将这些侍卫拦下了。

罗慎远的马车慢了片刻赶到，他下了马车，几步走到花轿面前。周围的人群发出嗡嗡的谈话声，这究竟是怎么了！

抢亲还是怎么的，竟然抢到了陆家头上！

有人飞跑着进去请陆嘉学，罗慎远却管不了这么多了。什么底牌、陆嘉学的，若是罗宜宁从他手上被掳走，他怕真是要克制不住发疯了！

两顶花轿，这顶是被送入陆家的，拦下哪个很明确。罗宜宁绝不能送入陆家，与别人行礼！

罗慎远一把撩开花轿的帘子，拉开了那人的盖头。

绡金红色盖头缓缓落下，他却看到的是一张清丽无双的脸。

莲溪微微一笑低声道："妾身原先有意于罗大人，大人却不为所动，怎么今日竟然亲自来抢亲了？当然你若是想抢，妾身当然愿意被你抢走的。都督大人也说了，您若是想要，可以立即带我回去。"

罗慎远捏着轿子帘的手骨发白，冷冰冰地一笑："莲溪姑娘想嫁都督大人，我就不阻挡姑娘的前程了。"

帘子被狠狠放下，陆嘉学却还没有露面。也是，这里面的人根本就不是罗宜宁，他当然不在意！

莲溪盖上了盖头："既然如此，我便要进去了，罗大人。"

罗慎远站在原地，脊背挺直如松，挥手让护卫让开，人不在这里面。

人不在这里面，他却不知道她在哪儿。他现在真的不知道她在哪儿了。

"大人。"刚才那个跟踪的人小跑过来，气喘吁吁道，"六小姐……六小姐被送去了清湖桥，吓得直哭。这亲事是不是送错了啊！现在小的正让六小姐往宁远侯府赶，只是这花轿都已经进去了，咱们六小姐怎么办啊……"

"来也是被人羞辱，让她回去吧。"罗慎远淡淡地道，"陆嘉学就从没想过要娶她。"

不论怎么说，陆家这时候已经娶到了罗家的小姐，对于他来说这已经足够了。

他走在前面，脚步并不算快，好像没什么不同，但是拳头紧紧捏着，用力得像要捏出血一般。

罗慎远走了几步突然像是被什么东西绊到了，一个趔趄。护卫不知道该不该去扶他，从未见过一贯沉稳而运筹帷幄的罗大人这般，浑身颤抖如秋风中的落叶。失去她的恐惧让他甚至控制不住。

他好久才哑声说："回府吧。"无论如何也要找到她。

陆嘉学坐在府中喝茶，府内到处结着红绸，他问道："罗慎远走了？""是的。侯爷，人已经进府了，您要不要拜堂吗？"

陆嘉学冷笑一声，说道："我跟个戏子拜什么堂，去告诉宾客一声，今日我娶的是罗家的七小姐罗宜宁当继室，罗六小姐是被送错了，与我无关。"他站起身整理了一下衣服，"把罗宜宁的名字记上族谱。以后，她就是宁远侯府的侯夫人。"

当年为了掩盖罗宜宁的事，罗成章借口是罗七小姐病重，要在保定养病，而未说她身亡。

713

陆嘉学便想了这个办法给她名分，让她能名正言顺地留在自己身边，成为宁远侯府的女主人，侯夫人，以后她还是他的妻。无人能改变这件事。她就算死了，这个侯夫人她还是要当的。

就算她再怎么说不喜欢他，她还是得乖乖待在他身边！

宜宁还没有醒过来。程琅把她抱在怀里，马车已经跑出京城了，外面的景色渐渐有些荒芜起来，未融化的雪覆盖着荒草，远处的村庄飘起斜斜的炊烟。未落的斜阳光辉映在雪野上，因为她在怀里，景色显得格外宁静。

那日陆嘉学找他去谈话，在比心机方面，程琅是难得能与罗慎远匹敌的人。陆嘉学很明白这点。

"阁老之位和程家倾颓，你可以选一个。"陆嘉学慢慢说。

"程琅，你是聪明人，究竟怎么选你明白。"他丝毫不掩饰那种掠夺的野心。他对人心的把控，是这么精准。

那个时候程琅有些恍惚，他当然知道怎么选！如果不帮陆嘉学，罗宜宁跟罗慎远相亲相爱，跟他有关系吗？这么多年，他所爱之人好不容易复活了，为什么要轻易放弃？他痴恋了这个人十多年。

他如果帮了陆嘉学，凭借陆嘉学的权势做了阁老，甚至有朝一日反噬，是不是……他也能拥有她？为何不能呢！这个贪婪的欲望几乎占据了他的大脑，甚至几欲摧毁对她的保护欲。

程琅从来不觉得自己是好人，只不过平日里他在罗宜宁面前伪装成了无害的外甥，但他其实有高明的手段，聪明至极，而且在某些事上不择手段。程琅对付女子有很多手段，只是从来没有用在她身上过，因为那都是对她的不尊重。

程琅微微低下头，看着她沉睡的脸庞良久，低下头碰了碰她的额头。

刚才他就有了这个极端的想法，抱着她的时候，内心深处涌出一股冲动。如果现在他独占了她呢？陆嘉学能不能发现？

程琅让她靠在自己的肩侧，打开帘子，对赶车的人道："换条官道走，跑快些。"车夫应声，随着他说的换了方向。

程琅闭上眼默数，心跳快了起来。不久之后他听到了从后面赶来的无数马蹄声，领头的"吁"了一声，然后马车被拦了下来，程琅带的人被团团围在中间。

程琅再次打开车帘，看到外头在马背上坐着的，正是锦衣卫副指挥使萧乔。他淡淡伸手道："听都督大人的吩咐，属下护卫程大人送夫人去大同。程大人这路似乎走偏了，这边请吧。"

程琅沉默，然后说："知道了，走吧。"放下了车帘。

陆嘉学果然派人跟着他，居然还是锦衣卫！难怪一路毫无察觉。

罗府宾客未散，近了黄昏。丫头拿竹竿挑下屋檐挂的红绉纱灯笼，一盏盏点亮。

罗成章在陪太常寺少卿喝酒，二人正热闹着，桌上另摆了些卤猪耳朵、盐炒花生之类的下酒菜。

前院热闹，人声哄哄的。有个机灵的小厮跑进来传话，声音亮堂："二老爷、二老爷，都督府那边有消息传来，说是都督当堂宣称，娶咱们小姐做的是继室，做宁远侯府侯夫人！"

罗成章差点酒杯子都没有拿稳，从座上站起来，眼睛发亮直走到这小厮面前："可别胡说！娶亲的时候分明说的是妾，怎的变了继室？听清楚了吗？莫闹了笑话！"

小厮又笑："二老爷，在场的宾客亲耳听到的，是咱们小姐。便有人快马加鞭来说了，哪还有假的！"

罗成章顿时脸上的笑容都控制不住："当真是继室？我女儿成了侯夫人？""是的，宾客听得真真儿的！"

罗成章立刻让婆子拿了封红过来打赏小厮，小厮跪地接过。他机灵地急匆匆跑进来，讨的就是这份喜钱。那太常寺少卿听到，连忙举杯站起来，笑容满面："了不得了不得！以后罗大人岂不就是都督大人的老丈人了。恭喜，我还得再敬罗大人才是！"

屋内的宾客皆站起来。

罗成章嘴都合不拢，简直飘然，吩咐婆子："立刻去告诉夫人，还有乔姨娘一声！"因为太过高兴，他连那点疑虑都没有去细想。

刚敬了酒，这时候外面就通传说三少爷回来了，罗成章立刻放下酒杯迎出去。

罗慎远穿着朝服，梁冠未戴，气势很阴冷，甚至漠然。他将手上的梁冠交到随从手里，林永等人簇拥着他，步履极快地往嘉树堂走去，仔细看身后还有许多不认识的陌生面孔，气势很不一般，也不知道都是些什么人。罗成章叫住他，走过去问："慎远，你怎的才回来？徐大人之事怎么样了？"

罗慎远听到他的声音，转过身来没有说话，目光可谓冰冷至极。

罗成章不知道发生了什么，没继续过问徐渭的事，而是笑道："你知不知道，都督大人当堂宣布要你妹妹做继室。以后她可就是侯夫人了！我们得去一趟陆家才是。这么大的事，侯爷竟然说也不说一声。难怪那边还宴请了宾客……"

罗慎远听了嘴角露出一丝冷笑，慢慢走近他说："他是当堂宣布娶我妹妹为继室，你可知道他说的是哪个妹妹吗？"

罗成章不知道他是什么意思，实在莫名其妙，竟是一愣："嫁过去的自然是……"

"他娶的是七妹妹，父亲可还记得？"罗慎远声音非常平静，"在保定养病的罗家七小姐，罗宜宁。"

罗成章宛如被雷劈了，半天反应不过来，然后脸色发白："你什么意思……怜姐儿呢？她不是……"

当年英国公让他称罗宜宁暴毙，但暴毙不吉利，还要做丧事，毕竟那时候罗慎远还要赶考。罗成章干脆称罗宜宁病了在休养，不得见人。

但是陆嘉学怎么能娶罗宜宁呢！他怎么会看上罗宜宁了呢？她已经嫁给罗慎远了，而且他早就听闻，罗宜宁是陆嘉学的义女……

罗成章心里猛地震动，莫不是……这陆嘉学竟这般目无纲法，恋上了自己的义女，却因有悖伦理不得娶，干脆用了这招瞒天过海？此事关系罗家的声誉，罗家必定不敢伸张。他却能成功娶自己的义女为妻!

"这事实在是太荒谬了,究竟是怎么了……你六妹呢?魏宜宁呢?"罗成章想问清楚,罗慎远却不再理他,转身继续朝嘉树堂走去。

罗成章还愣在原地,有人急匆匆地跑过来,跟他说六小姐回来了。喜宴还没有结束,罗家的人却都无心于宴席了。

夜深之后的正堂,罗宜怜哭得妆都花了,默默地啜泣着,早换了吉服穿了件家常的褙子,无心梳洗,还是出嫁的发髻和浓妆。乔姨娘站得几欲瘫软,别说正室了,妾室人家都没想让她当,竟还叫人送进了清湖桥!两母女都久久说不出话来。

但此刻林海如实在是无法同情乔姨娘母女。

"可见这太过张扬不是好事,如今周围街坊谁不知道是你要嫁陆都督,现在可要怎么收场?"林海如想到乔姨娘以为自己女儿要飞黄腾达了,对这亲事提出的无数苛刻要求,罗宜怜还要罗宜宁给她端茶,心里就一股子不顺畅,"你若只是当个妾,无声无息地嫁了,这个时候说搞错了怕也没有人会知道,偏偏还要弄足排场……"

罗成章觉得林海如的话句句都在暗讽他,太阳穴一抽一抽地疼:"闭嘴!事情都发生了,说这些来做什么!"

好吧,她不说了,让他们一家子合计去。林海如不再说话,叫乳母把怀里打瞌睡的楠哥儿抱回去睡觉。

"我看就是那个贱妇与陆嘉学串通好了,要与他苟且的!"罗成章越想越觉得如此,否则人怎么会平白不见了,"现在就该叫罗慎远一纸休书休了她!免得给罗家丢脸!"

站在一旁的罗轩远一直没说话,听到这里低叹一声,走到姐姐身边,拍了拍姐姐的肩安慰她,说道:"三哥未出现在这里,想必也是要找三嫂的。三嫂若是有意于都督,怕是早与都督一起了,怎还会嫁给三哥呢,父亲这个定是多虑了。您此时莫要去打扰三哥为好,徐大人那边的事还要他解决,他现在肯定无暇分身。"

罗轩远继续说:"当务之急是如何解释。六姐的名声不能败坏了,姐妹易嫁,传出去也不好听。不如就称一直备嫁的是七姐姐,只是她病弱行动不便,便由六姐代为完成仪式,清湖桥的事也一并隐去了。"

罗成章脸色稍微缓和了些,罗轩远这主意说得好,不管别人怎么想,总归要有个说辞的。他只要一想到小时候那个粉粉糯糯的女娃,叫他父亲叫了十多年的孩子,竟然是他帮别人养大的,他还是心里过不去,对她的猜测总是怀着最大的恶意。

罗宜怜哭着扑在弟弟的怀里,感觉到弟弟柔和地安慰着她,才知道母亲小时候跟她说的,家中有个男孩便如顶梁柱是什么意思。

嘉树堂的烛火一直亮着。

"属下打探清楚了,黄昏的时候有辆马车出城,还有程家的护卫护送。只是已经跑太远,怕是暂时追不上的。因一直在下雪,车辙的影子也看不出来,不知道往哪个方向去了……且宁远侯府那边还没有动静,都督大人暂时没有离京。"一个穿短袄、戴瓜皮小帽的男子躬身说。

林永等人垂手站在罗慎远身侧。

罗慎远手里把玩着一枚印章，他似乎根本没有仔细听，点头让他下去。

片刻又有人进来拱手："探子回信了。说是都察院佥都御史程琅大人前几日进宫，皇上暗中指派了程大人去暗查，奉了皇命，恐怕要离京两三月的。但因是暗中指派，也不知道究竟去的是何处。另外，您吩咐的画已经送进皇宫了，皇上看了没说什么，收下了。"

印章被缓缓捏紧，罗慎远闭上了眼睛。

陆嘉学不愧是斩杀了兄长、篡夺了侯位、陪皇上登基的人。这局一环扣一环，真正的目的是算计他的妻子。

他是不是该感谢，陆嘉学终于把他当成个对手看待了？上次直接抢人，那是根本没把他当成对手的。

程琅把宜宁带去了哪里？官道四通八达，很可能一转眼就找不到了。他派再多的人出去都是大海捞针，更何况这次是程琅陪同，绝不可能让沿途留下蛛丝马迹。就算他想亲自去找，也不知道往哪里去。他亲自漫无目的地搜寻，那是最不理智、最极端的做法，几乎就是在向全天下宣告罗宜宁不见了。

罗慎远很清楚，这个局解无可解，只能一个个地方去找，而且还不能惊动旁人，否则宜宁一样艰难。

最可怕的是他没有方向，不知道从何找起。"都出去吧，我休息一下。"罗慎远道。

几人面面相觑，拱手退下。罗慎远站起身往西次间走去，她的丫头点了烛火，但是屋内没有人说话，炉火都没有点，宜宁之前还在给他做鞋袜，花样绣了一半。常用的那件兔毛斗篷团了一团，放在罗汉床上。他拿来仔细闻，还有她身上那股淡淡的香味。

一切都在，她喜欢的首饰、亲手剪的蜡梅，只是屋中没有她的身影，没有她说话时热闹的声音，夜寒冷而寂静。

他的妻被人夺去了。

罗慎远久久地坐着，手微微颤抖。最温暖的东西被人夺走了，现在他甚至不知道自己在想什么，或者应该是算计，那种报复的冲动。她才不见了一天，好像一切黑暗的东西都快要压制不住了。

他缓缓地摩挲着斗篷上的兔毛，好像她还在他身边一样。和往常一样烤着炉火，靠着他睡觉，这样那种溺水般的窒息感，会稍微轻一点。

外面雪又开始下了。

罗宜宁终于醒了，她的后颈比上次还痛，头非常昏沉。

一般醒来的时候都是在罗慎远身边，他在看书，或者是写字。宜宁靠着他他从不拒绝，纵容她在自己怀里睡，但现在她只看到了陌生的屋顶。屋内点了一盏油灯，虚弱的光摇曳着，她看清楚这是个房间，一张架子床、八仙桌、围屏，没别的东西，应该不是长期住人的地方。

罗宜宁伸手捏了捏后颈放松，她发现自己的鞋不见了，只穿了绫袜走到窗户面前打开窗，窗外正是风雪，北风吹得大雪胡乱地飞下来。外面有株枯死的桃树，枝丫都被吹断了。

不远处还有个马厩，大雪覆盖了马槽。里面的马都挤在很里面，看来外面很冷。有很多护卫背对她站着，这里守卫十分森严。

她只站了一会儿，手足都冻得僵硬了。好似没有穿衣裳般，风不停地往她的衣襟里灌，冷得刺骨。罗宜宁冷静地思考着，这样的天气若是逃出去，恐怕会被冻死在路上。

三哥发现她不见了怎么办？他应该会着急吧？程琅突然出手，他肯定没有预料到，根本来不及追上来。

忽然有狗吠声响起，脚步声渐近。罗宜宁猛地回过头，看到房门被打开了。程琅穿了件黑狐皮斗篷走进来，肩上有雪，手里拿了个食盒。

他看到宜宁站在窗前，有雪吹了进来，立刻大步走过来把窗扇关上，才阻隔了寒风的侵袭。然后他摸了摸宜宁的肩，便皱起眉，脱下自己的斗篷裹在她身上："你明明知道外面都是护卫，何必再看呢？就算你能出去，外面冷得滴水成冰，你会被冻死在路上的。"

斗篷上残余着他身上的温度，罗宜宁在他要给自己系带的时候拦住了他的手，然后脱下了斗篷还给他。

"我不要。"她的语气淡淡的，似乎和平时没有区别，却透着一丝极致的疏远。寒冷再次侵袭，程琅拿着她还回来的斗篷，手微微一僵。

她已经走到桌前，却没有拒绝进食。她本来就纤瘦，已经很久没有吃东西了，天气又这么冷，她再不吃恐怕撑不了多久的。

程琅带来的食盒她打开了，里面放了一碗萝卜炖鸡汤、炒的豆干腊肉、蒸蛋羹，另有一碟水灵灵的拍黄瓜。她不知道这天寒地冻的，程琅是从哪儿找的几个菜。这绝不是在京城里，比京城还要冷一些。

垒得尖尖的一碗米饭还冒着热气，宜宁拿着筷子开始吃起来。"这是在哪儿，"她突然问，"你应该带我出京城了吧？"

程琅走到她背后，没有坚持把斗篷盖在她身上，以她的个性肯定是拒绝的，说不定还会把她逼急了激烈反抗，甚至用憎恶的目光看着他。

程琅心里隐痛，突然发现自己非常受不了她的冷漠，哪怕一丝一毫。他希望她还是那个温柔对他、把他抱在膝头教他读书的宜宁。她的任何冷漠或者是厌恶鄙夷，都会让他如刀割一般痛。

"已经过了雁门关，在前往应县的路上。"程琅坐在她身边说，"马车日夜兼程，本来是准备第二日就到大同的。不过起了暴风雪，所以找个驿站休息，也要换马了。一会儿雪停了还要走，大概就能到大同了。"

罗宜宁越听越心寒，已经过雁门关了！看来路上还真是快马加鞭，沿路还要准备换马，早就有预谋了。她觉得胸口一阵发闷，原以为自己已经冷静下来了，没这么愤怒了。程琅……程琅居然叛变她投靠了陆嘉学！她悉心教导，百般纵容，就是这个结果！程琅要做他的走狗，什么情义道义的，原来所谓帮她也不过是掩人耳目的计策而已！

她的愤怒忍都忍不住，筷子一放突然抬起手，差点就朝着他那张美玉般的俊脸打下去了!

他是她少见的,最好看的男性。

但是她没有打下去,打下去又有什么意义,宣泄愤怒吗?

程琅看了就笑:"你想打我吗?也是,我毕竟一开始还说要给你报仇,转眼就叛变了为陆嘉学效力。你应该愤怒的。"他一把捉住了她的手,"你要打的话,打下来不是比较好吗?"并拉着她的手要她打下来。

罗宜宁抽回自己手,其实饭也吃不下去,冷冷地看着他:"程琅,这么多年来我对你,宛如对自己的亲生子。你觉得我亏待过你吗?我不求你报答,你原来对我见死不救、劫持于我,我可说过你半句?你为什么要做这些,好玩吗?"

程琅又猛地捏住她的手,一字一句地冰冷道:"你忘了我是政客,最冷漠不过的人。为了权势我什么都会去做,你又算什么?"

他知道这些话如何伤人,但就应该这么说,而且他的确就是为达目的不择手段的人,甚至去帮陆嘉学也无所谓。这是没有骗她的。

罗宜宁一把挥开他的手,看也不想看到他,崩溃得眼泪都出来了,但是她没有哭,她闭上眼说:"你出去……滚出去!"

她浑身发抖,竟然不知道究竟是冷的还是气的。天寒地冻的,跑了也是回不去的,越想就越发绝望。

"你把饭菜吃完,一会儿雪该停了。"程琅捡起地上的斗篷,其实已经该启程了,还是等她缓和一下吧。

听到门关上之后,罗宜宁才坐在桌前慢慢地吃东西,饭菜已经冷了,他刚才提来的时候还是温热的。罗宜宁喝完了整碗鸡汤,头却越来越昏沉,心里更恨,她跑都跑不了了,他竟然还在里面放东西……

一会儿程琅打开房门进来,外面雪停得差不多了。罗宜宁又变得昏昏沉沉,还是这样好。虽然是不怕她跑,她再怎么聪明不过女子,手无缚鸡之力。只是要真的跑了,外面天寒地冻的会冻伤她。程琅把她打横抱起。

天还没亮,他抱着罗宜宁上了马车。

虽然天还未亮,但一眼就能看到茫茫雪野,路边全是雪,风雪才停就又开始赶路了。要早日赶到大同才行,否则真怕她撑不住。

陆嘉学留在京城还有要事,毕竟瓦刺部与鞑靼部结盟一事,除了他,没有人能应对。但也最多一两个月,陆嘉学肯定还会以宣大总督的身份回到大同,罗宜宁现在对他这么抵触,陆嘉学真的来了,她又该怎么办呢?

陆嘉学可不是这么好说话的。

## 第三十九章 芳踪难觅

罗成章叫了罗慎远过来，罗三太太无故不见的事，府中总要说清楚。跟陆嘉学作对无异于自寻死路，他比较赞成说罗宜宁病死，再为罗慎远娶一房继室。至于罗宜宁，那就跟罗家再无关系。

罗慎远听父亲说话，再慢慢地喝茶："此事父亲不用操心。"当初他要娶罗宜宁的时候，也是这般固执，由不得别人说半句。

罗成章劝道："你何必纠缠于她，她这般被劫持，就算回来了也该吊死以证清白！三纲五常，没这么败坏的！"

罗慎远的茶杯重重地磕在了桌上，滚烫的茶水溅得到处都是！罗成章吓了一跳，罗慎远却不说话。

屋内久久沉寂，然后罗慎远又说话，语气还是淡淡的："父亲知道，我为什么要娶当年的七妹妹吗？"

罗成章一直不想去想这个问题。罗慎远就继续说："当你受尽磨难，每个人对你都是如出一辙的冷漠，轻贱于你，这个时候出现一个对你好的人，你会把她当成什么？"会忍不住把她当成生命中的温暖，当成人生中的那一部分。

他所想象的未来的美好都与她有关，如果没有她，他不知道他的未来还有什么美好的东西。所以不管宜宁遇到什么，他都要找她回来。

"所以父亲不要再跟我说这个……其实对于我而言，罗家又算什么？"他嘴角露出一丝冷笑，然后离开了厅堂。

罗成章手心发凉。

外面月色如洗，他隐隐地想起当年那个丫头，罗慎远的生母。她一贯站在人后不爱说话，罗成章并不非常喜欢她，比不得另一个宠爱。她给另一个丫头下毒，那丫头中毒身亡，一尸两命的时候，她真是看不出丝毫异样。当时若不是罗老太太，谁也不知道会是她。

是啊，当年他又怎么会想到，那个丫头的儿子，竟然是如今的罗慎远，罗家如今的顶梁柱。

他的通房丫头捧着手炉进来："二老爷，天气冷得很，您暖暖手吧。"罗成章挥手，道："去把四少爷找来，我问问功课。"

数天后罗慎远接到了探子传回来的消息，暗哨们一直没找到罗宜宁究竟在哪儿。那条官道上通甘陕山西，下通河北湖广四川，一路上还有数辆马车同时出发，分散各地。越往下找踪迹就越少越模糊。他看了将纸团捏在一起，告诉属下："继续找，不要惊动人。往山西、陕西去，陆嘉学的势力老巢在这些地方。"

几天的思考之后，罗慎远已经从几欲崩裂的情绪中冷静下来。他开始缜密地思考要不要亲自去找。这无疑非常冒险，但他怕自己越来越焦躁之后，会忍不住这么做。但这茫茫人海，根本不可能轻易找得到，他心里很清楚。

第二个想法，也许他应该先谋求那个位置。那个位置他一直想要，就算不是为宜宁，他也是个有绝对野心的人。但是就算他绝顶聪明足智多谋，按照正常方法入阁，再怎么也需要三十岁。其实他可以做很多事来加快这个过程，只是显得没这么正义。

当然正义一直不是他考虑的第一要素，何况又在她出事之后。只要他能处于那个位置，还怕不能制衡陆嘉学吗？

皇上昨天情绪有所松懈，今天应该会把老师放出来。

罗慎远自己系好了朝服，想到她在的时候半蹲在他面前帮他穿衣，抱怨说"你的朝服好多系带"或者是"早上的糖心包子不好吃"。他静静地站了会儿，空气中只有飘动的尘埃。罗慎远出门上了马车，朝着皇宫而去。

皇上刚换了龙袍，不知道在想什么，心不在焉的。

例行的禀报完了之后，司礼监要唱礼。清流派已经做好了准备，找了谢大学士为徐渭求情，应该今天就能把人放出来了。

谁知道有个太监捧了折子进来，通传要见皇上。罗慎远瞥到那折子上的笔迹，脸色微微一变，顿时有种不好的预感。

皇上接了折子看，不知道上头写的是什么，他的脸色变得无比难看，甚至阴沉得滴水："把徐渭押上来。"

六个字比刚才和缓多了，却压得殿内低沉一片。罗慎远心里暗道"糟糕"。

皇上虽然昏聩，沉迷女色与道学，但他不是个昏君，相反，他非常聪明。他不骂徐渭了，此事反倒严重起来。

徐渭其实在牢里过得不算太差，毕竟皇上就是一时气恼他，谁知道还会不会被重用。再加上他在民间相当有口碑，狱卒对其也没有刁难。这时候押压出来，竟也妥帖。皇上却冷冷地看着他，直接把折子扔到了他面前："辽东巡按副使韦应池家中查获白银二十万余，他说攻打河套地区，却以老弱病残冒领军饷二十余万两。现全军覆没，无一人生还。当年韦应池是你推举吧？这么多年以来，他一直与你结交，书信往来不断，这些可是真的？你任职户部尚书，军饷发放都要通过户部，你也参与其中了吧？"

徐渭嘴巴翕动。全军覆没……韦应池死了？他当年是推举过韦应池，但他熟知好友个性，是绝不会贪污军饷的！他素来勤俭，京城中的房舍仅是个两进的小院子，只有一位老妻，他想给老妻买支金簪子，都要犹豫再三。

"皇上，韦大人绝不可能贪污军饷啊！皇上！"徐渭不停地磕头，"皇上明鉴，他攻打河套是想收复失地，如今身老战死沙场，是为国捐躯，不得这样污蔑啊皇上！微臣也绝不会参与军饷贪污的！"声音都嘶哑起来。

"朕没昏聩，他贪污在先，已有铁证。你与他书信往来，朕早有耳闻，朕最厌烦你们这些人！"皇上说着就站起身，声音掩饰不住地愤怒，"还想官复原职，给我带下去打入死牢！司礼监，拿笔来拟圣旨！"

文臣与边境武官私自结交是大忌，更何况还涉及军饷贪污。

君王雷霆震怒，接连好几个人跪下去给徐渭求情——徐渭怎么可能合谋贪污军饷呢?！

皇上更怒，接连罚了几个人的板子或俸禄。汪远静静地站着没说话。

徐渭小动作不断就罢了，上次竟然直谏于他，他这次的确是要除掉徐渭了。罗慎远一看那笔迹就知道出自辽东巡按使之手，他是汪远的心腹之一，栽赃陷害是汪远的拿手好戏。知道徐渭这次是惹到了汪远，什么贪污绝对是汪远所为，朝中很多清流派冰冷的目光都看向汪远。

虽然求情的人都被皇上罚跪打板子了。但是想到周书群的死，想到徐渭被陷害，朝中但凡有血性的人都无比激愤，跪下来求情的一个接着一个，六部给事中都纷纷跪下，其中杨凌是带头的。

一时呼声四起，不跪的清流党几乎是寥寥无几，其中没有跪的罗慎远站在第二列，十分显眼。

罗慎远闭上眼，知道很多人在看他。

那目光甚至是错愕、惊疑的。毕竟他是徐渭的爱徒，清流党中风头最劲之人。

一定会触怒皇上的，他不会跪。他想起徐渭素日对他的利用，又想起他刚才说话嘶哑的声音，竟然不知道是什么滋味。

皇上倒是笑起来："好，好，今日所跪之人都去午门领十杖，谁再求情，再领十杖！终生不得升迁！"

说完之后就摔册而去，司礼监才唱礼退朝。

罗慎远慢慢地自皇宫的台阶上走下来，很多人被拉去午门打板子，刺骨的北风无比寒冷。汪远走在前面，等了许久。

"罗大人。"汪远回头看着他，笑道，"怎的，竟然不为你的老师求情？""事实不清，下官不敢妄言。"罗慎远道。

"罗大人是聪明人。"汪远眯着眼睛，簇拥他的人不少，"跟聪明人说话最省心了，汪某倒是欣赏罗大人这份谨慎。"

"多谢汪大人赏识。"

罗慎远知道，汪远在对他释放善意。听话的人，应当得到这份善意，甚至是一些回报。如果罗慎远这时候投诚于他，那么汪远就会表达出十分善意和诚意，这是对清流党的一个信号。

　　汪远说完就走了，而走过罗慎远身边那些清流官员，看着他的神情则很复杂，甚至是冰冷的。谁都知道他是徐渭最钟爱的学生，破格提携，短短几年竟然就官至工部侍郎，变成如今清流派中的中流砥柱。

　　徐渭要死了，他作为清流派的中坚力量，竟然不为老师求情？反而一副什么都没发生的淡漠样子同汪远说话，这人倒是当真心冷！

　　罗慎远什么都没说，一路回了府中。

　　大雪竟然又下起来，鹅毛大雪将树枝都压断了。他刚下马车，杨凌就从后面追了上来："罗慎远——"

　　罗慎远回过头，杨凌刚从午门回来，脸色铁青，几步走到他面前来。

　　"老师出事进了死牢，大家都跪下求情，你竟然不为所动。老师平日待你有多好，你自己心里清楚！"杨凌一想到徐渭平日笑眯眯的慈祥模样就忍不住，"你就这么怕权势被夺吗？老师对你那些好都喂了狗肚子！你还同汪远那狗贼说话！"

　　罗慎远好像没什么反应一般，拢了斗篷继续往府里走。

　　杨凌见他这般，一把扯住他，继续说："我比不得你罗大人心硬，老师待我那一点好，我也知道知恩图报。今日来也就是和罗大人说一声，若是罗大人选择了汪大人，攀上高枝，我等自然是不配与罗大人交往的。"

　　罗慎远被他拉住走不动，沉默地看着墨色天空里纷纷扬扬的大雪。杨凌在愤怒，他究竟有什么好愤怒的？谁都有资格愤怒，但是轮不到他。

　　"你这般狼心狗肺、忘恩负义，倒是与那狗贼十分相配了！"

　　罗慎远听到这里，猛地回过头，突然就冷笑了："我们之间，究竟还是你蠢！"

　　"你觉得徐渭对我好吗？有多好？"罗慎远步步紧逼他，"他要是对我好，会任由我处于风口浪尖，任人陷害打压吗？真的对我好，会防备于我吗？杨凌，你不妨自己想想，他是怎么对你的？"

　　杨凌被他问得愣住。

　　"你明明就有状元之才，他却把你放进第二甲中，又亲自收你为学生，就是不想让别人注意到你。安排你做户部给事中，在他的羽翼之下被保护，最后再安排你做国子监司业，让你日后能门生遍布天下，官运亨通。是不是如此？"

　　杨凌有些震惊："你说是老师让我……不，怎么……你凭什么这么说！"

　　罗慎远仍旧冷笑着："而他做这些根本没有人发现，因为在别人眼里，我才是那个被他疼爱的学生，所以汪远等人的打击全在我身上。我不妨告诉你，你如果在我这个位置，早就不知道死过几百次了！现在你还活着，应该谢我才是。"

　　杨凌还是没有反应过来，罗慎远挥开了他的手。

"杨大人，道不同不相为谋。你这般清正廉明，单纯固执，的确不该和我同流合污。就此别过吧，徐渭的事我不会去求情的，虽然我也建议你别去求，但你肯定不会听的。"罗慎远转过脸走进府内，大门缓缓地关闭，有人上前来给他撑伞。

罗慎远在伞下站着，屋檐下的灯笼发出淡淡的光亮，红绉纱的灯笼，让他想起那日她吻自己下巴的场景。外面是热闹的庙会，很多很多串成串的大红灯笼。思念如渴，解渴的水却远在天边，只能越来越渴。

不知道她现在在何处，有没有冷着。他真想立刻就找到她，将她带回来。这是非常不理智的想法，很有可能会有去无回。而且现在朝中局势诡异，稍错一步就可能满盘皆输，不能轻举妄动。

他看了很久才低声道："走吧。"随后进入了漫天大雪之中。

他明日应该去见见汪远的，至于别人怎么说他不会在意，于他来说有权势才能做想做的一切。

山西大同都护府。

罗宜宁到这里来已经有近一个月了，也就是她离开京城已一个月了。这里的冬天比京城要冷一些，又受了寒水土不服，她足足养了半月才得走动。程琅在都护府住下了，他应该在大同有公差，时常看到他忙碌。罗宜宁就住在他后一进的宅院内，若是想离开宅院，必然要经前院而过，但是前院全是程琅的护卫。程琅对她的态度更奇怪，不时常与她接触，若是她要出去，却是绝对不可的。

罗宜宁靠着靠垫，闭着眼沉思。

屋内烧了地龙，温暖如春。几个陌生的小丫头在走动，是从人牙子手中买来的，没调教过，仅用来伺候她的日常起居。什么大丫头、二丫头的也不分，她也懒得分。只知道近身伺候的两个，一个与她同岁名晚春，另一个大她两岁名晚杏，还有些洒扫煮食的婆子，都不记了。

这府中宽敞，还装饰过一番，外头虽然只是简单的四合院，只种了冬青和湘妃竹，铺了石子路，里头却布置得非常奢华，还有专门给她煮食的地方。可能是想让她心情好些，程琅专门请人来与她做食，但她每日还是吃得很少。

前几日她终于能出去一回。罗宜宁观察了周围，发现都护府的确可怕，里头是护卫，恐怕还有暗哨。外面有穿胖袄的卫兵逡巡，把守重重。程琅带她出去之后，她看到外面有条河，河对面有个寺庙。而旁边有鳞次栉比的房舍，小巷交错纵横，若是能钻进这些小巷里，倒是可能会逃出去。因已经十二月末临近过年了，到处都开始贴对联、挂炮仗了。

程琅那日见她无心看周围的景色，就问她："你要不要买些什么？这里的牛肉挺好吃的。"她只是淡淡地看了他一眼。

程琅走到肉铺前叫店家切了半斤牛肉，然后到她身边来跟她说话："以前每年过年的时候，我都会去看你……你葬在陆家的祖坟里，每次去的时候，其实陆嘉学都在那里。"

宜宁沉默。

"他会叫所有人退下去，自己一个人留在那里。有一次我无意进去，看到他半跪在那里……我从来没有看到他那个样子过。"程琅继续说，"但是除了这个再也没有别的了，他还是那个陆嘉学。要不是我查过谢敏，我也不会认为是他杀了你。"

"那里有卖闹嚷嚷的。"程琅修长的手一指，前面有个卖布头的地方，插了许多闹嚷嚷，"我小的时候，你常制给我玩。你还记得吗？"

他走过去买了些，穿过熙攘的人群，笑着朝她过来。宜宁觉得自己好像看到那个伏在她肩头的孩子。

她不忍看了，别过头去，突然注意到旁边的一家草料库房。

大同是边界重镇，来往的马匹车辆非常多，草料需求也很多。有辆运废草料的架子车从都护府里出来，进了仓库之中。宜宁突然呼吸一紧，她记得马厩的方向离她住的院子并不远……

她必须赶快回去！越晚回去名声越是问题，而且她也无比想念罗慎远，甚至每一个人。

想到这里，罗宜宁放下手中的书。这两日她尽量平静，做出似乎已经适应这里的样子，让这些人放松警惕。

她也弄清楚了护卫的分布，因她是女眷不便，后院几乎没有几个护卫。但要防备暗哨盯梢，还有草料车什么时候拉进来，又什么时候会出去。已经差不多了，她想了很多种办法，可以一试。她手上还有出门时戴的首饰，赤金镯子、金玲珑耳珰，可以当作盘缠。

只要她能出都护府，就有希望出大同城，出城之后程琅绝对再无办法！"我想去后院走走。"罗宜宁对晚春说。

晚春不疑有他，这位太太有事没事就喜欢走走，人不怎么说话，其实还挺好伺候的。她给她围了斗篷拿了手炉，才跟着出门。

后院其实没什么看的，曲曲折折的房舍，一个连着一个，角门贯通，院中摆些水缸养植物，但这季节全是冰面。宜宁进了后院之后，就迅速甩开了丫头，然后朝草料车的地方去。直到罗宜宁躲进草料垛里，心还怦怦直跳。

那用过的草料有股马尿的骚臭味，其实熏得很难闻。她尽量放轻呼吸，幸好她不重，只希望那车夫不要发现后头草料堆里多了个人。

不久后她听到了车夫的脚步声，越发紧张……

很快车就开始动了，罗宜宁这才稍微吐了口气，紧紧抓着秋香色斗篷的边缘努力缩小，她特意选的这个颜色。

一刻钟之后，都护府开始骚动起来。晚春、晚杏两个贴身丫头被罚跪在浇水冻的冰面上，惩罚她们看守不力。两人委屈得直哭，只觉得膝盖都要跪坏了。程琅已经管不得她们，阴着脸带着卫兵朝外面走："周围的所有车一并拦着检查，城门设关卡，搜不到人不准开城门！"

人要是在他手上不见了，那简直荒谬！何况她才多大，长得又是那般……要是出了事，遇到什么就不好说了！

大同总兵曾应坤被抓后，这里就是陆嘉学的地盘，他可以直接封城门！

罗宜宁绝对想不到程琅连城门都可以封，否则她一定不会想这个主意。当她躲在另一辆马车上，被他从中拎出来的时候，气得发抖。差点真的一耳光扇他脸上！

"挺好的，挺能跑的，都差点出城了。"程琅把她抓进马车里坐好，捏着她的手腕说，"这里是边界，防守固若金汤。你就算出了都护府也出不了大同城！"

罗宜宁在草料堆里熏了半天不敢动，又一路上精疲力竭。她没力气跟他吵，只觉得头痛欲裂，一抽一抽的。

他看她脸色不对，伸手按她的太阳穴："怎么了，你头风又犯了？"他说，"别急，我已经把郎中找好了，都护府里候着。"说罢吩咐马车跑快些。冬天里这般折腾能不痛吗？本来就没有好透。

马车还在跑，罗宜宁沉寂后突然问："阿琅……你能让我走吗？如果是我求你呢？"

这么多天了，她第一次叫他阿琅。程琅几乎一震，低叹道："对不起，宜宁……真的对不起……"

放她回去，他的下场如何暂时不说，他以后恐怕是再也没有机会了。这几天虽然罗宜宁不搭理他，但程琅与她一起生活，却有种异样的快乐，只是怕与她接触过多，会忍不住有……故也不敢过多接触。她闭上了眼睛。

"明明是知道的，却偏要问问……"罗宜宁似乎在嘲笑自己。

已经到了都护府外，程琅扶她下来。那郎中果然在堂中等候，程琅是料定了罗宜宁这般肯定出不了大同城。

罗宜宁一身臭味，刚换洗了衣裳坐在榻上，由那郎中诊治。那郎中一开始就给她瞧过病，精通医理，这般一试脉却用了许久。罗宜宁此刻逃跑失败没有精神，昏沉欲睡，就由得他听脉了。

那郎中试脉之后走出房舍，一脸疑惑。看到程琅还在门外，就拱手对程琅说："得恭喜大人才是，贵夫人这似乎是喜脉。只是月份不大，切得不真切，但凭着经验是八九不离十了。"

程琅听得一怔，莫名的感觉涌了上来，却什么滋味都感觉不出来，反正是没有喜的，他反问道："喜脉？"

"应当是的，老朽行医三十多年了，这还是拿得稳的。"

罗宜宁……居然跟她那位三哥真的行房了，还怀了罗慎远的孩子！

她肚子里竟然有罗慎远的孩子了。程琅久久回不过神来，看着屋内她侧躺在椅子上有些疲倦的侧脸，又想起她刚才乞求一般的喃语。

旁边跟着他的下属问："程大人……这事是不是该告诉都督一声……""闭嘴！"程琅冷冷道："不准说，一个字也别提！"

如果陆嘉学知道了，他肯定不会留下这个孩子的。不知道他什么时候会回来，能瞒就瞒着吧。等过了三月胎稳了，不留也要留。宜宁这样的个性，若是自己孩子被害了，他简直无法想象她会怎么样。

他实在是不忍心，看到她悲伤难过。

下属不知道他为何突然生气，噤声不敢言语。程琅深吸了口气，问郎中："她身体如何？"这一路来没少受折腾，怕她胎儿受了影响。

郎中看程琅似乎并不高兴，觉得奇怪，但也没有多问，"尊夫人胎儿尚好，脉搏有力，没得大碍。"

"那就好，你开些安胎的药。今日的事，一个字都不准再提起。"程琅侧头看着他。

郎中应声，程琅才挑了夹棉的帘走进屋，两个小丫头忙着烧炉火。程琅在她身旁坐下来，他没有告诉她有孕一事，宜宁知道了说不定反而露馅。就这么暂且瞒着吧，她前世就没有孩子，一直非常遗憾，把他当成亲生的孩子疼爱。

现在她就要有自己的小孩了，要做母亲了。

程琅牵起她的手，也只有趁着陆嘉学不在，他才敢暂时这么做。他静静地埋下头，靠着她的外衣。

没想就这么把宜宁惊醒了，她看到了身前一颗黑色的头颅，立刻坐起身来。

程琅放开她的手，问道："你饿了吗？我叫丫头给你炖了党参鸡汤，蒸了些糯米饭。"罗宜宁反而拦住了他。

罗宜宁想好好地跟他说明白，就这么相处下去是不行的。她低声道："程琅，你便是不放我，我自己也要跑无数次。你明白的，这次你发现了，难保哪次你就发现不了。你防千百次，总有一次能行的。"

"你先休息吧。"程琅沉默然后道，招手叫婆子过来，"好生照顾夫人，谁要是再敢玩忽职守，也去受受那等跪冰之痛。"

近身伺候宜宁的两个丫头被罚得双膝鲜血淋淋，可能再也无法走路了。屋内的人都知道，吓得没有人敢说话。

罗宜宁又靠回椅子上，淡淡道："我饿了，上菜吧。"没吃饱可没有力气跑，这两个疯子，一个比一个疯。斗智斗勇总得先吃饱再说！

京城，徐氏给魏凌端了热水上来，给他烫脚。

魏凌已经听说陆嘉学娶罗七小姐一事，他反应过来之后就浑身发冷，极是愤怒。这几日陆嘉学在宫中议事，他一直没等到机会，终于等到陆嘉学那边轿子出了中直门，他就想去陆家问个明白："暂时不烫脚，你先睡，不必等我。"

魏凌披了外衣对徐氏道。

家中事务杂多，徐氏刚刚上手。幸好婆婆和睦，又没有妾室，徐氏过得还算顺心。她问道："国公爷，这外面都已经宵禁了，您还出去做什么。您等等……披那件狐皮的斗篷吧！"

但魏凌已经出了房门。

马车在陆府门口停下来，正好赶在陆嘉学的马车之前。魏凌看到他下马车就拧了拧手腕。陆嘉学也看到了他。

魏凌走到陆嘉学面前就是一拳，直击面门。陆嘉学没有防备，被他碰到，但他也立刻后退了半步没伤着，目光倒是一冷。

魏凌气得手抖："我女儿呢，她在哪儿？你给我交出来！"

"你女儿自然嫁给罗慎远了，你来找我做什么。"陆嘉学擦了擦嘴角，慢慢道。

魏凌说道："难怪……我以前就总觉得你看她的眼神不对。你这浑蛋，她可是你上了族谱的义女！她早就嫁人了，你竟还干出这事。我若不教训你，枉为她的父亲！"

陆嘉学却笑了。他认了罗宜宁为义女，还将她拱手让给他人，怎么能不可笑呢？

他没有理会魏凌，擦过他身侧道："这次你以下犯上我不计较了，你好好注意吧，下次我不会留情了。"

魏凌握紧手。寒风扑面，宁远侯府应声关闭。

府内有人迎上来："都督大人，要即刻启程去大同吗？"

"立即启程。"陆嘉学说完往正堂里走，那人跟在他身后，有些犹豫道："大人，那人要见您……倒还挺着急，您看是否要见。"

陆嘉学的脚步停住了，很久才问："她现在在何处？"

夜深几许，酒庐人少，没几个人在这儿烫酒喝。那店主却一直没有关门，煮得滚白的烫酒冒着热腾腾的气，昏黄的烛光从里头漏出来，斜斜地拉出打瞌睡的小伙计的影子。

响起兵器摩擦的声音，两列亲兵很快跑来，将周围团团围住，那小伙计突然被吓醒了，看到这阵势一阵心惊，随后才是马车驶来。有人下车，随从对那小伙计摇头示意他别说话，小伙计就看着那个高大的身影进了酒庐，震惊地瞪大眼。

那不是……宁远侯爷吗？

酒庐内没几个人在喝酒，进了旁边的小间。有人跪坐在桌前，身后站了几个垂首之人。桌上烫好的酒散出阵阵酒香，切好的牛肉酱成褐红色。

那人戴着斗篷看不清脸，直到侍从有人把门合上，她才揭开斗篷缓缓道："都督大人。"

那容颜娇艳，又透着端вест贵气，此人不是当今皇后又是谁？

"大人每次来都这般架势，是怕我要算计于你吧。"皇后笑了笑。

"皇后娘娘这般作为，陆某不得不防。"陆嘉学在椅子上坐下来，他有种龙虎之气，非常震慑。他跟他的兄长陆嘉然一点也不像，陆嘉然其实是个性情温和的人，就算算计别人也是脉脉温情。

"深夜相见实为无奈，我只是想问问陆大人，是否真的不喜我那三皇儿？"皇后说道，"若无大人相助，他的前程怕不好决断。"

岂止不好决断，三皇子非她亲生，母妃出身又不高，而且还不得皇上喜欢。若不是前朝一些老臣还坚持嫡子继承，皇后根本无能为力。且这嫡子也名不正言不顺，若与董妃那贱人对抗，实为不够的。

那董妃自入宫后就得意，皇后周氏忍之许久，怎可让她踩到头上来！以后若她所出大皇子成了太子，怎还有她翻身的余地？

"此事自有内阁大臣和皇上定夺，我一介武将，实在不好说话。"陆嘉学往后靠去，他这当然就是推诿之词，看最近皇后与三皇子气数将尽，故不想插手罢了。更何况徐渭出事后，支持三皇子的中坚力量更少了，汪远这个老滑头向来不会在这么敏感的事上表立场，他才懒得说话。

皇后捏了捏手。陆嘉学果然也是个老狐狸！本来明明是说好的，这些朝中混的人没一个简单的！若是不拿点能诱惑他的东西出来，陆嘉学恐怕是不会答应帮忙的，但是权势财富和女色，他都丝毫不缺，的确想不到什么能够打动他的了。

她看着陆嘉学，缓缓地柔声道："陆大人若是肯助我，我自然愿意报答大人。"陆嘉学冷笑："皇后娘娘此话，陆某倒是不知道怎么接了。"

皇后这意思实在是暧昧，她想怎么报答？

皇后见他似笑非笑，就知怕是人家在暗嘲，别过头看着小间中插的几枝蜡梅，她说道："我知道陆大人这几年，一直在找当年杀害你夫人的真正凶手。"

陆嘉学的笑容慢慢消失了。

"陆大人若是肯助我，我愿意告诉你当年的凶手究竟是谁，和当年背后的真相。"皇后转过头，看到陆嘉学终于没有了那等云淡风轻之态，她放松了些，这下算是拿住陆嘉学的死穴了。

"别人不知陆大人曾经有个妻子，以为你薄情，却没几个人知道，你是爱她太过才连提都不敢提。这多年搜寻都没有结果，如今我可以告诉你。但是我有条件，陆大人将一件信物放于我处，我才愿意说给陆大人听，我也是要自保的，只看大人怎么选了。"

身后有个人似乎想提醒皇后什么，皇后却紧紧盯着陆嘉学。

"当年侯府之事，皇后娘娘如何得知？"陆嘉学说，"我怎么能信你？"

"陆大人可以不信。只是我要不知道几分真相，怕也不敢跟陆大人谈条件了。"皇后继续说。

陆嘉学沉默片刻，突然从腰间解下一块玉佩，扔到皇后面前的桌上，一声轻响。

"说吧。"两字轻而淡。

其中千钧之势，随着那块价值连城的翡翠玉佩，扔到了皇后面前。

皇后让周围之人都退了出去，外面夜很深了。她知道自己必须说出很有价值的东西，才值得陆嘉学的这块玉佩。她将玉佩拿在手中，就相当于得到了陆嘉学的保证。如果说不出来，陆嘉学可能真的会弄死她。

他绝不会客气的。

皇后将那冰冷的玉佩捏在手里，开口道："当年……我与陆嘉然其实有过往来。我与他相识的时候已经是太子妃了，当年他是宁远侯府世子爷，俊美逼人，手握权势。那等风度和俊雅，没有几个女子不喜欢的。"

宫闱秘史，淫乱的事情实在是太多。陆嘉学早有耳闻皇后当年不检，只不过说的人并不多。大概也能猜到，她恐怕当年与陆嘉然有往来，而且这份往来还没那么简单，男女之间也就那点破事了。

"如陆大人所猜，具体的我也就不细说了。"皇后放慢了语气，"甚至有一次，我在陆府被你夫人撞见过，只是她当时不认识我。"

陆嘉学依旧看着她。

"陆嘉然他是个很奇特的人，他对女子的吸引力极强，难有不被他征服之人。只是这和他的风度还有身份反差强烈，毕竟有谢敏的存在，他外表禁欲，实则暗中做事毫无顾忌，你看这是不是很吸引人？当时我很喜欢他，后来我才发现……他其实还与另一人暗中有往来。"皇后突然笑了，"你猜这个人是谁？是他二弟妹，也就是你二哥的妻子。好笑吧。偏偏这些没有人知道，他还是做他的谦谦世子爷陆嘉然。"

皇后的神情似乎恍惚了："其实就算发现了，我也并未舍得与他断了联系，他这个人实在是……实在是让人难以离开。但他又喜欢与别人的妻子来往，其实你的夫人也是个奇特的人，她这样的人跟我们不一样，对人的好太过简单，做事又一向温和。你知道这些话我是从谁口中听来的吗？"

"这是陆嘉然说的。"皇后的笑容越来越深，"他亲口说的这些话。其实他对他四弟妹的感觉更复杂，这和他平时交往的任何女子都不一样，虽然谢敏端庄、二嫂妩媚，但这些都不够。而你的夫人，即使已嫁给了你，却仍有那种少女的纯洁之态，我知道他心里怎么想的。"

她的眼神也变了，语气却还是平静的："你是饱受欺凌的庶子，是他根本不放在眼里的人。偏偏你的夫人像只小白兔一样，弱而懵懂，在他不近不远的地方放着，勾得他心痒。他想强占她，想把她压在身下撕开她的层层衣服，想听她的尖叫……甚至，他可能想霸占你的妻子。那段时间陆嘉然对你夫人的兴趣越来越浓厚，几乎无法抑制，我从没见他如此渴望得到一个女人。所以他其实已经开始暗中设计你的妻子，让她一步步入他的情欲陷阱之中……但是偏偏你那位二嫂嫉妒了。人是她杀的。"

皇后在最后道："我知道是她，那个丫头其实早被你二嫂收买，你家那位二嫂也是个不寻常之人，这么多年与陆嘉然苟且无人发现，倒是厉害。摔下悬崖再无活路，那丫头后来被活活打死了，却一句没说。"

陆嘉学闭上眼，气得手指有些发抖。他猜到可能是谢敏，可能是陆嘉然，所以一个也没有放过，得权之后就杀了陆嘉然，囚禁谢敏。但是二嫂这样一个女子，实在太容易忽视。如果不是有知道这段密事存在的人，他根本想不到会是二嫂。竟然是她！

同时他慢慢地冷静下来，这也算是皇后的一面之词，二嫂在陆嘉然死后不久就去世了，如今当事人只有皇后活着，无论怎么说，全凭她的一张嘴而已。皇后眼梢微挑，娇艳贵气。已经三十多岁了，长年的养尊处优让她看起来没有丝毫老态。

陆嘉学看着她说："皇后娘娘，我倒是有一疑问。既然谢敏都不知道身边丫头是二嫂的人，你又如何知道的？"

皇后没怎么迟疑就道："自然是陆嘉然告诉我的。那丫头一开始也并非你二嫂的人，只是后来被你二嫂收买，用家中兄弟的性命威胁，叫她不得不听话……死在谢敏丫头手中，正好还能嫁祸于谢敏，方是一石二鸟之计。"

印象中二嫂并没有什么心计，虽然家世雄厚，但在原来的侯夫人面前并不突出，与谢敏也无法比。以至于当年她死的时候，也是无声无息，除了陆二爷为其戴孝一年，再无别人注意。

　　"二嫂已经死了十三年了。"陆嘉学靠着椅背，手指交叉，"我也不可能去把尸体挖出来问，当年的人证只剩你。就算那丫头其实是你的人，你因嫉妒杀人，也是完全合乎情理的。"

　　皇后听到这里有些激动，按捺着说："我是喜欢陆嘉然，但我也不可能为他杀人……我毕竟是太子妃！绝不会为他做这等事。我若是这么爱他，都督大人你亲手杀了他，那么这些年来我又何必讨好你？早该恨你入骨了。"

　　陆嘉学不语。

　　皇后却有些颓然，叹了口气："好吧……如果你非想事无巨细全知道的话，我还有几个怀疑的人选。这些人我不确定，我唯一比较确定的人是你的二嫂。但是关于陆嘉然的那些话绝对是真的，你杀他倒也真没杀错……"

　　"还有哪些人？"陆嘉学突然问。

　　皇后神色一凝："当年的宁远侯府夫人，也就是你的嫡母。陆嘉然是她唯一的儿子，陆嘉然所有的事她都知道。她也许不想看陆嘉然继续这么做下去，又不能损害儿子的名誉，便想斩草除根……甚至还有可能是……"

　　陆嘉学摆了摆手。

　　"不必说了。"他淡淡地道，"你回去吧，我会带个人来见你，你把今天说的事告诉她。"

　　皇后的话模糊隐约。陆嘉学原本想知道真相是想复仇，但是现在他已经变了，他只是想要个对那人的解释。以至于皇后话中那些更深的漏洞，他都不想去追究了。因为那些牵涉的人几乎没几个幸存了，唯一幸存在面前的这个皇后周氏，他还有用处。

　　皇后愕然，她大概是永远猜不中陆嘉学在想什么。看到陆嘉学要走，她立刻叫住他："都督大人，这等事我怎能随便与别人说。我怎么也是一后之尊，唯独与你说而已，这话我绝不再对别人说！"这等事走漏出去她这辈子就完了！

　　"皇后既是个聪明人，不用我多说。"陆嘉学留下这句话就离开了。他要赶赴大同了。刚娶了人，不能留她独守空房吧。

　　大雪纷纷扬扬，皇后突然有些崩溃，捂着眼颤抖。地位再怎么尊荣，无奈的事情还是太多。没有亲生的孩子傍身，她就算是一国之母又能如何？她把烫的酒喝了，叫宫女进来，准备次日中午再回宫。

　　次日天亮，赵明珠要去皇后宫中请安。

　　她也算是入了皇上的眼，在新入宫的三位妃子中还算得宠，封了美人，也搬到了储秀宫中居住。这日请安却被皇后身边的掌事宫女告知皇后身子不适，让她们都回去。

　　皇后那个远房侄女还只是才人，一见赵明珠就黑着脸。看到赵明珠走远了，才低声同宫人道："这下贱坯子，还真当自己是个什么人物了……不就是个小门小户出来的充了假凤凰吗！仗着英国公府的身份作势……"

赵明珠身边伺候的宫女却听到了，抱怨道："美人，才人说话也太难听了！您比她高一级，我看逮着机会就该撕烂她的嘴！"

赵明珠根本不在意："人家是看我顺意嫉妒我，我还怕她不骂，骂了正好，今晚去给皇上送汤正好说一说。"

她又问："我让你给父亲送砚台出去，你可送了？"

那宫女笑道："美人放心，您交代的事我肯定做了。"

赵明珠才点头："回去记得盼咐小厨房熬碗火腿炖乳鸽汤，多加些红枣，皇上爱吃甜些。"

砚台其实是传信给罗慎远的。她在皇上枕边，有什么异动是最先知道的。现在朝堂局势紧张，她有什么都会告诉罗慎远。

徐渭下狱之后没几天就被赐死，二十五日斩首。这几天求情的官员络绎不绝，被皇上牵连的很多，得以保全的唯独罗慎远而已。皇上这些日子却和自青城山来的道士论炼丹，根本不怎么管朝事，说再多都没有用。

而罗慎远跟汪远的关系变得不明确了，他与汪远走近了许多，汪远在朝堂上也不再针对他，其至有传言说工部尚书退任之后罗慎远便能担任这个职位。工部尚书一向要兼任武英殿大学士，也就是内阁阁老……罗慎远有可能是下一任阁老！

赵明珠想到这个就胆战心惊，也不知道他能不能？

赵明珠叹气，这些她可不懂，还是回去煲汤吧。能帮一些就帮一些，就当是在报答宜宁了。

罗慎远收到她的信已经是下午了，在他正要进宫面圣的时候。其实赵明珠没写什么，实则只有一句话：皇后昨夜未归。罗慎远把字条烧了，这时候下属进来道："大人，已经备好轿子了。"

轿子在刑部大牢外面停了下来，徐渭临死前，罗慎远来见他一面。

天牢昏暗，从狭小的夹道进去才是牢房，里头没窗，点了松油灯。徐渭盘坐在铺着草垫的炕台上，昏暗中有蛇鼠的声音。

非常静，以至于他的脚步声一步步近了，徐渭就睁开眼。

他识得他学生的脚步声，不用看就知道是罗慎远。毕竟这个时候还能来看他的，除了罗慎远应该也没有别人了吧。

徐渭说："你来了。"

罗慎远没有说话，他一身庄重的正三品朝服，与昏暗潮湿的天牢格格不入。那个次辅却坐在天牢里，身上穿着囚服，脸边落下一缕头发。他对于死亡显得很从容："我听闻你投靠汪远了？"

"老师这话听得有误，我虽未为老师奔走，但也不是见利忘义之人。"罗慎远淡淡地说。

徐渭有些失神："很多清流党言官骂你吧，其实那些言官不该骂你的，真正该骂的人是我。至少我从来没有真诚地待过你。恐怕你也早就猜到了，我真正培养的下一任首辅是杨凌，力捧你只是为了他能不被汪远党注意。其实你们的才华是相当的，但别的方面他远不如你……

但你手段狠戾无情，若是你做了首辅，迟早会是另一个汪远。"

罗慎远背着手沉默，牢房黑暗，缝隙间露出几缕光，照在他的背后，反而让人看不清他的脸。

"老师不用担心，我会保老师的家眷无碍。日后老师就算不在了，我也会将您的教诲铭记于心的，来看您也是尽最后点师生情谊，就此别过了。"罗慎远转身要走了。

徐渭突然在他身后说："我听说你妻子患了重病，可好些了？"

罗慎远背对着他，脸上的表情很难言说。他说道："好一些了。"

"那就好。"徐渭似乎松了口气，"你这么看重她，她要是有个什么，我不知道你会怎么样……"他靠在墙上，语气很温和。也许他无数次地动摇过，但是最后他还是选了杨凌，至于对错，其实已经不重要了。

罗慎远还是走出了天牢，越走越快，上了轿子之后才闭上眼。他把对老师最后的一点温情也忘记了。

他跟徐渭不是一类人，也许他真的更像汪远吧。

乾清宫渐渐近了，罗慎远又闻到了那股香的味道。

太监引他到了偏殿，皇上穿着道袍，净手之后沐浴焚香。皇上在他对面坐下来，喝了口茶："朕听说罗爱卿去看了徐渭。他在次辅的时候，对你一向照顾。这些天为他求情的人络绎不绝，倒是没见你求情过。"

"皇上已有定夺，自然有皇上的道理，微臣敬重于老师，却更要尽忠于皇上。"罗慎远道，又笑了说，"皇上喜爱炼丹，微臣倒也有个高人想引荐给皇上。那位高人在当地有活神仙之名，可通鸿钧老祖的旨意，颇为神奇。微臣已经请他来了，皇上过几日便得一见。"

皇上听了很是惊讶，又十分感兴趣："当真可通鸿钧老祖？""自然不假。"

皇上问了许多这位高人的事，啧啧称奇。不过一会儿，他又沉默下来，然后对罗慎远说："除汪远外，爱卿最合朕心意。我有一件事想交代爱卿去做，事关皇家声誉，望爱卿慎重才是。"

罗慎远站了起来："皇上且说无妨。"

"你可知道……为什么这么多年皇后都未曾有孕？"皇上缓缓说了句。

罗慎远突然想到赵明珠的那句话，心中顿时有判断，屋内气氛凝滞，他道："微臣大概能猜得一二分。"

"是朕下的旨意。只是怀疑，究竟如何朕却不知。"皇上说，"朕今日交一样东西给你，你有了他们，日后在朝中做事就更方便了。汪大人日常忙于朝事，徐渭已经下狱。朕想重用你。"

皇上这个意思，是想培养他做心腹，也许他这些天来的表现的确够得他的信任了。罗慎远冷静地跪下谢恩，待那东西交到他手上时，他才眉心微动。

竟然是锦衣卫的令牌！

锦衣卫是直接负责于皇上的，但是皇上也偶尔会交给亲信来掌管。以前是交给陆嘉学，恐是皇上怕陆嘉学拥兵自重，毕竟他手头的兵权已经太重了，所以才收了回来。现在竟然交到了他手里！

锦衣卫是一股非常可怕的力量，因为皇上信任，所以肆无忌惮。

"朕会叫两位副指挥使去见你，以后就直接听令于你。若是有什么异动，也由你整合后告诉朕就是。"皇上说。

罗慎远叩谢后出了宫门。

手中的令牌极为关键，这代表他的确得到了皇上的信任，也代表他以后能肆无忌惮地做很多事。

罗慎远握紧了令牌，嘴唇微微一抿。

他的轿子走在街上，临近新年了，到处挂着灯笼，孩子穿着新衣裳满街乱跑，或者手里提着炮仗、面人的。今天是腊月二十三了，难怪到处都这么热闹，妇人搂着孩子训斥，孩子做着鬼脸。熙熙攘攘的，街市比平时热闹了一倍。

但是她在何处呢？她一日不在，他心中焦躁一日不能平息。

也许等她回来的时候，他已经因为焦躁变成了一个很可怕的样子。若是再找不回她，他真的要控制不住了。

## 第四十章 旧梦难回

自上次之后，罗宜宁周围多了两个膀大腰圆的贴身丫头，个个能顶青渠的力气。

她也不能再出门，每日困在都护府中，程琅每日来看她。陪她看书下棋，其实只有他在看书以及下棋，罗宜宁只是盯着窗外看。大同比京城干燥，偶起沙风，院门口贴了对联，院子内挂着许多灯笼，似乎快过年了吧。

"你不用回去吗？"罗宜宁问他。

程琅翻过书："我到大同是公差，暂不用走。"何况跟她待在一起很舒服，他几乎是沉溺于这种生活了。若是当年罗慎远没有插手，也许她就嫁给他了，两人就是这个样子。虽然她不待见他，但是他能完全忽视这点。

罗宜宁嘴角一扯，又不跟他说话了。

一会儿丫头端了碗补汤来，是鸽肚猪蹄汤，白豆炖得烂烂的，撒了一些葱花在上面，切了几片薄薄的火腿一起煮。乳白色的汤非常香，看着就令人食指大动。但是罗宜宁一天都要喝两碗各色补汤，她一看到就黑脸。

汤碗放在桌上宜宁久久没有动，程琅就看着她，罗宜宁道："怎么了？我喝不下了。""你得喝，你太瘦了。"程琅语气温和，亲手拿了勺给她盛了碗，放到她面前，"喝吧。"

就这小半个月工夫，宜宁就被逼得下巴都圆润了些。这几日食欲有所恢复，反而吃得多，上次一大碗的炖牛腩也吃了。

罗宜宁现在对程琅完全是敌视态度，她侧头对旁边的丫头说："桂香，我要午睡了。""太太，您还没有吃饭……"被叫到的丫头有点不知所措。

"我要睡了，留着醒了吃吧。"罗宜宁裹了斗篷往内室走，把程琅一个人留在次间里。程琅有些无奈，轻轻地叹了口气："得喝啊……"毕竟肚子里有个孩子要长大，她才那么丁点大，不喝些大补的东西怎么能行呢？他把汤交给丫头叫她搁蒸笼里蒸着，罗宜宁什么时候醒什么时候喝。

内室里罗宜宁睁开了眼，她发现其实程琅在这里的时候，守卫反倒是最松懈的。婆子倚着门框打瞌睡，屋内又暖，熏得人昏昏欲睡。

她必须回去。

她偶然看到了程琅的公文，知道徐渭出事了。这一世徐渭倒台得更早了，徐渭出事，三哥不会救，随后就是朝堂的腥风血雨……不管怎么说，这个时候她都要回去的，她能帮着拿主意，再怎么说她也经历过这些事。

罗宜宁起身打开了隔扇，用斗篷和衣裳裹了个人形躺在被褥里。她前两日发现窗户虽然被钉死了，但是钉得很松，她可以用簪子把钉子撬开。而从后面的夹道过去是厨房，厨房有道后门常有车往来，运食材进来的时候，这道窄小的门大约会有半刻钟的开放时间。在外逡巡的卫兵并不是不走动的，趁着他们走动的空隙，可以摸出去。

她已经想好了一条新路子。同时这次她准备得充分多了，打了个点心包裹放在身上，还有些素银簪子。至于那些她惯常用的首饰，不是赤金就是嵌了宝石的，她拿出去反倒容易引起别人的觊觎，她一个都没有带上。

以至于当过了未时罗宜宁仍然没有醒，丫头进来找她的时候才发现她又不见了，宜宁其实已经没了踪迹很久。丫头大惊失色，吓得脸色发白，跌跌撞撞地跑去找程琅。

程琅面色也不好，带着大群的卫兵去找，果然已经毫无踪迹了，弄得都护府上下一片慌乱。

仆人们当然也心慌了。这位程大人心狠，若是这位夫人不见了，必然是会牵连到别人的。晚杏和晚春那两个丫头的下场她们可都还记得的，现在都还卧床不能起，叫抬出了府。

程琅带着人在大同城内寻找，正封了城门要一一盘查的时候，有人骑着马飞奔而来。

这人到程琅面前下了马，大口地喘着气禀报："程大人，都督大人已经到大同城外了。怕再有一刻钟就要到了！"

程琅听到立刻凝眉，心中一个咯噔。

他不再管这边的事，叫人继续封城门，然后带着人去正城门迎接陆嘉学。

程琅到的时候正城门刚刚打开，四周的百姓簇拥在门口，知道这是大名鼎鼎的宣大总督回大同城来了，都纷纷跑来看热闹喝排场。卫兵将百姓隔开，陆嘉学的马车被亲兵簇拥着走进人道之中，周围的百姓发出热烈的讨论。看着城内这戒备森严的架势，刚下马车的陆嘉学就沉了脸——现在不是打仗的时候，大同城不会无故戒严的。

程琅上前禀报，陆嘉学在马车上看着他："舅舅，她在都护府中不见了踪影，我正带人封城搜寻……刚不见了两个时辰！"

果然出事了，他刚来她就不见了。

陆嘉学只道："带我去都护府看看。"

等进了都护府之后，陆嘉学很快进了罗宜宁居住过的内室。他四下看去，这屋中的布置还是他叫人做的。他看着裹在被褥里的人形，她是靠这个瞒过看守的婆子的。她睡过的床榻还有股她身上淡淡的甜香，她是在这里住过。

陆嘉学走到内室唯一的窗前，看到了虚掩的窗扇，以及被撬下来的钉子。他明白了是怎么回事，淡淡道："别人都给我出去，程琅，你过来。"

丫头婆子都退了下去。程琅走到他面前，喊了声"舅舅"。

陆嘉学回过头，冷笑问道："你放她走？"

"舅舅，我着实不知道她突然走了……"程琅低垂着头说，"我没有料到，是我失误。"

"你一个都察院佥都御史，殿试探花郎，难道连她都防不住？你当我是傻的吗！"陆嘉学走到他面前，"程琅，我还真的对你刮目相看。你竟然为了她连性命都不想要？我还真是估计错了。"他的神色变得无比冷酷，语气森冷，"要不是我现在去抓人，立刻杀了你你信吗？"

程琅跪在他面前，神色平静："舅舅，我真的不是故意放她走的。"

陆嘉学已经不管他了，大概查看了一下罗宜宁逃跑的路径，就确定了她走的哪条路。随后他带着官兵直接上了马，居高临下地最后看了程琅一眼，沿着官道追出大同城。黄沙滚滚，他骑战马最是熟练，骑马的速度比马车快了五倍。罗宜宁不会骑马，肯定走不远！

程琅眼看着他不见了，低声吩咐下面的人道："收拾东西，一起回京城。"

罗宜宁是被冷醒的。她倚靠着长椅突然就醒了过来。这车是她与一个怀抱孩子的郭姓妇人一同搭乘的。她是嫁到大同来的，丈夫死在了战场上，婆婆家有四五个儿子，故待她势利贪财，她要带着孩子回去投奔娘家。她父亲在顺天府衙中做小官。

孩子怯生生的不爱说话，坐在母亲的怀里玩着个璎珞项圈。郭氏却待人热情，不停地问罗宜宁的来历。

"瞧着妹妹刚嫁人，身子又瘦弱，怎的夫家肯放你自己出来？"郭氏说着打量她，衣服料子不便宜，身上却没什么首饰，想必有个破败了的夫家。刚才为了与她同乘马车，拿了两支银簪子来抵车钱，郭氏就让她上来了。

"姐姐莫还不知道男人那点事……"罗宜宁知道如何才能激起郭氏的同情，"嫁给他之前花言巧语千般万般待我好，嫁了之后，他家里人骗了我的嫁妆，他又在外头花天酒地的。

那破地方我也待不下去了，还不如回去找我爹爹，免得受这么多的气……再求他把我休了！"

郭氏想到家中婆婆的势利，对罗宜宁同情了几分："若是成亲前没看准，嫁错了人是最可恨的，苦了妹妹了！"

罗宜宁便和郭氏一起出了大同城，眼看着快到阳原县，天就黑了下来。郭氏准备在驿站歇息，罗宜宁对她说道："姐姐，你我妇人出门在外不便，倒不如在同一个屋子里住着，省了些麻烦。"

郭氏以为她已经囊中羞涩没得余钱，也让了她跟自己同屋住下，罗宜宁便睡在了那张没有热炕的长椅上。

唯有一床薄被可以给她，罗宜宁便把斗篷也裹在身上了。这样睡到半夜，外头北风吹啸着，她自然就被冻醒了。

她从长椅上坐起来，郭氏母子还在炕床上熟睡。孩子躺在母亲怀里露出一张发红的小脸，罗宜宁看着这些陌生的情景，越发想念远在京城的一切。只是这路程连三分之一都没跑到，郭氏的马车比不得程琅不计代价的追击。但是罗宜宁并不是很慌，实际上她心里有数，若不是程琅放水，她是不可能离开大同的。所以他定会拖延时间，蓄意地找不到自己。

不过实在是太冷了……她怎么变得这么畏寒了。

罗宜宁下床来，屋内没得热水，她不敢独身一人出去，只能在屋中踱步暖和些。倒是郭氏被她吵醒了："妹妹，你怎的不睡……"

罗宜宁不好说太冷，炕床毕竟只睡得下一两个人："我就是睡不着，姐姐你休息着，我小声些。"

郭氏一叹："你为家中的事睡不着吧？莫心慌，你回京城之后若是没得好去处，便来投奔姐姐就是了。那等害人的人家可千万别回去了，我便是受够了……"

罗宜宁微微点头，这时候外面突然响起了杂乱的人声和马蹄声。

声音很响，似乎前院都吵闹起来，支着火把的影子从隔扇上一晃而过。

郭氏半坐起身："外头这是怎的了……"随后她似乎听到了兵器的声音，就有些忐忑了。罗宜宁却心里猛跳，顿时有种不祥的预感。

她靠近隔扇抽出门闩，打开了一条缝隙，外面到处都是卫兵，驿站的主人都亲自出来了。有个高大的披着斗篷的背影背对着她，气势如山。驿站主人毕恭毕敬地答话，罗宜宁看到之后呼吸一滞。

竟然是陆嘉学！他怎么来了！

他若是从京城中赶回来，那应该不知道她已经逃跑了。但要是他从大同过来的，便肯定知道，说不定就是来找她的。

无论怎么说，她现在应该躲藏起来。是不是从大同过来的不重要，只要他不发现自己就行。

郭氏又喊她："妹妹，外头究竟怎么了？"她妇流之辈，手头捏了几个闲钱，还是很怕事的，何况这架势肯定不是普通人家，搞不好是官爷来的。她看罗宜宁的眼神又古怪些，总觉得罗宜宁话中有话，这样貌美如花的小姑娘，她丈夫会狠心不要她吗？郭氏怕是她带了麻烦来，见外头这么多官兵，她心里就发软。

罗宜宁看郭氏的神情暗道不妙，泛泛之交，你未必要求人家对你多真诚。但她怎么敢一个人雇马车走，遇到郭氏肯顺路搭她，已经是运气极好了，她真没想到会在路上遇到陆嘉学！

罗宜宁咬咬牙，换了张凄婉的脸："实不瞒姐姐，院中那人就是我夫君。我一开始诓了姐姐，我跑并非他贪图我的嫁妆，而是他生性暴躁，又常逼迫于我。我若是不听他的，动辄拳打脚踢……我好不容易趁他不在家逃出来的，姐姐可莫要让他再把我逮回去了……但求姐姐这一回，我是的确被他虐待的！"说罢她撩开衣袖给郭氏看手臂上的青紫，她翻窗的时候不小心碰到的。

郭氏见罗宜宁哭了起来，又觉得可怜，叹了口气。这屋内又没有什么躲藏的地方，唯一张桌子一把长椅。倒是帘子围了个小角出来，那是放夜壶的地方。

"妹妹，我也有心想帮你。只是你看这屋中……"

罗宜宁迅速看了一眼，心中就有了决断，对郭氏道："大恩必有报答，实不相瞒，我爹爹在朝中做官，到了京城之后必重金酬谢姐姐，但求姐姐帮帮我就是。"

郭氏深深地吸气，她二人说话小声，她的孩子都还没有醒，她点头表示同意了："那妹妹先躲起来。"

火把在隔扇上晃过，火光逼近了，很快响起了"啪啪"的拍门声。"官差巡夜，里头的人快开门！"

躲在长椅和炕床犄角处的罗宜宁不由得屏住呼吸。既然有搜寻，那陆嘉学果然已经回了大同，必定发现她不见了，这是来逮人的。

郭氏才佯装从床上坐起来，她也没脱衣裳睡。似乎才被惊醒一般："官差大爷这是做什么……我是个妇道人家，实在不便开门，也不是什么细作，带着我孩儿去京城投奔亲戚而已。"

那官差却道："怎么这么多话！起来开门，我管你是谁！"拍门声很吵，郭氏不得不下炕床开门。只打开条缝隙，卫兵却全都拥了进来。罗宜宁仗着自己身材娇小，躲在小小的犄角里，屋内昏暗，只要不弯腰仔细看绝对看不到。但她也看不到究竟发生了什么，只见着火把的影子晃动，果然听到有人翻了帘子，但是什么都没有。

"大人，这里似乎没有……"那一开始开门的人说。

郭氏又道："大人，您这是在找什么？说来妾身指不定能帮忙呢。"

屋内停顿了一下，罗宜宁听到陆嘉学的声音说："既然没有，那就走吧。"

人似乎又退了出去，门被关上了。罗宜宁才发觉自己竟然有点出汗了，稍微放松了一些。但她还不敢出来，见到外面晃动的火把影子都不见了，她才浑身发软。其实刚才很惊险，若是他们一寸寸地仔细搜，肯定就发现她了。但她赌陆嘉学赶时间，不会仔细搜寻的。

郭氏过来叫她："妹妹，你这吓得脸色都白了。看你丈夫非富即贵，必然是个做大官的，有话该好好说啊……"说着过来搀扶她。

罗宜宁被她扶起来之后，立刻睁大了眼睛。

陆嘉学就站在屋内，背手看着她，脸色当真说不出什么颜色。

罗宜宁立刻反应过来她被郭氏出卖了，转身要跑。陆嘉学却两步追上，一把拧住了她的手，把她打横抱入怀中。罗宜宁不住挣扎："陆嘉学！你简直疯了……你放我下去！"陆嘉学一把扣住她的腰，她就不能动弹了。同时他干脆利落地将她抱出了房门，驿站主人已经准备好了马车，他拧着罗宜宁的手抱她上了马车，对赶车的道："走吧。"

马车帘子放下来，车动了起来。

罗宜宁深深地吸气，觉得自己无比挫败。但是刚才那个时候，就算她不信任郭氏也没有别的办法，她跑出去更显眼，只能躲在屋内。

"你倒是挺能跑的，这都让你跑出来了。"陆嘉学让她半坐起来，拧着她的下巴道，"你现在已经嫁给我了，是宁远侯府的侯夫人。知道吗？这是在边关，你还能跑到哪儿去？"他说话时候有种男性的热气，罗宜宁避开了。

"你怎么让她说实话的？"罗宜宁问他。

陆嘉学冷笑道："罗宜宁，我是习武之人。刚进屋我就知道你在那儿了。不过就是想看看你想躲到什么时候，那女子胆子就更小了，我拔刀一吓，她就什么都肯配合了……"

罗宜宁觉得他的手臂桎梏如铁钳，挣脱他要坐到旁边去。

陆嘉学却一把把她拉进怀里，还是用自己的斗篷裹着她，他的身体滚烫炽热，语气却有些严厉："你躲什么，不要命了？天气这么冷，你会被冻死信不信？"

寒夜漫漫，的确比白天冷了很多，透骨的冷。这马车里也没有火炉，比屋子里还要不如。只有他怀里暖和，岂是暖和，他简直像个火炉。罗宜宁闭上眼，道："陆嘉学……我真的已经嫁给别人了。当年的恩怨就这么一笔勾销吧，你放我回京城。"

陆嘉学捏着她冰冷而细腻的手，她的手雪白，当真是毫无瑕疵，如美玉雕成。捏在手里软若无骨。他替她暖着手道："抬进侯府的是罗家七小姐罗宜宁，你现在就是我明媒正娶的妻子。魏宜宁已经被罗家称暴毙了，你回去也没用，如今你没别的选择了。"

暴毙……罗慎远会说她暴毙吗？说她暴毙之后，她要如何回去？罗宜宁直直地看着他，摇头道："我不信你。"

陆嘉学笑了一声，是嘲笑自己，他说："你不信任我，倒是十分信他。他现在只能保全自身而已，别的事自顾不暇。你不信是吧，你不是想回京城吗，我正好带你回去看看！"

这路的确是回京城的方向，天色已经有些蒙蒙亮了，远远的有鸡鸣传来。

罗宜宁被束缚在他怀里，还是十分不舒服。马车内暖和了些，罗宜宁要坐到一旁去，陆嘉学不放，她便冷冷地瞪着陆嘉学。陆嘉学却翻身压住她，眼眸里有一丝笑意："刚才你跟那个人说，我是你的丈夫？"

罗宜宁没好气道："我为了让她同情我，胡乱编的谎而已，与你无关！"

她的拒绝已经表现得这么明显，他似乎没有丝毫察觉，沉重的人整个压在她身上，问道："你说我什么了？"

"说你暴虐成性，你喜欢吗？"

陆嘉学道："暴虐成性？你还未见过我真正暴虐的时候，你刚不在的时候，我在悬崖下四处搜寻不到你，几年后在侯府为你报仇，斩杀了陆嘉然。"陆嘉学眼神微沉，"那时候真是杀红了眼。"

"我绝不会杀你的，虽然无论说多少遍你都不信……"陆嘉学语气一缓，"等进京之后，我带你去见一个人。"

其实罗宜宁见过，她知道那个时候的陆嘉学有多可怕，他的盔甲上全是别人的血，刀锋被砍得卷了刃儿，他的眼神非常漠然。那个时候，也许她真的想过不是陆嘉学杀了她吧。罗宜宁有些恍神，问陆嘉学："你要带我去见谁？"

"当年经历了一切的人，她会什么都告诉你的，你就知道我没有骗你了。"陆嘉学说，"我跟你说，你还是不会信。"

一提皇后他就想到陆嘉然，想到陆嘉然那些变态的想法。这等兽欲，觊觎他的妻子，甚至准备真的去谋划，他是恨不得将其挖出来鞭尸一顿。

陆嘉学要带自己回京城，他说罗家已经承认她暴毙了，罗宜宁想到这里心里就隐隐难受。但还是不信陆嘉学，至于当年的真相，虽然她说自己不关心了，但谁不想知道自己是怎么死的。怎么也要有个了结才是，毕竟是困了她这么多年的沉重过往。

罗宜宁一瞬间对前路充满了迷茫，片刻之后才清明了。

陆嘉学突然捏住了她的手："不过这一路，你都别想离开片刻。"

罗宜宁动也无法动，陆嘉学就靠近她道："不然我就让你看看什么是暴虐成性。"

晨光爬出檐角，宁远侯府内古木参天，雪被扫得干干净净，走动的婆子都把手脚放得很轻。

罗宜宁睁开眼，一低头发现她被一双大手桎梏着。她头顶很沉，陆嘉学的下巴抵在她的头上睡着了。他手腕上戴着麝皮护腕，左手拇指上还是惯常看到的那个扳指。罗宜宁觉得扳指给她的感觉很奇怪，可能经常在陆嘉学身上看到的缘故，于她来说代表权势。

这让罗宜宁想到他还是自己义父的时候，高高在上，仿佛在云端看着她如蝼蚁般挣扎，他并不施以援手。若是心情好的时候，或者对他有益，他才愿意出手一帮。神情要么冷漠，要么漫不经心，她当时看到又恨又无力。

她挪了一下想移开，他的手就按在她的腰侧，然后半睁开眼看着她，语气微沉："去哪儿？"

罗宜宁心里反倒有种报复感，这很奇怪。也许人性的卑劣谁都有吧……她也不过是个普通人而已。

她说："我想回罗家去，你能让我去吗？"

陆嘉学似乎突然被她这句话激怒了，眼神都变了。他笑了笑，伸手就掐着她的脖颈，罗宜宁甚至感觉到他是真的在用力，越来越紧，也许就这么死了呢。她本来没打算示弱的，但是当越来越窒息之后，她开始控制不住地挣扎起来。

眼前一片涣散，浑身难受，憋得像要死了一样。

陆嘉学这时候放开了她，罗宜宁回过神来后大口大口地喘着气，甚至眼泪都呛出来了。

等了她这么多年，她终于来了，陆嘉学怎么舍得呢？其实半点舍不得的。但总要让她受些苦，他的力度其实根本不重。

"这种滋味不好受吧？"陆嘉学的声音在她耳边缓缓响起，这时候倒是显得很轻松了，"你死之后，我在悬崖下搜寻你，怎么都找不到啊……就是这种感觉。但真的看到你那样的时候……比死还难受。"

当时心境可与现在不同。

那时他跪在地上，呛得不住咳嗽，站都站不起来。护不住她，希望她还活着。

那些戏文里，摔下悬崖的人不是都活着吗？她偏偏没有。现实是最狰狞而可怕的，没有给他希望，血淋淋地摊在他面前。很长一段时间内，他的确看不得她的任何东西。

他的话好像炉火烫人的热气，灼得人生疼。

罗宜宁捂着喉咙咳嗽，很难受。她当年也这么难受，觉得被全世界背叛，难受却没有人倾诉。

陆嘉学拉着她坐起来说："觉得难受吧？那以后就别说那些话了。"他又道，"起来吃早膳，我出门有事，你同我一起去。"

看来他是真的不会让她独处了。

陆家祖坟在京城近郊的一座山上，大雪遍野。沿着青石堆砌的山阶往上就是祖坟地，修了高大的飞檐拱门，立了长生碑。宜宁不知道他是来这里，走了一圈，这里种满了苍柏青松，大雪里也是苍翠的，周围有重兵把守。

罗宜宁突然看到挨着原宁远侯夫人的一座小墓，她缓缓走过去，看到墓碑上刻的字之后呼吸微窒，这是她的墓！

她静静地站在自己的墓前，看自己墓地的感觉很奇怪。以前她从来没有来过，甚至不知道这个地方的存在。

一瞬间感觉竟然很复杂，沧海桑田，万物变迁，竟然有个小小的、她的长眠之地存在。

如果真的就此长眠于地下了，也许就什么都没有了呢，从此安安静静的。罗宜宁突然想到这里。

但她还是庆幸自己重活了，她遇到了这么多对她好的人，罗老太太、林海如、罗慎远、魏凌，在她的生命里非常美好的人，对她来说他们值得一切，让她变得丰满而充沛，不惧怕任何事情。

罗宜宁走近了，才发现上面刻了她的墓志铭。

君讳宜宁，京之顺德人，二甲进士罗之女，生十有六年而归于学……归于学。

嫁与他为妻……

是他的字迹，他刻上去的。

就算她已经不喜欢陆嘉学了，看到这里还是心里发抖。怎么可能没有丝毫触动呢？这些毕竟曾经是她的生活。

陆嘉学站在不远处和他的下属说话，每年过年都要进行祖坟祭祀和修整。祖坟毕竟是关系家族兴旺的，要好生看着。他谈完之后过来找她，见她走到这么荒僻之地，就说："你可别想其他主意了，折腾自己而已。那边太冷了，过来。"

他伸手要牵罗宜宁离开，沿着山路下山，又飘起细碎的小雪来，夹杂在寒风里。

马车在山下候着，罗宜宁知道陆嘉学要带她去个地方，却不知道是哪里。当年唯一幸存的人，他究竟指的是谁？

马车内封闭温暖，什么都不能看。陆嘉学坐在马车里听下属的汇报，还是与边关有关的事。罗宜宁既然走不了，便离他远远地坐着，缓缓地将车帘挑开了一道缝隙，她这次发现马车已经到了午门外。

陆嘉学要带她进宫吗？

她有点惊讶。马车穿过了长长的甬道，从偏门进了宫中。

陆嘉学这时候与她分开了，他要去乾清殿向皇上复命，吩咐那两个婆子一路看守宜宁。宜宁被那两个婆子按在轿子中，随后经夹道进入景仁宫中。

宫女送了花房培育的新鲜茶花上来。

皇后坐在偏殿中倚靠在明黄色绣百鸟朝金凤纹的引枕上，屋内烤着炭，旁边细长瓶颈的汝窑四季如春梅瓶插着几枝含苞的红梅。她拿着套了漳绒的手炉取暖，懒洋洋地说："今日的红梅剪得不好，骨朵儿都没有开。"

伺候的掌事宫女屈身说："娘娘，天气太冷，骨朵儿都畏寒不肯开呢。炭火暖些时辰就好了。"

皇后若有所思。

外面宫女进来道："娘娘……都督大人要您见的人来了。"

皇后霎时坐直了身体，她毕竟抗争不过陆嘉学。她轻吐口气："叫人进来吧。"

能让陆嘉学这么看重的人，究竟是谁，其实她也是很好奇的。她叫人清退了左右，一会儿只见两个膀大腰圆的婆子夹着个女子进来。

罗宜宁裹了猩红色的貂毛斗篷，站在不远处静静地抬头看了看周围的陈设。景仁宫这处她自然是来过的，也就是那次遭了祸事，然后罗慎远才说愿意娶她。如今想来，什么都是一环扣一环的。

皇后叫人给她端茶上来，才看到她伸手除斗篷。当她露出脸的时候，皇后睁大了眼。

这不是……陆嘉学的那位义女吗？当年她丝毫未放在眼里，还准备娶来给三皇子做侧妃的那个！

罗宜宁给她屈身行礼："皇后娘娘，许久不见了。"

她坐下来，拿了炕桌上的茶壶给自己倒茶，茶水冒出阵阵热气："陆嘉学让您告诉我当年宁远侯府的故事。"

皇后听她直称陆嘉学的名讳，更加奇怪。说罗宜宁是义女，陆嘉学这态度可绝不像是对待义女的。宫里头还有个赵明珠也挂着他义女的身份，没见着他怎么过问过。刚才那两个婆子，说是在伺候她，莫不如说是监视她。

她叹气道："罢了，也不知道他把你一个无辜的人扯进来做什么，你要是想听，我就说给你听。只是出了这儿，一切都要忘了。"

她换了个人称说给罗宜宁听，把自己避开了。

皇后叫贴身的宫女换了炉子里的炭，屋内暖得让人想睡觉。好像太阳很好的午后，人在晒着一样，什么都暖洋洋的，也没有危险。

那些蓄势待发、暗欲涌动的往事，好像因此没这么惊心动魄了。

宜宁却一直看着皇后的脸，随着她慢慢将那些故事讲出来，她越来越说不出话来。

从皇后的叙述中，她拼出了一个完整的故事，这和她所了解的蛛丝马迹是对得上的，有些疑惑不解的地方也有了解释，例如陆嘉学杀她后为何不娶，再例如陆嘉然有时候看她的奇怪目光。

她随后问了皇后几个问题，越来越确定，皇后说的也许是真的！

陆嘉学真的不用杀她，凭借他的能力，若是想取得侯位不是不可能，不用以她的死来发难，杀她的那个人……竟然是个她从未料到的人！真的不是他杀的！

那她恨陆嘉学的这么多年算什么？

他什么都没有做过，却遭受妻子离去的重重打击，他们那些过去里，他是真的爱她的。

隐瞒和欺骗不过是保护。当年的调侃和轻松温暖，如今的冰冷漠然，都不过是造化弄人而已。

皇后看她不说话了，又道："已经很多年了，其实很多事本宫记得模糊……也许有出入的地方。"

她看罗宜宁的脸色很奇怪，就问："你……是否身子不适？"

罗宜宁站起来："谢过皇后娘娘关怀，我尚好，只怕要告辞了。"

前两天受寒又奔波的，现在是有点头重脚轻。在大同的时候根本就没有养好。

皇后看到她搁在猩红袖口下的手，手腕上套了一金一玉两个镯子，不知道是什么打扮，没这么戴的。难道是陆嘉学喜欢这样的？她说："不急，瞧你脸上都没什么血色。本宫让我身边的嬷嬷给你看看吧，她是我惯用的人。医术尚可。"说罢让人叫徐嬷嬷进来，罗宜宁见皇后执意，还是坐了下来。

徐嬷嬷就在外头候着，进来给罗宜宁把脉。

徐嬷嬷几息后"咦"了一声，她能在皇后娘娘身边伺候，最擅长的就是妇儿疾病，有什么端倪一把就能摸出来。

徐嬷嬷缓缓放开手，笑着说："这位太太是年轻有孕，不可受凉，得静静养胎才是啊！"罗宜宁本来满心敷衍，没仔细听，突然才意识到她说的是什么……有孕？

徐嬷嬷又顿了片刻，劝道："您这胎气有些不顺，您是不是安胎药没按时喝？太太是头一胎吧，不知这养胎的重要，安胎药是要按时喝的。"

外面传来太监通传的声音，陆嘉学来接她了。

因偏厅是会客之处，陆嘉学就进来了。他仍披着他的灰鼠皮斗篷，嘴角带着一丝笑意："那事皇后娘娘都同你讲了吧？"

罗宜宁抬头看他，突然有点紧张。她居然有孩子了……还是罗慎远的孩子！陆嘉学要是知道了……

她心跳极快，但是阻拦已经来不及了，徐嬷嬷行礼说："奴婢失礼，想必该是侯夫人才对！侯夫人有孕，安胎药断断是不能少的，都督大人还望注意才是。"

陆嘉学脸上的笑容顿时就消失了。"安胎药……"他轻轻地呢喃道。

"是啊，两月胎象不稳，正是要好好看管的时候。"

陆嘉学笑了："我知道了，多谢嬷嬷。今日就向皇后娘娘告辞了，有空再来拜访吧。"他侧头看宜宁，伸出手拉她，见她不动就笑，"你还不起来？"

744

罗宜宁是被他拉出景仁宫的，他走得其实不算快，脸色也看不出端倪。只是周围的气场，沉得像六月的风暴即将压下来。罗宜宁甚至怀疑这只是她的错觉，他带她上了马车后甚至也没有说什么，没什么过激的反应，而是对车夫说："过前面那道门去。"

前面一道朱红色的宫门开着，他突然从后面伸出手抱着她。

罗宜宁看到有几个身影从乾清宫出来，走得近些才清楚了，她一眼就看到他在其中。孤拔而清俊，穿着朝服。他好像瘦了些，也可能从她这里看过去就是这样的，官员簇拥着他，嘴唇微抿，还是不太爱说话的样子。他走下了台阶，这时候离她最近，可能只有五丈远。

罗宜宁突然就控制不了了，她已经很久没有看到过他了！她想喊他的名字，她就在这里啊！但是陆嘉学伸手捂住了她的嘴，从容地说："他听不到的。"

罗宜宁挣扎得眼泪都出来了，嘴唇使劲嚅动，却只有艰难而模糊的声音溢出。

罗慎远好像感觉到了什么，回头看了一眼，但是什么都没有看到，又走远了。远处有簇拥轿子的人在等着他，虽然老师受苦，他却比原来权势大多了，轿子竟然能进到宫里来。

有人跪于乾清门外，大雪遍地，那人衣裳单薄，罗宜宁一眼就认出是杨凌。很多清流党都已经退了，坚持的并不多。罗慎远的轿子走过他的身侧，当真是停都没有停。抬轿子的人也很漠然，杨凌单薄的身影一晃，似乎有点支撑不住。

徐渭马上要被处死了，这是他在争取最后的机会。罗慎远果然没有理他，一切还是跟前世一样。杨凌还是会死，他死之后群情激愤，却会被汪远压下去。这些离她就这么近，就在眼前！

陆嘉学的手终于放松了，罗宜宁挣脱了陆嘉学的手，真的就想打他。

谁知被他拦住了手："别跟我动手，你肚子里有孩子，你不知道吗？"

"我昨晚请人来给你把过脉。"陆嘉学出了口气说，"我早就知道了，我只是一直在压制而已，你别激怒我。"

他又把她抱进怀里，淡淡地跟她说："他老师午时就要斩首了，他却还因此权势更大了，你说你三哥是个清官吗？他的本质和我是一样的，也不是什么好人。"

他的确不是什么好人……罗宜宁一直知道，她周围有几个好人？她也不算什么好人。陆嘉学手段用尽，他更不是好人。

陆嘉学缓缓摸着她的头发，抬头眼神微冷道："罗慎远现在繁花锦簇，但只要我想，他还是斗不下去。你怀孕这事，其实我很想杀了他……你跟我离开京城，我放过他。"

陆嘉学有兵权，这么多年地位超然，的确无人能敌。

"你这是什么意思？"罗宜宁问，"我有了罗慎远的孩子，你……"

陆嘉学的表情很复杂。

他语气平淡："宜宁，我可以不计较这些。我等了你十四年，真的等不起了。"

"罗大人，您怎么了？"见他心神不宁，走在马车旁边的护卫就问道。

"没什么。"罗慎远摇头淡淡道，又问，"锦衣卫可回话了？"

"回了话的，说都督大人一直在大同布置。"护卫道，"密信属下已经烧了。"罗慎远闭了闭眼，说："明日去大同。"

"大人，那杨大人……倒也可怜。"护卫有点犹豫，"冻成那样都不肯走，这天气多冷啊！"

罗慎远没有说话。

罗慎远刚到家，就有人匆忙跑来传信，喘着气说："大人……宫里……宫里出事了！"

罗慎远心里微紧，就在刚才正午，徐渭已经在菜市口被斩首了。现在在宫里出事的，只能是杨凌。

的确如他所料。恩师最后还是被砍头，杨凌得知这个消息的时候沉默很久，他决定要死谏汪远。老师未曾贪污，他操劳一生为社稷筹谋，却落得这么个下场。满京城的百姓都知道，徐大人一身官服常年地穿，见人总是笑眯眯的，喜欢毛豆烧酒，就这么点小嗜好。那真正贪污、买卖官位、以手段陷害官员的，却因为权势太大无人敢说，任由他陷害忠良！

但是皇上如何肯听他的话，反而因他连天地烦被激怒。皇上在气头上，他不是要死谏吗，那就下令打个半死再说！

杨凌被杀威棍打了一顿，那棍子可不一般，手腕粗，打下去内脏震烂的都有！杨凌几乎奄奄一息，然后被拖去了牢中。

罗慎远去刑部大牢里看他。

轿子急匆匆地到了刑部，罗慎远看到他的时候瞳孔微缩，杨凌比他想的还凄惨得多，背部血肉模糊得见骨，真的快要不行了。

死谏，不成就是死。

要不是暗中有人下重手，不可能一打就死的。下手的人明显是被人授意了。

罗慎远走到他身边，杨凌抬起头，看到是罗慎远，他勉强地说："还以为……以为皇上会听一听……"

罗慎远说："近侍太监是汪远的人，怎么通禀全看他们。"

他觉得杨凌很蠢，徐渭不该选这么个蠢人。但是就是这个人，他愿意站出来，他愿意为此而付出生命。杨凌突然抓住了罗慎远的手，笑了："我想做点事情，老师待我这么好……我不能对不起他，跟你比，我一直太弱了……其实我是故意的……我这么被打死……他们知道肯定会愤怒的，朝堂会压制不住的。"

杨凌打的是这个主意，他想用自己的死来激怒清流党，激怒那些麻木的官员。

他没什么力气了，疮药涂了背部臀部，但是血一点都止不住。失血太多了，是救不过来了。

他竟然就要死了！

罗慎远说："你何必如此……迟早会有办法的。"

杨凌说："什么……办法？"他闭上了眼，有点累，"他们都开始……怕了……我就是想着，宣蓉，我回不去……她又该要生气了……我不按时回去，她老是生气……"

"对不起她……"杨凌说，"没有时间去陪她了……"

罗慎远被他抓着的手捏紧，说不出话来。他终于被杨凌触动了，慢慢半跪下来。

"你别说了,我叫人去请最好的郎中,疮药都冲没了。药呢?"他声音嘶哑,"快再拿药来!"

杨凌渐渐睁不开眼了,眼皮太沉了。

"你比我聪明……你不喜欢我,但我快死了。你要杀了他……不要放过他……"罗慎远紧紧捏着他的手。

"好疼,我翻不过身,好难受……"杨凌喃喃着。

罗慎远闭上眼,看到杨凌渐渐不说话了,手软了下来。他平静地说:"一定会的。"天下之间,一定有一股浩然之风。

不是所有人都贪生怕死,不是所有人都爱慕虚荣。总有这样的人,傲骨铮铮。

罗慎远站了起来。接下来的事情由他来做。

夜已深。

陆嘉学在书房中处理事情,叶严几个人站在他面前。

侯爷新婚之后,脾气就一直挺好的。眼下不知怎么的,脾气反倒不如原来了。几个人说话唯唯诺诺的,不敢大声。

书房外十分肃穆,有个人急匆匆地走来。

她连斗篷的帽子都没有戴,只跟着两个粗使的丫头,她显得很瘦了,但是当年的风姿还是一点都不减,梳了垂云髻,气质高洁。守卫的亲兵要把她拦下来,谢敏冷冷道:"叫他出来见我!"

听到外面隐隐的声音,陆嘉学有点不耐。守卫的人不敢放谢敏进来,但谢敏又固执,反倒是争执不下。他放下了手中的舆图。

守卫的人看到陆嘉学终于出来,一个个垂首不敢再言。

陆嘉学背手走到了谢敏面前,笑道:"长嫂,我给你几分颜面,可不是由着你胡闹的。"谢敏直看着他,冷冷地说:"你把她抓回来了,是不是?"

陆嘉学不语。

谢敏继续说:"你上次成亲那人,是不是她?"

"你何必过问。"陆嘉学向旁边一个人招手,"送大夫人回去。"

"陆嘉学!"谢敏指着他的鼻子说,"你这种人,根本不懂什么是爱!你会的便只是抢夺!她现在喜欢你吗?你为什么不能让她平静生活呢?她陪你们这些人玩了把命,这还不够吗?"

她心里有那种迫切的渴望,至少在这事当中,能有人是真的高兴的。她希望如此。陆嘉学沉默,或许这些话真的戳到了他的痛处,他继续道:"送她回去。"

然后转身朝屋内走去。

谢敏在他身后继续说:"陆嘉学!你这种人就不配有人爱你,你有再多东西又如何,不喜欢就是不喜欢……"

陆嘉学身影停顿,突然冷笑。他猛地回过头,冷冷地盯着谢敏一步步走近:"你觉得你配被别人爱是吧？简直蠢得半点自知之明都没有。谢敏，穷极一生，你竟然还不知道你的枕边人是什么人！"

谢敏倔强而冷漠地看着他，语气鄙夷："我与嘉然伉俪情深……你这种人怎么懂！"

陆嘉学似乎觉得她特别可悲："他曾和二嫂偷情，你肯定不知道吧？"

"有一年除夕他未归，身上戴着别的女子送的香囊，绣了个'宛'字，你还记得吗？"陆嘉学笑着凑到她的耳边说，"那是当年太子妃的小名。长兄为太子出谋划策，却跟太子妃混在一起……这些是皇后亲口所言。"

谢敏后退半步，用一种怪异的目光看着他。

"他与二嫂时常私会于小竹林。有一年老夫人说要砍了那片竹林，大哥第一个不同意。这个长嫂肯定是记得的吧？"

"你知道，我没有必要骗你。"陆嘉学整了一下护腕，继续说，"二嫂对大哥还真是情真意切。你现在想想二嫂究竟是怎么死的，偏偏在大哥死之后，你没觉得奇怪吗？"

谢敏思绪混乱，是的，陆嘉学的确没有必要骗她。

她看到过那个香囊，但是她信任陆嘉然的为人，自然不会多问。那片竹林的问题上，陆嘉然的态度很奇怪。实际上仔想，有很多奇怪的地方，只是没有人会把温文尔雅的他往那方面想，他明明对她特别好，妾都是原侯夫人硬给他，他勉强接受的。

陆嘉然死的时候，原侯夫人跟着出事，二弟妹在她灵前痛哭，后来是得了病，却不肯吃药死的。

"我不信……我怎会轻易被你挑拨？我与嘉然是相互信任的。"谢敏说。陆嘉学不想跟她多说了，浪费口舌，他还有很多要事要去处理。

谢敏见劝他无望，叫丫头扶着她回去。谢敏渐渐走出了陆嘉学的院子，却不知怎么的踉跄了一下，几乎没站稳，手近乎发抖。

"夫人，小心这石子路。"丫头连忙扶稳她。

谢敏闭上眼，想起了很多的往事，她说："我不信他，我怎么会信他呢……""您这是怎么了？咱们快些回去吧，外头怪冷的……"丫头疑惑不解。

谢敏点了点头："走吧，快回去吧。"她不会信的，今天听到的话，她一个字都不会记得。谢敏越走越快，背影竟然有些佝偻了。

程琅也是深夜回府。

他连夜去了趟罗家，但是在门口等了一会儿没见到罗慎远回来。今天徐渭和杨凌相继出事，罗慎远应该没空吧。

程琅就把这件事作罢了，其实谁也没有必要提。

他突然变得很冷漠，谁好了跟他有什么关系呢？懒得管了。

谢蕴难得等到他回府，知道他是去大同出了一个多月的公差，从他走之后就开始想念他。听说程四少爷今日回来的时候，谢蕴就开始期待了。她让下人洒扫院子，她换了身簇新的衣裳，甚至对着镜子看了很久自己的妆容有没有瑕疵。

等到他回来的时候,谢蕴就走了上去:"我听说你下午就该到了,怎么现在才回来?"谢蕴自己都没有发现,她的语气微带着讨好。

程琅看了她一眼,不是往日的温柔迷离,他现在的表情很冷漠。"怎么了?"他把解下来的革带递给丫头。

谢蕴嘴唇微抿:"你没有回来,我在家中无聊。除了跟大嫂斗斗,倒是没有别的事做了……"

"对了,我听闻罗三太太魏宜宁出事了。"谢蕴又说,"说是得了重病,结果那日大伯母带着我们几个上门去探病,罗家却挡着不让见人。去看的人都这么被拒了,英国公府却没有派人过来看过……我们都暗自猜测,魏宜宁是出了什么意外,可能已经身故了。"

京中交际圈太广,罗慎远估计是想保宜宁的正室之位,但是纸包不住火。程琅听到这里冷笑:"魏宜宁要是死了,你不该高兴吗?"

程琅从来没有这么跟她说过话。以至于谢蕴看着程琅的脸色,觉得他已经看透了什么。是了,她是喜欢罗慎远。但是在这一个多月里,她想得最多的竟然是程琅。多么可笑,

当年要嫁给程琅的时候,她千般万般不愿意。

"你这是什么意思。"谢蕴咬着唇说:"我盼你回来,你竟然……"

程琅轻笑了一声:"你盼我回来?"

这倒是有趣了。

他侧手执着谢蕴的手,倾下来缓缓问:"来,告诉我你怎么盼的?"

芙蓉绡金帐,丫头轻手轻脚地端了烛台下去。程琅抵着她,将她的手压在自己的胸膛上,谢蕴避过头,脸颊却绯红。她随着动作揽住了他的脖颈,到最后,程琅停下来靠着谢蕴的肩头,轻抚着她的长发问:"你喜欢我?"

"你是我的夫君,我自然喜欢你。"谢蕴说。

"喜欢我的人很多。"程琅问,"你不怕吗?"

谢蕴挪了挪身子:"我知道你原来在清湖桥养过外室……我知道你有很多红颜知己。但我知道你对她们都未曾真心过……"虽然程琅是个浪子,为人风流。但是至少她觉得,程琅待她还是跟别人有点不一样的。

"好。"程琅只是简短地回了个字,缓缓将她放开。

婆子端了清洗的热水进来。谢蕴下床沐浴,等再回来的时候看到他已经睡着了。她坐在他身侧,端详了他的睡颜很久。

罗宜宁第二天醒来的时候,已经雪霁天晴了。天气很好,比前几日暖和一些。

她穿衣下罗汉床走动,昨夜陆嘉学应该是没有回来的。她这些天没动过,要走走才行。自从知道自己有孩子之后,她对自己的身体就谨慎多了。刚在屋内走了两圈,端着早膳的丫头次第进来了,放下一壶羊乳、一盘酥酪、一碟切成片的鹿肉、一盘槽子糕。

宜宁吃了些槽子糕,喝了两碗羊乳。有个丫头进来屈身说:"夫人,侯爷在外面等您。"

他又想干什么？怎么不直接进来？

罗宜宁喝完最后一口羊乳，跨出了房门。陆嘉学站在扫干净雪的青石道上，穿着件玄色右衽长袍，腰间挂了墨玉玉佩，背着手等她过去。

陆嘉学听到声音，转过身对她说："宜宁，过来。"他牵着她走在扫干净雪的石径上，宜宁看着他的背影。

多年前，他们俩还一样年轻的时候，她不认得侯府的路，他牵着她去给侯夫人请安。陆嘉学虽然喜欢调侃她、戏弄她，但是这种时候寸步不离地跟在她身边，怕她被陆家的人欺负了。所以对于他所有的戏弄，宜宁都是喜欢的，因为她知道她处于他的羽翼之下。

实际上在婆家里，唯有他靠得住。若是丈夫也靠不住，对于女子来说是非常可怕的。陆嘉学停了下来。

他果然带自己来了原来侯夫人住的正房！

罗宜宁慢慢走过去，这里已经破败了。当年那些繁华和铺张，那些生动的人事，也就是掉落的门漆、褪色的匾额。青石板缝冒出了苔藓，雪堆积在路径上。她甚至仍然记得大家一起来请安时，谢敏端茶时微翘的手指；三嫂说话眼角上扬，略带挑衅；侯夫人喜欢用顶级的老山檀香，每日晨来，屋内都是这样一股淡而高雅的香味。看她的脸色总是淡淡的。

"记不记得你第一次来请安的时候，太过紧张，差点打翻夫人的香炉……"陆嘉学说，"我在后面帮你接住了，手被香烫了两个泡。你回去给我涂药膏，边涂边愧疚。"

罗宜宁当然记得，然后他就很郑重地说："你既然心疼。那你要记得你欠我的，将来一定要还我。"

她当时简直哭笑不得。

"你现在该还我了。"陆嘉学说，"宜宁，不要跟我闹脾气了，你该回来了。"不要闹脾气了，该回来了。

罗宜宁走到他身侧，看着门楣，心里不触动是不可能的："陆嘉学，可这些人事都过去了……"

"那我做错什么了？"他突然握紧她的手臂，厉声道，"我做错了什么？罗宜宁！"他的一字一句都是挤出来的，捏着她的手用力得要捏碎了。罗宜宁分明看到他眼睛里沉得不见底的伤痛。

罗宜宁也颤抖起来，手都握不紧："对不起陆嘉学，都是我冤枉了你……你如果愿意的话，我可以做任何事。只要你放开这些，你现在是陆嘉学啊！你是都督，你不用这样，你值得所有好的东西。"

陆嘉学捏得越来越紧，低声说："宜宁，我不想听这个！"

罗宜宁突然蹲下身，颤抖着，有点喘不过气。陆嘉学也蹲下身，把手搭在她的肩上："你在哭吗？"

罗宜宁听到这里才忍不住眼泪，放声大哭，哭得哽咽，好像把这些年的伤痛都哭干净了。"宜宁，你快回来吧。"陆嘉学最后说。

罗宜宁飞快地用手背擦着眼睛，闷闷地摇了摇头："我真的喜欢他，陆嘉学。我从来没有遇到过对我这么好的人，我从来没遇到过我可以全心信赖的人……他和你不一样。"

便是这些往事，让她看得更开。她虽然对陆嘉学有了些愧疚，但是她依赖于罗慎远，怎么都不会改变。

"有什么不一样的？"陆嘉学凉凉地说，"他是更善良一点吗？"

罗宜宁抬头正要辩解，突然又觉得站起来头晕。她瞪大眼看着陆嘉学："你还……"她真的快要气炸了！都是些下三滥的手段！

陆嘉学接住她软下来的身体，轻轻"啧"了一声。这都打动不了她，那他还是流氓本色，直接带走吧，以后总有机会让她妥协的。就是那肚子里的小崽子很碍眼，但是让她落胎太残酷了……恐怕她也受不住。算了，生下来再说吧。

陆府已经准备好的马车被拉了出来，陆嘉学抱着人上了车。离开时挑帘嘱咐："京中有异动传信来，监视好罗慎远。现在锦衣卫在他手里，他势力比原来强多了。"

叶严应声送都督大人离开。

马车离开京城后，转了水路坐上船，一路南下去了。

罗慎远站在大同的都护府外，搜寻的人出来了好几轮。没有，大同已经什么都没有了。

得到最后一个探子的消息的时候，罗慎远一拳打在树干上，抖落的雪扑簌簌掉在地上。罗慎远最后看了一眼大同城，上了马车离开。她不在这里，那她在哪里？

她究竟在哪里？

为什么穷极方法都找不到她？

他疲惫地看着外面雪野的夕阳照进来。因为失去，总觉得心里像是有块又黑又空的地方，填不满，越来越大。

他不能处理杨凌的后事，不能再跟清流党走得太近，只能让人代为处理。他知道杨太太哭昏倒在杨凌的灵前，知道朝堂轰动，群臣激愤。大家的确被杨凌的死刺激到了，怕什么死！大不了拼着官位性命让那老贼完蛋！都是儒学传人，宁愿要一身傲骨也不要这地位了，以后死了看到老祖宗总不会羞愧。进谏的折子从来没有像今天这么多，死谏的一个接一个，皇上没有办法，他能打一个不能打两个，朝廷还要不要人了！

进谏他的也有，骂得多难听的都不是没见过。当然被骂最多的还是汪远，不过汪远自己就压下去了。罗慎远也帮了他不少忙，亲自处置了清流党的几个人，汪远现在更信任他了。

他不能耗太长时间，必须回京去，不然局势诡谲，几天就能天翻地覆，毕竟这些死谏对皇上不是没有触动的。

罗慎远很清楚，他耗不起。

他连夜赶路，第二日中午进了京城近郊。

马车内没有炉火，非常冷。罗慎远闭着眼，想起他很小的时候，冬天缺炭天冷，老嬷嬷带他去罗老太太那里，两三岁大的妹妹坐在小几后面，用她的小碗喝羊乳，她几乎就是在舔，小脸上全部都是。看到他之后，胖胖的胳膊立刻把小碗圈起来了。

妹妹精致漂亮得出奇，是他见到过的最好看的娃娃。她却去推罗老太太的手："我不喜欢他，祖母，我不喜欢，让他出去！"

他沉默地站着，不知道她为什么不喜欢他。他明明……觉得妹妹是很可爱的。他有点窘迫，却更加冷漠。

再后来，这个妹妹长大了经常欺辱他。他只是忍受，讨好根本没有用，以至于到最后，他真的有想杀人的想法。

后来妹妹却吃了他买的云片糕，他本来以为自己走之后，她会直接扔出窗外的。那个粉团一样的小孩子，在他面前溜达起来，说来可笑，她竟然开始讨好他了。

罗慎远开始真的接触这个团子，了解这个团子。那天她认得自己的笔迹，有种奇怪的感觉，很奇怪，也许是终于被人重视了。那个团子渐渐长大成了小宜宁，挂在他的胳膊上，在他身上翻着找礼物，他纵容着，其实心里是带着微笑的。

他愿意纵容，甚至生怕她不会这么做了，生怕她会疏远自己。这种爱，其实是有点卑微的。

她成了他的妻，生命中温柔的时刻全是她。她坐在罗汉床上看书，一只鞋袜随意扔着；她躺在他怀里睡觉，往他的怀里蜷缩着，或者嘟哝几句。他可以垂首看很久，凝视到半夜都舍不得睡。也许是用手段算计夺来的，但是绝不能被别人夺走。

他不能失去，太重要了，无法失去。

如果找不到，那只能算计陆嘉学了，他现在也不是当年的罗慎远了。

罗慎远看着远处的府邸匾额，下了马车。杨凌的太太沈宣蓉在门口站着，戴着重孝，她的马车停在一边。

罗慎远知道最近有言官在他家蹲点等着骂人，让沈宣蓉跟他进来。府门关了，沈宣蓉在正堂坐下来，从斗篷里拿出个小匣子："这东西是他留下……要给你的，我来拿给你。"

她表情淡漠，已经过了最伤心绝望的时候了。

罗慎远收下了，顿了顿道："太太以后有何打算？杨大人不在了……"

"我就在那儿住着。"沈宣蓉说着，又笑了笑，"我还要等着他回来，他要是想回来看看的时候，家里总要有人……"

罗慎远沉默。沈宣蓉又红了眼："他们说你不是好人，让我别来见你了。"

"的确是。"罗慎远说，他不想解释。

沈宣蓉看着他，可能又想起了原来杨凌跟他一起时的情景，眼泪直掉："罗大人，各自珍重吧。"

她离开了罗府。罗慎远慢慢摩挲着那个小匣子，打开后看到是一些密信，才合上了。他看着门外的太阳，想起她在院中指挥布置葡萄藤的情景，沉沉地靠在椅背上。

## 第四十一章 艰难产子

初春，南直隶金陵府，石狮巷子。

荷池才回暖不久，水面抽出几根纤细的荷茎。倒是海棠率先开了，种在花厅外的海棠满树粉白。

正房换了竹帘子，窗扇支开，能够看到外面刚抽出新芽的柳枝，暖烘烘的天气，打开隔扇就有微风拂面。

"夫人，侯爷过来了。"一个穿了青色比甲的丫头挑帘进来，屈身说。

屋檐下养了一对画眉鸟儿，他真是精细，知道自己喜欢这些，重金买来。反正他也不缺银子，这宅子是从个巨贾乡绅手中买来，人家不也是乖乖地拱手让给他了。他在这些地方最会讨好人了，恨不得把最好的东西都堆到她面前来。

罗宜宁在修剪一株万年青的枝丫，听到他来就生气，生生剪断了一根主枝。软磨硬泡，方法用尽，这家伙却一脸不为所动，根本不让她走！

罗宜宁怎么敢自己跑。这次是陆嘉学亲自坐镇监视，没有程琅放水，她屋子里一天飞进来几只蚊子他都知道。加之已经凸出的小腹，也让她不敢冒险，孩子现在已经五个月。这时候都千般万般护着胎，她如何敢动？

陆嘉学倒是好，到这儿之后还让她与周围的官僚太太结交，说免得她闷了。邻里是金陵府同知的太太，常与另一位乡绅太太来串门。他倒是闲着没事，养养花养养鸟，养好了就往她这儿送。

她放下剪刀，瞥到陆嘉学走了进来，身后领着个背包裹的高挑女子。

罗宜宁看到那女子，惊讶得站起来……多年不见，这人似乎是……雪枝？

雪枝梳了个妇人发髻，比原来是显老一些，看到宜宁之后眼眶渐红。宜宁也是她伺候大的，长大的少女已经身怀六甲，如何能不惊讶激动。

"你不是说惯常伺候你的人不好吗？"陆嘉学坐下给自己倒茶，"我把她找回来伺候你，行吧？"

陆嘉学摇着茶杯喝茶，瞧宜宁下巴圆润，便笑了笑。总归还是养圆润了些，她虽然对他没好脸色，但是送来的东西一样没有少吃，她对那孩子在意着呢。前段时间孕吐，早晨起来吐得天翻地覆的，陆嘉学在她这儿的碧纱橱里睡，起来看她，还给她端茶漱口。

罗宜宁看到他就吓一大跳，她不知道他住在这里。

陆嘉学知道她现在恨死他了，也没有对她做什么，就这么养着跟朵花儿一样。罗宜宁还是不理他，陆嘉学就放下茶杯先出去了，让她跟雪枝说话。

两主仆多年未见，自然相谈许久。宜宁知道雪枝在保定嫁了人，生下个男娃已经五岁大了，但后来那孩子被人牙子拐卖，她到处找都找不到。那时候罗家已经举家搬到了京城，她连个求助的人都没有，哭得撕心裂肺的。夫家觉得是她没看好孩子的缘故，整天对她冷着脸，雪枝干脆收拾了自己的嫁妆，从夫家搬出来自己过。

然后陆嘉学的人找到了她，说要带她去一个地方。

没想这一来就是颠簸水路，她到了南直隶金陵。南直隶是最繁华的地方，当年太祖未搬之前，这里就是京城。

雪枝本来都觉活着没什么意思了，又看到了罗宜宁，哭得止都止不住。宜宁抱着她安慰，叫丫头赶紧打热水进来给她洗脸。

梳洗过后，宜宁扶着她的肩说："你刚来这里，多休息会儿再说，别的不急。"

罗宜宁从屋内走出来，果然看到陆嘉学在旁边的花厅里，有个穿着程子衣的人在躬身跟他说话。

看到她过来了，陆嘉学让那人退下去。

"雪枝的孩子被人牙子拐走两年了，生死不明……"她站在他面前，迟疑了一下。雪枝伺候她多年，是看着她长大的，当年离开的时候也是千般万般不舍，情谊不一般，为了别人罗宜宁是绝不会开这个口的。

"你在求我？"陆嘉学看着她问。

罗宜宁点头说："是，我在求你，那你答应吗？"陆嘉学说道："你过来。"

罗宜宁走到他身侧，被他突然一把拉坐在他怀里。罗宜宁瞪他，陆嘉学却说："你让我抱一会儿，我便去给她找儿子。你让我做事，总要有点报酬的，是不是？"

陆嘉学看到她细长的脖颈，有种柔和的粉白色，比外面的杏花还要好看。身上也很香，她常喝羊乳，带着种甜甜的奶香，非常好闻。他毕竟也是正常男子，就如现在，觉得有团火渐渐烧起来，若是能亲亲她的脸就好了，看上去很好亲的样子。但她肯定要跳起来，然后气得几天不跟他说话。

陆嘉学缩紧手臂，将她抱得更紧，她像颗软香的糖一样，抱着就舒服。当然他也只是抱着而已："你别动，不然雪枝的孩子别想找回来。"他让她坐在自己身上，然后跟她说话，"前几天那位金陵圣手说，你这胎是男孩……"

罗宜宁不知道，看着肚子一天天渐渐起来，孕吐剧烈的那段时间是最遭罪的，新生命给她带来的感受无比强烈。她也想过是男孩还是女孩，其实都好，她更喜欢女儿一点。

想到罗慎远，她觉得罗慎远的个性肯定很难跟儿子相处。若是个小小的她，罗慎远应该会很疼爱的吧。

罗宜宁什么都没说，越来越怕了，她很想回去。她怕自己回去得太晚，京城中瞬息巨变……罗慎远呢，他一向就不缺女子喜欢的。

他还会等着她吗？也许迫于无奈要称她身亡。

"我知道你一直想回去。"陆嘉学懒洋洋地说，"我偏偏不让你走。"

"你不会死心的吧？"罗宜宁看着他问。

陆嘉学"嗯"了一声，靠在椅背上说："我这算是圈禁你吧，就像你说的，霸道无情。宜宁，你总要给我几年时间的机会。"他捏着她的手道，"当年我是庶子，什么都没有。现在我什么都有，你要什么我都可以给你。"

他低头看着她，目光灼灼。

罗宜宁嘴角微微一扯："我从哪里拿几年来给你？我在京城有我的丈夫、有父亲，如今肚里还有他的孩子。几年之后，恐怕人人都当我已经死了吧？你正好打了这个主意是不是？别人当我死了更好。"

陆嘉学听了就笑，笑声带着低沉的磁性："宜宁，你想若是你等了一个人十四年，当她再次出现在你面前的时候，其实你就什么都不想计较了。你只是想用尽一切办法抓住她而已。我告诉你，我当下还算是克制的。"

罗宜宁避开了他的视线。

罗宜宁终于能站起身了。肚内的孩子好像轻轻地踢了她一下，她"咦"了一声。

她第一次这么明确地感觉到孩子在动，很奇妙，它可能是伸了一下小脚，或者是她让它觉得不舒服了，要换个位置舒服地吮吸手指呢。

陆嘉学皱眉："怎么了？"

她轻轻地摇头，心情变得很奇妙。

陆嘉学让她坐下来，把玩着手里的那串佛珠，继续道："金陵有秦淮河过，秦淮两岸无比繁华，你想去看看吗？或者你想不想去大报恩寺散散心，为你那孩子祈福？"

大报恩寺是高祖皇帝为纪念开国皇帝与皇后所建，修得金碧辉煌，听说宝塔塔身是用琉璃烧制的，塔内外置长明灯一百四十六盏，有"天下第一塔"的称谓，前身为阿育王塔。杜樊川那句"南朝四百八十寺，多少楼台烟雨中"，便是出自大报恩寺。

"我叫人准备。"陆嘉学立刻招手，他出行的时候讲究排场，他如今这个身份也是要慎重的。

"不用麻烦。"宜宁阻止道，"我如今出行不便。若你方便的话，雪枝的事……还要麻烦你。"

她知道走不了，干脆懒得出去了。雪枝的孩子被拐卖两年有余，当年十村八店都找不到，也不知道还能不能找回来。陆嘉学笑了一笑，幽幽地问她："若是帮你找回来了，你当如何谢我？"

罗宜宁就知道没这么简单。陆嘉学继续说："叫你给我端茶倒水，你现在也不方便。以后我每日晨的早饭就由你负责吧，好好做，做得不好可要重做的。"

罗宜宁无言。想到自己多年不曾认真做过饭菜，她有点犯怵。但总归是求他帮忙，不能不上。

自那日起，宜宁每日早起给他做早饭。好在她虽不常做，但对陆嘉学的口味还算了解。他喜欢面食，特别是羊肉臊子面，一次能吃一海碗，白粥之类的绝对不能要，酥饼、包子一类的勉强喜欢，若是有酱菜他更喜欢。宜宁干脆让人弄了个棚子，给他四季种小黄瓜，凉拌、腌渍、煮汤、炒肉片都是很好吃的。

陆嘉学倒是没有嫌弃过，吃了早饭就拿本书赖在她那儿看。初春至夏一晃而过，天气越来越暖了。

外头的荷池长出了淡青色的骨朵儿，但是雪枝的孩子还没有下落。

宜宁多半不理他，陆嘉学过来扰她，把她手里绣的小孩兜肚拿过来看："我缺件里衣，你帮我做吧！"

"你没里衣穿吗？"宜宁问他。

他笑容一淡，抬起头看着宜宁很久。

罗宜宁被他盯得浑身僵硬，他俯身过来，手按在她身侧，语气微寒："罗宜宁，给我做件里衣，知道吗？"

陆嘉学站起身没再说什么，走出去了。雪枝在旁都看得浑身发寒，轻声道："小姐，我看侯爷待您的确好，若是真的没有办法……"

"你不懂他。"罗宜宁微微一叹，她退一步，陆嘉学就会知道她心软了，继而进一大步。直到把她逼到角落里不可。他最会如此了。

雪枝从来没有问过她跟陆嘉学的事，罗宜宁觉得陆嘉学肯定告诉她了。甚至说不定雪枝就是被他收买，专程送来的，可能雪枝的故事也是编的。陆嘉学不是做不出来这些事，不然她为何极少听到雪枝提起她的孩子，甚至是婆家。

罗宜宁虽然怀疑，但没有问过。

下午陆嘉学给她送了一篮子藕来，金陵的藕长得极好，巨如壮夫之臂，甘脆无渣滓。伴着的还有一小筐大阪红菱，入口如冰雪，不待咀嚼而化。都是新鲜时令的东西，夏季里闷热，他给她送来开胃的。

莲藕切块炖了小排，加一把莲子，倒了些酱油和香油，炖烂了就格外好吃。

里衣是贴身之物，宜宁绝不会给他做。但是看到外面暮色渐沉，她还是做不到真的绝情，叫丫头把炖好的莲藕排骨装在食篮里，另外并了几盘糕点给他送过去。

守在他书房外面的小厮看到罗宜宁过来，格外高兴。

每次夫人过来送晚饭，侯爷的心情就格外好，能接连着好好几天，所以小厮们也喜欢看到她。

"您坐里头去等。"小厮躬身说道，"外头风大，仔细吹着您！"

丫头扶着她坐在书房外的太师椅上，她毕竟快要足月了，行动要格外慎重。宜宁听到里头有人说话："工部尚书半月前致仕，因一时没有合适人选，再加上汪远鼎力支持……罗慎远就继任工部尚书。消息刚到不久，此人心计十分厉害，在此之前竟然瞒得死死的。无一人知道……英国公一直追询您的下落，不过因瓦刺卷土重来，皇上已经命他去驻守宣府了。"

"他倒也不必管了。"陆嘉学说，"程琅呢？"

"程大人与罗大人算计得死去活来的，但罗慎远行事一直颇为谨慎，故奈何不得。"

陆嘉学冷笑："成了皇上心腹，倒让他露脸了。他上次在朝堂上公开表示支持大皇子是吧？清流党就没骂死他？"

三皇子过继成了嫡子，再加上三皇子敏而好学，性格温和，一向是受清流党支持的。大皇子是董妃所出，却只是个中庸之才。

那人连忙答道："罗慎远说支持大皇子之后，许多汪远党跟着他表态，清流党骂他丧国的折子跟雪片似的来。但皇上喜欢大皇子，反而把罗大人叫去彻夜长谈。属下猜测，恐过不了几月，罗大人有入阁的可能……"

罗慎远当然会用支持大皇子来讨好皇上了，连汪远都睁一只眼闭一只眼的事，他敢做，皇上欣慰还来不及。

陆嘉学又道："不能任他肆无忌惮地操纵，清流党半点用都没有。写信给皇后，让她去找谢乙，这老滑头虽然不表态，但一直是支持三皇子的。"

那人领命退下了。

陆嘉学打开书房门，就看到罗宜宁站在外头。他头也不抬地说："听到了？你那三哥当真善揣摩圣意，他可做了尚书了。"

"给你送汤。"宜宁提起食篮。

烛台下，陆嘉学慢慢喝汤，莲藕汤甜丝丝的，再好的手艺也没有这样的味道。就是她拎在手里，然后搁一小碗在他的长案上的味道。

宜宁见他喝得差不多了，提着篮子要出去。陆嘉学突然拉住她的手，说道："罗宜宁，我的里衣呢？"

罗宜宁想把食盒扔他身上，他自己衣柜里这么多里衣，穿不得了？

陆嘉学让下人拿软尺进来："这么多年了，你肯定忘了我的尺寸。来，量一量。"说罢站起身张开双臂，勾了勾手，示意她来量自己。

软尺松开，罗宜宁给他量展臂长，她从后背看他。觉得如果用软尺绕过去，勒死好像也可以。她忍气吞声道："你低些！"惹怒了他，他可是什么都做得出来的，量就量吧，回头让雪枝帮着做。

她量到了腰处，陆嘉学低头看她的发心。她穿着件粉白色的褙子，淡淡的香味不停地往鼻里钻，他嘴角噙笑。其实一伸手就可以抱在怀里，但就这样等她亲近些吧，否则还不吓着她？只是量好后，他握了握她的手："谢谢，做好看些。"

几日之后收到了里衣，陆嘉学心情好多了，当然他不知道是雪枝代工，雪枝也不敢说，反正针脚平实，料子也很舒服。

陆嘉学很喜欢，经常穿。

那天下午金陵知府来见他，两人一并喝了些酒。他酒劲上头了，来她那里找她。

罗宜宁正靠着引枕，用捶背的小锤子一下下敲着浮肿的腿。怀孕辛苦，最后这些天简直走动不得，她哪儿都去不了。

陆嘉学在门口接到了下属的信，展开一看，浑身一凉。边关告急。

瓦剌和鞑靼合谋冲破宣府与大同，一度逼到了雁门关。皇上命他前去大同，带兵迎战。他把信交给下属："明日叫指挥使过来。"

他进了屋内，走到了罗汉床旁边。看到他来，丫头婆子都退了下去。"你倒是潇洒了。"陆嘉学道，"不急着回去了？"

身怀六甲，她要不要命了？罗宜宁知道她现在本来年岁就小，更是要多注意才是。她锤着腿，突然问："陆嘉学，雪枝的儿子找到了吗？"

"失踪两年，一时半会儿怎么会有消息。"陆嘉学道。罗宜宁靠着引枕闭上眼，"你是怎么把她收买的？"陆嘉学听到这里，笑道："你从没信过雪枝的话？"

"信过，后来不信了。想想也是，怎么就这么恰好呢？要是她的孩子没丢，那就不用找了……"罗宜宁说，"免得我还挂心。"

陆嘉学突然靠近，拉着她的手逼迫她："其实你怀疑的是我吧？"

罗宜宁脸色苍白不语，陆嘉学突然有些发怒，"你说话！"却看到她的眉头渐渐皱紧，然后半弓着身子，捂住了肚子。

陆嘉学见她似乎不对，忙扶住她："你这是……"

"疼……"罗宜宁喃喃道，疼痛慢慢加剧。她根本没工夫跟他计较，身子微微颤抖，像是有人在用力地绞，在肚子里面拧。

陆嘉学立刻站起来："伺候的人呢？快给我进来！"府门大开，接郎中和稳婆的马车跑进了垂花门。

端热水铜盆的婆子匆匆地往屋内跑，帷帐放了下来。陆嘉学握着她的手，一开始她还没这么疼的时候，还不要他握着。后来疼得越来越厉害，根本不知道身边的人是谁了，反而紧紧地捏着他的手。

"大人要避开才是，产房不吉利……"接生的稳婆满头大汗，宜宁骨盆太小，疼得厉害也不见宫口开大。

"我就在这儿。"陆嘉学厉声说，"你接生就是，废话什么！"

郎中煎好催产的药，由婆子送进来喂给宜宁喝下。她太小，身子惯是弱的，非要服下催产药不可。

陆嘉学想到刚才逼她，心中愧疚又沉重。他半跪着，低头吻了吻她冰凉的手背，她的掌心因出了汗一片濡湿。他把手上的佛珠解下来，一圈圈地缠在她的手上。这佛珠保他数次战场平安，一定也能保她的。

罗宜宁疼得恍惚了，捏着锦被，好像看到他站在身边，他没有说话，只是看着她。但是她看到他的背影的时候突然就安心了。有人紧紧握着她的手，她闭上了眼。

千里之外的京城，罗慎远刚从汪远那里出来。半年多过去了，他在京城中运筹帷幄，出门也是前呼后拥的。

"大人，从山东来的信。"林永把信递给他。

罗慎远取信，山东来的是林茂的信。林茂在高密做了父母官，谁都觉得这家伙就是去混日子的，他认真地游玩了一年，没想到后来还真的做出了些成就，如今在高密敬仰他的人非常多，这家伙很有些迷惑人心的本事。

林茂在山东帮他暗查汪远的事，如今终于有了些进展。

罗慎远把信揉作一团放入袖中："西安那边可有消息？"林永摇下头道："暂时没有。"

这半年多里，罗慎远几乎找遍了北直隶，但是根本没有踪影。他一开始认定北直隶是陆嘉学的老巢，他肯定在这处，但是找不到之后，他开始生疑了。陆嘉学虽然是个武将，但是非常聪明，踪迹抹得干干净净，一点儿都寻不到。也许根本就不在北直隶。

所以当鞑靼逼至雁门关之后，他第一个向皇上提了陆嘉学。要把陆嘉学逼出来，逼他去打仗。

盛夏的黑夜里有蟋蟀的叫声，夜很寂静。罗慎远看着照了一地的灯笼光，总觉得心跳动异常，好像有什么重要的事，他却不知道一样。

石狮胡同里，金陵城中最有名的郎中络绎不绝。

一直折腾到了半夜，屋内还是灯火通明，厨房一直烧着热水，府内大大小小的丫头婆子匆忙来往，丝毫不敢懈怠。

罗宜宁这时候还有些理智，缓缓地松开了陆嘉学的手说："你先出去吧……"

陆嘉学本来要拒绝的，但竟看到了她的目光带着微微的乞求，一时不知道该说什么好。他沉默了一下道："好，我就在外面。"说罢站起身。

稳婆看着她细细的大腿上不断晕开的血色，就觉得头晕目眩。若是这位夫人有什么意外，恐怕那位大人也不会放过他们的。因为临近死亡的威胁，她的手微微颤抖，对旁边的丫头说："快取棉布来！"

到了接近凌晨的时候孩子还没有出来，她真的年纪太小了，骨盆都未完全长开。宜宁疼得声音都变了，力气也不多了，稳婆越来越着急。宜宁目光涣散，她看到了窗扇外静静照入的明月光，红色绉纱的灯笼亮堂堂的。

她想起元宵灯会的时候，罗慎远带着她在街上看庙会，那是多么好的时候。她靠着他，他温和的大手紧紧握着她，街边的吃食堆了一桌子，有给她买的桂花糖酥。她控制不住眼泪，脸颊一片濡湿。

宜宁有气无力地仰着头，喘不过气来。感觉到有人握住她之后，别过头看到陆嘉学果然还是进来了。罗宜宁有点哽咽，断断续续地说："陆嘉学，我要是死了……你能……把我送回他身边吗？"她自己边说着声音边弱了，喃喃地问，"可以吗……"

"你怎么会死呢。"陆嘉学亲她的手背,他的嘴唇也是冰凉的。她脸色苍白,大汗如雨。

陆嘉学终于妥协了,俯身带着怒气道:"你活着,我就送你回去!你若是死了,那就想都别想!"

"你说话……要算话。"罗宜宁喃喃着说。

"自然算话。"他回头对丫头道:"还不快把药端上来!"

京城中,罗慎远在书房里,顾景明还在跟他密谈:"你找的那个仙师皇上当真喜欢……宣我进宫数次跟他讨论道法,如今他开始给皇上讲扶乩之事,差不多可以开始准备了。倒是我看汪远那老头,似乎不完全信你。"

"他谁都不信,不过只要清流党一天不倒,他就会助我一臂之力。"罗慎远手里拿着本折子说。

顾景明看他拿在手里的折子,"啧"了一声:"如今清流党骂你骂成这样,你就没关系?我听着都气!"

"有什么好气的。"罗慎远把折子扔到一边,"我的确见死不救,背叛师门,又与汪远搅和在一起。骂吧,反正他们除了骂,也没别的本事了。"

顾景明有点无言:"我怎么觉得你今日有些暴躁?白天那位司庾郎中不过犯了小错,叫你毫不留情地骂了一通,人家差点跟你求饶。"

罗慎远抬起头,缓缓道:"是吗?我没觉得。"他还得快点把表妹找回来才行,顾景明突然想到。

"明日我要去一趟大国寺。"罗慎远说,"去敬两炷香,你不用过来了。"

顾景明惊讶:"你开始信佛了,我怎么不知道?"

罗慎远沉默地笑了笑,随后说:"我真的不知道……还有什么可以信的。"无处可求、无能为力的时候。只能求于佛了。

"那我先回去了。"顾景明抱怨说,"总是半夜来跟你见面,我夫人都疑心我养外室了!"他才成亲不久。

他开门走出去,罗慎远才回正房准备睡觉。靠在床上,把她惯用的锦被放在旁边。锦被上已经没有她的气味了,但他还是要看着,才睡得着。

而金陵城里,府内到天亮,才终于得了好消息。

不知是不是陆嘉学的话起了作用,情况有所好转。

"侯爷,宫口开了!"稳婆激动道,忙让人把宜宁的腿分得更开些,她伸手去助。

陆嘉学退回了屏风外,已经陪了一夜,他脸色难看得可以:"你协助就是了,不必跟我说!"

稳婆连忙躬身看:"给夫人喂口参汤,看着孩子的头了!"

罗宜宁痛得什么都顾不了,她浑身的汗,发抖喘气。生个孩子如何这么艰难!她紧紧地抓着被褥,好像又感觉到那个人坐在床沿,伸手环抱着她。有他在就是最安心的,什么都不用担忧,她紧紧地闭上眼睛。

喝了汤之后似乎有了些力气，她其实什么都想不了，猛地一咬牙！

突然，她体内一松，屋子里的人都发出了惊奇喜悦的声音，她却好久没有反应过来。

"男孩，是个男孩！"有人说，"孩子怎的不哭？"婆子就上前来"啪啪"拍打了两下屁股。

宜宁听到屋内响起了一声孩子的哭声，哭得像猫叫一样。在这周围乱糟糟的声音里，这哭声却显得格外清晰，好多人惊奇地围上去看。宜宁躺在罗汉床上喘气，想看看孩子是什么样子的，但是她动不了，也说不出话来。

那肉团子被早准备好的棉布擦了擦，裹在了薄薄的小被里，先送到了陆嘉学手里。

陆嘉学接过那个软得不像话的小团子时，感觉很奇怪。孩子的小脸只有拳头大，皮肤红彤彤的，五官小小地皱成一团，软嫩的嘴唇轻轻嚅动着。好像因为不满，小眉头皱着立刻就要哭了一样。稳婆立刻指导他："侯爷，您要托着他的头，他还小……"

婴儿只有手臂这么长，陆嘉学抱得不太适应，拿刀剑的手抱不住个软趴趴的孩子。

他干脆把他放到了宜宁的枕侧，伸手摸了摸宜宁的脸蛋："宜宁，你看看你的孩子吧。"

宜宁侧头就看到了他在小被里轻轻扭动，他终于不高兴了，然后"哇"的一声哭了。她想把他搂进怀里，但是身上已经没有力气了。小团子这么小，他刚出生，她还不知道要怎么对他才好。

雪枝说："夫人，把孩子给乳娘吧，还要给他洗澡喂奶呢。"

宜宁太瘦，稳妥起见，还是从乡下的田庄里选了两个白净丰腴、产期与宜宁相差不远的乳娘来。雪枝把啼哭不止的孩子从宜宁怀里抱起来，给了乳娘。宜宁的确太累了，需要好好休息。

宜宁望着乳娘的背影，孩子就这么被抱走了……

她刚才在鬼门关走了一遭，陆嘉学似乎觉得也跟着她走了一遍般。这下屋里静了些，他看她不舍，才低声在她耳边说："好好睡吧，有我在呢。等你起来的时候，我保证他在你身边，好不好？"

他的声音很柔和，宜宁疲惫地点点头。她感觉自己被人抱起，然后渐渐地睡着了。

等她终于醒来的时候，孩子已经洗干净了放在舒适的床上。天这才亮了，半挑开的隔扇透进太阳光，看得出来外面的天气一定很好。屋内的丫头走路都轻手轻脚的，却有压不住的喜气。

雪枝半蹲在她床边，正在轻声地逗旁边一个布包裹的小团子。

看到她醒了，雪枝欣喜地把孩子抱起来："夫人，小少爷喝了奶，眼下送过来了。您饿不饿？侯爷吩咐炖了乳鸽汤，您饿了就可以吃。"

生产消耗的力气多，宜宁确是也饿了，点了点头："送进来吧。"

煲好的汤热腾腾地被送进来，切了火腿片一起炖，格外鲜香。她吃了一大半，才去看孩子，他已经睡着了，靠着小被，可能是刚吃了奶的缘故，身上一股香喷喷软软的奶味。

宜宁不好把他叫醒，看他露出拳头大的一张小脸，五官还都小小的，看不出哪里像谁。她低头轻轻地亲了亲他的侧脸，他的脸好软。

他就被吵醒了，幼嫩的小嘴一动，眉头皱起又要哭起来。宜宁愣了愣，这就被吵醒了？才把他的小被拆开搂进怀里哄。可能是母亲的怀里舒服些，他靠着母亲软和的身子，又沉沉地睡了。小手就蜷在她胸前，宜宁拿指头挑着他的小手看，那拳头也只有个核桃大，看得人心里软软的。

　　雪枝静静地看着她，觉得小姐好像得了个小玩具一样，特别喜欢。"她们怎的这么高兴？"罗宜宁问，她指的是外面那些丫头。

　　"侯爷每人赏赐五十两，高兴得跟过年一样。"雪枝笑着跟她说，"两个大丫头在给小少爷做小袜子呢。"

　　罗宜宁发现手腕上多了串黑沉沉的佛珠。这是陆嘉学的珠子。

　　正好陆嘉学这时候来了，还以为罗宜宁在睡，就从外面进来了，猛地和她的目光直接对上。

　　陆嘉学走到她身侧坐下，看着趴在母亲怀里的小团子沉吟片刻说："你醒着正好，厨房已经煎好药了，你趁热喝没这么苦。"

　　宜宁抬头看他。

　　他挑眉："怎么，你不想喝药？"

　　罗宜宁说："你说过我要是活下来，你就送我回去的。""我不记得，我说过吗？"陆嘉学轻描淡写。

　　宜宁早猜到了他会耍赖，可听到的时候还是生气。她现在身体弱坐不起来，小团子又趴在她身上，不然她真想打他！

　　罗宜宁直看着他，重重地叹了口气。她把自己的手腕抬起来，摘下手上的珠子还给他："你的珠子。"

　　罗宜宁隐约记得，是她生产不易的时候，陆嘉学缠在她手上的。当然她也很感激，陆嘉学这个举动毕竟是善意的。

　　"既然是我送你的，那就留在身边。"陆嘉学说，把珠子重新缠在她的手腕上，"我明日就要赶赴大同，瓦剌部打到了雁门关外，魏凌顶不住了。皇上通过密线给我下了急诏，要领兵八万反击瓦剌部，否则你父亲怕还有性命之危。"

　　雁门关是个多重要的兵家必争之地，罗宜宁很清楚。她听了立刻把珠子从手上拨下来："那就更应该还你了。"

　　陆嘉学不容置疑地缓缓按住了她的手，看着她道："你听我说罗宜宁，只要你无事，我就肯定会活着回来的。"

　　罗宜宁微微一怔，当年他跟着陆嘉然去打仗的时候，说过类似的话。

　　"我就是当逃兵也会回来的，你不要哭，我肯定不会死的。"

　　陆嘉学继续说："我不在金陵的时候，你可以跟邻里的府同知太太、乡绅太太聚会。你也别想耍什么花招，凡事顾及孩子三分，我不想说什么威胁的话……但你该明白我的意思。我会叫人来看住你，你有什么事跟他说就行。等你过了月子，我再派人接你来忻州，那处很安全。"

罗宜宁明白，这府里上下全是他的亲兵、暗哨、护卫。他就算走也会把人留下来看住她。她稍有异动，如想尽办法向外传信，他可能不会顾及她孩子的性命，直接下手——这太方便不过。

靠着她的软团子睡得正香，宜宁沉默了片刻。

忻州就在大同府旁，那儿总归离京城要近一些。

陆嘉学第二日就带人离开了金陵。他可能早有准备，次日府上就来了个断事官叶严。断事官是五军都督府里的文官，罗宜宁在宁远侯府见过此人，是陆嘉学的心腹。

叶严长得胖胖的，穿了件团花直裰，很和气，脾气也不错，一直笑眯眯的。见她的时候隔着屏风，有什么要的吩咐他一声就行，宜宁惯常倒也没什么要找他的。

坐月子的这一个月不能洗澡也不能吹风，宜宁整日躺在床上，只能搂着小团子玩。小团子尚不足月，正是软嫩的时候，吃饱了就躺在宜宁怀里睡着，一日大半的时间都是睡着的。她偶尔小憩醒来，便能感觉到一个温暖的小小身体靠在旁边，总要侧身亲一亲他的脸才好。

雪枝在旁看着笑说："小姐小的时候可没这么乖巧的，每夜要把夫人吵醒三四回，只要夫人哄，奶娘抱你都不肯。夫人虽嘴上说你是个赖她的，却无比怜爱你，每夜都亲自起来照顾……"

宜宁听了若有所思，抬头看了看雪枝。

"您得给小少爷起个乳名才是，他听着，才知道您在唤他呢。"雪枝柔声说。

宜宁也想着给他起个乳名，乳名是比较随意的，顺口好听就行。她捏了捏他香软的小拳头说："叫你宝哥儿好了！"

她从此便宝哥儿宝哥儿地唤他。

幸好是找了乳娘的，宜宁的奶水并不足。有时候孩子半夜醒来，小脑袋在她胸前拱，可只能吃一些，宜宁只能叫乳娘抱他出去睡。

抱出去之后她还是记挂着他哭不哭，仔细听着旁边东暖阁的动静，许久才睡。

宜宁有时跟他玩他的小手小脚，叫他一声宝哥儿，他会偏头看，好像在看她是谁一样。

到了满月那天，宜宁终于能沐浴净头，抱着小被包裹的宝哥儿去后院里走走。宝哥儿好像觉得困了一样，把头藏在小被里睡觉。

宜宁在凉亭那里坐了会儿回去，第二天才发现她的金簪找不着了。叶严正在她这儿，听了就说："夫人前日跟府同知太太游园，遗落在了凉亭的草丛里。我已经让人给夫人放回妆奁去了。"

罗宜宁道："叶严先生观察细微，我实在佩服。"叶严这个人的确厉害。

"夫人过奖。"叶严笑眯眯地说，"能在侯爷身边做事的，都不是普通人，我也就这点拿得出手了。"

宜宁握着那支失而复得的金簪慢慢思索，的确是她放在凉亭的，看看叶严的监视究竟能严密到什么地步，这人果然可怕。更何况孩子这么小，她如何能带着个幼儿奔波千里，不如到了忻州再想办法。

　　也许，京城里的那些人都觉得她已经死了呢。一年多音信全无。不知道罗慎远看到他的孩子会如何，一个小小的罗三，性子也跟他有些相似。宜宁想到他若是能牵着自己的儿子，一大一小的，不知道有多好。

　　宜宁满月之后还未立刻动身，怕孩子受不住，足足等到了十月才动身，孩子已经三个月大了。

　　护卫簇拥着马车浩浩荡荡地走在路上，旁有丫头婆子跟随。一看就是大户人家出行，同路的车看到了他们就会远远地避开。自金陵去忻州要过安徽、河南两省，从水路换马车，已有半月了，宜宁等人才到山西边境。

　　宜宁倒还无所谓，只是怕宝哥儿会不舒服。幸好天气还不算冷。

　　三个月大的宝哥儿被乳母抱在怀里，长得粉雕玉琢的。圆圆的眼睛像龙眼仁一样，跟着叶严转小脑袋，盯着他一颤一颤的小胡子瞧，完全被吸引了注意力。叶严总是乐呵呵的，宝哥儿喜欢看他的小胡子。

　　宜宁把宝哥儿抱到自己怀里，准备带他去午睡。

　　雪枝已经铺好了床，乳母给宝哥儿穿了件小红绲丝袄。他就在床上吮吸自己的指头，宜宁把拨浪鼓放他面前，宝哥儿就伸出小手拍得鼓"啪啪"地响，然后好奇地抬头看她。宜宁觉得他可爱极了，又亲他的脸。

　　孩子三个月大，已经能认人了，总是黏着宜宁，要她抱才行，晚上都要乳母喂奶了才放回宜宁身边。有时候宜宁也喂他，他埋头下来就用小鼻子在她胸前蹭啊蹭，黏糊得很，靠着不一会儿便睡着了。

　　等宜宁要起来的时候，就看到他靠着自己，头顶细茸茸的软软胎发，还有长长的睫毛，真秀气啊。

　　马车途经五台县的时候，宜宁叫了停。五台县中的五台山为佛教圣山之首，她想给孩子求个平安符。

　　叶严自然不会同意上山，拱手说："夫人若是想要，属下替您讨来就可。"

　　宜宁半挑开帘子，淡淡道："人家说心诚则灵，我未亲自去求，怎么能算得灵呢？"

　　叶严只是笑："夫人若是真的诚心，去不去佛祖都知道的。我还要给都督大人送新制的舆图过去，恐您去会耽搁了行程。"

　　的确不愧是心腹，这话说得太滴水不漏了，宜宁也不好再多说什么。叶严让马车停下在驿站里歇息，随后派了两人骑马去五台山。

　　宜宁听到叶严在和随行的一个人讨论军情。这一路她听了不少大同边境的军况——陆嘉学领兵到大同后强势反击，把瓦剌逼出了雁门关，镇压住了大同。魏凌所领的宣府与陆嘉学联手成一股军力，暂时稳住了边关。

　　上次瓦剌部受了重创，此次与鞑靼联手反击是愤怒至极的，不然也不会势如破竹地冲到了雁门关。所以虽然暂时逼了他们出去，但是两部凶猛，恐一时还不会罢休。

宝哥儿在她怀里小小地打了个嗝。罗宜宁把他竖着抱起来拍嗝，宝哥儿软趴趴的脑袋就伏在她的肩头，发出细细的牙牙声。

雪枝坐在一旁听着婴儿的声音，把一件披风搭在了孩子身上。

"雪枝。"罗宜宁拍着宝哥儿的背，静静道，"我一直想问问你，你的孩子真的走失了吗？"

雪枝愕然，居然心里一跳，然后苦笑。也是，自家小姐看似无害，实则内心很明白的，怎么会不怀疑呢！

她望着罗宜宁的面容，有些犹豫："我是说了谎的，不过倒也不全是谎话。兴哥的确是被人牙子拐跑了，只不过都督大人找到我的时候，就把兴哥送回我身边。只是他带我来照看您的时候，让我就按没了孩子说，这样还能静心照顾您。您放心，知道您远在金陵有孕，我是愿意来照顾您的。"

"你的孩子，他已经找回来了？"宜宁重复问了一遍。

雪枝点头："都督大人做事心细……"宜宁"嗯"了一声，五味杂陈。

"雪枝，你想回去吗？既然你能把孩子放心地留在保定，恐怕也没有和夫家闹僵吧？若是你想回去和家人团聚，那便走吧。"宜宁继续说。没有谁不想和家人团聚，雪枝跟她的主仆情谊其实早就圆满了，现在对她来说，更重要的应该是家人了。陆嘉学让她来伺候自己，肯定也是有胁迫在里面的。

雪枝觉得鼻尖发酸："小姐，我是自愿来的……您别这么说。"

罗宜宁摆摆手："我什么都明白。一会儿我让叶严派人送你回去吧。"

雪枝这次却没有再说什么，嘴唇紧抿。

宜宁让叶严进来，告诉他送雪枝回保定去。

叶严愣住了，他还以为是雪枝犯了什么大错，正要说话，罗宜宁就摇头："你送回去便是，陆嘉学那里，我去跟他说！"

叶严叫雪枝跟着他走，雪枝刚收拾了个小包裹，走到门口又看她，突然走到她面前磕了个头，才跟着叶严一起走了。

罗宜宁微微叹了口气。

看这架势，这位贴身丫头不是因为犯错被赶出来的。叶严心里暗想，就叫人包了十两银子给雪枝做盘缠，让护卫送她去。

叶严也不知道侯爷究竟在想什么，边关告急，还要让他去照看个女子。这人原在侯府的时候，他和副将还以为是个瘦马，没想人家真有做侯夫人的一天。只是奇怪得很，侯爷这举动着实像是将她软禁了。叶严慢悠悠地走回来，当他看到屋内四下无人的时候，脸色顿时难看了。

他随手揪了旁边的人过来问："夫人人呢？不是让你们看着吗！"

被他抓着的护卫结结巴巴地道："夫人说，您同意了她去五台山，先带了那丫头出去准备。我见乳娘还跟着夫人……"

叶严气急，这简直猪脑子！那乳娘肯定早被罗宜宁收买了！

他带着人追出去，却一眼看到官道上有快马疾驰而来，尘烟滚滚，马匹脖子上系着红缨，他立刻指挥众人先停下来。

宜宁这时候其实并没有走远，毕竟带着宝哥儿。那乳娘的确被她提前收买了，乳娘是乡下人，叫她用重话一吓再编个凄惨些的故事，就答应了帮她。这时候正坐在辆简陋的马车里，宜宁心"怦怦"地跳，觉得这法子太冒险，很可能是跑不了的。没想到运气居然还可以，那护卫没有起疑。

但若是叶严反应过来追过来，还是没有办法的。罗宜宁就叫赶车的挑荒僻小路走。这马车可能是用来送货的，里头什么也没有。

刚跑到了一处农舍外，农舍里只住了个村妇，圈了些鸡在喂养。天色鳌黑。宜宁让车夫停下来，先在这儿歇。

宜宁与乳娘去投宿。乳娘与那村妇交谈，罗宜宁却听到了一阵嘚嘚的马蹄声，其实她是已经料到了的，所以倒是平静得很，回头正对着迎面赶来的叶严他们。他带着很多人，甚至有些人身穿甲胄。

叶严到她面前跪下，还在喘气，抱拳道："夫人得罪，此次来寻您，倒也不是为了逮您回去。都督大人先前吩咐过，若是他情况危急，就让属下送您去英国公那里！"

他抬起头，脸上的神色有些严峻，语气说不出地沉重："都督大人领兵追出大同，追入了瓦剌腹地深处，后就没有了踪迹……"

罗宜宁皱眉问："陆嘉学出事了？"

叶严摇头道："这也说不准，但是已经五日没有半点消息了，一般是凶多吉少。但是瓦剌部那边照样没有得胜的消息……故没有人知道究竟怎么了。草原情形复杂，都督有可能中了埋伏，也有可能被困了。您上马车吧，属下送您去英国公那里！现在都督未守住大同，五台县也很危险，您到宣府会更安全。"

如果不是真正危急，叶严不会把她送到英国公那里的。陆嘉学可能真的出事了。

罗宜宁的目光落在手上黑色的佛珠珠串上。他保命的佛珠，现在在她手上，他消失在戈壁深处……

罗宜宁深吸一口气，抱着孩子上了马车。

罗宜宁还没有来过宣府，宣府与大同相隔很近，几个时辰倒也就到了。马车日夜兼程，到宣府的时候正好已经天明了，魏凌看到女儿抱着个孩子风尘仆仆地出现在他面前，心情可想而知。

陆嘉学把人掳走，他算账无果。这个月又忙于战事，和陆嘉学见了一面全是谈的战略。陆嘉学只是让他宽心，他女儿没事。毕竟他支撑着宣府这么多百姓的性命，魏凌也就先暂时没有计较了。

所以当他看到女孩儿抱着个奶娃娃的时候，一时没有反应过来。

宜宁看到父亲穿着盔甲，英俊的脸已经长了些胡荏。他在边关晒得比京城里黑了一些，显得有点沧桑。许久不见了，宜宁看他穿着盔甲，收拾潦草，左臂还缠着厚厚的纱布，忍不住眼眶一红。

魏凌先是激动,后看着她怀中的小被,有点难以置信,竟不知道该怎么问:"宜宁……这孩子是你路上捡的?"

宜宁嘴角一弯,把宝哥儿抱在臂弯里,揭开小被的一角给他看孩子的样子:"这是您的外孙。"

魏凌看到小家伙比拳头大一些的脸,柔嫩极了,软软的小生命还偎依着母亲。看这模样是有些像罗慎远的,只是都软嫩得很,小小一团。

她竟然怀了孩子,还已经生下来了!

魏凌叫人进来收拾下都护府的屋子,安顿女儿已经新添的小外孙。他把目光放在了叶严等人身上,他们一路来宣府,也是要和他商量如何派人进入鞑靼腹地,看陆嘉学还能不能活着回来的。其实魏凌心里早有了怀疑,他知道陆嘉学生还的可能不大。

他已经组织了一些探子进草原,让叶严等人回大同,自己先想想办法。陆嘉学出事的事传回去,朝廷应该会立刻派遣主将领下来。

叶严等人满脸凝重,抱拳道:"多谢国公爷,我等把夫人送到国公爷这里,就先回去了。"

魏凌领首:"你们有消息立刻带给我。"他虽然跟陆嘉学有利益冲突,但是没有陆嘉学,边疆的稳定就是个笑话。无论如何也要把陆嘉学找出来,就算为了家国,也一定要把他找出来。

送叶严等人离开后,他去换了衣服洗了把脸才出来见女儿。小外孙被抱下去喝奶了,魏凌有点失望,本来还说洗干净能抱一抱的。

他看到宜宁手上那串佛珠,更说不出是什么滋味——陆嘉学连这都给她了。宜宁轻轻拿了父亲的手臂看:"您这伤重吗?可动了筋骨?"

魏凌沉声道:"我和陆嘉学一路攻打到边关,对方兵力陡增……我受了皮外伤,后陆嘉学指挥中占了上风,叫我在原地待阵。鞑靼想撤,陆嘉学就随之追进草原,却消失在了腹地里,所带的一万大军也不见了踪迹。我还是轻伤,他身陷腹地五天,怕是早被鞑靼围剿,凶多吉少了。不然五天了,也该有消息了……"

用兵如神,向来是别人忌惮他如鬼神的陆嘉学,居然也有败北的一天。

魏凌叹了口气,语气微沉,声音放得很轻,有些冷笑的意味:"他再用兵如神,也抵不过别人在背后算计。你可知道,谁设计陆嘉学陷入险情的?"

魏凌慢慢说道:"是你的夫君,罗慎远。"三哥!

他怎么可能算计得了陆嘉学呢!

想到已经快一年半未见过他,这一年里,他在朝中的势力已经有了天翻地覆的变化,也许早就不是她所熟知的那个人了。

罗宜宁抬头看着自己的父亲,很是惊讶:"您……这是怎么说的?怎么会是他呢!"

"罗慎远自入内阁后,就在暗中对付汪远。"魏凌说,"当然这事其实谁也不知道,我知道还是明珠的缘故。现在明珠与他联系颇多,有他的支持,她在宫中已经是昭仪的位分了。

罗慎远与我的联系倒是越发少了。"

　　这个她当然知道，罗慎远忍辱负重，最终还是会把矛头指向汪远。不管是他想谋求更高的位置也好，还是想为他的老师报仇也好。罗宜宁觉得奇怪的是，父亲说起罗慎远的态度，竟然有种疏离冰冷之感。

　　魏凌摆手示意女儿不要打断，继续说："你不见一年了，除了一开始到大同寻你，我未见他什么时候再寻过你，反而一心侍弄权术，曲意蒙蔽皇上，引荐了几个所谓的道长高人给皇上，弄得朝野乌烟瘴气的，但皇上越发信任他。他想弄死汪远，必须要先弄死陆嘉学——陆嘉学与汪远实为一体，两人暗通关系，都是为了保存彼此。罗慎远当年跟大同总兵的儿子曾珩一起合作，与瓦剌部做生意，跟瓦剌部那边的人多有往来。甚至我猜测，他一直没有断过这种来往。

　　"上次陆嘉学出征的时候，瓦剌对敌就多有古怪，仿佛有高人指挥一般。这次对敌的时候，竟还用了火器。那蛮夷之人，若不是有人暗中相助，怎么会用火器？而火器就是罗慎远负责的。更古怪的是他们未进攻边界，反而引陆嘉学入腹地，为的就是要剿杀他！罗慎远身为内阁阁老，对兵力火力一清二楚，想在背后算计易如反掌。"

　　"您这不过是猜测吧。"宜宁浑身冰凉，入坠冰窖一般，若他没来寻过她，那她费尽心思想要回来，岂不……岂不也是笑话了，她声音一低，"若有确凿证据的话……"

　　魏凌叹气："眉眉，我与他暗中的接触远比你想的多，他的行事风格我很熟悉。说不定两部结盟，也有他暗中的挑拨……只是他连我都算计其中，为了整个局，的确是用心良苦！以前陆嘉学曾说过他那些话我还不信，倒是我看错他了。"

　　罗宜宁也不知道该说什么，她一直知道罗慎远是什么样的人。但她希望自己在他心中能有些不一样的，至少他是在乎她的。她分明知道，对于罗慎远来说，权术是很重要的。她心里非常混乱，以至于她还是不敢相信。

　　"父亲，我回去找他问清楚吧。"罗宜宁总是还存在一丝信任，说道，"若真的不是，您也别冤枉了他。"

　　"你要回去也得过几个月再说。"魏凌道，"陆嘉学不见了，如今周围局势不稳，让你就这么回去我可不放心。何况现在朝野动荡，你回去待在这样一个冷酷的人身边，我绝不同意。当初他娶你的时候就是，我以为他是因兄长的情谊帮助你。但你才满十五，却连孩子都三个月了，可见你在罗家的时候，他也未曾真的怜惜你的。他怎么忍心……"

　　想到女孩儿现在也不过十五岁，许多小姐这时候都还没有出嫁，她却连孩子都有了。魏凌就忍不住心疼她。

　　宜宁不是没有想过孩子这事，只是她没有去深想而已，她怕深想的结果她不喜欢。

　　"他当真没找过我？"罗宜宁缓缓地镇定下来，毕竟其实……她经历过很多这样的事了，她轻轻地问。

　　"我忙于战事，实在腾不出手。他在朝野中跟清流党不和，又暗中跟汪远斗，没见他分出自己的人来找过你。"魏凌一想到边关战事，就对罗慎远充满了冰冷的怀疑。若不是他，当真找不出第二个来，这事做得太过了。

"他现在在朝堂上，可是顺风顺水了？"宜宁又笑了笑。

魏凌颔首："他有都御史葛洪年相助，在朝中控制了部分言官，现在几乎能与汪远平分秋色了。汪远没想到他起来得这么快，现在忌惮都来不及了。"

葛洪年……罗宜宁听到这个名字心里就一沉。葛妙云的祖父！也就是前世罗慎远的岳父，他终究还是跟这些人有了关系。

他前世还娶了葛妙云的。

"罢了！你一路累了吧，先用午膳。"魏凌叫人端菜上来，"送你回去的事等几月再说，我都护府怎么说也是安全的。我先写信给徐氏，叫她在英国公府准备好你的住处，你回去后先别去找罗慎远，住在英国公府里。等我回去将这些问清楚了再说。"

罗宜宁才回过神，拿筷子吃饭。看到手腕上的佛珠又一顿，将佛珠解下来收到了袖中。

"陆嘉学没这么容易死的。"罗宜宁突然说，她真的有这种直觉，至少陆嘉学这个时候还不该死，在前世他可是一直活着的，"您应该能找到他。"

魏凌的面容有些沧桑，听到女儿的话，大老粗的人竟然觉得难受。再怎么说，陆嘉学也和他出生入死多年，两人在战场上彼此相救的次数多得数不清。也许他和陆嘉学的关系就是这样，只能共患难，不能同富贵。同富贵会猜忌怀疑，但是在战场的时候，他们只信任彼此。这是多年培养的默契。

他叹气，像女儿还小一样摸她的头。

宜宁被他摸了头，失笑道："父亲，我都有孩子了。"小时候就罢了，现在她可不是小女孩了。她心里终于有了丝温暖的感觉。

"那又怎么样，你还是我女儿！"魏凌讪讪地道，还是收回了手。

宝哥儿喝饱了奶要睡觉了，睡觉一定要跟着宜宁，找不到她就大哭。乳娘手足无措地抱着孩子出来："夫人，小少爷要找您！"

宜宁看他的小脸震得通红，满是泪痕，忙把他抱过来，宝哥儿被母亲抱着才不哭了，抽抽搭搭的。

魏凌走到孩子面前，低头看了看他的外孙。外孙立刻把头扭到一边靠着母亲，他不喜欢陌生人。

"他跟您熟了就要您抱了。"宜宁拿着他的小手向魏凌挥了挥，"宝哥儿，这是外公啊。你的外公可是英国公呢，以后他带你学骑马好不好？让我宝哥儿做个威风八面的将军。"

宝哥儿自顾自地啃手，牙牙地发声。

夜凉如水，风在远处的旷野呼啸，魏凌就醒了过来。

已经是半夜了。他的门扉被叩响，魏凌披衣起来处理军情。倒也不是太紧急，是大风把马厩吹倒了，压死了十九匹马。

他回来的时候从前院路过小厨房，却发现小厨房的烛火还亮着，原以为是哪个仆人在看火，走近了一看，却发现是宜宁在里面。

她好像在煮面,一双长筷子在水里捞,厨房里热气腾腾的,旁边搁了一只瓷碗,婆子静静地站在外面。看到魏凌,连忙说:"小姐说自己饿了,奴婢想帮忙的,但小姐说要自己来……"

魏凌静静看着女儿,挥手道:"你先下去。"他走进了厨房。

宜宁看到了他,倒没怎么惊讶地转回头,把面条捞到碗里,放一把葱花。

"我饿得厉害,才来煮碗面吃。您怎么起来了?"

"马厩塌了,马被压死了。"魏凌说着在八仙桌旁坐下来,"你竟还会煮面呢。"

宜宁拨着碗里细细的面条,笑了笑说:"我的面条做得最好了,您要尝尝吗?"揉面、擀面、切面,她能做得很细很细,因为原来的祖母最喜欢吃细面,但北直隶少有细面。宜宁因此就学了这个手艺。

但是她已经很久没有做过了。

她另拿了只小碗拨出些,把大碗给了魏凌。魏凌接了过来,白天那会儿谁也没有心思吃东西,现在终于有了些胃口。葱花的清香,还滴了香油,倒是挺让人有食欲的。他吃了几口,突然说:"眉眉,你是不是太难过了,你的面里忘了放盐啊。"

罗宜宁往嘴里塞面条,把脸埋在热腾腾的气里,听到这句话突然就忍不住了,眼眶发红。

她还在不停地慢慢吃着面,吞咽,根本不知道是什么滋味,眼泪却掉了下来。

一直以来罗宜宁都逃避感情,曾经不被重视、被抛弃、深入骨髓的那种痛苦,让她真的无法主动去爱别人,直到现在她决定主动地去爱他,没有一个人,在她危急的时候这样一直陪在她身边。她终于伸出了触角,但是魏凌的话让她清醒了一些,也许他根本不在乎呢?他没有找过她,他在朝堂上如鱼得水,他甚至遇到了葛妙云。

他喜欢她,但是比不过权势。那种天性的凉薄,那种带着利用的温柔,历经前世的她比谁都清楚。

她应该理解的,但就是非常难受。

魏凌走到她面前,缓缓摸她的头:"爹爹在这儿呢。你爹我可不是摆设!你有英国公府呢。"

他又叹气:"你再哭下去,面条都要被你哭咸了。"

他定定地看着自己的女儿,她终于不哭了,静了会儿擦了擦眼睛说:"您等等,我给您拿盐来。"

宜宁知道魏凌是不想让她难过。罗宜宁很难跟魏凌说明白究竟是为什么,很难真的说清楚自己复杂的内心,她甚至不喜欢在人前表露自己的情绪。她闭眼缓缓地吸了口气,她也只能软弱这么一会儿而已。

皇上刚换了一身龙袍,乘着轿辇到了内阁文华殿内。

"陆嘉学领兵一万追击,现踪迹全无。如今边关告急,各位爱卿可知道了?"皇上扫视了一眼,实际上他刚从宫妃的榻上被拉起来,走进来的时候都还有些急促。

内阁中汪远、谢乙、罗慎远等人在。一般只要皇上不是亲口问他,汪远是不会开口的,谢乙对战事一窍不通，而兵部尚书已经前往边关了。其余几人都看向了罗慎远，罗慎远这种时候一般也不会说话，但当他说话的时候，没有人会不听。

皇上心里一气，这群浑水摸鱼的老滑头！他语气缓和一些问："那罗爱卿以为如何？"

罗慎远本是靠着桌沿的，听到皇上问才上前一步，缓缓道："皇上，微臣愚见。英国公曾将瓦剌逼退五十里，实际已经元气大伤，坚持不了许久。若不是有鞑靼相助，就只是乌合之众了。眼下快要入冬了，那边必然分不出精力来出兵。英国公再加兵部尚书领大同总兵，应对不成问题。至于都督大人，草原环境诡谲多变，微臣就不好说了。"

皇上听了这些话，才略安定些。

知道陆嘉学出事的时候，他简直火烧眉毛。毕竟现在进攻之势凶猛，雁门关一破冲到京师，到真的兵临城下的那一天，他也别想安稳坐龙椅了。既然罗慎远说无事，他自然信几分："罗爱卿此言当真？"

"皇上不必忧心。"罗慎远反而笑道，"可信微臣。"

皇上急匆匆过来，被这么一安抚才慢悠悠地乘着轿子回去。几人出了内阁，随从早在外等候罗慎远，见他出来立刻过来披斗篷，这出门的排场比起汪远也不相差了。上次进谏罗慎远的言官，被他贬去云南当个宣抚司同治，半路死了，自此后再无言官敢说罗慎远半句了。

罗慎远并不是很喜欢别人对他说三道四，以前只是忍而已，现在他暴戾，不想忍。

汪远也被众人簇拥着从罗慎远身后走来："罗大人。"

"汪大人。"罗慎远颔首一笑。

汪远意味深长道："罗大人年轻有为，想来几年后的次辅之位是非罗大人莫属了。"

"汪大人多虑。"罗慎远道，"我不过懂些奇技淫巧，说起治国方略却不敢和汪大人相提并论。"

汪远一笑，眼睛就眯起来："罗大人若是奇技淫巧，那别人都要羞掉脸皮了……我有事先行一步，罗大人告辞。"

罗慎远看着汪远走了，笑容渐渐冰冷漠然。他回到府中，顾景明早在府邸里等着他。

他今天脸色有些发白，等人退下后直冲到他面前来，压低了声音："我今日才知道，你……你当真与瓦剌部合谋杀害陆嘉学？你……你这不是……"

通敌卖国。

罗慎远早就不是原来的罗慎远了，锦衣卫在他手上，说不定现在西厂也被他掌控。这些力量都是不为人知的，没有人知道他们在罗慎远手上，听他调遣，做了什么也无人可知。几月前他进了内阁，虽然资历不高，但是一直地位超然。如今的首辅汪远也不敢轻易说他。

顾景明知道他玩弄权术的那些事，斩杀骂他的言官的那些事。似乎这一年来，他脾气是越来越不好了，对人事的忍耐度越来越低，但怎么也不该是通敌卖国。

"我不过是利用瓦剌部而已，他们没有那个造化。"罗慎远在太师椅上坐下来，闭上眼。他的面容越发冷峻了。

"你如何知道？"顾景明低声道，"陆嘉学毕竟是在保家卫国……"

"那我就杀不得他了？"罗慎远的声音突然严厉，他已经睁开了眼，一字一顿道，"我做事，你闭嘴。知道了吗？"

顾景明久久不说话，然后主动绕开了这个话题，语气多了些尊敬："我听说，您让锦衣卫去了金陵？"

"嗯，我在那边有事。"罗慎远说。

顾景明点了点头："您有自己的分寸，我就不多言了。我先回去了……"

罗慎远点头示意知道了。顾景明退出了书房，才松了口气。如今罗慎远可是罗阁老，他的确不敢再像原来那样说话了。

## 第四十二章 离人归来

进入十二月之后，宣府就开始下雪了。鹅毛大雪，一早起来连河面都结冰了。

魏凌用了两个月，也只是让宝哥儿被他抱着的时候勉强不会哭了。边关天气冷，自从陆嘉学上次逼退瓦剌之后，两族暂时还没来犯。进入严冬期了，牛马羊都要休息，也不适合远途行军。大同那边由兵部尚书兼任大同总兵镇守，勉强没出什么乱子。

只是陆嘉学始终消息全无，也许真的已经葬身雪野了。

魏凌还没有放弃搜寻，至少他要知道草原里究竟发生了什么，陆嘉学为什么突然不见了，他究竟有没有死。

罗宜宁也想过，看着茫茫大雪，她甚至开始怀疑陆嘉学真的出了意外。

宝哥儿在热炕上翻了个身，抓着自己的小脚要啃，但是他穿得跟球一样，根本不能。他就牙牙地叫着，想吸引母亲的注意力。宜宁觉得他黏糊糊的，不想把他抱起来，他还是自己跟自己玩。

半岁的宝哥儿已经开始练爬了。除了睡觉的时候总是黏着她，别的时候宝哥儿都挺好带的，没人理，自己也能玩半天。宝哥儿越长五官就越来越像罗三，一个小罗三。他脖子上戴了个外公送的长命金锁，抓着就开始啃，啃一切他抓得到的东西。

魏凌真是喜欢自己的小外孙。

就算瓦剌暂时没有来犯，魏凌也不敢轻易离开边关，但是罗宜宁可以回京城去了。毕竟都护府这里过得糙，吃饱穿暖而已，舒适是绝对不能想的，何况她一个妇人家在边关也不方便，魏凌打算安排人送她回京城了。

宜宁其实也想回京城去，她离开那个地方太久了。魏凌叫了个副将送她回京城，安排了许多人手，唯恐她不安全。

而那个宜宁从金陵乡下带来的乳娘秋娘，收拾了自己的小包裹，忐忑地问："夫人，咱们要去京城了？"

多么奇妙，她竟然成了京城贵人的奶娘，还要跟着去贵人府上了。

宜宁吩咐她说："宝哥儿习惯你带，你到那儿之后什么都别说就是了。"把这位秋娘放回去，还不如留在身边，她又不能杀人家灭口，毕竟还是奶过宝哥儿的。何况秋娘倒也不是惹是生非的人。

"您放心吧，我是知道的哩！"秋娘就笑。

魏凌辞别了女儿，亲了宝哥儿一口，胡荃让宝哥儿很不舒服地"呀"了声，才送他们上了马车。

这一路倒是挺舒坦的，出发得早，第二日下午就到了京城。京城也下了雪，又临近过年了，到处都那么热闹。宜宁想到自己上次回来的时候也是这个场景，她把宝哥儿抱起来，指给他看外面的糖人摊子："宝哥儿，那儿卖的是什么呀？宝哥儿想不想要？"

宝哥儿第一次见到京城，抓着母亲的肩好奇地看着。

看够了他就靠着母亲睡觉，吮手指，宜宁最近正在纠正他这个坏习惯。

罗慎远坐在轿子里，轿子正走过官道。就感觉到轿子微微摇晃。他挑帘一看是卫兵护送的马车，旁边还跟了位长相平平的丫头，是刚和这队人马擦肩而过的。

罗慎远把玩着印章，淡淡问："那是谁家的车队，在内城这么大张旗鼓。"

"阁老。"外面随从叫停轿子，拱手道，"小的未看清楚。可要跟去看看？"

"不必了。"罗慎远道，"快去顾家吧。"然后放下了车帘，轿子又走了起来。

等到了英国公府外，外头的人挑帘让宜宁下马车。宜宁抱着宝哥儿下来，就看到了英国公府熟悉的匾额和那双扇的黑漆大门，她缓缓地吐了口气。英国公府，她还是回来了。

徐氏带着丫头婆子在影壁等她，看到她立刻迎了上来。面熟的婆子都看着她暗自抹眼泪。

宜宁把熟睡的宝哥儿交给秋娘，屈身喊了母亲，问徐氏："祖母身子还好吗？"

徐氏和一年多前没什么区别，她是个精明的人，府里打理得也井井有条的，过得很舒心。她道："老太太身子还算硬朗，不过庭哥儿去了天津卫所，恐怕要过年那几天才能回来。你不在这一年，他现在长高许多了！"

宜宁对徐氏并不算熟悉，含笑点头。她去了静安居给魏老太太请安。

魏老太太比原来更老，一看到她就热泪盈眶的，嘴唇颤抖："知道你得了重病，我想去看也不行，现在可是好了……你可是好了？"

罗家对外都说的宜宁身患重病，去了保定修养。连英国公府的人都瞒着，除了魏凌，宜宁估计徐氏应该也是知道一些的。

宜宁笑着抱了抱她，"您不要担心，我这不是回来了吗？"宜宁跟她相谈一会儿。听闻她生了孩子，老人家很惊喜。

"我曾孙在哪里？"老人家查看了一番她确是没有事之后，就让她坐上自己的罗汉床，兴致勃勃地要看自己的曾孙辈了。

宜宁让人把宝哥儿抱来给她看，徐氏在旁边坐下来，笑着跟魏老太太说："您看您曾孙长得多好，白白胖胖的。"

宝哥儿刚醒来，揉着眼睛看不到母亲，"哇"地哭了，宜宁才把他接过来。

徐氏又说："倒是长得像极了罗阁老。我还只是远远见过罗阁老一面呢，被别人簇拥着。如今罗家可真是贵气了。"

"提他作甚，宜宁生病他就送去保定修养，他倒是入阁了。现在回来也未见他上门，可见罗阁老是瞧不上咱们英国公府了。"魏老太太说话带着淡淡的不满，她本来就不是很喜欢罗慎远的，"你去保定养什么病？宜宁啊，你就是太傻，病了就回英国公府来，谁还敢亏待你不成。"

罗宜宁苦笑着说："这怪不得他，我回来的事他还不知道的，瞒着他回来的。病的时候是因保定有个名医，才回去的。"

他现在权势加身，要称为阁老了。听父亲说他没有找她，其实宜宁怎么会不心冷呢？先在英国公府住一段时间再说吧，以后再去问问他，或者商量究竟应该怎么办，万一有什么误会，例如他找了但是父亲不知道，再例如他并没有与瓦剌勾结……不论怎么样也要问明白才是。

只是她现在，真的无法去面对不好的结果，竟然有些想逃避罗慎远，怕见到他，住几日再说吧。

"那宜宁你来静安居与我一起住。"魏老太太拉着她的手说，"你先住下再说，我瞧个合适的日子让罗三过来一趟，暂时不急。明日我叫贺家那二丫头来陪你！她正好也刚带着孩子回娘家来。"

"好。"宜宁笑着答了老太太的话，心里还是觉得家里好，哪里都比不上家里舒坦。次日她醒来时没听到呼啸的风声，感觉周身都温柔和舒适。

宜宁睁开眼，发现小团子没有在她身边。她半坐起身举目一看，才看到西次间里，魏老太太已经将宝哥儿抱了起来，逗他玩。乳娘、丫头和徐氏围着，宝哥儿面前摆了镯子、拨浪鼓、小枕头一类的玩意儿，魏老太太抱着他去抓。

宝哥儿晨醒之后是最好相处的，他睡饱了，被人从娘亲身边抱走了都不知道，兴奋地挥着小藕臂，要去抓颜色最鲜亮的小枕头，抓到后就啃。魏老太太不要他啃拿走了，他懵懂地看向魏老太太，很不理解的样子。

宜宁穿衣起身，走到西次间里。宝哥儿老远地看到她就笑起来，小臂挥得更高兴了。

魏老太太和徐氏都围着他，怜惜都来不及："唉，这小东西，什么都要吃。怕是快长牙了！"徐氏还没有孩子，看到粉团心就发软，何况宝哥儿长得粉白软和，一大早就跟着魏老太太悄悄抱了宝哥儿出来玩。

魏老太太则笑："手真有劲，指不定能当将军呢！"一点没在意这是阁老他儿子，从文从武得人家爹拿主意。

魏老太太看到宜宁起来，忙叫她过去："见你睡得香没叫你，快快吃早膳，早给你热在蒸笼里了。"

说着菜就送了进来，主食白粥，一碗掺了牛乳的虾仁蒸蛋，撒了芝麻的细牛肉丝，一碟两面沾满松仁、煎得金黄的红糖糍粑。还有些肉松，拌在粥里一起喝，味道当真好。吃食比在宣府的时候精细多了。宜宁食指大动，一连喝了三碗粥，魏老太太看她的目光都变了。

宜宁这才想是不是她吃得太多了，咳嗽着擦嘴笑："祖母看我做什么？"

只见魏老太太点头说："做姑娘的时候，你早上喝一碗粥中午就吃不下饭了，娇贵得跟什么一样，如今倒是胃口好，一口气喝三碗。这最好了，我瞧你真是圆润了一些。"

没办法，现在胃口就是很好。幸好肉长得不多，她原来瘦，圆润些挺好的。宜宁只能这么安慰自己了。

"姑爷还没见过宝哥儿吧？"魏老太太把孩子递给她，小家伙跟小鸽子一样早向母亲张开手求抱了。

宜宁把他接过来，看到他穿了一双新的虎头鞋，心想老太太真是爱他："他在京城忙，还没见过呢。"

魏老太太说："罢了，宝哥儿我们先养着。"老太太精神一振，"你瞧那虎头鞋好不好，是我以前无事的时候做的。你多多小时候就穿我亲手做的虎头鞋！宝哥儿穿着精神。"宜宁握着宝哥儿的小脚，果然做得精致漂亮。

下午的时候贺二小姐过来了。

她嫁到了通州，丈夫竟然是与三哥同科的进士，现刚在工部观政期满。贺二小姐的女娃比宝哥儿大好几个月，穿了粉色的绸袄，唤瑛姐儿，坐在母亲怀里怯生生的。

宜宁多年未见过贺二小姐了，在国公府的时候与她还玩得很好。贺二小姐见她也颇为高兴："你出嫁的时候我已经嫁了，还未送你成婚礼。对了，我今日想带瑛姐儿去打对银脚镯，你要不同我一起去逛逛？祥云茶楼旁新开了家金银庄，首饰的样子都极好，铺子开得又大。"

宜宁听到这里才明白，这是魏老太太怕她在国公府上抑郁，特地找人陪她出去走走的吧。其实不用，她在宣府几个月了，早就不抑郁了。

"去看看也好，京城中我久未逛过了。"宜宁应了她，摇了摇宝哥儿的手逗他说，"给我们宝哥儿买糖人好不好啊？"

宝哥儿懵懂地坐在母亲怀里，抓着母亲的手啃。

马车一路到了祥云酒楼外，贺家的仆从先去与金银庄的店老板说话，给两位夫人一个雅间慢慢选样子。这时候贺二小姐看到了她的丈夫许胜文，正好在酒楼这里同友人喝酒，便叫住了他叮嘱，给他整理衣襟，嗔怪他出门不注意。

宜宁给宝哥儿买了个糖人，有一下没一下地逗弄他，又不给他咬到。宝哥儿被娘亲逗弄得泪汪汪的，眼看要哭了，宜宁才给他舔舔。她可不敢让他拿在手上吃，不然肯定糊得到处都是。

许胜文面容端正，身材挺拔，笑容满面，只是向宜宁微微颔首，女眷不好说话，也没问她是谁。

"我都知道，现在没时间了，得先上去了！"许胜文说着握了握妻子的手。

贺二小姐放了丈夫离开，跨进屋内笑："叫你久等了，他总不注意这些！他刚观政期满，今日要去拜见工部尚书罗阁老，想求个好的官位。但罗阁老不好说话，求的人又多，我叫他总要注意些才是。"

罗宜宁听到她提起"罗阁老"三个字，心里猛地一震。

贺二小姐突然像是想起了什么，面露疑惑："等等，我记得你嫁的人家……似乎就是罗家？"

她出嫁后就没有回来，京城的事知道得不多，连罗宜宁嫁的谁都不知道。

罗宜宁低头喝茶，说："嗯，嫁的就是罗家。"

贺二小姐见她没有多说，就没继续问了，继续说道："这罗慎远真是厉害，年纪轻轻的就当了阁老，侍君左右。你知不知道他上个月清肃六部，下台官员都有四十余人……我听说若不是他已经成亲了，皇上还有意给他相公主呢。"

宜宁选了好几个脚镯的样子，准备给宝哥儿多打几个，把选好的样式交给丫头："我这儿都选好了，你快选了，咱们回去吧，仔细瑛姐儿饿了。"瑛姐儿没有抱出来，贺二小姐是自己奶孩子，没请乳娘。

"倒也是！"贺二小姐想起了瑛姐儿，就不再纠结罗慎远的话了。

那许胜文刚到祥云酒楼门口，几个同僚在等着他，见他来了就笑："你这浑不吝的，刚才叫住你的那人是谁？"

许胜文没好气地道："还能是谁，那是我明媒正娶的娘子！难不成我还会养外室不成？"

一行人边说边往酒楼里走，一个同僚把手搭在他肩膀上："我记得赵兄就养了个外室，才十四五的小娘子，那个新鲜水嫩。"

旁边被点名的人咳嗽一声说："那是我任上的时候救来的，没得去处，除了跟着我还能怎么样？你别胡说，我是要纳她为妾的。"

其他人又来哄笑他，问他那小娘子是什么滋味。

他们到了雅间正准备坐下，刚才被哄笑的人拍了拍许胜文的肩膀："胜文兄，你不是要去寻罗阁老吗？你瞧那不就是吗？"

许胜文探头看，果然是罗家的轿子停了下来。一群人走到窗扇边，看到罗大人自轿子上下来了，随后一辆轿子下来的是吏部侍郎宋大人。几人顿时有些骚动——罗阁老竟然到祥云酒楼来了！

"咱们得去拜见才是，否则岂不是失礼了！"那赵姓的说了，几人连忙收拾一下，出了房门。

许胜文有求于人，走在前面。看到罗阁老与宋大人被簇拥着进来，几人立刻上前问安。

罗阁老披了件大氅，眉眼冷峻地走进来，正同宋大人说话。看到他们之后瞥了一眼，将手上的东西交给随从，淡淡问道："许胜文？"

"阁老还记得我！"许胜文拱手一笑，"卑职曾在阁老手下观政过，幸得阁老指点。"

"嗯。"罗慎远颔首，他对这人有些淡淡的印象。宋大人见是几个年轻官员，也没有理会，笑着虚手一请："罗大人先请。"

罗慎远笑着应了，一行人簇拥着上楼。刚走上拐角，那拐角有扇窗对着下面的街道，罗慎远突然就停顿了。

他仿佛看到了什么，脸上的笑容立刻消失了，甚至眼神都变得非常奇怪，若是要说的话，那是种终于要抓住什么的狰狞。

许胜文还奇怪，只见是妻子的那辆马车，另一个抱着孩子的女子躬身上了车。孩子用斗篷罩着，只是一晃眼就不见了。

众人都没有反应过来，只见罗大人突然转身往楼下疾步追了出去。随从们连忙避让，但是那辆马车跑得很快，消失在了茫茫的街道上，就是追也不知道去哪里追。有人上前想要问什么，罗慎远却厉声道："闭嘴！"他眼角发红，甚至有些喘息。

罗慎远闭了闭眼终于冷静了一些，吩咐身边的人："去，把隔壁金银庄的店老板叫过来。"

店老板听到是罗阁老唤他，诚惶诚恐，很快就过来了。"小的给大人请安。"店老板跪地后起。

罗慎远刚才也只是一晃眼，并未完全看清楚，他甚至也怕这不过是幻觉而已。毕竟，这样的幻觉实在是太多了。

他坐在太师椅上问："方才在你店中的两位女子，其中有个抱了孩子的，你可知道是谁？"

许胜文斗胆上前一步，拱手道："阁老，那未抱孩子的是我妻子，贺家的二小姐，另一位……"

罗慎远似有力度的目光看向他，没有说话。

许胜文顿时觉得后背冷汗都要出来了："那另一位，我听她说是……"

店老板这时候才想起，忙接道："那位我听说是世家的贵人呢！一口气要了七八个孩子的脚镯，真是大手笔！"

许胜文记得妻子是有哪个国公府的手帕交，才擦汗点头："是是，好像是个国公府的小姐！"他却觉得自己说完之后，罗阁老的神情更是沉默了，甚至抓住扶手的手背用力得青筋隆起，威压丝毫未减轻。随后过了很久，罗阁老站起身说："宋大人，我今日有事先离去了，改日再聚吧。"

宋大人只得赔笑送罗慎远离开。此时天色已经有些晚了。

轿夫们都熟练地压低了轿子，躬身等着。

罗慎远漠然地进了轿中，轿子起来了。刚走了不久，身后有人急匆匆地追了上来，叫道："阁老！罗大人！"

轿子慢慢停下来，罗慎远挑开帘问道："打探清楚了？"他方才立刻叫了位随从去英国公府。

那随从走到他身前，隔近了才敢说："大人，那马车是英国公府的。"

"小的叫人跟去看，从那马车里下来的……"随从犹豫了一下，"仿佛是咱们三夫人，看身量像是，而且襁褓中还抱着个孩子。看不清多大年纪了，几个月了吧……"

罗慎远心里情绪极端起落，闭上眼问："可能确定？"

"虽然只是下了马车就进去了，但应该就是。"那小厮又道。罗慎远放开他，一时不语。

与她长得如此相似，出入英国公府，不是她还能是谁！她是真的回来了。

但孩子又是怎么回事？她帮别人抱着的？不是没有可能。至于另一个可能……他是想也不敢去想。

宜宁回来了，为什么不来找他，反而回了英国公府？难不成她喜欢上了那陆嘉学，甚至与他生了个孩子，才不愿意回到他身边了？虽然陆嘉学十有八九被他弄死在边关了。

她竟然就这么回来了，若不是今日偶遇，难不成还要把他蒙在鼓里吗？

这么些天饥渴的思念，罗慎远早就压抑得过头了，甚至是极端的。她回来竟然还不来找他，那行，她不来，他亲自上门去抢就是了。她是他的妻子，就算她跟别人生了孩子，也是他的妻子。

"去英国公府。"罗慎远说，语气还是很平静。

随从一愣，罗慎远说："去英国公府，接三夫人回来。"他的语速很低沉很慢，"三夫人既然回京城，那就该回家了。"

随从应声，连忙让轿夫起轿。

其实罗宜宁刚回来的时候也惊魂未定，她跟贺二小姐出来，竟然看到罗慎远的轿子停在街上。当时她就有点混乱，刚回来却没有去找他，还不知道该怎么说，这时候在街上撞到了怎么办？上了马车后就立刻催促马车赶紧走，她隐约觉得身后好像有人追出来，但马车已经跑远了，等回到英国公府之后，魏老太太等着她吃晚膳，问她："你怎么跟被鬼撵了魂似的？"

宜宁说没什么，坐下来吃晚膳。

魏老太太喂宝哥儿吃蛋羹，他今天舔了几勺蛋羹吃，就不怎么喝奶了。一会儿就被宜宁哄睡着了放入小床中，他把自己团了个小团睡觉。

魏老太太叫她出来一起烤火，跟徐氏聊聊家常。徐氏这人也蛮好玩的，跟魏老太太一起嗑着瓜子聊世家八卦，宜宁抓了把瓜子在她们当中坐下。徐氏提议烤红薯吃，并且一脸艳羡："小时候在乡下的田庄里，吃过一次烤红薯，后就再没吃过了。"

宜宁说："这有什么，您想吃就能吃。"然后就叫厨房拿一筐红薯来，给徐氏烤着吃。徐氏看她的目光就亲切了一些，魏老太太也很有兴趣，三个年龄不同的女人凑一团忙活起了烤红薯。

红薯刚烘进火炉里，就有婆子挑帘进来禀报："老太太，罗阁老……姑爷过来了！说是来接小姐回去的，正在花厅等着呢。"

罗宜宁闻声惊讶地抬头，心下不由得一紧——他刚才果然看到她了！他竟然亲自上门来了！

魏老太太却"哼"了声："自己媳妇病了送回保定，回京了又不知道，眼下终于找上门来了，还不算晚。宜宁，我陪你去会会他。"

"祖母啊……这个……"宜宁看到老太太抓着她的手，额头冷汗直冒，她怎么就觉得这趟不能去呢。

他现在就在花厅等着，说不定是喝着茶一脸平静，她要立刻去见他吗？徐氏连忙道："老太太,等等!"

魏老太太不知道她要做什么,宜宁正松口气,徐氏却走上来说:"这夫妻久别未见了,宜宁虽然是天生丽质,但您看要不要给她捯饬捯饬。我瞧她最近顾着孩子,都不怎么注意衣着打扮了。"

魏老太太听了深以为然,点头说:"你说得有道理,输人不输阵。"

然后把外头的婆子叫进来给宜宁梳妆打扮,宜宁被按在妆凳上,简直哭笑不得:"不用重新梳头发了。脂粉也不要!我洗把脸就成。"

这都已经晚上了,去见他还发髻整齐,妆容精致。简直……不知道该怎么说。

徐氏很遗憾地看着罗宜宁几乎什么也没换就出门,只能从自己发上取下一支海珠金簪,别在宜宁头上。

宜宁觉得好歹有些底气,跟徐氏虚扶着魏老太太去了花厅。

离花厅越近她心里就越紧张,刚才的心理暗示化为飞灰,心要从嗓子眼跳出来了,得按回去按回去,她勉强做出个云淡风轻的样子。

慢慢走近花厅,她终于看到了那个人,终于是看到了那个人。

罗慎远披了件大氅,正端坐在太师椅上,两侧立着他的随从。他端了杯茶,但好像也没有喝,氤氲的热气飘散成丝缕,在暗黄色的烛光下渐渐散开。外头的雪地发出暗淡的光辉,与空旷的深蓝色天空交映。

他也慢慢抬起头,对上了她的视线。

罗宜宁立刻避开了,根本没看到他的神情。但是那种感觉她说不出来,好像被他紧紧地盯着,觉得有点腿发软。宜宁低声唤他:"三哥。"但是亦没有看到他点头回应。

魏老太太携着宜宁过去坐下,冷淡地笑道:"难得阁老过来。"

罗慎远站起来,几步走到她们面前,语气轻和地拱手道:"祖母不必叫我阁老,称我慎远就好。我这次是来接宜宁回去的,算来她久未归家了。"

宜宁就看到他干净无尘的靴面,革带上的犀花纹,他的声音还是这么低沉磁性。

魏老太太叹气:"倒不是我为难你,宜宁一个人在保定养病,你竟不闻不问。孩子生下来如今也没有看过,你这如何当的父亲?"

罗慎远这次顿了很久,直看着罗宜宁,语气平静地继续说:"是我未照顾到她,朝务繁忙,前段日子脱不开身。我这就是来接她回去了,好好尽我丈夫和父亲的责任。"他嘴角甚至露出一丝笑容。

罗宜宁这次抬头,才发现他根本就没有顾及别的,根本就是一直盯着她!"宜宁……"魏老太太看向她。

罗宜宁暗自叹气,罢了,总是要问明白的!

"祖母,今日天色也晚了,先让三哥住下来再说吧。"

魏老太太觉得也是,点头道:"那我安排一间厢房吧,宝哥儿这会儿睡着了,你若想去看看他也行。不过还是明早看吧,孩子被吵醒了,哄起来也麻烦。"

"孩子先不急。我今晚就在这儿住下吧。"罗慎远淡淡地说,"不过您不用安排屋子,我和宜宁一个屋子就行了。"

他看向她,笑着问:"你说是不是,眉眉?"最后两个字的尾音,咬得非常轻。宜宁听到就背脊微寒。

一般在娘家,夫妻不同床睡,但现在也许他们夫妻就需要好好谈谈呢。姑爷原来对宜宁淡,指不定靠这个机会改善改善。只要夫妻和睦,规矩又算得什么。

魏老太太就说:"那也行。宜宁,你三哥就同你睡一个屋子吧,也免得我再去安排了。他应该也累了,你先带他下去休息吧。"说罢还暗中示意宜宁,好好把握机会。

罗宜宁暗自倒吸一口气,看这样子恐怕是无法拒绝的,她只能说:"三哥,你跟我这边来。"

罗慎远"嗯"了声,跟在她身后穿过黑暗的回廊。宜宁感觉到他本来走在很后面的,但是越来越靠近,几乎她都能撞到他的胸膛了,脚步声也很近,好像伸手就能抱到她一般。

她加快步子走在前面,故意离得远一些。门口守着的丫头看到她就屈身。她刚打开房门,想叫丫头打水来,但是罗慎远说:"不用了,都退下吧。"宜宁正要说什么,却被他一只手按住了门,还没有反应过来门就关上了!

他随后伸手一捻,屋内的灯顿时灭了。

眼前一片黑暗什么都看不见,宜宁竟觉得有些恐惧。

她在屋内后退,却立刻被追上来的他抓住,然后她脚下一绊撞到了桌沿,顿时有具灼热沉重的身体压了下来。两人的气息缠绕着,他的气息更有侵略性。罗宜宁挣扎了一下,发现自己被困在他和桌子之间动弹不得!他压下来逼迫她也往下,她不由得问:"你这要干什么?"

他的声音冰冷而透着炽热,呢喃地轻声说:"眉眉,好久不见了。你可还记得你夫君?"黑暗中,一切的感官都变得无比清晰。

宜宁想从他身下挣扎而起,罗慎远却再次按住她:"回答我。"

宜宁微仰起头。记得,怎么不记得!但是她快撑不住自己的身体了。

罗慎远似乎感觉到了,立刻抱着她的腰一揽,她终于从濒临腰折的局面中解救出来,顿时就撞在他身上。

这时候她终于适应了黑夜,能看清彼此的脸了。

宜宁觉他和一年前是有区别的——清俊的脸棱角更加分明,鬓发如刀,阁老大人如今有了权势所带来的魄力了。因隔得太近,他嘴唇上有丝丝的光,宜宁说:"你好像瘦了。"

"我见你是胖了的。"罗慎远凉凉地道。

可不是丰润了?刚躺在他身上的时候,身上的柔软正靠着他。可能是她正在哺乳,身上一股淡淡奶香,禁锢于怀中,闻到就叫人下腹发热。更何况是久别分离,若不是因为强大的自制力,哪里还能跟她好好说话。

宜宁忽然沉寂了一下,问道:"三哥,我不在的这一年里,你过得怎么样?你身边可有别的喜欢的人了?"她说,"我知道你入了内阁,做了阁老。毕竟因我莫名失踪,身边也没有个照顾你的人。"

罗慎远也沉默片刻，然后笑着慢慢说："倒是遇到过几个。有个姓葛的姑娘品行优良，才貌双全，对我是一往情深，每次见面都含情脉脉。我正想着要怎么回应人家的心意，才不辜负了这份深情。"

罗宜宁越听就越难受，记得贺二小姐所说他和葛姑娘走得很近。是啊，他一直这么讨别的女人喜欢，前赴后继，无可阻挡。甚至以前他还会加以利用！她鼻尖微酸，笑了笑："既然那葛姑娘才貌双全，我可是比不上她的吧。你不如称我病亡了，娶葛姑娘做续弦。葛姑娘爱慕你，必定会答应的。你不必担心我死缠烂打，只要你找到了更好的，我也不是无理取闹的人。"

她推开他要走，罗慎远却一把把她拉回来，捏着她的肩冷笑着说："你倒是挺大方的，不无理取闹？是不是这正好合了你的心意，你能带着孩子与陆嘉学长相厮守了？"

罗宜宁第一次知道他说话也是很尖锐的。她有点发抖，低声说："罗慎远！"

罗慎远抵近她："你今日看到我就跑，要不是我正好看到你，你是不是打算一辈子不来见我了，嗯？"

罗宜宁语气一凝："我不见的这一年，你宛如没我这人一般，高升官位进入内阁，还有红颜相伴。我怎么去找你？父亲在边关因战事受伤，我照顾了他几个月，陆嘉学在草原上不见了，父亲找不到他心里就越发恨你，我怎么见你！"

"魏凌恨我？"罗慎远听到这里，嘴角倒是露出一丝笑，"他是不是猜到我卖火器给瓦剌部了。"

他怎么知道！

"那批火器有问题。"如此试探，知道宜宁不是因为陆嘉学才不来见他，罗慎远稍微放松了一些，沉吟道，"你当我是什么人？若真是我通敌卖国，魏凌又怎么能活下来？定是斩草除根一个都别想活。那批卖给瓦剌的火器是我们专门制造的，一时不察就会炸裂……否则现在瓦剌能这么乖巧？仅仅是冬歇的话，他们也不至于动也不敢动。"

宜宁被他这么一点才明白。她忽略了这点，如果是魏凌都看得透的东西，罗慎远怎么会不注意呢？而且以他现在的地位，通敌卖国对他有什么好处？

当然她觉得这其中罗慎远肯定有没说完全的地方，他肯定有所隐瞒。但边关的事是真与他无关了，他没有通敌就好！

罗慎远放开她，去找了火折子把烛台点亮，屋内又亮起朦胧的黄光。他把烛台放在桌上，低声道："宜宁，你过来。"

罗宜宁一愣，他又看过来："过来。"

罗宜宁走到他面前，盯着他腰间的玉佩看，听他淡淡地问："你不见这一年里，你觉得我像没你这个人是吧。那是因为我根本不敢去想，我手里的锦衣卫这一年几乎踏遍大江南北，却始终与你错失。一开始找不到，我只是在不断地想你，到后来，我就越来越焦躁了……"

他靠近她，一手揽住了她的腰，将她半抬起靠在床边："罗宜宁，你一直不觉得别人能有多爱你，是不是？没有自信，怕被别人抛弃，所以一旦别人有这个迹象，你便恨不得长四只脚跑……从表面是看不出来的，毕竟你是英国公的女儿，又从小被我宠大，怎么会这样呢？为什么会这样呢？"

这样狠狈的秘密赤裸裸地摆在他面前，宜宁内心最隐秘的东西，没有遮拦，显得这么直接，刀刀都是直朝着她而来的。

罗宜宁深深地吸气，闭眼又睁开："你别说了……"她显得很狠狈。

"怎么不说？如今我完完全全告诉你，你就再也不用担心了……"罗慎远轻轻地摸着她的头发，"只是你不用担心，以后可千万也别怕了我。"

罗宜宁不禁仰头看他："你……"

他靠近罗宜宁的耳朵，告诉她："你知不知道这些年我对你做了什么？来，我来一点点告诉你。"

宜宁听到他不疾不徐的声音："当年在罗家，我不是让松枝监视你吗……从那时候起，我就希望能完全注视着你，无论是用什么方式。

"林茂向你提亲，我心里嫉妒于他，让他调任了山东。程琅又来插一脚，我就煽动了谢蕴去找莲抚，借刀杀人。你觉得我们能成亲是意外吗？其实全是我精心算计的。"

宜宁慢慢地睁大眼，这种徐徐揭开的真相，简直震得她不知道说什么。这些，都是他的……算计？

"你不见了之后，我一心想着把你捉回来关着，这样就不怕你再不见了。我不喜欢你看着别的人，我希望你只看着我。你对别人的任何过多关注我都嫉妒，我无法控制自己。只有你在我身边的时候，我才能不这样。"

其实，在长久的等待之后。罗慎远甚至觉得，罗宜宁在他旁边，他也不太能控制了。因为心底已经不再安定，如惊弓之鸟，总觉得会有意外让她离开他身边。

罗宜宁震惊了许久，她甚至觉得眼前这个表情微沉、眼神幽深中有一丝莫名情绪的人不是她的三哥。但是他说的那些话，真的很触动她。

"所以不要怕。"他缓缓摸着她的脸，像个双关语。

宜宁像是被什么温暖柔和的东西紧紧包绕着，虽然让人手心战栗发麻，但是真的很安全。"不会怕的。"罗宜宁微微一握他的手。

他很快就摸了摸她的头，现在她如此说，以后真的怕了她就知道了。罗慎远淡淡地笑了："宜宁，跟我回去吧。那个孩子……"他嘴唇微抿，"我希望你能把他送回陆家去。"

"那个孩子……"宜宁一听就知道他误会了，他肯定觉得孩子是陆嘉学的！

他又眼睛一眯："你想自己养的话，我也勉强能接受。但最好不要，还是送回去吧。"

宜宁听到这里突然就不想说什么了，反正他明天看到孩子就明白了——让他嘴快话多！还要送回去给陆嘉学。好啊，看他明天还送不送！

两人一时沉默，罗宜宁突然不知道该跟他说什么好，只能问："你要睡了吗？我叫丫头打水进来。"

"不急着打水……"罗慎远笑了一声说。宜宁想问他还有什么事,他倚着她靠着罗汉床,突然让她顺势地倒下了。

他也随之压上来。宜宁明白了他的意思,知道是什么事情,顿时觉得血都热了起来,刚才的那些话好像都是用来加深情绪的。但是还有些僵硬,不知道是该协助他好,还是就这样好。

健壮有力的手臂撑在身侧,他却看着自己不动了,罗宜宁觉得奇怪,但她随之发现他根本就不是看的她的脸。然后他空余了一只大手压住她的手腕,另一只手放在她的腰侧。接触为什么会带起这样酥麻的感觉?也许是因为她的腰侧太敏感了。

不然怎么他的手一碰就开始打战了。

罗慎远已经解开了她的衣物,正好刚才去点了烛火,看得见她这一年长了多少。小女孩长大了,但是肌肤摸上去还是无比柔滑。

"有什么好看的。"她要挪动自己,虽然屋内有地龙,但还是冷的。而且被罗慎远这样看着,总觉得越来越烫。他的眼睛越来越烫,她也是。他的目光深处是烧着火的,要把她烧着了。

"是不好看……"他说着亲了亲她的耳侧,然后把她抱了起来。

虽然长高了些,长柔软了些,坐在他怀里的时候,宜宁本质上还是比他娇小很多。他搂着自己的小妻子,细腰一靠近就触到滚烫的肌肤,手臂上全是肌肉,摸着就叫人发软。宜宁靠着他的胸膛轻轻出了口气,竟也生涩地回应着。胆子并不大,但是沿着他的脸侧细吻。

不光罗慎远想念她,她也想念罗慎远呢!

这让他身体一震,气息竟然粗了很多。然后他沉默不语地将她举起试探,试探是粉腻水滑的面团与铁杵相适应。但他还没有适应就突然进去了,宜宁紧皱眉头让他停一下,想努力配合。无奈越来越缩紧,而他因为这等刺激额头出了细汗,反而越来越艰难了。他低声问她:"可好了?"

宜宁说:"没好,再等等。"她换个姿势看看呢!

宜宁撑着他的大腿想换姿势,没想到这一动捅了马蜂窝,稍不注意反而完全深入了。罗慎远低头吻她:"你还是很可以的。"居然把他逼到了这个地步,然后没等她再去适应就已经开始了。

这下就完全不在罗宜宁的掌控之内了。可能是生了孩子的缘故,虽然还艰难但总归不再痛苦,反而越来越舒服,好像是浪潮越堆越高,宜宁看着他带汗的脸,细细地去摸,有点粗糙的下巴,而且是瘦了的,如他所说是因为思念她瘦了吗?

罗慎远因此呼吸浓了一些,声音因为情欲而低哑,说道:"眉眉,你起来抱住我。"

然后在最后一阵激烈中结束了。罗宜宁抱着他带着熟悉味道和汗水的身体,也轻轻喘着慢慢平复,刚才几乎就是一片空白的愉悦。她靠着他的肩,懒懒地等三哥把她抱起来。

罗慎远却看到了床上的一个东西。

黑沉沉的珠串,刻了个小小的金色佛号。

他认得这个玩意儿，这是陆嘉学随身戴的佛珠，几乎不怎么看到他离身，刚才从宜宁的袖中滑出来的。

他怎么会不介意这个。盯着看了很久，眼神渐渐暗沉下来。

感觉到宜宁要自己起来了，他吻着她的嘴角说："别急着起来。"

还来吗？若是明天祖母知道了……宜宁看着他："这不好吧，毕竟是在国公府。"

"祖母都暗自同意了。"罗慎远说，又道，"你可知道什么叫小别胜新婚？"

他正当最强壮的年纪，两人却分别了一年多。宜宁感觉到刚才兴风作浪的那物竟真的又精神了，有点腿软了。一两次可以，但是看他这个架势，恐怕她第二天别想好过了。

罗慎远又将她按下去，第二次比第一次还长，到最后她惯例求饶，他惯例控制不住。阁老大人是小别胜新婚了，第三次后勉强按捺没有继续了，所以宜宁到了凌晨才能休息。阁老大人亲自抱着她去沐浴，又亲自抱着回来安眠。

宜宁醒来就靠着他的胸膛，干净熟悉的味道，还有熟悉的下颌。她听到外面下雪的声音，婆子在扫雪，就摇了摇身侧人的肩膀："三哥，外面下雪了。"

"嗯，我知道。"他睁开了眼睛，神情淡淡的。

原来根本就没睡啊。

宜宁又躺着，觉得真好，他的一只手还搭在她身侧，好像根本没有挪开过。

宜宁想到一会儿宝哥儿该来找她了，半坐起身来，然后就是大腿酸痛得动都不好动。

"起不来？"他挑眉问，"要我帮吗？"

"不用。"宜宁自己穿了湖蓝色缠枝纹缎袄，将头发拨向一侧，手上拿着昨夜取下的一对耳珰，昨夜没来得及梳洗。她单手戴着耳珰，雪光让她的指尖温润极了，耳廓有细细的绒毛。

她一个人不好戴，却没有求助于他。

罗慎远从她背后直起身，拿过耳珰给她戴好。宜宁还没有反应过来他就低声说："好了。"

宜宁耳侧微麻，而罗慎远已经放开她开始起身穿衣了，一边穿一边说："我一会儿有朝会，你收拾一下。下午带你回家，母亲很想念你。父亲调去了河间府任知府，罗宜怜已经出嫁了，楠哥儿都要三岁了。家中事情变化颇大，你回去好生看看。"

"罗宜怜出嫁了？"罗宜宁皱眉，她竟然舍得嫁了，宜宁当然好奇了，"她嫁了谁？"

"一个富商的继室，是做茶叶生意的，老家在苏州。"罗慎远说，"明日正好回门，你一看就知。"

宜宁一摸手腕，才发现那串佛珠不见了。她一寻就发现在床榻上，捡来握在手中，然后放进了衣袖内。

佛珠冰冷的木质就贴着了她的肌肤。

不知道陆嘉学怎么样了，父亲有没有找到他。若是找到了，佛珠还是该物归原主，佛珠是有灵性的，会庇佑主人的。

在她死的这么多年里，陆嘉学历经大战都平安归来加官进爵了，这次应该也会回来吧。

陆嘉学是个性格坚韧的人，外界越严酷他生存得越顽强。他这种人，不会让自己比别人早死的。这就是她超脱爱情的认知了，两人毕竟相熟多年。

这时候外面响起了孩子的哭声，越来越近，哭得撕心裂肺。

乳娘来敲门了，有点急促："夫人，小少爷一定要找您，奴婢哄也哄不住……"宜宁定神道："快抱进来。"

乳娘抱着穿了红色小袄、戴着小帽子的宝哥儿进来。孩子一看到母亲就直扑过来，宜宁把他接到怀中。他抽泣不止，小手努力将母亲的胳膊圈得紧紧的，小团子黏在她身上就不肯下来。

罗慎远扣好朝服衣襟，只瞥了眼孩子的背影，听到孩子清亮稚嫩的哭声，再看她这么抱着，就眉头一皱。

罗大三一脸冷峻地当没看到，与他一个模子刻出来的罗小小三哭得很凄惨。谁也不看谁，谁也不认谁，父子俩简直有趣。

"三哥，你不抱抱宝哥儿？"宜宁拍着宝哥儿的背哄，然后说，"宝哥儿生得可爱，大家都爱宠着他，你来抱一抱吧。"

她还给这孩子起名为宝哥儿？

罗慎远淡淡道："怕是来不及出门了，还是回来再说吧。"还不想看呢！

罗宜宁心中暗道，抱着宝哥儿走到他面前，哄怀里的孩子："快叫爹爹抱抱。"

宝哥儿稚嫩的脸颊上犹带眼泪，不停抽泣。他侧过头看了看面前这个身材高大、脸色阴沉的男人，立刻别过头，抱着宜宁不理他。

孩子巴掌大的脸贴着她，罗慎远眉头紧紧皱着，顿时有些惊愕。

一瞥之间，已经看清楚他稚嫩的小脸。

倒是……

"长得像你吧。"宜宁问，"你真的要把他送给陆嘉学吗？那现在得给他打包裹了啊，送出去了就别抱回来了。"

这是他的儿子！罗慎远瞳孔微缩。

他昨天竟然说把自己的孩子送去给陆嘉学……

乳母见小少爷终于不哭了，怕夫人抱久了觉得累，从夫人怀里接过来用拨浪鼓逗他。罗慎远看着那个拱来拱去，伸着小胖手非要抓拨浪鼓的奶娃，好像是什么不可思议的东西一样。

宜宁捏了捏他的手臂："三哥？"

他浑身一紧，才突然回过神问："孩子的乳名是宝哥儿？"

"大名须得慎重，自然先叫着乳名。"宜宁抱了小团子半天手酸，在八仙桌旁坐下来。

罗慎远大手摸了摸她的头，他想了很多，但是复杂的心情一时半会儿说不明白。

但是他的声音无比柔和与低沉："对不起。"他顿了顿，"我指的是昨晚那些话。"

他掌心的触感让宜宁一怔，只见罗慎远已经走到了乳娘面前，向孩子伸出手："给我抱抱他。"

乳娘便把孩子举起来，但小团子根本不理他，还牙牙地咬拨浪鼓。罗慎远伸手把他抱起来，小团子才多重，坐在父亲结实的臂弯上茫然升高，停下了玩拨浪鼓的小手。罗慎远看着这个据说是与他血脉相连的小生命。半个巴掌大的小脸软嫩极了，什么都小小的、软软的，跟他这么像。

宝哥儿看了父亲片刻，"哇"地就哭了起来。扭着小身子朝着母亲的方向转："娘娘……娘娘……"

他口齿不清，生涩地想要说话，反正他不要这个人抱。

宜宁本来不想抱他，看他哭得可怜兮兮，又不得不抱。把小团子接过来之后他手脚并用地黏着她，宜宁都愣住了，这孩子怎么突然就哭了起来。见三哥脸色微黑，宜宁笑着说："他吧……熟了就好了！"

"嗯。"罗慎远勉强应了一声，又看了那孩子一眼："也没时间了，我得先去了，你记得收拾一下，一会儿就带你们回去了。"

他匆匆出门了，随从在外面等他，阁老出门的排场与原来不可同日而语了。宜宁又捏他的脸："你这小东西！叶严抱你你不也是愿意的吗？"

宝哥儿又不哭了，但是这下谁也别想把他从娘亲怀里抱出来，一抱就哭，黏着她继续玩自己的拨浪鼓。

刚下过一场雪，沙丘上积着残雪，不远处干枯的胡杨树上也全是冰雪。

陆嘉学骑在高大健壮的马上，无边无际的沙漠中，沙丘之间弯曲斜行的军队绵延不绝，也不过如蝼蚁前行，昏黄的斜阳将枝丫的影子拉得很长，残阳如血，大漠孤烟。

他的嘴唇有些干燥，往手腕一摸的时候，才想起珠串在她那里。

上面有人算计搞鬼，不用猜他也知道是谁。对方没想让瓦剌活，也没想让他活。但是纵横沙场十多年了，罗慎远再怎么精心算计也不可能比得过他对敌经验丰富。他怕打草惊蛇，蛰伏了近半个月，将剩下的瓦剌部全部歼灭之后，取了对方首领的首级，准备回京复命。

如今想起来对敌轻松，实则陆嘉学也不是没有濒临死亡的时候。

刀已经快砍到头顶了，他用长刀奋力一顶，震得虎口发麻。他反手就是斩杀，后背受了伤。那时候他脑海里只有一个念头——活着。

罗慎远的确厉害，难怪两年就爬到了那个位置。他身边的副将竟然都被他所收买，临阵反攻向他，虽然最后还是被他斩杀。

陆嘉学看斜阳快要落下地平线了，静默地一举刀，示意停下来休息。军队见将领发令了，便立刻停下来，靠着胡杨树林扎了简易的帐篷。

帐篷里铺了羊毛毯，陆嘉学在休息喝热酒。火堆静静地燃烧。

急迫、焦躁，这是兵之大忌，他现在心里很平静。如今的罗慎远足以与他抗衡，不能轻敌了。就算不是因为罗宜宁，他和罗慎远也有很多账要算。包括这次暗算，甚至包括朝堂权势。

他放了罗宜宁走，现在她应该已经在京城了吧。陆嘉学突然眯了眯眼睛。

帐篷被一只细小的手撩开，一个女孩走进来。她穿了件红色无领对襟坎肩长袍，马靴，头发结成辫，面容憔悴但掩不住漂亮姣好的脸蛋，脚上戴了镣铐，走路的时候就发出窸窣的声音。

这个瓦剌部的小姑娘是他们的战俘。打了胜仗后掳走对方漂亮的女人，对于士兵来说可以鼓舞士气。陆嘉学一直对于士兵的这种行为睁只眼闭只眼，只要不太过分就行。这次他们抓了十多个，都是贵族小姑娘，这个叫阿善的小姑娘格外漂亮，将士们有意献给他。

而阿善也格外聪明，她知道自己被带回京后，免不了要被送作别人的玩物。她诚惶诚恐，对陆嘉学十分柔顺，曲意讨好。

她学过汉话，虽然说起来磕磕绊绊，但是语调很好听："大人……我给您，换药。"这个小姑娘端着药盘跪到他面前，陆嘉学一动不动地看着她。

阿善口干舌燥，紧张得指尖都在抖。国破家亡，她原来再怎么尊贵现在也轻贱，她知道战俘是什么下场，若是不能讨好这个男人，让他收了自己，她的未来一定会很惨的。别的姐妹这些天的遭遇没几个好的，她还好好的，只是因为他们有意留着她。

但她侍奉这么多天了，这个男人表情一点变化都没有，她弄不明白他在想什么。阿善颤抖地解开了他的战袍，他后背的伤需要别人上药。

陆嘉学依旧纹丝未动，闭上了眼睛。

帐篷内的木头被烧得"噼啪"地响，外面天已经全暗了下来。

陆嘉学身体一僵，顿时睁开眼，因为有具柔软赤裸的身体贴上了他的后背。一双手臂柔柔地缠住他的脖颈，女孩在他耳边低泣道："大人……您要我吧，求您了。"

她不想沦为玩物，她迫切地需要强者的保护，躲避外面凶猛的目光。

女孩的身体这么柔软，肌肤滑腻。伤口泛疼有些刺激，陆嘉学静坐不语，然后按住了阿善的手："你想要什么？"

阿善愣住了。

陆嘉学声音一低："我问你想要什么。"

在罗宜宁死后他也有过女人，正当壮年，又没了她，这样贴上来的生嫩女孩也不少，她们讨好奉承，还不是因为他手里的权势。

这位大人的手臂肌肉结实，他是这样强壮，她们崇拜强壮的男人。阿善用敬仰的目光看着他，更何况他长得这么英俊。她走出来跪在他面前，喃喃说："大人……我、我想活。"她说着又哭起来。

陆嘉学自己开始系衣服，说："你就这样衣着不整，到门口叫人送水进来。"

阿善微愣，她的眼睛像小狐狸一样，眼角微微挑着。陆嘉学又有点不耐烦了："叫你去就去！"

阿善只能站起来叫人送水进来。士兵在外面用雪水煮沸送进来，看到阿善跪在旁衣衫不整，表情非常微妙，然后毕恭毕敬地退了下去。

阿善突然明白了他的意思，她仍然狼狈地哭泣，匍匐在地上不敢动弹。大人虽不做什么，却是让别人误解她身上有大人的印记了。

她哭了一会儿才起身，去外面给大人拿煮好的干粮和肉进来，他们前不久杀了几只狼，将狼肉割来吃了，她要好好侍奉大人才行。

陆嘉学半闭着眼睛小憩。日行一善，不过这女孩的性子与她相似而已。

但其实仔细想来，哪里相似了。若是宜宁被他逮了，还要给他上药，非得用匕首捅死他不可。怎会像阿善，孱弱地哭个不停。

陆嘉学看到阿善拿进来的食物，手指微扣着刀柄，发出轻轻的声响。

无论如何，该进京了。他和罗慎远之间，要算的账还多得是。不争个你死我活，如何罢休呢？

## 第四十三章 岁月静好

京城中，罗慎远刚见了大皇子出来。

大皇子年十七，长得很高，只比罗慎远矮一些，皇上让罗慎远管着大皇子的功课。董妃是个厉害人物，皇上虽对朝政不怎么过问，但天下也在他的掌握中，两人所生的大皇子朱群却老实木讷，不甚聪明。

罗慎远支持大皇子，故平日的政见考核，罗慎远帮他极多。

大皇子一开始还对他一般，但因此越来越感激他，今日拉着他的手道："先生待我至诚，我日后定报答先生。"并自己亲自送了罗慎远出去。

此人日后若当了皇帝，没有贤明之人辅佐，怕是难以为继，且那贤明之人恐怕也会被骂成王莽、杨坚之流。

罗慎远思量着跨入轿中。轿子起了，行人看到都纷纷避让。

但他选了支持大皇子，一是因为皇上喜欢他自小看大的大皇子；二是大皇子极好掌控，董妃也聪明。不管真的适不适合，反正若是他辅佐，也出不了什么事。

董妃前日看到他，也甚是高兴，还叫宫女送了他两柄金如意，跟他说："大人朝务繁忙，有什么需要帮忙的，找我父亲董大人商量即可。"她又笑着说，"另三皇子最近几日考核得了优，皇后娘娘都得了夸赞。我看着也替三皇子高兴，您辅佐我皇儿的功课，我搜罗了一些书，还望您尽数传授给我皇儿，也让他得个优来看看。"

"阁老大人。"外面有声音唤道。

随后轿子停了下来。

帘子微挑，一只修长而骨节分明的手伸出来，随从恭敬地把两本书交到罗慎远手上。

罗慎远接过后打开查看，书封皮中果然是有夹层的。除了一万两的银票外，还有一封信，董妃在宫中观察皇后多年，一直调查皇后的事。她先是告诉罗慎远，她怀疑皇后多年未曾有孕的事，这罗慎远已经知道了前因后果，没什么新鲜的。随后她还写道"皇后娘娘与朝臣往来甚密，本宫觉得不妥，却不敢劝阻。当时都督大人权倾天下，与后妃往来过密，不得不疑"。

罗慎远的手指停留在"都督"二字上，嘴角冷笑。董妃果然很聪明，难怪皇上宠爱他。

陆嘉学应该没这么容易死，等他回京，还有的算计。

罗慎远抬起头，才见行路不对，招手让停。随从一脸疑惑："大人，咱们不去内阁吗？"这个点都是去内阁议事的。

林永见罗慎远面无表情，上前对着那随从的脑门就是一下："猪脑子，夫人刚回京呢，还不快去英国公府！"

英国公府里宜宁已经收拾好了，就等着他来接了。其实也没什么好收拾的，就是魏老太太不舍地抱着外玄孙亲了好几口，徐氏不停地往宜宁包裹里塞孩子的吃食而已。

罗宜宁坐在正堂里，听到外面的人传话："阁老大人来了。"

她站起来往门口看。

罗慎远披着冬日的阳光走进来，一向阴郁的眉眼被阳光染上了夕阳柔和的金色，高大的影子就这么笼罩住了她。他跟魏老太太寒暄了几句辞别的话，最后才向她伸出手说："宜宁，走，回家了。"

那个家如今由他完全掌控，没有人再敢冒犯她。

他的声音淡而无奇，但是罗宜宁握着他宽厚的手，他立刻就反握住了，完全包着她。

乳母抱着宝哥儿跟在两人身后，一行人辞别了魏老太太。

罗宜宁侧眸看着他，跟在他身后一步步朝家走去，内心暖和得要溢出来了。她要跟着他回家了。

"三哥。"罗宜宁问他，"我的房间你还留着吧？"

"嗯。"他答道。

其实她猜也是留着的，罗宜宁继续说："我想把内室的窗户做低一些，不然风吹不进来。"

"嗯，随你。"罗慎远也不表示反对。

"还有书房的那张榻，放到南对角去吧，那里光线好。"

"可以。"还是不反对。

"还有我院子里的假山，我想改成藤萝架。"

"好，都随你，你回去慢慢改。"罗慎远怕她再提，一并答应了。

罗宜宁又想起什么："哦，对了。还有宝哥儿，他晚上是要跟着我睡的，不然早上醒了要哭。你得再隔个床出来。"

"嗯……嗯？"罗慎远看向后面那个小团子，皱眉，"他要跟你睡？"

"是啊，不然早上起来一准哭半个时辰。"罗宜宁也没有办法。罗慎远沉默，然后问："罗宜宁，他跟你睡，那我睡哪里？"罗宜宁一愣："那个……你不是睡在隔出来的床上吗？"

回到府学胡同已经是深夜了，罗慎远并没有惊动很多人，唯通传了林海如、陈氏和两位嫂嫂。陈氏就算听到点什么风声，也不会胡乱说，毕竟两个儿子还要靠罗阁老提携。倒是许久未见的玳瑁、珍珠抱着她直哭。不过看到宝哥儿的时候，都惊奇地"呀"了一声，围着小团子看——屋内突然多了个小少爷，怎么能不新鲜。

珍珠笑着跟宜宁道:"三夫人不早告诉我们,我们若有准备,必给小少爷做小老虎枕头,缝些孩子喜欢的玩具给他。"

屋子里一切都是宜宁刚走的样子,丝毫未动,自然还没有小孩子的痕迹。

乳娘把宝哥儿放在炕床上,他对周围一切陌生着呢,爬来爬去的,周围都是丫头婆子围着他看,他看不到母亲,牙牙地疑惑着。

宜宁却看着周围的一切,慢慢地有一丝说不出的感觉浮上心头。她临走的时候,搁在小筐里未做完的针线仍然在,针还别在绣绷上。她那日早上剪下来的蜡梅花枝,也静静地插在青瓷花瓶里,摆在窗沿上,连摆的位置都是一样的。她记得这个,因为她嫌弃花瓶挡着她刺绣了,顺手放在了窗沿上。她喝了一半的茶,茶杯里头还是一半的水。

丝毫未动,就是丝毫不动。

罗慎远去接她之前没透露半点风声,但林海如听说她回来了,立刻叫丫头给她穿鞋袜披衣,乘夜前来,看到宜宁后激动地握着她的手半天不放。宜宁也暂时把别的事抛到脑后,看到林海如突然哭起来,吓了一跳,连忙安慰起她。

林海如断断续续地说:"还以为给你打的床都用不着了!"罗宜宁说:"怎么用不着?用得着,您以为我出事啦?"

林海如却又哭又笑:"我说话不好……但你回来就好,回来就好!"

罗慎远去安排府中的事了,等回来的时候看到那两母女还在说话。一年不见,两个女人叽叽喳喳似有说不完的话。他靠在一旁喝茶,等了一会儿,见还没有说完,披了大氅去书房看文书了。

这次看了好久文书,烛火都暗了,他才问小厮:"什么时辰了?""大人,亥正了。"小厮说。

罗慎远这才吐了口气,收了书回去。一会儿不见她,他心里就有些患得患失,明明知道她是已经回来了的。

他的脚步很急,随从都快跟不上了。他远远地看到烛火亮着,笑语不断,又重新有了生气。他倚在门框上,直到再次看到罗宜宁,心中的焦躁才渐渐平息,微微松开手。

宜宁哄小团子睡着了,如今软软的小脸靠着她的臂弯,在炉火下泛着红。她偏偏觉得好玩一般,轻轻捏着孩子的小小指头,那么好玩呀。她还微微一咬,小团子觉得痒酥酥的,在被子里蹬了一下小脚。

罗慎远还未适应孩子的存在。看到她和孩子在一起,他也并未有什么高兴的情绪。

"太晚了,休息了吧。"罗慎远从她怀里把孩子抱出来,小团子在父亲的怀里奋力蹬腿,不知道是不是梦着了什么,但片刻就到了乳娘怀里。

罗宜宁惊愕,宝哥儿不跟着她睡半夜醒了肯定会哭的。她带着他也觉得累啊,但是没有办法,别人哄不住。

"不会哭的,昨晚不就没有哭吗。"罗慎远不为所动。

罗宜宁低声道:"昨晚是你运气好……"但阁老大人小别胜新婚,开荤不久,如今正是精力充沛的时候。

丫头们俱退下去了，他拉着她去睡觉。帷幕放下来，屋内只剩了两盏烛火。

罗宜宁的身体绷得像弦一样，柔滑地映着水红色绣金线牡丹的被褥，细腰丰臀，好看得要命。他从上方覆下来，一把将她压住，粗喘着气。两人这一番纠缠，他也绷得疼了，湿腻的沼泽之地却还不好进去。

他的鬓角都濡湿着，想必是出汗的缘故。

罗宜宁看着罗慎远的神态，下颌、脖颈、微微突出的喉结，烛火下的汗湿更显出男人的性感。

罗宜宁被他略抬起了身。她的双腿微微地颤抖着，又麻又软，昨晚的后遗症可还没有完全过去。

他腰身微沉，罗宜宁就抓住了他的后背。让她稍微适应之后，他便不管她是不是求饶说快了或者深了，径直往内。

宜宁觉得腿绷得疼，但男人还一次都没有完成。罗宜宁已经被推至浪潮的高处一次了，现在见他加快以为要完了，没想到他将她抱起来，换了姿势……

他低头亲她的侧脸，气息还很粗："无碍吧？"

"三哥……"罗宜宁停顿后问，"我就是想问问，难道以后夜夜如昨晚？"

"不然你觉得呢？"他声音低沉，不明白她为什么问，"你是我明媒正娶的妻子，现在自然……你想我和谁？"

"不是。"罗宜宁正想对他解释，一动的时候两人俱一紧，罗宜宁是酸胀得很，想到遥遥无期的日子，必须商量，"是不是有时候休息，如咱们隔日一次，或者两日一次？"

罗慎远皱眉问："你太累了？"

"当然，一两日还行。你身强体壮，我可没你的体力啊！"

男人嘛，只要开荤，又是喜欢极了的人，恨不得天天一起，他又比别人精力旺盛得多："你累的时候再告诉我吧……"他继续吻，嘴唇下的肌肤带着颤抖，又被他的呼吸点燃了。两人缠在一起，又带起燎原之火，越来越快，屋内变得很热。

这时候有脚步声近了，孩子哭个不停，急促的敲门声响起："夫人、夫人，小少爷奴婢哄不住了……"

宜宁的小福星伴随着号啕的哭声，和含糊的喊叫声来了。

罗慎远僵着，脸上全是汗。外面的敲门声还不停，罗宜宁看到他松散开的里衣里坚实的胸膛，脸一红："我说了……他会哭吧！"

乳娘秋娘成为小少爷宝哥儿的乳娘已有六个月了，在过去的六个月里，她虽然漂泊流浪，甚至在宣府经历了战火纷飞，但是没有哪一刻她觉得自己这么紧张过。她抱着小少爷踏进内室之后，罗大人靠在千工床外，脸色相当难看，正在不紧不慢地系衣裳。

而夫人已经伸出手，催促道："快给我吧。"

秋娘很确定，她看到罗大人看向夫人的眼神很不满，连带着她都一个激灵。

宝哥儿还是到了母亲怀里，然后往她胸上拱。罗宜宁让秋娘退下。

秋娘很感激，立刻飞快地告退。

罗宜宁才慢悠悠地打开衣裳，宝哥儿用小鼻子拱了半天终于找到了地方，用手扒拉着跟小狗崽一样，不过乖乖地吞咽不哭了。宜宁就纳闷了，难道是口味有所不同，不然他为什么要挑？究竟有什么不一样的！

她抬头才看到罗慎远已经站在床边了。

罗慎远也许很想把这小东西给扔出去，所以眼神中有着浓浓的冰冷，当然或者是欲求不满。他跨上床，在她旁边坐下来，淡淡道："你不能带他睡。"

罗宜宁很无奈地捏着宝哥儿软软的小手："乳娘真的哄不住他……"

罗慎远摆手道："有什么哄不住的，我小时候也是乳母带大的。若实在不行，还是给他断奶吧。孩子黏着母亲也不好，早些独立最好。"

他才半岁啊，路都不会走！怎么独立？

这时候外面有人来传信，来信紧急，罗慎远沉吟片刻出去了。

他站在台阶下，夜风带着刺骨寒意，来禀报的人声音很低："阁老……陆嘉学回来了。带着人马进了京，已经去皇宫复命了！"

他果然还是回来了！那副将怕是没有杀死他，而且一回来就是去皇宫复命，恐怕还是有战功归来的。

"盯着他就行。"罗慎远想了想吩咐说，然后回了内室。

罗宜宁终于又把宝哥儿哄睡着了，边拍他边问罗慎远："怎么了？竟然半夜来通传。"罗慎远直看着她的脸："陆嘉学回来了。"

宜宁拍着儿子的手停了停。

"他没有死。我估计是带着战功归来，皇上半夜见了他。"罗慎远继续说。

荣耀半生，军功煊赫一辈子，他果然没有死。宜宁的心情很复杂，她知道罗慎远和陆嘉学对上了，罗慎远的确是算计了陆嘉学的，不仅是她的缘故，还有更多的原因，但是罗慎远斗得过陆嘉学吗？

罗慎远则一直看着罗宜宁的表情，他很擅长这个。他看到罗宜宁的神情的时候，至少有一点是肯定的，她并不讨厌陆嘉学。若她再多出点别的，他恐怕就会忍不住了。

"那你怎么打算的？"罗宜宁问。

"这还是不和你说了，和以前一样，只要你别去见他就行。"他低头亲了亲她的额头，嘴唇是冰凉的。

次日她起来的时候，罗慎远已经起床了，准备去内阁，他今非昔比，空余的时间更少了。气势排场倒是足足的，宜宁看着他穿正二品的朝服，竟然觉得有点陌生了。如今她可是阁老夫人，怎的还不能适应了。

把他送出房门，宜宁回头梳妆。

宝哥儿叫乳母抱去院子里玩了。罗宜宁记得今日是罗宜怜回门的日子，也是一年多不见了。她一边用沾了桂花水的篦子梳头，一边问珍珠："我听说罗宜怜嫁了个苏州的商贾做继室，究竟是怎么回事?"

就算再怎么有钱,士农工商中始终为下等。她觉得以罗成章的脾气,就算把罗宜怜嫁给一位落魄举人,他年年接济,也不会把女儿嫁给商贾。

珍珠就压低了声音在她耳边说:"您不知道呢,说起来也是有趣!这事是半年前发生的,闹得很大。"

"您那件事的时候,陆家只说娶了七小姐,倒是没人知道。但半年后发生的那事可闹大了,六小姐在京城中就难找夫婿了,家世清白些的都不想要她那样的,说弄得家宅不宁,败坏门风……二老爷又气又急,要不是有四少爷打圆场,二老爷说不定还要家法处置六小姐。"

"究竟什么事?"宜宁放下了篦子。

珍珠从妆奁盒子里拿了几柄簪子出来,海棠带叶的、莲花头的、宝相花嵌红宝石的。

宜宁选了宝相花嵌红宝石的递给她,珍珠才继续说:"六小姐和您四姐夫一起游园被发现了,四小姐气得脸色发青,直骂四姑爷不要脸,差点掌掴了六小姐。您也知道,四姑爷对四小姐一向是曲意讨好,从不违逆。就连赶他去丫头那里睡,四姑爷都是忍着的,只差没把咱们四小姐当成祖宗供着。可惜四小姐一直毫不给四姑爷留情面……

"这次却不一样了,四姑爷突然就怒了起来,一把握住了四小姐的手不要她打六小姐,还说要休了她,娶六小姐为妻。其实六小姐自己都吓傻了,根本不知道四姑爷突然来了这么一茬,但是四姑爷紧紧握着她,拉着她去找我们老爷提亲。四小姐反应过来的时候,哭着去找了大夫人。大夫人听了这还得了?当即带着人上门来找老爷质问,四姑爷这连休妻另娶都说出来了,还不是那小妖精作的孽!骂咱们六小姐不知检点。"

罗宜宁早看出罗宜怜对刘静有些心思,却没想到是刘静提出另娶她为妻!这真不像他会做出来的事,毕竟就算他真的休妻另娶,这事也太欠缺考虑了!她继续问:"那后来呢?"

珍珠这时候却笑了笑:"您也知道,这事其实闹开对谁都不好。四姑爷吃了秤砣铁了心要休妻另娶,四小姐慌了神,但跪着求他他也不愿意再说半句软话。当真是……当初爱的时候有多坚决,现在冷酷起来就有多无情。但别说大夫人了,就算是咱们老爷也不会愿意。休妻另娶妻子的妹妹,老爷怎会让这种事发生?罗家的名声还要不要了?

"所以他就告诉刘静,休不休妻随他,但是六小姐绝对不能嫁给他。六小姐听了就哭,跪在老爷书房前面一天一夜,想让老爷心软,答应把她嫁给刘静。但是老爷最在乎的就是罗家的名声!怎么可能把她嫁给刘静!立刻给她选了一门苏州的亲事,半个月之内就把她嫁了过去!刘静本来在家中对抗父母宗族的,听说六小姐被迫嫁给了个商人做继室,整个人就失了魂了,号啕大哭。

"如今,他不提和离了,但是对四小姐再也没有关怀备至了。四小姐气得回娘家,刘静也不来寻她了。"

珍珠说完,已经给宜宁描好了眉毛:"您看这新的粉黛可好看?还是大人送来的贡品呢。"罗宜宁听完之后有点失神,说:"罗宜怜真的想嫁给刘静?"

"她一向就同情四姑爷,怕是被四姑爷打动了吧,膝盖都跪烂了……应该是真的想嫁。"

珍珠叹息着说,"谁知道她还生出几分真心呢,明明知道对自己不好,这么精于算计的人偏偏还是做了傻事。可惜四小姐,那几天眼睛都哭肿了。"

见已经梳妆好了,罗宜宁站起来抱了宝哥儿:"走吧,去母亲那里。"

她一年多不见,正堂却还是她离开时候的样子,只是院中砍了些树,多种了花草。林海如将她怀里的宝哥儿接过去逗乐,楠哥儿好奇地看着小侄儿,戳了戳宝哥儿的脸,却立刻把他戳哭了。楠哥儿慌了神,像个大人一样拍着宝哥儿的背:"侄侄不哭,不哭!"

宝哥儿见楠哥儿虎头虎脑的,竟真的就不哭了。这时候外面通传说六姑爷来了,林海如让乳娘抱着两叔侄去外面玩,让他们进来。

罗宜宁只见一高大男子携罗宜怜进来。

罗宜怜穿了件杏黄色绸袄,戴了嵌宝石的金项圈,竟然又清瘦了不少,倾城之色丝毫未减。那高大男子宽脸庞,三十出头,穿着团花纹的茧绸袄,戴了六合帽,一副笑眯眯的样子。

罗宜怜看到她回来了,先是惊愕,然后脸色就不好看了。上次易嫁的屈辱,她可一直都还记得呢。那商贾男子姓郭名义海,听闻这位就是一直未见的三嫂,利落地给她请安。

他对于能娶到个娇滴滴的庶出官家美人儿做继室很满意,罗宜怜要坐下的时候,凳子都被他擦了又擦才让她坐下。

罗宜怜看到他这个样子就讨厌。她喜欢有风骨的文人,不是卑躬屈膝谄媚的商贾!他这么讨好她,难道就没有想攀附罗家的意思?

郭义海丝毫不觉得媳妇讨厌他,端了茶之后笑着同罗宜宁说话:"今日未得见阁老大人啊!"

"他朝中有事。"宜宁递了盘杏仁过去。

郭义海谢过,抓了把放进嘴里嚼:"唉!那真是错过了,我仰慕阁老风采已久,竟一直不能正式见见!"

罗宜怜气得牙都要咬碎了,罗慎远是什么人,如今的内阁阁老,他会专门见一个商贾吗?简直就是笑话,不知道天高地厚,丢人现眼。

她又想到刘静温和的笑容,眼眶就渐渐红了。

两人终究是不能在一起的,想了也没用。

宜宁一看就知道罗宜怜在想什么,喝茶不语。如今家中诸事她不了解,多看少说罢了。

一会儿罗轩远也过来请安,虚岁十三的少年已经完全长大了,竟比宜宁还高了个头,清秀高大。他先看了一眼姐姐,拱手给宜宁请安:"三嫂病愈,我还未得恭贺三嫂回来!"

"不必客气。"罗宜宁让他起身,其实罗轩远根本不必给他行大礼的。她觉得这孩子……说实话,聪明得让人忌惮。

罗轩远有礼而含蓄地笑了笑,坐下不再说话了。

等一会儿回去的时候,罗宜怜同弟弟单独走,她对弟弟很不满意:"你对她如此客气做什么!要不是她……我怎么会落得今天的地步!"

罗轩远看姐姐穿戴富贵,叹了口气:"姐姐,当初若是你听我的劝,跟刘静撇清关系,谁又能奈何得了你。"

罗宜怜幽幽地看他："那你是在怪姐姐了？"

"我倒不是怪你。"罗轩远觉得姐姐不够聪明，不多说了，而是跟她解释，"父亲不在家中，做主的人就是三哥。我自然要和三嫂处好关系，何况三哥如今的权势地位……跟他作对就是死路一条。"

罗宜怜觉得弟弟已经成熟得可怕了。他这些七拐八弯的想法究竟是从哪里冒出来的？"算了，懒得问你这个。我问问你，你可去看过母亲？"

罗轩远跟乔姨娘并不亲热："你出嫁后，姨娘精神一直不好，看过两次，都是差不多的。"

罗宜怜也只能叹气，终归不是自己养大的，自然生疏。随弟弟去吧，他愿意交好她这个姐姐已经是万幸了。

陆嘉学今日穿了武官袍服，虎纹补子。许久不穿了，竟觉得官服不太合身了。

从身陷埋伏到战胜回京，已经是三个月了。他一回来就有官员络绎不绝上门拜见，亦不比原来少，一时间宁远侯府又门庭若市了。

不过终归有部分人不敢动，朝堂中被罗慎远收归的力量不少。

朝会上，陆嘉学被众人簇拥着，慢慢登上了汉白玉台阶。远远地就看到另有一群人簇拥着罗慎远过来，这多奇妙，一年多以前罗慎远也不过是工部侍郎，如今竟然能与他平起平坐了。

陆嘉学知道罗宜宁已经回去了，罗慎远估计严防死守，再不敢露出半分端倪了吧。都疯到想杀他了，当真不好惹。

"罗大人。"陆嘉学站定，对他微笑。

"都督大人，还未恭贺你得胜归来。"罗慎远缓缓地笑，他极其好看的、骨节分明的手指按在折子上，"我今日可要为大人请封的。"

"那得谢过大人了。"陆嘉学说，"听说前段时间大人夫人重病缠身，现在可还好？"他的声音略压低，"她一贯晚上喜欢缠着人睡，又是个娇娇的身子，怕罗大人年轻挨不过这等折磨。我可得告诉罗大人一点，她在边关两个月不回，可是在寻我的。"

罗慎远不为所动："真要是如此，大人何必虚张声势。"声音又略明朗了些，"我听说大人从瓦剌带了个美人回来收入府中？大人倒是艳福不浅，才胜仗归来，便有美人环绕身侧了。"

"罗大人客气，若是你想要，我顷刻便打包送你府上来。"陆嘉学依旧笑道。

殿内司礼监唱礼，钟磬声响，两人的刀光剑影也收了，分了两列，领了文官武官至左右门进了大殿。

皇上龙颜大悦，今日的朝会上赏赐了陆嘉学许多东西，他一撩衣袍半跪下谢礼。罗慎远清剿有功，被封赏了良田两千亩、各类丝绸三百匹、黄金一百两。至于罗大人为何清剿有功，无人知道，皇上也不明说，唯有陆嘉学嘲讽一笑。

朝会结束，陆嘉学去了南书房，余下罗慎远与汪远、谢乙等人去了内阁。

下年是内阁中最忙碌的时候，罗慎远如今身为工部尚书，屯田、水利、官办买卖、土木建筑都归他总管，忙起来的时候一天几百份文书等着他批，还都是要事，耽搁不得，今日来和内阁议军粮一事。

军粮本归户部，新任户部尚书是江春严，自徐渭死后，江春严与罗慎远关系一直不好，现在总归见面能说话了。自上次打仗虚耗，边关粮食储备便不足，如今各地刚缴纳了赋税，军饷倒不是问题，但没饭吃可是要饿死人的，一时运粮应急可以，长此以往可支持不住。

罗慎远听了会儿，轻敲桌沿道："倒也不是难事，国库无余粮，但是粮商手中有的是。让他们将粮食运至边关，再以市价收购即可。"

江春严听了就道："罗大人，无利不图，粮商运粮至边关，路途遥远成本剧增，他们如何愿意？"

罗慎远也笑："如何不愿意，以盐引来换粮食即可。此招一出，他们个个跑得比谁都快。"

汪远听了沉思许久，才觉得妙极！说道："罗大人高见，盐引本就要发行，若以此交换粮食，倒是省了麻烦。你与江大人商量着负责此事，届时我再草拟份圣旨禀明皇上。"

汪大人一贯疲懒得很，能躲懒是肯定会躲的。就是这样靠着听他们讨论，那眼睛一眯一眯都快要闭上了。罗慎远毫不意外，到该精明的时候，汪大人肯定比狐狸还精。

他笑了笑，商议完之后叫人收了笔墨，退出内阁。

罗轩远回了外院之后想了会儿，吩咐小厮说："我记得上次在祥记买的马蹄糕味道不错，去外面再买几盒回来。"

小厮跑得飞快，很快红纸包的几盒新鲜马蹄糕就到了他手上，他提了去嘉树堂那里。

罗宜宁刚从大房回来，见了大小周氏的新生子。自从罗宜怜与刘静的事之后，大房、二房有些疏远，但她刚回来总得去见见才行。看到罗宜宁前来，陈氏热情地留她吃了午膳。

宜宁吃得肚子饱饱，刚进屋子就看到罗轩远坐在花厅里，有些惊愕。罗轩远站起来，对她笑了笑："三嫂，我给你送些点心来。"

送点心？罗宜宁跟他交集不多，闻言狐疑。他送什么点心啊？她瞥了一眼他手中的盒子。怕是心存结交之意吧。

"是祥记的马蹄糕。"罗轩远说着拆开纸包，打开了盒子，"与别处的马蹄糕不同。里头加了杏仁、核桃和红枣，两面煎至金黄，外脆内软，吃起来有种桂花的清甜。"

他是罗宜怜的弟弟，宜宁自然戒备几分，淡淡点头："珍珠，去拿些刚制的柿饼来，也给四少爷带回去尝尝。"

罗轩远淡笑，伸手从桌上拿了双筷箸，夹了块马蹄糕放到小碟里，缓缓递到宜宁的面前来："我知道三嫂喜欢糕点，您先尝尝，这味道与别家的不一样。"

罗慎远正好下朝回来。

只见那半大的少年坐在花厅里，俊秀的脸带着笑意。手上伸着筷子，宜宁坐在他对面，脸上似乎也带着笑容。

罗慎远眼睛微眯，那种强烈的不适感又涌现出来，以至于他眼眸暗沉，然后向两人走过去。他的随从站在了花厅外面。

"怎么了？"

宜宁听到背后传来熟悉的声音，想他今日是早归了。回头果然看到他的修长身姿，笑着跟他说："三哥，你今日倒难得早回，他送些点心过来。"

罗轩远也立刻站起身，恭敬地拱手："三哥，是祥记的糕点，我见三嫂喜欢吃……"

"她喜欢吃什么，你怎么知道？"罗慎远没等他说完，就淡淡地打断道。罗轩远的笑容僵住了。

罗慎远走到他面前，看了看那几个纸盒，的确是糕点，又看到旁边的小碟筷箸，继续说："她吃什么没有，要你来送？"

记得罗轩远小的时候，还十分不喜欢宜宁，怎么现在就亲热起来了？

罗轩远也不过是想讨好宜宁，不知道怎么就招了三哥的冷淡。他究竟做错什么了？罗轩远笑得有些狼狈，但还勉强维持着风度："是弟弟多事了，那弟弟先告辞了。"

罗宜宁看到罗轩远走远不见了，奇怪得很。罗慎远对兄弟姊妹一向淡薄，但也不至于这么不留情面吧？

"三哥……"

他却握住了她的手，握得紧紧的："外面风冷，回去吧。"

走在路上，他看她的表情奇怪，就淡淡地说："你以后别接触罗轩远了，他心思颇多。"

"他能有什么心思，不过是想通过我讨好你罢了。"罗宜宁一笑说，"你紧张什么，怕他把我算计了？借他几个胆子他也不敢。"

"嗯。"他只是应了一声。

罗宜宁皱眉，片刻才反应过来："你是不是……"

"宜宁，我告诉过你的。"罗慎远握了握她的肩，"我不喜欢你在意别人。"

"我没有在意他。"罗宜宁主动拉住他的手臂，解释说，"你想什么，罗轩远是你弟弟，他才多大？在我看来就是个孩子而已。"

"嗯，我不喜欢他罢了。"罗慎远说着摸了摸她的头发，"他和我长得有些像吧？"

"宝哥儿与你长得更像！"

罗慎远觉得她这是诡辩，低头亲了亲她的额头："好了，不说了。"他现在的确不太能控制自己的占有欲，若是真的能，他很希望能把她关住锁起来，这样她不会见，也不会去喜欢别人。他的手颤抖地放在袖中，掩藏住了一切扭曲表情。

宜宁觉得他看着自己的目光深而无底。她低声说："我只喜欢你。"

"嗯。"他拉住她往屋内走去，因为她在自己身边，所有的情绪都得到安抚。宜宁想去把给他炖的汤端来，他却略微抬头："去哪儿？"

"一会儿就回来。"宜宁道，出了西次间，外面一阵北风吹过来，她轻轻地吐了口气。厨房里炖着甲鱼汤，她微微揭开了盖子，往里面加了把红枣，枣儿就这么滚入了水中，一浮一沉。她的侧脸好像凝在水气中，低敛的睫毛，没有什么情绪的样子。

罗宜宁听到动静才回头，发现他竟然倚在门口，静静地看着她做事。她笑了笑："等着喝汤吗？"

"嗯。"罗慎远似乎没听到她的问题。

"三哥，我还有事要问你。"罗宜宁说，"宝哥儿都半岁了，还没有大名。你可想好他的大名了？"

昨夜在书房看书的时候大概想了想，又不是那等暴发的商贾，当然不能用宝字做名。但是他草拟了几个，后来觉得都不好。他看着她说："我一时还没想好，你起倒也行。"

罗宜宁想起祖母跟她说过，罗慎远刚出生的时候，名字未得好好起，不过是罗成章丢下句"日后行事慎重"，就叫作了罗慎远。罗轩远的那个轩字却是找道人算过卦，大有来历的。

宜宁就想了想说："宝哥儿既然是嫡长子，从了'泽'字辈，那不如叫泽元吧！"罗慎远听了，嘴角微微一翘："你会不会太省事了？"

宜宁被他一气就说："叫你起你又没有主意，那我起了你可不准嫌弃。"

她觉得她的汤快好了，叫婆子关了火，再借着炉子的余热焖了一炷香，就可以送到屋子里去了。

"跟我来。"罗慎远牵着她的手，走过了回廊，穿过了庭院，林立的护卫纷纷请安喊罗大人。宜宁一看已经到了他的书房外面，他还牵着自己往里走，书房的长案上用镇纸压着张宣纸，他叫伺候的小厮出去，从笔山上拿了毛笔蘸墨。

"来，你想到什么就写下来。"

宜宁从他手里接了毛笔，踱步到桌前，纸上滴了墨迹，还半点主意都没有。她下笔写了几个字，他就在后面默默地看着，屋内什么声音都没有。罗宜宁突然道："三哥，那个'鸿鹄'的'鹄'字是怎么写来着？"

罗慎远"嗯"了声，走上前伸手从后面覆住她的手，俯下身："这样写。"

说罢引导着她慢慢写下那个字，手掌微微用力。他的右手写字不如左手好看。

气息特别近，她被他拢在怀里。罗宜宁微侧过身，让他抱了满怀。

书房里特别静，雪照晴空。罗宜宁突然搂住他的脖颈，让他低头，亲了亲他的嘴角："这是奖励。"她正要离开，他却似乎被她引诱了，突然把她按在怀里，堵住她的嘴唇。

起名字的事无疾而终，宝哥儿小朋友还是没有得到他的大名。他可不知道，还流着口水等乳娘喂他喝甲鱼汤。

这天晚上，终于安排好了睡觉的事。宝哥儿睡在爹娘中间，左边爹右边娘。怕罗慎远压到宝哥儿，宜宁带领宝哥儿占据了床的一大片。

罗慎远沉默地看着自己分到的小半床，再看了看那个爬来爬去一点都不想睡觉的小团子。小团子爬到了爹的身上，牙牙地拍手，宜宁哄他："宝哥儿，去亲爹爹！"

宝哥儿往罗慎远的头处爬过去，与他爹大眼瞪小眼。宝哥儿看了会儿并不感兴趣，扭动小屁股转了个方向，又朝他娘的方向扑过去，折腾到半夜他才有了睡意，靠在娘怀里睡着了。

他爹这时候才伸出一只手，摸了摸他软嫩的小脖子："十月怀胎，带他不容易吧？"他的语气非常柔和。

"现在还好，一两个月的时候才折腾。"宜宁想起宝哥儿刚出生的时候，就微微地笑。

"他还是早些断奶吧，到时候扔给乳娘，你就不辛苦了。"罗慎远继续道。他倒是想帮忙，但这小东西不怕他已经万幸了，更别说被他哄了。分明就是他儿子，却半点不给面子。

宜宁看向他。罗慎远就叹息说："毕竟带孩子你睡不好。"罗宜宁觉得……她不带孩子也睡不好。

"你和我讲讲在金陵的事吧。"罗慎远将她揽近了些，"你生他的时候，我不在你身边。那时候艰难吗？"他的手慢慢拍着她，好像在安慰她一般。

小团子穿了件胖胖的小袄，躺在爹娘中间，啃着小拳头睡得正香。仿佛是岁月静好。对于她来说，倒也没有什么辛苦不辛苦的。所有已经过去的事，其实都不会太痛苦。

罗宜宁靠着他竟有了几分睡意，其实若是让她来说，那必然就牵涉了陆嘉学。那一年倒也不是痛苦，以至于知道陆嘉学出事的时候，她受到的震撼和冲击也很大，五味陈杂。

一个人若是真的对你好，你如何会没有怜悯之心呢？更何况她跟陆嘉学的过往太复杂。

她说："在金陵的时候都还好，生宝哥儿的时候倒是艰难些，但也无事。"罗慎远渐渐地闭上眼："他呢？"

这是他第一次主动问起陆嘉学，以至于罗宜宁片刻之间没有反应过来，但他指的是谁她很清楚。

"陆嘉学……"罗宜宁沉吟一声，"他和我其实没有什么，在金陵的时候我身怀有孕，他待我倒也和善，我们没有别的。最后他出事的时候，让叶严等人带我去找父亲，算是放我回来了。"说起来或许挺可笑的，这么多年了，罗宜宁觉得陆嘉学这个人仍然是矛盾复杂的。她了解一些，却仍未完全了解。

也许是察觉到她话中的犹豫，罗慎远不想再听。何必要问，问出口的时候他就后悔了，其实不是因为陆嘉学与她有过什么，他只是在因为这件事嫉妒而已。

他想杀陆嘉学果然是对的。一山不容二虎，如今他和陆嘉学利益冲突已经太大了。

其实今日罗慎远已经跟皇上说了皇后私通一事。他早半个月就查到了那个人究竟是谁，是当年陆嘉学权力斗争中的牺牲品。但是他不准备这么说，他要趁陆嘉学的病要他命。可惜没有直接的证据，何况今日陆嘉学战功归来，就算皇后私通的真的是他，皇上也不敢追究。因为现在他不能拿陆嘉学怎么样。但是猜忌和怀疑是在所难免的。

"他今天回来了吧，打了胜仗。"罗宜宁侧身看着他，"我知道边关之事你肯定动了手脚，你是……"

"我想杀他。"罗慎远淡淡地说。

罗宜宁虽然猜到了，但由他口中轻描淡写地说出来，她还是被震慑了一下。

"他也想杀我，半斤八两吧。"罗慎远把她的头按下来，让她好好地睡。"其实，你们如今势均力敌，倒也挺好的，何必相杀？"宜宁问道。

她不愿看到谁失败。

对陆嘉学无法讨厌，甚至是同情和愧疚。

罗慎远摇头告诉她道："也不是因为你，单说立储一事，我和陆嘉学的立场就差别太大了。"

在立储上，陆嘉学反倒是和清流党站到了一起，拥护的是三皇子。汪远最会揣摩皇上的心思，就算不表态，其实站的也是大皇子。他和罗慎远的利益并不冲突，所以会默许罗慎远拥护大皇子。

"立储一事是大统，古往今来意见相左者甚多，也不见得就会斗争激烈。更何况陆嘉学是经历过宫变的人。"罗宜宁继续道。

"好了，不用再说。"罗慎远突然打断了她。

他自她的侧脸轻轻地吻她，嘴唇干燥而炽热："睡吧。"他轻轻拍着她的背，像她哄孩子般，"不管如何，你都不用担忧，我是不会有事的，放心吧。"

罗宜宁听到他沉稳的心跳。就算她希望一切都岁月静好，但是黑暗血腥依旧存在，朝堂上的算计、离间、阳奉阴违，她不能阻止不能改变。因为这不仅是因为她，罗慎远不会因为她而放弃的。

如果能找陆嘉学说一下就好了，顺便再把他的护身珠串还他，可惜罗慎远不喜欢她见陆嘉学。

宜宁静静地看了他的脸一会儿，从鼻子里轻轻"嗯"了声，搂住他的手臂，闭上了眼睛。

## 第四十四章 山雨欲来

陆嘉学与皇上谈完的时候已经快到深夜了。

皇上靠着紫檀木椅背，屋内点着香，他突然想起昨天罗慎远呈给他的东西。

罗慎远跟他说："微臣让锦衣卫查遍皇后娘娘周家氏族，又循着线索查了些交好的家族，后找到了个当年在陆府服侍的老婢证实，皇后娘娘当年频繁往来于陆府，如今又与都督大人往来频繁，皇后娘娘甚至常于宫内召见……当然，这些也只是别人所见的，微臣只搜集了人证，也不敢妄加推测，皇上您若是想召见这些人，微臣便给您安排，不过还要您斟酌的才是。"

陆嘉学一脸端正地坐在他面前喝茶，刚得了军功回来，他还把陆嘉学无可奈何。罗慎远想必也是因为想到这个，今日什么都没有再说了。

皇上突然睁开了双眼，他的目光其实还是极其犀利的。

陆嘉学在和兵部尚书说话，回头的时候无意看到皇上的目光，但皇上笑了笑说："朕瞧天色已晚，两位先告退吧。"

陆嘉学站起来笑道："那微臣退下了。"他走出宫门外的时候，看到穿着通袖遍地金长锻衣的赵明珠立在宫外，戴着全套的海珠头面。她现在养尊处优，娇滴滴的，倒是比原来还漂亮，难怪圣眷不衰。陆嘉学停下与尚书说话，淡淡道："婕妤。"

"义父安好。"赵明珠对他屈身，看他要走了，连忙问，"义父稍等，我许久未听到宜宁妹妹的消息了，不知道她的病可好些了？"

"她已痊愈了。"陆嘉学轻轻地笑道。

兵部尚书在前面等他，他说完就走了。赵明珠有些疑惑地看着他的背影，但也没再问了，随后手搭在宫女的手上进了乾清殿内。

陆嘉学刚上了轿，立刻就有宫人跑过来通传，说三皇子要请见他。

陆嘉学皱眉，叫轿子去了三皇子宫外的府邸，三皇子十四之后就搬出了皇宫，但因还未封藩王，还住在紫禁城内。陆嘉学进了院中下轿，三皇子长相俊秀，看到他就急匆匆地迎上来，"大人终于来了，母后已等候您多时！"

他就知道是皇后搞的主意！

他脸色阴沉地走进屋内，冷冷道："如今你不可私下见我，皇后娘娘可明白？"

周氏站起身，让三皇子去外面等着。三皇子对皇后自然是深信的，若不是皇后，他和母妃哪有如今的地位！若没有皇后，他也绝无继承大统的可能性，故只是应声就立刻退下了。

等三皇子出去后，周氏才显得有些慌乱起来，嘴唇发抖道："大人，这次实属情况紧急，我怀疑……皇上知道了你我之事！"

陆嘉学看了她一眼，冷笑道："你我之间，什么事也没有。"

周氏摇头："不、不，是董妃那小贱人搞的鬼，联合了罗阁老陷害你我！皇上猜忌心一起，我会失宠，周家会被牵连，到时候三皇子也再无即位的可能性，您也会受影响……"

陆嘉学想到皇上冷冰冰的那个眼神，找了把椅子坐下来。

皇上从他手里收回锦衣卫之后，他就一直猜测锦衣卫在罗慎远手里，不然他升官怎么会有这么快！董妃想搞垮皇后已久了，他并不意外，至于把他扯进其中……罗慎远想整死他，自然一切机会都不会放过："那你找我做什么？"

"大人，您手中有兵权，我有周家支持，有清流百官的支持，我们何不一起……"周氏压低了声音。

陆嘉学觉得有些好笑。

当年他把当今皇上扶持上皇位是宫变，在重病的老皇帝碗中下了药，又一箭射死了当初与太子竞争的人。现在皇后却要他再宫变，扶持新皇上位。他看上去就这么喜欢宫变吗？

"皇后娘娘，我不妨这么告诉你。先皇当年老弱，朝政皆不能把握，所以能一举成功。而如今皇上看似信道，实则各方权势他心中有数，相互制衡。就说兵权，除我之外，还分散于各位总兵之手，一举成功十分困难。"陆嘉学慢慢说，"皇后娘娘没有制胜的把握，这等谋逆之事我也只能劝你一句，慎重思考才是。"

"陆嘉学！"周氏冷声道，"你觉得皇上不会因此猜忌你吗？皇上的猜忌有多可怕，大人比我明白！"

陆嘉学淡淡道："皇后娘娘，你这番谋事太冒险，我也不会因你几句话就去。猜忌与之相比还不算什么，至少猜忌不会让我立刻丧命。"

他换了个姿势坐着，继续说："皇后未懂我之意，你有什么制胜的把握？"

周氏一愣，突然明白了陆嘉学的意思，顿时后背微冷，跟他说话，当真也要十二万分谨慎才是，这些人的确都是人精。

"周氏一族根基深厚，我家四舅、大弟分别在京大营、千户营任指挥使……"周氏凝聚了心神，慢慢说道。

陆嘉学听完之后思考了很久，皇后制胜之处在于出其不意，只要她控制了皇上，其实还是能反转局势的。何况她周家能人不少，她四舅在军中倒也是个厉害人物。陆嘉学的确也不喜欢被别人猜忌。

"皇后娘娘，我只说一点。"他告诉她，"你的事若中途败退，我是绝不会现身的。等你控制了中宫，我自会来帮你，你可明白？"

他只答应半路帮忙，其实这也正常，他不可能全然信任周家。

她沉默地点头，早有定夺："我心里有主意，早已与四舅商量过了。"

"他这么多年……对我冷言冷语，反而宠幸董妃、赵婕妤那些人，本宫也早就受够了。说我折磨他，莫如说这么多年他折磨我，孩子竟也不给我一个……"周氏闭了闭眼睛，竟然对陆嘉学屈了身，"若大人肯帮，自然万分感谢。"

陆嘉学点头，出去后叮嘱了三皇子几句，才出了三皇子的府邸。

终于坐在了回宁远侯府邸的轿子上，陆嘉学才能休息片刻。他对皇后说的话模棱两可，看似不打算帮忙，不过还得帮她盯着京城中的异动。如果三皇子不能登基，那登基的就是大皇子。大皇子登基后罗慎远的权势必然无双，他不会让这种情况发生的。

他回过神，挑开帘问外面："我吩咐的事做了吧？""侯爷，已经送去了。"随从恭敬道。

陆嘉学嘴角微弯："给她的日子找些乐趣，免得她在罗家无聊了。"然后放下了帘子。

罗慎远第二天醒得很早。洗漱吃早膳，一会儿后撩开帷幕进来拿东西，看到宜宁和宝哥儿正靠在一起熟睡，床上有股婴孩的奶香，鼓起一大一小的包，昨夜给孩子喂奶，她衣襟微开，还能看到雪白丰润的峦影。

她不觉得冷吗……

罗慎远走过去给她盖被褥，谁知道她就惊醒了，盯着他伸出来的手，再看看自己顿时清醒了："你干什么？"

罗慎远看着她觉得好笑，抱着肩靠边看她："你觉得我要干什么？"

"我怎么知道……"宜宁说着把衣裳掩好，再把趴着睡得跟小狗一样的小团子捞进去，放在里面睡。

他听了反倒一笑，然后压下来按住她的脸从侧吻到嘴唇来，猛地深入进去，甚至上了床半个身子压在她身上，亲着亲着就出了火，两人之间迷乱而湿热。他的手臂也略用力些，最后才迫不得已放开她，微喘说道："你想的是这个吧？"

两人都滚烫得很，他那儿更明显了。宜宁偏生嘴硬，"我可什么都没想，你乱说的。"

他笑道："不过想给你盖被褥而已。"然后从她身上起来，整理衣裳离开，没时间了，要去衙门了。

不该逗弄她的，现在满身的欲火，一会儿可是还要处理公事的。宜宁见他走了才起床。

腊月二十三之后，府内新年的气氛就浓郁了起来。

罗宜宁叫管事来吩咐了家中发新衣棉袄，下人房中也分些瓜子点心的。这些吃食日常是少的，得了的丫头婆子都欢天喜地的，有些还攒着托人带回家中去，父母兄弟都能吃。

等到了巳时姐妹们回罗府，她亲自去影壁迎接。

罗宜慧看到宜宁就眼眶泛红，几步进来抱住妹妹，而她膝下七岁大的钰哥儿仰头看了看宜宁，他长得秀秀气气的，多年未见已经生疏了。若不是罗宜慧催着让他叫人，他还是不会叫的，宜宁送了他装了金豆子的荷包作为礼物。

两姐妹一起携着去了大房，路上相谈，罗宜宁跟长姐说起罗宜怜的亲事，罗宜慧只当冷笑："那商贾之家她最看不上，如今岂能不难受？"她叮嘱，"倒是罗轩远你要多注意，那孩子心性厉害。"

"叫你们妖魔了他。"罗宜宁只是笑，"左不过一个半大的少年，又有三哥压着，他能干什么？"

何况在罗轩远心中，那失宠已久的乔姨娘还不如他刚收的通房重要。

罗宜慧听了也是笑笑，宜宁说的还是有些理的。绝对的实力面前，罗轩远是个聪明人，反而不会做什么。

大房里罗宜秀、罗宜玉也回来了，罗宜秀亦抱着个粉嘟嘟的女娃娃，还不足一岁，唤晴姐儿，真是惹人疼极了。虽然她生的是个女孩儿，但因朱家上头几个都生了男孩儿，这唯一的女娃反而得老太太疼爱些，她也荣光满面的。

罗宜玉比以往更不爱说话，这时的沉默中反而有种落魄感。罗宜秀原来和她嫡亲的姐姐相处不来，现在却待她姐姐好多了，有什么吃食都朝她姐姐那里递一份。她侧头低声跟宜宁说："那小蹄子呢？"

罗宜宁知道她说的是罗宜怜，就道："家里刺绣呢，她可不敢出来走动。"

"她把宜玉害成这样……"罗宜秀说着眼眶就红了，"我都没见到过宜玉哭成那样过，她从小到大没这么哭过。"

罗宜宁拍了拍她的肩。清官难断家务事，这事她的立场不好说话，一方面她觉得罗宜玉有点咎由自取，太不珍惜眼前人。另一方面罗宜怜的确不该做这等伤风败俗、破坏人家幸福的事。刘静竟还真的转而想娶罗宜怜，而罗宜玉用尽方法，都无法让已经决绝的刘静原谅她。只能说人心难测，三十年河东，三十年河西。

"我来抱抱晴姐儿吧，当真乖巧。"宜宁不再说罗宜怜，而是把晴姐儿抱到自己怀里来逗弄。

晴姐儿乖乖地咬着手指，想吃东西的时候就扯扯母亲的衣袖，不知道比宝哥儿那皮猴子乖多少，在她怀里也不哭，软软地靠着她。

罗宜宁满心柔软，觉得生女娃真好，为什么要生那猴子出来？

宝哥儿本被罗宜慧抱着玩的，看到罗宜宁抱着晴姐儿，立刻就不高兴起来，哭着朝她怀里扑来，哭声还震天响。宜宁看着他如乳鸽般张开的小胖手，只能放下晴姐儿去抱他过来，亲了亲他软软的脸："好了，宝哥儿！就抱你行吧？快别哭了。"

宝哥儿紧紧搂着母亲，抽抽搭搭，小脸上沾满泪水。

"罗三小时候比他乖巧多了，他却是怪难缠的，和你有的一比！"罗宜慧见了就笑着说，"你小时候就喜欢抱着我不肯放，谁哄都不好使！"

这样一来，看到宝哥儿就好像看到了小宜宁一般，她连眼神都柔和起来。

陈氏这时候被丫头扶着自外面回来，笑着说："正好了，你们都在呢。程家几个姑奶奶请去吃茶，刚得了几盒带骨鲍螺，随着还有糟鹅掌，后者倒也罢了，前者难得，不如都随我去吃吃茶吧。"

陈氏说完就看罗宜玉，她说这些，还不是希望她能跟着去走走，散散心。罗宜玉却摇头："母亲，我身子不舒服，就不去了。"

陈氏微微地叹气。剩下几个倒也无事，去谢家转转也好。

罗宜宁现在是绕着谢蕴走的，准备也用称病那一招。罗宜秀却非要拉她过去，从小到大，看热闹罗宜秀是最热衷的，强迫罗宜宁去看热闹也是她最热衷的。

罗宜宁转而一想，见到了其实也无妨，谢蕴又不能把她如何，反正是在家中无事可做，也就没有反对了。

她到了谢家之后，好歹知道了程四少爷去上朝了，心里宽慰了一些。总之不用面对他就行。

谢蕴抱着个手炉表情淡淡地坐在女眷中间。因为已经对罗慎远淡了，谢蕴自然对罗宜宁也没有了原来的仇视，看到她还难得地问了句："你病好了？"她现在的主要精力都在跟程大奶奶的掐架上面，整天在家里掐得天昏地暗腥风血雨的，宜宁也有所耳闻。

"已痊愈了，多谢记挂。"罗宜宁笑答。

谢蕴不恨她了，她可还记得谢蕴的点点滴滴。

"我那儿还有株五十年的人参用不上，一会儿叫管家给你包了送去吧，你补补身子。"谢蕴又说。

珍珠在旁听到嘴角微抽。她们家太太如今什么身份，用得着她这赏赐人的语气吗？阁老大人现在掌管工部，财大气粗，家里人参、灵芝多得当萝卜啃都行。

"不必了。"罗宜宁自然是笑着拒绝，"我不宜大补，还是你留着吧。"谢蕴觉得她无趣得很，"不要罢了！"

"太太，您厨房里给四少爷炖的汤时辰到了……"有丫头来禀报。

谢蕴听了说："先别着急起锅，还要再加把盐的。"她起身去看她炖的汤了。

罗宜宁继续喝茶，那边却有喧嚷传来。有人循声而至，小厮前后簇拥着，是个清朗而低的声音："大嫂，怎么今日府里这么热闹？"

罗宜宁背对来人而坐，听到是他的声音——程琅。程琅是没有看到她的。

他柔声和几个嫂嫂相谈，倒是甚欢，几个嫂嫂被他逗得大乐，罗宜宁自当慢慢地喝茶。讨女人喜欢，他是相当有本事的。

待有人笑着喊了宜宁一声"三太太"，她才侧头听那人说话。

程琅看到她竟然在其中的时候，笑容淡了，早听说她回来了，一直没有见过。

这种情绪很奇怪，罗家和程家在一个胡同里，近在咫尺。他明明知道，这个人离他的距离也不过是一炷香的工夫，但他看不到她，感觉不到她的存在，不料她这日竟然在这儿。

程琅恢复了从容淡定，与罗宜宁轻轻颔首，算是打过招呼。

谢蕴却已经看了汤过来，见到程琅回来，三两步上前挽住了他的手，嘴角露出一丝笑容："你今天回来得这么早啊！"

"是下朝得早。"程琅亦是微笑着对谢蕴说,"我记得你昨日说要做什么汤给我喝,可做好了?"

他说话的时候看也不看罗宜宁了。

谢蕴却想起原来罗宜宁和程琅是议过亲的,指不定罗宜宁对程琅还有些什么心思,她想想就不喜欢。

"做好了。"谢蕴拉着他的手说,"你随我去尝尝,我让婆子放凉等着你呢。"程琅应了一声,与在场诸位告辞离开。

"四弟妹也就在四弟面前才是这副样子,平时和谁说话,都是爱理不理。投桃报李的,四弟对她倒也挺好,竟然通房也没得一个。"程大奶奶见两人走远,就笑着说。

"人说那等风流之人,遇到自己专情的女子是最痴情的。"程大奶奶幽幽地道,"我看四弟大概就是如此了,倒也难得。"

程大奶奶一向对谢蕴不太客气,更难得称赞两人几句。

罗宜秀嗑着瓜子,回头看到罗宜宁正在出神,捅了捅她:"你想什么呢?"罗宜宁回过神来,摇了摇头说,"没什么。"

只不过是岁月流逝,万物变迁罢了。程琅的生疏和避之不及,她怎么会看不出来呢?罗宜宁站起身来,低声叫珍珠附耳过来听。

一会儿之后,女眷们移去前厅赏梅,罗宜宁往中堂走去。程琅正站在中堂的屋檐下面等着她,微微皱眉看着她:"你找我何事?"

罗宜宁自怀中拿出了陆嘉学的珠串,仔细地看了会儿——小小的金色佛号,刻得那样深。

这是陆嘉学护身用的佛珠,当初她生产艰难的时候陆嘉学留下的,果然护了她的平安,后来他就出了事。现在他既然回来了,怎可继续留在她这儿,便还了他,保他的平安吧,她把它给了程琅。

"你还给他吧。我在罗家,东西递不出去。"罗宜宁很清楚这个。

那是陆嘉学的佛珠,程琅一眼就认出来了。他顿了片刻才接过来,然后说:"没有别的事了?"

罗宜宁摇头:"就是这事。"她要走了。

程琅突然在她的背后轻轻地说:"你知不知道……你是一个多可怕而冷漠无情的人。"罗宜宁猛地回过头,嘴角露出一丝淡淡的笑容:"冷漠无情?你指的是什么?"

程琅却不说话了。

"我该和你说什么,还是该和陆嘉学说什么呢?"她似乎觉得很好笑的样子,"既然不可能,那我温柔以对是为了什么?如果你觉得我可怕冰冷,那也随便你吧……我不在乎了。"

反正怎么做都不对,何必在乎?

程琅看着她离开,手几乎是发抖的,面对她,其实他难以自制了。

他静静地回到书房里,将那个他藏了许久的匣子打开,从里面拿出几幅画卷。

纸页都已经泛黄了,画中之人靠着小几,随意地伏在上面。刚洗过发的她青丝满泻,软和温暖的发间似乎带着桂花的甜香味，还有站立的、训斥孩子的、板着脸生气了的……栩栩如生，许多年未曾打开过，那陌生而清秀的脸还是年轻的样子，好像凝结在昨日的黄昏里。

都是他凭借着幼时的印象，亲手一笔笔画的。

有时候他觉得要感谢自己过目不忘的能力，否则怎么能连眉眼都记得那么清楚，在日后长大的岁月里慢慢地描摹出来，这样他就把她原来的样子记得很牢，越来越清晰。

谢蕴跨过门槛进来，似乎是瞧着他在看什么，她从未看到过他这样的神情，眷恋而柔和。这跟他对所有人都是不一样的，有时候谢蕴甚至觉得，他对自己都是隔着一层的。

"你在瞧什么呢？"谢蕴笑着问他。

"几幅珍藏的字画而已。"程琅轻描淡写地说，将画卷卷了起来，"外面的人怎么不通传一声，越来越不像话了。"

"这都晌午了，我叫他们吃了饭再过来，这不是来叫你吃饭的吗？"谢蕴说着把装点心的填漆方盘搁在了桌上。

"嗯，那走吧。"程琅将匣子锁了起来，推进了抽屉里。谢蕴又看了那抽屉一眼，当真好奇。

陈氏等人留下吃饭，罗宜宁先回了罗家，罗慎远也回来了，他脸色阴沉，屋内气氛不太好。

秋娘抱着宝哥儿去内室换衣裳了。罗宜宁把从程家带回来的玫瑰灌香糖放下，走的时候程大奶奶人手送了一盒，外面难买。她刚尝了一粒，的确香甜中带着玫瑰味，且玫瑰味久久不散。她见他脸色不好看，就坐下来，打开纸盒从里面拿了一颗糖出来，递到他面前。

"吃糖。"指间一粒淡红色晶亮的糖，她也笑眯眯的。

罗慎远放下书，他不喜欢吃糖，但她递过来也只能俯下身含了，只不过还没有放过她，捏住她的手腕问："去程家了？"

"你知道还问。"罗宜宁说，"长姐来者是客，她要去，我自然作陪了。你今日可见着钰哥儿？他可已经是半大小子了。"

罗慎远缓缓放开她的手，没有回答她的问题："没见别人？"

"见着谢蕴了，她过得还不错，好像把你忘了，你少了个红颜知己。"罗宜宁继续说。

罗慎远听了微一挑眉，"红颜知己？"

"是啊，你的红颜知己。我回来之前你与那位葛小姐有私交，那是你新的红颜知己吧？"罗宜宁继续问。

罗慎远听了一笑，他与葛妙云算什么往来。与葛洪年在葛家议事的时候，他那位孙女时不时地进来倒茶、放点心，一双妙目放在他身上滴溜溜地转。他当然明白人家什么心思，那时候宜宁不在身边，他连应付的情绪都没有。

他让她坐在自己怀里，跟她说："说起来她的确喜欢我，葛大人还想撮合来着。"

罗宜宁明明知道他那是玩笑话，但是看着他似笑非笑的淡然神情，总还是觉得别扭。他身边当然少不了美人环绕……现在就多，以后还有更多。

"你喜欢她吗？"她在罗慎远身上跪坐起来。

罗慎远从容地伸手搂住了她的腰侧，还是一派气定神闲地坐在太师椅上："尚可吧。"

罗宜宁就倾身上前，轻轻啄他干燥软和的嘴唇，下巴有点淡青的胡茬。她一点点地往上亲，就见罗慎远也还是注视着她，一举一动，皆在眼下。她突然觉得没什么意思了，这么诱惑着人家，他却不为所动，表情都未变过。

但是罗宜宁要离开的时候，罗慎远却按住了她问："怎么不继续了？""该吃午饭了。"罗宜宁整理衣裳地说，"我饿了，要吃饭。"

罗慎远又笑，叹息："罗宜宁！"

他按住她的后脑低下头，他坐在一张窄窄的椅子上，她坐在他身上，所触皆是其男性结实的身躯，她的衣襟又乱了，自脖颈处开始散开。发烫的手到哪里都烫，然后搂住了她的腰。

两人又紧紧地贴在一起了，他抬手托着她把她抱起来，气息更加贴近。男性的喘息声，让她也有些战栗，紧紧地缠住他的腰。

最后吃午膳的时候，宝哥儿都饿得吃了小半碗牛乳蛋羹。吃饱后小团子特别精神，由秋娘护着，在罗汉床上小狗一样爬来爬去，就是不愿意睡。他现在特别喜欢别人逗他玩，还会拍手，而且抓到什么都往嘴里送。

宜宁发现他咬自己有些痛了，掰开他的小嘴看，是长了一点点的牙。她很惊奇，给罗慎远看："三哥，宝哥儿开始长牙了！"

罗慎远还在吃饭，看了一眼还是很赞同地说："嗯，看来过了多久就能断奶了。"

宝哥儿跟他爹不亲热，当然他爹跟他也不见得多亲热，成天指望他早日断奶。宜宁看着宝哥儿肥嘟嘟的小身体，突然有点为他担忧。

晚上在林海如那里吃饭，正好长姐在，还有好多话要说。

罗宜怜明日就要启程离开北直隶了，乔姨娘不舍女儿，难得出来陪着。罗宜宁看到乔姨娘手上支棱的骨头，她刚年过三十，却折腾得一副已经四十岁的样子。

女儿远嫁了，儿子与她不亲近，以后留在罗家也只是苟延残喘，乔姨娘哭成了泪人，这辈子就这一个巴巴盼着的女儿，儿子如今是完全指望不上了。

罗宜怜也舍不得姨娘，但她不可能带乔姨娘走，更何况嫁的也只是个商贾，只能给乔姨娘留下些银钱度日。

等乔姨娘走了，林海如叹气说："她倒也不容易……"算计了一辈子，翻不起风浪了。罗成章身边，年轻漂亮的丫头有的是。

罗宜慧在喂宝哥儿吃蟹黄豆腐，她倒是没什么同情的感觉，她这辈子可是恨极了乔姨娘的。她和罗宜宁道："你三哥找的这门亲事还是挺狠的。"

把罗宜怜最厌恶的东西堆到她面前去，她这辈子都将与此为伍。且苏州天高皇帝远，她从娘家得不到支持，商人重利轻别离，眼看她现在年纪轻轻是宠着的，等她老一些了，却还不知道要怎么样。

罗慎远惯对仇人是慢慢折磨的，他是这样的性子。

罗宜慧又笑着点她的脸："别的不要紧，对你好就行！"

这天晚上睡觉之前，罗慎远又压了她一次，完后宜宁就睡得极沉了。

罗慎远在黑夜里凝视着她，分明知道过多了不好，但他就是很焦躁。他按住她的手腕，眼睛微微一眯。他连她现在离家都不喜欢了，无论是去哪儿。她虽然说过喜欢这样，但真的有天觉得束缚的时候，恐怕也惧得不得了。

所以还不能让她察觉了，他控制一下自己吧，分明就是他太过分了。

罗慎远起身穿了外衣，他还有事情要处理。从屋内走出来，林永挑了盏巴掌大的琉璃灯等着他，罗慎远往书房走去，问林永："顾景明来了吗？"

"正等着您呢。"林永说，"对了，刚才陆都督派人送了个人过来。"罗慎远淡淡地看他。

林永就继续说："说是送来伺候您的，我瞧应该是战俘，长得漂亮极了……故还放在那儿，等您去处置。您看该怎么办？"

林永可不敢在这种事情上擅自做主，他只看了那姑娘的长相，就立刻让人先送去厢房里看着。

罗慎远亲自去看了这个小姑娘。

她眉目要比京城中的女子深些，确实明艳，穿着件墨绿色的缎袄，边上用银线细细地勾勒，越发显得脸清瘦稚嫩。看样子可能刚及笄，手腕上套了好几个玉镯子、银镯子。

阿善也不明白这是怎么回事，她被送到侯府之后满心以为大人是要收了她的。大人待她倒还算和善，却未曾触碰分毫。她私下打听才知道，侯府的侯夫人常年不在府中，侯爷身边伺候的仅仅是几个贴身丫头。

她顿时又不安了，诚惶诚恐。这日被叫起来梳妆打扮，又有人用汉语低声叮嘱她。她汉语不好，情绪又紧张，只听到说要送她去个大人的住处，约莫是要送人的。

都督大人多好啊，平日也就是练练剑，跟下属一起喝酒，从不恶语相向，亦英武不凡。

阿善越想就越想哭，若是被送了个满脸褶子的小老头，行事又恶劣，还不知道要怎么样才好。所以听到有人挑帘进来的时候，她往炕床里蜷缩了一些，并不想看他。

那人缓缓走至她身旁的时候，她听到有人低声说："大人，就是她。""嗯。"他轻轻一声，声音清朗极了。

听着是个年轻人的声音，阿善才略抬起头来，看到他逆光而站，外面的风雪铺天盖地下着，大氅显得他身材越发高大。风呼呼地灌进来，她一时间震惊地瞪大了眼："你……"

一是因为这位男子长得格外好看，二是看着有些眼熟。她浑浑噩噩地想起，是随自己阿爹去大同的时候见过一次的。三四年前的事了，他和阿爹商议马市的事，那时候他还和另一位男子在一起。因为他长得好看，所以她记得格外清楚。

罗慎远看到她震惊的神情也皱了皱眉，走近一步看着她："你认得我？"

"我阿爹是……努尔赤……"阿善艰难地说。罗慎远眼里闪过一丝冷光！

林永都惊讶了："大人，怎么了？"

"没什么。"罗慎远恢复了冷静，轻描淡写地说，"把她关在这儿，找人好好看着。"从屋子里出来，林永小心地看着他："大人，那个姑娘怎么了？"

罗慎远出了口气，也许他该庆幸陆嘉学把她送了过来。当年他跟曾珩来往的时候，曾经去大同帮他谈过生意，没想到竟然遇到了熟人。这下麻烦了，此女不能放走，更不可能把把柄送回去给陆嘉学捏着。皇上知道他算计瓦剌的事，可不知道他跟瓦剌的渊源这么深。

这绝对是株连九族的大罪！

此女最好是暗中处理掉为妙。

"暗中找机会把她处理掉……"罗慎远以手做刀，轻轻往下一压，林永立刻明白了他的意思。

他想到那孤女如今家破人亡，年纪尚小又这般凄惨，连汉话都说得磕磕巴巴的，那样子多可怜啊，竟有一丝不忍心。

也许男人对于美人的怜惜是天生的，但是阁老大人好像没有一点不忍心的样子。

罗慎远不再说那个战俘的事，而是继续说："我看最近皇后娘娘倒是没什么动静了，也不让三皇子去皇上面前表现了，宫内倒是平静许多。婕好可有传信来？"

林永才回过神答道："婕好说……皇后娘娘近日专心于处理后宫政务，似乎不怎么管三皇子了。"

反常即妖。

罗慎远想了想说："叫婕好每日去皇后宫里侍奉着，皇上那边不要紧。"

这般吩咐完了，他才起身回去继续睡。宜宁还是没有醒，他望着她陷入被褥里的脸，烛火亮堂堂地照着她，她这几日好像又瘦回去。罗慎远就突然想起她小的时候来找他玩，他在念书，她又不敢吵他，团成个团儿睡着了，睡在他的椅子上，像一只小猫般首尾相接，胖乎乎的小爪子搭在一起。

她如今不这么睡了，那躺在她身边香喷喷的软软小团子却跟他娘一个睡法，团成团子。这样一看，这小家伙好像也挺好的。

罗慎远靠着他们娘儿俩躺下，那大团子自动地就偎依了过来，小团子却自动地往大团子身上靠。他一并搂在怀里，闭上了眼睛。

陆嘉学回来，皇后的异动，他突然有了种山雨欲来风满楼的感觉，但这里是安宁的。

腊月二十八，又下了一场大雪，府里张灯结彩，要准备年祭了。小团子冻得不爱动弹了，趴在娘身上尽量要抱。

小团子现在有旺盛的食欲，对于豆腐、蛋羹已经不满足了，他前天还吃了一碗肉糜粥。长大一点点的时候就开始臭臭了，有一次拉在尿布里，宜宁要给他洗小屁股，把他的小裤子脱了，示意他爹抱他。

罗慎远只能放下手中的公文，把他的儿子接过来。他远远地举着宝哥儿，宝哥儿瞅着他父亲皱着眉嫌弃他臭，光着屁股两条小胖腿儿一蹬一蹬的，竟然乐呵呵地笑起来。罗慎远才觉得他好笑："弄得这么脏，你还笑？"

宝哥儿"咯咯"地笑，想抓他爹的俊脸，无奈手太短，只能扯袖子。罗慎远连袖子都不要他扯,两父子相处极其不和谐。

罗慎远就对罗宜宁说:"我看他是像你的性子,年纪不小,却要翻天了。"罗宜宁白他一眼:"那也是你儿子,不要就扔出去!"

罗慎远没了话说,反手把光屁股的儿子塞进热腾腾的被褥里,让他自个儿在被褥里拱来拱去,宝哥儿埋在被褥里,脑袋顶啊顶找不到方向了。宜宁看了气得想拧他:"罗慎远,你做什么?我还没给他擦屁股!"

结果被褥也要重洗,宝哥儿倒是拱得很开心,可能是把自己当鼹鼠了。

罗宜宁开始认真地总结她三哥有什么不擅长的东西。很明显,他大部分的能力都用在书本上面了,生活上就比较……比较一般,厨艺很差,几乎没有厨艺,当然他可能自己也知道这个,从来都不靠近厨房;再例如带娃,他非常敷衍,而且也不太喜欢小孩。

"你叫我什么?"罗慎远拿起公文,抬起头看她。"三哥……"罗宜宁没了气焰。

"嗯。"他才满意地摸她的头,"这就乖了。"

清洗过后再次香喷喷的小团子被乳娘换上袄子,交到了为娘的手上。为娘的喜欢孩子,捏着宝哥儿的小爪子,让他去抓爹爹的脸。他爹要看公文,躲闪不及,嘴角微抿。

宝哥儿又开心地"咯咯"笑,宜宁也陪着孩子笑:"宝哥儿,你瞧你爹好不好玩?"

罗慎远脸上一次次被小爪子挠过,见娘儿俩笑作一团,又不好计较,心道晚上再跟她慢慢算账。

下午远在济南任职的罗成章回来了。

他这次回来身边多了一个怀孕的丫头。林海如看到那微凸的小腹,瞧了罗成章一眼。罗成章心里发虚,咳嗽一声说:"我亦不知道什么时候有的,这次就带回来安置着。"又和罗慎远说,"你如今朝堂上如何?我听说你十分得皇上信任。"就这么把话绕了过去。

宜宁看向罗成章,他鬓发微白,看着那个长相秀美的丫头的眼神,却是情意绵绵的。

原来,他也这么看乔姨娘的。可能再原来,他还是那么看顾明澜的。罗宜宁突然有点想笑。

林海如便叫那叫夏繁的丫头进了内室,罗宜宁也跟着一起进去。林海如坐在罗汉床上捧着茶杯,捻着盖细细拂过,说:"既然有孕,那就不跟老爷去任上了,便抬了姨娘,跟着乔姨娘住吧。你老家是哪里的?我再给你老家送些礼过去。"

夏繁原本还忐忑着,听到后立刻跪下磕头谢林海如,差点哭出来。

那在外头有孕回来的,被主母以不干净为由落胎的也不是没有,幸好当家主母心不算坏,还将她抬了姨娘。

等那丫头告退出去了,宜宁给她捏着小腿问:"您现在一点都不在意了?"

林海如笑着说:"人若是在意起来,一辈子都会在意。哪有这么容易……我不是不在意,是不想计较了。叫他折腾去吧,他一贯喜欢年轻柔弱的,越这样越得他喜欢。"她十七八岁嫁过来的时候,罗成章也风华正茂,也不是没有才华。

林海如大字不识,从小就崇拜读书人,更何况罗成章还是个进士,对他非常敬仰,只是

813

罗成章一直不喜欢她罢了。

"说这个干什么。"林海如拉着她起来，"你精神点。我告诉你，我前日听到你大伯母说，想晴姐儿与你宝哥儿定娃娃亲……"

罗宜宁一下子坐正了，瞧那乳母怀里流口水啃手镯的宝哥儿，半大婴儿，话都不会说。竟想到他头上去了！

她问："这是大伯母提起的？宜秀怎么说？"

"宜秀一向对这个不在意，是朱家老太太听说宝哥儿的事，时常撺掇她抱孩子回来走动。"林海如这些年精明多了，捏她的手，"不然你觉得那朱家老太太为什么对晴姐儿这么好，还不是看在罗家的分儿上，看着罗慎远的分儿上，你三哥今非昔比。"

罗宜宁知道随着权势而来的东西其实是很麻烦的，不过宝哥儿还这么小……就想到这上头来，她还是不舒服。

罗宜宁叹了口气说："直接拒绝有伤颜面，您在大伯母面前似有若无地提一下吧。大伯母是聪明人，听了就知道我是什么意思了。"

朱家虽然有三位进士在朝中做官，但还无法和罗家相比。说清楚了，大房倒也不会生出别的心思来。

第二天与大房一起祭祀罗家先祖，宜宁还给宝哥儿穿了喜气洋洋的褂子，罗家的祠堂是修在保定的，一行人便安排了车，浩浩荡荡地回了保定去。

昨夜被罗慎远来回压了几次，罗宜宁精神不太好，一路上都在打瞌睡。马车上总归睡着不舒服，罗慎远将她搂到怀里来，看她脖颈上一片红痕，又昏昏欲睡地靠着他，皱眉说道："你就是身子骨不好，以后我每日晨起叫你一起起来，在院子里走几圈。"

"我才不走，我得补眠。"罗宜宁翻了个身，埋头向里。

罗慎远想拎她起来再说几句，她闭着眼一副已经睡着的样子，只能无奈地随她去了。等到了保定下了马车，陈氏就阴沉着脸。

林海如昨夜就去找她说了，她可没管什么委婉不委婉的，以至于陈氏径直进了府内，也没有招呼她们一声。

罗宜宁多年没有回过保定这边的罗府了。她仰头看着熟悉的门楣，觉得格外亲切，就连生气的陈氏都变得亲切起来了。

"走吧。"罗慎远牵着她走进去。

老家的仆人早准备好了三牲祭品、纸锭香烛。罗宜宁现在不能进祠堂了，她和两位嫂嫂坐在外面。大小周氏远远离开她在说话，其间夹杂着几声轻笑，有些刺耳的交谈声，这都是听得到的。自她回来之后，两位嫂嫂跟她的来往就少了许多，其间更有不屑之意。罗宜宁也知道是为什么，在二房没有人提，是因为二房里有罗慎远。

原本不亲近的两人，倒是因为骂她而越来越亲近了——共同的敌人总是能很快使女人成为朋友。

罗宜宁没有理会她们，她看着祠堂想起那年罗老太太刚死，她在罗老太太的牌位面前瘫倒痛哭。他过来找到她，半跪在地上直起身，哑声唤她"眉眉"。

他们的一切都和这个宅院有关。

宜宁去了罗老太太住过的院子看，可惜里面什么东西都收走了，一切都空落落的，好像什么都不存在般。

她看到外面的阳光照在破旧的地板和雕刻了麻姑献寿的窗棂上。记忆中有罗老太太喜欢的那尊佛像、常用的瓷枕，老太太养死了好多盆的兰草，罗慎远曾送给她的，一个套一个的瓷娃娃，可惜如今什么都没有了。

"父亲叫人在花厅布了宴席，走吧。"罗慎远过来找她，见她往屋子里瞧，不由得问，"你看什么？"

"祖母都去了六年了。"罗宜宁说。老太太笑眯眯的样子、哄她吃饭的样子、抱着她教她识字的样子，历历在目。

这辈子遇到最初最好的那个人，可是再也看不到了。

"你若是真的瞧到她老人家，可不吓着你。"罗慎远轻轻地笑，"吃饭了。"

罗宜宁被他牵着离开，还是回头看，空荡荡的，什么都没有了啊。她只能紧紧握住身边人的手。

老家毕竟年久失修，吃住不便，晌午之后罗成章就说返回京城里，当然还记挂他那怀孕的小妾。

罗慎远因为京中有事要先走一步，没有等他们，等宜宁他们回到府学胡同的时候已经是傍晚时分。宜宁还没有进门，就看到门口两侧站着的亲兵，她顿时脸色微变。

罗成章询问门房，立刻得知是陆都督来了，现在正在前厅等着，他的表情便有些怪异。

他下意识地看了罗宜宁一眼。上次那事是陆嘉学肆意妄为，但他又不敢得罪陆嘉学，这人寻回来了，难不成是来找她的？

"我先回避吧，父亲自便。"宜宁屈身道，然后带着丫头婆子往里走。

她想从夹道回嘉树堂去，却看到那人正斜倚靠着夹道的墙壁，手里把玩着珠串，冷冷地笑道："你要是想还给我，何不当面给呢？"

陆嘉学回过头看她，眼神冷冰冰的。

他竟是为了那串珠子来的！罗宜宁沉默，她把东西还给他，也不过因这是他护身的东西，能护卫他的平安而已。本来就应该是他的。

若是他出了意外，她自当为他保存着，但是陆嘉学没有事，她留着又怎么合适呢！陆嘉学现在来罗府一次不容易，当真任性。

罗宜宁让婆子丫头等在原地，她拢紧了斗篷，那风呼啦地往身体里灌，从脖子缝往里钻，全是冷意。

她走上前去，叹了口气低声说："那是你护身用的东西，自然不能留在我这儿。"陆嘉学冷睨着她，语气轻而带笑："你也不过是……虚伪而已！"

昨天他收到了程琅送回来的珠子，自然是生气的。如何不生气呢？他那时候半跪在她面前，把珠子交到她手上，无外乎也是希望她能平安而已。如今还给他，还不是希望斩断前缘罢了。

陆嘉学今天非要来找她，不顾罗家护卫的阻拦硬闯进来，罗家因此有人飞快地跑去了五城兵马司叫人。

但五城兵马司怎么敢奈何陆嘉学？

"你不愿意要就算了，何必要还回来呢。"他冷冰冰地说，忽地靠近她。她白玉耳坠儿在暮色里微微晃荡着，她则眼帘低垂，眼底似乎笼着刚亮起来的灯火，一派寂然。

"扔了也就罢了，既然已经送给你了，你当我还稀罕这物吗？"陆嘉学冷笑着，说完手就是一扬，那珠子就落入了旁边的雪野中，暮色低垂，根本看不清究竟落到了哪里。

罗宜宁看着他把东西扔出去了，那又是串木珠子，落下来悄无声息的。

罗宜宁冷冷地看着他："陆嘉学，你是不是霸道惯了，别人一定要听你的才可？"

她的语气竟然有一丝严厉，娓娓道来："我被你掳去金陵后回到京城，你以为周围对我就没有闲言碎语吗？你觉得我身怀有孕，在外面漂泊很有意思吗？我现在作为罗家的宗妇，你这样来找我，别人又怎么看？"

"就如当年在陆家。我要与谢敏交好，要在几个媳妇之间生存，我家世最卑微，头都抬不起来，你知道那有多难吗？"她一步步地朝他走过来，语气越来越凌厉，"当年你可是玩世不恭，在外面花天酒地……你别解释，我知道你当时没做什么！但你知不知道别人怎么看我？那陆四媳妇，丈夫在外面吃酒听曲，她一句话都不敢说，多可怜啊！"

罗宜宁终于把这么多年来闷在心里的话都说了出来，她的语气非常嘲讽。

陆嘉学直盯着她，然后走近了淡淡问："所以你现在选了罗慎远，是吧？"

"并非我选了他。"罗宜宁说，"你别当我是当年的罗宜宁了，我与他在一起也不是因为这个……"

"罗宜宁，以后你可别跪着来求我！"陆嘉学一把抓住了她的下巴，仿佛暴怒，但是力道还是不大的，他冷笑着说，"你以为罗慎远是什么好东西？我送给他个女子，你可曾知道这个女子的存在？你以为，他就没有事瞒着你吗？"

罗宜宁气急，却掰不开他的手，幸而她这个角度别人也看不到。然后他猛地放开了她，罗宜宁反而踉跄了一步。

陆嘉学吸一口气平息着怒火，背着手。这么多年了，竟然还是被她挑动。

"是我疯了，才喜欢你那么多年。"陆嘉学最后抛下一句，看也不看她离开了。

珍珠过来扶她，却看到罗宜宁双肩发抖，眼眶泛红。珍珠急道："小姐，您怎么哭了！是侯爷过分，分明就知道您已经嫁作人妇……"

珍珠一着急就会喊回她小姐。

"他一贯是那个个性……"罗宜宁擦了擦眼眶，冷静下来。

灯笼的光静静的，她还是平息了情绪，指挥珧琚过来："你叫几个婆子一起……把那串佛珠找到吧。"

陆嘉学把东西扔了，她却还要给他找出来。

有时候觉得这么多年以来，其实他亦没有变过，还是这么蛮不讲理，他认定那是对你好，就谁都改变不了！

珍珠虚扶着罗宜宁回去歇息，声音微低："太太，您怎么知道有人对你……"分明阁老大人都为她隔绝在外了，不让她被流言蜚语伤害，也仔细交代她们，甚至交代了太夫人，不要提及。

"我又不蠢。"罗宜宁露出淡淡的笑容，"若我真是那等贞洁烈妇，这么被人掳走，就应该上吊自尽以死明志。你以为我不知道她们私底下说什么吗？猜也猜得到，巴不得我死呢。"

她难道没有偶尔听到仆妇的低语，没听到那些嫂嫂、姐妹说什么吗？

"但我也不想死……"她的语气很执着，抓住了珍珠的手，"我还有宝哥儿呢，我没有做错什么……为什么要死呢。"她喃喃得近乎自语。

只当没听到他们说什么吧，好像听不到，那些声音就不存在了。

她就是不想死，不过总是被骂而已。

珍珠不知道为什么竟也掉眼泪，馋扶着她说："是的，您管他们干什么呢……"

主仆在灯下慢慢地走回了嘉树堂。宝哥儿被乳娘抱着睡在斗篷里，刚睡醒后拿小肉手揉着眼睛。玳瑁绞了热帕子递给宜宁，宜宁给小家伙擦脸。小家伙原本躲闪着，但睁开眼睛看到是母亲，反而朝她怀里靠过来。

孩子这么依恋她。宜宁亲了亲他的小脸，不禁想象他长大会是什么样子，他会说话了，开始读书了，像一个小小的稚嫩三哥，坐在屋檐下看书，用稚嫩的童声和她说话。等长大了，和他爹一般高大俊朗，娶媳妇了，带着媳妇给她敬茶。

唉……还这么点大呢，就想到他长大成人之后的事了！

咬着手指的宝哥儿不知道为娘的在想什么，但是为娘的笑了起来，然后他的小手就被拉出来擦干净了口水。

罗慎远回来的时候，知道了陆嘉学来找过她。两人在夹道爆发了冲突，陆嘉学明明知道府里有暗哨，却根本没有想避开，也不过就是要让他知道而已。

罗宜宁却不知道这些暗哨遍布罗家的各个角落。罗慎远没有告诉她，倒不是因为不信任，而是她没有必要知道。

其实罗家除了罗慎远，谁也说不清楚罗家究竟有多少暗哨，都在哪里。他现在位高权重，不得不小心。

于是暗哨便将两人对话的内容，一句一句地告诉了他。

罗慎远听后一直沉默，他诡异的沉默让面前等着的暗哨额头上冷汗淋漓，腿脚发软。大人的手段见识得太多了，现在看到他这个神情就怕。

罗慎远只是挥手放他离开，然后他还是静静地坐着，最后他站起身往嘉树堂走去。

内室透出明亮暖黄的烛光，玳瑁等几个丫头在比赛打络子，屋内传来阵阵欢笑声。丫头们的手都巧得很，面前放着个六格攒盒，里头是各色的丝线、玻璃珠子。罗宜宁手也很巧，她几下就能打出一个蝴蝶络子，用了蓝、紫二色，精巧漂亮极了。

玥瑁一向就喜欢漂亮的东西，看得两眼放光，恨不得抢过来："太太，您这是怎么打的？怎么就这么好看呢！像真的要飞起来了似的。"

"这有什么难的。"她又挑出两色丝线教丫头打络子，嘴角带着淡淡的浅笑，"来，你看着我打就会了。"

珍珠说："太太，您纵着她们玩吧！明天就是三十了，您要用的衣裳还没有烘干，要烧的符纸还没有准备……"

"玩一会儿也不打紧。"罗宜宁低头教玥瑁打络子，这时候罗慎远突然回来了，屋子里的丫头俱屈身行礼，齐声地请安。

罗宜宁才放下手里的络子，去帮他解斗篷："你回来了？宫中究竟是什么急事，你现在才回来。"

丫头们得了罗慎远的眼神，快手快脚地收拾了东西出去。屋内一时就静了，只有秋娘还扶着宝哥儿站在罗汉床上，宝哥儿还拿着宜宁刚打好的络子，小腿一蹬一蹬的很神气。

罗慎远没有回答，冰冷地道："出去。"

秋娘吓了一跳，抱起宝哥儿，见罗宜宁点头才出去。

罗宜宁心道他应该是知道陆嘉学过来的事，拉他坐下来，站在他面前说："陆嘉学今日来过了。"

罗慎远突然笑起来，缓缓地摸她的脸："我知道，瞧你这么紧张做什么。"

"我哪里是紧张了，这不是怕你误会嘛！"罗宜宁觉得他的手指头冰凉得很，竟让她一阵战栗，知道他不喜欢她见陆嘉学，她就格外注意这个，免得他不舒服，"我本来想避开他的，但还是避不了，就说了几句话……对了，我跟你商量一声，明日就是大年三十了，家里要不要请个菩萨什么的？保家宅平安。"

"随你。"罗慎远依旧笑着。

罗宜宁见他没有计较，才松了口气："那就请一个吧！我今天打了许多络子，可以给宝哥儿挂在帐上，等他抓着玩，你看看好不好看？"

她去拿那些放在小几上的络子了。

在她转身之后，罗慎远微笑的表情就完全消失了，取而代之的是面无表情。

他已经了解他们说的每一句话，倒背如流，所以其实她说什么已经不重要了。罗慎远看着自己的手，他发现自己的手竟然在微微发抖。

死在他手上的人很多。不管是真正意义上的死，还是间接的死，他觉得始终有一根弦绷在背后逼着他往前走，自从徐渭死了，自从她不见之后，他不在意别人的看法，不在意是非曲直，黑白颠倒。当然也许这就是真正的他，多年前有个丫头把他激怒了，他就嗜血地算计用恶犬活活咬死了她，跪在罗老太太面前时依旧冷漠不驯。

他把那些猜忌和不信任说给罗老太太听，然后罗老太太给了他一个巴掌。啪！那种凌厉的声音，他现在都记得。

他甚至想到了多年之后的史书会怎么写他——罗慎远，为虎作伥，位高权重，一代佞臣。这些他其实都可以不在意，真的，都不在意。

罗宜宁不知道，其实在她不见的那一年里，他梦到最多的是当年孙从婉对他说的话。那是在一个黑夜里，他让下人给了孙从婉姜茶去寒，因此回忆里都是姜茶的味道——后来他就特别不喜欢。

她的声音因为绝望、崩溃而尖利："你这种心肠歹毒的人，以后肯定会遭报应的。早晚有一天……你一定会遭报应的！"

他任孙从婉捶打他的胸膛，身影巍然不动，淡然地告诉她："所以你现在知道了，我是一个浑蛋，你不要喜欢我就好。"

后来孙从婉走了，他突然就狂怒地扫落了书案上的折子，因为得不到的渴求和被诅咒的暴戾。总有一天是要有报应的……这样的为人，这么嗜血和算计，总会有报应的。

他甚至也有这种直觉。

"罗宜宁。"

宜宁正拿起一把络子，听到他的声音从背后传来，其实并没有很强烈的语气波动，只有淡淡的疑问："我想问问你，谢敏是谁？陆家的那些媳妇是谁？对了，还有一个最重要的——陆四的媳妇是谁？"

一字一句清晰无比。

罗宜宁听到他的话之后僵住了，心突然猛烈地跳动起来，手上的络子也应声而落！玻璃珠子砸在地上，清脆地碎裂了。

## 第四十五章 一世纠缠

罗宜宁从来没有想过罗慎远会发现。

混乱的声音如同耳鸣一般鼓动着，也许那真的就是在耳鸣。她还逞强着问："你这句话是什么意思？"

看到罗宜宁苍白的脸色，罗慎远还有什么不明白的。

他垂下眼睛，坐姿稳如山，拿过茶壶为自己倒茶："你知道这府里有多少暗哨吗？每一个夹道、每一个院子。每日谁说了什么话、做了什么事，我都会知道。"

他说完之后振手一挥，刚才她让婆子找的那串珠子从他袖中扔到了小几上，滑到了她面前，"啪"地落在了地上，落地声好像在打她的脸一般。

没有婆子给她送过来，原来是到了他的手上。

"你怎么不说话了？当年在陆家怎么了？"他微微一顿，带着淡淡微笑，"你又什么时候在陆家待过？还当过陆四的媳妇？"

罗宜宁颤抖着手，想躬身下去捡佛珠的，但是她不敢动。

她浑身冒着冷汗，难以置信，在心里责骂了自己几千几万次，都改变不了那愚蠢的事实。他听到了，他什么都知道了。他这么聪明，肯定什么都猜到了。她一团乱麻般理不清楚，咽了咽口水，还是慢慢地弯下身去捡那串珠子。

但是随后就被他拉开了，他猛地站起来，那手"啪"地打在她的手背上。"不准捡！"他凛冽的声音仿佛是从地狱里传来的。

她好像是被打痛了，终于慢慢蹲下身，环着自己的手臂哭起来。

"你哭是什么意思？说话啊！"他似乎是嫌弃罗宜宁这般软弱，捏着她的下巴叫她看着自己。

罗宜宁哭得这么狼狈，这么难看。她根本就不愿意让罗慎远看见，她不喜欢别人看着她哭！但是罗慎远偏偏不要她低头，哪管她有多狼狈不堪！

他还是挥手放开了，罗宜宁终于站了起来，也许突然控制不住哭是因为恐惧害怕。她现在反而要镇定一些了，狼狈地、摇摇欲坠地扶着床沿站起来。没有狡辩的余地，除了讲实情外是怎么都圆不回来的。罗宜宁突然笑了："罢了，你要听我就说吧。"

她的手微微一伸："坐下听吧。"

"你知不知道，陆嘉学其实有个原配妻子？"罗宜宁先问他。

罗慎远不答，反正罗宜宁也没有等他回答，她兀自继续说："他的原配妻子是顺德罗家的人，罗家出过两任进士，罗三老爷的原配妻子去了，留下几个女孩儿，那嫁给陆嘉学的罗氏就是其中最小的那个。没了母亲，她就这么长大了，然后遇到了少年的陆嘉学。陆嘉学想娶她，但罗氏毕竟门第配不上他，他用了心计才将她娶回陆家。"

罗慎远慢慢地听着，脸色越来越沉，这是他最不想听到的……一开始他想让她说清楚，现在却突然有点后悔了。

"后来那陆家里呢，陆嘉学没有地位，他要暗中算计兄长的世子之位。他娶回来的那个罗氏，他一心想护着，什么都不告诉她，他在她面前只做出个浪荡公子的样子，那罗氏便这么被他蒙蔽其中。后来在争斗之中她死了，坠落下悬崖，陆嘉学却在她死之后位极人臣。"

罗慎远漠然地闭上眼，沉寂的呼吸声在黑夜里拉长。

"不过也许那罗氏命不该绝，孤魂落在个刚去的小女孩身上。然后呢，她就代替那个小女孩继续活下去了……那小女孩有个庶出的兄长，兄长万分爱护她，小女孩呢，却没有把这个庶出的兄长当一般人看……你知道这个罗氏是谁吗？"

"够了！不用说了！"罗慎远突然粗暴地打断了她的话。

"就是你面前的宜宁。"罗宜宁继续往下说——不说清楚……这层关系永远好不了。宛如冰川崩裂，寒冷混杂着雪呼啸而下，将他整个都淹没了。

轰隆隆的碎片和咆哮声，这荒谬的往事几乎是摧毁性的伤害。这个人她曾经完全属于另一个人，与他一起生活。他旋即低笑："我一直以为我与陆嘉学是夺妻之恨。这是没有错的，只不过是人错了而已。这么说来，我罗慎远才是抢人妻者？"

"而你本应该是宁远侯夫人？"他看着她的目光有淡淡的讽刺，"所以你几次三番地见他，帮他留存着护身佛珠。"

罗宜宁被他这么说着，顿觉刺痛。

他是什么意思？和陆嘉学见面又不是她自愿的，她也不愿意说这些，她也恨不得这些事不存在，但是根本由不得她来选："如果你非要这么认为的话，是，我要是没有死的话，现在应该是宁远侯夫人吧。"她似乎在嘲讽自己。

"他是什么时候知道的？"罗慎远压抑着心里那股几欲摧毁一切的情绪，继续问，"告诉我，陆嘉学是什么时候知道的！"

他的声音还是很冷厉。罗宜宁苦笑后回答："我们成亲后三个月……那天我受伤的时候。"

他这次沉默了更久。

包括她和陆嘉学的点点滴滴，她劝阻他不要和陆嘉学争斗的话，她被陆嘉学掳走，她以前和陆嘉学在一起的时候自然而然的气场，陆嘉学对她诡异的偏执……原来这些都是有原因的啊。这两个人，曾经是夫妻！但是她一直没有告诉他，一直在隐瞒！

"你知道他是你前夫，但你还是认他做了义父，在他手上辗转几番……"罗慎远走到她面前来，俯下身来，姿势近乎优雅，"罗宜宁，你告诉我。你面对陆嘉学的时候又在想什么？"

罗宜宁苦笑着说："我在想什么……我能想什么？我现在嫁的人是你，你为什么要问这些话？"她的手放在桌上，紧紧地握着。

罗慎远的手紧紧地捏着小几的边缘："最后我问你一句，你小的时候对我好究竟是因为什么呢？"

因为他将会是未来的首辅，执掌天下，权势无双。

罗宜宁闭上眼，突然又哽得喘不过气来，泪水"啪啪"地往下掉。她一开始是出于这个目的，但是早就已经不是了，从他右手的疤开始她就被他感动。因为没有人对他好，她对他充满了怜惜，因为他是她的三哥，从很早很早就是了。

"你是不是想利用我呢？"罗慎远说，他背着手，高大的身影仿佛山一样，"你从没有怀疑过我会考上进士，从来对我充满了信心。"

他不知道簪子的那段事，但是凭着他的直觉，就本能地知道不对。

"三哥……"她去捉他的手，他却避开了她的手。

她喃喃地解释道："一开始是这样的，但是后来就不是了，后来就不是了……"

这对于他来说很重要吧，如果她都是因此而对他好的话，他的老师、父亲、身边的所有人……都是因为某个原因而不得不对他好，他肯定会失望。再加上这个女人曾经还是死对头的妻子，哪个男人会不在意这个——罗宜宁想到这里，怕得发抖。

宜宁突然就颓唐了，艰涩地说："你若是介意我与陆嘉学的过去，你要是实在介意的话，你可以休了我。眼不见为净，若是可以的话……我想带着宝哥儿走，他还小，离不开母亲。"

她说到这里泪水就完全模糊了，她其实几乎就是跪在罗慎远面前了，因此看不到他的表情，不知道他在想什么。

只听到他突然就把桌上那些络子和收拾好的琉璃珠子全部扫了下去！大珠小珠落玉盘，满地琉璃珠子，五彩缤纷，熠熠生辉。

他喘了口气，然后冷冷地说："宝哥儿是我的嫡长子，你凭什么带走他？"

他好像变成了一个她不认识的陌生人，什么柔情温和，在这场交战中都没有了。"三哥！"她要去拉他的手，但是又被他给拂开了。

的确是在意，恨，嫉妒！她和陆嘉学的曾经、她对他的隐瞒、对他的利用，还有对她说的那些话的愤怒！什么叫休了她？她就这么想离开？这些倾覆而来，让他又嫉妒又愤怒。

"罗宜宁，我真的没这么理智。"罗慎远说，"你我得分开一下，你……先睡吧。"他离开了内室。

外面的丫头听到动静，却不敢进来。直到罗大人出来了，她们纷纷屈身喊了罗大人。然后珍珠眼尖，看到罗大人右手似乎受伤了，在流血。她立刻道："大人，您的手……"

刚才被划伤了吧……

罗慎远漠然地握住了伤口:"无碍。"这个伤口,倒是为她留的。他用暗色的袖子一缠,逼着自己离开了。

他需要避免真的伤害她,冷静地面对她的过去。也需要让她好好想想,至少,想想她自己!

珍珠等人狐疑,立刻蜂拥着冲进了内室。

罗宜宁跪倒在地上哭,她们连忙把她扶起来,只听到宜宁颤抖地抓住她的手说:"珍珠,我觉得他不要我了……他不会要我了……"

"太太,您这是说什么呢?"珍珠拿出汗巾给她擦眼泪,"什么要不要的,大人怎么会不要你!"

罗宜宁却哭得厉害。以至于珍珠扶她起来,却发现她浑身虚软无力。她这么哭了好一会儿,夜越来越冷,敲梆子的声音过去了。有些人家的孩子过年得早,还有稀疏的鞭炮声。她才回过神来,靠着冷冰冰的墙壁。

懦弱随着哭泣被宣泄出去,她冷静了下来。她应该去找他……她不知道要说什么,那就坦白吧。

要是罗慎远不再喜欢她了,就休了她,她回英国公府去终老吧。

罗宜宁浑浑噩噩地想着,这夜一直熬到子时才睡,睡前叮嘱丫头:"明日早上辰时叫我起床。"

明天是大年三十,朝廷官员都要休沐,他不用去上朝。

宜宁一夜没有睡好,梦到陆嘉学冷漠的脸,他离去时看都不看她,似乎是厌恶极了;梦到罗慎远在写休书,字迹熟悉,内容却看不清楚;梦到她的箱笼一箱箱地收拾好,被抬出了罗家,而罗慎远始终不再出现,梦里面再也没有他了!

罗宜宁突然就惊醒了,竟然发了汗。她挑开帘子叫珍珠进来。

珍珠边给她拧帕子边说:"还没有到辰时呢……您昨晚睡得晚,再睡一会儿吧。"

罗宜宁已经在穿衣裳了,问:"三少爷呢?"

"这会儿应该在前院的书房吧,没听说出去过。"珍珠道。罗宜宁竟然松了口气。

她坐在妆台前,发现今天很憔悴,就用了些脂粉,又用了玫瑰色的口脂,才有了几分颜色。玳瑁给她梳了垂云髻:"今天大年三十,奴婢给您用这柄芍药花赤金簪子吧,这个好看。"

罗宜宁点头,净手后去了厨房。她熟练地忙碌着,蒸出了几碟糕点和一碗菌菇羊肉饺子。揉面、和面、包馅,等做好的时候就过去半个时辰了,天才模糊地亮起来。

罗宜宁提着食盒往前院去,穿过嘉树堂,穿过回廊。

那书房门口还守着几个小厮,看到她就行礼说:"太太,大人还没醒呢。"

"那我等着,你们别叫醒他了,等他醒了再说吧……"罗宜宁拎着早饭,坐在了书房前面的石凳上,默默地想不应该做饺子的,等他起来恐怕饺子都糊了,没法吃了。他原来走得早,她没来得及……给他做过早饭,这还是第一次。

等到太阳已经升起来了,阳光照在石桌上,那里头才传来起床的声响,好像是有丫头在里面服侍。小厮进去为她通传，而宜宁已经等了半个时辰了。

罗宜宁看到那小厮走出来，竟握紧了食盒的手柄。小厮走近了躬身："太太，大人已经醒了，叫您进去。"

罗宜宁才提起她已经糊了的饺子站起来，心突然跳得很快。

罗宜宁提着食盒走了进去，有小厮给她打起厚棉帘子，里头罗慎远果然起身了。有两个丫头在伺候他穿衣，他自己坐在床边整理衣袖，见她进来了也没有说什么，也没有看她。

罗宜宁却茫然地看向那两个丫头，她记得是原来就一直伺候他的，后来她嫁过来了，他与她一起住就不怎么用丫头了。

她心里突然有点酸涩，其实只要罗慎远想，他随时能有各种各样的女人——通房、侍妾，不过他似乎从来没动过念头。

那两个丫头应当只是进来伺候他穿衣的，伺候好了就屈身退了，退前还给她行礼，喊："三太太。"

一水儿的白玉脸盘、苗条身段，拿出去给哪个人家做姨娘姿色都够了。

罗宜宁"嗯"了声，回过头才发现罗慎远盯着她。见她久久不说话，他才淡淡地叹了口气："你这么早做什么？"

罗宜宁勉强地笑了笑："来给你送些早点，一会儿你怕来不及吃。"大年三十往来的人太多了。她说着就打开了食盒，从里面拿出一碟红枣云片糕、一碟芙蓉卷、一碗切丝拌葱油的酱菜丝、一碟切片的鸭肉卤，还有就是菌菇羊肉馅的饺子。

别的还好，只是冷了些而已，那饺子却是真的糊了不能再吃了。罗慎远看了就问："你在外面等了多久？"

罗宜宁说："也没有很久。不过饺子是不能吃了，都成这样了。"太难看了，那薄薄的皮烂了，葱花浮着。但是大过年的，就该吃饺子吧？他又好久不说话，宜宁就说："你若是不想吃，我就端回去了吧。"

他按下了她的手，自己拿了瓷勺尝了两口。嘴巴里其实没有滋味，但应该是好吃的吧，他没有表情地放下瓷勺。

"我不太常做饺子。"罗宜宁看他的脸色很淡，就说，"你若是觉得不好吃，下次做别的吧。"

他讽刺般低笑："不常做饺子，那你常做什么？或者我该问，陆嘉学喜欢吃什么？"

罗宜宁僵硬地坐在原地，实则她知道，这是来讨他的宽容的。她的过去不能抹掉，她心里总存着这样的幻想，只要她略低头些，他不会给她太大的难堪。如今他却揪着个由头就发作，她竟然就这么默默地忍下了。罗宜宁从来不觉得自己有多能忍，她也不知道自己能忍多久。

自尊是最没用，却又是最有用的东西。窗户半开着，吹进来的风直扑她的脸，一会儿就觉得僵冷了，跟外头的冰雪似的。

"他喜欢吃面，那种细的大碗面。"罗宜宁就说，"加两勺羊肉汤就够了，他很喜欢。但我不经常给他做,他这个人又惯矫情的,若不是我做又不肯吃。好玩吧!你即便不接受,这些事也已经存在了,我也没办法说它们不存在。"

隐约知道昨晚他是因为那句和离而生气,罗宜宁没有再提。

罗慎远沉默片刻道:"竟然记得这般清楚。"他略靠近了些,语气犀利又似嘲讽,"昨晚你提要我休妻,是不是打算着我休了你,你就回头去找他?做好打算了要送上门去了?"

罗宜宁听了他的话,气得浑身发颤:"罗慎远!我要是真的还喜欢他,跟他在大同、在金陵,哪里过不下去,非要回来?"

她笑得如悲鸣:"你知道我这个人一向是随遇而安,何苦从大同逃跑!那年冬天我被带回来还看到你了。我扑过去想叫你,但你就这么越走越远,我有什么办法!我生产的时候难产,你不在我身边,我心里念着的全是你……我那时候还以为,以后就再也见不到你了!见不到孩子长大了,看不到你抱他的样子……你现在难道是想逼我回去找他吗?"

是啊,死了就什么都没有了。她怎么不怕死啊?拼尽了力气想要活下来,活下来。活下来干什么,早二三十年她就该死了!

还活着,不过就是因为要遇到他,要遇到罗慎远,两人之间他有个需要她来完整的地方,而她也是。她这样越想就越难受,仿佛自己一切值得珍惜的东西,在他眼里都弃之如敝屣了!

罗慎远看着罗宜宁嘶哑着哭喊,眼泪不停地流,断了线的珠子一般,"吧嗒吧嗒"络绎不绝。

她一向是很能哭的!

罗慎远刚才听她说话几乎就是怒火攻心,心里全是嫉妒,说出来的也就是气话!她真是不会说话,所以他听了怎么能不生气?

"你要回去找他吗?"罗慎远说着站起身,好像不关心她了,从床边拿起了发冠,"你要敢去,现在就去吧!"

罗宜宁真的被他的话给气到了,她擦了把眼泪。他简直就是浑身长满了刺,根本无法沟通!她一刻也不想在他房里待下去了,等他冷静一些再说吧,现在只会越说越气。罗宜宁连食盒都不要了,什么都不要了,立刻就要走。

罗慎远看到她被自己说动了要走,以为她真的想离府,立刻反手一把抓住了她的手腕,冷笑道:"怎么?你还真的要去了?"

"我不想跟你说话!你放手吧!"罗宜宁拼命扯回她的手。

"果然是踩到你的痛处了。"他捏着罗宜宁的手将她提起来,抵到了墙角上,用自己压着她,像个坚固密不透风的囚牢一般,"我告诉你,别说你跟陆嘉学做了几年夫妻,就算你现在还是他的妻子,我也不会放你走!"

她哭得浑身都在抽,却叫他捏着手,阻挡不了扑面而来的热气和凌厉。罗宜宁干脆一口就咬了上去,咬住了他的肩膀。他还不放,就咬得更用力。

他纹丝未动,瞧着她冷哼一声:"你这点力气就想把我咬痛。你给我说清楚,还敢不敢走了！"

　　不痛吗？咬中了筋骨，罗宜宁自己都知道肯定是很痛的，否则怎么他提着她的手也更用力了。

　　罗慎远用力得她也痛，两人都痛。她皮肉娇嫩，最后痛得忍不住："不，我才不会走，你休想让我走！我要缠着你一辈子！"

　　也许她就是需要这样死死缠着他，把他缠死为止！

　　话音刚落，罗慎远就一阵错愕，随后他的力道才松懈下来。罗宜宁瘫软在他坚实的怀抱里，搂着他的脖子劫后余生般哭起来，比刚才哭得还厉害。

　　罗慎远知道刚才折磨她折磨得狠了，他像抱孩子一样将她抱起来，轻拍着她的背，叹息道："好了，别哭了。"

　　他那严肃的逼迫终于稍微温和下来。

　　罗宜宁靠着他的胸膛，闻着他身上熟悉的味道，他的手臂还搂着她……好像，没有再生气了？

　　她想知道他是不是不生气了，心中惶恐，干脆坐直了身体吻他的下巴，然后是嘴唇。他的口齿紧闭着，片刻又因此而开了。她就缠了进去，像小狗般吮吸着，遇到自己喜欢的地方就舔舔。

　　罗慎远看她乱拱，干脆靠着床护着她。罗宜宁还得寸进尺地爬到他身上来，在脖颈间亲他。说实话，反而更像小狗了，湿热地拱着他，更像乳狗在找吃。罗慎远被她拱得痒痒的，反而笑了："罗宜宁，我没有生气了……"

　　罗宜宁离得远了些，疑惑地看着他。刚才还这么凌厉，说不生气就不气了？也是，要是他还在生气，刚才亲他就应该推开她了。

　　"昨夜你……"气成那样，天崩地裂的，满屋狼藉。

　　罗慎远承认，他的确是被她逼到极致而喊出的话所取悦了。

　　罗慎远深深吸了口气："是不太理智，说实话，我现在还是很嫉妒。"他缓缓地摸她的头，踟蹰了一下，却很笃定地说，"但你喜欢的是我。"

　　不然以她的性子，被逼到极致早就远远逃了，怎么还会来找他？怎么还会这么倔强地与他互刺？她说要一辈子缠着他……

　　缠得越紧越好，就这么缠着，最好是能长在他身上。那种焦躁被奇异地抚平，甚至连嫉妒都轻了许多。

　　"你刚才说要缠我一辈子？"他低头问她，眉眼平和多了，还带了一丝调侃的笑意，"真的？"

　　罗宜宁知道自己喊了什么，但现在让她说是绝对说不出口了，何况总觉得他因此而得意了。罗宜宁翻身从他身上起来，想报复他一句："我不记得了。"

　　他单手把她拉下来，让她跌落在自己身上，然后覆上她的嘴唇。他的吻技比罗宜宁好多了，怎么练的且不管，总之，就是灵活滑腻，然后罗宜宁就完全瘫软了下来。仿佛一切压抑情绪都因此而爆发出来了，两人都纠缠在一起。他的书房里没得地龙取暖，宜宁衣服一解，自然就往温暖的地方——他的身上钻。

罗慎远倒吸冷气，被她刺激得太阳穴突突地跳，把她拉下来些，捏着大腿控制着。他停了片刻，对外面的人吩咐："去父亲那里传话，说我晚点再过去。"

那有点眼色的领头小厮隔着帘子应声，立刻让人都退到院子里站着，把清净的地方留给两个人。

两刻钟的工夫过去了，她还紧紧地缠着他。他最后喘了口气，将她搂在怀里，用被褥紧紧地裹着她免得她冷了。

罗宜宁还记得刚才的争吵，问："你当真不介意了？当年我对你好……"

罗慎远听了沉默后说："你觉得我在乎那个吗？"他缓缓地说，"我可以告诉你，你一直利用我也没有什么关系。我其实并不在意，只要……你觉得我可以利用。"他觉得自己很可悲，只要她在身边，利用又有什么关系呢？

罗宜宁紧紧地搂着他靠着他。她明白他一贯卑微，在两人之中其实他才是卑微的那个，恐惧她的离开，因为从小到大没有别的人真心对他好了，她因此而心酸心疼，并庆幸是她先来找了他。罗慎远一个人闷想有的没的，肯定比她还要痛苦百倍。

因为他才患得患失，没有退路。

罗慎远抱着她坐起来，他穿了裹裤的，长腿就这么搁在床边，看着她带过来的糕点，手指抚着她的头发："宜宁，你记得云片糕吗？"

罗宜宁不明白他是什么意思。

"那次我给祖母拿去的糕点，祖母让我带走，你说你想吃。"他的语气静静的，"其实那时候我就在外头听着了，祖母不高兴你留下糕点……你强撑着吃了许多，最后吃不下了。"

正说着，他已经拈起云片糕放到她嘴边："现在再尝尝？"

罗宜宁才想起他说的是什么事，那时候她就是于心不忍而已。宜宁张口把云片糕吃下了，罗慎远问她："好吃吗？"

宜宁还没有答，他反而低下头又吻住她，那甜腻的味道反而很美妙，两人又兴起了。他紧紧地抵着她，第二次疯了般要她，罗宜宁低声呻吟着，他捏着那把软腰，恨不得揉进骨血里。罗宜宁觉得第二次又长又急又痛，久久不结束，忍不住开始求饶，他也不放过她。

就这样缠着，她说过的，要缠着一辈子的！既然说了就要遵守诺言，她要有这个觉悟！罗慎远心里想得有点狠厉了。

反正这一辈子，她不缠着他，他也要锁着她！两人最后赴正房的时候，已经快要午时了。

林海如昨夜听说两人不和，今天正午一看宜宁脚步虚浮，还要罗慎远扶着才行，忍不住挑眉，啧，小年轻啊！

罗慎远送她到了林海如这里，还要去和罗成章谈论事情，就跟林海如告辞了先走一步，叮嘱罗宜宁："别乱走，就在母亲这里，我晚上来接你。"罗宜宁应付着送他离开了。

林海如拉着宜宁，欲言又止："你得劝他节制啊！你这憔悴得……他仗着是你三哥就要你听他的。你又是个没有主意的,从小听他的意思做事。"

罗宜宁叫她说得有点不好意思:"您别说了,我都知道。"

"知道什么,他比你大得多,他该懂这个道理。"林海如想劝,又不敢去罗慎远面前说,心戚戚地忧愁,又与她同病相怜一般哀叹,"算了,我也不敢反驳他的意思。家里什么田庄地产的清账我做了,每个月他还要过一遍账,这不是不信我的能力吗!"

罗宜宁听了就笑,说道:"这倒是无妨,您要是觉得做账烦,以后给我过账吧,他也不敢为难我。"

罗宜宁心里松了口气,他应该不再介意了吧。其实他介意的根本不是陆嘉学,而是她的态度。他也从来没想过不要她,就连最气的时候,都没有过。

书房里的那场缠绵,她其实是无比安心的。

罗慎远去罗成章的书房,大房罗怀远、罗山远二人也在,罗慎远进去了,也没有让两人坐下,而是自己喝茶。

两人的脸色皆慢慢地白起来,也不知道哪里惹了罗慎远。

等了好久,直到罗怀远忍不住了,上前拱手询问:"三……"罗慎远一眼看过来,他心里一个激灵,立刻改口,"阁老,二弟观政五年,今年要外放做山阴县令了,只是山阴那个地方……雁门咽口之处,如今都未恢复生气。二弟任山阴县令怕十年都难以出头。"

"他观政期间未有大成就,也非二甲出身,有好职位是不可能的。"罗慎远淡淡地说。

罗怀远不明白为什么碰壁,本来是父亲和他说得好好的。他不敢多问,看到有罗慎远的下属进来,带着弟弟先出去了。

罗山远一脸焦急:"大哥,我若是真的去了山阴……"

罗怀远摇头让他闭嘴,从袖中掏出一张三十两的银票,走到外面守着的林永面前,笑着递给了他:"林头……"

林永推开了,也是神秘一笑:"大少爷,小的受不起您的银子。您得好好想想,究竟什么惹到了大人,大人最在乎什么东西。大少爷是聪明人,这家宅妯娌之间什么最重要,小的就不多说了。"

罗山远见林永又不收银子,脸色更沉。等大哥走过来,他问:"你说究竟什么惹了他?"

"你说为什么!"罗怀远联系罗慎远突然的态度变化,再想想林永那几句话,就低声道,"回去好好问问你那老婆再说!你没听到林永提了妯娌吗?"

罗山远突然想到这几天,小周氏不停地在他耳边说罗宜宁的那些话,破鞋、一女二夫的,他只当闲谈听,岂不是……传到了罗慎远的耳朵里?他想到这里吓得一激灵,若是因此惹了罗慎远,他以后的仕途还有盼头吗?

妇人就是靠不住,爱乱嚼舌根。

罗山远一想到自己要在山阴那地界里挨十年,浑身都冒着火气,大步就往家里去。

小周氏刚从婆婆那里回来,给婆婆捏了半天的手腿,婆婆偏心着女儿,但这些媳妇是可劲儿使唤糟蹋的。她躲懒溜了出来,懒得伺候。

她看到丈夫突然回来了，心里还欣喜着。罗山远这几日一直歇在她这儿，叫她将那两个新抬的姨娘捏得死死的，昨晚又是温存，现在她正得意着，迎了上去："二少爷，您可是回来了！怎么了，山阴那事罗慎远怎么说？"

罗山远看到她那张脸，又听到她提起山阴，火气一阵冒，扬手一巴掌就打了过去。小周氏没稳住，被他扇得退了好几步，"啊"的一声捂住了脸，半天没明白是怎么的。大过年的，他说打人就打人！

她手抖了半天，难以置信地颤抖着喊了一声："爷……"

罗山远冷冷地道："闭嘴！你一会儿给我提东西去给三太太赔礼道歉，知道吗！乱嚼舌根，你这贱人要害死我！"

小周氏哭花了精致的妆容："爷，我哪儿做得不好了……"

"你还说！你是不是说罗宜宁的胡话来着，她也是你能说的？不知道天高地厚。"罗山远大喘气，叫嬷嬷过来给小周氏选礼品，提着给罗宜宁道歉去。

过年的时候家家户户都热闹，程家也不例外。

程大奶奶躺在铺了漳绒靠垫的贵妃榻上休息，外头小孩子们跑来跑去地热闹，她就回来歇会儿。听到孩子吵嚷得厉害，她就直起身喊了声冬姑。有丫头挑帘进来，她问："外面那些小祖宗闹成这样，有人看着没有？"

她的贴身侍女冬姑笑着端着盘热腾腾的松仁蒸糕："大奶奶别操心，贴身的丫头婆子都伺候着呢，小姐们玩得尽兴，没有问题。"

程大奶奶又躺回去了，拣了块蒸糕吃。

"过年累人，我就是懒得过年，搞不懂她们喜欢凑热闹的。"程大奶奶懒洋洋地躺着，又压低了声音问冬姑，"她入冬来因这个都请三回大夫了，我听说今天又请，大过年的不嫌晦气。可是真的有了？"

冬姑的声音也放得轻："您又不是不知道，咱们四少爷的手段，哪里有等她怀上的道理……心急火燎地请回来，也就是积食而已。三夫人懊恼着，四少爷却还在陆家没有回来，四奶奶正盼咐下人不要跟四少爷说。"

程大奶奶叹了口气："有的时候我都懒得跟她斗了……想着她可怜，我那四弟哪里是个良人，活是没心肝的，做给她看的样子，她竟然也信。"

"女人多半是这样的。"冬姑接话道，"若不是四奶奶有皇后娘娘护着，这样的日子都别想有。"

程大奶奶听到这里又微微叹气，说谢蕴可怜，哪个男的哪个女的不是这样。她捧了热茶润口，又叫冬姑扶着她起来，要去程家太夫人那里。

远隔小半个城的宁远侯府里，程琅正在等陆嘉学从屋里出来。

大过年的把他找到这里来，也不知道他舅舅这是抽哪门子的风。

外头雪霁天晴，他的心情因此也略好些，捧了杯加了炒香花生碎、芝麻、米果的油茶，惬意地喝着，不时看看冰湖里大块白中泛蓝的整冰，远山苍黛，心想这里的景色倒是真的好。

宁远侯府离内城远些也有远的好。

每年过年宁远侯府都喝油茶。

每年过节屋外都挂满了红灯笼，陆嘉学自己一个人住着，下人平日不敢动，过年的时候却要把屋子搞得越热闹越好，好让侯爷也能热闹一些。陆嘉学也从来没说过他们，他难得这么宽和地待下人，大概是看到了满园的红心情也好吧。

伺候了陆嘉学多年的老仆站在外面等着，同程琅说话："侯爷昨日从外面回来，心情就不大好。老奴不敢离了，大半夜还在外头候着……一老早这人就找过来了，侯爷紧接着让传您过来。"

程琅皱眉问："里头的人是谁？"

那老仆微微摇头说："头先没见过。表少爷，您还喝不喝，我给您再盛一碗去？""怪腻歪的，倒杯清茶来吧。"程琅说，过年油水重，更吃不得油茶了。

老仆就领着人下去给他布置清茶了，程琅吹了一刻钟的风，却听到里面传来轻缓的声音："人已经买通了，他老父正好是我手下的人，没有问题。上直卫中的锦衣卫、羽林军、金吾卫留守紫禁城，东厂西厂都是阉人，不足为惧。就是神机营麻烦些，但也在侯爷你掌控大都督司的大部分兵力，怕也没有问题。"

程琅听到这个声音，宛如从冷水中过，一下子就没有了惬意之情。如果他没有记错，他是听过一次这个声音的，皇后娘娘的舅舅，外京的大营指挥使周应友。

他为什么会在陆嘉学的书房里！而且还在谈论兵力分布？

程琅的脑子迅速转了起来，他是最聪明不过的人了。陆嘉学一大早把他叫过来，谢蕴说过皇后娘娘最近的异常，大皇子在朝堂中势力越来越大……皇后与周应友恐怕有强逼皇上传位三皇子的意图！

里头门开了，陆嘉学先走出来，看到程琅垂首立在外面，嘴角扯出一丝冷笑："等够了？""不敢。"程琅道。

陆嘉学叹了口气："程琅，你知道你我也是一体的。刚才谈话亦不瞒你，里头的人你应该也猜出来是谁了……"

程琅眼中冷光一闪，他觉得陆嘉学简直是疯了，竟然真的要帮皇后！

皇后虽然这几年失宠于皇上，但逼宫绝对是灭九族的罪，没有大变故应该不会想到这招。

怕是若不扶持三皇子登基，她周家就要地位难保了。而陆嘉学呢，他一向看重三皇子，早就和大皇子那边对立了……这样想来，陆嘉学的所作所为也是合理的。

但他还是有种陆嘉学一定是因为什么刺激所以才铤而走险的想法。

程琅没有多问，而是颔首道："舅舅但说无妨，若是没有舅舅提拔，自然没有程琅的今天。"他听了刚才那些话，敢不帮陆嘉学？恐怕就连院子都出不去。何况陆嘉学倒台了对他绝对没好处，他身上就是陆家的烙印。

陆嘉学将他带进门内，跟周应友见过。

周应友长了宽脸，胡子拉碴，表情漠然，就是看到他进来也眼睛都没抬。这是个干大事的人——这是程琅的第一印象。

周应友听陆嘉学介绍了，才看着他点头："名声有所耳闻，有你帮持皇后，我也放心。"

皇后毕竟是妇人，等真的到了宫变那天，她能镇定不乱已经不错了，计谋就不指望了。程琅听到这里明白了自己的角色，估计要送进去辅助皇后。

"大年初三，各路官员会进宫谢恩。"周应友继续说，"命妇也要进宫谢恩，到时候宫内守卫必定会乱。宫内交给我，至于宫外，还要麻烦都督大人。"

陆嘉学眼睛微眯："周大人客气，你且先歇一歇吧。到晚膳再回去，也免得引人注目。"

周应友话很少，颔首应了，被陆家的管事迎了下去歇息。

"舅舅。"程琅低声问，"您这是……"

"不要命了吧。"陆嘉学说，看到程琅一脸认真的样子，才笑了，"怕什么，皇上的心意摆明属意大皇子，真让他登基了我迟早有气数尽的那天……何况现在也由不得我选。"

他倒不是真的受了刺激，他都活了三十多年了，能有什么刺激能让他这么冲动的。而是昨夜宫中传来消息，兵部侍郎回京面圣。皇上说如今边疆已定，有意要裁军，以减轻赋税。

陆嘉学当时听到心里就一个咯噔，既然边疆已定，裁军肯定是盯着山西那边裁，这不是要削他的权吗？皇帝的猜忌果然是非常致命的。

陆嘉学手头的权拢了一辈子，会让别人瓜分吗？

要是以前，他肯定各种算计安排让皇上打消主意，但是现在他不这么想了。昨天之后的他，突然对这一切很漠然。他就是想放肆地做一些事，能把他怎么样？

当年他能扶着皇帝上位，现在就能把他拉下来！

程琅看陆嘉学凌厉的眼神，就知道已经没有回旋的余地了。

"放心，除非周应友成功挟持皇帝，不然我也不会动手的。"陆嘉学还是保持着谨慎的态度，淡淡道，"那日你要先进宫，带着谢蕴去。就说是谢蕴想念姨母了，你跟着一同去，知道吗？"

程琅深深地吸了口气："外甥明白。"

他从陆嘉学这里回去，夜已经深了，一路上都是鞭炮在响。他坐在轿子里，仿佛外面是万炮齐鸣，照得亮如白昼。他记得小的时候，宁远侯府外面的那条街，炮仗就放得很多。多热闹啊！

那时候他还小，看不到外面的炮仗，舅舅就把他抱起来让他看，问他："够不够高了？"然后她在旁边有点着急地护着他说："你看把他吓着了！"

"哈哈，他是男孩，胆子怎么会小！"陆嘉学的笑容很明朗，还把他举高了点。只有她在的时候，他才是真正高兴的。

程琅早也不再因罗宜宁的事恨陆嘉学了，这时候反而觉得有些同情他。随后他就想笑了，陆嘉学是谁，用得着他来同情吗！

陆嘉学过得不好的时候，别人也休想过得好！他就是这样的人。这次起事是因为三皇子，想来也是他不想再让罗慎远这么高升下去……陆嘉学想整死罗慎远了。

程琅回到府中，连鞭炮都已经放过了，门口一地的炮渣红屑，却是很喜庆的那种。他踩着红屑进门来，丫头就迎过来说："四少爷，您终于回来了，四太太等着您呢。"

"嗯，我一会儿就过去。"程琅往书房内走，他又想看看他的那些画了，最近时常看，而且看得越来越多了。但是闭上眼的时候，却是她的另一张脸，那张脸面对他的时候这么淡漠，程琅不想面对，他需要看看她对他好的样子。

但等他打开画匣子，表情骤然一冷，不对，是少了一幅画的。这东西有多少，他心里清清楚楚的。

他把看守的小厮叫进来问："谁进来过？"

小厮脸色发苦，不肯说。直到程琅要叫人拉他下去打板子，他才连忙跪下："四少爷，是四太太……但是四太太说了，小的要是敢说就发卖出去，小的实在不敢！"

他现在没工夫料理这小厮，让护卫先进来押下去，他朝着谢蕴那里走过去。

每一步都这么发沉，等他到了堂屋的时候谢蕴在守岁。看到他进来了，她从椅子上站起来，笑着说："爷，您回来了！"

程琅走到她面前，语气前所未有地冰冷："谁准你插手我的事了？你倒可以了，还敢威胁我的小厮，画呢？"

"爷，您说那个啊。我也只是好奇了拿来看看而已，陈年旧物，爷还拿那个来做什么？"谢蕴笑得很勉强。

程琅却不理她，转身要去翻她的东西。

谢蕴急了，她觉得这个男人的善变简直超出了她的理解，她说："您别翻了，不在这里！"

程琅确实也没有翻到，漠然地看了她一眼，理了理袖子往外走。

大年三十，他这是要去哪里！

谢蕴靠着屏风，想起那幅画里面的人——那是个女子，但是她从来没有见过。看那样子已经有些年头了，那必然不是个年轻女子。

谢蕴发现这个的时候她嫉妒得要发狂了。她这辈子，除了在罗慎远那里，还没有这么嫉妒的感觉。她毕竟是聪明的，转而拿了那幅画去找原来伺候过程琅的老嬷嬷问。老嬷嬷已经老眼昏花了，看了一刻钟才约莫地说："眼熟、眼熟，竟有点像当年陆四夫人的样子，就是琅少爷的舅母，死了好多年了呢。"

谢蕴魔怔了一般，又拿那画问了许多人，只有一两个能答上来的，答案都是一致的。她知道之后如坠冰窖，浑身寒得感觉不到自己在哪儿。

真讽刺啊！她原来喜欢罗慎远的时候看不起他，等现在她也喜欢他了，才发现这个人心里竟然藏着这么不可告人的、肮脏的心思！

现在她突然就撑不下去了，谢蕴也想报复——凭什么就要他把自己搅得一团乱，她也要报复他！

谢蕴喘了口气，在他背后冷笑着慢慢地说："程琅，你这么着急，是因为那画中之人，你爱而不得吧？活着的时候，她是你的舅母。你长大了呢，她却死了。"

程琅停住了脚步，然后就真的回过头来了。

谢蕴从来没有看到过他这么狰狞的表情，以至于她还没有反应过来的时候，程琅就已经一把掐住了她的脖颈，把她抵在墙上，声音冰寒而僵硬："你在说什么，你去乱问了？"

谢蕴呼吸不过来，脸色涨得通红，她艰难地说："你也怕人知道吧……你这简直就……"程琅掐得非常用力，谢蕴几乎觉得他要把自己掐死了！

最后程琅放开她的时候，她瘫软在地上，艰难地蠕动着，捂着喉咙不停地咳嗽着，咳得差点要吐出来了。

程琅单手就把她扯起来了，冷笑着问："觉得恶心吧？"

她目光涣散，程琅就在她耳边说："是啊，我就是爱她，我这辈子只爱她一个人，就算她死了我也爱她。而你呢，你什么都不算，知道吗？"

"畜生……畜生……"谢蕴干呕得没有力气了，在他的手上挣扎着。仆妇则在外面根本不敢进来，谢蕴眼泪鼻涕都出来了，她难受得要疯了，从心到身，都无比难受。

泪眼模糊之中，她看到那个男人慢慢地站了起来。他还是没所谓地整理着他的衣袖，淡淡地道："我去叫仆妇进来服侍你。"

他走到了门口，又背对着她说："你把你这个样子收起来。你要是还想过下去，就当这件事从来没有发生过。我照样对你好，外人面前你还是受宠的四奶奶。"

谢蕴简直不敢相信一贯温柔的程琅会说出这种话来。

平日他对她那些全是假的、虚的。他对所有人都是这么演的，逢场作戏，游戏花丛。他这个人真可怕！

谢蕴哭了好久，她发现程琅说的是对的。她根本不敢把这件事说出去，诚如程琅所说，她需要骄傲，被丈夫抛弃冷落——她一辈子都承受不起这个评价。

所以等嬷嬷进来的时候，她已经不哭了。她让嬷嬷扶她起来梳洗，她不能露怯，至少不能在这些人面前露怯，不能在程大奶奶、程二奶奶面前露怯，演也要演下去。

罗宜宁傍晚的时候收到了小周氏的赔礼。

罗山远押着她过来赔礼道歉，小周氏强颜欢笑，小心翼翼地赔着话，罗宜宁却注意到她脸颊上的巴掌印，涂了脂粉都掩盖不住。

说实话罗宜宁真的不太同情小周氏，她和小周氏关系一般。回来之后，小周氏也是看她最不舒服的那个。说起来，大周氏比小周氏还是聪明一些的。

罗宜宁推托着不肯收，小周氏都快急哭了。

最后她察言观色，才让珍珠收了些，她分明看到罗山远松了口气。

晚上在正房吃团年饭，罗家布置着很多灯笼，非常热闹。小孩子跑来跑去的，大小周氏、陈氏和林海如，还有站着伺候的姨娘们一起说话，屋内热闹极了。

罗慎远从屋外进来，看到她在和郭姨娘喝酒，看起来似乎是好了。

他略微松了口气，怕她还因为白天的事而生气。他还有事，就先回了嘉树堂去。宜宁吃了团年饭，看到罗慎远不在，就没有留在林海如那里守岁。

结果走到嘉树堂的时候宜宁顿住了，她站住屋外头，看着院子里挂着许多的橘子灯，个个都只有橘子大，但是很多很亮，整个院子挂得到处都是，溢满了暖暖的红色。

玳瑁笑着走到她面前，轻声说："姑爷让布置的呢，您说好不好看？"

宜宁嘴角微微翘起，以前她在宁远侯府的时候，就喜欢这么装扮院子，挂好多的灯笼，很热闹。那时候刚从罗家放出来，她的天性且开放着呢，后来成了小宜宁反而懒了，懒得弄。又要聚一大帮人做，过了节还要拆，多麻烦啊。

她脚步轻快地走进了屋子里，看到罗慎远在等她，似乎又在看文书。她走到他身边问："三哥，你布置那些灯笼挺好看的啊！"

"嗯，喜欢就行。"他则很淡定，要不是逼急他，他能一直这么不咸不淡地跟别人说话。

"你特意回来做这个？"她又问他。

罗慎远这次则抬起头，看着她，又淡淡地应了："嗯。"

罗宜宁就扑到他身上去了，把他弄得差点翻过去。他很少做这些，做了她不问，他也不说！宜宁听了就很想扑他，让他也失态一下。

罗慎远却拉开她坐好："刚才看到你桌上的东西，小周氏今天来给你赔礼了吧？"

罗宜宁点头，知道肯定是他逼着人家来赔礼的。"你怎么威胁她的？"罗宜宁正好想问问。

罗慎远冷笑说："略施小惩，长些记性而已，让她知道也不是什么话都能说的。"罗宜宁就静静地靠着他，他也伸手过来搂住了她。

不过没多久，找娘的宝哥儿就进来了，今天跟他楠叔玩了一整天，且累着呢。他一进来屋子里就闹哄哄的，很热闹。小祖宗睡觉前巴着母亲不放，不一会儿拱在她怀里睡得香极了。

宜宁让珍珠拿了把剪刀来剪灯花，准备今天也守岁，两个人一起守。

谁知道这时候罗慎远却被叫出去了，锦衣卫的指挥使亲自来了，有急事。

罗慎远披了斗篷出来，站在台阶下的指挥使跟他说话，声音透着寒意，"罗大人，深夜叨扰了。京城内几个卫所似乎有异动，我禀明了皇上，皇上让我来找您。"

罗慎远眉毛微皱，道："你说。"

等指挥使大概说完了，他才觉得有些严重："你先回去。我明日亲自进宫去跟皇上回话。"

宜宁等到要打瞌睡了，才看到罗慎远从外面进来，夜寒，他的外袍冷得跟冰一样。她主动到他怀里坐着，说："我都守岁过了。"

"那就睡觉吧！"罗慎远叫乳母把宝哥儿抱下去。他却抱起怀里这个大团子，放到烧热的炕床上去，然后解她的衣裳。

罗宜宁说："白天不是有两次？"

罗慎远说："嗯？所以你不要了。"

罗宜宁对此表示了担忧："娘说你要节制，你现在年轻啊，老了怎么办？"罗慎远沉默了很久问："罗宜宁，你这话是什么意思？"

罗宜宁为她这句话付出了代价，阁老要向她证明一下他不仅现在行，而且精力延续到以后折腾她几十年也绝对不成问题。罗宜宁躺在他身上喘气，感觉到他的手好像又往下滑，立刻抓住说:"不成了,明日还要早起!我错了还不行吗。"

罗慎远今日刚向她求证了她的心意,这会儿且得意着。就算她不缠着他,他也想缠着她不放,闻言才有些不舍地松开了手,问她:"初二你要回英国公府是吧?"

罗宜宁点点头。

"先别回去。"罗慎远亲她的鬓角,没有跟她解释得很清楚,只是低声说,"听我的,最近京城不太平。"

## 第四十六章 宫变惊情

大年初一，天刚刚亮，灶头的婆子就早早地起来烧水准备早饭了。

罗宜宁醒得要早一些，亮光都被挡在厚厚的帷帐外面了，她听到外面的动静就知道快要天亮了。厨房里要准备蒸糕和热水呢。她刚醒之后无事，支起身看他。

他的眉毛真的好浓，人家说的气宇轩昂大概就是这个样子吧，幸好形状也好看，否则就是灾难了——长得也没见得有多好看，别人喜欢他什么呢？

她竟想得有点入神，伸手去摸他的眉毛。眉头到眉梢，然后到鼻梁，呼吸还很均匀，刚到嘴唇的时候她的手指顿住了。

接着罗宜宁听到了一个还带着睡意的声音："怎么不继续了？"

他早就醒了啊！

"你醒了也不说一声。"罗宜宁要收回手，却被他一把抓住了带到怀里，然后侧身压在身下。罗宜宁以为他还要做什么，他却又合上了眼睛，把头埋在她的颈边继续沉睡。

罗宜宁还未给孩子断奶，身上一股子好闻的乳香。她手软脚软的，很适合抱着睡。这样娇，可承受不起阁老夫人的身份，就应该这样团在怀里养着，放出去也经不起什么风雨吧，当成个小娇娇罢了。而他的小娇娇被他闷得呼吸不过来，要憋死了！

昨晚让他克制偏偏不克制，现在没力气了吧。

罗宜宁心里想着，手指自他的腰侧贴着肌肤伸进去，慢慢地勾挠着，又痒又轻。她能感觉到手下的肌肉一紧，更得意了，继续这么挠痒痒，甚至比挠痒痒还要轻一点。罗慎远半睁开了眼睛，笑她："你是不是觉得我没有力气了？"

罗宜宁心想他再怎么能也不行了吧。她呼吸不过来憋得难受，从他身下钻出来。把他推平了，笑着说："你莫不成还有力气？"

她想到他那吻技正好不舒服，也不知道跟谁练出来的，这事总不可能无师自通吧。她跨坐在罗慎远身上，心想得好好给他上一课。

罗慎远没有动，好整以暇地等着看她能做什么。

谁知道她缓缓把绸缎一般的长发拨到一侧，然后低下了头。

罗慎远的身体更加紧绷，没到片刻就把她拉起来。他实则是留有余地的，未曾真的纵欲过，这次刺激过头了得让她试试什么叫纵欲。

罗宜宁没料到他的确就是有那么强大，也没想到余地留得这么大，到最后简直天昏地暗了，被掐得动都动不了，清理结束后她双膝酸软，对方却已经盘坐在罗汉床上喝茶了。

"你下次别这样了——"罗慎远很看不起她，淡淡指责道，"没那力气配合，就别挑逗知道吗？"

罗宜宁揉着老腰，疼得倒抽气，刚才抱着他哭着求要的画面她根本不想想起。

幸好这时候宝哥儿坐在秋娘怀里进来了。秋娘带着孩子俯身："太太、老爷好，小少爷给你们拜年了。"

宝哥儿今天很给面子地对着他爹的冷脸笑了一下，露出刚长的乳牙。

他爹竟然也被打动了，从袖中掏出一个红包，摸了摸宝哥儿戴瓜皮帽的小脑袋："来，给你拿着存起来，以后买糖吃。"

宝哥儿更高兴了，拍着红包牙牙地往母亲身上扑。

宜宁拿过他的红包，看看他爹究竟给了多少。宝哥儿对于娘亲很大方，要拿就拿，当然他现在并不知道娘亲是在哄骗他的压岁钱。

宜宁打开之后一看银票上的面额，不可思议："你给他二百两银子吃糖？"

小的时候过年，她还是个团子，罗慎远只给了她二十两银子的压岁钱，还是从她的铺子的收益里面拿出来的。

他现在真有钱。

罗慎远对她怎么就那么抠呢？刚进门的时候，还说过要把家里的账目交给她管，但是到现在也没有见着给她。

面子话一套套地说，真做起来的时候还是一毛不拔。

"他长这么大，我也没给买过什么，没怎么照顾过他，过年就多给点银子吧。"罗慎远逗弄着儿子雪球一样的小手，看了看罗宜宁的脸色，似乎在猜测什么，然后说，"你都这么大了，还想要压岁钱？"

罗宜宁被他气得一哽，然后笑道："你这么一说，我当然得要了。正好母亲觉得家中的账目她管着麻烦，不如交给我管吧。我看你手底下还有几个私用的账房，账面上走的银子都大笔大笔的，从不叫人知道，不如我也帮你管着？"

罗慎远听了也笑："那些钱可不能经你的手，背后利益关系太大。你想管家还不容易，我当是什么事呢。"说罢叫管家进来，从他的书房里取了对牌给宜宁。

以后就让她管吧，好坏都无所谓，家中那点银子他还不放在眼里。

罗宜宁收了对牌后满意多了，以后他的衣食住行可就由她控制了，若是待她不好，就苛扣衣食以示惩戒。

罗慎远太宠着她了，罗宜宁连小时候对他的那点惧怕也没了。

837

两夫妻收拾好后去了正房拜年。林海如倒是跟宜宁还小一样，笑眯眯地给她封大红包。

罗成章一开始对宝哥儿也不冷不热的，罗宜宁转身走后，他就跟换了个人一样恨不得抱着胖孙子猛亲几口，拿拨浪鼓逗宝哥儿，哄他叫爷爷。等罗宜宁转身回来了，他立刻又恢复那副不冷不淡的样子，宝哥儿却在他怀里爬上爬下，"牙牙""牙牙"地叫个不停。

林海如竟然觉得罗成章有点好玩，"扑哧"笑了。

吃过午饭后罗慎远要立刻进宫去一趟，罗宜宁陪着林海如看戏。不一会儿有丫头进了新修起来的戏园子，跟她说："太太，有客人来访，是顾大人陪着来的。"

罗府里只有顾景明一个顾大人经常往来，但是从来不跟罗宜宁碰面。

顾景明是个聪明人，聪明人就知道该离罗宜宁远一些。罗宜宁大概也明白他不是很想见自己，经常避着他。怎么这次反而叫丫头来通传她？难道真的是找她有事情？

罗宜宁跟林海如告退，整了袄裙往外走。

顾景明正携了个人等在浮雕的麒麟照壁前面，面前那漏窗是用瓦堆砌成了鱼鳞形状的，透过空隙看到院内风景独好，银装素裹，斗拱飞檐下挂着灯笼，与粉墙青瓦构得无比清雅。有个被众人簇拥的身影渐渐走近。

罗宜宁穿了正红色缎袄，斗篷的领子竖得高高的、毛茸茸的。梳得光洁的发髻上只戴了赤金宝结，比她小时候多了从容不迫的贵气。雪白无瑕的面容在阳光下有层淡淡的光，周围清冷，竟好像她也冷清了一般。

但是等她一步步走近了看，嘴角分明是带着淡淡笑容的。顾景明向她挥了挥手。

罗宜宁这才看到站在他身边的那个人，修长身体穿着单薄的褐红袈裟，垂手拿着佛珠。眉宇间出奇俊美，表情却是很奇异的冷淡，便是那种清高的冷淡。他慢慢转过身看了罗宜宁一眼，嘴唇微动说："许久不见了。"

罗宜宁突然想起昨夜睡得模模糊糊的时候，罗慎远边亲她边说京城里不太平。他大费周章连道衍都搞回来了，岂止不太平，恐怕京城里都要变天了吧！

顾景明咳嗽一声："宜宁，你认得他是谁吗？""认得。"宜宁笑了笑说，"如雷贯耳。"

"我这几日要住在罗家。"道衍淡淡地说，"你这里可有小佛堂？"他云游四方，要不是为了帮忙都懒得再回京城了。

宜宁道："家里没人信佛了，故没有小佛堂，大师可能屈尊睡一睡厢房？"

道衍听了眼皮半抬起说："贫僧没这么难伺候，你给我睡马厩，我也能睡。"

这人对她一向不怎么客气，罗宜宁已经见怪不怪了，上次见面还想杀她呢。她叫了小厮说："你领大师去马厩……哦，不是，去找间厢房歇息吧。"

道衍没有反应地走了，顾景明却在他背后笑了："你与他有仇啊？"

"还行吧，他想杀我一次，又救了我一次，算起来是抵了。"罗宜宁说，然后问顾景明，"顾表哥，京城里究竟是怎么了，三哥连道衍都请回来了，道衍他不是……"道衍最擅长的就是打仗。

"我觉得你大概也猜到了……三皇子的人有异动，背后势力比较大，连带着卫所最近都很异常。"顾景明并不是很避讳,当然也不会完全跟罗宜宁说,只挑了几句好听的大概讲一下,"阁老今天都被皇上留下了,不过为了不打草惊蛇,估计一会儿还会回来的。"

罗宜宁注意到顾景明称呼罗慎远为"阁老",心情有点微妙。顾景明是什么样的人她很清楚,两人地位悬殊越来越大之后,罗慎远不可能再与顾景明同辈相称。所以顾景明的语气又客气又恭敬。罗慎远现在离权势越来越近了……身边的人就会,越来越少。

"道衍你也不用管,把他扔荒郊野外他也活得下去。"他顿了顿,又说,"宜宁,你外祖父想见见你。他老人家最近身体不太好了,你有空就来见见他吧。"

宜宁颔首应了,把顾景明送出了门。

她一步步沉重地往回走,身边的丫头婆子都寂静无声。她突然又驻足,抬头仰望着高高的苍穹,万里无云。

在她的一呼一吸之间,又感觉到那种自身的渺小。历史已经脱离了原来的轨迹,至少这个时候罗慎远不应该是阁老,它朝着她未知的方向前进着,而她或多或少觉得,这是由她带来的改变,将罗慎远席卷其中,将陆嘉学席卷其中。

前世两人敌对也是因为立储,在这件事上面,罗慎远像个佞臣,因为明明知道大皇子根本不适合当皇帝。他无所畏惧,无能的皇上登基,自然有权臣为他把持朝纲,他已经给自己定好了未来的路。他不在乎骂名,也不在乎后世。

她还没有自恋到觉得陆嘉学的异动是因为她的地步,陆嘉学从来都是一个很冷静的人。在他心里,权势重要过任何东西。

罗宜宁不再细想了,仓皇地回到了戏园子里。戏园子里正热闹,过年的气氛一直都这么好,这让人暂时有种麻痹的轻松感。

初二那日她暂时不能回英国公府,但也送了许多东西回去。

这日罗家的规矩也是女儿们回娘家。罗宜秀两姐妹倒是结伴回来的,上次的事罗宜秀全然不知道,晴姐儿还和宝哥儿玩得好好的。罗宜玉自刘静要休她之后就是要死不活的样子,就连罗宜宁都不能挑起她丝毫的情绪波动。长姐也是今日回来,她给宝哥儿打了个金锁,还送了他红绳穿的小金锞子,做成花生的样子,宜宁给他系在了脚脖子上。

钰哥儿对罗宜宁淡淡的,就算罗宜宁柔声跟他说话,他也不怎么回。

"竟不知怎的养了这副性子,不是相熟的人,根本不说话。"罗宜慧也想不通儿子的早慧是为什么。

钰哥儿小小的少年,立在母亲身后眼神克制地看着这个院子。

罗宜宁陪着长姐喝茶,也没有再刻意与钰哥儿说话了。但刚端起茶杯,竟听到个声音不停地大喊"姐姐",眼前一花没反应过来,有人立刻往她的怀里扑:"姐姐!"

罗宜宁差点没稳住手头的那杯热水!赶紧拉开他,黑黑的瘦瘦的,简直跟山里的野猴子一样,蹭着她不放。

罗宜宁片刻才认出是已两年未见的魏庭,身后跟着他的是老嬷嬷和护卫,老嬷嬷追得气喘吁吁的。

她才赶紧放下茶杯，把魏庭搂进怀里，惊喜地问他："你怎么过来了？快让姐姐看看，倒是长高不少！"

魏庭笑嘻嘻地说："我昨儿个刚回来，本以为今天可以看到你，谁知道你却不回来。我就跑来看你了。"他离京两年，对亲人的思念已经非常强烈，顾不上别的，抱着宜宁的脖子就腻着不放。

旁边由罗宜慧抱着的宝哥儿一脸蒙。

没有人理他，大家的目光都放在小世子身上了，然后宝哥儿"哇"地就开始哭。

罗宜宁很不理解宝哥儿的地盘思想，别人要抱他的话，他也乐呵呵地让别人抱。但宜宁想抱别的小孩，那就是天崩地裂的哭喊，简直让人头疼……罗宜宁不得不把满脸泪痕的娃娃接过来，跟魏庭说："你小外甥，叫宝哥儿。"

姐姐突然多了个小宝宝，魏庭的眼神变得有些审视了，也说不上高兴，更何况这个涨红脸蹬着小腿哭的团子他怎么看都不喜欢。

罗宜宁才发现他是长大些了，抿着嘴竟有三分魏凌的威严。

她让乳娘看着，小心地叫魏庭抱抱宝哥儿。魏庭捏了捏孩子的藕臂，可能觉得软嫩好玩，稍微没那么讨厌了。

宝哥儿又不哭了，抱他无所谓，别占着他的娘亲就行。

魏庭跟她讲天津卫的师父，讲他在军屯里学了种田，养过玉蜀黍。宝哥儿扯着嗓子可劲儿哭，把魏庭都给哭烦了。干脆把他抱起来坐在自己的脖子上，驮着他玩。

这倒是把宜宁吓了一跳，魏庭笑着摆手："没事，您别担心，我力气大着呢！"

宝哥儿竟然很捧场地喜欢这个，"咯咯"笑，露出两颗小门牙。他以后自然也很喜欢舅舅，成了母亲外第二喜欢的人，冷脸老爹一定要往后排，可能排个四五名吧，这是后话。

宜宁准备去叫婆子安排魏庭住的地方，却看到嘉树堂外面护卫林立，戒备比原来还要森严得多。道衍站在台阶下和罗慎远在说话，罗慎远脸色凝重，说话的声音她听不清楚，但语气似乎有些严厉。

宜宁走过去，护卫自然把她拦了下来。还是道衍抽空回头看到她，才挥手让护卫放行。罗慎远看到她过来了，阴沉的脸温和许多，问她："怎么不和庭哥儿他们说话了？""我见家里的护卫突然变多了，过来看看……"宜宁说。

罗慎远跟她解释："这是从府军卫调过来的。"他声音一低，"这几日你就在家中好好待着，知道吗？正好庭哥儿来了，你陪陪他。"

"宫中怎么了？"罗宜宁却很想问个明白。

罗慎远倒也不瞒她："皇上前日就写好了废后的诏书，昨日我去的时候，诏书遗失了。后来我随之追查，发现羽林军左指挥使失踪未归。此事却不能打草惊蛇，宫中正在严查。不过连诏书都敢偷……恐怕也与谋逆无差了，所以暗中打了十二万分的精神戒备着。"

废后？皇上竟然想废后！

难怪这两日他行迹匆匆，调用了这么多人。

罗宜宁一想脸色就变了："羽林军左指挥使既偷走诏书，宫中必定还有更厉害的已经反了，却没有让人知道，那岂不就是打算谋逆了！"

"你这脑瓜这时候灵光了。"罗慎远摸她的头随意夸了两句，其实她对这些也很敏锐。可惜再敏锐也是妇人家，还得靠他护着她兜着她。

"我今晚可能不会回来，不过道衍会在家里。你听他的话，莫要胡乱跑就行。"罗慎远又说。

"你要去哪儿？做什么？"罗宜宁觉得他此行怕有危险，心里微微一紧。

罗慎远只是淡淡道："我这边有急事。"

"罗慎远！"她受不了他这般轻描淡写，低声问，"应该是他在背后控制吧？是不是？"只有陆嘉学，罗慎远才会把道衍叫回来。只有陆嘉学，才会让人生出这种沉重的无力感。

"不知道，说不清楚。"罗慎远沉吟一声，他犀利的眼光放远了些，"和三皇子有关系的势力多了去了，若真的知道就是他，也很棘手。"不过胆子这么大的不多而已。

这时候罗慎远的小厮已经送了件大氅过来，服侍他披在身上。罗慎远叹气，对罗宜宁说："今晚你带着宝哥儿早些睡。"

罗宜宁还是看到他被护卫簇拥着离开了嘉树堂。这个罗家的顶梁柱，脚步从容，年纪轻轻却披起沉重的荣耀。幸而他聪明绝顶，手段出众，否则平常人又怎么挨得住？

见他走了，道衍在旁淡淡地说："明日命妇要入宫谢恩，你的封诰刚下来，罗慎远压着没过。你应该知道为什么他不让你入宫吧？"

罗宜宁看了他一眼，他这番话是想说什么？

她叫了个小厮过来沏茶，同道衍一起坐在花厅里。道衍盘腿而坐，为了不引人注目，他没有穿袈裟，光头就显得很奇怪，但是一举一动还是有超然出尘的感觉，真的不像武将，气质非常……慈悲。

"刚才我一说起陆嘉学与你的关系，师弟就这么生气，想必也不会同意我的打算，所以我也没说出口。"

罗宜宁看到摆放的炭盆里袅袅升起的细烟，正视着面前的僧人。

"这次废后诏书被偷，皇后自然是主谋之一。我们的人虽然插入皇后宫中，但是明日的宫宴需要命妇在场，我也无能为力。"

罗宜宁直起身，给道衍倒茶："大师的意思，是想让我进宫谢恩吧。"她笑吟吟的，"以身试险，在皇后身边，监视她的异动，是不是？"

到时候皇后若发现，她将第一个被扣起来，下场自然不用说了。

道衍把佛珠轻轻地放在桌上，一反常态地笑了："那你敢去吗？"

罗宜宁坐了回去。倒不是她贪生怕死，而是若她被挟持作为威胁，反而得不偿失。

"不吓你了。"道衍叹气说，"放心吧，皇后宫中一旦有异动，我能把你救下来……我就算如你所想，对你漠不关心，总得想想我那倒霉师弟吧。"罗宜宁真要是有什么意外，道衍毫不怀疑罗慎远会干出什么灭绝人寰的事来。他这个师弟有童年阴影，太偏执了。当年又不肯跟着师父信佛，否则洗去他满身的凶性和阴鸷就好了，哪会像现在这么麻烦。

罗宜宁往后微靠，淡淡地说："我可以去。"

罗宜宁回到正房之后，静坐在那儿想了很久。残烛未灭，灯影幢幢，映在窗纸上放得很大。

已经熟睡的宝哥儿摊开手脚睡在娘亲怀里，呼呼地睡得很香，罗宜宁久久未有睡意。

"太太，给您烧的热水凉了三回了，您还是洗漱睡了吧。"珍珠柔声地说。两个嬷嬷告老回乡了，宜宁房里也只有珍珠敢跟她这么说话，玳瑁都是不敢的。

宜宁嗯了声，问珍珠："庭哥儿睡了吗？"

"世子爷倒是和钰小少爷投了缘，此刻恐怕还玩着呢。"珍珠又叫婆子去打热水来。

那堂屋外面却响起了孩子的喧哗声，丫头进来通传："太太，世子爷同钰小少爷一道过来看您了。"

珍珠就笑："您瞧，说着就来了。"

罗宜宁叫两人进来，钰哥儿特别拘谨地站在门口，魏庭却不管，一溜烟地跑进来。若不是看着团子小外甥睡在姐姐怀里，准要扎进去。罗宜宁看钰哥儿拘谨，让玳瑁带他去东次间喝梨子糖水。

宜宁摸着魏庭硬硬的头发，问他："你怎么到卫所练两年还是这个黏糊的性子？还是黏着我……家里跟母亲处得好吗？你现在不为难她了吧。她以后一辈子都是你母亲，你待她要恭敬，知道吗？"

魏庭赧然，他在卫所军营才不是这样呢！师父罚他站吭声也不会，天天要骑马、射箭和蹲步，他也从来不抱怨。但是看到姐姐就像是看到了母亲一般，依恋得不得了，就想痛痛快快地扎在她怀里。

他后退了几步，背着手说："还好，我不为难她……她这个人处久了也挺好的。"

"这就好。"罗宜宁总还是放不下英国公府的事，闻言放松地笑了，"我这几天来不及回去，等过些天再回去看祖母她们．父亲今年过年不回来吗？"

"皇上不敢再让他回来了，否则就边境虚空了。"魏庭坐到她身边来说，他小小年纪，就有了大人的思量。

罗宜宁"嗯"了一声，不知道为什么她心里总是很忐忑。她细长的手指抚着宝哥儿软和的胎发，轻声说："庭哥儿，你看宝哥儿好不好玩？"

宝哥儿睡着的时候很乖巧，吃得胖胖的小肚皮起伏着，脚腕上拴着小花生金锞子，跟着他的小脚一动一动的。

魏庭看了半天，纡尊降贵地说："一般好玩吧……"

罗宜宁听了就笑。然后说："他是你的小外甥，还这么小呢，不知道要多少年才长得大。我们庭哥儿以后是英国公，做大将军的。你保护他一起长大，好不好？"

魏庭当然不会辜负姐姐的信任，但是拍着胸脯保证这种事他做不出来，只能说："您放心，有我一口肉吃，就有这小子一口汤喝！"

屋内丫头都笑，怕吵着小少爷睡觉，嘴角都抿得很辛苦。

他哪里学来一口糙话！罗宜宁也笑："行了，快别皮了，这时候该睡了！"

魏庭应了声，又一溜烟去找钰哥儿了。罗宜宁等他下去之后，才找了婆子进来淡淡地吩咐："给我准备好盛妆的服制，明早就用。"

几个婆子齐齐地屈身下去，连夜准备盛妆用物。

罗宜宁一早起来梳洗好了，宝哥儿都还没有起，宜宁亲了亲他的小脸，乳母把他抱去了碧纱橱里睡，免得吵着他。

玳瑁给她梳了堕马髻，整套头面，里一层外一层的诰命服制。因为封诰的旨意她没有拿到手，估计是在罗慎远那里，约莫就是正三品的封诰，服制是已经准备了的，只是穿起来比一般的正装还要烦琐。等了一会儿宜宁看到镜中华贵庄重的自己，几乎没认出来。

原来她也是能这么成熟稳重的啊！

等她走出来的时候，天上还有几颗寒星子，路上雪地未扫。道衍背手站在影壁等她。看到她妆容华贵，道衍淡淡地说："我等你两刻钟了。"

他要做早课，因此起得很早，苦修而已。

"上车再说话吧。"罗宜宁率先上了马车，道衍随之进来。

上了马车后道衍递给她一些名帖，诰命夫人可以用这个了，还有皇后的手谕，没有这个也进不了后宫。

罗宜宁是打算与徐氏一起进宫，她代表英国公府。道衍身为外男进不得景仁宫，他依旧是盘腿坐着，不知道有什么主意。他闭眼半天，才说："今日宫宴，皇后可能有异动。你只需要注意皇后身边来往的人就行了，若有事情突发，我们也有个准备。"

罗宜宁听到这里笑了："大师，我还有个疑问。""你说。"道衍无半句废话，缓缓睁开眼睛。

"若只是想以我来监视皇后娘娘，其实赵婕妤又何尝不可？命妇众多，带个丫头进殿也是有的，以大师的手段收买个丫头应该不难，为什么一定要我去？"罗宜宁也慢悠悠地说，"大师所图是什么，要是想杀我的话真的不用这么大费周章。"

道衍听了她的话却笑了："我从没想过要杀你。不过既然你问了，我也不妨告诉你。我的确有计划在后，但是不能现在就告诉你，你等在皇后身边自然有人告诉你接下来要做什么。这些都是为了罗慎远，若是皇后成功，罗慎远日后估计也没有活路。你可以反悔不去。"

"没有反悔。"罗宜宁轻轻一叹。

道衍会不会害她她不知道，但是他肯定不会害罗慎远的。

罗宜宁心里想着皇后那边的事，也不和他交谈。马车跑出了府学胡同，罗宜宁挑帘看外面，街上到处挂着灯笼，铺子都还没有开，逡巡的兵马司比原来足足多了一倍多。等到了中直门外太阳才起来，晨光熹微，很多马车已经到了，罗宜宁在这时候与道衍分别，道衍分给了她一个长相清秀、沉默寡言的丫头，让她以这个丫头传信。

昨日她就派人去跟徐氏说了与她一同进宫，如今徐氏正在宫门口等她。徐氏穿了正一品的诰命服制，笑吟吟地挽了她的手："怎不见阁老？"

"他先来一步，现在应该在太和殿吧。"罗宜宁也笑，两人联袂进了宫门。命妇都在这里下了轿，从夹道去皇后的坤宁宫里。不过这时候皇后还在见几位公主，诸位夫人先去偏殿喝茶，不得见皇后娘娘。门口倒是站了个穿比甲梳双鬟的宫女，看到徐氏之后向前一步，屈身问道："夫人可是英国公夫人？"

这位是赵明珠的宫女，已经在这里等候徐氏多时，要带她去见赵明珠。

宜宁已经几年未见过赵明珠，也好奇她现在怎么样了，和徐氏一起去了赵明珠所住宫殿。

赵明珠所住的熙福宫三进院子，正房五间，铺了光滑可鉴的地板，烧了地龙，点着熏香。赵明珠正斜靠着引枕，闭目等丫头给她染指甲。听说英国公夫人和罗三夫人来了，才忙坐起来宣了进。

宜宁便看她穿了件遍地金缎袄，戴着好几个叮叮当当的金镶玉镯子，牡丹髻上也是珠翠满头，比原来丰腴一些，就知道她过得很好。

赵明珠拉着她的手坐下来，让宫女去端些糕点来，笑着说："怎么样？你现在可是阁老夫人了。封你诰命的时候，我还在场，皇上说封你个从三品，我在旁听了便建议他封了正三品。"

"可见你在宫里日子过得好啊！"罗宜宁笑着道，捏着她的手细看，纤纤玉指，半点薄茧都没有。

听说皇上宠她，最近更是荣宠盛了，快盖过董妃去了。

赵明珠说："伺候他几年算是摸到点脾气，他就是喜欢不聪明的人。"她微微耸肩，"我也不容易，宫里头比我位分高的多了去了。这不是一直不敢有孕，免得更遭人妒恨，承宠要偷偷喝避子汤。"

"皇上不说什么？"罗宜宁没想到她这头还有这样的算计。

"他心里明白着呢，不说破罢了。"赵明珠声音微低，"不过我现在痛快了，罗阁老又因此给我那二哥置办了田产地产，家里过得也富贵。当官我就没指望他们了，免得他们一个两个的，以后再给我整出什么幺蛾子来。"

她比原来还要眉飞色舞，她就是喜欢这样奢侈的人上人的日子。

"避子汤终究伤身，怕以后就是想有都没有了。"罗宜宁也为她着想几分，这后宫的嫔妃，没有个孩子傍身，日后年老色衰了更是艰难，她低声说，"婕妤总得为自己的以后打算啊。"

赵明珠笑着道："以后再说吧！难得看到你来，我这里好东西多，给你搬一些回去。就是你家里有阁老在不缺东西，这也是我的一番心意。"

三人在赵明珠这里喝了会儿茶，皇后娘娘那边才传话来说可以过去了。赵明珠同二人一起去了坤宁宫，跪拜了皇后行大礼。

皇后坐在凤椅上，目光一扫就放到了罗宜宁身上，然后眼睛微眯，细长的手指捏紧了茶杯盖上的圆珠。

"竟是罗三夫人，起吧。"

此人竟然会出现在这里！周氏觉得罗宜宁很奇怪，心里却又一阵激动！按说她和陆嘉学关系不一般，却是罗阁老的妻子。陆嘉学现在待她又好像无足轻重的样子，但不管怎么说，这个人很有价值。她往旁侧看去，谢蕴和程琅站在一边，程琅是陆嘉学送到她身边来的，她知道这是什么意思。

众位夫人分了品阶坐下，能和周氏说上话的也不过几人，其余人只能相互细声交谈。程琅则慢慢将目光放在了喝茶的罗宜宁身上，皱起了眉。

她为什么在这里？罗慎远让她来的？

罗慎远难道不知道这里现在危机四伏吗？竟让她以身试险，若是局势突然乱起来，谁来护她！

谢蕴陪姑母说话，回头却发现程琅走神了，循着他的目光看过去才发现是罗宜宁。"怎么了，"谢蕴露出一丝冷笑，压低声音，"要和你表妹叙叙旧？"

程琅将手搭在她的肩上，语调轻柔："闭嘴。"

罗宜宁自看到程琅站在屋子里不显眼的地方起，便眉头轻皱，心里绷紧了弦。程琅为什么会在这里？如果只是个普通的宴席，需要程琅在场吗？指使得动他的还能有谁！

她却不动声色地喝茶，低声跟自己的丫头说："知道那是谁吗？"

丫头微微摇头，罗宜宁就道："是如今的都察院佥都御史程大人。你到外面去给我拿些杏仁来。"

丫头明白了罗宜宁的意思，躬身退下了。走出宫门之后端了盘杏仁，在与一个宫女擦身而过的时候，轻轻低语了几句。

等那宫女再回到西暖阁内，已经要开席了。

周氏自凤椅上站了起来，跟程琅说话："一会儿起席，四舅就会叫人动手。这里的命妇都要控制住，以牵制前朝，你带够人了？"

"皇后娘娘尽管放心吧。"程琅只是将手背在身后，微笑着说。

众命妇这时候整理好了衣裙，携手跟在周氏身后。因是冬天，宴席就设在交泰殿内。但还未走出暖阁就有个太监进来了，腿肚子发软跑得不利索，几步到周氏身边低声说："皇后娘娘，太和殿那边出事了。"

御前伺候的金吾卫竟突然暴起，制住了皇上！随后殿中的文武百官也被团团围住了，如今正是情况危急的时候。

命妇们也察觉到了不对，人群中一阵惊慌。周氏嘴角露出一丝冷笑，冷声道："都不准离开！"

程琅做了个手势，突然有无数羽林军的人冲了出来，将命妇们团团围住。

就是赵明珠也开始发抖，捏紧了罗宜宁的手："皇后这是做什么？她疯了吧！"

"前朝都乱了，她自然是想反的。"罗宜宁一把抓住她想让她冷静一些，她早就料到了这幕，反而没什么感觉，直到皇后目光一凛，突然指向了她，"把她给我绑起来！"

"皇后娘娘，罗三夫人做了什么错事，您要绑她？"赵明珠现在投靠了董妃，也不怯皇后，咬了咬牙挡在了罗宜宁身前。

道衍这根本就是想让她死吧！

罗宜宁可没见着他哪里有安插人手，除了她身后那个看起来相当普通的丫头。

她迅速看了四周一眼，立刻拿定了主意。道衍倚仗的应该是皇后不会杀她，杀她干什么！不杀她利益大多了。她的语气有几分淡淡的凌厉："皇后娘娘要绑只管绑，只是妾身有句话要说。皇后娘娘这箭出了……可就回不了头了。"

程琅嘴角掠起一丝轻轻的笑容："把罗三夫人捆了，关到偏房里去。"

道衍得到罗宜宁传出来的消息时，皱了皱眉。竟然把程琅放到了皇后身边，陆嘉学恐怕已经不单单是协助这么简单了，今天这局可就棘手了！恐怕非要他真的出现不可。

这时候前朝暴乱，程琅肯定在交泰殿控制住了命妇们，以威胁前朝。他其实在坤宁宫设了人手，但还不到暴露的时候。罗宜宁这时候被抓，指不定心里要怎么骂他呢。

道衍当然不在意这个，反正逼宫未成，皇后就不会伤及罗宜宁的性命。她在坤宁宫说不定还要安全一些。

他前面放的是皇宫的舆图，道衍一边看着舆图，一边对府卫兵指挥使说："太和殿易守难攻，但皇上身边罗阁老早安排人手来反攻。你等带兵从汉白玉台阶包围而上，对方会用弓弩，但是他们人手太少，弓弩势必不足，你等直接冲上拿下。"

面前的人可是封了战神的道衍，府卫兵指挥使说话就结结巴巴的："是……明白，全凭您的吩咐。"

他又问："罗阁老呢？大师，我可不得不说一声，就是加上府卫兵、锦衣卫，还有从保定卫、真定卫连夜调来的兵力，恐怕也挡不住都督大人的兵力，守不住大明门……"

"我心里有计量。"道衍说着拿起了桌上的长枪。

府卫兵指挥使便不再多问，收拾东西，立刻带着兵前往太和殿。

皇宫的中心太和殿在正中轴上，汉白玉台阶，鎏金雀替，斗拱飞檐，一片肃穆。府卫兵指挥使老远就看到太和殿大门洞开，他一看就松了口气，其实里头的形势已经基本上被控制住了。

罗慎远带着锦衣卫站在皇上身侧，他昨夜就等着这出戏了，因此做好了万全的打算。身上穿着件玄色的劲装，他很少有这么严肃凌厉地着装的时候。冷风灌进来，他的衣袍却纹丝未动，竟十分肃杀。

这看得汪远为之侧目，他那一把老骨头只等着享福了，一旦到这种危急关头他是肯定躲的。当年陆嘉学谋事他也是不闻不问，还不是平安活到现在当了首辅？这次陆嘉学跟皇后联手，可是半点没告诉他的！

汪远当然也只当自己不知道，反正无论如何改朝换代他还是他的首辅，太平盛世里他的这个地位无人能撼动。

刚才突然暴起伤人的金吾卫已经被扣下了，头被侍卫压在地上，碾得牙齿都掉了。

罗慎远一扫场中众人，竟带着笑容说："现在放刀，供出幕后主使还能活命。不然，便形同此人——"

说到最后，他语气突然一厉，侍卫应声手起刀落，那人血溅金砖！

半个脑袋骨碌滚了下去，鲜血沿着台阶慢慢流下，一些承受不了的官员看着剩下的一半脑袋和挣扎不断的身体，已经摇摇欲坠了。皇帝脸色发白，虽然罗慎远在料定有人会在今日逼宫之后，昨晚就连夜跟他说过今日可能会发生什么情景，但真的面对时他还是不舒服。

金吾卫副指挥使是周应友收买的人，此刻也忍不住想呕，再加上外头传来包围的声音，他手里的刀已经拿不稳了。

罗慎远立刻挥手，示意身后的锦衣卫蜂拥而上，将金吾卫副指挥使押住。

而此刻正站在宫门外，骑在高大的马上的陆嘉学身着重甲。他似乎听到了太和殿的动静，仰头眺望着太和殿的方向。

拖得太久了，天色都已经暗下来了，周应友收买的人虽有些是他的多年老友，有些是早就安插进来的，但根本意志不坚，决意不够，恐怕连传位诏书都还没有送到皇上面前就被锦衣卫杀死了。他望向旁边也着重甲的周应友问："诏书你是准备了两份吧？"

周应友沉着脸点头，任谁看到自己的精心准备四分五裂，都会心情不好。

周氏与皇后的命运息息相关，皇后若是倒了，他周应友手握兵权，又能活几天！周氏一族又能存在多久！所以他没有退路，不得不逼宫，劝皇上退位，三皇子照样是皇家正统，谁当不得皇帝！眼下准备匆忙，自然不可能设计得完备。

"这便够了，叫三皇子准备龙袍吧！"陆嘉学拉着缰绳往前走了几步，撞门用的大鼎早已准备好了。沉重的大明门后面有卫兵抵御，低沉的撞击声不断在宫中回想，越来越响，响得整个紫禁城人心惶惶。

低微的宫女太监乱作一团，收拾细软到处躲藏。坤宁宫中传来妇人隐约的哭泣，而太和殿一贯沉默。

最后一响，骤然门破！

无数士兵携裹着势不可当的气势冲进了宫内。周应友的兵马先朝着太和殿冲了过去。

陆嘉学突然想起自己当年破宁远侯府好像也是这样，一步步向前，带着知道自己即将走上最顶端的激动与克制，即将破茧而出的野心和欲望。

不知道罗慎远要怎么办？锦衣卫虽然是精锐，却根本禁不起人海战术，陆嘉学非常清楚这点。

当陆嘉学终于冲进门内时，他同样也看到了坐在马上的道衍。

不再身着袈裟，而是当年他在沿海抗倭的样子，手拿长枪，慈悲完全不见了踪影，无比神武。他身后是雄壮的千军万马，一眼看不到头，应当是自玄武门进来的。

"果然是你！"陆嘉学笑着说，"当年我助你成战神，如今却是罗慎远叫你来对付我的。能让你亲自出马，看来你是当真疼爱他。"

"都督大人别来无恙，承蒙厚恩。只是这道门，大人还是不要过去的好。"道衍举起了手中长枪，"布阵！"

陆嘉学也表情凌厉起来，挥出长刀，刀尖指地。两方人马顿时交战一起，蜂拥厮杀如潮水。道衍露出个破绽，陆嘉学立刻看到了，长刀朝道衍直逼而去，想取他首级！竟把道衍逼得活生生后退了好几步，只是被刀尖刮到皮。

　　陆嘉学收回刀，摸着刀尖的血笑了笑："道衍，我从未与你交过手。现在，你来试试！"他气势如虹。

　　黑夜如幕覆盖大地。罗宜宁被绑已有三个多时辰了，她是被单独绑着的，守着她的是程琅。

　　罗宜宁与他就是干瞪眼，干脆不说话，也不理会对方。

　　"罗慎远把你送过来当诱饵，你倒是听他的话。"程琅将那块自小随身携带的玉佩捏在手中，问她，"你可还记得这块玉佩？"

　　罗宜宁闭上眼。

　　"二两银子，多不值钱的东西，我戴在身上十多年了。"程琅漫不经心地笑了，"你一定觉得很可笑吧？"

　　外面传来窸窣的声音，他又把玉佩放入了怀里，声音一冰，问道："什么事？""大人。"外头说话的声音很弱，"皇后娘娘让您把人带出去。"

　　周氏在殿内不停地来回踱步，按照时辰应该是已经差不多了。但舅舅没有派人来回话，那就证明事情……恐怕不太妙！

　　周氏长出了口气，她自十六岁嫁给皇帝后，就是尊贵的太子妃。她真的无法想象，若是失去了这份尊贵会怎么样。周氏一门会因此被皇帝拔除，皇帝是什么个性她再清楚不过了，他虽看似不管事，却什么都清楚。

　　到最后她盯着殿内燃烧的烛火，终于忍不住了，对近侍说："去把罗三夫人带过来！"这些武功高强的近侍是周应友留给她的。

　　近侍应声正准备要去，大殿的门却突然被撞开。一群穿着程子衣、腰挎大刀的人迅速从宫门外拥了进来，为首的锦衣卫副指挥使笑吟吟地说："皇后娘娘，卑职已等候多时了。"

　　周氏的脸色"唰"地白了："你竟然……他知道，他是怎么知道的？"这坤宁宫恐怕早就有埋伏了！

　　那指挥使依旧笑着说："奉劝皇后娘娘一句，与圣上抗衡无异于以卵击石。卑职劝皇后娘娘束手就擒，免得伤及凤体。"

　　周氏浑身一阵阵发凉，逼宫失败的后果她想过千万遍。但是看到那些人无情地围拢过来，粗暴地押住了她的手脚，她还是疯了般挣扎起来："你们干什么！本宫是皇后，你们放肆！"

　　"自偷盗诏书后，您就不把自己当皇后了！"副指挥语气冷漠，让人把周氏绑起来。

　　"偷诏书？"周氏觉得很荒谬，"你究竟在说什么……呜！"一团布塞入口中，避免她自残。

　　副指挥使冷哼一声："死到临头还嘴硬！"挥手叫人把这曾经无比尊贵的皇后带下去，又对刚才那位近侍说，"去，给程大人传话，让他把罗三夫人带出来。否则现在就杀了你！"

　　那近侍从地上爬起来，跑出大殿，才看到屋内的命妇都不见了，应该是已经被副指挥使带下去了。这时候锦衣卫的人已经包围了大殿,只有赵明珠和徐氏还在等罗宜宁。他去敲了偏殿的门,传来了程琅冷冰冰的声音,但停顿很久都没有动静。

副指挥等得不耐烦了,立刻道:"踹门!"

门砰一声被踹开,但里头只有被绑在椅子上塞着嘴的罗宜宁。副指挥使四下看去,窗门大开着,程琅和他的几个下属已经不见了踪影。他几步跑过去将罗宜宁身上的绳索解开:"三夫人,卑职听从道衍大人的吩咐来救你的。程琅呢?"

"你们叫人来敲门的时候他就察觉出不对了,跳窗走了。"罗宜宁活动了一下手腕说。

程琅听到外面的声音不对,再一看罗宜宁,就料想到恐怕事情早就已经败露了,此时怕会被瓮中捉鳖,立刻掏出一张手巾,塞住了她的嘴,并在她耳边低声说:"来人应该是你三哥的人,不会害你的。我不能久留,要先走了。"

皇后对他来说根本不重要,只要有三皇子在,逼宫就没问题。这时候坤宁宫被包围,根本连救皇后的必要都没有。他不如去和陆嘉学会合。既然这位副指挥使已经动手,就证明两边已经开始正面交战了,这里浪费时间也没有意思。

罗宜宁被绑缚着手脚不能反应,瞪大眼睛看着他不见了,然后闭上眼。其实程琅的手巾塞得并不严实,她还可以大喊引起外面的人的注意,但她没有。可能还是狠不下心来对程琅,毕竟被副指挥使抓住,他肯定活不了。

他为什么要助陆嘉学逼宫,为什么不离这些事远远的?

陆嘉学那个疯子,他一贯就是这么肆无忌惮的。他做事什么都不会顾忌,天性一般喜欢冒险!

罗宜宁跟着副指挥使走出房门,赵明珠二人立刻围上来,拉着她坐下来问她可有大碍。那位副指挥使却向旁边的人使了个眼神,让他带着人出门去,并一路呼喊:"来人啊,皇后娘娘走投无路,挟持了众位命妇要杀人灭口了!"

坤宁宫中还有几个程琅留下来的卫兵突然暴起,负隅顽抗,一阵刀剑之声后一切都平息了,因此罗宜宁并没有听到。

至少,坤宁宫是已经平静下来了,唯有一层层的箭簇在夜色中叠上了墙头。这声音却惊动了不远处的程琅!

皇后……突然暴起了?他知道皇后手上有近侍,难不成那副指挥使没护住那些命妇?那罗宜宁呢?

他突然听到一声尖细的叫声,无比恐惧,甚至听上去有些像罗宜宁。他顿时有些犹豫了,脚步都慢了下来。

"大人,一会儿追兵该跟上来了!"身边的人低声说。程琅咬牙,按住剑柄一路朝大明门而去。

陆嘉学所带之兵无不精锐,而道衍的兵毕竟没有经过他的演练,不久就呈现了颓势。道衍被步步逼退,他眼见着颓势越来越明显,毫不恋战,立刻策马往回。陆嘉学正带着人要追上去,那边有人跑过来说:"大人,坤宁宫那边败了!皇后娘娘此刻被逼急了,正挟持命妇要杀人灭口，恐怕是阻止不及了！"

"那蠢货，管她干什么！"陆嘉学眉眼之间全是冰冷，他到现在都没有看到罗慎远出来。罗慎远让道衍出来挡他，肯定还有后手。

"大人……"叶严的声音轻了一些，"咱们侯夫人在里面，是程琅大人亲口所说的。"

他不知道陆嘉学会怎么决断，但是这件事他一定要告诉陆嘉学，否则日后追究起来，他肯定也会死的。

陆嘉学猛地回过头。

刀上的血沿着马的鬃毛滴到了地上，他深吸了一口气问："她为什么会进宫？"罗慎远是蠢吗？让她进宫来干什么，她能有什么用？

"属下也不知道。"叶严这时候怎么敢搭话，"不如属下立刻带人过去……"

陆嘉学举手示意他别说了。夜晚微弱的烛火在远处亮着，黑夜像一只巨大的猛兽，如潮的军队不停地朝太和殿逼近。

他好像突然又回到了那天，他失去她的那天。

她和谢敏去踏青，出门的时候还很高兴的。陆嘉学没料到会有人动手，但他知道的时候已经来不及了。他正在和当年的太子秘密见面，根本就赶不回去。

他抿了抿嘴唇，一扯缰绳掉转了马头，对身后的人吼道："跟我去坤宁宫！"

前面还有周应友抵抗，应该能坚持一会儿。别人哪里能有他的动作快呢，皇后这个蠢货万一真的狗急跳墙了，发现他们根本就不在意她的死活，她第一个杀的就是罗宜宁！

陆嘉学握着刀柄一路策马冲过夹道，背后突然有一根箭穿破半空，刺破的声音如疾风掠来。他的左肩顿时一痛，半个箭头已经穿透了他的骨头。陆嘉学只停了片刻，单手伸过去折断了箭簇。他咬牙忍着，一抽鞭让马跑得更快了。颠簸之间伤口迸裂般尖锐的痛苦，他却仿佛根本不在意。

这一刻对她的什么怨恨都没有了，根本就没有想起来，他只是想去救她而已！

如潮的军队围拥住了太和殿，却因为失去了主帅，终究开始凌乱了。罗慎远带着锦衣卫的弓箭手上墙，跟道衍说话："你倒是挺有办法的，怎么把他引开的？"陆嘉学若是不被引开，这里就更棘手了。不过他现在主管工部，铳炮还在后面预备着，倒也不一定就抵挡不住。

他这一年成为皇上的心腹，这心腹倒也不是那么好当的。

"你偷了废后诏书嫁祸羽林军指挥使，不就是等着这一刻吗？"道衍说。罗慎远听了就笑："师兄如何说是我所偷？分明是皇后指使别人所为。"

"皇后没有这么蠢，她既然决定要逼宫，这诏书又有什么所谓。只有偷了诏书，皇上才放心你在宫中布置如此多的兵力。"道衍继续道，"至于引诱陆嘉学倒也简单。我把罗宜宁放皇后那儿去了。多亏她心里记挂着你，愿意为你身赴险境，这么好的机会不利用太可惜了。"

罗慎远的身影顿住了，他回过身，笑容变得非常冰冷："你说什么？"

"你紧张什么，她现在无事。我让锦衣卫去救她了。"道衍根本不急。罗慎远却沉了脸：一把拧过他冷声道："我说了不能牵扯她！你竟然还拿她去引陆嘉学上钩，你是不是疯了！"

"你才疯了！"道衍掰开师弟的手，冷冷道，"我没有害她性命，不过是利用她而已。不然你能轻松除去陆嘉学？反正利用已经利用了。你现在立刻带人去坤宁宫吧，我估计他也到了。"

罗慎远这一刻想杀道衍的心都有，刀剑无眼……要是她出了什么差错怎么办！

他不再多言，猛一把推开了道衍。道衍被他推得后退一步，随即冷笑。兵家战场，能利用的一切都要利用！

师弟是乱了心神，竟然忘了这个道理。

"你要杀他的时候，可别再顾及这些了。"道衍漠然的声音从背后传来，"虽然我知道你心狠……但还是想提醒你一句，他东山再起会有什么下场你知道的。"

坤宁宫内这时候却稍微安定了一些，有宫人挑了屋檐的灯笼下来，一盏盏点亮。

因不知道外面安不安全，她们倒也没有离开，用偏殿的小炉煮了一锅水，就着烫些茶，吃些点心。

罗宜宁听到皇后在偏房里"呜呜"地想说话，嗓子都哑了。她站了起来，看着蜿蜒而下的灯火。

这年过得当真荒唐！

"你坐下吧，担心也没有用。"赵明珠招呼她，"成败都算了，横竖不过一死。"她向来胆子就大，天不怕地不怕的。

罗宜宁喟叹，坐下来又喝了口茶。杯里白茫茫的热气升起来，她说："我不想死。""您不会死的。"副指挥使闻言笑了笑。

罗宜宁只是笑，她如何向别人解释，死过一次的人对死的感觉是不一样的。只有真的死过，才会想活，想尽一切办法活下去。

即便是苟延残喘。

杯中热茶喝完，外面却喧闹起来，守卫的锦衣卫开始骚动了："副指挥使，有人带兵往这儿来了！"

"来了！"赵明珠莫名地心里一跳。

副指挥使让锦衣卫迎战上去，他犹豫地看了罗宜宁一眼，却立刻从腰间抽出刀，一把掐在了罗宜宁的脖子上把她拉了过去。罗宜宁还没反应过来，赵明珠"呀"了一声，就看到副指挥使的刀搁在了罗宜宁的脖子上。

"刘副使，你这是干什么？"赵明珠的声音都要变调了。

"三夫人，得罪了。"副指挥使这时候说话的声音很冰冷，手毫不留情地掐着她，"烦请夫人不要挣扎，我不会伤您性命的。"

锦衣卫明明就是罗慎远的人！

罗宜宁被他掐得咳嗽起来，不知道他这是干什么："你疯了吗？你这是……"

"夫人别说话，您性命无碍，我不过是要挟他罢了。"那副指挥使并不多做解释。锦衣卫们哄地一声围了上去拦着军队，从腰间抽出了绣春刀。

罗宜宁看到有个人坐在马背上冲了进来，他穿着盔甲，身影无比熟悉。他在台阶下弃了马，提着刀斩杀上来。看到她被人挟持，手下挥刀更加狠了，他厉声吼道："刘副使，你这是干什么！要挟她吗，你不怕罗慎远杀了你！"

"罗大人想必也无所谓的。"副指挥使只是笑。

罗宜宁捏紧了衣袖，陆嘉学为什么会到坤宁宫来？副指挥使一看到他就把她擒住了，这是干什么？

跟着陆嘉学的人很多，但锦衣卫也不是无能之辈，两方交战之下陆嘉学好像受了伤，手臂挥动得不太灵敏。他满身浴血，已经站上了台阶，看到罗宜宁在不远处。刘副使发现吓不住陆嘉学，刀更朝着罗宜宁的脖子靠近了："陆嘉学，你信不信我杀了她！站住！"

陆嘉学提着刀一步步走近，毫不畏惧，而刘副使的刀尖已经刺破了罗宜宁的皮肤，她却一声不吭。

那个男人如厉鬼一般，终于一刀砍断了挡在他面前的人的头颅，血溅了罗宜宁一身。隔着夜色，两人久久相对。

陆嘉学其实已经很累了，就是铁打的人经历了这么多的厮杀也累，何况肩上的伤一直在流血。他一步步沉重地朝她走过来，罗宜宁下意识地后退，却听到轰然一声，仿佛泰山倒塌一般。他半跪在她面前，立刀喘息，脸上的表情却放松了。

"我以为……你出事了，他果然不敢杀你。"他终于确认她没有事了，嘶哑的声音里带着淡淡的笑意。

罗宜宁上前一步。陆嘉学以为她……出事了？所以他才来救她的？"你……"她走近了，握住他的手，竟见他的指缝间全是血。

罗宜宁顿时喉咙就哽住了，再看他满头大汗，疲惫不堪，她也跟着跪下了："你这是干什么？我没有事啊！"

可能是因为失血过多，陆嘉学有点失去神志了。他紧紧握住大手中她的手，哑声说："当年，我没有救你……你怨了我这么多年。"

她的心神被他的话撼动，罗宜宁已经看到他背上露出的箭柄，她浑身发抖，伸手就要去摸。

陆嘉学看到她眼睛发红，伸出另一只手想安慰她，但是弄得她的脸上也是鲜血。他只能勉强地笑了。

"要是这次不来救你……你还要怨我一辈子呢。"好像所有的事都回到起点，他来救她了。

罗宜宁仰起头，突然看到了屋顶露出的箭簇——有埋伏！这是陷阱！是谁设的陷阱？道衍是想利用她来抓陆嘉学！

罗宜宁突然反应过来了，这不过是道衍的计谋而已。什么让她入宫帮他，不过是想利用她，来害面前这个人。说不定罗慎远也参与其中了，因为知道她对陆嘉学来说很重要，陆嘉学不会放任她不管的。

罗宜宁失去了浑身的力气。是她连累了他！要不是她进宫，陆嘉学根本就不会来救她。"你是不是傻……别人说你就信了！"罗宜宁忍不住眼泪还是滚了出来。

"这里有陷阱啊！"罗宜宁嘶哑着说，摇着他的肩，"你没想到这是陷阱吗！"

陆嘉学只是看着她，好像她是在发泄脾气的小孩一样。而他不计较，还带着笑容："我也不想来啊……但是……"

但是我想到你可能要死了……那么我去哪里再等你十四年，等不到了，我已经要老了。那十四年里无数次重复着她坠崖的噩梦。灰蒙蒙的大雾，踉跄前行，哪里都没有她。

陆嘉学却只简单道："但是，我还是过来了。"

她想起当年要死的时候，想起当年被困在簪子里，她多么渴望他来救她啊！多么渴望有个人来救自己，让她摆脱那些绝望、压抑和痛苦。现在他来了，虽然她根本毫发无损，救人的这个却跪在地上，高山一样的身躯几欲倾塌。"你为什么要过来！"罗宜宁哭喊着。

好像有什么终于被打破了，罗宜宁紧紧抱住了他。

罗宜宁抬起头，看到那些箭簇已经逼近了。而那个熟悉的人影，他披了件大氅，背着光站在不远处的墙上。他身边的人手上的箭，在夜色中泛出寒光。

他果然来了！果然想杀陆嘉学！

罗宜宁的声音因为哭喊而变了调，她看到他背后的箭伤，刚才碰到那里满手都是血："你疼不疼？"罗宜宁嘴唇发抖地说，"疼不疼？"

陆嘉学十指扣住了她的手，他觉得有些无力，靠着她单薄的肩膀，像两个人当年还在一起一般，而她也不再抗拒，他轻声说："疼啊，罗宜宁。"

她一边擦着眼泪一边说："没事，一会儿就不疼了。"她颤抖地从怀里拿出了他的佛珠，一圈圈地缠在陆嘉学的手腕上。

罗慎远静静看着，知道她没事之后，他也不再急躁了。

现在他只剩下一个目的——杀了陆嘉学！

那两人抱在一起，有一段事他永远都进不去。

罗慎远漠然地举起了手，轻声道："放箭。"他身边是个箭术精良的弩手，闻言立刻举起箭簇对准了陆嘉学的后背。

诚如道衍所说，的确只能杀了陆嘉学，绝不能放虎归山！

罗宜宁浑身一颤，她似乎感觉到了危险，抬头对着罗慎远的方向说："不要这样了，停手吧！"

罗慎远看着她哭花的脸。

陆嘉学已经闭上了眼，罗宜宁感觉到他的手冰冷得可怕。因为他已经失力了，所以重甲所有的力量都压在她身上。她绝望沉重得眼泪直流，哭喊："三哥，不要继续了！放过他吧，他现在什么都做不了了，放过他吧！"

"你现在已经赢了，放过他吧！"罗宜宁在发抖，这话一句句从她嘴中说出。她自个儿都身不由己，眼泪不停地流。

那个人明明听着她的乞求，却一脸漠然。那个人分明那么爱她，现在手边却全是箭簇。

不仅对着陆嘉学,还对着她。

夜里的风越来越冷,罗宜宁觉得怀里的身体也在变冷。她喃喃地说:"罗慎远……道衍算计我,你现在却将计就计。不如这样吧,你连我一起射死吧,我一命还他的一命。"她的眼泪滚到了陆嘉学的脖颈里。

她为什么又在哭?他都要死了,她还不高兴……

陆嘉学将她的手握紧了一些,她真是难伺候啊,不要哭了……每次看到她哭,心都像被细针扎过一样。

"你别哭了。"陆嘉学轻轻地说,勉强地笑,"快别哭了,死了也无所谓……我差不多已经活够了……"

罗宜宁想到了那个给她抱狗的陆嘉学,替她抄经书的陆嘉学,喜欢逗她的陆嘉学。这个人活在她的往昔里,这么鲜活。怎么能死!绝不能死!

"罗慎远!"她声音一低,"是我连累他,以前我连累他就罢了,现在我竟然还害死他。我必然是要护他一次的,你连我也杀了吧……"

罗慎远很久才回过神来,嘴巴里全是苦味。罗宜宁不知道,她每哭喊一句,他就握紧剑柄一分。

竟然连这种威胁的话都说出来了。她难道就不在乎他是怎么想的了吗?但是很久之后,他突然静默了,然后再次抬手:"撤吧……"

如果这个人真的死在这儿,那么他能在罗宜宁的心里留一辈子,成为深深的烙印,他再也无法拔除。

罗慎远向两人走过去,每一步的步履都很平缓,然后他握住了罗宜宁的手腕,一把把她拉开。他终于看到陆嘉学一败涂地、溃不成军的样子。

罗慎远的语气凉凉的:"我放你一命,但这一切都结束了,陆嘉学。"

陆嘉学似乎没有听到,仰头看着天际泛起的一丝淡淡的金光。

太阳快要出来了吧,他握紧了手里的珠串。原来那日她还是把珠串找回来了……真好。陆嘉学闭上了眼。

他不惜命,但这是罗宜宁求来的。他不能不惜啊。

## 第四十七章 终成首辅

破晓的金光洒向大地，照进紫禁城的每个角落，混乱的、血腥的、疲惫的、痛苦的那些事，最后都在曚昽的金光中被柔和了，好像漫溢着岁月的从容，让古老而沉重的宫檐焕发淡淡柔光。

满地的兵械、人尸，凝固的血，铳炮炸毁的地面。好像这里的黎明还没有来，从外面吹来的风是干燥又阴冷的。

士兵正在清理地面。一切都结束了，道衍抓住了周应友，而罗慎远把陆嘉学关入了大牢中。

那个能抗千军万马的男人，到最后还在笑，蔑视罗慎远的胜利，甚至蔑视自己的生命。

"阁老。"随从将虎符、金牌、大都督印递给他，"东西拿来了。"

罗慎远"嗯"了一声，接过来握在手里，进了太和殿向皇帝禀报结果，还有从党、余孽如何处置，如何抓捕等事，都需要他来处理。

罗慎远身后跟着锦衣卫众，一步步地走上了太和殿。冷风吹动着他的衣袍，他一步步地向高处走去，而高处遍地金光。

他在半路停了下来，回首望着来路。好像还是没有人陪他，在这条孤独往上的路上。他将受万人景仰，他将权势滔天。

只是，必然孤独。

滞留宫中的命妇被依次送了回去。

一夜而已，宫中变天，罗宜宁回去的时候，看到从皇宫中涌出了穿黑甲的军队，奔赴皇城各处。而程家也被团团围住，年逾古稀的程老太爷穿上官服，被押入朝中。

程琅非主谋，最后罗慎远也没有抓到他。程老太爷会受些苦，但是他劳苦功高，程家估计也不至于被连根拔除的地步。说不定程老太爷努力些，皇上还能饶程琅一命，毕竟程琅少年成才，皇上也倚重。

罗宜宁下了马车，看到谢蕴带着丫头守在门口。谢蕴看到她后，有些焦急地走了上来：

"你……你知道他如何了吗?"

"你问的是谁?"罗宜宁脑海还有些混沌,语气也淡淡的。谢蕴有些犹豫,声音不觉一低:"程琅。"

罗宜宁摇头说:"不知道,还没有被抓到,以他的聪明才智应该也无事……倒是程四太太你要小心些了。"

"我不知道他会突然这样。"谢蕴满脸茫然,有种劫后余生的惊惧,"姨母连我也瞒着……我真的不知道!"

"你不知道就好。"罗宜宁点头,她对谢蕴如何真的漠不关心,便要进府了。

谢蕴在她的背后静静地站了好久,想起他被自己揭穿的时候无所谓的冷笑,想起他站起身整理衣袖的从容不迫,她叹了口气,喃喃一般地说:"其实他从来没觉得活着有什么意思,到如今……他对死也是无所谓的。谁知道他在想什么呢?求而不得,大概是这世上最痛苦的一件事吧。"她这话像是说给自己听的,也不指望罗宜宁能懂什么,她回头看了罗宜宁一眼说,"打扰了,告辞。"

说完谢蕴整了整衣裙,叫丫头扶她回程家了。罗宜宁怔了一会儿,最终还是抬脚进去了。

破晓的时候,她怀里的陆嘉学要被拉走了,她跪在地上没有放手——陆嘉学那样的伤,在牢里根本就坚持不下去。

罗慎远一言不发,逼急了才捏着她的下巴,一字一顿地说:"我答应了放他一命,他就一定不会死,知道吗?"

清晨的薄雾中,罗宜宁还能遥望到潜伏前方的大军,一片肃穆,寒光凛冽的箭头甚至积了层霜。而面前的他,脸也如同结了层寒霜。

罗宜宁哭得闭上了眼睛,不再说什么,手中残余的陆嘉学的温度也渐渐没有了。

她一步步朝着嘉树堂走去,满身的血迹——陆嘉学的和别人的。一夜未眠,她耗尽心力地难受。她的脚步越发虚浮,边走边哭,到最后几乎是号啕大哭,一切伤痛都要哭尽了,珍珠吓得扶着她不敢说话。

"夫人,别哭了!没事了啊!"

罗宜宁蜷缩着跪到了地上,冰冷的石子路刺得双膝都痛。

她亏欠别人的,怕一辈子都还不清。因为心只有一个啊,她喜欢了罗慎远就不会再改变。这就亏欠了陆嘉学。但求罗慎远放过陆嘉学,也的确是为难他。对他这个人来说,政治原则应该是不容改变的,但是他还是答应了。

他的将计就计,对准她的箭头……其实他让箭手放箭的那一刻,他心里应该是漠然的吧。

有个人缓步走到她面前。

是刚从宫中回来的道衍,他的靴子上还有干涸的血痕。

他的声音淡淡的:"我听说……你以自己要挟罗慎远放过陆嘉学?"

罗宜宁没有说话,慢慢捏紧了手。

"你可以的,胆子很大。"道衍半蹲下来,嘴角带着严酷的笑容,"是不是看到锦衣卫劫持你的时候，动摇了心智，以为是我那师弟做的，所以才敢说这些话？算计你入宫被胁迫，我猜到你对陆嘉学来说很重要……却没想到他真的抛下一切去救你。陆嘉学也是一代枭雄了，竟然如此多情。"

罗宜宁浑身颤抖。

他什么都算准了，这也是故意的！故意引导她以为罗慎远也参与其中了！

她扬起手狠狠打了道衍一巴掌！用尽了力气，瞪大的眼睛涨得通红。

这个名满天下的战神，"啪"的一声被她打得偏过头，脸上出现淡淡的指痕。但是他片刻后就站起了身："让你发泄一下罢了，起来吧，大局已定。回去清洗一下好好去哄哄我那师弟吧，陆嘉学不会有事了，但他我就不知道了。"

道衍一步步地离开了，风吹起了他单薄的袈裟。

罗宜宁好久才不哭了，擦干眼泪让珍珠扶她起来，的确是要回去梳洗了。她的生活还是要继续啊。

一直到晚上他都没有回来，宝哥儿竟也乖乖地不哭闹，只是目不转睛地看着娘亲。可能真的是母子连心，黏着她不肯离开。罗宜宁喂他喝了水，还是让乳娘抱去了庭哥儿那里玩。

罗宜宁静静枯坐着想了很久。一会儿是陆嘉学冰冷的手指，一会儿是罗慎远漠然的脸色。她一直无法安定，想着不如去罗慎远的书房里拿几本书。她慢慢走到了书房前，发现里面已经点起灯了。

他……已经回来了吗？

罗宜宁停下了脚步，驻足不前，竟有些犹豫。随后发现书房里没有人，她才慢慢地走了进去。

罗宜宁边走边看，他曾在这个地方伏案写文，曾立在这扇窗前读书。

瓷缸里养的两只乌龟静静地爬着，真的让他养得很好，油光水亮的外壳，疲懒的神情，慢吞吞地吃着食。只有这样的衣食无忧才是最悠闲的，因为有地方遮挡风雨，有人天天喂着它们，它们被关怀、被保护着。

这是她小时候养过的乌龟。他从来没跟她说过这回事，只是走哪儿带到哪儿，他做事一贯是这样的。

罗宜宁慢慢地摸着乌龟壳的纹路，又注意到桌上有个信封。信封上的笔迹是他的，写的是"魏凌亲启"。

她把信封拿起来，发现封口还没有糊上。他跟父亲写了什么？

罗宜宁犹豫了片刻。但还是把信放下了，她在书房里转了会儿，最后还是拿起来，打开了信，是他的字迹。

岳父大人垂鉴：

久不晤见，甚念贤劳。边疆清苦，岳父康健否？朝中事多，岳父与我有隙，实为难解。婿孝心一片，亦未亏于妻宁，愿岳父诚知。

陆班师回朝，宫中诸事有变，婿忙于周旋，效忠于圣上。虽万事设计周全，实恐有误，兹事体大，不可不慎重。唯有一言以求岳父，妻宁孱弱，幼儿甚小，尚不能言语。婿唯恐其忧，挂心不下，将婿之妻儿托与岳父。

婿若败退，定不得生还，妻宁必伤心至极，岳父劝其一二，令其不必感怀。婿留钱财数万，尽予妻宁。

书短意长，不一一细说。所请之事，恳盼慨允。多劳费心，铭感不已。婿慎远敬上。

她读着读着，眼泪已大颗地打在信纸上。那句"婿若败退，定不得生还，妻宁必伤心至极"来回看了好几遍，哭得喘不过气来。

若他真的出了事呢？

是不是……是不是这个就是遗书了？

他没告诉过她这些，他的担忧、惊惧和害怕，只是宽慰她没有事，暗中写了信，对已经开始戒备他的岳父言辞恳切、态度低微地请求他的照顾。他怎么会不怕呢？那个对手是陆嘉学啊！

她靠着长几慢慢地滑下去，紧紧捂住了嘴。顿时才惊觉自己的眼泪已经打湿了信纸，她狼狈地擦拭着，但墨迹已经晕染开来。

她想着该怎么办，要如何掩饰。不如她来临摹一封算了，她知道自己的字迹和他像，却不知道他看不看得出来。

但是也没有别的办法了。

罗宜宁站起身来找笔墨，翻出砚台和信纸，沉了口气，将原来的信展开，开始描摹他的笔迹。

但是一边写着这封信，又一边哭起来。每一个字明明都很平常，写出来却重如千金。最后手抖得写不下去，她不得不停下来歇歇，然后继续写。

"妻宁孱弱，幼儿甚小，尚不能言语……"

刚写到这里，外面却传来了喧哗的声音，有仆从在说话："阁老，您回来了！"罗宜宁慌忙要把信纸藏起来，叠在衣袖里。那人没有片刻耽误，已经跨进门来了。"不用伺候，先退下吧。"他的声音带着夜色的冰冷和说不出的疲惫。

罗慎远进门就看到了她，红着眼站在原地看着他，他却仿佛没有看到，不予理会，径直地走向小几给自己倒茶。罗宜宁立刻过去端了茶壶，为他倒茶，然后发现茶壶已经不热了。她低声说："茶都冷了，叫他们送热的进来吧！"

"不必。"他从她手里拿过茶壶，自己倒了水。

果然是冷的，冰冷得从口流到喉，然后罗慎远才稍微清醒了一些。

他淡淡地说："你要是过来问陆嘉学的，他的命已经保住了。他震撼边疆二十余年，皇上留他有用，不会轻易杀他的，但应该永远不会在京城待下去了，你也别问我了。其余党羽死的死、流放的流放，不会放过。"

罗宜宁怎么不知道他的疏远，轻声说："我不是来问他的。"

"难道是问我的？"他嘴角露出一丝嘲讽的笑容。

罗宜宁拉住他的衣袖，声音有些哀求："看到锦衣卫，我以为是你，我不知道！道衍让我入宫，我只是想帮你……"

罗慎远挥开了她的手："罗宜宁，我现在不想听这些。"

罗宜宁沉默了，嘴唇微微颤抖，然后她缓缓地说："我不得不救他……罗慎远，我的心已经完全属于另一个人了，分不出空隙给他。即便那个人……"她的眼泪滚了下来，她不想哭，但就是忍不住，"即便那个人要利用我、要害我，但我都无法不喜欢那个人。我不能不愧疚！罗慎远，我回报不起他那样救我！"

罗宜宁说得太激动，后退撞到长案上，眼泪横流。

罗慎远似乎被她触动，紧紧地盯着她，半天说不出一句话来。然而他的目光下移，看到了那落在地上的信纸。

罗慎远立刻站起来向她走过来："那是什么？"

罗宜宁匆忙地捡起来，不让他看到。但罗慎远已经压住了她的身体，伸手就夺。

"你别看！"罗宜宁怎么能让他看到，但根本敌不过他的力气。罗慎远见她掩藏，更以为是什么不得了的东西，甚至不由自主地怀疑是不是罗宜宁跟别人通信。这样一想他就更是要拿到手了，嘴唇紧抿着，伸手就抢了过来。

但当他打开一看，立刻错愕了……

"你这是在……临摹我的信？"

罗宜宁恼羞成怒，被他压得动弹不得，只能说："都让你别看了！"

罗慎远放下信纸，一手压着她，一手把长案上的东西推开，果然看到了一封被哭湿晕墨的信，那才是他写的。

"我把信弄坏了，本想着我补上你就发现不了……"

罗宜宁解释道，却发现他突然笑了一声，然后捏住了她的手："罗宜宁，你不会真以为，我分不出你的字迹和我的吧？"

谁知道她看了他很久，却问："你不生气了？"

罗慎远叹了口气："我若是生你的气，那就没完没了了。"

更何况她刚才说的那些话也当真触动了他，只要知道她不是对陆嘉学动情了，罗慎远还有什么好生气的。更何况，她的确荒诞好玩，他气不下去了，要气笑了。

但罗宜宁还是看着他，非要他说出个所以然来。

"罢了罢了！我欠你的！"他的语气竟有些无奈，"我一天一夜没有合眼了，不生你的气了，我想睡觉。"

罗宜宁才高兴起来，紧紧地抱住了他，喃喃地说："我看到信的时候，哭了好久。你以后一定告诉我这些，好不好？"

他只是"嗯"了一声。

既然已经成功了，这信留着也没有用了。罗慎远拿过来揉作一团，想扔掉。

罗宜宁连忙阻止他，"不行，我还要的。"她又把信细细展平了，好好地放进信封里，然后塞进了怀里。

罗慎远看着她肿得跟核桃一样的眼睛，又熬了夜，真不好看。但是他越看越暖和，像冬夜里贴上来的烘热的被褥。

她才回头对他笑说："我服侍你睡觉吧。"心里只有这个人了，再也装不下别人了。

罗宜宁听到了自己的声音说，从她看到那封信开始，从罗慎远为了她，放弃杀陆嘉学开始。这一切，都由不得她来选了。

她也变成了那个脆弱之人，以后罗慎远若是想要伤害她，他能够伤害得很深。因为从现在开始，她真的对他毫无抵抗、毫无防备了。

她想着竟然想哭，有种热泪盈眶之感。

罗宜宁服侍他躺下，罗慎远因为疲惫很快就睡着了，但是罗宜宁靠着床沿，看了他好久。她低下头去亲他的脸。

这辈子啊……这个人最后还是打动了她，他真的赢了啊。她会害怕失去，害怕被放弃，害怕他被人抢走。

甚至有一天他不理会她，她也会跟上去的。罗宜宁靠在他身侧，静静地闭上眼。

罗慎远酣睡一晚，次日醒来，身边已无她。他伸手摸进被褥里，却是一片冰冷。他皱了皱眉，立刻穿衣起身，待出门后抬头看去，才发现她抱着宝哥儿已经在外面玩了，宝哥儿坐在娘亲的膝上，"咯咯"地笑。

他这才放松了，靠着门框看着那两母子。

她低头和宝哥儿说话，也不知道说什么，抬头却是灿烂的笑容："你终于醒了！要不要吃什么？"

"饺子。"罗慎远说，"羊肉馅的那个。"

"那我去给你做。"她把宝哥儿交给他，然后带着丫头去厨房了。

罗慎远抱着他儿子，宝哥儿在爹的怀里扭，然后一个小巴掌糊上他爹的脸。罗慎远捏着儿子软和的脸，居然对他笑了笑："你迟早会落在我手里的，知不知道？"

宝哥儿年幼懵懂，他并不知道未来漫长的读书路，会在父亲威严的管教下度过。

罗慎远吃了早膳后不久，就立刻要去处理剩下的事。他乘了马车，先去牢里看了陆嘉学。

陆嘉学正躺着喝茶，半死不活的，神情却很淡定。

自他救了罗宜宁之后，仿佛是解开了某个心结，竟然比原来更逍遥了，身陷牢狱也毫不在意。也许是终于完成了某件抱憾之事吧。

"罗阁老过来了啊！"陆嘉学嘲讽地笑了笑，用女人让他折服，他自然没什么尊敬的。

罗慎远站到他面前，他突然想起，这个牢曾经关过杨凌。他就在这里半跪着，握着杨凌的手听完了他的最后一席话。

然后他决定了，要让天地间正气永存。不管是以什么方式和手段。

"你心里想什么，我都知道。"罗慎远慢慢走到了陆嘉学身边，语气淡淡的。

这个曾经在他面前卑微的青年，现在举手投足气势十足，有凌云之志，有毫无顾忌的凌厉手段。

的确厉害。

陆嘉学笑了笑："阁老没拿宜宁撒气？"

罗慎远看了他一眼："你知不知道，你死是一件多容易的事？你既然珍惜她救回来的命，就别激怒我。"

陆嘉学沉默了，好像又变回当初的侯府庶子，一无所有。

罗慎远俯下身，看着他身上渗血的绷带，笑了笑说："放心，不会让你死的。不过你这辈子也别想回来了。我也只是来见你最后一次，半个月后会送你去边关监禁。"

"至于你和她过去的事，毕竟，那都是过去的事了。"罗慎远站起身，走出了牢房，最后轻轻地说，"陆大人，再见了。"

陆嘉学不再说话，看到罗慎远消失，才捏紧了手中的珠串。

耳边是她的声音，交织在牢房昏暗的光线中，如春光明媚："陆嘉学，你为什么娶我啊……陆嘉学，为什么笑我的字难看啊！昙花有什么好看的……陆嘉学，你抱回来的狗好丑啊！"最后那个声音是，"疼不疼？陆嘉学，疼不疼？"

他闭上眼睛，嘴角露出淡淡的笑容。疼啊，罗宜宁。

再疼，也没有了，连疼他都不会拥有了。

两个月的苦寒，京城中一片肃杀，死伤者众。而苦寒过后，终于是春天了。

二月春风似剪刀，院内的积雪早就融了，小池的水慢慢涨高了。早春的荷叶长了簇新的尖芽，以及淡红色的嫩芽。

坐在乳娘怀里的宝哥儿，伸长了手去捉垂下来的拂柳，抓了一把嫩芽，回头捧着给宜宁看："娘娘、娘娘。"

罗宜宁把他抱过来，摸了摸他的后背，没有出汗。她看着眼前的春色怔了怔。

宫变的结果终于下来了，周应友被斩首，皇后被废，三皇子被拘禁。大皇子成功地登上了太子位。皇上果然没有杀陆嘉学，而是连贬数级，让他远赴较为偏远的朔州卫任闲职。养伤一月，就立刻送去了朔州卫。说是闲职，实则罗慎远亲自派人监视。也许有一天外族入侵，他还是会变成那个权倾天下的陆都督，如果没有，皇上会一直压着他，而且永远不会晋升。

异族不灭，陆嘉学一日不会死。

罗宜宁突然醒悟了这个道理。因为在这上面，真的没有人比得过他。她想到陆嘉学只能沉默，亏欠他的还不清，这也算是最后帮他了。

程琅为了不连累家族，自动投了首。皇帝为泄恨，打杀了一大帮人，现在消了气倒也和顺。程琅被贬为庶人，他反而不在意这个，跟着程大老爷去杭州行商了，还来看了罗宜宁和宝哥儿，给宝哥儿留了礼物，不过全被宝哥儿他爹扔进了库房里，永不得开启。

他离开北直隶的时候，还从外面抱了一个三岁大的孩子回来，是当年莲抚所生的。

谢蕴自看到那个孩子之后，就再也没有在外面提起过孩子这回事，内心的诸多滋味，只有自己才知道。

自宫变一事后，罗慎远现在在朝中举足轻重。只不过他与汪远算是对立了，跟汪远斗，还不知道什么时候才是个尽头。

林海如坐在罗宜宁身后，拉着罗宜宁的手。罗宜宁这才回过神来，就听到问她："你什么时候告诉他？"

"等他回来再说吧。"罗宜宁把乱蹦的宝哥儿交给了乳母，她根本不急，"才两个月呢。"

林海如看着她那小腹，幽幽地叹了口气："你这肚皮里要是再蹦出一个小子来，罗三可就头痛了——"抢床的人多一个，毛头小子多一个，可没有闺女贴心啊。

宝哥儿最近学说话了，很兴奋地拍手说："爹爹！头痛！"

林海如被他逗得直乐，点他的额头："哎哟，你还高兴呢！"

外面阁老回来了，刚处理完周应友的党羽余孽，他累着呢。回来后宜宁给他上茶，跟他聊了一大堆，罗慎远有一句没一句地跟她说话，可能在思考。宜宁最后才说："哦，对了，有个事要告诉你……"

罗慎远抬头："嗯？"终于回神了吧！

罗宜宁说："你儿子可能要有弟弟或妹妹了。"其实才两个月，要不是最近宝哥儿食欲不振，给他请大夫瞧，顺便让大夫瞧瞧自己，她都不知道。但是跟他分享消息的时候，嘴角还是不停地往上翘。

罗慎远顿了片刻，好久才说："哦，那让婆子给你做些好吃的，膳食要跟上。"

罗宜宁看着他："然后呢？"

"然后？好好养胎不要走动啊。"罗慎远继续说，然后放下书，准备进房中更衣。结果过门槛的时候，他被门槛给绊了一下。

听到她在后面轻快的笑声，罗慎远一开始也恼，后面竟跟着笑了起来。

罗慎远换了衣服出来，她带着宝哥儿在喝水，跟他说："父亲写信过来，说以后让宝哥儿去卫所习武……"

"你见过哪个阁老的儿子是将军的？"罗慎远换了身常服，在她身边坐下来，"简直是胡闹。"

罗宜宁却靠上了他的腿，然后闭上了眼睛。罗慎远还有事要做，她却说："唉，你让我靠一会儿吧！昨晚被这小子折腾一宿，好累啊。"

他自然没有说什么，放松了身体让她靠着自己。

再一会儿去看，母子二……也许是三人，都睡着了，依靠着他，静静的。

罗慎远才露出淡淡的笑容，看着一大一小的脸，什么疲惫都没有了，这样静静的，多好。

罗家门外。

有人自千里而回，人家用马拉车，他却用的是驴。他从驴车上跳了下来。

虽然皮肤已经晒得乌漆墨黑了，但他还是坚持打开了折扇，遮挡虚无的太阳。看着罗家高高的门槛，感叹道："唉，当了阁老就是不一样！"

罗慎远一月前就让他回京述职了，正好高升，他却现在才赶回来，路上他的驴闹脾气啊！

林茂的随从几步上前叩响房门，不等小厮说话，林茂就笑了一声："开门，青天大老爷来拜访了！"

罗宜宁竟然浑身一颤，然后从梦中醒过来了。

以后日子，更有的热闹了。

【第三卷·完】

## 首辅养儿攻略　番外一

罗瀚，虚岁十三。当今内阁首辅罗慎远的嫡长子。

身为嫡长子，家中规矩森严，对他的要求也格外严格。自三岁起便不能跟母亲同住，由乳母带着另居旁院。自六岁起搬出前院，与内院隔开。

罗瀚记得自己很小的时候，还跟母亲很亲近的，喜欢黏着她、搂着她。她身上又软和。后来从前院搬离之后，父亲请了西席教他读书，他每日天不亮就起，到了中午再去内院给母亲、祖母请一次安，一直到晚上才能歇息，跟母亲之间的关系就淡了。

自小伺候他的乳母叫秋娘，大字不识。看见他每日早起不准时，竟然去集市上买了只雄鸡回来养在院子里。父亲有一次进他的院子里，看到一只趾高气扬的公鸡盯着他，嘴角微抽：“是谁在大少爷院子里养鸡？”

秋娘很蒙：“老爷，我养来叫少爷起早的……”

罗瀚分明看到爹有点无奈：“家里有漏刻计时。”

秋娘"啊"了一声：“不能养鸡吗？”

"不能。"父亲说。

秋娘只能把鸡挪去后罩房养，雄鸡还是喜欢溜溜达达走到前院来，父亲看到了竟然没再说过什么。罗瀚也喜欢这只雄鸡，因为他儿时也没有别的玩伴，他得有嫡长子的威严。

有时候他会摸去后院，把鸡抱在怀里，摸它的毛，嘴里念着："鸡哦，大公鸡。"

雄鸡养熟了倒也不啄他，反而懒懒地把头缩下来，羽毛缩成一团球。

罗瀚的鸡在他八岁那年死了，那天父亲要听他背《诗经》。他在父亲的书房里，边背边哭。父亲便问他怎么了。

罗瀚觉得男子汉大丈夫，为一只鸡哭太丢脸了，抽抽噎噎地说不出为什么，只是摇头。反而让父亲眉头更皱："你做出这犹豫的姿态做什么？有什么事就说出来。"

罗瀚想忍住不哭，反而越哭越厉害。

父亲就侧身对随从说："给他端一碟梅子糖来。"

罗瀚小时候背书是宜宁教的，背一首给一颗梅子糖。后来罗慎远见到了，没收了所有的梅子糖，以后但凡他哭，都拿这个来哄。

随后父亲挥手说："带他去他母亲那里。"

罗瀚被管事领到母亲那里，弟弟去外公家玩了，母亲在给父亲做靴子。看到他哭，她忙把他搂过去，柔声哄他："宝哥儿，怎么哭啦？"

罗瀚很少再听到别人叫他宝哥儿，自从他去了外院住之后，父亲便很少让他再见母亲了。他抱住母亲的腰，大哭着说："母亲，宝哥儿读书好累。"

"那今天就不读书了。"罗宜宁看到孩子哭，心被揉成一团。

她带他做吃的，带他玩。等孩子折腾够了，终于不再难受了，但是赖在母亲身边倦意起了，罗宜宁便让他睡在自己身边。罗瀚睡着还抓着自己母亲的衣角，眷恋地靠着她。

只要睡在母亲身边，就忘了一切苦痛，好像外界的一切都有人给你阻挡着，是最温暖的地方。

罗慎远下朝回来，看到儿子占了自己位置。

罗宜宁上前去给他脱革带，看看如今的首辅大人，跟他说："你今日倒回来得早。"

大皇子即位之后，罗慎远独掌大权，但也每日忙得不可开交。

"那小子怎的还在这儿睡下了。"罗慎远眉头微皱。

"我还想和你说此事。"罗宜宁让他坐下来，给他倒茶，"宝哥儿才八岁，你对他未必太严格了。你像他这么大的时候，也没有人对你这么严格啊。可以放松些，孩子的天性总要有的。"

"他和我不一样。"罗慎远边喝茶边摇头，"他是我的嫡长子，所有人都看着他。我若不压得他重些，以后迟早会废。"

毕竟罗慎远只有一个。

罗宜宁见他额头那几道纹比前些年更深了些，是愁得更多了，想拿手去给他抹平，罗慎远却捉住她的手，轻声道："怎么了？"

若不是有重生，她如何遇得上他，成为那个陪伴在他身边的人。这些年见他越来越厉害，权势越来越大，心中的思量就越来越重了。

罗宜宁笑道："你平日总是想得多，思考得太多，累人。"

他沉默片刻，竟然笑着说："宜宁，一件事从我的心中浮现，它的任何方面就已经思量周全了。即便我不想去想，但也控制不住。"

罗宜宁看着他，说："你躺下来。"

罗慎远不知道她要做什么，依言躺下，又听到她说："闭上眼睛。"

然后一双冰凉的手放在他的太阳穴两侧，她轻轻地给他揉按："我跟着徐婆子学的，可以舒缓经络。你近日时常头痛，放松一些。人常说，情深不寿，慧极必伤。你这么聪明怎么行啊……"她说话的时候声音略降低了些，温凉的气息拂在耳边，"要别这么聪明才好。"

情深不寿，慧极必伤，他都占全了啊。

想到这里罗宜宁没有再说话，静静地看着这个躺在她大腿上的男人。父亲上次在边疆发盐引的时候闹出大麻烦，若不是他护着，处理运作，怕英国公府会因此而有一场大浩劫。生实哥儿的时候，他若是不在身边，怕她早被稳婆给耽搁了。

还有朝堂，还有无数的国事、黎民百姓。还有她，还有孩子，还有罗家。

如此沉重，她扪心自问，如果是她在他的位置上会怎么样。在那个位置没有人帮得了他，每一步都有可能行差踏错，故才谨慎思索，万事周全。

她能做的也只是在他回家的时候，有个放松的地方，能毫无防备地睡觉。如今，他不就是毫无防备，放松地躺在她怀里吗？

这一世的他明显比前世更在乎百姓，也许是徐渭和杨凌对他的影响，他在新政中琢磨、思考，不是没有踏错的时候，毕竟前路是未知的。

她有的时候看着他在书房写字的背影，竟有种敬仰之感。

见他已经熟睡了，罗宜宁低头在他微皱的眉头上亲了一下。两父子此刻都躺在她的屋子里，她干脆拿了本书来看。

一会儿罗瀚醒了，揉着眼睛从床上下来，看到父亲正睡在母亲膝上，他有点不高兴。

父亲天天霸占母亲，好不容易他能被送回来一日，竟也是父亲睡在母亲怀里，他一个人孤零零睡在床上。但罗瀚又不敢哭闹，小时候他因此哭闹，父亲会罚他抄书射箭，再怎么哭也没用，非把罗瀚这个黏人的坏毛病给改过来。八岁的罗瀚只是很克制地站在罗宜宁身边，拉了拉她的衣袖，小声说："母亲，我要吃糕。"又加了句，"你做的糕。"

罗瀚小朋友把所有面粉、米粉类食物都称为糕。

而八岁的罗瀚小朋友已经掌握了一门名叫声东击西的重要技能，这在他日后的生活学习中将发挥很大的作用。

罗宜宁今天对他无条件顺从，儿子要吃糕，那就做！她摸了摸孩子的头，小心地挪开罗慎远，起身去厨房发面。

罗宜宁离开之后，罗慎远睁开了眼睛。罗瀚轻声说："父亲，你装睡……"

享受妻子的柔情，怎么能不装一把，罗慎远没觉得有什么，笑着也摸了摸儿子的头，"来，瀚哥儿跟我过来。父亲今天教你读《孙子兵法》。"然后他加了一句，"背不完不许吃糕。"

等罗宜宁在厨房忙得热火朝天，终于把蒸好的枣糕端上桌的时候，罗瀚小朋友坐在书案前，一板一眼地背三十六计。

"再不吃东西就凉了……"罗宜宁想儿子先吃东西，毕竟她辛苦大半天蒸出来的，不过味道一般般，远不如厨娘做的，不知道罗瀚究竟为什么喜欢吃。

"凉了又如何，他还吃不得凉的了？"罗慎远语气平淡，拉起宜宁的手，"走吧，我陪你去给母亲请安。"他不由分说，牵着宜宁出门了。

罗瀚小朋友背到烛台上的整根蜡烛烧完，才把整本书背下来。

枣糕，自然是已经凉透了。母亲，也没有了。只有一室摆动的烛火影子。

罗瀚小朋友心里不由自主地浮现一个词——小心眼。他就没见过心眼比自己爹还小的人，报复心太重了。

罗瀚小朋友擦了擦眼角,啃着冰凉的枣糕继续背书。

八岁的罗瀚小朋友明白了一个道理——不要跟爹抢任何东西,抢不过。

四年过去,罗瀚身高疯长,已经越过了罗宜宁,成了一名少年,而他与宜宁之间的关系,则没有小时候那么亲近了。

他刚从国子监读书回来,风尘仆仆。

他那刚长牙的妹妹靠在母亲怀里,邪门儿了,男娃长得像罗慎远就罢了,女娃也像她爹,裹着件粉色的绸袄,抱着脚啃,牙牙地傻乐。

母亲许久没见到他,想站起来抱抱他,但手头有妹妹不方便,她只能笑了笑,有些激动地说:"你可算是回来了!你父亲在书房等你过去。"

孩子对她比原来疏远些,她是知道的。

罗瀚有礼地颔首:"等我去回了父亲,再来向您请安。"

他一步步地走远了,想到母亲怀里的那个小粉团子,心在滴血。

他抢不过老爹,也抢不过不懂事的妹妹。倒是二弟更喜欢舞刀弄枪,跟着外公去任上了,家里二弟和外公最亲近。罗瀚倒也喜欢魏庭舅舅,却没空去看他。

他是嫡长子,得承担罗家的责任、罗家的未来,这是父亲给他的期许。所以别的事就以后再说吧。

他又不是个孩子了,自然不能像小时候那般黏着母亲。罗瀚低叹了一声。反正父亲对此是很满意的。

## 程琅与她 番外二

严寒冬日，程三太太的屋子里烧了地龙。

小小的程琅是被婆子牵到三太太房间外的，他还没有走近，就看到身形单薄的母亲跪在门前。母亲长得很漂亮，轻盈盈的眼神，嘴唇又薄又软，像花瓣一样。这样的好看就像人家说的那般，灵气十足。只是她低垂着头，一语不发。

程琅拽紧了婆子的手，叫婆子轻轻拍了一下手背："琅哥儿，快去抱着娘哭。你父亲在里头，不一会儿就听到了。"

程琅眨了眨眼睛，清嫩的小脸如母亲一般好看。他细声问："嬷嬷，姨娘为什么被罚跪啊？"

"娘子再怎么也是宁远侯府出来的庶女。"婆子幽幽叹了口气，宁远侯府的庶女可多了去了，谁能管得到这里来，虽府中还有个兄弟扶持她，但那兄弟也是个没什么用的，人家程家半点没放眼里。这话说着她自己都心虚。

"你姨娘是良家聘来的，再怎么也是贵妾，不似那等可以随意打骂发卖的贱妾，若不是犯了七出之罪，何必被罚跪。"婆子低声说，"你只管上前去哭，把你父亲的心哭软了，娘子也就被饶恕了……"说罢婆子又嘟囔了起来，大致是谁又不喜欢美人呢。

六岁大的小程琅怯怯地慢慢上前，不知道该怎么才能把父亲的心哭软，站了会儿又哭不出来，茫然地看着前面。那婆子走上前来，直叹没用，伸手就在他的小手臂上用力一拧。

严冬下，棉袄包着小孩的细皮嫩肉，一拧就生疼，小程琅终于"哇"的一声哭出来了。

婆子总算是松了口气，不是她心狠，若真的是没有娘，这孩子在程家还不被生吞活剥？虽然这个娘对他……爱理不理，但总还是有的好。

孩子的哭声总算是吸引了屋中之人的注意，陆姨娘却是眼睛都不抬，执着地看着门内。婆子看着那道孤独倔强的身影，心中不是滋味——傻、蠢！

娘子一个侯府庶女，虽受不得宠，但嫁个殷实人家做平妻总是好的。偏生就是喜欢个有妻室的，偏生又孤独倔强，早年程三老爷还疼爱她，这两年美人看腻味了也就那么回事。她要是有个这样的出身，过得不知道比她好了多少去。不是傻还是什么！

谁知这哭了几声，门内先出来的不是程三老爷，而是个小胖子，比小程琅大一岁，却比他高了一个头，穿着厚厚的裹毛边的茧绸袄，黑绸裤子，戴着虎皮的六合帽。与程琅的单薄比，他裹得跟球一样。

那小胖子面露凶狠，冰天雪地里，他呼出的全是白气。他上前对着小程琅就踹了一脚，嘴里嚷着："我让你哭！让你哭！吵死人了！"

靴子底沾着雪，小程琅两下就被踢倒了，沾着雪的靴底冷冰冰地压在他的脸上。他哭得更大声了，雪地又冷，他不住地挣扎着。

婆子先没有管，看到屋内又走出一串人影，才忙上前去拉："我的二少爷！四少爷身子骨刚好，可打不得啊！"

快步走在前面的男子一看此景，脸色黑成一片："程珅，你给我住手，谁教你的规矩，还敢打弟弟了！"

有个美妇人跟在身后，看男子要去打自己儿子了，心疼得直喊："老爷，珅哥儿不过是孩子不懂事，跟弟弟闹着玩。珅哥儿，快把弟弟扶起来，跟爹爹认错！"

在小程琅的眼里，这一切都很混乱，好多人在说话。父亲动了怒把小胖子二哥拉了过去，却由于程三夫人阻拦，再加上闻讯赶来的程老夫人护孙，拳头捏了半天也没下得去手。他的姨娘自然不必再罚跪，而他呢？

他只记得踩在他脸上的，冷冰冰带雪的靴子。

等回了自己的小院子，陆姨娘坐在桌边喝茶，她正在训斥婆子："谁让你带他过去的？丢人现眼。"

婆子说："姨娘，若不是这般，您这身子都要跪废……"

"我就是跪废了，也不向那贱妇低头。"陆姨娘冷冷地说，"那贱妇在崧郎面前诋毁我，量我是个妾不如她……"

婆子心里暗道，你本就是个不如她的妾。

但这话给她一百个胆子她也不敢说，她要靠陆姨娘混饭吃，无论如何，这位姨娘是侯府庶女，还生了个男孩，只要她自己不去犯拧，谁会来为难她？总比那些整天唯唯诺诺、生怕祸从天降的贱妾好多了。

她耐心地绕着弯子劝陆姨娘，两个人私语起来。那个大病初愈、被打了一顿、饥肠辘辘到现在还没有吃饭的孩子，却没有人管。

程琅觉得听到的声音渐渐模糊起来，婆子、姨娘都变成了虚影。后来他又累又饿，就这么蜷缩在烧得太热的炕头上，昏睡过去。

他混乱地听到那些人说话："崧郎，若不是二少爷那一顿拳打脚踢，我琅哥儿怎么会高烧不退……二少爷什么事都没有，我琅哥儿就这般烧傻了可怎么办？我就这么一个孩儿……"这哭泣的声音竟然是他姨娘的。

程琅茫然地睁开眼，看到有个小丫头跪在他床前，正在喂他喝药。

随后父亲拍板定了主意，那小子被罚了一顿鞭子，而陆姨娘呢，得到了一次回娘家的机会。

　　妾室是没有娘家的，但谁让陆姨娘是从侯府出来的呢？谁让陆姨娘受了委屈呢？回娘家呢，就是向程三太太示威，陆姨娘很欢喜。

　　再次大病初愈的小程琅，就被抱上了马车，跟着姨娘一起去了宁远侯府。他知道自己在宁远侯府有个舅舅，舅舅刚娶了妻——这都是婆子告诉他的，他不知道宁远侯府是怎么样的，会有人打他吗？他会生病吗？

　　生病了好难受啊！

　　婆子抱他下了马车，领他穿过了一片小竹林，又穿过一片蜡梅石径，被领进了门。侯府自然比他们小院宽敞明亮得多，他看到她站在门口等他们。

　　她穿了件粉底白兰的长褙子，墨蓝色的挑线裙子，腰间挂了三四个香囊，笑眯眯的。她笑起来的时候左颊有个梨窝，只有一边有。

　　不笑还显得端庄，笑起来只有一边的梨窝，显得年龄很小。"这就是阿琅吧。"她伸手来抱他。

　　程琅躲闪不及，被她抱了满怀。她应该在屋内烤了好久的火，身上有炭火的味道。像被一个大暖炉给抱住了——长手的大暖炉。

　　程琅眨着大眼睛看她，发现她也看着自己，并发出了惊叹："好漂亮的孩子啊！"

　　从来没有人夸过他漂亮，程三太太看他就透着三分的冷，而姨娘呢，一心扑到父亲身上去了，别的下人更不敢夸一个少爷漂亮了。

　　她喜欢漂亮的孩子，小程琅长得跟瓷娃娃一样，还有些病态的白，真好看。她真想养着，把他打扮得漂漂亮亮的，吃穿都好好的，养得胖嘟嘟的。

　　那是程琅第一次看到罗宜宁。罗宜宁。

　　日后想到，名字百转千回，沉于心底，一辈子无法从这个人这里解脱。

　　陆姨娘要去找兄弟说话，把小程琅留在她这里。宜宁看这孩子瘦瘦的、怯生生的，穿得也不好，心疼极了。这样的孩子若是她养着，不知道能养得多好！

　　她拿吃食来逗他吃，把孩子的玩意儿给他玩，小程琅都不说话。于是她把他抱在怀里，给他读书上的故事。

　　呀！被大暖炉抱在怀里，大暖炉香香的。

　　小程琅浑身紧绷。听着她念书，抬头看她。咦，不笑就没有梨窝了。

　　他不由自主地拿小手去戳，然后反应过来又很怕，缩成一团。在家里，他若是动了姨娘的脸，姨娘是会不高兴的。

　　她却一把捉住了他的小手："你竟然戳我的脸啊，要挨打的哦！"

　　说罢她轻轻打了他的屁股一下，不疼啊。

　　小程琅想着，大暖炉打人不疼，痒痒的。她还不生气，捏着他的小手去指书上的画。

　　侯府真好，这里的下人也不会拧他，她们都笑眯眯地、慈祥怜爱地看着他。他若是自己爬上小几吃东西，她们就会集体过来围观，发出阵阵惊叹。

"哎呀，真可爱！"

"拿东西还拿不稳啊！"

"他不喜欢吃皮，把皮咬掉了呢。快把那碟栗子拿来给他吃，看他怎么咬开栗子吧！"

好像看着什么可爱的小动物吃东西，若是他的屁股滑下去了，她们就会立刻围过来抱他上去："表少爷可别摔着了！"

小程琅不知道，这是高颜值小孩的优待。他在程家并没有享受过。

若是等她进来了，下人们就恭敬地垂手站到一边，罗宜宁抱起他，忍不住亲了亲他的包子脸："阿琅，她们有没有欺负你啊？"

围观别人吃东西，并且笑算是欺负吗？

小程琅摇头，抱住她的脖颈细细地喊："舅母，我吃饱了。"

啊！他真可爱啊，说话都这么可爱。宜宁心都要化了，他怎么能这么可爱！这时候，一个高大的男人走进来了。他笑着说："你怎么这么宠这小孩？"宜宁理所当然地说："你看他多漂亮啊。"

小程琅知道这个是舅舅，他和舅舅还不亲近。只见舅舅大笑说："罗宜宁，我服了你了！"他走过来把手搭在她的肩上，"我要是不好看，你是不是还不要我了？"

"你不知道，我给孩子换衣裳，看到他身上有许多瘀青。"罗宜宁侧头和陆嘉学低语，"一个少爷，身上怎么会有瘀青？在程家不知道过的什么日子，姐姐也不管他……"

"姐姐本就不喜欢小孩，要不是为了巩固地位，也不会生他。"陆嘉学逗弄小程琅说话，"小东西，你在这儿你舅母都不喜欢我了。快叫舅舅！"

小程琅觉得这个人话好多哦。

"你带他'骑马马'。"罗宜宁把孩子给他，"这孩子都不爱笑的。"

把他驮在颈上到处走，就是骑马马了。陆嘉学不想干，被宜宁看一眼，只得狠狠地叹气，把这小子从宜宁怀里接过来带他骑马马。

他好高！他坐得也好高。小程琅有点怕，但这个男人驮得很稳。他回头看她，她在原地对他笑眯眯地招手。

舅舅于是也笑："我一会儿就回来！"

小程琅疑惑了，她是对他挥手呢，还是对舅舅挥手呢？

但是这里的每个人都这么好，舅舅虽然话有点多，但对他也从来都是笑眯眯的。小程琅不想回去，等陆家的婆子们来找他，要把他带回去的时候。他藏到了衣橱里去。

陆家的丫头们找到他的时候，他头上顶了一件毛茸茸的斗篷，像个动物拱来拱去的。宜宁把他抱出来，他哭得震天响，紧紧地抱着宜宁："不回去……不回去……"

婆子掐他，哥哥打他，姨娘不喜欢他，他不喜欢程家。

小程琅从来没有这么激烈地表达过自己的情绪，从来没有哭得这么撕心裂肺过。他知道自己被抱回去之后，很可能再也来不了了。

敏感而脆弱。

他趴在大暖炉身上，抽噎地说："喜欢舅母，不要回去！"大暖炉把他紧紧地抱在怀里，然后去找陆嘉学商量。

陆嘉学沉默了很久，程琅毕竟是程家的孩子，姐姐又只是个姨娘，不太合规矩。但看到宜宁不舍的样子，还有小外甥怯生生、噙满泪水的眼睛，还是叹了口气："好，你别担心，我去程家说。"

小程琅留下来了，说好了在陆家过完年再回去。

但是过了年他也没有回去。陆嘉学去打仗了，而春天来了，院子里出现了几只野鸭子，领出一串毛茸茸的小鸭子。宜宁给他做春天穿的衣裳，比了比，竟然长高了半寸呢。他看着那些毛茸茸的野鸭子，靠在宜宁身边，又看她给自己记尺寸。

"我喜欢舅母。"他说。

"阿琅要长大啦！"她笑着摸他的头，"以后等你长大了，就不喜欢舅母了，我就老了。"

他执着认真地说："我会一直喜欢的。"小孩子的话，怎么能当真呢？

宜宁让人去捉一只野鸭子来给他玩，毛茸茸的野鸭子被他捧在手里，扑着翅膀想逃，"呱呱"地叫，小程琅喂了点食又放回去。

他看到它焦急地投入了母亲的羽翼之下，颇为感慨地想，如果有一天离开了舅母，被人捉走了，他肯定比这只小鸭子还要难受一千倍、一万倍，因为所有美好的东西都是她带来的。

后来那日府中宴席，陆嘉然得胜归来。一同归来的还有舅舅。

陆嘉然享受了所有的荣耀，而舅舅呢，冷冷地站在人群的角落里，阴鸷地看着兄长的方向。

但他朝她走过来的时候，脸上溢满了笑容。

"我回来了。"他把她整个紧紧地抱在怀里，低沉地说，"你看，我还是活着回来了。"满园宾朋，恭贺声、喧哗声、杯酒声。

但好像世界上也只有这两个人。

小小的他牵着她的裙子，突然有种说不出来的感觉。

后来他得了权势，没有人敢再忽视他了，她却早就不在身边了。他的大暖炉没有了，那只小鸭子最终失去了母亲，仓皇、绝望到麻木，多冷啊！

他在亲手弄死自己二哥、弄死程三太太之后，母亲顺势被扶正，因为那个时候已经没有人再敢得罪陆嘉学了。

母亲得到了正室之位，得到了她最想要的东西，开始试图挽回两母子的关系。

程琅坐在夜色中喝茶，放下茶杯笑了："母亲，实在是不必了。你不喜欢，我想……我也不需要了。"

他不再需要眷恋和爱，一个成年的孩子，他内心充满了不可告人的欲望、悖伦和自我毁灭。

但是这些不会再有人知道了。

他走出程家,远远地离开了母亲住处的灯火辉煌。

他在旷野的院子里抬头看天空,满天繁星闪烁着。很多这样的时候,让他意识到在这个世界上,是何等孤独。

何等孤独。

## 此生如梦　番外三

一场绵雨过后，山里起了大雾。

雾气朦胧地将山顶笼罩，起伏绵延的青山看不到尽头，山下是几百亩的药田，此地盛产柴胡，是道地药材，因此一到季节，就会有很多药材商前来采购。

当地的陈姓一家是方圆百里最著名的药商，他们将保定所产的柴胡经过晒制，送往京城售卖，就赚得好一笔银子，又因当家老爷是举子出身，结交了一些官老爷，成了富豪乡绅。

那陈老爷之母陈太奶奶，听说幼时曾遇到过菩萨点化，救过她的性命，所以陈太奶奶自来就一心向佛，慈悲为怀，时常叫儿子接济穷人，救助乡里。

一来二去，他家的好名声是越传越远。

如今雨雾绵绵，要是平常倒也罢了，只是刚收上来一批柴胡，如果不能及时晒干，怕是要坏在库房里。

损失一批柴胡倒不是银钱的问题，京城的几大药房都已经下了单子，若是拿不出货来，是要影响声誉的。因此太奶奶愁得睡不着，一大早见雨仍然绵绵，眉头紧皱。太奶奶自幼长在北方，哪里见过这样长的雨天，人都要捂得发霉了。

"将我扶去小佛堂，给菩萨上上香吧。"老太太告诉贴身丫头。丫头喜翠只得安慰她："外头雨天路滑，走动不便，您若是滑跤了，奴婢怎么担得起。"

这个年纪的老人，最怕的就是摔着。

但老太太执意要去，区区一个丫头怎么拦得住，幸好门外头有声音响起："奶奶，外头您可去不得。要是您实在放心不下，孙儿去为您上香就是了！"门帘儿已经被丫头挑开，只见进来一个五官端正，穿了身团花纹直裰的青年。这个是老太太的嫡孙陈让。

"你不是说和你表兄去山里的寺庙玩了，怎么这么快回来了？"老太太问，"那山里不是下着雨吗，你可是冒雨赶山路回来的？"

青年有些沮丧："我和表兄说是上山，到了半路才听说，原来山都封了几个月了，在找什么东西，无论是马车还是人，都不让过呢。我们就连夜赶回来了。"

他们一家人，只有老太太图清静，住在保定的药庄里，别的都在京城经营生意。老太太这嫡出的孙儿，只有这会儿能回来住两个月，别的时候要回京城去读书，所以每当他在的时候，老太太都格外宠溺他。

陈让却是在老太太的屋里左看右看，过了会儿才压低了声音道："奶奶，我怎么没见着那位宜宁姑娘呢？平时不都在这儿陪您说话吗？"

老太太含笑道："她是有身子的人，这会子不舒服，我叫她好生歇息，不用在这儿陪我。"

这位宁姑娘说来也怪，是老太太上次上山给菩萨上香时，在山沟沟里救回来的，救回来的时候双腿摔断，身上满是刮痕，浑身是血。

老太太随行的赵嬷嬷是懂些医理的，立刻上前摸了摸，便惊奇道："老太太，还活着呢！"她再仔细地一摸，顿时吓得脸色都白了，"您说这怪不怪，好像还是有身孕的呢！"

老太太很是吃惊，她平时就是个心软又慈悲的人，赶紧道："快些救她起来，回去找大夫看看。"她本是来拜菩萨的，这样在路上救别人，就是菩萨要她积攒功德呢。

老太太见抬上来的女子，面貌秀丽雅致，身上又白又软，不过十七八岁的样子，却梳的是妇人发髻，身上穿的又是罗缎褥裙，耳上挂的金兔儿只剩下一个，一看就是大户人家出来的。不知道怎么摔在山沟里，满身都是伤，便叹道："可怜见的，怀着身子还受这个罪，仔细孩子有没有事！"

她的马车同几辆跑得飞快的马车擦身而过，只是她的心思都在这救回来的女子身上，根本没有注意到。那车也因着急着去山里，没注意她这不起眼的小马车。

等把人带回了药庄，老太太立刻叫人请了大夫过来。一把脉便告诉她，这女子身孕刚有三个月，幸好这胎极稳，才勉强地稳住了。

三日后，这女子醒过来了。

她睁开眼后盯着屋顶看了许久都没有说话。

老太太问她是哪家的人，为什么会落在山崖里。她说她叫宜宁，是被至亲之人所算计了，引她去山上上香，却把她推下山，回去怕是更加凶多吉少，还请老太太收留，她就是做个奴婢端茶送水也可以。

老太太见她不愿意多说，也没有强迫她。只告诉她好生养身子，等孩子生下来再说别的。宜宁就这么在陈家暂住下来。

一次，陈让从京城来药庄玩，一眼就在老太太屋里看到了宜宁姑娘。

她坐在太师椅上给老太太做针线，听说她有一手好女红，连镇上最好的绣娘都不如她。太奶奶私下跟陈让说："这才是大户人家教出来的姑娘。"他们陈家不过是个有钱些的乡绅而已，有底蕴的世家，都得这样教养女孩子。因此宜宁就这么留在陈家，陪老太太说话解闷，替她做些衣裳。

陈让看到她的时候，从窗扇透进来的光落在她的肩上，素净淡雅。脸蛋又白又软，嘴角边有淡淡梨窝，其实有点稚嫩。他心想，看上去就十五六，一点也不像十七八。

伤痛会让人更加沉默，大概这位宜宁姑娘就是这样，总是一语不发的。

陈让不自觉地就想多看看她，大概是好奇吧，青年人总是对未知的东西好奇。

听说她去歇息了，陈让坐下来，灌了一大口茶，跟太奶奶说："我听说好像是在找什么人的样子。那荒郊野岭的，时常有野狼出没，就算有人也早喂狼肚里了，又怎么找得到！"

太奶奶对外头的事情并不好奇，摇头道："关心这些，不如你沉下心好生读书，祖母等着你考中进士光宗耀祖呢。"他爹是个举人，在进士面前一辈子抬不起头，下定决心培养儿子当进士，他今年十六了，已经逮去下了一次场，自然没中，还得三年后再试。

不过老太太也不急，就是陈让的爹，也是三十岁才中的举人。罗宜宁听到谈话声，在碧纱橱后睁开了眼睛。

前一世里，她在摔下山之后就死了，成为游魂附在了长嫂的簪子身上。谁知道长嫂的簪子玉碎，她随之失去了意识，等到她再度醒来，发现自己竟然回到了二十二年前，刚被人推下悬崖的时候。

只是这次她没有死成，反而被一个乡绅家的老太太捡回家养伤，老太太信佛，觉得救下她是菩萨给她的机缘。她能再度活过来，本应该感激菩萨让自己可以再生。

只是，腹中那人的骨肉……

想到这里，她闭上眼，嘴角勾起一个冰冷的笑容。

当年落下山崖时，她根本不知道自己已经有孕三个月。如果不是回来了，恐怕是永远都不会知道，自己已经有了那人的孩子吧。

陆嘉学陆大人，心狠手辣，斩杀兄长继承宁远侯府侯位，后屡立战功，成为权倾天下的陆都督。如果不是簪子里的那二十多年，她怎么会知道自己的枕边人竟然如此厉害呢。

但为什么重活过来，肚里还会有他的骨肉？

想到这里，她心里却隐隐刺痛。她自然是爱她的孩子的，但这是那个人的孩子啊……她想起来就心情复杂。

在簪子里那二十多年，她见证了宁远侯府在陆嘉学手里的繁盛，见证了这个人的冷酷无情。宁远侯府没有一丝自己存在过的痕迹，难道她带着孩子回去，让陆嘉学再杀她一次吗？

宜宁想起来就齿寒，她不能再回去了。

幸而这陈家老太太是个菩萨心肠，从不曾为难她，知道她有孩子，还特地让她随着她吃饭。宜宁已经决定了，等孩子生下来便好生伺候老太太，也算是还了她的恩情。

陈让是最坐不住的，陪老太太说两句话就忍不住要去找表兄玩了，等他走了，宜宁才从碧纱橱里出来，给老太太行了礼。

老太太拉她坐下，笑道："你有孕六月，就不要讲究这些了。"

"您对我的恩情，我毕生难报，这些小事算什么。"宜宁道，又从袖中拿出个东西来，"天气一寒您就膝盖痛，我给您做了护膝，里头塞了些祛湿的药草，您穿着就不会痛了。"

她说话的声音也与本地女子不同，细软轻柔，老太太听着心就软了。

救回来一个妥帖心细的妙人儿，儿子、儿媳都未必有她考虑得周到。老太太年纪大了，就贪图别人对她好，偶尔心想这孩子救回来委实不亏，果然是菩萨要给她的缘分。她笑着拍了拍宜宁的手："等你孩子生下来，就同我一起去京城吧。到那时，我将你收为义女，你的孩子若是男孩，便同陈让一起读书，若是女孩，就在我膝下长大，将来出嫁，我给她置办嫁妆。"

宜宁听到这里，怎会不明白老太太是为她做足了打算。

她这一辈子，母亲早亡，父亲另娶，就连丈夫都算计她，什么时候见到过别人对她这么好。当即心里就涌出一股感动，只要老太太不嫌弃，她愿意为她养老，伺候在她身边，把她当成自己的亲人对待。

"我在您这儿已经给您添麻烦，如何能再麻烦您这个！"

老太太笑道："你虽然不说，我却知道你是大户人家出来的。这气度礼仪，哪点不比我们这些人家好？老婆子收你为义女，给你上了族谱，却也不亏。你时常陪在我身边，儿媳都没有你贴心，我老了，希望你能一直陪着我。另外，我京城里还有几个不成器的孙女，如果你不嫌弃，帮着我调教她们的礼仪和女红，我就再高兴不过了。"

宜宁怎么会不愿意，又要跪下给老太太行礼。老太太连忙叫丫头扶她起来。

她也知道，陈家虽然只有大老爷有个举人的功名，但药材生意做得大，其实家里很富足。不过在人们眼中，银子赚得再多都不是正统，只有做官才是正统。但就因为生意，大老爷、二老爷连同两个太太，都忙得不可开交，孙子孙女都在京城，没有人陪伴老太太，她自然孤寂了。如此一来，她好好侍奉老太太，免得她孤寂，就是最好的回报了。

这次大太太带着陈让来别院，本来也是想把老太太接到京城去。此地药材虽然长得好，但终年寒湿，她膝盖就老是痛。她告诉大太太，等宜宁生产完了坐过了月子，她就回京城去。

大太太知道大奶奶救了个女子，她也看过了，觉得宜宁长相清丽，举止有度，又极有涵养，也没有说什么。

这大半的家业都是老太太置办下来的，只要她做的事不过分，家里人都随着她。

山里搜寻尸首搜寻了大半年之久，一直到秋天才准开路，宜宁偶尔听闻山里在找什么东西，也从不透露半句自己的事。她已经快到待产的时候了，老太太找了稳婆给她预备在家里。

九月末，山里层林尽染，遍地红霜。

宜宁疼了两天两夜，生下一个七斤重的男婴。她气若游丝，连说话的力气都没有了，男婴却格外健康，发出了洪亮的哭声。

老太太一看就喜欢得不得了，抱给宜宁看。

软软的孩子被抱在怀里，小手一动一动地揪着小被子，喝饱奶后发出轻轻的嘤咛声。这是那个人的孩子啊。那个人为什么要这么对她，他有个孩子，他恐怕是永远都不会知道了，想到这里她竟然忍不住红了眼眶。

老太太连忙安慰她："快别哭了，坐月子哭不得呢！仔细伤着你的眼睛。"

宜宁也不知道自己在哭什么，大概是为孩子而哭吧。她前世死了，就这么错过了自己的孩子。幸好她重活过来，她还能生下他，重新给他生命。

此时陈让和母亲已经回了京城，老太太也不急，一直等孩子长到了半岁才动身前往京城。既然要入陈家的族谱，孩子都是老太太起的名字，名为陈枫，日常就叫他为枫哥儿。半岁的枫哥儿会扑人，看到亲近的人，如宜宁、老太太则会笑。老太太在他喝奶的时候逗他玩，他喝几口奶，又含笑地看着老太太，又亮又大的眼睛认真地凝视你，想不喜欢他都难。

陈家在京城有处大宅子，在正西坊附近。

陈让又一次见到了宜宁。

他刚从书院下学回来，就看到宜宁立在院中，才生育完的她自有一股少女时没有的成熟风韵，又是正在哺乳的时候，胸脯鼓鼓，腰却极细，仍然是细白柔软的脸，看到他微微一笑，嘴角竟然漾出一个梨窝："大公子安好。"他们男女避嫌，宜宁给他请安后很快就退到了庑廊下。

陈让却有些失神。

失神的地方大概是那鼓鼓的胸脯，还有一边的梨窝，甚至那柔软的声音。

陈让倒是有两个丫头伺候，母亲也有让他把这两个丫头收房的想法，但他还是少年心性，根本就没动。直到那晚，他梦到了女子曼妙的身体，他被欲望控制了，一把抓过人就压在身下热情地吻她，进入她的身体，直到他看清楚那个人的脸竟然是宜宁姑娘的样子，他吓了一跳。

等他醒来时，发现自己的裤子竟然湿了。

陈让哭笑不得。

别说宜宁姑娘已经上了他们家族谱，成了老太太的义女。就说她已经生子了，父母恐怕也不会答应他娶宜宁姑娘，收她做小妾还行。但宜宁姑娘一贯风雅，为人正直，想必就算一直侍奉祖母终老，也不会给别人做妾的。

陈让虽然清楚，但往祖母那里去的时候，总忍不住一再地往里面打量。偶尔宜宁在外面做事，他就笑着同她说两句。

宜宁一开始也跟他避嫌，后来他常过来，她以为陈让是孝顺祖母，偶尔还笑着跟他说话。同宜宁说话总有如沐春风之感，陈让才知道她不是冷淡，只是不熟悉人罢了。这样一来他越发鬼迷心窍，觉得宜宁姑娘可能对自己也有意，否则怎么会对他温言细语呢。

她教导陈家的三个姑娘礼仪和女红，总算是个营生。陈家大太太和二太太虽然不满老太太把陌生女子养在府里，还生了孩子，这说出去外面不知道要怎么传呢，但有了这件事，她们当着她的面还是不会说什么的。

就这么三年时间转瞬即过，枫哥儿从一个奶娃娃变成了小娃娃，会说俏皮话，会笑闹，会在宜宁累的时候，搭上小板凳给宜宁揉肩膀。

"娘亲不累，枫哥儿长大了，保护娘亲。"小小的枫哥儿抱住了宜宁的脖颈，软软的童音在她耳边说。

宜宁笑着把孩子抱过来，孩子越长大越像陆嘉学，几乎与他是一个模子刻出来的。她亲他的小脸蛋，柔声说："可是枫哥儿长大还要好多年呢，要不娘亲先给你找个后爹爹？有了后爹爹，娘亲就不累了。"她跟枫哥儿玩笑。

枫哥儿听了就急："不找后爹爹，不找后爹爹，娘亲是我的！"

他打小没有父亲，身边只有母亲和祖母对他好，自然对母亲十分依赖了。更何况，别的丫头抱着他玩，都会吓唬他说，娘亲找了后爹爹就不要他了。

枫哥儿紧紧抱着母亲，贴着她的脖子，不住地道："是我一个人的！"

宜宁拍了拍他的小手："好，是你一个人的。"

枫哥儿心满意足地吊着她，像猴子一般挂在她背上，直到宜宁都不好做事，拧他的屁股，枫哥儿才跳下来扯着母亲的裙子。

小黏糕，真的片刻都舍不得放开她。

宜宁心里暖暖的，哪里舍得给他找个后爹爹。

谁知陈让路过，正好听到了宜宁说后爹爹的话。他当即心里一惊，难道宜宁已经有了喜欢的男子？那怎么行呢！

陈让其实已经成亲一年了，女方的爹是个进士，外派出去做了县令，家中虽不如陈家富庶，却有进士老爷，因此算是一门极好的亲事。陈让也不能拒绝，半推半就地娶了对方，但心里真正喜欢的还是宜宁。

陈让站在原地，脸色变幻了一会儿。直到宜宁抱着枫哥儿出来，她看到已经考中举人、衣着富贵的青年男子面无表情地看着自己。

"大少爷回来了。"宜宁仍然屈身行礼。

陈让却笑了："你被祖母收为义女，何必叫我大少爷，叫我让哥就可以了！"

宜宁心里一惊，她就算被老太太收为义女，陈让也该叫她义姑，哪里来的什么让哥。

她虽然想了这些，却只是笑道："大少爷说笑了，规矩还是要有的，我还有事先退下了。"

陈让有些失神地看着她的背影，还听得到枫哥儿叽叽喳喳地说："想吃娘亲做的糕糕……"

"好，吃糕糕。"她的声音柔软温和。宜宁决定以后绕着陈让走。

等枫哥儿过了四岁的生日，边疆有消息传回。陆嘉学歼灭敌军，威震四海，班师回朝。

这消息不仅朝野听了为之震动，京城百姓都无比欢呼雀跃，等陆嘉学回城的时候自发地去城门口迎接他，几乎到了万人空巷的地步。

那有福分的，才能远远地看到将军一眼，回去还要吹嘘好几天。

不过半月，朝廷就封了陆嘉学为左军都督府都督，自此他为武官第一人，所到之处无不是众星捧月，下跪迎接，无人可与之比肩。

当宜宁听到他的消息时，正在给老太太剥核桃仁吃。

老太太跟宜宁说："芷娘嫁的那个兵部武选主事，跟陆都督的手下将领有交情，她跟我说，那将领如今是飞黄腾达了，走哪儿人家都要给他几分薄面，还有人暗中送千金万金的，那将领都不看在眼里。不过说是死了原配，正托了人说亲而已，那媒婆快把他家的门槛踏破了。"

宜宁递了一把核桃给她："您关心这些做什么，我看今天剥的核桃多，给您做核桃糕吧。"

老太太笑眯眯的："讲给你听听罢了，这些人高高在上，咱们一辈子都够不到，说来笑乐。"又问，"枫哥儿呢，怎么没见你带他出来玩？"

宜宁笑道："我捉了他去写字，都四岁了，也快要开蒙了。"

老太太点头，想到枫哥儿就觉得心里软乎乎的。那孩子，又听话又善解人意，小小年纪鬼精灵的，跟宜宁的脾气完全不像。不知道是不是像他爹多一些。

想到这里老太太就叹气，也不知道他爹究竟是何许人物，这样好的妻儿都不要。不要罢了，她捡着养不知道有多好，这些年有宜宁陪着，当真是开心。

老太太又跟她说："对了，芷娘邀我去她那里小住，你收拾行礼，明儿咱们一起过去。把枫哥儿也带上，他不是吵着想出去玩吗？"

宜宁笑道："就您惯着他了。"

芷娘是老太太的大孙女，陈让的姐姐，嫁了兵部主事。每年冬天都会邀老太太过去住一两个月。

宜宁走出穿堂，看到小小的枫哥儿伏在书案前，认真地描着娘亲走前让他写的'天地君亲师'五个字，她脸上的笑容渐渐地淡了下来。

陆嘉学，你可曾知道你有个孩子？

不，你永远不会知道的。

芷娘的府邸离陈家有半个时辰的路程，老太太住的地方正朝着一片松林，老太太喜欢松，就叫苍松阁，烧着地暖，温暖如春。

老太太去和自己的孙女叙旧了，宜宁就留在房中整理东西。

枫哥儿在旁乖乖陪着她，小手垫着下巴，乌溜溜的眼睛随着娘亲转。宜宁回头看到他追着自己看，乖巧得让她想亲一口。

"只有我们两个。"枫哥儿很喜欢这样的时光，"只有我们两个好了。"

宜宁不理会儿子的自语，听到有叩门声，立刻去开门。见是府里的丫头，她们常来，丫头都认得她，笑道："宜宁姑娘好，奴婢来传话，明日宋府家宴，老太太也要一起去，请姑娘早做准备。"

宜宁笑着回身，把丫头送走了。

那宋府，也就是陆嘉学手下的那个将领，想来是芷娘要去，所以带着老太太一同前往。

"娘亲，你要去吗？"枫哥儿跑过来问她。

宜宁自然点头："娘亲要去。"

"枫哥儿也去！"孩子连忙道，他不想一整天都见不到娘亲。

宜宁摇头："你不能去，在家里写字。"

枫哥儿垮下了脸，扯着宜宁的裙子可怜巴巴地哀求了小半个时辰，直到老太太回来了。

"枫哥儿想去就让他去，"老太太乐呵呵的，"有了枫哥儿，咱们路上还有趣些！"

老太太真是喜欢极了这个开心果，走哪儿都想揣在怀里带着。

宜宁却怕到时候人家问起枫哥儿的来历，会让老太太为难。

"这有什么为难的，我就说你是我女儿，这是我外孙，他们还能说什么！"老太太不以为然，捏着枫哥儿的小脸说。

第二天，老太太还是带着枫哥儿去了宋家。

那宋将军府邸修得气派极了，宴席也非常豪奢。女眷在花厅里头吃席，男眷在前厅吃席，这宋将军家夫人没了，就是他娘出面招待的女眷。

正吃着酒，外头突然一阵喧哗，有宾客低语："听说今天陆都督要来！"

"当真？"有人按捺不住，起身往外看。

又有人跑了进来，气都喘不过来，语气却极为惊喜："老夫人，陆都督……陆都督来了！"那宋将军的娘也十分惊喜，唯恐礼数怠慢，立刻就要出去招待。

剩下的女眷却"嗡嗡"地议论着，再也不安静了，更有些立刻就出门去，想要一睹陆嘉学的风采。

老太太倒是诧异地发现身边的宜宁没有动静，她继续喝她的汤。"你不想出去看看？"老太太问。

宜宁摇头："都是一个鼻子两个眼睛，有什么好看的。"

老太太就笑起来，跟芷娘说："你看，我说她好玩吧！"

芷娘不过把宜宁当奴婢，笑而不语，这会儿四下一看，道："咦，怎的枫哥儿不见了？"宜宁笑道："他先吃完，兰心就牵他去看梅花了。"

兰心是老太太的另一个丫头。

宜宁说得没错，兰心是牵着枫哥儿出来看花了，谁知道陆嘉学一来，就有好多人从花厅出来。她就张望着前厅，料想肯定有热闹的事发生。

等她回过神来，枫哥儿已经不见了。她吓了一跳，枫哥儿可是老太太的心头宝！

她连忙朝前找去，不停地喊枫哥儿，但等到了前面，她分明看到枫哥儿小小的身影一闪而过，她正要进去，门口的护卫却把她拦住："什么人！"

兰心急道："两位爷，我家小少爷刚才进去了！我进去把他找出来就走！"那护卫却冷漠道："知不知道里面是什么人，快滚！"

兰心焦急，看到护卫已经拔出了刀，怎么敢硬闯，一跺脚赶紧回头找老太太了。枫哥儿在这里是丢不了，但要是在里面闯祸怎么办。

枫哥儿看了会儿花觉得没意思，就想回去找娘亲了。但是来的路和去的路长得差不多，他也不知道自己走反了，看到前面像花厅一般的建筑，就跟在丫头后面进去了。

谁知道里面清清静静，根本不像刚才有那么多人，四岁的枫哥儿还不到腰高，踮着脚在门口张望了一会儿，只听到里面有声音传来："如此一来，太子一党必然势大，您与那三皇子之间……"

另一个声音低沉而淡然："杀便是了，何必这么多话。"但随后两人的声音一顿，有人冷声道："谁在外面？"

枫哥儿立刻想跑，但他人小腿短，一下子就踩空台阶绊到，摔在地上，枫哥儿毕竟还小，片刻后就"哇哇"大哭起来。

出来那人笑道:"竟是个小娃娃。"不顾他哭得可怜,扯着他的衣领把他带进了屋里。那人一松手,枫哥儿立刻坐在了地上,抽泣个不停。

"小娃娃,你娘呢?"把他带进来的那人半蹲着看他,"快别哭了,脸蛋都哭花了。"说着拿了手帕给他擦脸。

枫哥儿却挥开他的手:"不要你擦,要娘亲给我擦!"

"好好,"那人觉得好笑,"那你娘亲怎么不见了?她不要你了?"

枫哥儿哇哇大哭:"我娘亲才没有不要我,娘亲最喜欢我了。"

"好了魏凌,你逗他做什么。"上头那位见只是个孩子,淡淡道,"提出去扔外面吧,听得我烦。"

被叫魏凌的人奇道:"我记得你以前最喜欢孩子了。""大概是你记错了。"

大佬们开密会,擅闯者自然杀无赦,但只是个小娃娃,诸位也不是这么狠的人,放一马就算了。

魏凌却在擦了擦他的小脸后,笑道:"陆嘉学你别说,这孩子长得甚是像你。"

陆嘉学喝着茶说:"像什么像,赶紧给我扔出去吧。"

"真的很像,该不会是你留在外面的私生子吧?"

"坏蛋!"枫哥儿却抽噎地说,"我自己走出去,不要你扔。""呵。"陆嘉学冷笑了一声。

"真没跟你胡扯。"魏凌把这孩子拎起来,枫哥儿立刻如乌龟一样在半空划拉,很快落在了茶几上。他发现自己离那个五官英俊,但气势凌厉的人更近了。而且周围还有几个人在看着他,明显没这个人和刚才拎他的坏蛋地位高,只是站着赔笑。

此人伸出两根指头按住他的下巴,拇指上戴着个玉扳指。

陆嘉学眉头紧皱,他发现这个孩子,还真的跟自己长得很像。

岂止很像,简直就是太像了,要不是他知道自己在外面不可能有私生子,恐怕真的以为是自己的儿子了。

他嘴了声问:"小娃娃,你叫什么名字?"

枫哥儿到了这个坏蛋面前却不哭了,瞪着他,小小年纪语气就冷:"我叫陈枫。"这孩子有几分胆识,更像他儿子了。

陆嘉学还当真有了点兴致:"你爹叫什么?""我爹死了。"

"哦?"难道这还是个孤儿,"那你娘呢?"

"我娘说我爹死了。""我是问你娘是谁?"

小小的嘴巴一抿,枫哥儿竟然有了警觉心:"不告诉你!"

陆嘉学看着那张跟自己相似的小脸蛋,颇为无语。立刻有人站起来说:"不麻烦大人,恐怕是我家来的宾客,我还是先把这孩子带下去吧!"

"慢着。"陆嘉学伸手阻止了,把这孩子放开,他笑道,"扔旁边屋里,叫他娘亲自来取。"

听得人简直想擦汗,都督大人这究竟什么趣味。枫哥儿泪水未干,听说那人想让娘来取他,他抿了抿嘴。这个坏人,肯定想害娘!他进了偏房,大人们继续开会。

宜宁那边刚知道枫哥儿走丢了，这可是她的命根子。她心急如焚，跟着兰心就到了院子前面。那护卫依旧不让进去。宜宁思念儿子心切，非要硬闯，就发生了争执。

这家办宴席的宋将军听到了，从屋内出来："干什么，有什么吵的？"

他一抬头，就看到两个女子，一个姿色一般。另一个……另一个倒是，清丽秀雅，梨花带雨，娇弱得让人心动，但又生得胸脯鼓鼓，前凸后翘。

他一看就莫名咽了下口水，然后道："你是干什么的，新来的丫头？"

宜宁立刻屈身："禀大人，我的孩子刚才在这里走失了，我是来寻他的。"

"原来是你儿子。"宋将军笑了笑，"得，进来吧，都督大人正等着你来领孩子呢。""都督大人……"宜宁语气一僵。

"是啊，你连陆嘉学陆都督都不知道？"宜宁脑中轰然一声，陆嘉学！

陆嘉学在这里。

"大人能否把我儿带出来，我现在就带他离开。"宜宁看着这位宋将军，声音依旧很软。

听到她软声说话，宋将军觉得骨头都酥麻了，咳嗽了一声："那你别走开，在这里等我。"

说着就进去禀报陆嘉学了："大人，那孩子的娘来了。"

陆嘉学这会儿正说到要紧处，根本不在意这个事了，让宋将军赶紧把人抱出去就是了。

宋将军把枫哥儿抱出来，他却挣扎得很剧烈。

"不要你抱，放开我！""枫哥儿！"

枫哥儿突然听到了熟悉的声音，身子一僵，眼眶就红了。

宜宁几步上前，抱下了枫哥儿，一巴掌拍他屁股上："你怎么这么不懂事，不听话！"

别人打他，他自然不干。可是娘亲打的，他委屈得不行，又不躲，咬着嘴唇可怜兮兮地任娘亲打。看到娘亲竟然哭了，他立刻扑到娘亲怀里抱她，还说："娘亲不生气，枫哥儿听话！"

唉，这个孩子！

宜宁怎么舍得再打，小小的身体贴着她，不住地叫她："不生气，不生气。"

"多有麻烦，望大人恕罪。"宜宁把枫哥儿抱着，屈身给宋将军行礼，就要退下了。"等等。"宋将军笑着问，"你是哪家的？"

宜宁一怔，只听里面传来脚步声，似乎有人出来了。

如果让陆嘉学看到她……

她立刻抱着孩子转身就走，身后传来懒洋洋一声："你就是孩子的娘？"

这个声音，这个声音她怎么能不熟悉，宜宁浑身僵硬，话也不敢说，只当自己什么都没听到，抱着孩子就离开了。

"此妇人竟然如此不知礼数！"有人立刻想拦住她。

"罢了，妇人见陌生男子总是不好的。"陆嘉学只是想看看这孩子的娘亲是何许人也，既然人家不让他看，那还有什么说的呢。

但是看着那个背影，他总觉得有一丝熟悉感。

很熟悉……罗宜宁。

和罗宜宁好像！

陆嘉学想到这里，突然就追上前去，他突然更想看到这个女子的正面。但是大步追出去之后，人已经不见了。

"大人，您怎么了？"追出来的人小心翼翼地问。

陆嘉学摇头，默然不语。他的神情犹如浸透了血一般冷而痛苦。罗宜宁……他的妻。

费尽心思娶到手，用尽力气疼爱，不过是想把她养在温室中，隔绝了风雨，所以什么都不让她知道。结果她居然就这么死了，就这么离开了他。

他每次看到与她相似的人，都追上去看，但都不是她。一次次的失望，变成了绝望。因为她早已经死了多年了，摔下山崖，葬身野狼腹中。

不然如果真的是她，为何会不见他呢？

陆嘉学慢慢握紧拳头，他听到自己的喘息带着细微的疼痛感。

第一年不见是想念，想把她紧紧拥入骨血中；第二年不见是绝望，是想毁去一切；第三年不见，是疯狂，疯狂到再见到她，就想把她锁起来再也不离开；第四年不见，已经是执念了，他都不知道自己在煎熬什么了。

"无事。"他的语气冷淡而沙哑，慢慢地回转过头。

宜宁是听到身后好像有人追出来，所以她疯狂地跑，直到再也看不到了，停在湖边喘气，想着两人过往的一幕幕。

他替她抄佛经，说她笨："字都写得这么难看，带出去会丢我的脸。"他任她打他，笑着说，"打了我就不生气了啊，我今晚还跟你睡。"他带她看昙花，一整夜都不开。

他出征前，她抱着他哭。

他回抱住她，语气沙哑而坚定，从来没有这么认真："我一定会回来的，就算当逃兵，我也一定会回来的。"

他吻她的额头，唇瓣滚烫："绝不会留下你一个人的。"

这些话，当年她信以为真。如果他真的爱她，又为何这么对她，什么都不让她知道……然后，杀了她。

一只小手抹了抹她的眼睛。孩子看着她，小声说："娘亲乖乖，不哭了，不哭了。枫哥儿真的会听话的。"

他用她曾经哄他的话来哄她。

"娘亲没有怪你。"宜宁将孩子紧紧抱住。

宜宁回去后，决定把今天发生的事忘掉。

但是就算她不去找麻烦，麻烦也会来找她的。她全部心思都在陆嘉学身上，自然没有注意到那天有什么异样。

直到芷娘来陈家拜访，然后委婉地跟陈老太太说起："您可还记得那天的宋将军？"老太太怎么会不记得。

芷娘甚至都不知道该怎么开口，她犹豫了一下说："那天宜宁同我们一起去了宋家，找枫哥儿的时候被宋将军看到了。宋将军似乎……似乎看上了宜宁，想娶她做正室。"

老太太吃了一惊："宋家？但这……"她一时想说宜宁是有孩子的人，一时又想问宋将军怎么就看上宜宁了，"究竟是怎么回事？"

芷娘心里也是满腹狐疑，虽然她是对宜宁客客气气，但那多半是看着老太太的面子。她心里从没将宜宁当作是老太太的女儿，宋将军这么好的门第，她嫁的人家都比不上，怎么就……怎么就看上罗宜宁了呢！

她虽然容貌好，但毕竟带着一个孩子啊！身份也不体面，虽然叫老太太收为义女，但毕竟还是陈家的半个下人。

"您问我，这事我也稀奇着呢。"芷娘长出了口气，"还是宋将军派人找到了老爷头上，老爷跟我说的。还特地叮嘱过我了，这门亲事您势必得让她答应不可。不管是你我，还是陈家，都得罪不起宋将军。而且有了这样一层关系，不怕以后宋将军不照顾咱们……宋将军的背后，那可是都督大人……更何况，宋将军这样好的家世门第，看得上宜宁是她的福分，宜宁嫁过去也只能说是高攀了。"

老太太听到这里，也是心里微微一动。

她是想着宜宁嫁了这人也好，以后荣华富贵自然是没的说。她留在陈家，自己还能庇护她几年。以后等自己去了，两个儿媳要是稍看不惯宜宁，她和枫哥儿该如何自处？

"我也不知道她的意思，宜宁这个人看似温和，实则坚定。她不愿意的事，别人可是怎么都强迫不来的。"老太太说，"我得找她来问问。"

芷娘听了有些急："她如何能不答应！"

其实芷娘想说的是，她有什么资格不答应。这样的门第，换成自己也早欣喜地应允了。

老太太看她一眼，没有说话，只叫人去把宜宁找来。

宜宁一听宋将军想娶她，眼神闪烁，很快就摇了摇头："多谢大小姐一片好意，我不想嫁。"

别说芷娘，老太太都有些惊讶，她立刻拉着宜宁的手劝她："你难不成，还有守节的心思？你原丈夫既然这般对你，不妨另嫁了旁人。"

宜宁苦笑，其实她也知道自己在陈家的地位有些尴尬，老太太在还好，她要是不在了，这个境地如何处得。如果这是个别人，不管她喜不喜欢，为了枫哥儿她都会嫁。但这个人是宋将军啊！嫁给他，恐怕迟早有一天会被陆嘉学发现的。

"实在是对不住您，这人我真不能嫁。"宜宁异常坚决。

芷娘本以为此事是十拿九稳的，谁知道宜宁却不同意，她找大太太、二太太说项都没辙，只得带着遗憾回去，给宋家递了信。

宋将军那天见到宜宁动了心思，非要娶她，家里老娘本来想给他找个身家清白的姑娘，这宜宁连孩子都有了算怎么回事，却是拗不过儿子的意思。他们家不是文官，武官家庭里，当家有爵位有功名的说话就是一切，所以宋将军说一不二地要娶宜宁。

本也以为她不会拒绝，宋将军虽然是续弦，但现在想嫁给他的，比宜宁身世好的，当真不知道有多少，听到芷娘的回信时，他还有点惊讶。
　　"怎么了？"他正在陪陆嘉学喝酒，陆嘉学就问了他一声。
　　宋将军苦笑道："看上个女子，虽然已经嫁人有了孩子，却没有丈夫，我本想娶她，谁知道她倒是不愿意。"
　　陆嘉学也意外，笑道："哪家女子这么不识抬举，不如我亲自去给你提亲？""大人说笑了。"宋将军笑笑，他知道陆嘉学不过是说说罢了。
　　陆嘉学自然就转到别的事情上去了。只是摇晃酒杯，想起当年去给她提亲的情景。
　　她很高兴，当她听说自己能嫁给他的时候，眼睛都亮了，抿着嘴都藏不住笑。他看得满心愉悦，并带着说不出的轻松。
　　幸好自己有这样一个身份，所以想娶的那个人，也愿意嫁给他。
　　洞房那天，他用喜秤挑了她的盖头，却发现她低着头，好像吓得挺厉害的。
　　她其实长得很好看，那脸蛋像是霜雪凝成，细软绵甜，叫他一吮就红。他把她压在身下就这么亲她，亲得她疼想躲，但又被他铁钳一样的手扣着躲不开，只能"呜呜"地哭。
　　她比他小三岁，成亲那会儿刚十五，还不到他的肩膀高。身子稚嫩柔软又甜，他忍不住要了她好多次，直到她双腿打战，第二天连起来请安都起不来。陆嘉学才发现过火了。
　　但是谁让她推拒不过自己就哭，声音跟猫儿一样，他越听欲火越盛，小山一样的身躯压得她光都看不到，顶着她的巨物越发胀大。她越发哭得厉害，哭着还求饶，不要了不要了。殊不知越这么哭，男人越是兴奋，太阳穴都给她激得一突一突的。
　　第二天起来，他的背上被她抓得一道道红痕。她躲了他好几天，一碰到就发抖。
　　男人开荤之后，恨不得夜夜春宵。她怕又不敢拒绝，直到有一天，她实在忍不住了，在他按着她往床上去的时候，踹了他一下。
　　陆嘉学有点惊讶地看着她。
　　宜宁红了脸，她所受到的教育就是出嫁从夫，夫君说什么她都不能反驳，更别说踢他了。但她当时吃了熊心豹子胆了，脱口而出："我不要，你自己去睡！"
　　她说完脸色就一白，自己刚才说了什么！又强作镇定，冷静地看着他。
　　没想到陆嘉学却笑了笑，放开手："好吧，我不打扰你，那你继续做你的袜子。"袜子还是给他做的。
　　宜宁一直在试探，猫儿伸出爪子一样，直到发现周围是安全的，她才会露出本性。陆嘉学就忍着、纵容着、引导着，不动声色地这么宠着她。
　　她就真的像猫儿一样，他看书的时候，她到他身边来坐下。陆嘉学不知道她要做什么，看她一眼先没有动，她却自顾自地拿出了几个扳指，然后抓起他的手，用他的拇指试戴。
　　"你要送给我吗？"陆嘉学问。
　　她摇摇头："谁要送给你了，我看公公的扳指裂了，才准备选一个好看的送他，你别动，让我好好试。"

她抓着他修长有力的大手，他的手因为习武经络微微凸出，而她的手却又白又软，手背还有小窝。她这么瘦，手背却有小窝，真是孩子气。

好吧，让她试吧。陆嘉学放松手指，任她试戴。

到最后她说："好了，这个最好看。"又说，"既然这么好看，就勉为其难送给你吧。"陆嘉学笑作一团，觉得她口是心非的样子可爱极了，把她按到榻上吻。

陆嘉学垂下眼，又喝了口酒。烈火一样焚烧到了胃中。

这样的孤寂和萧冷，他受够了。

无人问我粥可温，无人与我立黄昏。

这会让人疯狂，让人绝望。漫漫的永无止境的黑夜，他总是听到她的声音在耳际，然后发现那是错觉。近得好像在周围，但是清醒过来却什么也没有，遥远得无法触及。

宋将军看大人的脸色又冷漠下来，不敢再多说。

回头却找了媒人亲自去陈家提亲，而且不日就送上了聘礼，足足二十担，聘金也有一千两。

老太太一看就急了："我们没说答应，怎么就送了聘礼来！"把聘礼退回去，岂不是打了宋将军的脸？

大太太比较冷静："宋将军这意思，不就是说咱们不答应也得答应，不容咱们考虑。娘，我看您还是把宜宁嫁出去吧，宋将军我们怎么惹得？"

老太太叹气："可是宜宁不愿意，我又有什么办法。"

大太太则笑一声："咱们家养她几年，也算是够仁义了。这时候怎会容她再得罪宋家？宋将军虽然比她大了十五岁，但正当壮年，嫁了有什么不好，她自己也没个出身，还想挑个什么样的不成？"

老太太听儿媳这么说，有点不高兴。宜宁是什么人她还不清楚，她要是贪图荣华富贵，早就答应了。她不嫁肯定有她的理由。

那大太太眼珠子一转，又想到什么，附在老太太耳边说了一声。老太太听了面色严肃，语气也变了："这是真的？"

"我怎么会拿这种事诳您老人家，我也胆战心惊呢。您说宜宁是上了族谱的，真要是跟让哥儿勾搭上了像什么样子！我们家可丢不起这个脸。"

老太太面色数变，等晚上宜宁给她炖完汤后，把她叫了过来，面色冷淡地说："宜宁，宋家那门亲事，你还是得答应。"

宜宁一愣："老太太，您不是说由我……"

老太太摆手，慢慢地说："你跟让哥儿的事，多久了？"

宜宁嘴唇一咬，立刻知道老太太指的是什么，她立刻说："我一向见着他都避着走，怎么会有什么！我伺候您几年，何曾动过那种心思。"

老太太旋即缓缓地叹气："但是让哥儿动了。""老太太……"

老太太阻止她说下去："宜宁，我这几年对你，可是好？"宜宁自然点头。

老太太叹道:"宋家已经送了聘礼过来。我们分明回绝了,但人家仍然送了聘礼过来。所以这事就由不得你不嫁了,人家分明就是一定要娶你的,否则陈家也会被你连累。更何况你要是留在陈家,和让哥儿真的有了什么,才是让陈家蒙羞!"

听着老太太的话,宜宁不觉已经哭了。她擦了擦眼泪,突然有种天地为大,无处可去的感觉。

那宋将军怎么就瞧上她了?

她这时候贸然离开,岂不也是连累了陈家?老太太这几年待她没话说,她不能忘恩负义。

"我给你准备好嫁妆,你风风光光地嫁过去。那宋家又不是龙潭虎穴,宋将军既然非要娶你不可,总是喜欢你的,你别怕。"老太太声音柔和许多。

宜宁已经不哭了,而是稳稳地福身:"既然如此……那就一切全凭您安排。"

由不得她选,那就听天由命吧。也许陆嘉学已经不再记得她了,也许根本遇不到陆嘉学,抑或以后见着他就躲着走,她只能这么想了。

宋家得了消息,陈家已经同意了这门亲事,双方才开始正式地走六礼,那宋将军知道宜宁不过是陈家养女,怕她出嫁时的嫁妆不够,另外从自己的私房中拿了一千五百两银子补贴给宜宁,嫁妆是算作女方的钱,这笔银子就是送给宜宁了。

她听说后轻轻叹了口气,这宋将军当真是个好人。

府里忙着给宜宁准备嫁衣、嫁妆,平日看不起宜宁的,也觍着脸来跟她说话唠嗑。

枫哥儿虽然才四岁,但他小小年纪已经十分聪慧,自然明白是娘要再嫁了。他不高兴,他觉得娘亲就要被别的叔叔抢走了。

他知道娘亲不是自愿的,只恨自己还太小,保护不了娘亲。

"枫哥儿长大后,一定要有出息。"小小的孩子抱着她的腿,有些沮丧地嘟囔着。

宜宁把他抱起来,亲了亲他的脸蛋:"又怎么了?"

"不能像爹爹一样没出息,护不住娘亲。"枫哥儿说,"如果枫哥儿也是个大将军,娘亲就能想干什么干什么。"

宜宁听了就笑了。

枫哥儿毕竟还小,很多事情他不明就里。

当然了,他爹究竟有没有出息这个问题,枫哥儿明显没有清楚的认知。

"好,娘亲等你长大。"宜宁把孩子放开,看着男方送来的聘礼单子,她突然怔了怔。

那个人大马金刀地坐在她面前,凑近了看她在烛台下写字,一看就啧:"这不是要给祖母抄的经书吗?你对对子不行罢了,写字怎么也不好看?还比不过我。"

太夫人让她们几个媳妇手抄佛经,她找了自己的贴身丫头当枪手,但还不够。宜宁转个方向继续写,不理他。

闺阁女子,她重女红刺绣、管家灶头,又不重诗书才艺,术业有专攻好吧。她给他做的袜子不就又妥帖又暖和吗?

陆嘉学就夺了她手中的笔说:"来来,我帮你写几篇。我看就你的丫头都抄不过来了,但你的字太不好看了。拿出去会丢我的面子的。"

她薄唇一启，终于开口："你还是出去玩你的吧。"他一个走马斗鹰的公子哥，字迹能比自己工整到哪里去。

陆嘉学却伸手，将她环在自己怀里。

宜宁被他环住，就一时失了神。抬头只看到他干净的下颌。

"你的聘礼单子可是我亲手写的呢。"这个人不紧不慢，温醇地说。然后就这么环着她写字，竟然写出来真的工整漂亮。

再后来想想，他陆嘉学什么不会啊，武功谋略，扮猪吃虎，谁知道他漫不经心的笑容下面掩藏着什么。

她一直在想，这样的人，他为什么能伪装得这么好。伪装得让她以为，他是真的爱她。宜宁回过神，觉得自己其实从没有一刻忘了陆嘉学这个人。

她一再告诫自己，如今的陆嘉学是陆都督，她应该要牢记这点。


宋将军因为终于要成亲了，成天喜气洋洋的谁都看得出来，去陆嘉学那里汇报的时候，就顺便送了他喜帖，然后向陆嘉学拱手："还请大人有空来喝酒。"

陆嘉学翻了看时间，笑道："不巧，那天恐怕有事去不了。不过礼我会让人带到的。"宋将军又敢说什么？

陆嘉学把喜帖递给管家，又不经意地问道："你这娶的是哪家姑娘啊？"

"说来这个还沾大人的福。"宋将军把那天的事讲了一遍，"就是那个孩子的娘亲，我一见就觉得喜欢。"

"既然有孩子，想必原来是有婆家的？"陆嘉学难得今天这么有空，似笑非笑看着他，"你倒是有雅兴，娶个老婆还送个孩子。"

宋将军道："我听人说是她丈夫抛弃了她，所以陈家才收她为义女，她一个弱女子，又带着一个孩子，除了嫁给我还能怎么办。我也不嫌弃那孩子，小小年纪异常聪明，以后培养得好，指不定还能拼个功名回来。"

宋将军自然盼着赶紧把人娶回来，三礼六聘，不过十余天就走完了。

出嫁时正是初冬，外头飘起小雪。

宜宁站在栏杆旁看了会儿雪，黄昏已至，梳整好新娘子的凤冠霞帔，戴上红盖头，被背上了花轿。

枫哥儿则被宋家派来的婆子领着，跟着一起去了宋家。宋家张灯结彩，鼓锣喧天。

新娘子进门，由新郎以大红绸花相牵进了正堂。

不知怎的，宜宁脑海里不断地浮现自己初次出嫁的情景，拜堂起身的时候，一双修长匀称的大手伸来扶她。她当时想着，那样的手，主人一定不会难看的。

她要起身的时候，同样对方也伸手来扶她。不一样的手，一样有力。

她突然生出一股人事全非的悲凉，一时没有搭上他的手。

宋将军的手僵了一下。这时突然有人大步跑进厅堂，附在宋将军耳边说："老爷，都督大人来了！"

怎会突然来了，不是说没空吗？宋将军正是成礼的时候，不能离去招待他，但陆嘉学来了，他又怎敢怠慢。

"都督大人说您不必理会他，他观礼就是了。"好在仆人很快加了一句。红盖头下，宜宁垂下了眼睑。

既然如此，宋将军让仆人好生伺候都督大人，成亲礼继续。

陆嘉学今天本来是进宫面圣的，不过出来得早，就想干脆过来喝个喜酒。宋府二爷亲自请都督上座，旁边的人立刻纷纷起身向陆嘉学行礼。不知道都督大人也会过来，顿时讨好敬酒的人纷纷拥了过来，不过陆嘉学摆摆手，就又退下去了。

贵宾席是在阁楼上，从上往下看正是成亲的正堂。陆嘉学看到一个小小的人扒在栏杆上往下看，为了表示喜庆，小人儿也穿着红褂子。白嫩的小脸映得红红的，样子可怜兮兮的，没人疼一般。

陆嘉学示意下属一眼。下属立刻过去把枫哥儿带了过来。

枫哥儿发现是上次那个坏蛋。他把头别向另一个方向，轻轻地"哼"了一声。

"不喜欢我？"陆嘉学淡淡地问。

"为什么要喜欢你？"

陆嘉学笑了："他们都喜欢我，你不喜欢？"

小人眨眨眼睛说："他们才不喜欢你。"

陆嘉学问："哦，你怎么知道？"

枫哥儿认真地说："你都一个人坐一桌，没人跟你一起坐，他们肯定是不喜欢你。"这个坏蛋没有人喜欢，其实也挺可怜的。

陆嘉学大笑，揉了揉孩子的头发："等你娘嫁给你继父，你该叫我一声叔叔。到时候你到侯府来，我教你骑马好不好？"

如果是别的孩子，这是何等有幸。搭上陆嘉学，这后半辈子就不愁富贵了。小娃却又摇头："可是娘让我不要多见你，她说遇到你要躲着你。"

孩子跟他玩熟了，好像就愿意跟他多说话了。说来也奇怪，陆嘉学看着这个孩子总觉得他好玩。

"为什么？我又不会吃人。"陆嘉学喝着酒，听到鞭炮声响起。

"我不知道。"小娃用小手垫着下巴，"上次我见了你，她好像很不高兴，还抱着我跑了，然后那天晚上她都哭了。我不要娘不高兴，所以不能见你。"

陆嘉学依旧没露出什么波澜："你今天就见我了。"

"所以不能告诉她啰。"孩子的语气稚气而无奈，"她是我娘亲，我要宠着她嘛。"

"你娘亲这么怕我吗？"陆嘉学又淡淡地问。

小娃就说："不知道。不过我悄悄告诉你哦，她最怕陆嘉学了，晚上做噩梦，总会喊这个名字……"

陆嘉学手中的茶杯终于顿住,他猛地盯着枫哥儿,目光冷酷得甚至让枫哥儿倒退了半步。

这个坏蛋虽然嘴上坏,但面上一直和气,也笑眯眯的,所以枫哥儿才不怕他。但是一见到他这样,枫哥儿还是有点怕。

陆嘉学眼睛微眯:"你知道陆嘉学是谁吗?"枫哥儿喃喃道:"我不知道……"

陆嘉学走近一步,目光越厉:"谁教你的?"

枫哥儿毕竟才四岁,被这么一吓就抽噎了几声,吓得就哭了出来。

下属都不知道发生了什么,又不敢说什么,有人想说话:"大人……"那毕竟是个孩子!

但陆嘉学却几步走近枫哥儿,一把抓住了他,将他提到了半空。枫哥儿哭得震天,不停地喊着娘亲,小脸涨红,手脚并用也挣脱不开陆嘉学。

"你娘叫什么?"陆嘉学又厉声问。

枫哥儿才觉得这个坏蛋可怕,孩子哪里知道这么多,哭着大声呼救:"娘亲,娘亲!""回答我!"

阁楼与大堂本就正对着,宜宁已经听到了枫哥儿的呼喊声。此时最后一礼已成,天色也暗下来。这个动静淹没在锣鼓声中并不明显,但宜宁毕竟是枫哥儿的娘,怎么会听不到孩子在呼救,顿时心里一紧,抓着了宋将军的手:"将军,是枫哥儿在喊救命!"

宋将军也听到了,眉头一皱安慰新婚妻子:"你站在这里别动,我叫人去看看!"

宜宁怎么放心得下,跟着宋将军走到门口。虽然夜色已起,她微掀起盖头一角,已经看到是那个人抓着枫哥儿,将他抓在半空中。她又急又气,此人弑兄弑父,难不成竟连自己的亲骨肉都不放过吗!

陆嘉学心里的猜测逐渐成形,他本来就暴戾嗜血,对这孩子仅有的好感也掩不住心里的急迫,单手掐住了他的脖颈:"快说!"

孩子呛了一口气,哭着说:"我娘亲叫罗宜宁!"宜宁,罗宜宁……

陆嘉学终于松开了手,孩子一下掉下来,摔在地上生疼,他怕得连哭都忘了。

陆嘉学沉着脸,下属从来没见过他这么恐怖的神色,压抑着风暴,好像随时都会爆发出来。

其实对于陆嘉学来说,这不是从绝望中生出一丝希望。他缜密的思维告诉他,这很有可能是有人在算计他,这样的希望他已经遇到过无数个,微小而渺茫。

明明知道不可能,明明无数次地失望了。但他还是期盼着奇迹能够发生。

他几步下了楼,护卫立刻跟着下楼,他阴着声音道:"周围都给我封住,不准进出!"宾客哗然,热闹的成亲礼被弄得如闹剧一般,但是谁也不敢说半个不字。

宋将军很快就出来了,他额角全是冷汗。别看陆嘉学平日和和气气,他若是动了真格,严肃冷酷,六亲不认。否则他大哥和父亲是怎么死的?这样的人,他就是无缘无故封他的家,他也不敢表现出半点不悦。

"大人,这究竟是怎么了?您生这么大的气……"宋将军拱手道。陆嘉学看他的眼神冰冷:"把新娘叫出来。"

"这……"宋将军迟疑,新娘立刻就要被送入洞房,不能见外人,这岂不是坏了规矩,他这亲还要不要成了!

陆嘉学只淡淡说了一句:"宋阳,我不重复第二遍。"

"那您稍等……我立刻去叫。"宋将军哪里敢惹他,立刻示意身边的人去请。谁知不久,那人就满头大汗地回来了。

"老爷,小的派人去找过了,新夫人不见了。不在正堂,也没在房中,不知道去了哪里。"

听到这话,陆嘉学反而更加心潮涌动。

如果不是真的有问题,为什么要躲起来?难道真的是她?但是她为什么要躲他?幸好这周围已经被他封住了,她就是想逃也逃不掉。

他一个个地搜,总会把她找出来!

"罗宜宁!"陆嘉学一看四周,语气反而慢了下来,"你知道躲起来也没用,你最好给我出来。否则我派兵过来把宋家摸个透,总能把你找出来!你儿子还在我手里,你跑一个试试?"

宾客已经让人带去了花厅,那宋将军原来还迷糊着,罗宜宁是谁?就算是要找新娘,也应该是陈宜宁……等等!罗宜宁,这个名字他是有些耳熟的。

这不就是……不就是都督大人已经死了几年的原配夫人吗?

宋将军也不是个笨人,立刻就由两个宜宁和大人的态度,联想到了一个可怕的事情……难道……

他吓得屏气,话也不敢说。

倒是前头墙角,人影闪动,有个穿着大红吉服的人慢慢走出来。

周围火光簇拥,屋檐下的大红灯笼上还贴着囍字,一身凤冠霞帔,火光盈盈衬得她腮若盈雪,夜风吹起衣带。

这样的一幕,一如多年前,他娶她的那一夜。

"都督大人不是找我吗?我就在这里。"宜宁语气淡淡的。她是多年后第一次正眼看陆嘉学,他的五官越发深邃,周身气场凌厉,叫人不敢反抗他。

也是如此陌生。

这个人,她何曾真正了解过他,不过是被欺骗、被隐瞒罢了。陆嘉学死死地看着她,瘦削的肩,冷淡而疏远的神情,她……

她不是死了吗?他在周围找了大半年都没有找到她……只发现一些野狼啃剩的人骨。那时候他以为她的尸首葬身狼腹。于是将方圆五里的狼屠尽。

宜宁却开口笑道:"一开始躲着你是因为怕死。现在我无所谓了。我是陈家养女,与都督大人桥归桥,路归路,一切的事与都督大人无关,也不愿意牵涉进大人的事中,还请大人放我母子一条生路,也放不相干的人一条生路。"

她说完之后,才发现他的神情不对。嗜血一样的眼神,冷漠至极的表情。

陆嘉学一步步向她走近,罗宜宁竟然被他震慑,下意识地后退。退无可退,被他捏住了手腕。铁钳一样的手捏得人生疼!

他盯着她,阴沉的语气听得人发寒:"你刚才说什么?"

"与我无关?"他嘴角泛起冰冷的笑容,"你罗宜宁嫁给我,自然就是我的人!这辈子你都是我的,你竟然还想嫁第二个人?"

她明明活着却不告诉他,知道他就在宋家却避着他。他日夜因她的死而受折磨,她却瞒着自己,想嫁给他的下属!

多荒谬的事!

他还专门为她成亲送了礼?

她做这些是为了什么,难道就是因为想和奸夫厮守,所以才不认他?除此之外,难道还有第二个可能?

和奸夫厮守?她休想!

她嫁给了他,这辈子就是他的。纵然他好脾气地宠着,但心里也一直都这么想。

"你干什么,发什么疯!"被他的手桎梏,挣也挣不脱,罗宜宁心里涌起一股无力和狼狈,"陆嘉学,你放开我!"

陆嘉学一语不发,只是冷笑,一把打横把她抱到怀里。见她实在挣扎得厉害,又一个手刀砍到她的后颈,她的身体软了下去,安静地伏在他的怀里。

他把人抱在怀里,才看向宋将军。宋阳嘴唇发白,额头全是汗。

自己要娶的人竟然是都督大人的妻子,他这条命……还想不想要了!

"大人,属下实在是不知!"宋阳立刻跪了下去,"如果知道是……是侯夫人,属下无论如何也不敢……"

"不知者无罪。"陆嘉学道,"你应该庆幸我发现及时。人我带走了,今天这场闹剧……你自己想想该怎么处理。"

他把人抱着,属下又把枫哥儿抱了过来,便这么抱着离开了宋家。

至于流言会怎么说,陆嘉学一点都不在意。失而复得,温软在怀的喜悦充盈着他的内心,枯竭的灵魂和渴望一点点地被填满。

他把怀中的人抱得更紧,差点以为这就是个梦。太不真实,所以患得患失。

陆嘉学看了她很久,她十五岁就嫁给他了,那时候还是个小姑娘呢,惧怕他,要他宠。年岁长了,怎的模样还是没怎么变,只是眼角更长,下巴更尖,身材凹凸有致,变得越发漂亮。

熟悉的眉眼和嘴唇。

他看着看着,忍不住俯身亲她。

宜宁就这么被一个吻吵醒,渐渐睁开眼,入目就是华丽的装饰,织金帷帐,红木千工拔步床。然后就是那张英俊得近乎凌厉的脸。

都督大人穿着蟒袍,玉革带,冰冷而陌生的触感。他正覆在她身上。她惊住,立刻往后缩,然后一不小心撞到了床头。

陆嘉学伸手过来给她揉揉:"毛毛躁躁,我会吃了你不成!"

宜宁才想起刚才的事,一看自己身上,竟然已经换了身衣裳。她顿时警觉:"我的衣裳谁换的?"

陆嘉学伸手掐住她的下巴:"自然是我,不然你想谁给你换,宋阳吗?"

宜宁别开头淡淡道:"竟然劳烦都督大人亲自动手……"

"罗宜宁!"他声音一厉,"究竟发生了什么?这几年我找你找得快把保定都翻过来,你为何躲着不见?那个孩子究竟是谁的种?是不是你与奸夫所生?"

陆嘉学只当那孩子是奸夫所出,根本没意识到孩子是自己的。宜宁只是冷笑,陆嘉学更当无假,眼神更加阴冷。

她竟然敢!

"是谁?"他又问,"你别等我自己去查到。"

"你这又是做什么样子?"罗宜宁才说,"你问我这些,我也想问你。都督大人这位是怎么来的,我又是怎么摔下山崖的?大人如今位高权重,何必为难我一个小女子。"

陆嘉学沉默片刻,才缓缓道:"你是在怪我没告诉你这些事?但谋事本就是男人的事,知道了对你不好,所以我才一直没说。"

罗宜宁笑了,她看着陆嘉学的脸,发现纵然过去这么多年,她其实还是喜欢他的,这个发现让她觉得可笑可悲:"大人放我回去吧,我对你已经无意,何必再勉强!"

她这般,陆嘉学更觉得她已经和奸夫情深意切,连应付他都不愿意了。

"好,好!既然你这般,我也没别的可说了!"陆嘉学竟伸手扯了她腰间的腰带,单手控制她的手按在床头,以腰带绑住。

"陆嘉学,你要干什么!"罗宜宁挣扎,但她那点力气,给陆嘉学挠痒痒都嫌不够。腰带一散,陆嘉学伸手一扯,刚给她穿好的衣裳就尽数散开,露出大红绣并蒂莲的兜肚。

她的身子如何销魂,一如昨日,还历历在目。他俯身含住高挺的莹润,大手控制她的纤腰。成熟的身体如何经得起男人的搓弄,不过片刻她就浑身酥软,轻喘出声。男人的火热也抵着她的大腿,烫得她想避开,但很快被他按住,然后分开了双腿。

她被顶弄得浑身酥麻,已经是意识迷离了,但是双手仍然被绑着。庞然巨物仍然在她体内抽动,越来越艰难,就算她开始求饶了,陆嘉学还是没有放过她。

以前就是怜惜她、纵容她,这次非要好好惩罚她不可!

宜宁还是在他的索求下昏过去,这是新婚之后的头一次。

很久之后,陆嘉学才从她身体中抽出,他沿着她的脸和脖颈吻她,好一会儿才抱她去沐浴。沐浴的时候她又醒了,但意识不太清楚,好像是在哭。

"你究竟在想什么?如今我手握权势,什么都能给你,你难道还不喜欢了不成?"他又无奈地亲她的额头,"好了,别哭了。"

闻到了他身上熟悉的味道,她就往他的怀里钻,脸贴着他赤裸的胸膛。猫儿一样贴着他,好像溺水之人抱着救命稻草一般。

就算熟睡着，他的味道还是让她安心。

"醒着怎么不这么乖。"陆嘉学摩挲着她的脸蛋，微微叹气。

一想到别的男人说不定也见到过她这样，他就嫉妒得想要杀人。让她好好休息一会儿再问吧，终究是舍不得。

陆嘉学把人抱进内室，再盖好被褥，想想还是用腰带把她的手绑在两侧，万一醒来的时候跑了呢。

他打开房门，对外面的护卫说："把那个孩子给我带过来。"

枫哥儿哭得声音都哑了，府里管家看他是被夫人带回来的，又长得像极了陆嘉学，便立刻以为是小世子回来了。这侯府自那场屠戮之后，越发人丁萧条，其他人都搬去西园住，偌大一个东院里主子只有陆嘉学，冷冷清清的，仆人都不习惯。

好不容易突然接回来一个小世子，自然一堆人哄着他不哭，做了各式各样的点心来哄他。老管家亲身上阵，草编蝈蝈逗小世子笑。

小世子都不理，只要娘亲。

管家很为难，这多年不见，侯爷必定和夫人温存呢，怎么顾得上小世子。真是伤脑筋。

管家想了想，叫仆人赶紧去西园把四夫人养的那条京巴狗儿抱来。这毛茸茸，一团雪白的小东西，总算是能哄得世子不再哭了。

这边好不容易哄好了，那边侯爷却让把小世子抱过去。

管家亲自把小世子送了过去，笑呵呵地跟陆嘉学说："小世子一直吵着要夫人，小的费了好大劲才哄住呢！"

陆嘉学听了稍微一怔，什么小世子？他说过这崽子是谁的种吗！

枫哥儿看刚才捉自己又捉娘亲的坏蛋只穿着单衣，披着直裰坐在罗汉床上，立刻扑上去咬他："坏蛋，我的娘亲呢？你把我的娘亲藏到哪儿去了？"

陆嘉学单手就把他扯开。

看这小东西如愤怒的小狗一样，根本不怕了，还汪汪地要咬他。

"啧，你还挺有精神的。"陆嘉学抓住孩子的小脸，仔细端详，"管家，你说他长得像我吗？"

管家自然笑呵呵地说："和侯爷小时候一模一样呢！"

陆嘉学心里涌起一个猜测，难道……

他把枫哥儿放开，告诉他："我问你几个问题，你要是好好回答我，我就让你见你娘亲。不然我就把你扔出去，叫你一辈子见不到你娘。"

枫哥儿气得小脸通红。

陆嘉学不管他，已经开始说了："我问你，你今年多大了？生辰是什么时候？"枫哥儿一开始不答话。

陆嘉学就点头："管家，把他扔出去。"管家一愣，啊？这是什么情况？

枫哥儿"哼"了一声才说："我四岁了，生辰是九月十八。"

这么一算，宜宁有孕分明就是在她还在侯府的时候，那时候她的生活完全被他监控，他了如指掌，哪里来的奸夫！

陆嘉学很快意识到，他刚才是被愤怒冲昏了头脑："你娘有没有说过你爹叫什么？"

"不知道。"孩子气鼓鼓的，"娘说他死了！"

陆嘉学竟然听得笑出来，到这个时候，他哪里还会不知道这孩子是他的。不仅找回了妻，还附带一个他不知道的儿子！罗宜宁竟然给他生了个孩子！

这小子虽然有点不听话，却是他的种。

"来来来，我告诉你，你爹我就在这儿。从今后你就要叫我爹，过几天我上个折子，给你请封世子之位。快叫声爹来听听！"

枫哥儿怎么可能理他："坏蛋！你才不是我爹！"

陆嘉学完全不在意，捏了孩子的脸一把，吩咐管家："那个卖药的陈家，去把他们家主事的给我带过来。"他可要好生问问到底是怎么回事。

而侯爷在宋将军婚宴上抢走新娘的事，就算是遮掩着，也迅速在一天之内传遍了京城。有两种说法，一种是说这新娘本来就是侯夫人，不过是偷汉子偷到了丈夫下属头上；另一种说法是侯爷看中了新娘的美貌，所以当场强抢，不顾她即将成为自己下属的妻子。

第二个故事更刺激，而且比较符合逻辑。谁会放着都督大人不喜欢，去偷他的下属，听起来就不切实际。

对这件事，多数男子是嗤之以鼻，但更多的女子则是羡慕。那女子不过是个商户收养的义女，竟然成了侯夫人！就是皇后见到她恐怕也要客客气气的，何况都督大人英俊健壮，多少女子想嫁他无门。

但对于收养了宜宁的陈家来说，他们分明知道，其实第一个说法才是真的。

在侯爷把人带回侯府的第一天，就有人到陈家来，把陈家老太太和大老爷接走了，问他们当年怎么救到侯夫人的。

陈老太太坐在椅子上，看着对面都督大人喝着茶。这侯府万分气派，把守的护卫五步一岗，她一个没见过大场面的老妇人，吓得喉头发紧。

"两位不用急，既然说是救了我夫人的，自然有好处等着你们。不过你们得把我夫人这几年的经历，完完整整地告诉我。"陆嘉学放下茶说。

老太太是最熟悉宜宁的人，她却不知道这个平日伺候她的，竟然就是宁远侯夫人！倘若她知道，又怎么敢让罗宜宁给她端茶送水做衣裳。

陈家大老爷一个举子，见过最大的官不过是知府罢了，而且还是他讨好万分。在都督大人面前，知府算个屁啊！

他什么也不知道，只能用眼神催促老娘说话。老太太好歹是镇定了下来，把怎么捡到宜宁的，从头到尾说了一遍。

陆嘉学听完之后，沉思了许久。

原来她受了这么多的苦，摔下悬崖双腿折断，生养枫哥儿，一个人孤苦无依。他的心渐渐柔和了下来。他应该好生对她，不应该对她发脾气的。

但是她说她被至亲之人所害，丈夫也背叛了她。他什么时候背叛过她了？

宜宁在去踏青前，不是还好好的？为什么摔下山崖后会变化这么大？难道是踏青的时候，有人对她说了什么，让她误以为自己对她不利？否则怎么会连儿子是他的都不说。

很快陆嘉学就猜出了原因，他看着陈老太太道："本来你们救了我夫人，怎么说也该给你儿子一官半职作为答谢。只是你家又想把她嫁给旁人，这实在是触犯我的忌讳。功过相抵，送你们一些东西作为答谢吧。"

他招手叫管家来，管家已经准备好了托盘，揭开红绸子一看，那是两万两银子的谢礼！陈家一年的收入，不过是三四千两银子！

大老爷看得怔住了神。

"至于什么义女的，纯属胡扯，我儿子肯定也不会入你陈家的族谱。自此他们母子二人就跟你们没什么关系了。"陆嘉学慢慢站了起来，"管家，送客。"

陈老太太捧着这两万两银票，跟儿子一起走在了回家的路上。儿子低声道："娘，您说的对，果然行好事有好报。"

陈老太太叹气："要不是我们逼宜宁出嫁，这时候……恐怕你身上都可能有个四品五品的官衔了。"

大老爷大惊："那陆嘉学当真会这么大方？"

"他对宜宁用情至深，区区一个四五品的官，对你我来说比登天还难，对他来说不过是一句话的事。实在是可惜了。"老太太又道，"希望他好生对宜宁吧……罢了，宜宁以后也不是我能愁的了！"

人家是正经的侯夫人。承欢她膝下的枫哥儿是嫡长子，自然会成为宁远侯府小世子了。

马车渐渐在黑夜中走远。

宜宁这次醒来，发现自己没有被绑着了。

外面有人在说话："你耍赖！"是枫哥儿的声音，"你明明说我喝了这碗肉粥，就可以见到娘亲的！"

"老子就是耍赖，你怎么办？""我要咬你！"

"就你那牙？来把这个鸽蛋也吃了，我让人带你去跟狗玩。""我不喜欢吃蛋，我要见娘亲！"

"都说了你娘亲在睡觉，小声点，不要吵着她。"这人压低了声音，"你爹我小时候都不挑食，谁惯的你这个毛病。"

宜宁站在门口，恍惚地看着一大一小相似的脸。

橘色的晨光透过高丽纸洒在屋内，陆嘉学在喂孩子吃饭。都督大人穿着常服，仿佛……仿佛还是当年，他还是侯府庶子的时候。

"你要是再不听话，我就叫你娘再给你生个弟弟，以后你娘就不爱你了。"说完这个话，陆嘉学转过头，看到宜宁起来了。

枫哥儿眼前一亮，立刻朝她扑过来。宜宁倒是想抱他，但她还不太舒服，就摸了摸孩子的头。枫哥儿已经迫不及待地说："娘，你去哪里了？枫哥儿找不到你！"

"娘，那个坏蛋说他是枫哥儿的爹！他是不是说谎？"

宜宁慢慢地道："他的确是你的亲生父亲。"

这一天的时间，足够陆嘉学把什么都弄清楚了，枫哥儿是他亲生的，长得又像极了他，明眼人一看就知道，根本就是瞒不住的。

昨天是自己被嫉妒冲昏头了，才说出奸夫的种这种话来。

陆嘉学看她再不反驳，露出一丝笑容。"你不绑着我了吗？"宜宁目光冷凝。

陆嘉学道："你不是怪我一直瞒着你吗？我把事情从头到尾说给你听。但我说之前必须要告诉你，我从不曾算计你，也从不曾害你。"他拍了拍身侧，"过来，宜宁。"

可能是他刚才对孩子的神态打动了她。如果陆嘉学真的会对她不利，早杀了她，也不会喂孩子吃饭了。其实她知道他还爱着她，如果不是的话，她嫁了别人，他不会这么生气。

但是她还是无法原谅她在簪子里看到的事情。不过宜宁愿意给他机会让他说清楚。陆嘉学把这些年自己怎么谋划，怎么算计全部讲清楚了，包括为什么要瞒着她。

宜宁听后沉默片刻，她说："我怎么知道你不是骗我？"

"宜宁，如果我不爱你，我有千万种方法算计你，何必装作对你情深。再说，如果不是我真的想娶你，你以为凭你原来的身份，想嫁个侯府庶子有这么容易？"陆嘉学笑着，用手理了理她的发丝，"既然辛苦娶回来，又怎么会不珍惜呢？"

宜宁睁着眼看着他，面对他的时候，她的心理防线是如此脆弱，几乎是摇摇欲坠。她浑身上下都在叫嚣着，相信他，相信他！

她的眼眶微微泛红，难道这就是她受苦的意义吗？她始终会回来，会原谅他的。

"我还是不信你。"她吸了下鼻子，努力忍住泛起的酸意，她在簪子中那么多年所见，他从来不曾祭奠她的牌位，府中好像没有过她这个人一样，"既然你说你没害我，你喜欢我。那为什么你从来不理我的牌位？"

她怎么知道牌位的事的？

陆嘉学微微错愕，然后苦笑："我失去你之后……连你的名字都听不得，别说你的牌位了。你这小脑瓜究竟在想什么，能不能聪明一点？"

他捏了捏她的耳朵。

宜宁却泪眼蒙眬地看着他，其实她的心理防线已经崩塌，她想扑在这个人的怀里，好好诉说委屈和辛苦，另外，有个声音告诉她要理智，不能轻易相信他。

"反正自今天起，这宁远侯府你就是侯夫人，枫哥儿是世子，府里你说了算。四弟妹还活着，你无聊可以去找四弟妹玩。"陆嘉学说这些话时若无其事的。

他看到宜宁红了眼眶，就知道她必定仍然爱着自己。

他把她抱进自己宽阔的怀里："好了，不要伤心。你不信也没有关系，反正我的余生都会用来爱你，你慢慢去信，好不好？"

宜宁终于，缓缓地抱住了他的肩。

眼泪流出来，她也不知道为什么就哭了，明明应该怀疑他啊！

但是她莫名其妙地开始心疼他，错乱的时空交叠在一起。她看到他孤独地立在窗前，看到他摩挲自己的字迹，看到他跟跄地走在山路上大喊她的名字，声音沙哑如杜宇啼血。

她觉得自己不应该再伤害他，不应该再让他等下去，不应该再让他痛。

"对不起，我不该想嫁给别人。"她低声说，"我以为你想杀我。"

"说起这个我倒是还很生气，以后你不准再见宋阳。"

"好。"她的嘴角露出一丝笑容，将他抱紧了一些，"陆嘉学，我以为我不喜欢你了，你竟然那么对我……"

"喂，我怎么对你了？"

"但其实我还是忘不了你，"她把头埋在他的肩上，"陆嘉学……"

我的余生，也将用来爱你。


冬至大雪，宁远侯府小世子的册封礼，请了许多人上门，除了宋将军一家。陈家作为侯夫人的宾客，也在受邀请之列。

芷娘扶着老太太的手，慢慢地走进了宁远侯府。那个她曾看不起的罗宜宁，正端坐在亭子里，被一群夫人簇拥着，她穿着通袖青织金袄，十二幅月华裙，头上戴着嵌紫宝石的凤穿牡丹簪子，真是华贵异常，流光溢彩。

侯爷真是舍得给她花银子，光那根金簪子，恐怕就是几千两的东西。大家都簇拥着她，世家贵族的夫人们对她也是小心翼翼的，极尽讨好。

宜宁看到陈老太太过来了，笑着给陈老太太屈身："这一礼是我多谢您的救命之恩。"陈老太太摆手道不必，宜宁让婢女请她入上座。芷娘正想说什么，陆嘉学派人来喊宜宁了。芷娘突然意识到，这个罗宜宁，早不是她所知道的罗宜宁了。她静静地闭上了嘴。

宜宁随着管事走到花厅，看陆嘉学正和一位年轻男子喝酒，那人也长得英俊，笑语晏晏，眉眼又带着一丝温柔。宜宁知道这位是英国公魏凌，陆嘉学出生入死的兄弟。

"嫂夫人果然貌若天仙。"魏凌一看到她，就笑着夸她。"国公爷也是一表人才。"宜宁也回礼。

陆嘉学在旁边有点不高兴了，把宜宁拉到身边来："你看过他就够了。这里风大，你还是去正堂坐着吧。"

宜宁心道：你简直就是个醋坛子。她对英国公笑了笑："我去找找枫哥儿，你们慢聊。"

等她走后，魏凌握着茶杯感慨："总算是见到你活过来了，这几年，你都跟死了一样。"陆嘉学把着酒杯笑而不语。

"不过……说来也奇怪，我看到你夫人，总觉得吧，跟她很熟悉。"魏凌继续道，"好像在哪里见过一样……"

陆嘉学的脸色已经不好看，淡淡道："你从没见过她。"
　　"按理说是啊！但就是觉得很熟悉，挺亲切的。"魏凌还有话没说完，就是有种想疼爱她，捡回去养着的感觉。但不是那种男女之间的爱，有点像……面对女儿的心情。
　　当然了，这话要是说出来，陆嘉学肯定会杀了他的。还是闭嘴吧。
　　但是晚上，宜宁还是因为这句话被压了一整夜。"你什么时候见过魏凌了？"
　　"他一表人才，有我一表人才吗？"
　　宜宁累得话都说不出来，只能随着他的动作迎合，她心想：狗屁余生用来爱你。她现在就想离家出走！这浑蛋谁的醋他都吃！浑蛋！

## 前世日常 番外四

罗宜宁嫁给陆嘉学，是她意料之外的事。

她还记得当初议亲的时候，她非常忐忑，并不知道自己要嫁给谁。她虽是家中嫡女，可是罗家有三房嫡出，她们这一房并不受重视。她母亲早亡，继母生有妹妹，父亲成日里是不会管事的，继母不苛待她便已是万幸，哪里能好生的教养她。

而继母看她的眼神，总是在温柔中透出几分凉薄。自亲养大她的嬷嬷逝世之后，她在继母面前永远谦卑和顺，从不敢太过出挑。自然的，罗家也并没有把她当回事。

年岁渐长，到了议亲的时候，她并未得到什么好亲事。最好的是父亲同窗好友之子，同窗好友是举子，说亲的是他的第三子，去年刚中了秀才。

说亲的工部郎中家的夫人将这位第三子夸得天花乱坠，说他样貌健朗、学识渊博，来年秋闱必能得个举人，日后金榜题名也不是不可能，宜宁若是嫁了过去，日后便能挣得一副凤冠霞帔。继母听后含笑放下茶盏，说定会好生替宜宁考虑。

她的贴身侍女却在给她梳妆的时候气道："那举子家已经落魄怎的不说，生了四个儿子，家中所剩田地不过百亩，难道还要小姐您嫁过去贴补吗？十六才中了秀才，焉知中举人、中进士又是哪年的光景了？若一辈子不得中，您要一辈子等他高中不成！工部郎中夫人嘴上没几句牢靠的话，偏生夫人还一副要考虑的模样，实在可恨！"

罗宜宁却笑了笑，她并没有这般生气，她道："若是这个不考虑，是该考虑李员外家那个秀才都落第的公子，还是沈家的那个已养了外室的少爷？"

侍女听到这里，张了张嘴，却说不出话来了。小姐的婚嫁实在是坎坷，怎都是这样的人！

宜宁在心里叹息。

继母的确对她不好，但在婚嫁上，不过是把她送出去，眼不见为净罢了，何必故意苛待她，只不过是没有尽心为她找而已。而前来求亲的人也不过是些歪瓜裂枣般，这些矮子里，挑不出高个来。罗家虽门第不差，可她是丧妇长女，又并无兄弟，家里继母的子女都大了，父亲并不宠爱她。这样的身世，人家怎么不知道，哪个极好的人家又愿意娶她了？

极好的人家,何必要找罗家。就是中等好的人家上门提亲,总要罗家另两房挑了,或是继母的两个亲生的女儿挑了,才能轮到她看一看罢了,但到了那个时候,哪里还有的剩。

这个举子家的第三子,难道就是她能嫁的最好的人家了吗?

可是还没嫁,明里暗里就已是这样的高傲,仿若他娶她,还是施舍了一般。这样的亲事,她若是真的嫁了过去,又是怎样的光景?

宜宁拿起妆台上的绣绷,她正在给祖母做一双鞋,提起针来,却又迟迟地刺不下去,想着未来的日子,宛如行舟于大海之上,迷茫一片,不知该漂往何方。她不禁地想起早逝的母亲,没有疼爱自己的人在侧,日子是何等的艰难。

也许她这一生,便注定是漂泊无依的吧。

当宜宁听说陆嘉学上门求娶自己的时候,已经是半个月后。

举人家的第三子已经送来了生辰八字,到了问名一环,只等着合了八字,若是妥帖,这门亲事便是定下了。

正好继母这两日发了头风,未曾去道观里合八字,耽搁了。

侍女跑着来告诉宜宁,宁远侯家的庶出第四子陆嘉学上门提亲的时候,宜宁惊讶地睁大了眼睛。宁远侯府,那是怎样的门第,簪缨世家,深受皇上器重,绝非她们这般的小官户能比的。便是庶子,也能荫袭官职,而寻常官宦家的子弟,若非有功名,是绝对做不得官的。

她心里又是慌乱又是期待,既怕那陆嘉学是有什么不足,比如丑似修罗,比如身有残疾,否则何以来娶她这小门户的丧妇长女,又期待着真的有这样一门亲事,能救她脱离苦海,让她有终身的依靠。

她随着侍女小跑去厅堂,想看看陆嘉学究竟是什么模样,他为何要娶她?

可是令她失望的是,她到了厅堂,只看到了提亲的媒人,并未看到陆嘉学的身影。她怅然若失地想,也是了,总是要请媒人来提亲的,谁会亲自上门呢。媒人走后,她却看到继母带着讨好的笑意同祖母说:"宁远侯府这样复杂的门第,宜宁嫁过去怕是压不住,倒不如给她选个家世简单的,多给宜宁多补贴些嫁妆也就是了。"

宜宁听后气极了,她哪里不知道,继母也是被宁远侯府的门第打动了,想让自己的亲女儿嫁过去,竟拉下脸去跟祖母说这样的话!她即便是不想嫁,那也是她自己的事,绝不要旁人来抢她的!

担忧祖母当真与对方说换了嫡妹去嫁,宜宁开始每日勤奋地给祖母请安,送东送西,叹惋诉说自己的不易。好生活总是要靠自己去争取的,她没爹疼没娘爱,总要自己努力才是吧!

不知是她的努力终于有了成效,还是每三五日送的绣品终于打动了祖母,她和陆嘉学的婚期就此定了下来,请期之后再无变动的可能,继母也才不得不假旗息鼓,只是看她的眼神越发凉薄,透着一丝冰冷。

她在府中的待遇更差了,却因此更加期待能嫁出去。哪怕嫁的真是丑如修罗、痴肥蠢笨之人她也认了,她在这个家里再也呆不下去,她迫切想要逃离!

宜宁和陆嘉学的婚期定在了二月十八，初春天气，草长莺飞，家中张灯结彩，甚是隆重。杏李之花铺遍了顺德，漫山遍野，仿佛也在庆贺出嫁之喜。

黄昏时分，当她被背入轿撵之中，随着吹吹打打的送亲队伍远离活了十五年的罗家之时，宜宁手里握着那张写得极好看的彩礼单子，心情却格外忐忑。

那些乱七八糟的念头重新浮现出来，她究竟会嫁一个什么样的人，什么样的侯府庶子会娶她这样一个丧妇长女？

她知道那个她好奇的人，此刻正骑着马走在前头，领着送亲的队伍。可她是新娘子，抱着宝瓶坐得端端正正，怎能瞧瞧他是什么样子，是胖还是瘦，是美还是丑。

她深吸一口气，只能坐正了身子。

拜了天地，送入洞房。

宜宁坐在喜床上，听着周围喧嚷，有人在闹洞房，跟他开玩笑："陆四，总该让我们看看新娘子是什么样！""是啊，让我们看看，什么样的新娘子肯嫁给你这个混不吝的！"

他们闹嚷嚷的没个安静，宜宁听到自己心跳极快，可是又在他们的话中失望，为什么要说"什么样的新娘子肯嫁给他"，难道他真的很差吗，完了，她究竟是嫁给了个什么样的人！

宜宁心里更紧张了，只听到一道低沉好听的声音含笑说："快滚吧，不许乱说！"

他把他们都赶走了，走到了她面前。

他要挑开她的盖头了，她究竟会见到一个什么样的人啊？宜宁已经忍不住胡思乱想了起来，当真很难看吗，是胖还是丑，还是两样都占了？

一杆秤杆伸进来，挑开她的红盖头。红盖头缓缓落下，她仰起头，正对上了娶自己之人的视线。

她的眼睛蓦地一亮。

屋内四角点着描金边的红绡纱灯笼，映照得周围一片暖红，她看着自己面前站着一个身形高大的男子，身着大红色的喜服，气质轩然朗阔，面容俊朗至极，正含笑看着她。

四目相接，她的脸忽地就红了。

是这样一个人，这样一个好看的人，比她见过的所有公子都要好看！

可是这样一个好看的人，这样的家世，他什么样的女子不好娶，却要来娶她呢？

她不知道。她在他的目光下垂了头，内心却是满溢的欢喜，还有更多的局促紧张。

毕竟他以后就是她的夫君了，是她的天。她不知他的性子如何，是好是坏，会不会像父亲那般，总是轻易发火，不要旁人来忤逆他？她身为妻，只能好生侍奉他。

所以当晚，在他求欢的时候，她自然是不会拒绝的。

他是武将出身，且正是精力旺盛之时，又比她高大了那般多，按着她来了三四次，到后来她虽痛极了，却也咬牙忍着，只心想着，这样的漫长究竟什么时候能结束？可在他覆身上来的时候，还是不敢拒绝他。

第二日去给公婆敬茶便成了问题。好在婆婆并不在意她这个庶子之妻，三言两语将她打发了回来。

结果第二日晚上又是如此！

第三日还是！

她又是痛又是累，且他覆上来之时，也从不曾问她可不可以。有时候她还在屋内写字呢，只不过屏退了丫头，他进来看到了，便先从后面先抱着她，问她在写什么，紧接着又把她按在了罗汉榻上。她因此又气又急，觉得他不太尊重她，又觉得他不体谅自己，哪有刚成亲便这般夜夜笙歌的。且他体力又好，她不过闺阁女子，他知不知道应付他有多吃力！

宜宁实在是太生气了，眼见着他竟白日都把她往榻上按，便忍不住踢了他一脚！

那一脚踢出去，她自己都惊住了。明明已经过去的三天，她都表现得那样贤德温婉，怎的现在突然忤逆他，他会不会生气，会不会训斥自己？哪有这样忤逆丈夫的妻子，何况他与自己有天然的地位差！

反应过来，宜宁便往墙角缩去，抬头有些后悔地看着他。却见陆嘉学似乎愣住了，紧接着"扑哧"笑了起来，并没有呵斥她，而是道："想不到你看起来娇娇弱弱，踢人倒是有几分疼的！"他伸手将她拉起来，又揽进自己怀里，叹道，"要是不愿意就告诉我，我又不会逼你的！"只是见她不反对，还以为她也是喜欢的罢了，毕竟他就很喜欢。

他不是不知道，温顺只是她的表像，实则她像小狗一般，内里是张牙舞爪的。起初那几天，他还以为她是转了性，原来只是她还觉得他是陌生人，对他收敛性情罢了。

从这天开始，宜宁渐渐地开始摸清陆嘉学的性子。他性子散漫，对许多事是不在意的，人也是好脾气能说话的。她偶尔触犯他，他也不会生气。有的时候他瞧着成熟有城府，有时候又仿佛只是个大男孩一般。有一天，他盛情邀请她同自己一起，去偷隔壁府的桔子吃。

隔壁府的桔子树种在两府交界的院墙之内，结着金灿灿的桔子，一看就让人馋得流口水，宜宁时常路过看到，犹豫了片刻答应了他的提议。

夜晚，陆嘉学拉着她到了两墙交界处，自己轻身一跃就上了墙，去摘那些个顶个大的桔子，笑着扔给她："快吃快吃！"

宜宁又是觉得害怕又是觉得刺激，他扔桔子扔得极好，绝不至于摔破了，又恰在她周围。她捡来放进带来的竹篮里，自己剥了一个吃，浓烈的酸甜味顿时充斥着口腔。她吃得眼睛发亮，想让陆嘉学多摘一些，摘顶上的，顶上的又大又甜。

陆嘉学听了她的话，又上了树桠，伸手去摘那最顶上的。这时候，却被隔壁家的狗听到了动静，开始吠起来，那家人立刻警觉了："谁，是谁在上面？"

紧接着隔壁的护院出动了，动静闹大了，陆嘉学从院墙上跳下来，跟她说："跟我往回跑！"

宜宁提着篮子跟着他跑起来。

隔壁院的动静惊动了宁远侯府，宁远侯府以为有什么大贼，也派了护院出来追。

宜宁提着一篮子的桔子，跑得太慢了，差点被人发现，躲在梁柱后面才躲过了自己家护院的"追捕"，结果陆嘉学自己却跑没影了。宜宁好生气，是他约自己出来偷桔子的，他怎么能抛下她自己跑了！

天色微亮，当陆嘉学发现宜宁竟然还没有回去时，终于出来找她，却看到她躲在偏院的廊柱后面，抱着膝盖坐着，脚边就是一篮子的桔子。

陆嘉学走上前，坐在她身边问："宜宁，我在家等你许久了，你怎么不回来？"

他刚问完，就看到她抬头看自己，是一双兔子般的红眼睛，随即她看到了他，委屈喊道："你为什么丢下我，为什么丢下我？是你带我出来偷桔子的！"

陆嘉学失笑道："我怎么丢下你了，这可是在宁远侯府啊，护院就是看到你也无妨呀。我还以为你耽搁了，才在哪里没有回来！"

宜宁却红着眼睛，指了指那篮子偷来的桔子说："你要我怎么回去，别人若是看到，我还要不要我的名声了！"

陆嘉学心里更是闷笑，觉得她好玩极了："你把桔子扔了回来不就是了！"

桔子太好吃了，宜宁实在是没舍得……当然了，她也没想到。被他一说，宜宁也是一哽，觉得他侧面说自己笨，眼眶更红了，哭了出来："总之，就是你的不对，你不该带我来偷桔子！不该扔下我就跑了！"说着她就打他，边打边哭。

陆嘉学看着她小兔子般的模样，心里酸软一片，任她打在自己身上，把她抱进怀里，连声哄她："好、好，是我不好，是我不对。不要哭，宜宁不要哭！"

可是他越是哄，宜宁越是哭。

且宜宁越发觉得他是好脾气、好性子，她初怕他是不应该的，他果然浑不吝。

经过了偷桔子这件事，宜宁彻底不怕陆嘉学了，甚至还敢打他。

为了惩罚他半路扔下自己的事，宜宁罚他背自己回去，并且桔子也要挂在他脖子上一起回去。

陆嘉学无奈地把她背起来，无奈地挂上一脖子的桔子，觉得自己堂堂副将像头驴。可还是好生地驮着她，跟她讲出去跟别人玩牌的种种趣事，她偶尔回一两句，有时候是好奇地问话，有时候听到他赌输了钱，笑着骂他蠢。

终于听不到她的回答了，陆嘉学喊："宜宁，宜宁，你怎么不说话了？"

紧接着背上传来她清浅的呼吸声，原来宜宁担惊受怕了一夜，此刻伏在他的背上，竟就这般睡着了。温热的呼吸扑在他的背上，不知为何让他心里一暖，紧接着他浑身都暖融融的。

暗卫此刻无声无息地从黑暗中出来，跪在他身旁，等着他吩咐。

陆嘉学却轻轻摆手，让暗卫退下去。他的嘴角露出浅浅的笑容。

他背着她，沐浴在初生的太阳里，好像背着自己的整个世界，那样的妥帖，那样胀满了胸膛，他稳步朝着家的方向走去。

而家已经在不远的地方。

## 首辅生辰记事 番外五

罗慎远成为内阁首辅的第十年,他励精图治,鼓励桑种,推广三鞭法,打压土地豪绅,安定百姓生活,增加国库收入。一时间河清海晏,天下大安。

三月春盛,他从内阁值房中走出来,恰逢春暖花开,皇城笼罩在如烟云一般的嫩绿垂柳之中,众内阁大臣、翰林院学士围绕在他身旁,笑着向他拱手:"首辅实乃国器,三鞭法一出,土地兼并改善不说,国库收入也是大大增加,此乃千古之功,想来日后名臣史书,首辅定是名列其中。"

罗慎远淡笑,并不对他们的话有什么触动,只道:"连日的内阁议会,想必诸位也已经累了,回去歇息着吧。"

众人立刻诚惶诚恐,连声说"不辛苦",随即纷纷告退。

首辅大人有经天纬地之才,将天下大治,百姓安居乐业是不假。可与此同时,首辅也权柄在握,把持朝纲,党羽甚多,众人只唯他的话是从,根本不敢有任何忤逆他的言行。尤其是前段时日,罗慎远将贪墨甚重、肆意搜刮民脂民膏乃至激起河南民变的次辅曹胜下狱,治了曹胜车裂一刑,更是惧得朝野上下闻风丧胆,彻底明白了首辅不光有手段,还有能与之对应的狠决心性。

如此一来,百官更是恭维讨好,唯恐伺候不周,哪日祸及自身。

众人告退后,罗慎远身后的随从道:"阁老,轿辇已经备在重华门外了。"

罗慎远轻"嗯"了声,沿着台阶往下走,身后却又传来一道声音:"阁老留步!"

罗慎远脚下一顿,不必回头看,整个朝野敢直呼让他留步的,唯那一人而已。他也不用停下等,只略放慢几分脚步,那人已三步并两步追了上来。只见来人身着青色麒麟补子的官服,容貌俊俏,脸上笑眯眯的,比他略矮半分,很是和气的模样。虽只是正四品的右春坊教谕,整日的工作不过是陪着皇帝遛马打鸟,但百官没有小瞧他的,毕竟在一年前,此人还不过是在苑马司养马的一名小官而已,不知他用了什么手段,竟能一年之内爬到正四品的官衔。

亦有人传闻,此人与当朝内阁首辅罗慎远沾亲带故,否则若非首辅大人襄助,何以能如此升任。此人不喜听旁人这般说，因此，每当罗慎远身边有百官之时，他并不靠近。

自然了，没人知道，此人的确乃首辅大人之表兄，更没人知道，首辅大人并没有从中襄助，不仅没有，他巴不得能将此人发配去山沟里做县令。那时候，甚至调令都已经在首辅大人的手边了，只剩一个朱批罢了。

但是最终，那朱笔还是没能落下去。所以此人还是留在京城为官，首辅大人每念及此，看到此人厚着脸皮往来罗府，都有些后悔。当初就应该把他调到山沟子里去，叫他一辈子也别想回京城来。

罗慎远对着这位旧友，淡笑道："林大人可是有事？"

来人正是林海如的亲侄子林茂，他看着罗慎远着朱红仙鹤纹补子官袍，俊逸至极的面容甚是平淡，心想以前勉强还能从罗慎远脸上看出三分心绪，现在罗慎远越发的老谋深算了，他也完全看不透了。

每每想至此，总是暗觉心惊肉跳。

今日罗慎远之权势，比之当年的陆嘉学更甚，倘若他哪日冷血无情、祸国殃民起来，只怕是苍生罹难……

念头一转，林茂笑着拱手道："曹胜贪墨一事，首辅大人做得干净利落，果决不留情。我看如今朝野之中，已处处是首辅大人的拥趸。我亦恭贺首辅大人！"却又走近了一步，轻声道，"大人如此手段，焉知旁人背后如何骂你，言官在背后如何谏你。大人若为权势故，恐怕要小心自身，古来臣重君妒啊！"

罗慎远听着他的话，渐渐的嘴角勾起一丝笑容："这些事，不劳林大人费心。"

他的神情甚至仍然没有丝毫变化。

林茂心里暗骂，他这般笃定、这般胸有成竹，怕是背地里势力扩张到了一定的地步吧，他如今门生党羽遍布朝野，便是有朝一日想架空君主，也未尝不可。他几步上前，状若无意地继续道："我还有一事想告诉大人，前几日去给姑姑送一筐塘西蜜桔，听到我表妹对首辅大人甚有不满。不知大人究竟做了何事，惹怒了表妹呢？"

罗慎远语气仍没变："我瞧着，林大人是往来我府中多了，这等闲言碎语竟也听了进去。听了不要紧，若是当了真，恐怕就是不好了。"

林茂却听出几分冷意来。寻常人听到首辅说如此之话，恐怕要吓得惶惶不可终日，但是林茂是谁，他根本就不怕死。

他仍是一副死皮赖脸的模样，继续笑着说："我也只是关心表妹罢了！大人也知道，表妹对我还是甚有情谊的，前些日子表妹还亲口对我说，想同我去南直隶游山玩水……"

其实是林海如向宜宁说起江南的春景如何秀美，鱼米之乡，水草丰茂，人杰地灵，母女俩便约好想去南直隶探亲游玩，林茂在旁听了，说自己也想去，林海如勉为其难同意了他一起。

罗慎远此时看他一眼，目光透出凛冽，就是林茂都禁不住一缩脖子，很快笑了："玩笑话而已，亲情、亲情罢了！"

罗慎远当然知道他是玩笑话，凭他如今的权势地位，谁敢从他手里夺人。只是宜宁近日的确与他闹不和，总归是儿子为官一事，长子罗瀚十七岁中少年进士，罗慎远下放他去建德为县令，凭儿子的功名，本该留在翰林院做修撰，或是六部观政，何况他父亲还是如今权势熏天的首辅。但罗慎远偏如此做了，宜宁心疼儿子，已生好几日闷气了。

　　罗慎远不再理会林茂，他上了轿辇，林茂在后面跪下恭送他。

　　罗慎远下轿辇时，天色已是黧黑，天际泛起淡淡的紫雾。罗家的府邸占据了整条街，门口立着两个石狮子，六个带刀的护卫守在门口，看到他回来皆跪下行礼。

　　这时候，有个身着布衣短打、面留胡须的男子从内院焦急地向他走来，嘴唇颤抖地道："大人，今儿早上，大小姐被太夫人接回祖家住，夫人她……就留了封信，说要出去散心，可小的……小的带护卫找遍了周围，并不见夫人！"

　　罗慎远变了脸色，他的脸色骤然沉下来的时候很吓人，所有人都跪下，噤若寒蝉。

　　他立刻往内院走，冷声道："暗卫何在？"

　　李管事立刻爬起来跟上罗慎远："暗卫是跟着夫人的，但不知为何，半路、半路被夫人甩了，自大小姐教过夫人后，夫人十分擅长隐匿踪迹，我等……"

　　罗慎远只冷漠道："让他们去武楼领罚，倘若夫人有恙，以后就不必出现了！"

　　李管事浑身一颤。

　　以前夫人不是这般的，罗瀚、罗浚两位少爷虽然都聪明绝顶，但都受教于大人，很是听话。可是大小姐罗淇长大后就不同了，她虽是两位少爷的妹妹，年纪略小些，却如混世魔童般，小小年纪就能将旁人玩弄于鼓掌之间，唯一能使她听话的只有夫人。可夫人喜欢大小姐这个性子，绝不要旁人拘束了她，甚至说她一辈子不嫁也无妨，罗家能养大小姐一辈子。

　　大小姐时常带着夫人脱离罗家势力的保护控制，溜出府去玩乐，但大人又是何等聪慧睿智，其实这些他都看在眼里，妻女想以此为乐趣他随着她们就是了，暗卫都仍是跟着的，的确是第一次碰到这般连暗卫都没跟着的情况。

　　罗慎远回到了书房，只见罗宜宁那封信还摆在桌上，上书"出门散心，不必找我，酉时必归"。

　　罗慎远看了眼书房中的更漏，此时已经是戌时了！方才李管事说，已经派人将能找的地方都找过了，李管事也是极聪明的人，得知宜宁不见，他那颗脑袋都未必能保得住，必是尽心去找了的。没能找到，就是真的不知她去了何处。

　　罗慎远深吸了口气道："去把武楼、修义堂的人全部叫起来，出去找夫人。另外，拿了我的令牌去五城兵马司，将城门全部封锁住，从现在起无论任何车马出入都必须仔细排查，再拿我的调令去调用神机营，将京城附近郊区也翻个遍，有任何与夫人失踪有关的可疑之人，都必须带回！"

　　众下属领命而去，罗慎远自己也不歇着，连官服也来不及换，只披了件斗篷就朝林海如那里赶，只希望宜宁是在林海如那里，他是白担心一场。

平常时候还好，但他如今才处理了曹胜，只怕其党羽会伺机报复，宜宁遇到危险。

或是……或是因儿子之事，宜宁终于恼了他，不想再理会他，这次走了当真不想回来了，拣了他更得中的人去了。虽然罗首辅甚有自信，这天下间再不会有人比他更好，但万一呢，万一宜宁错了心智，当真觉得旁人更好了呢。

罗慎远闭上了眼睛，他发现无论过去多少年，面对宜宁之时，他总是不那么有信心。

他去了林海如那里，看到女儿在陪表侄儿玩百索，她自小便聪慧至极，十分喜欢林海如，还有林海如的儿子、孙子，抬头看到父亲来了，立刻起身行礼："父亲来了，我们正要吃春饼呢，父亲可要吃一些？"

小丫头长得像他，唯独笑起来有几分她母亲的模样，端着一盘春饼问他吃不吃。

这般讨好，罗慎远却觉得有鬼。他道："你自己吃吧，在祖母这里好生待着，莫要惹祸。"

罗淇笑眯眯地屈身应是。

罗慎远问林海如，宜宁可曾来过，林海如却说，宜宁一直没有来过，问他究竟是怎么回事。罗慎远自然不会告诉她，怕徒惹她担忧。

他心里已经是凉了半截，在回去的路上，反复思索、推敲着宜宁究竟会去何处，随即渐渐接到了几个下属的消息，竟都没有宜宁的下落，心也越来越沉。直到他再度归家，收到一封邸报，说的是保定府新修了官道，答谢罗家筹集银钱一事。

罗慎远突然福至心灵，从袖中将宜宁留下的那封信拿出来一看，正面自是没有端倪，他翻到背面，才发现宜宁竟用极细的字写了"遥忆相知事，归见旧时居"十个字，这十个字藏在文墨中极难看出，他被李管事所说的宜宁失踪一事先入为主，竟也未曾察觉！

旧时居……这难道是宜宁留给他的暗示？

罗慎远立刻让车马转道前往保定罗府旧宅，只希望宜宁当真在那里！

保定离京城本就不远，又是新修好的路，不过一个多时辰便到了。李管事先去开了门，罗慎远纵马直接进了罗家，在影壁下了马，径直往里走去。

保定罗府已经许久未曾有人回来过了，草木疯张，屋檐、砖石也因年深久远出现沉黯的颜色，可这里是他成长之地，处处都是他和宜宁相处的记忆——他曾住过的院子，院子外面的枇杷树，宜宁时常看鱼的那片小池子，宜宁与他曾读过的族学……

罗慎远走在罗家之中，当年种种记忆从心中浮起，以前他总觉得，自己是不喜欢这个地方的，当他现在看到的时候，才发现自己是怀念的。怀念那些曾在记忆里鲜活的人，怀念曾蛰伏于潜邸之时，每日的隐忍和成长，怀念那昏黯的生活中，她像是一道星光落在他的生命里，从此暗淡天地有了她的光亮。可是她究竟去了何处呢……

突然，罗慎远看到不远处的树丛中，出现了一些萤火虫。

那些萤火虫亮着绿莹莹的光，上下飞舞宛如星点，渐渐飞舞成了一片黄绿色的星海，将他指引向曾经住过的院子。

而他曾住过的院子门口，挂着两只红绡纱的灯笼，静静地亮着。

罗家既已荒废多年，又怎会有灯笼点着。

跟着罗慎远的十名侍卫已经将腰间的绣春刀抽了出来，满是警惕。

罗慎远却突然福至心灵，猜到了什么，他伸出手，示意侍卫们不必轻举妄动，随即自己将虚掩的门推开。

门打开的一瞬间，罗慎远只觉得眼前豁然一亮。他看到了无数璀璨的灯，挂在庭院的树上，挂在屋檐下，什么模样、什么颜色都有，精致繁复，巧夺天工，夹杂着飞舞的萤火虫，院子宛若亮成了一个光华熠熠的梦境。而那个他找了许久的人，正手提着一只精致的琉璃灯，琉璃灯淡淡的华光映照着她精致无瑕的侧脸，她笑着抱怨："你怎的这时候才来，我等了你好些时候了！"

罗慎远走上前去，什么也没有说，只突然将她紧紧抱住，然后狠狠地吻了上去，那吻宛如吞噬一般，让宜宁几乎快要喘不过气来。她不知三哥为何突然如此，但是立刻紧紧地回抱住他，从他亲吻的间隙断续地问道："三哥……你怎么啦？"

罗慎远按住了心中的不安，看着她认真问："为何离家出走，到老宅这里来，不提前与我说？你知不知道我为了找你，几乎快要把京城翻过来？"

宜宁一愣，她并没有离家出走，她给他留了信啊，信里还有线索她在旧宅，她还不是为了给他个惊喜嘛，若是提前说了哪里来的惊喜呢！

她困惑地道："三哥，今日是你的生辰呀，你忘了吗？这是我特地给你准备的生辰礼，我想着送你什么好，左思右想都觉得不妥，后来想着，不如到咱们年少时相依的宅院里来，我独自为你好生过个生辰，只有咱们两个人。我自然不能明白与你说，否则怎么还能算是惊喜呢！"

罗慎远这才想起来，今日的确是他的生辰，只是他寻常不让旁人给他过生，又忙于朝事，以至于早把自己的生辰给忘了。原来宜宁是为了给他准备惊喜，才做出这些事来，并不是想要离家出走。而他也是因被林茂和管事接二连三地搅乱了心神，又担心宜宁因他而伤，才并未发现信上的端倪。

宜宁见三哥还是不说话，怕他责备自己，忙拉着他朝屋里去："三哥，屋子里还有我为你做好的一桌宴席，不过你来得太晚，菜都已经凉了！"

果然屋内也焕然一新，全然恢复了两人儿时的那般模样，罗慎远看着屋中的布置，不由得想到两人年少的时候，他在这屋中教宜宁写字的场景。一桌精致的菜看摆在正中央，宜宁正站在一旁满面笑容地看着自己。

罗慎远嘴角微微一扯，得知她并不是要离开自己，而是为了给自己惊喜，他已经并不责怪她，但是必须让她知道厉害，否则日后她若真的离家出走，他并不能承受得住。

罗慎远道："你老实交代，给我惊喜这个主意是谁出的？"

这般刁钻的点子，绝不是宜宁自己想到的。

宜宁本不想出卖女儿的，但是看着三哥严肃的神情没有好转，她道："三哥，是淇儿的主意，但你不要怪她，是我想不到你的生辰，我该如何给你惊喜，才让她替我参谋的！"

罗慎远心道果然如此，他就知道是女儿在从中作乱。虽女儿也是想给他惊喜的意思，却总要弄一些波折出来,让他吃些苦头再说。

宜宁又连忙拉着罗慎远坐在桌边,为了不使他生气,自己坐在了他的腿上,夹起一块糕点递到罗慎远的唇边,笑着说:"三哥,这云片糕是我亲手所做,你快尝尝是不是咱们儿时的味道?我记得有一次,你给祖母带了云片糕来,祖母没有吃,我却吃了许多,落得后来积食了……"

罗慎远却又问她:"瀚儿外调的事,你并不怪我吗?"

罗宜宁想了想道:"其实我本就是没有怪你的,你是为瀚儿好,我如何能不知呢。只是我自己心疼瀚儿,才生了几天闷气,又想着谋划给你过生辰的事,便没与你说。至于今日之事,我当真是想给你惊喜的,绝无想让你担忧的意思……"

她像是儿时那般,坐在他的怀里,用脑袋在他的颈侧轻轻地蹭,一双澄澈的眼眸看着他,手里还托着那片云片糕。

罗慎远知道她并未怪自己,不过是自己的误会,心里已是柔肠百结。他低下头,将那片云片糕咬入嘴中,紧接着又覆上了她的唇,将云片糕也分了一半给她,吻得极深,并且在她的颈侧喃喃:"要让我消气可没有这么容易,你得拿出更多的'诚意'来……"

为了拿出诚意,宜宁也连忙吻了上去,两个人如鸳鸯一般头颈交缠,她要使出浑身解数让三哥好起来。

星辰如盖,云雨翻覆,在两个人最情动之时,她仰头凑到他的耳边,喃喃地说:"三哥,生辰快乐,我给你的生辰礼是,我这辈子都不会离开你的身边,就是你赶我走,我也不会走的,好吗?"

罗慎远听到这里,心重重地一跳,眼睛都红了。他再度低下头吻住她,宛若要将她融进自己的骨血里,他听到自己声音嘶哑地回答她:"好。"

宜宁这才确定三哥不再生气了,她笑着纠缠他,她要让他忘却那些烦恼,在她这里,他不必去想那些波谲的朝野之事,永远是温柔围绕。

屋内烛火相映,屋外繁灯璀璨,萤火虫纷飞成星海。

他们在两人曾经住过的罗家,如今也只有两人的罗家,相互偎依,相互依靠,今生今世,永不分离,便胜却人间无数的美好。

【全文完】